0
500
1000 km
Gutaland
(Gotland)
Sinus Venedicus
(Danziger Bucht)
Vistula
(Weichsel)
Brzesc/Bsheshch
(Brest)
SARMATIA
Borysthenes (Dnjepr)
Tanaïs (Don)
Rha (Wolga)
Lwow
(Lemberg)
Tyras (Dnjestr)
Pyretus (Pruth)
Tisia (Theiß)
Marisus (Maros)
Aluta (Olt)
Danuvius
(Donau)
(Save)
Singidunum
(Belgrad)
Morava
Novae
(Svishtov)
Noviodunum
(Tulcea)
Constantiana
(Constanța)
Pontus Euxinus
(Schwarzes Meer)
Chersonesus Taurica
(Krim)
COLCHIS
(GEORGIEN)
Byzanz
Constantinopolis
(İstanbul)
Chrysopolis
(Üsküdar)
Dyrrhachium
(Durrës)
ASIA
MINOR
Halys
Tigris
Euphrates
Mare Aegaeum
Athenae
Mare Ionium
Cyprus
(Zypern)
NTERNUM

Gary Jennings

# Der Greif

Gary Jennings

# Der Greif

ROMAN

*Aus dem Amerikanischen*
*von Annette Burkhardt,*
*Renate Weitbrecht*
*und Thomas Pfeiffer*

**Bechtermünz Verlag**

Die Originalausgabe erschien 1992 unter dem Titel »Raptor«
by Doubleday, New York

Genehmigte Lizenzausgabe für
Bechtermünz Verlag im
Weltbild Verlag GmbH, Augsburg 1996

Umschlaggestaltung: Manfred Waller unter Verwendung
des Mosaiks »Palast des Theoderich« in Ravenna
und eines kolorierten Holzstichs aus dem 19. Jhdt./
Archiv für Kunst und Geschichte
Gesamtherstellung: Bercker Graphischer Betrieb GmbH, Kevelaer
Printed in Germany
ISBN 3-86047-563-0

FÜR JOYCE

*Nous revenons toujours*
*à nos premiers amours*

Thorns Erzählung beginnt mit dem traditionellen Anruf der Goten – »Lest diese Runen!« –, aber sie ist in Wirklichkeit fast ganz in fließendem, gut verständlichem Latein verfaßt. Nur hin und wieder hat Thorn einen Namen, ein Wort oder eine Redensart in der »alten Sprache« der Goten oder in einer anderen Sprache eingefügt. Da die lateinische Schrift der damaligen Zeit keine Möglichkeit vorsah, Laute wie das gotische »ch« zu transkribieren, hat Thorn diese Wörter in gotischer Schrift geschrieben, die zum Teil von den alten Runen abgeleitet ist. Ich habe diese Wörter in die heutige lateinische Schrift übertragen und bin dabei in einer Art und Weise vorgegangen, von der ich hoffe, daß sie dem Leser ermöglicht, sich eine gewisse Vorstellung der ursprünglichen Aussprache zu machen.

Ich habe Thorns fortlaufende, nicht durch Absätze und Zwischenräume gegliederte Schilderung in Abschnitte und Kapitel eingeteilt, die mir sinnvoll erschienen. Um das Lesen noch mehr zu erleichtern, habe ich gelegentlich Absätze eingefügt und von der Interpunktion Gebrauch gemacht, Hilfsmittel, die in Manuskripten aus jener Zeit nur selten und eher willkürlich eingesetzt werden. Außerdem habe ich mir eine größere Freiheit erlaubt. An vielen Stellen, an denen Thorn das lateinische Wort *barbarus* oder das entsprechende gotische Äquivalent *gasts* gebraucht, habe ich »Ausländer« übersetzt. Zu Thorns Zeiten betrachtete praktisch jeder Staat und jeder Stamm andere Staaten und Stämme als »barbarisch«, doch haftete der Bezeichnung im Gegensatz zur heutigen Zeit für gewöhnlich nicht jener Beigeschmack des Rohen und Primitiven an – es sei denn, sie wurde unmittelbar als Schimpfwort benutzt. In den meisten Fällen der vorliegenden Schilderung ist »Ausländer« die treffendere Formulierung.

Als Thorn im 5. Jahrhundert n. Chr. geboren wurde, bot die europäische Landkarte ein verwirrendes Bild. Die Grenzen verschoben sich unablässig durch Völkerwanderungen, Kriege zwischen den Staaten und den Aufstieg und Niedergang einzelner Länder. Doch braucht der Leser nur zu wissen, daß die Goten – die mächtigsten der verschiedenen germanischen Völker – sich damals in die Westgoten im Westen Europas und die Ostgoten im

Osten aufteilten. Ähnlich zerfiel das Römische Reich geographisch in einen westlichen und einen östlichen Teil, von denen jeder unter der Herrschaft eines selbständigen Kaisers stand. Der Kaiser des östlichen Teils residierte im »neuen Rom«, in Konstantinopel.

Es ist unbekannt, wieviele Jahre Thorn für die Niederschrift dieser Chronik benötigte, doch endet sie im Jahr 526 n. Chr. Viele der in ihr erwähnten größeren und kleineren Städte und Gebiete existieren heute noch unter modernen Namen. Viele andere sind natürlich verschwunden. Ich habe mich daher entschlossen, die Ortsnamen so zu belassen, wie Thorn sie kannte. Zur Orientierung des Lesers zeigen die Karten des Buches die Lage und die Namen, welche die heute noch bestehenden Orte inzwischen tragen.

Aus Neugier begab ich mich selbst auf die Suche nach jenem ersten Ort Balsan Hrinkhen, »Ring des Balsam«, der im Text erwähnt wird und der laut Thorn im Königreich Burgund zwischen Vesontio und Lugdunum lag, dem heutigen Besançon und Lyon im heutigen Frankreich. Ich fand das Tal auch tatsächlich im Juragebirge, unweit der Schweizer Grenze. Erstaunlicherweise unterscheidet sich das Tal mit seinen Steilwänden und Wasserfällen, der labyrinthartigen Höhle, dem kleinen Dorf und den beiden Klöstern nach nunmehr fünfzehnhundert Jahren kaum von Thorns Beschreibung. Noch erstaunlicher ist, daß der Ort auf französisch immer noch denselben Namen trägt: le Cirque de Baume.

Das Tal ist auch immer noch die Heimat jenes Raubvogels, den Thorn so sehr bewunderte – jenes Juika-bloth genannten Greifs, der in anderen Teilen Frankreichs *l'aigle brunâtre* genannt wird. Die Bevölkerung des Cirque de Baume dagegen nennt ihn *l'aigle Jean-Blanc* – und ich halte dies für eine umgangssprachliche Verballhornung des gotischen *juika-bloth*. Der Vogel wird dort sehr geschätzt, da er, wie Thorn berichtet, hauptsächlich Jagd auf Reptilien, einschließlich der giftigen Viper, macht. Eingedenk Thorns eigener ungewöhnlicher und paradoxer Natur interessierte es mich sehr zu erfahren, daß die Bevölkerung des Cirque de Baume in einer Frage geteilter Meinung ist: ob nämlich der männliche oder der weibliche Adler der erbarmungslosere Räuber ist.

G. J.

# Balsan Hrinkhen

# 1

Lest diese Runen! Aufgeschrieben hat sie Thorn Mannamawi, und nicht nach dem Diktat eines Herrn schrieb Thorn, sondern in eigenen Worten.

Hört mir zu, die ihr lebt und diese Seiten lest, welche ich schrieb, als ich lebte wie ihr. Dies ist die wahre Geschichte einer vergangenen Zeit. Vielleicht hat sich inzwischen viel Staub angesammelt auf diesen Seiten, und ihr kennt die alten Tage nur noch aus den Liedern eurer Sänger. Leider! Verändert doch jeder Sänger die Geschichte, von der er singt. Er stutzt sie zurecht und schmückt sie aus, um seine Zuhörer zu betören oder seinem Herrn, Herrscher oder Gott zu schmeicheln oder dessen Feinde zu schmähen, bis die Wahrheit hinter einem Schleier von Lobhudelei und Lügen verschwindet. Damit die Wahrheit dessen, was zu meiner Zeit geschah, bekannt sein möge, schreibe ich sie hier nieder, ohne Ausschmückung, Parteinahme oder Furcht vor Rache.

Doch am besten erzähle ich euch zunächst von mir, von etwas ganz Bestimmtem, von dem zu meiner Zeit nur sehr wenige wußten. Ihr, die ihr diese Seiten lest, ob Mann, Frau oder Eunuch, müßt wissen, daß ich anders war als ihr. Wüßtet ihr dies nicht, so könntet ihr vieles von dem, wovon ich später erzählen werde, nicht verstehen. Lange habe ich darüber nachgedacht, wie ich erklären kann, warum ich so anders war – wie ich es erklären kann, ohne daß ihr voller Abscheu zurückschreckt oder verächtlich lacht –, aber es gibt keine Möglichkeit, der Wahrheit auszuweichen. Damit ihr deshalb versteht, warum ich anders war als alle anderen Menschen, halte ich es für das Beste, wenn ich berichte, wie ich es selbst feststellte.

Es geschah, als ich noch ein Kind war und in jenem großen, runden Tal lebte, das man Balsan Hrinkhen nennt. Ich mag zwölf gewesen sein und arbeitete als Küchenjunge in der Klosterküche, und ein gewisser Bruder Petrus war damals Küchenmeister. Bruder Petrus stammte aus Burgund und hatte in der Welt draußen Willaume Robei geheißen. Er war mittleren Alters und stämmig, sein Atem ging pfeifend, und sein Gesicht war so rot, daß man die weiße Tonsur inmitten seiner grau werdenden roten Haare für ein leinenes Käppchen hätte halten können. Da er erst vor kurzem zu uns gekommen war, war er in der Rangfolge der Mönche der Abtei St. Damian des Märtyrers der geringste, und man hatte ihn deshalb zum Küchenmeister bestimmt, eine Arbeit, die bei den anderen Mönchen besonders unbeliebt war. Bruder Petrus wußte, daß seine Mitbrüder keinen Fuß in die Küche setzten, wenn er dort kochte, aus Furcht, gleich für irgendeinen Dienst angestellt zu werden. Er wähnte sich deshalb vor Überraschungen und unliebsamen Störungen sicher, als er meine Kutte hinten lüpfte, mir liebevoll den nackten Hintern tätschelte und mit seinem harten burgundischen Akzent sagte: »Was hast du für ein reizendes Hinterteil, Bürschchen. Und du hast, offen gesagt, auch ein ganz hübsches Gesicht, wenn es sauber ist.«

Ich war verwirrt über die intime Berührung, aber vor allem kränkten mich seine Worte. Natürlich machte ich mich bei meiner Arbeit als Küchenjunge mit Ruß, Dreck und Asche schmutzig, aber da ich mich oft an einem nahegelegenen Wasserfall vergnügte und dabei als einziger Bewohner des ganzen Tales alle Kleider zugleich ablegte, war ich im allgemeinen viel sauberer als Petrus oder die anderen Brüder, mit Ausnahme vielleicht des Abtes.

»Der Teil von dir auf jeden Fall ist sauber«, sagte Petrus, und er tätschelte mir noch einmal den nackten Hintern. »Komm, ich zeig dir was. Mein letzter Junge Terentius hat viel von mir gelernt. Hier, Bürschchen, schau dir das an.«

Ich drehte mich um und sah, daß er seine Kutte aus grobem Sackleinen vorne hochgehoben hatte. Was er mir zeigte, war mir nicht neu. Sechs Monate alter menschlicher Urin ist der beste Dünger für Weinstöcke und Obstbäume, deshalb gehörte zu meinen Pflichten das Leeren der Latrine hinter dem Schlafsaal zweimal im Jahr, und dabei hatte ich gesehen, wie andere Brüder Wasser ließen. Noch nie hatte ich freilich das Glied eines Mannes so groß und steif abstehen sehen wie jetzt bei Petrus.

Petrus langte in den irdenen Topf mit Gänsefett, der in der Küche aufbewahrt wird, und murmelte: »Zuerst das geweihte Salböl.« Er schmierte sich damit ein, bis das steife Ding glänzend rot war. Eingeschüchtert und durcheinander ließ ich zu, daß Petrus mich zu dem schweren Eichenblock zog, der dem Küchenmeister als Hackklotz diente, und mich vornüber beugte, bis ich mit dem Bauch auf dem Block lag.

»Was tut Ihr da, Bruder?« fragte ich, als er mir die Kutte über den Kopf zog.

»Still, Junge. Ich zeige dir eine neue Art zu beten. Stell dir vor, du kniest auf dem Betstuhl.«

Seine Hände glitten eilig hierhin und dorthin, und eine drang tiefer zwischen meine Beine ein. Offensichtlich erschrak Petrus über das, was er dort vorfand.

»Wie? Verdammt soll ich sein!«

Sein Wunsch hat sich sicher erfüllt. Er ist jetzt schon lange tot, und wenn der Gott, dem zu dienen er vorgab, gerecht ist, schmort er seither in der Hölle.

»Du durchtriebener kleiner Schwindler«, sagte er mit dem Mund an meinem Ohr. Dann lachte er grob. »Aber was für eine schöne Überraschung! So brauche ich nicht die Sünde der Sodomie zu begehen.« Er lachte noch einmal. »Ist es denn möglich, daß kein anderer Bruder je herausgefunden hat, daß wir eine kleine Schwester unter uns haben? Bin ich der erste? Ja, tatsächlich! Mein Gott, das Häutchen ist noch intakt! Noch keiner hat von der Frucht genascht!«

Obwohl das Gänsefett sein Eindringen erleichterte, fühlte ich einen stechenden Schmerz, und ich tat einen schrillen Schrei.

»Pst ... pst ...«, keuchte er. Er lag jetzt auf mir und stieß mit dem Unterkörper immer wieder an die Rückseite meiner Schenkel. »Du lernst jetzt ... eine neue Art der ... heiligen Kommunion ...«

Ich überlegte, daß ich die alte Art bei weitem bevorzugte.

»Hoc est enim corpus meum ...«, deklamierte Petrus zwischen keuchenden Stößen. »Caro corpore Christi ... aaah! Nimm hin!« Ein Zittern durchlief ihn. Ich fühlte etwas Warmes in mir und glaubte zuerst, er habe in mir Wasser gelassen. Doch kein Wasser kam heraus, als er sich zurückzog. Erst als ich mich aufrichtete, fühlte ich etwas Nasses die Innenseite meiner Schenkel entlanglaufen. Als ich mich mit einem Lappen säuberte, sah ich, daß es sich – von einigen Tropfen Blut abgesehen, die von mir stammten – um eine dickflüssige, perlweiße Substanz handelte, als ob Bruder Petrus tatsächlich eine Hostie in mir zurückgelassen hätte, die sich aufgelöst hatte. Ich hatte also keinen Grund, an der Wahrheit seiner Worte zu zweifeln. Ich war nur etwas erstaunt, als er sagte, ich dürfe darüber zu niemandem sprechen.

»Paß auf«, sagte er streng, als er wieder ruhiger atmete und seine Kutte geordnet hatte. »Also, Bürschchen – ich werde dich weiterhin Bürschchen nennen –, du hast es durch betrügerische Mittel irgendwie verstanden, dir hier unter den Brüdern von St. Damian ein gemütliches Nest zu schaffen. Jetzt willst du natürlich, daß alles so bleibt – daß du nicht entdeckt und hinausgeworfen wirst.«

Er machte eine Pause, und ich nickte.

»Also gut. Ich sage niemandem etwas von deinem Geheimnis, du Betrüger. Aber!« Warnend hob er einen Finger. »Du darfst niemandem von unseren privaten Andachtsübungen erzählen. Wir machen damit weiter, aber außerhalb dieser Küche kein Wort davon! Einverstanden, Thorn? Mein Schweigen gegen dein Schweigen.«

Zwar war mir nicht ganz klar, für was ich mein Schweigen und mein Einverständnis eintauschte, aber Bruder Petrus schien zufrieden, als ich murmelte, ich würde mit niemandem über unsere privaten Andachten sprechen. Und ich hielt Wort. Nie habe ich einem Mönch oder dem Abt erzählt, was zwei- bis dreimal pro Woche in der Küche vor sich ging, wenn Petrus mit dem Kochen der mittäglichen Mahlzeit – der einzigen warmen Mahlzeit am Tag – fertig war und bevor er und ich die Speisen zu den im Speisesaal versammelten Mönchen hineintrugen.

Nachdem wir die Prozedur ein- oder zweimal wiederholt hatten, empfand ich keine Schmerzen mehr, und die Andachten erregten bei mir jetzt denselben Körperteil wie bei Bruder Petrus, und er stellte sich auch bei mir steif auf. Außerdem empfand ich noch etwas anderes, ein drängendes Verlangen, eine Art Hunger, allerdings nicht auf Speisen.

Ich teilte oder besser ertrug die Andachtsübungen das ganze Frühjahr und den größten Teil des Sommers. Dann, im Spätsommer, wurden Petrus und ich erwischt, und zwar vom Abt persönlich.

Als Dom Clemens an jenem Tag kurz vor der mittäglichen Mahlzeit die Küche betrat, stand Petrus mit gespreizten Beinen über mir. »Liufs Guth!« schrie der Abt, was auf Gotisch soviel heißt wie »Lieber Gott!« Petrus ließ von mir ab und machte einen Satz. »Inwisan unsar heiwa-gudei!« klagte der Abt laut, was soviel heißt wie: »Und das in unserem gottesfürchtigen Haus!« Dann donnerte er: »Kalkinassus Sodomiza!« Ich verstand damals nicht, was das bedeutete, obwohl ich mich erinnerte, eines dieser Worte von Bruder Petrus gehört zu haben. Verwundert, warum der Abt über unsere Andachtsübungen so empört sein sollte, blieb ich liegen, wo ich war, die Kutte bis zum Hals hinaufgeschoben.

»Ne, ne!« heulte Bruder Petrus entsetzt auf. »Nist, Nonnus Clemens, nist Sodomiza! Ni allis!«

»Im ik blinda, niu?« rief der Abt.

»Nein, Dom Clemens, Ihr seid nicht blind, und deshalb flehe ich Euch an, seht, was ich Euch zeige. Es war nicht Sodomie, Nonnus. Weh mir, ich habe gesündigt, ja. Ich bin der Versuchung erlegen, ja. Aber seht doch, Nonnus Clemens, das heimtückisch verborgene Ding, das mich versucht hat.«

Der Abt funkelte ihn zornig an, trat dann aber aus meinem Gesichtsfeld hinter mich, und ich kann nur vermuten, was Petrus ihm zeigte, denn Dom Clemens stöhnte erneut auf: »Liufs Guth!«

Petrus nickte zerknirscht und fügte fromm hinzu: »Und ich danke dem lieben Gott, daß nur ich es war, der nichtswürdige Neuling und Diener, den dieser falsche Knabe, diese heuchlerische Eva mit ihrer verbotenen Frucht versucht hat. Ich danke dem lieben Gott, daß er nicht einen meiner würdigeren Mitbrüder versucht hat oder gar –«

»Slaváith!« brüllte der Abt, »schweig!« Mit einem Ruck zog er mir die Kutte über den nackten Hintern, denn von den lauten Rufen angezogen, hatten sich an der Tür zur Küche einige Mönche versammelt und starrten neugierig herein. »Geh in den Schlafsaal, Petrus, und warte bei deinem Strohsack; mit dir rede ich später. Bruder Babylas und Bruder Stephanos, ihr deckt im Speisesaal den

Tisch.« Er wandte sich zu mir. »Thorn, mein Sohn – äh, mein Kind – du kommst mit mir.«

Dom Clemens' Wohnung bestand nur aus einem Raum, der zwar vom gemeinschaftlichen Schlafsaal der Mönche getrennt lag, aber genauso karg und asketisch eingerichtet war wie dieser. Der Abt schien so verwirrt, daß er nicht wußte, was er zu mir sagen sollte, deshalb betete er zuerst lange Zeit mit mir und wartete dabei wahrscheinlich auf eine Eingebung. Schließlich stand er schwerfällig auf, bedeutete mir, gleichfalls aufzustehen, und stellte mir verschiedene Fragen. Dann sagte er, was er jetzt, da mein »Geheimnis« offenbar sei, mit mir tun wolle. Seine Worte betrübten uns beide, denn wir hatten einander sehr lieb gehabt.

*

Am nächsten Tag wurde ich zum Schwesterkloster von St. Damian auf der anderen Seite des Tals gebracht, zur Abtei St. Pelagia der Büßerin, einem Nonnenkloster, in dem Jungfrauen und Witwen ein klösterliches Leben führten. Dom Clemens persönlich geleitete mich und half mir meine geringe Habe tragen.

Dom Clemens stellte mich der alten Äbtissin Domina Aetherea vor, die einen tüchtigen Schreck bekam, denn sie hatte mich oft bei der täglichen Arbeit auf den Feldern von St. Damian gesehen. Der Abt bat sie, uns in eine Kammer zu führen, in der wir ungestört waren. Dort mußte ich mich nach vorn beugen, wie Bruder Petrus es mir so oft befohlen hatte, und mit abgewendeten Augen schlug Dom Clemens meine Kutte hoch und entblößte meinen Unterleib vor der Äbtissin. Sie tat einen spitzen Schrei und zog die Kutte eilends wieder herunter. Dann unterhielten sie und der Abt sich erregt auf Latein; sie sprachen allerdings so leise, daß ich nichts verstand. Das Gespräch endete mit meiner Aufnahme in den Konvent unter denselben Bedingungen wie in St. Damian: als Oblate und Postulant und als Junge oder besser Mädchen für alles.

Von meiner Zeit in St. Pelagia werde ich später noch mehr berichten. Hier mag genügen zu sagen, daß ich viele Wochen lang arbeitete, betete und lernte, bis mich eines warmen Tages im Frühherbst ein Mitglied des Konvents in derselben Absicht wie Bruder Petrus ansprach.

Diesmal war es allerdings kein stämmiger burgundischer

Mönch, der meine wohlgestalte Figur bewunderte und dessen Hand unter meine Kutte schlüpfte und mein Hinterteil liebkoste. Schwester Deidamia stammte zwar auch aus Burgund, aber sie war eine hübsche Novizin von einnehmendem Wesen und nur wenige Jahre älter als ich, und ich hatte sie selbst seit einiger Zeit aus der Ferne bewundert. Deshalb machte es mir überhaupt nichts aus, als Deidamia mich streichelte und dann wie zufällig ihre Hand tiefer gleiten ließ, bis ein Finger sanft in die längliche Öffnung sank, die Petrus benutzt hatte. Entzückt sagte Deidamia: »Oh, du sehnst dich nach Liebe, kleine Schwester? Du bist ja ganz warm und feucht.«

Wir befanden uns im Stall der Abtei. Ich hatte gerade die vier Kühe von der Weide zum Melken hereingebracht, und Schwester Deidamia hielt einen Melkeimer in der Hand. Ich fragte nicht, ob man sie an diesem Tag geschickt hatte, mir beim Melken zu helfen, denn es schien vielmehr so, als habe sie den Eimer nur mitgebracht, um ihren Besuch zu rechtfertigen und um ungestört mit mir reden zu können.

Langsam ging sie um mich herum und trat dann vor mich hin. Vorsichtig hob sie meine Kutte ein kleines Stück und sagte, als wolle sie um Erlaubnis bitten: »Ich habe noch nie eine andere Frau ohne Kleider gesehen.«

»Ich auch nicht«, sagte ich mit belegter Stimme.

Schüchtern hob sie meine Kutte ein Stück höher. »Zeig du mir dich zuerst.«

Ich habe bereits berichtet, welche verwirrende physische Veränderung die Aufmerksamkeiten von Bruder Petrus manchmal bei mir auslösten. Ich muß gestehen, daß die zarte Berührung von Schwester Deidamias Hand bereits zu demselben Anschwellen und Aufrichten geführt hatte. Es war mir ein wenig peinlich, sie das sehen zu lassen, obwohl ich nicht wußte warum. Bevor ich jedoch Einspruch erheben konnte, hatte sie die Kutte ganz hochgehoben.

»Gudisks Himins!« entfuhr es ihr auf Gotisch, »ach du lieber Himmel!« Sie riß die Augen auf. Also hatte ich recht gehabt zu zögern – jetzt hatte ich das Mädchen erschreckt. Das hatte ich wirklich, aber aus einem Grund, den ich nicht wissen konnte. »O weh! Ich hatte immer den Verdacht, daß ich keine richtige Frau bin. Jetzt weiß ich es.«

»Wie?« sagte ich.

»Ich hatte gehofft, wir könnten ... du und ich ... so schöne Dinge miteinander tun, wie ich das bei Schwester Agnes und Schwester Thaïs gesehen habe. Ich habe ihnen nachspioniert. Sie küssen sich mit den Lippen, streicheln sich überall mit den Händen und reiben ihre ... na ja, diesen Teil eben ... aneinander, und sie stöhnen und lachen und schluchzen, weil ihnen das viel Spaß macht. Ich habe oft darüber nachgedacht, wie genau sie das anstellen, aber ich konnte es nie sehen. Sie ziehen sich nie ganz aus.«

»Schwester Thaïs ist viel schöner als ich«, würgte ich heraus. Meine Kehle war wie zugeschnürt. »Warum hast du nicht sie gefragt statt mich?« Ich versuchte angestrengt, ganz ruhig zu bleiben, aber das war schwierig. Deidamia hielt immer noch meine Kutte hoch und starrte mich an. Ich spürte die Luft kühl auf meiner nackten Haut, aber noch mehr spürte ich die pulsierende Wärme dort, wo Deidamia hinstarrte.

»Was?« rief sie. »Ich soll unverschämt zu Schwester Thaïs sein? Nein, das könnte ich nicht. Sie ist älter und eine Nonne ... und ich bin nur eine unerfahrene Novizin. Auf jeden Fall kann ich mir jetzt, wo ich dich sehe, vorstellen, was sie und Schwester Agnes nachts tun. Wenn alle anderen Frauen so ein Ding haben ...«

»Hast du denn keins?« fragte ich heiser.

»Ni allis«, sagte sie traurig. »Kein Wunder, daß ich mich immer minderwertig gefühlt habe.«

»Laß mich sehen.«

Jetzt war sie es, die zögerte, aber ich erinnerte sie an unsere Verabredung: »Ich zuerst, hast du gesagt, große Schwester, und ich habe dir gezeigt, was du sehen wolltest. Jetzt bist du dran.«

Sie ließ meine Kutte los und löste mit zitternden Fingern den Strick, der ihr als Gürtel diente. Ihr sackleinenes Gewand fiel auf. Wenn der Teil, der steif von mir abstand, noch größer werden konnte, dann tat er das jetzt.

»Siehst du«, sagte sie schüchtern, »zumindest hier bin ich normal. Fühle mal.« Und sie ergriff meine Hand und führte sie. »Aber hier habe ich nur diesen kleinen Knubbel. Er steht auch aufrecht, wie deiner, aber er ist so dürftig, nicht größer als die Warze auf Nonna Aethereas Kinn. Überhaupt nicht wie deiner. Man sieht ihn kaum.« Sie schniefte.

»Dafür habe ich keine Haare um meinen«, sagte ich, um sie zu trösten. »Und die da habe ich auch nicht.« Ich zeigte auf ihre Brüste, auf denen gleichfalls rosa Knubbel keck abstanden.

»Ach die«, sagte sie verächtlich. »Die hast du nur deshalb nicht, weil du noch ein Kind bist, Schwester Thorn. Ich wette, du hast noch nicht einmal deine erste Regel gehabt. Du bist sicher eine Frau, noch bevor du so alt bist wie ich.«

»Was meinst du damit?«

»Daß du eine Frau wirst? Du bekommst Brüste. Was die Regel ist, wirst du merken, wenn du sie bekommst. Aber du hast schon jetzt das da« – sie berührte es, und ich zuckte heftig zusammen – »und das werde ich nie haben. Es ist, wie ich befürchtet habe, ich bin keine vollständige Frau.«

»Ich würde mich gern an dir reiben«, sagte ich, »wenn du glaubst, daß dir das wie den anderen Schwestern Freude macht.«

»Würdest du das?« fragte sie eifrig. »Du bist lieb. Vielleicht kann ich Freude empfinden, wenn ich sie schon nicht geben kann. Hier ist sauberes Stroh. Legen wir uns hin. Das tun Thaïs und Agnes auch.«

Wir streckten uns also auf dem Stroh aus, und nachdem wir ungeschickt verschiedene Positionen ausprobiert hatten, berührten sich endlich unsere nackten Unterkörper, und ich begann, jenen Teil von mir an ihr zu reiben.

»Aaaaah«, entfuhr es ihr, und sie begann wie Petrus zu keuchen. »Das ist – das ist wunderbar.«

»Ja«, sagte ich schwach.

»Steck ihn ... steck ihn rein.«

»Ja.«

Er fand seinen Weg ohne mein Dazutun von selbst. Deidamia gab unzusammenhängende Laute von sich. Ihr Körper wand und krümmte sich, und sie klammerte sich mit den Händen wild an mich. Dann schien plötzlich in ihr, in mir, in uns beiden alles auf einen Punkt zusammenzuströmen, und es kam zu einer Explosion. Wir taten beide einen ausgelassenen Schrei, und dann trat an die Stelle des überwältigenden Glücksgefühls ein wunderbarer Frieden, der fast genauso schön war.

Erst als wir uns beide vollkommen beruhigt hatten, sagte Deidamia mit zitternder Stimme: »Danke ... tausend Dank, kleine Schwester. Es war unvorstellbar schön.«

»Nein, nein ... ich danke euch, Schwester Deidamia«, sagte ich. »Es war auch für mich wunderbar.«

»Liufs Guth!« rief sie plötzlich und kicherte. »Ich bin ja viel nässer als vorher.« Sie befühlte sich und dann mich an derselben Stelle. »Du bist nicht annähernd so naß wie ich. Was läuft da aus mir heraus?«

Schüchtern sagte ich: »Ich glaube, daß ist die heilige Hostie, große Schwester, nur eben flüssig. Und man hat mir gesagt, daß das, was wir soeben getan haben, lediglich eine private Form der heiligen Kommunion ist.«

»Wirklich? Das ist ja wunderbar! Das ist ja viel besser als altbackenes Brot und saurer Wein. Kein Wunder, daß Schwester Thaïs und Schwester Agnes es so oft machen. Sie sind sehr fromm. Und das kam aus dir heraus, kleine Schwester?« Mit einem Mal verdüsterte sich ihre Miene. »Da hast du es wieder. Ich kann das nicht. Mir fehlt da etwas. Ja, für dich muß das Vergnügen doppelt so groß gewesen sein ...«

Um zu verhindern, daß sie erneut anfing, sich wegen ihrer Mängel zu bemitleiden, wechselte ich rasch das Thema. »Wenn dir diese Art der Kommunion so gut gefällt, Schwester Deidamia, warum machst du es dann nicht einfach mit einem Mann? Männer haben sogar ein noch größeres ...«

»Niemals!« unterbrach sie mich. »Den weiblichen Körper kannte ich bisher nicht, weil es in meiner Familie keine anderen Mädchen gab und meine Mutter bei meiner Geburt starb und ich keine Spielkameradinnen hatte. Aber Brüder hatte ich, und ich habe sie nackt gesehen. Igitt! Ich sage dir, Schwester Thorn, Männer sind häßlich. Sie haben überall Haare und Muskeln und eine ledrige Haut, wie der große wilde Auerochse. Natürlich stimmt es, daß dieses Teil bei ihnen ziemlich groß ist. Aber es sieht roh und abstoßend aus. Und darunter hängt ein häßlicher, runzliger Ledersack. Igitt!«

»Stimmt«, sagte ich, »das habe ich bei Männern auch gesehen, und ich habe überlegt, ob mir auch noch so etwas wächst.«

»Dir nie«, versicherte sie mir. »Ein paar Haare da unten, ja, und zwei schöne Brüste da oben, aber nicht dieser schreckliche Sack.« Nach einer Pause sagte sie: »Ein Eunuch hat so einen Sack auch nicht, genausowenig wie wir Frauen.«

»Das wußte ich nicht«, sagte ich. »Was ist ein Eunuch?«

»Ein Mann, dem man den Sack abgeschnitten hat, meist schon als Kind.«

»Du lieber Gott!« rief ich aus. »Abgeschnitten? Warum denn das?«

»Damit er kein richtiger Mann mehr ist. Einige lassen es absichtlich mit sich machen, auch noch als erwachsene Männer. Es heißt, der große Kirchenlehrer Origines habe sich selbst entmannt, damit ihn die Frauen und Nonnen, die er unterrichtete, nicht in Versuchung führen konnten. Viele männliche Sklaven werden von ihren Herren zu Eunuchen gemacht, damit sie den Frauen des Hauses dienen können, ohne deren Keuschheit zu gefährden.«

»Liegt eine Frau denn nie mit einem Eunuchen zusammen?«

»Natürlich nicht. Wozu? Aber ich würde mich auch nie im Leben zu einem Mann legen. Selbst wenn ich die Übelkeit überwinden könnte, die schon beim bloßen Gedanken daran in mir hochsteigt, ich dürfte es ja gar nicht. Wenn ich mit dir liege, kleine Schwester, ist das die heilige Kommunion. Mit einem Mann zu liegen, hieße meine Unschuld beflecken, und die habe ich allein Gott geweiht, damit ich eine richtige Nonne werden kann, wenn ich vierzig bin. Nein, nie werde ich mich zu einem Mann legen.«

»Dann bin ich froh, daß ich eine Frau bin«, sagte ich. »Sonst hätte ich dich nicht kennengelernt.«

»Und du hättest erst recht nicht mit mir zusammengelegen.« Sie lächelte entrückt. »Wir müssen das öfter tun, Schwester Thorn.«

Und das taten wir, wieder und wieder, und wir lehrten einander viele und verschiedene Arten, die Andacht zu verrichten. Wir waren so vernarrt ineinander, daß wir beklagenswert sorglos wurden. Eines Tages kurz vor Winteranbruch befanden wir uns in solchen Wonnen der Ekstase, daß wir nicht bemerkten, wie sich eine gewisse Schwester Elissa näherte, die für ihre Neugier bekannt war. Wir bemerkten sie erst, als sie, vermutlich nachdem sie uns eine Weile mit offenem Mund beobachtet hatte, mit der Äbtissin zurückkehrte. Die beiden fanden uns noch immer ineinander verflochten vor.

»Seht ihr, Nonna?« sagte Schwester Elissa hämisch.

»Liufs Guth!« kreischte Domina Aetherea. »Kalkinassus!« Ich

wußte inzwischen, daß dieses Wort Unzucht bedeutete, eine Todsünde. Hastig schlüpfte ich in meine Kutte und kauerte verängstigt am Boden. Deidamia dagegen kleidete sich ruhig an.

»Kalkinassus war es nicht, Nonna Aetherea. Vielleicht war es unrecht, die heilige Kommunion während der Arbeitszeit zu feiern, aber ...«

»Die *heilige Kommunion?!*«

»... aber eine Sünde haben wir nicht begangen. Wenn eine Frau mit einer anderen Frau zusammenliegt, gefährdet das ihre Keuschheit nicht. Ich bin so jungfräulich, wie ich immer war, und dasselbe gilt für Schwester Thorn.«

»Slaváith!« donnerte Domina Aetherea. »Wie kannst du es wagen, so zu sprechen? Er und Jungfrau?«

»Er?« wiederholte Deidamia verwirrt.

»Ich sehe den Betrüger zum erstenmal von vorne«, sagte die Äbtissin eisig. »Aber du scheinst mit diesem Anblick wohlvertraut, meine Tochter. Willst du bestreiten, daß das einem Mann gehört?« Sie hob einen Zweig vom Boden auf und hob damit, ohne mich zu berühren, den Saum meiner Kutte. Alle drei Frauen betrachteten meine Schamteile, und auf ihren Gesichtern spiegelten sich unterschiedliche Gefühle. Nur Gott weiß, was für einen Ausdruck mein Gesicht hatte.

»Ganz klar ein Mann«, sagte Schwester Elissa mit einem dümmlichen Grinsen.

»Aber«, stotterte Schwester Deidamia, »aber Thorn hat keine äh ... äh ...«

»Er hat genug, um zweifelsfrei ein Mann zu sein!« sagte die Äbtissin barsch. »Und um aus dir dummem Huhn eine dreckige Hure zu machen.«

»O weh, Nonna Aetherea, es ist noch schlimmer als das!« heulte die arme Deidamia in aufrichtiger Verzweiflung. »Ich bin eine Menschenfresserin! Dieser Betrüger hat mich dazu verführt, das Fleisch von Kindern zu essen!«

Die anderen beiden Frauen starrten Deidamia fassungslos an. Bevor Deidamia ihre Worte jedoch näher ausführen konnte, sank sie ohnmächtig zu Boden. Ich wußte, was sie meinte, aber trotz meiner Angst hatte ich die Geistesgegenwart, zu schweigen. Nach einem Augenblick des Schweigens sagte Schwester Elissa: »Wenn diese – diese Person ein Mann ist, wie kommt er dann hierher nach St. Pelagia?«

»Das frage ich mich auch«, sagte die Äbtissin grimmig.

So kam es, daß ich wieder einmal meine wenige Habe zu einem Bündel schnüren mußte und durch das breite Tal nach St. Damian zurückgebracht wurde. Die Äbtissin wies einen Mönch an, mich in einem Nebengebäude einzusperren, denn ich sollte nicht hören, wie sie den Abt zur Rede stellte. Doch der Mönch hatte anderes zu tun und ließ mich allein. Ich stahl mich aus dem Gebäude, kauerte mich unter das Fenster der Abtwohnung und lauschte. Die beiden stritten sich laut, und da sie sich unbelauscht glaubten, sprachen sie diesmal nicht Lateinisch, sondern Gotisch.

»... kannst du es wagen, mir so etwas zu bringen und zu sagen, es sei ein Mädchen?« rief die Äbtissin wütend.

»Du hast es für ein Mädchen gehalten«, erwiderte der Abt etwas weniger laut. »Du hast alles gesehen, was ich gesehen habe, und du bist eine Frau. Kann man mir Vorwürfe machen, weil ich mein Keuschheitsgelübde ernst nehme? Weil ich ein Priester bin, der keine illegitimen Kinder gezeugt hat? Weil ich nackte Frauen nur auf dem Krankenbett oder dem Totenlager gesehen habe?«

»Gut, jetzt kennen wir beide die Wahrheit, Clemens, und wir wissen, was zu tun ist. Schicke einen Mönch, um es zu holen.«

Ich eilte zu dem Nebengebäude zurück, um mich dort abholen zu lassen. In meiner völligen Verwirrung konnte ich nur einen klaren Gedanken fassen. Im letzten Jahr hatte ich verschiedene Namen gehabt, aber jetzt hatte mich zum erstenmal jemand »es« genannt.

So kam es, daß ich aus beiden Klöstern verbannt wurde und man mir befahl, Balsan Hrinkhen zu verlassen und nie wieder zurückzukehren. Ich würde wegen meiner Sünden verbannt, sagte Dom Clemens in einem Gespräch unter vier Augen zu mir, kurz bevor ich ging. Er mußte freilich zugeben, daß er selbst nicht genau sagen konnte, um welche Sünden im kirchlichen Sinn es sich handelte. Meine persönliche Habe durfte ich behalten, aber der Abt verbot mir, Dinge mitzunehmen, die dem Kloster gehörten. Zum Abschied drückte er mir freilich gütig eine Münze in die Hand, einen ganzen silbernen Solidus.

Außerdem sagte er mir mit unglücklicher Miene noch, wer ich

war. Ich sei ein Geschöpf jener Art, die auf Gotisch Mannamawi genannt werden, »Mannfrau«. Ich sei kein Junge und kein Mädchen, sondern beides und deshalb weder das eine noch das andere. Ich glaube, daß ich in diesem Augenblick aufhörte, ein Kind zu sein, ob nun Junge oder Mädchen.

Als ich ging, nahm ich trotz der Mahnung des Abtes zwei Dinge mit, die strenggenommen nicht mir gehörten. Ich werde später erzählen, um was es sich handelte. Nichts von dem, was ich mitnahm, sollte sich jedoch für mich als von so großem und dauerhaftem Wert erweisen wie das Wissen, daß ich in meinem künftigen Leben nie das Opfer der Liebe zu einem anderen Menschen sein würde. Da ich kein Mann war, konnte und würde ich nie eine Frau wirklich lieben. Und da ich keine Frau war, konnte und würde ich nie einen Mann wirklich lieben. Ich würde für immer frei sein von den Fesseln, den zärtlichen Schwächen und der demütigenden Tyrannei der Liebe.

*

Ich war Thorn Mannamawi, und kein Mann und keine Frau der Welt würden für mich je etwas anderes sein als meine Beute.

## 2

Ich weiß nicht, wann oder wo genau ich zur Welt kam. Für einen, der so weit reisen sollte wie ich, der so viele verschiedene Länder und Völker kennenlernen und so vielen Ereignissen beiwohnen sollte, die den Lauf der menschlichen Geschichte nachhaltig beeinflußt haben, und der eines Tages an der rechten Seite des bedeutendsten Mannes unserer Zeit stehen würde, war ich von bescheidener, um nicht zu sagen schimpflicher Herkunft.

Über meine Herkunft weiß ich nur, daß die Mönche der Abtei St. Damian des Märtyrers eines Morgens auf ihrer Türschwelle einen Säugling fanden. Dies geschah um das Jahr 1208 nach der Gründung Roms und während der kurzen Herrschaft des Kaisers Avitus, im Jahre des Herrn 455 oder 456, ein oder zwei Jahre nach der Geburt des Mannes, der zum größten Staatsmann unserer Zeit werden sollte. Ich mag damals einige Tage, Wochen oder Monate alt gewesen sein, ich weiß es nicht. Bei mir befand sich weder eine Nachricht noch irgendein Hinweis auf meine Identität – bis auf den Buchstaben »Thorn«, der mit Kreide auf das Tuch aus grobem Hanf gemalt war, in das man mich gewickelt hatte.

Das gotische Runenalphabet wird *Futhark* genannt, weil es mit den Buchstaben F, U und so weiter anfängt – wie das lateinische Alphabet mit A, B und C. Der dritte Buchstabe dieses Runenalphabets heißt Thorn; er steht für den Laut *th*. Wenn das Zeichen auf dem Wickeltuch überhaupt eine Bedeutung hatte, dann könnte es der Anfangsbuchstabe eines Namens wie Thrasamund oder Theudebert gewesen sein, was wiederum hieße, daß ich ein Kind aus Burgund oder Franken, ein Gepide, Thüringer, Schwabe oder Vandale oder der Angehörige irgendeines anderen Stammes germanischen Ursprungs gewesen wäre. Allerdings benutzen von allen Völkern, die das Gotische sprechen, nur noch die Ostgoten und die Westgoten die alten Runen für ihren Schriftverkehr. Also nahm der damalige Abt von St. Damian den mit Kreide geschriebenen Buchstaben als Beweis für meine Abstammung von diesen Goten. Aber anstatt mich auf einen gotischen Namen zu taufen, der mit *th* beginnt – er hätte mir dann entweder einen männlichen oder einen weiblichen Namen geben müssen –, nannte er mich einfach Thorn.

Man könnte jetzt annehmen, ich hätte meiner Mutter, wer immer sie auch gewesen sein mag, nie verziehen, mich fremden Menschen auf Gedeih und Verderb ausgeliefert zu haben. Doch nein, ich verachte oder verurteile diese Frau keineswegs: Ich war ihr im Gegenteil stets dankbar für das, was sie getan hat – denn sonst wäre ich jetzt nicht am Leben.

Hätte sie ihre Stammesgenossen nach meiner Geburt über mein Anderssein aufgeklärt, hätten diese natürlich sofort geglaubt, meine Mutter müsse ein so entartetes Kind an einem Sonntag oder sonst einem Feiertag empfangen haben (man wußte, daß Geschlechtsverkehr an solchen Tagen schlimme Folgen hatte) oder mit einem Skohl gezeugt haben, einem Waldgeist der alten Religion. Oder sie sei aus irgendeinem Grund Opfer eines *insandjis* geworden, eines bösen Fluchs, der von einer *haljoruna* ausgesprochen wird, wie wir sie auf Gotisch nennen, einer alten Hexe, die der alten Religion anhängt und die schrecklichen Runen Haljas, der alten Göttin der Unterwelt, schreiben und aussprechen kann.

Nur wenn ein Volk durch Krieg, Krankheit, Hungersnot oder anderes Unheil stark geschwächt ist, läßt es manchmal verkrüppelte, schwächliche, geisteskranke und andere unerwünschte Kinder am Leben, zumindest eine Zeitlang, bis man sieht, ob sie der Gemeinschaft irgendwie nützen können. Wollen die Eltern das Kind aus Scham nicht aufziehen, bezahlen manchmal die Ältesten der Gemeinschaft eine gewisse Summe dafür, daß das mißgestaltete Kind bei kinderlosen und bedürftigen Stiefeltern aufwächst. Zum Zeitpunkt meiner Geburt jedoch herrschte Frieden in Burgund. Der kriegslüsterne Attila war unlängst gestorben, und der Rest seiner räuberischen Hunnen hatte sich wieder gen Osten nach Sarmatien zurückgezogen. Und in einem Land, das sich eines verhältnismäßigen Friedens und Wohlstands erfreut, wird ein Säugling, der verkrüppelt oder irgendwie mißgestaltet zur Welt kommt oder einfach nur ein Mädchen ist, zum Wohl des Volkes für »ungeboren geboren« erklärt und getötet oder dem Hungertod ausgesetzt.

Meine Mutter erkannte also wahrscheinlich bald, daß sie einem Wesen das Leben geschenkt hatte, das noch weniger wert war als ein Mädchen und noch monströser als das Kind eines Skohl. Daß sie mich entgegen dem Brauch der gesamten zivilisierten Welt nicht im Wald aussetzte, den Wölfen zum Fraß, muß man ihr hoch anrechnen – das ist jedenfalls meine Meinung, schließlich verdanke ich diesem Umstand mein Leben. Meine Mutter hatte ein weiches Herz und legte mein Schicksal in die Hände der Brüder von St. Damian.

Der damalige Abt und der Wundarzt des Klosters untersuchten den Findling natürlich. Sie fanden also bald heraus, welch ungewöhnliche Kreatur ich war; daher mein seltsam bedeutungsloser Taufname. Der Abt beschloß wie meine Mutter, mich leben zu lassen, vielleicht aus Neugier. Außerdem entschied er, mich als Jungen aufzuziehen. Er muß diese Entscheidung aus aufrichtigem Mitleid getroffen haben; sollte ich je das Alter eines Erwachsenen erreichen, würde ich die Privilegien und Rechte eines Mannes genießen, die in den Ländern der Christenheit selbst Frauen vornehmster Abstammung vorenthalten sind.

So wurde ich in die Abtei aufgenommen – wie ein gewöhnlicher

Junge, der von seinen Eltern fürs Kloster bestimmt worden ist. Im Dorf fand man eine Amme für mich, bis ich alt genug war, entwöhnt zu werden. Es ist kaum zu glauben, aber offensichtlich bewahrten die drei Menschen, die die Wahrheit über mich wußten, darüber Stillschweigen. Als ich ungefähr vier Jahre alt war, suchte eine Pest das ganze Königreich von Burgund heim. Zu den Einwohnern von Balsan Hrinkhen, die der Seuche zum Opfer fielen, gehörten jener Abt, der Wundarzt und auch die Amme, so daß ich mich später kaum noch an diese drei Menschen erinnern konnte.

Bischof Patiens von Lugdunum benannte bald einen neuen Abt für St. Damian: Dom Clemens, vormals Lehrer am Seminar in Condatus. Wie ich selbst und die anderen Mönche und Dorfbewohner, die von der Pest verschont geblieben waren, nahm auch Dom Clemens selbstverständlich an, ich sei ein Junge. Und so geschah es, daß meine Doppelnatur während der nächsten acht Jahre von niemandem bemerkt oder auch nur vermutet wurde – mich selbst eingeschlossen –, bis der lüsterne Bruder Petrus sie zu seiner Freude zufällig für sich entdeckte.

Das Klosterleben war nicht einfach, aber auch nicht übermäßig beschwerlich; St. Damian hielt sich nicht an die strengen Gesetze der Askese und der Abstinenz, wie es die viel älteren klösterlichen Gemeinschaften in Afrika, Ägypten und Palästina taten. Das strenge nördliche Klima und die körperliche Arbeit, die wir verrichteten, berechtigten uns Mönche von St. Damian dazu, uns besser zu ernähren und uns im Winter an Wein zu erwärmen und im Sommer mit Ale und Bier zu erfrischen. Da die Ländereien der Abtei im Überfluß die verschiedensten Speisen und Getränke lieferten, sahen der Abt und der Bischof keinen Grund, uns deren Genuß vorzuenthalten.

Die meisten Mönche von St. Damian kamen aus Burgund, aber es gab bei uns auch zahlreiche Franken und Vandalen, einige Schwaben und Vertreter anderer germanischer Völker und Stämme. Beim Eintritt in die Abtei legten sie ihre germanischen Namen ab und übernahmen lateinische oder griechische Namen von Heiligen, Propheten, Märtyrern oder ehrwürdigen Bischöfen der Vergangenheit. So wurde aus Kniva dem Schielenden Bruder Commodian, aus Avilf dem Starken Bruder Addian, und so fort.

Wie ich bereits erzählte, hatte jeder Mönch eine tägliche Arbeit zu verrichten, und Dom Clemens tat sein Bestes, jedem eine Arbeit zuzuweisen, die er aus seinem Leben außerhalb der Klostermauern kannte. Unser Wundarzt Bruder Hormisdas war früher Medicus einer adligen Familie in Vesontio gewesen. Bruder Stephanus, der einst ein großes Gut verwaltet hatte, war nun unser Kellermeister und Herr über unsere Vorräte.

Mönche, die des Lateins mächtig waren, wurden Präzeptoren, Lehrer, und kopierten Schriftrollen und Bücher im Skriptorium der Abtei, während andere, die künstlerisch begabt waren, die Texte mit Bildern schmückten. Brüder, die Gotisch lesen und schreiben konnten, arbeiteten im Chartularium, in dem alle Schriftstücke des Klosters sowie die Hochzeits-, Geburts- und Todesurkunden und gegenseitigen Pachtverträge der im Tal wohnenden Laien aufbewahrt wurden. Bruder Paulus, der in beiden Sprachen meisterhaft zu schreiben verstand, war Dom Clemens' persönlicher Schreiber. Er kratzte die vom Abt diktierten Briefe so schnell, wie sie gesprochen wurden, auf Wachstafeln, um sie anschließend in Schönschrift auf Pergament zu schreiben.

Zu den Ländereien der Abtei gehörten Kräuter- und Gemüsegärten und Höfe und Scheuern mit Geflügel, Schweinen und Milchkühen, die von Mönchen versorgt wurden, die früher Bauern gewesen waren. Außerdem besaß die Abtei innerhalb und außerhalb des Tales weite Felder, Weinberge, Obstgärten und Weiden für Schafe und Rinder. In St. Damian gab es im Gegensatz zu vielen anderen Mönchsklöstern keine Sklaven; statt dessen stellte man einheimische Bauern an, den Boden zu pflügen und die Herden zu beaufsichtigen.

Selbst der einfältigste unserer Klosterbrüder – ein armer Kerl, dessen Kopf wie ein Kegel nach oben spitz zulief – erhielt einige einfache Aufgaben zugewiesen, welche er mit großem Stolz und großer Selbstzufriedenheit erfüllte. Dieser Bursche hatte früher Nethla Iohannes geheißen – vermutlich wegen der Form seines Kopfes, denn der Name bedeutete »Nadel, Johannes' Sohn« –, aber jetzt hatte er den noch lächerlicheren Namen Bruder Joseph angenommen. Lächerlich deshalb, weil kein Mönch oder Priester, kein Kloster und keine Kirche sich jemals nach dem heiligen Joseph nannte, der, wenn überhaupt, lediglich als Schutzpatron der betrogenen Ehemänner galt. An Sonntagen und anderen Feiertagen hatte Bruder Joseph die Aufgabe, laute hölzerne Rasseln zu schütteln und so die Leute in Tal und Dorf zum Gottesdienst in der Klosterkapelle zusammenzurufen. An anderen Tagen stand er als Vogelscheuche auf einem Acker und rasselte, um die Vögel fernzuhalten.

Meine Pflichten als Kind waren fast genauso anspruchslos wie die von Bruder Joseph, aber wenigstens waren sie so abwechslungsreich, daß mir nicht langweilig wurde. So half ich etwa im Skriptorium, frischen Pergamentbögen den letzten Glanz zu verleihen – man benutzt dazu das Fell eines Maulwurfs, weil es die Eigenschaft hat sich anzuschmiegen, egal in welche Richtung man reibt; anschließend rauhte ich die Oberfläche der Bögen mit Bimsstein auf, damit die Präzeptoren mit ihren Federkielen gut darauf schreiben konnten. Meist war ich sogar derjenige, der zuvor die Maulwürfe mit einer Schlinge gefangen hatte, der die Galläpfel sammelte, aus denen Tinte hergestellt wurde, und der beim Rupfen der Schwäne das schmerzhafte Stechen der Federkiele aushalten mußte.

An anderen Tagen sammelte ich auf den Feldern Myrte, aus der unser Bruder Medicus einen kräftigen Tee braute, oder Distelwolle, mit der Bruder Schneider seine Kissen füllte; die Gänse und Schwäne versorgten uns zwar reichlich mit weichen Flaumfedern, doch war ein solcher Luxus im Schlafsaal eines Klosters unvorstellbar. An wieder anderen Tagen zog ich ein verzweifelt gackerndes und flatterndes Huhn durch sämtliche Rauchfänge der Abtei, um sie zu säubern. Den Ruß brachte ich dann unserem Bruder Färber, der ihn mit Bier aufkochte und eine braune Tinktur zum Färben der Mönchskutten daraus herstellte.

Mit zunehmendem Alter wurden mir verantwortungsvollere Pflichten übertragen, etwa bei Bruder Sebastian in der Molkerei. Bruder Sebastian goß Sahne in zwei Korbfässer, die über den Rükken unseres alten Zugpferdes hingen, und sagte feierlich: »Sahne ist die Tochter der Milch und die Mutter der Butter.« Dann setzte er mich auf die Stute und hieß mich, im Hof so lange im Schrittempo mit ihr herumzureiten, bis sich die Sahne wie von Zauberhand in Butter verwandelt hatte.

Nun gut. Von frühester Jugend an mußte ich hart arbeiten und lernen, und nur selten kam ich aus dem von steilen Felswänden eingeschlossenen Tal hinaus. Aber da ich nie ein anderes Leben kennengelernt hatte als dieses, hätte ich mich vielleicht damit zufrieden gegeben und mir kein anderes gewünscht. Wenn mich in späteren Jahren Wein oder körperliche Liebe in eine nachdenkliche Stimmung versetzten, überlegte ich, daß ich mich an jenem Bruder Petrus nicht ganz so hart hätte rächen sollen, wie ich es tat. Wäre er nicht gewesen, ich säße vielleicht heute noch in St. Damian oder einem anderen Kloster, und mein Geheimnis wäre selbst für mich noch ein Geheimnis, verborgen unter der Kutte eines Mönchs, Meßdieners, Diakons, Priesters, Abts oder womöglich sogar Bischofs.

Ich war nämlich gründlich belesen in den heiligen Schriften der christlichen Kirche und deren Lehren, Vorschriften und Liturgie – ich wußte weit mehr als die meisten Klosterschüler. Das kam daher, daß Dom Clemens seit seiner Ankunft im Kloster ein persönliches Interesse daran gezeigt hatte, mir zu einer gewissen Bildung zu verhelfen. Wie alle anderen glaubte er, ich sei gotischer Herkunft und der gotische Glaube, Aberglaube oder Unglaube sei mir angeboren. Er versuchte deshalb, mir denselben auszutreiben und mich im rechten christlichen Glauben zu erziehen.

Wenn der Abt sich zu mir setzte, vergaß er nie, mit Abscheu in der Stimme auszurufen: »Die Goten, mein Sohn, sind ein uns fremdes Volk. Sie haben wölfische Namen und wölfische Seelen, und jeder zivilisierte Mensch sollte sie meiden.«

»Aber Nonnus Clemens«, wandte ich bei einer solchen Gelegenheit ein, »unser Herr Jesus Christus hat sich nach seiner glorreichen Geburt doch zuerst Fremden geoffenbart. Er kam aus Galiläa, und die drei Weisen kamen aus Persien.«

»Je nun«, sagte der Abt, »es gibt solche und solche. Die Goten sind Barbaren, Wilde, Bestien. Wie ihr Stammesname schon sagt, sie sind Gog und Magog, feindliche Mächte, deren unheilvolles Kommen von Ezekiel und in der Offenbarung vorausgesagt wird.«

»Dann sind die Goten so hassenswert wie die Heiden. Oder die Juden.«

»Nein, Thorn, die Goten sind noch viel verwerflicher, denn sie sind Ketzer, Arianer. Ein Arianer ist ein Mensch, der das Licht der Wahrheit zwar kennt, jedoch üble Ketzerei dem rechtmäßigen

Glauben vorzieht. Der heilige Ambrosius sagt, daß Ketzer viel größere Gotteslästerer sind als der Antichrist, ja der Teufel selbst. Thorn, mein Sohn, wenn die Ostgoten und die Westgoten nur Barbaren und Wilde wären, wäre alles halb so schlimm. Weil sie aber obendrein Arianer sind, müssen wir sie verabscheuen.«

Weder Dom Clemens noch irgend jemand sonst konnte damals wissen, daß noch zu meinen Lebzeiten die ganze uns bekannte Welt von arianischen Goten regiert werden sollte; daß einer von ihnen der erste Herrscher seit Konstantin sein sollte, der den Beinamen »der Große« erhielt; daß er seit Alexander der erste sein sollte, der diesen Beinamen verdiente – und daß ich, Thorn, neben ihm sitzen würde.

## 3

Was die weltliche Erziehung anlangt, die ich in St. Damian erhielt, so begann auch sie in meiner frühesten Jugend. Mein Lehrer war Bruder Methodius, ein Gepide, der Gotisch sprach. Wie Kinder eben sind, stellte ich immerfort dumme Fragen, und der Mönch beantwortete sie unter Aufbietung all seiner Geduld nach bestem Wissen.

Womöglich aus reiner Notwehr brachte Bruder Methodius mir bei, Gotisch zu lesen, und ich überredete Bruder Hilarion, mich in Latein zu unterrichten. Bis auf den heutigen Tag sind dies die beiden einzigen Sprachen, von denen ich behaupten kann, sie einigermaßen zu beherrschen. Auf Griechisch kann ich mich zur Not unterhalten, von anderen Sprachen kenne ich nur einzelne Wörter. Aber man vergesse nicht: Noch kein Mensch hat alle Sprachen der Welt gesprochen, außer vielleicht die heidnische Nymphe Echo.

Natürlich war die weltliche Erziehung eines Klosterschülers ähnlich wie der religiöse Unterricht allein auf das Studium frommer Werke begrenzt, gegen welche die heilige Mutter Kirche keine Einwände hatte. Doch Dom Clemens verbot mir nie eines der Bücher, die ich im Skriptorium fand. Ich vertiefte mich also pflichtbewußt in die lateinischen Werke der Kirchenväter und die von ihnen gebilligten Werke wie Sallusts Geschichtsbücher, Ciceros Reden oder Lukians kunstvolle Darstellungen, las daneben aber auch viele Werke, die von der Kirche nicht erlaubt waren. Neben den Komödien von Terenz, die aufgrund ihrer »erhebenden« Wirkung erlaubt waren, las ich die Komödien von Plautus und die Satiren von Persius, die als »menschenfeindlich« verpönt waren. Das Ergebnis meiner unersättlichen Neugier war, daß mein Kopf schließlich mit einer Mischung widersprüchlicher Überzeugungen und Philosophien vollgestopft war.

Die meisten Dinge, die ich lernen mußte, stellten sich mit der Zeit als falsch heraus, die meisten Dogmen als nicht haltbar und die meisten Argumente als unbegründet. Und vieles, was einem Kind genutzt hätte, konnte oder wollte kein Mönch unterrichten. Zum Beispiel wurde mir immer wieder eingebleut, jegliche sexuelle Aktivität sei sündhaft, schmutzig und böse, schon der Gedanke daran sei verwerflich und sofort zu verdrängen. Niemand jedoch sagte mir, wovor genau ich mich in acht nehmen sollte – daher meine völlige Ahnungslosigkeit, als ich Bruder Petrus und dann Schwester Deidamia begegnete.

Obwohl ich viel wertloses Zeug lernen mußte und vieles Wichtige nicht erfuhr, lernte ich wenigstens lesen, schreiben und rechnen. Mit diesen Fähigkeiten und Dom Clemens' Erlaubnis, mich frei im Skriptorium zu bewegen, verschaffte ich mir noch in St. Damian Zugang zu vielen wissenswerten Dingen und Gedanken, die im vorgesehenen Lehrplan nicht enthalten waren. Und was ich auf diese Art ganz allein für mich lernte, ermöglichte mir, viele der Lehrsätze, mit denen meine Lehrer mich überhäuften, zumindest in Frage zu stellen – rein gedanklich natürlich, denn ich wagte nicht, meinen Zweifeln laut Ausdruck zu verleihen. Mit der Zeit lernte ich immer mehr für mich selbst, und es gelang mir, den Ballast falscher Lehren und erbärmlicher Lügen abzuwerfen, mit denen unsere Lehrer uns füttern mußten.

Ungefähr ein Jahr bevor ich St. Damian verließ, verschaffte meine überdurchschnittliche Bildung mir die Möglichkeit herauszufinden, was außerhalb der Klostermauern, des Tales und der uns umgebenden Berge, ja sogar Burgunds vor sich ging. Bruder Paulus, Dom Clemens' persönlicher Schreiber, wurde krank und bettlägerig. Trotz unserer Gebete und der besten Pflege, die ihm unser Wundarzt angedeihen lassen konnte, siechte Bruder Paulus dahin und starb schließlich.

Mir wurde die unerwartete Ehre zuteil, ihm als Schreiber nachzufolgen oder vielmehr seine Aufgaben meinen anderen Pflichten hinzuzufügen. Damals konnte ich bereits Gotisch und Latein lesen und schreiben, was keiner der Präzeptoren im Skriptorium oder Chartularium von sich behaupten konnte. So gab es unter den Mönchen nur wenig Protest darüber, daß ich bevorzugt worden war. Ich brauche nicht darauf hinzuweisen, daß ich natürlich nicht halb so schnell und akkurat wie Bruder Paulus darin war, die Worte des Abts zuerst in Wachs zu ritzen und dann auf Pergament zu schreiben. Doch Dom Clemens gestand meiner Unerfahrenheit einiges zu. Er diktierte langsamer und genauer als zuvor, und er ließ mich zuerst eine Rohfassung seiner Diktate anfertigen und korrigierte die Fehler, bevor ich alles ins reine schrieb.

In Dom Clemens' Korrespondenz ging es überwiegend um einige sehr spezielle Aspekte der Kirchenlehre und die Interpretation dunkler Bibelstellen. Was ich dabei von der Kirche erfuhr, rief nicht nur Bewunderung in mir hervor.

## 4

Ich will nicht den Eindruck erwecken, die dreizehn Jahre, die ich in Balsan Hrinkhen verbrachte, hätten nur aus harter Arbeit und fleißigem Lernen bestanden. Das breite Tal war wunderschön, und manchmal stahl ich mir etwas Zeit, um mich an dieser Schönheit zu erfreuen. Vielleicht habe ich auf meinen Ausflügen in die freie Natur genausoviel gelernt wie von meinen Lehrern und den Schriftrollen und Büchern.

In Balsan Hrinkhen gab es auch ein Dorf, das aber nicht größer war als eines der beiden Klöster mit seinen Gebäuden. Es bestand nur aus den strohgedeckten Lehmhütten der Bauern, die eigene oder dem Kloster gehörende Felder bestellten, und den Werkstätten der Handwerker: einer Töpferei, einer Gerberei, einer Wagenbauerei und einigen anderen. Das Dorf verfügte über keine einzige der Annehmlichkeiten der Zivilisation, es hatte nicht einmal einen Marktplatz, weil hier nicht gehandelt wurde. Was die Dörfler selbst nicht anbauen konnten, wurde aus einem der größeren Dörfer weiter oben in den Bergen herangekarrt.

Unser Tal wurde nicht wie die Hochebene von einem gewöhnlichen Fluß mit Wasser versorgt, sondern von einem Strom, der mitten aus einer Felswand hervorbrach. Niemand wußte, wo seine Quelle verborgen war. Hoch droben im Fels klaffte ein großes, schwarzes Loch, aus dem das Wasser hervorsprudelte. Von dort strömte es über bemooste Terrassen nach unten; auf jeder Stufe hatte sich ein kleiner Teich gebildet. Vom Fuß des Felsens rauschte der Strom im Zickzack weiter, bis er im Talgrund in einen großen, tiefen, stillen See mündete, an dessen anderem Ufer das Dorf lag.

Der schönste Teil des Flusses war der, wo er aus dem Felsen sprudelte und sprühend und schäumend die Felsterrassen hinunterstürzte. Am Rand der kristallklaren Teiche auf den Terrassen hatte sich Schlamm aus dem Erdinneren, in dem der Fluß entsprang, abgelagert. Da die Terrassen zu klein und zu schlecht zugänglich waren, um sie zu bestellen, ließ man hier wilde Blumen, wohlduftende Gräser und Kräuter und blühende Sträucher wachsen. Hier konnte man in den warmen Monaten des Jahres herrlich baden, spielen oder auch nur sich ausstrecken und träumen.

Ich kletterte oft in die Höhle hinein, aus der das Wasser kam, und wahrscheinlich drang ich tiefer ein als je einer der furchtsamen und wenig neugierigen Dörfler. Stets wählte ich dazu eine Zeit, in der die Sonne am weitesten in die Höhle schien. Aber wir von Balsan Hrinkhen waren daran gewöhnt, daß die Sonne abends schnell hinter den Felsen im Westen verschwand. Selbst wenn ich den besten Zeitpunkt abpaßte und das grüne Moos am Rand der Höhle und die grünen Kletterpflanzen an der Decke golden in der Sonne glänzten, schien das Licht nur zwanzig Schritte in die Höhle hinein. Den weiteren Weg mußte ich mir in zunehmender Dunkelheit suchen. Ich ging soweit ich konnte, bis ich schließlich meine Fackel anzünden mußte. Ich hatte immer zumindest eine dabei: einen Stecken aus Tannenholz, der mit in Wachs getauchtem Flachs umwickelt war. An meinem Gürtel steckten Feuerstein, Feuerstahl und Zunder. Eine solche Fackel brennt viel heller als eine Kerze und genausolang. Bis zum Ende der Höhle drang ich jedoch nie vor.

Auf einer der Felsbänke der Kaskaden machte ich eines Tages eine aufregende Entdeckung. An einem Teich bemerkte ich einen Felsen mit scharfen Kanten, der einer riesigen, auf dem stumpfen

Ende stehenden Axt ähnelte. Wie die anderen Felsen war er ganz mit Moos bedeckt – oder fast ganz. Denn mir fiel auf, daß er eine Einkerbung hatte, als ob ein Holzfäller mit dieser Axt unbedacht auf etwas Hartes geschlagen und dadurch die Schneide beschädigt hätte. Die Kerbe sah aus, als ob sie von der Feile eines Schmieds stammte, einer guten Feile, die nicht schnell stumpf wird, denn die Kerbe war so breit und tief, daß mein kleiner Finger hineinpaßte. In ihr wuchs kein Moos; der Stein war glatt poliert wie feines Pergament, das man mit einem Maulwurfspelz poliert hat. Ich konnte mir nicht vorstellen, wie die Kerbe da hineingekommen war, durch wen und aus welchem Grund. Es sollte noch eine Weile dauern, bis ich herausfand, welch besondere Bewandtnis es damit hatte.

Doch alles zu seiner Zeit. Zunächst will ich mit der Beschreibung von Balsan Hrinkhen fortfahren.

Wie schon erwähnt, gab es in unserem Tal Weiden für Schafe und Kühe, die aber natürlich nicht so groß waren wie die Weiden auf der Hochebene. Im Dorf gab es hübsche Vorgärten und weiter weg Getreidefelder, Obstgärten, Weinberge, Hopfenfelder und sogar Olivenhaine, denn das Tal war durch die Felsen so geschützt, daß Olivenbäume trotz der nördlichen Lage und der großen Entfernung von ihrer mittelmeerischen Heimat gediehen. Zwischen den bebauten Feldern befanden sich brachliegende Felder, auf denen ein Jahr alles wild wuchs.

In den Gärten und Obstgärten und auf den Weiden und Feldern waren stets Männer, Frauen und Kinder bei der Arbeit. Ein fremder Beobachter hätte vermutlich nicht zwischen Bauern und Mönchen unterscheiden können, denn alle trugen dieselben Kittel aus Sackleinen mit Kapuzen, die sie vor Sonne und Regen schützten. Die Kleider der Männer und Frauen, die in den geistlichen Stand eingetreten waren – ob nun Mönch oder Nonne oder Bischof – durften nicht feiner sein als das Gewand des ärmsten Bauern.

Bei der Feldarbeit sahen die Mönche und Bauern nicht nur gleich aus, sie arbeiteten auch alle gleichermaßen stumm vor sich hin, mit Ausnahme einiger Schaf- und Ziegenhirten, die auf ihren Rohrflöten bliesen. Aber während die Mönche ein paar Worte mit mir wechselten oder mir zunickten, wenn ich zu ihnen aufs Feld kam, schienen die Bauern mich nie wahrzunehmen – sie schienen ausschließlich mit ihrer Arbeit beschäftigt. Ihr Blick war so leer wie der ihrer Kühe. Ich glaube allerdings nicht, daß sie absichtlich unfreundlich waren. Sie waren einfach träge Menschen.

Eines Tages sah ich, wie ein älterer Mann und eine ältere Frau Olivenbäume mit Schafmist düngten. Ich fragte, warum zwischen den sauberen Baumreihen eine große, kreisrunde Lücke ausgespart war. Der alte Mann grunzte nur und fuhr mit seiner Arbeit fort, aber die Frau hielt inne und sagte: »Siehst du denn nicht, was in der Lücke wächst?«

»Zwei andere Bäume«, sagte ich. »Schattenspendende Bäume.«

»Ja, und einer davon ist eine Eiche. Oliven mögen keine Eichen. Sie tragen nicht, wenn sie neben Eichen stehen.«

»Warum nicht?« fragte ich. »Neben der Eiche steht eine Linde. Der scheint es doch auch nichts auszumachen.«

»Eichen und Linden wachsen immer zusammen, Junge. Vor langer Zeit, als es noch die alte Religion gab, beteten ein Mann und seine Frau, die einander sehr lieb hatten, zu den alten Göttern, sie möchten sie doch im gleichen Augenblick sterben lassen. Die Götter hatten Mitleid und erfüllten ihnen den Wunsch – und noch mehr. Nach ihrem Tod wurden die beiden wiedergeboren: als Eiche und Linde, die aus Liebe zueinander Seite an Seite stehen. Und so ist es bis heute geblieben.«

»Slaváith, dummes Geschwätz!« knurrte ihr Mann. »Arbeite lieber!«

Die Frau murmelte mehr zu sich selbst als zu mir: »Oh vái, früher war alles besser!« und griff wieder zur Mistgabel.

Doch selbst die Bauern arbeiteten nicht den ganzen Tag. Abends trafen sich die Männer zum Würfelspiel und betranken sich mit Bier und Wein. Wenn sie die drei kleinen, gepunkteten Würfel aus Knochen warfen, riefen sie mit ihren rauhen Stimmen Jupiter, Halja, Nerthus, Dus und Venus und andere Dämonen an. Natürlich konnten sie keine christlichen Heiligen anrufen, wenn sie Wetten abschlossen. Das Würfelspiel war offensichtlich älter als das Christentum, denn der höchste Wurf – drei Sechsen – wurde »Venuswurf« genannt.

Neben dem Würfelspiel hatten die Bauern noch andere Vergnügungen, die mir eindeutig gegen die Gebote der Kirche zu verstoßen schienen. Im Sommer feierten sie mit ausgelassener Fröhlichkeit das heidnische Fest der Isis und Osiris. Dabei wurde viel gegessen, getrunken, getanzt und offensichtlich noch so manches mehr, denn neun Monate später kam immer eine größere Anzahl Kinder zur Welt. Obgleich es Brauch war, daß ein Neugeborenes christlich getauft, ein Brautpaar christlich verheiratet und ein Toter christlich bestattet wurde, gab es bei den Bauern zu all diesen Gelegenheiten noch zusätzliche Rituale. Über dem Kind, der Braut oder dem Grab schwang der Dorfälteste im Kreis einen primitiven Hammer, einen Stein, den man mit Lederriemen an einen dicken Stecken gebunden hatte. Aus Büchern, die in Gotisch geschrieben waren, wußte ich, daß der Hammer an den Hammer Thors erinnern sollte, einen Gott der alten Religion. Manchmal sah man auch an der Wand des Hauses, in dem ein Kind geboren war oder die Braut wohnen würde, oder auch in der lockeren Erde eines frisch ausgehobenen Grabes ein magisches Zeichen: ein Hakenkreuz mit vier gleichlangen, rechtwinklig abgeknickten Balken, die Thors Hammer darstellten, wie er im Kreis geschwungen wird.

*

Auf meinen Ausflügen und Abenteuern lernte ich bald jeden Baum, jede Pflanze und jedes Tier in Balsan Hrinkhen kennen. Von den wilden Tieren, die dort lebten, mußte man nur die giftige Viper meiden und so schnell wie möglich töten. Selbst der boshafte rotköpfige Specht war tagsüber ungefährlich. Ich beobachtete ihn oft, wie er von Baum zu Baum flog, denn es heißt, daß er einen manchmal zu einem versteckten Schatz führt – doch dieses Glück hatte ich nie. Desgleichen vermied ich tunlichst, mich zum Ausruhen hinzulegen, wenn ein Specht in der Nähe war, denn man sagte ihm auch nach, er picke Schlafenden ein Loch in den Kopf und lege dort Larven hinein, so daß seine Opfer verrückt würden. Die weißen Störche, die jedes Frühjahr kamen, machten einen unerträglichen Lärm, wenn sie mit den Schnäbeln klapperten; sie hörten sich an wie Bauersleute, die in Holzschuhen tanzten. Doch sie waren stets willkommen, weil sie einem Haus, auf dessen Dach sie ihr Nest bauten, Glück brachten.

Einmal begegnete ich auf einem meiner Ausflüge sogar einem ausgewachsenen Wolf, ein andermal einem Fuchs. Aber ich brauchte nicht die Flucht zu ergreifen, denn der Wolf schleppte sich matt dahin, und schon kam ein Bauer mit einem Knüppel herbeigeeilt, um ihn totzuschlagen und ihm das Fell abzuziehen. Raubtiere kamen normalerweise nur nachts nach Balsan Hrinkhen, und sie jagten nur dort, wo keine Menschen wohnten. Doch die Dorfbewohner legten rohes Fleisch aus, in dem sie zu Pulver zerriebenen Borretsch versteckt hatten, und der Borretsch machte die Wölfe und Füchse verwirrt und blind, so daß sie am hellichten Tag hilflos herumtorkelten.

Es gab allerdings auch ein wildes Tier, welches niemand haßte oder fürchtete, und das niemand wegen seiner Haut jagte oder zu töten versuchte: einen kleinen braunen Adler, der nicht auf Bäumen, sondern auf hohen Felsbänken nistete. In Balsan Hrinkhen gab es noch andere Raubvögel, Habichte und Geier, doch sie waren nicht sonderlich beliebt. Die Habichte waren unbeliebt, weil sie gewöhnlich über das Geflügel herfielen, die Geier, weil sie so häßlich waren und außerdem Aasfresser. Der kleine Adler dagegen wurde sehr geschätzt, weil er Schlangen tötete, vor allem die einzige giftige Schlange weit und breit: die schwarz-grüne Viper.

Entweder war der Adler geschickt genug, den Giftzähnen der Viper auszuweichen, oder er war gegen ihr Gift gefeit – jedenfalls beobachtete ich Vogel und Schlange oft bei einem heftigen Zweikampf auf Leben und Tod, und es war immer der stolze Greif, der als Sieger daraus hervorging. Die schwarz-grüne Viper ist nicht sehr groß oder schwer, aber ich habe auch schon gesehen, wie ein Adler siegreich gegen eine Schlange kämpfte, die so lang war wie ich groß und wahrscheinlich sechsmal so schwer wie der Greif. Da die erlegte Schlange viel zu schwer war, als daß er sie zum Nest hätte tragen können, zerlegte er sie zuerst mit Schnabel und Krallen in kleinere Stücke. Von diesem Tag an nannte ich den Greif voller Bewunderung Juika-bloth, was auf Gotisch soviel heißt wie: »Ich kämpfe bis aufs Blut«, und ich nahm ihn mir zum Vorbild. Den Leuten vom Tal, die den Adler immer nur lateinisch »aquila« genannt hatten, gefiel der neue Name, und sie nannten ihn seitdem auch so.

Doch es gab noch mehr, was mich mit dem Vogel verband. Während meines letzten Jahres in St. Damian löste der Adler für mich das Rätsel der kleinen, glatten Kerbe in jenem Felsen an einem der Kaskadenteiche. Eines Tages badete ich in eben diesem Teich und ließ mich faul vom Wasser tragen. Da das Wasser ganz still war und ich auch sonst kein Geräusch verursachte, kam ein Juika-bloth von dem Felsen über der Höhle direkt zu besagtem Felsen heruntergeflogen. Er legte seinen krummen Schnabel in die Kerbe des Felsens und wetzte ihn eifrig hin und her, seitwärts, nach oben und unten – er schärfte ihn wie ein Krieger sein Schwert. Ich war überrascht und beobachtete ihn wie gebannt und geradezu ehrfürchtig. Wie viele Generationen von Adlern mußten hier ihre Schnäbel gewetzt haben, bis die Kerbe im Felsen entstanden war! Bewegungslos sah ich dem Treiben des Adlers zu, bis er seine Waffe für den nächsten Feind offenbar genügend geschärft hatte und aufflog und verschwand.

Was ich am nächsten Tag tat, würde ich heute als unverzeihlich ansehen. Aber ich war damals noch ein Kind und dachte nicht daran, daß ein Vogel seine Freiheit genauso zu schätzen weiß wie ein Mensch. Jedenfalls stieg ich am frühen Nachmittag nochmals zu den Kaskaden hinauf, ausgerüstet mit meinem Wintermantel und einem stabilen Deckelkorb. Zuerst schmierte ich etwas Vogelleim aus Stechpalmenrinde in die Kerbe im Felsen. Dieser Leim war zwar eine der klebrigsten Substanzen, die es überhaupt gibt, doch konnte er einen starken Adler nur für einen Augenblick festhalten. Deshalb legte ich am Fuß des Felsens eine Lederschlinge aus – eine größere Version meiner Maulwurfsfallen – und versteckte sie unter Blättern. Dann ergriff ich das eine Ende der Schlinge, kroch unter einen Busch in der Nähe und wartete ruhig.

Die Dämmerung war gerade hereingebrochen, als wieder ein Adler kam. Ich konnte nicht sagen, ob es derselbe war, aber auf jeden Fall tat er dasselbe: Er steckte seinen Schnabel in die Kerbe. Dann gab er einen zornigen Laut von sich und begann mit den Flügeln zu schlagen – so, wie man die Arme bewegt, wenn man auf dem Rücken schwimmt – und drückte seine weitgespreizten Krallen gegen den Felsen, an dem er festklebte. Ich richtete mich rasch auf, warf die Schlinge von hinten über den Körper des Greifs und zog sie zu. Dann stürzte ich mich mit dem Mantel auf den Adler. Was in den nächsten Minuten geschah, weiß ich nicht mehr genau. Die Flügel, die Krallen und der Schnabel des Vogels waren nicht gefesselt, so daß er damit kämpfen konnte – was er auch tat. Er zerriß meine Kutte und grub seine Krallen tief in meine Arme, die ihn verzweifelt zu halten suchten. Wir standen in einer Wolke aus Wolle und Federn, doch schließlich hatte ich den Adler fest in den Mantel gepackt, stolperte mit dem Bündel in den Armen zu dem Korb, den ich mitgebracht hatte, warf den Vogel hinein und schloß den Deckel.

Ich erzählte niemandem von meinem Adler, weil man mich sonst für verrückt gehalten hätte. Wer fütterte schon ein Tier, das sein Futter nicht irgendwie verdienen konnte? Ich brachte ihn in einem großen Korb im Taubenschlag unter, wo außer mir niemand hinkam, und fing für ihn Frösche, Eidechsen und Mäuse.

Damals hatte ich von Falknerei noch nie gehört, ich hatte höchstens von meinen gotischen Vorfahren einen gewissen Instinkt dafür geerbt. Das würde zumindest erklären, warum ich es ganz alleine schaffte, den Adler zu zähmen und zu dressieren. Zuerst stutzte ich ihm die Flügel, so daß er nicht mehr fliegen konnte, und als ich ihn die ersten Male mit aufs Feld hinausnahm, hielt ich ihn fest angebunden. Mit der Zeit fand ich heraus, daß der Adler ruhig auf meiner Schulter sitzen blieb, wenn seine Augen bedeckt waren – also fertigte ich ihm eine kleine Augenklappe an. Ich fing eine harmlose Gartenschlange, tötete sie und benutzte sie als Köder. Indem ich kleine Stückchen Fleisch als Belohnung austeilte, richtete ich den Adler darauf ab, sich auf den Köder zu stürzen, wenn ich »Sláit!« rief, was »Töte!« bedeutet. Natürlich mußte ich immer wieder neue Schlangen fangen, da eine nach der anderen bei diesem Spiel zerrissen wurde. Danach brachte ich dem Adler bei, auf meine Schulter zurückzukehren, wenn ich »Juika-bloth!« rief.

Inzwischen waren die Federn des Adlers nachgewachsen. Als ich eines Tages wieder mit ihm auf einem leeren Feld stand, warf ich den Schlangenköder so weit weg, wie ich konnte. Dann gab ich den Adler mit einem Stoßgebet frei und schrie: »Sláit!« Er hätte jetzt geradewegs in die Freiheit zurückfliegen können, tat es aber nicht. Offensichtlich sah er in mir jetzt seinen Kameraden, Beschützer und Ernährer. Gehorsam stürzte er sich auf die tote Schlange, zerrte an ihr und warf sie übermütig herum, bis ich »Juika-bloth!« rief und er auf meine Schulter zurückkehrte. Er blieb bei mir und leistete mir Dienste, von denen ich noch berichten werde.

# 5

Obwohl ich in St. Damian so stolz darauf war, weit mehr zu wissen als meine Altersgenossen, gab es noch viele Dinge, die ich nicht wußte – sogar über das Christentum, obwohl ich damit aufgewachsen war.

Besonders zwei Dinge wußte ich so wenig wie ein ungebildeter Bauer: einmal, daß die katholische Kirche nicht so universell war, wie sie ihre Anhänger glauben machen wollte, und zum zweiten, daß das Christentum keineswegs so festgefügt, unteilbar und unbezwinglich war, wie die Priester es darstellten. Keiner meiner Lehrer sprach mit mir darüber – vielleicht wollten sie sich solch ungehörige Gedanken nicht einmal vor sich selbst eingestehen. Da jedoch meine Neugier, unter welcher meine Lehrer so litten, mit den Jahren nicht abnahm, fuhr ich fort, Fragen zu stellen und das Gelernte einer genauen Prüfung zu unterziehen, anstatt, wie man es von mir erwartete, alles blindlings zu akzeptieren.

Ich erinnere mich noch an eine sonntägliche Messe im Winter, die mich besonders nachdenklich machte.

Dom Clemens war als Abt unseres Klosters gleichzeitig auch Gemeindepfarrer des ganzen Tales, und die Kapelle unserer Abtei diente den Einheimischen als Kirche. Sie bestand aus einem einzigen großen Raum, der bis auf das Predigtpult leer war. Den Gemeindemitgliedern waren je nach Geschlecht und Stand bestimmte Plätze zugewiesen. Ich stand zusammen mit den Mönchen des Klosters, uns besuchenden Geistlichen und vornehmen Gästen, die nicht zum Klerus gehörten, neben dem Predigtpult. Die Bauern standen auf der rechten Seite des Raumes, die Frauen auf der linken. Abseits in einer Ecke standen arme Sünder, die Buße tun mußten.

Erst als jeder an seinem Platz war, erschien Dom Clemens. Er trug die weißleinene Stola des Priesters über seiner Mönchskutte. Die Gemeinde begrüßte ihn mit dem »Halleluja«, und er grüßte zurück, indem er das »Heilig, heilig, heilig« sang. Die Gemeinde schlug das Kreuz und antwortete mit dem »Kyrie eleison«. Dann nahm Dom Clemens seinen Platz hinter dem Predigtpult ein, legte die Bibel auf das Pult und verkündete, der sonntägliche Predigttext sei der dreiundachtzigste Psalm, jener Psalm, in dem Gott um Hilfe gegen die gottlosen Edomiter, Ammoniter und Amalekiter gebeten wird.

Dom Clemens trug den Psalm laut und langsam auf Gotisch vor, aber er las nicht aus der Bibel. Er las von einer Pergamentrolle, die in gotischer Schrift geschrieben war, und zwar mit so großen Buchstaben, daß die Schriftrolle sehr umfangreich war. Sie war im Skriptorium mit Bildern ausgeschmückt worden, die den Predigttext illustrierten. Die Bilder standen auf dem Kopf, damit die Gemeinde sie betrachten konnte, wenn Dom Clemens die Schriftrolle beim Lesen entrollte. Nacheinander und ohne zu drängeln traten die Bauern zum Predigtpult vor, um die Bilder zu betrachten. Nur die Sünder blieben in ihrer Ecke. Kein Bauer besaß eine Bibel oder konnte lesen, und da viele so schwerfällig waren, daß sie nicht einmal der Predigt folgen konnten, halfen die Bilder ihnen, zumindest eine Vorstellung dessen zu bekommen, was ihnen erzählt wurde. Als Dom Clemens den Psalm vorgelesen hatte, begann er mit der Predigt. Verwundert hörte ich ihm zu.

»Der Stammesname der Edomiter kommt von dem lateinischen Wort ›edere‹, was ›verschlingen‹ heißt, daher nehmen wir an, daß der Stamm sich die Sünde der Schlemmerei zuschulden kommen ließ. Der Name der Ammoniter kommt von dem heidnischen Gott Jupiter Ammon, denn sie waren ein Volk von Götzendienern. Der Name der Amalekiten kommt von dem lateinischen Wort ›amare‹, was ›leidenschaftlich lieben‹ bedeutet – sie machten sich der Sünde der Wollust schuldig ...«

Nach der Predigt betete Dom Clemens auf Gotisch für die Heilige Katholische Kirche, für unseren Bischof Patiens, für die beiden königlichen Brüder, die zusammen das Königreich Burgund regierten, für deren Gemahlinnen und Familien, für das gemeine Volk, für eine gute Ernte in Balsan Hrinkhen und für Witwen, Waisen, Gefangene und Sünder überall auf der Welt. Er schloß auf Lateinisch: »Exaudi nos, Deus, in omni oratione atque deprecatione nostra ...«

Die Gemeinde antwortete: »Domine exaudi et miserere«, dann wurde es still. Einige Mönche trieben die sündigen Büßer aus der Kirche, und der Pförtner verriegelte das Portal hinter ihnen. Es folgte die Abendmahlsprozession. Die Mönche, die als Meßdiener fungierten, trugen drei Bronzegefäße herein, die mit einem weißen Tuch bedeckt waren: den Abendmahlskelch, den Hostienteller, auf dem die Hostien in Form eines menschlichen Körpers angeordnet waren, und die zylindrische Pyxis mit dem Rest des geweihten Brotes.

Nach dem Abendmahlsgebet wurden die Hostien an Dom Clemens, die Zelebranten, die anderen Mönche, mich und alle getauften Gäste des Klosters verteilt. Dann tauchte Dom Clemens das Brot in den Kelch und sprach den Segen über uns. Während der Rest des geweihten Brotes an die Gemeinde verteilt wurde, sangen wir »Gustate et videte ...«

Als alle durch waren, sprach Dom Clemens das Dankgebet. Bevor er die Gemeinde entließ, machte er jedoch noch eine Bemerkung, die nicht in der Liturgie stand. Viele Gemeindemitglieder pflegten nur einen Teil des Brotes zu essen, den Rest aber mit nach Hause zu nehmen und diesen an Wochentagen nach dem Familiengebet zu verzehren. Dom Clemens ermahnte seine Gläubigen deshalb sonntags, das geweihte Brot nicht irgendwo im Haus herumliegen zu lassen, wo eine Ratte oder eine Maus davon essen könne, oder schlimmer noch »jemand, der nicht in der Heiligen Katholischen Kirche getauft worden ist«. Und mit einem letzten Segen entließ Dom Clemens seine Gemeinde.

Ich hatte schon unzählige Male gehört, wie Dom Clemens diese Mahnung aussprach, aber ich hatte noch nie darüber nachgedacht, was für Menschen es außer katholischen Christen noch bei uns geben sollte. Wie bereits erwähnt, war mir schon lange aufgefallen, daß die Bauern Bräuche pflegten, die sich nicht so recht oder überhaupt nicht mit dem Christentum vereinbaren ließen. Außerdem hatte ich schon vor langem bemerkt, daß ein guter Teil der Bevölkerung von Balsan Hrinkhen nicht einmal an hohen Feiertagen den Gottesdienst besuchte. Natürlich gibt es in jeder Gemeinde »Besessene«, also Verrückte, welche die Kirche nicht betreten dürfen. Ich hatte jedoch bisher angenommen, daß die meisten, die nicht zum Gottesdienst erschienen, ganz einfach gottlos oder faul waren. Doch gleich am nächsten Tag sollte ich herausfinden, daß sich manche von ihnen eines Starrsinns besonderer Art schuldig machten, der noch viel schlimmer war.

Zur vereinbarten Stunde marschierte ich mit meinen Wachstafeln zu Dom Clemens, um die Korrespondenz zu erledigen. Wie immer montags fragte der Abt mich, ob ich Fragen zur Predigt des vorangegangenen Tages hätte. Ich nickte und versuchte, meine Frage möglichst bescheiden und respektvoll vorzubringen: »Nonnus Clemens, ich habe eine Frage zu den hebräischen Völkern, die im Psalm dreiundachtzig erwähnt werden: Ihr habt in der Predigt gesagt, ihre Namen würden aus dem Lateinischen kommen oder auf den Namen eines alten römischen Gottes zurückgehen, Nonnus. Aber diese Völker des Alten Testaments hießen doch sicher schon so, bevor die Römer das Heilige Land besetzten und ihm ihre Sprache und ihre heidnischen Götter brachten ...«

»Sehr gut, Thorn«, antwortete der Abt und lächelte. »Du entwickelst dich zu einem sehr aufmerksamen jungen Mann.«

»Aber dann ... Wie konntet Ihr etwas sagen, von dem Ihr wußtet, daß es die Unwahrheit war?«

»Um die Gemeinde von der Sündhaftigkeit der Feinde unseres Herrn zu überzeugen«, sagte Dom Clemens. Er lächelte nicht mehr, war aber auch nicht verärgert. »Ich bin sicher, daß Gott mir diese kleine Täuschung verzeiht – auch wenn du es nicht tust. Meine Gemeinde besteht überwiegend aus einfachen Leuten. Um die Bauern zum rechtmäßigen Glauben zu bekehren, erlaubt die heilige Mutter Kirche ihren Priestern gelegentlich eine kleine List.«

Ich ließ mir diese Bemerkung durch den Kopf gehen und fragte dann: »Hat die heilige Mutter Kirche Christi Geburt dann deshalb auf den Tag gelegt, an dem auch der Gott Mithras geboren wurde?«

Jetzt runzelte der Abt doch die Stirn. »Ich fürchte, ich habe dir, was die Wahl deiner Studien angeht, zuviel Freiheit gelassen, mein Junge. Diese Frage hätte ich von einem Heiden erwartet, nicht von einem Christen, der an die Lehren der Kirche glaubt. Eine dieser Lehren heißt: *Was sein soll, wird sein. Was ist, soll sein.*«

»Entschuldigt mein vorlautes Benehmen, Nonnus Clemens«, murmelte ich demütig.

»Was immer du über Mithras gelesen oder gehört hast, du mußt es vergessen!« sagte Dom Clemens mit etwas weicherer Stimme. »Der heidnische Mithraskult war schon dem Untergang geweiht, bevor das Christentum ihn besiegte. Er hätte nie fortbestehen können, weil er Frauen ausschloß. Um Erfolg zu haben, muß eine Religion vor allem die ansprechen, die einfach zu führen sind und die man davon überzeugen kann, daß sie den Zehnten bezahlen müssen, also leicht zu beeindruckende, ja sogar leichtgläubige Menschen – die Frauen.«

Demütig nickte ich und wartete einen Augenblick mit meiner nächsten Frage. »Da ist noch etwas, Nonnus Clemens; es betrifft die Mahnung, die Ihr jeden Sonntag aussprecht, daß das geweihte Brot nicht von jemandem gegessen werden darf, der nicht katholisch ist. Meint Ihr damit fehlgeleitete Christen? Oder nur träge Christen?«

Dom Clemens sah mich lange abwägend an, bevor er antwortete: »Ich meine überhaupt keine katholischen Christen. Ich meine Arianer.«

Er sagte dies mit ruhiger Stimme, aber ich war zutiefst schokkiert. Mein ganzes Leben hatte man mich gelehrt, den Arianismus der Goten zu hassen. Und ich hatte diesen Haß willig in mich aufgenommen, der sich nicht gegen die Goten richtete (ich war ja vermutlich selbst einer), sondern gegen ihre verdammenswerte Religion. Jetzt erfuhr ich plötzlich, daß unter uns Arianer aus Fleisch und Blut lebten.

Dom Clemens bemerkte, wie ich erschrak. »Ich glaube, du bist alt genug für das, was ich dir jetzt sage, Thorn. Die Burgunder, zum Beispiel die Goten, sind zu einem großen Teil Arianer. Das gilt für die königlichen Brüder Gundiok in Lugdunum und Chilperich in Genava sowie deren Fürsten und Adlige und Höflinge und die Mehrheit ihrer Untertanen. Ich schätze, daß ungefähr ein Viertel der Dorfbewohner und Bauern hier in Balsan Hrinkhen Arianer sind und ein weiteres Viertel unverbesserliche Heiden. Dazu gehören auch viele der Bauern, die klostereigene Ländereien bewirtschaften und einen Teil der Ernte an unsere Abtei abführen.«

»Und Ihr erlaubt ihnen, Arianer zu bleiben? Ihr laßt Arianer Seite an Seite mit unseren christlichen Brüdern arbeiten?«

Dom Clemens seufzte. »Es ist eher so, daß unsere klösterliche Gemeinschaft und die Gemeinde der katholischen Gläubigen so etwas wie ein christlicher Vorposten in einem heidnischen Land ist. Wir können nur überleben, weil die Heiden und Arianer das zulassen. Du mußt das realistisch sehen, Thorn. Beide Herrscher über dieses Königreich sind Arianer. Ihre Verwalter, Soldaten und Steuereintreiber sind Arianer. In Lugdunum steht neben der Basilika unseres Bischofs eine zweite, viel erhabenere Kirche – und auf deren Thron sitzt ein arianischer Bischof.«

»Sie haben also auch Bischöfe«, murmelte ich benommen.

»Zum Glück wachen die Arianer nicht so genau über die genaue Einhaltung dessen, was sie für ihren wahren Glauben halten, wie wir es tun, weil wir wissen, daß unser Glaube der wahre Glaube ist. Außerdem wollen sie niemanden bekehren und Ungläubige nicht ausmerzen. Nur weil die Arianer anderen Glaubensrichtungen gegenüber so nachsichtig sind, können wir Katholiken hier leben, arbeiten, Gottesdienst feiern und Menschen bekehren.«

»Ich kann es immer noch kaum glauben«, sagte ich. »Wir sind von Arianern umgeben.«

»Es war nicht immer so. Noch vor vierzig Jahren waren die Menschen in Burgund Heiden, unschuldige Opfer ihres Aberglaubens. Sie wurden von arianischen Missionaren bekehrt, die von den Ostgoten im Osten kamen.«

Ich war immer noch wie vor den Kopf gestoßen, aber meine Neugier war dadurch nicht beeinträchtigt. »Darf ich noch etwas fragen, Nonnus Clemens? Wenn es hier so viele Arianer und nur so wenige Christen gibt, könnte es dann nicht sein, daß der Gott der Arianer doch irgendwie –?«

»Ach, ne!« unterbrach mich der Abt und schlug entsetzt die Hände über dem Kopf zusammen. »Kein Wort mehr, Thorn! Es wäre eine müßige Spekulation, ob die Arianer mit ihrem Glauben nicht doch irgendwie recht haben. Unsere Kirche hat sie verdammt, und damit genug.«

»Aber ist es denn falsch, Nonnus, wenn ich den Feind genauer kennenlernen will, um ihn besser bekämpfen zu können?«

»Kein abwegiger Gedanke, mein Sohn. Aber wenn es der Teufel ist, der einem dazu rät, soll man nicht einmal Gutes tun. Doch lassen wir dieses abscheuliche Thema und wenden wir uns anderem zu. Nimm deine Tafel.«

Ich beugte mich gehorsam über meine Schreibarbeit, war jedoch nicht bei der Sache. Das »abscheuliche Thema«, mit dem Dom

Clemens mich so jäh konfrontiert hatte, beschäftigte mich. Als der Abt mich gehen ließ, begab ich mich zum Unterricht zu Bruder Kosmas. Bevor dieser zu einem seiner üblichen trockenen Vorträge über Sittlichkeit und Moral ansetzen konnte, fragte ich ihn, ob es ihm nichts ausmache, daß wir nur so wenige Christen in einer überwiegend arianischen Bevölkerung seien.

»Wie?« fragte er nicht ohne Spott. »Hast du denn im Laufe deiner heimlichen Studien nicht herausgefunden, daß Arianer auch Christen sind?«

Ich war zum zweiten Mal an jenem Tag schockiert. »Christen? Wer? Die Arianer?«

»Das behaupten sie jedenfalls von sich. Und sie waren das ursprünglich auch, als der arianische Bischof Wulfila die Goten bekehrte –«

»Derselbe Wulfila, der die Bibel ins Gotische übersetzte? Ein Arianer?«

»Ja, aber das war damals, als Wulfila die Goten von ihrem jahrhundertealten Glauben an heidnische germanische Götter befreite, noch keine Schande. Erst später wurde der Arianismus als Ketzerei verurteilt und der Katholizismus zum einzig wahren Glauben erklärt.«

Bruder Kosmas war zu Recht stolz auf sein Wissen in Kirchengeschichte und gab mir gern näher darüber Auskunft. »Zu Beginn des letzten Jahrhunderts war das Christentum in über ein Dutzend verschiedene Sekten gespalten. Die Bischöfe führten zahlreiche schwierige Dispute, die ich für unsere Zwecke etwas vereinfachen will, indem ich sage, daß zuletzt Arius und Athanasius die einflußreichsten und umstrittensten Bischöfe waren.«

»Ich weiß, daß die Christen – oder wir Christen – den Lehren des Athanasius folgen.«

»Genau. Bischof Athanasius lehrte richtig, daß Christus mit Gott wesensgleich ist. Bischof Arius dagegen behauptete, der Sohn sei dem Vater nur ähnlich. Jesus sei versucht worden, wie nur ein Mensch versucht werden kann, habe gelitten, wie nur ein Mensch leiden kann, und sei gestorben, wie ein Mensch stirbt, also könne er nicht dem ewigen Vater gleich sein, der über Versuchung, Schmerz und Tod erhaben ist. Er sei deshalb von Gottvater als Mensch erschaffen worden.«

»Hm ...«, sagte ich unsicher, denn ich hatte mir noch nie Gedanken über derlei Unterscheidungen gemacht.

»Damals war Konstantin Kaiser über das östliche und das westliche Imperium«, fuhr Bruder Kosmas fort. »Er hoffte, das Christentum würde sein Reich vor dem Zerfall bewahren. Doch da er kein Theologe war und den großen Unterschied zwischen den Lehren des Arius und des Athanasius nicht verstand, berief er das Konzil von Nicäa ein, um feststellen zu lassen, welches der wahre Glaube war.«

»Ich verstehe den Unterschied ehrlich gesagt auch nicht ganz, Bruder Kosmas.«

»So schwer ist das doch nicht zu begreifen!« sagte er ungeduldig. »Arius war offensichtlich vom Teufel inspiriert, denn er behauptete, Christus sei nur ein Geschöpf Gottvaters und lediglich der Verkünder der Botschaft des Vaters. Doch wenn dem so wäre, könnte Gott uns ja jederzeit einen zweiten solchen Messias schikken. Wenn das möglich wäre, könnten unsere Priester keine einmalige, unwiederholbare, unbestreitbare Wahrheit verkünden. Arius ketzerische Gedanken entsetzten die christlichen Priester, weil sie ihre Existenzberechtigung gefährdet sahen.«

»Ach so«, sagte ich. Dabei hätte ich für meine Person nichts dagegen gehabt, wenn Gott zu meinen Lebzeiten noch einen Sohn zur Erde geschickt hätte.

»Auf dem Konzil von Nicäa wurden die arianischen Thesen zwar verurteilt, aber nicht entschieden genug. So kam es, daß Konstantin während seiner gesamten Regierungszeit zum Arianismus tendierte. Tatsächlich steht die östliche, die sogenannte griechisch-orthodoxe Kirche, einigen arianischen Lehren immer noch nahe.«

»Und wann wurde der Arianismus dann endgültig verdammt?«

»Ungefähr fünfzig Jahre nach Arius' Tod, als in Aquileja eine Synode einberufen wurde. Nur zwei arianische Bischöfe nahmen daran teil, und sie wurden niedergeschrieen, beschimpft, verbannt und vom christlichen Episkopat ausgeschlossen. Das war der Untergang des Arianismus, und seit jenem Tag ist die katholische Kirche von diesem Makel der Ketzerei befreit.«

»Aber wie wurden die Goten dann zu Arianern?«

»Einige Zeit bevor der Bann über den Arianismus verhängt wurde, begab sich der arianische Bischof Wulfila als Missionar in die Wildnis zu den Westgoten. Er bekehrte sie, und sie bekehrten ihre Brüder, die Ostgoten, und diese wiederum die Burgunder und andere Barbaren.«

»Aber es wurden doch sicher auch katholische Missionare zu den Barbaren geschickt?«

»Natürlich. Aber du darfst nicht vergessen, daß die meisten germanischen Völker nur einen rohen Verstand haben. Sie können nicht begreifen, wie zwei göttliche Wesen wesensgleich sein sollen. Den arianischen Glauben dagegen, daß der Sohn dem Vater nur ähnlich ist, können die Barbaren verstehen.«

»Und doch habt Ihr sie Christen genannt.«

Kosmas spreizte die Finger. »Nur weil sie unbestreitbar der Lehre Christi folgen – liebe deinen Nächsten und so weiter. Aber sie beten Christus nicht an, sie beten nur zu Gott; man könnte sie genausogut Juden nennen. Zu ihren absurden Glaubensvorstellungen gehört auch, daß zwei oder mehr Formen des Gottesdienstes nebeneinander bestehen können. Also lassen sie in ihrer Dummheit andere Religionen zu – unsere eingeschlossen. Und unsere Religion wird zuletzt triumphieren, Thorn.«

*

Es mag seltsam erscheinen – mir jedenfalls erschien es damals seltsam –, daß ich in unserer gesamten katholisch-christlichen Gemeinde der einzige war, der es wagte, die Lehren, Regeln und Überzeugungen, nach denen wir lebten, in Frage zu stellen und anzuzweifeln. Rückblickend glaube ich heute, meine unerschöpfliche Neugier und kritische Infragestellung meiner Erziehung erklären zu können. Ich glaube, daß damals die weibliche Seite meines Charakters zum ersten Mal zum Vorschein kam. In späteren Jahren stellte ich noch oft fest, daß intelligente und gebildete Frauen oft so sind, wie ich es in meiner Jugend war: leicht verunsichert, zweifelnd und argwöhnisch.

Ich wäre wahrscheinlich weiterhin über meinen Büchern und Handschriften gesessen und hätte eifrig meine Lehrer ausgefragt, in dem Bestreben zu erfahren, was es mit dieser Religion auf sich hatte, der ich angeblich angehörte, und wie ich die vielen Widersprüche, die ich in ihr fand, lösen konnte. Wahrscheinlich hätte ich ewig so weitergelebt, hätte nicht Bruder Petrus zu genau jener Zeit angefangen, mich als weiblichen Sklaven zu mißbrauchen.

Obwohl ich stolz darauf war, daß ich mir soviel Wissen angeeignet hatte und mich sogar in der Welt etwas auskannte, war ich auf Petrus' Belästigungen völlig unvorbereitet und wußte nicht, was er mit mir tat. Ich wußte nur, daß unser Tun geheim bleiben mußte, denn das hatte Petrus gesagt. Ich muß also auch gewußt haben, daß wir etwas streng Verbotenes taten, aber ich verdrängte das aus meinem Bewußtsein. Ich dachte in anderen Dingen zwar sehr unabhängig und verhielt mich auch so, aber der Respekt vor der Autorität Älterer oder Höherstehender war mir so anerzogen worden, daß ich nie versuchte, Petrus abzuweisen.

Außerdem schämte ich mich nach seiner ersten unzüchtigen Handlung so sehr, daß ich meine Schändung weder Dom Clemens noch sonst jemandem mitteilen wollte. Ich wollte andere nicht den unaussprechlichen Ekel fühlen lassen, den ich fühlte. Außerdem hatte Petrus mich beschuldigt, ein Betrüger zu sein, so daß ich seine Warnung, ich könnte aus dem Kloster hinausgeworfen werden, ernst nahm und schwieg.

Als unser schmutziges Geschäft dann entdeckt und ich tatsächlich hinausgeworfen wurde, mußte ich zuerst noch auf Dom Clemens' traurige und mitleidsvolle, doch gründliche Fragen antworten.

»Das ist für mich sehr schwierig, Thorn, meine – Tochter. Eigentlich nimmt Domina Aetherea vom Kloster St. Pelagia die Beichte einer Frau oder eines Mädchens entgegen. Aber jetzt muß ich dich fragen, und du mußt mir wahrheitsgemäß antworten. Warst du noch eine Jungfrau, Thorn, als diese schmutzige Geschichte begann?«

Mir mußte wie ihm die Röte ins Gesicht gestiegen sein, aber ich versuchte trotzdem zusammenhängend zu antworten: »Warum ... ich ... ich weiß es nicht. Ihr nennt mich Tochter, Nonnus Clemens ... ich bin so durcheinander ... Ich wußte nicht, daß ich eine Frau bin, Nonnus Clemens, wie kann ich deshalb wissen, ob ich Jungfrau bin oder nicht?«

Dom Clemens sah von mir weg und sagte in den leeren Raum: »Wir sollten es uns nicht schwerer machen, als es ohnehin ist, Thorn. Tu mir den Gefallen und sage, daß du keine Jungfrau warst.«

»Wie Ihr wollt, Nonnus. Aber ich weiß wirklich nicht –«

»Bitte, sage es.«

»Also gut. Ich war keine Jungfrau.«

Er atmete auf. »Ich glaube dir. Wenn du Jungfrau gewesen wärst und Bruder Petrus erlaubt hättest, dich zu benutzen, und mir dies zu Ohren gekommen wäre – dann hätte ich dich zu hundert Peitschenhieben verurteilen müssen.«

Ich schluckte und nickte stumm.

»Nun eine weitere Frage. Hat dir die Sünde Lust bereitet?«

»Ich weiß schon wieder nicht, was ich antworten soll, Nonnus Clemens. Von welcher Lust sprecht Ihr? Ich weiß nicht, ob ich Lust empfand.«

Der Abt hustete und wurde erneut rot. »Ich bin mit den fleischlichen Sünden nicht vertraut, aber ich weiß aus guter Quelle, daß man diese Lust als solche erkennt, wenn man sie erfährt. Und die Intensität der Lust ist ein verläßliches Maß dafür, wie schwerwiegend die Sünde ist. Je unwiderstehlicher der Drang nach Wiederholung der Lust ist, desto sicherer steckt der Teufel dahinter.«

Zum ersten Mal in unserem Gespräch sprach ich mit fester Stimme: »Die Sünde und ihre Wiederholung gingen von Bruder Petrus aus. Das einzige, was mir Lust bereitet, ist ... wenn ich in den Kaskaden bade ... oder wenn ich sehe, wie ein Adler aufsteigt und davonfliegt ...«

Das schien den Abt noch mehr zu beunruhigen. Er beugte sich vor und sah mir forschend in die Augen. »Hast du jemals ein Omen in diesen Gewässern gesehen? Oder vielleicht im Flug eines Adlers?«

»Ein Omen? Nein, Nonnus Clemens, nie. Ich habe auch nie danach Ausschau gehalten.«

»Um so besser«, seufzte der Abt. Er wirkte erleichtert. »Die Sache ist schon kompliziert genug. Sei jetzt so gut und gehe den anderen Brüdern für den Rest des Tages aus dem Weg. Du kannst im Stall auf dem Heuboden schlafen. Nach der Vigilie begleite ich dich zur Absolution in die Kapelle.«

*

Am Morgen nach der Absolution ging ich kleinlaut mit Dom Clemens zu Domina Aetherea vom Nonnenkloster St. Pelagia. Es mag der Eindruck entstehen, ich sei über meine Schmach und meine

Verbannung allzu zerknirscht gewesen, aber heute meine ich zu wissen, warum ich so niedergeschlagen war: Ich glaube, daß sich darin meine weibliche Natur zeigte. Aus irgendeinem Grund glaubte ich, ich sei selbst schuld an dem, was geschehen war – vielleicht hatte ich unabsichtlich Petrus' Aufmerksamkeit provoziert und deshalb keinen Grund, mich über deren Folgen zu beklagen. So konnte nur eine Frau denken. Ein Mann würde solche Gedanken weit von sich weisen.

Doch war ich gleichzeitig auch ein Mann. Ich empfand unwillkürlich das Bedürfnis, die Schuld woanders zu suchen und den Missetäter angemessen zu bestrafen. Wie konnte ich aber von einem anderen Menschen Verständnis für diesen Konflikt männlicher und weiblicher Gefühle erwarten, den ich selbst kaum verstand? Aus diesem Grund protestierte ich nicht dagegen, daß ich aus St. Damian ausgewiesen wurde, während Petrus bleiben durfte. Und aus diesem Grund entschloß ich mich, vorerst den Mund zu halten und mich später auf eigene Faust zu rächen. Genau das tat ich schließlich auch, und ich werde zu gegebener Zeit davon berichten.

## 6

Ich muß zugeben, ich war mehr als entsetzt darüber, daß ich plötzlich kein Junge mehr sein sollte, sondern nur ein Mädchen. Ein weiterer schwerer Schlag für mich war, aus St. Damian ausgewiesen zu werden. Ich hatte es im Kloster einigermaßen schön gehabt und mich an meine Umgebung gewöhnt. Ich bedauerte, die herzliche Männerfreundschaft der Mönche gegen die, wie ich glaubte, anspruchslose, dümmliche und kichernde Gesellschaft einfältiger und ungebildeter Witwen und Jungfern eintauschen zu müssen.

Zugleich war ich freilich auch erleichtert. Ich war während des vergangenen Jahres in St. Damian mit vielem konfrontiert worden, was mich verwirrte, aufregte und abstieß. Ich hatte erfahren, daß ich von Arianern umgeben war, daß Arianer nicht unbedingt Wilde waren, sondern Christen wie wir auch, und daß Heidentum und Christentum vieles gemeinsam hatten. Nicht zuletzt hatte ich natürlich sehr darunter gelitten, daß ich von Bruder Petrus mißbraucht wurde. Jetzt konnte ich den Ort beunruhigender Enthüllungen und Vorkommnisse endlich verlassen.

Außerdem war ich noch jung und verfügte über die Spannkraft und den Optimismus der Jugend. Ich hatte die Höhlen über den Kaskaden erforscht, einen Adler gefangen und gezähmt und die Aufgaben des Sekretärs übernommen, und meine Verbannung nach St. Pelagia war ein neues Abenteuer. Ein Leben als Mädchen brachte vielleicht interessante neue Erfahrungen und Erlebnisse mit sich.

Natürlich waren diesem Abenteuer enge Grenzen gesetzt, denn ich wußte schon seit langem, daß die Frauen und Mädchen von St. Pelagia in größter Abgeschiedenheit lebten. Nur sonn- oder feiertags war es ihnen erlaubt, das Kloster zu verlassen, um in der Kapelle von St. Damian der Messe und der Kommunion beizuwohnen. Auch Besucher durften das Nonnenkloster nicht betreten. Sowohl die einheimischen Bauern, die St. Pelagia mit Nahrungsmitteln und anderen Gebrauchsgütern belieferten, wie die Mönche von St. Damian, die Dinge wie Werkzeug, Bier und Ledersachen brachten, die die Nonnen nicht selber herstellen konnten, mußten am Tor des Klosters haltmachen.

Innerhalb des Nonnenklosters herrschte eine ähnlich strenge Zucht, und jeder Verstoß gegen die Regeln wurde schwer bestraft. Schon bald stellte ich fest, daß die Gedanken einer Nonne genausowenig frei waren wie ihr Körper. Ich weiß nicht mehr, welche Frage es war, die ich in Domina Aethereas Katechismusunterricht stellte – es war eine recht harmlose Frage, aber ich wurde jedenfalls durch das halbe Zimmer geprügelt. Stets hatten wir jüngeren Mädchen eine feuerrote geschwollene Backe von den gefürchteten Ohrfeigen, die die Äbtissin mit ihrer fleischigen Hand großzügig austeilte. Die älteren Nonnen hatten kein Mitleid mit uns. Sie sagten, diese Züchtigungen seien nicht schlimm, im Gegenteil, Gesichtsmassagen dieser Art seien nur gesund für die Haut. Die Ohrfeigen machten uns auch tatsächlich nichts aus, denn wenn Domina Aetherea die Hand gegen uns erhob, hieß dies nur, daß sie nichts anderes in ihrer Reichweite hatte, womit sie uns schlagen konnte. Wenn sich nämlich die Gelegenheit bot, griff sie zu jeder verfügbaren Waffe, von der Birkenrute bis zur Peitsche aus Rindsleder.

Die positiven Seiten des Lebens im Nonnenkloster wogen dessen Nachteile nicht auf. Jede von uns hatte eine eigene Zelle – selbst die Novizinnen mußten nicht im Schlafsaal schlafen –, und das Essen war so gut und reichlich, wie wir es in unserem fruchtbaren Tal erwarten konnten. Wir hungerten also nicht, außer vielleicht geistig, und ich war die einzige, die bedauerte, daß St. Pelagia kein Skriptorium hatte und daß die Äbtissin alte Bücher und Schriftrollen, die sie besitzen mochte, niemandem zeigte. Keine einzige der Nonnen konnte lesen, nicht einmal die älteren, die lange in der Welt draußen gelebt hatten, bevor sie sich hier einmauern ließen.

Wissen wurde uns nur in Form von Vorträgen, Predigten und Ermahnungen übermittelt – manchmal von der Äbtissin, weit öfter aber von ältlichen Nonnen, die sich Erzieherinnen nannten.

Obwohl mir eingeschärft worden war, daß meine Bildung von nun an nur aus dem bestehen würde, was meine Erzieherinnen mir vermittelten, so mußte ich doch noch etwas ganz anderes lernen, was diese mir nicht beibringen konnten: Ich mußte lernen, mich wie ein Mädchen zu benehmen.

Meine Mitschwestern merkten wahrscheinlich nicht, daß ich sie genau beobachtete und nachmachte, wie sie sich bewegten: wie eine Frau zum Beispiel bewußt langsam den Arm bewegt, so daß der Muskel nicht hervortritt wie bei einem Mann, der diese Bewegung kräftiger und schneller ausführt; wie sie dabei gleichzeitig die Schulter zurücknimmt, so daß die Bewegung ihre Brust hebt; wie sie, wenn sie mit den Händen gestikuliert, Mittel- und Ringfinger stets zusammenhält, um die Bewegungen der Hände geschmeidiger und eleganter erscheinen zu lassen; wie sie, wenn sie den Kopf hebt, ihn gleichzeitig etwas zur Seite neigt, um die fließende Linie ihres Halses und ihrer Kehle zu betonen; wie sie ihr Gegenüber nie direkt ansieht, sondern immer ein wenig von der Seite oder – je nach der Situation – hochmütig von oben oder schüchtern von unten …

Während mich all das ständige Anstrengung kostete, fiel es mir zu meiner freudigen Überraschung nicht schwer, mich als Frau zu fühlen. Ich habe bereits erzählt, daß ich, noch bevor ich über die Besonderheit meines Körpers Bescheid wußte, öfter weibliche Gefühle wie Unsicherheit, Zweifel und Mißtrauen und sogar Schuldgefühle hatte.

Sobald ich meine Weiblichkeit akzeptiert hatte, schien es mir, als kämen meine Gefühle nun leichter an die Oberfläche meines Bewußtseins und als könnte ich mich einfacher in sie hineinbegeben und sie ausdrücken oder beeinflussen. Wo ich einst als Junge Christus' männliche Standhaftigkeit am Kreuz bewundert hatte, konnte ich nun fast wie eine Mutter nachempfinden, welche Schmerzen er erlitten haben mußte, und ich konnte sogar Tränen darüber vergießen, ohne mich zu schämen. Ich konnte launisch sein wie eine Frau. Wie meinen Schwestern bereitete es mir Vergnügen, schöne Kleider anzuziehen und mich schön zu machen. Wie sie konnte ich wegen einer tatsächlichen oder eingebildeten Kränkung plötzlich mürrisch und verdrossen werden.

Wie sie war ich auch sehr empfindlich Gerüchen gegenüber – sie mochten angenehm oder abstoßend sein –, und auch später machte ich oft die Erfahrung, daß Parfums und andere Düfte meine Stimmung und Laune hoben oder senkten.

Wie meine Schwestern verstand ich es instinktiv, meine tiefsten und heftigsten Gefühle hinter einer Maske von Gleichgültigkeit zu verbergen – hinter einer Maske, die für einen Mann unergründlich, für jede Frau jedoch durchsichtig war. Und wie meine Schwestern konnte ich sagen, ob eine andere Frau glücklich oder traurig, ehrlich oder hinterlistig war.

Zur gleichen Zeit war ich nach wie vor im Besitz der weniger feinsinnigen, aber dennoch nützlichen Eigenschaften und Fertigkeiten meiner männlichen Hälfte. Als Junge an Unabhängigkeit gewöhnt, fühlte ich mich in St. Pelagia wie eingesperrt; ich bewerkstelligte es deshalb, soviel Zeit wie möglich im Freien verbringen zu dürfen, indem ich mich bereit erklärte, Arbeiten zu übernehmen, vor denen sich die Nonnen und Novizinnen gerne drückten (zum Beispiel das Rinder- und Schweinehüten).

Ich hatte noch einen persönlicheren Grund, weshalb ich mich gerne bei den Scheunen und Wirtschaftsgebäuden aufhielt. Aus demselben geheimen Grund stahl ich mich sogar des Nachts aus dem Kloster, was mir nur gelang, weil es für die älteren Nonnen unvorstellbar war, daß ein Mädchen nachts herumstreunte, zumal alle Mädchen und Frauen glaubten, nachts würden Dämonen umgehen. Dennoch war ich vorsichtig genug abzuwarten, bis Domina Aetherea kontrolliert hatte, daß alle Nonnen und Novizinnen sich zur Nachtruhe in ihre Zellen zurückgezogen hatten. Erst dann schlüpfte ich aus meiner Zelle und verließ das Kloster.

Was mich nach draußen zog, war neben dem Umstand, daß ich so der strengen Zucht des Klosters entfliehen konnte, manchmal auch das Bedürfnis nach einem Bad im klaren Wasser der Kaskaden und die Notwendigkeit, meinen Juika-bloth zu versorgen und weiter abzurichten.

So früh wie möglich hatte ich mir in St. Pelagia den Ruf erworben, gerne die »dreckigen Arbeiten im Freien« zu verrichten. Bei der ersten sich ergebenden Gelegenheit rannte ich durch das Tal nach St. Damian, kletterte unbeobachtet in den Taubenschlag, holte meinen Vogel und rannte wieder zurück. Einen Teil des Weges schien es dem Adler zu gefallen, getragen zu werden, und er wiegte sich auf meiner Schulter sanft auf und ab. Den Rest des Weges flog er vor mir her, als ob er mich zur Eile antreiben wolle. In der Scheune des Nonnenklosters angelangt, steckte ich den Vogel auf dem Heuboden in einen Käfig, den ich selbst aus Weiden geflochten hatte, und hieß ihn mit einem herzhaften Mahl lebendiger Mäuse willkommen, die ich gefangen und für diese Gelegenheit aufgehoben hatte.

Es gelang mir, den Juika-bloth vor den Nonnen geheimzuhalten und ihn trotzdem gut zu verpflegen und nachts zur Übung frei fliegen zu lassen. Hin und wieder glitt eine Milchschlange auf der Suche nach einer Mahlzeit in den Stall; ich fing sie ein und bewahrte sie auf, bis sich die Gelegenheit bot, zu prüfen, ob der Adler noch auf das Kommando »Sláit!« hörte und sich auf den Köder stürzte. Erst als ich sicher war, daß er mir noch gehorchte und nichts von dem vergessen hatte, was ich ihm beigebracht hatte, begann ich, ihn auf etwas Neues abzurichten.

Um diese Zeit jedoch, an einem warmen Herbsttag, umfing mich plötzlich von hinten eine kleine, zärtliche Hand, und ich hörte eine süße Stimme nahe an meinem Ohr. Damals trat Schwester Deidamia in mein Leben.

# 7

Meine erste und meine letzte Begegnung mit Deidamia habe ich bereits geschildert. Dazwischen trafen wir uns oft, und da Schwester Deidamia mich vertrauensvoll in so vieles einweihte, sagte ich ihr auch ein Geheimnis von mir. Ich zeigte ihr den Adler und ließ sie zusehen, wenn ich ihn heimlich abrichtete.

»Sein Name bedeutet ›Ich kämpfe bis aufs Blut‹«, sagte Deidamia, »warum richtest du ihn darauf ab, Eier anzugreifen?«

»Die liebste Beute des Juika-bloth sind Schlangen, aber er mag auch die Eier von Reptilien. Und gegen die braucht er natürlich nicht bis aufs Blut zu kämpfen, weil sie nur daliegen und nicht fliehen oder sich wehren.«

»Aber das ist kein Schlangenei.« Deidamia zeigte auf das Ei in meiner Hand. »Das ist ein gewöhnliches Hühnerei. Es ist viel größer und sieht auch anders aus.«

»Ich habe weder Zeit noch Gelegenheit, echte Schlangeneier zu suchen, liebe Deidamia. Ich muß mit dem zufrieden sein, was ich habe. Doch ich schmiere dieses Ei mit Fett ein, bis es glänzt wie ein Schlangenei. Dann lege ich es in dieses Nest, das ich aus Moos gemacht habe.«

»Aber das Ei ist doch viel zu groß.«

»Und damit ein besseres Ziel für den Adler. Wie ich dir erklärt habe, richte ich ihn darauf ab, sich aus großer Höhe auf das Ei zu stürzen und es mit Schnabel und Krallen zu zerfetzen. Gewöhnlich hüpft der Vogel nur zu einem Ei, das auf dem Boden liegt, und pickt es auf.«

»Interessant«, sagte Deidamia, obwohl sie nicht sehr interessiert klang. »Du willst dem Vogel also etwas beibringen, was seiner Natur nicht entspricht.«

»Zumindest versuche ich es. Sieh dir an, was er schon kann.«

Ich nahm dem Vogel die Augenklappe ab und warf ihn hoch. Sofort stieg er zum Himmel hinauf. Dann legte ich das Nest aus Moos mit dem glänzenden Ei auf den Boden. Ich zeigte darauf und rief: »Sláit!« Der Adler schwebte nur so lange über uns, wie er brauchte, um sein Ziel zu fixieren. Dann legte er die Flügel an und kam wie ein Pfeil heruntergeschossen. Schnabel und Krallen gruben sich in das Ei, und Eigelb und Eiweiß spritzten durch die Luft. Ich ließ den Vogel noch eine Weile seine Mahlzeit genießen und rief dann: »Juika-bloth!« Prompt kehrte er auf meine Schulter zurück.

»Sehr eindrucksvoll«, meinte Deidamia und klang gar nicht beeindruckt. »Aber das ist doch mehr ein Zeitvertreib für Jungen. Glaubst du, so etwas ziemt sich für eine Novizin?«

»Ich sehe nicht ein, warum Jungen und Männer die aufregenden Spiele für sich allein beanspruchen sollten, während wir nur die sanften Spiele haben.«

»Weil wir eben sanfte Wesen sind. Anstrengende Sachen überlasse ich lieber den Männern.« Deidamia gähnte gekünstelt und lächelte dann schelmisch. »Aber spiele du, was du willst, kleine Schwester. Ich habe überhaupt nichts gegen deine Spiele einzuwenden.«

Die gestrenge Domina Aetherea freilich und die schwatzhafte Schwester Elissa, die stets anderen nachspionierte, hatten eine ganze Menge dagegen einzuwenden. Ich habe bereits erzählt, wie sie mich und Deidamia auf frischer Tat ertappten.

*

Bevor ich Balsan Hrinkhen für immer verlassen mußte, klärte mich Dom Clemens darüber auf, welch sonderbare Kreatur ich war. Bevor Dom Clemens mich zu unserer letzten Unterredung zu sich rief, hatte er viel Zeit im Chartularium verbracht und im alten Archiv der Abtei gewühlt.

»Thorn, mein Kind«, begann er, und er sah genauso bedrückt aus, wie ich ausgesehen haben muß. »Wie du weißt, waren sowohl der Abt wie der Arzt, der dich untersuchte, als du auf der Schwelle dieses Klosters gefunden wurdest, zur Zeit meiner Ankunft schon verstorben. Weder ich noch der Nachfolger jenes Arztes, unser Bruder Hormisdas, hatten seither Grund, dich nochmals zu untersuchen. Ich habe jedoch einen Bericht gefunden, welcher schildert, was jener Arzt feststellte, als er dich zum ersten Mal sah. Er hieß Chrysogonus. Ich wünschte, ich hätte früher nach dem Bericht gesucht, doch es werden nur selten Berichte über Klosterkinder angefertigt und noch seltener im Archiv der Abtei aufbewahrt.

Dieser hier wurde nur deshalb verfaßt und aufbewahrt, weil du eine Seltenheit warst. Und Bruder Chrysogonus hat in seinem Bericht geschrieben, was er in seiner Funktion als Arzt mit dir tat.«

»Mit mir tat?« wiederholte ich fast ärgerlich. »Wollt Ihr damit sagen, daß dieser Chrysogonus mich erst zu dem machte, was ich bin?«

»Nein, Thorn. Ein Mannamawi – ein Hermaphrodit – warst du von Geburt an. Wie ich diesen Seiten jedoch entnehme, führte Bruder Chrysogonus eine kleine Operation an dir aus. Das heißt, er berichtigte deine, hm, Geschlechtsteile. Dies bewahrte dich, wie ich es sehe, vor späteren unangenehmen Folgen, Schmerzen oder gar einer Verunstaltung, die dich zum Krüppel gemacht hätte.«

»Das verstehe ich nicht, Nonnus.«

»Ich auch nicht. Jedenfalls nicht ganz. Dieser Bruder Chrysogonus war entweder Grieche von Geburt oder er wollte in deiner Sache Diskretion bewahren, denn er verfaßte seinen Bericht auf Griechisch. Ich kann die Worte zwar lesen, verstehe aber nicht ihre medizinische Bedeutung.«

»Könnt Ihr nicht Bruder Hormisdas bitten, sie Euch zu erklären?«

Der Abt räusperte sich unbehaglich. »Lieber nicht. Hormisdas ist ein Arzt, der seinen Beruf mit Leidenschaft ausübt. Er würde dich vermutlich hierbehalten wollen. Zu Studienzwecken oder Experimenten ... oder sogar, um dich anderen vorzuführen. Es hat schon Klöster gegeben, die ihrem Ruhm und ihrer Kasse dadurch aufhalfen, daß sie Pilger mit dem Versprechen eines ... offensichtlichen Wunders anlockten.«

»Einer Kuriosität, meint ihr«, sagte ich rauh.

»Was auch immer – ich will dir diese Schmach ersparen, mein Kind. Wir werden Bruder Hormisdas nicht bitten, uns den Bericht zu übersetzen. Eines kann ich dir immerhin sagen. Bruder Chrysogonus schreibt, er habe einen kleinen Eingriff vorgenommen und die Bänder durchtrennt, die dein, hm, Organ in einer abnormal gekrümmten Form festhielten. Wie ich schon sagte, Thorn, du solltest ihm dankbar sein.«

»Hat er noch etwas über mich geschrieben?«

»Er war überzeugt, daß du Kinder weder zeugen noch gebären kannst ... obwohl du äußerlich die ... die Anlagen dazu hast.«

»Ich freue mich, das zu hören«, murmelte ich. »Dann brauche ich nicht zu fürchten, ein zweites Wesen wie mich in die Welt zu setzen.«

»Doch diese Tatsache erlegt dir eine weitere Beschränkung auf, Thorn, und keine kleine. Die Menschen essen, damit sie leben, und sie pflanzen sich fort, damit sie nicht aussterben. Die Fortpflanzung ist für unsere Mutter Kirche der einzige Grund für den Geschlechtsverkehr. Da du nie Kinder haben kannst, wäre es eine Todsünde für dich, mit einem anderen Menschen – egal ob Mann oder Frau – geschlechtlichen Umgang zu haben. Deine bisherige Unwissenheit und Unschuld spricht dich von den Sünden frei, die du begangen hast. Doch nun, da du alles weißt, mußt du in Keuschheit leben.«

»Aber Gott muß doch einen Grund gehabt haben, mich als Mannfrau zu schaffen, Nonnus Clemens«, sagte ich bittend, fast wie eine Frau. »Was hat er mit mir vor? Was soll ich mit meinem Leben anfangen?«

»Hm ... Soviel ich weiß, legt die Mischna der Juden Regeln für das gesellschaftliche und religiöse Leben eines Hermaphroditen fest. Unsere Schriften tun dies nicht. Ich mache dir einen Vorschlag, Thorn. Die Arbeit, die du als Schreiber geleistet hast, als wir dich in St. Damian noch für einen von uns hielten, war vielversprechend. Ich brauche dir nicht zu sagen, daß ein weiblicher Schreiber etwas Unvorstellbares und Unnatürliches wäre. Was ich dir also rate: Wenn du dich bei einem anderen Abt oder Bischof irgendwo weit weg als Mann vorstellen würdest, wenn du ehelos bliebest und stets darauf bedacht wärst, deine Weiblichkeit zu verbergen, dann könnte ich mir vorstellen, daß du dort eine befriedigende Arbeit als Kopist findest.«

»Und wenn ich sterbe«, sagte ich bitter, »werde ich nichts hinterlassen als Abschriften der Worte anderer. Und während meines traurigen Erdenlebens muß ich jede normale menschliche Regung unterdrücken, ja sogar die Hälfte der mir von Gott gegebenen Natur.«

Der Abt runzelte die Stirn und sagte dann streng: »Ein Christ muß nach dem Höchsten streben. Er kann vollkommen sein, deshalb ist es seine sittliche Pflicht, nach Vollkommenheit zu streben – moralisch, geistlich, geistig, ja selbst körperlich. Wer absichtlich in Unvollkommenheit verharren will, handelt verwerflich und macht sich schuldig.«

Entsetzt starrte ich ihn an. »Ihr glaubt an die Jungfrauengeburt, Nonnus Clemens, Ihr glaubt an die Auferstehung von den Toten, und Ihr glaubt, daß Engel weder männlich noch weiblich sind. Warum bin ausgerechnet ich ein widernatürliches Wesen?«

»Schweig, Thorn! Lästere nicht Gott und seine Engel!« Mühsam versuchte der Abt den Zorn zu beherrschen, der in ihm aufstieg. Nach einem Augenblick sagte er etwas ruhiger, aber noch mit einem Zittern in der Stimme: »Laß uns im Guten auseinandergehen, Thorn, schließlich waren wir Freunde. Ich habe dir den Rat eines Freundes gegeben und gebe dir nun aus Freundschaft einen Solidus. Dafür bekommst du über einen Monat zu essen und ein Dach über dem Kopf. Bitte gehe so weit wie möglich fort von hier, wo dich jeder kennt, bevor du ein neues Leben beginnst – das Leben, zu dem ich dir rate, oder ein anderes. Möge Gott mit dir sein. Vade in pace. Gehe hin in Frieden.«

*

So verabschiedeten wir uns schweren Herzens voneinander. Ich sah Dom Clemens nie wieder. Allerdings verließ ich Balsan Hrinkhen nicht sofort, wie mir befohlen worden war, denn ich hatte zuvor noch einiges zu erledigen. Zuerst wollte ich meinen Juikabloth aus dem Kuhstall von St. Pelagia holen. Ich schlich mich also noch in derselben Nacht ins Nonnenkloster. Ich brauchte kein Licht, weil ich den Weg gut kannte. Als ich mich durch das Heu zu dem Käfig tastete, hörte ich plötzlich eine weibliche Stimme fragen: »Wer ist da?« Entsetzt hielt ich inne.

Doch dann erkannte ich die Stimme, und erleichtert sagte ich: »Ich bin's, Thorn. Bist du es, Schwester Tilde?«

»Ja. Bist du es wirklich, Schwester Thorn? Oder ... Bruder Thorn? Bitte, lieber Bruder, tu mir keine Gewalt an!«

»Pst, Schwester, sprich leise. Ich tue niemandem Gewalt an, am allerwenigsten einer lieben Freundin. Was tust du hier zu dieser nächtlichen Stunde?«

»Ich wollte nur nachsehen, ob dein Vogel gut versorgt ist. Stimmt es denn, Thorn, was man uns gesagt hat? Daß du ein Junge bist? Warum hast du dich als Mädchen ...?«

»Pst«, beschwichtigte ich sie wieder. »Das ist eine lange Geschichte, die ich selber noch nicht ganz verstehe. Aber woher weißt du, daß hier ein Vogel versteckt ist?«

»Schwester Deidamia hat es mir gesagt, als sie noch sprechen konnte. Sie bat mich, ihn zu versorgen. Bist du gekommen, um ihn abzuholen?«

»Ja. Ich freue mich, daß ihr an ihn gedacht habt. Aber was soll das heißen? Als sie noch sprechen konnte?«

»Etwas ist in ihr zerbrochen, Thorn«, wimmerte Tilde. »Nonna Aetherea hat Deidamia mit der schrecklichen Lederpeitsche grausam ausgepeitscht. Den ganzen Tag immer wieder, sobald Deidamia zu sich kam.«

»Die Bestie!« zischte ich. »Bei mir hat sie es versäumt, und jetzt muß die arme Deidamia für uns beide leiden.«

Tilde schniefte und sagte: »Deidamia ist nicht mehr schön und wohlgestalt wie einst. Nonna Aetherea schlug sie wild und ohne Nachsicht.«

»Zum Teufel mit ihr!« fluchte ich. Dann kam mir plötzlich ein Gedanke. »Die Äbtissin hat doch einen gesunden Schlaf, oder?«

»Ja, vor allem, wenn sie sich so verausgabt hat wie heute.«

»Gut. Dann werde ich dafür sorgen, daß sie morgen keinen Gedanken mehr für Deidamia übrig hat. Komm, Tilde. Ich lasse den Adler hier und suche zuerst die Äbtissin auf. Du paßt auf, daß niemand kommt.«

»Gudisks Himins! Du redest wirklich wie ein Junge. Keine wohlerzogene Novizin würde ...«

»Ich bin keine brave Nonne mehr. Doch du brauchst keine Angst zu haben. Wenn jemand kommt, während ich bei der Äbtissin bin, warne mich ganz einfach mit einem Zischen und bringe dich dann in Sicherheit. Tu es für Deidamia.«

»Für dich könnte ich es nicht tun, Thorn. Selbst wenn ich es für eine Schwester täte, wäre es ein schändliches Verbrechen. Was hast du vor? Willst du der Äbtissin etwas antun?«

»Nein, ich will der Furie nur zeigen, daß sie besser einer anderen Frau nacheifert, die vor langer Zeit gelebt hat und liebevoll und freundlich war.«

Tilde begleitete mich also zum Fenster der Kammer, in der Domina Aetherea schlief. Schon von draußen konnten wir sie laut schnarchen hören. Ich kletterte durch das Fenster, und als sich meine Augen an das Dunkel gewöhnt hatten, sah ich die Äbtissin auf ihrer Bettstatt liegen. Sie schnarchte fürchterlich und schlief den Schlaf der Gerechten. Mit größter Behutsamkeit tastete ich nach dem kleinen, aber schweren kristallenen Fläschchen an ihrem Hals. Es hatte einen dicken Messingring, durch den eine fest verknotete Lederschnur gefädelt war.

Da ich von Tilde nichts hörte und auch sonst kein Laut an mein Ohr drang, glaubte ich, genügend Zeit zu haben. Also benetzte ich den Knoten mit Speichel, damit das Leder sich vollsog und dicker wurde. Dann löste ich den Knoten mit geschickten Fingern. Er war raffiniert geknüpft, vermutlich von der Äbtissin selbst. Ich ließ das Fläschchen in meine Tasche gleiten. Dann gab ich mir alle Mühe, die Schnur wieder so zu verknoten, wie sie es am Anfang gewesen war.

Ich stieg durch das Fenster, vor dem Tilde auf mich wartete. Als wir wieder im Stall waren, erzählte ich ihr, was ich getan hatte. »Was?« rief sie entsetzt. »Du hast die heilige Reliquie gestohlen? Das Fläschchen mit der Milch der Heiligen Jungfrau?«

»Still. Niemand außer dir wird es erfahren. Bis zum Morgen ist das Leder wieder trocken und fest. Wenn Domina Aetherea aufwacht und den Verlust bemerkt, den Knoten aber unversehrt vorfindet, wird sie annehmen, daß das Fläschchen von göttlicher Hand entfernt wurde. Sie wird denken, daß die Heilige Jungfrau selbst gekommen ist, um ihre Milch zurückzuholen, und daraus vielleicht schließen, daß sie sich bessern und weniger grausam sein sollte. Vielleicht bleiben Schwester Deidamia dann weitere Qualen erspart.«

»Hoffentlich«, sagte Tilde. »Was willst du mit der Reliquie tun?«

»Ich weiß es noch nicht. Ich besitze nicht viel. Vielleicht kann sie mir irgendwann nützen.«

»Hoffentlich«, sagte Tilde noch einmal, und sie klang aufrichtig. Rasch beugte ich mich vor und drückte einen Kuß auf ihre kleine Stupsnase. Sie machte einen Satz zurück, als hätte ich sie vergewaltigen wollen, doch dann kicherte sie aufgeregt, und wir nahmen in Freundschaft voneinander Abschied.

Ich habe bereits erwähnt, daß ich aus Balsan Hrinkhen zwei Dinge mitnahm, die mir nicht gehörten: den gefangenen Adler und das gestohlene Fläschchen. Aber auch jetzt verließ ich das Tal noch nicht. Mir blieb noch eine Verpflichtung, die ich mir selbst auferlegt hatte. In derselben Nacht stahl ich mich in den Küchengarten von St. Damian, zog einige Winterrüben als Proviant und stieg auf einen Baum, dessen Äste einen Teil des Gartens überragten. Ich kletterte unbeholfen, denn ich trug den Käfig, in dem sich mein Adler befand.

Als Domina Aetherea mich nach St. Damian zurückbrachte, hatte sie einen der Mönche gebeten, in einem Nebengebäude auf mich aufzupassen. Von diesem erfuhr ich, welche Arbeiten Bruder Petrus nun ausführte: Er mußte die Felder und Gärten der Abtei mit Mist düngen. Ich wußte also, daß Bruder Petrus früher oder später in den Küchengarten kommen würde, und ich war vorbereitet, notfalls viele Tage und Nächte lang darauf zu warten.

Wie sich herausstellte, mußte ich nur noch den Rest dieser Nacht, den darauffolgenden Tag und die darauffolgende Nacht frierend auf meinem Baum ausharren. In dieser letzten Nacht stockte ich meinen Vorrat an Rüben auf und fand sogar ein paar Regenwürmer für den Adler. Er fraß sie, freilich ohne besonderes Vergnügen. Dann hörte ich zu, wie die Brüder im Kloster zur Frühmette sangen und den Sonnenaufgang begrüßten. Wenig später, die Mönche hatten inzwischen ihre Morgenmahlzeit eingenommen, öffneten sich die Türen der Abtei. Zwei davon lagen in meinem Blickfeld, und ich beobachtete, wie die Brüder zur Arbeit auf den Feldern herausströmten.

Dann kam Petrus. Er ging in einen Schuppen, kam mit einer Mistgabel und einem Eimer voller Mist wieder heraus und trug beides geradewegs zum Garten zwischen der Küche und dem Baum, auf dem ich saß. Er setzte den schweren Eimer ab, dessen Inhalt in der Sonne dampfte, und begann träge, den Mist auf die Gemüsebeete zu verteilen.

Ich wartete, bis er fast genau unter mir war. Dann streckte ich langsam und ruhig den Arm in den Käfig des Adlers und stieß mit dem Handgelenk vorsichtig gegen dessen Beine. Der Vogel setzte sich daraufhin auf meinen Arm. Ich holte ihn aus dem Käfig, nahm ihm die Augenklappe ab und wartete einen Augenblick. Bruder

Petrus hatte angefangen zu schwitzen, er hatte deshalb die Kapuze zurückgestreift. Da die Arbeit ihn zwang, sich zu bücken, sahen wir nur seinen Hinterkopf. Ich wartete, bis er aufrecht stand und sich streckte. Seine mit Fett eingeriebene weiße, von einem gräulich-roten Haarkranz umgebene Tonsur war ein fast wirklichkeitsgetreues Abbild des schleimigen fettglänzenden Eies in dem Nest aus rotbraunem Moos, auf das ich meinen Adler in den letzten Wochen abgerichtet hatte. Ich zeigte auf Petrus und flüsterte: »Sláit!«

Mein Arm machte einen Ruck, als der Adler sich abstieß, und der Ast, auf dem ich saß, schwankte. Petrus hörte vermutlich das Rascheln der Blätter oder die sausenden Schwingen des Adlers, der schnell an Höhe gewann, denn er sah sich erstaunt um. Doch er sah nicht nach oben, und obwohl er den Kopf hin und her drehte, muß dieser aus der Sicht des Adlers immer noch wie ein Ei in einem Nest ausgesehen haben, denn jetzt setzte der Vogel zum Sturzflug an.

Fast senkrecht und mit unglaublicher Geschwindigkeit schoß er nach unten. Der von den Strahlen der Morgensonne auf die Erde geworfene Schatten des Raubvogels wanderte über Felsen, flakkerte über die an das Kloster angrenzenden Felder und stürzte schließlich ungestüm durch den Garten unter mir. Im nächsten Bruchteil einer Sekunde verschmolzen Juika-bloth, Schatten und Ziel miteinander.

Mit einem dumpfen Schlag traf der Adler auf Petrus' Kopf auf und grub seine Krallen tief in Haare und Kopfhaut. Petrus stieß einen markerschütternden Schrei aus. Dann war er still. Mein Juika-bloth hieb mit seinem furchtbaren krummen Schnabel auf die weiße Glatze des Mönchs ein, genau in der Mitte der Tonsur. Das weiße Ei färbte sich rot. Stumm und bewegungslos und mit dem Gesicht nach unten lag Petrus zwischen zwei Reihen hochgeschossenen Kohls. Wie besessen stieß der Vogel immer wieder mit dem Schnabel auf das Ei herunter, das eine so unerwartet harte Schale hatte.

Zwei Mönche, die den Schrei gehört hatten, eilten um die Ecke und sahen sich im Garten um, aber sie entdeckten Petrus nicht, der hingestreckt zwischen den fleischigen Blättern des Kohls lag. »Juika-bloth!« rief ich leise, und gehorsam stieg der Adler auf und ließ sich auf einem Ast neben mir nieder. Die Federn an seinem Kopf starrten vor Blut. »Ach«, sagte einer der beiden Mönche, »es war nur ein Hase oder eine Wühlmaus, die der Adler gefangen hat.« Und sie kehrten zu ihrer Arbeit zurück.

Ich setzte den Juika-bloth auf meine Schulter, nahm den Weidenkäfig unter den Arm und kletterte vom Baum. Ich brauchte den Käfig eigentlich nicht mehr, doch ich wollte keine verdächtigen Spuren hinterlassen, deshalb entfernte ich mich ein gutes Stück vom Kloster, bevor ich ihn an einem bestimmten Ort im Unterholz versteckte. Dort hatte ich auch das Bündel meiner wenigen Habseligkeiten gelassen, das ich nun wieder mitnahm.

Die Zeit des Abschieds war gekommen. Ich war aus dem Paradies vertrieben worden wie einst Adam und Eva. Aufgrund meiner vermutlich gotischen Abstammung hatte die katholische christliche Kirche mir von Anfang an mißtraut, aber jetzt, als Mannamawi, war ich für sie erst recht ein Schandfleck. Meine Doppelnatur war an sich schon ein Verbrechen und eine Sünde, obwohl ich nichts dafür konnte, und nun war ich außerdem innerhalb zweier Nächte zum Dieb einer Reliquie und zum Mörder geworden. Zu welcher dieser beiden Sünden hatte mich der Adam, zu welcher die Eva in mir getrieben?

Egal. Die Zeit des Abschieds war gekommen, und ich würde gehen, um als Gote zu leben – und als Arianer, wenn die Arianer mit einem Zwitterwesen, wie ich es war, mehr Erbarmen hatten als die katholischen Christen. Sobald ich also von Balsan Hrinkhen auf die Hochebene kam, wandte ich mich nach links, nach Nordosten. Dort lag das Land, das die zivilisierten Menschen »Barbaricum« nannten, und dort hausten angeblich die Stämme der Ostgoten tief in gefährlichen Wäldern.

# Wyrd

# 1

Ich kam von Balsan Hrinkhen in eine Welt, deren Schicksal so unbestimmt war wie mein eigenes: die Welt des zerfallenden Römischen Reiches. Damals ahnte ich noch nicht, daß ich auf meinen Wanderungen den Menschen treffen sollte, der dazu bestimmt war, dem Römischen Reich in Europa Einheit und Frieden, Gesetz und Ordnung zu bringen. Wie hätte ich es auch wissen können? Niemand im ganzen Reich wußte damals von ihm, denn Theoderich, der eines Tages Theoderich der Große genannt werden würde, war zu dieser Zeit – wie Thorn Mannamawi – noch ein Kind.

Was Tugend und Unschuld anbelangt, so war Theoderich in diesem Alter vermutlich weitaus kindlicher als ich, denn ich hatte während der vergangenen Monate und Jahre alles kennengelernt, was einem Erwachsenen, der noch dazu beide Geschlechter in sich vereinigt, in dieser Hinsicht widerfahren kann: die mannigfaltigen Freuden der Liebe, ihre gelegentlichen Schmerzen und ihre manchmal bitteren Folgen.

An dieser Stelle sei erwähnt, daß ich, als ich dann ganz erwachsen war, wenigstens von einigen Nachteilen verschont blieb, die dem jeweiligen Geschlecht anhaften – wie es der Arzt Bruder Chrysogonus vorausgesagt hatte. Ich brachte nie ein Kind zur Welt, ich menstruierte nie, und soweit ich weiß, zeugte ich keine Kinder. Ich hatte also das Glück, von den Ärgernissen, Hindernissen und Pflichten von Haushalt und Familie, mit denen die meisten Menschen sich herumschlagen müssen, frei zu sein.

Selbst als ich erwachsen war, verriet mein Äußeres nicht, ob ich Mann oder Frau war, und ich wurde genausooft als gutaussehender Junge oder Mann gelobt wie als hübsches Mädchen oder schöne Frau. Ich habe viele Frauen kennengelernt, die mir an Größe in nichts nachstanden, und viele Männer, die kleiner waren als ich. Mein gewelltes Haar trug ich mittellang, so daß ich gleichzeitig als Mann und als Frau gelten konnte. Meine Stimme veränderte sich nicht wie bei den meisten heranwachsenden Männern; man konnte sie für die sanfte Stimme eines Mannes oder die aufreizend heisere Stimme einer Frau halten. Wenn ich allein unterwegs war, reiste ich als Mann. Wegen meiner grauen Augen und hellen Haare hielten mich die Südeuropäer für einen aus dem Norden, während mich Nordeuropäer wegen meiner schlanken Gestalt und meines spärlichen Bartwuchses für einen Römer hielten.

Nein, mir wuchsen keine Haare im Gesicht oder auf der Brust, und auch unter meinen Armen sproß nur ein leichter Flaum. Außerdem hatte ich sehr kleine Brüste, die kaum von einer männlichen Brust zu unterscheiden waren. Was ich hatte, konnte ich mit Hilfe eines Brustbandes entweder flach schnüren oder höher binden, so daß ein richtiger Busen entstand. Die zartrosa Höfe der Brustwarzen waren etwas größer als die eines Mannes, und die Brustwarzen richteten sich auf, wenn ich erregt war. Doch es kam nie vor, daß eine Frau sie als unmännlich empfand. Deidamia war und blieb jedenfalls die einzige, die mich ohne jedes Kleidungsstück für eine Frau hielt.

Mein Schamhaar war geringfügig dunkler als mein Haupthaar. Es bildete kein so scharf umrissenes Dreieck wie bei einer Frau, war aber auch nicht so undeutlich abgesetzt wie bei einem Mann – doch dieser Unterschied zwischen den Geschlechtern ist vermutlich nur einigen Ärzten bekannt. Mein Nabel befand sich nicht genau auf der Gürtellinie wie der eines Mannes, aber auch nicht so weit darunter wie der einer Frau. Doch auch dieser Unterschied wird nur von den wenigsten bemerkt. Mein Penis war von normaler Größe und von Schamhaaren umgeben, so daß es nicht auffiel, daß ich keine Hoden besaß, obwohl ich natürlich achtgeben mußte, welche Körperhaltung ich einnahm, wenn ich nackt war. Doch ich konnte das Organ mit einem Band so an den Bauch binden, daß man es nicht sah, und dieses Behelfs bediente ich mich, wenn ich eine Frau war.

Es mag nun so klingen, als habe ich mich früh mit meiner abnormen Natur abgefunden und mich ihr angepaßt, aber das war nicht so. Wie ich noch berichten werde, verlangte dieser Prozeß viel Zeit und zahlreiche Erfahrungen gesellschaftlicher und sexueller Natur, mit Männern wie mit Frauen. Einige dieser Begegnungen waren Experimente, andere entsprangen der Zuneigung, wieder andere erwiesen sich als unangenehm oder ausgesprochen schmerzhaft. Ich brauchte mehrere Jahre, bis ich mit mir selbst zurecht kam.

Denn Blütenkelche sind – abgesehen davon, daß sie schön aussehen und gut riechen – nichts anderes als die Geschlechtsorgane einer Pflanze. Daher hatte ich in jener Zeit besonders gegen Lilien eine große Abneigung: Ihr fleischiger Blütenkolben, der aufrecht aus der Vulva der Blütenscheide hervorbricht, schien mir eine Verspottung meiner eigenen Geschlechtsteile.

Ich konnte mich mit meiner Doppelnatur erst abfinden, als ich viele heidnische Geschichten gelesen und alte heidnische Lieder gehört hatte, die aus einer christlichen Abtei natürlich verbannt waren. Dabei stellte ich fest, daß ich bei weitem nicht der erste meiner Art war. Wie Plinius in seiner Naturgeschichte schreibt, bringt die Natur fast alles hervor – und wenn die heidnischen Geschichten wahr waren, hatte sie schon vor mir allerlei Kuriositäten hervorgebracht, unter anderem Wesen wie mich selbst. Das tröstete mich, und ich fühlte mich weniger allein.

## 2

In den Jahren vor meiner Verbannung hatte ich das Tal nur zum Besuch der nächstgelegenen Dörfer und Höfe der Hochebene verlassen, und dies geschah nicht oft, und nie war ich allein. Ich half den Mönchen damals, den Karren der Abtei mit Nahrungsmitteln oder anderen Vorräten zu beladen, die von dort abgeholt werden mußten. Als sich die Hochebene jetzt sanft gewellt vor mir ausbreitete, kam ich mir einsam und verlassen vor, obwohl ich warm in mein Schaffell eingehüllt war und mein Adler auf meiner Schulter saß. Ich fürchtete den zunehmend kälter werdenden Winter und fühlte mich schutzlos allen möglichen Gefahren preisgegeben. Im Kloster hatte alles seinen geordneten Gang genommen. Aber man hatte mich ausgestoßen, und jetzt wanderte ich auf einer

Straße dahin, die offen, ungeschützt und ins Endlose reichend vor mir lag, und ich wußte nicht, was mich erwartete.

In den ersten zwei oder drei Dörfern an dieser Straße war ich schon gewesen, und man erkannte den »Jungen vom Kloster«. Die Dorfbewohner beäugten zwar überrascht und neugierig meinen Adler, nahmen aber zweifellos an, daß ich ausgeschickt worden war, um eine Besorgung für St. Damian zu machen. Sobald ich jedoch diese Orte hinter mich gebracht hatte und in eine Gegend kam, die ich nicht kannte, mußte ich mich vor allem vor einer Gefahr in acht nehmen. Es konnte mir unterwegs jemand begegnen, der glaubte oder behauptete, ich sei ein entlaufener Sträfling, und mich als Sklaven einfing.

Da ich kein Sklave gewesen war, besaß ich auch keine Urkunde, die meine Freilassung bestätigt hätte, aber nur so hätte ich beweisen können, daß ich ein freier Mensch war. Natürlich müssen Erwachsene normalerweise nicht beweisen, daß sie frei sind, es sei denn, sie tragen Narben und Schwielen, die von den Eisen und Ketten eines Sklaven herrühren könnten, oder sie haben das Pech, einem entlaufenen und überall gesuchten Sklaven ähnlich zu sehen. Ein allein umherstreifender Junge jedoch konnte leicht von jemandem, der einen Sklaven brauchte, festgehalten und angeklagt werden. Da half dann kein Schreien und Protestieren, und selbst wenn der Junge eine plausible Erklärung für sein Vagabundieren bereit hatte, würde vor Gericht das Wort des Erwachsenen mehr gelten.

Ein Knabe war ein besonders guter Fang, auch wenn er noch sehr klein war – es lohnte sich, ihn aufzuziehen, bis er groß genug war, um zu arbeiten. Ich war zudem bereits im richtigen Alter und konnte als männlicher oder weiblicher Sklave eingesetzt werden. Was ich am Körper trug, war in dieser ländlichen Gegend für beide Geschlechter üblich. Doch selbst wenn ich mich offen als Junge oder als Mädchen ausgegeben hätte, schwebte ich in Gefahr: Als Junge hätte ich schwere Arbeit verrichten müssen, als Mädchen wäre die Arbeit vielleicht weniger schwer gewesen, doch hätte ich sicher das Bett mit meinem Besitzer teilen müssen.

So ging ich jedem Reisenden, den ich von weitem erspähte, ob Reiter oder Fuhrmann, aus dem Weg und versteckte mich im Unterholz oder in einer Hecke, bis er vorbei war. Jedes für mich fremde Dorf umging ich in sicherer Entfernung. Ich fragte nie in einer der Herbergen am Weg um Obdach oder Nahrung an. Selbst wenn es bitter kalt war oder schneite, schlief ich in einem Heuschober oder Stall und war früh am nächsten Morgen, bevor der Bauer zur täglichen Arbeit auf die Felder kam, wieder unterwegs. Wenn ich Hunger hatte, stahl ich mir etwas zu essen. Die Not lehrte mich, mit der Schleuder zu jagen, aber trotzdem gelang es mir nur selten, einen Hasen oder eßbaren Vogel abzuschießen. Mein Adler jagte weitaus besser, doch zum Glück war ich nie so hungrig, daß ich von den Schlangen und Mäusen, die er erbeutete, essen mußte. Die brachliegenden winterlichen Felder gaben nicht viel her, außer gelegentlich einer vergessenen, gefrorenen Rübe. So blieb mir nichts anderes übrig, als Hühnerställe zu plündern und Eier oder ab und zu ein ganzes Huhn zu stehlen.

Die Straße führte zum Ufer des Doubs, und das erste Mal seit vielen Tagen hatte ich Gelegenheit, mich zu waschen. Zuerst mußte ich jedoch ein Loch in das Eis schlagen. Das Wasser war so kalt, daß es schmerzte. Der Fluß versorgte mich mit genügend Fischen, und ich hatte es nicht mehr nötig, Hühnerställe zu überfallen. Entlang des Doubs lagen viele Weinberge, die zwar im Winter nicht trugen, mir aber dennoch in einer ganz besonderen Art dienten. Ich stahl mehrere Enden Schnur, mit denen die Reben an den Pfählen festgebunden waren, band diese zu einer Angelschnur zusammen und bastelte improvisierte Angelhaken aus den Dornen des Hagedornstrauchs.

Das Holz des Hagedorns ist sehr hart, und ich hatte kein Messer, deshalb brachte ich dem Juika-bloth bei, mit seinem scharfen Schnabel kleine Zweige abzubeißen. Es erforderte viel Mühe und Übung, bis der Vogel verstand, was ich wollte. Sobald er jedoch begriffen hatte, brachte er fleißig immer mehr dornige Zweige herbei, so daß ich bald mehr davon hatte, als ich brauchte. Außerdem lieferte er mir die Köder zum Fischen; ich benutzte zum Beispiel den Kadaver einer Maus, die er geschlagen hatte. Als Dank bekam er den ersten Fisch, den ich fing. In den folgenden Tagen brachte er mir jedesmal einen Schnabel voller Hagedornzweige mit, wenn er auf Futtersuche ging. Wahrscheinlich glaubte er, ich wolle mir ein Nest bauen.

Ich folgte dem Doubs einige Tage lang stromaufwärts und fing noch mehr kleinere Fische aller Art, darunter Forellen und Schmerlen. Für größere Fische wie Hechte waren meine primitiven Angelhaken und meine Angelschnur nicht stark genug. Vor den Frachtkähnen, die täglich auf dem Fluß an mir vorbeizogen und schwere Ladungen von Salz oder Holz stromabwärts nach Lugdunum brachten, versteckte ich mich, wie ich mich auf der Straße vor anderen Reisenden versteckt hatte. Die Gefahr, daß ein Kahnführer mich schnappte und als Sklave auf seinem Schiff arbeiten ließ, war nämlich genauso groß. Daher fischte ich meist bei Nacht, und es erwies sich, daß dies sogar einfacher war als bei Tag, denn mit einer Fackel aus Reisig konnte ich die Fische näher ans Ufer locken.

Die Straße führte in nordöstlicher Richtung weiter und stieg unmerklich an, so daß ich ganz erstaunt war, als der Doubs plötzlich von hohen Ufern gesäumt war. Schließlich kam ich zu einer scharfen Biegung des Flusses und einer Halbinsel, auf der die Stadt Vesontio liegt. Bereits aus der Ferne erblickte ich die auf dem höchsten Hügel der Stadt erbaute eindrucksvolle Basilika des heiligen Johannes.

Zwei oder drei Meilen vor dem Stadttor war die Straße mit vier parallelen Reihen von Kopfsteinen gepflastert, damit die Karren, die dort verkehrten, in der regnerischen Jahreszeit nicht im Dreck versanken. Die Zwischenräume zwischen den Reihen waren ungepflastert, um die Hufe der Zugpferde, Esel und Ochsen zu schonen. Da in Vesontio reger Verkehr herrschte – zu Fußgängern und Reitern kamen Karren und Wagen voll mit den unterschiedlichsten Gütern –, konnte ich es riskieren, mich auf den Straßen unter die Leute zu mischen. Selbst der Adler auf meiner Schulter fiel nicht weiter auf. Einige der Händler trugen auf der Schulter Weidenkäfige mit Nachtigallen und anderen Singvögeln, und ich nehme an, daß man mich für einen Vogelhändler hielt.

Vesontio war die erste Stadt, die ich kennenlernte, und ich war zutiefst beeindruckt von ihren vielen Häusern, den vornehmen Bädern, dem riesigen Amphitheater, der steinernen Brücke, die sich über den Doubs spannte, und dem großen Triumphbogen, den Kaiser Marc Aurel hier errichtet hatte. Am meisten beeindruckte mich freilich, daß sich die Menschen in der Stadt anders kleideten – anders als die Bauern auf dem Land und anders insofern, als Männer und Frauen und sogar Knaben und Mädchen meines Alters verschiedene Kleider hatten. Die Frauen trugen im allgemeinen lange Kleider, die bis auf den Boden reichten und mit reichen Stickereien verziert waren; Frauen, die ihre langen, ungeflochtenen Haare nicht offen trugen, bedeckten sie mit bunten Kopftüchern. Die Männer hatten kurze Ledertuniken an und darunter knielange Röcke aus Tuch und entweder Hosen oder Gamaschen. Die meisten trugen keine Kopfbedeckung, und nur vereinzelt sah ich Lederkappen in verschiedenen phantasievollen Formen.

Am Stoff der Kleidung – ich sah teure Wollstoffe aus Baetica oder Mutina und feines Leinen aus Camaracum – und der Zahl wie auch dem Wert des stolz zur Schau getragenen Schmuckes konnte man erkennen, wie reich jemand war und zu welcher Gesellschaftsschicht er gehörte. Reiche Männer trugen eine »Spange« an der rechten Schulter, reiche Frauen je eine Fibel an beiden Schultern. Die Männer trugen aufwendige Gürtelschnallen, die Frauen Armbänder, Fußspangen oder beides. Der Schmuck war meist aus Gold und mit Granaten, Karfunkeln, Bergkristallen oder anderen Edelsteinen besetzt. Da es Winter war, trugen die Menschen auf der Straße außerdem Mäntel und Umhänge aus Fellen.

Ich konnte mir solche vornehmen Kleider natürlich nicht leisten, aber es verkehrten genug andere Leute vom Land auf den Straßen, so daß ich in meinem Schaffell, meinem Rock und meiner Hose nicht auffiel. Ich wollte mir allerdings zusätzlich einige Frauenkleider zulegen, so daß ich mich gegebenenfalls auch als Frau kleiden konnte. Und es gab noch etwas, das ich dringend brauchte: ein Messer. Da die Erfahrung mich gelehrt hatte, daß ein Messer wichtiger war als Kleider, suchte ich gleich an meinem ersten Tag in Vesontio den Laden eines Messerschmieds auf. Ich ging nicht in das Geschäft hinein, sondern wartete, bis der Messerschmied um die Mittagszeit von seiner Frau abgelöst wurde, die offensichtlich im Laden aufpassen mußte, während er selbst zu Mittag aß. Nun ging ich hinein und besah mir die zum Verkauf ausgestellten Messer. Die besten Klingen der Welt werden von Goten hergestellt, doch sind sie verständlicherweise sehr teuer. Ich prüfte mit dem Daumen andere Messer zweiter Qualität, wählte eines davon aus und feilschte mit der Ladeninhaberin um den Preis. Als wir uns geeinigt hatten, reichte ich ihr meinen Silbersolidus. Sie schnappte erstaunt nach Luft und sah mich scharf an. Glücklicherweise saß der Adler auf meiner Schulter. Er erwiderte ihren Blick weitaus kälter, als ich es hätte tun können. Die Frau gab mir Messer und Wechselgeld und ließ mich gehen.

Genau deshalb hatte ich bis Mittag gewartet. Einen Mann hätte der Adler vielleicht nicht eingeschüchtert, und vielleicht hätte der Schmied sogar die Wachen gerufen, die draußen ihre Runde machten. Dann wäre ich verhört worden, und man hätte mein Geld konfisziert und am Ende mich selbst verhaftet. Ein Silbersolidus ist zwar nur ein Sechzehntel eines Goldsolidus wert, doch war das in der Hand eines Bauernjungen schon ungewöhnlich viel Geld. Man hätte mich verdächtigen können, ein entlaufener Sklave zu sein und dazu ein Dieb.

Da in Vesontio tagsüber und nachts Wachen patrouillierten, wagte ich es nicht, etwas zum Essen zu stehlen oder mich für die Nacht irgendwo zu verkriechen. Das Messer hatte mich zwar die Hälfte meines Solidus gekostet, doch klingelte noch eine beruhigende Zahl von Denaren und Sesterzen in meiner Tasche. Außerdem lebten die vielen Herbergen der Stadt von Sommergästen; im Winter waren sie fast leer, so daß die Preise für Kost und Logis entsprechend niedrig waren. Ich fand eine billige Unterkunft – eine kleine Hütte mit nur einem Zimmer. Die Hütte gehörte einer alten Witwe, die so blind war, daß ihr weder mein ungepflegtes Äußeres noch mein ungewöhnlicher Begleiter, der Adler, auffielen. Ich blieb zwei oder drei Tage lang dort, schlief auf einer Strohschütte, die nicht weicher oder wärmer war als der Sand am Flußufer, auf dem ich die Nächte davor geschlafen hatte, und ernährte mich von der einfachen Haferschleimsuppe, die alles war, was die alte Frau mit ihren fast blinden Augen noch kochen konnte. Tagsüber streifte ich durch die weniger vornehmen Viertel der Stadt und suchte nach Kleidern, die ich mir leisten konnte.

Es gab in diesen Vierteln viele schäbige kleine Läden, die älteren Juden gehörten und in denen die gebrauchten Kleider von Angehörigen der besseren Gesellschaft verkauft wurden. In einem dieser Läden erstand ich nach langem Feilschen mit dem alten, unterwürfig und händeringend um mich herumstreichenden Inhaber ein langes Kleid, das zwar sehr abgenutzt und zerschlissen war, aber noch getragen werden konnte. Während der alte Jude das Kleid zu einem Bündel schnürte und leise vor sich hin murmelte, ich hätte ihn bei diesem Geschäft um den letzten Sesterz Gewinn betrogen, stahl ich schnell und unbemerkt ein Kopftuch und stopfte es unter meinen Rock. In einem anderen Laden kaufte ich eine abgetragene Tunika aus Leder und Hosen aus grober ligurischer Wolle mit etwas schwerer gewebten Füßlingen. Auch hier entwendete ich etwas, als der Ladenbesitzer einen Augenblick nicht hersah: eine Lederkappe, wie sie die Männer trugen. Heute schäme ich mich, wenn ich daran denke, daß ich kleine Ladenbesitzer bestahl, die fast so arm waren wie ich selber. Aber damals war ich jung und unerfahren und glaubte außerdem wie alle anderen, daß es kein Verbrechen war, einen Juden zu bestehlen.

Von dem wenigen Geld, das mir nach diesen Anschaffungen noch blieb, kaufte ich einen Ring geräucherter Wurst, der lange halten würde. An meinem letzten Abend in Vesontio probierte ich aus, wie ich als Mann und als Frau auf andere Menschen wirkte. Zuerst zog ich in meiner Herberge Ledertunika und Hosen an; den Rock steckte ich in die Hosen. Dann zog ich meine Stiefel über die Füßlinge und setzte die Lederkappe auf. Den Adler ließ ich in der Herberge. Das Schaffell über die Schulter geworfen, begab ich mich mit männlich ausgreifenden Schritten ins Hafengebiet zu den Prostituierten. Die geschminkten Frauen, die in dunklen Eingängen standen oder auf Fenstersimsen saßen, öffneten ihre schweren Pelze und ließen mich ihre Körper sehen, während sie gurrten wie Tauben, mir zupfiffen und mich ansprachen. Manche sprangen fast auf die Straße, um mich auf ihr Lager zu ziehen. Ich bedachte sie alle mit einem kühlen, unverbindlichen, männlichen Lächeln und ging weiter. Ich war zufrieden, denn schließlich hatten sie in mir einen möglichen Kunden gesehen.

Ich kehrte in meine Herberge zurück, schlüpfte nun in das Kleid, knotete das Kopftuch fest und zog statt der Stiefel meine Sandalen an. Das Schaffell warf ich wieder über die Schulter. Dann kehrte ich zum Hafen zurück und schlenderte so unmännlich, wie ich konnte, die Straße entlang. Wo die Prostituierten mich zuvor werbend angesprochen hatten, sahen sie mich nun kalt an und ließen ihre Pelze geschlossen. Einige zischten mich wütend an, andere schimpften: »Hau ab, du Hure, und suche dir ein anderes Revier!«

Da ich weder Schmuck trug noch geschminkt war, hielten sie mich für eine Frau niederer Herkunft, für eine Neue und eine mögliche Konkurrenz. Ich schenkte ihnen ein warmes, huldvolles Lächeln und setzte meinen Spaziergang fort, geschmeichelt, daß ich als Frau offensichtlich so gut aussah, daß die Prostituierten neidisch waren.

Ich wußte jetzt, daß ich mich als Mann und als Frau kleiden konnte und andere damit zu überzeugen vermochte. Ich mochte allein sein, ohne Freunde, arm, hilflos und mit einer ungewissen Zukunft – aber ich konnte wie ein wildes Tier die Farben, Muster und Strukturen meiner Umgebung annehmen und mich anpassen, so daß man mich für einen ganz normalen Menschen hielt.

Vorerst jedoch brauchte ich mich weder als Mann noch als Frau zu kleiden, denn ich hatte vor, wieder über Land zu reisen. Ich trug zwar Hosen wie ein Mann, aber nur, weil sie warm waren. Ohne Kopfbedeckung, in Rock, Schaffell und Stiefeln, sah ich wieder aus wie ein Bauernkind unbestimmten Geschlechts. Ich hängte das neue Messer an meinen Gürtel, rollte die Wurst und die anderen Einkäufe zu einem Bündel, setzte mir den Adler auf die Schulter und verließ Vesontio.

## 3

Diesmal ging ich nach Osten. Ich verließ die geschäftige Straße und den vielbefahrenen Doubs, kam an den Salzsiedereien und Holzlagern der Stadt vorbei und befand mich bald in der unberührten Wildnis fernab jeglicher Zivilisation.

Ich verließ Burgund und kam ins Land der Alemannen. Ich wußte schon, daß es dort weder Hühnerställe noch Heuschober gab, in denen ich Eier oder einen Unterschlupf für die Nacht finden würde. Die Alemannen sind Nomaden; sie haben keine Häuser, Höfe oder Weinberge, sondern verbringen, wie ein Sprichwort sagt, das ganze Leben auf dem Rücken ihrer Pferde. Sie haben auch nicht wie die meisten Völker nur einen König oder zwei Könige wie die Burgunder, da jedes Oberhaupt eines Stammes, er mag noch so klein sein, sich »König« nennt. Die Alemannen ziehen durch die Wälder, wie ich es von nun an auch tun würde, ernähren sich vom Wald und überleben, weil sie sich in der Wildnis zu helfen wissen.

Bisher war es ein milder Winter gewesen, doch nun gelangte ich in die Nähe jener ungeheuer hohen Gipfel, die im Lateinischen »Alpes« genannt werden. Das Vorgebirge, das ich durchquerte, wird im Gotischen wegen seiner strengen Winter »Hrau Albos« genannt – die rauhen Alpen. Streng war der Winter in jenem Jahr wirklich, und je weiter ich nach Osten vorstieß, desto kälter wurde es. Im Wald war es sogar mittags dunkel und kalt. Es schneite ununterbrochen, und ich kämpfte endlos gegen einen eisigen Wind an, der mir ins Gesicht schnitt.

Wie man im Freien überlebte, wußte ich nicht. Ich wußte nur, was ich auf meinen Streifzügen durch Balsan Hrinkhen gelernt hatte. So paßte ich gut auf, daß ich Feuerstein und Zunder unterwegs nicht verlor. Ebenso gewissenhaft hütete ich das Fläschchen mit dem Milchtropfen der Jungfrau Maria. Reisig, mit dem ich Feuer machen konnte, fand ich genügend, und ich war auch so vorsichtig, das Feuer nicht unter einem Baum oder Felsen zu entfachen, der dick mit Schnee beladen war, denn der Schnee wäre in der Hitze heruntergefallen und hätte die Flammen erstickt.

Im Umgang mit der Schleuder war ich inzwischen so geübt, daß ich ab und zu ein Eichhörnchen oder einen Schneehasen zur Strecke brachte, doch es gab nicht viele Eichhörnchen, und die Hasen mit ihrem weißen Fell waren auf dem Schnee kaum zu erkennen. In den kleinen Bergbächen fand ich keine großen Fische, nur Elritzen. Mir war oft schlecht vor Hunger, aber von meiner Wurst aß ich trotzdem nur selten. Sie sollte möglichst lange halten, außerdem machte sie mich ungeheuer durstig. Ich hatte geglaubt, den Durst stillen zu können, indem ich Schnee aß, aber das gelang mir zu meiner Verwunderung nicht. Deshalb aß ich von der Wurst nur dann, wenn ich an einem Bach lagerte, der so groß war, daß er unter der Eisschicht Wasser führte.

Mein Juika-bloth zeigte mir schließlich, wie ich leichter an Nahrung herankam. Der Adler war immer wohlgenährt und schien niemals weit oder lange fliegen zu müssen, um seine Beute zu schlagen. Ich beobachtete ihn und fand heraus, daß er Felsspalten nach Schlangen und Eidechsen durchsuchte, die dort Winterschlaf hielten. Manchmal stieß er auf ganze Nester von Schlangen, die sich ineinander verschlungen gegenseitig wärmten.

Ich tat es also dem Vogel gleich und stocherte auf meiner mühsamen Wanderung immer wieder mit einem langen Stecken im tiefen Schnee. Manchmal entdeckte ich eine kleine Höhle im Felsen oder eine Spalte im Boden, in der ein Igel, eine Haselmaus oder eine Schildkröte Winterschlaf hielten. Am meisten freute ich mich, wenn ich ein Murmeltier fand. Murmeltierfleisch ist schmackhaft und enthält viel Fett, welches ich zur Erhaltung meiner Körperwärme dringend benötigte. Außerdem findet man in der Höhle eines Murmeltiers immer Nüsse, Wurzeln, Samen und trockene Beeren, die das Tier als Vorrat angeschafft hat für den Fall, daß es zu früh aufwacht. Sie ergeben eine köstliche zusätzliche Mahlzeit.

Ich erlebte jedoch auch viele Tage, an denen ich glaubte, verhungern oder verdursten zu müssen, und viele Nächte, in denen ich fast erfror. Immer wieder hoffte ich, Alemannen zu begegnen, denen ich mich anschließen und bei denen ich das Jagen und das Leben des Nomaden lernen konnte.

Gelegentlich entdeckte ich unterwegs Spuren, die darauf hindeuteten, daß schon vor mir irgend jemand hiergewesen sein mußte, allerdings vor längerer Zeit. Manchmal waren es nur einige gespaltene Steine, und erst bei näherem Hinsehen erkannte ich, daß sie aufgrund von Hitze geborsten waren, was bedeutete, daß hier ein Lagerfeuer gebrannt hatte. Manchmal kam ich auf eine Lichtung, auf der ganz offensichtlich eine größere Anzahl von Menschen gelagert hatte, aber das überall wuchernde Gestrüpp ließ darauf schließen, daß dies schon längere Zeit her war. An manchen dieser Orte fand ich noch Hinweise auf die Alemannen: flache Felsen oder grobe Holzstämme, in die ein Kreuz mit vier rechtwinklig abgeknickten Balken gemeißelt war. Darunter standen zu Dreiecken, Kreisen oder wellenförmigen Linien angeordnete Runen.

Ich war bereits seit Wochen in den Bergen unterwegs gewesen, als ich dem ersten Menschen begegnete. Es hatte an jenem Tag viel geschneit. Die Dämmerung brach gerade herein, und ich war müde, ausgehungert, durstig und starr vor Kälte. Ich hatte noch nichts getrunken, und weil es im Wald rasch dunkel wurde, suchte ich verzweifelt nach einer Quelle, in deren Nähe sich außerdem vielleicht die Höhlen überwinternder Tiere fanden und neben der ich mich für die Nacht in mein Schaffell rollen konnte. Plötzlich flatterte der Adler auf meiner Schulter mit den Flügeln, um meine Aufmerksamkeit zu erregen. Ich reckte den Hals, versuchte, durch das Schneegestöber etwas zu erkennen, und entdeckte nicht weit von uns entfernt einen Lichtschimmer.

Vorsichtig pirschte ich mich näher heran, bis ich ein bescheidenes Lagerfeuer vor mir sah, an dem eine dunkle Gestalt saß. So leise wie möglich umkreiste ich das Feuer und näherte mich der Gestalt von hinten. Ich konnte nur einen Schopf wirrer grauer Haare erkennen, der Rest verschwand in einem dicken Pelz. Ich sagte mir, daß es ein Mann sein mußte, doch sah ich nirgends ein Pferd und auch keine anderen Menschen oder Lagerfeuer. Ich überlegte, ob ein Alemanne wohl allein und ohne Pferd die rauhen Alpen durchqueren würde. Frierend stand ich da und kämpfte mit mir, ob ich mich zu erkennen geben oder mich zurückziehen und in Sicherheit bringen sollte, als die Gestalt plötzlich, ohne den Kopf zu drehen oder die Stimme zu erheben, sagte: »Da du nun einmal hier bist, warum kommst du nicht ans Feuer und wärmst dich?«

Es war die rauhe Stimme eines Mannes, und der Mann sprach Gotisch, mit einem Akzent, der mir unbekannt war. Immerhin hatte ich ihn verstanden.

Aber wie hatte er mich gehört? Ich hatte mich so bemüht, kein Geräusch zu verursachen. War dies vielleicht ein Waldgeist mit Augen im Hinterkopf? Am liebsten wäre ich davongerannt, doch das fröhlich flackernde Feuer sah so einladend aus. Ich ging auf seine andere Seite, setzte mich und fragte verwirrt: »Wie habt Ihr mich bemerkt?«

»Herr im Himmel!« grunzte der Mann verächtlich, und es war das erste Mal, daß ich jemanden so fluchen hörte. »Du dummer Junge, seit mindestens einer Woche schon stolperst du hinter mir her!«

Wenn er ein Skohl mit übernatürlichen Fähigkeiten war, sah er zumindest äußerlich wie ein ganz normaler Sterblicher mit langen Haaren und zottigem Bart aus. Er war alt, aber nicht schwächlich, sondern eher robust, und er hatte ein wettergegerbtes Gesicht und klare Augen von einem durchdringenden Blau. Seine Zähne waren blendend weiß, als würde er damit Leder kauen.

»Alle möglichen Waldtiere hast du aufgescheucht mit dem Lärm, den du machst«, brummte er. »Sie sind an mir vorbeigerannt. Jesus, bist du ein erbärmlicher Jäger! Als dann zu fürchten war, daß du mir in absehbarer Zeit alle Tiere verscheuchen und vielleicht sogar die Bären zu früh aus dem Winterschlaf wecken würdest, habe ich mich entschlossen, hier auf dich zu warten. Wie heißt du, Dummkopf?«

Noch verwirrter als zuvor sagte ich: »Thorn.«

Er lachte freudlos. »Welch passender Name. Ein Dorn im Auge eines Jägers, das bist du wahrhaftig. Du störst mich bei der Jagd, die mein Lebensunterhalt ist. Was tust du hier, Thorn? Du jagst nur, wenn du Hunger hast, und du bist ein schlechter Jäger. Bei den Hörnern des heiligen Joseph, mich wundert, daß du nicht schon längst verhungert bist. Und von Tieren verstehst du nichts – wie hast du es überhaupt geschafft, den Adler zu fangen und zu zähmen? Teilt ihr euch seine Beute? Bist du hungrig, Junge?«

»Und durstig«, murmelte ich.

»Hinter den Büschen dort ist ein Bach. Schlag ein Loch in das Eis, wenn du kräftig genug bist.«

Er redete in einem fort, während ich zum Bach ging und gierig trank. Ich war beeindruckt von der Redseligkeit des Alten und der Gottlosigkeit seiner Flüche, wobei ich ihm zugute halten muß, daß er zumindest in der Wahl der Götter und anderer ehrwürdiger Persönlichkeiten unparteiisch war.

Als ich zum Feuer zurückkehrte, warf er mir ein blutiges Stück Fleisch zu. »Elchleber, eine Delikatesse. Hol dir einen Stock und brate sie über dem Feuer.«

»Thags izwis, Fráuja«, murmelte ich, »vielen Dank, Herr.«

»Tja, Junge, du sprichst nicht viel, wie? Auch daran erkennt man den Neuling. Wer so lange wie ich im Wald gelebt und immer nur Selbstgespräche geführt hat, redet schließlich in einem fort, sobald er Zuhörer hat, und wenn es nur ein Geier ist.«

Genau das tat er, während ich aß. Ich war so hungrig, daß ich das Fleisch nur kurz über das Feuer hielt und dann gierig wie ein wildes Tier mit den Zähnen zerriß. Was dabei zu Boden fiel, fütterte ich dem Juika-bloth auf meiner Schulter.

»Der Schnee fällt immer dichter«, sagte der Alte. »Das ist gut. Wenn es so weiterschneit, gibt das eine schöne warme Decke für heute nacht. Du hast mir noch nicht gesagt, was dich in die Hrau Albos treibt, Junge. Wahrscheinlich bist du ein entlaufener Sklave – aber warum hast du dich in diese unwirtlichen Wälder geflüchtet? Du bist hier so fehl am Platz wie ein Krokodil aus den heißen Ländern. Warum hast du dich nicht in einer Stadt versteckt, wo man dich unter den vielen Menschen nicht findet?«

»Ich bin kein Sklave, Fráuja«, sagte ich mit vollem Mund. Blut rann mir übers Kinn. »Ich war nie ein Sklave. Ich war Klosterschüler in einer Abtei. Aber ich wurde ... ich kam zu dem Entschluß, daß es mir nicht bestimmt ist, Tonsur und Kutte zu tragen.«

Die kräftige Mahlzeit hatte mich gestärkt, und lebhafter fügte ich hinzu: »Ich fliehe vor niemandem, Fráuja. Ich will nach Osten zu den Goten, zu meinem Volk.«

»Ach tatsächlich? Zu den Ostgoten? Wer sagt, daß du wirklich nach Osten gegangen bist, Junge?«

»Bin ich das etwa nicht?« fragte ich bestürzt. »Als ich Vesontio verließ, habe ich mich nach Osten gewandt. Doch hier in den Bergen verdecken ständig dicke Wolken die Sonne und den Polarstern. Dennoch glaubte ich, wenn ich dem Vorgebirge der hohen Alpen im Süden folge ...«

Der Alte schüttelte den Kopf. »Hattest du nicht den ganzen Weg über den Wind im Gesicht? Das ist der Aquilo, der Nordostwind. Das Vorgebirge macht zwar tatsächlich irgendwann einen Knick nach Osten, im Augenblick jedoch gehst du in Richtung der römischen Garnisonsstadt Basilia, wo auch ich hinwill.«

»Herr im Himmel«, murmelte ich, und zum ersten Mal bekreuzigte ich mich nicht dabei.

»Wenn du Jäger und Fallensteller werden willst, mußt du noch viel lernen.«

»Aber Ihr seid ein erfahrener Waldläufer, Fráuja. Ihr habt lange in diesen Wäldern gelebt. Warum zieht Ihr jetzt in die Stadt?«

»Ich mag vom Leben in den Wäldern etwas kauzig geworden sein«, sagte der Alte mürrisch, »aber ich bin noch nicht vollkommen übergeschnappt. Ich jage nicht aus Gewohnheit oder weil ich nichts anderes zu tun hätte oder blutrünstig bin oder mir den Bauch vollschlagen will. Ich bin Pelzjäger. Das dort sind Bärenfelle.«

Er wies auf einen großen, mit einer Schnur zusammengebundenen Ballen, der sicher in der Gabel eines Baumes verwahrt war.

»Ich gehe nach Basilia, um meine Bärenfelle zu verkaufen und meine Vorräte aufzustocken. Die Stadt ist nicht das Richtige für mich, ich bin kein Stadtbewohner. Sobald ich meine Felle verkauft habe, ziehe ich nach Osten an den großen See, den man Lacus Brigantinus nennt. Im Frühjahr schmilzt das Eis auf den Flüssen dieser Gegend, und die Biber kommen aus ihren Bauten; ihr Fell ist in dieser Zeit von auserlesener Qualität.«

Ich überlegte. Der Alte schien andere Menschen zu verachten und zu verabscheuen. Er hatte kein Benehmen, fluchte, war gottlos und glaubte an keine einzige Religion, wie ich schnell herausfand. Allein die Nähe zu ihm konnte mich verderben und für alle Ewigkeit verdammen. Und ich durfte nicht erwarten, von dem alten Sonderling je freundlich behandelt zu werden. Andererseits kannte er sich im Wald aus, und wenn es dort wirklich so gefährlich war ...

Zögernd sagte ich: »Fráuja, da wir beide in dieselbe Richtung gehen ... vielleicht könnten wir miteinander reisen, und Ihr könntet mir das Jagen beibringen.«

Jetzt war es an ihm zu überlegen. Er musterte mich lange, bevor er sprach. »Ich könnte dich schon gebrauchen. Glaubst du, daß du den großen Ballen Felle schleppen kannst?«

Armer Alter, dachte ich, du bist nicht mehr der starke Mann, der du gern sein würdest. Wahrscheinlich stolperst du andauernd und jammerst und klagst, mürrisch wie du bist. Wahrscheinlich wäre ich ohne dich noch besser dran; ich könnte besser auf mich aufpassen und käme schneller voran. Doch ich hörte mich sagen: »Ja, das müßte gehen.«

»Also gut. Jetzt ist aber für heute genug geredet. Hier, Junge« – er ergriff einen seiner Pelze und warf ihn mir zu – »darin schläfst du wärmer als bisher.«

Er legte sich an das inzwischen heruntergebrannte Feuer, nahm von irgendwoher einen Blechnapf, aus dem er sonst offensichtlich aß und trank. Dann nahm er einen Kieselstein in die Hand und legte sich so zum Schlafen hin, daß seine Hand über dem Napf hing. Erst fragte ich mich, warum er das tat, dann gab ich mir die Antwort selbst: Wenn er nachts durch ein Geräusch aufgeschreckt würde, würde der Stein in den Napf fallen und das Scheppern ihn vollends aufwecken. Und jetzt hatte er ja auch noch mich, um eventuelle Angreifer in die Flucht zu schlagen.

Dankbar rollte ich mich in den Pelz, den er mir gegeben hatte. Dann fragte ich: »Fráuja, da wir nun eine Zeitlang Reisegefährten sind – wie soll ich Euch nennen?«

Er hatte nicht gesagt, ob er den Alemannen angehörte oder einem anderen Volk, und sein Akzent war mir unbekannt. Freilich half mir auch sein Name nicht weiter. »Man nennt mich Wyrd, den Waldläufer«, sagte der Alte. Im nächsten Moment war er eingeschlafen. Er atmete tief, doch lautlos, so daß in dieser Nacht weder wilde Tiere noch Raubvögel, noch herumstreunende Hunnen auf uns aufmerksam wurden.

## 4

Mit dem ersten Tageslicht wachten wir auf. Der Himmel war immer noch bedeckt, aber es hatte aufgehört zu schneien.

»Ich bin Euch wirklich dankbar für das Fell, das Ihr mir gegeben habt, Fráuja Wyrd«, sagte ich. »Es war sehr ...«

»Schweig!« unterbrach er mich grob und so übellaunig wie am Tag zuvor. »Ich habe noch nicht gefrühstückt, deshalb kann ich kein dummes Geschwätz ertragen.«

Er rollte seine Habseligkeiten in das Fell, das ihn über Nacht warmgehalten hatte, und dabei sah ich, daß er auf einem Bogen und einem Köcher mit zahlreichen Pfeilen gelegen hatte.

Als er meinen erstaunten Blick sah, sagte er: »Hast du geglaubt, ich töte Bären und Elche mit bloßen Händen?« Seine Stimme wurde weicher, als er liebevoll über den Bogen strich. »Ja, das ist das Schönste, das ich besitze, und das einzige, worauf ich mich verlassen kann. Bis ein solcher wunderbarer Bogen fertig und eingeschossen ist, vergehen leicht fünf Jahre. Die Goten machen zwar die besten Schwerter und Messer der Welt, aber die Hunnen machen unbestritten die besten Bogen.«

»Ihr habt den Bogen von einem Hunnen bekommen?«

Wyrd schnaubte verächtlich. »Nein, das nicht. Ich habe ihn mir genommen.«

»Ihr habt einem Hunnen den Bogen weggenommen?«

»Ja, aber erst als ich sicher war, daß er ihn nicht mehr brauchte«, sagte er trocken.

»Ach so«, murmelte ich ehrfürchtig. Ich wollte seinen Jähzorn nicht reizen, deshalb fragte ich vorsichtig: »Wahrscheinlich wart Ihr damals noch jünger, Fráuja?«

»Ja«, sagte er, und es klang kein bißchen gekränkt. »Das war vor drei Jahren. Davor mußte ich mich mit einem gewöhnlichen Bogen begnügen. Aber wir vertrödeln Zeit ... Ich werde dich jetzt mit den Fellen beladen. Der tiefe Neuschnee wird uns das Vorwärtskommen erschweren, und ich möchte noch vor Einbruch der Dunkelheit an unserem Ziel ankommen.«

Behende lud er mir den Ballen auf und band ihn mit breiten Streifen aus Leinwand fest, die er mir über Schultern und Brust führte und um die Hüften verknotete. »Ziel?« stieß ich hervor, denn die Last nahm mir den Atem. »Was für ein Ziel?«

»Eine Höhle, die ich gut kenne. In diese Richtung. Auf!«

Wyrd schritt leichtfüßig wie ein junger Mann vor mir durch den knietiefen Schnee. Wenn er mir die Wahrheit gesagt hatte, war er jetzt fünfundsechzig Jahre alt, ein Alter, das damals nur wenige Menschen erreichten, und mit zweiundsechzig hatte er einen Hunnen getötet, um dessen Bogen zu bekommen. Ich war bald überzeugt, daß der schwere Fellballen für ihn leichter war als für mich; in der vergangenen Nacht hatte er ihn allein in eine hohe Astgabel gehievt.

Der Marsch zu Wyrds Höhle war lang und beschwerlich. Obwohl Wyrd den Weg durch den Schnee bahnte, taumelte und stolperte ich, und bald keuchte ich und schnappte nach Luft. Es war kalt und stürmisch, aber ich schwitzte vor Anstrengung. Der Ballen reichte mir von den Hüften bis hoch über den Kopf, und zuoberst saß der Juika-bloth, wenn ich ihn nicht gerade weggescheucht hatte, um meine Last wenigstens um sein Gewicht zu erleichtern.

Schließlich fiel ich, ohne einen Ton von mir zu geben, vornüber in den Schnee und blieb mit dem Kopf nach unten liegen, zu schwach, um mein eigenes Gewicht zu tragen, geschweige denn die Bärenfelle auf meinem Rücken. Wyrd bemerkte nichts und stapfte ständig redend weiter: »Ich rieche Schnee in einiger Entfernung vor uns. Wir beeilen uns besser ...« Zuletzt verlor seine Stimme sich im Sturm. Dann muß er bemerkt haben, daß ich ihm nicht mehr folgte, denn nach ungefähr ein oder zwei Minuten vernahm ich wieder das Knirschen seiner Schritte im Schnee. Er blieb neben mir stehen, und weil ich nichts sehen konnte, glaubte ich, er beuge sich besorgt über mich. Doch da sagte er voller Verachtung: »Bei Murtia, der Göttin der Faulheit, spielst du schon den Erschöpften? Es ist gerade erst Mittag vorbei.«

Ich hatte gerade genug Atem geholt, um antworten zu können: »Ich spiele nicht ... Fráuja ...«

Mit dem Fuß drehte er den Fellballen und mich um, so daß ich auf dem Rücken lag. Wyrd sah mich an, wie er eine schleimige Schnecke ansehen mochte, die an der Unterseite eines umgedrehten Steins klebte. Mein Juika-bloth kreiste über uns und sah neugierig herunter.

»Ich bin vollkommen erschöpft«, sagte ich, »und ich habe Durst, und meine Schultern sind von den Riemen wund. Können wir nicht eine kurze Pause machen?«

Wyrd grunzte geringschätzig, doch er ließ sich neben mir nieder. »Aber nur kurz«, sagte er, »sonst werden deine Muskeln steif.«

»Können wir nicht unsere Lasten tauschen?« schlug ich vor.

»Nein«, sagte er bestimmt. »Du hast gesagt, du kannst den Ballen tragen. Du mußt lernen, zu deinem Wort zu stehen. Schließlich warst du es, der mich begleiten wollte. Ich habe zu Recht befürchtet, daß du mich aufhalten würdest, aber aus Mitleid mit dir habe ich zugestimmt. Gib acht, worum du bittest, denn es kann sein, daß du es bekommst. Doch was immer du dann bekommst, Junge, mache das Beste daraus!«

»Ja, Fráuja«, murmelte ich und biß die Zähne zusammen.

»Mit mir zu reisen ist vielleicht kein Vergnügen und nicht bequem, doch du wirst viel lernen. Du wirst lernen, dich im Wald zurechtzufinden und den Körper zu stärken und die Sinne zu schärfen. Du mußt so stark werden wie ich!«

Um die Rast zu verlängern, fragte ich: »Seid Ihr eigentlich ein Christ, Fráuja Wyrd?«

Er antwortete geheimnisvoll: »Ich war einer. Inzwischen bin ich geheilt.«

»Dann hattet Ihr wohl keinen guten Priester oder Kaplan oder Pastor. Was auch immer.«

Wyrd grunzte. »›Pastor‹ bedeutet ›Schäfer‹, und Schafe sind dazu da, daß man sie schert. Ich ziehe es vor, kein Schaf zu sein. Aber jetzt auf, Junge. Wir schaffen es noch bis zur Höhle, bevor es dunkel wird, wenn du nicht nochmal hinfällst. Los!«

Es gelang mir tatsächlich, den schrecklichen Marsch hinter mich zu bringen, ohne nochmals zusammenzubrechen. Wyrd sagte, wir seien vier Stunden unterwegs gewesen, aber für mich waren es vier Jahre, bis er endlich ankündigte, wir seien da.

Vor Erleichterung und Dankbarkeit wäre ich fast wieder in den Schnee gefallen, ich fing mich jedoch gerade noch rechtzeitig. »Wo ist die Höhle?« keuchte ich. »Ich setze den Ballen erst in der Höhle ab.«

»Sie ist dort drüben.« Wyrd wies auf einen mit Gestrüpp überwucherten Hang vor uns. »Doch du kannst den Ballen hier absetzen. Wir gehen erst hinein, wenn er herauskommt.«

»Er?« krächzte ich.

»Oder sie«, sagte Wyrd gleichgültig und legte sein Bündel ab.

Meine Beine begannen unter der schweren Last zu zittern. »Ihr wollt ... noch einen Bären töten?«

»Vielleicht gibt er sein Fell ja freiwillig her«, sagte Wyrd beißend. »Beim Styx, Junge, ich habe dir gesagt, du sollst den Ballen absetzen. Tu es, bevor du selber umfällst.«

Ich befreite mich von den Tragegurten und ließ die Felle hinter mir in den Schnee fallen. Ich konnte mich nicht sofort hinsetzen oder -legen, denn mein Rücken war so krumm, daß ich fürchtete, für immer in dieser Haltung verharren zu müssen. Auf unsicheren Beinen stakte ich umher und versuchte, mich aufzurichten, während Wyrd prüfend den Bogen spannte und sich dann den Köcher umhängte, so daß die gefiederten Enden der Pfeile über seine rechte Schulter ragten.

»Ihr geht allein hinein?« fragte ich ängstlich. Ich fürchtete, er könnte mir befehlen, mit ihm zu kommen.

»Hinein?« Er funkelte mich an. »Ich habe dir doch gesagt, daß ich weder verrückt noch beschränkt bin. Ein Bär hat die Kraft von zwölf Männern und die Intelligenz von elfen. Bei Jalk, dem Bärentöter, bist du auf deiner Wanderung nie einem Bären begegnet?«

Ohne eine Antwort abzuwarten, verließ er mich und stieg mit angelegtem Bogen vorsichtig den Hang hinauf. Er ging gebückt – ungefähr in der Haltung, in der ich mich immer noch befand –, um nicht mit dem Kopf gegen die schneebeladenen Äste zu stoßen. Ich konnte den Eingang der Höhle nicht erkennen und deshalb nicht abschätzen, wie nahe Wyrd sich heranpirschte, doch ich sah deutlich, wie er sich hinter einen Busch duckte, die Höhle fixierte, langsam den Bogen hob und sorgfältig zielte. Dann schoß er in rascher Folge nacheinander mehrere Pfeile ab – so rasch, daß sein rechter Arm kaum noch zu sehen war, während der linke, der den Bogen hielt, so ruhig blieb wie der einer Statue.

Im nächsten Moment stürmte ein riesiger brauner Bär aus der Höhle, die außerhalb meines Blickfelds lag. Er wirbelte eine Wolke von Schnee und abgerissenen Zweigen auf. Mit einem fürchterlichen Brüllen kam er zum Stehen, und als der Schnee sich lichtete, sah ich, daß eines seiner Vorderbeine von einem Pfeil durchbohrt war. Der Bär stellte sich auf, um besser über das Dickicht hinwegzusehen, und weißer Schaum troff aus seinem mächtigen, aufgerissenen Rachen.

Wyrd zielte wieder und schoß. Obwohl der letzte Pfeil, soweit ich sehen konnte, nur den Unterkiefer des Bären durchbohrte, endete sein Gebrüll in einem verzweifelten, erstickten Laut, und das gigantische Tier fiel wie ein einstürzender Pfeiler nach hinten, rollte auf die Seite und blieb bewegungslos liegen. Nur seine krallenbewehrten Tatzen zuckten noch.

»Es ist ein Männchen«, murmelte Wyrd, »also sind keine Jungen in der Höhle.«

Mir war nun klar, daß Wyrd nicht übertrieben hatte, als er den hunnischen Bogen über alles lobte. Der letzte Pfeil hatte tatsächlich den Unterkiefer des Bären getroffen, aber er hatte auch alle Knochen und Muskeln im Innern des Kopfes durchbohrt, war in das Gehirn eingedrungen und hatte die dicke und feste Hirnschale durchstoßen, so daß die Pfeilspitze fast eine Handbreit aus dem Hinterkopf des Bären ragte.

»Diesen Pfeil kriegt Ihr nicht mehr heraus«, sagte ich, als Wyrd sich hinkniete, um den anderen Pfeil aus dem Vorderbein des Bären herauszuziehen.

»Der Verlust hat sich wenigstens gelohnt«, gab er zur Antwort. »Aber hole doch die anderen Pfeile aus der Höhle. Da drin wird es dunkel sein, wir sollten also zuerst unser Lager aufschlagen und ein Feuer anzünden. Dann kannst du eine Fackel in die Höhle mitnehmen, damit du Licht hast. Ich habe acht Pfeile verschossen. Sieh zu, daß du sie alle findest.«

»Gern, Fráuja«, sagte ich. »Bereitet Ihr unterdessen das Bärenfleisch zu?«

»Nein.« Er schüttelte den Kopf. »Schau her.« Er holte ein kleines Messer hervor, teilte damit das Fell am Bauch des Tieres und machte einen Schnitt in die ledrige Haut. Eine dicke Schicht gelben Fetts kam zum Vorschein. »Zu viel Fett.« Er zuckte die Achseln.

»Schade«, sagte ich. »Ihr seid sicher genauso hungrig wie ich. Vielleicht eine Keule ...«

»Nein«, wiederholte er. »Ich muß das Tier erst ganz abziehen, bevor wir es zerlegen. Das geht nicht so einfach und schnell, und bald wird es Nacht.« Er stand auf und sah sich um. »Tu, was ich dir sage, und zünde ein Feuer an. Dort drüben ist ein guter Platz.«

»Ist das Euer Ernst, Fráuja? Sollen wir trockene braune Speckschwarten essen, während das ganze Fleisch hier herumliegt?«

»Nein«, sagte er nochmals und sah sich dabei wie suchend um. »Ich wette, daß der Lärm, den wir verursacht haben, bald andere Tiere anlockt – da ist schon eins!«

Er sah mir über die Schulter, aber bevor ich mich umdrehen konnte, hatte er schon den Bogen erhoben, einen Pfeil aus dem Köcher gezogen, gespannt und geschossen. Als ich mich umdrehte, war Wyrds Beute etwa dreißig Schritt von uns entfernt schon zu Boden gefallen. Das Tier ähnelte einer Ziege, nur daß es viel größere Hörner hatte, lange, dicke Hörner, die nach hinten geschwungen und an den Enden hübsch gedreht waren. Ich hatte ein solches Tier noch nie gesehen.

»Ein Steinbock«, sagte Wyrd. »Er lebt gewöhnlich auf den Gipfeln der Alpen und kommt nur im Winter herunter. Steinböcke sind neugierig wie Katzen, zu unserem Glück. Ihr Fleisch ist mager, weil sie sich kein Fettpolster für den Winterschlaf anlegen. Es schmeckt besser als bestes Hammelfleisch. Machst du jetzt endlich Feuer, Junge?«

Es dauerte noch eine Weile, bis unsere Mahlzeit fertig war, und uns lief das Wasser im Munde zusammen, als ein köstlicher Duft aus dem Kessel stieg, das kochende Wasser dunkel wurde und die rohen Fleischstücke langsam eine braune Färbung annahmen. Schließlich, als ich vor Hunger oder freudiger Erwartung schon fast wie von Sinnen war, holte Wyrd sein Messer hervor, stach in das Fleisch und meinte: »Fertig!« Das Fleisch war köstlich und so zart, daß wir kaum zu kauen brauchten. Gierig schlugen wir uns den Bauch voll. Natürlich konnten wir nicht alles essen. Wyrd legte etwas für den Morgen zurück und räucherte einige Stücke über dem Feuer, um sie haltbar zu machen, damit wir sie mitnehmen konnten. Dann rollten wir uns gesättigt in unsere Felle.

*

Am selben Abend, aber in einer ganz anderen Gegend weit weg im Osten, in Konstantinopel, hatte ein Knabe meines Alters ein wohl genauso reichliches Abendessen genossen und zog sich nun in sein Schlafgemach zurück: Ich meine Theoderich, den Sohn und Erben Thiudamer des Amalers, des Königs der Ostgoten. Theoderich war damals Ehrengast Leos, des Kaisers des oströmischen Reiches. Er schlief gewiß auf seidenen Kissen in einem warmen, weichen Bett im prächtigen purpurnen Palast des Kaisers und hatte, bevor er sich schlafen legte, gewiß ein erlesenes Mahl zu sich genommen.

Seit jener Nacht habe auch ich so manch erlesene Speise an festlicher Tafel in einem vornehmen Palast gekostet. Ich habe oft mit Theoderich selbst in den Palästen, die er eroberte, an einer Tafel gesessen. Dort kosteten wir in der Gesellschaft Adliger von den feinsten Delikatessen und wurden von zahlreichen Dienern bedient. Doch ich schwöre bei Gott, daß mir in meinem ganzen Leben keine Mahlzeit besser geschmeckt hat als das einfache Gericht, das Wyrd in jener finsteren Nacht in den kalten, unwirtlichen Hrau Albos für uns zubereitete.

## 5

Obwohl ich auch am nächsten Tag beim ersten Morgengrauen erwachte, war Wyrd bereits aufgestanden und dabei, dem erlegten Bären das Fell abzuziehen. Ich wünschte ihm mit rauher Stimme einen schönen Tag und brachte ihm ungeheißen das Frühstück: Steinbockfleisch, das ich am Feuer aufgewärmt hatte, und Wasser vom Bach. Er grunzte beifällig und fuhr mit seiner blutigen Arbeit fort, während er von Zeit zu Zeit einen Bissen Fleisch oder einen Schluck Wasser zu sich nahm.

Dann machte ich mich geschäftig daran, die Felle, die uns des Nachts als Zudecke dienten, zu Bündeln zusammenzurollen, in denen ich unsere anderen Habseligkeiten und das Rauchfleisch verstaute. Auch versicherte ich mich, daß das Fläschchen mit der Milch der Jungfrau Maria unversehrt war. Als ich damit fertig war, nahm ich mir den abgehackten Kopf des Steinbocks vor. Mein Juika-bloth hatte zum Frühstück bereits die Augen und die Zunge des Tieres verzehrt, aber mich interessierte das stattliche Gehörn. Mit einem Felsbrocken, der mir geeignet schien, zerschmetterte ich den Schädel. Dann legte ich auf jedes unserer Bündel eines der Hörner und band es fest.

Wir waren ungefähr gleichzeitig gegen Mittag mit unseren Arbeiten fertig. Als ich den großen Pelz sah, den Wyrd unter dem Arm trug, erschrak ich. Resigniert wartete ich darauf, daß er ihn zu dem Bündel legen würde, das ich tags zuvor getragen hatte. Aber er nickte nur beifällig mit dem Kopf, als er sah, daß ich die Hörner des Steinbocks abgetrennt hatte, und sagte: »Du hast schon genug zu schleppen, Junge, und würdest ohnehin den Gestank nicht ertragen, den dieses Fell bald ausströmen wird, denn ich habe nicht sehr gründlich ausgefleischt, und natürlich habe ich jetzt nicht die Zeit, es aufzuspannen und zu trocknen. Ich dagegen bin an strenge Gerüche gewöhnt, also nehme ich es zu meinem Bündel dazu.«

»Thags izwis«, sagte ich dankbar. »Wollt Ihr noch einen Bären erlegen, Fráuja Wyrd?«

»Ne, wir haben beide genug zu tragen. Außerdem kenne ich

keine anderen Bärenhöhlen mehr zwischen hier und Basilia. Warum gehen wir also nicht gleich in die Stadt? Das Wetter ist schlecht, laß uns lieber in ein heißes römisches Bad steigen.«

»Soll ich noch etwas Bärenfleisch abschneiden, für den Fall, daß wir unterwegs Hunger bekommen?«

»Ne. Wenn ein Kadaver einmal steif geworden ist, bleibt das Fleisch zäh, egal wie lange man es kocht. Laß es liegen.«

»Aber es wäre doch schade, es einfach liegen zu lassen.«

»In der Natur bleibt nichts liegen, Junge. Dieser Kadaver wird unzählige andere Tiere ernähren, Vögel und Insekten. Und wenn ein Rudel Wölfe darauf stößt, wird das Fleisch sie abhalten, uns zu verfolgen. Dasselbe gilt natürlich auch für eine Horde streunender Hunnen.«

»Ich habe einmal einen Wolf gesehen, der aussah, als könnte er einen Menschen mit Leichtigkeit töten«, sagte ich. »Einen Hunnen habe ich noch nie gesehen. Wärt Ihr lieber das Opfer eines Wolfs als eines Hunnen, Fráuja?«

»Beim Styx, auf jeden Fall! Wölfe würden unsere Felle zerreißen oder unsere Pferde anfallen, wenn wir welche hätten. Uns selbst würden sie nicht angreifen. Ich weiß nicht, wie die intelligenten und anständigen Wölfe in den Ruf kamen, sie würden Menschen auffressen. Aber ich weiß, wie die Hunnen dazu kamen. Los, Junge, gehen wir!«

*

Ich weiß nicht mehr, wie viele Tage wir unterwegs waren. Doch fast jeden Tag ging es etwas mehr bergab, und das Wetter wurde zunehmend milder, und fast jeden Tag schienen die Bärenfelle auf meinem Rücken etwas leichter zu werden. Wie Wyrd vorausgesagt hatte, gewöhnten sich meine Schultern und mein Rücken an die Belastung, und mein ganzer Körper wurde stärker. Ich stolperte nicht mehr schwerfällig hinter Wyrd her, sondern hielt nun mit dem alten Waldläufer Schritt.

Zuletzt ließen wir den stets grau verhangenen Himmel der Alpen hinter uns. Die Sonne brach immer häufiger zwischen den Wolken hindurch, und es wurde warm. Glücklicherweise gab es in diesen niedrigeren Regionen Wälder, die so dicht waren, daß sie Schatten spendeten, obwohl sie kahl waren, sonst hätte der grelle Widerschein der Sonne auf dem weißen Schnee uns geblendet. Wir waren in der römischen Provinz Rhaetia Prima angelangt.

Wir folgten dem Birsus, einem kleinen Fluß, der wie die Gebirgsbäche vollständig mit Eis bedeckt war. Dort, wo der Birsus in den Rhein mündet, sahen wir vor uns die Stadt Basilia liegen. Von weitem schon erblickten wir die Mauern des Kastells hoch über der Flußmündung.

Weil sich der gesamte Verkehr und Handel auf der Wasserstraße des Rheins abspielt, führen nur zwei enge, schlechtgepflasterte Straßen nach Basilia hinein, und eine davon benützten Wyrd und ich. Ich hatte schon damit gerechnet, daß die Straße nicht sehr belebt sein würde, aber zu meinem Erstaunen hatten wir die Straße sogar ganz für uns. Weit und breit waren weder Karren noch Wagen, noch Reiter, noch Fußgänger zu sehen, nirgends eine Spur menschlichen Treibens. Wyrd schüttelte immer wieder verwundert den Kopf. Auch am Stadtrand sahen wir keinen Menschen, niemanden, der arbeitete, umherging oder einfach nur dasaß. Die Fenster und Türen der Häuser, an denen wir vorbeikamen, waren geschlossen und verriegelt, kein Schmiedefeuer oder Brennofen brannte, und kein Geräusch ließ erkennen, daß hier jemand lebte. Wir hörten nicht einmal einen Hund bellen.

»Beim gebackenen Leib des heiligen Polykarp«, knurrte Wyrd, »das ist höchst seltsam.«

»Aber seht da oben, Fráuja«, sagte ich. »Zumindest steigt Rauch von den Dächern auf.«

»Ja. Komm, Junge, ich zeige dir eine Taverne, die ich sehr gern aufsuche. Sie gehört einem alten Freund von mir, der seinen Wein nicht panscht. Von ihm werden wir erfahren, ob Basilia von der Pest heimgesucht wird.«

Als wir aber vor der Taverne standen, mußten wir feststellen, daß auch ihre Tür verschlossen war. Nur der Rauch, der zum Himmel aufstieg, ließ auf ein Herdfeuer im Innern des Hauses schließen. Wyrd hämmerte zornig gegen die Tür, gab einige schreckliche Obszönitäten von sich und rief: »Dylas, mach sofort auf! Verflucht seist du von allen Göttern, ich weiß, daß du da drin bist!«

Erst nach einiger Zeit tat sich ein Fenster einen Spalt breit auf. Ein trübes, rotgerändertes Auge erschien, und jemand fragte mit schroffer Stimme auf Gotisch und wie Wyrd mit einem Akzent, den ich nicht kannte: »Wyrd, alter Freund, bist du es?«

»Nein, ich bin der schlanke Knabe Hyazinthus, gekommen, um dich zu verführen«, brüllte Wyrd so laut, daß noch mehr Fenster benachbarter Häuser ebenfalls einen Spalt breit aufgingen. »Schiebe den Riegel zurück, oder, bei Jesus, ich trete die Tür ein!«

»Ich kann dir nicht öffnen, Freund Wyrd«, sagte das Auge am Fenster. »Ich darf keinem Fremden öffnen.«

»Was? Keinem Fremden öffnen? Bei den Knochen des Hiob, du und ich, wir haben doch alle Seuchen überlebt, die es überhaupt gibt. Wir stecken weder uns noch sonst jemanden an. Außerdem bin ich kein Fremder! Ich sage nochmals, wenn du nicht aufmachst ...«

»Du alter Schafskopf, sei wenigstens einmal in deinem Leben still und höre mir zu. Ich darf auf Befehl des Legaten Calidius niemanden hereinlassen. Auch die anderen Einwohner der Stadt dürfen das nicht. Wir wurden von keiner geringeren Plage heimgesucht als den Hunnen.«

»Jesus! Verbarrikadiert Calidius den Stall erst, nachdem die Pferde gestohlen wurden?«

»Du sprichst wahrer, als du glaubst, Freund. Diesmal wurden allerdings eine ungewöhnliche Stute und ihr Fohlen gestohlen.«

»Beim Höllenfürsten Pluto!« brüllte Wyrd. »Laß mich rein und erzähle mir mehr!«

»Über das, was hier geschah, darf ich nicht sprechen, und auch kein anderer Bürger dieser Stadt. Fremde und Besucher müssen sich in der Garnison melden. Nur dort wird euch vielleicht die Tür geöffnet.«

»Dylas, du Unglücksvogel, was geht hier vor? Es gibt hier doch gar nicht so viele Hunnen, daß sie eine römische Garnison angreifen könnten!«

»Ich kann dir nicht mehr sagen, alter Freund. Geh zur Garnison.«

Also machten wir uns auf den Weg zur Garnison. Wyrd fluchte die ganze Zeit vor sich hin, ich sagte nichts. Das Kastell von Basilia war zwar vergleichsweise klein, doch damals riß ich vor Staunen die Augen auf. Die Mauer vor uns maß von einer Ecke zur anderen vierhundert Schritt. Obwohl zweifellos aus Stein errichtet, war sie mit dicken Torfballen verkleidet, um sie vor dem Angriff eines Rammbocks zu schützen. Über dem großen Holztor hing ein Schild mit einer mehrfarbigen Inschrift: Der Name Kaiser Valentinians, der die Festung in längst vergangenen Zeiten erbaut hatte, war in Gold zu lesen, der Name der Legion, zu der die Garnison gehörte, der Legio XI Claudia, in Rot.

Das massive Tor war wie die Türen der Häuser fest verschlossen, und von einem der beiden das Tor flankierenden Türme rief uns eine Stimme an, erst auf Latein, dann auf Gotisch: »Quis accedit? Huarjis anaquimith?«

Sehr zu meinem Erstaunen antwortete Wyrd in beiden Sprachen: »Est caecus, quisquis? Ist jus blinda, niu? Wer wird es sein, Paccius, du eingebildeter Schnösel? Bin ich vielleicht deine Mutter, die Hure? Du kennst meine Stimme so gut wie ich deine.«

Ich hörte den Wachposten leise lachen, dann rief er uns nochmals an: »Ich erkenne dich. Aber einige der sechzig Bogenschützen hier oben auf den Zinnen kennen dich nicht, und sie zielen bereits auf dich. Sag deinen Namen.«

Wyrd stampfte zornig mit dem Fuß auf und brüllte: »Bei den zwölf Aposteln! Man nennt mich Wyrd, den Waldläufer!«

»Und dein Gefährte?«

»Auch so ein Schnösel wie du. Mein Lehrling, Thorn der Nichtsnutz.«

»Und dessen Gefährte?«

»Wer?« Wyrd sah sich verdutzt um. »Ach der Vogel. Ein römischer Legionär erkennt doch wohl einen Adler? Soll ich nun auch meine Zehen noch einzeln vorstellen?«

»Warte.«

Wir mußten nicht lange warten. Bald hörten wir, wie knirschend und knarrend Holzbalken zurückgeschoben wurden. Dann öffnete sich das schwere Tor langsam einen Spalt, gerade breit genug, um uns durchzulassen. Der Posten Paccius, in voller Schlachtrüstung wie die anderen Legionäre, die hinter dem Tor Aufstellung genommen hatten, erwartete uns. Es war das erstemal, daß ich Soldaten und Rüstungen sah.

»Salve, Waldläufer«, sagte Paccius erfreut und hob die geballte rechte Faust zum römischen Gruß.

»Salve, Paccius«, brummte Wyrd. Seine Arme waren zu schwer

beladen, als daß er den Gruß hätte erwidern können. »Das hat aber lange gedauert.«

»Ich mußte eure Ankunft dem Provinzstatthalter melden. Er heißt euch willkommen und fordert euch auf, sofort zu ihm zu eilen.«

»Na! Der parfümierte Calidius wird mich kaum so empfangen wollen, wie ich bin. Wahrscheinlich hast du mich schon lange gerochen, bevor du endlich aufgemacht hast. Ich gehe zuerst ins Bad. Komm mit, Junge.«

»Halt«, bellte Paccius, noch bevor wir drei Schritte gegangen waren. »Wenn der Legat ›sofort‹ sagt, dann meint er ›sofort‹.«

Wyrd funkelte ihn an. »Du kannst mir nichts befehlen. Ich bin ein freier Bürger.«

»Das Kriegsrecht wurde verhängt, und du weißt genau, daß es auch für freie Bürger gilt. Doch wenn du darauf bestehst, bittet Calidius dich auch höflich, zu ihm zu kommen, störrischer Alter. Aber es eilt.«

»Also gut«, seufzte Wyrd ungeduldig. »Zeigt uns wenigstens, wo wir unsere Bündel ablegen können.«

»Kommt mit«, sagte Paccius und ging voraus. »Fast alle unsere Reserveunterkünfte sind mit Zivilisten belegt. Calidius hat alle Bewohner des Umlands und alle Besucher der Stadt hierher geholt. Alle, die keine sichere Unterkunft hatten. Wir spielen sogar Gastgeber für einen reisenden syrischen Sklavenhändler und seine Charismaten. Doch ich finde schon etwas für euch; notfalls werfe ich den Syrer hinaus.«

»Was soll das alles?« fragte Wyrd. »In der Stadt unten sprach Schankwirt Dylas, den du sicher kennst, von Hunnen, aber ich hielt ihn für verrückt. Ihr erwartet doch nicht im Ernst einen Überfall der Hunnen.«

»Keinen Überfall, sondern hin und wieder Besuch«, sagte Paccius zögernd. »Und nur von einem einzigen Hunnen. Der Legat hat befohlen, daß niemand außer ihm mit dem Besucher spricht und niemand ihm etwas zuleide tut oder versucht, ihm zu seinem Lager zu folgen.«

Wyrd starrte ihn ungläubig an. »Ist ganz Basilia verrückt geworden? Wie könnt ihr zulassen, daß ein dreckiger Hunne hier ein- und ausgeht, ohne daß er seinen zerlausten Kopf verliert?«

»Bitte«, sagte Paccius fast schamvoll. »Der Legat wird dir alles erklären. Hier ist euer Quartier.«

Wir standen vor einem hölzernen Gebäude mit mehreren Türen. Als wir eintraten, sahen wir, daß alle Betten bereits belegt waren. Auf einem davon saß ein Mann mit schwarzem Bart, brauner Haut und Hakennase in schweren, wollenen Reisekleidern. Auf den anderen saßen Kinder, fünf bis zwölf Jahre alte Knaben, mit Eisenringen um die Fußgelenke, die durch eine eiserne Kette verbunden waren. Alle waren in Lumpen gekleidet und sahen uns trübselig entgegen.

»Weg mit dir, du syrisches Schwein!« fuhr Paccius den Mann an. »Nimm deine Knaben und stecke sie zu den anderen in die nächste Kammer. Und du gehst auch mit. Wir haben Gäste, und sie wollen eine Kammer, die sie nicht mit einem schmierigen Sklavenhändler und seinen Charismaten teilen müssen.«

Der Syrer, der Bar Nar Natquin hieß, wie ich später erfuhr, brachte ein zugleich liebenswürdiges und höhnisches Lächeln zustande, rang die Hände und sagte in griechisch gefärbtem Latein: »Ich werde mich beeilen, Eurem Befehl Folge zu leisten, Zenturio. Darf ich den Zenturio um Erlaubnis bitten, mit meinen Schützlingen die Bäder aufzusuchen, bevor ich sie zu Bett bringe?«

»Du weißt genau, daß ich kein Zenturio bin, du speichellekkende Kröte. Von mir aus kannst du deinen Krötenlaich die Latrine hinunterspülen. Fort!«

Die Knaben lachten in sich hinein, als ihr Herr so beschimpft wurde, obgleich die Beschimpfung sie selbst miteinschloß. Dabei fiel mir auf, daß sie alle sehr hübsch waren. Als der Syrer sie hinausführte, sagte Paccius: »Der schmierige Zuhälter Natquin hält seine Ware so sauber und appetitlich, wie nur möglich. Er hat sogar versucht, einen Knaben an mich zu verhökern. Aber ich schwöre, daß sich der Barbar selbst in seinem ganzen Leben noch nicht gewaschen hat. Wyrd, leg dein Bündel hier ab. Dein Bursche soll es auspacken, während du mit mir zu ...«

»Beim Donner Thors!« explodierte Wyrd. »Du kannst uns nicht wie Syrer und Sklaven herumkommandieren. Thorn lernt bei mir – bei Magister Wyrd, wenn du willst. Was immer ich von dem Legaten erfahre, Thorn soll es auch hören. Wir gehen zusammen zu Calidius.«

»Wie Ihr wünscht«, sagte Paccius und warf verzweifelt die Hände hoch. »Aber geht jetzt!«

Ich band den Juika-bloth an mein Bett, dann folgten wir Paccius hinaus. Wir nahmen die Via Praetoria, die Hauptstraße, die quer zur Via Principalis verlief und an deren Ende sich das Praetorium befand, die Residenz des Legaten, seiner Familie und seines Gefolges. Als wir hinter Paccius hergingen, fragte ich Wyrd halblaut: »Sagt, Fráuja, was sind Charismaten?«

»Nun, die Knaben, die wir gerade gesehen haben.« Er wies mit dem Daumen hinter sich.

»Aber warum werden sie so genannt?«

Er drehte den Kopf und sah mich seltsam an: »Du weißt nicht ...?«

»Woher soll ich es wissen? Ich habe das Wort nie zuvor gehört.«

»Es kommt aus dem Griechischen«, erklärte er und sah mich immer noch von der Seite an. »Du weißt, was ein Eunuche ist?«

»Ich habe davon gehört, bin aber noch keinem begegnet.«

Jetzt sah mich Wyrd wirklich verblüfft an. »Charisma bezeichnet ursprünglich eine besondere Gabe eines Menschen. Ein Charismate ist eine bestimmte Art von Eunuche. Die auserlesenste und teuerste Art. Ein Eunuche hat keine Hoden mehr, ein Charismate hat gar nichts mehr.«

Ich schwieg, und nach einer Weile wandte sich Wyrd mir nochmals zu und sagte: »Verzeih mir, Junge. Als du nach den Charismaten gefragt hast, war ich erstaunt, weil ... nun, weil ich dich für einen von ihnen gehalten habe.«

»Das bin ich keineswegs!« sagte ich heftig. »Ich bin überhaupt nicht verstümmelt!«

Er zuckte mit den Schultern. »Verzeih mir, ich werde nicht weiter fragen. Ich will nicht einmal wissen, ob du ein Nachkomme des Hermaphroditus bist. Das ist mir völlig egal. Gehen wir also ins Praetorium, um zu hören, warum der erhabene Calidius so überglücklich ist, daß wir hier sind.«

# 6

Paccius führte uns durch einen Saal und zahlreiche Räume, die alle vornehm möbliert, mit Mosaiken an Fußböden und Wänden verziert und mit Liegen, Tischen, Vorhängen, Lampen und anderen Dingen ausgestattet waren, deren Gebrauch mir nicht bekannt war. Ich war überzeugt, daß die Bewirtschaftung dieser Gemächer unzählige Bedienstete, Sklaven und Laufburschen erforderte, aber wir erblickten keinen Menschen. Dann führte uns Paccius wieder ins Freie, in einen von Säulen umgebenen Innenhof in der Mitte des Gebäudes. Dort lag natürlich Schnee, und es wuchs und blühte noch nichts. Auf einer mit Fliesen belegten Terrasse ging ein Mann auf und ab. Er schien tief in Gedanken versunken, denn er rang im Gehen die Hände, ähnlich wie es der syrische Sklavenhändler getan hatte.

Seine Haare waren weiß, und sein von der Sonne gebräuntes, glattrasiertes Gesicht war faltig, doch er ging aufrecht und sah für sein Alter kräftig aus. Er trug keine Uniform, sondern ein elegantes langes Gewand aus feinster Mutina-Wolle, das mit Pelz besetzt war. Als er uns sah, erhellte sich sein Gesicht und er eilte auf uns zu und rief: »Caius Uiridus! Salve, salve!«

»Salve, Clarissimus Calidius«, antwortete Wyrd, und beide ergriffen mit der rechten Hand das rechte Handgelenk des anderen.

»Ich werde Mithras eine Kerze anzünden«, sagte Calidius, »weil er uns in dieser Zeit schrecklichen Unheils dich alten Krieger schickt.«

»Ich wüßte nicht, womit ich diese Gunst verdient hätte«, sagte Wyrd trocken. »Was ist los, Legat?«

Calidius befahl Paccius zu gehen und sagte dann, ohne Notiz von mir zu nehmen: »Die Hunnen haben eine Römerin und ihr Kind entführt. Sie halten sie gefangen und verlangen für ihre Herausgabe Unmögliches von mir.«

Wyrd verzog das Gesicht. »Was immer du auch als Lösegeld bezahlst, du erwartest doch nicht ernstlich, daß die Geiseln wirklich freikommen?«

»Nein, daran glaubte ich nicht im entferntesten – bis ich hörte, daß du vor dem Tor stehst, alter Kamerad.«

»Dein Kamerad ist tatsächlich alt und grau. Ich kam nur hierher, um einige Bärenfelle zu verkaufen und ...«

»Warte! Du brauchst dich nicht mit den Händlern von Basilia herumzuärgern. Ich persönlich werde dir alles abkaufen, was du bei dir trägst, und zu jedem Preis, den du verlangst. Ich will, daß du diese Hunnen aufstöberst und die Frau und ihr Kind rettest.«

Wyrd schüttelte den Kopf. »Ich töte jetzt nur noch Bären, Calidius, keine Hunnen mehr.«

»Bitte höre mich zuerst an. Die Frau heißt Placidia. Ihr sechsjähriger Sohn, mir zu Ehren Calidius genannt, mußte mit seinem Pony zum Hufschmied. Die beste Schmiede von Basilia liegt weit draußen am Stadtrand, doch der kleine Calidius wollte selbst hinreiten und bei der Arbeit zusehen. Placidia, die hochschwanger ist, bestand eigensinnig darauf, ihren Sohn zu begleiten. Die beiden machten sich auf den Weg, begleitet von nur vier Haussklaven, die den Tragstuhl trugen, in dem sie saßen, und einem Stallsklaven, der das Pony führte, ohne jeglichen militärischen Schutz. Die Hunnen müssen vor der Stadt auf genau diese Gelegenheit gewartet haben. Sie überfielen die kleine Kolonne, erschlugen die Sklaven, die den Stuhl trugen, und verschwanden mit der Sänfte. Der überlebende Sklave kam mit dem Pony hierher zurück und überbrachte die schreckliche Nachricht.«

»Natürlich hast du ihn töten lassen.«

»Das wäre zu barmherzig gewesen. Er wird den Rest seines Lebens in einer Mühle Korn mahlen, die von den Sklaven ›lebendige Hölle‹ genannt wird. Lebenslänglich bedeutet bei dieser Arbeit angesichts der erdrückenden Hitze und des erstickenden Staubes allerdings nicht lang. Zwei Tage später kam ein Hunne mit einer weißen Fahne zu uns, der etwas Latein sprach. Er teilte mir mit, daß Placidia und der kleine Calidius gefangengenommen worden seien und noch lebten. Sie sollten auch weiterhin leben, versprach er, wenn ich ihn unversehrt zu seinen Leuten zurückkehren lassen und ihm freies Geleit zusichern würde, damit er die Forderungen seiner Kameraden an mich überbringen könne. Nun, ich gab ihm das Versprechen, und er kehrte zwei Tage später zurück und überbrachte eine Liste mit Forderungen: Verpflegung, Pferde und Sättel, Waffen – ich brauche nicht alles aufzuzählen. Es genügt zu sagen, daß diese Forderungen für mich unerfüllbar sind. Ich sagte ihm, ich brauche Zeit, um zu entscheiden, ob die Geiseln den verlangten Preis wert sind, und würde ihm in drei Tagen Antwort geben. Morgen wird der gelbe Hund wieder hier sein. Du kannst nun sicher verstehen, warum ich so verzweifelt bin und deine Ankunft mich so freute und warum ...«

»Nein, das verstehe ich nicht«, unterbrach ihn Wyrd. »Vergib mir, Calidius, wenn ich alte Wunden öffne, doch als dein Sohn Junius damals im Kampf gegen Attilas Hunnen auf den Katalaunischen Feldern fiel, hast du uns anderen Soldaten befohlen, nicht um ihn zu trauern. Eine Armee, so sagtest du, könne den Tod eines Soldaten verschmerzen. Dabei war es dein eigener Sohn. Warum nun wegen einer leichtsinnigen Frau und ihres unglücklichen Kindes ...«

»Ich hatte und habe noch einen Sohn, den jüngeren Bruder des Junius. Er dient hier unter meinem Befehl.«

»Optio Fabius, ich weiß, ein feiner Kerl.«

»Nun, die eigensinnige Placidia ist seine Gemahlin und meine Schwiegertochter. Ihr kleiner Sohn und das Kind, das sie trägt, sind meine einzigen Enkel. Wenn sie überleben ... nein, sie müssen überleben, denn sie sind meine letzten Nachkommen.«

»Jetzt verstehe ich«, murmelte Wyrd und machte nun ein so besorgtes Gesicht wie der Legat. »Fabius hat sich sicher gleich an die Fersen der Hunnen geheftet und dabei den Tod gefunden.«

»Sicher, hätte ich ihn nicht mit einer List ins Gefängnis gelockt und einsperren lassen. Er ist immer noch dort und schäumt vor Wut – auf mich und die Hunnen.«

»Dann verstehe ich wieder nicht, warum du so verzweifelt bist«, sagte Wyrd. »Ich will nicht herzlos erscheinen, aber ich weiß, daß ein Mann den Verlust einer Frau bewältigen kann, ja, daß er sie mit der Zeit vielleicht sogar vergißt. Auch eine Frau wie Placidia. Fabius ist noch jung, und es gibt viele andere Frauen wie sie. Und Kinder sind schnell gemacht. Dein Geschlecht muß nicht aussterben, Calidius.«

Der Legat seufzte. »Genau das habe ich ihm auch gesagt, und ich war froh über die Gefängnisstäbe zwischen uns. Nein, aus irgendeinem Grunde ist Fabius wie besessen von dieser Frau; er liebt den kleinen Calidius abgöttisch und erwartet voll Ungeduld die Geburt seines zweiten Kindes. Er schwört, daß er sich bei der nächsten Gelegenheit in sein Schwert stürzen wird, wenn er sie verliert. Ich weiß, daß er es ernst meint. Er ist mein Sohn. Ich muß die Geiseln zurückbekommen.«

»Und ich soll sie dir holen«, sagte Wyrd barsch. »Welchen Beweis hast du, daß der Hunne die Wahrheit spricht und sie noch am Leben sind?«

»Er hat jedesmal einen Beweis mitgebracht.« Der Legat seufzte wieder, griff in eine Tasche seines Gewands, holte zwei weiße, schlaffe Gegenstände heraus und reichte sie Wyrd. »Er brachte jedesmal einen Finger von Placidias Hand mit.«

Ich wandte mich ab, um mich nicht zu erbrechen. Während Wyrd die Finger untersuchte, sagte der Legat mehr zu sich selber als zu uns: »Für jeden dieser Finger habe ich persönlich dem nichtswürdigen Sklaven in der Mühle zwei Finger abgeschnitten. Wenn sich die Verhandlungen über das Lösegeld noch länger hinziehen, muß er den Mühlstein bald mit den Ellbogen drehen.«

»Beides sind Zeigefinger«, murmelte Wyrd. »Diesen brachte er zuerst, nicht wahr? Und diesen bei seinem letzten Besuch. Er wurde vor nicht allzu langer Zeit abgeschnitten. Ja, es stimmt, vor zwei Tagen lebte die Frau noch. Calidius, laß den Sklaven herbringen, sofort, bevor du ihn noch mehr verstümmelst.«

Der Legat rief nach Paccius, und der Soldat eilte im nächsten Augenblick aus einer entfernten Ecke des Gebäudes herbei, wo er Posten bezogen hatte, und verschwand genauso schnell wieder, nachdem er den Befehl erhalten hatte.

»Eines weiß ich über die Hunnen«, sagte Wyrd, während wir warteten. »Sie sind sehr ungeduldig. Es ist möglich, daß einige von ihnen am Stadtrand herumlungerten, in der Hoffnung, irgend jemanden aufzugreifen. Aber es wäre nicht ihre Sache, lange zu warten, bis zufällig die Person vorbeikommt, mit der sie Calidius am besten erpressen können. Sie müssen gewußt haben, auf wen sie warteten und wann die betreffende Person erscheinen würde. Es macht mich mißtrauisch, daß einer der fünf den Zug begleitenden Sklaven wie durch ein Wunder entkam.«

»Mithras sei Dank«, knirschte der Legat, »daß ich den Elenden noch nicht getötet habe.«

Paccius kam mit zwei Wachen zurück, die den Sklaven zwischen sich führten, so daß er halb rannte, halb stolperte. Er war stämmig und hellhäutig, doch er zitterte, und Angst stand ihm in den Augen, und außer einem Lendentuch und schmutzigen, blutigen Bandagen an den Händen trug er nichts. Als der Mann vor uns geführt wurde, zuckten die Hände des Legaten, als wolle er ihm an die Gurgel springen. Doch Wyrd sprach den Sklaven mit ruhiger Stimme auf Gotisch an: »Erbärmlicher, ich weiß alles. Wenn du es zugibst, verspreche ich dir, dich aus der Mühle zu befreien.«

Als Wyrd ins Lateinische übersetzte, was er gesagt hatte, drang ein erstickter Laut aus der Brust des Legaten. Wyrd gebot ihm mit einer Handbewegung, zu schweigen. Dann fuhr er fort: »Wenn du es nicht zugibst, verspreche ich dir, daß du dich nach dem Mahlstein zurücksehnen wirst.«

»Ihr wißt alles?« krächzte der Sklave.

»Ja«, sagte Wyrd gleichgültig, als ob das tatsächlich der Fall wäre. »Ich weiß, daß du während eines früheren Besuchs in der Schmiede am Stadtrand von Basilia einen dort herumstreunenden Hunnen getroffen hast. Du hast die hunnischen Verschwörer verständigt, als Placidia und ihr Sohn sich auf den Weg zur Schmiede machten. Du hast ihr versichert, es bestehe keine Gefahr, und sie so in Sicherheit gewiegt, daß sie auf die Begleitung einer Schutztruppe verzichtete. Du hast feige zugesehen, wie deine Kameraden versuchten, die Hunnen mit bloßen Händen abzuwehren, und wie sie meuchlings ermordet wurden.«

»Ja, Fráuja«, murmelte der Sklave. Obwohl es im Garten kühl war, schwitzte er plötzlich. »Ihr wißt alles.«

»Alles bis auf zwei Dinge«, sagte Wyrd. »Einmal: Warum hast du es getan?«

»Diese gelben Hunde haben mir versprochen, daß sie mich mitnehmen würden, daß ich als freier Mensch bei ihnen leben könnte. Doch als sie hatten, was sie wollten, lachten sie mich aus und sagten, ich solle verschwinden und froh sein, daß sie mich laufen ließen. Mir blieb nichts anderes übrig, als hierher zurückzukehren und so zu tun, als gehöre ich selbst zu den Opfern.« Er sah den vor Rachegelüsten schäumenden Legaten angstvoll von der Seite an. »Und das bin ich ja auch, oder?«

Wyrd schnaufte nur verächtlich. »Was ich noch wissen wollte: Wohin haben sie die Frau und den Knaben gebracht?«

»Ich habe keine Ahnung, Fráuja.«

»Wo ist ihr Lager, ihre Höhle, ihr Versteck? Es kann nicht weit von hier sein, wenn sie schon so lange hier in der Gegend sind. Außerdem mußten sie einen schweren Tragstuhl schleppen.«

»Ich weiß es wirklich nicht, Fráuja. Wenn die Hunnen mich mitgenommen hätten, wie versprochen, wüßte ich es. So nicht.«

»Ich versichere dir, du Einfaltspinsel, du wärst nicht weit gekommen. Doch du hast mit den Hunnen verhandelt. Wurde nie ein bestimmter Ort erwähnt, eine Richtung?«

Der Sklave runzelte die Stirn und schwitzte wieder, als er angestrengt nachdachte, doch schließlich sagte er nur: »Hin und wieder zeigten sie in die Richtung, in der die Hrau Albos liegen, doch mehr weiß ich nicht, ich schwöre es, Fráuja.«

»Ich glaube dir«, seufzte Wyrd. »Die Hunnen sind viel schlauer und vorsichtiger als du, Einfältiger.«

»Haltet Ihr jetzt Euer Versprechen?« fragte der Sklave kläglich.

Wyrd nickte. Daraufhin wollte der Legat sich brüllend auf den Sklaven werfen und ihn erwürgen. Wyrd hatte damit gerechnet. Geschickt schwang er sein Messer, stieß es knapp oberhalb des Lendentuchs in den Unterleib des Sklaven und riß ihm den Bauch auf, bis die Klinge gegen das Brustbein stieß. Die Augen des Sklaven und seine Eingeweide traten zur gleichen Zeit heraus, und er fiel ohne einen Laut tot in die Arme der Wachen, die ihn hielten. Paccius brachte sie und den Leichnam aus dem Garten.

Der Legat sagte mit zusammengebissenen Zähnen: »Beim Styx, Uiridus, warum hast du das getan?«

»Ich hielt nur mein Versprechen. Ich versprach ihm, ihn aus der Mühle zu befreien.«

»Das hätte ich auch getan, nur hätte ich mir mehr Zeit gelassen. Doch egal, der Kerl hat uns nichts Nützliches erzählt.«

»Nichts«, stimmte Wyrd zu. »Ich warte hier, bis der Hunne eintrifft. Wenn er wieder geht, verfolge ich ihn. Sag ihm, daß du alle seine Forderungen erfüllst, Calidius, dann wird er auf dem kürzesten Weg zu seinen Leuten zurückkehren.«

»Und was willst du dann tun?«

»Bei den Füßen der Furien, woher soll ich das wissen? Ich muß erst darüber nachdenken.«

»Ich gebe dir alles, was du brauchst: Soldaten, Pferde, Waffen ...«

»Du kannst mir nicht alles geben, was ich brauche. Nicht einmal der Kaiser könnte das. Ich brauche die Tarnkappe des Alberich und das unfehlbare Glück des Arion. Ich muß wie die Hunnen eine heimliche Entführung vorbereiten. Doch ich kann nicht mit einer hochschwangeren, verletzten Frau durch den Wald fliehen. Zu Fuß oder zu Pferd, ich würde bald eingeholt werden.«

Der Legat überlegte lange und sagte dann: »Was ich jetzt vorschlage, klingt herzlos, Uiridus: Kannst du wenigstens den kleinen Calidius retten?«

»Ja, das wäre sicherlich ein weit realistischeres Unterfangen und auch erfolgversprechender. Du sagtest, er sei sechs Jahre alt? Dann müßte er mit mir Schritt halten können. Dennoch, es ist keine leichte Aufgabe, einen kleinen Jungen aus einem Lager zu entführen, das gut bewacht ist.«

Lange Zeit herrschte Schweigen. Dann sprach ich. Zum ersten Mal sagte ich etwas unaufgefordert, und ich sagte es leise, weil mir alles andere als wohl dabei zumute war. Ich sagte nur ein einziges Wort: »Austauschen.«

Beide Männer drehten sich um und starrten mich erstaunt an, als ob ich plötzlich zwischen den Fliesen zu ihren Füßen dem Boden entsprossen sei. Ich glaube nicht, daß sie mich anstarrten, weil ich wie sie Lateinisch sprach oder wegen meiner Vermessenheit, überhaupt den Mund aufzutun, sondern weil sie gespannt darauf waren, was ich als nächstes sagen würde. Ich sagte: »Tauscht ihn heimlich gegen einen der Charismaten aus.«

Die beiden Männer schwiegen immer noch. Dann wechselten sie einen Blick.

»Bei Mithras, eine geniale Idee«, sagte der Legat zu Wyrd. »Wer von Euch beiden ist der Lehrling?«

»Bei Gott, der Junge lernt schnell«, sagte Wyrd stolz.

Der Legat fragte mich: »Ich habe die Kastraten des Sklavenhändlers nicht gesehen. Ist einer dabei, der uns dienen könnte?«

»Zwei oder drei scheinen das rechte Alter zu haben, Clarissimus«, antwortete ich. »Entscheiden müßt Ihr selbst, ob einer davon Eurem Enkel ähnlich sieht. Der Syrer brachte sie vorhin in die Bäder, doch inzwischen sind sie sicher wieder zurück.«

»Das glaube ich kaum«, sagte der Legat. Und er fügte nicht unfreundlich hinzu: »Anscheinend warst du noch nie in einem römischen Bad, Junge, wenn du überhaupt weißt, was ein Bad ist.«

Wyrd schnaubte. »Zahlt man eine rettende Idee mit einer Beleidigung heim, Calidius? Der Junge ist sehr reinlich. Man hat uns nur kein Bad nehmen lassen, seit wir hier sind.«

»Verzeih mir, Thorn«, sagte der Legat. »Auch ich könnte heute ein zusätzliches Bad vertragen, nachdem ich mit diesem schmutzigen Sklaven reden mußte. Wir wollen uns sofort zu den Bädern begeben. Paccius wird wissen, in welches der Syrer gegangen ist.«

Im Bad angelangt, wurde mir schnell klar, warum Calidius sich so sicher war, daß der Syrer und seine kleinen Eunuchen noch dort waren. Ein römisches Bad ist ein langwieriges Ritual, für das man viel Zeit braucht.

Im Auskleidezimmer legten Calidius, Wyrd und ich unsere Kleider ab. Jeder wurde von einem Sklaven bedient. Bevor wir das Bad begannen, eilten wir jedoch zuerst in einen anderen Raum, in dem die Charismaten nackt und wendig und glatt wie die Wassermolche und genauso geschlechtslos vergnügt in einem Becken planschten.

Der Legat warf einen Blick auf sie und sagte dann leise: »Der Junge dort drüben, der versucht, den Syrer mit Wasser zu bespritzen, ist ungefähr so alt und so groß wie mein Enkel. Nur hat er dunkle Haare, und der kleine Calidius ist blond. Auch die Gesichtszüge stimmen nicht überein.«

»Das macht nichts«, beruhigte ihn Wyrd. »Für die Hunnen sehen wir aus dem Westen alle gleich aus, wie umgekehrt alle Hunnen für uns gleich aussehen. Befehle sofort einem Sklaven, das Haar des Jungen zu bleichen. Mehr ist nicht notwendig.«

Der Legat hob den Arm, um einen Sklaven zu rufen, und das erregte die Aufmerksamkeit des Syrers. Eilig kam er um das Schwimmbecken herumgetrippelt, verbeugte sich vor uns, scharrte mit den Füßen und sagte: »Aha, Clarissimus Magister, Ihr habt gewartet, bis Ihr meine reizenden kleinen Knaben so sehen konntet, wie man sie sehen sollte: nackt, verlockend und unwiderstehlich. Darf ich davon ausgehen, daß Ihr Euer erlauchtes Herz bereits an einen der Knaben verloren habt?«

»Ja«, sagte der Legat kurz. Dem Sklaven, der vor ihm kniete, befahl er: »Den da!« Er zeigte auf den Jungen. Der Sklave holte das Kind aus dem Schwimmbecken.

»Bravo!« rief Natquin und klatschte begeistert mit den Händen. »Der Legat hat wahrhaftig einen erlesenen Geschmack! Ausgerechnet den kleinen Becga, den ich gern für mich selbst behalten hätte. Er sieht fast aus wie ein Mädchen, nicht? Clarissimus, es wird mir das Herz brechen, mich von Becga trennen zu müssen. Doch Euer getreuer Diener wird Eure Wahl nicht beanstanden. Statt dessen werde ich in Bewunderung Eures trefflichen Geschmacks einen besonders günstigen Preis festsetzen ...«

»Schweig, du widerlicher Kuppler«, sagte der Legat barsch. »Ich kaufe ihn nicht, ich beschlagnahme ihn!«

Der Syrer schnappte nach Luft und stammelte: »Quid? ... Quidnam? ...«

»Im Krieg habe ich das Recht, kraft Sondervollmacht Privatbesitz zu konfiszieren. Ich beschlagnahme den Charismaten.«

Der Junge stand nun triefend vor uns, und es war offensichtlich, daß derjenige, der ihn einst verstümmelt hatte, sehr kundig vorgegangen war. Dort, wo sich einst seine Geschlechtsteile befunden hatten, war nur noch ein Grübchen. Ängstlich starrte er uns an.

»Nimm ihn mit und bleiche sein Haar«, befahl Wyrd dem Sklaven. »Der Legat sagt dir, wann es hell genug ist.«

Nun ließen wir uns einölen, schwitzten im Dampfbad und lagen in Becken mit unterschiedlich heißem Wasser. Wir badeten nicht besonders lange, aber irgendwie hatten die Bädersklaven es geschafft, in der kurzen Zeit alle unsere Kleider zu waschen und zu trocknen. Sogar mein Schaffell und Wyrds schwerer Umhang aus Bärenfell waren von verklumptem Dreck, Blut und abgerissenen Zweigen und Blättern gesäubert. Mein Schaffell war wieder weiß, Wyrds Bärenfell glänzte, und Wyrds zuvor verfilzte Haare und sein Bart waren so flaumig weich wie Löwenzahnsamen.

Paccius erwartete uns am Ausgang des Auskleidezimmers. Bei ihm waren der Sklave und dessen Schützling Becga. Der kleine Eunuche war immer noch nackt, sah jedoch nicht mehr so verängstigt aus. Er hielt einen Spiegel in der Hand und betrachtete lächelnd sein Spiegelbild. Seine Haare, die einst braun gewesen waren, schimmerten nun wie blasses Gold, ähnlich wie meine eigenen.

Der Legat rührte den Jungen nicht an, doch er befahl dem Sklaven, den Kopf des Jungen in diese und jene Richtung zu drehen. Dann sagte er: »Ja, die Farbe stimmt ungefähr. Gut gemacht, Sklave. Paccius, bring den Jungen in Fabius' Gemächer. Er soll die Kleider des kleinen Calidius anlegen, sie müßten ihm eigentlich genau passen. Dann bring ihn wieder her.«

Paccius salutierte, doch bevor er gehen konnte, fragte Wyrd: »Paccius, hat der Garnisonskoch etwas zu essen da? Ich könnte einen Auerochsen mit Haut und Haar verschlingen.«

»Komm mit, Uiridus«, sagte daraufhin der Legat. »Du darfst nicht mit den gemeinen Soldaten essen. Da Ihr nun etwas menschlicher ausseht und riecht, werdet Ihr beide mit mir speisen.«

Und so kam es, daß ich im prächtigen Speisesaal der Villa des Calidius zum erstenmal auf römische Art speiste. Es war das erste Mal, daß ich in liegender Position, nur auf einen Ellbogen gestützt, meine Mahlzeit einnahm.

Als wir beim Nachtisch angelangt waren, meldete ein Diener, Paccius warte draußen. Der Legat ließ ihn eintreten. Paccius brachte den kleinen Charismaten mit, der nun vollständig angezogen war und die schönsten Kleider trug, die ich je an einem Kind gesehen hatte: eine hellblaue, am Saum mit Blumen bestickte Leinentunika, weiche gelbe Lederstiefeletten und über der Tunika einen tiefroten wollenen Mantel, der an einer Schulter mit einer silbernen Fibel festgesteckt war.

Der Legat blieb liegen und kaute weiter, während er das Kind in aller Ruhe musterte. Dann gab er mit einem kurzen Nicken zu verstehen, daß er einverstanden war, und er bedeutete Paccius mit einer Geste, den Jungen wieder hinauszuführen. Erst als die beiden den Raum wieder verlassen hatten, schluckte er laut. Ein Seufzer entrang sich seiner Brust, und er sagte fast wehmütig: »Das hätte beinahe mein verlorener Enkel sein können.«

»Warum behältst du ihn dann nicht hier?« fragte Wyrd. »Statt mich und den echten Calidius einer tödlichen Gefahr auszusetzen?«

»Was?« rief der Legat entsetzt, »einen Eunuchen?« Dann begriff er, daß Wyrd nur scherzte. »Ich finde deinen Humor nicht besonders spaßig, Uiridus. Doch da wir schon davon sprechen: Sag mir, wie du es anstellen willst, die Kinder auszutauschen.«

»Ich habe dir schon gesagt, daß ich es noch nicht weiß und daß ich darüber erst nachdenken muß. Beim Essen kann ich nicht nachdenken. Das beeinträchtigt den Appetit und die Verdauung.«

»Aber wir müssen uns vorbereiten und einen Plan entwerfen. Der Hunne ist in wenigen Stunden hier. Weißt du wenigstens, wieviele Männer du brauchst?«

»Ich brauche einen Helfer. Aber ich werde niemanden bitten, Selbstmord zu begehen.«

Wieder meldete ich mich zu Wort. »Ihr braucht mich nicht zu bitten, Fráuja. Ich gehe mit Euch.«

Wyrd nickte mir bestätigend zu und wandte sich wieder an den Legaten. »Sonst brauche ich niemanden.«

»Vielleicht nicht. Aber ich würde dir gern noch jemanden mitgeben. Meinen Sohn Fabius.«

»Jetzt hör mir mal zu«, sagte Wyrd grob. »Ich versuche zu verhindern, daß deine Familie ausstirbt, und ich habe keine große Hoffnung, daß mir das gelingt. Sollte ich scheitern, stirbt mit mir jeder, der dabei ist. Auch Fabius. Und damit würde deine Familie endgültig aussterben. Diese Aufgabe verlangt Intelligenz, Geduld und List. Ein Mann, der vor Verzweiflung außer sich ist ...«

»Fabius war römischer Soldat, ehe er heiratete, und er ist es noch heute. Wenn ich ihn unter deinen Befehl stelle, gehorcht er dir. Stell dir doch vor, Uiridus, was du an seiner oder meiner Stelle tun würdest. Was das Risiko angeht, sein Leben und unsere Familie aufs Spiel zu setzen, so habe ich dir bereits gesagt, daß Fabius sowieso nicht mehr leben will, wenn dieses Unternehmen scheitert. Laß ihn daran teilnehmen und gib ihm die Chance, durch ein anderes Schwert zu sterben als sein eigenes.«

Wyrd rollte mit den Augen. »Ich erinnere mich, daß Fabius ein tapferer Bursche war. Darf ich mich davon überzeugen, daß er es noch ist?«

Der Legat befahl einem Diener, seinen Sohn zu holen, aber ohne ihm die Fesseln abzunehmen. Wir waren gerade mit dem Nachtisch fertig, als wir das Geklirr von Rüstungen und das Getrampel vieler Schritte hörten. Einen Augenblick später erschien ein junger Mann in der Tür, unverkennbar der Sohn des Legaten. Er war zur Schlacht gerüstet und trug den Helm unter dem einen Arm, den Helmbusch unter dem anderen, doch an den Handgelenken hatte er Handschellen, und an den Handschellen hingen Ketten, die von zwei Soldaten mit festem Griff gehalten wurden.

»Salve, Optio Fabius«, begrüßte Wyrd ihn freundlich.

»Uiridus?« fragte der junge Mann ungläubig, vielleicht, weil er Wyrd nie zuvor sauber und gebadet gesehen hatte. »Salve, Uiridus. Was tust du hier?«

»Mein Begleiter Thorn und ich bereiten ein Unternehmen gegen die Hunnen vor, die deine Frau und deinen Sohn festhalten. Es ist mehr als wahrscheinlich, daß wir alle dabei sterben. Doch dein Vater hat gesagt, du möchtest vielleicht mit uns sterben.«

»Vielleicht?« keuchte Fabius hervor. »Ich verbiete euch, ohne mich zu gehen!«

»Ich werde dein Anführer sein. Du mußt jedem meiner Befehle ...«

»Kein Wort mehr, Uiridus!« rief Fabius. Mit einem Ruck riß er die Ketten hoch, so daß die Wachen neben ihm fast umfielen, steckte den ausladenden Helmbusch aus Roßhaar auf seinen Helm und stülpte sich den Helm auf. »Offizier Fabius von der elften Legion zum Abmarsch bereit!«

»Jesus«, murmelte Wyrd halblaut, »das ist mir ein römischer Soldat.« Und mit beißender Ironie sagte er zu dem jungen Mann: »Und du hast keine Trompete dabei, um zum Abmarsch zu blasen? Geh jetzt, Dummkopf, und leg deinen Putz ab. Morgen ziehst du dich so an wie wir. Ich lasse dich rechtzeitig rufen.«

Die Wachen wollten Fabius abführen, doch er wehrte sich energisch und wollte sich umdrehen. »Was hast du vor, Uiridus?« rief er. »Wie werden wir angreifen? Wie viele Männer ...?«

So ging es noch eine Weile weiter, doch weder Wyrd noch der Legat beantworteten seine Fragen, und bald verlor sich seine Stimme in der Ferne.

# 7

Als ich wieder in der Kaserne angekommen war, fütterte ich meinen Juika-bloth mit Speiseresten und kleinen Stückchen Schinken, die von unserer Mahlzeit übrig geblieben waren, und die Charismaten scharten sich um uns und zwitscherten selbst wie die Vögel.

Ich war gerade damit beschäftigt, unsere Bündel zu entrollen, als Wyrd eintrat. Er trug etliche Gegenstände unter dem Arm und ließ eine Tasche aus Waschleder auf seine Bettstatt fallen. Sie gab einen klirrenden Laut von sich.

»So schnell habe ich meine Felle noch nie verkauft. Noch dazu habe ich jeden Preis bekommen, den ich verlangte. Und Calidius kaufte alles, ohne auch nur einen Blick darauf zu werfen. Außerdem bezahlte er einen guten Preis für die Steinbockhörner. Ich würde mich über diesen Überfluß ja wirklich freuen, wenn ich mir nur sicher wäre, daß wir überleben und unser Vergnügen daran haben werden.«

Er ließ die anderen Dinge fallen, die er trug.

»Der Legat hat uns auch Gaben überreicht, die wir behalten können, falls wir überleben. Ein Gladiatorenschwert für dich und eine Streitaxt für mich. Beides in schönen, schaffellgefütterten Scheiden, damit die Öle des Vlieses ein Rosten der Klinge verhindern. Und, weil wir vielleicht lange auf der Lauer werden liegen müssen, ist für jeden von uns noch eine Feldflasche aus Zinn mit dabei, lederbezogen und innen verharzt, damit das Wasser kalt bleibt und auch nach langer Zeit kühl ist.«

»Ich habe noch nie so feine Dinge besessen«, sagte ich.

»Außerdem erhältst du vom Legaten ein eigenes Pferd.«

»Ein eigenes Pferd? Für immer?«

»Ja. Der Hunne kommt zu Pferd, und zu Pferd werden wir ihn auch verfolgen. Das könnten wir zwar besser zu Fuß, doch es kann sein, daß wir uns auf dem Weg zurück beeilen müssen – wenn wir zurückkommen. Hast du jemals auf einem Pferd gesessen, Junge?«

»Nur auf unserem alten Gaul in der Abtei.«

»Das reicht. Für diesen Ritt brauchst du kein vollendeter Reiter zu sein. Im Schritt aus dem Lager und dann in schnellem Galopp zurück in die Stadt. Der Charismate Becga wird zuerst mit dir reiten und dann später hoffentlich der kleine Calidius.«

»Wie sieht Euer Plan genau aus, Fráuja?«

Wyrd kratzte sich den Bart.

»Wir werden am Stadtrand im Stall des Schmieds warten, bis der Hunne wieder abzieht. Ich bat den Legaten, den Boten bis zum Einbruch der Dämmerung hinzuhalten – wenn er den Kerl nicht vorher umbringt. Dann folgen wir ihm in die Hrau Albos, wo immer er auch hinreiten mag.«

Wir verbrachten fast den gesamten nächsten Tag in jenem Stall, weil wir und die Pferde bereits vor der Ankunft des Hunnen dort sein mußten, damit dieser während der Dauer seines Aufenthaltes in der Stadt kein verräterisches Treiben bemerkte und Verdacht schöpfte. Wie bei unserer Ankunft war ganz Basilia so still, als würden alle Bürger den Atem anhalten, und alle Straßen und Gassen waren wie ausgestorben.

Wyrd, Fabius und ich unterhielten uns nur selten, und wenn, dann mit gedämpfter Stimme. Der Knabe Becga schwieg beharrlich; ich hatte ihn bis jetzt noch nie sprechen gehört.

Fabius beklagte sich, sobald er den Mund aufmachte. Meist darüber, daß wir so wenige waren und keine richtige Streitmacht darstellten, und warum Wyrd denn nicht mehr und kräftigere Männer verlangt habe.

»Bei Mithras«, murrte der Optio. »Nicht einmal meinen Schildknappen durfte ich mitnehmen. Wir sind nur zu zweit, ein Junge, ein Eunuche und ein zahmer Adler.«

»Ich sage Euch nochmals«, antwortete Wyrd, »daß wir nicht angreifen, sondern uns einschmuggeln. Je weniger wir sind, desto besser. Und wenn Ihr denkt, daß Euer Rang nicht genügend respektiert wird, steht es Euch frei, Thorn als Euren Schildknappen zu betrachten.«

Wyrd erwähnte gegenüber Fabius mit keinem Wort, daß er nicht einmal *plante,* seine Gemahlin zu retten.

In der Zwischenzeit war ich sehr damit beschäftigt, das herrliche Pferd zu bewundern, das ich nun mein eigen nennen durfte. Es war ein muskulöser, junger, schwarzer Hengst mit einer weißen Blesse, aufmerksamem Blick und stolzer Haltung. Sein Name war

Velox und versprach Schnelligkeit. Soweit ich erkennen konnte, hatte das Pferd nur einen einzigen körperlichen Mangel: eine Vertiefung an der unteren linken Seite des Halses, die aussah wie ein großes Grübchen. Als ich dies erwähnte, vergaß der Optio seinen Kummer lang genug, um herablassend zu sagen: »Unwissender Thorn. Dies Mal kennzeichnet ein Pferd, das großen Wert besitzt. Man nennt es den ›Daumendruck des Propheten‹. Welches Propheten weiß ich nicht, doch das Mal verheißt dir ein gutes Streitroß. Jedenfalls kommen alle unsere Pferde aus dem unübertrefflichen Stall der Kehailaner, aus den Wüsten Arabiens. Man sagt, daß die Kehailaner aus der Zeit von Baz stammen, dem Ur-Ur-Enkel von Noah.«

Ich war gebührend davon beeindruckt, ein Pferd von solch alter Rasse zu besitzen, und ich wollte dies gerade zum Ausdruck bringen, als Wyrd uns mit einer Geste zum Schweigen brachte. Er saß geduckt vor den Brettern der Stallwand und spähte durch eine Ritze. Dann hörten auch wir das ferne, doch schnell näherkommende Geräusch von Pferdehufen auf der schlammigen Straße. Ein sehr zottiges Pferd kam in unser Blickfeld. Es war viel kleiner als unsere. »Gehört zur dreckigen Zucht der Zhmud«, murmelte Fabius abfällig, und abermals gebot ihm Wyrd zu schweigen.

Ich war mehr am Reiter interessiert, denn ich hatte noch nie einen Hunnen gesehen. Dieser hier war wie sein Pferd kleiner als die Goten, sogar kleiner als ich, und abstoßend häßlich. Sein Gesicht war von gelblich-brauner Farbe, sein Haar lang und fettig, er hatte Schlitzaugen und trug keinen Vollbart, sondern nur einen dünnen, strähnigen Schnurrbart. So häßlich er auch war, er saß wie angewachsen auf seinem Pferd, als ob er damit geboren wäre, und seine Beine waren so gebogen, daß sie sich vollkommen dem Pferdeleib anpaßten. Wie zuvor der kleine Becga war auch der Hunne in Lumpen gehüllt, und sein Pferd war mager. Der Mann trug denselben Bogen wie Wyrd, nur war seiner nicht gespannt, und er hielt ihn hoch, weil um seine Spitze gut sichtbar ein dreckiges, weißes Tuch geschlungen war.

Fabius stand neben mir, und während der Hunne vorüberzog, konnte ich fühlen, wie er bebte. Der Charismate Becga jedoch, dem noch niemand gesagt hatte, daß dieser oder ein anderer Hunne womöglich bald sein neuer Herr sein würde, blinzelte uninteressiert durch die Planken. Sobald der Reiter außer Hörweite war, richtete Wyrd sich auf und sagte: »Ich schleiche ihm nach, um sicher zu gehen, daß der Legat ihn empfängt und daß keine der Parteien die andere Seite betrügt. Es ist jetzt Mittag, und der Schmied muß uns mit einer Mahlzeit bewirten. Du gehst, Thorn, und richtest ihm aus, daß seine Frau alles vorbereiten soll. Wenn ich zurückkomme, essen wir, bis wir platzen, denn nicht einmal Mithras weiß, wann wir wieder etwas zwischen die Zähne bekommen.«

Also sagte ich dem Schmied, daß seine Frau uns reichlich mit Essen versorgen solle. Sie war gerade dabei, uns auf großen, runden Brotscheiben, die zugleich als Teller dienten, einen herzhaften Fischeintopf auszuteilen, als Wyrd zurückkam. Er berichtete, daß der Legat und der Bote sich gegenseitig nicht die Köpfe einschlugen und daß Calidius offensichtlich wie abgesprochen die Verhandlungen in die Länge zog, um den Hunnen bis zum Abend aufzuhalten.

»Aber eßt schnell«, sagte er. »Der Satansbraten kann jeden Augenblick Lunte riechen und in den Wald davongaloppieren. Bis dann essen wir weiter, und zwar soviel wir können.«

Dann senkte Wyrd die Stimme und sagte leise, so daß Fabius es nicht hören konnte, zu mir: »Vermutlich sind die Geiseln noch am Leben. Jedenfalls brachte der Schurke heute noch einen Finger Placidias daher, und soweit ich aus meinem Versteck erkennen konnte, ist er erst vor kurzem abgeschnitten worden.«

Offenbar passierte oben in der Garnison nichts, was das Mißtrauen des Boten erregt oder ihn alarmiert hätte. Der Legat mußte ihn gut mit Speisen und Wein versorgt haben, während er über die Einzelheiten des Austauschs römischen Armeebesitzes gegen die Geiseln verhandelte – wieviel, wo und wann er stattfinden sollte – denn der Tag verstrich ereignislos, doch spannungsgeladen.

Doch schließlich gab uns Wyrd wild gestikulierend zu verstehen, daß wir ruhig sein sollten. Wieder schlichen wir alle zur Stallwand und spähten durch die Ritzen. Der Hunne war nun in größerer Eile, oder sein Gaul war nach der langen Ruhepause erfrischt, oder beides, jedenfalls kamen sie in flottem Trab durch die frühe Dämmerung. Pferd und Reiter kreuzten wieder unser Blickfeld, diesmal in anderer Richtung, kaum hatten sie den Hof verlassen, da zischte Fabius: »Los, bevor er außer Sicht ist!«

»Ich will ihn außer Sicht!« schnappte Wyrd, aber nicht laut. »Die Hunnen haben Augen am Hintern. Seine Spur reicht uns. In den letzten Tagen sind hier nicht viele Reiter vorbeigekommen.«

Wir mußten also noch etwas länger warten, bis Wyrd schließlich den Befehl zum Aufsitzen gab.

Ich kletterte unbeholfen in den Sattel, reichte Becga die Hand und half ihm auf das Kissen hinter mir. Mein Sattel, das Zaumzeug und die Zügel waren nicht wie die des Optio Fabius mit Medaillen, Anhängern und sonstigem Putz geschmückt, doch es war eine echte Schlachtrüstung. Der Sattel war aus Leder, innen mit Bronze ausgeschlagen und genarbt, sodaß der Reiter besseren Halt fand. Ich war nicht überrascht zu sehen, daß Fabius sein Pferd viel eleganter bestieg als ich – er schwang sich von der Erde aus in den Sattel – und nicht allzu erstaunt, als ich sah, daß Wyrd dasselbe tat.

Der Schmied öffnete ein Tor für uns, und wir ritten gemächlich hintereinander hinaus auf die Straße. In seinem Sattel vornübergebeugt ritt Wyrd voraus und prüfte forschend die Hufabdrücke im Schmutz und Schlamm der Straße, Fabius blieb dicht hinter ihm und tat es ihm nach.

Dann plötzlich zügelte Wyrd sein Pferd und machte ein leicht verdutztes Gesicht: »Der Hunne hat hier die Straße verlassen. Warum so früh?«

Mit einem einzigen Satz *stand* Fabius plötzlich auf seinem Sattel. Er spähte durch die Bäume, die die Straße zu unserer Linken säumten, und in die Richtung, die Wyrd angezeigt hatte. Nach einem Augenblick verkündete er: »Er ist außer Sicht, nicht aber die Spuren.«

Also verließen wir die Straße ebenfalls und ritten mit Wyrd in Führung weiter, vorbei an Bäumen und Viehweiden und Ackerland. Wir ritten noch langsamer als zuvor, damit wir nicht in Sichtweite des Hunnen gerieten. Dann hielt Wyrd abermals abrupt an und knurrte: »Bei den selbstkastrierten Priestern der Zybele, der Hunne ist wieder abgebogen. Er reitet wieder zurück nach Basilia!«

»Vielleicht will er herausfinden, ob er verfolgt wird«, meinte

Fabius. »Vielleicht. Doch uns bleibt keine andere Wahl, als weiter seiner Spur nachzureiten.«

Und das taten wir, obwohl wir nur sehr, sehr langsam vorankamen. Nach langer, langer Zeit, als die Abenddämmerung fast vollständig in Finsternis übergegangen war, hielt Wyrd wieder an und bellte eine Reihe von Flüchen, die die Götter und Heiligen aller Religionen hätten aufrütteln können. Ich fürchtete, daß der Hunne vor uns das Geschrei hören würde, doch diese Gefahr bestand nicht, denn Wyrd schloß mit einem weiteren Fluch: »Beim aufgedunsenen und geplatzten Leib des Judas Ischariot, der Kerl ging nicht nach Basilia zurück! Er hat die Stadt umkreist und ist zum Flußufer hochgeritten. Ich nehme an, daß irgendein Kahn dort auf ihn gewartet hat, um ihn über den Rhein zu bringen. Optio Fabius! Reitet so schnell Ihr könnt zum Hafen. Organisiert Kähne und Bootsleute, um uns alle überzusetzen. Holt sie und treibt sie zur Eile an, peitscht sie, wenn nötig, stromaufwärts, wir warten dort auf Euch. Geht!«

Der Optio schoß wie ein Pfeil davon, und auch mein Velox schien nur noch auf einen Befehl zu warten, doch Wyrd sagte: »Kein Grund zur Eile, Junge. Oh weh, wenn jener verräterische Sklave die Wahrheit sprach, als er sagte, daß sich das Lager der Hunnen im Süden, in Richtung der Hrau Albos befinde, dann täuschten sie ihn absichtlich. Und mich auch. Sie sind irgendwo nördlich des Rheins und vermutlich nicht weit vom Fluß entfernt, denn wer würde Bergräuber im Tiefland vermuten?«

Wir folgten der Spur also weiterhin, weder eilig noch langsam, und die Nacht brach herein, so daß ich nicht einmal mehr die Fährte im Schnee erkennen konnte. Doch Wyrd schien damit keinerlei Schwierigkeiten zu haben. Das Ufer wurde abschüssig und wie Wyrd vorausgesagt hatte, wiesen deutliche Spuren im Kies darauf hin, daß hier irgendein Kahn angelegt hatte und wieder ins Wasser geschoben worden war. Wyrd fluchte, aber uns blieb nichts anderes übrig, als abzusteigen, unsere Feldflaschen zu füllen und zu warten.

Wir mußten nicht lange warten. Fabius mochte zwar ein chronischer Nörgler sein, doch wenn es darum ging zu handeln, war er durchaus ein Mann der Tat. Die Nacht war nicht sehr weit fortgeschritten, als Wyrd, Becga und ich beobachteten, wie im

Westen ein Licht auftauchte, das sich nach und nach in das Licht dreier Laternen teilte, die auf dem unruhigen Wasser des Flusses lange, verzerrte, gezackte Spiegelungen hervorriefen. Oberhalb von Basilia fließt der Rhein sehr schnell, und die drei Kähne wurden jeweils von vielen Männern gerudert, so daß sie für die Fahrt nur wenig Zeit gebraucht hatten. Es hätte mich nicht erstaunt, wenn Fabius die Männer höchstpersönlich mit Peitschenhieben angetrieben hätte. Doch er kam am Ufer entlanggeritten, und die Kähne waren draußen auf dem Wasser. Als er auf uns stieß, rief Fabius den Bootsleuten nichts zu, sondern schrie wie eine Eule – was offensichtlich ein vorher vereinbartes Signal war – denn nun bewegten sich die Boote miteinander in Richtung Ufer.

»Gute Arbeit, Optio«, sagte Wyrd, als Fabius vom Pferd stieg. »Wenn die Hunnen am anderen Ufer einen Posten aufgestellt haben, wird er nur drei Laternen gesehen haben. Löscht also diese Lichter nicht aus. Kommandiert drei der Bootsleute ab, sie sollen zu Fuß hier am Ufer entlanggehen, und jeder soll eine Laterne tragen. Sie sollen am Wasser bleiben und marschieren – bis zum Morgen, oder bis sie umfallen, was immer auch zuerst geschieht. Die übrigen Männer sollen uns in der Dunkelheit so leise wie möglich übersetzen.«

Ganz nach Plan stapften drei der Neuankömmlinge in kurzen Zeitabständen hintereinander den Fluß hinauf und trugen die Laternen. Ein jeder, der vom anderen Ufer aus herüberspähte, hätte angenommen, daß die Kähne, ohne anzulegen, an ihm vorübergefahren wären. Währenddessen gingen wir Verfolger so leise wie möglich an Bord.

Wyrd sagte, er könne nicht abschätzen, wie weit die starke Strömung das Boot des Hunnen während der Überfahrt abgetrieben habe, also befahl er unseren Bootsleuten, so schnell wie möglich zu rudern, damit wir den Rhein in gerader Linie überquerten. Wenn wir erst einmal auf der anderen Seite angekommen wären, so meinte er, könnten wir immer noch am Ufer entlangreiten und herausfinden, wo der Hunne an Land gegangen sei.

Wir waren lange Zeit auf dem kalten, schwarzen Fluß – so erschien es mir jedenfalls – und die schwarze Luft war auf dem Wasser viel kälter als am Ufer und hüllte uns vollständig ein, so daß wir erst Unbehagen verspürten, dann jämmerlich froren, und zuletzt wurden unsere Glieder fast taub. Doch plötzlich verfingen sich die Kapuze meines Überwurfs und die Mähne des Pferdes in niedrigen Zweigen. Entweder hatte das Wasser des Flusses die Wurzeln der Bäume am Ufer überspült, oder wir waren im Unterholz von Bäumen gelandet, die im Wasser wuchsen – jedenfalls gurgelte und schwappte das Wasser so laut, daß es alle Geräusche, die wir beim Aussteigen verursachten, übertönte. Und Lärm machten wir, denn selbst die Pferde waren vor Kälte ganz steif und unbeholfen, als sie aus dem Kahn geführt wurden und versuchten, vom seichten Wasser auf trockenen Boden zu kommen.

Wyrd drückte Becga die Zügel der Pferde in die Hand, nahm Fabius und mich beiseite und sagte: »Ab jetzt müssen wir leise sein, wenn wir herausfinden wollen, wo genau der Hunne an Land ging. Das heißt, wir werden zu Fuß gehen.«

»Warum?« fragte Fabius. »Das kann bis zum Morgen dauern oder gar einen ganzen Tag. Der Kahn des Hunnen ist möglicherweise meilenweit abgetrieben, vielleicht sogar weitab von Basilia.«

»Und vielleicht auch nicht. Sprecht also leise. Es kann sein, daß er nicht weit von hier an Land gegangen ist. Deshalb gehen wir zu Fuß, und so leise wie möglich: mein Gehilfe, der Eunuche und ich. Optio, Ihr bleibt hier bei den Pferden, den Booten und den Männern.«

»Was?! Gerrae! Wie lange?«

»Ich sagte, Ihr sollt leise sein. Und Ihr habt versprochen, Euch nicht meinen Befehlen zu widersetzen. Ihr werdet hierbleiben, bis Thorn und ich zurückkommen und wie ich innigst hoffe das mitbringen, wofür wir hergekommen sind.«

»Was?!« Fabius schrie es diesmal, und Wyrd schlug ihn mit dem Handrücken ins Gesicht. Das brachte den wütenden Soldaten zwar nicht zum Schweigen, doch wenigstens senkte er seine Stimme ein wenig. »Ihr und zwei Kinder wollt die Verfolgung ohne mich aufnehmen und ohne mich angreifen? Und ich darf währenddessen Kindermädchen für Pferde und Hafenkulis spielen? Ich will verflucht sein, wenn ich das tue!«

»Verflucht oder nicht, Optio, das ist genau, was Ihr tun werdet. Wenn wir drei herausfinden, wo der Hunne an Land gegangen ist, bleibt uns keine Zeit mehr, hierher zurückzukehren und

Euch zu holen. Wir müssen ihm dicht auf den Fersen bleiben. Danach – was immer auch passieren mag und wenn es überhaupt einen Rückweg gibt – machen wir uns Hals über Kopf davon. Wir müssen uns darauf verlassen können, daß die Pferde, die Kähne und die Bootsleute *hier* sind. Glaubt Ihr, daß die Hafenkulis, die wissen, daß hier irgendwo wilde Hunnen versteckt sind, brav auf uns warten, ohne daß sie jemand dazu zwingt? Ihr seid der einzige, der dies tun kann, und deshalb werdet Ihr es tun.«

Während Wyrd und ich uns vorbereiteten, hörte Fabius nicht auf zu rechten, zu betteln und aufzubegehren – abwechselnd vernünftig, bitter, wütend und um Mitleid heischend –, doch Wyrd schenkte seinen Klagen kein Ohr. Ich nahm meinen Degen von Velox' Sattel, befestigte ihn um meine Taille, steckte meine Schlinge dazu, wo sie griffbereit sein würde, und war mit meinem Juikabloth auf der Schulter bereit zu gehen. Wyrd gürtete seine kurzstielige Axt und richtete seinen Bogen und den Köcher mit Pfeilen auf seinem Rücken aus. Der kleine Becga hatte nichts anderes zu tun, als Fabius die Zügel der Pferde zu reichen. Dieser stellte schließlich sein Bitten ein und sagte widerstrebend und resigniert: »Ave, Uiridus, atque vale.«

»Te morituri salutamus«, antwortete Wyrd nicht gänzlich ironisch und befahl mir und Becga, ihm zu folgen.

Ich weiß nicht, wie lange oder wie weit wir marschierten, doch in jedem Fall war es viel mehr als nur Stunden oder Meilen. Der hunnische Bote mußte zum Rudern des Kahns fast genauso viele Männer gehabt haben wie wir, denn auch er hatte den Fluß überquert, ohne weit abzutreiben, und war ein gutes Stück oberhalb von Basilia an Land gegangen. Ich stieß in der Dunkelheit auf einmal gegen Wyrd, der stehengeblieben war, und bemerkte, daß er am Ufer ein Boot erspäht hatte. Als ich ihm über die Schulter blickte, konnte ich einen roh zusammengehauenen Leichter erkennen, der aus dem Wasser gezogen und im dichten Unterholz versteckt worden war. Er war leer. Wir standen einen Augenblick regungslos da und hielten den Atem an, während Wyrd die Ohren spitzte und sich umsah. Schließlich drückte er mir die Hand gegen die Brust, was bedeutete, daß Becga und ich bleiben sollten, wo wir waren. Er selbst verschwand leise wie ein

Schatten in der Dunkelheit. Nach einer Weile erschien er wieder genauso magisch, wie er verschwunden war, und flüsterte: »Sie haben vermutlich keine Wachtposten aufgestellt. Hilf' mir, den Leichter ins Wasser zu schieben, aber leise, leise!«

Aber natürlich konnte das nicht ohne Lärm vonstatten gehen. Der Kahn war viel zu schwer, als daß wir ihn hätten heben können, und als wir ihn daher vom Ufer schoben, ertönte ein lautes Scharren. Doch es lag auf der Hand, warum wir das tun mußten: Falls wir den Fluß auf dem Rückweg überquerten, wären die Hunnen außerstande, uns zu verfolgen. Es war kein Hunne zu sehen, der uns gehindert hätte, als wir das Boot zu Wasser brachten und zusahen, wie es langsam auf dem Fluß davontrieb. Also sagte Wyrd, ohne zu flüstern, aber mit gesenkter Stimme: »Ich bin ein Stück weit der Spur gefolgt. Sie waren in zu großer Eile, als daß sie es vermieden hätten, Spuren zu hinterlassen. Daraus schließe ich, daß sie hier in der Nähe sind. Wir werden nicht sehr schnell vorankommen, weil wir vorsichtig und leise sein müssen, doch ich gehe davon aus, daß wir lange vor Tagesanbruch auf das Lager stoßen werden. Du und der Eunuche, ihr bleibt so weit wie möglich hinter mir, doch ihr solltet mich nicht aus den Augen verlieren. Es ist möglich, daß sie am Weg entlang Posten aufgestellt haben, in jedem Fall aber wird das Lager bewacht sein. Sobald ihr hört oder seht, daß ich stehenbleibe, nehmt euch in acht.«

Wie Wyrd richtig erkannt hatte, dünkten sich die Hunnen frei von Verfolgern, weil sie wohl annahmen, daß niemand sie im Tiefland vermuten würde. Jedenfalls stießen wir am Weg auf keinen einzigen Wachtposten. Wyrd hielt nur ein Mal in jener Nacht inne, und zwar, als er – wie Becga und auch ich – zwischen den Bäumen ein zaghaftes rötliches Glimmen entdeckte. Es hätte die erste Färbung der Morgenröte sein können, wenn es nicht im Norden gewesen wäre. Wyrd jedoch, der weit voraus marschierte, sah noch etwas, was Becga und ich nicht sehen konnten. Er schlüpfte leise in das Gehölz, und wir zwei kauerten uns nieder, wo wir waren. Ich vernahm ein entferntes Geräusch, das sich anhörte, als ob in den trockenen Sträuchern ein Handgemenge stattfände, und dann stand Wyrd wieder da, wo wir ihn zuletzt gesehen hatten, und winkte uns zu sich. Wir fanden ihn über einen toten Hunnen gebeugt, den er mit der Bogensehne erdrosselt hatte, welche er gerade vom Hals der Leiche löste. Wyrd sagte nichts, und auch wir schwiegen, und wir krochen alle zusammen weiter in Richtung des rötlichen Lichts. Aus dem Glimmen wurde ein Strahlen, als wir näherkamen und schließlich erkannten wir einen Hügel, der mit Bäumen bewachsen war, zwischen denen wir keine weiteren Wachtposten erblicken konnten. So arbeiteten wir uns auf Händen und Füßen den Hügel hinauf, und auf halber Höhe legten wir uns flach auf den Bauch. Oben angelangt, sahen wir hinunter auf ein fast baumloses Tal, das von einigen Lagerfeuern hell erleuchtet war. Wie wir sehen konnten, waren Bäume gefällt und daraus rohe Hütten gezimmert worden, und diese waren umgeben von einigen zusammengeflickten Zelten. Auf der anderen Seite der Senke waren Pferde an Pflöcken festgebunden, alles zottige, magere Mähren. Und selbst zu dieser Stunde befanden sich an die vierzig Menschen auf der Lichtung. Da Wyrd, Becga und ich mehr als hundert Schritte vom Lager entfernt waren, konnte ich Männer und Frauen nicht unterscheiden, denn sie trugen alle dieselben Lumpen. Doch ihre Statur und ihre krummen Beine verrieten eindeutig, daß es Hunnen waren.

## 8

»Die Frau und der Junge sind sicher zusammen in einer dieser Hütten, weil es so leichter ist, auf sie aufzupassen.« Wyrd war an meine Seite gerückt, um mir besser ins Ohr flüstern zu können. »Du hältst Ausschau, ob es einen Hinweis darauf gibt, in welcher Hütte sie sind. Ich muß noch einige Wachtposten zur Strecke bringen.«

Ich antwortete: »Ich weiß zwar, daß Ihr mit ungeheurer Schnelligkeit und Treffsicherheit Eure Pfeile abschießen könnt, aber da unten sind zu viele Hunnen ...«

»Ja. Dennoch kann ihre Zahl für uns auch ein Vorteil sein. Ich werde nur die anderen Wachtposten hier zur Strecke bringen, und das muß geschehen, solange es Nacht ist. Währenddessen bestreichst du dir und dem Eunuchen Gesicht und Hände mit Dreck, damit ihr in der Dunkelheit nicht so auffallt. Wenigstens ihr zwei werdet im Notfall wie Hunnen aussehen, was mir mit diesem Bart nicht möglich ist.«

»Was meint Ihr mit *Notfall?*«

»Daß ich vielleicht nicht zurückkomme. Sollte mich einer der Posten erwischen, bevor ich ihn kriege, wird es einen Aufruhr geben. Das nutzt Ihr dann aus, um unbemerkt zu fliehen. Oder um die Geiseln zu retten, wenn du das schaffst.«

»Jesus!« Ich schnappte nach Luft. »Ich hoffe, daß es soweit nicht kommt!«

»Ich auch«, meinte Wyrd trocken. Und er machte sich davon.

Mit meinem Schwert wühlte ich die Erde auf, zerbröselte die Erdklumpen, vermischte sie mit Wasser aus meiner Feldflasche und verrührte alles zu Dreck. Ich bestrich Becgas Gesicht und er meines, und damit waren auch unsere Hände schmutzig genug. Wir waren am Ende zwar nicht genau von derselben Farbe wie die Hunnen, doch immerhin waren wir in der Dunkelheit etwas schwerer zu erkennen. Ich befahl Becga, er solle hinter mir gut Ausschau halten, aus Furcht, daß irgendein herumstreunender Hunne auf uns aufmerksam werden und uns aus dem Hinterhalt überfallen könnte, dann konzentrierte ich mich darauf, das Lager zu beobachten.

Die Zeit verging und sie erschien mir recht lang, doch nichts passierte, was die allgemeine Aufmerksamkeit erregt hätte, und alles blieb ruhig. Aber plötzlich schraken mein Juika-bloth und ich zusammen, als Becga mir durch eine leichte Berührung bedeutete, daß jemand in der Nähe sei. Ich hätte vor Erleichterung fast laut aufgeschluchzt, als es Wyrd war.

»Es waren fünf«, flüsterte er, als er sich neben mir ausstreckte. »Mehr Wachen werden normalerweise für ein Lager dieser Größe nicht aufgestellt. Ich gehe davon aus, daß ich sie alle erwischt habe.«

Ich konnte ihn nur bewundernd anstarren. Dieser alte Mann hatte soeben schnell und leise sechs bewaffnete, wachsame und blutrünstige Wilde umgebracht, und er zeigte keinerlei Spuren von Anstrengung. Ungeduldig fragte er: »Nun? Was hat sich hier getan?«

Ich wies mit der Hand auf die Hütten und sagte: »Bei den meisten gingen zumindest ein oder zwei Hunnen aus und ein. Aber bei der Hütte dort drüben am Hügel, die am weitesten von uns entfernt ist, öffnete sich die Tür nur ein Mal, und zwar von innen. Jemand lehnte sich hinaus, ich glaube, es war eine Frau, und reichte einem anderen Hunnen, der gerade vorüberkam, eine Art Napf. Der füllte ihn mit Kohlen aus einem der Feuer, gab sie der Frau zurück, und seither wurde die Tür nicht mehr geöffnet.«

»Das war eine Kohlenpfanne, die dazu dient, die Hütte warmzuhalten«, sagte Wyrd. »Und die Hütte liegt am weitesten vom Pfad entfernt. Das muß sie sein. Gute Arbeit, Bursche. Wir werden uns jetzt zu dem Hügel hinter der Hütte schleichen.«

Da Wyrd das Tal schon einmal umrundet hatte und es keine Wachen mehr gab, die uns hätten aufhalten können – zwei davon sahen wir leblos im Gebüsch liegen – kamen wir recht schnell ans Ziel. Dennoch war die Nacht nun schon weit fortgeschritten, und es kam mir so vor, als würde der Himmel im Osten bereits heller. Auf dem Hang hinter der Hütte, in der wir die Geiseln vermuteten, legten wir drei uns wieder auf den Bauch und beobachteten, was sich um die Hütte herum abspielte.

Ab und zu ging ein Hunne mit einem Armvoll Feuerholz oder Heu an der Hütte vorbei.

Wyrd murmelte, mehr zu sich selbst als zu mir: »Ich glaube nicht, daß mehr als zwei Wachen auf die Gefangenen achtgeben. Der Anführer der Horde, seine besten Krieger und der soeben eingetroffene Bote werden sich alle in anderen Hütten aufhalten und ihren Erfolg feiern. Doch wir sollten uns vergewissern: Du gehst hinunter und versuchst durch die Ritzen in der Wand der Hütte etwas zu erkennen. Ich werde inzwischen auf deinen Adler aufpassen.«

»Was? Aber da unten wimmelt es von Hunnen!«

»Wie ich schon sagte, könnte das unser Vorteil sein. In der Dunkelheit fällst du nicht auf. Geh!«

Nicht sonderlich begeistert rutschte ich bäuchlings den Hang hinunter, wartete, bis alles ruhig war, stand dann auf und schlenderte gemächlich auf die Hütte zu.

Ich schlich nahe an der Hüttenwand entlang und spähte durch eines der vielen Löcher. Im Licht der glühenden Kohlen konnte ich zumindest erkennen, wie viele Menschen in der Hütte waren. Als ich ohne Schwierigkeiten wieder bei Wyrd und Becga ankam, berichtete ich: »Fráuja, Ihr hattet recht. Nur eine Frau paßt auf die Gefangenen auf; sie ist wach und stochert in den Kohlen. Eine andere Frau und ein Kind sitzen in Felle eingehüllt auf der Erde und schlafen anscheinend. Ich hatte den Eindruck, daß sie nicht gefesselt sind. Außer einem Wasserkrug und einigen Matten befindet sich nichts weiter dort. Die Hütte ist übrigens kein unbezwingbares Gefängnis. Die Wand besteht aus Stecken, die mit Lederriemen zusammengebunden sind. Ich könnte leicht ein Loch hineinschneiden, das für mich groß genug wäre. Nur würde die Wache dann nicht sofort Alarm schlagen?«

»Nicht, wenn man sie ablenkt. Wenn das Reisigdach einer der Hütten plötzlich in Flammen aufgeht, dürfte das einige Unruhe verursachen, auch wenn die Hunnen denken es handle sich nur um einen Unglücksfall. Du und der Eunuche, ihr geht jetzt wieder hinunter. Ihr schlendert herum, entfernt euch aber nicht von der Hütte und wartet, bis ich den Aufruhr organisiert habe.«

»Wir dürfen aber nicht zu lange warten«, gab ich zu bedenken. »Es wird bald Tag.«

»Vái! Ich kann mich nicht so sorglos bewegen, weil ich mich unter den Hunnen nicht so leicht verstecken kann wie ihr, doch ich werde mich beeilen. Wie dem auch sei: sobald sich das Lager in Verwirrung befindet, tut ihr folgendes ...« In sehr wenigen Worten sagte uns Wyrd, was wir zu tun hatten, setzte mir den Adler auf die Schulter, und dann war er auch schon verschwunden. Wie vereinbart, schlitterten Becga und ich den Hang hinunter, standen auf und schlenderten kühn und krummbeinig hinter der Hütte hin und her.

Auf einmal wurde aus dem Licht auf der gegenüberliegenden Seite der Senke ein lebhaftes Rot, und ich konnte das Knacken brennenden Buschwerks hören, das bald von Stimmengewirr und dem Geräusch schneller Schritte übertönt wurde. Rasch zog ich mein Schwert, zerrte Becga an die Rückseite der Hütte und spähte wieder durch die Ritzen in der Wand. Die Hunnin ging von der Kohlenpfanne auf den Türschlag zu, hob ihn und lugte hinaus. Ich blickte ihr über die Schulter und konnte die Hunnen wie wild herumrennen sehen. Das Dach der jenseits der Senke gelegenen Hütte brannte fröhlich. So leise und so schnell ich konnte, durchschnitt ich die Lederriemen, die die Wand der Hütte zusammenhielten, und zog dann das lose Holz hinaus.

Es dauerte nicht lange, und in der Wand war ein großes Loch, durch das ich mich in die Hütte zu zwängen versuchte, während ich Becga hinter mir herzog. Wir hielten kurz inne, weil sich seine Kleider im trockenen Gezweig verfangen hatten, und trotz des Lärms draußen hörte uns die Hunnin. Sie ließ den Türschlag fallen, drehte sich um und öffnete den Mund wie zu einem Schrei. Da ich zu weit von ihr entfernt war, um sie niederzustrecken, keuchte ich »Sláit!«, und mein Juika-bloth flog auf sie los.

Die Hunnin wich ihm aus und schrie nicht, so daß ich Zeit hatte, vollends in die Hütte einzudringen, auf sie zu stürzen, mein Schwert zu schwingen und ihr die Kehle durchzuschneiden.

Die Geiseln waren inzwischen natürlich wach geworden und wimmerten, als sie sich aus den stinkenden Fellen schälten, mit denen sie zugedeckt gewesen waren.

Schnell kniete ich mich neben die Frau und legte ihr die Hand auf den Mund. Becga tat dasselbe mit Calidius. »Clarissima Placidia, wir sind Freunde und kommen, Euch zu helfen«, flüsterte ich, als sie sich verzweifelt mit den ihr noch verbleibenden Fingern an meine Hand klammerte. »Schreit jetzt nicht. Wenn es überhaupt Rettung geben soll, müßt Ihr meinen Anweisungen genau Folge leisten. Gebt das an Euren Sohn weiter.«

Es mußte ihr Vertrauen erweckt haben, daß ich Lateinisch sprach. Sie nickte, ich gab sie frei, und sie forderte den kleinen Calidius auf, meinen Befehlen zu gehorchen.

Ich sagte zu Becga: »Zieh' deinen Überwurf und deine Stiefel aus.« Dann wandte ich mich an die Frau: »Placidia, helft Eurem Sohn schnell in die Kleider und Schuhe.«

Dann waren wir alle hektisch beschäftigt, weil ich während des Tausches noch Becgas Gesicht mit Wasser aus dem Krug waschen und gleichzeitig etwas von dem Dreck auf Calidius' Gesicht schmieren mußte.

Dann bückte ich mich nach einem der Felle, die auf dem Boden lagen. Ich wickelte es mir um die Hände und hob die Kohlenpfanne gegen das trockene Reisig, mit dem die Hütte gedeckt war. Es fing sofort an zu brennen. »Placidia, sobald das gesamte Dach brennt, nehmt Ihr Euren Sohn – oder vielmehr dies Kind, das die Stelle

Eures Sohnes einnehmen wird – und rennt hinaus auf die Lichtung, als würdet Ihr vor dem Feuer fliehen.«

»Aber ...« sagte sie und hielt inne, denn sie hatte unseren Plan sofort begriffen. Sie schloß die Augen, schluckte ein oder zwei Mal, und ich konnte sehen, wie ein Zittern über ihren fast nackten, schwangeren Leib lief. Doch dann öffnete sie die Augen, sah mich mutig und entschieden an und sagte: »Paßt gut auf Calidius auf.«

»Das verspreche ich Euch. Doch geht jetzt«, antwortete ich, weil das Feuer nun so lichterloh brannte, daß wir alle vor der Hitze zurückwichen.

Sie verweilte noch lange genug, um ihren Sohn zu umarmen und zu küssen, legte dann einen Arm um den Charismaten, verweilte nochmals, um auch diesen zu küssen, bevor sie mit dem Jungen über die tote Wache stieg und zum Türschlag hinausstürzte. Weil dieser danach noch einige Male auf- und zuschlug, nahm ich wahr, daß einer der Hunnen draußen genug Geistesgegenwart besaß, um Placidia und Becga zu ergreifen und festzuhalten.

»Juika-bloth«, rief ich leise, und der Vogel kam bereitwillig, denn es lösten sich nun schon Funken vom Dach. Ich führte Calidius an der Hand durch die Lücke, die ich in die Wand der Hütte geschlagen hatte. Wie zu erwarten, war hinter der Hütte niemand zu sehen, doch der Tag war nicht mehr fern, und die Senke war nicht zuletzt von den beiden brennenden Dächern so hell erleuchtet, daß ich Angst hatte, gesehen zu werden, wenn wir uns den Hang hinaufarbeiteten. Deshalb zog ich den Jungen am Arm hinter einen dicken Baum. Von dort aus konnte ich gut beobachten, was auf der Lichtung vor sich ging, während ich auf Wyrd und dessen weitere Instruktionen wartete.

Der Tumult auf der Lichtung war plötzlich zum Chaos geworden, denn ein Reiter war in das Lager galoppiert und schwang heftig und zielbewußt seine Streitaxt. Er hatte bereits zwei Hunnen niedergestreckt, als ich entdeckte, daß es nicht Wyrd war.

Es war der Optio Fabius, wer sonst, und er ritt nicht den Braunen, auf dem er Basilia verlassen hatte. Er ritt meinen schwarzen Hengst, weil dessen Sattel mit einem Kissen ausgestattet war, auf welchem Fabius seine Gemahlin und seinen Sohn in die Freiheit zu entführen hoffte. Doch das war eine trügerische Hoffnung, und er war ein Narr gewesen, uns zu folgen. Hätte Wyrd nicht schon alle Wachen im Umkreis beiseite geräumt, wäre der Optio schon längst tot gewesen. Und nun war er trotz der von Wyrd vorbereiteten Ablenkungen und trotz des Vorteils eines Überraschungsangriffs schlicht der Unterlegene.

Er mag zwar ungeduldig, hitzig und auch töricht gewesen sein, aber er war durchaus auch tapfer. Soweit ich sehen konnte, streckte er während seines Galopps über die Lichtung zwei weitere Hunnen nieder, bevor etwas geschah, was ihm Einhalt gebot. Der Hunne, der die beiden Gefangenen festhielt, warf Becga zu Boden und stellte einen Fuß auf ihn, um einen Arm frei zu haben. Mit diesem zog er sein Schwert und legte dessen Schneide an Placidias Kehle, während er ihren Kopf an den Haaren nach hinten zog. Alle drei waren vom Schein der brennenden Hütte so gut beleuchtet, daß Fabius sie sah. Er zügelte Velox abrupt, und das Pferd bäumte sich auf. Was der Optio als nächstes getan hätte, sollten wir nie erfahren, denn die Hunnen nutzten den Augenblick, in dem er aus dem Gleichgewicht war, seine Axt nicht schwingen oder sich sonstwie verteidigen konnte, und warfen sich auf ihn. Sie gebrauchten keine Waffen, sondern zogen Fabius mit vereinten Kräften vom Sattel, während sie Velox unversehrt laufen ließen.

Als Fabius auf der Erde lag und gegen die Horde von Wilden auf ihm ankämpfte, nahm der Hunne, der Placidia hielt, die Schneide von deren Kehle, aber nur so weit es nötig war, um mit dem Schwert auszuholen. Es muß die weibliche Hälfte meiner Natur gewesen sein, die mich dazu veranlaßte, instinktiv und ohne zu zögern die Hand über die Augen des kleinen Calidius zu legen. Und während der folgenden Ereignisse ließ ich meine Hand auch dort.

Dann schrie ich selbst fast vor Entsetzen auf, als sich plötzlich von hinten eine schwere Hand auf meine Schulter legte. Es war Wyrd, der sehr müde und fast melancholisch auf die Szene blickte, die sich vor unseren Augen abspielte.

»Pluto würde aus der Hölle emporfahren, um dies zu sehen«, murmelte er, und dann bat er Calidius und mich, ihm zu folgen.

Wir schlichen geduckt um die Lichtung herum, wo Wyrd an einem Baum zwei Pferde festgebunden hatte. Das eine war mein Velox, das andere eines der struppigen Zhmud-Pferde, dessen Sattel und Zügel noch abgenutzter waren als das Pferd selbst.

»Wir müssen immer noch sehr vorsichtig sein«, flüsterte Wyrd mir zu. »Doch sobald wir außer Hörweite sind, galoppieren wir so schnell wie möglich los. Die Hunnen werden sich vorerst mit Fabius vergnügen, so daß es noch eine ganze Weile dauern wird, bis sie sich fragen, wie er trotz der Wachen überhaupt bis dahin durchkam.«

Er setzte den kleinen Jungen auf Velox' Sattel und sagte zu ihm: »Du bist bis jetzt sehr brav und mutig gewesen, Calidius. Wenn du so bleibst und schön leise bist, werden wir bald zu Hause sein.«

»Und meine Eltern?« fragte der Junge und runzelte die Stirn angesichts dessen, was er gesehen hatte, bevor ich ihm die Augen zuhielt. »Kommen sie nach?«

»Früher oder später, Junge, kommen wir alle heim. Nun schweig und freu dich auf den Ritt.«

Schnellen, doch leisen Schritts führten Wyrd und ich unsere Pferde am Zügel in Richtung Westen. Zuerst dachte ich, wir würden einige Umwege machen, um eventuelle Verfolger zu verwirren, doch wir gingen immer weiter geradeaus in westlicher Richtung, und schließlich fragte ich Wyrd, warum wir nicht zu den Kähnen zurückgingen. »Weil die sicher nicht mehr da sind«, knurrte er. »Zumindest können wir nicht davon ausgehen, weil Fabius die Bootsleute allein zurückgelassen hat. Deshalb gehen wir zum breiteren, seichteren, nördlichen Lauf des Rheins, wo er langsamer fließt und wo wir und die Pferde hinüberschwimmen können. Wir müssen es zum Westufer schaffen, bevor uns die Hunnen einholen, denn sie werden es nicht wagen, uns bis in die Nähe der Garnison zu verfolgen.«

Nach kurzem Schweigen sagte ich: »Fabius war zwar töricht, aber er war auch tapfer.«

»Ich weiß«, seufzte Wyrd. »Seine Ankunft überraschte mich nicht. Ich konnte nur hoffen, daß du die Kinder ausgetauscht hattest, bevor er kam und alles durcheinander brachte. Doch, bei Wotan, du hast gute Arbeit geleistet, Bursche.«

Ich kletterte auf einen Baumstumpf, um in den Sattel zu kommen, und Calidius rückte nach hinten auf sein Kissen und schlang seine Arme um mich, wie Becga es getan hatte. Wyrd schwang sich wieder von ebener Erde aus in den Sattel, und so altersschwach sein Pferd auch aussah, es reagierte auf seine Sporen sofort, fiel in einen schnellen Galopp und behielt dieses Tempo unermüdlich bei.

Wir begegneten keinen Hunnen mehr. Schließlich kamen wir an eine Stelle des Rheins, an der das Ufer sanft abfiel und das Wasser von der schwachen Strömung nur wenig aufgewühlt war. Wir legten eine Pause ein, versorgten uns und die Pferde mit Wasser und ließen die Tiere grasen.

Dann zogen wir weiter, und ich überquerte zum ersten Mal in meinem Leben schwimmend einen Fluß. Obwohl ich oft in den Kaskadenteichen in Balsan Hrinkhen gebadet und vor dem Wasser keine Angst hatte, traute ich es mir nicht zu, den Rhein zu überqueren, den ich an dieser Stelle auf mindestens zwei Stadien breit schätzte. Wyrd zeigte mir, was ich zu tun hatte. Er setzte Calidius auf meinen Sattel, bat ihn, sich festzuhalten, und setzte den Adler auf seine Schulter. Dann führte er sein Pferd am Zügel ins Wasser, und ich folgte seinem Beispiel. Offenbar war dies keine neue Erfahrung für Velox und den Zhmud-Gaul, denn sie wieherten nicht.

Als wir nach und nach untertauchten, hielten Wyrd und ich uns nicht mehr an den Zügeln, sondern an den Schwänzen der Tiere fest.

Wir ließen uns von den Tieren ziehen, und sie schwammen viel kräftiger und ausdauernder, als ein Mensch es hätte tun können.

Am anderen Ufer suchten sich die Pferde sogar selbst eine Stelle aus, wo sie Fuß fassen konnten, und Wyrd und ich konnten ihnen leicht aus dem Wasser folgen. Wieder auf trockenem Boden, schüttelten wir uns alle wie nasse Hunde, und während die Pferde ruhten, rannten Wyrd, Calidius und ich am Ufer auf und ab, um uns aufzuwärmen. Als wir dann schließlich wieder aufsaßen und stromaufwärts nach Basilia ritten, ließen wir uns Zeit, denn nun hatten wir von den schrecklichen Hunnen nichts mehr zu befürchten.

## 9

Nachdem der Legat Calidius seinen Enkelsohn, der seinen Namen trug, umarmt und liebkost hatte und ihn dann mit seinen Kindermädchen fortschickte, damit er gewaschen und mit einer Mahlzeit versorgt würde, erzählte ihm Wyrd eine barmherzige Lüge: »Euer Sohn Fabius starb aufrecht, Clarissimus, er war bis zuletzt ein römischer Soldat.« Dann sprach er die Wahrheit: »Seine Gemahlin Placidia bot dem Tod mutig die Stirn, wie es sich für eine römische Matrone geziemt.« Dann sagte er etwas, dessen Tragweite ich noch nicht erfaßt hatte: »Die Hunnen gaben acht, daß dem unglücklichen Charismaten nichts zustieß; das heißt, sie glauben immer noch, Euren Enkelsohn gefangenzuhalten. Sie denken, sie hätten Euch in der Hand.«

Ganz in Gedanken versunken sagte der Legat: »Sie sind also sicher noch an Ort und Stelle.«

»Ja. Sie werden annehmen, daß ein paar von uns – vielleicht sogar ohne Euer Wissen – einen verzweifelten Angriff unternahmen und scheiterten. Sagt, Calidius, was habt Ihr mit den Hunnen vereinbart? Wann und wo sollte die Übergabe stattfinden?«

»Heute nachmittag, an einer südlich von hier gelegenen Biegung des Birsus.«

»In Richtung der Hrau Albos«, sagte Wyrd und nickte. »Und auf dieser Seite des Rheins. Nun gut. Ich schlage vor, daß Ihr ohne weitere Verzögerung und ohne auf neue Forderungen zu warten das Verlangte dorthin schickt, als wüßtet Ihr nichts von der gescheiterten Rettungsaktion, als wüßtet Ihr nicht, daß sich das Lager der Hunnen in Wirklichkeit nördlich des Rheins befindet, als würdet Ihr wahrhaftig erwarten, daß eine Übergabe der Geiseln stattfindet. Doch natürlich enthält das verlangte trojanische Pferd nichts anderes als schwerbewaffnete, erprobte Soldaten, und ich hoffe, daß die Hunnen in der Schlacht bestraft werden.«

Ich erlaubte mir, eine Frage zu stellen: »Kann unser unschuldiger Freund Becga in der Schlacht verschont und gerettet werden?«

Keiner der Männer ging auf meine Frage ein, und Wyrd fuhr

fort: »Zur gleichen Zeit schickt Ihr eine weitere und größere Truppe zum Lager der Hunnen und ...«

»Werdet Ihr die Männer anführen, Dekurio Uiridus?«

»Verzeiht mir, Clarissimus«, gab Wyrd verdrossen zurück. »Ich bin des Reitens müde, habe einen leeren Magen und kann keine Hunnen mehr sehen oder riechen. Und meinem kecken Gehilfen hier geht es nicht anders. Aber ich kann Euren Leuten Instruktionen geben und schlage vor, daß mein alter Freund Paccius sie anführt. Es ist an der Zeit, daß er befördert wird.«

»Ja, natürlich. Verzeiht, Uiridus. Ihr habt eine Ruhepause verdient, und mehr als das«, antwortete der Legat aufrichtig. »Ich werde sofort die nötigen Befehle erteilen und auch eine Mahlzeit für Euch bringen lassen ...«

»Nein, danke. Ich habe keine Lust auf feine Küche und harzigen Urin. Besaufen will ich mich und mir den Bauch vollschlagen. Wir gehen zur Taverne des alten Dylas. Paccius soll mich dort aufsuchen, wenn er bereit ist, meine Instruktionen entgegenzunehmen.«

»Wie Ihr wollt. Ich gebe Euch einen Herald mit, der verkünden wird, daß alle Bürger ihre Tore wieder öffnen und die Straßen betreten dürfen. Uiridus, Ihr habt Basilia von einer schweren Last befreit, und dafür danke ich Euch herzlichst – und dir auch, Thorn.«

Diesmal mußten wir also nicht gegen die Tür der Taverne hämmern. Gastfreundlich riß der Schankwirt Tür und Tor weit auf, und ich erblickte einen Mann, der mindestens so alt war wie Wyrd, ebenso graues Haar und einen grauen Bart hatte, doch um einiges größer und bulliger war und ein fleischiges Gesicht hatte. Wyrd und Dylas fielen sich in die Arme, trommelten sich gegenseitig mit den Fäusten auf den Rücken und beschimpften sich herzlich auf Gotisch und Lateinisch mit schmutzigen Schimpfworten.

»Dein Ruf eilt dir voraus, alter Freund«, sagte Dylas. »Man sagt, daß du Basilia von den Hunnen befreit hast. Wie bist du vorgegangen?«

Wyrd erzählte es ihm – zumindest nahm ich das an, denn er sprach wieder diese Sprache, die ich nicht verstand.

»Ach, das erinnert mich an längstvergangene Tage«, sagte Dylas bewundernd, und die beiden unterhielten sich weiter auf Lateinisch und Gotisch zugleich. »Doch du bist kein Legionär mehr, der befördert werden kann. Was hat dir dieses gefährliche Abenteuer eingebracht?«

»Einen sehr guten Preis für meine Pelze und ein prächtiges Pferd mit Geschirr. Das erste Streitroß, das Calidius mir schenkte, habe ich verloren, doch ich kann mir ein anderes aussuchen. Das ist ein guter Sold für einen einzigen Tag, und ich habe damit mehr verdient als früher, als ich Dekurio war.«

»Bei den Färsen der Hertha, das ist wahr! Doch Wyrd, wirst du nicht langsam zu alt für solche Streiche?«

»Was meinst du denn, Dickbauch?«

»Nun, in guten wie in schlechten Zeiten ist ein Schankwirt stets gut versorgt«, sagte Dylas und tätschelte sich selbstzufrieden den Bauch. »Ich muß nicht in den Wäldern herumstreunen und erst erlegen, was ich essen möchte. Du und Juhiza, ihr hättet auch eine Taverne aufmachen sollen wie wir. Meine alte Magdalan war zwar nie so schön wie Juhiza, ist vielleicht nicht besonders intelligent oder anmutig, aber sie kann kochen.«

Als hätte sie auf diese Worte gewartet, kam in einer Wolke herrlichen Essensduftes ein altes, dickes und schmuddeliges Weib aus dem Hinterzimmer. Sie servierte jedem von uns eine große Scheibe Brot mit Sauerkraut, auf dem gekochte Schweinerippen lagen. Dazu brachte sie einen Teller mit verschiedenen Käsesorten der Region: Schweizer Käse, Emmentaler und cremig weißen Novum Castellum.

Zu trinken gab es Wein und große Krüge dunklen Bieres, von dem Dylas stolz behauptete, er habe es selbst gebraut.

Wir aßen gerade das mit herzhaftem Sauerkrautsaft vollgesogene Brot, als wir das Klirren von Metall und das Knirschen von Leder hörten und Paccius in voller Schlachtrüstung die Taverne betrat. Wyrd entschuldigte sich bei uns mit einem Schluckauf und ging leicht schwankend mit dem Signifer zu einem sauberen Tisch, um ihm zu erklären, wie er am besten zum Lager der Hunnen gelange und wie er es angreifen solle.

Da ich nicht wußte, worüber ich mit Dylas reden könnte, fragte ich: »Wer ist oder wer war Juhiza?«

Dylas leerte ein weiteres Trinkhorn und schüttelte den Kopf. »Ich hätte sie nicht erwähnen sollen. Du hast gesehen, welch harter

Ausdruck plötzlich auf Wyrds Gesicht lag. Auch du solltest sie nie mehr erwähnen.«

Ich wechselte das Thema: »Euren Gesprächen nach kennt Ihr Wyrd schon sehr lange?«

Er wischte sich mit der Hand den fettigen Bart ab und sagte gedankenverloren: »Wir kennen uns, seit wir Rekruten der Zwanzigsten Legion in Deva waren. Ich weiß noch, wie er den Namen Wyrd, Freund der Wölfe, erhielt. Wyrd und ich, wir sind durch unseren Kriegsdienst Römer, doch von Geburt Kelten, deshalb sprechen wir manchmal noch das Keltische in Erinnerung an die alten Zeiten.«

»Bis heute wußte ich nicht, woher er kommt. Warum habt Ihr die keltischen Inseln verlassen?«

»Ein Soldat ist immer da, wo er gebraucht wird. Wyrd und ich waren nur zwei von vielen Tausend, die von Rom nach und nach aus Britannien abgezogen wurden, als die Barbaren hier in Europa Kolonien bedrohten, die Rom wichtiger waren. Unsere letzte Schlacht fand gegen die Hunnen statt, als wir in den Hilfstruppen der Elften Legion kämpften.«

»Du trinkst ja gar nichts, Junge«, sagte Wyrd mit einem Schluckauf, als er sich wieder zu uns gesellte und Paccius die Taverne verließ, indem er im römischen Salut die rechte Hand ballte. »Du schläfst mir hier über den langweiligen Erinnerungen alter Haudegen noch ein. Mach' es dir doch in der Kaserne bequem. Doch zuvor – hier habe ich noch etwas für dich.«

Er löste seine Geldbörse vom Gürtel und schüttete eine Menge Münzen in meine Hand: Kupfer, Messing, Silber und eine gar aus Gold.

»Was soll ich damit tun, Fráuja«, fragte ich.

»Was immer du willst. Es ist dein Anteil an dem Erlös.«

Ich schnappte nach Luft. »Soviel habe ich nicht verdient!«

»Slaváith. Ich bestimme, was du verdient hast und was nicht. Hick. Du solltest dir damit kaufen, was du für die Dauer unserer Reise brauchst oder was auch immer dir gefällt.«

Ich dankte Wyrd aufrichtig für seine Großzügigkeit und Dylas für die kräftige Mahlzeit, wünschte den beiden alten Kameraden noch, daß sie sich weiterhin vergnüglich unterhalten und dem Wein zusprechen möchten, und machte mich davon. Erst draußen zählte ich mein Geld. Da war ein Goldsolidus, zahlreiche Silbersolidi, viele Sesterzen aus Messing und Kupfermünzen – alles in allem der schwindelerregende Betrag von zwei Goldsolidi.

Als ich mich umsah, bemerkte ich, daß Basilia wieder zum Leben erwacht war. Ich sah Männer, Frauen und Kinder auf der Straße.

Die Läden hatten geöffnet, und die Bürger gingen darin aus und ein, weil sie nach der langen Barrikade Lebensmittel einkaufen mußten.

Mir selbst fiel nichts ein, was ich für die Dauer meiner weiteren Reise hätte gebrauchen können. Eher zufällig war ich in den Besitz von Schätzen gekommen, für die andere ein Leben lang arbeiteten: ein prächtiges Pferd mit Sattel und Zaumzeug, Scheide und Schwert, eine Feldflasche und all die Gegenstände, die ich in Vesontio erstanden hatte, darunter auch ein Kleid und ein Kopftuch, die ich mir nur für den Fall besorgt hatte, daß es einmal von Vorteil sein würde, öffentlich als Mädchen auftreten zu können.

Allerdings fehlte mir noch der entsprechende Putz und Schmuck. Also suchte ich zuerst das Geschäft eines Salbenhändlers auf. Ich ging in den Laden und erzählte dem Weib hinter dem Ladentisch, daß ich der Diener einer Clarissima sei, denn einerseits wollte ich nicht verraten, daß ich für mich selbst einkaufte, und andererseits mußte ich einen Grund dafür angeben, daß ich so viel Geld besaß. Natürlich kannte die Salbenhändlerin alle feinen Damen der Stadt, also log ich, daß meine Dame bald in Basilia eintreffen würde, unterwegs jedoch ihr Kästchen mit Kosmetika verloren hätte.

Das Weib machte sich sogleich eifrig im Laden zu schaffen, und es wurde ein teurer Kauf, doch ich konnte es mir leisten. Ich verließ den Laden mit einem hübschen Päckchen aus Tiegeln von Kreiden, Salben und Pudern und Flaschen voll Schönheitswässerchen – kurz, mit den Schönheitsmitteln einer richtigen Dame, die nur noch entfernt an all die Beerensäfte, Aufgüsse und Talge erinnerten, mit denen wir Mädchen des Klosters St. Pelagia uns immer geschminkt hatten.

Was ich als nächstes in der Werkstatt eines Goldschmieds erstand, war noch teurer, denn ich entschloß mich, Schmuck für

»meine feine Dame« zu kaufen. Obgleich ich die exzellenten Goldschmiedearbeiten des Händlers überging und nur Silbergeschmeide ohne Edelsteine auswählte, erschöpfte dieser Kauf nahezu mein neuerworbenes Vermögen.

Als ich später in Richtung Garnison den Hügel hinaufstieg, machte ich mir etwas Sorgen über meine Wahl und meinen Geschmack. Ich war mir nicht sicher, ob das, was ich erstanden hatte, feminin genug aussah. Doch dann kam ich zu folgendem Schluß: Wenn nun die männliche Hälfte meiner Natur diesen Schmuck ausgewählt hatte, dann müßte eigentlich jeder Mann den Schmuck und damit mich selbst bewundern – und war dies nicht der Grund, weshalb Frauen sich schmückten?

Die Garnison war nun nicht mehr so überfüllt wie zuvor, denn die meisten Bauern und Reisenden, die dort untergebracht gewesen waren, gingen jetzt wieder ihren Pflichten nach. Nur der Syrer und seine Charismaten wohnten noch dort, immer noch in derselben Unterkunft wie Wyrd und ich. Als ich mich auf meiner Bettstatt ausstreckte, wollte er mir erzählen, daß er darauf warte, daß Paccius den kleinen Becga unversehrt zurückbringe, doch ich war bald eingeschlafen.

Mitten in der Nacht wachte ich auf, denn zwei angetrunkene Soldaten schleppten einen bewußtlosen Wyrd in unser Zimmer. Sie torkelten herum und fluchten, bis sie das leere Bett fanden und ihn darauf warfen. Beunruhigt fragte ich, was denn mit Wyrd los sei, doch sie lachten nur und sagten, ob ich das nicht rieche.

Als sie gegangen waren, roch ich tatsächlich an ihm, weil ich sichergehen wollte, daß er *überhaupt* atmete, und taumelte zurück, denn der Weindunst machte mich schwindlig.

Es war bereits heller Tag, als ich aufwachte. Wyrd war schon aufgestanden, stand über die Waschschüssel gebeugt und tauchte immer wieder seinen Kopf ins Wasser.

»Oh vái«, klagte er, indem er seinen Bart auswrang, »ich habe höllische Kopfschmerzen. Dieser Oglasa-Wein fordert einen schrecklichen Tribut von seinen Freunden. Doch er ist es wert, er ist es wert ...«

Ich grinste nur und sagte: »Vielleicht fühlt Ihr Euch nach dem Frühstück besser. Wir wollen sehen, ob wir zu dieser Stunde im Speisesaal noch etwas zu essen bekommen.«

»Tote essen nicht. Ich will zuerst in die Thermen gehen. Vielleicht stellt mich ein gründliches Bad wieder her.«

Doch Wyrd wurde zumindest ein wenig wiederbelebt, bevor er das Bad auch nur bestieg, denn im Apodyterium trafen wir Paccius. Der zog gerade seine Rüstung aus, deren Metall und Leder schmutzig, an manchen Stellen abgestoßen und mit getrocknetem Blut beschmiert war. Paccius selbst war auch schmutzig und sah müde aus, doch seine Augen und sein Lächeln waren munter.

»Ah, Signifer – salve, salve«, sagte Wyrd. »Es ging also gut?«

»Es ging gut, und es ist vorüber. Wir haben es hinter uns«, antwortete Paccius heiter. »Und ich wäre Euch dankbar, wenn Ihr mich von nun an als Zenturio anreden würdet.«

Wyrd und ich sagten einstimmig: »Gratulatio, Zenturio.«

»Ja, wir machten jedem einzelnen dieser Wilden im Lager den Garaus«, fuhr Paccius fort. »Und von Calidius weiß ich, daß die trojanische Truppe am Birsus dasselbe vollbrachte. Diese Aasgeier werden uns nicht mehr ärgern, jedenfalls nicht diese eine Horde.«

»Und weiter ...?« fragte Wyrd, als auch er anfing, sich auszuziehen.

»Nun, wie Ihr befohlen habt«, meinte Paccius fast nüchtern. »Wir haben nicht versucht, die sterblichen Überreste von Fabius und Placidia zu retten, sondern wir verbrannten sie mit all den anderen Leichen, und ich sagte dem Legaten, daß die Körper seines Sohnes und dessen Gemahlin schon vernichtet waren, als wir ankamen. Er kann sie nun zwar nicht römisch bestatten, wie es sich schickt, doch wir ersparen ihm unnötigen Schmerz. Er soll nicht erfahren, wie Fabius sterben mußte.«

Neugierig fragte ich: »Was ist mit dem Charismaten Becga?«

»Der ist auch tot«, lautete die gleichgültige Antwort.

»Starb er von der Hand eines Hunnen oder von der eines Römers?«

»Er starb von meiner Hand«, sagte Paccius zu mir und wandte sich dann an Wyrd. »Wie Ihr befohlen habt, Uiridus. Es war schnell vorbei, und der Eunuche mußte nicht leiden.«

»Auf Euren Befehl?« begehrte ich auf. »Aber Ihr wart doch auch der Meinung, daß Becga nur ein unschuldiges Opfer der Umstände war!«

Wyrd zuckte zusammen und sagte: »Nicht so laut, Bursche. Du

vergißt, daß du es warst, der ihn vorschlug. Calidius hätte es uns nie verziehen, wenn wir diese nichtswürdige charismatische Hure hätten leben lassen, denn später hätte er vielleicht damit angegeben, daß er gegen Calidius' Enkelsohn ausgetauscht worden ist.«

»Es kommt mir unnötig grausam vor, Becga umzubringen, nur um die Gefühle des Legaten nicht zu verletzen.«

»Es war nicht grausam«, schnappte Wyrd, und diesmal ließ ihn seine eigene laute Stimme zusammenzucken. »Du weißt, was für ein Leben ihn erwartet hätte, wenn er zurückgekommen wäre.«

Wyrd hatte recht, und ich folgte ihm kleinlaut ins Innere des Bades. Ich war es gewesen, der »austauschen« gesagt und Becga dadurch zum Tode verurteilt hatte. Es war die männliche Hälfte meiner Natur gewesen, die dies getan hatte, und es war unpassend von mir, mich nun wie eine Frau schuldig zu fühlen oder mich gar zu grämen.

Nun gut, sagte ich mir, ich würde einfach froh sein, Becga nicht gut oder lange genug gekannt zu haben, um an ihm zu hängen. Ich würde jede Verantwortung für seinen Tod und jedes Gefühl der Reue weit von mir weisen. Ich würde von nun an jeden Vorteil ausnutzen, den es hatte, Thorn Mannamawi zu sein: ein Wesen ohne Gewissen, Erbarmen, Reue. Ein Wesen, so unerbittlich und amoralisch wie mein Juika-bloth und jeder andere Greif dieser Erde. Das schwor ich mir.

# Am
# Lacus Brigantinus

# 1

Gemeinsam zogen wir von Basilia weiter, ich und Wyrd, der Waldläufer, der Freund der Wölfe. Seine eigenen Wanderungen führten ihn ostwärts, in die Richtung, in die auch ich wollte, in das von den Goten besetzte Land. Und da ich nicht in Eile war und der weise, alte Waldmensch mich immer neue und nützliche Dinge lehrte, war ich es mehr als zufrieden, in seiner Gesellschaft zu bleiben und mich seiner Geschwindigkeit anzupassen.

In den ersten Wochen nach unserer Abreise aus Basilia unterwies Wyrd mich vor allem in der Pflege der Pferde und den höheren Weihen der Reitkunst.

»Denke daran«, sagte er, »die Götter der Natur haben niemals beabsichtigt, daß ein Pferd etwas anderes sei als ein Pferd, ungezähmt, frei und herrenlos. Größe und Form des Tieres lassen zwar denken, die Natur hätte es dazu bestimmt, einen Reiter zu tragen, aber dem ist nicht so. Wenn du auf einem Pferd sitzt, bist du ihm lediglich eine unwillkommene Last, ein Parasit. Aber du darfst das Pferd niemals fühlen lassen, daß du nur ein Parasit bist. Es muß dich als Gefährten annehmen – als Gefährten, der über es bestimmt.«

Einmal stellte ich Wyrds Regeln und seine Treue gegenüber den althergebrachten Traditionen der Reitkunst allerdings in Frage. Ich übte mich unter seiner Anleitung im Kampf zu Pferde und führte mein Kurzschwert gegen feindliche Büsche und Bäume, während Velox auf meine Befehle hin wendete und drehte und vorwärts stürmte.

»Genauso«, rief Wyrd. »Und jetzt den Schlag mit der Rückhand! Denk dran, du kannst mit einem Pferd aus dem Galopp eine Kehrtwende machen. Nimm ihn ran, Junge! Jetzt den Flankenhieb! Und jetzt den Befreiungsschlag! Gut gemacht, Junge.«

»Es wäre ... doch einfacher«, sagte ich keuchend vor Anstrengung, »wenn man für die Füße ... eine Art Klammer hätte ... die einem hilft, oben zu bleiben ...«

»Dafür sind die Schenkel da«, entgegnete Wyrd. »Deine sind bereits in der Zeit, in der ich dich kenne, länger und stärker geworden.«

»Trotzdem ...« Ich überlegte. »Wenn man irgendwie verhindern könnte, daß die Füße hin- und herschlenkern ...«

»Seit den Anfängen der Zeit reiten die Menschen ohne eine solche Vorrichtung, und sie reiten gut. Lerne zu reiten, statt herumzustreiten.«

Aber ich gab nicht auf und versuchte mich als Erfinder. Mir fiel ein, wie ich im Scheunenhof von St. Damian das alte Zugpferd geritten hatte, bis die Milch zu Butter geworden war. Damals waren meine Schenkel weder kräftig noch lang gewesen, aber ich hatte die Füße unter die auf beiden Seiten herunterhängenden, mit Milch gefüllten Behälter geschoben und mich so auf dem breiten Rücken des Pferds halten können. Natürlich konnte ich einem Kriegspferd keine solchen Behälter auflegen, was ja auch lächerlich ausgesehen hätte, aber wenn ich irgend etwas hätte, unter das ich meine Füße schieben könnte ... Da fiel mir ein, daß ich mir in Balsan Hrinkhen beim Erklettern astloser Stämme mit Hilfe meiner Gürtelschnur den nötigen Halt verschafft hatte ...

»Und jetzt?« brummte Wyrd, als ich ihm voller Stolz vorführte, was ich mir ausgedacht hatte. »Du hast dich an dein Pferd gefesselt?«

»Nicht ganz«, erwiderte ich hochmütig. »Schau her. Ich habe drei von unseren festen Packschnüren genommen und sie zu einem dicken Seil geflochten. Dann habe ich das Seil Velox knapp vor den Rippen um den Leib geschlungen, so daß es nicht nach hinten rutschen kann. Dabei habe ich es nicht zu fest angezogen, sondern so lose, daß ich auf beiden Seiten mit den Füßen hineinschlüpfen kann – und siehst du, Fráuja! Es hält mich so sicher, als würde ich mit beiden Füßen auf dem Boden auf einem Stuhl sitzen.

»Und was sagt dein Pferd zu dieser plumpen Vorrichtung?« fragte Wyrd bissig. »Mag es den dicken Knoten am Bauch?«

»Na ja, ich gebe zu, der Knoten ist hinderlich. Ich wollte ihn hier oben am Widerrist befestigen, doch er rutscht immer wieder nach unten. Aber ich glaube, daß es Velox lieber ist, wenn ich sicher sitze, als wenn ich jedesmal, wenn er Richtung oder Geschwindigkeit ändert, im Sattel hin- und herrutsche.«

»Sicher sitzen, aha. Ich habe gesehen, wie die Reiter der Alanen einen solchen Seiltrick ausprobiert und wie sie es bereut haben. Warte ab, mein Junge, bis dich der Hieb eines Gegners aus dem Sattel wirft und du am Geschirr hängend kopfüber durch die Gegend schleifst.«

»Dann muß ich eben dafür sorgen, daß mich niemand aus dem Sattel wirft«, erwiderte ich selbstgefällig.

Wyrd schüttelte den Kopf wie mißbilligend, aber ich glaube, er bewunderte mich auch, denn er sagte: »Dazu hast du vielleicht noch oft Gelegenheit. Du siehst mit deiner Schnur so komisch aus, daß jeder vorbeikommende Goliath versucht sein dürfte, dich aus dem Sattel zu heben. Aber reite, wie du willst, Junge. Ich zeige dir, wie du das Seil spleißen kannst, um den lästigen Knoten zu vermeiden.«

»Velox wird es dir danken, Fráuja«, sagte ich erfreut. »Und ich ebenfalls.«

Natürlich lernte ich auf den Reisen mit Wyrd mehr als nur den Umgang mit Pferden und die Kunst des Reitens. Während unseres ersten gemeinsamen Sommers ritten wir einmal durch ein spärlich bewaldetes Gebiet. Der graue Himmel lastete schwer und heiß auf uns wie eine wollene Decke, als Wyrd plötzlich sagte: »Hörst du den Schrei, Junge?«

»Ich höre nur eine Krähe. In der Baumkrone da drüben.«

»Nur eine Krähe? Hör genau hin.«

Aber ich hörte nur ein heiseres Krächzen. Es klang vielleicht entschiedener als sonst, aber weiter fiel mir nichts daran auf.

»Die Krähe stößt einen besonderen Warnruf aus«, erklärte Wyrd. »Eine Sturmwarnung! Lerne, diesen Ruf zu erkennen. Aber jetzt sieh dich nach einem Unterstand um. Ich möchte nicht hier im offenen Land in einen Sturm geraten.«

Wir fanden eine flache Höhle, kurz bevor es plötzlich stockfinster wurde und der Sturm losbrach. Grelle Blitze zuckten durch die Nacht, ein Brüllen erfüllte die Luft, und ein Sturzregen ging nieder. Es war furchteinflößend, aber nicht unnatürlich. Nach einiger Zeit jedoch wurde unsere Höhle plötzlich von einem unheimlichen, beständigen blauen Leuchten erhellt. Wir sahen hinaus und stellten fest, daß alle Bäume in Sichtweite von einem blauen Feuer umhüllt waren, das an allen Ästen brannte und von den Spitzen der Zweige himmelwärts strömte.

»Jesus!« schrie ich und sprang auf. »Wir müssen die Pferde retten. Sie sind an einem der Bäume angebunden.«

»Immer mit der Ruhe, mein Junge.« Wyrd blieb bewegungslos sitzen. »Das ist das Feuer der Zwillinge, ein gutes Omen.«

»Seit wann ist ein Waldbrand ein gutes Omen?«

»Sieh genau hin. Das Feuer verbrennt kein einziges Blatt. Es ist nur hell, nicht heiß. Die Seefahrer verehren die Zwillingsgötter Castor und Pollux, denn wenn ihre Feuer bei einem Sturm auf dem Meer erscheinen, lassen Sturm und Seegang alsbald nach. Schau, das kalte, blaue Licht der Zwillinge verblaßt, und schon verliert auch der Sturm an Gewalt.«

Als ich im Herbst eines Tages damit beschäftigt war, eine Hirschkuh in die Richtung Wyrds zu treiben, der mit Pfeil und Bogen auf der Lauer lag, prallte ich gegen einen Baum. Wenn ich nicht die Füße fest unter Velox' Gurt geklemmt hätte, wäre ich wahrscheinlich aus dem Sattel geworfen worden. So trug ich keine Verletzung davon außer einem großen blauen Fleck an der Hüfte. Was dagegen beschädigt wurde, war meine schöne, aus Leder und Zinn gefertigte Wasserflasche. Sie hatte eine tiefe Beule, und ich war untröstlich, durch mein Ungeschick ein so wertvolles und nützliches Geschenk beschädigt zu haben.

Aber Wyrd tröstete mich: »Sei nicht traurig, mein Junge. Während ich diese prächtige Hirschkuh häute und zerlege und uns ein Mahl bereite, sammelst du von den Büschen und Gräsern der Umgebung alle möglichen Samen.«

Ich hielt den Saum meines Kittels hoch und füllte die dadurch entstandene Tasche mit Samen. Als ich zurückkehrte, sagte Wyrd: »Schütte die Samen in deine zerbeulte Flasche, bis sie ganz voll ist.« Dann gab er mir seine eigene, wassergefüllte Flasche. »Jetzt fülle sie bis oben mit Wasser. Verkorke sie so fest, wie du kannst, lege sie hin, und denk nicht mehr dran. Hier, die Innereien kannst du deinem Adler füttern. Dann brate dieses saftige Fleisch, und sorge dafür, daß das Feuer nicht ausgeht, während ich mich etwas hinlege. Wecke mich, wenn das Essen fertig ist.«

Das frische Fleisch, gekocht in der gut gefetteten Haut der Hirschkuh und leicht gewürzt vom Feuer, für das Wyrd aromatisches Lorbeerbaumholz genommen hatte, schmeckte so köstlich, daß ich jeden Gedanken an meine Flasche vergaß. Aber noch während Wyrd und ich schmatzend unser Mahl verzehrten, hörte ich einen lauten Knall aus der Richtung meiner ausgerollten Decken. Ich stand auf, um nachzusehen, und entdeckte, daß meine Flasche keine Beule mehr hatte. Abgesehen von einer rauhen Stelle am Lederriemen war sie so gut wie neu.

»Samen, Körner, Bohnen und ähnliches«, sagte Wyrd. »Du brauchst sie nur zu befeuchten, und ihr Drang zu wachsen erzeugt sofort einen unglaublichen Druck. Leere die Flasche jetzt aus, bevor die Samen den Korken über die Bäume fliegen lassen – oder die Flasche sprengen.«

Natürlich bestanden unsere Gespräche nicht immer darin, daß er erklärte und ich zuhörte – oder herumstritt, wie er mir so oft vorwarf. Meist unterhielten wir uns über weniger wichtige Dinge. Ich weiß noch, daß er mich einmal beiläufig fragte, warum ich nur den Namen einer Rune und nicht einen richtigen Namen hätte. Ich erzählte ihm, wie die Mönche von St. Damian mich auf ihrer Schwelle gefunden und diese Rune auf meinen Windeln entdeckt hätten. »Wahrscheinlich bedeutete sie Theodahad oder Theudis oder so etwas.«

»Eher Theoderich«, sagte Wyrd. »Denn dieser Name wurde männlichen Neugeborenen damals im Westen oft verliehen. Der erste Theoderich, König der Westgoten, war kurz zuvor im Kampf gegen die Hunnen auf den Katalaunischen Feldern den Heldentod gestorben. Und wenig später folgte ihm einer seiner Söhne auf den Thron, der ebenfalls Theoderich hieß, ein weiser und milder Herrscher, der sehr beliebt war.«

Ich erwiderte nichts. Ich hatte von diesen Theoderichs gehört, bezweifelte aber stark, daß meine Mutter ihr Kind, das weder Junge noch Mädchen war, nach einem König benannt hatte.

»Heute«, fuhr Wyrd fort, »gibt es irgendwo im Osten einen neuen Theoderich, Theoderich Strabo, den unbedeutenden König eines Teil des ostgotischen Reiches. Aber da sein Name Theoderich Schielauge bedeutet, wette ich, daß nur wenige Eltern ihre Söhne ihm zu Ehren benennen. Und dann gibt es da noch einen Theoderich, einen Burschen ungefähr in deinem Alter, Theoderich den Amaler, dessen Vater, Großvater und wahrscheinlich sämtliche Vorfahren Könige der Ostgoten gewesen sind.«

Dies war das erste Mal, daß ich den Namen jenes Theoderich hörte, mit dem mein Leben später so eng verknüpft sein sollte. Da ich jedoch weder Weissager noch sonst ein Hellseher war, hörte ich nur mit halbem Ohr zu, als Wyrd weitersprach.

»Dieser Theoderich ist zur Zeit eine Geisel am kaiserlichen Hof in Konstantinopel, eine Rückversicherung, daß sein königlicher Vater und sein königlicher Onkel den Frieden im Ostreich nicht stören. Der Junge hat Glück. Eine Geisel Kaiser Leons zu sein, ist erheblich angenehmer als, sagen wir, eine Geisel der Hunnen. Ich habe gehört, daß Theoderich mit all den Privilegien aufwächst, die dem Sohn eines römischen Patriziers edelster Abstammung zustehen. Es heißt, daß er am Hof sehr beliebt ist und daß er sehr begabt ist, sowohl in den Sprachen wie in den sportlichen Disziplinen. Zweifellos wird er, wenn er das richtige Alter erreicht hat, das Königreich der Ostgoten erben und wahrscheinlich dem römischen Imperium Ärger machen. Und wer weiß, vielleicht werden dann ganze Generationen von Kindern nach ihm benannt.«

## 2

Wyrd und ich betraten die Stadt Constantia zu Fuß und führten unsere Pferde, denn die Pelze stapelten sich auf den Sätteln. Wir waren dem Rhein von Basilia flußaufwärts gefolgt und hatten unterwegs jedes pelztragende Geschöpf, das unseren Weg kreuzte, erlegt.

Bei dem Tod eines Geschöpfes vergoß ich Tränen – und ich konnte mich nicht erinnern, jemals zuvor in meinem Leben geweint zu haben. Seit vielen Wochen hatte mein Juika-bloth nur aus Spaß, oder um nicht aus der Übung zu geraten, Jagd auf Reptilien gemacht, so gut konnte er sich von den Gedärmen der Tiere ernähren, die wir erlegten. Als er nach einiger Zeit überhaupt nicht mehr jagte und auch nur noch sehr selten flog, sondern lieber, lethargisch auf meiner Schulter, dem Sattelzwiesel oder einem

Baumstamm an unseren Lagerplätzen sitzen blieb, dachte ich zuerst, er sei nur vollgefressen und faul. Aber dann, eines Tages, tat er etwas sehr Unziemliches, etwas, das er niemals zuvor getan hatte. Während wir ritten, ließ er seinen Kot auf meinen Umhang fallen, und ich bemerkte, daß sein Kot nicht, wie üblich, weiß mit schwarzen Flecken war, sondern grünlichgelb.

Besorgt wandte ich mich an Wyrd. Er hielt den Vogel – der es sich teilnahmslos gefallen ließ – fest, untersuchte ihn eingehend und schüttelte dann den Kopf.

»Seine Augen sind matt, und die Lider wollen sich nicht mehr öffnen. Das Fleisch um den Schnabel herum ist trocken und blaß. Ich fürchte, er leidet an der Schweinepest.«

»Schweinepest? Das ist ein Adler.«

»Ein Adler, der mit dem ungekochten Gekröse von Ebern gefüttert wurde. Manche Schweine sind mit einem Parasiten infiziert, der auf einen anderen Wirt übertragen werden kann.«

»Wie eine Laus? Ich kämme seine Federn und ...«

»Ne, Junge«, sagte Wyrd mitleidig. »Dieser Parasit ist eine Art Wurm. Er frißt sich von innen nach außen. Er kann einen Menschen töten. Er wird so gut wie sicher diesen Vogel töten. Ich weiß nicht, was man dagegen tun kann. Wir können höchstens versuchen, ihm hin und wieder ein wenig anregendes Kastoröl zu verabreichen.«

Also versuchte er das, und der Juika-bloth schluckte das Öl teilnahmslos. Früher hätte er – wählerisch wie er war – etwas so Übelriechendes zurückgewiesen. Ich fuhr fort, dem Vogel Kastoröl einzuflössen, aber ohne sichtbaren Erfolg. Ich entfernte sogar, heimlich, den schweren Kupferdeckel von dem Glasfläschchen, das ich Wyrd weder gezeigt noch jemals ihm gegenüber erwähnt hatte, und bot dem Vogel, ohne mich zu schämen, von der wertvollen Milch der Jungfrau an. Aber er schaute mich nur halb verächtlich, halb mitleidig aus seinen müden Augen an und lehnte das Angebot ab.

Der Juika-bloth wurde immer schwächer, sein einst strahlendes und glänzendes, jetzt aber ungepflegtes Gefieder wurde stumpf und struppig. Ich warf mir immer und immer wieder, manchmal auch laut, vor:

»Dieser tapfere Vogel hat mir nur Gutes getan, und ich habe es ihm mit Schaden vergolten. Mein Freund stirbt.«

»Hör auf zu heulen«, sagte Wyrd. »Der Adler tut es auch nicht, und er würde dich dafür verachten. Junge, jeder von uns muß an irgend etwas sterben. Und ein Greif weiß besser als alle anderen Geschöpfe, daß selbst Raubvögel nicht ewig leben.«

»Aber es war mein Fehler«, beharrte ich. »Hätte ich nicht seine angeborenen Angewohnheiten und seine Lebensweise verändert, dann hätte er nur reine Dinge zu sich genommen«, fügte ich bitter hinzu. »Gerade ich hätte am besten wissen müssen, daß man nicht mit der Natur eines anderen Geschöpfes spielen darf.«

Wyrd blickte mich verständnislos an und sagte nichts. Wahrscheinlich dachte er, ich redete – verwirrt vom Leid – irre.

»Wenn der Juika-bloth schon sterben muß«, fuhr ich fort, »dann hätte er im blutigen Kampf sterben sollen. *Das* hätte seiner Natur entsprochen. Wenn er wenigstens in der Luft, in seinem Element, gestorben wäre, dort, wo er am glücklichsten und am meisten zu Hause war.«

»Das«, sagte Wyrd, »kann er immer noch. Nimm dies« – er streckte mir seinen Kriegsbogen, einen Pfeil schon in der Kerbe, entgegen – »und wirf den Adler in die Luft.«

»Gerne würde ich«, entgegnete ich jämmerlich, »aber, Fráuja, ich habe nur selten mit diesem Bogen geübt. Ich könnte niemals einen Vogel im Flug treffen.«

»Versuch es. Tu es jetzt, solange dein Freund noch fliegen kann.«

Ich neigte den Kopf zur Seite, um meine Wange am Adler zu reiben, woraufhin er sich an mich drückte. Ich hob meine Hand und, das erste Mal seit Tagen, stieg er aus eigenem Antrieb auf meinen Finger. Ich schaute ihm ein letztes Mal in die Augen, die einst so scharf gewesen waren und jetzt so verschwommen blickten. Der Adler blickte mich an, so wild und so stolz er konnte. Stumm verabschiedete ich mich von dem einzigen lebenden Geschöpf, das mich mit Balsan Hrinkhen und meiner Kindheit verband. Und ich glaube, daß sich der Vogel, auf seine eigene Weise, auch von mir verabschiedete.

Ich wippte meine Hand und der Juika-bloth flog. Er schoß nicht steil in die Höhe, in der freudigen Art und Weise, die ihm früher zu eigen gewesen war. Er schlug so angestrengt mit seinen Schwingen, als ob sie nicht länger instinktiv die Luft fühlen, sie sich untertan machen und beherrschen könnten. Aber er war immer noch stark, er floh nicht vor mir, sondern hielt sich vor mir in der Höhe, so daß er mich hören und schnell gehorchen und zurückkommen konnte, falls ich rufen würde. Aber ich rief nicht, und ich konnte ihn noch nicht einmal mehr sehen, weil meine Augen voller Tränen waren.

Blindlings spannte ich den Bogen und ließ den Pfeil los. Als nächstes hörte ich das Geräusch des durch die Federn dringenden Pfeils, und dann den traurigen, weichen Aufschlag des leblosen Körpers auf dem Boden. Ich hatte nicht gezielt; ich hätte es nicht tun können. Ich war mir vollkommen im klaren darüber, daß der Juika-bloth in den Pfeil hineingeflogen war. Damals schwor ich mir: Wenn meine Zeit kommt, werde ich danach streben, genauso heldenhaft zu sterben.

Nach einiger Zeit, als ich wieder sprechen konnte, flüsterte ich dem Vogel zu: »Huarbodáu mith gawaírthja.« Dann sagte ich zu Wyrd: »Der Adler verdient ein Heldenbegräbnis.«

»Begräbnisse sind für *gezähmte* Tiere«, grummelte er, »wie Soldaten, Frauen und Christen. Ne, überlaß ihn den Ameisen und Käfern. Adlerfleisch ist zäh und nicht sehr schmackhaft, kein höheres Wesen wird davon essen und sich infizieren. Aber die Insekten werden ihn zu Kompost umwandeln, und so wird unser Freund ein neues Leben beginnen.«

»Was? Wie das?«

»Vielleicht als eine Blume. Irgendwann wird er vielleicht einem Schmetterling als Nahrung dienen, der Schmetterling einer Lerche, und die Lerche einem zukünftigen Adler.«

»Das ist kaum der Weg, in den Himmel zu gelangen«, spottete ich.

»Das *ist* der Himmel: mit jedem Tod der Erde neues Leben und neue Schönheit zu geben. Nicht viele von uns kommen dazu, das zu tun. Laß deinen Freund hier. Atgadjats!«

*

Als es wieder auf den Sommer zuging wurde die Beschaffenheit der Felle, die wir erbeuteten, immer schlechter, und Wyrd verkündete schließlich, daß wir jetzt genug Felle hätten. So stiegen wir von den Quellen des Flusses, wo wir uns aufhielten, hinab und verließen die Wälder. Vor uns lag der Lacus Brigantinus, die größte Wasserfläche, die ich bisher in meinem Leben zu Gesicht bekommen hatte. Wyrd erzählte mir, wieviele römische Meilen der See lang und breit war und daß an seinem tiefsten Punkt einhundertundfünfzig Männer, die einander auf den Schultern standen, nicht vom Grund an die Oberfläche reichen würden. Aber ich brauchte keine Zahlen, um seine Größe zu erfassen. Die Tatsache, daß ich nicht einmal an seiner engsten Stelle das andere Ufer *sehen* konnte, genügte, mich, den Eingeborenen eines landumschlossenen Tals, mit Ehrfurcht zu erfüllen.

Constantia ist nicht so groß wie Vesontio. Auch liegt es nicht auf einem Hügel und besitzt keine große Kathedrale, der einzige Ausblick ist der auf den melancholischen Brigantinus. Aber ansonsten erinnert es sehr an Vesontio: eine Stadt am Wasser, ein Kreuzungspunkt von Verkehr und Handel. Die meisten der ständigen Bewohner stammen von den Helvetiern ab, einst ein umherziehendes, kriegerisches Volk, das aber schon vor langer Zeit seßhaft wurde, das römische Bürgerrecht erhielt, und dessen Nachfahren jetzt friedlich ihren Wohlstand mehrten, indem sie die Bedürfnisse der *heutigen* Nomaden – Kaufleute, Fuhrleute, Händler, Missionare, sogar Armeen fremder Nationen, die den Krieg hierhin und dorthin trugen – erfüllten. Es wurde gesagt, daß die Helvetier, indem sie der Neutralität einen Beruf machten, mehr an den Kriegen verdienten als die Sieger.

Da Constantia Kreuzungspunkt so vieler römischer Heerstraßen ist, sind die helvetischen Bewohner gegenüber den durchreisenden Besuchern, die aus allen Ecken und Enden des römischen Reiches kommen, deutlich in der Unterzahl. Und die Bürger der Stadt scheinen sämtliche Sprachen des Reiches gelernt zu haben.

*

Während der nächsten Tage zog Wyrd durch Constantia, mit einem Käufer nach dem anderen schachernd, um den bestmöglichen Preis für unsere Pelze und das Kastoröl herauszuschlagen. Ich, noch ein Novize in der Kunst, die Qualität und den Wert solcher Dinge einzuschätzen, und noch weniger bewandert in der Kunst des Handelns und Verhandelns mit erfahrenen Kaufleuten, konnte

Wyrd dabei nicht helfen. Also wanderte ich alleine durch Constantia und erforschte die Stadt.

Schon bald erfuhr ich aus dem, was auf den Plätzen geredet wurde, daß die Bürger sich in einer Art Aufruhr befanden. Wyrd und ich hatten davon in den Badehäusern und Tavernen oder in unserer Herberge bisher noch nichts gehört, vor allem wohl, weil es zeitweilige Gäste wie uns und andere durchreisende Besucher nicht betraf. Aber die helvetischen Bürger der Stadt regten sich – so sehr sich die gleichmütigen Helvetier eben aufregen konnten – wegen der Wahl eines neuen Priesters für die Basilika des Heiligen Beatus auf. Der bisherige Priester war vor kurzem gestorben (an zuviel Bier wie die Gerüchte gingen). Die Aufgabe, einen neuen Priester zu wählen, hatte das Stadtvolk ganz in seinen Bann geschlagen. Ich war, wie immer, neugierig. Wann immer ich also Leute in einer Sprache, die ich verstand, über dieses Thema sprechen hörte, blieb ich in der Nähe und hörte zu.

»Ich werde Tigurinex nominieren«, sagte einer aus einer Gruppe von mittelalten Männern, die alle äußerst wohlhabend und gutgenährt aussahen und ausnahmslos Latein sprachen: »Caius Tigurinex juckt es schon seit langem, mehr als nur ein erfolgreicher und sparsamer Kaufmann zu sein.«

»Eine gute Wahl«, sagte ein anderer. »Tigurinex besitzt mehr Geschäfte und Lagerhäuser und er beschäftigt mehr Gemeine und kauft mehr Sklaven als irgendein anderer Händler der Stadt.«

»Man hört Gerüchte vom anderen Ende des Sees«, sagte ein dritter Mann, »daß auch Brigantinum in Bälde einen neuen Priester nötig haben wird. Angenommen, *sie* wählen Tigurinex?«

»So unwichtig diese Stadt auch ist«, sagte ein vierter, »trotzdem würde Tigurinex dann bestimmt alle seine Besitztümer nach Brigantium übertragen – bei Christo! Er würde sie in die Hölle bringen – wenn man ihm dort ein Priesteramt anbieten würde.«

»Eheu! Wir müssen ihn hierhalten.«

»Bietet Tigurinex die Stola an.«

Meine Neugier trieb mich in die Basilika des Heiligen Beatus. Ich wollte sehen, wie der Kaufmann Tigurinex zum Priester geweiht wurde. Wie die Männer, die ich über ihn hatte reden hören, war er mittleren Alters, von ansehnlichem Körperumfang und glatzköpfig; er würde sich keine Tonsur rasieren müssen. Auch trug er keinen Bart, und sein Gesicht war anscheinend gepudert, damit seine Haut, von Natur aus ölig wie die eines Syrers, weniger glänzte.

Ohne zu stottern oder linkisch mit den Füßen zu scharren – nicht einmal ein mäßiges Zucken des Kopfes war feststellbar –, verkündete er mit einer so sicheren Stimme die Annahme der Priesterschaft, als sei diese Ehre selbstverständlich und längst überfällig. Aber nicht einmal an diesem Tag hatte sich Tigurinex dazu herabgelassen, den einfachen Talar und die Mönchskutte überzuziehen. Er kam gekleidet als das, was er war und immer sein würde, Priester oder nicht: ein Krämer, der mit den Erzeugnissen der Arbeit anderer Menschen handelte – ein sehr erfolgreicher, wohlhabender, eitler und herausgeputzter Krämer. Aber die reine und einfache weiße Stola über seine Schultern gelegt zu sehen, über die teuren, protzigen Gewänder, hätte selbst seine Kaufmannskollegen und Speichellecker unangenehm berühren müssen.

»Als meinen priesterlichen Namen«, schloß Tigurinex seine Erklärung, »erwähle ich Tiburnius, als Ehrerbietung gegenüber diesem alten Heiligen. Hinfort werde ich euch ein strenger, aber liebender Vater sein, Tata Tiburnius. Wie es die Tradition verlangt, frage ich, ob es in dieser Versammlung jemanden gibt, der meine Eignung zum priesterlichen Dienst in Frage stellt.«

Die Kirche war überfüllt, aber keiner der Versammelten erhob seine Stimme. Verständlich, waren doch sämtliche Anwesende vor allem praktisch denkende, im Handel tätige Helvetier. Der vor und über ihnen thronende Mann konnte mit einem Wort oder sogar nur einem tadelnden Blick die Geschäftsaussichten jedes einzelnen Gemeindemitglieds auf immer ruinieren.

Zu meiner Überraschung erhob sich dann doch eine Stimme. Zu meiner noch größeren Überraschung war es nicht die Stimme eines Helvetiers, es war die Wyrds. Ich wußte, es war ihm völlig gleichgültig, ob Tigurinex oder der Satan selbst Priester der Basilika des Heiligen Beatus war. Vielleicht war er betrunken und wollte einfach Unruhe stiften. Jedenfalls rief er zu dem Altar hinauf:

»Lieber Vater, lieber *Tata* Tiburnius, wie vereinbarst du deine christlichen Prinzipien mit der Tatsache, daß diese Stadt ihren

Reichtum vor allem den ewigen Kriegen zwischen den verschiedenen Fraktionen des Reiches verdankt? Wirst du dagegen predigen?«

»Das werde ich nicht tun«, fuhr Tiburnius ohne Zögern Wyrd an und warf ihm einen giftigen Blick zu. »Das Christentum verbietet nicht, Krieg zu führen, solange der Krieg ein gerechter ist. Da jeder Krieg den Frieden zum Ziel hat, und da Frieden eine göttliche Gnade ist, kann jeder Krieg gerecht genannt werden.«

Tiburnius forderte keinen weiteren Widerspruch heraus – auch Wyrd hielt sich zurück – und fuhr fort:

»Söhne und Töchter, bevor ich die Auflösung des Gottesdienstes verkünde, bitte ich um die Erlaubnis, zu euch aus den Briefen des Paulus lesen zu dürfen.«

Tiburnius hatte aus den Briefen des Apostels Auszüge ausgewählt, die seinesgleichen in der Kongregation erfreuen würden, die anwesenden Gemeinen, Arbeiter, Tagelöhner und Sklaven einschüchtern und ihn, für den Fall daß eine hiesige oder durchreisende Persönlichkeit anwesend sein sollte, in einem schmeichelhaften Licht erscheinen lassen würden. »Der Apostel Paulus spricht: Jedermann sei untertan der Obrigkeit, die Gewalt über ihn hat. Denn es ist keine Obrigkeit ohne Gott; wo aber Obrigkeit ist, die ist von Gott verordnet. So gebet nun jedermann, was ihr schuldig seit: Steuer, dem die Steuer gebührt; Furcht, dem die Furcht gebührt; Ehre, dem die Ehre gebührt. So spricht der Apostel Paulus.«

Ich bahnte mir meinen Weg durch die verzückte Menge, um rechtzeitig den Ausgang zu erreichen. Ich dachte, daß Constantia nicht nur den Priester bekommen hatte, den es gewollt, sondern auch den, den es verdient hatte. Tiburnius kam ans Ende seiner Ansprache:

»Laßt den Heiligen Augustinus die einzige Homilie über diesen Text sprechen. Der Heilige schrieb: ›Du bist es, Mutter Kirche, die die Frau dem Manne untertan macht und den Manne über die Frau stellt. Du lehrst die Sklaven, ihren Herren Gehorsam zu erweisen. Du ermahnst die Könige, zum Vorteil ihres Volkes zu regieren, und du bist es, die die Untertanen ermahnt, ihren Königen zu dienen ...‹« In meiner Eile stieß ich am Ausgang mit einem jungen Mann zusammen, der offensichtlich auch darauf bedacht war, von hier wegzukommen. Wir traten zurück, murmelten Entschuldigungen, boten einander den Vortritt an, bewegten uns gleichzeitig und stießen prompt wieder zusammen. Wir lachten und schritten schließlich Seite an Seite durch die Tür.

## 3

Und so traf ich Gudinand. Obwohl Gudinand drei oder vier Jahre älter war als ich, wurden wir Freunde und blieben es auch für den Rest des Sommers. Von seiner Familie lebte nur noch seine behinderte Mutter. Er arbeitete, um sie und sich selbst zu ernähren. Wir verbrachten fast seine ganze freie Zeit miteinander. Wir vergnügten uns häufig mit den typischen Streichen junger Burschen (obwohl ich erwartet hatte, daß Gudinand, angesichts seines Alters, solche Spielereien als unter seiner Würde betrachten würde). Wir stibitzten Früchte von dem Karren eines Straßenhändlers und rannten ohne zu zahlen davon. Oder wir banden eine Schnur an einen Pfosten und versteckten uns auf der anderen Straßenseite, bis irgendein pompös ausschauender Mann des Weges kam. Dann spannten wir die Schnur an, um ihn in höchst belustigenden Verrenkungen hinfallen zu sehen. Solche Dinge eben. Wir unternahmen aber auch weniger schelmenhafte Aktivitäten. Wir veranstalteten Wettrennen gegeneinander, kletterten um die Wette auf Bäume oder rangen miteinander. Hin und wieder borgte Gudinand ein Tomus, mit dem wir zum Fischen auf den See hinausfuhren.

Während Wyrd noch in Constantia war und unsere Pelze verkaufte – gegen einen sehr guten Preis, von dem er mir eine ausreichende Menge für den täglichen Bedarf gab (den Rest meines Verdienstes verwahrte er in einem sicheren Versteck) – traf er Gudinand ein- oder zweimal und war anscheinend darüber erfreut, daß ich einen neuen Freund gefunden hatte.

Nachdem ich Gudinand Wyrd vorgestellt hatte, sagte Gudinand zu mir: »Er sieht zu alt aus, um dein Vater zu sein. Ist er dein Großvater?«

»Wir sind überhaupt nicht verwandt«, antwortete ich. Und dann, da ich Gudinands Hochachtung für mich nicht durch das Eingeständnis mindern wollte, daß ich nichts weiter als der Lehrling eines Meisters war, log ich: »Ich bin sein Schützling. Wyrd ist mein Beschützer« – gerade so, als wäre ich der umsorgte Sprößling einer vornehmen Familie.

Gudinand fragte sich bestimmt, wovor ich beschützt werden mußte und warum ein adliger Sproß einem ungehobelten Waldbewohner zum Schutze anbefohlen wurde, aber er fragte nicht nach.

Als Wyrd unsere Geschäfte in Constantia abgeschlossen hatte – wir konnten uns bis zum Herbst nicht wieder auf die Pelzjagd begeben –, verbrachte er den Rest des Sommers damit, durch die Gegend zu reiten und bei alten Freunden aus Soldatenzeiten vorbeizuschauen, etwa im befestigten Lager Arbor Felix, in der Bergstadt Brigantium und in der Inselgarnison Castrum Tiberii. Ich legte keinen allzu großen Wert darauf, den Sommer damit zu vertun, mit Wyrd und seinen alten Freunden zu trinken und mir ihre endlosen Geschichten aus der Vergangenheit anzuhören. Ich blieb lieber in Constantia und traf mich so oft wie möglich mit Gudinand.

Mit ihm konnte ich nach Herzenslust umherstreifen, herumtollen und Streiche aushecken. Unternehmungen, die mir viel Spaß machten – noch nie zuvor hatte ich einen mir so entsprechenden Freund gehabt. Aber es gab Dinge an Gudinand, die mich verwirrten. Hier war er, ein junger Mann, achtzehn oder neunzehn Jahre alt, groß, gut gebaut, intelligent und fast immer gut gelaunt – aber bis ich auftauchte schien er nicht *einen einzigen* Freund zu besitzen, egal ob männlich oder weiblich. Ich wußte, daß er ein Einzelkind war und in mir vielleicht so etwas wie einen Brudersatz sah. Aber ich konnte nicht feststellen, ob er es war, der seine Altersgenossen mied, oder ob umgekehrt sie ihn mieden. Alles, was ich wußte, war, daß ich ihn niemals in Gesellschaft von jemand anderem sah und daß sich an unseren Spielen und Tollereien niemals ein anderes Kind beteiligte.

Außerdem machte Gudinand, vor dem ich feige meinen Status als einfacher Lehrling verborgen hatte, kein Geheimnis aus dem, was *er* war. Auf der sozialen Leiter stand er sogar noch unter mir, denn er verrichtete die übelste und dreckigste Arbeit in einer der Gerbereien der Stadt. Seit fünf Jahren arbeitete er als Lehrling im Hof jener Gerberei, wo die neu eingekauften Felle »geledert«, – das heißt in eine Grube getaucht wurden, die mit Urin, angereichert mit verschiedenen Mineralsalzen und anderen Substanzen, gefüllt war. In dieser Brühe mußten die Felle eingeweicht, bewegt, gepresst, ausgewrungen und wieder eingeweicht werden.

Gudinands Aufgabe: den ganzen Tag bis zum Hals in dieser Grube voll abgestandenem Urin, anderer stinkender Substanzen und noch übler stinkender unbearbeiteter Felle stehen, sie mit den Füßen treten und kneten und ein Fell nach dem anderen mit den Händen auswringen. Nach der Arbeit verbrachte Gudinand immer lange Zeit in einer der billigeren Thermen der Stadt oder seifte sich mehrmals im See ab, bevor wir uns zum Spielen trafen. Er verbot mir strikt, ihn jemals bei der Arbeit zu besuchen, aber ich hatte dieselbe abstoßende Arbeit bereits in anderen Gerbereien in Constantia beobachten können. Also wußte ich, was er zu tun hatte – »Jesus, dachte ich, wahrscheinlich gerbte Gudinand einige meiner Felle!« – und ich wußte auch, daß es eine so niedrige Arbeit war, daß üblicherweise nur die wertlosesten Sklaven dazu gezwungen wurden.

Ich konnte nicht verstehen, warum Gudinand diese trostlose Arbeit angenommen hatte, oder warum seine Herren ihm noch keine würdigere Position gegeben hatten. Unvorstellbar, daß er diese abstoßende Arbeit seit so vielen Jahren ohne zu klagen auf sich nahm und sich damit abgefunden zu haben schien, sie vielleicht für den Rest seines Lebens zu machen. Ich sage es nochmals: Gudinand war ein gutaussehender, sympathischer, umgänglicher junger Mann, zwar nicht sehr gesprächig, aber auch nicht auf den Kopf gefallen – er hatte nicht, wie ich, die Schule besuchen können, aber sein Vater hatte ihm, als er noch lebte, beigebracht, die gotische Schrift zu lesen und zu schreiben.

Eigentlich hätte jeder Kaufmann in Constantia danach trachten müssen, Gudinand für den Empfang von Kunden einzusetzen, ihn die ersten Angelegenheiten regeln und die Kunden in eine spendable Stimmung versetzen zu lassen, bevor der Kaufmann selbst erscheinen und die harten Verhandlungen über die anstehenden Geschäfte in die Hand nehmen würde. Gudinand wäre im Empfang ideal gewesen. Warum er sich niemals um eine solche Anstellung bemüht oder warum kein Kaufmann ihm sie angeboten hatte, konnte ich nicht verstehen. Da aber Gudinand mir nur wenige Fragen über mich stellte, nahm ich Abstand davon, ihm Fragen über ihn und seinen zurückgezogenen Lebenswandel zu stellen. Er war mein Freund und ich seiner. Müssen zwei gute Freunde wirklich noch mehr voneinander wissen?

Es gab jedoch noch etwas an ihm, daß mich nicht nur verwirrte, sondern mir wirklich Schwierigkeiten bereitete. Hin und wieder – manchmal waren wir mitten in irgendeinem lustigen Spiel – hielt Gudinand plötzlich inne und fragte, sehr ernst oder sogar erschreckt aussehend, etwas wie:

»Thorn, hast du den grünen Vogel gesehen, der gerade eben vorbeiflog?«

»Ne, Gudinand«, würde ich dann antworten, »ich habe keinen Vogel gesehen. Und einen *grünen* Vogel habe ich noch nie im Leben gesehen.«

Oder er machte eine Bemerkung über den heißen Wind, oder den kalten Wind, der auf einmal wehte, wenn ich nicht den geringsten Hauch verspürte und sich an keinem der umliegenden Büsche oder Bäume auch nur ein Blatt rührte. Nachdem Gudinand mehrmals in meiner Gegenwart etwas mir nicht Wahrnehmbares gesehen oder gefühlt hatte, fiel mir noch etwas auf. Jedesmal nämlich preßte er die Daumen so stark gegen die Handteller, daß es aussah, als ob seine Hände jeweils nur vier Finger hätten. Wenn er zufällig barfuß war, krümmten sich seine Zehen so eng unter seine Fußsohlen, daß es beinah aussah, als hätte er die Hufe eines Tieres. Noch mehr bestürzte mich, daß er im selben Moment, ohne ein weiteres Wort, so schnell er mit diesen behuften Füßen nur konnte, davonrannte und ich ihn für den Rest des Tages nicht mehr zu Gesicht bekam. Niemals bot er mir eine Erklärung oder eine Entschuldigung für sein seltsames Verhalten und sein abruptes Verschwinden an, wenn wir uns wieder sahen. Jedesmal verhielt er sich, als ob er sich an sein Verhalten nicht erinnern könnte – und das machte alles nur noch rätselhafter.

Da es aber so selten vorkam, daß es unsere Freundschaft nicht ernsthaft gefährden konnte, verbot ich mir, ihn deswegen mit Fragen zu bedrängen. Außerdem muß ich zugeben, daß *ich* selbst in dieser Zeit so seltsame Gefühle, Gedanken und Tagträume in mir entdeckte, wie ich sie bisher nicht kannte. Und diese Einsicht gab mir noch mehr Grund zur Verwirrung als Gudinands exzentrisches Verhalten.

Zu Beginn unserer Freundschaft hatte ich Gudinand aus denselben Gründen bewundert, aus denen es jeder andere jüngere Bursche tun würde – weil er älter war, athletischer, selbstsicherer – und weil er mich ohne die für ältere Brüder so typische Arroganz zum Freund genommen hatte. Nach einer Weile jedoch, besonders wenn wir uns für einen Wettlauf oder einen Ringkampf bis auf einen Lendenschurz auszogen und ich Gudinand so gut wie nackt sehen konnte, entdeckte ich, daß ich ihn mehr wie ein verliebtes junges Mädchen bewunderte – seiner Schönheit, seiner Stärke, seiner maskulinen Anmut und Attraktivität wegen.

Es wäre untertrieben zu sagen, daß ich davon überrascht war. Ich hatte angenommen, daß meine weibliche Hälfte sanft, passiv und schüchtern sei. Aber, so mußte ich jetzt feststellen, sie konnte Wünsche und Gelüste genauso unmißverständlich wie meine männliche Hälfte zum Ausdruck bringen. Wieder, wie schon damals, als Becga, das Kind, erschlagen wurde, stürzte mich der Mißklang meiner verschiedenen Hälften in Verwirrung. Damals war es mir, das heißt meinem männlichen Teil, mit relativ wenigen Schwierigkeiten gelungen, die Empfindsamkeit des weiblichen Teils zu unterdrücken. Aber jetzt schien die Frau in mir die dominante Rolle zu spielen, während mein maskuliner Teil nur dabeistehen und mit einiger Bestürzung sehen konnte, was mit mir geschah.

Es dauerte nicht lange, bis ich nur noch mit Anstrengung meine Hand davon abhalten konnte, Gudinands bronzefarbene Haut zu liebkosen oder sein lohfarbenes Haar zu streicheln. Schließlich mußte ich dazu sogar meine gesamte Willenskraft aufwenden, aber irgendwie gelang es mir, diese Regungen und Gefühle zu verbergen. Gudinand, das wußte ich, würde sehr erstaunt sein, vielleicht aus der Fassung geraten oder sich sogar abgestoßen fühlen, wenn er jemals einen Blick auf diese Seite von mir werfen könnte. Unsere Männerfreundschaft war mir zu wertvoll, um sie der kurzen und trivialen Befriedigung einer vorübergehenden Laune zu opfern. Leider war diese Laune weder eine Laune noch vorübergehend, sondern eine Sehnsucht, die immer mehr Besitz von mir ergriff, bis in mir ein andauerndes Verlangen brannte, das nach Linderung schrie.

Wenn wir miteinander rangen, lag meistens ich schließlich hilflos auf dem Rücken. Obwohl ich für mein Alter und meine schlanke Gestalt stark war, war Gudinand schwerer und gewandter mit den Griffen und Hebeln dieser Kampfart. Wann immer er die Oberhand behielt, gab ich vor, ärgerlich und verdrießlich zu sein, weil ich verloren hatte. Aber in Wahrheit gefiel es mir, ihn siegreich auf mir sitzen zu fühlen, meine Handgelenke mit seinen Händen festhaltend und meine Beine mit seinen Beinen niederdrückend, während wir beide schwer atmeten, er ohne Schwierigkeiten meine Ausbruchsversuche unterband, mich angrinste und aus seinem schwitzenden Gesicht warmer Schweiß auf mein Gesicht tropfte. Die wenigen Male, da es mir gelang, *ihn* auf den Rücken zu werfen und siegreich seinen hingestreckten Körper unten zu halten, erfüllte mich das fast unüberwindliche Verlangen, mich in voller Länge auf ihn zu legen, ihn sanft statt hart zu umfassen, mich mit ihm auf dem Boden zu wälzen und ihn über mir zu spüren.

Mir wurde – vielleicht mit ebensoviel Schrecken und beinahe Entsetzen wie Gudinand es wohl gefühlt hätte, hätte er es nur gewußt – eins klar. Ich wollte, daß er mich hielt, mich liebkoste, küßte, sogar sexuell besaß. Aber während mein Verstand schon vor dem Gedanken an solch absurdes Tun zurückschreckte, bebte und zitterte ein etwas weniger vernünftiger Teil meines Geistes vor Erregung, wann immer ich mir diese Dinge bildlich vorstellte. Dasselbe galt, auf eine mir gänzlich neue Weise, für meinen Körper.

In vergangenen Zeiten, wenn ich wußte, daß Deidamia und ich bald ineinander verschlungen daliegen würden – oder vor noch nicht allzu langer Zeit, wenn ich an einem Ort wie Vesontio oder auch Constantia ein schönes Mädchen oder eine begehrenswerte junge Frau erspähte – verspürte ich ein seltsames, aber angenehmes Gefühl in meinem Hals. Ich spürte es unterhalb meines Kiefergelenks – warum dort, weiß ich nicht – und die Drüsen unter der Zunge sonderten plötzlich mehr Speichel ab, so daß ich wiederholt schlucken mußte. Ob diese besondere Reaktion auf sexuelle Reizung nur mir zu eigen war, weiß ich nicht, und ich habe nie einen anderen Mann gefragt, ob es ihm ähnlich erging. Trotzdem bin ich sicher, das es eine eindeutig männliche Reaktion war.

Denn jetzt, in Gudinands Gesellschaft, fühlte ich eine andere, gleichfalls seltsame, gleichfalls angenehme Empfindung. Diese jedoch fühlte ich in und um meine *Augen* – warum dort, weiß ich ebenfalls nicht. Die Lider wurden mir schwer, aber die Augen selbst nicht schläfrig. Wenn ich in einem solchen Moment mein Spiegelbild betrachtete, dann konnte ich sehen, daß meine Pupillen weit geöffnet waren, selbst im hellsten Tageslicht. Ich bin mir sicher, daß diese Reaktion das weibliche Gegenstück zu jenem männlichen Gefühl in der Kehle ist.

Ich fühlte auch physische Veränderungen an offensichtlicheren Stellen. Meine Brustwarzen stellten sich auf und wurden so empfindlich, daß bereits der Stoff meiner Tunika, der sich an ihnen rieb, Schauer der Erregung durch mich jagte. Ich fühlte, wie meine unteren weiblichen Organe anschwollen und warm und feucht wurden. Aber, seltsam, obwohl mein männliches Organ bei solchen Anlässen auf Berührungen noch empfindlicher reagierte als meine Brustwarzen, versteifte es sich weder, noch richtete es sich auf, wie es geschehen war, wenn ich sexuellen Verkehr mit Bruder Petrus oder Schwester Deidamia gehabt hatte.

Diesen neuen und anomalen Zustand – sexuelle Erregung ohne die Erektion des Fascinums – konnte ich nur der Tatsache zuschreiben, daß, während Petrus mich belästigte, ich davon überzeugt war, ein Junge zu sein, und als Deidamia und ich uns miteinander vergnügten, sie ganz unzweifelhaft ein verführerisches Mädchen war. Also hatte mein viriles Organ offensichtlich so reagiert, wie es von einem Jungen erwartet wurde. Aber jetzt wußte ich – und alles in mir schien es zu wissen –: Gudinand war ohne Zweifel ein Mann. Und ich begehrte ihn, wie eine Frau es tun würde – mein weibliches Selbst beherrschte jeden Teil von mir.

Schließlich hatten meine Wunschträume so sehr von mir Gewalt ergriffen und ihre Unerfüllbarkeit mich so frustiert, daß ich ernsthaft in Erwägung zog, mich von Gudinand zu verabschieden und südwärts um den See herum hinter dem alten Wyrd herzuziehen. Aber dann, an einem Sonntag – es war zu heiß und stickig für anstrengende Spiele – rekelten Gudinand und ich uns in einer Wildblumenwiese vor der Stadt. Wir hatten Brot und Käse mitgenommen und aßen davon, während wir träge darüber diskutierten, mit welchen Streichen man den Tag verbringen könnte, etwa in die kleinen Gassen von Constantia zurückkehren und die jüdischen Ladenbesitzer schikanieren und verspotten, als Gudinand plötzlich sagte:

»Horch, Thorn. Ich höre eine Eule schreien.«

Ich lachte. »Um die Mittagszeit, im Hochsommer, eine Eule? Ich glaube kaum ...«

Auf Gudinands Gesicht erschien ein angstvoller Blick und seine Daumen preßten sich gegen die Handteller. Aber diesmal war etwas anders: Kurz bevor er von mir wegrannte, stieß er einen gequälten Schrei aus, so als peinigten ihn schlimme Schmerzen. Noch nie war ich ihm gefolgt, wenn sich ein solches Ereignis zutrug. Dieses Mal tat ich es. Vielleicht jagte ich nur wegen des ungewöhnlichen Schreis, den er ausgestoßen hatte, hinter ihm her, vielleicht auch, weil ich in letzter Zeit so viele weibliche Gefühle für ihn empfunden hatte, daß ich jetzt eine Spur mütterlicher Besorgtheit empfand.

Gudinand hätte mich vielleicht, trotz seiner hufartigen Füße, abhängen können, aber ich holte ihn in einem Wäldchen nahe dem See ein, wo er auf den Boden gestürzt war. Offensichtlich war er nur so weit gerannt, bis er ein Versteck gefunden hatte, wo er dem Krampf, der ihn jetzt fest im Griff hatte, nachgeben konnte. Er wälzte sich nicht auf dem Boden herum; er lag auf dem Rücken und sein Körper war stocksteif, aber seine Arme und Beine zuckten, zitternd wie eine Bogensehne, nachdem der Pfeil abgeschossen wurde. Seine Gesichtszüge waren dermaßen verzerrt, daß ich sie kaum wiedererkannte. Seine Augen hatten sich nach innen verdreht, so daß man nur das Weiße sehen konnte. Die Zunge hing weit aus dem Mund heraus, und er verspuckte Speichel in großen Mengen. Außerdem stank er ekelerregend, denn sowohl seine Blase als auch sein Darm hatten sich entleert. Ich hatte solche Krämpfe noch nie zuvor gesehen, aber ich wußte, was es war: die Fallsucht. In St. Damian hatte ein älterer Mönch, ein gewisser Bruder Philotheus, an diesem Übel gelitten. Das war auch der Grund gewesen, warum er die Mönchskutte übergezogen hatte. Seine Anfälle waren so häufig gekommen, daß er für keinen anderen Beruf geeignet gewesen war. Niemals erlitt Philotheus einen Anfall in meiner Gegenwart, und er starb, als ich noch ziemlich jung war. Nichtsdestoweniger erklärte unser heilkundiger Bruder Hormisdas allen im Kloster, wie diese Anfälle verliefen, und er lehrte uns, wie wir unserem Bruder helfen könnten, wenn wir bei einem seiner Anfälle in seiner Nähe wären.

An diese Anweisungen hielt ich mich nun. Von einem der Schößlinge in dem Wäldchen brach ich einen Zweig, kniete neben Gudinand, seinen abscheulichen Gestank und Anblick tapfer ertragend, nieder und schob den Zweig zwischen Oberkiefer und Zunge, so daß er sie nicht abbeißen konnte. Aus der Gürteltasche, in der ich meine Mahlzeit verstaut hatte, nahm ich ein Tütchen voll Salz und streute es in der Hoffnung, daß etwas davon in seinen Hals gelangen würde, auf seine weit herausgestreckte Zunge. Ich hatte an meinem Gürtel einen Dolch, den ich jetzt aus der Scheide zog. Die Klinge klemmte ich unter einen von Gudinands verkrampften Daumen, so daß er sie gegen seinen Handteller drückte. Bruder Hormisdas hatte gesagt: »Lege ein kaltes Metall in die Hand des Opfers.« Die Klinge war zwar kaum kalt, aber es war das einzige Stück Metall, das ich bei mir hatte. Zuletzt beugte ich mich über ihn, atmete dabei so gut es ging nur durch den Mund, um Gudinands Geruch aus der Nase zu bekommen, preßte meine Hände auf seinen Bauch und hielt den Druck aufrecht. Diese Hilfestellungen würden, so hatte der heilkundige Bruder versichert, den Anfall schneller und weniger intensiv verlaufen lassen.

Ob sie das taten oder nicht weiß ich nicht, denn es kam mir so vor, als verharrte ich eine Ewigkeit über Gudinands Bauch gebeugt. Endlich, und so plötzlich, wie er den Schrei der Eule erwähnt hatte, entspannten sich seine verhärteten Bauchmuskeln unter meinen Händen. Das Zucken seiner Gliedmaßen hörte auf, seine Zunge zog sich wieder zurück und der Zweig fiel zu Boden. Seine Gesichtszüge waren wieder die des Gudinand, den ich kannte. Dann lag er einfach da, und sein Brustkorb hob und senkte sich so heftig, als wäre er gerade nach einem langen Wettrennen zusammengebrochen. Ich riß ein Büschel Gras aus und wischte den Speichel, der über sein Gesicht und seinen Hals lief, weg. Wegen der anderen Exkremente konnte ich nichts tun, denn sie waren unter seiner Kleidung. Eher dankbar zog ich mich ein Stück zurück, setzte mich gegen einen Baum gelehnt hin und wartete.

Langsam ließ sein rasender Atem nach. Einige Zeit später öffnete er die Augen und schaute sich um, ohne seinen Kopf zu bewegen. Offensichtlich versuchte er herauszufinden, wo er war und wie er dahin gekommen war. Dann richtete er sich vorsichtig in eine sitzende Stellung auf und drehte seinen Kopf, um sich besser orientieren zu können. Als er mich in einiger Entfernung von ihm erblickte, tat er etwas, was mich sehr erstaunte. Ich hatte erwartet, daß seine Gesichtszüge Scham oder Schmerz darüber zeigen würden, daß ich seinen Anfall miterlebt hatte. Stattdessen grinste er mich breit an und rief so lebhaft, als sei unsere ursprüngliche Unterhaltung durch nichts unterbrochen worden:

»Nun, wollen wir jetzt die Juden ärgern? Oder einfach den ganzen Tag faul herumliegen?«

Wie bereits gesagt, ich hatte mich früher oft gefragt, ob er diese Vorfälle vergaß oder bloß vorzog, so zu tun, als habe er es vergessen. Jetzt wurde mir klar, daß er wirklich keine Erinnerung an das hatte, was geschehen war. Denn es war ganz offensichtlich, daß Gudinand sich überhaupt nicht daran erinnerte, daß er eine nichtexistierende Eule erwähnt hatte, einen Schrei ausgestoßen hatte und davongerannt war, oder daß er hier in diesem Wäldchen eine Agonie durchgemacht hatte – oder wieviel Zeit vergangen war, seit einer von uns zuletzt über irgendwelche Streiche gesprochen hatte. Ich blieb sitzen, wo ich war, und starrte ihn ungläubig an.

Er stand umständlich auf, um zu mir herüberzukommen; seine Muskeln mußten von der eben erst durchgemachten Anstrengung noch schmerzen. Aber kaum war er aufgestanden, als ihm der Gestank, der von ihm ausging, in die Nase stieg. Wie vom Blitz getroffen blieb er stehen. Sein Gesicht verzerrte sich vor Scham und Selbstverachtung, und – beinahe heulend – schloß er krampfhaft seine Augen und schüttelte in größter Verzweiflung den Kopf. »Leb wohl, du hast es gesehen. Ich gehe mich waschen.« Mit diesen Worten stakste er Richtung See davon, wobei er darauf achtete, einen gehörigen Abstand von mir zu halten.

Als er zurückkehrte, trug er nur seinen tropfnassen Lendenschurz, den Rest seiner gleichermaßen nassen Kleidung hielt er in den Armen. Als er mich erblickte, sah er ehrlich überrascht aus.

»Thorn! Du bist nicht weggegangen?«

»Ne. Warum sollte ich?«

»Außer meiner alten Mutter hat jeder, der von meiner ..., von *mir* erfahren hat, mich verlassen und ist weggeblieben. Du hast dich sicherlich schon gefragt, warum ich keine Freunde habe. Ich hatte welche, von Zeit zu Zeit, aber ich habe sie alle verloren.«

»Dann hatten sie es nicht verdient, Freunde genannt zu werden«, sagte ich. »Ist das der Grund, warum du immer noch diese schmutzige Arbeit in der Gerberei machen mußt?«

Er nickte. »Niemand wird einen Arbeiter einstellen, der jeden Moment in aller Öffentlichkeit einen Anfall erleiden kann. Da, wo ich jetzt arbeite, sieht mich niemand, und« – er lachte bitter – »falls ich in der Grube einen Anfall erleide, hat das keine Auswirkung auf meine Arbeit. Die Zuckungen helfen sogar dabei, die Felle zu bewegen. Meine einzige Sorge ist, daß ich irgendwann nicht rechtzeitig bemerke, daß ein Anfall bevorsteht, und dann keine Zeit mehr habe, mich am Rand der Grube festzuklammern. Wenn das passiert, dann werde ich in dieser abscheulichen Brühe ertrinken.«

»Ich kannte einst einen alten Mönch«, sagte ich, »der am selben Übel litt. Sein Medicus gab ihm regelmäßig einen Absud aus Lolchgrassamen zu trinken, was die Häufigkeit und Stärke der Anfälle vermindern sollte. Hast du das schon versucht?«

Gudinand nickte erneut. »Meine Mutter verabreichte mir das Zeug mit geradezu religiösem Eifer gleich löffelweise. Aber eine Überdosis des Lolchabsuds kann leicht tödlich sein – und die Dosis ist schwer abzuschätzen. Also hörte sie damit auf. Sie wollte lieber mit einer lebendigen als mit einer toten Ungeheuerlichkeit leben.«

»Du bist keine Ungeheuerlichkeit«, entfuhr es mir. »Manche der großen Männer der Geschichte waren ihr ganzes Leben lang von der Fallsucht besessen. Alexander der Große; der Cäsar Julius; sogar der Heilige Paulus. Das hat sie nicht daran gehindert, große Männer zu sein.«

»Es gibt«, seufzte er, »eine entfernte Chance, daß ich *nicht* mein ganzes Leben lang daran leiden werde.«

»Wie das? Ich dachte, die Krankheit wäre unheilbar.«

»Das ist sie auch, zumindest für jene, die sich erst als Erwachsene damit anstecken – so war es vermutlich bei deinem alten Mönch. Aber für jemanden, der die Fallsucht seit seiner Geburt hat, wie ich ..., nun, sie sagen, die Krankheit verschwindet, wenn ein Mädchen ihre erste Monatsblutung oder ein Junge seine, äh, sexuelle Initiation hat.« Gudinand errötete. »Was ich noch nicht hatte.«

»Das würde dich heilen?« rief ich aufgeregt aus. »Das ist ja wunderbar! Aber warum in aller Welt bist du dann immer noch jungfräulich? Du hättest dich in meinem Alter zu einer Frau legen können. Oder noch früher.«

»Scherze nicht mit mir, Thorn«, sagte er verzweifelt. »Mit welcher Frau denn? Jedes weibliche Wesen in Constantia und viele Meilen in der Umgebung weiß, was mit mir los ist. Jedes Mädchen wird von seinen Eltern vor mir gewarnt. Keine Frau würde es riskieren, sich von mir schwängern zu lassen und ein mit der Fallsucht geschlagenes Kind auszutragen. Selbst Männer und Jungen meiden mich, denn sie haben Angst, daß ich sie anstecke. Ich müßte schon sehr weit von hier weggehen und eine nichtsahnende Frau zur Freundin gewinnen oder verführen. Aber ich kann meine gebrechliche Mutter nicht alleine lassen.«

»Ah, Gudinand! Es gibt doch Dirnen hier. Sie kosten nicht viel für einen ...«

»Ne. Selbst die käuflichen Frauen verweigern sich mir, entweder, weil sie Angst haben, sich anzustecken, oder weil sie fürchten, daß ich, während ich bei ihnen liege, einen Anfall erleide und sie irgendwie verletze. Meine einzige Hoffnung ist, ein Mädchen oder eine Frau zu treffen, die neu in der Stadt ist, und ihre Liebe zu gewinnen – oder zumindest ihre Einwilligung –, bevor sie vom Geschwätz der Leute gewarnt wird. Aber es gibt nur wenige weibliche Reisende. Außerdem wüßte ich auch gar nicht, wie ich mich einer Frau nähern sollte. Ich war so lange allein, daß ich ungeschickt und wenig redselig im Umgang mit anderen Menschen geworden bin. Mir erschien es bereits als eine Segnung, *dich* durch bloßen Zufall kennengelernt zu haben.« Ich sann einige Zeit nach. Eine unmögliche Idee kam mir in den Sinn (und meine Augenlider wurden schwer). Jetzt war es an mir, zu erröten. Aber ich erinnerte mich daran: Vor langer Zeit hatte ich mir geschworen, mich niemals von meinem Gewissen oder dem, was die Welt Moral nennt, einengen zu lassen. Davon abgesehen, müßte selbst der fanatischste Moralapostel es als eine gute Tat anerkennen, selbst wenn mein Einfall teilweise auf meine selbstsüchtigen Gelüste zurückging. Schließlich war es das einzige Heilmittel, das den guten Gudinand von seinem heimtückischen Leiden zu befreien vermochte.

»Zufälligerweise«, fing ich an, »kenne ich eine erst kürzlich in Constantia eingetroffene junge Frau. Und ich kann für dich ein Treffen mit ihr arrangieren.«

»Wirklich? Das könntest du?« sagte er eifrig. Dann flog ein Schatten über sein Gesicht. »Aber sicherlich hört sie alles über mich, bevor ich ...«

»*Ich* werde ihr alles von dir erzählen. Und du wirst keine Zeit mit langwierigem Hofieren oder ausgefeilten Verführungskünsten vertun müssen. Sie würde sich sowieso nicht in dich verlieben. Sie hat geschworen, sich niemals mehr zu verlieben. Aber sie wird sich gerne zu dir legen, und es so oft tun, wie es nötig ist, dich von der Fallsucht zu kurieren.«

»Was?« rief Gudinand ungläubig aus. »Warum im Namen Gottes sollte sie das tun wollen?«

»Ein Grund ist, daß sie keine Schwangerschaft fürchtet. Ihr Medicus hat ihr vor langer Zeit versichert, daß sie unfruchtbar ist. Einer anderer Grund ist, daß sie es mir zum Gefallen tun wird.«

»Was?« rief der absolut fassungslose Gudinand aus. »*Warum?*«

»Weil ich dein Freund bin und sie meine Schwester ist. Meine Zwillingsschwester.«

»Liufs Guth«, schrie Gudinand. »Du willst deine eigene *Schwester* verkuppeln?«

»Ne. Das braucht es nicht. Ich habe dich ihr gegenüber den ganzen Sommer lang in höchsten Tönen gelobt, sie kennt also deine vielen guten Eigenschaften. Und sie hat dich gesehen, wenn du mich gelegentlich nach Hause begleitet hast. Sie weiß also, daß du anziehend bist. Vor allem aber ist sie ein sehr warmherziger Mensch und würde alles tun, um dein Leid zu lindern.«

»Wie konnte sie mich sehen, ohne daß ich sie sah? Ich wußte nicht einmal, daß du eine Schwester hast. Wie heißt sie?«

»Ähm ... ehm ... Juhiza«, sagte ich, der erste weibliche Name, der mir einfiel. Er war während einer Unterhaltung mit dem Schankwirt Dylas in Basilia gefallen. »Wie ich selbst ist Juhiza dem alten Mann Wyrd, den du getroffen hast, anvertraut. Er ist sehr streng mit ihr. Ihr ist es verboten, auch nur einen Fuß aus unseren Räumen zu setzen, bevor wir alle drei bereit sind, von hier abzureisen. Sie hat dich von ihrem Fenster in der Herberge aus gesehen. Jetzt aber, da Wyrd die Stadt verlassen hat, werde ich seine Befehle mißachten und es so einrichten, daß du sie treffen kannst. Juhiza wird diesen Fehltritt genausowenig wie ich jemals unserem Beschützer beichten. Und du wirst uns wohl kaum verraten.«

»Natürlich nicht«, sagte Gudinand benommen. »Aber ... aber wenn sie deine Zwillingsschwester ist ... so jung noch ...«

»Leider«, sagte ich mit bedrückter Stimme, »nicht mehr jung genug, um noch im Besitz ihrer Jungfräulichkeit zu sein. Sie hat eine unglückliche Liebe hinter sich, mit einem ihrer Erzieher, der sich als treulos erwies und eine andere ehelichte. Das ist auch der Grund, warum unser Beschützer sie so streng bewacht. Und es ist der Grund dafür, daß sie gelobt hat, niemals mehr zu lieben.«

»Nun ...«, sagte der angesichts dieser glücklichen Aussicht strahlende Gudinand. »Wahrscheinlich ist es besser, wenn sie keine Jungfrau mehr ist, dann weiß sie ... ehm ... was zu tun ist.«

»Das will ich wohl sagen. Sie sollte dir eine sehr kundige Lehrerin für deine, wie du es nennst, Initiation sein. Du wirst später anderen Frauen ein besserer Liebhaber sein, wenn dein Übel kuriert ist und du andere Frauen *haben* kannst.«

»Liufs Guth«, flüsterte Gudinand zu sich selbst. Dann sagte er laut: »Nicht daß es wichtig wäre, aber ... ist sie hübsch?«

Ich zuckte mit den Schultern. »Welcher Bruder kann schon seine eigene Schwester bewundern oder einschätzen? Aber Juhiza ist meine Zwillingsschwester, und die Leute sagen, wir würden uns sehr ähnlich sehen.«

»Und du siehst gut aus. Nun ... , was soll ich sagen, Thorn? Falls Juhiza diese äußerste Gunst einem absolut Fremden wirklich erweisen will, dann kann ich ihr nur danken und sie segnen. Und dich ebenfalls. Wie sollen wir das Treffen einrichten?«

»Warum nicht hier, in diesem Wäldchen?« schlug ich vor. »Hier gibt es keine neugierigen Ohren. Und es könnte bedeutsam sein – vielleicht sogar die Krankheit schneller und sicherer heilen – wenn ihr hier an diesem Ort zusammenkommt, wo ich erstmals dein Leiden bezeugen konnte. Wer weiß? Vielleicht war das dein *letzter* Anfall? Ja, ich denke, es sollte hier sein. Und ihr beide wollt sicherlich nicht, daß ich in der Nähe bin. Ich werde also nicht einmal kommen, um sie dir vorzustellen, sondern sie einfach morgen abend, zu der Stunde, da wir beide uns gewöhnlich treffen, hierher führen.«

»Audageii af Guth faúr jah iggar«, sagte Gudinand gerührt: »Gottes Segen für euch beide.«

So kam es, daß »Juhiza« Gudinand begegnete.

## 4

Am nächsten Tag fand ich mich zur vereinbarten abendlichen Dämmerstunde in dem Wäldchen ein. Natürlich trug ich Frauenkleider – einen Umhang, ein Kopftuch, ein wenig, aber nicht übermäßig viel Schönheitspuder im Gesicht und eine bescheidene, aber passende Auswahl des Geschmeides, das ich in Basilia erstanden hatte. Unter meinen Tüchern hatte ich ein Band um meinen Brustkorb gewickelt, das meine Brüste hervorhob und größer erscheinen ließ. Ein Gurt presste mein Glied fest gegen den Bauch, so daß es verborgen blieb. Außerdem trug ich Frauensandalen. Jedesmal, wenn ich mit Gudinand zusammen gewesen war, hatte ich, es sei denn wir waren barfuß, meine kuhledernen Stiefel getragen. So erschien »Juhiza« in den Sandalen auf den ersten Blick etwas kleiner als Thorn.

Ein immer noch wacher Teil meiner männlichen Natur beobachtete, wie die Dirnen am Ufer darauf reagierten – und stellte fest, daß ich selbst nicht besser als diese käuflichen Frauen war, da ich die Gunst eines unschuldigen jungen Mannes zur Befriedigung meiner niederen Triebe bemühte. Ja! Ich nahm diese Gelegenheit war, um die Vereinigung mit dem Gudinand zu vollziehen, für den in den Monaten, seit ich ihn kannte, meine Bewunderung, Zuneigung und Sehnsucht so sehr gewachsen war. Aber ich konnte nicht glauben, daß dies ein niedriger Beweggrund war. Schließlich war ich die einzige Frau, die willens war, ihm zu Gefallen zu sein, ihn von diesem zerstörerischen Fluch zu befreien und ihm vielleicht zu ermöglichen, ein normales Leben zu führen – *nicht* mit mir, Juhiza, denn ich würde gegen Ende des Sommers ostwärts weiterziehen – sondern mit einer Geliebten oder einer Frau seiner Wahl, und mit einer besseren Arbeit als der elenden Fron, die er schon so lange ertrug.

Was die beständige Keiferei meiner männlichen Seite anging, Juhiza sei lediglich ein verkleideter Thorn … nun, Götter wie auch Sterbliche haben seit jeher die Gewänder des jeweils anderen Geschlechts angezogen, sei es aus Übermut oder Schalk. Die Heiden behaupten, Wotan habe sich als Frau verkleidet, um die Winterkönigin Rhined, die männliche Freier verachtete, zu erobern. Aber *ich* brauchte nichts vorzugeben, *ich* war eine Frau. Ich hatte von Natur aus das Recht, als die Frau aufzutreten, die ich war und bin.

Lange vor meiner Zeit hatte der Dichter Terenz geschrieben: »Ich bin ein Mann. Nichts Menschliches ist mir fremd.« Ich glaube nicht, vermessen zu sprechen, wenn ich, da ich sowohl Mann *als auch* Frau bin, noch viel eher als Terenz behaupten darf: »Nichts Menschliches ist mir fremd.« So ging ich als Juhiza, um Gudinand zu treffen, und ließ jeden Zweifel und alle Unsicherheit hinter mir zurück. Ich war eine Frau und würde eine Frau sein. Eine Frau, in die ich mich als Thorn zweifellos Hals über Kopf verlieben würde, davon war ich fest überzeugt. Was Gudinand empfinden würde, nun, das würde ich bald schon herausfinden. Ich nahm dieses Zusammentreffen auch als Probe dafür, wie glaubwürdig – oder unglaubwürdig – und verführerisch Juhiza sein konnte.

Gudinand hatte zugegeben, daß er mit Fremden wortkarg war. Und heute war er sehr nervös, sein Gesicht rot gefleckt. Ich hatte mich noch nicht einmal vorgestellt, als er auch schon herausplatzte: »Oh, du *gleichst* meinem Freund Thorn fast aufs Haar«, – und jetzt wurde er noch röter – »aber Thorn ist nur ein ansehnlicher junger Mann, du aber ein unendlich schönes Mädchen.« Ich lächelte und neigte meinen Kopf zu einem mädchenhaften Dank für das Kompliment. Er brabbelte weiter: »Du bist nur ein wenig kleiner und etwas schlanker als er. Und … du hast Erhöhungen und Rundungen, wo ein Junge keine hat.«

Auch er hatte eine sehr deutlich sichtbare Ausbuchtung, und zwar im Schritt seiner Hose. Meine Augenlider, so muß ich gestehen, waren seit dem vergangenen Tag schwer vor Verlangen, und meine weiblichen Organe pochten vor Erwartung. Ich redete nicht lange herum:

»Gudinand, wir beide wissen, warum wir uns hier treffen. Willst du meine Rundungen nicht genauer in Augenschein nehmen?« Seine rote Gesichtsfarbe wechselte zu Kastanienbraun. Ich fuhr fort: »Ich weiß, wie *ich* unter meinen Gewändern aussehe, aber ich habe dich nie anders als vollständig bekleidet erblickt. Warum ziehen wir uns nicht beide gleichzeitig aus? Auf diese Weise ersparen wir uns all die zeitraubenden Schüchternheiten und Geziertheiten der Jungverliebten, die sich erst aneinander gewöhnen müssen.«

Ich bin sicher, daß Gudinand von meiner krassen Schamlosigkeit schockiert gewesen wäre, hätte er jemals zuvor in seinem Leben eine normale Beziehung mit einem Mädchen oder einer Frau gehabt. Aber er akzeptierte offenbar, daß ich eine erfahrene Frau war und wußte, wie ein Mädchen und ein Junge miteinander umzugehen hatten. Unbeholfen, aber gehorsam, begann er, seine Gewänder abzulegen. Ich tat es ihm gleich, aber weniger unbeholfen, sondern vielmehr mit provokativer Anmut und Langsamkeit. Als ich mehr und mehr von meinem Körper enthüllte, wurden Gudinands Augen immer größer, sein Mund öffnete sich, und er fing an, schwer zu atmen. Ich versuchte, mich beherrscht zu zeigen und meine Erregung darüber, ihn erstmals völlig nackt zu sehen, zu verbergen. Aber das erwies sich als schwierig. Kaum erblickte ich sein Glied – so rötlich, groß und steif wie das von Bruder Petrus – da spürte ich eine warme, dicke Nässe aus meinen weiblichen Teilen ausströmen und an der Innenseite meiner Schenkel hinunterlaufen. Überrascht berührte ich mich dort und entdeckte, daß sich diese Körperteile auf das einladendste geöffnet hatten und so bei jeder Berührung wohlige Schauer durch meinen Leib sandten.

Gudinands unersättlicher und forschender Blick strich über mich, von meinem Gesicht zu meinen Brüsten hinunter zu meinen Leisten. Die Schamröte, die bisher nur sein Gesicht überzogen hatte, breitete sich auf seinem ganzen Oberkörper aus. Wiederholt bewegte er seine Lippen, mußte sie aber mit seiner Zunge befeuchten, bevor er sprechen konnte. (Mein ganzer Körper zitterte, als ob er *mich* mit seiner Zunge berührt hätte; insgeheim fürchtete ich, er würde sich so sehr erregen, daß er einen seiner Anfälle erleiden würde.) Aber er sagte nur:

»Warum legst du nicht auch dieses letzte Teil deines Gewandes ab, – das Band, welches du um deine Hüften trägst?«

Sittsam wiederholte ich, was Wyrd mir berichtet hatte: »Von einer anständigen christlichen Frau wird erwartet, daß sie immer zumindest ein Teil ihrer Unterbekleidung anbehält, während sie tut, was wir gleich tun werden. Es wird deinen Genuß nicht schmälern, Gudinand.« Ich streckte meine Arme aus. »Komm, laß uns einander die Freuden geben.«

Zu Boden blickend stammelte er: »Ich ... ich weiß nicht richtig, wie ... nun ... wie man es macht ...«

»Schäme dich nicht. Thorn hat mir davon erzählt. Du wirst sehen, es geht leicht und natürlich. Zuerst ...« Ich nahm ihn in meine Arme und sank mit ihm sanft auf das weiche Gras. Wir lagen nebeneinander, unsere Körper eng aneinander gepreßt ...

*

Erst lange nach Einbruch der Nacht hatten Gudinand und ich unsere körperlichen Kräfte und Phantasien verbraucht und unsere jeweiligen Körpersäfte verströmt. Ich hatte ihm alles, was ich jemals über den Verkehr zwischen den Geschlechtern gelernt hatte, gezeigt. Als wir uns im Dunkeln wieder anzogen, eine Aufgabe, die uns, schwach und zitterig wie wir waren, nicht sehr leicht fiel, wiederholte Gudinand mehrmals inbrünstig, was für ein wunderbares Mädchen ich sei, wie unfaßbar genüßlich das Erlebnis für ihn gewesen sei und wie untertänigst dankbar er mir sei. Ich erklärte ihm mit gleichgroßer, allerdings mit mädchenhafter Sprödigkeit verbrämter Dankbarkeit, daß er genauso viel gegeben wie genommen hatte. Ich hoffte, fügte ich hinzu, daß wir ihn von der Fallsucht geheilt hätten.

Da wir auf verschiedenen Wegen nach Constantia zurückkehrten, verabschiedeten wir uns mit einem Kuß voneinander. Auf Beinen, die aus Brei zu bestehen schienen, schlich ich zurück in die Stadt. Ihm kann es nicht viel anders gegangen sein. Ich begab mich geradewegs in eine lediglich Frauen zugängliche Therme, in die ich ohne Einwände eingelassen wurde. Im Auskleideraum legte ich bis auf das um meine Hüften gebundene Band alle Kleider ab. Niemand nahm davon Notiz, viele der Frauen hier hatten ebenfalls das eine oder andere Teil ihrer Unterbekleidung anbehalten. Eine

Frau etwa verbarg ihr Pudendum, eine andere ihre Brüste – ich nahm an, als eine Art Tribut an ihr Schamgefühl. Andere jedoch verhüllten unschuldige Körperteile – einen Fuß, eine Schulter oder einen Schenkel. Ich konnte nur vermuten, daß sie eine kleinere Mißbildung oder ein Geburtsmal, vielleicht auch die Spuren der Zähne ihrer Liebhaber, zu verstecken suchten. Einige der aufwartenden Sklaven waren Frauen, andere Eunuchen, aber alle schienen sie in Diskretion wohlgeübt zu sein. Als ich im Salbraum mit Öl eingerieben wurde und später im Schwitzbad davon gereinigt wurde, verlor keiner der Bediensteten auch nur ein Wort darüber, daß ich von mehr Schmutz befreit werden mußte, als sich normalerweise im Laufe eines Tages auf einem menschlichen Körper ansetzt.

In der letzten Kammer der Therme, dem Balineum, aalte ich mich genießerisch in dem warmen Wasser. Unter den Frauen, die es mir gleichtaten, gab es alte und junge, von verschiedensten Graden der Wohlgestaltetheit, von Kindern und aufblühenden Mädchen bis hin zu fettleibigen oder dürren alten Frauen. Ich fragte mich, wie viele von ihnen in das Bad gekommen waren, um sich wie ich von einem amourösen Abenteuer zu erholen.

Mindestens eine Frau im Becken war schön genug, um diesen Verdacht in mir zu erwecken. Schon die Art, wie sie sich genüßlich und träge im Wasser treiben ließ, deutete darauf hin. Sie war eine Matrone, alt genug, die meine – oder sogar Gudinands – Mutter sein zu können. Ihre Augen waren dunkel, ebenso ihr Haar, ihr Körper schön und wohlgeformt, unberührt von der Zeit. Sie machte aus ihrem Stolz darüber kein Hehl und stellte selbst hier, wo einzig Frauen ihr Publikum stellten, ihre Reize zur Schau, als gelte es, eine ganze Legion zu verführen. Sie war eine der wenigen, die ganz nackt schwammen.

Zweifellos ließ ich meinen neugierigen Blick zu lange auf ihr ruhen. Denn sie erwiderte meinen Blick und schwamm dann geschmeidig zu mir herüber. Ich erwartete, von ihr für meine rüden Blicke getadelt zu werden. Stattdessen gab sie ein paar belanglose Freundlichkeiten von sich: wie erfrischend es sei, hier ein neues Gesicht zu sehen ... Ob das Wasser nicht wunderbar anregend auf alle Sinne wirke? ... Sie heiße Robeya und wie mein Name sei. Noch während sie sprach, nahm sie meine Hand in die ihre und legte sie auf eine ihrer bloßen Brüste, mit der anderen streichelte sie meinen (sehr viel weniger ausladenden) Busen. Ihre unerwartete Kühnheit verschlug mir den Atem, und das eindeutige Angebot, daß sie mir ins Ohr hauchte, machte mich vollends sprachlos.

»Wir brauchen noch nicht einmal das Wasser zu verlassen«, fügte sie hinzu. »Wir können uns in diese dunkle Ecke dort drüben zurückziehen und es dort tun.«

Wäre ich Thorn gewesen, ich hätte ohne weiteres akzeptiert. Aber Juhiza schenkte ihr nur ein süßlich zufriedenes Lächeln und sagte: »Danke, liebste Robeya, aber ich habe diesen Abend damit verbracht, außerordentliche Genüße von einem außerordentlich männlichen Liebhaber zu empfangen.«

Sie ließ mich fahren, als hätte sie sich verbrüht, zischte etwas – zweifellos einen helvetischen Fluch, den ich noch nicht kannte –, und verzog sich auf die andere Seite des Beckens. Ich lächelte einfach weiter. Ich lächelte immer noch, als ich mich anzog und die Therme verließ. Selbst auf dem Weg in mein Zimmer in der Herberge lächelte ich noch und wahrscheinlich die ganze Nacht hindurch, in der ich den Schlaf einer körperlich zutiefst befriedigten Frau schlief.

*

Am nächsten Tag war ich wie neugeboren und das Schwächegefühl war vergangen. Zumindest im Moment wurde ich nicht mehr von den Erinnerungen an die Stunden mit Gudinand überschwemmt. Ich glaube, nachdem ich eine solch übermenschliche Erlösung und Befriedigung meiner weiblichen Triebe erfahren hatte, hatte sich meine weibliche Hälfte – zumindest vorübergehend – in eine Art schläfrige Wartestellung zurückgezogen und meiner männlichen Hälfte die Herrschaft überlassen. Ich konnte mich als Thorn kleiden und verhalten, denken wie Thorn und sogar Thorn sein, als ich in das Wäldchen am See lief, wo ich mich mit Gudinand nach seinem Tag in der Fellgrube traf. Es gelang mir, ihn, ohne irgendwelche weiblichen Sehnsüchte oder Empfindungen zu begrüßen und anzuschauen, ausschließlich mit der alten Kameradschaft zwischen zwei jungen Burschen, die ich früher schon gefühlt hatte, als wir lediglich Freunde und Spielgefährten gewesen waren.

Ehrlich gesagt, ich war wieder so sehr Thorn, so sehr Mann,

daß ich Gudinand sein Frohlocken über das wundervolle Mädchen und das wundervolle Erlebnis, das er letzte Nacht gehabt hatte, übelnahm. (Ich erwähne dies nur, um klarzumachen, wie vielfältig und verschieden die Gefühle waren, mit denen ich, als noch nicht erwachsener Mannamawi, umzugehen lernen mußte.) Ich hätte mich von Gudinands Huldigungen und Lobgesängen auf mein anderes Selbst, Juhiza, wirklich geschmeichelt fühlen sollen. Aber ich denke, jeder normale Junge, und in diesem Moment war ich ein ganz normaler Junge, dem gegenüber ein anderer Junge mit einem Liebesabenteuer prahlt, und der mit keiner gleichwertigen Prahlerei dagegenhalten kann, wird ein gewisses Maß an Neid auf die Überlegenheit des anderen auf diesem Gebiet verspüren.

»Liufs Guth, Thorn«, deklamierte Gudinand in einem fort, »deine Schwester ist wahrhaft außerordentlich. Außerordentlich in ihrer Schönheit, ihrer Freundlichkeit, ihrem Mut, ihren Talenten, ihrer ... äh ...«

Er hielt sich zwar geziemlich zurück, was die Einzelheiten anging, doch das half nichts, ich kannte sie ja alle. Neben all den widerstreitenden Gefühlen keimte ein anderes in mir auf, kein normales, sondern ein ziemlich ungewöhnliches. Ich mißgönnte meinem Freund Gudinand die Freuden, die er mit mir, aber ohne *mich* erlebt hatte. Ich weiß, das klingt verrückt. Und ich sagte zu mir selbst: Hör auf damit. Du wirst noch durchdrehen! Es gelang mir, Gudinands Ausführungen mit einer Bemerkung zu unterbrechen: »Ich weiß, Juhiza ist ein liebenswürdiges Mädchen, und ich bin sicher, ihre Gesellschaft war sehr erfreulich für dich. Aber das wichtigste ist doch ... denkst du, ihre, ähm, Aufmerksamkeiten haben dein Leiden gelindert?«

Gudinand zuckte hilflos mit den Schultern. »Wie kann ich das wissen? Nur wenn ich nie mehr einen Anfall erleide, kann ich sicher sein.« Er lächelte mir halbherzig zu. »Eigentlich sollte ich dankbar sein, an der Fallsucht gelitten zu haben, da sie mir den Genuß eines so überaus erinnerungswürdigen Heilmittels verschaffte. Der Liufs Guth weiß, ich sollte so etwas nicht sagen – aber ich wünsche mir fast, eine Verabreichung möge sich als nicht ausreichend erweisen.«

Einen kurzen Moment lang erwachte die in mir schlummernde Juhiza und ließ mich sagen: »Nun, wie du weißt, bei einigen Leiden verschreibt ein Medicus *mehrere* Verabreichungen ...« Aber ich unterdrückte jedes weitere Gefühl in diese Richtung und fuhr fort: »Meine Schwester und ich haben die Anordnungen unseres Beschützers bereits einmal mißachtet. Sollten wir damit fortfahren, wird Wyrd wohl durch das Gerede der Leute davon erfahren. Oder er kehrt unerwartet zurück und findet Juhiza nicht in unseren Räumen vor.«

»Je«, sagte Gudinand verzweifelt. »Ich habe kein Recht, euch beide der Gefahr seines Unmutes auszusetzen.«

»Jedoch«, sagte ich, »befindest du dich in größerer Gefahr als wir. Falls du einen weiteren Anfall erleidest, verberge es nicht vor mir. Gib mir Bescheid ... ich werde Juhiza unterrichten ... und ...«

Seine Gesichtszüge hellten sich auf, und er lächelte mich breit an: »Laß uns hoffen, daß diese eine Behandlung sich als hinreichend erweist. Ich fühle mich gesünder und glücklicher als jemals zuvor in meinem Leben. Das sollte ein gutes Omen sein, oder? Denken wir nicht mehr daran, laß uns einfach der Thorn und der Gudinand sein, die wir waren, bevor all dies sich ereignete. Was meinst du? Womit sollen wir, was von diesem Tag noch übrig ist, verbringen? Sollen wir ein Wettrennen machen oder ringen, auf den See hinausfahren und fischen oder zurück in die Stadt gehen und etwas Aufruhr in das Leben der jüdischen Händler bringen?«

*

Nur kurz will ich erwähnen, was weiter geschah. Kaum eine Woche später erschien Gudinand ausgezehrt und elend an unserem Treffpunkt. An diesem Nachmittag, erzählte er, hatte er während seiner Arbeit in der Grube wieder einen Anfall erlitten, und zwar so plötzlich, daß er kaum Zeit gehabt hatte, sich am Rand der Grube festzuhalten, um nicht zu versinken und zu ertrinken. Es tue ihm so leid, es mir berichten zu müssen, aber, das Heilmittel der »sexuellen Initiation« scheine versagt zu haben ... oder habe sich doch zumindest als nicht ausreichend erwiesen ...

So war es Juhiza, die ihn am nächsten Abend in dem Wäldchen am See traf. Was sich dort ereignete, unterschied sich kaum von dem ersten Zusammentreffen, nur daß die Vereinigung diesmal noch stürmischer verlief und länger war als beim ersten Mal.

Und das sollte nicht das letzte Mal gewesen sein. In regelmäßigen

Abständen von rund einer Woche berichtete ein zerknirschter Gudinand, daß er wieder einen Anfall erlitten habe. Ich selbst habe keinen dieser Anfälle miterlebt, aber ich zweifelte auch nie an Gudinands Aufrichtigkeit. Ich weigerte mich zu glauben, daß er lügen würde, um von seinem Freund Thorn oder seiner Geliebten Juhiza einen Gefallen zu erschleichen. Also glaubte ich ihm und verabredete jedesmal wieder ein Stelldichein zwischen ihm und Juhiza.

Einmal begnügte sich Gudinand nicht damit, Juhiza wie üblich seiner aufrichtigen Dankbarkeit zu versichern, sondern fügte unvermittelt hinzu: »Juhiza, ich liebe dich. Du weißt, ich bin ... ungeschickt darin, anderen Menschen gegenüber meine Gefühle auszudrücken. Aber du mußt doch vermutet haben, daß ich in dir viel mehr als nur eine großzügige Wohltäterin sehe. Ich liebe dich, ich bewundere dich. Sollte ich jemals von dieser verfluchten Krankheit geheilt werden, dann würde ich gerne mit dir ...«

Ich legte einen Finger auf seine Lippen und lächelte, aber schüttelte den Kopf. »Du weißt, ich würde das niemals für dich tun, wenn ich nicht wirkliche Zuneigung für dich empfinden würde. Und ich muß gestehen, mir gefällt es so gut wie dir. Aber ich habe geschworen, mich niemals mehr von der wahren Liebe versklaven zu lassen. Selbst wenn ich meinen Eid brechen sollte, wäre das uns beiden gegenüber ungerecht, denn ich werde Constantia am Ende des Sommers verlassen und ...«

»Ich könnte mit dir kommen!«

»Und deine sieche Mutter im Stich lassen?« rügte ich ihn. »Ne, laß uns davon nicht mehr sprechen. Laß uns genießen, was wir haben, solange wir es haben. Jeder Gedanke an ein Morgen, oder an Dauerhaftigkeit, würde uns umhüllen wie ein Totentuch. Kein Wort mehr, Gudinand. Die Dunkelheit bricht schnell über uns herein, und wir haben besseres zu tun als zu reden.«

*

Ich habe diese Ereignisse in so wenigen Worten wie möglich wiedergegeben, denn was jetzt folgt, kann nicht so schnell abgehandelt werden. Dieser Sommer voll seltsamer und wundervoller Geschehnisse ging schließlich zu Ende. Der Herbst kam, und mit ihm die Katastrophe: für Gudinand, für Juhiza und – wie könnte es anders sein? – für mich.

## 5

Ich sollte daran erinnern, daß ich diese Sommermonate in Constantia keineswegs in einem Vakuum verbrachte. Wyrd war unterwegs und Gudinand arbeitete den größten Teil eines jeden Tages außer sonntags. Ich selbst hatte keine Pflichten, die mich beschäftigt hätten und verfügte so über sehr viel freie Zeit. Und die verschwendete ich keineswegs damit, in meinem Zimmer in der Herberge zu sitzen und auf mein nächstes Zusammentreffen – ob als Thorn oder als Juhiza – mit Gudinand zu warten. Einen Teil meiner Zeit verbrachte ich zwar in der Herberge, wo ich den Stallburschen dabei half, mein Pferd Velox zu füttern und zu striegeln oder das Leder des Sattels und des Zaumzeugs glänzend und geschmeidig zu halten.

Doch meistens gab ich meinem eingeborenen Drang zur Neugier nach und erkundete, zu Fuß oder zu Pferd Constantia und die umliegende Gegend. Hin und wieder ritt ich hinaus und gesellte mich zu den Handelszügen, die mit schwerbeladenen Wagen und Packpferden in die Stadt kamen, oder ich ritt einige Meilen mit aufbrechenden Zügen. Von den Wagenführern und Reitern, mit denen ich mich unterhielt, erfuhr ich viel über die Länder, aus denen sie kamen und zu denen sie unterwegs waren.

In der Stadt trieb ich mich gerne auf den Märkten und in den Handelshäusern herum, wo ich Bekanntschaft mit Käufern und Verkäufern schloß und viel über die Kunst des Verhandelns lernte. Sogar auf dem Sklavenmarkt von Constantia verbrachte ich einige Zeit und schmeichelte mich soweit bei einem ägyptischen Sklavenhändler ein, daß er mir sehr stolz und mit verschwörerischen Gesten eine exklusive Vorführung eines besonderen Postens seiner Kollektion gewährte. Ein Posten, der, wie er sagte, niemals öffentlich zur Schau gestellt werden würde. »Oukh«, sagte er, was in der griechischen Sprache soviel wie »Nein« bedeutete. »Sie wird nur unter der Hand verkauft werden ... an einen Kunden mit *sehr* speziellen Wünschen. Diese Art Sklave ist außerordentlich selten und kostbar.«

Als er sie mir jedoch zeigte, sah ich nichts weiter als ein nacktes

Mädchen in ungefähr meinem Alter – ein recht hübsches und anziehendes Geschöpf aus Äthiopien. Ich grüßte sie höflich in allen mir bekannten Sprachen und Dialekten, aber sie lächelte nur schüchtern und schüttelte den Kopf.

»Sie spricht nur ihre eigene Sprache«, sagte der Händler gleichgültig. »Nicht einmal ihren Namen weiß ich. Ich nenne sie Äffchen.«

»Nun«, sagte ich, »sie ist dunkelhäutig, aber das ist lediglich eine ungewöhnliche Hautfarbe, keine große Seltenheit. Ich nehme an, daß sie, angesichts ihres Alters, noch Jungfrau ist. Aber auch Jungfrauen sind nichts Außergewöhnliches. Und im Bett kann sie noch nicht einmal reden. Wieviel verlangt Ihr für sie?«

Der Ägypter nannte eine haarsträubende Summe, die ungefähr der gesamten, nicht unbeträchtlichen Summe entsprach, die Wyrd und ich für die Felle eines ganzen Winters erhandelt hatten.

»Dafür könnte man eine ganze Galeerenladung jungfräulicher Schönheiten erstehen«, stieß ich hervor. »Was in aller Welt rechtfertigt diesen Preis? Und warum tut Ihr so geheimnisvoll?«

»Ah, mein junger Herr. Die wahren Tugenden und Vorzüge von Äffchen liegen nicht offen zutage, denn sie rühren daher, wie sie seit ihrer Geburt aufgezogen wurde. Sie ist nicht nur schwarz, nicht nur wohlgeformt, nicht nur eine Jungfrau, sie ist auch eine Venefica.«

»Und was ist das?«

Er klärte mich auf, und was er sagte, war unerhört. Noch einmal starrte ich das schüchterne schwarze Mädchen an, von Ehrfurcht und Entsetzen gepackt.

»Liufs Guth!« brachte ich hervor. »Wer würde solch ein Monster kaufen wollen?«

»Oh, keine Sorge.« Der Ägypter zuckte mit den Schultern. »Ich muß Äffchen vielleicht noch eine ganze Zeitlang füttern und beherbergen, aber früher oder später wird jemand kommen, der sie nutzen kann und freudig den Preis, den ich verlange, entrichten wird. Ich bitte um deine Nachsicht, junger Herr, aber vielleicht kommt Ihr in Eurem Leben an einen Punkt, wo Ihr froh sein werdet, zu wissen, daß Ihr – so Ihr nur lange genug sucht und teuer genug dafür bezahlt – eine Venefica für Euren eigenen Gebrauch finden könnt.«

»Betet zu Gott ...«, mir war schlecht und ich wollte so schnell wie möglich weg von diesem Ort, »betet zu allen Göttern, daß es niemals soweit kommen wird. Nichtsdestoweniger danke ich Euch, Ägypter, zu meinem Wissen über die verruchten Pfade der Welt beigetragen zu haben.« Damit verließ ich ihn.

*

Zur Essenszeit suchte ich die Taverne auf, die von den Händlern und Reisenden bevorzugt wurde, und aß und trank mit ihnen. Sie erzählten von den Nöten und Gefahren auf den Handelsrouten und prahlten mit den atemberaubenden Gewinnen oder beklagten die fürchterlichen Verluste, die ihnen diese oder jene Fahrt eingebracht hatte.

In Constantias Amphitheater – kleiner als jenes, das ich in Vesontio gesehen hatte – besuchte ich athletische Wettkämpfe, Pferde- und Wagenrennen und Boxkämpfe. Ich lernte, Wetten zu plazieren, und manchmal gewann ich sogar. Zahllose Stunden verbrachte ich in den verschiedenen für Männer reservierten Thermen und lernte Leute kennen, mit denen ich Ringkämpfe veranstaltete oder mich sonstwie körperlich betätigte. Manchmal würfelten wir, spielten das Zwölflinien-Spiel oder Ludus, ein Ballspiel, das mit Schlägern gespielt wird – manchmal vertrieben wir uns die Zeit, indem wir jemandem lauschten, der mit volltönender Stimme Gedichte deklamierte oder die lateinischen Carmina Priscae oder die germanischen Saggwasteis fram aldrs vortrug. Constantia besaß eine öffentliche Bibliothek, aber dorthin ging ich nur selten. Sogar das Skriptorium von St. Damian war besser als diese Bibliothek, und ich entdeckte nur wenige Kodizes oder Schriftrollen, die ich nicht schon gelesen hatte. Auch die Basilika des Heiligen Johannes besuchte ich nur, wenn ich vor Langeweile zu ersticken drohte, denn ich empfand eine Abneigung gegen den Priester Tiburnius, seit ich Zeuge seiner »unfreiwilligen« Ordination geworden war und seine selbstgefällige Antrittspredigt gehört hatte.

Die Straßen, Märkte und Plätze Constantias waren immer sehr bevölkert, aber mit der Zeit gelang es mir, die Einwohner der Stadt von Durchreisenden und Sommergästen wie mir selbst zu unterscheiden. Zwei Personen fielen mir besonders auf. Die Menge auf den Straßen war im allgemeinen unbotmäßig und rücksichtslos, man drängelte und benutzte seine Ellbogen. Aber alle traten unterwürfig zur Seite oder drängten sich sogar in die Hauseingänge, wenn ein bestimmter Mann passieren wollte. Es dauerte seine Zeit, bis ich den Mann selbst zu Gesicht bekam. In der Regel bewegte er sich nämlich in einer gewaltigen, kostbar geschmückten und mit Vorhängen verhangenen liburnischen Sänfte fort. Acht rasch ausschreitende, schwitzende Sklaven trugen sie auf ihren Schultern, riefen laut »Platz, Platz dem Legaten« und rannten jeden über den Haufen, der nicht rechtzeitig aus dem Weg sprang. Als ich nachfragte, wurde mir bedeutet, daß es sich um die Sänfte des Latobrigex handelte – der Dux, wie es in Latein genannt wurde – oder Herizogo, wie es in der alten Sprache geheißen hätte. Latobrigex, so wurde mir gesagt, sei der einzige in Constantia geborene Bürger von wahrhaft edler Abstammung und aus diesem Grund zumindest nominell der Legat Roms in diesem prosperierenden Außenposten des Imperiums.

Der andere Mann war ein riesenhafter, grobschlächtiger junger Mann mit einem trägen, stumpfen Gesichtsausdruck. Er hatte eine niedrige Stirn und buschige Augenbrauen. Er war etwa so alt wie Gudinand, in einem Alter also, in dem man gewinnbringend beschäftigt sein sollte, aber er schien ebenso untätig wie ich die Stadt zu durchstreifen. Ich jedoch nutzte meine Streifzüge wenigstens zum Beobachten und Lernen, wogegen sein leerer Blick nichts als Verachtung und Abscheu ausdrückte, ganz gleich wann und wo ich ihm begegnete. Niemals sah ich ihn irgend etwas tun, und in der Menge benahm er sich noch flegelhafter als alle anderen, die er fluchend und knurrend aus dem Weg schob.

Einmal half ich einem alten Mann wieder auf die Beine, den der Grobian so rücksichtslos angerempelt hatte, daß er hingefallen war, und fragte ihn: »Wer ist dieser Rüpel eigentlich?«

»Dieser verfluchte Balg wird Claudius Jaerius genannt. Er ist nicht im Vollbesitz seiner Sinne – außer jenem Sinn, der ihm sagt, daß er über allen einfachen Bürgern thront. Er hat keine Beschäftigung, keine Verpflichtungen und, abgesehen von seichtem Müßiggang und gedankenloser Brutalität, keine Interessen.«

Während der alte Mann versuchte, den Schlamm, in den er

gefallen war, von sich abzureiben, fragte ich weiter: »Warum wehren sich denn die einfachen Bürger nicht? Ich würde das tun, und zwar mit Freuden, obwohl er doppelt so groß ist wie ich.«

»Versuche es gar nicht erst, junger Freund. Keiner von uns wagt, sich seinem Willen entgegenzustellen, er ist nämlich das einzige Kind des Latobrigex. Also sei auf der Hut. Zwar ist unser Dux kein Tyrann, sondern ein milder und zurückhaltender Mann, nachgiebig gegenüber seinen Untertanen, aber leider ist er Wachs in den Händen seines mißratenen Sprößlings. Es ginge ja noch, wenn Jaerius nur das schwache Temperament seines Vaters geerbt hätte. Aber er ist auch Sohn seiner Mutter, und die ist ein giftspeiender Drache sondergleichen. Ich danke dir, junger Herr, für deine Hilfsbereitschaft und dein Mitgefühl. Als Gegenleistung warne ich dich, gehe dem unerträglichen, aber auch unangreifbaren Jaerius aus dem Weg.«

Ich nahm mir die Worte des Alten zu Herzen, zumindest solange, wie es mir möglich war.

Es braucht wohl kaum gesagt werden, daß ich meine Streifzüge durch die Stadt und das umliegende Land immer als Thorn unternahm; dasselbe galt, wenn ich öffentliche Veranstaltungen besuchte oder mich unter die Bürger der Stadt mischte. Nur in jenen Dämmerstunden, in denen ich mich mit Gudinand für eine weitere Anwendung seiner Kur traf, wagte ich mich als Juhiza auf die Straßen Constantias. Selbst dann achtete ich sorgsam darauf, daß niemand sah, wie ich mich aus der Herberge stahl, durch die Hinterhofgassen zu den seewärts gelegenen Außenbezirken der Stadt schlich und von dort weiter in unser vertrautes Wäldchen. Nach diesen Episoden begab ich mich für gewöhnlich – im Schutze der Dunkelheit – zur Reinigung und Wiederbelebung in eine der Frauenthermen. Einige Male sah ich in der einen oder anderen Therme jene lüsterne Frau Robeya wieder. Aber sie blieb auf Abstand, und falls sich unsere Blicke zufällig trafen, warf ich ihr ein maliziöses Lächeln und sie mir einen giftigen Blick zu, woraufhin wir gegenseitig vermieden, uns weiter in die Augen zu schauen.

Nur zwei- oder dreimal wagte ich mich als Juhiza im hellen Tageslicht unter die Augen der Öffentlichkeit. Das eine Kleid, das ich besaß, war schon, als ich es in Vesontio erstanden hatte, verblichen und abgetragen gewesen. Jetzt, nach mehreren Treffen mit Gudinand, zeigte es von dem häufigen An- und Ablegen deutliche Abnutzungserscheinungen. Ich besaß genügend Geld, mir neue Gewänder zu kaufen – und mußte auch nicht länger vorgeben, sie für irgendeine Geliebte zu erstehen. Damit mir meine Kleidung auch wirklich gut stand und richtig paßte, begab ich mich als Juhiza in die Geschäfte jener Tuchhändler, die für vornehme Familien arbeiteten. Schäbig gekleidet, wie ich war, wurde ich dort eher reserviert empfangen. Aber da ich die Verkäufer so herablassend behandelte, als ob ich einer hochgestellten Familie entstammte, und darauf bestand, nur Gewänder bester Qualität vorgelegt zu bekommen, verbeugten sie sich alsbald untertänigst vor mir. Während dieser Ausflüge in die Stadt erwarb ich drei neue, mit exquisiten Stickereien verzierte Kleider und dazu verschiedenes modisches Beiwerk wie Kopftücher und Sandaletten sowie Haarnadeln, Bänder und Spangen, um meine Haare auf verschiedene Weisen frisieren zu können. Ich wiederhole: Meine Ausflüge als Juhiza waren selten genug. Und doch war es einmal zuviel.

Dieses eine Mal verließ ich gerade den Laden eines Salbenhändlers, wo ich meine Vorräte an kosmetischen Salben und Pudern aufgefüllt hatte, als ich eilig näherkommende Schritte und den Ruf »Platz! Platz dem Legaten!« vernahm. Die Menge machte hastig den Weg frei. Ich selbst zog mich, als die liburnische Sänfte auftauchte, in die Eingangstüre des Salbenhändlers zurück. Nicht weit von mir entfernt blieben die Sklaven stehen und setzten die Sänfte vorsichtig ab. Eine außergewöhnlich schöne Frau und ein überaus unansehnlicher junger Mann stiegen aus. Es war natürlich der rüpelhafte Jaerius, Sohn des Dux Latobrigex, und in der Frau erkannte ich, zu meinem größten Erstaunen jene Robeya, die ich aus den Frauenbädern kannte. Sofort wurde mir klar, daß sie die »Drachen«-Mutter des Flegels sein mußte.

Ich hätte mein Gesicht bedecken oder mich abwenden und unauffällig zurückziehen sollen. Aber ich blieb stehen, starrte sie an und dachte mir: Nun, offensichtlich konnte selbst eine Frau mit Robeyas speziellen Neigungen heiraten – , sogar ein Mitglied der lokalen Nobilität. Sie mußte zumindest einmal lange genug still gehalten haben und ihrem Gatten zu Willen gewesen sein, um sich von ihm schwängern zu lassen. Kein Wunder, daß diesem vertrockneten und lieblosen Leib der hinterhältige und nicht im geringsten liebenswerte Jaerius entsprungen war.

Aber ich blieb zu lange sinnend stehen und Robeya erblickte mich. Wir hatten einander niemals anders als nackt gesehen, aber sie hatte mich ebenso schnell wiedererkannt wie ich sie. Ihre Augen wurden weit, verengten sich wieder, und sie beugte sich zu ihrem Sohn hinüber, den sie anstieß und dann auf mich deutete. Dabei sprach sie hastig auf ihn ein. Was sie sagte, konnte ich nicht hören, aber ich sah, daß sich seine Augen ebenfalls verengten und er mich von oben bis unten musterte, so als ob sie ihm geboten hätte, sich jedes Detail von mir einzuprägen. Endlich raffte ich mich auf und ging gemäßigten Schrittes in die entgegengesetzte Richtung. Kaum hatte ich die erste Querstraße erreicht, da bog ich ab und suchte so rasch wie möglich, ohne dabei unziemlich schnell zu rennen, das Weite. Nur einmal wandte ich mich um, sah aber weder Jaerius noch Robeya mich verfolgen.

Ich war froh, meine Kammer ohne weitere Zwischenfälle zu erreichen und erleichtert, einer womöglich häßlichen Szene entkommen zu sein. Ich verstaute meine Einkäufe und legte eilig die Gewänder Juhizas ab. Im stillen schwor ich mir, niemals mehr bei Tage als Juhiza auszugehen. Und diesen Schwur hielt ich. In der nächsten Zeit ging ich nur als Thorn in die Stadt oder traf mich mit Gudinand zu unseren jungenhaften Spielen und sportlichen Wettkämpfen. Doch mit der Zeit verflüchtigten sich meine Bedenken wieder etwas. Als Gudinand mir dann beichtete, daß er wieder einen Anfall erlitten hatte, war es nur mit einem Minimum an Beklommenheit verbunden, daß ich mich für eine erneute Behandlung wieder in Juhizas Gewänder kleidete.

»Mein Freund«, sagte ich, »ich fürchte, dies muß das letzte Mal sein. Der Herbst kommt, und Wyrd, unser Beschützer, kann jeden Tag zurückkehren. Außerdem ..., falls die Behandlung bisher nicht angeschlagen hat ...«

»Ich weiß, ich weiß«, erwiderte Gudinand erschöpft und resigniert. »Trotzdem, wenigstens werde ich dieses eine Mal noch haben ...«

Als ich mich am nächsten Abend in Juhiza verwandelte, war ich nervös, und meine Hände zitterten so sehr, daß mir das Färben meiner Augenbrauen und Wimpern erst beim zweiten Mal glückte.

Aber da dies einer der ersten Tage des Herbstes war, brach die Dämmerung glücklicherweise sehr früh herein, und es war fast schon dunkel, als ich aus der Herberge schlüpfte. Es war das erste Mal seit meiner zufälligen Begegnung mit Robeya und Jaerius, daß ich mich als Juhiza auf die Straße wagte. Aber weder Robeya noch Jaerius waren in der Nähe, noch sah ich jemanden, der wie ein Spion aussah. Ich hatte auch nicht den Eindruck, verfolgt zu werden, als ich meinem üblichen Weg durch die engen Gassen Constantias zum See hin folgte.

Aber natürlich wurde ich – genauer gesagt Juhiza – beschattet. Und zwar seitdem ich Jaerius und Robeya zusammen gesehen hatte. Als ich damals vor ihnen floh, mußten sie einen der Sklaven, der die Sänfte trug, hinter mir hergeschickt haben. Niemals hätte ich einen mir unbekannten Verfolger in dem Volk auf der Straße ausmachen können. Der Sklave, oder eine andere Person, oder verschiedene Personen, müssen von jenem Tag bis heute unablässig meine Zimmer bewacht haben. Die Zeit muß ihm, oder ihnen, sehr lang geworden sein, denn Juhiza tauchte nicht mehr auf, und mein Kommen und Gehen als Thorn konnte ihnen keinen Anlaß für irgendwelche Verdächtigungen geben. Aber irgend jemand wurde schließlich doch für seine Ausdauer belohnt, als in dieser Nacht Juhiza die Herberge verließ.

In dieser Nacht war die Luft so kühl, Gudinand und ich fröstelten, als wir uns entkleideten: Wir hatten eine Gänsehaut, als wir beide nackt dastanden, und im selben Augenblick stellten sich unsere Haare zu Berge, denn plötzlich raschelte es im Gebüsch, und eine rauhe Stimme – Jaerius' Stimme – dröhnte:

*

»Gudinand, du stinkender Krüppel! Du hast deinen Spaß mit dieser Hure gehabt. Laß mal einen richtigen Mann ran. Heute nacht bin ich an der Reihe.«

Gudinand und ich waren wehrlos. Wir waren beide unbekleidet und unbewaffnet. Einen schweren hölzernen Stock schwingend, brach Jaerius aus seinem Versteck hervor. Ich lag auf dem Rücken, Gudinand hatte sich über mich gebeugt. Ich hörte den dumpfen Schlag des Stocks und Gudinands Stöhnen und fühlte, wie er von mir weg in die Dunkelheit geschleudert wurde.

Im nächsten Moment preßte mich das schwere, schwitzende Gewicht Jaerius' nieder. Er hatte sich nicht ausgezogen, sondern lediglich sein Gewand soweit geöffnet, um sein Fascinum herauszuholen. Damit begann er jetzt, auf meinen Unterleib einzustoßen. Ich kämpfte, schlug wild um mich und rief Gudinand um Hilfe an – aber der war entweder bewußtlos oder tot. Jaerius lachte bloß.

»Ich weiß, daß es dir gefällt, du kleines Luder. Und bei mir riskierst du nicht, dich mit der Fallsucht anzustecken wie mit deinem schwachsinnigen Freund da drüben.«

»Runter von mir«, tobte ich. »Ich suche mir meine Freunde selbst aus.«

»Keine Sorge, du wirst mich bevorzugen, wenn du mich erst einmal genossen hast. Laß das nutzlose Gestrample und hör mir zu.«

Ich hörte zwar nicht auf, mich nach Leibeskräften zu wehren, mußte ihm aber zuhören, ob ich wollte oder nicht.

»Du kennst Robeya, meine Mutter. Und sie sagt, sie kennt dich gut, sehr gut sogar.«

Ich schnappte nach Luft. »Ich weiß, daß sie eine abartige ...«

»Halt deinen verdammten Mund und hör genau zu. Die letzte Geliebte meiner Mutter war die Haarschererin, die ihr die Haare färbt, eine kleine Schlampe von niederer Herkunft namens Maralena. Als meine Mutter genug von Maralenas Unzulänglichkeiten im Bett hatte, vermachte sie sie mir. Mutter erklärte und zeigte mir, wie ich Maralena Vergnügen bereiten konnte. Und sie schaute uns beiden zu und unterwies uns bei unseren Lustspielen. Und – würdest du es glauben? – Maralena gefielen meine Aufmerksamkeiten noch mehr als die, die ihr meine Mutter erwiesen hatte. Ich verspreche dir, dir wird es nicht anders gehen. Hier, gib mir deine Hand. Fühl doch nur, wie groß mein Fascinum ist. Also, öffne deine Beine und ...«

Wieder hörte ich den dumpfen Schlag eines Stocks, und genauso plötzlich wie zuvor Gudinand wurde Jaerius in die Dunkelheit weggeschleudert. Ich blieb schutzlos liegen. Und das war auch alles, was ich tun konnte: liegen bleiben, benommen wie ich war, und versuchen, wieder zu Atem zu kommen und herausfinden, was diese verwirrende und schnelle Abfolge von Ereignissen zu bedeuten hatte. Da legte sich eine schwielige, harte Hand sehr sanft auf meine Stirn, und eine bekannte Stimme sagte:

»Sei beruhigt, Junge. Du bist jetzt in Sicherheit. Laß dir Zeit, deine Sinne zu sammeln.«

»Fráuja«, krächzte ich, »bist du das wirklich?«

»Wenn du den bärtigen alten Wyrd nicht wiedererkennst, dann müssen deine Sinne wirklich verwirrt sein.«

»Ne ... ne, ich glaube, ich bin in Ordnung. Aber was ist mit Gudinand?«

»Er kommt langsam wieder zu sich. Er wird Kopfschmerzen haben, mehr nicht. Das gleiche gilt für deinen anderen Freund. Ich schlug nicht hart genug zu, um ihn zu töten.«

»Freund?« protestierte ich empört. »Das ist der Sohn eines Drachen ...«

»Ich weiß, wer er ist«, sagte Wyrd. »Bei der Nase und den Ohren, die Zopyrus von seinem eigenen Kopf abschnitt, du hast eine Begabung, die richtigen Bekanntschaften zu machen. Zuerst Gudinand, über den die ganze Stadt lacht. Und jetzt auch noch Jaerius, der meistgehaßte Bastard Constantias.«

»Ich habe mich nicht um die Bekanntschaft von ... bemüht.«

»Halt den Mund«, fuhr mich Wyrd so rauh wie eh und je an. »Zieh dir ein paar Kleider über. Ich gebe keine Ferta, wenn du dich unschicklich aufführst, aber dann sorge auch dafür, daß man es dir nicht ansieht.«

Mit zittrigen Händen zog ich mich wieder an. Gudinand, der sich im Hintergrund hielt, tat desgleichen. Offensichtlich fürchtete er Wyrds Zorn darüber, ihn und mich in einer solchen Situation vorgefunden zu haben. Als ich wieder klar denken konnte, wandte ich mich reumütig und mit leiser Stimme an Wyrd:

»Fráuja, ich wollte nicht, daß du mich jemals so siehst.«

»Halt den Mund«, knurrte er. »Ich bin ein alter Mann und ich habe viel gesehen. So viel, daß mehr nötig ist, als du jemals tun könntest, um mich zu erschüttern. Ich habe dir vor langer Zeit bereits gesagt, daß ich nicht das geringste Interesse an ... daran habe, ob du im Stehen oder im Sitzen pißt. Oder was immer du, mit deinen intimen Körperteilen anstellst.«

»Aber ... «, meine Hände zitterten immer noch. »Wenn ich es

mir genau überlege ... wie kommt es, daß du hier bist, Fráuja? Gerade dann, wenn Gudinand und ich Hilfe brauchen?«

»Skeit, Junge. Ich kam schon vor einer Woche zurück nach Constantia. Aber als ich vor unserer Herberge einen Spion entdeckte, entschloß ich mich, woanders Quartier zu beziehen und diesem Spion nachzuspionieren. Ich habe dich kommen und gehen sehen. Dann, als du heute nacht in Frauenkleidern erschienst und verfolgt wurdest, folgte ich einfach dem Verfolger. Die Frage jetzt aber lautet: Was sollen wir mit diesem Sohn eines Drachen tun?«

Jaerius, der diese Unterhaltung nicht gehört hatte, richtete sich stöhnend auf und befingerte die Beule an seinem Kopf. So weit ich in der Dunkelheit erkennen konnte, war er ziemlich eingeschüchtert.

»Wir binden ihm einen großen Stein um den Hals«, sagte ich böse, »und werfen ihn in den See.«

»Es wäre mir ein Vergnügen«, sagte Wyrd, und man konnte sogar in der Dunkelheit deutlich sehen, wie Jaerius erbleichte. »Nach gotischem Gesetz würde diese Kreatur zu einem Nauthing erklärt – ein Mensch, der so wertlos ist, daß das Gesetz den, der ihn ermordet, nicht bestrafen, ja noch nicht einmal ermahnen würde.«

»Ich würde ihn«, fuhr Wyrd fort, »wäre er ein Frauenschänder von niederem Stand, ohne zu Zögern erschlagen. Allein, er ist der Sohn des Dux Latobrigex. Auch wenn wohl jeder Einwohner Constantias – sogar sein Vater, der Dux persönlich – Jaerius' Verschwinden erfreut begrüßen würde, würden nichtsdestoweniger Fragen gestellt werden. Außerdem werden seine spionierenden Speichellecker – und ganz bestimmt seine Mutter – wissen, wo er sich jetzt aufhält. Diese Fragen würden dir, Junge, und deinem Freund Gudinand gestellt werden, und wahrscheinlich mit der überzeugenden Unterstützung eines erfahrenen Folterknechts. Ich empfehle also, Jaerius sein Leben zu schenken. Dadurch vermeiden wir die Gefahr für euch beide.«

Wie üblich war Wyrds Ratschlag klug, so daß ich mich darauf beschränkte, verdrossen zu fragen: »Und was schlägst du dann vor, Fráuja? Sollen wir etwa die Stadtwache oder das Gericht über seine Strafe bestimmen lassen?«

»Ne«, sagte Wyrd verächtlich. »Nur ein Schwächling oder ein

Feigling läßt das Gesetz eine Angelegenheit der persönlichen Ehre entscheiden. Und Jaerius würde, angesichts seiner Stellung, sowieso unverzüglich freigesprochen werden.« Wyrd betrachtete Gudinand und sagte: »Du und diese hervorragende Figur da, ihr seid ungefähr gleich alt und gleich groß. Würdest du dich ihm in einem fairen und öffentlichen Zweikampf stellen?«

Gudinand, offensichtlich erleichtert, von Juhizas furchterregendem Beschützer noch nicht verprügelt worden zu sein, erwiderte, daß er gegen Jaerius mit Vergnügen kämpfen würde.

»So sei es«, beschloß Wyrd. »Laßt uns Jaerius in die Stadt eskortieren und das alte Recht des Gottesurteils anrufen.«

»Was?« protestierte Jaerius lautstark. »Ich, der Sohn des Dux Latobrigex, soll mit einem Gemeinen kämpfen? Mit dem erbärmlichsten Krüppel und Schwachkopf der Stadt? Ich weigere mich strikt, solch eine anmaßende ...«

»Halt den Mund«, schnitt ihm Wyrd so beiläufig, als würde er sich an mich wenden, das Wort ab. »Junge, fessle ihm mit deinem Kopftuch die Hände. Ich verwende seinen Gürtel als Leine, an der ich in führen werde. Und du, Gudinand, nimm diesen Stock, der heute schon zweimal geschwungen wurde. Sollte der Gefangene versuchen zu fliehen, gebrauche den Stock, und zwar kräftig.«

*

So trat ich nochmals – und zwar in derselben Nacht noch – als Juhiza vor die Öffentlichkeit, diesmal in der Basilika des Heiligen Johannes. Wie die meisten Kirchen in den Provinzen wurde auch diese Kirche – neben kirchlichen Zwecken – für Tribunale eingesetzt. Dort stand ich vor dem hastig zusammengerufenen Judicium von Constantia und klagte Jaerius der Gewaltanwendung und der versuchten Vergewaltigung an. Ich forderte, daß seine Schuld oder Unschuld anhand eines Gottesurteils festgestellt werden möge. Gudinand, so bat ich die drei Richter, sollte an meiner Statt kämpfen.

»Meine Hohen Herren,« sagte Wyrd, der als mein Jurisconsultus fungierte, »ich schlage vor, daß die Angelegenheit im Amphitheater der Stadt geregelt wird – damit ganz Constantia sehen kann, daß dem Recht Genüge getan wird –, und als Waffen Stöcke zu wählen, denn Stöcke scheinen mir das bevorzugte Werkzeug des Angeklagten zu sein.«

Die Richter blickten skeptisch und beratschlagten sich aufgeregt. Das überraschte mich kaum, denn unter den Anwesenden befanden sich – außer mir, Gudinand, Wyrd und dem noch immer gefesselten Jaerius – auch der Dux Latobrigex, seine Frau Robeya und natürlich der Priester der Kirche, Tiburnius. Es war das erste Mal, das ich Latobrigex sah, und er sah aus, wie er mir beschrieben worden war: ein unauffälliger Mann von sehr zurückhaltendem Auftreten. Seinen einzigen Einwand gegen die Verhandlung trug er mit fast demütiger Stimme vor:

»Meine Hohen Herren«, sagte er, »die Petentin, die diese Anklage vorbringt, ist nichts weiter als eine Fremde, eine umherziehende Streunerin. Ich will ihre Redlichkeit nicht anzweifeln, aber ich gebe zu bedenken, daß ihr Verhalten moralisch zweifelhaft erscheint. Dieser Vorfall begab sich angeblich, als sie ohne Begleitung nach Einbruch der Dunkelheit unterwegs zu einem abgelegenen und einsamen Dickicht war, ohne die gehörige weibliche Begleitung …«

Seine Frau unterbrach ihn. Sie starrte mich mit haßerfüllten Augen an und fuhr aufgebracht fort:

»Diese zügellose Hure wagt es, einen eingeborenen Bürger Constantias zu beklagen? Den Sohn unseres Dux? Den Sohn des römischen Legaten? Einen Abkömmling des Hauses von Colonna? Ich, Hohe Herren, verlange, daß diese verleumderische Anklage zurückgewiesen wird, daß Jaerius von allen Anschuldigungen reingewaschen wird – und daß diese kleine Hure öffentlich entkleidet und mit Peitschenhieben aus der Stadt vertrieben wird.«

Die Richter steckten wieder ihre Köpfe zusammen und tuschelten miteinander. Ich raunte Wyrd zu: »Ganz so, wie es zu erwarten stand. Aber was ist das mit diesen Colonnas?«

»Einstmals«, flüsterte Wyrd zurück, »eine der vornehmsten Familien Roms. Und jetzt? Schau dir diesen saftlosen Latobrigex Colonna dort drüben an. Hätte ein Mann aus weniger degenerierter Familie eine solche Virago wie Robeya geehelicht? Oder ein Scheusal wie Jaerius in die Welt gesetzt? Trotzdem läßt es sich kein Colonna nehmen, seinen Status als Clarissimus herauszukehren. Aber …«

Wieder wurden wir unterbrochen, diesmal jedoch von Tiburnius, dem Priester, der salbungsvoll sagte:

»Meine Hohen Herren, die Kirche befaßt sich nicht mit rein weltlichen Angelegenheiten, und solange ich Diener der Kirche bin, wird sie das auch nicht tun. Aber ich war in Constantia lange genug Händler, bevor ich Priester wurde, und ich erbitte die Erlaubnis, ein paar Worte zu sagen, die bei diesen Verhandlungen vielleicht bedacht werden sollten.«

Selbstverständlich beugte sich das Judicium seinem Willen, und genauso selbstverständlich erwartete ich, daß Tiburnius vor dem Dux Latobrigex zu Kreuze kriechen würde. Aber dem neu ernannten Priester war wohl die ihm verliehene geistliche Macht zu Kopf gestiegen – und er muß diese Gelegenheit, seine Autorität zu beweisen, sehr begrüßt haben –, denn was er sagte, überraschte mich nicht wenig.

»Wahrlich«, hob er an. »Die, die diese schwerwiegende Anklage gegen einen angesehenen Bürger Constantias vorbrachte, ist nichts weiter als eine Fremde auf der Durchreise. Aber ich erinnere euch daran, Hohe Herren, daß unser Constantia seinen Wohlstand keinem anderen als diesen durch seine Tore strömenden Fremdlingen verdankt. Jeder Bürger, vom höchsten zum geringsten, verdient selbst die kleinste Münze seines Profits an diesen Fremdlingen: den reisenden Kaufleuten, Händlern und Lieferanten Roms. Würde sich nun die Kunde verbreiten, Constantias Gesetz schütze nur Constantias Bürger, daß ein Fremdling, und sei es so eine Unperson wie diese vagabundierende jugendliche Hure, schutzlos der Ungerechtigkeit preisgegeben wurde, welcher Gefahr würden wir, meine Hohen Herren, die Prosperität Constantias aussetzen? Und die Eure? Und die dieser Kirche Gottes? Ich empfehle, daß Ihr dem Ersuchen der Petentin auf ein Gottesurteil durch Zweikampf zwischen Jaerius und Gudinand stattgebt. So befreit Ihr Euch von der Bürde, für oder gegen eine der streitenden Parteien befinden zu müssen. Bei einem Gottesurteil ist es der HERR, der richtet.«

»Wie kannst du es wagen?« brauste Robeya auf, während ihr Mann sich nicht rührte und ihrem Sohn der Schweiß auf die Stirn trat. »Du robentragender Krämer, wer bist du eigentlich, daß du es wagst, einem Mitglied der Nobilität einen vulgären, öffentlichen Zweikampf gegen dieses ausgestoßene und kopfkranke Gewürm zu befehlen – um dieses wertlosen weiblichen Abschaums willen?«

»Clarissima Robeya«, der Priester sprach sie ihrem Stande entsprechend an, drohte ihr aber mit dem erhobenen Zeigefinger. »Die Pflichten und Rechte der Nobilität sind wahrlich schwerwiegend. Aber noch viel schwerwiegender ist das Amt des Priesters, denn am Tage des Jüngsten Gerichts ist er es, der selbst über Könige Rechenschaft ablegen wird. Clarissima Robeya, selbst wenn Ihr den Rest der menschlichen Gattung an Würde übertreffen solltet, so muß Euer Stolz sich doch vor den Statthaltern der christlichen Mysterien verbeugen. Wenn Euer Priester spricht, dann ist es an Euch, ihm Respekt, nicht Widerspruch zu erweisen. Daran muß ich Euch mit dem größten Ernst erinnern. Ich warne Euch als Euer Priester, und es ist Christus, der Euch durch mich warnt.«

»Das«, murmelte Wyrd, »hat sogar diesen Drachen erschreckt.«

In der Tat war die Gesichtsfarbe der Hohen Frau während der Zurechtweisung ins Aschfarbene umgeschlagen. Sie schwieg jetzt, und Jaerius schwitzte noch heftiger als zuvor. Nach einem Moment der Stille ergriff Latobrigex das Wort. Er legte eine Hand auf Robeyas Arm und sagte mit seiner sanften Stimme: »Tata Tiburnius hat recht, meine Liebe. Gerechtigkeit muß geschehen, und im Urteil Gottes ist es der HERR, der entscheidet. Laß uns auf Gott vertrauen – und den starken Arm unseres Sohnes.« Er wandte sich an das Judicium. »Meine Hohen Herren, ich stimme dem Antrag zu. Der Kampf möge morgen früh ausgetragen werden.«

## 6

Die Neuigkeit mußte über Nacht in jeden Winkel der Stadt und über ihre Grenzen hinaus getragen worden sein. Als Wyrd und ich – übrigens wieder als Thorn – am Amphitheater ankamen, schien die gesamte Bevölkerung Constantias und der näheren Umgebung vor den Toren zu stehen und sich um die zum Eintritt berechtigenden Lehmtäfelchen zu streiten.

Die Kirche hatte Gladiatorenkämpfe lange Zeit mit Mißfallen betrachtet, und die meisten christlichen Cäsaren hatten die Kämpfe verboten. Wahrscheinlich wurden in entfernten Provinzen trotzdem insgeheim solche Kämpfe veranstaltet, aber in Rom selbst hatte es schon seit fünfzig Jahren vor meiner Geburt keine Kämpfe mehr gegeben. Der heutige Zweikampf wurde natürlich nicht mit dem Kurzschwert oder einer der anderen traditionellen Waffen – dem Dreizack, der Keule oder dem Wurfnetz –, sondern nur mit dem Stock ausgetragen. Nichtsdestotrotz versprach es ein Kampf bis aufs Blut zu werden, und das war außergewöhnlich genug, um die Scharen ins Amphitheater zu locken.

Die Menge bestand nicht nur aus Fischern, Handwerkern, Landvolk und den anderen Gemeinen, die sich normalerweise die Spiele in der Arena anschauten. Selbst die Händler, Kaufleute und Ladenbesitzer der Stadt – die nicht einmal ihre Marktstände und Lagerhäuser geschlossen hätten, um den Tod eines beliebten Cäsaren zu betrauern –, schienen heute ihre Geschäfte ruhen zu lassen, oder hatten sie irgendwelchen Untergebenen und Sklaven übertragen, so daß sie dieses Spektakel besuchen konnten. Neben ihnen fanden sich auch alle jene durchreisenden Besucher der Stadt ein, die von diesem einmaligen Angebot zur Zerstreuung erfahren hatten.

Schon lange, bevor der Kampf beginnen sollte, war jeder Sitz in jeder Reihe des Amphitheaters besetzt. Wie üblich saß das gemeine Volk auf den Stufen der oberen Ränge, aber Wyrd hatte einen stolzen Preis für Täfelchen bezahlt, die uns Zugang zum zweiten Rang verschafften, der normalerweise noblen oder reichen Bürgern vorbehalten war. Die Loge in dem auf gleicher Höhe mit der Arena liegenden Rang, reserviert für hohe Offizielle und andere Würdenträger, war besetzt von dem Dux Latobrigex, der Hohen Frau Robeya und dem Priester Tiburnius. Sie alle waren üppig, beinahe festlich gekleidet. Der Dux erschien ebenso ausdruckslos wie in der vergangenen Nacht, aber seine Frau kochte vor nur mühsam unterdrückter Wut. Der Priester sah so desinteressiert aus, als müßte er einem Passionsspiel zusehen.

Ich wandte mich an Wyrd: »Fráuja, von all dem Geld, das wir beide verdient und sicher verwahrt haben, verwette ich meinen gesamten Anteil gegen den deinen, daß Gudinand heute morgen siegen wird.«

Wyrd lachte prustend. »Bei Laverna, der Göttin der Diebe, Verräter und Flüchtlinge, willst du, daß ich auf dieses Schwein Jaerius setze? Absurd! Aber ich konnte noch in keiner Arena der Wettlust widerstehen. Ich werde meine Hälfte unserer Verdienste gegen deine setzen, und zwar auf Gudinand.«

»Was? Das wäre noch absurder. Das wäre ein Verrat an –«

Bevor ich fortfahren konnte, unterbrach mich ein einzelner Trompetenstoß. Die Menschenmenge geriet in Bewegung: Jaerius und Gudinand hatten aus gegenüberliegenden Toren in der Umrandungsmauer die Arena betreten.

Beide hielten einen Stock aus Eschenholz, länger als sie groß waren und dicker als ihre Handgelenke. Sie trugen lediglich einen Lendenschurz, der Rest ihres Körpers war mit Olivenöl eingerieben worden, um die Schläge des Gegners abgleiten zu lassen. Sie trafen sich in der Mitte der Arena und schritten Seite an Seite bis vor die Loge, wo jeder seinen Stock hochhielt und vor dem Dux salutierte. Der Dux hob vor beiden gleichermaßen seine rechte Faust, in der er ein weißes Tuch hielt. Ein weiterer Trompetenstoß, und der Dux ließ das Tuch fallen. Jaerius und Gudinand wirbelten herum und nahmen Kampfhaltung ein, jeder seinen Stock mit einer Hand in der Mitte, mit der anderen halbwegs zwischen der Mitte und einem Ende festhaltend. Es versprach ein ausgeglichener Kampf zu werden. Gudinand war größer und hatte längere Arme, aber Jaerius war breiter und muskulöser. Auch ihre Fertigkeit mit dem Stock schien in etwa gleich zu sein. Gudinand hatte, soviel ich wußte, niemals einen Freund gehabt, mit dem er sich in Übungskämpfen mit dem Stock hätte messen können, aber er muß sich hin und wieder mit einsamen Scheinkämpfen die Zeit vertrieben haben. Jaerius hatte wahrscheinlich viele Gelegenheiten gehabt, diesen Sport mit anderen jungen Männern zu üben. Aber die anderen, die wußten, mit wem sie es zu tun hatten, hatten sich sicherlich zurückgehalten und ihn mühelos gewinnen lassen. Obwohl keiner von beiden gegen einen professionellen, erfahrenen Stockkämpfer bestanden hätte, boten sie mehr als nur einen guten Kampf. Sie hieben, parierten, machten Ausfälle und wichen aus – die Zuschauer konnten sich nicht darüber beklagen, daß sie ihr Geld wegen ein paar stümperhafter Anfänger verschwendet hätten.

Atemlos vor Spannung sagte ich zu Wyrd: »Du kannst dir nicht einfach meine Wette aneignen. Ich war es, der Jaerius in die Arena gesandt hat und sehen wollte, wie er zu Brei geschlagen wird. Es wäre unsinnig, selbst gegen meinen Willen gegen denjenigen zu wetten, den ich zu meinem Verteidiger und Kämpen erwählt habe. Ich bestehe –«

»Balgs-daddja«, erwiderte Wyrd ungerührt. »Es ist mein Recht, auf Gudinand zu wetten, und ich weigere mich, das Gebot zurückzuziehen. Schau hin, schon muß sich Jaerius ducken und zurückziehen.«

Die Gegner hatten den Kampf damit begonnen, jeden im Stockkampf möglichen Schlag und Schritt, sowohl im Angriff als auch in der Abwehr, auszuprobieren und den Mut, die Gewandtheit sowie die schwachen und starken Seiten des anderen bloßzulegen. Zu den verschiedenen Verteidigungsschritten gehört das schnelle und sichere Parieren mit dem Stock selbst, aber es gibt noch andere, fortgeschrittenere Mittel des Ausweichens und Wegduckens, ja sogar – wenn es gilt, einem mit voller Wucht geführten Hieb mit der ganzen Länge des Stockes auszuweichen – mit Hilfe des Stocks wie ein Akrobat über den Schlag hinweg in die Luft zu springen. Im Prinzip sind der Hieb und der Stoß die einzigen Angriffsmethoden eines Stockkämpfers. Aber auch hier sind Abwandlungen möglich, ein angetäuschter Hieb kann plötzlich zu einem echten Stoß werden.

Jaerius stieß mit seinen kurzen Armen seltener mit dem Ende seines Stockes zu, sondern zog es vor, ihn vor allem gegen Gudinands Kopf zu schwingen. Ich nehme an, daß Jaerius sich an die Aussage seiner Mutter erinnerte, Gudinand sei »kopfkrank« und nun hoffte, das selbst ein ungenauer Treffer auf den Kopf genügen würde, um Gudinand niederzuschmettern.

Gudinand stellte seinerseits bald fest, daß er den untersetzten, mit beiden Beinen fest auf der Erde stehenden Jaerius wohl kaum mit einem seitlichen Hieb seines Stockes würde umwerfen oder auch nur behindern können. Also verließ er sich auf seine größere Reichweite, auf ausfallartig vorgetragene Stöße, die er abwechselnd auf Jaerius' Magengrube richtete, um ihm den Atem zu nehmen, und auf seine Hände, um seinen Griff um den Stock zu schwächen oder zu brechen.

Gudinand war schlanker und leichter und konnte Jaerius' Hieben gegen seinen Kopf – zumindest den meisten – ausweichen oder sie parieren. Der schwerfällige Jaerius hingegen war nicht beweglich genug, Gudinands Stößen mit dem Ende des Stocks auszuweichen. Bei einigen Magentreffern konnte man Jaerius laut ächzen hören, woraufhin er stets weit genug nach hinten auswich, um wieder nach Luft schnappen zu können. Ab und zu hörte man auch, wie Gudinands Hiebe auf die Finger seines Gegners krachten, einmal ließ Jaerius' Rechte sogar beinahe den Stock los. Von da an attackierte Jaerius nur noch selten, er kämpfte vor allem darum, seinen Stock festzuhalten. Offensichtlich hatte er jede Hoffnung auf einen Sieg aufgegeben und versuchte lediglich, einer Niederlage zu entgehen. Gudinand nutzte seine Überlegenheit aus und drängte Jaerius so weit zurück, bis sie fast unmittelbar vor der Loge standen.

»Schau«, rief Wyrd, »der erbärmliche Schuft schwitzt so sehr, daß das Öl an ihm abläuft.«

Tatsächlich breitete sich ein Fleck auf dem Sand aus, wo Jaerius gerade stand und versuchte, gegen Gudinands erbarmungslose Angriffe seine unsichere Position zu halten, und ich war mir nicht sicher, ob das nur Schweiß und Öl war. Jaerius blickte verzweifelt hin und her, so als ob er eine Fluchtmöglichkeit suchte – oder Rettung von außen erhoffte, denn am häufigsten huschte sein Blick über die Loge, wo sein Vater und seine Mutter saßen. Der Ausdruck im Gesicht des Dux hatte sich nicht im geringsten verändert, aber Robeyas ... Falls sie wirklich ein Drachen gewesen wäre, dann hätte sie sich neben ihren Sohn in die Arena geschwungen und Gudinand mit ihren Flammen verzehrt.

Zufrieden kommentierte Wyrd: »Hinter einem gewalttätigen Großmaul versteckt sich immer ein Feigling, und der hier beweist es sogar öffentlich. Junge, du solltest dich nicht beklagen, mir eine so große Wettschuld zu bezahlen, hast du doch die Freude genossen, deinen Freund siegreich zu sehen.«

Aber plötzlich hörte Gudinand auf, auf Jaerius einzudreschen, und er trat zur Seite. Die Zuschauer vermuteten wohl, daß er seinem Gegner die Gnade erwies, ihn nicht zu töten oder die Knochen zu brechen, so daß er für immer ein Krüppel wäre, ja nicht einmal ihn soweit zu schlagen, daß er demütig im Sand lag und die erniedrigende Geste des erhobenen Fingers zeigen müßte, um damit um sein Leben zu flehen. Ich aber wußte, daß es nicht der Gedanke an Gnade war, der Gudinand so plötzlich lähmte. Er beachtete Jaerius nicht einmal mehr; langsam hob er seine Augen und schaute über die Arena, über die letzten Ränge hinweg hinauf in den Morgenhimmel, so als ob er einen fremdartigen grünen

Vogel vorbeifliegen gesehen oder den unnatürlichen Ruf einer Eule bei Tag vernommen hätte.

Während der Kampf getobt hatte, hatte Gudinand nicht das geringste Anzeichen seiner Krankheit gezeigt. Aber schon vor einiger Zeit hatte ich bemerkt, daß er einen Anfall nicht so häufig in Augenblicken der körperlichen oder geistigen Anstrengung erlitt, sondern wenn er sich sehr glücklich und gesund fühlte. Und so geschah es jetzt, da er kurz vor dem wichtigsten Moment seines Lebens stand, einem Moment, der aus dem verachteten Aussätzigen Constantias einen triumphierenden Helden gemacht hätte.

Der Stock fiel ihm aus den Händen, und ich sah auch warum: seine Daumen hatten sich verkrampft, er konnte seine Hände nicht mehr gebrauchen. Jaerius stand wankend da, vor Überraschung fast ebenso benommen wie sein Gegner. Alle anderen Anwesenden waren wie vor den Kopf geschlagen, niemand sagte etwas. Dann stieß Gudinand jenen Schrei aus, den ich ihn schon einmal zuvor hatte ausstoßen hören. Es war, als habe man ihm den Todesstoß versetzt. Das unheimliche Echo des Wehgeschreis durchschnitt die atemlose Stille, die eingetreten war. Nur eine Stimme sprach, aber so leise, daß nur Jaerius sie verstehen konnte. Seine Mutter hatte sich weit über die Balustrade der Loge gelehnt und zischelte ihm etwas zu.

Als Gudinand der Stock aus der Hand fiel, war Jaerius verwirrt stehen geblieben, aus der Nase und an der fast zerschmetterten rechten Hand blutend und offensichtlich unschlüssig, was er als nächstes tun sollte – bis Robeya es ihm sagte. Jetzt, Gudinand hatte seinen Kopf weit in den Nacken gelegt und gab immer noch diesen unmenschlichen Schrei von sich, schlug Jaerius mit all seiner Kraft zu. Sein Hieb traf Gudinand in der Kehle und schnitt seinen herzzerreißenden Klageschrei ab, Gudinand fiel wie ein gefällter Baum zu Boden.

Vielleicht war dieser Hieb gar nicht tödlich gewesen; vielleicht hätte er wieder aufstehen und weiterkämpfen können. Aber der Anfall hatte ihn in seinen Krallen. Steif und ausgestreckt lag Gudinand, nur seine Glieder zitterten, und Jaerius hieb erbarmungslos auf ihn ein. Gudinand hätte noch immer um Gnade flehen können – ein einzelner erhobener Finger – und der Dux Latobrigex wäre verpflichtet gewesen, den Kampf einzustellen und das Verdikt der Menge abzuwarten: Tod oder Leben. Aber der arme Gudinand konnte seine verkrampften Hände nicht einmal so weit öffnen, um einen Finger zu erheben.

Jaerius hielt einen Moment inne und schaute in die versammelte Menge. Aber der Dux hatte keine Zeit, die traditionelle Geste – Daumen hoch, ein Signal für den Sieger, seine Waffe niederzulegen – zu vollführen, denn Robeya zeigte noch schneller die andere traditionelle Geste: Ein Stoß mit dem Daumen gegen ihre Brust. Zur Zeit der Gladiatoren hieß das: »Töte ihn.« Und Jaerius gehorchte seiner Mutter. Die Menge röhrte »Clementia«, aber Jaerius hob seinen Stock senkrecht über Gudinand in die Höhe und rammte ihn drei oder vier Mal mit voller Wucht auf seinen Kopf.

Bei diesem Anblick brachte die Menge, die noch vor kurzem so blutrünstig gewesen war, ihre Empörung in lautem Gebrüll zum Ausdruck: »Skanda! Atrocitas! Unhrains slauts! Saevitia!« – »Schande! Greuel! Gemeine Schlachterei! Barbarei!« Es kam Bewegung in die Masse, ich sah sie schon über die Sitze und Stufen in die Arena stürmen und Jaerius in Stücke reißen.

Aber Tiburnius, der Priester, sprang geistesgegenwärtig auf und streckte seine Arme Aufmerksamkeit erheischend in die Höhe. Als die Zuschauer ihn bemerkten, beruhigten sie sich langsam so weit, daß er sich Gehör verschaffen konnte. Der Priester sprach abwechselnd in der alten Sprache und in Latein, so daß er sicher sein konnte, daß alle ihn verstanden.

»Cives mei! Thiuda! Mein Volk! Zügelt euren gottlosen Aufruhr und akzeptiert das Verdikt Gottes. Der HERR ist gerecht, und weise und rechtschaffen sein Urteil. Um jeden Zweifel in dieser Streitsache auszuräumen und allen die Wahrheit zu entdecken, befahl Gott, daß Gudinand überwunden werden möge und Jaerius der Sieg zukomme. Wagt nicht, die Weisheit des HERRN anzuzweifeln, so wie es ihm gefiel, sie euch heute zu enthüllen. Nolomus! Interdicimus! Prohibemus! Gutha waírthai wilja theins, swe in himmina jah ana aírthai! Gottes Wille geschehe, wie im Himmel so auf Erden!«

Niemand in der Menge wagte es, diesen priesterlichen Befehl zu mißachten. Die Menge begann, wenn auch noch murrend, sich zu zerstreuen und das Amphitheater zu verlassen. Tiburnius, Latobrigex, Robeya und Jaerius mußten eine geheime Tür benutzt haben, um die Loge zu verlassen, denn plötzlich waren auch sie verschwunden. Niemand außer mir und Wyrd blieb lange genug, um den Sklaven der Arena – die passenderweise Charon genannt wurden, nach dem Fährmann der Toten – zuzusehen, wie sie das Stück Fleisch entfernten, das einmal Gudinand gewesen war.

»Hua ist so sunja?« grollte Wyrd. »Was ist Wahrheit? Ich weiß nicht, wer die schleimigere Schlange ist: Jaerius, seine Mutter oder dieser aalglatte Priester.«

Auch ich konnte aus der Bibel zitieren: »Mis fraweit letaidáu; ik fragilda. Die Rache ist mein; ich will vergelten.«

»Ich bin es, der vergelten muß«, grummelte Wyrd, als wir uns erhoben. »Es wird dich nicht über den Verlust deines Freundes hinwegtrösten, aber du hast ein hübsches Sümmchen gewonnen. Nur eines will ich anmerken. Du hast mir nie gesagt, daß Gudinand ein uslitha war, anfällig für die Fallsucht.«

»Ich habe dir angeboten, die Wette zu widerrufen«, schnappte ich. »Und ich biete dir an, es immer noch zu tun.«

»Bei der bleichen, ausgemergelten Göttin Paupertas, ich bin noch nie im Leben jemandem etwas schuldig geblieben. Und ich werde jetzt nicht damit anfangen, einen Freund zu betrügen.«

»Gut«, sagte ich, als wir auf die Straße traten. »Denn ich brauche das Geld. Und ich verspreche, im kommenden Winter noch härter als im letzten Winter zu arbeiten, so daß wir wieder ein Vermögen zusammentragen werden.«

»Du *brauchst* das Geld?« fragte Wyrd überrascht. »Darf ich vielleicht erfahren, wofür?«

»Ne, Fráuja. Erst wenn ich es ausgegeben habe. Vielleicht würdest du mich von dem, wozu ich es verwenden möchte, abbringen wollen.«

Er zuckte die Achseln, und wir kehrten schweigend in unser Quartier zurück. Unterwegs weinte ich, aber weder Wyrd noch sonst irgend jemand hätte es bemerken können, denn es flossen keine Tränen über meine Wangen. Den Kummer, den ich als Thorn über den Verlust von Gudinand-der-mein-Freund-war verspürte, ertrug ich männlich tränenlos. Es war meine weibliche Hälfte, die hemmungslos weinte, um Gudinand-der-mich-geliebt-hatte. Da aber mein weibliches Sein gerade von meiner äußerlichen, männlichen Existenz unterdrückt wurde, floßen die Tränen, bildlich gesprochen, nur in meinem Herzen. Ich fragte mich: Wenn ich jetzt Juhiza und nicht Thorn wäre, würden dann meine Augen sichtbare Tränen vergiesen? Wieder einmal machte ich mir Gedanken über meine außergewöhnliche Natur und ihre oft unheilvollen Folgen für die Welt um mich herum. Lag es an meiner Unfähigkeit als Mannamawi zu lieben, oder war es einfach das mir zugedachte Schicksal, andere so leiden zu lassen? Die Römer glaubten – und die Heiden glauben es immer noch –, daß jedes menschliche Wesen von einem persönlichen gottähnlichen Wesen begleitet wird, unsichtbar, aber immer präsent. Die der Männer nennt man Genien, die der Frauen Juno. Glaubt man den Heiden, dann können die Menschen mit ihrem Willen nur wenig ausrichten, sondern sind den Launen ihrer Schutzgeister ausgeliefert. Aber wer begleitete mich, das androgyne Wesen – ein Genius und eine Juno? Lagen sie im beständigen Kampf um mich? Oder war mir kein einziger zugeteilt? Vieles von dem, was ich in meinem Leben getan hatte, hatte ich gewollt, aber bei anderen Dingen war ich mir nicht so sicher. Bruder Petrus hatte ich hinterlistig aus eigenem Antrieb erschlagen. Aber vielleicht war auch Schwester Deidamia, ohne daß ich es gewollt hätte, an den Schlägen gestorben, die sie wegen ihrer Beziehung zu mir hatte ertragen müssen. Aus gutem Grund hatte ich die wilde Frau in dem Hunnenlager getötet. Aber den Tod des Eunuchen Becga hatte ich nicht gewollt. Jesus! Mein treuer Gefährte Juika-bloth starb meinetwegen, weil ich wider seine Natur gehandelt hatte. Und jetzt, jetzt war ich unwillentlich zur unmittelbaren Ursache für Gudinands Selbstopferung geworden.

Liufs Guth! Ganz gleich, ob es mein Werk, das eines Genius, einer Juno oder von beiden war, war ich denn schon so früh in meinem Leben der mörderische Greif geworden, der zu werden ich einst gelobt hatte?

Wenn dem wirklich so war, dann wußte ich wenigstens, wer mir als nächstes zum Opfer fallen würde.

*

»Khaîre!« Der ägyptische Sklavenhändler stieß den griechischen Willkommensgruß aus, als ich ihm erklärte, warum ich gekommen war. »Sagte ich nicht, junger Herr, daß selbst Ihr eines Tages eine

Venefica brauchen würdet? Allerdings muß ich zugeben, daß ich nicht erwartet habe, Euch so bald wieder hier zu sehen und –«

»Erspart mir die Vorrede«, schnitt ich ihn ab, »reden wir über den Preis.«

»Ihr kennt den Preis.«

Es gelang mir, ihn ein wenig herunterzuhandeln. Ursprünglich hatte der Ägypter für Äffchen einen Preis verlangt, der in etwa dem Inhalt meiner Geldtasche entsprach. Nach langem Hin und Her erstand ich die Äthiopierin für eine etwas niedrigere Summe, so daß Wyrd und mir genügend blieb, um den Betrag, den wir bei unserer Abreise der Herberge schulden würden, zu bezahlen und das Nötigste für den kommenden Winter einzukaufen – neben einigen Siliquae, die ich für einen besonderen Zweck vorgesehen hatte.

»Sehr gut«, sagte ich, als das Geschäft abgeschlossen war und der Händler die Urkunde über Äffchens Servitium unterzeichnet, versiegelt und mir übergeben hatte. »Das Mädchen soll sich bereit halten, ich werde vielleicht sehr plötzlich ihre Dienste in Anspruch nehmen.«

»Sie wird auf Euren Befehl warten.« Der Ägypter lächelte böse. »Wenn die Zeit kommt, wünsche ich Euch, sagen wir, vollständige und äußerste Befriedigung. Khaîre, junger Herr.«

*

Während der nächsten Tage spielte ich Spion und trieb mich vor dem Domizil des Dux Latobrigex herum. Und zwar nur tagsüber, denn dann würde jene Kombination von Ereignissen, auf die ich wartete, am ehesten eintreten. Die Nächte verbrachte ich mit Wyrd. Wir aßen in Tavernen, badeten in Thermen und unterhielten uns über Nebensächlichkeiten. Wyrd platzte beinahe vor Neugier, aber er übte sich in Geduld, stellte keine Fragen und beklagte sich noch nicht, daß wir den Anfang der Jagdsaison verpaßten.

Unzählige Male verließ die liburnische Sänfte die Residenz des Dux, unzählige Male riefen die Träger »Platz dem Legaten«. Manchmal saß Latobrigex alleine darin, manchmal mit seiner Frau oder mit seinem Sohn. Aber erst als Jaerius und Robeya einmal allein in der Sänfte saßen, folgte ich ihr in angemessenem Abstand. Wie ich gehofft hatte, hielt man vor einer Männern vorbehaltenen

Therme, und Jaerius stieg aus. Die Sänfte wurde wieder hochgehoben, und ich folgte ihr weiter, inbrünstig betend. Mein Flehen wurde erhört: die Sklaven hielten vor einer Frauentherme, wo Robeya der Sänfte entstieg.

So schnell ich konnte rannte ich zu dem Ägypter, schnappte Äffchen und zog sie hinter mir her zu der Therme, in der Jaerius badete. Es war nicht ungewöhnlich für einen Mann, einen männlichen oder weiblichen Bediensteten bei sich zu haben, aber natürlich konnte ich keine Frau mit in das Bad nehmen. Wie alle besseren Bäder verfügte jedoch auch dieses Bad über kleine, luxuriös ausgestattete Ruheräume. In einen solchen Raum brachte ich Äffchen.

Es war mir unmöglich, dem schwarzhäutigen Mädchen mit Worten etwas zu erklären, aber mit Gesten gelang es mir, ihr meine Wünsche verständlich zu machen. Nickend zeigte sie mir, daß sie verstanden hatte. Sie sollte sich vollständig entkleiden, auf die Liege legen und eine Zeitlang warten; dann sollte sie das tun, wofür sie erzogen und vorbereitet worden war. Gleich danach sollte sie das Exedrium verlassen und mich vor der Therme auf der Straße erwarten.

Ich hoffte, daß Äffchen wirklich alles verstanden hatte. Ich verließ sie und entkleidete mich im Apodyterium. Ein Handtuch um meine Hüften geschlungen, eilte ich dann durch verschiedene Räume, auf der Suche nach Jaerius. Ich war sehr dankbar, mein Opfer in dem dampfgefüllten Sudatorium zu entdecken; nach all der Rennerei konnte ich ein Bad gut vertragen. Noch ein paar andere Männer hielten sich dort auf, aber sie hatten sich in einiger Entfernung von Jaerius niedergelassen. Es war genauso, wie ich es erwartet hatte. In den letzten Tagen hatte ich bemerkt, daß jedermann in Constantia – selbst die ungehobelten Burschen, die ich sonst ab und an in Jaerius' Gesellschaft gesehen hatte – jeglichen Kontakt mit ihm mied. Seit dem Tag des Gottesurteils hatte wahrscheinlich niemand außer seinem Vater und seiner Mutter mit ihm gesprochen oder ihm einen freundlichen Blick zugeworfen, abgesehen vielleicht noch von dem selbstsüchtigen Priester.

Also saß Jaerius in dem Sudatorium ganz alleine in einer Ecke und starrte trübsinnig vor sich hin, nackt bis auf einen Verband an seiner rechten Hand. Er sah ehrlich überrascht aus, als ich mich neben ihm niederließ und mich vorstellte: »Thorn. Einer Eurer

Bewunderer, Clarissimus Jaerius.« Vielleicht war er überrascht, von jemandem angesprochen zu werden, der dem Mädchen Juhiza in Aussehen und Alter so ähnlich war. Aber er hatte sie, aus der Nähe zumindest, nur in dem dunklen Wäldchen und dem Halbdunkel der Kirche gesehen. Außerdem war ich unzweifelhaft ein Mann, das hier war schließlich eine Therme für Männer. Er war, als persona non grata, wohl einfach überrascht, daß überhaupt jemand mit ihm sprach. »Clarissimus, Ihr kennt mich nicht, doch ich bin der Lehrling eines reisenden Händlers. Wir kamen erst vor kurzem in Eurer schönen Stadt an. Und schon stehe ich tief in Eurer Schuld.«

»Welche Schuld?« Mißtrauisch rutschte er auf der Bank von mir weg. Er fürchtete wohl, ich sei ein Freund oder Verwandter Gudinands, und die Schuld, von der ich sprach, sei eine, die er lieber nicht begleichen wollte.

Ich beeilte mich zu sagen: »Euch verdanke ich es, beim Wetten eine beträchtliche Summe gewonnen zu haben. Beträchtlich zumindest für eine Person meiner Stellung. Ihr müßt wissen, daß ich den Kampf in der Arena sah und meine ganzen Ersparnisse auf Euch setzte.«

»Wirklich?« antwortete er etwas weniger mißtrauisch. »Es fällt mir schwer zu glauben, daß irgend jemand auf mich Wetten abschloß.«

»Ich. Und man bot mir außergewöhnliche Gewinnchancen.«

»Das glaube ich gerne«, sagte er düster.

»Für das Vermögen, daß Ihr einem einfachen Lehrling eingebracht habt, möchte ich mich bedanken. Natürlich weiß ich, daß Ihr, Clarissimus Jaerius, niemals Geld annehmen würdet. Also habe ich Euch ein Geschenk gebracht.«

»Eh??«

»Ich gab einen Teil des Gewinns aus, eine Sklavin zu kaufen.«

»Danke, Lehrling, aber ich besitze viele Sklavinnen.«

»Aber keine wie diese, Clarissimus. Eine Jungfrau, eine reife Frucht, die darauf wartet, geerntet zu werden.«

»Nochmals danke, aber ich habe viele solcher Früchte genossen.«

»Dieses Mädchen ist nicht nur eine Jungfrau und schön«, lockte ich weiter, »sie ist auch schwarz. Eine junge Äthiopierin.«

»Was sagst du?« Sein Gesicht hellte sich auf. »Ich habe noch nie mit einer Dunkelhäutigen geschlafen.«

»Ihr könnt Euch jetzt gleich zu ihr legen. Ich habe mir erlaubt, sie hierher mitzubringen. Sie erwartet Euch, splitternackt, in dem Exedrium mit der Nummer drei, direkt neben der Eingangshalle.«

Er kniff seine Augen zusammen. »Du führst mich auch nicht an der Nase herum?«

»Ich will Euch danken, Clarissimus. Geht selbst und nehmt sie in Augenschein. Wenn Euch nicht gefällt, was Ihr seht ... ich warte hier.«

Jaerius sah immer noch mißtrauisch aus, aber gleichzeitig auch sehr erregt. Er stand auf, band ein Handtuch um seine Hüften und sagte: »Warte also. Entweder kehre ich gleich zurück und lehre dich, mit mir Unfug zu treiben, oder ich kehre später zurück und zeige mich für dein Geschenk erkenntlich.« Damit verließ er mich.

Ich wartete keine Sekunde. Mein Zeitplan war zu knapp bemessen, als daß ich trödeln durfte. Ich hastete in das Apodyterium und zog mich wieder an und rannte dann wie ein Besessener zurück in die Herberge, riß mir in meinem Zimmer die Kleider vom Leib und verwandelte mich in Juhiza. Ich vertat keine Zeit damit, Schmuck oder Kosmetik anzulegen, sondern eilte zu der Therme zurück.

Wie vereinbart wartete Äffchen an der Straßenecke und sah den Passanten nach. Viele verlangsamten ihren Schritt oder blieben gar stehen, um sie zu betrachten. Schwarze Frauen waren ein seltener Anblick in den Straßen Constantias, obwohl viele Handelszüge durch die Stadt kamen und gelegentlich auch schwarze Frauen mitbrachten. Äffchen war darüber hinaus ausnehmend schön. Als ich sie am Arm packte, zuckte sie zurück. Aber dann erkannte sie mich und lächelte, obwohl mein verändertes Aussehen sie verständlicherweise verwirrte. Ich gestikulierte fragend in Richtung Therme. Ihr Lächeln wurde breiter, und sie nickte heftig.

Ich brachte sie zu der Therme, in der Robeya badete. Hier war es selbstverständlich, daß vornehme Frauen eine Sklavin, selbst eine schwarze, bei sich hatten. Äffchen und ich entkleideten uns im Apodyterium und suchten gemeinsam die Räume ab. Robeya hatte bereits den letzten Raum, das Balineum, erreicht und ließ sich genauso träge und sinnlich im Wasser treiben wie beim ersten Mal, als ich sie gesehen hatte. Doch offensichtlich wurde auch sie von allen gemieden, denn die anderen im Becken schwimmenden Frauen und Mädchen hatten ihr die dunkle Ecke allein überlassen, in der sie sich vor einiger Zeit mit mir hatte vergnügen wollen.

Ich achtete darauf, daß Robeya mich nicht sah, und bedeutete Äffchen, was sie tun sollte. Sie sollte so verführerisch wie möglich zu Robeya hinüberschwimmen und allem zustimmen, was sie von ihr verlangte. Danach sollte sie ins Apodyterium zurückeilen, sich ankleiden und die Therme verlassen, vor der ich warten würde. Äffchen nickte und glitt anmutig ins Wasser. Ich kehrte ins Apodyterium zurück und streifte mir ein letztes Mal Juhizas Kleider über.

Die Zeit verging mit quälender Langsamkeit, während ich angespannt wartete. Aber es dauerte kaum länger als bei Jaerius. Schon eine oder zwei Minuten bevor Äffchen, noch an ihren Gewändern nestelnd, aus der Tür eilte, konnte ich Frauen schreien, Füße trampeln, Kinder weinen und Bedienstete aufgeregte Anweisungen rufen hören. Noch bevor ich fragen konnte, grinste das schwarze Mädchen breit und nickte.

Sehr viel entspannter begleitete ich Äffchen in das ärmste, in den Außenbezirken gelegene Viertel der Stadt. Gudinand hatte mir einmal sein Haus gezeigt, mich aber niemals hineingebeten, da er sich für die schäbige und armselige Hütte schämte. Ich gab Äffchen meinen Geldbeutel und bedeutete ihr, einzutreten. Dann küßte ich sie, eher vorsichtig, auf ihre ebenholzfarbene Stirn, winkte ihr zu und wartete, bis sie hineingegangen war.

Der Beutel, den sie bei sich trug, enthielt die paar silbernen Siliquae, die ich für diesen Zweck aufgespart hatte, die Urkunde über Äffchens Servitium, von mir gegengezeichnet, und eine Nachricht, die ich in der alten Sprache, in gotischer Schrift, verfasst hatte: »Máizein thizai friathwai manna ni habáith, ei huas sáiwala seina lagjith frijonds seinans.«

Ich hatte Gudinands invalide Mutter niemals getroffen und wußte nicht, ob sie lesen konnte. Aber die Witwe würde das Geld sicherlich willkommen heißen; sicherlich würde sich ein Nachbar finden, der ihr die beiden Urkunden übersetzen konnte. Das Zertifikat bescheinigte der zweifach beraubten alten Frau, daß sie nun eine Sklavin besaß, die sie anstelle von Gudinand versorgen würde. Das andere Dokument sollte sie daran erinnern, was sie als gute Christin bereits wissen mußte: »Größere Liebe als der Mann kann niemand fühlen, der einem Freund sein Leben zu Füßen legt.«

*

Zurück in der Herberge und wieder als Thorn gekleidet, legte ich mich zu einer wohlverdienten Ruhepause nieder. Wyrd, unrasiert und mehr als nur ein bißchen betrunken, kam herein und starrte mich mit roten Augen an. »Sicherlich hast du schon vom Tod des Drachen Robeya und ihres Drachenwürmlings Jaerius gehört.«

»Ne, Fráuja, nicht gehört, aber erhofft.«

»Sie starben im Bad, aber nicht durch Ertrinken. Offensichtlich kamen sie in verschiedenen Thermen gleichzeitig um.«

»Das überrascht mich nicht.«

»Die Umstände ihres Todes sind äußerst ungewöhnlich. Äußerst ungewöhnlich gleichartige Umstände!«

»Das zu hören freut mich.«

»Man sagt, daß Jaerius' Gesichtszüge aufs abstoßendste verzerrt gewesen seien, daß sein Körper in den unmöglichsten Verkrampfungen in einer Pfütze seines eigenen Kots gefunden wurde. Der Ausdruck auf Robeyas Gesicht muß ebenso schrecklich gewesen sein, ihr Körper soll sich zu einem Knoten verkrampft haben und sie trieb, so sagt man, in dem von ihrem Kot braun gefärbten Wasser.«

»Ich wüßte nicht, welche Nachricht mich mehr erfreuen könnte.«

»Seltsamerweise, angesichts dessen zumindest, was heute vorgefallen ist, ist der Priester Tiburnius noch unversehrt.«

»Das schmerzt mich zwar, aber ich dachte es wäre unrecht, Constantia all seiner Fieslinge auf einmal zu berauben. Ich werde das Schicksal des Priesters in die Hände dessen, dem er vorgibt zu dienen, übergeben.«

»Er wird wohl ab dem heutigen Tag nur noch selten auf die Kanzel steigen, zumindest nicht in aller Öffentlichkeit. Ich wage zu behaupten, daß er den Rest seines Lebens zitternd hinter fest verriegelten Türen kauern wird.«

Darauf antwortete ich nichts, sondern grinste bloß. Wyrd kratzte sich am Kopf und sagte nachdenklich: »Darum hast du also das Geld gebraucht. Aber, bei der rachsüchtigen Steinstatue von Mitys, *was* hast du von dem Geld gekauft?«

»Einen Sklaven.«

»Was? Was für einen Sklaven? Einen Gladiatoren? Einen Meuchelmörder? Es heißt, daß man an keinem der Körper, auch nur das geringste Anzeichen einer Gewalteinwirkung festgestellt habe.«

»Ich habe eine Venefica gekauft.«

»Was?!« Der Schock ernüchterte ihn fast schlagartig. »Was weißt du über Veneficas? Und vor allem woher?«

»Ich bin von Natur aus sehr neugierig, Fráuja. Ich habe mich erkundigt und erfahren, daß bestimmten Sklavenmädchen von Kindheit an bestimmte Gifte zu essen gegeben werden. Zuerst kleinste Mengen, die mit zunehmendem Alter gesteigert werden. Wenn sie zur Frau gereift sind, haben sich ihre Körper an diese Substanzen gewöhnt und werden von ihnen nicht angegriffen. Dabei ist das in ihnen angesammelte Gift so konzentriert, daß ein Mann, der mit einer Venefica das Bett teilt – und jeder, der mit ihren Säften in Berührung kommt – sofort stirbt.«

Mit tonloser Stimme sagte Wyrd: »Du hast eine Venefica gekauft und sie ...«

»Ja, und eine sehr spezielle zudem. Dem Mädchen wurde, wie den meisten seiner Art, wegen seines angenehmen Geschmacks Aconit gegeben. Aber ihm wurde auch Elaterium verabreicht. Das ist, falls du es nicht wissen solltest, Fráuja, ein Gift, das aus der Eselsgurke gewonnen wird.«

»Jesus.« Wyrd betrachtete mich mit einer Art entsetzter Bewunderung. »Kein Wunder, daß sie auf so abscheuliche Weise starben.« Wyrd war inzwischen nicht nur nüchtern, ihm wurde langsam unwohl zumute. »Sag, Junge, willst du diese Venefica etwa behalten?«

»Sorge dich nicht, Fráuja. Sie hat ihre Arbeit getan, und ich die meine. Ich schlage vor, du und ich, wir gehen jetzt wieder der unseren nach, und zwar an einem anderen Ort. Sobald wir gepackt haben, können wir von mir aus Constantia verlassen. Für immer.«

# Die Hallstatt

# 1

Wie ich Wyrd versprochen hatte, arbeitete ich in diesem Herbst und Winter, bis weit hinein in den Frühling, härter als jemals zuvor, um mit Pelzen, Fellen, Steinbockgeweihen und Bibergeil unsere Ersparnisse aufzufüllen. In diesen Dingen konnte es niemand so leicht mit Wyrd aufnehmen. Mit seinen Erfahrungen und Fähigkeiten war er mir, was das Leben im Wald anging, weit überlegen. Aber mir fiel auf, und Wyrd selbst gab es halb verärgert, halb resigniert, zu, daß sein Augenlicht mit zunehmendem Alter schwächer wurde, was sich besonders in der Dämmerung und nachts bemerkbar machte.

»Bei Wotan«, grollte er. »Ob die Leute immer noch wünschten, hofften und beteten, lange zu leben, wenn ihnen klar wäre, was das heißt, alt zu werden?«

Ich legte jetzt jeden Tag bei Einbruch der Dämmerung meine Schleuder zur Seite, und Wyrd gab mir seinen Hunnen-Bogen, damit ich noch weiter jagte. Täglich übte ich Bogenschießen und mit der Zeit wurde ich recht geschickt darin, wenn auch niemals so gut wie Wyrd zu seinen besten Zeiten. So konnte ich noch eine oder zwei Stunden, wenn er den Bogen schon hatte weglegen müssen, auf die Jagd nach weiteren Pelzen und einem Abendessen gehen.

In diesen Monaten erlegte ich mit meiner Schleuder, Wyrds Bogen und einmal sogar mit meinem Kurzschwert – als ich mich in ein Gebüsch geschlagen hatte, um mich zu erleichtern, und ein außergewöhnlich neugieriger oder außergewöhnlich dummer Steinbock mich beäugen kam – mindestens ein Exemplar jeder felltragenden Tierart ... außer zweien. Da ich nie Wyrds erstaunliche Fähigkeit erlernte, in einer Bewegung den Pfeil in den Bogen zu legen, zu spannen und abzuschießen, war stets er es, der einen überwinternden Bär aufstöberte, aus seiner Höhle lockte und mit einem einzigen Pfeil erlegte, wenn er schließlich auftauchte. Und obwohl das dichte und schwere Winterfell eines Wolfes im Preis dem eines Vielfraßes gleichkam, ließ mich Wyrd, der Freund der Wölfe, niemals einen töten.

Obwohl ich nie ein Freund der Wölfe war, fing ich doch an, sie zu bewundern, vor allem für ihre Winterfestigkeit. Im Alten Land kennt man den Ausdruck: »Kommt der Winter, kommt der Wolf ...« Das paßt gut, denn Wölfe scheinen von allen Jahreszeiten den Winter am meisten zu lieben. Wann immer ich bis auf die Knochen durchgefroren durch Schneewehen stapfte und dann einen Wolf unter einem Baum liegend erspähte, erstaunte mich die Tatsache, daß das Tier immer, anscheinend absichtlich und sehr zufrieden, auf der Schattenseite des Baumes lag.

Bis zum Frühling war es noch lang, und doch liefen Wyrd und ich schon neben unseren Pferden her, deren Sattel mit Pelzen überladen waren. Also bauten wir Schlitten aus festen und doch biegsamen, mit Fellstreifen zusammengebundenen Ästen. Vorne bogen wir sie hoch, so daß wir sie relativ problemlos über Hindernisse hinwegziehen konnten.

Nachdem wir Constantia verlassen hatten, umrundeten wir das Südende des Bodensees, stießen ostwärts vor, bis wir die römische Provinz Rhaetia Secunda erreichten, in der alten Sprache Bajo-Varia genannt. Wie im vergangenen Winter zogen wir überwiegend durch die Vorberge der Alpen. Aber da dieser Winter um einiges milder als der letztjährige ausfiel, stiegen wir auf der Suche nach Steinböcken und Bärenhöhlen, von denen Wyrd wußte, oft weit hinauf.

Bajo-Varia ist die am wenigsten dicht besiedelte Provinz des westlichen Imperiums. Auf unserer Reise durch Bajo-Varia stießen Wyrd und ich auf keine einzige römische Straße, keine Siedlung, keine Stadt, kein befestigtes Lager, nicht einmal einen Vorposten der Legion. Die einzigen Bewohner des Landes waren nomadisch lebende Alemannen, und die wenigen Male, da wir einer dieser »Nationen« begegneten – eigentlich nicht mehr als sehr große Stämme – zogen sie durch die Gegend oder waren im Winterlager. Einen der umherziehenden Stämme begleiteten wir, bis sich unsere Wege trennten; in ihrem Winterlager genossen wir für einige Tage die Gastfreundschaft eines anderen Stammes.

Der kriegerische Ruf der Alemannen legt eigentlich die Vermutung nahe, daß ihnen die Gegenwart von Fremden auf ihrem Land mißfiel. Und wären Wyrd und ich mit einem Handelszug oder einer fremden Armee unterwegs gewesen, hätten die Alemanni uns auch zweifellos als Eindringlinge betrachtet, uns angegriffen und entweder getötet oder versklavt. Aber wir waren Nomaden wie sie und so empfingen sie uns sehr gastfreundlich.

Als wir weiterzogen, überschritten wir irgendwo in den Wäldern die unsichtbare Grenzlinie, die die ostwärts gelegene Provinz Noricum von Bajo-Varia trennt. Die alemannischen Stämme wandern zwar auch durch Noricum, aber dort gibt es Siedlungen von Römern, deren Vorfahren nordwärts über die Alpen gezogen waren, hauptsächlich wegen des eisenhaltigen Bodens. Die Noricer verdankten ihren Wohlstand dem feinen Stahl, den die Römer für ihre Waffen verwenden. Im Herz jeder Siedlung, durch die Wyrd und ich kamen, fand sich denn auch eine Mine, eine Schmiede oder eine Gießerei.

Zu Anfang des Frühlings folgten wir dem Inn und fingen einige Biber. Endlich stießen wir auf eine richtige Straße, nicht nur einen Fußpfad. Es war die römische Straße, die von den Alpen über Alpis Ambusta herabführt, dem wohl am häufigsten benutzten Paß über dieses Gebirge. Auf dieser Straße waren viele Menschen, Tiere, Zugwagen und Karren unterwegs; sie reisten zwischen Tridentum in Italien im Süden und Castra Regina an der mächtigen Donau im Norden hin und her. Die Straße führt auf einer beeindruckenden Brücke über den Inn. Ihr östliches Ende wird von einem römischen Posten bewacht, Veldidena, besetzt mit den Truppen der 2. Legion Italica Pia. Wie überall sonst auch wurden die das Lager umgebenden Läden, Tavernen, Schmieden und Gerbereien von Veteranen bewirtschaftet. Wie überall sonst auch besaß Wyrd hier einige alte Bekannte. Und, wie überall sonst auch, betrank er sich mit ihnen – aber erst nachdem wir einen Teil der Pelze und Gehörne und sogar etwas von unserem Kastoröl (an den Medicus der Legion) verkauft hatten. Während er die nächsten Tage kräftig becherte und sie in glückseliger Trunkenheit verbrachte, erstand ich die Vorräte, die wir für den nächsten Abschnitt unserer Reise nötig haben würden.

Als Wyrd sich wieder erholt hatte, reisten wir weiter flußabwärts, den immer breiter werdenden Inn entlang. Als der Fluß nach Norden abbog, verließen wir ihn und kamen durch nur von schmalen Flüssen durchzogenes Land. Wir bewegten uns jetzt schneller vorwärts, denn die Qualität der Felle ließ im Frühjahr deutlich nach, und wir jagten hauptsächlich für unsere Mahlzeiten. So gelang es uns, im späten Frühling die Handelsstadt und Provinzkapitale Juvavum zu erreichen. Sobald wir sämtliche Waren verkauft hatten – der Erlös überstieg das, was wir im Vorjahr in Constantia erzielt hatten, ganz beträchtlich – wandte sich Wyrd an mich.

»Ich kenne hier in dieser Stadt niemanden, mit dem ich trinken und von alten Zeiten schwärmen könnte, und ansonsten gewinne ich Städten wenig ab. Außerdem glaube ich, daß wir uns eine richtige Ruhepause verdient haben. Laß uns noch ein paar Tage hierbleiben und die Wildnis in ein paar guten Bädern ausschwitzen. Wir können unsere Gaumen auch mit üppigen Leckerbissen verwöhnen, uns neu einkleiden und notwendige Besorgungen machen. Dann reisen wir ab, und ich zeige dir eine der zauberhaftesten Gegenden dieser Erde. Was hältst du davon?«

Mit der letzten Stadt, in der ich längere Zeit verweilt hatte, verbanden mich sehr schmerzhafte Erinnerungen, und so stimmte ich ohne zu zögern zu. Rund eine Woche später ritten Wyrd und ich aus Juvavum, die leeren Schlitten ließen wir hinter uns zurück. Wir folgten keiner der zahlreichen römischen Straßen, die in Juvavum zusammenkommen, sondern zogen in südöstlicher Richtung durch das langsam ansteigende Vorland der Bergkette, die den Einheimischen als Dachstein-Gebirge bekannt ist.

Nach einigen Tagen gemächlichen Reitens befanden wir uns in dem Teil Noricums, der auf lateinisch Regio Salinarium und in der Alten Sprache Salthuzdland genannt wird. Beides bedeutet »Ort des vielen Salzes«. Man darf sich dieses Land aber nicht als öde Salzwüste vorstellen (wie sie es in Libyen und Asien geben soll). Weit gefehlt. Zwar gibt es hier überaus reiche Salzvorkommen, aber sie liegen alle unter der Erde und die Eingänge zu den Minen sieht man nur selten. Ansonsten ist die Landschaft großartig, die lieblichste Region, durch die ich bisher gereist bin. Weite Lichtungen, bestanden mit Wildblumen und süßen Gräsern, wechselten sich mit Wäldern ab, die sich, ich weiß nicht warum, von allen anderen unterschieden, die wir zuvor durchritten hatten. Diese Wälder glichen den Parklandschaften, die ich später auf den Besitzungen reicher Männer sehen sollte: kein dichtes Unterholz, die Bäume standen so weit voneinander entfernt, daß ein jeder von ihnen seine Krone weit ausbreiten konnte. Zwischen den Bäumen wuchsen blühende Büsche und sprießte ein Rasen, der es ohne weiteres mit den Wiesen sorgsam angelegter und gepflegter Gärten aufnehmen konnte.

»Das ist das schönste Land, das meine Augen jemals gesehen haben«, sagte ich hingerissen und ehrfürchtig zu Wyrd. »Glaubst du, in diesen Wäldern leben Zentauren, Satyre und Nymphen?«

»So viele wie anderswo auch«, antwortete er sarkastisch, schien sich aber gleichzeitig darüber zu freuen, daß mir diese von ihm gepriesene Gegend so gut gefiel.

Nur ein unglücklicher Zwischenfall beeinträchtigte die Reise. Wir hatten für die Nacht neben einem kristallklaren Bach, der durch eine blumenbestandene, duftende Lichtung floß, Rast gemacht. Ich hatte mich bei der Suche nach Brennholz vom Lager entfernt und war gerade mit einem Armvoll Äste auf dem Rückweg, als ich einen überraschten Ausruf Wyrds hörte, dann ein seltsames Zwischending zwischen Winseln und Knurren und zuletzt ein scharrendes Geräusch, das plötzlich verstummte. Ich rannte los, und am Lagerplatz sah ich Wyrd mit seinem Kurzschwert in der Hand dastehen. Blut troff von der Klinge. Er selbst starrte grämlich auf eine sehr ansehnliche Wölfin, die er erschlagen hatte.

»Was ist los?« fragte ich. »Ich dachte, du seist ein Freund der Wölfe.«

»Das bin ich auch«, sagte er, ohne seinen Blick von dem Tier zu wenden. »Aber die da wollte mich angreifen.«

Es mußte ein plötzlicher und heftiger Angriff gewesen sein, denn ich sah einen Blutspritzer auf einer von Wyrds geschnürten Gamaschen. Normalerweise tötete er sehr sauber, selbst wenn es sich um einen angreifenden Eber handelte.

»Außerdem dachte ich, Wölfe würden sich an Menschen nicht herantrauen. Das hast du mir selbst gesagt.«

»Die hier war krank«, sagte er bedrückt. »Ich habe diese Krankheit schon einmal zuvor gesehen. Die Wölfin wäre unter schrecklichen Krämpfen gestorben. Ich habe sie aus Mitleid getötet.«

Wyrd sah so niedergeschlagen aus, daß ich es unterließ, weiter nach dieser Krankheit zu fragen. »Nun, zumindest hast du sie erwischt, bevor sie über dich oder die Pferde herfallen konnte.«

Für den Rest des Abends war Wyrd sehr einsilbig, aber am nächsten Morgen war er wieder ganz der Alte – schroff, sarkastisch und reizbar. Die weitere Reise durch jene wundervollen Wälder verlief ruhig und erbaulich.

Ich glaubte, auf unserem Weg schon mehr als genug Schönheit gesehen zu haben. Aber alles das verblaßte in meiner Erinnerung, als ich unser Ziel erblickte. Eines Tages gegen Mittag ritten wir um den Felsvorsprung eines hohen Berges. Wyrd zügelte sein Pferd und wies mit einer ausladenden Geste auf die Landschaft unter uns. Der Anblick raubte mir den Atem.

»Haustaths«, sagte Wyrd stolz. »Die Hallstatt.«

## 2

Zu meinen Lebzeiten habe ich sowohl Roma Flora als auch Konstantinopólis Anthusa gesehen. Beide, der lateinische sowie der griechische Beiname, bedeuten »die Blühende«, und in der Tat, beide Städte verdienen ihn. Ich war in Vindobona, der nach Rom zweitältesten Stadt des Imperiums, in Ravenna und in vielen anderen historischen Städten. Ich habe das Land entlang der Donau gesehen, vom Schwarzen Meer bis zum Schwarzwald, und bin mit Schiffen über das Mittelmeer und das Sarmatische Meer gefahren. Ich habe also mehr gesehen, als die meisten Leute jemals sehen werden. Aber Haustaths ist mir immer noch als das schönste und bezauberndste Fleckchen Land dieser Erde in Erinnerung geblieben, das ich jemals erblickt habe.

Von dem Berg aus, von dem Wyrd und ich hinunterblickten, erschien die Hallstatt wie eine längliche Schüssel, umgeben von hohen Gipfeln, deren Flanken blaues Wasser umschloßen. Das Wasser war ein See, der abgrundtief sein mußte, denn die Flanken der Berge fielen fast senkrecht ins Wasser ab, wo sie sich irgendwo tief, tief unten wieder trafen. Zwischen den Flanken gab es einige flacher ins Wasser abfallende Stellen und an den Steilhängen selbst waren ein paar Matten sichtbar. Mehrere der auf der anderen Seeseite liegenden Bergriesen waren so hoch, daß selbst jetzt noch, am Anfang des Sommers, Schnee auf ihnen lag. Hier und da zeigten die Berge Felsspitzen und Felswände aus braunem Sandstein. Aber größtenteils bedeckte sie dichter Wald, der von unserem Aussichtspunkt aus einem dichtgewobenen, welligen und gefalteten grünen Vlies glich mit blaugrünen Schatten, wo immer eine Wolke über es hinwegzog.

Der See, der Haustaths-Saiws, war winzig im Vergleich zum Bodensee, aber unvergleichlich strahlender und einladender. Das Blau – aah, dieses Blau! –, von da, wo ich den See zum ersten Mal erblickte, erschien er wie ein kostbarer blauer in die Falten des grünen Vlieses eingefaßter Juwel. Es sollte lange dauern, bis ich wieder so ein dunkles und zugleich so leuchtendes Saphirblau zu Gesicht bekam, und dann mußte ich unwillkürlich an den Haustaths-Saiws denken.

*

Auf dem Wasser schwamm etwas, aber was, war von hier oben nicht zu erkennen. Haustaths lag auf einer der flachen Stellen am Seeufer. Nur die Häuser waren sichtbar, mit ihren steil aufgeschlagenen Dächern, damit im Winter der Schnee abrutschen konnte, außerdem der rechteckige Marktplatz und einige Stege, die ins Wasser hinausreichten. Es lag so tief unter uns, daß es an die Spielzeughäuser erinnerte, die die Holzschnitzer für Kinder machen, und ich konnte mir kaum vorstellen, wie so viele Häuser auf so engem Raum stehen konnten.

Wir ritten auf einem Pfad hinab, der einem breiten, lustig über eine Serie von Wasserfällen in die Tiefe rauschenden Strom folgte. Als wir uns Haustaths näherten, konnte ich sehen, wie die Stadt gebaut war. Nur wenige Gebäude, darunter eine ansehnliche Kirche und der von Läden, Tavernen und Wirtshäusern umringte Marktplatz, waren auf ebenerdigem Grund errichtet worden, da es kaum flaches Gelände gab. Die anderen Häuser und Bauwerke der Stadt waren ineinander verschachtelt und türmten sich übereinander, bis auf halber Höhe der steilen Bergflanke. Hier trennten keine rechtwinklig angelegten Straßen die Häuser, sondern schmale Gassen, und in Bergrichtung verliefen keine Straßen, sondern Treppen. Die Gebäude waren so dicht aufeinandergebaut, daß einige sehr schmal, dafür aber zwei oder sogar drei Stockwerke hoch waren.

Auf den ersten Blick erschien die Lage Haustaths gefährlich, aber zweifellos war die Stadt sehr alt. Die Häuser waren aus Stein oder dicken Balken errichtet, die Dächer mit Schiefersteinen, Dachziegeln oder massiven Schindeln gedeckt. Fast alle Vorderwände waren weiß getüncht und mit vielfarbigen Schneckenverzierungen dekoriert. An manchen rankte sich blühender Wein oder sogar ein blühender Baum hoch, kunstvoll getrimmt, flach an der Hausfront und um die Türen und Fenster herum wachsend. Mitten auf dem Marktplatz stand ein Brunnen, aus dessen vier Speirohren sich beständig Wasser ergoß, das in Röhren von dem Fluß, dem wir gefolgt waren, hergeleitet wurde. Auf den Simsen der Läden um den Platz herum blühten Blumen in Kübeln und Töpfen.

Niemals zuvor hatte ich eine Gemeinschaft gesehen, von der kleinsten Ansiedlung bis hin zur größten Stadt, die soviel Mühe darauf verwendete, sich ein so heiteres Äußeres zu verleihen. Ich glaube, die Leute hier wollten, daß sich ihre Stadt der herzerhebenden Schönheit der Umgebung als würdig erwies. Und sie konnten sich diesen nicht lebensnotwendigen, aber um so hübscheren Schmuck auch leisten. Denn auf einem der Berge oberhalb von Haustaths befindet sich eine reiche Salzmine, die, wie ich hörte, die älteste der Welt sein soll. Die Bergleute haben in den Höhlen primitive Werkzeuge und uralte, vom Salz konservierte Körper von Einsturzopfern gefunden, Kreaturen von solcher Häßlichkeit und solcher Stärke, daß sie jene Zwerge sein könnten, die immer unter der Erde lebten, wenn sie nicht die Art Lederbekleidung getragen hätten, die auch die heutigen Bergleute noch tragen. Folglich, so meinen die Leute von Haustaths, muß die Mine seit der Zeit, da sich Noahs Kinder über die Erde verteilten, ausgebeutet worden sein.

Auf jeden Fall ist sie noch immer unerschöpflich reich an dem hochwertigsten Salz und füllt die Geldbeutel der Einheimischen. Sie alle leben seit Generationen hier und sind Abkömmlinge von praktisch allen germanischen Stämmen, die vor langer Zeit mit römischen Kolonisten Mischehen eingingen, so daß man unmöglich noch sagen kann, wer welcher Abstammung ist. Abgesehen davon, daß sie alle Bürger der römischen Provinz Noricum sind.

Die einzigen Ställe lagen am Rand der Stadt. In einem davon stellten Wyrd und ich gegen ein geringes Entgelt unsere Pferde unter. Dann schulterten wir die Beutel mit unseren persönlichen Habseligkeiten und schlenderten die Seepromenade, die einzige breite Straße in Haustaths, entlang. Jetzt konnte ich auch die auf dem Wasser treibenden Objekte identifizieren. Nicht weit vom Ufer wateten graue und rosa Reiher im flachen Wasser oder meditierten auf einem Bein stehend. Etwas weiter draußen glitten blendend weiße Schwäne über das Wasser, und ganz weit draußen auf dem See lagen Fischerboote von einer Bauweise, wie ich sie noch nie zuvor gesehen hatte. Die einheimischen Fischer nennen sie Faurda, was soviel wie »die Behenden« bedeutet. Jedes Boot ist geformt wie ein halbierter Melonenschnitz. Sein Bug ragt weit aus dem Wasser, das Heck, wo der Fischer steht, sieht wie abgeschnitten aus. Niemand konnte mir den Grund für die Form – oder den Namen – nennen, aber ich glaubte kaum, daß dieses Boot, angesichts seiner Bauweise, seinem Namen viel Ehre machen würde.

An diesem ersten Abend ließen wir uns frisch gefangenen und köstlich gegrillten Hecht munden. Die Taverne, in der wir speisten, ging auf den Marktplatz hinaus. Der Wirt, ein stämmiger Mann namens Andraías, war ein alter Bekannter Wyrds. Die Frontseite seiner Taverne war mit Schnörkeln verziert und von Blumenkästen flankiert, aber die rückwärtige, auf den See hinausgehende Wand bestand aus Holzplanken, die der Caupo bei gutem Wetter entfernte. So genossen wir, als wir aßen und tranken, einen schönen Ausblick auf den im Dämmerlicht liegenden Haustaths-Swais und die noch vom Sonnenlicht erleuchteten Bergspitzen darüber. Wir warfen den unter unserer Terrasse vorbeiziehenden Schwänen Brotkrümel zu und riefen hin und wieder über den See, um die Antwort der Nymphe Echo immer schwächer und schwächer zurückhallen zu hören. Nach dem Essen zogen wir uns in unsere Federbetten im Obergeschoß zurück. Lange lag ich noch mit dem Kopf zum Fenster gewandt wach und sah dem Mond zu, der hinter einem Bergkamm heraufzog und den tiefblauen See mit silbrigem Glitzern überzog. Als ich meine Lider schloß, ging ein Tag zu Ende, den ich noch heute zu den glücklichsten meines ganzen Lebens zähle.

*

Als ich am nächsten Morgen erwachte, war Wyrd schon auf, wusch sich und zog sich an. Bevor er seine Gamaschen überzog, hielt er kurz inne und examinierte einen kleinen roten Kratzer auf seinem Schienbein.

»Hast du dich verletzt?« fragte ich schläfrig.

»Die Wölfin«, murmelte er. »Sie hat mich erwischt, bevor ich sie erschlagen konnte. Ich hatte mir Sorgen gemacht, aber die Wunde heilt gut.«

»Warum sollte ein Kratzer dich besorgen? Ich habe dich schon in einem weitaus schlimmeren Zustand erlebt, nachdem dich ein Beutel voller Wein erwischt hat.«

»Sei nicht respektlos gegenüber Älteren, Junge. Die Wölfin litt an der Hundswoth, einer schrecklichen Krankheit, die von einem Biß übertragen werden kann. Ich hatte gehofft, daß an ihrem Reißzahn, der zuerst meine dicken Gamaschen durchdringen mußte, kein giftiger Speichel mehr war. Meine Hoffnung hat mich anscheinend nicht getrogen. Glaube mir, ich bin sehr erleichtert, eine Kruste über dem Kratzer zu sehen. Und jetzt gehe ich nach unten und sehe, was von dem Beutel, der mich gestern abend erwischt hat, übrig geblieben ist.«

Ich hatte schon von der Hundswoth, der Tollwut, gehört und wußte, daß sie den sicheren Tod mit sich brachte. Aber ich hatte noch kein von ihr befallenes Tier gesehen. Hätte ich von Wyrds Verletzung gewußt, dann wäre ich wohl ebenso besorgt gewesen wie er. Aber nachdem er selbst jetzt alle Bedenken abgetan hatte, war ich froh, daß er mir nicht früher davon erzählt hatte.

In der Taverne gesellte ich mich zu Wyrd, der zum Frühstück nichts außer schwarzem Brot und Wein nahm. Offensichtlich hatte er vor, mit seinem Freund Andraías den Rest des Tages durchzuzechen. Ich schlang eine Wurst, ein gekochtes Entenei und eine Schale Milch hinunter, denn ich war begierig, in das perlende Licht der Morgensonne hinauszukommen und Haustaths zu erforschen.

Es mag so scheinen, als hätte eine so kleine und isolierte Stadt wie Haustaths einem jungen Mann wie mir wenig zu bieten, aber ich fand an diesem und dem nächsten Tag genug, was mich bezauberte, und ich freute mich darauf, den Sommer hier zu verbringen. An diesem ersten Morgen entschied ich mich, die Gegend von oben nach unten zu erkunden. Ich nahm den Pfad am Fluß, auf dem Wyrd und ich am Tag zuvor in die Stadt gekommen waren. Zu Fuß war es ein steiler Aufstieg, was ein guter Vorwand für häufige Pausen war. Während ich wieder zu Atem zu kommen versuchte und meine Muskeln ausruhte, konnte ich geruhsam den Ausblick von immer weiter oben genießen. Ich ließ die Stelle hinter mir, an der Wyrd und ich über den Bergsattel gekommen waren, und folgte einem Pfad, der noch weiter nach oben führte. Schließlich erreichte ich die Saltwaurstwa, die Mine, der Haustaths seine Entstehung verdankte.

Bergmänner schleppten sich aus dem Eingang, den Rücken gebeugt unter den länglichen, kegelförmigen Körben, die mit Brokken grauen Steinsalzes gefüllt waren. An ihnen vorbei schlurften andere mit leeren Körben wieder in die Mine hinein. Die Mine, eine ansehnliche Manufaktur, lag im Mittelpunkt einer kleinen Siedlung. Das größte Haus gehörte dem Minendirektor, etwas weniger groß waren die der Aufseher und Vormänner, und die Unterkünfte der Arbeiter gruppierten sich zu einem ganzen Dorf von Zweighütten mit kleinen Gärten. Alle Matten an den Berghängen der Umgebung waren mit Deichen versehen und unter Wasser gesetzt worden. In diesen Becken wurde das Steinsalz aufgelöst und von Verunreinigungen und Verfärbungen befreit, dann getrocknet und als weißes Salz gebrauchsfertig granuliert. Es gab gesonderte Hütten, in denen das Salz in Säcke abgefüllt wurde, ein riesiges Lager, in dem sie zwischengelagert wurden, und Pferche, in denen die Esel gehalten wurden, die das Salz über die Berge zu den verschiedensten Bestimmungsorten trugen.

Die Bergleute und ihre Vorarbeiter waren ausschließlich Männer, die Arbeit über Tage jedoch wurde vor allem von ihren Frauen und Kindern gemacht. Hier lebten bestimmt so viele Menschen wie unten in Haustaths. Einige von ihnen, so erfuhr ich später, waren Sklaven, die erst vor kurzem zu dieser Plackerei verdammt worden waren, aber die meisten von ihnen waren Abkömmlinge von Sklaven, die ihr geringes Einkommen dazu benutzt hatten, sich die Freiheit zu erkaufen. Und ihre Urenkel und Ururenkel unterzogen sich, obwohl sie Freie waren, weiter dieser Mühsal, denn es war alles, was sie konnten.

Ich stand etwas abseits und betrachtete die Szenerie, als eine jugendliche Stimme im Befehlston hinter mir tönte: »Suchst du Arbeit, Fremdling? Bist du ein freier Arbeiter oder jemandes Sklave?«

Ich drehte mich um und erblickte ein Mädchen, das für den Rest meiner Zeit in Haustaths meine Freundin und Gesellschafterin sein sollte. Ich beeile mich zu sagen, daß dies jedoch niemals eine Liebesbeziehung wurde, denn sie war noch ein Kind, etwa halb so alt wie ich, mit dem typisch braunen Haar der Römer, rehäugig, samthäutig und sehr hübsch.

»Weder noch«, antwortete ich. »Und ich suche auch keine Arbeit. Ich kam lediglich von der Stadt hier hoch, um mir die Saltwaurstwa anzusehen.«

»Dann mußt du ein Reisender von jenseits dieser Berge sein. Hier kennt jedermann diesen Ort.« Sie seufzte sehnsüchtig. »Liufs Guth weiß, daß ich ihn kenne.«

»Und was bist du?« fragte ich grinsend, denn sie war wie eine vornehme Dame mit einem Jagdgewand und einem Umhang bekleidet. »Arbeiter oder Sklavin?«

»Ich«, sagte sie hochnäsig, »ich bin die einzige Tochter des Minendirektors, Georgius Honoratus und heiße Livia. Wer bist du?«

Ich nannte ihr meinen Namen, und wir unterhielten uns eine Zeitlang. Erfreut über das neue Gesicht wies mich Livia auf die verschiedenen Besonderheiten der Arbeiten hin, nannte mir die Namen der den See umgebenden Gipfel und verriet mir die Namen der Händler in der Stadt, die am ehrlichsten gegenüber Fremden waren.

»Hast du jemals eine Salzmine von innen gesehen?« wollte sie schließlich wissen. Als ich verneinte, fuhr sie fort: »Das Innere dieser Mine ist weitaus sehenswürdiger als alles hier draußen. Komm, wir gehen zu meinem Vater und bitten um die Erlaubnis, daß ich dich in das Bergwerk geleiten darf.«

»Vater, das ist Thorn, ein Neuankömmling und ein neuer Freund von mir«, stellte sie mich vor. »Thorn, erbiete dem Direktor dieses bedeutenden und uralten Unternehmens, Georgius Honoratus, deine Hochachtung.«

Georgius Honoratus war ein schmächtiger Mann mit grauweißem Haar, der seine Pflichten offensichtlich sehr ernst nahm und die meiste Zeit unter der Erde verbrachte. Seine Haut war so blaß wie sein Haar. Später erzählten mir Livia und andere, daß Georgius einer der wenigen Bürger in Haustaths war, deren Linie direkt von den römischen Kolonisten abstammte und niemals eine Mischehe eingegangen war – und das niemanden vergessen ließ. Wenn er ein Dokument, egal wie unwichtig, unterzeichnete, fügte er stets die römische Ziffer an, die seine Generation der Familie bezeichnete. So weit ich mich erinnere, war er der XIII. oder der XIV. seiner Linie. Er hatte sich sogar aus Rom eine Frau bringen lassen, die er heiratete und die ihm bei der Geburt von Livia wegstarb. Georgius zeigte kein Zeichen anhaltender Trauer, er war mit dem Bergwerk verheiratet.

Georgius hatte den Beinamen des Honoratus, üblicherweise den Inhabern öffentlicher Ämter oder des untersten Magistrats vorbehalten, erhalten, da er vom Rat der Stadt Haustaths, wie schon sein XII. und sein XIII. Vorvater, zum Direktor der Mine ernannt worden war. Wie seine Vorfahren, und wie die erbarmungswürdigen Wesen, die für ihn schufteten, war er niemals über das Tal hinausgekommen, noch hatte er je seinen geistigen Horizont erweitert oder auch nur danach gestrebt. Alles, was er von der Welt draußen wußte, war, daß sie einen unstillbaren Hunger auf Salz hatte. Seine beiden Söhne zog er gleichermaßen beschränkt und beschränkend auf wie sein Vater ihn aufgezogen hatte. Es dauerte eine ganze Weile, bis ich überhaupt erfuhr, daß Georgius Söhne hatte, zwei beziehungsweise vier Jahre älter als Livia. Falls ich sie jemals zu Gesicht bekam, dann erkannte ich sie nicht. Ihr Vater brachte ihnen ihr Handwerk im wahrsten Sinne des Wortes von Grund auf bei. Zur Zeit gehörten sie zu den ledergekleideten, schwitzenden, staubbedeckten Bergmännern, die Säcke mit Steinsalz die Schächte hochschleppten.

Manchmal fragte ich mich, ob Livias Mutter nicht doch etwas fremdes Blut in die Familienlinie eingeführt hatte. Anders konnte ich mir nicht erklären, daß Livia ihrem blaßen Vater und ihren braven Brüdern so wenig ähnelte. Sie war ein kluges, aufmerksames und lebenslustiges Kind, zu Recht unzufrieden mit dem Leben, das sie erwartete.

Ob nun Livia wirklich Georgius' Tochter war oder nicht, er schätzte sie jedenfalls mehr als ihre Brüder, ja, fast so sehr wie das Bergwerk. Die Aussicht, daß sie einen germanisch aussehenden Fremdling zum Freund wählte, konnte ihn kaum begeistern. Aber angesichts des Altersunterschieds zwischen ihr und mir hatte er keinen Grund zu befürchten, daß ich sein Schwiegersohn werden könnte. So stellte er mir nur ein paar Fragen über meine Herkunft, Beschäftigung und die Gründe, warum ich in Haustaths war. Ich vermied, allzu genau auf meine Herkunft einzugehen, antwortete aber wahrheitsgemäß genug, Partner eines Pelzhändlers zu sein, daß wir im Sommer wenig zu tun hätten und zur Erholung hierher gekommen seien. Das schien ihn zu befriedigen, denn er erteilte Livia die Erlaubnis, mich unter die Erde zu führen, und sagte, er hoffte, ich würde den Ausflug in das Unternehmen, auf das er so stolz sei, genießen.

Am Eingang machten uns die kommenden und gehenden Bergarbeiter ehrerbietig Platz. Livia nahm für jeden von uns eine Lederschürze von einem Stapel. Als ich mir die Schürze um den Bauch band, lachte sie laut los.

»Nein, nicht so,« sagte sie. »Die Schürze muß nach hinten. Hier, dreh dich um.«

Verwirrt wandte ich ihr den Rücken zu. Während ich in die Dunkelheit des Mineninneren vor mir starrte, hielt sie die Schürze so hin, daß sie über mein Hinterteil hinunterhing.

»Verknote die Riemen vor deinem Bauch«, rief sie. »Und jetzt zieh die Schnüre so weit es geht unter den Beinen hindurch und halte sie mit beiden Händen fest.«

Kaum hatte ich das getan, gab sie mir kichernd einen Stoß, der mich in die Dunkelheit schleuderte. Meine Füße rutschten unter mir weg, und plötzlich sauste ich auf der Schürze eine steile, aus dem Salz geschlagene Rinne hinunter, die von unzähligen Rutschpartien so glatt wie Eis poliert worden war. Mir stockte der Atem, als ich – mir kam es vor wie eine Ewigkeit, in Wahrheit dauerte es wohl nur ein paar Herzschläge – durch die schwärzeste Nacht in die Eingeweide der Erde stürzte. Doch dann ließ das Gefälle nach, bis die Rinne fast eben verlief, und ich sah ein Licht vor mir. Trotzdem hatte ich immer noch eine ziemliche Geschwindigkeit drauf, als die Rinne abrupt abbrach und ich auf eine Unterlage aus federndem Tannenreisig fiel. Benommen blieb ich einen Moment sitzen, bevor ich einen Schlag erhielt, daß mir die Luft wegblieb. Livia war mit ihren Füßen in meinen Rücken gerutscht, und wir beide stürzten übereinander auf den Reisighaufen.

»Trampel«, schimpfte sie und kicherte, als wir uns voneinander lösten. »Du würdest hier unten nicht lange überleben. Komm. Beweg dich! Oder du wirst noch unter Bergleuten begraben werden.«

Ich rollte mich gerade noch rechtzeitig zur Seite, bevor ein ganzer Schwung Männer aus der Dunkelheit in den von Fackeln erleuchteten Korridor mit Wänden aus Salz, in dem wir gelandet waren, geschossen kam. Jeder hatte einen leeren Korb bei sich, sprang flink von dem Reisighaufen weg, um dem nächsten Platz zu machen, und trottete den Gang hinunter. Ihnen entgegen kam eine Gruppe aus dem Inneren der Mine, schwer gebeugt unter der Last der vollen Körbe. Ein Vormann hielt sie am Fuße einer sehr langen, aus sehr dicken Sprossen und Stangen gefertigten Leiter an und winkte sie dann einzeln weiter zu dem quälenden Aufstieg in die Dunkelheit über ihnen.

Als ich wieder zu Atem gekommen war, führte mich Livia durch den Korridor weiter, um einige Ecken herum und an Hallen vorbei, die hell erleuchtet waren. Dazu bedurfte es nur weniger Fackeln, denn das durchscheinende Salz sammelte das Licht und brach und reflektierte es in alle Richtungen. Zwischen den leuchtendroten Flecken der Fackeln liefen wir durch ein sanfteres, orangefarbenes Leuchten, das gleichmäßig von den Wänden, Decken und dem Boden ausgestrahlt zu werden schien. Es war, als befänden wir uns in einem riesigen Hyazinth. Auf irgendeine mir verborgen bleibende Art und Weise wurde jeder Teil der Mine belüftet. Überall war eine leichte Brise zu spüren, die nicht nur selbst die tiefsten Schächte mit Frischluft versorgte, sondern auch den Rauch der Fackeln mit sich trug, so daß das Salz an keiner Stelle rauchig wurde. In fast jedem Korridor waren schwerbeladene Männer unterwegs, die Livia und mir entgegenkamen, und Männer mit leeren Körben, die in unsere Richtung gingen. Nur manche Gänge waren verlassen, und ich fragte Livia danach.

»Sie führen zu Stellen, wo das Salz bis auf den Fels abgetragen worden ist«, sagte sie. »Aber ich zeige dir keinen der Strebe, die abgebaut werden, denn dort besteht immer die Gefahr eines Höhleneinsturzes. Einer solchen Gefahr würde ich dich nicht aussetzen.«

»Vielen Dank«, sagte ich erleichtert.

»Es gibt jedoch einen bestimmten Ort, den ich dir zeigen möchte, sehr tief unter dem Berg.«

Sie machte ein Zeichen, und ich sah, daß wir am Anfang einer anderen Rinne standen und die Bergarbeiter uns Platz gemacht hatten. Dieses Mal spielte Livia mir keinen Streich, und ich verbeugte mich höflich, um ihr den Vortritt zu lassen. Jetzt fand ich die Rutschpartie auf der Lederschürze eher erheiternd. Aber als wir immer neue Korridore durchschritten, immer neue Rinnen uns immer tiefer in die Dunkelheit führten, überkam mich doch wieder ein unangenehmes Gefühl. Wie ich bereits erzählt habe, habe ich in meiner Jugend viel Zeit in den Tunneln und Höhlen hinter meinen geliebten Wasserfällen in Balsan Hrinkhen verbracht, aber die hatten nur in eine Felswand hineingeführt, nicht immer weiter nach unten, unten, unten.

Wir mußten uns nun auf der Höhe von Haustaths befinden. Das bedeutete, daß ein ganzer, riesiger Alpengipfel über meinem Kopf hing, nur durch Wände und Decken aus Salz, einer bekanntermaßen brüchigen Substanz, davon abgehalten, mich unter sich zu begraben. Aber die entgegenkommenden Bergmänner zeigten kein Anzeichen von Angst, und das kleine Mädchen drängte unbekümmert weiter. Also unterdrückte ich mein Unbehagen und folgte ihr. Sie bog von den belebten Korridoren ab in einen leeren Gang, der nichtsdestoweniger von Fackeln ausgeleuchtet war. Je weiter wir gingen, desto höher wurde er. Plötzlich öffnete er sich weit, und wir standen am Rande einer riesigen Kaverne, menschenleer, aber heller erleuchtet als die anderen Gänge.

Die Bergarbeiter hatten keine Mühe gescheut, die Halle auszuleuchten. Fackeln brannten an allen Wänden und die gekrümmten Wände hinauf bis unter das Dach der Höhle. Das Licht der Feuer, gedämpft von durchscheinenden Salzformen, wurde in dem aufsteigenden Salzdom vor- und zurückgeworfen, fast so, als wäre ein Echo sichtbar gemacht worden. Ich hatte das Gefühl, nicht mehr in einem Hyazinth, sondern im Herzen einer Flamme zu stehen.

Mit Besitzerstolz erklärte Livia: »All das ist ein Werk der Natur, aber Bergleute haben vor langer, langer Zeit, einiges hinzugefügt.«

Sie bat mich auf eine Seite der Höhle und zeigte mir, was sie meinte. In eine Wand, die zu schmücken die Natur vergessen hatte, hatten christliche Bergarbeiter eine Kapelle gegraben, und dann mit einem aus Salzblöcken und -platten geformten Lesepult versehen. Darauf standen ein hoher Hostienbehälter und ein noch höherer Abendmahlskelch, beide aus Steinsalz gefertigt.

»Wie die höhergestellten Leute aus Haustaths sind auch einige der Bergarbeiter seit langem gute Christen«, sagte Livia. »Aber die meisten sind immer noch Heiden, und auch sie haben vor langer, langer Zeit ihr Werk hinzugefügt.«

In die Wand genau gegenüber der Kapelle war ein Tempel geschlagen. Dieser Hohlraum enthielt nichts als eine mannshohe Salzstatue, grob behauen, aber mehr oder weniger von menschlicher Form, die offensichtlich einen Gott verkörpern sollte. Dann sah ich, daß sich die klobige Rechte der Gestalt auf einen hölzernen Hammerstiel stützte, an dem mit Riemen ein Stein befestigt war, und erkannte, daß die Figur Thor symbolisierte. Noch etwas fiel mir auf: Das Innere des Tempels war als einziger Ort in der Mine mit Ruß überzogen und es roch nach Rauch. Ich befragte Livia danach.

»Die Heiden bringen hier ihre Opfer dar«, antwortete sie. »Sie bringen ein Tier hierher, ein Lamm, ein Zicklein, ein Ferkel. Ein Feuer wird entfacht, und sie schlachten das Tier im Namen irgendeines Gottes. Dann kochen und essen sie es.« Sie zuckte mit ihren zierlichen Schultern. »Den Göttern bleibt nur der Rauch.«

»Und dein Vater, ein Christ, läßt das zu?«

»Die christlichen Ältesten von Haustaths achten sehr darauf, daß er sie läßt. Es hält die Arbeiter ruhig und kostet die Mine nichts.« Sie blickte mich an: »Thorn, hast du dich ausgeruht? Der Weg nach oben ist lang, und hochrutschen können wir nicht.« Ich grinste und sagte: »Ich glaube, ich komme mit den Leitern zurecht. Aber dich, kleines Mädchen, soll ich dich tragen?«

»Mich tragen?« rief sie herablassend, »Vái! Versuch erst mal, mich zu fangen!« Mit diesen Worten rannte sie den Gang entlang, der uns hierher gebracht hatte.

Da ich die längeren Beine hatte, brauchte ich mich nicht anzustrengen, um ihr zu folgen. Und ich hatte keine Lust, sie zu verlieren, denn ohne sie hätte ich mich hier unten sicherlich verirrt. Ich gebe zu, als wir die letzte Leiter erklommen hatten und aus der Mine heraus ins Freie kamen, war ich es, der schwitzte und nach Luft schnappte, nicht sie. Aber ich hatte den Berg heute auch zweimal bestiegen, einmal von außen und einmal von innen.

## 3

Zurück in der Taverne gab mir Andraías, vom Schluckauf geplagt, zu verstehen, daß Wyrd bereits eingeschlafen und zu Bett gegangen sei. Ich muß ihn verwundert angestarrt haben, denn er antwortete: »Ja, in dieser Reihenfolge. Er schlief am Tisch ein – hick – und meine alte Frau und ich brachten ihn nach oben.«

So aß ich allein und mit gesundem Appetit. Als auch ich ins Bett ging, schnarchte Wyrd wie zehn Bären. Der Raum war erfüllt von Weingeruch, aber ich war zu müde, um mich dadurch vom Schlafen abhalten zu lassen.

Am nächsten Morgen, als wir unser erstes Tagesmahl zusammen einnahmen, trank Wyrd schon wieder Wein. Ich wartete, bis sich die Wirkung des Weins verflüchtigt hatte, und erzählte ihm dann, daß ich in der Mine gewesen sei, was ich dort gesehen hatte, daß ich Livia und Georgius kennengelernt hatte und was ich von ihnen hielt.

Er grunzte und sagte: »Die Tochter scheint ein annehmbares Wesen zu sein, aber der Vater gehört zu den selbstgefälligen Kleingeistern, die sich in den Provinzen zuhauf finden.«

»Das ist auch meine Ansicht«, gab ich ihm recht. »Aber ich habe das Gefühl, ihm gegenüber Respekt wenigstens vortäuschen zu müssen. Immerhin ist er ein Honoratus.«

»Balgs-daddja! Er ist eine schale Auster in einer kleinen Austernbank.«

»Fráuja, du klingst noch mürrischer als sonst. Ist der Wein schlecht?«

Er kratzte sich am Bart und sagte ernüchtert: »Vergib mir, Junge. In letzter Zeit bin ich etwas verzagt und schlecht gelaunt. Es wird vorübergehen, der Wein wird mir dabei helfen.«

»Was ist los? Als wir hier ankamen, ging es dir gut. Fráuja, wir haben viel Geld, wir brauchen nicht zu arbeiten, wir können das Leben genießen, und dafür kann es keinen schöneren Ort als diesen geben. Weshalb verzagst du, woher die schlechte Laune?«

Er fuhr fort, an seinem Bart zu zupfen, und murmelte: »Bei dem Kopf des Heiligen Denis, den er unter seinem Arm trug, ich weiß es nicht. Vielleicht werde ich einfach alt. Gereiztheit ist wohl, wie die nachlassende Sehkraft, ein Zeichen des Alters. Geh, Junge, und vergnüge dich mich deiner neuen Freundin. Laß diesen Alten seine Melancholie im Wein ertränken.« Er nahm einen langen Zug aus dem Kelch und rülpste. »Wenn ich mich erholt habe ... in ein paar Tagen ... dann nehme ich dich mit auf die Jagd. Hick. Nur zum Spaß ... ein Wild, das du noch nie zuvor gejagt hast.«

Erneut verschwand sein Gesicht hinter dem Krug. Ich seufzte resigniert, sagte aber nichts, sondern verließ verärgert die Taverne und ging auf den Marktplatz hinaus. Wie jeden Morgen war der Platz erfüllt von Menschen, vorwiegend Frauen, die Eßwaren für den Tag erstanden, und den Händlern, bei denen sie einkauften. Überrascht sah ich Livia in der Menge. Ich hatte ihr zwar gesagt, wo ich wohnte, wunderte mich aber trotzdem, was sie so früh am Tag den ganzen Weg hier herunter geführt hatte.

»Um dich zu besuchen, natürlich«, antwortete sie. »Und um dir die Stadt zu zeigen.«

An diesem Tag führte sie mich in das Innere der Kirche des Kalvarienberges, die auch als Sitzungssaal für den Stadtrat und als Aufbewahrungsort für Überbleibsel aus der Vergangenheit der Stadt diente. Dinge, die über die Jahre hinweg von Bergarbeitern, Bauarbeitern und Totengräbern ausgegraben worden waren. Dazu gehörten zahllose Schmuckstücke aus Bronze, korrodiert und mit Grünspan überzogen, und der sehr viel besser erhaltene Körper eines uralten, zwergenhaften Bergarbeiters, so verrunzelt, braun und ledrig wie seine Gewänder.

Dann besuchten wir die Werkstatt eines Aizasmithas. Dieser hier fertigte kein Geschmeide, wie ich es woanders gesehen (und teilweise gekauft) hatte. Er hielt sich an die Formen der antiken

Fundstücke, die in der Kalvarienbergkirche lagerten: Kettchen, die um den Arm und das Fußgelenk gelegt wurden, Schulterspangen, verzierte Dolche, weniger Waffen als vielmehr Schmuckstücke, Halsketten und Broschen, alles gefertigt aus glänzender Bronze.

Livia mußte nach Hause zurückkehren und mit ihrem Tutor lernen. Ich begleitete sie bis zu den letzten Häusern der Stadt und ging dann noch einmal in die Werkstatt des Aizasmithas. Dort hatte ich etwas gesehen, das ich für mich selbst erstehen wollte, aber ich wollte vermeiden, daß Livia mich dabei sah. Es hätte sie verwirrt oder schockiert, denn der Gegenstand war ganz eindeutig dazu gedacht, von einer Frau getragen zu werden. Es war ein Brustschild von solch altertümlichem Aussehen, daß ich es auch woanders niemals mehr zum Verkauf angeboten oder von einer Frau getragen sah.

Die Vorrichtung war einfach, wie man es von den frühen Kunsthandwerkern, die jene primitiven Ornamente hergestellt hatten, erwartet. Dabei war sie sehr durchdacht konstruiert und außerordentlich kleidsam. Der Harnisch war gefertigt aus einem sehr langen, schlanken Bronzestab, etwa von der Dicke des Kiels einer Adlerfeder, kunstvoll in zwei Spiralen gebogen, die sich in entgegengesetzte Richtungen wanden. Die linke Spirale bedeckte die linke Brust einer Frau von der Brustwarze auswärts, folgte dann vom Brustansatz abwärts dem Spalt zwischen den Brüsten und wand sich dann um die rechte Brust, um nach mehreren Spiralen auf der Brustwarze zu enden. An beiden Körbchen war jeweils ein Riemen befestigt, die die Trägerin hinter ihrem Rücken zusammenbinden konnte. Auf der Werkbank des Schmiedes erschien die Konstruktion flach, aber wenn sie angelegt wurde, öffneten sich die Spiralen zu Armierungen für die Brüste, sowohl zur Dekoration als auch zum Schutz. Mir ging es weniger um die schützende Funktion als vielmehr darum, meine weiblichen Rundungen hervorzuheben, wenn ich einmal wieder in die Rolle einer Frau schlüpfen würde. Das Brustschild war sehr kostspielig, aber die Möglichkeit, das nächste Mal als Frau noch weiblicher, wohlgeformter und anziehender auftreten zu können, schien mir diesen Preis wert.

Den größten Teil der nächsten Tage verbrachte ich in der Gesellschaft von Livia, denn Wyrd versank in einer unerklärlichen, volltrunkenen Verzagtheit. Nur für ein gelegentliches Abendmahl und meine Nachtruhe kehrte ich in die Taverne zurück, und für eine morgendliche Stärkung nahm ich mir gerade eben die Zeit, bevor ich wieder verschwand. Ab und zu aßen Livia und ich in einer der anderen Tavernen der Stadt, und einmal speisten wir in der Villa ihres Vaters. Meistens aber waren wir irgendwo weit draußen, wenn uns der Hunger überkam. Dann suchten wir die Hütte eines Holzfällers, Köhlers oder Kräutersammlers auf, dessen Frau uns für ein geringes Entgelt ein Mahl bereitete.

Eines Morgens hatten Livia und ich vor, eine, wie sie sagte, völlig menschenverlassene Gegend zu erkunden. Ich ging in die Küche und bat die Frau des Wirts, uns einen Korb mit Brot, Käse und Wurst zu packen und meine Flasche mit Milch zu füllen. Während ich wartete, kam Andraías in die Küche und zog mich zur Seite.

»Ach Thorn! Ich sorge mich um unseren Freund Wyrd. Schon oft war er hier zu Gast, aber niemals habe ich ihn so erlebt. Nun weigert er sich sogar, zu essen. Er ernährt sich nur von Wein und Bier. Er sagt, er sei zu wirr im Kopf, um Essen schlucken zu können. Verstehst du das? Kannst du ihn nicht dazu bewegen, hinaus in die belebenden Wälder zu gehen, an einen See, einfach irgendwohin?«

»Ich habe bereits versucht, ihn zu überreden«, sagte ich. »Ich kann ihm schlecht befehlen. Wenn ich als Jüngerer ihm als Älteren befehlen würde, würde er sich aufregen und nur noch mehr trinken. Aber du bist fast in seinem Alter, Andraías. Wenn du ihm einfach zu seinem eigenen Besten nichts mehr ausschenken würdest?«

»Vái! Dann hätte er nicht einmal mehr das bißchen Wein und Bier, das ihn am Leben erhält.«

»Es tut mir leid, aber ich kann nicht helfen«, erwiderte ich. »Aber ich habe Wyrd schon mehr Tage ununterbrochen trinken sehen als hier. Am Ende wird er sich elend fühlen und im Bett liegen, reumütig und unerträglich schlecht gelaunt, aber es wird aufhören.«

An den meisten Tagen holte ich Velox aus dem Stall und ritt hoch zur Mine. Wenn Livia und ich zu Fuß aufbrachen, ließ ich Velox in der Gesellschaft der Maulesel des Bergwerkes zurück, aber wenn wir einen längeren Weg vor uns hatten, ritten wir, sie hinter mir auf Velox' Rücken sitzend. Ich hatte stets meine Schleuder dabei und versuchte, Livia in ihrem Gebrauch zu unterweisen. Mit geringem Erfolg allerdings, und so war ich es, der Hasen, Eichhörnchen, Kaninchen und Rebhühner zur Strecke brachte. Wir teilten die Beute, sie überließ ihren Anteil ihrem Familienkoch zur Zubereitung, während ich den meinen zur Taverne brachte, wo sich sowohl Andraías und seine Frau als auch ich selbst über Wild als eine Abwechslung von ihren Fischgerichten freuten. Aber Wyrd ließen selbst solche Köstlichkeiten kalt, auch wenn er vergleichsweise nüchtern und bei klarem Verstand war.

»Ich kann einfach nicht schlucken«, wehrte er sich. »Das Alter hat nicht nur meinen Geist, meine Sinne und meine Lebenslust getrübt, sondern mir auch die Kehle zugeschnürt.«

»Jesus«, sagte ich, »so wie du den Wein in dich hineinschüttest, kann es nicht an deiner Kehle liegen.«

»Selbst das fällt mir schwerer und schwerer«, grummelte er. »Und erweist sich als weniger und weniger tröstlich.« Damit kippte er das nächste Glas hinunter, und ich suchte wieder das Weite.

Livia führte mich an jeden Platz, den sie kannte. Einmal stiegen wir fast bis zur Hälfte auf den Dachstein, den Berg, dem die gesamte Gebirgskette ihren Namen verdankte, wo Livia mir einen, wie sie es nannte, Eisflodus zeigte. Ein Begriff, der mir nichts sagte, bis wir auf dem Rücken von Velox vor ihm standen. Ich war hingerissen.

Breit wie ein Fluß zwängte sich der »Eisfluß« durch eine weite, gewundene Spalte im Berg, kräuselte und wellte sich, mit Wirbeln und Kaskaden, ganz genauso wie der Fluß aus Wasser, der an Haustaths vorbei sich in den See ergoß. Aber dies hier alles war aus Eis geformt, reglos – zumindest für das Auge. Das Eis, so erklärte Livia mir, bewegte sich, aber so unendlich langsam, daß, wenn ich ein unauslöschliches Zeichen in das Eis machen würde, dieses Zeichen sich am Ende meines Lebens nicht einmal um die Länge meines eigenen Körpers bergabwärts bewegt haben würde.

Abgesehen von dem alten Schnee, der in Wirbeln und Verwehungen über das Eis trieb, erschien der Gletscher fast ebenso blau wie der Haustaths-Saiws. Der Anblick war so einladend neuartig, daß ich mit Velox auf das Eis hinausreiten wollte. Aber Livia verstärkte ihren Griff um meine Taille und warnte mich, das bleiben zu lassen.

»Es ist Sommer, Thorn, und es gibt viele Runaruneis.«

Schon wieder ein Wort, das mir nichts sagte, also riet ich: »Eis-Dämonen?«

»Ne, du Esel«, lachte sie mich aus. »Verborgene Spalten. Tagsüber, wenn es warm ist, schmilzt das Eis zu kleinen Bächen, die sich ihren Weg bahnen und dabei tiefe Spalten einschneiden. Nachts gefriert der darüber hinwegwehende Schnee und formt Brücken. Du trittst auf etwas, das wie solides Eis aussieht, aber in Wirklichkeit nur eine dünne Kruste ist, und fällst in eine bodenlose Spalte und kommst nie wieder heraus. Ich will nicht, daß dies jemandem zustößt, den ich ...« Sie brach so plötzlich ab, daß ich mich nach ihr umdrehte. Sie errötete und fuhr sehr hastig fort: »Ich will nicht, daß dies mir oder dir oder Velox zustößt.«

»Dann werde ich es nicht wagen«, sagte ich und stieg ab. »Stattdessen werde ich unsere Namen ins Eis ritzen, genau neben dieser auffälligen schwarzen Felsspitze. Einer von uns muß vor seinem Tod zurückkommen – und du wirst mich überleben, Livia – und sehen, ob die Namen um eine Körperlänge weitergewandert sind.«

»Oder sich einander genähert haben«, murmelte sie, als ich mit der Spitze meines Schwertes die Buchstaben ins Eis ritzte, »oder sich voneinander entfernt haben.«

»Oder auch nur die Zeit überdauert haben«, fügte ich hinzu. Darauf erwiderte sie nichts.

Ich wußte, daß die kleine Livia mich mochte. Und sie sah in mir auch kaum einen älteren Bruder, denn sie hatte deren zwei, die sie allerdings wenig schätzte. Ich nahm an, daß sie mich als einen außergewöhnlich umgänglichen und lustigen Onkel oder – Livia war ein außergewöhnlich aufgewecktes Kind – sogar eine Tante betrachtete. Oft sprach sie mit mir wie mit einer Frau, über Gewänder und Schmuck und dergleichen; Dinge, die ein Mädchen normalerweise nicht mit einem Mann bespricht. Und oft ertappte ich sie dabei, wie sie mir forschende Seitenblicke zuwarf. Livia war besessen von Neugier auf alles, was meine Person betraf. Und sie war entschlossen, ihre Neugier zu befriedigen. Eines Tages zog sie sich zum Schwimmen an einem abgeschiedenen Plätzchen am See aus und drängte mich, es ihr gleichzutun.

»Ich kann nicht schwimmen«, log ich.

»Dann wate herein, oder plansche ein wenig«, rief sie, während sie wie ein junger Otter herumtollte. »Es ist wunderbar.«

»Ist es nicht«, erwiderte ich, indem ich einen Finger ins Wasser hielt und vorgab, am ganzen Körper zu frösteln. »Brrr! Du bist dieses Eiswasser gewohnt, aber ich komme aus wärmeren Gefilden.«

»Lügner! Entweder bist du prüde, ein Feigling, oder du verbirgst ein abscheuliches Gebrechen.«

Damit lag sie gar nicht so falsch. Ich widerstand ihrem Hohn und ihren Schmeicheleien, setzte mich einfach auf den Kies und genoß es, ihr beim Herumtollen zuzusehen, bis sie müde wurde. Als sie aus dem Wasser stieg und sich neben mich setzte, um sich von der Sonne trocknen zu lassen, bevor sie ihre Kleider wieder überzog, war sie es, die zitterte und sich an mich herankuschelte. Ich legte meine Arme wärmend um sie, und sie schnurrte vor Wohlbehagen.

Ich dachte nach. Vor langer Zeit hatte ich mir einen geistigen Vermerk gemacht, daß ich niemals in Gegenwart eines Hundes irgend jemanden durch einen Geschlechtswechsel zu täuschen versuchen durfte. Hunde würden, soviel wußte ich inzwischen, mit ihrem empfindlichen Geruchssinn die Täuschung erkennen. Livias Verhalten veranlaßte mich, diesem Vermerk einen Zusatz hinzuzufügen. Offensichtlich sind Kinder in ihren Wahrnehmungen genauso empfindlich. Fortan also mußte ich auch in der Gegenwart von Kindern vorsichtig sein.

Wie sich herausstellte, brauchte ich in Livias Gegenwart zumindest nicht mehr viel länger auf der Hut zu sein. Als ich am nächsten Morgen mit Velox zur Mine hochritt, war zwar ihr Vater da, aber sie war nirgends zu sehen. Er teilte mir mit, daß Livia einen Katarrh eingefangen hatte und der Medicus der Mine angeordnet hatte, sie müsse auf ihrem mit Vorhängen zugehängten und mit medizinischen Dämpfen erfüllten Zimmer bleiben, bis es ihr wieder besser gehe. Georgius übermittelte mir diese Nachricht in einem anklagenden Ton, so als sei ich an Livias Unpäßlichkeit schuld. Dabei war ich davon überzeugt, daß die tapfere kleine Livia ihm erzählt hatte, sie sei ohne mich schwimmen gegangen.

Ich ritt in die Stadt zurück und fragte mich, womit ich die nächsten vier Tage verbringen sollte. Ich hatte mich daran gewöhnt, mindestens den halben Tag Livia in meiner Gesellschaft zu haben. Als ich Velox in den Stall zurückführte, war ich wie vom Schlag gerührt. Wyrd war dort. Es war das erste Mal, seit wir in Haustaths waren, daß er herausgekommen war, sein Pferd striegelte und zärtlich mit ihm sprach. Jetzt, da er nicht hinter einem Tisch zusammengesunken saß oder in seinem Bett lag, sah ich erst, wie elendiglich ausgemergelt er geworden war. Seine Stimme klang sehr rauh. Lag es daran, daß ihm die Kehle zugeschnürt wurde, wie er behauptete, oder hatte der Überfluß an Wein sie aufgerieben? Auf jeden Fall erschien er nüchtern und im Vollbesitz seiner geistigen Kräfte.

»Was soll das?« fragte ich skeptisch. »Nachdem Andraías, seine Frau und ich vergeblich versucht haben, dich von Wein und Bier abzustillen, hast du es ganz von allein geschafft?«

Wyrd hustete und spuckte auf das Stroh. Dann sagte er: »Als ich heute morgen feststellen mußte, daß ich selbst verwässerten Wein oder verdünntes Bier nicht mehr schlucken konnte, wurde mir klar, daß meine Eingeweide rebellieren. Nun kann ich nicht einmal mehr über das Trinken reden. Ich habe dir eine Jagd versprochen, Junge. Was hältst du davon? Oder stößt dich dieser alte Wicht zu sehr ab, um ihn noch einmal zu begleiten?«

»Ne, Fráuja, ni allis«, sagte ich reumütig, bedauernd, daß ich wie eine keifende Frau wiederholt an ihm herumgenörgelt hatte. »Ich habe auf deine Genesung gewartet, damit wir endlich wieder umherziehen können.«

»Wir werden einige Tage weg sein. Wird Livia dich gehen lassen? Kannst du deinem Hang, Kinder zu entführen, einige Tage entsagen?«

»Natürlich. Vielleicht hatte ich in letzter Zeit zuviel kindliche Gesellschaft. Es wird gut tun, endlich einmal wieder auszureiten und nicht Kindermädchen spielen zu müssen.«

»Ich sehe, du trägst dein Schwert und deine Schleuder. Ich selbst brachte meinen Bogen und Pfeile. Laß uns die Pferde packen und dann nichts wie weg.«

Wir brauchten nicht zur Taverne zurückkehren, denn alles, was wir für draußen brauchten, hatten wir in den Ställen gelassen. Wir nahmen beide eine Felldecke, in die wir unsere Sachen einwickelten. Dann banden wir sie hinter uns auf den Sattel, stiegen auf und ritten los. Wyrd folgte nicht dem Pfad, der uns hierher gebracht hatte, sondern jenem, der Livia und mich zu dem Eisflodus am Dachstein geführt hatte.

Anfangs war der Weg breit genug, daß wir Seite an Seite reiten konnten. »Fráuja«, fragte ich ihn, »du hast gesagt, wir würden ein einzigartiges Wild jagen. Was für ein Tier ist das?«

»Ein Vogel, ein Auths-Hana. Nicht wirklich einzigartig, aber er ist sehr scheu, zeigt sich selten und verlangt deshalb nach einer außergewöhnlichen Jagdmethode. Wir haben auf unseren Reisen noch niemals einen Auths-Hana zu Gesicht bekommen, und ich dachte, es sei an der Zeit, dir einen zu zeigen, dich zu lehren, wie man ihn aufspürt und wie gut sein Fleisch mundet.«

Sein Name, Auerhahn, sagte mir nichts.

»Der Vogel«, fuhr Wyrd fort, »hat die scharfen Krallen, den kräftigen Schnabel und den wilden Ausdruck eines Raubvogels. Er ist ziemlich groß und sein Schrei klingt wütend und aggressiv, dabei ist er ein völlig harmloser Pflanzenfresser. Aber nur in dieser Saison, wenn der Vogel von Heidelbeeren und dergleichen lebt, ist sein Fleisch genießbar. Im Winter frißt er Tannennadeln und würde selbst einem illyrischen Schakal den Appetit vergällen. Manche Waldläufer nennen ihn *Daufs*-Hana, denn sein Schrei ist so laut, daß er, wenn er schreit, nichts anderes mehr hört. Und das wird ihm zum Verhängnis. Wenn du den ohrenbetäubenden Schrei des Auths-Hanas vernimmst, rennst du auf den Baum zu, in dem er sitzt. Solange der Auths-Hana still ist, bleibst du verborgen und rührst dich nicht. Sobald er wieder schreit, rennst du weiter. Egal wie schwerfällig du dich bewegst, er wird dich nicht hören. Schließlich, wenn du nahe genug bist, bringst du ihn mit einem Pfeil zur Strecke.«

Der Pfad verengte sich, und ich mußte hinter Wyrd herreiten. Er sprach weiter, aber ich konnte ihn nicht mehr verstehen. Das machte mir nichts, denn ich würde es wahrscheinlich sowieso noch öfters hören. Wyrd war immer sehr gesprächig gewesen, eine Eigenschaft, die, wie er sagte, allen Waldläufern zu eigen war, einfach aus Mangel an Gelegenheit. In der letzten Zeit allerdings, während seiner Verzagtheit und Trunkenheit, schien er, falls er nüchtern genug zum Reden war, vor Worten geradezu überzusprudeln. Als ob er ein Drängen verspürte, jedes in ihm befindliche Wort loszuwerden, ihm dafür aber nicht mehr viel Zeit bliebe.

Nun, mich störte seine Geschwätzigkeit nicht, ich war froh, den Wyrd, den ich kannte, wieder bei mir zu haben, klar im Kopf und, ganz wie es sich gehörte, er der Fráuja, ich der Schüler. Ganz der Alte war er allerdings nicht mehr, bemitleidenswert mager und abgezehrt wie er jetzt daherkam. Seine Stimme war rauh geworden, sein Bart- und Kopfhaar verfilzt. Früher hatte er kerzengerade im Sattel gesessen, jetzt hielt er sich mehr recht als schlecht aufrecht. Ich schalt mich, daß ich in letzter Zeit so undankbar und zänkisch gewesen war und ihn, wenn er betrunken war, verspottet und gescholten hatte. Einfältigerweise hatte ich angenommen, daß er seine Trunkenheit genossen hatte, während er, wie mir jetzt aufging, die ganze Zeit über eigentlich gelitten hatte. Wahrscheinlich hatte er auch jetzt Schmerzen, ohne es zu zeigen. Ich betete darum, daß der Umstand, daß wir wieder unterwegs waren, ihm seine einstmals überragende Kraft und Gesundheit wiedergeben möge, und nahm mir selbst das Versprechen ab, ihm auf jede erdenkliche Art und Weise zu helfen. Egal wie schroff, jähzornig und tyrannisch er sich aufführen würde, ich wollte mich ihm nicht widersetzen, sondern es freudig als Zeichen seiner Genesung willkommen heißen. Und vielleicht würden mit diesem Ausflug die guten Zeiten, die wir gemeinsam verlebt hatten, ihre Wiederauferstehung feiern?

Doch wir wissen nie, wann unsere Zeit gekommen ist.

## 4

»Ah, siehst du das?« rief Wyrd mit seiner rauhen Stimme aus und deutete auf den Boden.

Es war der Morgen des nächsten Tages, und wir ritten an einer Flanke des Dachsteins entlang, so hoch oben, daß in schattigen Mulden und Einschnitten noch immer Schnee vom letzten Winter lag. Wyrd deutete auf eine Spur im Schnee, nicht von Hufen oder Pfoten, sondern der Abdruck einer dreigeteilten Furche auf einem schneebedeckten Hang, so als ob drei Tiere den Hügel Seite an Seite hinabgerutscht wären.

»Weißt du, von was die Spuren stammen?« fragte ich. »Sicherlich doch nicht von drei Ottern, die sich hier oben im Schnee vergnügten.«

»Ne, keine Otter. Diese Spuren hat ein Tier gemacht, nicht drei. Die Spur unterscheidet sich von der aller anderer Tiere, die in dieser Höhe leben. Ein Waldläufer erkennt sie sofort, aber die unerfahrenen Bauern sind zu Tode erschrocken, wenn sie auf sie stoßen. Sie glauben, daß die Spur von einem der furchtbaren Bergkobolde stammt. Dabei ist das lediglich die Spur eines einzelnen Auths-Hanas.«

»Der Vogel, den wir suchen, Fráuja? Wie macht der Vogel das?«

»Er rutscht auf seinem Bauch den Hang hinunter, und dabei schleifen seine ausgebreiteten Schwingen auf dem Schnee. Warum er das macht? Wahrscheinlich läßt er einfach seinem Übermut freien Lauf. Wie dem auch sei, offensichtlich ist ein Auths-Hana ganz in der Nähe, denn die Spur ist noch nicht sehr alt. Hier, Junge, nimm meinen Bogen, Pfeile und geh auf die Jagd nach dem Auths-Hana. Ich fürchte, ich selbst bin zu schwach, um den Bogen noch sicher spannen zu können. Ich werde unterhalb der Schneefelder auf dich warten und meine alten Knochen in die Sonne legen.«

Er gab mir die Waffen. Ich stieg auf Velox und ritt davon. Es dauerte nicht lange, bis ich den unwirklichen Schrei des Auths-Hanas hörte. Zumindest nahm ich an, daß es das sein müßte. Denn genausowenig wie dieser Hänge hinabrutschende Vogel sich wie andere mir bekannte Vögel verhielt, genausowenig schrie er wie die Vögel, die ich bisher gehört hatte. Es klang ungefähr wie eine überaus laute Kombination von gleichzeitigen Knack-, Zisch- und Trillerlauten. Ich konnte die hier lebenden Bauern verstehen, wenn sie sich in Gegenwart von Bergkobolden wähnten.

Ich saß ab, band Velox an einen Busch und legte einen Pfeil auf die Kerbe. Gerade brach ich in die Richtung auf, aus der der Ruf des Vogels kam, und versuchte, mich möglichst leise auf der brüchigen Altschneekruste fortzubewegen, als ein anderes Geräusch mir das Blut in den Adern gefrieren ließ. Der unmißverständliche, langgezogene Ruf eines Wolfes ertönte hinter mir und etwas bergabwärts, ungefähr von da, wo Wyrd jetzt sein mußte. Ich blieb verwirrt stehen, es war sehr außergewöhnlich, einen Wolf in der

Mittagszeit heulen zu hören. Vor mir stieß der Auths-Hana wieder seinen ohrenbetäubenden Schrei aus, und, als ob er darauf antworten wollte, heulte der Wolf wieder. Ich blickte unentschlossen vor und zurück. Der Wolf klang, als ob er entweder an unerträglichen Schmerzen litte oder bis aufs Blut gereizt wäre. Vielleicht war es wieder ein kranker Wolf? Wyrd hatte nichts außer seiner kurzstieligen Kampfaxt, um sich gegen einen Angriff zu verteidigen. Ich ließ den Auths-Hana Auths-Hana sein und rannte mit dem Bogen in der Hand so schnell ich konnte den Berg hinunter, um Wyrd notfalls beistehen zu können.

Ein Stück unterhalb der Schneegrenze entdeckte ich sein Pferd, das friedlich an dem wenigen genießbaren Grün, das hier oben noch wuchs, knabberte. Ich wunderte mich, daß es nicht geflohen war oder wenigstens irgendein Zeichen der Angst vor dem Wolf zeigte. Ich nahm das Pferd am Zügel und blickte suchend umher, konnte aber jenseits des Gestrüpps nichts ausmachen. Da hörte ich den Wolf wieder, und zwar ganz in der Nähe. Mit gespanntem Bogen brach ich in Richtung des Heulens durch das Buschwerk.

Was ich sah, ließ mir die Haare zu Berge stehen: auf der Erde lag Wyrd. Er war es, der mit unmenschlich weit aufgerissenem Mund wie ein Wolf heulte. Seine weit heraushängende Zunge zuckte und ließ den Heulton auf- und abschwellen. Sein Körper war versteift, gespannt wie ein Bogen, nur mit den Fersen und dem Hinterkopf berührte er noch den Boden, auf den er mit seinen verkrampften Fäusten wie besessen einhieb.

Als ich mich durch die Büsche zu ihm durchgekämpft hatte, schien der Krampf plötzlich nachzulassen, denn sein Körper fiel flach auf die Erde. Er hörte mit dem schrecklichen Heulen auf, und seine Fäuste öffneten sich. Ganz schlaff lag er da, nur seine Brust hob und senkte sich wild, als er heftig nach Atem rang. Hastig band ich sein Pferd an einem Busch fest, legte meine Waffen ab und kniete neben ihm nieder. Er blinzelte unablässig, und sein Mund stand noch immer offen, wenn auch nicht mehr so unnatürlich weit. Erstaunlicherweise schwitzte er nicht, aber sein Gesicht war so grau wie seine Haare und, als ich es berührte, kalt und klamm.

Als er meine Hand spürte, blickte er mich mit blutunterlaufenen

Augen an und fragte mit rauher Stimme, aber sehr klar und verständlich: »Was hast du hier verloren, Junge?«

»Was ich hier verloren habe? Ich bin in halsbrecherischem Tempo zurückgestürzt. Es klang, als ob ein ganzes Wolfsrudel hinter dir her wäre.«

»Habe ich etwa so laut geschrieen?« fragte er entschuldigend. »Es tut mir leid, wenn ich dich bei der Jagd gestört habe. Ich ... ich wollte mir nur den Hals durchputzen.«

»Was wolltest du? Du hast die ganzen Alpen durchgeputzt. Jeder Ziegenhirte, jeder Baumfäller, jeder –«

»Ich wollte ... ich strengte mich mächtig an, den Schleimpfropfen auszuhusten, der mir seit langem Kehle und Luftröhre verstopft hat.«

»Jesus, Fráuja«, stieß ich aus, zumindest ein bißchen erleichtert zu hören, daß er sich absichtlich so verhalten hatte. »Du hast praktisch einen Kopfstand vollführt. Gibt es keinen einfacheren Weg, den Hals frei zu bekommen? Wo ist deine Flasche? Hier, nimm einen Schluck aus meiner.«

Kaum hatte ich das gesagt, da wand er sich von mir los und stieß einen gurgelnden Ton aus, als ob er wieder mit dem Geheul anfangen wollte. Sein Körper krümmte sich, und nur mit offensichtlicher Anstrengung konnte er die Beherrschung über sich zurückgewinnen.

»Bitte ... ne, Junge ... quäle mich nicht.«

»Ich will dir doch nur helfen, Fráuja«, sagte ich und hielt meine Flasche an seinen Mund. »Ein Schluck Wasser wird –«

»Argh-rgh-rgh!« würgte er und kämpfte gegen den einsetzenden Krampf. Es gelang ihm, meine Hand wegzuschlagen. Als er wieder sprechen konnte, knurrte er grimmig: »Was immer du tust ... bleib weg ... von meinem Mund ... meinen Zähnen ...«

Ich setzte mich auf meine Fersen und betrachtete ihn besorgt. »Was ist los? Andraías hat mir gesagt, du hättest seit einigen Tagen nichts gegessen, und seit gestern weder Speis noch Trank zu dir genommen. Jetzt weigerst du dich sogar, einen Schluck frisches Was –«

»Nicht dieses Wort!« flehte er und zuckte zusammen, als ob ich ihn geschlagen hätte. »Hab Erbarmen, Junge. Gib mir ein Fell und entfache ein Feuer. Es wird so früh dunkel und mir ist kalt.«

Verwundert betrachtete ich die hoch am Himmel stehende Sonne. Besorgt, aber gehorsam zog ich sein Schlaffell hinter dem Sattel hervor, half ihm, sich einzuwickeln. Dann sammelte ich trockenes Moos, Zweige und vom Wind abgebrochene Äste und machte neben ihm ein Feuer. Schon nach kurzer Zeit war Wyrd fest eingeschlafen. Ich hoffte, dies sei ein gutes Zeichen, und stahl mich davon.

Ich stieg den Berg wieder hinauf zu Velox. Gerade als ich dabei war, ihn loszubinden, hörte ich wieder den schrillen, knackenden Ruf des Auths-Hanas. Jedes Lebewesen in der Gegend außer mir hatte offenbar gespürt, daß da kein echter Wolf geheult hatte, so daß keines die Flucht ergriffen hatte. Also legte ich einen Pfeil auf die Sehne und machte mich auf in die Richtung, aus der der Schrei gekommen war. Ich folgte Wyrds Anweisungen und wartete immer wieder geduldig ab, bis der Auths-Hana schrie, rannte dann von einer Deckung zur nächsten – einem Baum, einem Fels – und hielt mich da versteckt, solange der Vogel schwieg. Schließlich erblickte ich ihn in einiger Entfernung auf dem untersten Ast einer Tanne.

Noch einmal wartete ich, bis der Vogel, seinen Kopf hochrekkend und einen Kranz strahlender Schwanzfedern entfaltend, seinen betäubenden Schrei ausstieß, und huschte zu einer besser gelegenen Stelle. Ich wollte ganz sicher gehen, ihn zu erwischen, denn falls der Vogel wirklich so gut schmeckte wie Wyrd behauptete, dann würde er vielleicht versucht sein, davon zu essen. Mein Pfeil traf den Auths-Hana so glatt, daß er mitten in seinem nächsten Schrei verstummte und mit einem Plumps am Fuß der Tanne auf den Boden fiel.

Ich verschwendete keine Zeit damit, die Schönheit des Vogels zu bewundern, sondern rupfte seine imposante Federpracht, bevor die Totenstarre die Federn festhalten würde. Dann schlug ich den Kopf und die Füße ab, nahm ihn aus und rieb ihn mit Schnee aus. Als ich am Lagerfeuer ankam, schlief Wyrd noch immer. Ich begnügte mich also zunächst damit, die Stoppelfedern von der Haut des Vogels abzusengen, und erst, als die Sonne unterging, spießte ich ihn auf und briet ihn langsam über dem Feuer.

Wartend saß ich da, legte ab und zu Holz nach, drehte den Spieß eine Vierteldrehung weiter und lauschte auf Wyrds eintöniges Schnarchen, während um uns herum die Nacht einbrach. Ich muß vor lauter Langeweile und Nichtstun eingedöst sein, aber plötzlich schreckte ich hoch, denn das Schnarchen hatte aufgehört. Der aufgespießte Vogel brutzelte lustig vor sich hin, aber hinter ihm, jenseits des Feuers, glühten zwei gelbe Wolfsaugen in der Dunkelheit. Noch bevor ich aufspringen konnte, hörte ich Wyrds Stimme, und mir wurde klar, daß es seine Augen waren.

»Duftet der Auths-Hana nicht köstlich? Iß, Junge, bevor das Fleisch verkohlt.«

Niemals zuvor hatte ich Wyrds Augen so in der Dunkelheit leuchten sehen. Aber ich sagte lediglich: »Es ist genug da, um vier Münder zu stopfen. Ich schneide dir ein Stück ab.«

»Ne, ich könnte es doch nicht schlucken. Aber vielleicht sollte ich einen Schluck Wasser nehmen. Aus irgendeinem Grund stößt mich der Gedanke daran jetzt gerade nicht ab.«

Über das Feuer reichte ich ihm meine Flasche und riß von dem Vogel ein Bein und einen Flügel ab, die ich hungrig verschlang. Ich aß mit Absicht weniger manierlich als sonst, schmatzte laut und schnalzte genießerisch mit der Zunge. Vielleicht würde das Wyrds Appetit anregen. Aber er beließ es dabei, sehr zaghaft, fast ängstlich an meiner Flasche zu nippen.

»Das mit dem Auths-Hana stimmt, Wyrd«, rief ich enthusiastisch. »Noch nie hat mir Geflügel so gemundet. Die Heidelbeeren, von denen er sich ernährt hat, haben dem süßen Fleisch gerade die richtige Schärfe gegeben. Nimm was. Hier, ein Stück zarte Brust.«

»Ne, ne«, lehnte er wieder ab. »Aber ich habe ohne zu würgen oder mich zu übergeben ein paar Tropfen Wasser geschluckt. Und, hast du gehört, ich kann sogar das Wort ›Wasser‹ aussprechen, ohne daran zu ersticken. Ich muß mich auf dem Wege der Besserung befinden.« Er starrte die Flasche so entzückt an, als enthielte sie einen sehr seltenen Wein. Dann sagte er: »Wasser. Wasser? Siehst du? Wasser! Keine Wirkung. Hast du jemals von Vergil die *Georgica* gelesen?«

Verblüfft über diese Frage antwortete ich: »Ja. In St. Damian mußten wir Vergils Gedichte lesen.«

»Nun, falls dein Kloster nicht gerade eine der beiden abweichenden Ausgaben besaß, kennst du dieses Gedicht nicht. Vergil hat in dem ursprünglichen Gedicht, irgendwo im zweiten Buch, den Namen der Stadt Nola erwähnt. Einige Zeit später kam er durch diesen Ort und bat jemanden um einen Schluck Wasser. Sieh! Ich kann das Wort mit Leichtigkeit aussprechen. Wasser! Egal, der geizige Stadtbewohner weigerte sich, ihm Wasser zu geben. Daraufhin schrieb Vergil das Gedicht um und strich den Namen Nola aus. Um die Skandierung des Gedichts zu erhalten, schrieb er stattdessen ›ora‹ – ›Region‹. Ich möchte darauf wetten, daß kein einziger Schriftsteller jemals wieder den Namen des geizigen, armseligen Städtchens Nola erwähnen wird.«

»Ohne Zweifel«, sagte ich, »bereuen die Einwohner der Stadt, wie sie Vergil behandelt haben.«

Ohne ein weiteres Wort, sogar ohne mir gute Nacht zu wünschen, legte Wyrd sich nieder, zog sein Fell fester um sich und schlief ein. Er schnarchte, also war er nicht tot. Vielleicht war Schlaf genau das, was ihm helfen würde? Die Überreste des Auths-Hanas wickelte ich für den nächsten Tag ein, bedeckte die Glut des Feuers mit Grassoden, deckte mich mit meinem Fell zu und fiel gleich darauf in einen tiefen Schlaf.

Wie lange ich geschlafen habe, weiß ich nicht, aber es war immer noch dunkel, als mich das furchtbare Jaulen eines Wolfes aus dem Schlaf hochriß. Ich wünschte, es wäre ein echter Wolf gewesen, aber es war wieder Wyrd. Sein Körper hatte sich erneut zu einem Bogen verkrampft, mit einer so unmenschlichen Anstrengung, daß ich hören konnte, wie seine Knochen und Sehnen knackten. Immer wieder brüllte er in äußerster Qual auf. Zuerst konnte ich nur hilflos dasitzen und mit Entsetzen darauf warten, daß der Anfall nachließe. Aber als Wyrd nach einiger Zeit immer noch nur auf Fersen und Hinterkopf gestützt dalag, mit den Fäusten auf den Boden trommelte und vor Schmerzen brüllte, kam mir eine Idee. Ich sprang auf und wühlte in meinen Sachen nach der Kristallphiole, die ich schon so lange bei mir trug.

Als mein Juika-bloth im Sterben lag, hatte ich ihm nur einen Bruchteil des unbezahlbaren Tropfens zu geben versucht. Jetzt aber beugte ich mich über Wyrd und ließ, als er zwischen zwei Schreien Luft holen mußte, den ganzen Rest in seinen Mund tropfen. Ob es an der Milch lag oder einfach daran, daß Wyrd mich wahrnahm, weiß ich nicht, aber die Starre entließ ihn aus ihrem grausamen Griff, und er fiel flach auf den Boden. Im selben Augenblick aber versetzte er mir einen solchen Schlag, daß ich ein gutes Stück zur Seite weggeschleudert wurde.

»Verzeih mir«, krächzte er. »Ich habe dir doch gesagt, bleib weg!«

Gehorsam blieb ich, wo ich war. Nach einer Weile kam Wyrd wieder zu Atem und sagte stockheiser, aber ruhig: »Vergib mir meine Gewalt, Bursche. Ich tue es zu deinem Besten. Was hast du mir eingeflößt?«

»Meine größte Hoffnung, dir helfen zu können. Einen Tropfen der Milch von der Brust der heiligen Jungfrau Maria.«

Er wandte mir sein hageres Gesicht zu und blickte mich ungläubig an: »Ich dachte, ich sei derjenige, der toll geworden ist. Hat dir der Auths-Hana das Hirn ausgepickt?«

»Es ist wahr, Fráuja! Es ist die Milch der Jungfrau Maria. Ich habe sie einer Äbtissin gestohlen, die nicht würdig war, sie zu besitzen.« Zum Beweis hielt ich die Phiole hoch. »Aber es war nur ein einziger Tropfen. Mehr kann ich dir nicht geben.«

Wyrd versuchte zu lachen, aber es gelang ihm nicht, tief genug durchzuatmen. Stattdessen stieß er den gotteslästerlichsten Fluch aus, den ich ihn jemals aussprechen gehört hatte. »Im Namen der weggeworfenen und niemals erretteten Vorhaut des beschnittenen Svans Jesus! Du hast Magie an mir versucht?«

»Magie? Ni allis. Die Milch war ein echtes Reliquium. Ein heiliger Schatz wie dieser hat die Macht –«

»Eine Reliquie«, sagte er säuerlich, »hat haargenau so viel Macht und Gültigkeit wie das von einem Wahrsager prophezeite Schicksal oder die von einem Magier hergesagte Zauberformel. Unter den Einfältigen, die daran glauben, mag jede noch so billige und läppische Zauberei Wunder wirken. Aber gegen die Hundswoths hilft nichts, Junge. Ich fürchte, du hast deinen Schatz umsonst verschwendet.«

»Die Hundswoths? Ich hatte es befürchtet, aber du hast gesagt –«

»Daß ich mich nicht infiziert hätte? Das dachte ich auch, als die Bißwunde so gut verheilte. Aber ich habe mich getäuscht. Ich kannte einen Fall, in dem es volle zwölf Monde dauerte, bis die Tollwut ausbrach.«

»Aber ... aber ... was können wir tun? Wenn selbst die Milch der Heiligen Jungfrau machtlos ist ... «

»Nichts, außer der Plage ihren Lauf lassen. Und du, du hältst gehörigen Abstand von mir. Lege dich in sicherer Entfernung schlafen, denn wenn ich wieder anfange, zu toben und zu geifern, kann der kleinste Tropfen meines Speichels dein Todesurteil bedeuten. Und ich werde wüten und Unsinn reden und Krämpfe erdulden müssen, die mir die Knochen brechen können, und dann wieder wie tot daliegen. Entweder bricht mir einer dieser Krämpfe mein Genick oder mein Rückgrat, oder sie treten mit etwas Glück irgendwann weniger häufig auf und verschwinden endlich ganz. Bis dahin ... « Er zuckte mit den Achseln.

»Aber jetzt, jetzt bist du bei Sinnen«, sagte ich, »und sprichst sehr klar.«

»Das wird gelegentlich auch vorkommen.«

»Nun ... «, ich zögerte. »Ich weiß, daß dir Religion und Magie ein und dasselbe sind. Aber ... solange es noch geht ... könntest du nicht einmal beten? Dieses eine Mal wenigstens?«

»Skeit!« schnaubte er verächtlich. »Zaubersprüche, sonst nichts. Gebete sind so nichtssagend wie das Sonivium Tripudium eines Auguren. Ne, Junge. Es wäre verlogen, jetzt, da ich in Not bin, das Mitleid eines Gottes zu erflehen, nachdem ich es, als ich gesund und stark war, nicht getan habe. Gerade jetzt soll ich klein beigeben? Geh. Geh und schlaf.«

Ich tat wie mir geheißen und breitete mein Fell in einiger Entfernung aus, aber immer noch so nah, daß ich es hören würde, falls er Hilfe nötig haben und nach mir rufen sollte. Ich fand wenig Ruhe und schreckte immer wieder hoch. Mir war klar, daß er gelogen hatte, als er von Hoffnung sprach. Die Tollwut ist unweigerlich tödlich; die seinen Körper zerreißenden Anfälle würden nicht immer seltener, sondern immer häufiger, und immer heftiger auftreten. Genauso kam es. Kurz vor Tagesanbruch riß mich ein inzwischen vertrautes, aber nichtsdestoweniger schreckliches Heulen aus dem Schlaf. Wyrds Körper war zu einem Bogen erstarrt, und, falls das überhaupt möglich war, noch schlimmer verzerrt als bei den bisherigen Anfällen. Jedes sichtbare Blutgefäß und jede Sehne in seinem Gesicht und Hals standen weit hervor, dunkelrot gefärbt und pulsierend, seine blutunterlaufenen Augen schienen aus ihren Höhlen springen zu wollen, und er geiferte und besabberte seinen Bart. Der Anfall dauerte länger als die beiden, deren

Zeuge ich bisher geworden war. Wie er diesen Anfall überlebte, ohne daß sein Rückgrat zerbrach oder eine Vene oder ein Organ platzte, war mir ein Rätsel. Aber nach allen Attacken, die er an diesem fürchterlichen Tag überstand, brach Wyrd zumindest eine kurze Zeitlang zusammen und konnte sich erholen. Dabei schlug seine Gesichtsfarbe von einem Tiefrot in ein leichenhaftes Grau um.

Wenn ihn in diesen Momenten nicht sofort der Schlaf übermannte, kämpfte er um seinen Atem und versuchte zu sprechen – aber nur zu sich selbst. Er schien mich ganz und gar vergessen zu haben, stattdessen sprach er von lange vor meiner Zeit liegenden Tagen. Seine Rede war zerhackt und oft so heiser, daß ich ihn kaum verstehen konnte. Aber die wenigen zusammenhängenden Sätze, die ich aufschnappte, klangen wehmütig. Seine Worte waren sanft und bewegt, nicht von der Art, die ein hartgesottener Waldläufer normalerweise in den Mund nahm.

»Und sollte ich nie mehr meinen Fuß nach Cornovia setzen ..., dann wird Cornovia überall dort sein, wo ich jemals war ...«

»Vor langer Zeit ... in dem Tal, wo sich die vier Pfade treffen ... traf ich auch dich ...«

»Sie war edel und ihre Stimme sanft ...«

»Wir waren jung damals ... und vergnügten uns in den Tanzgründen der Dämmerung ...«

*

Einmal, als ihn wieder ein Anfall in den Fängen hielt, versuchte ich sein Leiden zu lindern, indem ich eine Stütze unter seinen hochgebogenen Rücken schob. Aus meinem Schlaffell, in das ich verschiedene Gegenstände wickelte, formte ich eine Art Kissen. Aber als ich mich ihm näherte und das Fell unter seinen Rücken schieben wollte, schnappte Wyrd wolfsgleich und ohne Vorwarnung nach mir.

Sein Krampf hatte nicht im geringsten nachgelassen, und nach wie vor trommelten seine Fäuste auf den Boden. Er hatte nur lange genug aufgehört zu heulen, um sich nach mir umzudrehen und zuzuschnappen. Sein Biß verfehlte meinen Oberarm nur um Haaresbreite, seine Zähne schlugen so heftig aufeinander, daß ich dachte, sie würden zersplittern. Hätte er mich erwischt, dann hätte er meine Tunika sicherlich glatt durchbissen und ein großes Stück Fleisch aus meinem Arm gerissen. So aber hatte er nur seinen Speichel auf meinem Gewand verspritzt. Während er sich unter schrecklichen Krämpfen wand und keine Anstalten mehr unternahm, mich zu beißen, wischte ich mit ein paar Blättern und etwas Wasser aus meiner Flasche den tödlichen Speichel weg. Von da ab hielt ich mich in sicherer Entfernung von ihm.

Als der Anfall endlich nachließ und Wyrd zusammensackte, schien ihn der ungewohnte Druck des unter seinem Rücken liegenden Kissens wieder zu Bewußtsein, wieder zurück in die Gegenwart zu bringen. Denn nachdem er wieder bei Atem war, sprach er nicht mehr von längst vergangenen Tagen. Er blickte angestrengt in den Himmel hinauf, dann wandte er seinen Blick in meine Richtung, hustete kräftig und spuckte einen Fladen eitrigen Speichels aus. Dann fragte er heiser: »Wie spät in der Nacht ist es?«

»Es ist Tag, Fráuja«, sagte ich unglücklich, »spät am Nachmittag.«

»Ach, dann war ich sehr lange weg. Habe ich dich sehr erschreckt, Junge?«

»Nur als du nach mir gebissen hast.«

»Was?« Er warf seinen Kopf zu mir herum, als wollte er mich nochmals beißen. »Bist du verletzt?«

»Ne«, sagte ich leichthin, »dieses eine Mal hast du dein Ziel verpaßt.«

»Bei Bonus Eventus, dem Gott der glücklichen Fügungen, mir fällt ein Stein vom Herzen.« Er blickte sich um und schleppte sich dann mit übermenschlicher Anstrengung zu einem in der Nähe liegenden Baumstamm, gegen den er sich lehnte. Als er wieder normal atmen konnte, sagte er: »Junge, ich will, daß du mir zweimal zu Gefallen bist. Zuerst nimm die Seile von unserem Gepäck und fessle mich an diesen Baumstamm.«

»Was sagst du? Du bist wirr im Kopf. Niemals werde ich –«

»Tu, Schüler, was dein Meister dir befiehlt. Und tu es, solange er noch bei Sinnen ist. Schnell!« Ich fragte mich, ob er wirklich noch bei Sinnen war, aber gehorchte doch. Als ich ihn an den Baum band, fügte er hinzu: »Laß meine Arme frei. Nur mein Mund ist gefährlich. Und wir dürfen nicht zulassen, daß ich in meinem Wahn irgend jemanden, der hier vorbeikommt, beiße.«

»Niemand wird kommen«, sagte ich. »Livia hat mir erzählt, daß dieser Teil des Dachsteins menschenleer ist.«

»Auch den Tieren des Waldes darf ich nicht zur Plage werden. Noch mehr als die meisten Menschen, denen ich in meinem Leben begegnet bin, verdienen sie es, vor dem Fluch, mit dem ich geschlagen bin, verschont zu werden. Jesus, Junge, fester! Und sorg' dafür, daß die Knoten halten. Als nächstes will ich, daß du beide Pferde mit dir nimmst, denn es gibt kein ... kein ...«

Ich wollte ihm helfen und brachte den Satz zu Ende: »Kein Grünzeug und kein Wasser –«

Er heulte auf und zerrte mit solcher Gewalt an den Seilen, daß ich froh war, ihn bereits gefesselt zu haben. Noch einmal nahm er alle seine Kräfte zusammen und kämpfte um Selbstbeherrschung. Mit äußerster Anstrengung stieß er hervor: »Im Namen aller Götter... erspare mir dieses Wort. Ich darf mich nicht mehr gehen lassen, bevor ... ich gesagt habe ..., was ich zu sagen habe ...«

Zerknirscht und gehorsam schwieg ich, bis er weitersprechen konnte.

»Nimm die Pferde, unser Gepäck und die Waffen. Alles, was wir haben. Bring die Pferde in den Stall und –«

»Aber Fráuja«, widersprach ich, mit Tränen in den Augen, »ich kann unmöglich –«

»Hör auf zu lamentieren! Es gibt keinen Grund für dich, hierzubleiben und mich den erbärmlichen Schwächling spielen zu sehen und mitzuerleben, wie ich mich aufführe und mich selbst beschmutze. Es gibt nichts, was du, dein Aberglauben oder deine magischen Quacksalbereien für mich tun könnten – außer darauf zu warten, daß der Anfall nachläßt. So geh! Warte auf mich in der Taverne, wo ich dich treffen werde, sobald ... sobald ich dazu in der Lage bin.«

»Wie, mich treffen?« jammerte ich flehentlich und konnte meine Tränen nicht länger verbergen. »Du bist festgebunden!«

»Vái, du vorwitziger Kerl«, schalt er mich so streng wie früher. »Wenn erst mein Kopf klar und meine Kraft wiederhergestellt ist, dann kann ich alle Fesseln, die mir so ein schwächliches Bürschchen wie du anlegt, leicht abstreifen. Und jetzt geh!«

Mir liefen die Tränen übers Gesicht, als ich fast alles, was wir von Haustaths mitgebracht hatten, zusammenschnürte und auf die Pferde lud. Nur Wyrds Kriegsbogen und seinen Köcher hing ich mir um. Die Überreste des gebratenen Auths-Hana und Wyrds Wasserflasche stellte ich in seiner Reichweite ab, für den Fall, daß sich, wie schon zuvor einmal, sein Befinden bessern sollte und er Hunger oder Durst verspüren würde.

»Taghs izivs«, stöhnte er. »Doch ich bezweifle, daß ich es brauche. Schon morgen früh hoffe ich, mit dir und Andraías das erste Mahl des Tages zu teilen. Vorher möchte ich dich nicht wieder sehen. Und nun – Huarbodáu mith gawaírthja, Thorn.«

Und er sah mich nicht mehr, nie wieder. Ich ritt auf Velox, Wyrds Pferd am Zügel mit mir führend, bergabwärts. Aber nur so weit, daß er sie nicht hören würde, falls sie wieherten. Dann stieg ich ab, band die Pferde fest und stieg den Berg langsam, leise und unsichtbar, wie Wyrd es mir beigebracht hatte, wieder hinauf. Es gelang mir, mich so nahe an ihn heranzuschleichen, daß ich ihn, gedeckt durch das Buschwerk, unbemerkt beobachten konnte. Dort saß ich und wartete, immer wieder die Tränen wegwischend, die mir die Sicht nahmen.

Lange lag er einfach gegen den Baum gelehnt da, ausdruckslos ins Leere starrend. Er sah erbarmungswürdig aus, schwach, abgemagert, erschlafft, Kopfhaar und Bart verfilzt. Aber, wie sich bald herausstellen sollte, er hatte nur gewartet, bis er sicher sein konnte, daß ich weit genug den Berg hinabgestiegen war. Denn nach einiger Zeit streckte er seine zittrige Hand aus, griff nach der Flasche, die ich zurückgelassen hatte, öffnete sie und goß sich das Wasser über den Kopf.

Kaum war das geschehen, da stieß er den langgezogenen, gequälten Schrei eines Wolfes aus, seine Arme schlugen wild um sich und die Flasche flog davon. Sein Körper bog sich durch, oder versuchte es zumindest. Er zerrte und riß und sträubte sich gegen die Fesseln, die Schmerzen mußten noch schlimmer als bei den vorhergehenden Anfällen sein. Schleimiger Speichel triefte aus seinem offenen Mund und verzweifelt hämmerte er mit den Fäusten auf den Boden. Wyrd hatte das Wasser, das war klar, mit Absicht dazu benutzt, einen Anfall zu provozieren, einen Anfall, der, so hoffte er wohl, so unerträglich qualvoll wäre, daß es sein letzter sein würde.

Also sorgte ich dafür, daß es auch sein letzter war. Den Bogen in die Hand nehmen, einen Pfeil in die Sehne legen, spannen, kurz die Tränen aus den Augen blinzeln, sehr, sehr sorgfältig zielen und dann den Pfeil loslassen – das alles dauerte nur einen Moment, geschah aber keineswegs aus einem Impuls heraus.

In dem winzigen Augenblick, der zwischen dem Beginn von Wyrds Anfall und dem Loslassen des Pfeiles lag, schossen mir blitzartig viele Erinnerungen durch den Kopf. Etwa daran, wie Wyrd mir die Kraft gegeben hatte, meinem todkranken Juika-bloth ein würdiges Ende zu bereiten. Wie er selbst die Wölfin getötet hatte, aus Mitgefühl, um ihr Leiden zu verkürzen, obwohl er doch annehmen mußte, daß sie ihn mit der Tollwut geschlagen hatte. Wie er noch diesen Nachmittag bemerkt hatte, daß selbst dem geringsten Tier die Leiden, die er erlitt, erspart bleiben sollten. Und wie er nur kurz davor von seiner Heimat geträumt hatte, und von anderen Orten, an denen sein Herz hing, von seiner Jugend und einer Frau, die edel war und sanft sprach.

Nein, ich tötete ihn nicht aus einem Impuls heraus. Ich tat es, damit er Frieden haben und in diesen guten Träumen weiterleben konnte.

Wyrd sackte so plötzlich und lautlos zusammen wie der Auths-Hana. Als ich meine Tränen endlich hatte stillen können, ging ich hinüber, stand bei ihm und sah ihn lange und traurig an. Der Pfeil war mitten in sein Herz gedrungen, mit solcher Gewalt, daß er ihn an den Stamm genagelt hatte. Ich machte den Pfeil los und hätte meinen Freund jetzt begraben können. Aber da gedachte ich seiner Worte: Ein Begräbnis ist nur etwas für zahme Geschöpfe. So hoffte ich, daß sein Körper bald schon von den Aasfressern, die den Wald säubern und klären, vertilgt werden würde. Dann würde Wyrd, indem er ihnen als Nahrung diente, jenes Leben nach dem Tode führen, von dem er gesagt hatte: »Das ist der Himmel.« Nur eine letzte Geste vollzog ich. Mit meinem Dolch löste ich ein Stück der Rinde über Wyrds Kopf. Dort, in das sanfte, glatte Splintholz, schnitzte ich in gotischer Schrift: »Er war edel und sprach die Wahrheit.«

*

Als ich die Inschrift vollendete, war die Dämmerung bereits angebrochen. Wyrds Fackel leuchtete mir den Weg, als ich, ohne mich noch einmal umzuwenden, den Berg hinab zu den Pferden stieg. Sie wieherten laut vor Hunger und Durst, aber ich konnte im Dunkeln keine geeignete Weidestelle für sie finden. Mir blieb nur noch, mich in mein Fell einzuwickeln. Nach einem erschöpften Schlaf stand ich beim ersten Licht des neuen Tages auf und kehrte mit den Pferden nach Haustaths zurück.

In der Taverne sagte ich zu Andraías, noch bevor er mich etwas fragen konnte: »Unser Freund Wyrd ist tot.«

»Was? Wie? Vor drei Tagen schlurfte er hinaus und –«

»Er wußte, daß er sterben würde«, sagte ich. »Ja, es war ihm vorhergesagt worden. Und mir ebenfalls. Andraías, ich bitte dich, meine Trauer zu respektieren, aber ich möchte nicht mehr davon sprechen. Alles, was mir zu tun bleibt, ist unsere Schuld dir gegenüber zu begleichen und die Habseligkeiten meines Fráujas zu verkaufen, dann mache ich mich auf den Weg.«

»Ich verstehe. Wäre es möglich, daß ich einige seiner Besitztümer erstehe? Für das, was ich nicht gebrauchen kann, finde ich andere Abnehmer.«

So wurde ich im Verlaufe eines einzigen Tages alles los, das mitzunehmen ich nicht der Mühe für wert fand. Von Wyrds Sachen behielt ich nur den Kriegsbogen samt Köcher, Angelhaken und -schnüre, den glitzernden Feuerstein, das kupferne Eßgeschirr und das von einem gotischen Schmied gefertigte Messer, das ich in meine Gürtelscheide steckte. Mein eigenes, minderwertigeres altes Messer warf ich weg. Andraías erwarb Wyrds Streitaxt, sein Schlaffell, die lederbezogene Flasche und seine Gewänder. Der Stallbesitzer nahm die Gelegenheit erfreut wahr und zahlte eine ansehnliche Summe für Wyrds Pferd samt Sattel und Zaumzeug, denn in seinem Stall stand kein diesem Kehailaner vergleichbares Pferd, ausgestattet mit dem Geschirr der römischen Armee.

Von dem Erlös beglich ich meine Schuld bei Andraías und dem Stallbesitzer und hatte dann immer noch etwas übrig. Da ich nun außer meinem eigenen Geld auch noch den Inhalt von Wyrds Geldbörse besaß, war ich, zumindest für einen Gemeinen meines Alters, ziemlich vermögend. In Anbetracht der Umstände jedoch, die dazu geführt hatten, konnte ich mich darüber nicht so recht freuen. Ich verbrachte noch eine Nacht in der Taverne und verabschiedete mich dann von Andraías und seiner alten Frau. Als ich den letzten

Rest meines Gepäcks auf Velox festband, fiel mir Domina Aetheras Kristallphiole in die Hände. Ohne die Milch der Jungfrau hatte sie ihren Wert für mich verloren, und wenn man es recht bedenkt, war sie auch mit der Milch wertlos gewesen, aber sie erschien mir zu hübsch zum Wegwerfen, und so packte ich sie zu meinen anderen Sachen.

Ich ritt aus Haustaths hinaus und kam an dem Pfad vorbei, der hinauf zur Saltwaurstwa führte. Kurz hielt ich inne und überlegte, ob ich mich von Livia verabschieden sollte. Aber nein, ich würde nur wieder von ihr wegreiten. Sie hatte jetzt vier Tage gehabt, in denen sie sich an meine Abwesenheit hatte gewöhnen können, wahrscheinlich hatte sie mich schon vergessen. Die meisten Kinder hängen einer kurzen Freundschaft nicht lange nach, wie eng sie auch gewesen sein mag. Es wäre sinnlos, eine Freundschaft nur zu dem Zweck zu erneuern, sie gleich wieder zu beenden.

So verharrte ich eine Weile, wo ich war, drehte mich nochmals im Sattel um und nahm ein letztes Mal die Schönheit dieser Landschaft in mich auf: den blauen, blauen See, die Schwäne und Kraniche auf dem Wasser, die hübschen, übereinandergestapelten Häuser Haustaths und die gezackte Linie der schneebedeckten Bergriesen. Ich verließ die Hallstatt mit tiefer Trauer im Herzen. Weil sie so schön war, gewiß; vor allem aber, weil ich den Menschen hinter mir zurückließ, der mir der wichtigste von allen gewesen war, und mit ihm einen großen Teil meines bisherigen Lebens. Ich versuchte, mich damit zu trösten, daß Wyrd wenigstens einen so schönen Platz für seine letzte Ruhe gefunden hatte. Mit diesem Gedanken trieb ich Velox an und machte mich so, wie ich sie begonnen hatte, weiter auf meine Reise gen Osten: allein.

# Vindobona

# 1

Wyrd war nicht wirklich hinter mir zurückgeblieben. Noch monatelang schien der alte Waldläufer jeden Tag, vom ersten Grau der Morgendämmerung bis zum letzten Grau des Abends, lautlos neben mir durch die Wälder zu reiten. Immer, wenn ich aufwachte, erwartete ich, ihn neben mir aufstehen zu sehen, sein verwuscheltes Haar und seinen Bart kratzend, griesgrämig wie eh und je, bevor er etwas im Magen hatte. In der Mittagshitze, wenn selbst die Eidechsen vor der Sonne in Felsspalten Zuflucht suchten und die Lerchen verstummten, vermeinte ich oft, Wyrds grummelige Stimme eine lange und überaus komplizierte Geschichte erzählen zu hören. Und immer, wenn ich mein Lager aufschlug, folgte ich gehorsam seinen unhörbaren Ratschlägen, wie das Feuer anzufachen oder ein frisch erlegtes Tier zu zerlegen sei.

Es kam auch vor, daß ich selbstvergessen Worte an ihn richtete. Wenn ich etwa auf meinen Reisen einen auffällig geformten Berg erblickte, konnte es passieren, daß ich sagte: »Welche der Oreaden ist die Nymphe dieser Spitze, Fráuja?« Und beim Anblick einer besonders erfrischenden Quelle: »Wie heißt die Naiade dieses kühlen Gewässers?« Oder wenn ich ein besonders liebliches Wäldchen durchquerte: »Welche der Dyraden ...?« Und vor einem stillen und verträumten See: »Und die Limniade, die ...?« Niemals erhielt ich eine Antwort, aber ich erwartete auch keine; genausowenig, wie ich jemals eine dieser Nymphen zu Gesicht bekam oder es auch nur erwartet hätte.

Vor allem nachts hörte und sah ich den alten Wyrd oft. Vielleicht haben die Heiden ja recht, wenn sie sagen, die Nacht sei die Mutter des Schlafs und der tausend Träume, und daß Morpheus ihr gewitztestes Traumkind sei, Morpheus, der in die Gestalt eines jeden

Menschen, ob tot oder lebendig, schlüpfen kann. Wenn der Glaube der Heiden zutrifft, dann besuchte Morpheus mich des Nachts häufig in der Gestalt Wyrds, um mir Ratschläge, Hinweise und uraltes Wissen über den Wald zu geben. Aber ob er mir das wirklich aus dem Jenseits mitteilte, kann ich nicht sagen, denn alles Traumwissen, an das ich mich nach dem Aufwachen noch erinnern konnte, hatte mir Wyrd bereits zu seinen Lebzeiten weitergegeben.

In jedem Falle war ich froh, Wyrd beständig in meiner Gegenwart zu spüren. Ich fühlte mich weniger verlassen auf meinen Wegen, und es half mir mit der Zeit sogar, den Kummer über den Verlust des alten Mannes, der nichts weniger als mein Ziehvater gewesen war, zu überwinden. Daß ich mich solange an die Lehren Wyrds, selbst seine zynischsten, erinnerte und auf sie so oft in meinem späteren Leben zurückgriff, zeigt, daß ich ihn nie als tot und vergangen abgeschrieben habe und es wohl auch bis zum Ende meiner Tage niemals tun werde.

*

Da mich kein zwingender Grund zur Eile antrieb auf der Suche nach meiner vorgeblichen gotischen Blutsverwandtschaft, durchquerte ich den Rest der Provinz Noricum eher müßiggängerisch. Da mich auch keine Gier nach noch mehr Reichtum umtrieb, verzichtete ich auf die Jagd nach gehörnten oder Pelztieren oder sonstigem verkäuflichem Wild, sondern ich begnügte mich damit, für den Eigenbedarf zu jagen. Zu jener Zeit hatte ich bereits die Statur eines Erwachsenen, war darüber hinaus gut beritten und bewaffnet, und mußte also nicht länger fürchten, gefangen und in die Sklaverei verschleppt zu werden. Immerhin bewegte ich mich in einer mir unbekannten Gegend unter fremden Menschen, ohne einen Wyrd, der mich auf allfällige Gefahren aufmerksam gemacht hätte. Daher blieb ich stets wachsam und mißtrauisch. Nachts schlief ich, wie Wyrd es getan hatte: In meiner Faust, die über dem kupfernen Eßgeschirr ruhte, hielt ich einen Kieselstein, der laut scheppernd in den kupfernen Teller fallen würde, sobald ich, ganz gleich wie tief ich schlief, etwas Verdächtiges spüren würde.

Wieder kam ich durch eine Region ohne eine einzige römische Straße, nur gelegentlich stieß ich auf eine Karrenspur, einen Viehtrieb oder einen ausgetretenen Fußpfad. Wenn ein solcher Weg in meine Richtung führte, folgte ich ihm. Aber wenn ich Zeichen eines anderen Reisenden gewahr wurde oder sah, daß der Weg auf eine Ansiedlung zuführte, verließ ich den Pfad oder verbarg mich in den Büschen, zumindest bis ich sicher sein konnte, daß der Reisende oder die Menschen der Siedlung keine Gefahr für mich darstellten.

Velox wußte so gut wie ich, wie man sich leise fortbewegt, so daß wir alle beide immer schon von weitem den Lärm hörten, den der Wagen eines Fuhrmanns, ein Viehtreiber mit seinen Tieren oder ein unachtsamer Wanderer auf dem Pfad verursachten. Selbst jemand, der sich im Wald so wenig auskennt wie ich damals, kann sagen, ob eine Siedlung in der Nähe ist, wenn er nur die Vögel beobachtet. Solange Schwarzstörche und Blauelstern um mich herum waren, wußte ich, daß ich in der Wildnis war. Wenn ich jedoch Weißstörche sah, die auf Dachgiebeln nisten, und die schwarzweißen gemeinen Elstern, die so gerne räubern, wußte ich mich in der Nähe von menschlichen Ansiedlungen.

Außerdem lernte ich schnell ein anderes Zeichen, das mir die Nähe eines Wohnorts zeigte und ob ich dort willkommen sein würde – oder ob ich besser einen großen Bogen darum herum machte. Der Maßstab für die Bedeutung und Unverwundbarkeit jeder hier lebenden Sippe – viehzüchtende Germanen zumeist – war, wieviel Einsamkeit und Leere sie um sich herum schaffen und aufrechterhalten konnte. Wenn ich also zu einem so riesigen gerodeten Landstrich mitten im Wald kam, daß die Siedlung vom Waldrand aus nicht zu erkennen war, konnte ich mit einiger Sicherheit annehmen, daß die Sippe sich Fremden gegenüber wenig gastfreundlich zeigen oder sie gar mit Gewalt vertreiben würde.

Aber selbst die am wenigsten abweisenden Siedlungen führten mich kaum in Versuchung, einzukehren, außer wenn ich etwa Salz benötigte oder mich nach einem Schluck guter Milch dürstete, Dinge, die ich selbst nicht beschaffen konnte. Dem Wanderer boten diese Dörfer und Siedlungen ansonsten wenig Abwechslung, die Menschen, die in den verwahrlosten und ärmlichen Häusern lebten, waren einer wie der andere Bauerntölpel, stumpf, ungepflegt und von wenig einnehmendem Äußeren.

Hin und wieder traf ich auf einem Weg einen offensichtlich friedlichen Fuhrmann oder Hirten, mit dem ich ein Stück Wegs ritt, einfach nur um einmal wieder mit jemand anderem als dem Gáis von Wyrd zu sprechen. Vorausgesetzt, sollte ich hinzufügen, ich konnte dem hinterwäldlerischen Dialekt der alten Sprache, herulisch oder langobardisch oder was auch immer, gut genug folgen, um eine Unterhaltung zu führen.

Die meisten der Bauern, denen ich begegnete, wußten nicht viel über die Welt jenseits ihres Heimatortes – und wollten auch gar nichts davon wissen. Als ich einen Mann, mit dem ich ritt, um Nachrichten von größerer Tragweite als der Vermählung irgendwelcher dörflicher Bauerngeschöpfe anging, faselte er etwas von Gerüchten über Kriege und Schlachten, wo, das wußte er nicht, nur, daß in letzter Zeit nichts derartiges hier in der Gegend vorgefallen sei. Ein andermal fragte ich einen, wohin der Weg, auf dem wir uns befanden, führte, außer zu seinem Heimatort.

»Ich habe gehört«, antwortete er, als ob es ein Gerücht sei, dem er nicht so recht Glauben schenken konnte, »der Weg soll über die Grenzen in eine andere Provinz führen, und dort, an einem großen Fluß, soll eine große Stadt sein.«

»Und wie heißt diese Provinz? Oder der Fluß? Die Stadt?«

»Wie sie heißen? Ach, Fremder, falls sie Namen tragen, kann ich sie Euch nicht sagen.«

Eines Tages ritt ich ohne Begleitung auf einem breiten, vielbefahrenen Weg, als Velox plötzlich seine Ohren spitzte. Fast gleichzeitig vernahm ich weit vor uns Hufgetrampel. Ich zügelte Velox und hörte genauer hin. Neben dem Getrampel konnte ich das Klingeln und metallische Klappern von mehr als nur Sattel- und Saumzeug unterscheiden. Die Geräusche kamen von aufeinanderschlagenden Waffen und Rüstungen. Vorsichtshalber lenkte ich Velox vom Weg hinunter und ritt ein gutes Stück in den Wald. Falls das eine berittene Armee-Einheit war, deckten sicherlich Spekulatoren – vorausreitende Späher – den Trupp nach vorne und an den Flanken ab.

Tief im Wald stieß ich auf eine kleine Anhöhe, von der aus ich, auf einem Baum sitzend, einen Abschnitt des Wegs beobachten konnte, ohne selbst gesehen zu werden, sofern nicht ein Spekulator genau unter mir vorbeiritt und auf den angebundenen Velox stieß. Kein Späher kam, und nach einiger Zeit konnte ich rund zweihundert Männer vorbeireiten sehen. Es war ein bunter Haufen.

Ihre Anführer waren zwar erkennbar wie Soldaten der römischen Reiterei bewaffnet und uniformiert, alles in allem vielleicht eine Schwadron. Aber der Rest der Kolonne, und das war die Mehrheit, trug eine bunte Vielzahl von Kopfbedeckungen und Uniformen, die mir allesamt unbekannt waren. Und sie alle trugen, im Gegensatz zu den Römern, Bärte. Es konnte sich kaum um Kriegsgefangene handeln, ansonsten wäre die Kolonne geteilt worden, fünfzehn Soldaten vor und fünfzehn hinter den Gefangenen reitend. Also mußten die bärtigen Fremdlinge Verbündete oder Söldner unter römischem Kommando sein.

Erst einige Zeit später, als ich die unsichtbare Grenzlinie in die Provinz Pannonia überschritten hatte, erfuhr ich etwas über die Herkunft dieses buntgewürfelten Reitertrupps. Ich erfuhr es von dem ersten Mann, der mir seit Monaten etwas Interessantes zu sagen hatte; er war es auch, der mich darauf hinwies, daß ich mich bereits in Pannonia befand, und mich in die erste bemerkenswerte Siedlung in diesen Wäldern führte.

Ich erspähte den Mann schon aus einiger Entfernung und, wie üblich, beobachtete ich ihn, bis ich mich vergewissert hatte, daß er allein und ungefährlich war. Er klaubte Äste vom Boden auf und häufte sie auf ein Gestell, das auf einem klapprigen alten Gaul befestigt war. Diese einfache Tätigkeit verrichtete er außerordentlich langsam und ungeschickt. Als ich näher kam, sah ich, warum. Er hatte keine Hände mehr, seine Arme endeten an den Handgelenken.

»Háils, frijonds«, grüßte ich ihn. »Kann ich behilflich sein?«

»Mögest du gesund bleiben, Fremder«, antwortete er mit einem langobardischen Akzent. »Ich sammle nur Holz für das Dorf, um für den Winter und die Wölfe gerüstet zu sein.« Er blinzelte in den blauen Septemberhimmel hinauf. »Kein Grund zur Eile. Noch nicht, jedenfalls.«

»Trotzdem«, sagte ich, »hätte dein Dorf einen besser ausgestatteten Mann schicken können, Zweige aufzulesen. Laß mich helfen.«

»Thags Izivis«, sagte er, als ich von Velox abstieg. Leise murmelte er: »Unser Dorf hat fähige Hände bitter nötig.«

Innerhalb weniger Minuten hatte ich mehr Holz zusammengetragen als er in der ganzen Zeit, da ich ihn beobachtet hatte. Nachdem ich sein altes Pferd hoch bepackt hatte, las ich noch mehr Äste auf, bündelte sie und hing sie an Velox' Sattel. Dann nahm ich die Zügel beider Pferde und folgte dem Mann, bis wir durch den Wald zu der Lichtung kamen, auf der sein Dorf stand. Als wir die Lichtung überquerten, fiel mir auf, daß sie langsam wieder zuwuchs; Gras und Unkraut standen hoch, und einige Schößlinge waren auch schon zu kleinen Bäumen herangewachsen.

Die Bewohner kamen aus ihren Hütten und sahen dem Fremdling neugierig entgegen. Mit Erschrecken ging mir die Bedeutung der leise gemurmelten Bemerkung des Holzsammlers auf. Niemand in dem Dorf hatte Hände. Männer, Frauen, Jungen und Mädchen, keine Hände, nur Stümpfe an den Handgelenken. Nein, nicht ganz. Als ich mit entsetzten Augen um mich blickte, sah ich ein paar Säuglinge herumkrabbeln und im Dreck spielen. Und die hatten Hände, mit denen sie spielen konnten. Einen Moment lang hatte ich gedacht, ich sei auf eine ganze Familie von Verkrüppelten gestoßen, die nur handlose Nachkommen erzeugte, denn diese Leute hier formten ja eine Sippe und waren alle untereinander verschwistert und verschwägert. Aber die jüngsten unter ihnen waren normal. Anscheinend hatten alle Kinder unter zwei Jahren Hände. Da kaum anzunehmen war, daß sie ihre Hände abwarfen, wenn sie älter wurden, mußte vor rund zwei Jahren jemand allen Bewohnern des Dorfes die Hände abgehackt haben.

»Im Namen des Liufs Guth!« keuchte ich entsetzt und vergaß alle Höflichkeit. »Was ist hier passiert?«

»Edika«, sagte der Holzsammler. Bei diesem Wort zuckten die um ihn herumstehenden Leute zusammen. »Edika ist hier passiert.«

»Wer oder was ist Edika?« fragte ich, während einer der Handlosen die Zügel der Pferde nahm und einige andere anfingen, das Holz abzuladen.

»Edika ist eine immer wiederkehrende Verheerung«, seufzte der Mann. »Er ist der König der Skirer, ein schreckliches Volk.«

Vielleicht hatte der Verlust seiner Hände und die daraus resultierende Unfähigkeit zur manuellen Arbeit, wie sie andere Bauern verrichteten, ihn nachdenklicher und wortgewandter werden lassen als die einfältigen Bauern, die ich in der letzten Zeit getroffen hatte. Jedenfalls fuhr er mit lobenswerter Beredtheit und leidenschaftlichem Zorn fort, mir Dinge zu berichten, die ich zum Teil schon wußte, die mir zum Teil aber auch neu waren.

Die Provinz Pannonia, führte er aus, war der Punkt in Europa, an dem die verschiedenen Einfluß- und Interessengebiete des östlichen und westlichen Imperiums kollidierten. Der Imperator Anthemius in Rom, oder, genauer gesagt, der »Königsmacher« Riccimer, die wahre Macht im Hintergrund, und der Imperator Leo in Konstantinopel stritten und intrigierten ohne Unterlaß, um die imaginäre Trennungslinie hierhin oder dorthin zu verschieben und ihre jeweilige Einflußsphäre auszuweiten. Die Garnisonsstadt Vindobona an der Donau – der Grenze des gesamten Römischen Reiches – war schon lange fest in römischer Hand. Aber die südlichen Ausläufer Pannoniens, mit ansehnlichen Städten wie Siscia und Sirmium – und weniger bedeutenden Siedlungen wie dieser hier – wurden immer wieder von den Truppen der einen oder der anderen Hälfte des Reichs überrannt und mußten einmal Rom, dann wieder Konstantinopel die Treue schwören.

Natürlich waren weder Riccimer noch Leo so unverfroren und befahlen den Legionen in der einen Hälfte des Imperiums, die Bruderlegionen der anderen Hälfte zu bekriegen. Also bedienten sie sich Alliierter oder heuerten Söldner an, die sie unter das Kommando von angeblich abtrünnigen römischen Offizieren stellten. Zu den Hilfstruppen gehörten die Männer des Königs von Sciri, Edika, und aus Asien herbeigeschaffte Truppen, wie etwa die Sarmater unter König Babai. Das erklärte die bunte Zusammensetzung der Kolonne, der ich vor kurzem ausgewichen war. Der Imperator Leo verließ sich nach Auskunft des Holzsammlers auf seine langjährigen Verbündeten, die Ostgoten unter ihrem König Theudemir.

»Aber«, wollte ich wissen, »was für eine Ungeheuerlichkeit hat sich hier zugetragen?«

»Vor etwa dreißig Monaten«, antwortete der Alte, »haben sich die Kampflinien in dieser Gegend hin- und herverschoben. Damals nahmen wir an, daß wir sicher auf der östlichen Seite der Linie standen. Und so gaben wir in unserer Unwissenheit einem Trupp von Theudemirs Ostgoten von unseren Vorräten. Das war ein Fehler, denn bald schon griffen Edikas Skirer an und drängten die Ostgoten weit nach Osten ab. Wir wurden beschuldigt, dem Feind geholfen zu haben, und Edika selbst verfügte, daß uns allen zur Strafe die Hände abgeschlagen werden sollten. Die Kinder mit Händen, die du siehst, sind seitdem geboren worden. Wir warten begierig darauf, sie aufwachsen zu sehen, und hoffen inständig, daß Edika nicht vorher zurückkehren wird. Und nun, Fremdling, können wir dir etwas für deine Hilfe anbieten? Eine Mahlzeit? Ein Lager für die Nacht?«

Kopfschüttelnd lehnte ich das Angebot ab. Ich glaube, es war meine weibliche Seite, die mich dazu bewog. Welche Anstrengung mußte es den Frauen dieses Dorfes bereiten, die Mahlzeiten zu bereiten, die sie sowieso zu bereiten hatten. Beim Anblick all dieser verstümmelten, armseligen Menschen überkam mich ein starkes Gefühl der Hilflosigkeit und des Mitleids, das es mir unmöglich machte, eine Nacht bei ihnen zu bleiben. So ließ ich mir nur zeigen, in welcher Richtung die Stadt Vindobona lag und wie weit es bis dort noch war.

»Ich war niemals dort«, sagte der Mann, »aber ich weiß, daß etwas weiter östlich eine gute Römerstraße verläuft. Die wird dich nach Norden zur Donau und weiter nach Vindobona führen. Zur Straße sind es wohl fünfundzwanzig römische Meilen, und dann nochmals so weit bis Vindobona.«

Bis zur Straße gerade ein Tag, von Sonnenauf- bis Sonnenuntergang, wenn man stetig ritt. Oder zwei, wenn man sich Zeit ließ. Und dann nochmals zwei bis zur Stadt.

»Aber halte deine Augen und Ohren offen«, warnte mich der Alte. »Die Ansprüche und Streitereien innerhalb des Imperiums mögen im Augenblick zwar nur brodeln, aber sie können jeden Moment überkochen, und dann gerätst du in einen Hexenkessel. Denke daran, jeder, der dir begegnet, könnte ein Anhänger Roms oder Konstantinopels sein, ein Getreuer Edikas oder Babais oder Theudemirs. Solltest du einen von ihnen bevorzugen und dumm genug sein, dich einer Schlange von Spion anzuvertrauen, dann ...« Er streckte mir seine beiden Stümpfe entgegen.

Ich versicherte ihm, ich würde vorsichtig und schweigsam sein, und wünschte ihm und den seinen eine glücklichere Zukunft als es ihre Vergangenheit gewesen war. Dann machte ich mich wieder auf den Weg.

Noch bevor ich die Römerstraße erreichte, sollte ich einer

Schlange zum Opfer fallen, jedoch keiner menschlichen, sondern einer echten. Am späten Nachmittag des nächsten Tages legte ich am Ufer eines glasklaren Baches eine Rast ein. Ich saß ab und beugte mich über das Wasser, um meinen Durst zu löschen. Mit der rechten Hand stützte ich mich dabei auf einem schwärzlichen Fels mit grünen Einsprengseln ab. Plötzlich bewegten sich die Farben heftig, und ich spürte einen scharfen Schmerz in meinem Unterarm. Von all den Steinen, auf denen ich mich hätte abstützen können, hatte ich mir genau den ausgesucht, auf dem eine Schlange die Wärme der letzten Sommertage in sich aufsog. Und von all den Schlangen, die sich hier hätten sonnen können, mußte es ausgerechnet eine grünlichschwarze, möglicherweise tödliche Kreuzotter sein.

Ich stieß einen Fluch aus und zerschmetterte mit einem Stein den Kopf des Reptils. Was sollte ich tun? Ich hatte keine Erfahrung mit Schlangenbissen, aber ich wußte, daß mein Leben in Gefahr war. Das einzige, was mir einfiel, war, daß mein Juika-bloth, wäre er noch am Leben, der Kreuzotter keine Zeit gelassen hätte, mich zu beißen. Und daß Wyrd, weilte er noch unter den Lebenden, mir hätte sagen können, was ich jetzt tun sollte.

»Was auch immer du tust, bewege dich nicht«, sagte eine befehlsgewohnte Stimme, aber es war nicht die Wyrds.

Ich blickte auf und sah einen jungen Mann auf der anderen Seite des Baches stehen. Er war wohl in meinem Alter, aber um einiges größer und kräftiger gebaut. Er trug sein blondes Haar lang, und in seinem Gesicht zeigten sich die leichten Schatten des ersten Bartwuchses. Obwohl er wie ein Waldmann gekleidet war, erschien er zu gepflegt, um zu den hier lebenden Bauerntölpeln zu gehören. Er griff nach dem Messer in seinem Gürtel. Ich erinnerte mich daran, was mir der Handlose über Spione und Späher erzählt hatte, und legte meine Hand auf das Kurzschwert, das ich an meinem Gürtel trug.

»Ich sagte: keine Bewegung«, bellte er mich an, und sprang leichtfüßig über den Bach. »Du hättest noch nicht einmal die Schlange töten dürfen. Jede Bewegung läßt das Gift nur noch schneller durch deine Adern fließen.«

Wenn er sich um mein Wohlergehen sorgte, dann konnte er kaum ein Feind sein. Ich ließ mein Schwert in der Scheide stecken und bewegte mich nicht mehr. Er kniete neben mir nieder, schnitt den rechten Ärmel meiner Tunika auf und entblößte meinen Arm. Unter dem Ellbogen leuchteten zwei grellrote Bißwunden.

»Beiß die Zähne zusammen«, befahl er, nahm einen Wulst meiner Haut zwischen seinen Daumen und Zeigefinger und setzte vorsichtig das Messer an.

»Halt, Fremder«, protestierte ich, »willst du, daß ich verblute?«

»Slaváith«, sagte er streng. »Du mußt bluten. Aber du wirst nicht verbluten. Du kannst dich glücklich schätzen, daß die Schlange dich biß, wo sie dich biß. Alles Fleisch des Körpers, das man zwischen zwei Fingern hochziehen kann, kann man wegschneiden, ohne Gefahr zu laufen, ein lebenswichtiges Blutgefäß zu verletzen. Tu, was ich dir sage. Beiß die Zähne zusammen und schau weg.«

Ich gehorchte und gab nur ein unterdrücktes Stöhnen von mir, als er ein Stück Haut und Fleisch wegschnitt.

Ich schluckte schwer und fragte: »Bin ich nun gerettet?«

»Nein, aber es wird helfen. Genau wie das hier.« Er zog seinen Gürtel aus, schlang ihn um meinen Oberarm und knotete ihn fest zu. »Halte deinen Unterarm in das kalte Wasser und laß es bluten. Ich muß unsere Pferde anbinden, bevor sie davonlaufen. Wir werden eine ganze Zeitlang hier bleiben müssen.«

Ich wunderte mich über diesen jungen Mann, und noch mehr, als ich ihn sein Pferd aus dem Wald jenseits des Baches führen sah. Es war, wie Velox, ein schöner Kehailaner. Sattel und Zaumzeug waren dem meinen ähnlich, und darüber hinaus reich verziert mit Reifen und Beschlägen aus Silber. Der Mann war zweifellos germanischer Abstammung, doch ich konnte den Akzent, mit dem er die alte Sprache sprach, nicht einordnen. Und warum war er, weder Römer noch einer der Asiaten, die Handlos erwähnt hatte, ausgerüstet wie ein Soldat der römischen Reiterei? Vorerst jedoch war ich dankbar für seine Hilfe und wollte nur noch eines wissen.

»Vielleicht«, sagte ich, »könnten wir uns noch einander vorstellen, bevor ich sterbe. Meine Name ist Thorn.«

»Dann teilen wir dieselbe Initiale. Ich heiße Thiuda.«

Er fragte nicht, warum mein Name nur aus einem Initial bestand; vielleicht, weil sein eigener Name ebenso ungewöhnlich war wie der meine. Thiuda ist die Pluralform eines Substantivs und bedeutet »Volk«.

»Jedenfalls«, fuhr er fort, »wirst du an dem Gift der Schlange kaum sterben, auch wenn du dir das vielleicht wünschst, wenn es erst zu wirken beginnt. Hier, trink das.«

Er hatte einige Stengel der Wolfsmilchpflanze bei sich, deren milchigen, klebrigen Saft er inzwischen in seine Flasche, ein exaktes Gegenstück zu meiner Flasche, gepresst hatte. Dann hatte er Wasser hineingeschüttet, es heftig geschüttelt und sie mir herübergereicht.

Während ich an dem bitteren Trank würgte, murmelte Thiuda »Die Otter war dir wahrlich wohlgesonnen. Sie lag zusammengerollt auf dem besten Gegenmittel gegen ihr Gift« und kratzte etwas von dem auf dem schwarzen Felsen wachsenden Moos ab, zog meinen aufgeschnittenen Arm aus dem Wasser – der Blutstrom war inzwischen zu einem Rinnsal versiegt –, packte das Moos auf die Wunde und band es mit einem Tuchstreifen fest, den er von dem Saum seiner Tunika abriß. Zuletzt lockerte er kurz den um meinen Oberarm gebundenen Gürtel.

Mit dünner Stimme, – der bittere Wolfsmilchtrank hatte mir den Mund zusammengezogen –, fragte ich: »Durchstreifst du diese Wälder nur, um unvorsichtigen Wanderern beizustehen?«

»Ich möchte wohl sagen, daß ich jedem helfen würde, der von einer Schlange gebissen wurde. Aber, wie deine römische Ausrüstung zeigt, bist du schwerlich ein einfacher, umherziehender Bauersmann. Solltest du etwa aus einer Turma desertiert sein?«

»Ne, ni allis!« entgegnete ich zuerst empört, mußte dann aber lachen. »Ich hatte dich gleichermaßen im Verdacht.«

Er schüttelte seinen Kopf und lachte jetzt ebenfalls. »Thorn, erzähl du zuerst, solange du noch in ganzen Sätzen sprechen kannst.«

War er doch ein Spion oder Späher für eine der streitenden Fraktionen hier in Pannonia? Aber er würde mich kaum zusammenflicken, nur um mir dann später die Hände abzuhacken. So berichtete ich ihm wahrheitsgemäß, wie ich mit der Legion des Claudius gegen die Hunnen gefochten hatte und zur Belohnung Velox, Waffen und anderes mehr erhalten hatte. Etwas hochmütig erzählte ich ihm, daß ich in der letzten Zeit im Pelzhandel ein ansehnliches Vermögen gemacht hatte und jetzt nur noch zum Vergnügen reiste. »Natürlich«, schloß ich, »würde ich mich glücklich schätzen, dich, Thiuda, wie einen ausgebildeten Medicus für deine Dienste zu entlohnen.«

»Sieh an, ein wohltätiger Reicher?« Er blickte mich durchdringend an und sagte, noch hochmütiger als ich: »Höre gut zu, du Wichtigtuer. Ich bin ein Ostgote. Ich will weder Dank noch Bezahlung für meine guten Taten, genausowenig wie ich für meine Übeltaten um Vergebung bitte.«

Ich bereute meine Worte und sagte: »Bitte verzeih mir. Mein Hinweis war einfältig. Ich, der ich selbst von gotischer Abstammung und gotischem Stolz bin, hätte es besser wissen müssen.« Doch ich konnte mir nicht verkneifen, hinzuzufügen: »Ich habe andere Goten sprechen gehört, und du klingst nicht wie sie.«

Er lachte: »Naí, ich meine ja. Du hast recht. Ich sollte mich bemühen, meinen griechischen Einfluß abzulegen. Zu lange habe ich im Osten gelebt und bin erst vor kurzem zu meinem Volk heimgekehrt. Erst vor kurzem, und zu spät.«

»Das verstehe ich nicht.«

»Ich eilte hierher, um meinem Volk im Kampf gegen die verfluchten Skirer beizustehen. Aber der Kampf war vorüber, bevor ich ihnen zu Hilfe kommen konnte. Die Auseinandersetzung fand am Fluß Bolia, einem Zufluß der Donau, statt, und ich hörte erst davon, als alles vorbei war.«

Er klang niedergeschlagen, so sagte ich mitfühlend: »Es tut mir leid zu hören, daß dein Volk verloren hat.«

»Aber nein. Natürlich nicht! Wie kannst du so etwas auch nur denken?« sagte er streng, aber lachte schon wieder. Ganz offensichtlich besaß er ein heiteres Gemüt, zumindest solange ich nicht unvorsichtigerweise seinen Stolz herausforderte. »Es ist bloß so, daß mein Volk mich nicht nötig hatte. Nur das tut mir leid. Ja, sie haben ordentlich aufgeräumt unter den Skiren. Viele wurden erschlagen, der Rest floh westwärts.«

»Ich glaube, ich habe einige von ihnen auf dem Rückzug gesehen.«

»Es können nicht viele gewesen sein«, sagte Thiuda mit Genugtuung in der Stimme und fügte stolz hinzu: »Ich hörte, daß es mein eigener Vater war, der den unwürdigen Edika erschlug.«

»Es freut mich zu hören, daß jemand ihn erschlagen hat«, sagte ich, an den Handlosen und sein Dorf denkend.

»Aber es gilt noch immer Babai zu besiegen, den König der Sarmaten. So werde ich doch Gelegenheit erhalten, meine Klinge in Blut zu tauchen. Zur Zeit jedoch, nach dem, was den Skiren widerfuhr, halten sich die Sarmaten vorsichtig zurück. Und so beschloß ich, in dieser Kampfpause Vindobona zu besuchen. Ich wurde in der Nähe geboren und habe meine Geburtsstätte schon viele Jahre nicht mehr gesehen.«

»Ja? Ich selbst bin unterwegs –« Ein plötzliches Schwindelgefühl ließ mich innehalten. »Ich meine ... ich werde ... wenn ich mich besser ...« Dann konnte ich nicht mehr sprechen, denn plötzlich würgte ich Galle.

»Lehn dich über das Wasser und leg los«, sagte Thiuda aufmunternd. »Am besten, du gewöhnst dich gleich daran. Laß mich nur noch einmal den Gürtel kurz locker machen, dann entfache ich ein Feuer und breite unsere Felle aus.«

Er schwatzte zwar noch weiter, während er geschäftig werkelte, aber ich habe keine Erinnerung an das, was er sagte. Auch nicht an die drei Nächte und fast drei Tage, in denen das Gift in mir tobte, wie Thiuda mir später sagte. In der Zeit klagte ich häufig darüber, alles, unter anderem auch ihn, doppelt zu sehen, und zu anderen Zeiten redete ich so verwirrt, daß man mich unmöglich verstehen konnte.

Am dritten Tag unserer Bekanntschaft hörte mein Kopf endlich auf zu schmerzen, klärte sich mein Geist wieder und konnte ich verständlich sprechen. Als sich, abgesehen von der fürchterlich juckenden Wunde, mein Zustand weiter besserte und die Leibschmerzen und Krämpfe immer seltener auftraten, erklärte Thiuda, daß ich den Schlangenbiß überstanden hätte.

»Aber ich fühle mich schwach wie ein Säugling«, murmelte ich.

»Ach, und ich dachte, das sei normal bei dir«, zog er mich auf.

»Eh?«

»Warum sonst würdest du dich an dein Pferd binden?«

Diese Frage kam etwas überraschend, und ich brauchte einen Moment, bis ich verstand. »Ah so, das Seil für die Füße!« Also erklärte ich ihm, wie mir diese Vorrichtung in den Sinn gekommen war und welchem Zweck sie diente.

»Was du nicht sagst«, murmelte Thiuda, so als ob er, wie Wyrd, allem Neuen mißtraute. »Ich ziehe es vor, mich auf die Kraft meiner beiden Schenkel zu verlassen. Wenn dir das Seil jedoch bisher schon hilfreich vorkam, dann wird es dir um so mehr helfen, während du wieder zu Kräften kommst. Wenn du in Vindobona ankommst, solltest du wieder vollkommen hergestellt sein. Sollen wir gemeinsam reiten?«

»Ja, sehr gerne. Und ohne dein ostgotisches Ehrgefühl zu verletzen, gestatte mir, dich in das beste Wirtshaus der Stadt auf ein üppiges Mahl einzuladen.«

»Aber nur«, grinste er breit, »wenn dabei der Wein in dionysischen Mengen fließt.« Schelmisch fügte er hinzu: »Da du darauf bestehst, den verschwenderischen jungen Mann aus reichem Hause zu spielen, werde ich deinen niedrigen und untertänigen Diener markieren und vor dir her in die Stadt reiten und allen zurufen: »Platz für Thornreichs, meinen Herrn!« Diese gothische Ausschmückung meines Namens bedeutete »Thorn, der Herrscher« oder, in Latein, »Thorn Rex«.

»Oh vái,« widersprach ich. »Ich bin nichts dergleichen. Ich fing mein Leben als Findelkind auf einer Türschwelle an und wuchs auf in einem Kloster.«

»Egal. Sei nicht so bescheiden«, sagte Thiuda ernsthaft. »Wenn du eine Stadt betrittst, oder eine Versammlung oder etwas in der Art, und dich selbst als ein Nichts betrachtest, dann wirst du dementsprechend empfangen. In Vindobona würden sie selbst in den schäbigsten Wirtshäusern dein Geld sehen wollen, bevor man dich bewirten oder dir einen Raum geben würde. Aber geh hin und posaune deine Wichtigkeit hinaus – allerdings mußt du dir selbst auch glauben –, und du wirst auf das freundlichste begrüßt, ausgiebig willkommen geheißen, mit Hochachtung und Ehrerbietung und zuvorkommendster Dienstbarkeit bedacht. Von allem wird dir das Beste aufgedrängt werden, vom Essen, vom Trinken, von den Frauen, den Dienern. Und du brauchst nicht einen Nummus zu bezahlen, solange du nicht willst.«

»Du übertreibst, Thiuda.«

»Nein, keineswegs. Wer reich ist, darf viel schulden und wird niemals mit Zahlungsaufforderungen belästigt. Nur kleine Leute haben kleine Schulden und müssen sie pünktlich bedienen. Je mehr und je größere Schulden jemand hat, und je länger sie schon offenstehen, desto größer ist die Auszeichnung, die dadurch auf den Kreditor zurückfällt. Er wäre untröstlich, wenn die Schulden beglichen würden, denn dann könnte er nicht mehr angeben, daß dieser oder jener hochgestellte Mann bei ihm in der Schuld steht.«

»Dir haben die Wälder den Kopf verdreht, Thiuda. Sehe ich etwa aus wie eine bedeutende Persönlichkeit?«

Er machte eine wegwerfende Bewegung mit der Hand. »Reiche junge Männer sind für Ausgefallenheit in Bekleidung und Auftreten bekannt. Die Tatsache, daß ich, dein Sklave, in einem prächtigeren Sattel als du selbst sitze, verstärkt diesen Eindruck nur noch. Ich sage dir, hör auf, dich als etwas Geringeres als ein Mitglied der Nobilität zu betrachten. Wenn ich vor dir in die Stadt einreite und in großen Worten die Ankunft meines illustren jungen Herrn und Meisters verkünde, dann sehen sie genau das in dir. Danach mußt du dich nur noch arrogant, herrisch und hochfahrend aufführen und so den Erwartungen der Leute an eine hochgestellte Persönlichkeit entsprechen. Khaîre! Das wirst du wahrhaftig sein.«

Zuguterletzt erwies sich sein Enthusiasmus als unwiderstehlich. Und so kam es, daß wir einige Tage später durch das Stadttor nach Vindobona einritten und ich, träge im Sattel hängend und die schönen Häuser und fein gekleideten Bewohner der Stadt keines Blickes würdigend, angestrengt versuchte, nicht lauthals loszulachen. Thiuda ritt ein Stück vor mir, wedelte mit den Armen und schrie, sich in seinem Sattel hierhin und dorthin wendend, abwechselnd in der alten Sprache und in Latein, ja selbst in Griechisch: »Platz! Macht Platz für Thornareichs, meinen edlen Herren, der von weit her nach Vindobona kommt, um hier ein wenig Zeit und viel Gold zu verschwenden. Platz dem hochgeborenen Thornareichs, der kommt, um Vindobona mit seiner erhabenen Gegenwart zu ehren. Platz, ihr gemeines Volk, dem Thornareichs, und gebietet ihm Háils!«

Alle, ob zu Fuß, zu Pferd oder in Sänften sitzend, hielten inne, reckten die Hälse und starrten mich an. Und als ich, ihr Interesse hochmütig ignorierend, an ihnen vorbeiritt, verneigten sich alle Köpfe vor mir.

## 2

Vindobona hat sich, wie Basilia, um eine der römischen Grenzgarnisonen herum entwickelt. Aber Vindobona ist sehr viel größer, geschäftiger und bedeutender als Basilia. Mehrere römische Straßen kommen hier zusammen, und sie liegt am meistbefahrenen Wasserweg des Imperiums, der breiten, braunen und raschen Donau.

Thiuda hatte mit seinen lauten Lobpreisungen auf mich und meinen Reichtum erst angefangen, als wir die Vorstädte und Außenbezirke Vindobonas hinter uns gelassen hatten und die eigentliche Stadt betraten. Während er Phrasen drosch, ich endlose Langeweile vorschützte und das Volk auf der Straße sich verwundert, aber ehrfürchtig verbeugte, ritten wir eine breite Allee hinunter, an deren Ende die hohen Palisaden der Garnison sichtbar waren. Nach einiger Zeit stellte Thiuda seine Lobpreisungen ein und verlangte lauthals: »Sagt mir, Volk! Sagt mir, welches die vorzüglichste, luxuriöseste und teuerste Herberge der Stadt ist. Denn mein prinzlicher Fráuja wird nur in der feinsten Herberge absteigen!«

Aus der Menge schallten uns unterschiedliche Namen entgegen, aber die meisten schienen sich einig, daß die »Herberge von Amalrich dem Knödeldicken« unseren Ansprüchen am ehesten genügen würde.

Thiuda wies auf einen der umstehenden Männer und befahl ihm: »Führe uns dorthin.« Dann zeigte er auf einen anderen Mann, der die Herberge ebenfalls empfohlen hatte: »Und du, guter Mann, eile voraus und verkünde Amalrich dem Knödeldicken unsere Ankunft. Das sollte ihm, seiner Familie und den Bediensteten genügend Zeit geben, sich vor dem Tor zu versammeln, um Thornareichs, den vornehmsten Gast, der Amalrich jemals die Ehren seines Besuchs erwies, angemessen zu begrüßen.«

Thiudas unmöglicher Hochmut trieb mir die Schamröte ins Gesicht, und insgeheim murmelte ich verzweifelt »Jesus«. Aber unglaublicherweise wurden seine Anweisungen diensteifrig befolgt. Der eine Mann rannte sofort los, während der andere vor uns herlief und in Thiudas Geschrei einstimmte: »Platz! Macht Platz für den Thornareichs!« Also unterdrückte ich meine Verlegenheit und schüttelte nur verwundert meinen Kopf. Thiuda schien recht zu haben. »Gib vor, Jemand zu sein, glaub selbst daran, und schon bist du Jemand.«

Die Herberge war in der Tat prächtig, drei Stockwerke hoch aus Ziegeln erbaut, und fast so farbenfroh dekoriert wie die Häuser in Haustaths. Der Eigentümer war in der Tat dick, ebenso die Frau, vermutlich seine Frau, und die beiden Heranwachsenden, die wohl seine Söhne waren. Ganz offensichtlich hatten sie sich in größter Hast in ihre besten Gewänder geworfen, denn diese waren nur notdürftig und teilweise verkehrt herum geschlossen. Der weite, gastfreundliche Vorhof der Herberge wimmelte von Bediensteten, die sich mit der Familie zu meiner Begrüßung versammelt hatten. Manche trugen Schürzen, andere hielten Kochlöffel, wieder andere Wedel aus Gänsefedern in den Händen. Aus verschiedenen Fenstern in den oberen Stockwerken schauten Gäste neugierig herunter.

Feist wie der Eigentümer war, gelang ihm doch eine tiefe Verbeugung, dann sagte er auf Lateinisch, Gotisch und Griechisch: »Salve! Háils! Khaîre! Ich erbiete Eurer Hoheit mein Willkommen.« Das entspricht zwar nicht der vorgeschriebenen Begrüßungsformel für jemanden von königlichem, adligem, staatlichem oder kirchlichem Rang, aber da Thiuda bei seiner Prahlerei wohlweislich vermieden hatte, zu verkünden, was genau meine Stellung war, mußte der Wirt notgedrungen improvisieren.

Herablassend blickte ich ihn von meiner erhabenen Position an und fragte betont gleichgültig: »Ist jus Amalrich, niu?«

»Das bin ich, Euer Hoheit. Euer unwürdiger Diener Amalrich, falls es Euer Hoheit beliebt, mir in der alten Sprache zu befehlen. Die griechisch Sprechenden nennen mich Eméra, die Kelten Amerigo und in Latein heiße ich Americus.«

»Ich denke«, sagte ich gelangweilt, »Ich nenne dich ... Knödel.« Irgend jemand kicherte, und Thiuda nickte mir amüsiert und zustimmend zu. Amalrich verbeugte sich noch tiefer. »Worauf, Knödel, wartest du noch? Rufe einen Stallburschen für unsere Pferde her.«

Als der dicke Wirt und seine Frau mich hineingeleiteten, sagte er: »Ich bedaure, von Eurer Ankunft nicht früher in Kenntnis gesetzt worden zu sein, Euer Hoheit.« Seine Hände zuckten nervös. »Ich hätte natürlich die allerbesten Räume in unserem Haus für Euch richten lassen. Jetzt jedoch –«

»Jetzt jedoch«, unterbrach ich ihn, »da ich hier bin, kannst du sie mir anbieten.« Unhöflichkeit war, so fand ich, leicht zu erlernen.

»Oh Vái!« stöhnte er. »Aber ich erwarte noch heute nachmittag einen außerordentlich reichen Kaufmann, der immer in diesen Räumen logiert und der –«

»Was sagst du?« fuhr ich ihn an. »Wieviel soll dieser ach so reiche Händler kosten?« Hinter Amalrichs Familie lachte Thiuda schadenfroh in sich hinein. »Sagt ihm, wenn er kommt, daß ich ihn zu kaufen wünsche. Einen zusätzlichen Sklaven kann ich immer gut gebrauchen.«

»Ne, Euer Hoheit«, flehte Knödel und fing leicht an zu schwitzen. »Ich werde sehen, wie ich ihn zufriedenstelle, ohne Euer entehrendes Angebot ... Ich wollte sagen, selbstverständlich sind die Zimmer die Euren. Burschen, holt die Sachen Ihrer Hoheit herein. Und, Euer Hoheit, wünschen Sie auch ein Zimmer für Ihren, äh, Herald? Diener? Sklave? Oder schläft er bei den Pferden?«

Schon wollte ich wieder etwas Gemeines, meinem neuen Status Entsprechendes, äußern, als Thiuda mir zuvorkam.

»Ne, guter Herr Knödel. Wenn Ihr mir einfach den Weg zur nächsten, billigsten und heruntergekommensten Herberge weist, will ich mich mit einer Unterkunft dort begnügen. Nur eine Nacht werde ich in Vindobona bleiben, denn schon in der Morgendämmerung muß ich zu wichtigen und ausgedehnten Besorgungen für meinen Fráuja Thornareichs aufbrechen.« Hinter vorgehaltener Hand flüsterte er ihm vertrauensvoll zu: »Sie verstehen, dringende und geheime Botschaften.«

»Natürlich, natürlich.« Knödel war beeindruckt. »Nun, das nächste ... hmm, mal sehen.« Er kratzte seinen schweißglänzenden Kahlkopf. »Das wäre der bescheidene Verschlag der Widuwo Dengla. Manchmal gelingt es ihr, einen unbedarften Reisenden bei sich unterzubringen, aber niemand bleibt jemals lange, denn sie stiehlt die Sachen der Gäste.«

»Ich werde auf meinen Sachen schlafen«, sagte Thiuda. »Nun, ich will gehen, Wirt, sobald ich eine Kostprobe von den ausgesuchten heißen Gerichten und kalten Weinen genommen habe, die

Ihr sicherlich schon alsbald meinem Herren servieren werdet. Es versteht sich von selbst, daß Thornareichs sich nicht dazu herabläßt, von einem Gericht auch nur zu kosten, bevor nicht ich versichert habe, es sei rein, nahrhaft und genauso zubereitet, wie er es mag.«

»Natürlich, natürlich«, sagte der arme Wirt und schwitzte so sehr, daß er durchgekocht wie ein echter Knödel aussah. »Wenn Ihre Hoheit sich gewaschen und erfrischt hat, wird die Tafel mit den schmackhaftesten Köstlichkeiten aus unserer Speisekammer und unserem Keller gedeckt sein.« Zu mir sagte er, mit so etwas wie Verzweiflung in der Stimme: »Wenn Euer Hoheit beliebt, mir zu folgen. Ich selbst werde Euch auf Eure Zimmer führen.«

Da wir zu so einer ungewöhnlichen Zeit, nämlich zwischen dem mittäglichen Prandium und der abendlichen Cena eine Mahlzeit verlangten, waren wir die einzigen Gäste in der Halle, die so einladend eingerichtet war wie jener im römischen Stil gehaltene Speisesaal, den ich in Basilia gesehen hatte. Die Tische waren mit weißem Linnen gedeckt, daneben standen Liegen anstelle von Stühlen oder Bänken. Thiuda und ich legten uns an einen der Tische und trommelten ungeduldig mit den Fingern auf das Holz. Sofort kam Knödel angerannt. Umständlich entschuldigte er sich dafür, daß das Essen noch nicht bereit stand, und sandte seine Söhne nach Wein.

Kurz darauf schleppten sie eine offensichtlich schwere Amphore herbei. Thiuda und ich sahen sie mit Überraschung und Vorfreude, denn in jenen Tagen waren Fässer schon allgemein üblich, und echte, nach der alten Methode aus gebranntem Ton gefertigte Amphoren waren nur noch selten im Gebrauch. Diese hier hatte zudem keinen flachen Boden, sondern lief unten spitz zu, so daß sie nicht aufgestellt werden konnte. Das bedeutete, daß sie in Erdlöchern im Keller der Herberge gelagert worden war, um dem Wein Zeit zum Altern und Reifen zu geben. Offensichtlich sollte uns also kein gewöhnlicher Tafelwein vorgesetzt werden.

Trotzdem, als Knödel das Siegel erbrach und mit einer kleinen Schöpfkelle ein wenig Wein in einen Becher goß, griff Thiuda sehr bestimmt danach, schnüffelte mißtrauisch, nippte schließlich und rollte den Wein in seinem Mund, wobei er gleichzeitig auch mit seinen Augen rollte. Ich glaube, wenn wir von der Reise nicht so durstig gewesen wären, hätte er selbst diesen Wein für ungenießbar erklärt und nach einer neuen Amphore verlangt. Aber so brummte er widerwillig »Ein passabler Falernianer. In Ordnung« und ließ den dankbaren Knödel unsere Becher füllen.

Als das Menü aufgetragen wurde – mehrere Gänge, der erste eine Suppe von Kälberhirn und Erbsen – rührte ich nichts an, bis nicht Thiuda von allem probiert hatte und es, nach einer spannungsgeladenen Pause als »passabel« oder »akzeptabel« und einmal sogar »zufriedenstellend« deklarierte, – Knödel sprang beinahe in die Luft vor Stolz. Aber kaum hatte Thiuda gesprochen, stürzten wir beide uns wie die Wilden über den jeweiligen Gang her.

Zwischen den beiden Hauptgängen – in Kräutern gerösteter Donauaal und geschmorter Hase in Weinsoße – hielt ich inne, um aufzustoßen und wieder zu Luft zu kommen. Dabei fragte ich Thiuda: »Reist du wirklich so bald schon wieder ab, nur um deinen Geburtsort wiederzusehen?«

»Deswegen auch, aber nicht nur deswegen. Es ist schon lange her, seit ich meinen Vater sah. Ich werde also den Windungen der Donau folgen, bis zur Stadt Novae in Moesia. Das ist die Hauptstadt der Ostgoten, und dort hoffe ich ihn zu finden.«

»Es tut mir leid, daß du gehst.«

»Vái. Du hast dich vollkommen erholt von dem Schlangenbiß. Hier bist du als bedeutende Persönlichkeit eingeführt und wirst als solche behandelt. Nutze das aus! Vindobona ist ein angenehmer Ort für den Winter. Ich werde in dem Haus der Witwe nächtigen, so daß ich morgen nicht erst auf die Stallburschen warten muß und schon früh losreiten kann.«

»Dann laß mich dir jetzt sagen, Thiuda, wie sehr ich deine Gesellschaft genoß. Ich verdanke dir mein Leben. Ich weiß wohl, daß du dickköpfiger Ostgote Dank nicht annimmst, aber trotzdem hoffe ich, dir eines Tages zu Gefallen sein zu können.«

»Sehr gut«, sagte er freundlich, »solltest du hören, daß König Babai und die Sarmater irgendwo wieder wüten, geh dorthin. Du wirst mich im Kampf gegen sie finden. Ich lade dich herzlich ein, an meiner Seite zu kämpfen.«

»Das werde ich. Mein Wort darauf. Huarbodáu mith gawaírthja.«

»Thags izvis, Thorn. Aber ich hoffe, nicht immer in Frieden zu ziehen. Einem Krieger ist der Frieden wie der Rost dem Eisen. So sage zu mir wie ich zu dir sage: Huarbodáu mith blotha.«

»Mith blotha«, echote ich und erhob zum Gruß meinen Becher voll blutroten Weines.

*

Den ganzen Winter über und sogar noch länger blieb ich in Vindobona, denn die Stadt bot allerlei Zerstreuung und Zeitvertreib – vorausgesetzt, man war jemand, konnte sich die Vergnügungen leisten und erwies sich dadurch als würdig, an ihnen teilzuhaben.

Zwar war ich lange nicht so vermögend, wie ich vorgab, aber der Schein genügte. Ich behielt meine arrogante Art gegenüber niedriggestellten Menschen bei, die sich vor mir verbeugten, katzbuckelten und sich mir unterwarfen, gerade so, als ob sie ihre Unterlegenheit bestätigen wollten. Gegenüber Personen die mir in etwa gleichrangig waren, konnte ich freier sein. Ich gab mich mit einigen wenigen, ausgesuchten Gästen der Herberge ab, die sich dadurch sehr geehrt fühlten. Sie führten mich bei ihren hochgestellten Bekanntschaften in der Stadt ein, die mich wiederum weiterempfahlen. Nach einiger Zeit wurde ich in die Häuser der vornehmsten Familien Vindobonas eingeladen, besuchte sowohl Familientreffen im kleineren Kreise als auch die großartigen Feste und Veranstaltungen, die den Winter dort beleben und hatte bald schon viele eigene Freunde unter den bedeutenderen Persönlichkeiten der Stadt.

Es scheint unglaublich, aber während meines ganzen Aufenthaltes in Vindobona fragte mich niemand, noch nicht einmal meine Freunde, nach meinem genauen Stand, meiner Auszeichnung, meiner Abstammung oder meinem wirklichen Titel oder nach der Herkunft meines offensichtlichen Reichtums. Meine Freunde nannten mich einfach »Thorn«; andere meines Standes sprachen mich formeller mit »Clarissimus« oder dem gotischen Ausdruck »liudaheins« an.

Vielleicht sollte ich hinzufügen, daß ich in diesen Kreisen nicht der einzige war, der eine Posse spielte. Viele, auch solche germanischer Abstammung, hatten römische Verhaltensweisen so weitgehend übernommen, daß es ihnen unmöglich war – oder sie zumindest so taten – die gotische Rune »Thorn« oder auch die Runen »Kaun-plus-hagl« auszusprechen. Sie verwendeten große Energie darauf, das »th« und das »kh« zu vermeiden, und sprachen meinen Namen unweigerlich auf die römische Weise aus, Torn also oder Tornaricus.

Während ich mein Possenspiel weitertrieb und als der akzeptiert wurde, der ich vorgab zu sein, nutzte ich meine Position niemals dazu aus, irgend jemandem materiellen Schaden zuzufügen. Entgegen Thiudas Rat beglich ich in Abständen sogar, was ich dem Wirt der Herberge schuldete – und hörte auch auf, ihn verächtlich Knödel zu nennen, sondern sprach ihn als Amalrich an. Diese Zugeständnisse machten ihn mir gewogen, und so gab er mir viele wertvolle Hinweise, wie ich meinen Status am besten ausnutzen könnte.

Schon früh entschied ich mich, mich meiner Rolle entsprechend zu kleiden. Ich ließ Amalrich wissen, daß ich, obwohl ich es zufrieden war, ohne Gepränge im Aufzug eines Waldmenschen zu reisen, nun wünschte, meine Garderobe zu vergrößern. Wo die besten Schneider, Schuhmacher, Juweliere und dergleichen zu finden seien, wollte ich von Amalrich wissen.

»Aber Euer Hoheit!« rief er aus. »Ein Mann in Eurer Position geht nicht selbst, er läßt kommen. Erlaubt mir, das für Euch in die Hand zu nehmen, und seid versichert, daß ich nur diejenigen auswählen werde, die auch den Legaten, den Präfekten, den Herzogo und die anderen Liudaheins beliefern.«

Schon am nächsten Tag stand ein Schneider mit seinen Gehilfen in meinen Gemächern, nahm Maß und legte mir verschiedenste Stoffmuster und zahllose Tuchballen zur Auswahl vor.

An einem anderen Tag, genauer, bei Nacht, erschien ein Aurifex mit Ringen, Nadeln, Armreifen und Fibulae sowie unverarbeiteten Edelsteinen, die er nach meinem Belieben in Geschmeide umzuarbeiten anbot, darunter Diamanten, Rubine, Saphire, Smaragde, gefärbtes Glas, Berylle, Hyazinthe und andere, manche ungefaßt, andere in Gold oder Silber eingearbeitet.

Alles in allem war ich nicht allzu verschwenderisch, und was ich schließlich erstand, war keineswegs übertrieben. Als zum Beispiel der Schneider mit den Gewändern zur Anprobe zurückkehrte, sagte er: »Ich habe natürlich noch keine Farben ausgewählt, weder für den Saum Eurer Tuniken und Togen noch für die Einsatzstreifen an Eurem Mantel. Obwohl ich Euch bisher als Illustrissimus angesprochen habe und Ihr mich diesbezüglich nicht verbessert habt, bin ich nicht sicher, ob dies in der Tat Euer Rang ist – in diesem Fall käme natürlich nur Grün als Farbe für Eure Gewänder in Frage – oder ob Ihr nicht doch den Status eines Patriziers einnehmt und das Purpur verdient. Auch habt Ihr nicht bestimmt, ob die Säume und Einsätze lediglich gefärbt oder ornamental gestaltet werden sollen.«

»Nichts von alledem«, sagte ich, dankbar, daß er mich unwissentlich aufgeklärt hatte. »Keine Farben, keine Figuren. Ich ziehe die Materialien ohne Verzierungen in ihren natürlichen Farben vor – weiß, lederbraun, mausgrau, wie auch immer.«

Entzückt klatschte der Schneider in die Hände. »Euax! Hier spricht ein Mann von gutem Geschmack. Ich erkenne Eure Beweggründe, Illustrissimus. Wenn die Natur den Materialien keine grellen Farben verlieh, warum sollte es ihr Träger tun? Gerade die Einfachheit Eurer Gewänder wird Euch aus jeder Gesellschaft hervorheben, auffälliger noch, als wenn Ihr prunkvoll wie ein Pfau herausgeputzt wärt.«

Ich hatte ihn im Verdacht, mir nur schmeicheln zu wollen, aber dem war wohl doch nicht so. Als ich diese Gewänder später auf den Gesellschaften trug, zu denen ich eingeladen wurde, machten verschiedene herausragende und gebildete Personen, viel erfahrener in diesen Dingen als ich, mir ehrlich gemeinte Komplimente über meine Kleidung.

Die Bemerkung des Schneiders lehrte mich eine wichtige Lektion: meinen Mund zu halten, wenn ich mit einem Thema konfrontiert wurde, über das ich eigentlich Bescheid wissen müßte, es aber nicht tat. Mit geschlossenem Mund konnte ich unmöglich meine Unerfahrenheit verraten. Und wenn ich nur lange genug schwieg, dann würde mir früher oder später jemand mit einer zufällig hingeworfenen Bemerkung weiterhelfen. Indem ich meine Unwissenheit hinter einer scheinbar hochmütigen Schweigsamkeit verbarg, gelang es mir, mich nicht nur nicht bloßzustellen, sondern von anderen sogar für weiser als sie selbst gehalten zu werden. Eines Nachts, nach einem Gelage im Triklinium von Vindobonas angegrautem, enorm dicken Präfekten Maecius – die Frauen hatten sich schon zurückgezogen, und wir Männer freuten uns auf ein Trinkgelage –, betrat ein Bote den Raum und übergab unserem Gastgeber unauffällig ein Schreiben. Der Präfekt warf einen Blick darauf und räusperte sich dann aufmerksamkeitsheischend. Die Unterhaltungen verstummten mit einem Schlag, und alle wandten sich ihm zu.

Feierlich verkündete Maecius: »Freunde und Mitbürger Roms, wichtige Nachrichten harren Eurer. Diese Botschaft wurde mir direkt von meinen Agenten in Ravenna übermittelt, Ihr hört die Neuigkeit also noch vor den offiziellen Stellen: Olybrius ist tot.«

Ein Chor überraschter Ausrufe erklang.

»Was? Nun auch Olybrius?«

»Wie kam er zu Tode?«

»Schon wieder ein Attentat?«

Ich schrie nicht, wie ich es früher wohl getan hätte, hinaus »Wer um alles in der Welt ist Olybrius?«, sondern rümpfte nichtssagend die Nase und trank einen Schluck von meinem Wein.

»Nein, diesmal kein Attentat«, erwiderte Maecius. »Der Imperator starb an der Wassersucht.«

Erleichtertes Murmeln in der Runde.

»Welche Erleichterung, das zu hören.«

»Aber was für eine Art zu sterben, eines Bauern würdig, nicht aber eines Imperators.«

»Und nun, was jetzt?«

Ich platzte nicht los »Aber ich dachte, Anthemius sei Imperator in Rom!«, sondern setzte ganz gemächlich zu einem weiteren, langen Schluck aus meinem Glas an.

Der Präfekt gab die Frage an die Anwesenden zurück: »Ja, was nun? Ich schlage vor, wir fragen den erlauchten Tornaricus dort drüben, obwohl ich kaum glaube, daß er uns etwas verraten wird. Seht, Freunde, nur er allein unter uns scheint von der Nachricht weder überrascht noch sonderlich bewegt zu sein.«

Alle Anwesenden starrten mich an. Gleichgültig erwiderte ich ihre Blicke. Ein Lächeln wäre kaum angebracht gewesen, aber mir war auch keineswegs danach, in Tränen auszubrechen.

»Hat man eine solch unschuldige Erscheinung jemals zuvor gesehen?« wandte sich Maecius an die Versammelten. »Hier, dieser junge Mann ist im Besitz geheimen Wissens.« Aber in seiner Stimme lag mehr Bewunderung als Anklage, und dasselbe las ich in den mir zugewandten Gesichtern.

»Das Imperium selbst«, fuhr Maecius fort, »hat mich zum Präfekten dieser Provinz ernannt. Und was weiß ich? Nur, daß Anthemius im Juli hinterrücks ermordet wurde, auf Betreiben seines eigenen Sohnes, des Mannes, der ihn auf den Thron gehievt hatte, dem Königsmacher Riccimer. Genau vierzig Tage später ist Riccimer selbst tot, angeblich eines natürlichen Todes gestorben. Und ein anderes seiner Geschöpfe, Olybrius, wird zum Herrscher über das westliche Imperium ausgerufen. Und jetzt, nur zwei Monate nach seinem Aufstieg, ist auch Olybrius tot. Sprecht, Tornaricus. Ich weiß, Ihr wißt es. Wer wird unser nächster Imperator sein? Und wie lange?«

»Sprecht, Tornaricus«, stimmten die anderen ein.

»Aber das geht nicht«, sagte ich, grinsend angesichts ihrer Einfältigkeit.

»Da, habe ich es nicht gesagt?« röhrte Maecius, nicht unfreundlich. »Einige unter euch, die ihr euch bemüht, mächtig zu werden, nehmt euch ein Beispiel an Tornaricus. Einem Mann, dem man Geheimnisse anvertrauen kann, dem werden sie anvertraut. Beim Styx, ich wünschte, ich würde Eure Quellen kennen. Tornaricus, wer sind Eure Agenten? Sind sie käuflich?«

»Kommt, Tornaricus«, sagte einer der Stadtältesten. »Wenn Ihr Euch schon weigert, den Namen von Olybrius' Nachfolger zu nennen, dann sagt uns wenigstens, was wir aus Ravenna zu erwarten haben. Aufruhr? Verheerungen? Was steht uns bevor?«

»Ich kann nicht«, wiederholte ich. »Über die Vorgänge in Ravenna kann ich euch leider nichts sagen.«

Um mich herum hörte ich es wispern.

»Er könnte wohl, will aber nicht.«

»Trotzdem, er hat weder Aufruhr noch Verheerungen ausgeschlossen.«

»Nur über Vorgänge in Ravenna nicht, sagt er.«

Als drei Wochen später dann in Vindobona die Kunde von dem seit vier Jahrhunderten mächtigsten Ausbruch des Vulkans Vesuv in der Provinz Campania die Runde machte, beäugten mich meine Bekannten mit unermeßlichem Respekt und größter Bewunderung. Allgemein wurde beschlossen, ich sei allwissend, nicht nur was die Affären des Staates, sondern auch was die der Götter anging.

Von da an wurde ich in Gesellschaften oft beiseite gezogen und von diesem oder jenem vermögenden Mann um Rat bezüglich einer Geschäftsentscheidung angegangen, von dieser oder jener Dame gebeten, den Rat ihres Astrologen zu kommentieren. Junge Männer wollten wissen, ob ihre Vorgesetzten wirklich mit ihrer Arbeit zufrieden seien und welche Aussichten sie auf Beförderung hätten, junge Frauen eher, was ihr Vater wirklich von diesem oder jenem ihrer Schneider hielt.

Aber ich verweigerte mich allen – meinen Standesgenossen höflich, Gemeinen herablassend – denn nur durch Schweigen über Dinge, von denen ich nichts verstand, hatte ich es zu einem gewissen Ruf gebracht.

## 3

Jedermann kannte mich unter dem Namen, den Thiuda erdacht hatte, Thornareichs (oder, häufiger, Tornaricus), was alle als Beweis meiner Abstammung aus einer hochgestellten gotischen Familie ansahen. Wenn sich in einer Unterhaltung die Gelegenheit ergab, so erwähnte ich ganz beiläufig »meine Besitztümer«, was meine Zuhörer davon zu überzeugen schien, daß ich irgendwo Land besäße. Der Präfekt hatte bereits festgestellt, daß ich über Spione verfügte, also mußte ich geheimes Wissen über alle Vorgänge im Imperium besitzen. Diese Fiktion wurde ständig wiederholt, und der günstig gelegene Ausbruch des Vesuvs brachte mir auch noch den Ruf eines Mannes ein, dem auch die Zukunft nicht verborgen war, eine Auszeichnung, die ich ansonsten nie hätte erringen können. Da ich über genügend Mittel verfügte, mich angemessen zu kleiden, in der besten Herberge der Stadt zu logieren, und, wenn ich mich mit den anderen jungen Männern in den Tavernen vergnügte, Runde auf Runde mitzuhalten, hielt man mich für viel wohlhabender, als ich war. Vor allem aber klagte ich nicht – wie andere, wirklich reiche Männer – endlos über Ausgaben, Steuern und Löhne. Und darüber hinaus war ich ein junger Mann im heiratsfähigen Alter von, so wurde mir gesagt, anziehendem Äußeren.

Darüber hinaus kam mir ein unsichtbarer, aber nicht zu unterschätzender Vorteil zugute. Selbst gemessen an den Söhnen von Persönlichkeiten wie Maecius und Sunnja hatte ich eine sehr gute Ausbildung genossen und zudem auf meinen Reisen ausreichende Umgangsformen erworben, um nicht als Bauerntölpel dazustehen. Jetzt, in Vindobona, achtete ich bei Empfängen und anderen Gelegenheiten darauf, die Verhaltensweisen der Hochgestellten nachzuahmen und dadurch meinem Benehmen weiteren Schliff zu verleihen. Ich lernte, meinen Wein mit Wasser zu verdünnen und mit Zimt und Kassie zu würzen und dieses Gebräu hinunterzustürzen, ohne mit der Wimper zu zucken oder einen von Wyrds Flüchen auszustoßen. Ich lernte, die Gemeinen verächtlich als Plebecula, »der Pöbel« zu bezeichnen. Und auf die römische Weise, mit einem leichten Fußtritt statt mit den Knöcheln, an Türen anzuklopfen. Ich muß zugeben, ich erhielt häufig die Gelegenheit, sehr diskret an verschlossene Türen zu klopfen.

Wie ihre Männer und Väter, so ließen sich auch die hochgestellten Mädchen und Frauen von meiner Posse täuschen. Und die Aura der Allwissenheit, die mich umgab, schien auf die Frauen, Witwen, Matronen und Jungfrauen eine noch stärkere Anziehungskraft auszuüben. Denn sie ließen keine Gelegenheit aus, mich zu treffen, mir vorgestellt zu werden und sich mit mir zu unterhalten. Ich erkannte eine Eigenheit an mir, die mir bisher entgangen war. Zu meiner eigenen Überraschung fiel es mir nämlich leichter als anderen Männern, mich mit Frauen anzufreunden. Ich spreche hier nicht unbedingt von kurzen Abenteuern oder leidenschaftlichen Liebesaffären, sondern von engen Freundschaften, ob sie nun nur das Herz oder auch den Körper miteinbezogen. Nach und nach wurde mir auch klar, warum das so war.

Gemeinhin werden Männer als den Frauen überlegen und sie beherrschend angesehen. Die meisten Männer sehen in Frauen mithin nicht mehr als ein Geschöpf, das sie nach Belieben benutzen können. Die meisten Männer – egal wie häßlich, alt, dumm, verkrüppelt, arm und nichtsnutzig – glauben, jede Frau haben zu können. Selbst wenn die Frau nobler Abstammung ist und der Mann ein gemeiner Sklave, ist er davon überzeugt, sie umwerben und gewinnen oder wenigstens entführen und vergewaltigen zu können, einfach weil er ein Mann ist. Auch ich habe spüren müssen, was die Welt als gut und richtig empfindet. Von Natur aus war ich ein halber Mann, und habe fast mein ganzes Leben als Mann unter Männern verbracht. Als erwachsener Mann war ich keineswegs unempfänglich für die Reize eines hübschen Mädchens oder einer schönen Frau, und wünschte oft, sie zu besitzen. Andererseits konnte ich keine Frau als minderwertig oder mir untertan betrachten, war ich selbst doch zur Hälfte Frau. Selbst in meiner Verkörperung als Mann, wenn ich mich verhielt und dachte wie andere Männer, mich so sehr wie sie als Mann empfand und wahrhaft männlichen Vergnügungen nachging, war die weibliche Hälfte meiner Natur nie ganz unterdrückt.

Die Frauen, die ich bisher kennengelernt hatte, waren, bis auf wenige Ausnahmen, von der Arbeit ausgezehrte Bäuerinnen oder duckmäuserische Nonnen gewesen. Die Ausnahmen waren die fehlbare Schwester Deidamia, die galante Dame Placidia, die besserwisserische kleine Livia, die verruchte Domina Aetherea und Clarissima Robeya. Hier nun pflegte ich Umgang mit intelligenten und gut erzogenen Frauen nobler Herkunft, – manche von ihnen konnten sogar lesen und schreiben – und ich hatte erstmals die Gelegenheit, Frauen zu erleben, die nicht schon längst von lebenslanger Mühsal oder übertriebener Frömmigkeit zerbrochen oder von übermäßigem Ehrgeiz verzehrt worden waren. Ich fand heraus, daß sie dachten und fühlten wie ich, wenn ich Frau war.

Männer, Traditionen, Gesetze und religiöse Dogmen haben verkündet, die Frau sei nicht mehr als ein zu füllendes Gefäß. Aber sie selbst weiß es besser. Und so sieht sie auch in Männern nicht nur ein Fascinum, dessen Aufgabe es ist, sie zu füllen. Frauen betrachten Männer mit anderen Augen als Männer Frauen. Er bewertet zuerst, wie gut sie aussieht und wie begehrenswert sie ist, sie hingegen versucht unter die Oberfläche zu blicken. Ich weiß das, denn so habe ich Gudinand beobachtet.

Anfangs mögen die Frauen von Vindobona vielleicht nur neugierig auf einen Fremden mit angeblich so geheimnisvollen Kenntnissen gewesen sein. Aber mich schätzen lernten sie aus einem anderen Grund: ich betrachtete und behandelte sie nicht wie andere Männer. Ich verhielt mich ihnen gegenüber so, wie ich als

Frau wollte, daß sich Männer mir gegenüber verhielten. Mehr brauchte es nicht. Viele Mädchen und Frauen wurden intime Freundinnen von mir, und viele machten deutlich, daß sie gerne noch intimer werden würden, einige wurden es.

Gewöhnliche Männer, so wage ich zu sagen, hätten aus diesem überreifen Garten nur die schönsten und vollkommensten Blumen gepflückt. Aber ich sah hinter die Fassaden und wählte diejenigen aus, die mir am teuersten waren, ohne Rücksicht auf Alter und Aussehen. Manche waren schön, aber nicht alle. Einige waren noch jungfräulich unberührt und ich ihr erster Liebhaber. Sie mußten vorsichtig gelehrt werden, und ich glaube, ich war ein guter Lehrer. Andere waren Matronen, die ihre Blütezeit hinter sich hatten, aber keine Frau ist jemals zu alt, um sich fleischlichen Genüssen hinzugeben, und einige dieser Frauen konnten mich noch Dinge lehren.

*

Eine hochgeborene Dame, die ich hier Dona nennen werde, war die erste, deren unmißverständliches Angebot ich annahm. Es genügt zu sagen, daß sie eine sehr schöne Frau mit veilchenblauen Augen war, aber auf weitere Einzelheiten, die ihre wahre Herkunft entdecken könnten, verzichte ich besser.

Erregt, aber auch etwas ängstlich, betrat ich in jener ersten Nacht ihre Gemächer. In einer gewissen Sorge entkleidete ich mich in ihrer Gegenwart – nicht um mein männliches Organ, das sich zu einem harten Fascinum aufgerichtet hatte; auch nicht um meine mädchenhaften Brüste, denn indem ich meine Brustmuskeln anspannte, konnte ich sie fast verschwinden lassen. Vielmehr besorgte mich mein Mangel an Körperbehaarung. Bisher war mir nur Schamhaar und Achselhaar gewachsen. Dona würde es vielleicht seltsam finden, daß ich über keine männlichen Haare auf der Brust, den Beinen oder den Unterarmen, ja noch nicht einmal über den Ansatz eines Bartes, verfügte.

Meine Sorge stellte sich als überflüssig heraus. Dona entledigte sich erwartungsvoll ihrer eigenen Gewänder, bis auf, wie es der weibliche Anstand vorschrieb, ein Kleidungsstück. Dabei erwies sie sich als wenig prüde, denn was sie anbehielt, war nicht mehr als ein dünnes, um ihre schlanke Hüfte geschlungenes Goldkettchen. So sah ich, daß an Donas Körper, abgesehen von ihrem rabenschwarzen Haupthaar, kein einziges Haar wuchs. Sie war ein wenig überrascht, mich nicht gleichfalls überall glatt und unbehaart zu finden. So erfuhr ich wieder etwas Neues: für die Mitglieder der römischen Nobilität, sowohl der Männer als auch der Frauen, war es üblich, bis auf die Kopfbehaarung jeglichen Haarwuchs am Körper sorgsam zu entfernen.

»Wir bemühen uns«, Dona sprach, als ob sie einem zurückgebliebenen Kind etwas erklären müßte, »nicht den wilden Barbaren zu gleichen, die so haarig sind wie die Felle, die sie tragen. Aus welchem Grund, teurer Torn, hast du diese drei nutzlosen Überbleibsel nicht entfernt?«

»Es ist der Brauch meines Volkes«, sagte ich, »sie als Schmuck zu tragen.« In Wahrheit brauchte ich das Schamhaar, um zu verbergen, daß ich keinen Hoden besaß.

»Ahus alia via«, tat sie die Sache unbeschwert ab, »davon abgesehen bist du ein sehr ansehnlicher junger Mann.« Sie ließ ihren Blick hungrig über meinen Körper gleiten. »Diese kleine Narbe an deiner Augenbraue lädt zum Küssen ein. Aber die leuchtende Narbe an deinem rechten Arm beeinträchtigt die Makellosigkeit deines Körpers. Woher kommt diese Narbe?«

»Eine Dame« log ich, »die eines Nachts in ihrer Erregung ihr Verlangen nicht mehr bändigen konnte ... «

»Euax!« rief Dona mit einem verräterischen Glänzen in den Augen aus. Verführerisch räkelte sie sich in ihrem großen Bett.

Der Moment, der mir die meisten Sorgen bereitete, war gekommen. Ich hatte nur einmal zuvor mit einer Frau verkehrt, und damals unter falschen Vorzeichen. Obwohl ich alles, was ich in dieser Nacht mit Dona tun würde, bereits mit Deidamia getan hatte, war ich damals Schwester Thorn gewesen und hatte mich vollkommen als Frau empfunden. Nun aber tat ich es als Mann, so wie Gudinand es mit Juhiza getan hatte.

Als ich Dona in einer leidenschaftlichen Umarmung umfing – wie nur soll ich das begreiflich machen? –, erinnerte sich wenigstens ein Teil meines Bewußtseins daran, wie ich Gudinand gelehrt hatte, seine Finger, seine Lippen und sein Fascinum zu gebrauchen. Gleichzeitig, und zu Donas Vorteil, erinnerte ich mich auch daran, was Juhiza und Deidamia am meisten in Erregung versetzt hatte.

Glücklicherweise beeinträchtigten diese Erinnerungen meine Leistungen als Mann nicht im geringsten. Ich war so unermüdlich, wie Gudinand es gewesen war, und Dona so dankbar, einfühlsam und unersättlich wie Juhiza.

Doch damit nicht genug. Während Dona und ich uns hemmungslos meiner Männlichkeit bedienten, hatte ich wiederum das Gefühl, mehrere verschiedene Persönlichkeiten gleichzeitig zu sein: Thornareichs und Dona, Juhiza und Gudinand, Schwester Thorn und Schwester Deidamia. Aktiv und passiv, eindringend und empfangend, gebend und nehmend, ergiessend und verschlingend. Das Gefühl, daß wir beide aus mehreren verschiedenen Einheiten bestanden, daß ich sowohl Mann als auch Frau war, von einem Extrem ins andere floß, verlieh meinen Empfindungen eine unbeschreibliche Stärke. Und das, glaube ich, kam auch Dona zugute, obwohl sie meine Doppelgeschlechtlichkeit nicht nachvollziehen konnte.

»Macte Virtute!« stöhnte sie vor Lust, als sie die Gewalt über ihre Sinne zurückgewonnen hatte. Schalkhaft fügte sie hinzu: »Ich werde dich meinen Freundinnen weiterempfehlen.«

»Benigne«, dankte ich und fügte mit gespielter Überheblichkeit hinzu: »Ich glaube kaum, daß das nötig sein wird. Eine ganze Reihe deiner Freundinnen hat ihrer Bereitschaft bereits Ausdruck gegeben, mit mir-«

»Eheu! Gib acht, du Angeber! Du läufst Gefahr, über Gebühr beansprucht zu werden.« Sie lachte so herzlich, daß ihr schöner Körper bebte. Das war so reizvoll, daß es mich zu etwas anderem als reden anregte.

Ich werde hier keine Einzelheiten dieser Begegnung mit Dona mitteilen, noch von anderen Begegnungen mit ihr oder anderen Frauen und Mädchen aus Vindobona. Es genügt zu wissen, daß es einige Monate lang so weiterging und ich meine Existenz als Thornareichs, in der ich unaufhörlich neue Dinge sah, lernte und erlebte, ausgiebig auskostete.

Im Dezember feierte ich mit allen Einwohnern Vindobonas, vom Herzog bis hinunter zum niedrigsten Sklaven, die siebentägigen Saturnalien. In den großen Villen richteten die reichen Familien ausschweifende Feste aus, die von der Abend- bis zur Morgendämmerung andauerten und, wenn auch anfänglich eher steif, im Verlauf der Stunden in wüste Trinkgelage und Orgien ausarteten.

Die zügelloseste Festlichkeit, die ich besuchte, war aber jene, die der Legat Balburius für seine Legion Gemina veranstaltete. Der eigentliche Anlaß für die Saturnalien ist der Anstieg der Sonne von ihrem mittwinterlichen Tiefpunkt am Himmel. Da der Gott Mithras, den fast alle römischen Soldaten immer noch verehren, von seinen Anhängern auch als Deus Solis angesehen wird, feierten die Truppen die Saturnalien um so hemmungsloser.

Ich hing in einer der Baracken der Garnison herum und sah den Soldaten beim Zechen mit den Huren aus den armen Vierteln der Stadt zu. Ein vom Wein benebelter Zenturio wankte auf mich zu, legte seinen Arm um meine Schultern und versuchte, mich mit einer flammenden Rede dazu zu überreden, meine gegenwärtige Religion, welche auch immer es sei, aufzugeben und die höheren Weihen des Mithraismus zu empfangen.

»Ihr müßtet Euch natürlich zuerst bewähren, hicks, als Rabe, als Geheimer oder als Soldat. Aber dann, durch Studium und Anwendung und treuen Glauben, hicks, würdet Ihr in den Stand des Löwen erhoben und als Mithraist anerkannt. Durch weiteres hartes Studium und die Ausübung guter Taten könntet Ihr in den Stand eines Persers aufsteigen, das wäre dann so weit, hicks, wie Ihr kommen könntet. Wir hier in der Legion Gemina haben mehrere Sonnenstürmer, zu denen ich selbst die Ehre habe zu gehören. Und, Ihr mögt es glauben oder, hicks, auch nicht, es gibt hier sogar einen Mithraisten von höchstem und begehrenswertestem Rang, den Vater. Er ist, ich muß es wohl kaum erwähnen, hicks, unser geschätzter Legat. Nun, junger Tornaricus, ich erkläre mich bereit, Euren Antrag auf Aufnahme zu unterstützen. Was, hicks, sagt Ihr dazu?«

»Ich, ›Hicks‹«, machte ich mich über ihn lustig, »Dekurio Sonnenstürmer, sage, ich habe in meinem Leben schon viele gesehen, die irgend jemanden zu irgend etwas bekehren wollten. Und jeder einzelne beteuerte: ›Du mußt meinen Gott und meine Religion und meine Priester und meinen Glauben annehmen.‹ Zu allen sage ich – und auch zu Euch, Dekurio: ›Thags izvis, benigne, eúkharisto, aber ich lehne Euer Ansinnen ab.‹«

Im Februar feierte die ganze Stadt die Luperkalien. In längst vergangenen Zeiten, sagt man, sollen bei den Luperkalien Ziegenböcke geopfert worden sein. Sie wurden gehäutet, und aus dem Leder wurden lange Streifen geschnitten, die zu Peitschen verarbeitet wurde. Seit Menschengedenken aber sind die Luperkalien nichts weiter als ein harmloser Feiertag. Heute werden die Peitschen aus Stoffstreifen geflochten, und kleine, nackte Knaben laufen in Anlehnung an die uralte Zeremonie peitschenschwingend durch die Straßen und schlagen die zahllosen Frauen, die sich ihnen in den Weg stellen, damit. Da die Peitschen früher aus den Häuten geiler Ziegenböcke gefertigt worden waren, glaubte man, das Peitschen würde die Unfruchtbarkeit einer Frau heilen oder ihre Fruchtbarkeit steigern. Davon abgesehen dienten die Luperkalien nur als eine weitere Ausrede für ein geselliges Fest und Convivum.

Im März, an einem Tag, der eigentlich nicht mit roter Kreide im Kalender markiert war, erhielten Vindobona und jede andere Stadt im Reich einen weiteren Anlaß für eine Festlichkeit. In der ersten Woche dieses Monats verkündeten Botschafter in allen Provinzen, daß ein gewisser Glyzerius am sechzehnten Tag vor den Kalenden des April das kaiserliche Purpur annehmen würde. Wenig war über diesen Glyzerius bekannt, nur, daß er in der Armee gewesen und nach dem fast gleichzeitigen Dahinscheiden des Imperators Anthemius und des Königmachers Riccimer aus der Versenkung aufgetaucht war. Nun wurde ihm der Titel übertragen und allen römischen Bürgern befohlen, den Tag seiner Thronbesteigung zu feiern und dem neuen Imperator »Salve atque flore!« zu wünschen. So unbekannt er war, begrüßte Vindobona doch die Gelegenheit, eine Festlichkeit zu veranstalten. Da dies zumindest dem Vorwand nach eine Staatsangelegenheit war, trugen bei den Festlichkeiten alle Frauen eine Stola und alle Männer eine Toga. Jetzt war ich froh, daß mein Schneider damals darauf bestanden hatte, eine Toga für mich anzufertigen.

Um der Wahrheit Genüge zu tun, muß ich jedoch gestehen, daß dieses fast nur aus Gesellschaften und fadem Gerede bestehende Leben mich langsam, aber sicher langweilte. Überall traf man dieselben Leute, die den ganzen Tag lang nur, wie man sagte, »Penelopes Netz spannen«, soll heißen, nach Abenteuern Ausschau hielten.

In der Zwischenzeit hatte ich alles gelernt, was diese Leute mir über die Manieren, Eigenheiten und Beschäftigungen der Nobilität beibringen konnten. Sowohl ihr Verhalten als auch ihre Unterhaltungen kamen mir jetzt künstlich, aufgesetzt und blutlos vor.

Ich sehnte mich nach Bekanntschaften mit Menschen, die vielleicht weniger kultiviert, dafür aber um so greifbarer waren. Meine besten Freunde bisher waren einfache Menschen gewesen. Wyrd hatte als gemeiner Soldat angefangen, und Gudinand hatte sogar zum Abschaum der Gesellschaft gehört. Langsam keimte in mir die Hoffnung auf, daß ich unter dem einfachen Volk vielleicht eher wieder so charakterstarke und umgängliche Freunde finden könnte.

Ganz wollte ich mich jedoch nicht aus den höheren Kreisen Vindobonas zurückziehen. Die intime Gesellschaft der Frauen, die ich dort kennengelernt hatte, wollte ich nicht missen. Außerdem konnte ich nicht einfach so mir nichts, dir nichts in die schlechteren Viertel der Stadt hinabsteigen und mich beim Volk einschmeicheln. Egal ob die Plebecula die Bessergestellten bewunderten, beneideten oder verabscheuten: sie alle kannten jeden einzelnen von uns, auch den Illustrissimus Thornareichs. Was ich brauchte, war eine neue Identität, eine, die ich ablegen und wieder annehmen konnte, wann immer ich wollte. Das war leicht: Ich brauchte nur mein Geschlecht zu wechseln, indem ich meinen anderen Namen benutzte, und meine Frauenkleider und dazu noch ein wenig Schminke und etwas Schmuck anlegte. Mein zweites Ich würde auch eine separate Unterkunft benötigen. Almarich hatte Thiuda, der sich nach einer billigen Herberge erkundigt hatte, das Haus einer gewissen Witwe genannt. Ich erkundigte mich bei ihm, wie ich dorthin würde finden können.

»Der Schuppen der Widuwo Dengla?« Er verzog das Gesicht. »Vái, Euer Hohheit, warum solltet Ihr dorthin gehen wollen?«

»Um geheime Botschaften abzuholen«, log ich, »und meine Antworten darauf auszusenden. Ich habe mit Thiuda, meinem Diener und Agenten, verabredet, daß wir das Haus der Witwe dafür benutzen würden.«

»Gudisks Himins«, brummelte Almarich. »Dann fürchte ich, daß Eure Botschaften alles andere als geheim sind. Diese Frau hat ganz sicher jede einzelne Nachricht geöffnet und gelesen und den Inhalt weitergeleitet oder sonstwie Nutzen daraus geschlagen.«

»Ihr schätzt«, lachte ich, »diese Dengla nicht sehr hoch.«

»Nicht nur ich, Eure Hohheit. Jeder hier in Vindobona, ob vornehm oder gemein. Sie stiehlt nicht nur, sie spioniert auch die delikaten und pikanten Heimlichkeiten bedeutender Bürger aus und preßt mit der Drohung, diese beschämenden Geheimnisse weiterzugeben, viel Gold aus ihnen heraus. Manche sagen, sie wende dafür die schwärzesten Künste der Hexerei an. Kein Mensch weiß, wie sie alles herausbekommt, aber jedenfalls weiß sie so viel über die Magistrate und Legislatoren Vindobonas, daß keiner es wagt, sie aus der Stadt zu verjagen, auch wenn sie es noch so sehr verdient hätte. Wie dem auch sei, ich hoffe, daß Ihr Euch nun fern von ihr haltet, wo Ihr das wißt.«

»Ni allis«, lachte ich wieder. »Ihr habt meine Neugier eher angestachelt. Ich bin immer begierig, Neues zu lernen. Ein kurzer Blick auf eine Person, die ein solch korruptes Gewerbe betreibt, könnte sich als lehrreich erweisen.«

## 4

Der Aufenthalt bei der Widuwo Dengla sollte sich in der Tat als lehrreich erweisen, doch ich würde nur sehr ungern jemandem das weitergeben, was ich dort lernte. An dem Morgen, als ich an ihrer Tür anklopfte, hatte ich mein Äußeres auf meine neue Rolle und niedrige Abstammung eingestellt. Ich trug meine ältesten und schäbigsten Gewänder und hatte ein paar wenige Habseligkeiten in einem Tuch zusammengebunden. Die verzogene, zersplitterte Tür wurde einen Spalt breit von einer knochigen, alten Frau, ungefähr in Amalrichs Alter, geöffnet. Ihre Kleidung war etwas besser als die meine, doch keineswegs die einer Patrizierin. Der fahle Teint ihres Pfannkuchengesichtes war übertüncht mit dicken Lagen von Algen, chiantischer Erde und Mastix. Ihr Haar hätte wohl das erste Grau gezeigt, hätte sie es nicht mit Extrakten aus Ochsenzunge rot getönt.

»Caia Dengla«, begrüßte ich sie respektvoll. »Ich bin neu in Vindobona und suche für einige Wochen eine Unterkunft. Man hat mir gesagt, Ihr würdet gelegentlich Kammern vermieten.«

Sie schaute mich von oben bis unten an, sehr viel eingehender, als ich sie betrachtet hatte. Dann, noch bevor sie meinen Namen wissen wollte, fragte sie: »Kannst du überhaupt bezahlen, Mädchen?«

Ich streckte meine Hand aus, in der ich einige silberne Siliquae hielt. Ihre Augen leuchteten gierig auf, doch sie schnaubte verächtlich: »Gerade genug für eine Woche Kost und Unterkunft.«

Ich verlor kein Wort über den unverschämten Preis, sondern sagte schüchtern: »Ich hoffe, bald mehr zu verdienen.«

»Mit Hurerei?« schnappte sie. Offensichtlich hatte sie aber weniger moralische Bedenken, denn sie fügte hinzu: »Falls du vorhast, deinen Freiern hier zu Gefallen zu sein, mußt du mehr bezahlen.«

»Ich bin keine Ipsitilla, Caia Dengla«, sagte ich zurückhaltend, ohne irgendwelche Verärgerung oder Belustigung zu zeigen. »Wie Ihr selbst bin ich in jungen Jahren verwitwet. Diese wenigen Siliquae sind alles, was mein Ehemann mir hinterließ. Doch kenne ich mich mit der Verarbeitung von Fellen aus und hoffe, hier irgendwo eine Anstellung zu finden.«

»Komm herein. Wie heißt du, Mädchen?«

»Veleda«, antwortete ich. Dieser aus der alten Sprache entlehnte Name bedeutet »Enthüllerin der Geheimnisse« und geht auf eine alte germanische Dichterin und Priesterin zurück. Ich hatte mir geschworen, niemals mehr den Namen der Juhiza, die Wyrd geliebt hatte und Gudinand zu Willen gewesen war, zu tragen.

Denglas Haus war zwar bei weitem nicht vergleichbar mit Amalrichs opulenter Herberge, aber von innen sah es sehr viel luxuriöser aus als von außen. Natürlich wurde ich nicht in den guteingerichteten Wohngemächern untergebracht, sondern mußte mich mit einer im ersten Stock gelegenen, sehr engen und kärglich eingerichteten Kammer begnügen. Aber für meine Bedürfnisse würde sie genügen.

»Falls du dich über mich erkundigt hast, hat man dir sicherlich auch gesagt, daß ich stehle«, sagte Dengla ohne jegliches Schamgefühl zu mir. »Gib nichts darauf. Du brauchst dich um deine Habseligkeiten nicht zu sorgen. Ich bestehle nur Männer. Aber, unter uns Schwestern, tun wir das nicht alle?«

»Ich hatte dazu noch keine Gelegenheit«, murmelte ich leise.

»Wenn du lange genug bleibst«, sagte sie sehr bestimmt, »dann werde ich es dir schon noch beibringen. Zur Zeit habe ich leider keine anderen Gäste, an denen du dich versuchen könntest. Aber keine Sorge, es gibt andere Gelegenheiten, und ich werde dich einiges lehren, woraus du Nutzen und Gewinn ziehen kannst und was dir sogar Spaß macht. Du wirst es nicht bereuen, hier Quartier genommen zu haben, Caia Veleda. Gib mir nun deine Siliquae. Aber denk' daran, nicht einen Nummus werde ich dir zurückerstatten, solltest du vor Ablauf der Woche deine Meinung ändern.«

»Warum sollte ich das?«

Ihr Gesicht verzerrte sich zu einer Grimasse: »Einmal, nur ein einziges Mal, habe ich einen Fehltritt begangen und wurde gleich doppelt dafür bestraft. Ich habe Zwillingssöhne, die ich noch nicht loswerden konnte. Sie leben hier.«

»Es macht mir nichts aus, wenn Kinder im Haus sind.«

»Aber mir«, zischte sie. »Hätte ich nur Töchter geboren! Die wären jetzt in einem Alter, in dem ... in dem sie mir Nutzen und Freude bereiten würden. Aber Jungen! Was sind Jungen anderes als kleine Männer? Bestien!«

Da das Prandium schon bald serviert werden würde, stieg ich in meine Kammer hoch, packte meine Sachen aus und verstaute sie. Dann ging ich hinunter. Ich war nicht sehr überrascht, daß die Witwe, trotz ihrer nach außen bekundeten Armut, eine Dienerin beschäftigte, die kochte und am Tisch aufwartete. Die Dienerin war eine dunkelhäutige Frau namens Melbai, etwa so alt wie ihre Herrin und mit einem genauso reizlosen Gesicht, auf das sie aber keine Pflaster und Puder auftrug. Was einer Dienerin natürlich auch nicht angestanden hätte.

Als sie mir vorgestellt wurde, sagte ich, nur um freundlich zu sein: »Melbai? Das ist doch ein etruskischer Name, oder?«

Sie nickte unwirsch. »Das Wort ›Etrusker‹ ist lateinisch. Wir mögen es nicht, wenn man uns so nennt. Wir selbst, deren Rasse viel älter als die der Römer ist, nennen uns Rasna. Ich bin eine Rasna! Versuche, dich das nächste Mal daran zu erinnern, kleine Veleda.«

Ich war sehr verblüfft, eine Dienerin so mit einem zahlenden Gast reden zu hören. Sie saß auch mit uns am Tisch und kommandierte die beiden Söhne Denglas herum. Mehrmals hörte ich, wie sie mit ihrer angeblichen Herrin ganz ungezwungen sprach.

Mit der Zeit ging mir auf, daß man Melbai nicht unbedingt als Dienerin bezeichnen konnte, und Dengla nicht unbedingt als ihre Herrin. Aber es dauerte noch, bis mir klar wurde, welcher Art die Beziehung zwischen beiden wirklich war.

Denglas Söhne waren die eigentlichen Diener oder Sklaven in diesem Haushalt. Robein und Fillipus, noch keine zwölf Jahre alt, waren, wie anders kaum zu erwarten, alles andere als hübsch oder intelligent. Doch sie führten sich bei Tisch und den wenigen anderen Gelegenheiten, da ich sie zu Gesicht bekam, ordentlich auf. Man sah oder hörte sie kaum, denn entweder mußten sie die Befehle ihrer Mutter und Melbais ausführen, oder sie wurden angeherrscht, sie sollten verschwinden.

An meinem zweiten Tag bei Dengla verließ ich das Haus schon früh morgens unter dem Vorwand, bei einem Kürschner um Arbeit nachzufragen. Wahrscheinlich hätte ich sogar, wenn ich wirklich gewollt hätte, Arbeit gefunden. Aber alles, was ich wollte, war, die Stadt mit neuen Augen zu betrachten. Es überraschte mich, wie viele Dinge ich als Veleda sah, die ich als Thornareichs übersehen hatte. Jetzt, da ich eine aus dem Volk war und nicht aus herrschaftlichen Höhen herabschaute, konnte ich die Leute bei ihren Tätigkeiten beobachten, ohne daß sie, was auch immer sie gerade taten, innehielten, um mich zu grüßen und mir den Weg freizumachen oder eine bettelnde Hand entgegenzustrecken. Jetzt schenkten sie mir keinerlei Beachtung und fuhren einfach mit ihrem Tagwerk fort.

Als ich an diesem Abend zurückkehrte, erzählte ich Dengla, daß ich eine Anstellung bei einem Kürschner gefunden hätte und, da ich in diesem Handwerk so geschickt sei, pro Fell bezahlt werden und also mehr als den üblichen Hungerlohn verdienen würde. Das würde es mir, sagte ich, ermöglichen, die nächste Zeit die Kammer bei ihr zu behalten. Dengla gratulierte mir ehrlich erfreut – wohl weil diese Nachricht ihrer geldgierigen Natur sehr gelegen kam. Als ich nach dem Cena sagte, ich würde noch etwas ausgehen und »Ablenkung suchen« nach diesem Tag harter Arbeit, schenkte sie mir sogar ein wissendes, zustimmendes Lächeln.

Als Frau der gehobenen Gesellschaft hätte ich mich nachts niemals allein auf die Straße wagen können. Aber als eine aus der Plebecula erfreute ich mich einer sehr viel größeren Freiheit, mich zu welcher Stunde auch immer wohin auch immer zu begeben. Natürlich konnte ich mich nicht in eine Taverne setzen und Bekanntschaft mit Zechbrüdern vom Schlage Wyrds schließen. Natürlich bestand auch die Gefahr, daß Männer mich ansprechen oder ein Trunkenbold sich an mich heranmachen würde, wenn ich nachts allein durch die fackelbeleuchteten Straßen ging. Aber eine schlagfertige Antwort reichte meist aus, einen Störenfried zu entmutigen. Und sollte das nicht ausreichen, so würde es mir ein Leichtes sein, ihn mit einer gebrochenen Nase oder einem eingeschlagenen Zahn – und neugewonnenem Respekt vor den Frauen – zu Boden zu schicken. Aber das gemeine Volk Vindobonas war viel gesetzestreuer und hilfsbereiter, als es sein Ruf in den besseren Kreisen hätte erwarten lassen. Obwohl ich viele Freunde gewann, traf ich nie jemanden, zu dem ich mich so hingezogen gefühlt hätte wie zu Gudinand. Wann immer ich also fleischliche Gelüste verspürte, verwandelte ich mich in Thornareichs und klopfte bei einer meiner Bekannten in den feinen Vierteln der Stadt an.

Nach einer Woche »Arbeit« beglich ich den Wucherpreis, den ich Dengla für die nächste Woche schuldig war. Zufällig hatte ich die Nacht davor nicht in meiner Kammer, sondern bei einer sehr jungen Clarissima verbracht, deren Eltern nicht in der Stadt waren. Dengla bedachte mich mit einem anzüglichen Lächeln und der schlüpfrigen Bemerkung, daß sie es in Ordnung finde, daß ich mein Auskommen mit einer »Nebenbeschäftigung« aufbesserte. »Ich bin keineswegs der Ansicht der tugendhaften Leute, die nur zu gerne daran glauben, daß eine Ipsitilla ihren Körper verkauft. Eine Ipsitilla gibt sich nicht mehr als irgendeine beliebige Dame her. Sie wird mit Geld dafür belohnt, sich selbst aus freien Stücken herzugeben, ganz genauso wie die sittenstrengste, verheiratete Frau. Denk' daran, wenn du dich jemals deiner selbst schämen solltest, junge Veleda. Ich tue es, denn auch ich habe mich einmal, ganz genau einmal, gehen lassen. Mit einem haarigen Sueben namens Denglys. Dieses eine Mal reichte, um mir die Männer auf immer und ewig zu verleiden. Natürlich nahm ich alles, was ich in seinen Taschen fand, als ich mich von ihm wegstahl. Später entschloß ich mich, selbst seinen Namen zu nehmen. Ein Name, der mehr hermacht« – sie kicherte gekünstelt – »als die anderen

Namen, die ich zuvor trug. Was mir wirklich blieb von dieser einen Ausschweifung sind *die* da.«

Sie deutete auf ihre Zwillingssöhne, die erschreckt zusammenfuhren.

»Falls du aber nicht mit Fruchtbarkeit geschlagen bist, Veleda, und keinen Abscheu vor Männern empfindest, dann vergnüge dich mit ihnen, soviel du willst. Achte jedoch darauf, auch noch den letzten Nummus aus ihnen herauszupressen. Die Priester, Prediger und Philosophen, natürlich alles Männer, wollen, daß alle, und besonders alle Frauen, die sieben Kardinaltugenden als unverletzliches Erbe verehren, das von der Mutter an die Tochter weitergegeben wird. Aber wir Frauen wissen es besser. Die Tugenden taugen nur zum Versteigern, entweder an den ersten oder an den höchsten Bieter. Ich für mein Teil weigere mich, gewinnbringende Handlungen als unmoralisch zu betrachten. Und dir, Veleda, will ich beistehen, als wärst du meine eigene, liebste Tochter. Ich kenne Tricks, die dich noch schöner werden lassen und so den Preis deines Körpers in die Höhe treiben. Beispielsweise solltest du ein in Thymianöl getränktes Tüchlein mit dir tragen, wenn du nachts ausgehst. Triffst du einen möglichen Freier, schwenke das Tüchlein vor deinem Gesicht. Sofort werden deine Augen glänzend und leuchten einladend. Außerdem –«

»Mein Körper ist keine Ware, Caia Dengla«, unterbrach ich ihren Redefluß. »Ich verdiene jeden Nummus durch ehrbare Arbeit. Und sollte ich jemals Mutter werden, wäre ich stolz, zwei so liebenswerte Söhne mein eigen zu nennen.«

»Liebenswert!« schnaubte sie. »Hätte ich zwei Töchter, ja, die würden mich jetzt voller Wollust lieben.« Dabei schnalzte sie mit der Zunge. »Aber die da? Von ihrer Geburt an, da ich mich dazu hergeben mußte, ihnen Amme zu sein, stieß mich ihr Anblick zurück. Zwei kleine, an meinen Brustwarzen saugende Männlein – igitt! Doch ich konnte sie nicht verkaufen, weder als Eunuchen, dafür waren sie nicht hübsch genug, noch als Sklaven, dafür waren sie nicht intelligent genug. Bacchus sei Dank, bald haben sie ihr zwölftes Jahr erreicht, und ich werde sie endlich los sein.«

Dengla glaubte einfach nicht, daß ich alles andere als eine billige, sich an Straßenecken die Beine in den Bauch stehende Dirne war, um so weniger, als ich wenigstens eine Nacht pro Woche nicht nach Hause kam. Nach der lüsternen Art und Weise, wie Dengla von ihren nicht vorhandenen Töchtern sprach, neigte ich dazu anzunehmen, sie und Melbai seien lesbische Schwestern. Doch sah ich sie nie einander zärtliche Blicke zuwerfen, verliebt miteinander sprechen oder sich gar berühren. Und, soviel ich wußte, hielten sie sich auch nie längere Zeit allein in einem Raum auf. Jeden Freitagabend jedoch gingen sie gemeinsam aus und blieben über Nacht weg. Was sie in dieser Zeit trieben, interessierte mich nicht im geringsten, und auch Dengla bot mir keine weiteren Ratschläge bezüglich meiner eigenen nächtlichen Ausflüge mehr an. So verliefen die nächsten Wochen meiner Doppelexistenz ruhig und ohne Zwischenfälle.

In der Karwoche besuchte ich mehrere Male die arianische Kirche in Vindobona, um herauszufinden, worin der Gottesdienst der arianischen Christen sich von dem der Katholiken unterschied. Der Priester, Tata Avilf, war ein Ostgote. Alle ihm beistehenden Diakone, Subdiakone und Akolythen gehörten der einen oder anderen germanischen Nation an. Nicht im entferntesten ähnelten sie irgendwelchen tobenden Barbaren, sondern sie verrichteten die Rituale so gütig, farblos und eingefahren, ja lethargisch, wie jede vergleichbare Gruppe katholischer Geistlicher.

Am Osterfeiertag sollten fünf Täuflinge in die christlichen Mysterien eingeweiht werden. Der Priester vollzog die Taufe genauso, wie ich es so oft in der Kapelle von St. Damian gesehen hatte. Nur wurde hier jeder Täufling dreimal in das Taufwasser getaucht, nicht nur einmal wie bei den Katholiken. Am Samstag nach Ostern bat ich Tata Avilf um eine Audienz. Ich gab vor, eine Katholikin zu sein, die mit dem Gedanken spielte, zum Arianismus überzutreten, und bat ihn, mir den Unterschied der Taufzeremonien zu erklären.

»Meine Tochter«, fing er an, »in den frühen Tagen des Christentums wurden alle Täuflinge dreimal in das Taufwasser getaucht. Erst als der Arianismus aufkam, änderten die Katholiken ihre Liturgie und machten daraus ein einmaliges Eintauchen. Aus dem einfachen Grund, weil sie ihren Glauben von dem unseren abheben wollten. Aus demselben Grund ging die Kirche auch vor langer Zeit dazu über, den Sabbat am Sonntag, statt wie die Juden samstags, zu begehen und Ostern nicht auf ein bestimmtes Datum festzulegen, um es von dem an einem festen Datum gefeierten jüdischen Passah-Fest zu unterscheiden. Aber wir Arianer legen auf solche Unterschiede keinen Wert. Jesus, so glauben wir, wünschte, daß seine Anhänger Großherzigkeit und Toleranz praktizieren und nicht in Sektierertum verfallen. Caia Veleda, solltest du dich in dieser Minute entscheiden, zum Judaismus zu konvertieren, oder dich gar dem Heidentum unserer Vorfahren zuwenden, so würde ich dir viel Glück auf deinem Weg wünschen und dich ziehen lassen.«

»Aber«, wandte ich erstaunt ein, »der Heilige Paulus hat doch gesagt: ›Predige das Wort, stehe dazu, es sei zur Zeit oder zur Unzeit; weise zurecht, drohe, ermahne mit aller Geduld und Lehre (...) tu das Werk eines Predigers des Evangeliums, richte dein Amt redlich aus.‹ (2. Timotheus 4,2 und 4,5) Wollt Ihr nicht einmal versuchen, mich davon abzuhalten, der christlichen Kirche den Rücken zu kehren?«

»Ne, ni allis. Solange du ein tugendhaftes Leben führst, meine Tochter, und niemandem Schaden zufügst, glauben wir Arianer, daß du dem gehorchst, was der Heilige Paulus ›Das Wort‹ nannte.«

*

Als ich nach dem Gespräch mit Tata Avilf durch die Straßen wanderte, sah ich zufällig Dengla und Melbai aus einem dem Bacchus geweihten Tempel herauskommen. Die vielen Frauen und wenigen Männer, die aus dem Tempel kamen, verbargen ihre Gesichter unter ihren Gewändern und blickten sich vorsichtig um, bevor sie zu zweit oder zu dritt über die Straße huschten und eilig verschwanden. Aber an ihrem roten Haar erkannte ich Dengla. Diese Vorsichtsmaßnahmen waren nicht unangebracht. Denn selbst unter den unbekehrbarsten Heiden galt die Anbetung des Bacchus seit langem als lästerlich und abstoßend. Die Außenwände des Tempels waren von mißgünstigen Passanten mit obszönen Versen und wüsten Flüchen beschmiert worden.

Jetzt erinnerte ich mich, daß Dengla tatsächlich einmal den Namen Bacchus' angerufen hatte. Bekanntlich sahen die Römer in den Etruskern, oder Rasna, die sie von der italienischen Halbinsel vertrieben hatten, ein abergläubisches und der Magie ergebenes Volk, und auch von den wenigen Rasna, die heute noch versprengt leben, hielten sie nicht viel mehr. Dengla und Melbai waren also Bacchantinnen. Hier verbrachten die beiden ihre freitäglichen Nächte. Aber was für ein Gottesdienst war es, dem sie und die anderen Bacchantinnen sich eine ganze Nacht lang hingaben?

»Das willst du wohl gerne wissen?« fragte mich Melbai, als wir alle drei ins Haus zurückgekehrt waren. »Ich habe bemerkt, daß du uns gesehen hast, als wir den Schrein verließen, Kleine. Viel geiles Volk giert danach, zu wissen, was in unserem Tempel vor sich geht. Und du auch, wage ich zu behaupten. Wie es sich fügt, bin ich eine Priesterin der bacchantischen Gemeinschaft und kann dich dort einführen. Wer weiß, vielleicht gefallen dir die Riten so sehr, daß du initiiert zu werden wünschst.«

»Eine geringe Gottheit«, sagte ich unbestimmt, »dieser weinselige Bacchus. Ich weiß, daß alle seine Anhänger Frauen sind. Was sollte er mir schon groß anzubieten haben?«

»Er ist, Veleda, mehr als nur der Gott des Weines«, warf Dengla ein. »Er ist auch der Gott der Jugend, der Festlichkeiten und der Sinnenfreude. Wir Bacchantinnen trinken zwar viel Wein, aber es sind die Musik, das Tanzen und das Singen, die uns wirklich berauschen. Wir erreichen einen Zustand, den die Griechen als ›Hysterikà zêlos‹ bezeichnen, die Raserei der Gebärmutter. Doch es erfasst mehr als nur den Schoß, der ganze Körper und alle Sinne werden mitgerissen. Eine Frau kann dabei eine solche ekstatische Wildheit und Stärke entwickeln, daß sie mit bloßen Händen ein Zicklein für das rituelle Opfer in zwei Hälften zu reißen vermag.«

»Das klingt entzückend«, versetzte ich.

»Nicht alle Anhänger sind Frauen«, fuhr Dengla fort, als ob ich nichts gesagt hätte. »Früher war das wohl so, aber vor einigen Jahrhunderten hatte eine campanische Frau eine Erscheinung, in der Bacchus ihr auftrug, ihre beiden erwachsenen Söhne einzuführen. Seitdem gibt es auch Männer in den bacchantischen Gemeinschaften. Du mußt gesehen haben, Veleda, wie sie mit uns den Tempel verließen. Aber vielleicht sollte man sie nicht ganz als Männer bezeichnen. Die Priester unter ihnen sind Eunuchen, von denen sich einige sogar freiwillig kastrieren ließen, um in diesen

Stand erhoben zu werden. Die anderen männlichen Verehrer des Bacchus sind ohne Ausnahme Homosexuelle.

»Das wird ja immer besser«, spottete ich.

»Ja, es macht Spaß, ihnen zuzusehen«, kicherte Dengla.

»Es ist ein Fehler, Bacchus als geringen Gott zu bezeichnen«, warf Melbai ein. »Erst heutzutage wird er so schmachvoll verleugnet. Vielleicht weißt du ja, daß die Griechen ihn lange als Dionysos geschätzt haben. Aber daß wir Rasna die gleiche Gottheit unter dem Namen Fufluns anbeteten, wirst du kaum wissen. Und die Zeremonien sind noch weit älter, denn schon die Ägypter verehrten ihn vor Urzeiten, lange vor Fufluns, Dionysos und Bacchus, in der Gestalt der Göttin Isis.«

Schon wieder eine Göttin mit wandelbarem Geschlecht, dachte ich. Vielleicht sollte wenigstens ich, als Bruder-Schwester Mannamawi, Ihm-Ihr meinen Respekt erweisen.

»Nächsten Freitag«, sagte Dengla eifrig, »feiern wir die heiligste Nacht unseres Jahres, das alljährliche Dionysia Arkhióteza, das Bacchanal. Eine einmalige Gelegenheit für dich, Veleda.«

Überrascht erwiderte ich: »Hat nicht der Senat das Bacchanal schon vor langer Zeit verboten?«

»Ja, ein Edikt wurde wohl erlassen«, sagte Dengla verächtlich. »Aber damit sollten nur die Heuchler befriedigt werden. Die Bacchanten mußten sich lediglich etwas zurückziehen. Die Feiern haben niemals aufgehört, und die Mächtigen haben auch überhaupt kein Interesse daran.«

»Denn hier«, sagte Melbai, »können jene ihre Gefühle, Lüste und Triebe ausleben, die der Hysterikà zêlos zuneigen. Gefühle, deren Ausbruch ansonsten möglicherweise die öffentliche Ordnung gefährden könnten.«

»Zudem«, und dabei deutete Dengla auf ihre ängstlich zusammenzuckenden Zwillinge, »feiern Fillipus und Robein am kommenden Dienstag ihren zwölften Geburtstag. Und so haben sie das große Glück, am nächsten Freitag, der nicht irgendein Freitag ist, sondern der der Großen Dionysia, initiiert zu werden. Ehre das Ereignis mit deiner Gegenwart, Veleda. Du scheinst die Bälger ja ein bißchen ins Herz geschlossen zu haben. Es wird das letzte Mal sein, daß du sie siehst, es sei denn, du kommst noch öfter in den Tempel.«

»Ihr schickt Eure eigenen Söhne zu den Homosexuellen?«

»Was mehr könnten die Jungen erwarten? Sie werden ihr Leben dem Dienst an Bacchus widmen.«

»Was für ein Dienst?«

»Das wirst du sehen, wenn du zu dem Bacchanal kommst.«

Und ich kam.

## 5

In den letzten Wochen hatte ich einige meiner besseren Gewänder und weniger wertvolle Schmucksachen in das Haus der Witwe gebracht. Jedesmal gab ich vor, sie von meinem Lohn erstanden zu haben. Am Freitag des Bacchanals, besorgt um mein Äußeres wie jede andere junge Frau, die in einen ihr unbekannten Kreis eingeführt wird, wandte ich mich an Dengla: »Für einen Anlaß wie diesen wäre es wohl angezeigt, mein bestes Gewand anzulegen.«

»Falls es dir beliebt«, sagte sie gleichgültig. »Aber es macht keinen Unterschied. Du wirst es ohnehin ablegen, bevor die Nacht vorüber ist.«

»Ach ja?« fragte ich etwas alarmiert.

»Stell dich nicht so an. Warum zieren sich Mädchen deiner Sorte so sehr, wenn sie einmal nicht auf der Straße stehen?«

»Ich habe es Euch schon einmal gesagt, Caia Dengla, ich bin keine Hure.«

»Und ich habe dir gesagt, du brauchst meinetwegen keine Maskerade zu veranstalten. Ich weiß sehr wohl, daß kein Kürschner so viel bezahlt, daß du dir dieses ›beste Gewand‹ da hättest leisten können. Es ist mir auch egal, ob du es gestohlen hast, solange du mich nur nicht bestiehlst. Ich selbst habe meine besten Gewänder und viele andere wertvolle Dinge auf diese Art und Weise erworben. Wie dem auch sei, niemand wird verlangen, daß du dich während der Riten entkleidest, obwohl es sehr verdächtig und unhöflich wäre, wenn du es nicht tun würdest. Solltest du die römischen Traditionen schätzen, so kannst du eines deiner Unterkleider anbehalten. An den, uhm, Riten selbst mußt du nicht teilnehmen, wenn du nicht willst. Viele unserer treuesten Anhänger kommen nur zum Zuschauen und scheinen dabei einen unglaublich hohen Grad der Hysterikà zêlos zu erreichen. Falls du dich noch umziehen willst, Veleda, dann tu es jetzt. Wir werden uns bald auf den Weg machen müssen. Melbai, die als Priesterin noch ihre Gewänder anlegen muß, ist schon vorausgegangen. Ich hole die Zwillinge. Halte du den einen fest am Arm, ich kümmere mich um den anderen. Vielleicht versuchen sie sonst zu fliehen. Die kleinen Schwachköpfe sind so verschreckt wie zwei Kätzchen vor dem Wolfsbau.«

Nun, das lateinische Wort für Wolf, »Lupa«, bedeutet eigentlich »Wölfin«, steht im Volksmund aber auch für »unkeusche Frau« – womit den Wölfen ein grobes Unrecht zugefügt wird. Die »Kätzchen« hatten also allen Grund, ängstlich zu sein. Ich zog meine besten Unterkleider und das amiculum, ein Obergewand, an und legte mein kleidsamstes Schmuckstück, das gewundene Brustschild aus Haustaths, an. Dann nahm ich gehorsam einen der Zwillinge an der Hand und machte mich mit Dengla und dem anderen Knaben auf den Weg zum Tempel.

Das Tempelinnere war nur spärlich beleuchtet, nur jeweils eine Fackel war an den Seitenwänden des geräumigen, hohen Gewölbes befestigt. Genug Licht, um zu erkennen, daß die Einrichtung vorwiegend aus weichen Liegen bestand. Mindestens zehn davon standen willkürlich angeordnet auf einem offenen Platz in der Mitte des Mosaikfußbodens.

Am Kopfende des Raums stand ein immenser Marmortisch, daneben eine Liege, auf der einige Frauen saßen und leise Musik spielten. Als meine Augen sich an das Halbdunkel gewöhnten, sah ich, daß eine von ihnen eine Leier zupfte, die zweite ein Sistrum schüttelte, eine dritte sanft auf eine Trommel schlug, die vierte auf der Panflöte spielte und die fünfte auf einer Flöte blies. Alle fünf Frauen waren nackt.

Die bacchantischen Zeremonien waren offensichtlich nicht strikt reglementiert. Als wir vier ankamen, war der Raum schon gut gefüllt, und auch nach uns traten noch mehr Anhänger des Bacchus ein, meistens kamen sie allein oder in Pärchen, fast ausschließlich Frauen, höchstens zehn oder zwölf Männer darunter. Alle Neuankömmlinge gingen, noch bevor sie sich nach einem Sitz umsahen, zu dem Marmortisch und füllten sich einen Becher oder einen Kelch mit Wein. Es wurde so schnell und viel getrunken, als müsse alle Scheu und Zurückhaltung im Wein ertränkt werden. Dengla trank soviel wie jede andere, drängte den Zwillingen viele Becher auf und trieb auch mich zum Trinken an. Um nicht aufzufallen, nahm auch ich einen Becher und füllte ihn mehrmals wieder auf, goß jedoch heimlich den größten Teil des Weins in eine der über den Raum verteilten Blumenvasen.

Um nicht ungehörig zu erscheinen, hielt ich meine neugierigen Blicke im Zaum. Aber es war offensichtlich, daß nicht alle Bacchantinnen dem niederen Volk entstammten. Aus den Augenwinkeln konnte ich einige gutgekleidete Frauen sehen, die ich als Thornareichs bei Banketten und Feiern kennengelernt hatte. Sie gehörten zu jenen Frauen, denen ich nichts als Verachtung entgegenbrachte: einfältige Weiber, die unablässig Rat bei ihrem Astrologen suchten. In einem älteren, überaus beleibten Mann erkannte ich erstaunt den Präfekten Maecius.

Also brauchte sich die Widuwo Dengla nicht der schwarzen Magie zu bedienen, um die Geheimnisse der Privilegierten zu erfahren. Für ihre erpresserischen Absichten reichte es aus, Maecius und diesen hochgeborenen Damen (und wohl noch weiteren Mitgliedern der Nobiliät, die ich noch nicht gesehen hatte) damit zu drohen, ihre Teilnahme an den Bacchus-Riten öffentlich zu machen. Melbai hatte mir zwar warnend mitgeteilt, daß die heiligste Regel der bacchantischen Gemeinschaften es verbiete, Nichteingeweihten zu entdecken, was hinter den Tempeltüren vor sich ging. Vielleicht hielten sich Melbai und die anderen daran, aber ich war sicher, daß Dengla dazu bereit war, jede Regel zu brechen, wenn es ihr zum Vorteil gereichte.

Nach einer Weile hielten die fünf Frauen mit ihrem Spiel inne, und die gemurmelten Gespräche verstummten. Dann hoben die Frauen erneut an zu spielen, nur lauter, schrill und mißtönend, wohl eine Hymne an Bacchus. In der Wand hinter dem Marmortisch öffnete sich eine Tür, aus der drei Priester und elf Priesterinnen, darunter Melbai, traten. Alle zogen verschreckte, laut meckernde Geißlein an einer Leine hinter sich her. Die Bacchanten empfingen sie mit lauten Rufen, als sie den Raum durchschritten. Allerdings schritten sie weniger feierlich einher, als daß sie in ihrer – wirklichen oder vorgeblichen – Trunkenheit durch den Raum wankten und über die kleinen Ziegenböcke stolperten.

»Immer vierzehn Ehrwürdige«, lallte mir Dengla, die sich wegen des Lärms nahe herüberbeugte, ins Ohr. »Denn als Bacchus ein Säugling war, zogen ihn die vierzehn Nymphen von Nysa auf. Und wir opfern ihm Geißlein, weil er die weintraubenfressenden Ziegen verabscheut.«

Die vierzehn Ehrwürdigen trugen Kronen aus Efeu- und Weinblättern. Auf ihren Schultern lag ein Umhang aus Pantherfell, davon abgesehen waren sie nackt. Die fast vollständig entblößten Priesterinnen boten dem Auge allerdings wenig. Sie alle waren mehr oder weniger in Melbais Alter und äußerlich ebenso wenig anziehend wie sie. Zwei der Priester waren ohne Zweifel Eunuchen, bleich, fett und schwabbelig. Der andere mußte einer der Männer sein, die sich in fortgeschrittenem Alter freiwillig hatten kastrieren lassen, denn er war sehr mager. Dabei war er schon so alt, daß man sich fragte, warum er sich überhaupt noch der Mühe einer Kastration hatte unterziehen müssen. Die vierzehn Ehrwürdigen schwenkten einen langen Stab, den Dengla als »Thyrus« bezeichnete. An seiner Spitze stak ein Tannenzapfen.

Über das Geschrei, das Meckern der Zicklein und die mißtönende Musik hinweg rief ich Dengla zu: »Ich weiß, daß der Panther dem Bacchus heilig ist, deshalb die Felle. Aber wofür stehen die Tannenzapfen?«

Sie rülpste und sagte: »Für den Akt des Aufreißens.« Dann kicherte sie betrunken vor sich hin.

Als die Prozession der vierzehn Priester und Priesterinnen wieder an ihrem Ausgangspunkt angekommen war, traten alle bis auf den alten Mann zurück, der sich nur mit Mühe vor dem Marmortisch aufrecht halten konnte. Die Musik wurde leiser, und nach und nach verstummten auch die Rufe aus der Versammlung. Der Priester schenkte sich einen Becher randvoll mit Wein ein und nahm einen langen, herzhaften Schluck, bevor er anfing, die Exerzitien des Bacchus-Kults zu zelebrieren.

»Euoi Bacche! Io Bacche!« gellte seine Stimme durch den Raum. Er predigte größtenteils auf Griechisch, eine Sprache, die ich nicht allzu gut beherrschte. Aber seine Zunge war so schwer vom Wein, daß wohl auch ein Grieche seiner Rede kaum hätte folgen können. Andere Teile seiner Predigt hielt er in einer Sprache, die ich noch nie gehört hatte, wahrscheinlich die der Rasna oder ägyptisch. Die einzige Äußerung, die er in lateinisch von sich gab, überraschte mich, denn es war ein Zitat aus der Bibel, aus dem Buch Lukas.

*Selig sind die Unfruchtbaren und die Leiber, die nicht geboren haben, und die Brüste, die nicht genähret haben!* Das war die einzige Stelle, auf die die Kongregation reagierte. »So sei es!« und »Gesegnet seien sie!« riefen die Frauen in verschiedenen Sprachen.

Der Priester brabbelte noch eine Zeitlang, bis er mit den Worten schloß: »Und nun lasset uns singen und tanzen und feiern und trinken. Euoi! Io!« Damit warf er seinen Pantherfell-Umhang zu Boden und stürzte in die Mitte des Raumes, wo er anfing, wild zuckend zu tanzen, während die Musik zu übermütigen lydischen Gesängen anschwoll. Die beiden dicken Eunuchen-Priester und fünf oder sechs der Priesterinnen, unter ihnen Melbai, rissen sich die Pantherfelle vom Leib, überließen den anderen Priesterinnen die Aufsicht über die an ihren Leinen zerrenden, lautstark mekkernden Geißlein und begannen zu tanzen. Jetzt drängten auch die Weinseligeren unter den übrigen Teilnehmern nach vorne, begierig, an der Tollerei teilzuhaben. Alle tanzten so wild und hemmungslos wie der alte Priester, aber nur wenige besser. Nach und nach entkleideten sie sich und riefen dabei ihren Gott an: »Bacchus!«, »Dionysos!« oder»Fufluns!«

Dengla streifte ihren Übermantel ab und sprang in die Menge, wo auch sie tanzte, tobte und sich ihrer restlichen Kleidung entledigte. Ihre entblößten Beine waren stumpenhaft kurz, aber ihre Füße lang und schmal. Bei jedem Schritt klatschten sie auf den Steinboden, was ein Geräusch erzeugte, das selbst über dem allgemeinen Tumult noch hörbar war. Auch die anderen Tänzerinnen und Tänzer, so alt oder noch älter als Dengla, boten keinen sonderlich berauschenden Anblick. Abgesehen von Fillipus und Robein war ich die jüngste Person im Tempel und, ohne angeben zu wollen, bei weitem die hübscheste. Obwohl ich noch angezogen war, starrten mich mehrere Frauen an, winkten mir zu und machten Zeichen, ich solle mich zu ihnen gesellen.

In dem gedämpften Licht konnte ich nicht sehen, ob an den tanzenden Frauen irgendwelche Anzeichen sexueller Erregung, angeschwollene Brustwarzen etwa, sichtbar waren. Die wilden Zukkungen und Gesänge konnten ebensogut als Störung des Geistes wie als Erregtheit des Fleisches ausgelegt werden. Dasselbe galt für die Männer, von denen, das konnte ich im Licht der Fackeln deutlich erkennen, noch keiner ein Fascinum entwickelt hatte. Der Präfekt Maecius zum Beispiel hatte sich bisher damit begnügt, mit samt seinen Gewändern auch jegliche Würde abzulegen. Schwerfällig bewegte er seine wulstige, talgartige Schwarte hin und her, aber was da unter seinem schwabbelnden Hängebauch hing, war ungefähr so aufreizend wie ein Ohrläppchen.

Wann immer die Tänzer in Reichweite des Marmortischs gelangten, griffen sie sich eine Handvoll Weintrauben. Traubensaft und Kerne spritzten aus ihren Mündern, wenn sie sangen. Wer erschöpft war, löste sich aus der tobenden Masse und stärkte seine Lebensgeister mit einem Schluck Wein. Manche legten sich dazu einfach unter das Faß und ließen den Wein direkt in ihren Mund laufen. Bald schon war der Boden rutschig und glatt, und mehr als nur ein Tänzer fiel, sehr zur Belustigung der anderen, auf den Boden.

Nur wenige Frauen, und keine Männer, lagen noch auf den Liegen. Sie schienen es zufrieden zu sein, wie ich selbst, nur zu beobachten. Im Gegensatz zu mir aber waren sie alle entkleidet. Nur drei oder vier Frauen hatten, dem römischen Stil entsprechend, ein Kleidungsstück anbehalten, ein Brustmieder, einen Hüftgürtel oder einen knappen Lendenschurz. Da sie mir und den Zwillingen aufgebrachte Blicke zuwarfen, lehnte ich mich zu den beiden hinüber und sagte mit den Worten des Heiligen Ambrosius: »Si fueris Romae, Romano vivito more ...« Wahrscheinlich verstanden sie kein Latein, aber als sie sahen, wie ich mich auszog, taten sie es mir nach. Ich behielt mein Hüftband an, um das Zeugnis meiner Männlichkeit zu verbergen. Um die Verkleidung unverdächtiger erscheinen zu lassen, hatte ich ein dekoratives Band aus feinstem Leinen, bestickt mit farbigen Glasperlen, umgeschnallt. Damit meine kleinen Brüste möglichst groß erschienen, entspannte ich meine Brustmuskeln und drückte mein Kreuz weit nach vorne durch.

Jetzt, da ich und die Zwillinge nackt waren wie es sich gehörte, starrte uns niemand mehr an. Alle Blicke waren nach vorne gerichtet, wo das erste – und einzige – rituelle Blutopfer, das ich je miterlebt hatte, vollzogen wurde. Dengla und viele ihrer Mittänzerinnen hatten aufgehört zu tanzen und stürzten sich jetzt wie die Furien auf die festgebundenen Zicklein, deren Leiber sie mit bloßen Händen in Stücke rissen und dann verschlangen.

Um die Fleischfetzen entbrannte ein wilder Kampf. Alles, ganz gleich ob es ein zur Unkenntlichkeit zertrampeltes Stück Fleisch oder der deutlicher erkennbare Fiesel eines der Zicklein war, wurde roh hinuntergeschlungen und dann mit Wein nachgespült. Die Zwillinge gaben seltsame, erstickte Geräusche von sich. Als ich mich ihnen zuwandte, sah ich, daß sie von Würgekrämpfen geschüttelt wurden und sich in die Weinlache erbrachen.

Auf alle anderen wirkte das bestialische Gemetzel offensichtlich sexuell stimulierend. Maecius griff sich einen der Eunuchen-Priester und zog ihn zu einer Couch. Dort, ohne großes Vorspiel, sprang er ihn von hinten an und zwängte sein Glied in den Anus des Priesters. Die anderen Männer taten es den beiden gleich. Die Frauen, wie ich vermutet hatte ausnahmslos Lesbierinnen, bereiteten sich nicht auf die warme, weiche und zärtliche Weise Vergnügen, wie ich es mit Deidamia getan hatte, sondern verwendeten lange Olisboí zum Umschnallen – künstliche, aus Holz gefertigte Penisse, zum Teil enorm riesig oder grotesk geformt – mit denen sie sich gegenseitig fast vergewaltigten. Jetzt verstand ich, was Dengla mit »Aufreißen« gemeint hatte.

Während dieser Orgie hatten die fünf Musikantinnen auf ihren Instrumenten eine langsame, süße – beinah schon widerwärtig süßliche – phrygische Weise gespielt, wohl um die erotischen Gefühle der Bacchantinnen zu beleben. Als sie abbrachen, ergriff der älteste Priester das Wort. In der bombastischen Manier eines Praeco, der die Spiele in einem Amphitheater ankündigt, verkündete er: »Ich erflehe heilige Stille! Wir werden nun Zeugen und Teilnehmer eines wahrlich bedeutenden Ereignisses werden in dieser heiligsten und feierlichsten der bacchantischen Nächte!«

Fast alle schwiegen, aber einige Paare kopulierten weiter, und ihr Stöhnen, Ächzen und Grunzen war über der Stimme des Priesters deutlich hörbar, der lauter fortfuhr: »Ich bin stolz, euch verkünden zu können, daß zwei junge männliche Novizen in dieser Nacht dem Gott geweiht und in seine Gefolgschaft initiiert werden. Es ist die Bacchantin Dengla, die uns ehrt, indem sie Bacchus ihre eigenen Söhne weiht.«

Die neben mir sitzenden Zwillinge wimmerten erbärmlich und klammerten sich an mir fest. Die Musikantinnen legten die leichteren Instrumente zur Seite und griffen zu Trommeln und Becken.

»Ihre Mutter selbst wird die Zeremonie der Initiation vollziehen«, fuhr der alte Mann fort, »und zwar in der traditionellen Weise, die von der kampanischen Bacchantin eingeführt wurde. Jener Bacchantin, die wir immer noch dafür anerkennen und verehren, ihre eigenen Söhne dem Bacchus geweiht zu haben! Schenkt diesem großartigen Ereignis eure Aufmerksamkeit!«

Alle Bacchanten, die nicht irgendwie anders beschäftigt waren, applaudierten, trampelten mit den Füßen und brüllten: »Euoi Bacche! Io Bacche!« Ich fragte mich, ob ich nicht besser die Zwillinge bei den Händen nehmen und fliehen sollte. Aber wahrscheinlich würde es Fillipus und Robein in diesem Tempel besser ergehen als bei ihrer Mutter. Vielleicht würden sie, angesichts ihrer Beschränktheit, ihr Leben als käufliches Fleisch für die Fratres Strupri (denn das war unzweifelhaft das Schicksal, das sie hier erwartete) mit der Zeit sogar genießen. Um ehrlich zu sein, ich empfand mehr Mitgefühl für die bestialisch hingeschlachteten kleinen Ziegen, die groß und kräftig hätten werden und jemandem von Nutzen hätten sein können.

Ich hatte genug von dem Bacchanal gesehen und verspürte keine Lust, der Initiation der Zwillinge durch ihre Mutter, die jetzt einen Olisbó in ihre Hand nahm, beizuwohnen. Ich wollte dieses Schlangennest so schnell wie möglich verlassen und war wild entschlossen, mich von niemandem zurückhalten zu lassen. Aber niemand versuchte mich zurückzuhalten, alle starrten wie gebannt auf Dengla, den Olisbó in ihrer Hand und auf die Zwillinge. Nur wenige bemerkten, wie ich mich anzog, und warfen mir leicht tadelnde Blicke zu. Das Tor des Tempels war zwar wohlweislich verriegelt worden, aber der Riegel ließ sich leicht öffnen, und ich schlüpfte erleichtert in die Nacht hinaus.

## 6

Ich eilte durch die verlassenen nächtlichen Straßen zurück in das Haus der Witwe. Ich wollte verschwinden, ehe sie oder Melbai zurückkehrten. Hastig wusch ich mein Gesicht und schlüpfte in die Kleider Thornareichs, die ich unter den Gewändern Veledas verborgen hatte. Dann raffte ich alles zusammen, was mir gehörte, und verließ so rasch wie möglich das Haus.

*

Es dämmerte erst, als ich an der Herberge von Amalrich dem Knödeldicken ankam, aber einige der Diener waren bereits auf und geschäftig. In meiner herablassenden Thorn-Manier befahl ich ihnen, mir ein Morgenmahl zu bereiten, dann brachte ich meine Sachen in meine Gemächer. Als ich wieder nach unten kam, war der Tisch schon gerichtet. Während ich Wein von Cephalos nippte, sassinischen Käse, eingelegte Feigen von Cannos und eine Stange feinen weißen Brotes aß, dachte ich darüber nach, was ich in letzter Zeit über die Welt, die Menschen und die Götter gelernt hatte.

Von den verschiedenen Gottheiten, die mir vorgestellt worden waren, war Bacchus sicherlich der widerwärtigste. Der Liebling der Soldaten, Mithras, schied, da der Mithraismus Frauen ausschloß und ich auch eine Frau war, von vornherein aus. Die einzige Gottheit, deren Weg ich bisher gekreuzt hatte und die mir zusagte, war der Gott der arianischen Christen. Ein Gott, der sich nicht darum zu kümmern schien, ob ein Mensch ihn oder eine andere Gottheit anbetete, solange nur dieser Mensch kein unehrenhaftes Leben führte.

Ich hing noch immer meinen Gedanken an die Götter nach, als Amalrich den Raum betrat. Obwohl ich mich jetzt, mit einem guten Mahl im Bauch und nach einer Nacht ohne Schlaf, sehr müde fühlte, raffte ich mich wieder auf.

»Kommt, setzt Euch zu mir, Amalrich«, lud ich ihn ein. »Helft mir, diesen guten Cephalener aus Eurem Keller zu leeren.«

»Thags izvis, Euer Hoheit, nur zu gerne.« Er streckte sich auf der Liege neben mir aus und wies einen Diener an, ihm einen Becher zu bringen. »Es ist eine Weile her, seit wir das letzte Mal miteinander sprachen.«

»Ich war ... beschäftigt«, sagte ich und dachte, es könnte nicht schaden, meine Erklärung um der Glaubwürdigkeit willen noch ein wenig auszuschmücken. »Ich habe alle Teile Eurer einladenden Stadt in Augenschein genommen, auf der Suche nach Unternehmungen, in die ich lohnende Investitionen tätigen könnte.« Amalrich schenkte sich etwas Wein ein und sagte: »Verzeiht meine Anmaßung, Herr, aber angesichts der neuen und sehr beunruhigenden Verhältnisse im Imperium wäre es vielleicht ratsam, Ihr würdet Euer Geld unter Eurem Nachtlager verborgen lassen.«

»Tatsächlich? In letzter Zeit habe ich mich kaum um Staatsangelegenheiten gekümmert, viel zu sehr war ich mit meinen eigenen beschäftigt. Nicht einmal die an mich gesandten geheimen Botschaften habe ich entschlüsselt. Die Leute, mit denen ich Umgang hatte, ich meine, mit denen ich sprach, nun, wir berührten keine weltbewegenden Angelegenheiten. Was ist so neu und beunruhigend, Amalrich?«

»Ihr müßt in der Tat«, sagte er mit Verschwörermiene, »äußerst, ähm, einladende Teile unserer Stadt erkundet haben. In anderen Teilen der Welt spricht man nur über eine Sache: über den neuen Cäsar in Ravenna.«

»Was? Schon wieder ein neuer Cäsar?«

»Ja. Ein gewisser Julius Nepos hat Glycerius vom Thron gestürzt. Glycerius wurde für seinen Verlust mit dem Amt des Bischofs von Salona, einer Stadt in Illyricum, entschädigt.«

»Jesus! Glycerius! Zuerst Soldat, dann Cäsar. Und jetzt Bischof? Und wer in aller Welt ist Julius Nepos?«

»Ein Günstling des Cäsar Leo in Konstantinopel. Nepos und Leo waren durch eine Heirat verwandtschaftlich miteinander verbunden.«

»Waren? Sind sie es nicht mehr?«

»Wie könnten sie?« Amalrich schüttelte ungläubig den Kopf. »Habt Ihr nicht einmal den Aufschrei vernommen, als die Nachricht von Leos Tod die Runde machte?«

»Credat Judaeus Apella!« rief ich aus. Das war eine Bemerkung, die ich bei meinen hochgestellten Bekannten aufgeschnappt hatte.

Das hieß soviel wie: »Das soll Apella der Jude glauben!« Oder, mit anderen Worten: »Es fällt mir schwer, das zu glauben.«

»Glaubt es, glaubt es«, verlieh Amalrich seiner Aussage Nachdruck. »Ich sagte Euch bereits, es sind unruhige Zeiten. Eine Katastrophe jagt die andere.«

»Jesus!« wiederholte ich. »Leo war, so glaube ich zumindest, Zeit meines Lebens Herrscher des östlichen Reiches. Und ich glaubte, so werde es ewig bleiben.«

»Es regiert immer noch ein Leo über Konstantinopel, sein Enkel, Leo der Zweite. Doch der ist noch ein Kind von kaum fünf oder sechs Jahren, also wird ein Regent für einige Zeit die Regierungsgeschäfte in die Hand nehmen. Unterdessen, solltet Ihr auch dies nicht gehört haben, starben die beiden Brüder, die über Burgund herrschten, Gundiok und Chilperich, im selben Frühling.«

»Gudisks Himnis«, murmelte ich. »Diese beiden haben nun wirklich mein ganzes Leben lang regiert, das weiß ich genau.«

»Ihre Söhne haben gemeinsam die Herrschaft übernommen, Gundobad in Lugdunum und Godegisel in Geneva. Und was haltet Ihr von dieser Nachricht? Der König der Ostgoten, Theudemir, ist ebenfalls gestorben. Nicht an Altersschwäche wie die anderen, sondern an einem Fieber.«

»Auch das ist mir neu. Und trägt auch sein Tod zu dem beunruhigenden Zustand des Imperiums bei?«

»Oh vái, natürlich tut er das. Theudemir wurde seit Jahren von Leo dem Ersten dafür bezahlt, den Frieden entlang den nördlichen Grenzen des östlichen Reiches aufrechtzuerhalten. Eigentlich war es jedoch eher eine Art Lösegeld, um die Ostgoten davon abzuhalten, selbst allzuviel Unruhe zu stiften. Das besorgte Theudemir. Aber er wehrte auch Invasionen und Überfälle ausländischer Stämme und Nationen ab.«

»Ja«, sagte ich. »Man hat mir von Theudemirs Fähigkeiten auf diesem Felde schon berichtet.«

»Jetzt, da sowohl das westliche als auch das östliche Reich im Umbruch sind, von den Cäsaren bis hinunter zum gemeinen Volk, und die Ostgoten ohne König dastehen, könnte es sein, daß die fremden Stämme, die so lange in Schach gehalten wurden, ihre Zeit für gekommen sehen. Einer hat schon losgeschlagen. Babai, König der Sarmaten.«

»Ich habe von diesem Volk schon gehört«, sagte ich. »Wo hat Babai zugeschlagen?«

»Die Sarmaten haben Singidunum, eine befestigte Stadt an der nördlichen Grenze des Reichs, eingenommen. Aber hoffentlich nicht für lange. Das Wort geht um, daß Theudemirs Sohn seinem Vater auf den Thron der Ostgoten gefolgt ist. Vielleicht hat er von seinem Vater nicht nur den Namen, sondern auch den Mut geerbt? Man sagt, er führe die Ostgoten, um Singidunum zu belagern und zu befreien.«

»Du wirst mich im Kampf finden.« Deutlich erinnerte ich mich an Thiudas Worte. »Und ich lade dich ... ein, an meiner Seite zu kämpfen.«

»Wo ist dieses Singidunum?« verlangte ich von Amalrich zu erfahren.

»In Moesia Prima, Euer Hoheit. Weit flußabwärts an der Donau«, er deutete die Richtung an, »wo die Donau zur Grenze zwischen Moesia Prima und dem in Barbarenhände gefallenen Dakien wird. Etwa dreihundertundsechzig römische Meilen von hier.«

»Man würde also wohl über den Fluß am schnellsten dorthin gelangen?«

»Ja. Kein Mensch, der bei Verstand ist, würde sich auf dem Rücken eines Pferdes auf den Weg durch ein wildes Land, bevölkert mit feindlichen Stämmen ...« Er brach ab und sah mich fragend an: »Ihr denkt doch nicht etwa daran, nach Singidunum zu gehen?«

»Doch, das tue ich.«

»Dort tobt ein Krieg! Dort werdet Ihr kein lohnendes Objekt für Eure Investitionen finden. Keine Annehmlichkeiten und Ablenkungen, wie Ihr sie hier genossen habt. Nichts Schönes – und wenn ich mir die Freiheit herausnehmen darf und niemand Schönes – das, wie Ihr es ausgedrückt habt, zu erkunden sich lohnen würde.«

Ich lächelte. »Es gibt wichtigere und aufregendere Dinge als bloßes Gesellschaftsleben. Einladender als Müßiggang, Unterhaltung, einladener selbst als schöne Frauen.«

»Aber ... aber ...«

»Was ich jetzt brauche, ist ein erfrischender, langer Schlaf. Bevor ich mich jedoch zurückziehe, will ich einen Bogenmacher aufsuchen und einen Vorrat an Pfeilen erstehen. Während ich das tue, würdet Ihr, Amalrich, jemanden an den Hafen schicken und einen Bootsmann anheuern, der willens ist, mich nach Singidunum zu bringen? Oder, sollte niemand so mutig sein, wenigstens bis kurz vor die Stadt. Der Kahn oder die Schute müssen groß genug sein, um ein Pferd mitnehmen zu können. Sorgt dafür, daß das Boot ausreichend Vorräte mit sich führt, Verpflegung für mich und die Fährleute und genug Futter für Velox. Nicht nur Heu, sondern auch Korn. Auf ihn warten große Anstrengungen. Wurde er auch jeden Tag ausreichend bewegt, während ich hier war? Er wird auf der Fahrt lange still stehen müssen.«

»Euer Hoheit, ich bitte Euch!« protestierte Amalrich, tief getroffen.

»Ich weiß, ich weiß. Die Frage war überflüssig. Entschuldigt mich. Ich bin sicher, Ihr habt alles Nötige veranlaßt. Bevor ich aber gehe, rechnet bitte zusammen, was ich Euch schulde.«

*

Ich verließ Vindobona aus freien Stücken, niemand hatte mich gezwungen, noch war die Entscheidung einem momentanen Gefühl entsprungen. Aber ich begrüßte den Anlaß. Weder Thornareichs noch Veleda würden es bedauern, Vindobona zu verlassen. Ich legte keinen Wert darauf, dieses Weibsstück Dengla wiederzusehen. Was die Frauen und Mädchen anging, die meine Freunde, oder auch mehr, geworden waren ... nun, wo immer ich auch hinging, würde es gewiß noch mehr von ihnen geben.

Ich war bereit und begierig darauf, wieder zu reisen. Und ich freute mich darauf, meine Freundschaft mit Thiuda aufzufrischen und endlich unter meinesgleichen, unter Goten, leben zu können. Und ihrem – meinem – neuen König meine Gefolgschaft anbieten zu können. Schon lange brannte ich darauf, endlich in einem richtigen Krieg zu kämpfen. Ohne den leisesten Zweifel und ohne einen Blick zurück begrub ich meine Existenz als Thornareichs und – zumindest vorläufig – als Veleda. Es war Thorn, der in der Morgendämmerung des nächsten Tages einen Kahn bestieg und alsbald von den auf der Donau liegenden Morgennebeln verschluckt wurde.

# Unter Goten

# 1

Unsere Reise stromabwärts verlief angenehm geruhsam. Die Donau machte nach Vindobona zunächst einen Bogen nach Osten, um dann ein paar Tage später wieder nach Süden zu fließen. Sie trug mich, Velox und die Bootsleute schnell in den goldenen Sommer hinein, der sich immer weiter nach Norden ausbreitete.

Unterwegs kamen wir nur an zwei größeren Siedlungen vorbei, die beide am rechten Flußufer lagen. Die erste befand sich in der Provinz Valeria kurz nach der Stelle, wo die Donau den großen Bogen nach Süden macht. Es handelte sich um die ehemalige Grenzstadt Aquincum, von der nur noch zerfallene Ruinen übriggeblieben waren. Wie der Bootsführer Oppas mir erklärte, war Aquincum im Verlaufe der letzten hundert Jahre so oft von plündernden Hunnen und anderen barbarischen Horden verwüstet worden, daß Rom seine zweite Reservelegion Adiutrix aus der Festung abgezogen hatte; daraufhin hatten auch die einst so zahlreichen Einwohner die Stadt verlassen.

Die zweite Siedlung, an der wir vorüberfuhren, war der Kriegshafen Mursa an der Einmündung der Drau in die Donau. Mursa bestand lediglich aus Kais, Piers, Trockendocks, Werkstätten, Warenlagern, Getreidespeichern und vielen tristen Baracken. Ein Wachposten gab uns von einem Turm aus energische Fahnenzeichen. Die Bootsleute steuerten uns in die Nähe des Turms und hielten den Kahn dort an. Der Posten lehnte über die Brüstung, um uns auf Geheiß des Flottenführers den Rat zu geben, nicht weiter stromabwärts zu fahren.

Weiter südlich, sagte der Posten, drohten Gefahr und Chaos. Die wilden Sarmaten, die am anderen Ufer der Donau über Altdakien herrschten, und die Ostgoten aus Moesia Prima am diesseitigen Ufer kämpften um die strategisch wichtige Stadt Singidunum, die vielleicht schon bald der Ruinenstadt Aquincum gleichen würde. Die Römer hatten ihrer pannonischen Flotte deshalb befohlen, den Donauabschnitt zwischen Mursa und dem Eisernen Tor, einer weiter stromabwärts gelegenen Flußenge, nicht mehr zu befahren. Von jenseits der Flußenge bis zum Schwarzen Meer, so der Posten, stünden alle Schiffe natürlich unter dem Schutz der moesischen Flotte; auf den fünfhundert römischen Meilen von hier bis zum Eisernen Tor sei die Donau jedoch ungeschützt, und jedes Handels-, Fracht- oder Passagierschiff befahre diesen Teil des Flusses auf eigenes Risiko.

Singidunum, das Ziel meiner Reise, lag ziemlich genau in der Mitte dieses Abschnitts. Während des Wortwechsels mit dem Wachposten hatte ich begonnen, mein Kurzschwert mit einem Wetzstein zu schleifen. Mechanisch fuhr ich mit dem Stein über die Klinge. »Wenn andere Schiffe diesen Rat befolgen und sich verstecken«, sagte ich zu Oppas, »dann bleibt ihre Fracht liegen und verdirbt vielleicht sogar. Du würdest für ihre Beförderung auf dem Rückweg wohl einen guten Preis erhalten.«

»Balgs-daddja!« grunzte er. »Und dann wird sie mir von Piraten gestohlen, bevor ich sie sicher flußaufwärts gebracht habe, oder mein Boot wird unter mir versenkt. Nein, nein, unter den gegebenen Umständen wäre es tollkühn, weiterzufahren.«

»Vergiß nicht, daß ich dich für meine Fahrt bereits bezahlt habe«, erinnerte ich ihn ruhig.

»Aber wenn meine Männer und ich keine Fracht zurückbringen und dafür bezahlt werden, vorausgesetzt, wir kommen überhaupt lebend zurück, dann habe ich dir nur die Hälfte dessen abverlangt, was ich hätte fordern sollen.«

»Davon war nicht die Rede, als wir unseren Vertrag schlossen«, sagte ich noch immer gelassen und schliff weiterhin mein Schwert. »Außerdem war mein Geldbeutel so gut wie leer, nachdem ich dir den vereinbarten Preis bezahlt hatte« – das war nicht gelogen – »also halte dich jetzt auch an unseren Vertrag.«

Obwohl ich nicht mehr den edlen Thornareichs spielte, machte ich gelegentlich noch von dem nützlichen Trick Gebrauch, den ich in dieser Rolle gelernt hatte: Ich tat ganz einfach so, als sei ich eine hochgestellte Persönlichkeit, deren Anweisungen selbstverständlich zu befolgen seien. Die meisten Leute gehorchten dann auch.

Ich sagte also: »Ich werde dir in einer Hinsicht entgegenkommen: Ihr könnt mich kurz vor Singidunum an Land setzen, dann kommt ihr der Gefahr nicht allzu nahe. Eine Einschränkung muß ich jedoch machen: Ich muß die Stadt zumindest aus der Ferne sehen können, bevor ich das Boot verlasse. Ich lasse mich nicht in irgendeinem entlegenen Wald an Land setzen.«

Es war früher Morgen, als wir um eine Landzunge fuhren und die Bootsleute ihre Stangen in den Grund des Flußes bohrten, um den Kahn anzuhalten. Oppas deutete wortlos in die Ferne. Zu unserer Rechten befand sich der Hafen Taurunum, der ähnlich aussah wie Mursa, nur daß seine Piers menschenleer waren und an seinen Docks keine Schiffe lagen. Hier mündete die Sawe von rechts in die Donau und verbreiterte diese auf das Doppelte. An der Stelle des Zusammenflusses konnte man auf der gegenüberliegenden Uferseite in einiger Entfernung im Morgennebel die Stadt Singidunum erkennen.

»Ihr könnt mich jetzt ans Ufer setzen«, sagte ich zu Oppas, »aber ich habe nicht vor, durch die Donau oder die Sawe zu schwimmen.«

»Vái! Soll ich dich vielleicht am Ufer direkt vor Singidunum absetzen? Ich weigere mich strikt, so nahe an die Stadt heranzufahren!«

»Also gut, sage deinen Männern, sie sollen die Sawe ein Stück hinauffahren. Dann laß mich so weit von der Stadt entfernt ans Ufer, wie es dir vernünftig erscheint.«

Die Bootsleute murrten und fluchten, weil sie sich zum ersten Mal auf dieser Fahrt wirklich anstrengen mußten, aber sie taten, was Oppas ihnen mürrisch befahl. In der Zwischenzeit zäumte ich Velox auf, legte ihm den Sattel über und belud ihn mit meinen Habseligkeiten. Dann gürtete ich mein Schwert und hängte mir Bogen und Köcher mit neuen Pfeilen um. Zwei bis drei römische Meilen flußaufwärts erreichten wir eine Stelle, wo das Ufer der Sawe flach abfiel. Der Kahn glitt zum Ufer, und Oppas ließ die Seitenrampe ins flache Wasser hinab. Über sie führte ich Velox zum Ufer hinüber. Ich selbst ging dabei rückwärts, damit ich die Männer nicht im Rücken hatte.

»Thags izei, meine Reisegefährten«, rief ich ihnen zum Abschied noch fröhlich zu. »Die von mir gekauften Vorräte sind noch nicht ganz aufgebraucht, aber als Dank für eure unschätzbaren Dienste überlasse ich euch diese Köstlichkeiten zum Verzehr.«

Sie knurrten nur wütend, und Oppas holte die Rampe mit einem Ruck wieder ein. Die Männer zogen ihre Stangen aus dem Schlamm, und das Boot trieb auf der Sawe zurück in Richtung Donau. Ich wartete, bis ich sicher war, daß keiner der Männer versuchen würde, mir zum Abschied ein Wurfgeschoß nachzuschleudern, dann führte ich Velox das Ufer hinauf in den Wald. Als wir auf einen Fußpfad gelangten, der parallel zum Fluß verlief, stieg ich in den Sattel und steckte meine Stiefelspitzen in das Fußseil. Jetzt war ich für jeden Krieg und jedes Abenteuer gerüstet. Velox schnaubte ungeduldig, und ich ließ ihn in leichtem Galopp auf Singidunum zulaufen.

*

Noch bevor ich dort anlangte, bot sich mir ein faszinierender Anblick. Velox trug mich zur Spitze eines bewaldeten Bergkamms, wo mit einem Mal der Wald aufhörte. Ich hielt an. Tief unter mir öffnete sich ein Tal, in dem etwas Merkwürdiges vor sich ging. Von ein paar vereinzelten Baumgruppen abgesehen, war das Tal nur mit Gras und niedrigen Büschen bewachsen; ich konnte also deutlich erkennen, was sich ungefähr drei Stadien unter mir ereignete. In zwei gegenüberliegenden, knapp dreihundert Schritte voneinander entfernten niedrigen Wäldchen hatte jeweils eine Gruppe von Männern Deckung bezogen. Zwischen den beiden Gruppen flogen ununterbrochen Pfeile hin und her. Ich konnte nicht ausmachen, wieviele Männer an dem Kampf beteiligt waren, aber ich zählte ungefähr zwanzig Pferde in voller Kriegsausrüstung, die jeweils auf der geschützten Seite der Wäldchen angebunden waren.

Schließlich schien die eine Partei des vergeblichen Schußwechsels müde zu werden. Ungefähr zwanzig Männer stürmten aus der Deckung hervor und griffen mit gezogenen Schwertern an. Zwei von ihnen wurden sofort von Pfeilen getroffen. Sie stürzten zu Boden und krümmten sich. Die Männer der Gegenseite wagten es nicht, ihre Deckung zu verlassen und sich den Angreifern in einem offenen Schwertkampf zu stellen. Sie schossen auch keine Pfeile mehr ab, sondern tauchten plötzlich am hinteren Ende des Wäldchens auf, sprangen auf ihre Pferde und flohen in die entgegengesetzte Richtung.

Damit wußte ich, wer die Ostgoten und wer die Sarmaten waren. Ich konnte es aus der Tatsache schließen, daß die eine Gruppe sich nicht auf einen Schwertkampf einlassen wollte. Die Angreifer schwangen die schrecklichen Krummschwerter der Goten, vor denen bereits die tapfersten Feinde die Flucht ergriffen hatten. Ich konnte auch erkennen, daß die Männer, die flohen, Schuppenpanzer aus Pferdehufspänen trugen, wie sie mir der alte Wyrd als Erfindung der sarmatischen Krieger beschrieben hatte. Die Fliehenden waren also auch meine Feinde.

Ich trieb Velox an und galoppierte schräg den Kamm hinunter, um den Sarmaten den Weg abzuschneiden, bevor sie die freie Fläche überqueren und in den umliegenden Wäldern verschwinden konnten. Als ich in ihre Nähe kam, drehten sie sich um und sahen überrascht zu mir herüber, einem einsamen Reiter ohne Rüstung und von undefinierbarer Herkunft. Aus ihrer Neugier wurde bald Zorn, Verblüffung und Angst, als ich aus dem Galopp Pfeile auf sie abzuschießen begann.

Keiner der Sarmaten machte auch nur den Versuch, einen Pfeil auf mich zu schießen; damit hatte ich auch nicht gerechnet, denn außer den Hunnen, die mit ihren Säbelbeinen beim Reiten wahrscheinlich mehr Halt haben, war es noch keinem Krieger gelungen, vom Rücken eines galoppierenden Pferdes aus ein Ziel zu treffen. Oder vielleicht sollte ich besser sagen, keinem Krieger außer den Hunnen und mir, da mich das Fußseil, das ich erfunden hatte, fest und sicher im Sattel hielt. Außerdem hatte mir Wyrd erklärt, nur wenn man mit einem hunnischen Bogen wie dem, den ich von ihm geerbt hatte, auf ein weit entferntes Ziel schieße, habe der Pfeil genug Wucht, um einen sarmatischen Schuppenpanzer zu durchdringen.

Die fliehenden Männer hätten anhalten, absteigen und dann auf mich schießen können. Auf diese Weise hätten sich ihre Chancen, mich zu treffen und zu töten, beträchtlich erhöht, da ich ja keine Rüstung trug. Als ich mich im Sattel umdrehte und zurücksah, begriff ich jedoch, warum sie das nicht taten. Vier Ostgoten hatten sich auf ihre Pferde geschwungen und ritten nun geradewegs auf mich zu. Sie hielten lange Wurfspeere in den Händen. Sie trugen keine Schuppenpanzer, sondern feste Lederharnische, an denen gesteppte Lederröcke befestigt waren. Über niedrigen Stiefeln trugen sie gepolsterte, kreuzweise mit Riemen geschnürte weiße Beinkleider. Ihre Helme liefen nicht konisch zu wie die der Sarmaten, sondern ähnelten eher den römischen Helmen; allerdings hatten sie breitere Wangenlappen, und am vorderen Rand setzte ein flaches Stück Metall an, das die Nase schützte. Alles, was man vom Gesicht eines ostgotischen Kriegers sehen konnte, waren die wilden blauen Augen und der wallende gelbe Bart. Ich zügelte Velox und wartete auf die Männer.

Einer von ihnen gab den drei anderen ein Zeichen, worauf diese ihre Lanzen in die Sarmaten bohrten, die ich vom Pferd geschossen hatte, um sicherzugehen, daß sie auch wirklich tot waren. Der andere brachte sein Pferd neben mir zum Stehen und senkte seine Lanze in die Halterung am Sattel, um mich begrüßen zu können. Zum Gruß erhob er den rechten Arm und hielt dabei die offene Hand steif ausgestreckt. Er ballte also nicht wie die Römer die Faust. Ich hielt ihn für den Anführer der Truppe, da sein Helm mit Ornamenten verziert war; außerdem trug er auf den Schultern seines Harnischs jeweils eine reich mit Juwelen besetzte Fibel in Form eines sprungbereiten Löwen. Ich erwiderte seinen Gruß auf dieselbe Weise, woraufhin er mich eine Zeitlang eingehend musterte.

Er war eine stattliche, mächtige Erscheinung, wie er mit Helm und Bart und in seiner prächtigen Rüstung aufrecht auf dem Rücken seines durch eine gepolsterte Decke geschützten Pferdes saß. Unter seinem Blick fühlte ich mich klein und verletzlich, so wie sich die kleinen Tiere des Waldes gefühlt haben müssen, die weit entfernt von ihren Höhlen oder einem nahegelegenen Schlupfwinkel meinem jagenden Adler Juika-bloth ins Auge fielen. Dann jedoch wich die furchteinflößende Miene des Kriegers plötzlich einem Lachen, und er sagte: »Zuerst dachten wir, du seist ein durch die Gegend ziehender Hunne, und zwar einer, der verrückt geworden ist, weil er allein und ohne Rüstung anzugreifen wagt. Dann sahen wir jedoch das Fußseil, das dich in die Lage versetzt, während des Reitens den Bogen zu benutzen, was du dann auch so geschickt wie ein Hunne getan hast. Ich habe mich früher einmal über dein Fußseil lustig gemacht, aber ich werde es nie wieder tun.«

»Thiuda!« rief ich aus.

»Waíla-gamotjands! Willkommen in den Reihen unserer Krieger, Thorn. Ich habe dir angeboten, dich uns anzuschließen. Das hast du getan, und du hast dich seit deiner Ankunft wirklich wacker geschlagen.«

»Das scheinst du ebenfalls getan zu haben«, sagte ich, »da du offensichtlich inzwischen ein Anführer geworden bist. Auch dein Bart ist seit unserem letzten Zusammentreffen bewundernswert gewachsen.«

»Wir beide haben uns sicher viel zu erzählen. Komm, reite mit mir in die Stadt, dann können wir uns unterwegs unterhalten. Warst du die ganze Zeit über in Vindobona? Wenn ja, dann hat der edle Thorn dort wohl sehr viel Gastfreundschaft genossen.«

»Das hat er, danke«, sagte ich lächelnd. »Anders kann man es nicht sagen. Mein Dank gilt dir. Es wäre mir dort nicht so gut gegangen, wenn du mir nicht den Weg geebnet hättest. Aber ich würde lieber hören, was du alles erlebt hast. Hast du deinen Vater gefunden? Begleitet er dich auf diesem Feldzug?«

»Ja, ich habe ihn gefunden, aber er ist nicht bei mir. Ich bin froh, daß ich ihn noch gesehen habe. Ein Fieber hatte ihn befallen, und er starb kurze Zeit darauf.«

»Vái, Thiuda, das tut mir leid.«

»Mir auch. Er wäre viel lieber im Kampf gestorben.«

»Reitest du deshalb als Kundschafter aus, weil du den Kampf suchst? Bist du deshalb nicht bei den Truppen, die Singidunum belagern?«

»Nein, das Kundschaften gehört zur Belagerung. Wir sind nur sechstausend Mann, und König Babai verfügt in der Stadt über neuntausend Sarmaten. Außerdem mußten wir sehr schnell hierher reiten und konnten daher nicht mehr Waffen mitnehmen, als wir tragen konnten. Wir haben kein Belagerungsgerät, keine Belagerungstürme und keine Rammböcke dabei, um Singidunum im Sturm zu nehmen. Es war deshalb das Beste, die Stadt samt Babai und seinen Männern einzuschließen. Und damit sie nicht zur Ruhe kommen, lassen wir in unregelmäßigen Abständen Pfeile, Steine und Brandkugeln auf sie niederhageln. Daneben erkunden wir die

Gegend, um zu verhindern, daß Babai von irgendwoher Verstärkung erhält oder wir von hinten angegriffen werden. Im Augenblick können wir sonst nichts tun.«

»Bithus contra Bacchium«, sagte ich. Das war eine weitere modische Redewendung, die ich bei meinen vornehmen Bekannten in Vindobona gehört hatte. Die beiden Namen bezeichneten zwei berühmte Gladiatoren früherer Tage, die gleich alt, gleich stark und gleich geschickt waren, so daß keiner den anderen besiegen konnte. Thiuda hätte sich über meine freche Bemerkung ärgern können, er mußte jedoch meiner Einschätzung zustimmen.

»Ja«, knurrte er, »und es ist gut möglich, daß es noch verdammt lange so bleibt oder, noch schlimmer, daß wir nicht lange genug durchhalten. Unsere Vorräte an Nahrungsmitteln und anderen notwendigen Dingen sind nicht allzugroß, während die Sarmaten über Korn und Getreide im Überfluß verfügen. Wenn wir nicht bis zum Eintreffen des Nachschubs aus dem Süden durchhalten, müssen wir uns möglicherweise zurückziehen. In der Zwischenzeit lagern unsre Haufen vor der Stadtmauer, oder sie streifen zu Pferd durch die Gegend. Du weißt ja, wie sehr mich untätiges Herumsitzen aufreibt, deshalb versuche ich, mit jedem Spähtrupp mitzureiten. Wie du gesehen hast, gibt es ab und zu etwas für uns zu tun.«

»Ich konnte nur vom Fluß aus einen kurzen Blick auf Singidunum werfen«, sagte ich. »Die Stadt sah nahezu uneinnehmbar aus. Wie haben die Sarmaten es überhaupt geschafft, sie zu erobern?«

»Durch einen Überraschungsangriff«, sagte Thiuda verstimmt. »Sie war nur mit einer ausgedünnten Garnison römischer Truppen besetzt. Allerdings hätten diese paar Mann zusammen mit den Bewohnern in der Lage sein sollen, eine so günstig gelegene und stark befestigte Stadt zu halten. Der Legat der Garnison muß entweder ein unfähiger Trottel oder ein wirklicher Verräter gewesen sein. Er heißt Camundus, und das ist kein römischer Name; er ist also fremder, womöglich sogar sarmatischer Abstammung. Wer weiß, ob er nicht schon länger heimlich mit König Babai paktiert. Aber egal, ob Camundus ein Narr oder ein Überläufer ist, wenn er sich noch in der Stadt aufhält, bringe ich ihn und Babai um.«

Insgeheim hielt ich Thiudas Worte für etwas überheblich. Er tat so, als habe er allein die Verantwortung für den ganzen Feldzug der Ostgoten gegen die Sarmaten. Ich sagte jedoch nichts, und da er mich mit Fragen überhäufte, berichtete ich ihm so manches, was ich in Vindobona erlebt hatte. Natürlich schilderte ich ihm nur, was Thornareichs getan hatte; von Veleda erzählte ich nichts. Schließlich hatte unsere kleine Schar den Stadtrand von Singidunum erreicht. Wir befanden uns am Fuß des Hügels, der am Ufer aufragte. Jetzt, wo ich Singidunum aus der Nähe sah, konnte ich mir eine bessere Vorstellung von den Schwierigkeiten machen, die die Ostgoten bei der Belagerung hatten.

Wie in Vindobona und den meisten anderen Städten stellten auch in Singidunum die Außenbezirke den ärmeren Teil der Stadt dar. Hier befanden sich die Häuser der einfacheren Bewohner, kleine Werkstätten, Lagerhäuser, Märkte, billige Garküchen und ähnliches. Die Festung der Garnison, die vornehmeren öffentlichen Gebäude, die besseren Handelshäuser, die luxuriöseren Tavernen und Herbergen sowie die Residenzen der reicheren Bevölkerung lagen oben auf dem Berg. Wie ich bereits gesagt habe, war der gesamte Hügel von einer Mauer umgeben, und jetzt konnte ich auch sehen, daß die Mauer aus fest zementierten, riesigen Steinblöcken bestand und unbezwingbar hoch war. Als Thiuda, seine Männer und ich vom Flußufer aus die Hauptstraße hinaufritten, konnte ich weder einen Dachfirst noch irgendeine Kuppel oder Turmspitze über der Mauer hervorragen sehen. In die Mauer war zudem nur ein einziger Zugang eingebaut, auf den die Straße, die wir hinaufritten, geradewegs zuführte. Das große, gewölbte, doppelte Tor bestand zwar nur aus Holz, war jedoch aus extrem dikken Balken gezimmert, die wiederum von äußerst massiven Eisenbeschlägen zusammengehalten wurden; zudem war es über und über mit verstärkenden Eisenbossen versehen und sah daher nicht weniger unzerstörbar aus als die Steinmauer.

Unter den Menschen, die die Straßen bevölkerten, befanden sich ebenso viele Ostgoten wie Stadtbewohner. Das alltägliche Leben schien in Singidunum seinen gewohnten Gang zu nehmen; mir fiel jedoch auf, daß keiner der Stadtbewohner uns ein Lächeln oder einen Gruß zukommen ließ, als wir vorbeiritten. Als ich Thiuda andeutete, daß ich nicht den Eindruck hätte, als ob uns die Bevölkerung jubelnd als willkommene Befreier begrüßte, sagte er:

»Nun, das ist verständlich. Wenigstens haben sie nicht allzuviel dagegen, daß wir uns in ihren Hütten einquartiert haben. Viel mehr können sie uns nicht anbieten. Babai hat ihre Speisekammern, Keller und Läden geplündert und all ihre Nahrungsvorräte in den Stadtteil hinter der Mauer mitgenommen; die Leute hier sind also genauso hungrig wie wir. Ich weiß nicht, ob der reichere Teil der Bevölkerung innerhalb der Mauer sonderlich begeistert darüber ist, die Sarmaten beherbergen zu dürfen; die Leute hier unten sind jedenfalls gleichermaßen zornig auf Babai, weil er ihre Stadt eingenommen hat, auf Camundus, weil er es dazu kommen ließ, und auf uns, weil wir nicht in der Lage sind, viel zur Verbesserung der Situation beizutragen.«

Ich sagte mit der angemessenen Bescheidenheit: »Ich bezweifle, daß ich noch irgend etwas tun kann, was nicht schon geschehen ist, aber ich bin gerne behilflich, wo ich nur kann. Wenn man uns zu deinem Oberbefehlshaber vorlassen würde, dann könnte dieser mir vielleicht einen Posten zuweisen ...«

Thiuda grinste und sagte: »Du hast bereits deine Feuertaufe im Kampf bestanden, Thorn. Du solltest nicht allzu erpicht darauf sein, mit Blut beschmiert zu werden. Laß mich dich zuerst unserem Waffenmeister Ansila vorstellen, damit er dir und deinem Streitroß die richtige Ausrüstung verpassen kann. In der Zwischenzeit muß ich meine verwundeten Männer zum Lekeis begleiten und dafür sorgen, daß sie gut verarztet werden.«

Wir hielten also an der Werkstatt eines einheimischen Waffenschmieds an. Er arbeitete unter der Aufsicht eines stämmigen, rauschebärtigen Ostgoten mittleren Alters, zu dem Thiuda sagte:

»Custos Ansila, das ist Thorn, mein Freund und gleichzeitig ein neuer Rekrut. Laß seine Maße für eine komplette Ausrüstung nehmen – mit Helm, Rüstung, Schild, Lanze und allem, was ihm sonst noch fehlt. Sein Pferd muß ebenfalls ausgestattet werden. Sorge dafür, daß der Schmied sich sofort an die Arbeit macht. Anschließend zeigst du Thorn meine Wohnstätte. Habái ita swe!« Ansila grüßte wortlos und Thiuda sagte zu mir: »Ich werde dich später dort treffen, dann können wir uns weiter unterhalten.« Kurz darauf war er verschwunden.

Während der Schmied mit einem Stück Schnur den Umfang meines Kopfes und meiner Brust, die Länge meiner Beine und so weiter maß, beäugte der Wachmann Ansila mich neugierig und sagte schließlich:

»Er nannte dich seinen Freund.«

»Ach, als wir uns zum ersten Mal trafen, waren wir beide nur einfache Waldbewohner«, sagte ich beiläufig.

»Was, ihr beide wart nur einfache Waldbewohner?«

»Ich muß zugeben, daß Thiuda es seitdem in der Welt weit gebracht zu haben scheint«, fuhr ich fort. »Er gibt Befehle, als ob jeder an dieser Belagerung beteiligte Mann unter seinem Kommando stünde und nicht nur eine einzige Schwadron.«

»Du weißt also nicht, wer unser Befehlshaber ist?«

»Nein ... warum?« sagte ich und wurde mir dabei bewußt, daß ich darüber noch gar nicht nachgedacht hatte. »Ich hörte, daß euer König Theudemir vor kurzem starb, weiß jedoch nicht, wer sein Nachfolger wurde.«

»Theudemir – so sprechen die Alemannen und die Leute aus Burgund seinen Namen aus«, sagte Ansila auf eine schulmeisterliche Art, die mich an meine Klosterlehrer erinnerte. »Wir nannten unseren König Thiudamer, wobei die Nachsilbe *mer* natürlich ›der Bekannte oder der Berühmte‹ bedeutet; Thuidamer heißt also: der Berühmte aus dem Volk. Er wäre berechtigt gewesen, seinem Namen die ehrenvolle Nachsilbe *reikhs* hinzuzufügen, die ›der Herrscher‹ bedeutet. Viele Jahre lang regierte er jedoch zusammen mit seinem Bruder Wala über uns Ostgoten, daher nannten sie sich bescheiden Thiudamer und Walamer, was soviel heißt wie: der Berühmte aus dem Volk und der Berühmte von den Auserwählten. Auch als Walamer in der Schlacht umkam, war sein Bruder immer noch so bescheiden, daß er sich weigerte, seinen Namen zu ändern und sich einen höheren Titel zuzulegen. Nun aber, nachdem Thiudamer gestorben ist und sein Sohn der einzige und alleinige König ...«

»Moment mal«, sagte ich – langsam begann ich zu begreifen – »wollt Ihr damit sagen, daß mein Freund Thiuda ...?«

»... der Sohn und Nachfolger Thiudamers ist und auch dessen Namen trägt. Er ist der König der Ostgoten und natürlich auch unser Oberbefehlshaber. Er ist Thuidareichs, der Herrscher des Volkes. Oder wie man diesen Namen in deinem Dialekt oder in deiner Sprache auch immer aussprechen mag. Die Römer und die Griechen nennen ihn zum Beispiel Theoderich.«

## 2

Das Haus, das Theoderich in Singidunum zu seiner Residenz und zu seinem Feldherrenquartier erkoren hatte, lag in der Nähe der Mauern zur Innenstadt. Nachdem ich Velox dort angebunden hatte, wo auch die anderen Pferde der Truppe standen, näherte ich mich dem Gebäude zu Fuß und sah, daß gerade wieder eines der Störmanöver im Gange war, mit denen die Ostgoten immer wieder ihre Feinde zu zermürben versuchten. In Reihen aufgestellte Krieger schossen entweder gewöhnliche Pfeile oder solche mit brennenden Spitzen ab; andere benutzten Schleudern, um faustgroße Steine oder brennende Bälle aus ölgetränktem Flachs auf der anderen Seite der Mauer niedergehen zu lassen. Von den Zinnen und Türmen des Festungswalls kamen als verächtliche Antwort nur ein paar vereinzelte Pfeile zurück.

Das Haus Theoderichs war weder besser noch schlechter als die Häuser, in denen die niedrigsten Ränge seiner Krieger einquartiert waren; es entging mir allerdings nicht, daß zu der Familie, die das Haus bewohnte, eine schöne, junge Tochter gehörte, die jedesmal errötete, wenn sie den König anschaute oder er sie. Die Mitglieder dieser Familie waren die einzigen Bediensteten Theoderichs. Er hatte es offensichtlich nicht nötig, sich mit einem sklavischen Gefolge von Höflingen, Dienern, hohen Kriegern oder sonstigem Anhang dieser Art zu umgeben. Einige an der Eingangstür postierte Krieger dienten als Kuriere, wenn Nachrichten zu überbringen waren, und ab und zu betrat ein Zenturio oder ein Dekurio das Haus, um Bericht zu erstatten oder Befehle zu empfangen. Keine Wachen oder diensteifrigen Lakaien hinderten mich daran, zu ihm hineinzugehen, und es fanden auch keine Empfangszeremonien statt.

Als ich den einfachen Raum betrat, in dem er saß, kniete ich dennoch unwillkürlich mit einem Bein vor ihm nieder und beugte mein Haupt, obwohl er Helm und Rüstung inzwischen abgelegt hatte und auch keinerlei militärische oder königliche Insignien trug, sondern wie ich in eine ganz gewöhnliche Tunika und Hosen gekleidet war.

»Vái, was soll denn das?« protestierte er lachend. »Freunde knien doch nicht vor ihren Freunden nieder.«

Ohne meinen Kopf zu erheben, sagte ich zu dem Fußboden aus festgestampfter Erde: »Ich weiß wirklich nicht, wie man einen König begrüßt. Ich bin noch nie zuvor einem begegnet.«

»Als du mir zum ersten Mal begegnet bist, war ich kein König. Laß uns auch weiterhin so ungezwungen und kameradschaftlich miteinander umgehen, wie wir es damals taten. Steh auf, Thorn.«

Ich erhob mich und schaute ihm von Mann zu Mann ins Gesicht; dennoch wußte ich, daß er inzwischen nicht mehr der Thiuda war, der sich einst meiner angenommen hatte, und ich glaube, daß ich das auch erkannt hätte, wenn ich nicht über seine wahre Identität unterrichtet worden wäre. Er trug zwar keine königlichen Gewänder, aber sein Gesicht und seine Haltung strahlten eine ganz neue Königswürde aus. Seine blauen Augen konnten immer noch so fröhlich und schelmisch dreinblicken wie damals, als er lauthals seinen »Herrn Thorn« pries, aber ebensooft verfinsterten sie sich vor Nachdenklichkeit oder funkelten hitzig, wenn er von Kampf und Eroberung sprach.

Unwillkürlich schoß mir mit einem Mal der Gedanke durch den Kopf: »Ach, könnte ich doch nur eine *Frau* sein!« Einen Moment lang war ich ausgesprochen neidisch auf das errötende Bauernmädchen, das den Sims des einzigen Fensters im Raum gerade mit einem Wedel aus Gänsefedern abstaubte. Entschlossen unterdrückte ich den Gedanken und meine Gefühle und fragte Theoderich:

»Wie also soll ich dich angemessen ansprechen? Ich möchte unsere Freundschaft nicht mißbrauchen und dir in Gegenwart deiner Männer den gebührenden Respekt zollen. Wie redet ein normaler Sterblicher einen König an? Mit Euer Majestät? Mit Sire? Mit Mein Herr?«

»›Armer Teufel‹ wäre wohl am passendsten«, sagte er humorvoll, jedoch schwang in seiner Stimme auch eine Spur von Ernst mit. »All die Jahre, die ich am Hof von Konstantinopel verbracht habe, nannte jeder mich Theoderich, daher habe ich mich an diesen Namen gewöhnt. Mein Erzieher überreichte mir zu meinem sechzehnten Geburtstag sogar dieses goldene Siegel, damit ich meine Briefe, Befehle oder andere Schriftstücke mit einem Monogramm dieses Namens versehen konnte. Ich halte es in Ehren und benutze es immer noch. Hier, siehst du?«

Er saß auf einer Bank an einem aus rohen Brettern gezimmerten Tisch, der mit Urkunden voller Notizen übersät war. Auf eines dieser Dokumente ließ er Talg von einer Kerze niedertropfen, drückte sein Siegel hinein und zeigte es mir.

Ich hatte bereits erkannt, daß das auf der zweiten Silbe betonte Wort »Theoderich« in einer Umgebung entstanden sein mußte, in der eigentlich Griechisch und Lateinisch gesprochen wurde. Man hatte versucht, die Lautung des fremden Namens Thuidareichs so getreu wie möglich wiederzugeben. Der neugeschaffene Name hatte außerdem noch eine weitere, sehr ehrenvolle Bedeutung, denn er enthielt die beiden griechischen Wörter *theós* und *doron*; von denen das erste die Bezeichnung für »Gott« ist, während das zweite soviel heißt wie »Geschenk«. Der Name, der ursprünglich nur mit »Herrscher des Volkes« zu übersetzen war, bedeutete nun also gleichzeitig noch »Gottesgeschenk«. Zweifellos war der Name außerdem auch eine Analogiebildung zu Theodosius, dem Namen des früheren, sehr fähigen und äußerst beliebten Herrschers des Ostreiches, an den man mit Ehrfurcht zurückdachte. Alles in allem, dachte ich, war selten einem Monarchen ein Name verliehen worden, mit dem so viele positive Assoziationen verknüpft waren.

»Dann werde ich dich also Theoderich nennen«, sagte ich zu ihm. »Das ist ein sehr verheißungsvoller Name; aber warum nanntest du dich einen armen Teufel?«

Mit einer wegwerfenden Handbewegung sagte Theoderich niedergeschlagen: »Sieht diese ärmliche, heruntergekommene Hütte für dich etwa wie ein Königspalast aus?«

Das staubwischende Mädchen blickte plötzlich ganz traurig und zerknirscht drein, wohl weil sie ihm kein vornehmeres Quartier anbieten konnte.

»Ich sitze hier«, fuhr Theoderich fort, »und habe den Befehl über sechstausend hungrige und kampflustige Männer, deren Bedürfnisse ich kaum stillen kann. Auch dem Rest meines Volkes in den Gebieten südlich und östlich von hier geht es nicht viel besser. Ich kann mich nicht wirklich als ein König fühlen, bevor ich mich nicht als einer erwiesen habe.«

»Indem du Singidunum für das römische Reich zurückeroberst?«

»Nun ja, ich darf auf meinem ersten Feldzug, den ich als König führe, nicht versagen, aber ich führe ihn nicht unbedingt für das römische Reich und auch nicht nur, um mich zu beweisen.«

»Weshalb dann?«

Daraufhin erklärte er mir einiges, was ich früher schon einmal vom alten Wyrd andeutungsweise gehört hatte. Theoderich führte aus, daß sein Zweig des gotischen Volkes – die Ostgoten der amalischen Linie – beinahe hundert Jahre lang Nomaden ohne Wurzeln und ohne Land gewesen seien, die von Plünderungen und Überfällen gelebt hatten. Dann hätten jedoch sein Vater und sein Onkel, die königlichen Brüder Thiudamer und Walamer, Bündnisse mit Kaiser Leo, dem Herrscher des oströmischen Reiches, geschlossen.

»Aus diesem Grund wurde ich als Kind nach Konstantinopel geschickt«, sagte er. »Ich war durchaus kein Gefangener Leos, denn er erzog mich recht königlich, aber ich war sein Unterpfand, damit mein Volk diese Verträge nicht brach.«

Teil dieses Bündnisses war auch, daß Leo den beiden Königen regelmäßig hohe Beträge zukommen ließ. Er hatte jedes Jahr eine große Summe Goldes dafür bezahlt, daß die Krieger der Ostgoten die nördlichen Grenzen des römischen Reiches bewachten und verteidigten. Leo hatte den Ostgoten außerdem neues Land in der zweiten moesischen Provinz zugeteilt, wo sie in Sicherheit gelebt und sich als Bauern, Viehzüchter, Handwerker und Händler niedergelassen hatten. Sie waren auch bestrebt gewesen, all die Verbesserungen und Erkenntnisse, die ihnen die moderne Zivilisation beschert hatte, in Ehren zu halten und sich als römische Bürger würdig zu erweisen. Kaiser Leo war kürzlich verstorben, und mit seinem Tod schwand die Sicherheit der Goten dahin, da sein Enkel und Nachfolger Leo II, oder wer auch immer in seinem Namen regierte, Verträge mit fremden Stämmen nicht anerkannte.

Theoderich seufzte und sagte: »Die Goten der balthischen Linie – also unsere Vettern, die Westgoten – haben sich schon seit langem in der im äußersten Westen liegenden Provinz Aquitanien fest niedergelassen und leben dort im Wohlstand. Aber seit dem

Tod des alten Kaisers Leo haben wir Ostgoten nirgendwo mehr ein Stück Land, das uns gehört. Ich will Singidunum erobern, weil die Stadt mein Unterpfand werden soll, so wie auch ich einst ein Unterpfand war. Ich bin sicher, daß ich damit den jungen Leo zwingen kann, die Verpflichtungen seines Großvaters zu erfüllen, denn von der Stadt aus kann man den gesamten Handelsverkehr auf dem Flußabschnitt zwischen der oberen und der unteren Donau überblicken und kontrollieren, und sowohl für Rom wie auch für Konstantinopel wäre es ein guter Tausch, unser Recht auf die Ländereien in der zweiten moesischen Provinz anzuerkennen und uns wieder mit Gold für den Schutz der Donaugrenze zu bezahlen, wenn dafür Singidunum wieder unter die Herrschaft des Reiches zurückfiele.«

»Das würde ich auch meinen«, sagte ich.

»Das kann jedoch nur geschehen, wenn es mir tatsächlich gelingt, die Stadt der Herrschaft König Babais zu entreißen. Mein Versorgungszug kann Wochen brauchen, bis er mit den schweren Belagerungsmaschinen hier eintrifft, und nur der liebe Gott weiß, ob wir bis dahin durchhalten können. Wir leben zur Zeit buchstäblich von Pferdefleisch und Pferdefutter. Da die Sarmaten ihre Pferde nicht mehr brauchten, als sie erst einmal in der Stadt waren, haben sie auch nicht daran gedacht, die in den Außenbezirken der Stadt lagernden Vorräte an Hafer, Heu und Kleie hinter die Mauer zu schleppen; und von diesem schmackhaften Proviant ernähren wir uns im Augenblick. Das einzige nahrhafte Fleisch, das wir zu essen bekommen, schneiden wir aus den Pferden heraus, die während eines Erkundungsritts getötet werden.«

Plötzlich begann uns beiden der Magen laut zu knurren, als ob er durch diese letzten Worte dazu angeregt worden wäre. Das Mädchen hörte es, errötete und eilte aus dem Raum.

Theoderich fuhr mit seiner Erzählung fort: »Ich könnte meinen Männern befehlen, die massiveren Hütten niederzureißen und aus dem Holz Belagerungstürme zu bauen, aber nach einer solchen Anstrengung wären sie zu schwach, um die Türme zu besteigen oder gar von ihnen aus zu entern und zu kämpfen. Ich habe noch weitere Möglichkeiten in Erwägung gezogen.« Er zeigte auf die beschriebenen Dokumente auf dem Tisch. »Ich habe mir überlegt, daß wir die Mauern an der Westseite der Stadt unterhöhlen könnten, und zwar an der Stelle, wo sie auf diese Klippe gebaut sind; aber es handelt sich tatsächlich um eine schroff abfallende Klippe und nicht um einen Felsvorsprung, auf dem noch viel Platz zum Stehen wäre. Es besteht also keine Möglichkeit, die grabenden Männer zu schützen, und sicher halten die Sarmaten auch Fässer mit kochendem Wasser, Öl oder Teer bereit, um einen derartigen Versuch abzuwehren.«

»Apropos Vorsprung«, sagte ich, »mir fiel auf, daß das Tor zur Innenstadt tief in einen Gewölbebogen in der Mauer eingelassen ist und daß der Zugang aus irgendeinem unerfindlichen Grund nicht durch ein Fallgitter blockiert werden kann. Es existiert auch keine anderweitige Gittervorrichtung, die Belagerer der Stadt daran hindern könnte, direkt bis zum Tor vorzudringen. Ein paar Krieger hätten unter dem Mauerbogen vor dem Tor Platz, wo die Sarmaten sie weder mit heißem Öl noch mit Geschossen erreichen können.«

»Und was dann? Sollen sie sich mit ihren Schultern gegen das Tor stemmen?« Theoderich verzog skeptisch das Gesicht. »Es muß dir doch auch aufgefallen sein, wie massiv es gebaut ist. Kein frisch gefällter, nicht abgelagerter Baumstamm wäre stabil genug, um es zum Splittern zu bringen, sonst hätte ich das schon versucht. Auch ist das Tor so alt und hart, daß es ein halbes Leben brauchen würde, bis ein Feuer sich hindurchgefressen hätte. Um es einzubrechen, benötigt man einen eisenbeschlagenen und mit Ketten versehenen Rammbock mit einer Spitze aus massivem Eisen. Mein Versorgungszug wird uns einen solchen Rammbock mitbringen. Aber wann?«

Das Mädchen kam wieder in den Raum zurück und setzte zwei dampfende Schüsseln auf den Tisch. Theoderich warf ihr einen dankbaren Blick zu, der sie erneut erröten ließ, und bedeutete mir, ich solle auf der Bank ihm gegenüber Platz nehmen. Er begann sofort, heißhungrig aus seiner Schüssel zu essen, ich dagegen schaute zuerst in meine hinein, um zu sehen, was uns da serviert worden war. Es war ein klebriger, mit Wasser gekochter Haferschleim, der, wie ich beim Probieren feststellte, nicht einmal gesalzen war. Ich bedauerte zutiefst, den Rest der guten Lebensmittel aus Vindobona, die Amalrich auf Oppas' Kahn geladen hatte, nicht mit hierher gebracht zu haben.

Theoderich hörte einen Moment lang auf zu schlürfen und sagte zu mir: »Rümpf nicht deine Nase über diese Mahlzeit; die niedrigeren Ränge erhalten nur Kleiehülsen.«

Also löffelte ich den Brei in mich hinein und versuchte, dankbar zu sein, unter den gegebenen Umständen überhaupt *irgend etwas* zu essen zu haben. Plötzlich rief mir der klebrige Brei einen lange zurückliegenden Vorfall wieder ins Gedächtnis, der mich auf eine Idee brachte; ich beschloß jedoch, Theoderich noch nichts davon zu erzählen, bevor ich nicht genauer darüber nachgedacht hatte.

Ich sagte jedoch zu ihm: »Ich möchte dir gerne helfen, soweit ich nur kann – bei der Belagerung, auf den Erkundungsstreifzügen, wo immer du es wünschst.«

Er wischte sich den Mund ab und grinste. »Ich glaube, du hast uns schon etwas geholfen«, sagte er, »mindestens die Hälfte der Krieger aus meiner Truppe, die dich aus dem Galopp heraus Pfeile abschießen sahen, sind inzwischen eifrig damit beschäftigt, Fußseile für ihre Pferde zu konstruieren. Sie scheinen deine Erfindung für brillant zu halten.«

Ich sagte bescheiden: »Ach, es ist eine Erfindung, die sich aus einem Spiel meiner Kinderzeit heraus entwickelt hat. Deine Männer werden eine Zeitlang das Bogenschießen aus jeder Gangart des Pferdes heraus üben müssen, bevor sie diese Technik wirkungsvoll einsetzen können. Ich könnte es ihnen zeigen und beibringen, wenn du es wünschst.«

»Vái, Thorn. Ich kann dir gar nichts befehlen, bevor du nicht einer der unseren bist, also mein Untertan und ein Krieger meiner Truppe.«

Ich sagte gequält: »Ich dachte, daß ich mir meine Qualifikation allein schon dadurch erworben hätte, daß ich mit dir zusammen euer schreckliches Mahl aus Pferdefutterbrei einnahm.«

»Nein, du mußt erst die Eide leisten.«

»Die Eide?«

»Du mußt in Gegenwart eines verantwortlichen Zeugen schwören, daß du dich von nun an als Ostgote mit deinen Stammesgenossen verbünden und mir ein treuer Untertan sein willst.«

»Sehr gut. Ruf deinen Adjutanten oder wen immer man dafür braucht.«

»Nein, nein. Die Frau tut's auch. Stell dich hier neben uns,

Mädchen. Versuch, deines Amtes würdig auszusehen, und werde nicht wieder rot.« Daraufhin wurde sie natürlich erst recht rot.

»Wie lautet der Schwur?« fragte ich.

»Der Wortlaut ist nicht festgelegt. Benutze deine eigenen Worte.«

Ich streckte also meinen Arm zum Salut aus und sagte so feierlich ich konnte: »Ich, Thorn, ein freier Mann und bisher ohne Nationalität, erkläre hiermit, daß ich vom heutigen Tage an ein Ostgote und ein Untertan von König Theoderich, dem Amaler, bin, dem ich für mein ganzes Leben Treue gelobe ... Reicht das?«

»Großartig«, sagte er und erwiderte meinen Gruß. »Mädchen, bezeuge den Schwur!« »Ich bezeuge den Schwur«, flüsterte sie schüchtern und wurde so rot wie Falernerwein.

Theoderich griff nach meinem rechten Handgelenk und ich umfaßte seines. Er sagte mit warmer Stimme: »Willkommen, Stammesbruder, Freund, Krieger, guter und treuer Untertan.«

»Thags izwis, und mit ganzem Herzen. Nun habe ich endlich ein Volk, zu dem ich gehöre. Aber ist die Zeremonie denn damit schon beendet?«

»Nun, ich könnte dich von unserem Priester noch zum Arier taufen lassen, das ist jedoch nicht Bedingung.«

»Dann werde ich dich, mit deiner Erlaubnis, jetzt verlassen. Der Waffenschmied bat mich, später nochmals in seine Werkstatt zurückzukommen, damit er mir den Helm anpassen kann.«

»Ja, geh nur, Thorn. Ich werde mich von neuem an das wenig aussichtsreiche Studium meiner Skizzen machen. Vielleicht kommt mir dabei doch noch eine neue Idee. Vielleicht lege ich mich auch eine Weile nieder« – er schaute auf das Mädchen, das noch röter anlief – »und meditiere ein Weilchen. Vielleicht läßt sich dann mein Genius oder sogar die Muse einer schönen Dienerin dazu herbei, mich zu inspirieren.«

Ich hatte das Zimmer und das Haus bereits verlassen, als mir bewußt wurde, daß ich in gewisser Weise nicht die volle Wahrheit gesagt hatte, als ich dem König und meinem neuen Volk die Treue schwor. Ich hatte die Eide als »Thorn, ein freier Mann« abgelegt und fragte mich, ob es je von Bedeutung sein würde und könnte, daß ich es versäumt hatte – wenn auch nur insgeheim –, Theoderich auch die lebenslängliche Treue Veledas, einer freien Frau, zu geloben.

Bevor ich mich zur Werkstatt des Waffenschmieds begab, ging ich zur Mauer, um mir das Tor zur Innenstadt genau anzusehen. Die Nacht war inzwischen hereingebrochen, und die Ostgoten standen nicht mehr um die Mauer herum, um Geschosse in die Innenstadt zu schleudern. Die gepflasterte Fläche vor dem Tor war daher menschenleer. In der Dunkelheit konnte ich schnell über den freien Platz huschen, ohne von den sarmatischen Wachen bemerkt zu werden oder zumindest, ohne ihren Pfeilen ausweichen zu müssen, und als ich mich erst unter dem Torbogen befand, war ich für sie völlig unsichtbar.

Der Eingang war so breit, daß jeder noch so ausladende Wagen hindurchfahren konnte, und so hoch, daß er selbst für ein noch so hoch beladenes Gefährt kein Hindernis darstellte. Natürlich war es unter dem Torbogen noch dunkler als davor, so daß ich zur Überprüfung des Tores hauptsächlich meinen Tastsinn benutzen mußte. Soweit ich mit meinen Händen reichen konnte, tastete ich das ganze Tor von einer Seite zur anderen ab – sowohl die beiden Torflügel wie auch die in einen davon eingelassene Halbtür. Dabei fand ich heraus, daß die Balken und Bohlen, aus denen man das Tor gefertigt hatte, tatsächlich so massiv waren, wie sie von weitem ausgesehen hatten. Ich konnte fühlen, daß die Bohlen kreuzweise verliefen. Auf der Rückseite wurden sie zweifellos durch weitere, vertikal angebrachte Bretter verstärkt, und dahinter befand sich möglicherweise noch eine weitere Lage diagonal verlegter Bohlen. Die Hinterfront der Torflügel war sicherlich durch enorme Querbalken gesichert, die von einer Seite zur anderen verliefen und in der Steinmauer verankert werden konnten. Das Tor hatte keine Scharniere, die man hätte lockern können; stattdessen war jedes Portal oben und unten in Türangeln eingehängt, so daß es sich gut schwingen ließ.

Auch wenn das Tor noch so unzerstörbar aussah und seine zwei Torflügel auf so hervorragende Weise mit Eisenbossen und Eisenbeschlägen verstärkt waren, so bestand es doch überwiegend aus Holz. Außerdem war es sehr alt, und Holz zieht sich mit den Jahren zusammen. Bald stieß ich mit meinen tastenden Fingern auf eine Lücke an der Stelle, wo die beiden Torflügel in der Mitte aufeinandertrafen; zwischen ihrer unteren Kante und dem Pflaster der Zufahrtsstraße befand sich ebenso ein Spalt wie zwischen den

Torflügeln und ihrer hölzernen Einfassung auf beiden Seiten des steinernen Torbogens. Die Kanten der eingelassenen Halbtür hatten auf allen Seiten ebenfalls kleinere Risse. Der Spalt zwischen der Unterkante der Torflügel und dem Straßenpflaster war am größten. Er war ungefähr zwei Finger breit; alle anderen waren dagegen nicht breiter als ein Finger. Das hieß mit anderen Worten, daß keiner von ihnen groß genug war, um eine Brechstange anzusetzen, die dick genug gewesen wäre, um dem Tor wirkungsvoll zuzusetzen, auch wenn sich noch so viele Männer mit vereinter Kraft dagegengestemmt hätten. Es waren jedoch immerhin Spalten und Risse vorhanden; es mußte einfach *irgend etwas* geben, was man in sie einführen konnte, um das Tor zu zerstören, und ich glaubte auch zu wissen, was.

Also teilte ich meine Idee zumindest andeutungsweise dem Waffenschmied und seinem ostgotischen Aufseher, dem Wachmann Ansila, mit. Der Handwerker hatte die Metallteile meines Helms bereits zugeschnitten und zusammengefügt. Jetzt legte er ein Polster aus Stoff auf meinen Kopf, da, wie er sagte, der Helm innen noch mit Leder ausgekleidet würde. Dann stülpte er die fertige Form über das Stoffpolster und markierte das Metall an den Stellen, wo die Wangenlappen und das Metallstück zum Schutz der Nase angebracht werden sollten. Während der Schmied noch bei der Arbeit war, sagte ich zu ihm:

»Mir fiel auf, daß einige Teile des Helms mit Nieten verbunden sind. Ein paar der Metallplatten wurden dagegen auf irgendeine Weise zusammengeschmiedet.«

»Zusammengelötet«, verbesserte mich Ansila.

»Ja«, sagte der Handwerker. »Um zwei Metallteile zusammenzulöten, versehe ich sie mit vielen flachen Kerben und gebe als Lötmetall Bronzepulver dazwischen. Dann klammere ich die Teile zusammen, erhitze sie, bis das Metall rot glüht, und hämmere sie so lange, bis sie untrennbar miteinander verbunden sind.«

»Könntet Ihr auf diese Weise auch von mir erfundene, neuartige Waffen herstellen?«

»Ich konnte bisher noch jeden Auftrag ausführen, den man mir erteilte, solange es sich um ein Werkstück aus Metall handelte«, sagte er hochmütig.

»Dann gebt mir Euren Stift und etwas, worauf ich zeichnen kann.«

Der Schmied und der Wachmann schauten neugierig zu, als ich den Gegenstand, der mir vorschwebte, auf eine Holzschindel malte.

»Vái! Was für eine Art von Waffe ist denn das?« fragte Ansila. »Sie sieht ungefähr so aus wie eine übergroße Erbsenschote; eine Erbsenschote, die so lang ist wie mein Unterarm.«

»Mit dieser Waffe sollen nicht Menschen getötet, sondern Dinge auseinandergesprengt werden. Stellt sie Euch vor wie die Trompete, die die Mauern von Jericho zum Einsturz brachte«, sagte ich.

»Aber du könntest dieses Ding ebensogut selbst herstellen, junger Mann«, sagte der Handwerker mit einem Blick auf meine Zeichnung. »Es läßt sich mit dem einfachsten Werkzeug aus einem übriggebliebenen Stück Metall zurechtbiegen.«

»Nein«, sagte ich. »Ich muß es sozusagen mit dem Schall der Trompete füllen, und dann muß es so fest verschlossen werden wie eine Weinflasche, deren Inhalt nicht verderben soll. Es muß so dicht sein, daß der Schall der Trompete nicht entweichen kann.«

»Ach so, deshalb möchtest du es gelötet haben. Ja, das läßt sich machen.«

»Gut. Ich brauche mindestens zwanzig von den Dingern; und zwar so bald wie möglich.«

»Ich habe dir bereits gesagt, daß ich es machen *kann*, aber warum sollte ich?«

»Ja, warum sollte er?« sagte Ansila gereizt. »Ich überwache hier die Herstellung aller Rüstungen und Waffen, und ich bin es auch, der die Befehle gibt.«

»Dann gebt den Befehl zur Anfertigung meiner Waffen am besten jetzt gleich, Wachmann Ansila, dann kann der Schmied mit Eurer Hilfe schon die Nacht über an den Waffen arbeiten, bevor Theoderich ihm morgen erst den Befehl dazu geben muß; und ich kann Euch versichern, daß er das tun wird.«

*

»Hafer!« rief Theoderich ungläubig aus, als ich ihn am nächsten Morgen, während er noch beim Ankleiden war, auf meine Idee ansprach. »Du willst das Tor mit Hafer einschlagen? Hat der Hunger dir den Verstand verwirrt, Thorn?«

»Nun, ich kann dir nicht garantieren, daß es klappt«, sagte ich. »Ich hatte jedoch schon einmal die Gelegenheit, zu beobachten, wie diese Methode auf geradezu magische Weise funktionierte – allerdings in einem kleineren Rahmen.«

»Wie funktionierte sie?«

Er besah sich das Werkstück, das ich mitgebracht hatte. Ansila und der Schmied hatten über Nacht kunstfertig aus dünnem Eisenblech einige davon hergestellt. Sie sahen nun zwar weniger wie eine Schote aus als auf meiner Zeichnung, aber natürlich auch nicht wie eine Trompete. Sie ähnelten eher einer dicken, einschneidigen Schwertklinge, die an beiden Enden vierkantig war. Zudem waren die Behälter noch nicht ganz fertig, da ich den Schmied gebeten hatte, eines der Enden offen zu lassen.

»Durch diese Öffnung stopfen wir es mit Haferkörnern voll«, erklärte ich, »und zwar so dicht gepreßt, wie es nur geht. Dann füllen wir Wasser hinein. Zum Schluß setzt der Schmied die Verschlußkappe obendrauf und lötet sie fest an. Dann bringe ich mit ein paar Männern die verschlossenen Dinger sofort zum Tor, denn es muß schnell gehen. Wir schieben sie mit dem schmalen Ende nach vorn in die Risse und Spalten um das Tor, und zwar so viele wie nur möglich; immer eines neben das andere. Dann hämmern wir sie wie Keile so tief und fest in die Risse, wie wir nur können.«

Ich machte eine Atempause. Theoderich betrachtete mich nachdenklich und mit dem Anflug eines Lächelns. »Und dann?« fragte er.

»Dann ziehen wir uns zurück und warten. So dicht gepreßt und eingeschlossen müßten die quellenden Körner ihre Behältnisse mit immenser Kraft sprengen; auch wenn dadurch vielleicht nicht das ganze Tor niedergeschmettert wird, so hoffe ich doch, daß die Kraft dazu ausreichen wird, die Torflügel so zu verziehen, daß diese die hinteren Querbalken zum Zerbersten bringen, so daß das Tor, so Gott will, schließlich nicht mehr standhalten kann, wenn deine kräftigsten Männer es mit einem rohen Baumstamm als Rammbock angreifen.«

Theoderich blickte mich immer noch prüfend an, als er sagte: »Ich besitze keinen Plan von den Befestigungsanlagen Singidunums, aber ich weiß, daß die Mauer schrecklich dick ist. Wahrscheinlich befindet sich im rückwärtigen Teil des Mauerbogens sogar noch ein weiteres Tor.«

»Dann müssen wir einfach dieselbe Prozedur nochmals wiederholen. Die Sarmaten haben keine Möglichkeit, uns davon abzuhalten. Allerdings müssen wir natürlich auch bedenken, daß unsere sechstausend Krieger auf neuntausend Sarmaten stoßen werden, wenn es uns tatsächlich gelingt, in die Stadt vorzudringen.«

Theoderich machte eine wegwerfende Handbewegung. »Du selbst hast drei kampfgewohnte sarmatische Krieger außer Gefecht gesetzt. Wenn jeder meiner wesentlich erfahreneren Männer nur das gleiche Maß an Mut und Geschicklichkeit an den Tag legt wie du, dann könnten wir es ohne Bedenken mit *achtzehntausend* Mann aufnehmen.«

»Wenn wir überhaupt hineinkommen«, sagte ich, »aber wir riskieren ja nichts, wenn wir die von mir vorgeschlagene Methode anwenden, und mir persönlich ist es lieber, den Hafer auf diese Weise zur Anwendung zu bringen als weiterhin diesen klebrigen Haferbrei essen zu müssen.«

»Mir auch«, sagte Theoderich lachend. »Natürlich werde ich es mit deinem Plan versuchen. Oder hast du daran etwa gezweifelt? Ich werde sofort Männer losschicken, um einen Baum zu fällen, der uns als Rammbock dienen wird. Lauf du inzwischen zu Ansila und sage ihm, er soll sich einige Männer suchen, die ihm dabei helfen können, noch mehr von diesen Dingern herzustellen. Der Schmied hingegen soll zuerst deine Rüstung fertigstellen, denn du wirst sicher unter den ersten sein wollen, die die Stadt betreten, wenn deine raffinierte Erfindung funktioniert. In diesem Fall wirst du Helm, Harnisch und Schild brauchen. Habái ita swe!«

Das war der erste direkte Befehl, den Theoderich mir als König und Oberbefehlshaber gab, jedoch sollte ich den gebieterischen Schlußsatz »So sei es!«, mit dem er auch jeden Befehl und jede Verordnung unterschrieb, noch oft aus seinem Munde hören.

## 3

Als ich wieder in der Schmiede eintraf, war der Wachmann Ansila bereits dabei, die Anweisungen Theoderichs pflichtbewußt auszuführen. Er überwachte mehrere Gehilfen des Schmieds beim Zuschneiden, Zurechtbiegen und Löten der Haferkornbehälter. Während der Schmiedemeister sich wieder an die mehr Sorgfalt erfordernde Arbeit an meinem Helm machte, sagte Ansila zu mir: »Laß uns sehen, was du sonst noch brauchst. Zeig mir dein Schwert.« Ich zog es aus der Scheide, und der Waffenmeister schniefte verächtlich, als er sah, daß es sich um ein ganz gewöhnliches römisches Schwert handelte. »Hast du jemals mit dem Ding da gekämpft oder getötet?« fragte er.

»Ja, ein einziges Mal, und ich war dabei sehr erfolgreich.« Ich erzählte ihm nicht, daß der einzige Mensch, der meinem Schwert bis jetzt zum Opfer gefallen war, eine alte, unbewaffnete Hunnenfrau gewesen war.

Er grunzte. »Am besten, du behältst es noch für diesen Kampf. Natürlich wirst du bald eines der gotischen Krumm-Schwerter haben wollen, aber das Gewicht, die Länge und der Griff eines solchen Schwertes müssen genau auf dein eigenes Gewicht, deine Armlänge, deine Handgröße und deinen Kampfstil abgestimmt werden. Benutze also vorerst noch einmal das Schwert, das du gewohnt bist, auch wenn es minderwertig ist. Und nimm einen dieser Schilde. Sie werden nicht nach Maß gefertigt, sondern sind alle gleich.«

An einem Dachbalken waren mehrere Schilde eng übereinander in einer Reihe aufgehängt. Einen davon nahm ich herunter. Es war kein großer, schwerer, rechteckiger, römischer Langschild, der den ganzen Körper des Kriegers hinter sich verbergen und schützen sollte, sondern er war rund und bestand, abgesehen vom mittleren Schildbuckel und der eisernen Einfassung, aus dichtem Weidenflechtwerk. Er war auch nicht größer als ein Korbdeckel, da er nur dazu bestimmt war, die Hiebe des Feindes abzuwehren oder seine Geschosse abzufangen. Ich umfaßte den Handgriff hinter der von dem Eisenbuckel gebildeten Mulde und fuchtelte ein wenig mit dem Schild herum, um ein Gefühl dafür zu bekommen.

»Nun«, fuhr der Wachmann fort, »du wirst auch eine ganze Weile warten müssen, bis du deinen eigenen, maßgefertigten Harnisch bekommst, da seine Herstellung sehr viel Zeit in Anspruch nimmt. Das schwere Leder wird zuerst gekocht, dann wird es sorgfältig nach der Form deines Rumpfes modelliert, solange es noch weich ist; anschließend wird es in seine endgültige Form geklopft, und zum Schluß wird es dann heiß getrocknet, bis es fast so hart ist wie Eisen. Für die bevorstehende Schlacht brauchst du jedoch *irgendeinen* Harnisch. Dort in der Ecke liegen ein paar Ersatzharnische. Such dir den aus, der dir am besten paßt.«

Ich sah sofort, warum er sie nur als Ersatzharnische bezeichnete. Alle waren stark abgenutzt; viele von ihnen waren zerschnitten, mit Löchern durchbohrt oder vom Feuer versengt, und einige waren immer noch mit dem Blut ihrer ehemaligen Träger befleckt. Ich bemerkte auch, daß die Harnische nicht nur dem Körper des jeweiligen Kriegers angepaßt worden waren, sondern daß man zusätzlich noch die Schulterbreite, den Brustkorb sowie die Bauch- und Rückenmuskulatur auf kunstvolle Weise herausgearbeitet hatte. Es war sehr leicht, aus dem Haufen weggeworfener Harnische den passendsten heauszusuchen. Ich war noch viel kleiner und schmäler als selbst der kleinste aller erwachsenen Goten, die ich bis jetzt gesehen hatte, daher nahm ich mir einfach den allerkleinsten Harnisch – der so klein gar nicht war – und Ansila half mir dabei, die Vorder- und Rückenteile hochzuhalten, während ich die Lederriemen, mit denen sie zusammengehalten wurden, auf beiden Seiten zuschnürte.

Dann trat er einen Schritt zurück, musterte mich ziemlich skeptisch von Kopf bis Fuß und murmelte: »Eine Haselnuß in der Schale einer Walnuß.«

Ich kam mir in dem Harnisch etwas lächerlich vor. Mein schmaler Nacken ragte aus einem Ledertorso heraus, den man der muskulösen Figur eines Herkules nachgebildet hatte, und die daran befestigten gesteppten Lederröcke reichten mir bis unter die Knie. Es war jedoch die einzige Rüstung, die mir im Augenblick zur Verfügung stand, daher sagte ich:

»Ja, sie ist sehr geräumig, aber sie behindert mich nicht, wenn ich mich darin bewege. Sie wird ihren Zweck erfüllen.«

Der Wachmann zuckte mit den Schultern. »Dann fehlen dir jetzt nur noch die schweren Gamaschen, und die kannst du dir selber machen. Schau her, der Schmied hat deinen Helm fertig. Probiere ihn auf! Vielleicht müssen noch ein paar Änderungen vorgenommen werden.«

Es waren keine Änderungen nötig; der Helm kam mir zwar schwer vor, als ich ihn in den Händen hielt, auf dem Kopf war er es jedoch nicht. Das weiche Innenpolster aus Leder schmiegte sich eng an meinen Kopf, und die Kinnriemen saßen weder zu fest noch zu locker. Der Nasenschutz deckte meine Nase genau ab, berührte sie jedoch nicht. Die vor den Ohren angebrachten Seitenlappen hingen ganz exakt über meine Wangenknochen bis zum Kinn hinunter. Der Nackenschutz war lang genug, um diese Körperpartie vor Verletzungen zu schützen, und kurz genug, um nicht gegen das Rückenteil meines Harnischs zu scheuern. Ich malte mir aus, daß ich jetzt so großartig aussehen mußte wie Theoderich, als er über das Feld auf mich zugeritten kam. Ich hatte gerade begonnen, mich wie ein echter, ostgotischer Krieger zu fühlen, als der Schmied schroff zu mir sagte:

»Ich rate dir, junger Mann, dir einen guten, gotischen Bart wachsen zu lassen. Er wird deinen nackten, schmalen Hals schützen.«

Ich ließ seinen Vorschlag unbeantwortet und machte stattdessen eine Bemerkung über den Helm: »Er hat oben keine Nut zum Anbringen eines Federbuschs.«

»Vái, Goten veranstalten keine Paraden wie die herausgeputzten Römer!« dröhnte Ansila. »Ein Gote bewegt seine Füße nur dazu, auf einen Feind loszumarschieren! Ein Gote setzt auch nur dann einen Helm auf, wenn er in die Schlacht zieht, und nicht, um während einer feierlichen Parade an irgendeinem verweichlichten römischen Konsul vorbeizudefilieren!«

»Ich habe den Helm auch nicht anderweitig verziert, also weder gehämmerte noch eingravierte Ornamente angebracht«, sagte der Schmied. »Erstens hatte ich dazu keine Zeit, und zweitens konnte ich nicht ahnen, welche Verzierungen passend gewesen wären, da ich ja nicht wußte, welchen Rang Theoderich dir verliehen hat.«

»Keinen von dem ich wüßte«, sagte ich fröhlich. »Aber ich danke euch, meine beiden Kameraden, und auch euren Gehilfen für all die gute Arbeit. Thags izei. Ich werde zur rechten Zeit zurückkehren, um die Verschlußkappen auf unsere Trompeten von Jericho zu setzen.«

*

Damit die Sarmaten das Fällen des Baumes nicht hören konnten, schickte Theoderich seine Männer ein gutes Stück flußaufwärts. Die Männer entschieden sich für eine hohe, kräftige, gerade gewachsene Zypresse, denn diese Baumart hat viele, dafür aber nicht allzu dicke Äste, die vom Stamm aus horizontal zur Seite wachsen. Als der Baum gefällt am Boden lag, hackten die Männer einige der Äste vollständig ab; manche kürzten sie jedoch nur, so daß den ganzen Stamm entlang Aststümpfe stehen blieben, die als Tragegriffe für die Soldaten fungieren sollten, die den Rammbock später einsetzen würden. Dann hackten sie ein Ende des Baumes zu einer stumpfen Spitze zurecht und härteten diese im Feuer. Anschließend flößten sie den mächtigen Stamm die Sawe hinunter, zerrten ihn ans Ufer, schleppten ihn in der Dunkelheit den Berg hinauf und ließen ihn an einer Stelle fallen, die zwar verborgen, aber als Ausgangspunkt für einen Angriff gut geeignet war.

»Sehr gut, Thorn«, sagte Theoderich. »Jetzt bist du dran.«

»Ich habe noch nie zuvor eine Stadt gestürmt«, sagte ich. »Wann greift man denn am besten an? Am Tage oder in der Nacht?«

»In diesem Fall bei Tage; dann können wir die Stadtbewohner von den Sarmaten unterscheiden, denn ich möchte nicht, daß allzu viele Unbeteiligte getötet werden.«

»Dann schlage ich vor, daß wir die Haferbehälter kurz vor der Morgendämmerung vorbereiten und sie anschließend so schnell wie möglich im Tor anbringen«, sagte ich zögernd. »Ich kann nicht genau vorhersagen, wie lange es dauern wird, bis sie platzen, nehme jedoch an, daß es im Verlaufe des Tages geschehen wird; vielleicht aber auch nicht.«

»Falls sie während der Nacht platzen, dann müssen die Stadtbewohner eben selbst sehen, wo sie bleiben«, sagte Theoderich gleichmütig. »Sobald das Tor fällt – ob am Mittag oder um Mitternacht – dringen wir in die Stadt ein. Beginne also, wie du vorgeschlagen hast, kurz vor der Morgendämmerung mit den Vorbereitungen.«

Er gab mir sechs Männer mit, denn in der Schmiede waren inzwischen achtundzwanzig von den Dingern fertiggestellt worden, die nun als »Trompeten von Jericho« in aller Munde waren, und ich hatte ausgerechnet, daß ein Mann vier davon sowie einen Holzhammer gut tragen und trotzdem noch schnell laufen konnte. Zu siebt brauchten wir nicht lange, um die Trompeten mit Hafer zu füllen. Alle mußten möglichst gleichzeitig versiegelt werden, daher legten die Gehilfen des Schmieds alle achtundzwanzig Eisenkappen auf einmal ins Feuer und erhitzten sie, bis sie rot glühten. Dann füllte ich zusammen mit meinen sechs Begleitern Wasser in die Behälter. Anschließend wandte der Schmied sofort seine Lötmethode mit dem Bronzepulver an, klammerte eine Kappe nach der anderen auf die Trompeten, und Ansila und seine Gehilfen hämmerten wie wild auf sie ein, um sie zu versiegeln.

Als die Trompeten soweit erkaltet waren, daß man sie anfassen konnte, klemmten meine Männer und ich jeweils vier davon unter den Arm und schnappten uns jeder einen Holzhammer. Wir eilten den Berg hinauf und hielten an der letzten Häuserreihe an, die an den freien Platz vor dem Tor angrenzte. Dort hielt sich Theoderich mit einem Heer von Bogenschützen versteckt und wartete.

»Fertig?« fragte Theoderich, der sich keinerlei Gefühlsregung anmerken ließ, und deutete nach Osten. »Der Himmel rötet sich schon in der Morgendämmerung – fast wie mein Dienstmädchen. Ich glaube, ich werde es ab jetzt Aurora nennen.«

Ich spürte, daß er sich bewußt um Gelassenheit bemühte, damit seine Männer die Ruhe bewahrten – oder vielleicht auch ich, denn dieser Sonnenaufgang kündigte meinen ersten Tag als ostgotischer Krieger an.

»Wenn ich das Zeichen dazu gebe, werden meine Männer einen Hagel von Pfeilen über den Festungswall schießen«, sagte er, »auf diese Weise geben wir dir und deinen Trompetenträgern Deckung, damit ihr ungefährdet über den Platz laufen könnt. Laßt uns also beginnen. So sei es! Stellt euch auf, Krieger!« Er selbst führte die Bogenschützen an, die nun auf die freie Fläche und in die Straßen hinausströmten. »Begebt euch in Stellung, legt an und laßt die Pfeile fliegen!«

Es hörte sich an wie ein plötzlich aufkommender Sturm, als all die Pfeile gleichzeitig lossirrten. Theoderich und seine Schützen legten sofort neue Pfeile an und schossen sie fast so schnell ab, wie der alte Wyrd es immer getan hatte.

»Folgt mir, meine Männer!« schrie ich, und wir stürmten auf das Tor zu. Die sarmatischen Wachen auf der Mauer schienen von Theoderichs Pfeilhagel so überrascht worden zu sein, daß sie uns im Morgennebel überhaupt nicht wahrnahmen. Keiner der zurückgeschossenen Pfeile flog in unsere Richtung, so daß wir alle sieben den Torbogen ohne einen einzigen Kratzer erreichten. Ich hatte den Männern bereits gezeigt, was zu tun war, daher verloren wir keine Zeit. Mit einem der anderen zusammen begann ich, unsere Haferbehälter einen neben den anderen in die Lücke zwischen dem unteren Ende der Torflügel und dem Straßenpflaster zu stecken und sie von der Seite und von unten so tief wie nur möglich hineinzuhämmern. Ein paar der anderen machten sich an die Risse in der seitlichen Toreinfassung, an den Spalt, der sich in der Mitte zwischen den beiden Torflügeln auftat, und an die Risse um die Halbtür. Ein Mann stellte sich auf die Schultern eines anderen und konnte auf diese Weise die Behälter viel höher die Längsrisse hinauf verkeilen, als ich mit meinen Händen hatte reichen können.

Die Sarmaten in der Stadt hörten sicherlich unsere Klopfgeräusche, und ich konnte mir sehr gut vorstellen, wie verwirrt sie sein mußten. Sie hatten vielleicht befürchtet, irgendwann die dumpfen Aufschläge eines Rammbocks zu vernehmen; im Vergleich dazu hörte sich unser Hämmern jedoch wohl eher so an, als ob wir freundlich anklopften, um eingelassen zu werden. Als meine sechs Männer und ich fertig waren, hatte einer von ihnen noch einen einzigen Behälter übrig und suchte besorgt das Tor nach einer Stelle ab, wo er ihn noch unterbringen könnte. Da sagte ich zu ihm:

»Behalte es und nimm es mit zurück. Wenn wir es beobachten, dann werden wir bald wissen, wie die anderen funktionieren. An ihm können wir sehen, ob und wann sie anschwellen und platzen und ob sie so viel Wucht haben, wie wir hoffen. Auf, laßt uns nun alle zusammen zurücklaufen und in Deckung gehen. Los!«

Wieder kamen wir unverletzt am anderen Ende des Platzes an,

und Theoderich befahl seinen Männern, das Pfeileschießen einzustellen und sich hinter die schützende Häuserreihe zurückzuziehen. Gemeinsam mit Theoderich überlegte ich, wie wir die Zeit, die die Trompeten von Jericho brauchen würden, um ihren Zweck zu erfüllen, sinnvoll nutzen konnten; wir kamen jedoch beide zu dem Schluß, daß es nicht allzuviel zu tun gab. Selbst wenn wir die Sarmaten weiterhin unter Beschuß gesetzt hätten, so hätten wir sie dadurch doch nicht daran hindern können, nachzusehen, was mit ihrem Tor geschehen war. Wir hätten nur sinnlos Pfeile und Kraft vergeudet. Außerdem würden sie von innen aus nicht erkennen können, was wir getan hatten, und sie würden das Tor ganz bestimmt nicht öffnen, um es sich von außen anzusehen.

Also rief Theoderich lediglich seine Zenturionen und Dekurionen zusammen und erklärte ihnen, was ihre Truppen zu tun hätten, wenn das Tor tatsächlich brüchig wurde. Zuerst würden natürlich die größten, schwersten und stärksten Männer sofort mit unserem behelfsmäßigen, von Hand getragenen Rammbock aus der Dekkung heraus auf das Tor losstürmen. Falls man nach der Zerstörung des Tors dahinter ein weiteres entdeckte, würden die Männer mit dem Sturmbock sich zurückziehen, und alle anderen würden sich nicht von ihrem Platz entfernen. Inzwischen würden wir weitere Jerichotrompeten vorbereiten und anbringen, und sobald auch diese Wirkung zeigten, würde der Rammbock erneut eingesetzt werden. Erst wenn dieser auch das zweite Tor niedergebrochen hatte und der Weg in die Stadt frei war, würde eine von Theoderich selbst angeführte berittene Schwadron mit Wurfspeeren hineingaloppieren und alle innen vor dem Tor konzentrierten sarmatischen Truppen niedermähen. Danach würden vier Abteilungen von Bogenschützen hineinstürmen, um die Feinde, die sich oben auf der Mauer oder vielleicht auch auf den Hausdächern postiert hatten, herunterzuschießen. Schließlich würde dann der Rest unserer sechstausend Mann – mich eingeschlossen – zu Fuß, und nur mit Schwert und Schild bewaffnet, in die Stadt hineinmarschieren.

Theoderich gab seinen Anführern mit ausdrucksloser Stimme die folgenden Anweisungen: »Die Männer sollen die Feinde niederschlachten und jeden töten, der sich uns in den Weg stellt, flieht oder sich zu verstecken versucht. Es sollen keine Gefangenen gemacht werden. Verwundete können nicht versorgt werden. Es soll lediglich soweit wie möglich vermieden werden, die armen Stadtbewohner zu töten. Ein Krieger sollte zumindest erkennen können, wann er Frauen oder Kinder vor sich hat, und diese dann verschonen. Habái ita swe!«

Wortlos schnellten die Zenturionen und Dekurionen ihre Arme zum ostgotischen Salut hoch, und Theoderich fuhr fort:

»Hört gut zu, was ich euch jetzt noch zu sagen habe, und schärft es auch jedem Mann eurer Truppe ein: Falls jemand unter den Feinden König Babai oder den Legaten Camundus zu erkennen glaubt, dann soll er sich nicht auf einen Kampf einlassen. Diese beiden gehören mir. Falls ich sie aus irgendeinem Grund nicht finden und töten kann, so sollen sie trotzdem am Leben gelassen werden, bis die Stadt eingenommen ist. Ich werde dann anschließend für ihre Hinrichtung sorgen. Also denkt daran: wenn ich Babai und Camundus nicht während der Schlacht töte, dann soll es auch kein anderer tun. So sei es!«

Die Anführer schnellten erneut ihren Arm zum Salut hoch und diesmal erwiderte Theoderich ihren Gruß. Dann traten die Zenturionen und Dekurionen ab, um ihre Truppen in die Straßen seitlich des Hügels zu führen, wo die sarmatischen Wachen sie nicht sehen konnten. Dort wurden die verschiedenen Truppenteile dann in der Reihenfolge aufgestellt, in der sie die Stadt stürmen sollten. Ich verabschiedete mich ebenfalls von Theoderich und machte mich mit meinem Haferbehälter auf den Weg zu der Seitenstraße, in der meine Schwadron wartete.

Jeder der Männer hatte seine volle Rüstung angelegt und auch den Helm aufgesetzt. Der Tag wurde sehr heiß, und wir schwitzten und quälten uns in unseren Panzern aus Metall und Leder. Die einzige Mahlzeit, die uns ungefähr um die Mittagszeit zugeteilt wurde, bestand aus Kleiekeksen und lauwarmem Wasser. Wir waren dazu angehalten worden, mit unseren Waffen keinen Lärm zu machen, nur mit leiser Stimme zu reden und auch nicht zu lachen oder zu singen – falls es überhaupt Grund zum Lachen oder Singen gab.

Die Abenddämmerung brachte Erleichterung, denn mit dem Untergang der Sonne schwand die drückende Hitze, und es wurde merklich kühler. Meine Trompete gab allerdings immer noch keinen Laut von sich und veränderte auch nicht ihre Form. Uns blieb also nichts anderes übrig, als weiterhin zu warten und zu hoffen. Langsam begannen die Krieger zu murren, und als die Nacht hereinbrach, bereiteten sie sich resigniert darauf vor, auf dem harten Straßenpflaster übernachten zu müssen. Der Optio einer jeden Schwadron ernannte Männer, die sich beim Wachehalten ablösen sollten. Da ich mich nicht unter denen befand, die zum Wacheschieben eingeteilt worden waren, überreichte ich meinen Haferbehälter unserem Optio, einem grauhaarigen Krieger namens Daila, und bat ihn, den wachhabenden Kriegern zu befehlen, ihn zu beobachten.

Ich schlief ungestört die ganze Nacht hindurch und wachte erst auf, als der Morgen sich schon rötete. Ich eilte zur Wache hinüber, die mir gähnend den Haferbehälter entgegenschleuderte und »Nichts zu berichten« grunzte. Ich fing das Ding auf und betrachtete es mit beinahe genausoviel Verachtung wie die Wache. Mitten durch ein Gewirr von Kriegern, die langsam wach wurden und ihre Glieder streckten, bahnte ich mir den Weg zu unserem Optio Daila. Ich bat ihn um die Erlaubnis, zu Theoderich gehen zu dürfen.

»Nun, das war es dann wohl«, seufzte Theoderich, als ich ihm die schlechte Nachricht überbrachte. »Es war einen Versuch wert. Aber ich will dich zumindest für den Versuch belohnen, Thorn. Es ist noch etwas von diesem Pferdefleisch übrig.« Er rief Aurora zu, sie solle das Essen bringen. Als sie es auftrug, überreichte er ihr die stumme Trompete und sagte: »Hier, entferne dieses Ding aus unseren Augen.«

Es herrschte eine bedrückende Stille, während Theoderich und ich in unseren vergeblich angelegten Rüstungen die Mahlzeit einnahmen. Er hatte offensichtlich keine neuen Ideen zur Eroberung der Stadt zu unterbreiten. Ich auch nicht, und selbst wenn mir etwas eingefallen wäre, dann hätte ich es jetzt nicht gewagt, davon zu sprechen. Nur die Geräusche, die wir beim Kauen des zähen Fleisches und beim Nippen an unseren Wasserbechern machten, unterbrachen die Stille, als plötzlich von der Küche her ein kurzer, kläglicher Schrei an unsere Ohren drang:

»Huch!«

Theoderich und ich blickten uns über den Tisch hinweg an, dann sprangen wir beide gleichzeitig auf und rannten durch die

Tür. Den Rücken gegen eine Wand der winzigen Küche gepreßt, starrte das Mädchen mit weit aufgerissenen Augen auf den Holzherd – diesmal nicht mit geröteten Wangen, sondern kreidebleich. Sie hatte offensichtlich die Trompete auf der einen Seite des Herdes abgestellt und später, ohne es zu bemerken, eine langstielige Schöpfkelle darübergelegt; und nun starrte sie auf die Kelle, weil diese anscheinend von selbst auf geradezu unheimliche Weise seitlich den Herd entlangkroch. Während unsere drei Augenpaare auf die Schöpfkelle gerichtet waren, glitt diese nun sogar noch etwas schneller über den Herd, bis sie schließlich über dessen Rand hinunterkippte und auf dem Fußboden aus Erde landete.

»Die Trompete erklingt!« jubelte Theoderich. »Sie ist angeschwollen!«

»Aber nur sehr wenig«, murrte ich.

»Vielleicht reicht es aus. Sei gepriesen, Aurora!« Er drückte einen Kuß auf ihre bleiche Wange und gab mir durch eindringliche Handzeichen zu verstehen, daß wir es sehr eilig hatten. »Komm jetzt, Thorn!«

Er stülpte seinen Helm über, griff nach dem Wurfspeer, den er vor dem Essen beiseite gelegt hatte, und rannte hinaus. Ich setzte meinen Helm auf und folgte ihm. In dem Augenblick, als wir das Haus verließen, setzte plötzlich ein ganz neues Geräusch ein. Es klang wie eine Art dumpfes Trommeln, das die ganze Luft um uns herum erzittern ließ. Theoderich rannte auf die Straße zu, die direkt auf das Tor zuführte, und ich lief hinter ihm her. Während wir rannten, ging der Ton langsam in die Höhe; aus dem tiefen Trommeln wurde zunächst eine Art wortloser Gesang, der dann in einen schrillen, durchdringenden Klagelaut überging. Die Ostgoten, an denen wir vorbeiliefen, standen etwas unschlüssig herum, schauten verdutzt drein und hielten ihre Waffen eng an sich gepreßt. Viele ihrer Offiziere streckten neugierig die Köpfe hinter den Ecken der schützenden Häuser hervor und blickten zum Tor hinüber. Theoderich ging nicht in Deckung, um von dort aus das Tor zu beobachten. Er ließ stattdessen alle Vorsicht außer Acht und rannte geradewegs zum Rand des freien Platzes vor dem Tor. Es flogen jedoch keine Pfeile von den Zinnen herab. Die Sarmaten waren sicherlich ebenso überrascht und verwirrt wie unsere eigenen Männer.

Als ich Theoderich einholte, zeigte er auf das Tor, lachte und vollführte eine Art Freudentanz. Das unwirkliche Geräusch, das die ganze Luft erzittern ließ, wurde vom Tor selbst verursacht. Überall, wo die Männer und ich die Haferbehälter in die Ritzen hineingehämmert hatten, wurde das Holz nun gedehnt und auf noch nicht sichtbare Weise verformt, und es schien sich lauthals über diese Marter zu beklagen. In sein Wehklagen mischten sich bald weitere Geräusche: das Ächzen von altem, erstarrtem Holz, das gebogen wurde, das Splittern von überdehntem Holz, das dem Druck nicht mehr standhalten konnte, sowie das Quietschen von Eisenstiften und Bolzen, die langsam herausgepreßt wurden. Ich konnte sehen und hören, wie sich an einigen Stellen die Eisenbeschläge und Eisenbossen entweder langsam mit einem schabenden Geräusch oder ruckartig mit einem Knall von der Vorderseite der Balken lösten.

Die schwächste Stelle des Tores war die in den rechten Torflügel eingelassene Halbtür. Sie wölbte sich plötzlich und barst. Diese Tür war so konstruiert worden, daß jeweils nur eine Person hindurchpaßte. Als sie zersplittert war, konnten wir erkennen, daß der obere Teil der Türöffnung von innen durch einen Querbalken versperrt wurde. Von der Tür war inzwischen nur noch ein Haufen zerborstenes Holz übrig, der beiseite geschafft werden konnte, um eine Öffnung freizulegen, die so breit wie ein Mann und ungefähr halb so hoch sein würde.

Theoderich drehte sich um und rief der nächststehenden Schwadron einfacher Krieger zu: »Zehn Schwertkämpfer zum Tor! Brecht diese Tür auf, klettert hinein und hievt alle Querbalken hoch!«

Die ersten zehn Männer der Truppe rannten ohne zu zögern nach vorn und quer über den Platz. Die sarmatischen Wachen oben auf der Mauer hatten inzwischen ihre Fassung wiedererlangt und schossen einen Hagel von Pfeilen hinunter, so daß nur neun der zehn Männer das Tor erreichten, während Theoderich und ich schnell hinter einem nahegelegenen Haus in Deckung gingen. Die ersten Krieger, die bei der zerborstenen Halbtür eintrafen, hackten mit ihren Schwertern auf sie ein und zerrten die Holzstücke mit den Händen heraus. Ein Mann nach dem andern bückte sich und sprang so flink durch die zerklüftete Öffnung, als ob er nur auf diesen Moment gewartet hätte, dabei wußte jeder von ihnen genau, daß dies einem Selbstmord gleichkam, falls innen vor dem Tor Sarmaten auf sie warteten.

Nun rief Theoderich: »Bringt den Sturmbock herauf!«

Die stumpfe Spitze des Sturmbocks, der hinter einer Häuserreihe verborgen gelegen hatte, schob sich hervor. Die Träger mußten den langen Stamm zunächst langsam um die Straßenecke manövrieren; als er sich jedoch kurz darauf auf der Hauptstraße befand und mit der Spitze in unsere Richtung zeigte, schrie der Anführer der Träger: »Links! Rechts! Doppelte Geschwindigkeit! Links-rechts-los!« und der große Sturmbock näherte sich so schnell die vielen Männer, die ihn trugen, nur laufen konnten.

Die anderen neun Männer waren gerade erst durch das Tor gestiegen, und keiner von uns wußte, was sie dort drinnen gerade taten oder was ihnen vielleicht inzwischen schon zugestoßen war; dennoch winkte Theoderich bereits mit seiner Lanze die Träger mit dem Sturmbock herauf. Dann deutete er mit der Spitze seiner Lanze auf das Tor, was bedeutete, daß sie gar nicht erst anhalten und auf Befehle warten sollten, sondern, um noch mehr Schwung zu bekommen, zielstrebig weiterlaufen und sofort das Tor angreifen sollten, ohne sich darum zu kümmern, ob es sich öffnete, brüchig wurde oder womöglich noch genauso stabil war wie zuvor.

In genau diesem Augenblick öffnete sich das Tor jedoch ein wenig nach innen; durch den Spalt, der nur ungefähr drei Hand breit war, konnte ich sehen, daß hinter dem Tor ein reges Treiben herrschte. Wir sollten tatsächlich bald begreifen, daß dort in diesem Moment mehrere Dinge gleichzeitig vor sich gingen. Nachdem unsere neun Männer durch das Tor gesprungen waren, fanden sie sich tatsächlich, wie Theoderich vermutet hatte, zwischen zwei Toren wieder, von denen das hintere fest verschlossen war; dennoch machten sie sich wie befohlen daran, die zwei riesigen Querbalken hinter dem vorderen Tor aus ihren Verankerungen in der Steinmauer sowie aus ihren Halterungen auf den Torflügeln zu hieven. Die Männer hatten gerade begonnen, die Torflügel aufzustoßen, als sich das *innere* Tor auf wundersame Weise ebenfalls öffnete. Die sarmatischen Wachen hatten sich ausgerechnet in diesem ungünstigen Augenblick dazu entschlossen, das innere Tor zu öffnen, um den fremdartigen Geräuschen auf den Grund zu gehen, die sie dahinter vernommen hatten.

Genau zu dieser Zeit traf unser Sturmbock den Spalt, der sich zwischen den Torflügeln des äußeren Tors geöffnet hatte. Die Torflügel flogen nach innen und prallten gegen die Seitenwände des Torbogens. Die Wucht des angreifenden Sturmbocks war so groß, daß das innere Tor ebenfalls aufgebrochen wurde. Durch den vorwärtsschießenden Sturmbock und die auffliegenden, schweren Torflügel entstand drinnen ein Tumult von zur Seite geschleuderten, zerquetschten, stürzenden und um sich schlagenden Menschen. Die Menge schrie, fluchte und kreischte laut durcheinander. Was mir jedoch am meisten ins Auge stach, war etwas, das wie ein plötzlich aufkommender kleiner Schneesturm aus glitzerndem Metall aussah – alle meine Trompeten von Jericho wurden in die Höhe, zur Seite und in alle Richtungen geschleudert.

»Lanzenreiter, schließt euch mir an!« schrie Theoderich und stürmte, ohne auf sie zu warten, sofort auf das Tor los. Er kümmerte sich nicht um die Pfeile, die von der Mauer herunterflogen, und ließ sein Pferd mit einem Satz über die Körper der beiden Sturmbockträger hinwegsetzen, die von diesen Pfeilen zu Fall gebracht worden waren.

Sein Kampfeseifer hätte mich beinahe dazu verleitet, ihm nachzulaufen. Ich hielt mich jedoch zurück und wartete, bis zuerst die Lanzenreiter, dann die Bogenschützen und danach zwei oder drei Schwadronen unberittener Schwertkämpfer an mir vorbei gestürmt waren. Die Fußtruppen hielten ihre Schilde über den Kopf um sich gegen die Flut von Pfeilen zu schützen. Ich wartete, bis meine eigene Schwadron anrückte, und als ich mich ihr anschloß, grinste ich unseren Optio Daila breit, triumphierend und strahlend an.

## 4

Es ist mir nicht möglich, die ganze Schlacht um Singidunum zu schildern. Wie jeder andere an ihr beteiligte Krieger erinnerte ich mich lediglich an das, was mir selbst in ihrem Verlauf zugestoßen war.

Als unsere Schwadron in Viererkolonnen mit über den Kopf gehaltenen Schilden auf das zerstörte Tor zurannte, flogen bereits viel weniger Pfeile von der Mauer herab. Wir mußten dafür über viele Menschenkörper hinwegsteigen, die leblos oder verletzt auf dem freien gepflasterten Platz vor dem Tor und unter dem tunnelähnlichen Torbogen lagen, durch den man in die Stadt gelangte. Sobald wir hinter der Mauer waren, löste sich unsere Schwadron auf, und jeder von uns war nun auf sich selbst gestellt.

Während wir in die Stadt vordrangen, stießen wir auf keinerlei organisierte Gegenwehr. Falls dort zuvor eine geschlossene, schwerbewaffnete Schlachtreihe aufgestellt worden war, um unseren Einmarsch aufzuhalten, so hatten Theoderich und seine Lanzenreiter diese erfolgreich auseinandergesprengt. Darüber hinaus hatten seine Bogenschützen mit Leichtigkeit die meisten der Sarmaten auf dem Mauerabschnitt über dem Tor heruntergeschossen, da diese dort oben nur auf einem Holzgerüst gestanden hatten, an dessen Rückseite keine Schutzverkleidung angebracht war. In der Nähe des Eingangs und am Fuße der Mauer lagen noch mehr Menschenkörper herum. Unter ihnen waren jedoch mindestens doppelt so viele Sarmaten wie Ostgoten.

Bald kamen wir an einen der größeren Plätze der Stadt, auf dem sich einige Krieger einen erbitterten Kampf lieferten. Mit den Ellbogen kämpfte sich Daila in die Mitte des Kampfgetümmels, und ich folgte ihm nach. Sechs oder sieben Ostgoten duellierten sich mit ungefähr ebenso vielen Sarmaten, die einen schützenden Ring um einen weiteren Mann gebildet hatten. Er war älter, unbewaffnet, sehr verängstigt und für die augenblickliche Situation recht unpassend gekleidet, da er eine kostbare, goldgesäumte, grüne Toga trug. Trotz des Waffengeklirrs konnte man deutlich hören, wie er in allen möglichen Sprachen laut um Gnade schrie: »Clementia! Eleéo! Armahaírtei!«

Nachdem der Optio und ich uns dem Kampf angeschlossen hatten, waren die Sarmaten bald überwältigt. Ich muß jedoch zugeben, daß ich nicht viel zu diesem kleinen Sieg beitrug. Ich schlug zwar mehrmals mit dem Schwert zu, stellte dabei jedoch fest, daß mein römisches Schwert an den sarmatischen Schuppenpanzern abprallte, während die krummen, ostgotischen Klingen sich geradewegs durch die Rüstungen der Sarmaten hindurchschnitten.

Drei der Sarmaten fielen, die anderen machten sich davon. Plötzlich sprang einer der Ostgoten mit seinem Schwert auf den alten Mann in der Toga los, aber Daila war schneller. Zu meiner großen Überraschung ließ er sein Schwert jedoch nicht auf den alten Mann niedersausen, sondern bohrte es in den Ostgoten, der sofort umfiel wie ein gefällter Baum. Die anderen ostgotischen Krieger waren darüber nicht im mindesten überrascht, geschweige denn bestürzt, sondern jagten sofort den fliehenden Feinden hinterher. Ich jedoch rief dem Optio entgegen: »Du hast einen deiner eigenen Männer getötet!«

»Ja«, grunzte er. »Der Mann hat sich einem Befehl widersetzt, und Unfolgsamkeit muß sofort bestraft werden. Diese Kreatur, die er soeben töten wollte, kann nur der Legat Camundus sein.«

Die Kreatur bedankte sich mit einem unterwürfigen Stammeln für ihre Rettung – auch dieses Mal in verschiedenen Sprachen – und war drauf und dran, uns voller Dank in die Arme zu fallen, als Dalai sich hinter ihm bückte und mit einem blitzartigen, flachen Hieb seines Schwertes die Kniesehnen des alten Mannes durchtrennte. Camundus stieß einen schrillen Schrei aus und kippte um, als ob man ihm beide Beine abgeschlagen hätte.

»So kann er sich nicht von der Stelle bewegen, und wir wissen später, wo wir ihn finden können«, knurrte der Optio, »und du, kleiner Käfer, bleibst hier und sorgst dafür, daß er unbehelligt bleibt, bis Theoderich soweit ist ... Paß auf!«

Daila hatte den hinter einem Hausgiebel versteckten Bogenschützen entdeckt und sprang beiseite, während er mir diese Warnung zurief. Für mich kam sie allerdings zu spät. Wie ein Hammerschlag traf mich ein Pfeil auf der rechten Seite meines Rückens. Durch die Wucht des Pfeiles wurde ich nach vorn und zur Seite geschleudert und fiel kopfüber auf das Straßenpflaster, wo mein Helm mit einem so harten Schlag auftraf, daß ich beinahe bewußtlos wurde.

Benommen hörte ich Daila noch sagen: »So ein Pech, kleiner Käfer, aber ich werde ihm das heimzahlen.« Ich registrierte auch noch verschwommen das Geräusch seiner sich entfernenden Stiefel. Er hielt sich eben nur an die Befehle und Theoderich hatte angeordnet: »Verwundete können nicht versorgt werden.«

Ich konnte auch den Legaten mit den durchschnittenen Kniekehlen irgendwo in meiner Nähe wimmern und schluchzen hören, aber ich war zu benommen und hatte zu heftige Kopfschmerzen, um meine Augen zu öffnen und nachzusehen, wo er lag. Der Schock, niedergestreckt worden zu sein, hatte ein Gefühl totaler Erschöpfung und Schwäche hinterlassen, aber ich hielt mein Schwert immer noch fest umklammert und versuchte nun, mich mit seiner Hilfe auf den Rücken zu drehen. Wegen des aus meinem Rücken ragenden Pfeilschafts konnte ich mich jedoch nur auf die Seite rollen. Ich hätte mich krümmen und winden können, um den Pfeil abzubrechen, aber ich blieb regungslos liegen, um zu mir zu kommen und neue Kräfte zu schöpfen, da ich das Geräusch von sich nähernden Stiefeln vernahm. Der verletzte Legat begann laut und inständig zu flehen – diesmal nicht um Gnade, sondern um Hilfe – und zwar nur auf Griechisch: »Boé! Boethéos!«

Eine rauhe Stimme antwortete ihm mit starkem Akzent auf Griechisch: »Beruhige Dich, Camundus. Zuerst muß ich sicherstellen, daß dein Angreifer auch wirklich tot ist.«

Ich öffnete meine Augen gerade so weit, daß ich einen Krieger in einem Schuppenpanzer und mit einem kegelförmigen Helm auf dem Kopf auf mich zukommen sah. Es war offensichtlich einer von denen, die den Legaten vorhin bewacht hatten und dann in die Flucht geschlagen worden waren. Er starrte wütend auf meinen reglosen Körper in seiner übergroßen, von einem Pfeil durchbohrten Rüstung hinunter und sagte: »Beim Ares! Schicken die Goten nun schon ihre Kinder in den Krieg?« Dann erhob er mit beiden Händen sein Schwert, um mir den Todesstoß zu versetzen.

Ich nahm meine ganze Kraft zusammen und stieß von unten mein Schwert zwischen seine Beine und unter die Röcke seiner Rüstung bis es tief in seinem Körper steckte. Noch nie hatte ich einen so lauten und markerschütternden Schrei gehört wie den, mit dem dieser Mann nun zur Erde stürzte. Das Blut schoß aus seinem Unterleib, und er rutschte und scharrte so wild auf dem Pflaster herum wie eine rasend gewordene Krabbe. Er versuchte nicht, aufzustehen oder auf mich loszugehen, sondern wollte nur seinem Schmerz entrinnen, der unerträglich gewesen sein muß.

Langsam und wie zerschlagen erhob ich mich und mußte einen Moment lang ruhig stehen bleiben, um das Gefühl der Übelkeit zu bekämpfen und zu warten, bis mein Kopf sich nicht mehr drehte. Dann ging ich zu dem am Boden liegenden Mann und kniete mich auf seine Brust, damit er nicht mehr so panisch um sich schlagen konnte. Da es mir nicht gelang, seine Rüstung zu durchstoßen, drückte ich mit Gewalt seinen Kopf nach hinten und legte so seinen Hals frei. Um seiner Qual so bald wie nur möglich ein Ende zu setzen, schnitt ich so schnell ich konnte mit meinem Schwert seinen Hals durch, bis ich auf den hinteren Knochen stieß.

Während der ganzen Schlacht um Singidunum war dies mein einziger Kampf von Mann zu Mann, und ich trug nicht die kleinste Narbe davon, die mich an diese Schlacht hätte erinnern können. Ich war zwar von oben bis unten mit Blut beschmiert, doch handelte es sich ausschließlich um sarmatisches Blut. Sowohl dieser Krieger wie auch Daila hatten geglaubt, ich wäre von dem Pfeil, der mich umgeworfen hatte, durchbohrt worden. Ich dagegen dankte Mars, Ares, Tiw und allen anderen Kriegsgöttern, die es sonst noch geben mochte, daß ich in dieser Schlacht nur eine »Haselnuß in der Schale einer Walnuß« gewesen war. Der Pfeil hatte nur meinen schlecht sitzenden Harnisch durchstoßen und war dann neben meinem Brustkorb vorbeigeglitten, ohne auch nur den kleinsten Kratzer zu hinterlassen.

Nach einigen Verrenkungen gelang es mir, den hinten aus meinem Harnisch herausragenden Pfeilschaft zu erreichen und zu entfernen. Dann ging ich hinüber zu dem Legaten, der voller Angst vor meinem blutbefleckten Schwert zurückwich und »Armahaírtei! Clementia!« plärrte.

»Ach, slaváith!« fauchte ich ihn an, und er hielt seinen Mund, während ich den goldenen Saum seiner Toga dazu benutzte, mein Schwert abzuwischen. Ich packte Camundus unter den Armen und zerrte ihn vom Schlachtfeld in einen tieferliegenden Türeingang auf der anderen Seite des Platzes.

In seinem Schutz verbrachten wir den Rest des Tages und konnten beobachten, wie immer wieder Gruppen von Kriegern über den Platz liefen – entweder von den Ostgoten gejagte Sarmaten oder von den Sarmaten gejagte Ostgoten. Manchmal blieben die verfolgten Krieger auch stehen und drehten sich um, um zu kämpfen. Am Nachmittag waren die Krieger, die über den Platz liefen, bereits nicht mehr damit beschäftigt, dem Feind nachzustellen, zu fliehen oder zu kämpfen, denn es handelte sich nur noch um Ostgoten. Nachdem sie die Stadt nun endgültig von den Sarmaten gesäubert hatten, mußten nur noch die nach einer solchen Schlacht notwendigen letzten Maßnahmen durchgeführt werden.

Als die Sonne unterging, sah ich zwei Männer gemächlich auf den Platz zuschlendern, den ich von meinem Türeingang aus überblicken konnte. Beide trugen noch ihre inzwischen zerschundene und blutbefleckte Rüstung, hatten den Helm jedoch bereits abgesetzt. Einer von ihnen schien allerdings in einem Lederbeutel etwas bei sich zu tragen, was einem Helm ähnelte. Es waren Theoderich und Daila. Der Optio wollte seinen König zu der Stelle führen, an der er den zur Sicherheit bewegungsunfähig gemachten Legaten zurückgelassen hatte. Offensichtlich hatte er ihm auch die Leiche seines Freundes Thorn zeigen wollen, denn beide stießen einen Schrei der Überraschung aus, als sie sahen, daß ich noch lebte und nach wie vor pflichtbewußt Camundus bewachte.

»Ich hätte wissen müssen, daß Daila sich geirrt hat!« sagte Theoderich erleichtert und klopfte mir auf die Schulter, statt meinen Gruß zu erwidern. »Der Thorn, der so brillant einen Clarissimus spielte, konnte sich ebenso überzeugend tot stellen.«

»Beim Hammer Thors, kleiner Käfer«, sagte Daila mit etwas derbem Humor, »du solltest immer eine viel zu große Rüstung tragen! Vielleicht sollten wir das alle.«

»Es wäre sehr schade gewesen«, fuhr Theoderich fort, »wenn du nicht mehr miterlebt hättest, wie wir die ganze Stadt eroberten, wo du doch so entscheidend dazu beigetragen hast, daß wir überhaupt hineingelangten. Ich freue mich, dir berichten zu können, daß alle neuntausend Sarmaten bis auf den letzten Mann ausgerottet wurden.«

»Und ihr König Babai?« fragte ich.

»Er hat sich richtig verhalten. Er wartete auf mich und kämpfte dann so mutig und feurig wie jeder seiner Krieger. Wenn er jünger gewesen wäre, hätte er mich vielleicht sogar besiegt. Ich zollte ihm also den angemessenen Respekt und gewährte ihm einen schnellen, sauberen Tod.« Er gab Daila, der den Lederbeutel trug, ein Zeichen. »Thorn, darf ich dir den verstorbenen König Babai vorstellen?«

Der Optio öffnete grinsend den Beutel und hielt den abgeschlagenen Kopf Babais an den Haaren hoch. Blut und andere Sekrete sickerten aus seinem Hals heraus, aber sein Gesicht mit den weit offenen, glotzenden Augen und dem weit aufgerissenen Mund war zu einer wütenden Grimasse erstarrt. Es hätte der Kopf eines ganz gewöhnlichen sarmatischen Kriegers sein können, wäre er nicht mit diesem Goldreif geschmückt gewesen.

Der hinter uns liegende Camundus, der die ganze Zeit über wimmernd versucht hatte, zu Wort zu kommen, war bei diesem Anblick plötzlich vor Schreck verstummt. Als wir uns nach ihm umdrehten, klappte er mehrmals den Mund auf und zu, bevor er ein Wort herausbrachte.

»Babai«, sagte er mit heiserer Stimme, »Babai hat mich durch eine List dazu gebracht, ihm die Stadt zu überlassen.«

»Diese Kreatur spricht schlecht über einen Toten, der sich nicht mehr wehren kann«, sagte Daila. »Außerdem lügt er. Als wir ihn fanden, hatte er eine sarmatische Leibwache um sich, die bereit war, für ihn zu töten.«

»Natürlich lügt er«, sagte Theoderich. »Wenn es sich wirklich so zugetragen hätte, dann wäre er schon längst auf anständige Art gestorben. Nach dem Verlust der Stadt hätte er sich als guter Römer in sein eigenes Schwert gestürzt. Stattdessen muß er sich jetzt des meinigen bedienen.«

Theoderich zog sein Schwert und schlitzte ohne viel Aufhebens mit einem einzigen Hieb Camundus die feine Toga und den Bauch auf. Der Legat gab keinen Laut von sich; der Schnitt war offenbar zu schnell und zu scharf gewesen, um einen sofortigen Schmerz zu verursachen. Camundus schnappte jedoch nach Luft und preßte seine Hände auf die klaffende Wunde, um seine Eingeweide festzuhalten.

»Du hast ihn nicht geköpft«, sagte Daila beiläufig.

»Ein Verräter verdient nicht denselben Tod wie ein ehrenhafter Feind«, sagte Theoderich. »Diese Bauchverletzung wird ihm ein paar Stunden lang unerträgliche Schmerzen bereiten, bis er schließlich an ihr stirbt. Stell eine Wache bei ihm auf! Sie soll warten, bis er tot ist, und mir erst dann seinen Kopf bringen. So sei es!«

»Ja, Theoderich«, sagte Daila mit einem forschen Gruß.

»Thorn, du bist sicher hungrig und durstig. Komm mit. Wir feiern auf dem Hauptplatz ein Freudenfest.«

Allen Frauen und Mädchen der inneren Stadt war befohlen worden, die gehorteten Nahrungsmittel aus den Vorratskammern zu holen, sie zuzubereiten und sie dann sowohl den ausgehungerten ostgotischen Truppen wie auch den ebenso hungrigen Leuten aus den Außenbezirken der Stadt zu servieren. Auf dem Hauptplatz waren mehrere Feuer angezündet worden, auf denen gekocht wurde, und aus den Essen der umliegenden Häuser stieg der Rauch vieler Herdfeuer auf. Die Frauen liefen mit ihren hoch mit Käse und Brot beladenen Tabletts und Tellern hin und her und schleppten Humpen, Steinkrüge und Kannen herbei. Der Platz und die auf ihn zuführenden Seitenstraßen waren mit unseren Kriegern und den Bewohnern der unteren Stadtbezirke überfüllt. In der Menge erkannte ich auch Aurora mit ihrer Familie. Alle waren damit beschäftigt, sich eine Portion Essen zu ergattern, ihre vollgeladenen, edlen Teller oder Schüsseln eng an sich gepreßt an einen ungestörten Platz zu tragen oder gierig und ohne Besteck das Essen in sich hineinzustopfen.

Die Menge wich respektvoll auseinander, um Theoderich durchzulassen, und ich hielt mich dicht bei ihm. Als wir uns mit Fleisch, Brot und Wein bedient hatten, fanden wir einen freien Platz auf dem Straßenpflaster. Dort ließ Theoderich sich nieder und aß ebenso unköniglich und heißhungrig wie ich oder jeder andere einfache Krieger oder Strolch, der an diesem Fest teilnahm.

Als wir unseren Hunger und unseren Durst einigermaßen gestillt hatten, fragte ich Theoderich: »Und was geschieht jetzt?«

»Nichts, hoffe ich; zumindest nicht hier und jetzt. Die Bewohner des oberen Stadtteils von Singidunum freuen sich über unsere Anwesenheit auch nicht mehr als über die der Sarmaten. Im großen und ganzen hatten sie jedoch keine allzu großen Unannehmlichkeiten zu erdulden. Die Sarmaten hatten keine Gelegenheit, irgendwelche Beute wegzuschleppen, und ich habe meinen eigenen Männern verboten, zu plündern oder über Frauen herzufallen. Sie sollen, wenn sie können, ihre eigenen Auroras finden. Ich möchte, daß die Stadt unversehrt bleibt, denn sonst ist sie als Unterpfand in meinem Handel mit dem Reich wertlos.«

»Du mußt die Stadt also eine Zeitlang besetzt halten.«

»Ja, und zwar mit nur ungefähr dreitausend voll einsatzfähigen Kriegern. In Altdakien nördlich der Donau befinden sich noch viele weitere Truppen Babais; und außer den Sarmaten halten sich dort auch noch deren Verbündete, die Skiren, auf. Da jedoch die sarmatischen Truppen, die Singidunum eroberten, von Babai selbst angeführt wurden und der Sarmatenkönig anschließend in der Stadt blieb, sind seine dortigen Truppen ohne Anführer und wissen nicht, was sie tun sollen. Solange kein Spion ihnen meldet, daß die Stadt gefallen und Babai tot ist, werden sie kaum einen massiven Gegenangriff starten.«

»Aber sie warten doch sicherlich darauf, daß ihnen Babai von hier aus irgendwelche Befehle gibt«, sagte ich. »Es war ja schließlich kein Geheimnis, daß die Stadt, in der sich der Sarmatenkönig niedergelassen hatte, belagert wurde.«

»Das ist richtig. Ich habe deshalb bereits Wachen aufgestellt, die verhindern sollen, daß irgendwelche verräterischen oder verärgerten Stadtbewohner sich über die Donau zu den Sarmaten schleichen, um ihnen Bericht zu erstatten. Die Hälfte meiner Männer wird als Garnison in der Stadt bleiben, die Verwundeten versorgen und die Tore wieder reparieren. Währenddessen werde ich mit dem Rest meiner Krieger wieder Spähtrupps bilden und zu Pferd die Umgebung erkunden, denn wir müssen alle Sarmaten vor der Stadt abfangen, damit sie den Fall Singidunums nicht an ihre Leute weitermelden können. Ich habe auch schon Botschafter nach Südosten losgeschickt. Sie sollen meine Versorgungskolonne zur Eile antreiben und noch mehr Verstärkung holen.«

»Und was für einen Posten hast du mir zugedacht?« fragte ich. »Soll ich Wache stehen, bei der Garnison bleiben, oder würdest du mich lieber als Botschafter oder Späher losschicken?«

»Du bist wohl ganz versessen darauf zu kämpfen, wie? Betrachte dich weiterhin einfach nur als einen Krieger meines Volkes. Einverstanden?«

»Was heißt hier ›nur ein Krieger!‹ protestierte ich. »Ich bin durch halb Europa gereist und habe hart an mir gearbeitet, um genau das zu werden. Nur darauf habe ich mich so lange vorbereitet. Und du warst es, der mich bereits in Vindobona dazu aufforderte, hierher zu kommen und ein Krieger der Ostgoten zu werden. Bist denn nicht auch du ein Krieger?«

»Nun, ich bin außerdem auch noch der Feldherr aller ostgotischen Krieger sowie der König meines Volkes. Ich muß entscheiden, wie diese Krieger zum besten Nutzen meines Volkes eingesetzt werden.«

»Eben deshalb bat ich dich, mir einen Posten zuzuweisen.«

»Jesus, Thorn! Ich habe dir schon vor längerer Zeit gesagt, daß du nicht so ergeben sein sollst. Und wenn du den Bescheidenen nur spielst, dann werde ich dich so behandeln, wie so ein elender Heuchler es verdient. Ich werde dich dem Koch eines Küchenzeltes als Küchenjunge zuteilen. Dort bist du dann so weit weg von den kämpfenden Truppen, daß du gar nicht erst auf irgendeinen Kampf zu hoffen brauchst.«

»Gudisks Himins, bloß das nicht!« sagte ich, obwohl ich wußte, daß er nur scherzte. »Ich habe zwar vor ein paar Jahren als Küchenjunge angefangen, aber ich will doch hoffen, daß sich mein Schicksal inzwischen zum Besseren gewendet hat.«

»Vái, jeder Bauer kann lernen, wie man ein Schwert, eine Lanze oder einen Bogen handhabt. Jeder einigermaßen intelligente und geschickte Bauer kann irgendwann ein Dekurio, ein Signifer, ein Optio oder was auch immer werden.«

»Gut«, sagte ich, »ich werde weder ergeben noch bescheiden sein. Ich hätte absolut nichts dagegen, mit der Zeit befördert zu werden.«

»Balgs-daddja!« sagte er ungeduldig. »Du verfügst nicht nur über Intelligenz und Geschicklichkeit, sondern du hast außerdem auch Phantasie und Unternehmungsgeist. Ich habe dich ausgelacht, als du dieses Seil um dein Pferd gebunden hast, dabei scheint es eine sehr nützliche Erfindung zu sein. Ich habe auch über deine mit Hafer gefüllten Trompeten von Jericho gelacht, dabei stellten sie sich als außerordentlich nützlich heraus. Ich habe dich als einen einfachen Krieger am Kampf um die Stadt teilnehmen lassen, damit du eine Ahnung davon bekommst, wie es ist, Mann gegen Mann zu kämpfen; denn das wolltest du doch so unbedingt. Auch dabei hast du dich bewährt, und ich bin sehr froh, daß du den Kampf überlebt hast. Aber erwartest du jetzt etwa von mir, daß ich stets aufs neue das Leben eines wertvollen Mannes aufs Spiel setze, als sei er einer meiner gröbsten Rekruten?«

Ich breitete meine Hände aus. »Ich habe keine weiteren Erfindungen mehr anzubieten. Befiehl mir, was immer du willst.«

Er sprach eher mit sich selbst als mit mir, als er sagte: »Ein

Historiker hat einmal bemerkt, daß der mazedonische General Parmenio viele seiner Siege ohne Alexander den Großen errang; Alexander der Große hingegen siegte nicht ein einziges Mal ohne Parmenio.« Dann sagte er zu mir: »Ich habe im Augenblick nur einen einzigen Marschall; den Saio Soas, der dieses Amt schon unter meinem Vater innehatte. Ich hätte gerne, daß du mein zweiter Marschall wirst.«

»Theoderich, ich weiß nicht einmal, was ein Marschall zu tun hat.«

»Der Marschall eines Königs war ursprünglich der Betreuer der königlichen Pferde. Heutzutage hat er ganz andere und weit wichtigere Aufgaben. Er ist der Gesandte eines Königs und überbringt dessen abwesenden Armeen oder hohen Offizieren die Befehle und Botschaften seines Monarchen. Er ist mehr als ein bloßer Kurier, denn ein Marschall spricht im Namen des Königs und daher auch mit dessen Autorität. Es ist ein sehr verantwortungsvolles Amt, da der Marschall sozusagen der verlängerte Arm des Königs selbst ist.«

Ich starrte ihn ungläubig an. Was ich soeben gehört hatte, war schwindelerregend und auch etwas beängstigend. Bei Tagesanbruch war ich noch ein gewöhnlicher Krieger gewesen. Selbst wenn ich an diesem Tag Veleda, mein anderes Selbst, verkörpert hätte, wäre eine Soldatenlaufbahn nichts allzu Ungewöhnliches gewesen. Nicht nur die Amazonen, sondern auch andere Heldinnen der Geschichte haben ja bekanntlich wie Männer gekämpft und sogar hohe militärische Titel erworben. Doch mir wurde nun am Ende dieses Tages nicht nur eine Beförderung, sondern beinahe schon eine Art Krönung angeboten: meine Ernennung zum Höfling eines Königs. Theoderich ging davon aus, daß ich wie er ein Mann sei. Ich war mir ziemlich sicher, daß noch nie ein Mannamawi zum Marschall eines Königs ernannt worden war, und ich bezweifelte auch, daß jemals eine Frau ein solches Amt bekleidet hatte.

Theoderich schien mein Zögern als ein Zeichen der Ablehnung auszulegen und fügte daher noch hinzu: »Als Marschall ist man gleichzeitig auch Herzog. Das ist ein sehr edler Titel.«

Sein letzter Satz versetzte mich in noch größere Aufregung. Ein gotischer Herzog hatte den gleichen Rang wie ein römischer Herzog, der in der Hierarchie Roms an fünfzehnter Stelle stand. Nur der Kaiser, ein König, ein Fürst und ein Comes waren ranghöher als ein Dux. Ich wußte genau, daß es noch nie eine Frau dieses Ranges gegeben hatte. Selbst wenn ein Dux heiratete, ging sein Titel nicht auf seine Ehefrau über. Natürlich wurde ich durch Theoderichs Angebot kein römischer Dux, doch war es alles andere als eine Kleinigkeit, zu einem gotischen Herzog und zum Marschall König Theoderichs ernannt zu werden.

Ich überlegte kurz, ob ich Theoderich offen gestehen sollte, daß ich Mannamawi war, bevor wir dieses neue Bündnis schlossen, entschied mich dann aber doch dagegen. Ich hatte bis jetzt als Waldmann, als Clarissimus, als Bogenschütze und als Schwertkämpfer glaubwürdige, ja sogar löbliche Arbeit geleistet und würde mich als Marschall und Herzog bemühen, das gleiche zu tun. Vorausgesetzt, daß ich diesen Posten nicht verlor, weil ich ihm nicht gewachsen war, und daß es nicht herauskam, daß ich Mannamawi war, dann konnte ich dieses Amt bis an mein Lebensende ausüben, und mein Grabstein würde später eine eindrucksvolle Inschrift tragen. Das wäre ein herrlicher Witz der Geschichte: ein Herzog und Marschall dieser Epoche, der in Wirklichkeit gar kein richtiger Mann war, ohne daß irgendein Historiker davon Kenntnis gehabt hätte.

Theoderich, der immer noch auf eine Antwort wartete, redete mir erneut gut zu: »Jeder würde dich voller Respekt Saio Thorn nennen.«

»Ach, du brauchst mich nicht zu überreden«, sagte ich. »Ich fühle mich geschmeichelt und geehrt und bin ganz überwältigt. Mir ging nur die Frage durch den Kopf, ob ein Marschall wohl noch kämpft oder nicht.«

»Das hängt davon ab, wohin deine königliche Mission dich führt. Es ist möglich, daß du auf dem Weg zu deinem Ziel Kämpfe zu bestehen hast. Du wirst das vielleicht jetzt nicht glauben wollen, aber es gibt tatsächlich Dinge, die genauso spannend sind wie ein offener Kampf: Intrigen, Verschwörungen, diplomatische Verwicklungen, Bereicherung und Macht. All das lernt ein königlicher Marschall nicht nur kennen, sondern er wird sogar in solche Machenschaften hineinverwickelt und hat seine Freude daran, in diesem Spiel sein Geschick und seinen Einfluß einzusetzen.«

»Ich hoffe nur, daß es trotz alledem auch noch Kämpfe zu bestehen gibt; und Abenteuer.«

»Das heißt also, daß du das Amt annimmst? Gut! So sei es! Hails, Saio Thorn! Und nun such dir ein paar weiche Pflastersteine und schau zu, daß du heute nacht gut schläfst. Melde dich morgen früh in meinem Quartier, dann erkläre ich dir, wie deine erste Mission als Marschall aussehen wird. Ich verspreche dir, daß es eine Mission ist, die du sowohl spannend als auch vergnüglich finden wirst.«

## 5

Als Theoderich mir am nächsten Morgen meine erste Mission erläuterte, schnappte ich nach Luft und sagte: »Unmöglich! Ich soll mit einem Kaiser sprechen? Ich würde kein Wort herausbringen und wäre so stumm wie ein Fisch!«

»Das bezweifle ich«, sagte Theoderich zuversichtlich. »Zwar bin ich nur ein unbedeutender König, dennoch hat es dir in meiner Gegenwart bis jetzt noch nie die Sprache verschlagen. Oft widersprichst du mir sogar. Wie viele meiner Untertanen würden das wohl wagen?«

»Das ist etwas ganz anderes. Du sagtest ja selbst, daß du noch kein König warst, als wir uns das erste Mal trafen; außerdem sind wir ungefähr im gleichen Alter. Bedenke doch, Theoderich, ich bin nur ein Balg, das im Kloster aufwuchs, ein Bauer ohne Manieren. Ich habe mich noch nie in der Nähe einer Stadt oder eines Hofes aufgehalten ...«

Theoderich fegte meine Einwände mit einem »balgs-daddja« beiseite, was mich nicht besonders ermutigte. Seit meinen Tagen im Kloster hatte man meine Argumente immer wieder für »Unsinn« erklärt.

Er lehnte sich über den Tisch und fuhr fort: »Dieser neue Leo ist selbst nur ein Balg. Du hast mir vor langer Zeit erzählt, Thorn, wie du dem Abt deines Klosters geholfen hast, seine Korrespondenz mit hochgestellten Persönlichkeiten zu erledigen. Das Vokabular, der Umgangston und die Schliche dieser hohen Herrschaften sind dir also nicht völlig unbekannt. Du hast damit geprahlt, wie erfolgreich du bei den vornehmen Leuten in Wien den noblen Thorn gespielt hast. Die Umgangsformen am Hof eines Kaisers unterscheiden sich nicht wesentlich von denen, die du unter diesen Würdenträgern aus der Provinz kennengelernt hast. Außerdem brauchst du diesmal nicht mehr nur vorzutäuschen, eine Person von hohem Rang und Namen zu sein, denn eine solche bist du ja inzwischen wirklich. Als ein Marschall des ostgotischen Königs wirst du unanfechtbare Referenzen vorweisen können. Außerdem sprichst du gut genug Griechisch, um mit dem kleinen Kaiser Leo II. oder mit irgendwelchen Beratern, die für ihn die Amtsgeschäfte führen, verhandeln zu können.«

Die nun folgenden Worte waren nicht nur an mich, sondern auch an den ebenfalls anwesenden Saio Soas gerichtet: »Ich sende also meinen Saio Soas, der nur Gotisch und Lateinisch spricht, zu Kaiser Julius Nepos nach Ravenna und meinen Sao Thorn zum Kaiser des Ostreiches. So sei es!«

Meine Theoderich gegenüber geäußerten Befürchtungen, dieser Mission nicht gewachsen zu sein, waren aufrichtig. Gleichzeitig sah ich meinem Auftrag jedoch auch mit Spannung entgegen. Nie im Leben hätte ich gedacht, daß ich jemals das in Konstantinopel gegründete Neue Rom besuchen würde; geschweige denn, daß ich dort zum kaiserlichen Hof Zutritt haben würde, um vom Kaiser des Ostreiches höchstpersönlich empfangen zu werden. Ich fühlte mich so ähnlich wie damals, als ich aus dem Mönchskloster geworfen und ins Nonnenkloster geschickt wurde: teils ängstlich und teils voller Vorfreude auf die mir bevorstehenden neuen Abenteuer.

»Ich bin nicht im mindesten daran interessiert, diese Stadt noch sehr lange besetzt zu halten«, fuhr Theoderich fort. »Wie jeder andere frei geborene und frei lebende Gote habe ich für eine Stadt, die von einer Mauer umgeben ist, nichts übrig. In unserer amalischen Hauptstadt Novae, von der aus man direkt auf die Donau und auf das an sie angrenzende Flachland blicken kann, fühle ich mich wesentlich wohler. Ihr, meine beiden Marschälle, werdet den Kaisern die Lage jedoch ganz anders darstellen. Ihr müßt den beiden Regenten den Eindruck vermitteln, daß mir so viel an der Stadt gelegen ist, daß ich am liebsten für immer hier bleiben und Singidunum zu meiner neuen Hauptstadt erklären würde. Ich gebe die Stadt erst auf, wenn ich bekommen habe, was ich im Tausch gegen sie verlange. Realistischer gesprochen heißt das, daß ich die Stadt so lange halten werde, wie ich kann. Ihr beide müßt also den Kaisern in Ravenna und Konstantinopel meine Forderungen unterbreiten, bevor die Sarmaten mir bei einem Gegenangriff die Stadt vielleicht wieder entreißen.«

Über den Tisch hinweg überreichte er jedem von uns ein Pergament, auf dem viele Zeilen in Theoderichs Handschrift standen und das mit seinem in purpurfarbenes Wachs gepreßten Monogramm versiegelt war.

»Ich habe fast die ganze Nacht gebraucht, um diese Schriftstükke aufzusetzen«, erklärte er uns. »Eures ist in lateinischer Sprache verfaßt, Saio Soas, und deines, Saio Thorn, auf Griechisch.«

»Ich spreche zwar ein wenig Griechisch, kann jedoch die Schriftzeichen nicht lesen«, murmelte ich entschuldigend.

»Das ist auch nicht nötig. Am Hof von Konstantinopel kann das jeder; außerdem kennt ihr ja beide den Inhalt meines Schreibens. Die beiden Kaiser sollen ihren Dank für die Rettung Singidunums aus den Händen der Sarmaten zum Ausdruck bringen, indem sie mir eine Bürgschaft zukommen lassen; mit anderen Worten, sie sollen mir einen Vertrag schicken, der die zwischen dem Reich und meinem verstorbenen Vater geschlossenen Abkommen erneuert und bestätigt. Darin soll uns Ostgoten auf unbefristete Zeit das Eigentumsrecht an den Ländereien in Moesia Secunda zugesichert werden, die Leo I. uns damals überließ. Außerdem sollen uns wie zuvor für die Bewachung der Reichsgrenze jedes Jahr dreihundert Pfund in Gold gezahlt werden. Sobald ich diesen Vertrag in meinen Händen halte, werde ich die Stadt jeder beliebigen Truppe übergeben, die das Reich als neue Garnison nach Singidunum schickt. Das wird jedoch, wie gesagt, erst dann geschehen, wenn ich im Besitz eines Vertrages bin, von dessen Gültigkeit und Aufrichtigkeit ich überzeugt bin, und der so formuliert ist, daß auch die Nachfolger von Julius Nepos und diesem neuen Leo ihn nicht verkürzen, verwerfen oder umschreiben können.«

»Und wie können der Saio Soas und ich unseren jeweiligen Kaisern beweisen, daß Singidunum tatsächlich in deiner Hand ist?« fragte ich.

Bei dieser weiteren Spitzfindigkeit blickten mich die beiden Männer verärgert an, dann jedoch sagte Theoderich: »Das Wort eines Königs muß genügen; aber wenn selbst du schon diese unverschämte Frage stellst, dann könnten andere das auch tun; daher werde ich sowohl dir wie auch dem Saio Soas eindeutige Beweise mitgeben.« Er rief mit erhobener Stimme: »Aurora, bring das Fleisch.«

Ich erwartete, daß das Mädchen auf diesen merkwürdigen Befehl hin große Holzteller oder Schneidebretter hereinbringen würde, um die Mahlzeit darauf zu servieren. Als sie jedoch aus der Küche kam, trug sie zwei Lederbeutel der mir bereits bekannten Art vor sich her, die sie Theoderich aushändigte. Er öffnete einen der Beutel, schaute hinein und gab ihn dann an Soas weiter. Den anderen reichte er mir mit der beiläufigen Bemerkung: »Auch Aurora hat in dieser Nacht kaum geschlafen. Sie mußte diese Dinger da räuchern, damit sie nicht völlig verwest sind und stinken, wenn ihr sie abliefert. Julius Nepos erhält den Kopf von Camundus, Leo II. den von Babai. Ist das Beweis genug, Saio Thorn?«

Ich nickte ernüchtert.

»Saio Soas, Ihr habt den längeren Weg. Ihr müßt über Land nach Ravenna reisen. Am besten, Ihr brecht sofort auf.«

»Ich bin bereit, Theoderich!« stieß Soas hervor. Er sprang sofort auf die Füße, grüßte zackig und verschwand durch die Tür, die zur Straße führte.

Noch bevor ich fragen konnte, auf welche Weise ich nach Konstantinopel gelangen würde, sagte Theoderich bereits: »Unten am Fluß warten in einem Kahn ein paar vertrauenswürdige Bootsleute auf dich. Auch für Proviant wurde bereits gesorgt. Ihr werdet die Donau hinunterfahren, bis ihr meine moesische Hauptstadt Novae erreicht. Da du den Optio Daila bereits kennst, wird er dich zusammen mit zwei Bogenschützen begleiten, denn es könnte sein, daß ihr unterwegs auf Piraten oder irgendwelche Hindernisse anderer Art stoßt. Der Kahn faßt euch alle und eure Pferde obendrein. Ich wünsche jedoch, daß du mit einer größeren, eindrucksvolleren Gefolgschaft in Konstantinopel eintriffst; daher gebe ich dir noch einen weiteren Brief für meine Schwester Amalamena in Novae mit, in dem ich sie bitte, dir weitere Krieger und Pferde zur Verfügung zu stellen. Vielleicht möchte sie dich sogar mit ihrer eigenen Dienerschaft begleiten. Auch Amalamena war noch nie in Konstantinopel. Du wirst dich in ihrer Gesellschaft sicher wohlfühlen. Sie ist schön und charmant und alle, die sie kennen, lieben sie; mich eingeschlossen. Sie wird auch dafür Sorge tragen, daß dein ganzes Gefolge hervorragend gekleidet, ausgerüstet und versorgt ist, wenn ihr von Novae aus in südöstliche Richtung losreitet. Nun, hört sich das wirklich so schlecht an, Thorn? Hast du immer noch Bedenken, als mein Marschall zum Hof des Kaisers zu reisen?«

»Ne, ne, ni allis.« Was sollte ich auch noch groß sagen, wenn er sich ohne weiteres vorstellen konnte, daß sogar eine Frau nicht zögern würde, diese Reise zum erlauchten Kaiser Leo anzutreten. »Hast du noch irgendwelche Anweisungen?«

»Nein, nur hohe Erwartungen; besonders die, daß du sehr schnell mit dem Vertrag zurückkehrst, um den du dich bemühen sollst. So sei es!«

*

Unsere Fahrt die Donau hinab verlief ohne weitere Zwischenfälle. Die Donau war zunächst weiterhin der schnellfließende, aber dennoch breite, braune Strom, der mir bereits vertraut war, und die Sawe, die sich oberhalb von Singidunum mit ihr vereinigte, verbreiterte sie noch beträchtlich. Die nun mehr als eine halbe römische Meile auseinanderliegenden Wälder links und rechts des Stromes waren daher nur noch verschwommen zu erkennen. Ungefähr eine Tagesreise nach Singidunum veränderte der Strom jedoch plötzlich seinen Charakter dramatisch. Auf ihrem Weg nach Osten mußte die Donau sich nun zwischen zwei großen Gebirgsketten hindurchzwängen; im Norden erhoben sich die Karpaten und im Süden der große Balkan.

Da die Donau sich nun durch den weniger als ein Stadium breiten Engpaß hindurchschlängeln mußte, den die zu beiden Seiten steil aufragenden Felswände bildeten, schoß der zuvor so breite, braune Strom ab hier als tosender, weiß schäumender Strudel durch sein beengtes Flußbett. Die Pferde spreizten ihre Beine weit auseinander und stemmten sie gegen die Planken des Kahns. Daila, die Bogenschützen und ich klammerten uns bange an alles, was an dem Kahn niet- und nagelfest war. Das ächzende Boot wurde von den peitschenden Wassermassen hin- und hergeschleudert und tanzte mit abrupten Sprüngen und Schlenkern durch die Brandung; dennoch blieben die Bootsleute während dieses wilden Ritts erstaunlich gelassen und hielten das Boot, das immer wieder zur Seite hin ausbrechen wollte, mit ihren Stangen und dem Steuerruder geschickt in der Mitte des Flußbetts, so daß es nicht an den Uferfelsen zerschellen konnte.

Diese wilde, turbulente und furchterregende Fahrt setzte sich beinahe ununterbrochen einen ganzen Tag lang fort, der einem wie eine ganze Woche vorkam, endete dann jedoch genauso abrupt, wie sie begonnen hatte. Der Fluß schoß aus der Kluft heraus, die Felswände wichen zur Seite, und bald darauf ließen wir die Karpaten und den großen Balkan hinter uns und fuhren an Wäldern, Wiesen und Unterholz vorbei. Als ob der Fluß sich über seine Befreiung aus der Bedrängnis freute, toste er nun nicht mehr mit ohrenbetäubendem Lärm vorwärts, sondern dehnte sich gemächlich wieder auf seine alte Breite aus und floß mit einer Art erleichtertem Seufzen wie zuvor braun und friedlich vor sich hin. Nun lotste die Bootsbesatzung den Kahn ans Ufer, wo die Pferde auf einer saftigen Weide grasen konnten, während wir Menschen uns dankbar und entspannt ebenfalls auf festem Boden niederließen, um unsere Abendmahlzeit einzunehmen.

Die darauffolgenden Tage über konnten wir unsere verspannten Glieder ausstrecken und uns von unseren Schrammen und Prellungen erholen. Auf beiden Seiten des Flusses waren in der Ferne nun wieder Bergketten zu erkennen. Die Donau hatte sich inzwischen fast auf die Breite eines Sees ausgedehnt und ging links und rechts direkt in eine Marsch- und Sumpflandschaft über. Der ausufernde Strom floß nun so träge dahin, daß die Bootsleute sich mit ihren Stangen kräftig ins Zeug legen mußten, damit unser Kahn sich schneller vorwärts bewegte als der Fluß; trotzdem ging es Daila, den Bogenschützen und mir nicht schnell genug. Unsere Glieder schmerzten zwar inzwischen nicht mehr, dafür juckte uns jetzt der ganze Körper unerträglich. Stechmücken und alle nur erdenklichen Arten von blutsaugenden Insekten kamen uns in dunklen Schwärmen aus den Ufersümpfen heraus entgegengeflogen, taten sich an uns gütlich und quälten uns bis aufs Blut.

Die Bootsleute waren anscheinend bereits so an diese Plage gewöhnt, daß sie die Insektenschwärme überhaupt nicht beachteten. Nur gelegentlich wedelte einer mit der Hand vor seinem Gesicht hin und her, um überhaupt noch etwas sehen zu können. Wir vier anderen dagegen konnten nicht aufhören, uns blutig zu kratzen, und fanden so lange keinen Schlaf, daß wir beinahe verrückt wurden. Jede freie Stelle unseres Körpers trug die Spuren unserer Fingernägel, und die drei bärtigen Krieger hatten sich in ihrer Not sogar ganze Haarbüschel aus dem Bart gerissen. Unsere Gesichter und Hände waren so dicht mit Insektenstichen übersät, daß sie völlig aufgedunsen waren; unsere Augen waren beinahe zugeschwollen und unsere Lippen waren dick und wund. Die Pferde hatten zwar ein dickeres Fell, doch auch sie juckte es überall. Sie zuckten, tänzelten nervös umher, wälzten sich und traten um sich. Wir befürchteten schon, sie würden irgendwann mit ihren Hufen ein Loch in den Kahn schlagen und uns auf diese Weise für immer an diesen schrecklichen Ort verbannen.

Wir waren ungemein erleichtert, als die Donau sich nach einer halben Ewigkeit wieder verengte und schneller zu fließen begann, so daß der Fahrtwind viele der Insekten vertrieb. Die Plage war endgültig vorüber, als der Fluß und unser Kahn bald darauf erneut in eine enge Felsenschlucht hineinglitten. Dort wurden wir noch länger und ausgiebiger durchgeschüttelt und hin und her geworfen als während unserer letzten Durchfahrt durch eine solche Flußenge; dennoch nahmen Dalai, die Bogenschützen und ich, ja vermutlich sogar die Pferde, diese heftigen Stöße und Erschütterungen immer noch lieber in Kauf als die Insektenschwärme.

Ich sah bald, warum diese Flußenge das Eiserne Tor genannt wurde. Die links und rechts des Flußes emporragenden Felswände waren nicht aus grauem, sondern aus rostrotem Gestein, und die Schlucht zwischen ihnen war so schmal, daß eine oben am Abgrund aufgestellte Gruppe von Kriegern den Fluß mit Pfeilen, Feuer, Steinen oder Baumstämmen bombardieren könnte, um so dieses »Tor« für jedes Schiff zu blockieren; selbst die gesamte Flotte römischer Schutzschiffe hätte man hier an der Weiterfahrt hindern können. Unser Kahn blieb jedoch von feindlichen Angriffen unbehelligt. Er holperte und schlingerte ungestört und mit rasender Geschwindigkeit die weiß schäumenden Stromschnellen hinunter.

Wir gelangten einigermaßen sicher durch diese zweite Flußenge, fühlten uns nach dieser Tortur jedoch noch müder und zerschundener als beim vorigen Mal. Als die Bootsleute sahen, daß uns richtiggehend übel war, bekamen sie Mitleid mit ihren Fahrgästen, steuerten den Kahn ans linke Flußufer und machten ihn dort fest, damit wir uns zwei Tage lang an Land von unseren Strapazen erholen konnten.

Im weiteren Verlauf unserer Reise waren keine Wildwasserfahrten mehr zu bestehen. Auf diesem letzten Flußabschnitt war auch das Risiko, von Flußpiraten überfallen zu werden, nicht mehr sehr groß. Von Turris Severi ab trieben wir die stärker befahrene untere Donau hinunter, die zudem noch von den bewaffneten Schutzschiffen der moesischen Flotte überwacht wurde. Der Strom war inzwischen wieder braun und breit und floß ruhig dahin. Wir durchfuhren eine äußerst karge und eintönige Landschaft und erreichten schließlich das am südlichen Ufer des Flußes gelegene Novae.

Ich dachte bei mir, daß Theoderich ziemlich übertrieben hatte, als er Novae als »Stadt« bezeichnete. Ich hatte nun schon mehrere Städte gesehen, und im Vergleich zu diesen war Novae wirklich nur ein Städtchen. Die Häuser waren überwiegend einstöckig, es gab kein Amphitheater, und die einzige Kirche war alles andere als majestätisch. Die zwei oder drei Thermen hatten nichts vom Prunk ihrer römischen Gegenstücke, und das Anwesen, das Daila als »den königlichen Palast mit seinen Gärten« bezeichnete, war sehr viel bescheidener als zum Beispiel das des Herzogs Sunnja in Vindobona. Dennoch war Novae ein freundliches Städtchen, das sich vom Flußufer aus einen sanften Hügel hinaufzog; die vielen Marktplätze waren von schattenspendenden Bäumen umgeben und mit bunten Blumen bepflanzt. Wie Theoderich mir bereits gesagt hatte, war Novae tatsächlich von keinerlei Mauern umgeben; Daila erklärte mir jedoch, daß die Stadt diese Offenheit nach allen Seiten durchaus nicht voller Selbstzufriedenheit genießen konnte.

»Hast du bemerkt, Saio Thorn, daß die Eingangstür jedes Wohnhauses, jedes Ladens und jeder Herberge so angebracht ist, daß sie nicht auf gleicher Höhe liegt wie die Eingangstür des gegenüberliegenden Hauses? Das geschah, damit die Männer im Falle einer Bedrohung oder eines Alarms mit ihren Waffen sofort aus ihren Häusern eilen können, ohne dabei mit denen zusammenzustoßen, die gerade das gegenüberliegende Haus verlassen«, erklärte mir Daila, als wir an Land gingen.

»Ja«, sagte ich, »ein Plan, der Weitblick beweist. Ich habe diese Vorsichtsmaßnahme bisher noch nicht einmal in einer Stadt beobachten können.« Dann fügte ich sofort taktvoll hinzu: »in einer größeren Stadt, meine ich. Aber jetzt sag mir, Optio, was wird von uns erwartet? Sollen wir uns in einer der Herbergen einquartieren?«

»Ach, ne. Ich werde mich mit den beiden Bogenschützen in das Armeelager begeben, das hinter der Kuppe des Hügels liegt. Wir werden auch die Pferde mitnehmen. Du dagegen wirst als Marschall von Prinzessin Amalamena freundlich empfangen werden und im königlichen Palast wohnen.«

Ich nickte, fuhr dann jedoch unsicher fort: »Wie du weißt, bin ich erst vor kurzem zum Marschall ernannt worden; glaubst du, ich sollte mich der Prinzessin bewaffnet und in voller Rüstung vorstellen?«

Auch Daila war taktvoll: »Ähm ... in Anbetracht dessen, daß du noch keine eigene Rüstung hast, die deiner ... ähm ... Statur angepaßt wurde, würde ich Euch empfehlen, Saio Thorn, in ganz gewöhnlicher Kleidung vor die Prinzessin zu treten.«

Ich beschloß, zumindest in sauberer Kleidung zu erscheinen. Um mich ungestört umziehen zu können, brachte ich meine Sachen in eine Hütte am Hafen. Dort mußte ich jedoch feststellen, daß alle meine Kleidungsstücke bei unseren Wildwasserfahrten feucht und muffig geworden waren. Mir blieb keine Zeit, all meine Sachen in der Sonne zu trocknen, also wählte ich die besten, wenn auch nun feuchten, Gewänder aus, die ich in Vindobona als Thornareichs gekauft und getragen hatte: natürlich nicht die Toga, aber eine feine Tunika, die ich über ein passendes Untergewand streifte, dazu lange Hosen und meine Straßenschuhe mit der skythischen Schnalle. Auf den Schultern meiner Tunika befestigte ich dann meine Fibeln aus Bronze und roten Granaten. Als ich schließlich vollständig angekleidet war, roch ich immer noch ziemlich modrig, obwohl ich bereits meine Phiole mit Rosenessenz hervorgezogen und ein paar Tropfen der duftenden Flüssigkeit auf meine Kleider gesprenkelt hatte; außerdem gaben meine nassen Schuhe beim Laufen ein quietschendes Geräusch von sich. Trotzdem glaubte ich, jetzt gut genug gekleidet zu sein, um wie ein Marschall des Königs auszusehen.

Das Grundstück, auf dem sich der Palast befand, war ebenfalls nicht von einer Mauer, sondern lediglich von einer Hecke umgeben, die nur an einer Stelle von einem eisernen Gittertor unterbrochen wurde. Die davor aufgestellten beiden Wachposten waren die kräftigsten Goten, die ich je gesehen hatte; sogar ihre Bärte waren viel buschiger als die der anderen. Beide trugen Helm und Rüstung und waren mit Wurfspeeren bewaffnet. Ich ging auf sie zu, teilte ihnen mit, wer ich war und weshalb ich kam, und zeigte ihnen auch den Brief, den Theoderich mir für seine Schwester mitgegeben hatte. Ich bezweifelte, daß die Männer lesen konnten, nahm jedoch an, daß sie das Siegel erkennen würden. Meine Vermutung erwies sich als richtig. Die eine Wache murmelte der anderen zu: »Geh und hol den Fauragagga!« Mich forderte er schroff dazu auf, auf den Höfling zu warten, der mich dann hineinbegleiten würde. Während ich draußen vor dem Tor wartete, musterte die Wache mich eingehend von Kopf bis Fuß; sein Blick war jedoch weniger mißtrauisch, als etwas skeptisch.

Auf dem Weg vom Palast zum Tor, näherte sich uns ein Höfling, ein sehr alter, gebeugter Mann mit einem langen weißen Bart, der am Stock ging und trotz der sommerlichen Hitze eine schwere, bodenlange Robe trug. Er stellte sich mir als der Fauragagga Costula vor und verbeugte sich, als ich ihm den Brief durch das Tor reichte. Dann erbrach er das Wachssiegel, rollte das Pergament auseinander und las es bis zum Schluß durch, wobei er mir gelegentlich mit hochgezogenen, weißen Augenbrauen einen kurzen Blick zuwarf. Schließlich verneigte er sich erneut, gab mir den Brief zurück und befahl den Wachen: »Öffnet das Tor, Wachmänner, und erhebt eure Speere, um den Saio Thorn, den Marschall unseres Königs Theoderich, zu begrüßen!« Sie befolgten seinen Befehl, und ich marschierte so aufrecht ich konnte zwischen den beiden Wachen hindurch, die mich dennoch wie die Klippen des Eisernen Tores überragten. Als wir zusammen den Weg zum Palast hinaufgingen, nahm der Höfling mich freundlich beim Arm, stutzte jedoch plötzlich, zog seine Hand wieder von meinem Ärmel zurück und wischte sie an seiner Robe ab.

»Entschuldigt, daß ich so feucht bin, Costula«, sagte ich verlegen. »Der Fluß war sehr naß.« Er warf mir einen kurzen Seitenblick zu, und mir wurde schlagartig bewußt, daß diese Worte aus dem Mund eines Marschalls außerordentlich dumm geklungen haben mußten; daher wechselte ich schnell das Thema und fragte: »Wie habe ich Prinzessin Amalamena zu begrüßen und anzureden?«

»Eine respektvolle Verbeugung genügt, Saio Thorn; und Ihr könnt sie einfach mit Prinzessin ansprechen, bis sie Euch anbietet, sie Amalamena zu nennen, was sie wahrscheinlich tun wird. Sie verlangt nicht, mit so hochtrabenden Titeln wie Augusta oder Maxima angesprochen zu werden, wie sie bei den Römern üblich sind. Ich möchte Euch jedoch um einen Gefallen bitten, Saio Thorn. Würde es Euch etwas ausmachen, eine Zeitlang in einem Vorzimmer zu warten? Ich muß der Prinzessin Eure Ankunft melden, und sie muß erst aufstehen und sich ankleiden, bevor sie Euch empfangen kann.«

»Sie muß erst aufstehen? Mitten am Nachmittag?«

»Oh vái, sie ist keine verschlafene Schlampe. Sie ist seit einiger Zeit krank und steht unter der Obhut eines Arztes. Sagt ihr jedoch nicht, daß ich Euch das erzählt habe. Amalamena ist die Tochter ihres Vaters und die Schwester ihres Bruders. Genauso wie sie sich weigern würde, auch nur die geringste Schwäche zu zeigen, würde sie es auch mißbilligen, von Euch Bezeugungen der Anteilnahme oder des mitleidigen Verständnisses zu hören.«

Undeutlich murmelte ich Bekundungen meines Bedauerns vor mich hin und versicherte, daß ich nicht so taktlos sein würde, die Prinzessin auf ihre Gesundheit anzusprechen. Der Höfling führte mich durch die große doppelte Vordertür des Palasts zu einer Liege in der Eingangshalle und bat einen Diener, mir eine Erfrischung zu bringen. Ich saß also da, nippte an einem Humpen mit gutem, bitterem, dunklem Bier und studierte meine Umgebung.

Der Palast war aus demselben roten Gestein erbaut, aus dem die Felsen des Eisernen Tores bestanden hatten. Das zweistöckige Gebäude stand in der Mitte des Grundstücks. Gepflegte Grünflächen und Blumenbeete wurden von schmalen Kieswegen durchzogen. Die Inneneinrichtung des Palasts war ebensowenig protzig wie seine äußere Fassade. Seine Eingangshalle war bei weitem nicht so überreich geschmückt wie die einer römischen Villa, und es wunderte mich nicht, daß die meisten Einrichtungsgegenstände Jagdtrophäen waren. Die Liege, auf der ich saß, war mit dem Fell eines Auerochsen bedeckt, auf dem Mosaik des Fußbodens lagen kleine Teppiche aus Bärenfell, und an den Wänden waren prächtige Hörner und Geweihe angebracht. Es standen auch kunstvolle Gefäße einer mir völlig unbekannten Art herum, riesige, elegant geformte Vasen und Urnen aus schwarzer oder zinnoberroter Keramik, auf denen anmutige Götter und Göttinnen, kleine Jungen und Mädchen beim sportlichen Spiel oder muskulöse Jäger mit ihrer Beute dargestellt waren. Costula erklärte mir später, daß es sich um griechisches Kunsthandwerk handele, und daß die spärliche Möblierung des Raumes, die jeden einzelnen Einrichtungsgegenstand voll zur Geltung brachte, ebenfalls eine griechische Mode sei.

Einige Zeit später öffnete sich auf der dem Eingang gegenüberliegenden Seite der Eingangshalle eine Doppeltür. In der Türöffnung erschien der alte Costula und winkte mich zu sich herüber. Ich setzte meinen Humpen ab, durchquerte die Halle und wurde dann von ihm in den hinter der Tür gelegenen Raum geführt. Dieser war sehr geräumig und hoch und hatte viele Fenster, durch die von draußen das helle Licht der Sommersonne hereinflutete. Auch dieser Raum hatte einen Fußboden aus Mosaik und war mit Jagdtrophäen und griechischen Urnen geschmückt. Er enthielt nur ein einziges Möbelstück, das neben seiner dekorativen auch noch eine zweckmäßige Funktion hatte. An der Wand gegenüber der Tür stand ein hoher, thronähnlicher Stuhl, auf dem eine schmale, ganz in weiß gekleidete weibliche Gestalt saß. Sie hielt Theoderichs Brief aufgerollt in den Händen; ganz so, als ob sie ihn gerade selber lese. Es überraschte mich ein wenig, daß eine Frau von einem »unkultivierten« Stamm lesen konnte, auch wenn sie von königlichem Blute war. Ich sollte zur gegebenen Zeit noch herausfinden, daß die Prinzessin nicht nur lesen, sondern auch schreiben konnte und zudem noch sehr belesen war.

Ich schritt langsam und würdevoll auf sie zu, doch der Stuhl war sehr weit von der Tür entfernt, und all die Würde, um die ich mich so sehr bemühte, wurde von dem komischen Quietschen meiner feuchten Schuhe zunichte gemacht, das der gewölbte Raum noch immens verstärkte. Ich fühlte mich eher wie eine Wasserwanze auf einem langen mühseligen Marsch als wie ein Marschall und Herzog.

Die Prinzessin Amalamena hatte wohl ähnliche Gedanken, denn während ich auf sie zuquietschte, blickte sie die ganze Zeit über mit gesenktem Kopf wie gebannt auf meine Füße. Als ich schließlich kurz vor ihrem Stuhl stehen blieb, erhob sie endlich langsam ihr Haupt. Sie lächelte freundlich, doch die Grübchen um ihren Mund zeigten, daß sie mit einem herzhaften Lachen kämpfte. Vor Scham wurde ich wahrscheinlich noch röter als Theoderichs Aurora, daher verbeugte ich mich so tief, daß die Prinzessin mein Gesicht nicht sehen konnte, und richtete mich erst wieder auf, als sie sagte: »Willkommen, Saio Thorn.« Sie hatte ihren Lachreiz inzwischen überwunden, lächelte jetzt nachdenklich und schnupperte dezent in die Luft. »Seid Ihr durch das Tal der Rosen hierhergekommen?«

»Nein, Prinzessin«, sagte ich durch die Zähne hindurch, denn ich mußte die Bemerkung unterdrücken, daß es sich bei ihrer Krankheit offensichtlich nicht um einen Katarrh handelte, der ihren Geruchssinn betäubt hatte. »Ich benutze eine Rosenessenz als Parfüm, Prinzessin.«

»Ach tatsächlich? Wie originell!« Ihre Grübchen zuckten, als hätte sie erneut Schwierigkeiten, ihr höfliches Lächeln aufrechtzuerhalten. »Die meisten der hier eintreffenden Gesandten meines Bruders riechen nach Schweiß und Blut.«

Ich brauchte ihr nicht erst zu sagen, daß ich als Marschall des Königs eine recht klägliche Figur abgab; dabei hätte ich diese Amalamena so gerne beeindruckt, denn sie war so schön wie eine Prinzessin sein sollte. Ihre Ähnlichkeit mit dem älteren Bruder war unverkennbar, aber ihre Züge waren natürlich feiner. Theoderich sah gut aus, sie aber war schön; und natürlich hatte sie auch nicht seinen kräftigen Körper, sondern war geradezu geisterhaft schlank und hatte kaum mehr Busen als ich, wenn ich Veleda war. Während Theoderich ein typischer Gote mit blondem Haar und heller Haut war, leuchtete Amalamenas Haar silbriggolden; ihre Lippen hatten die Farbe von Schlüsselblumen und ihre elfenbeinerne Haut war so durchsichtig, daß ich an ihren Schläfen die Venen blau hindurchschimmern sah. Ihr Name, der »Mond der Amaler« bedeutete, paßte vortrefflich zu ihr, denn sie hätte eine Verkörperung des schmalen, bleichen, zerbrechlichen Neumondes sein können. Ihre perlene Blässe betonte die gotisch-blauen Augen. Diese funkelten wie die Zwillingsfeuer, die ich einmal gesehen hatte, und es lag ein schelmischer und spöttischer Ausdruck in ihnen, als sie sagte: »Nun, Ihr seid nicht größer als ich, Saio Thorn, und wohl auch nicht älter. Auch habt Ihr keinen stärkeren Bartwuchs als ich. Vielleicht könnte auch ich mich um das Amt eines Marschalls bewerben. Oder gefällt es Theoderich seit neuestem, sich wie Alexander nur mit jungen Männern zu umgeben? Wenn das der Fall sein sollte, dann hat er sich seit unserem letzten Zusammentreffen sehr verändert.«

Inzwischen war mein Gesicht wahrscheinlich rot vor Ärger, und ich sagte mit von Wut erstickter Stimme: »Prinzessin, ich wurde nur deshalb zum Marschall ernannt, weil ich Theoderich dabei half, die Stadt Singidunum einzunehmen. Andere Gründe gab es nicht.«

Nach dieser letzten Bemerkung konnte sie sich nicht länger beherrschen und brach in ein langes, melodisches Lachen aus. Mit ihrer schmalen weißen Hand winkte sie matt in meine Richtung, und selbst der alte Costula begann jetzt zu kichern. Ich wäre am liebsten vor Scham im Boden versunken. Als ihre Heiterkeit sich schließlich legte, wischte sie sich die Tränen aus den strahlend blauen Augen und sagte in einem Ton freundlicher Belustigung: »Verzeiht mir, ich habe mich ungebührlich verhalten; aber Ihr saht so ... so ... und der Lekeis sagte mir, Lachen sei für jede Art von Krankheit die beste Medizin.«

»Ich hoffe, daß er Recht behalten wird, Prinzessin«, sagte ich eisig.

»Weißt du, ich finde, daß du gar nicht jung genug bist, um so mit mir zu reden, als sei ich wesentlich älter. Nenn mich ab jetzt einfach Amalamena, und ich werde dich Thorn nennen. Sicherlich hast du meine Scherze nicht ernstgenommen, denn du hast doch bestimmt den Brief meines Bruders gelesen.«

»Nein, das habe ich nicht«, sagte ich immer noch sehr steif, »erst Euer – dein – Fauragagga hat das Siegel erbrochen. Du kannst ihn selbst fragen.«

»Jedenfalls kannst du diesen Brief ruhig jeden lesen lassen und sehr stolz auf das sein, was mein Bruder darin über dich schreibt. Mein Bruder preist dich über alle Maßen und bezeichnet dich nicht nur als seinen Marschall, sondern als seinen Freund. Natürlich hat er viele Freunde, aber während sie nur Freunde des Königs sind, bist du der Freund Theoderichs.«

Trotz ihrer warmen Worte sagte ich immer noch förmlich: »Ich versuche, ihm ein vertrauenswürdiger Freund zu sein, und befinde mich im Augenblick auf einer sehr dringenden Mission, Prinzessin ... ich meine, Amalamena. Wenn du mir nur bald all das zur Verfügung stellen würdest, worum dich dein Bruder meines Wissens in diesem Brief gebeten hat, dann könnte ich sofort aufbrechen und ...«

»Und ich auch«, führte sie meinen Satz fort. »Ich möchte gerne an dieser Expedition teilnehmen. Theoderich selbst hat mir in seinem Brief diesen Vorschlag gemacht.«

»Ich glaube, als dein Bruder das schrieb, wußte er nicht, daß du ... ähm ...« Ich unterbrach meinen Satz, weil Costula hinter dem Stuhl der Prinzessin so nachdrücklich seinen Kopf schüttelte, daß sein langer Bart hin und her wedelte. »Ich will damit sagen, daß der Weg von hier nach Konstantinopel mir nicht vertraut ist. Es wird möglicherweise eine sehr anstrengende oder vielleicht sogar gefährliche Reise werden.«

Ihre Grübchen verzogen sich erneut zu einem freundlichen Lächeln, als sie überredend erwiderte: »Aber ich werde doch von Thorn begleitet, der mich geleiten und beschützen wird. Diesem Brief nach zu urteilen, könnte ich selbst unter dem Schild Jupiters und Minervas nicht sicherer reisen. Würdest du mir die Gelegenheit geben, mich selbst davon zu überzeugen?«

Anstatt mir einen entsprechenden Befehl zu geben, hatte sie mir eine Frage gestellt; sie war eine königliche Prinzessin, die Schwester meines Königs und Freundes und zweifellos bei ihrem Volk sehr beliebt; zudem litt sie unter einer Krankheit, über die ich noch nichts wußte, und man würde mich zur Verantwortung ziehen, wenn ihr in meiner Obhut etwas zustieße. Es gab also genug Anlaß für berechtigte Befürchtungen und Einwände, und ich hätte nicht zögern sollen, diese auch energisch zur Sprache zu bringen, doch als ich dieses zerbrechliche und wunderschöne Mädchen anschaute, war mein einziger Gedanke: »Ach, könnte ich doch nur ein Mann sein!« Und alles, was ich noch sagen konnte, war: »Ich wäre nie imstande, dir eine Bitte abzuschlagen, Amalamena.«

# 6

Amalamena gab dem Fauragagga verschiedene, die Reisevorbereitungen betreffende Anweisungen und bat ihn darum, noch weitere Diener sowie militärische Berater in ihre Gemächer zu schicken, damit sie auch diese entsprechend unterweisen könne. Dann sagte sie zu mir: »Die Vorfreude hat mich bereits ein wenig ermüdet; oder vielleicht war es auch das heilsame Lachen, das du mir entlockt hast.« Sie lachte erneut. »Trotzdem würde ich mich jetzt gerne etwas ausruhen. Costula wird dir zeigen, wo du wohnen wirst, und auch deine Sachen dorthin bringen lassen. Ich sehe dich beim Abendessen wieder.«

Also verließen der alte Costula und ich zusammen den Raum. Als wir draußen waren, fragte ich ihn: »Ist dieser Lekeis, der die Prinzessin behandelt, womöglich ein Schamane, ein Sterndeuter, oder sonst so ein Quacksalber?«

»Nein, durchaus nicht. Der Lekeis Frithila würde Euch vergiften, wenn er Euch so reden hörte. Er ist ein sehr gelehrter und erfahrener Mann, der zu Recht den römischen Titel Arzt verdient. Würde eine königliche Familie etwa einen Quacksalber zu Rate ziehen?«

»Das will ich nicht hoffen. Bringt mich zu diesem Frithila. Ich muß zuerst seine Erlaubnis einholen, bevor die Prinzessin mit Euch zusammen weitere Reisevorbereitungen trifft.«

»Das ist wahr. Wir werden sofort zu Frithila gehen. Laßt mich nur zuerst nach einer Sänfte rufen, Saio Thorn, denn für meine alten Füße ist der Weg zum Lekeis ziemlich weit.« Durch mehrere Straßen und um mehrere Ecken gelangten wir zu einem ansehnlichen Wohnhaus. Im bereits vollen Wartezimmer saßen ausschließlich Frauen und kleine Kinder. Ich wartete ebenfalls dort, während Costula in einem anderen Zimmer verschwand. Aus diesem kam kurze Zeit später eine Frau heraus, die ihre Kleider zurechtzupfte. Costula streckte seinen Kopf durch die offene Tür und nickte mir zu.

»Nun?« bellte der Lekeis, als ich den Raum betrat. Er war beinahe so alt wie der Fauragagga, hatte jedoch wachere Augen und eine energischere Art. »Warum wünscht Ihr mich so dringend zu sprechen? Ihr seht völlig gesund aus.«

»Es ist der Gesundheitszustand von Prinzessin Amalamena, über den ich mich erkundigen möchte.«

»Dann könnt Ihr sofort wieder gehen. Ich bin an meine Schweigepflicht gebunden und darf nur mit einem beratenden Arzt über das Befinden eines Patienten sprechen.«

»Habt Ihr dem Lekeis denn nicht gesagt, wer ich bin?« fragte ich Costula.

»Doch, er hat es mir gesagt«, sagte Frithila, »aber ich würde nicht einmal dem Oberbischof von ...«

Ich schlug laut mit der Faust auf den Tisch, hinter dem er stand. »Ich werde mich kurz fassen. Die Prinzessin möchte mich nach Konstantinopel begleiten, wo ich eine Mission zu erfüllen habe.«

Mein Verhalten schien ihn ein klein wenig aus der Fassung gebracht zu haben, dennoch zuckte er nur mit den Schultern und sagte: »Wie schön für Euch, junger Mann. Ich sehe keinen Grund, warum sie das nicht tun sollte.«

»Versteht mich richtig, Lekeis Frithila. Ich bin nicht nur der Marschall des Königs, sondern auch sein Freund, und ich wage es nicht, seine Schwester auf eine so lange Reise mitzunehmen, wenn Ihr mir nicht versichern könnt, daß sie diese auch überleben wird.«

Der Arzt strich sich nachdenklich über den Bart und schaute mich dabei mit zusammengekniffenen Augen an. Nach einer Weile wandte er sich an Costula und sagte: »Laßt uns bitte allein.« Als der Höfling den Raum verlassen hatte, schaute mich Frithila nochmals prüfend an und fragte schließlich: »Sprecht Ihr ein wenig Griechisch oder Latein?« Ich bejahte. »Sehr gut. Selbst Euch als Laie dürfte bereits aufgefallen sein, daß die Prinzessin ganz offensichtlich unter einem Marasmus, unter einer Kakochymie sowie unter einer Kachexie leidet.«

Ich blinzelte. Noch nie hatte ich irgend jemanden in irgendeiner Sprache von diesen Dingen sprechen hören; ich hätte auch nicht sagen können, ob diese Begriffe auf eine bestimmte Person zutrafen oder nicht; jedenfalls hörte sich das, was der Lekeis sagte, für mich so an, als ob Amalamena noch kränker sei, als sie mir vorgekommen war. »Mir fiel nur auf, Lekeis«, sagte ich, »daß sie sehr schmal und blaß ist und daß sie sehr schnell müde wird.«

»Ja«, sagte er hastig, »genau das habe ich soeben gesagt. Sie sieht aus, als sei sie schlecht ernährt, als seien ihre Körpersäfte vergiftet, kurz: als sei ihr Gesundheitszustand insgesamt sehr schlecht. Als ich sie zum ersten Mal so sah, bestand ich darauf, sie zu untersuchen, obwohl sie beteuerte, sie fühle sich so gesund wie eh und je. Wenn ein Arzt eine geschwächte weibliche Patientin vor sich hat, denkt er natürlich zuerst an Bleichsucht, an Weißfluß oder irgendeine andere Entzündung der Gebärmutter, nicht wahr?«

»Ähm ... ja natürlich.«

»Sie bestand jedoch darauf, daß sie keine Beschwerden oder Schmerzen habe, daß sie mit gutem Appetit esse und daß all ihre Körperfunktionen normal seien. Ich konnte weder Fieber noch einen zu schnellen Pulsschlag feststellen; auch keine eitrigen, auffälligen oder in irgendeiner Weise aufschlußreichen Absonderungen im Bereich der weiblichen Organe, außer ... « Er erhob seinen Zeigefinger. »Außer einer sehr geringfügigen Sekretion klarer Lymphflüssigkeit. Der Verdacht auf einen Infarkt oder eine Störung außerhalb des Uterus lag also nahe, nicht wahr?«

»Natürlich.«

»Ich tastete und klopfte ihren Thorax und ihr Abdomen ab, konnte jedoch keinerlei Verhärtungen feststellen. Also riet ich ihr lediglich, sich aus bestimmten Pflanzen wärmende Umschläge zu machen oder sich diese von ihren Dienerinnen vorbereiten und auflegen zu lassen. Zum Einnehmen verschrieb ich ihr nur ein eisenhaltiges Medikament zur Vermehrung der Blutmenge sowie ein Abführmittel gegen mögliche Verstopfung.«

Alle diese Worte sagten mir gar nichts, aber ich sah seinen Gesichtsausdruck und sagte: »Und all Eure Heilmittel konnten ihre Gesundheit nicht wiederherstellen?«

»Ne«, antwortete er grimmig. »Aber sie hatte nach wie vor keine Beschwerden und suchte mich daher auch nicht mehr auf. In der Zwischenzeit nahmen andere Patienten meine Aufmerksamkeit in Anspruch. Leider traf ich Amalamena erst einige Monate später zufällig auf der Straße wieder. Schockiert stellte ich fest, daß sie immer noch genauso blaß und schwach aussah. Ich bestand darauf, ihr in ihren Gemächern einen Besuch abzustatten. Ich tastete erneut ihren Körper ab und stellte nun, oh vái, eine Verhärtung in ihrem Unterleib fest.«

»Lekeis, warum sagt Ihr ›leider‹ und ›oh vái‹?«

»Weil ... wenn ich diese Verhärtung früher festgestellt hätte ...« Er wiegte seinen Kopf hin und her und seufzte. »Es ist ein bösartiger Szirrhus; und ein versteckter dazu, da er weder die Haut durchbricht noch äußerlich als Erhebung sichtbar ist; zudem ist er indolent, da er sich erst so spät feststellen ließ und bis jetzt noch nicht schmerzhaft ist. Er befindet sich aller Wahrscheinlichkeit nach weder in ihrer Gebärmutter noch in ihrem Darm, sondern in ihrem Gekröse. Es muß sich also um die Art von Geschwür handeln, die wir Ärzte verächtlich als »Krebs« bezeichnen. Solange ich jedoch nicht sehen kann, ob die das Geschwür umgebenden Venen angeschwollen sind und die Form von Krebsscheren angenommen haben, kann ich mir meiner Diagnose nicht völlig sicher sein; dazu müßte ich der Prinzessin erst den Unterleib aufschneiden.«

»Sie aufschneiden!?« schrie ich entsetzt.

»Ach, natürlich nicht solange sie noch lebt.«

»Solange sie noch lebt?«

»Wie könnt Ihr meine Worte ständig wiederholen, junger Mann, wenn Ihr mir offensichtlich gar nicht richtig zugehört habt?« sagte er ärgerlich. »Die Prinzessin hat Krebs. In ihrem Gekröse befindet sich ein bösartiges Geschwür, das immer größer wird und ihren Körper allmählich zerstört. Manche nennen es den Aaswurm. Irgendwann wird sich der Krebs auch auf ihre anderen Organe ausbreiten. Amalamena ist nicht nur krank, sie stirbt ganz allmählich vor sich hin.«

»Sie stirbt!?«

»Waren meine Worte etwa immer noch nicht deutlich genug um Euch ihre Aussichten begreiflich zu machen? Ach, Marschall, Ihr müßt irgendwann sterben und ich ebenso. Die Prinzessin wird jedoch jung sterben. Ich kann nicht vorhersagen, wieviel Zeit ihr noch bleibt, aber wir können nur beten, daß es schnell gehen wird.«

»Schnell!?«

»Jesus«, stöhnte er und warf verzweifelt die Hände in die Luft.

Sichtlich um Geduld bemüht erklärte er mir dann: »Wenn der liebe Gott gnädig ist, dann läßt er sie sterben, bevor sie starke Schmerzen hat und ihr Körper völlig entstellt ist. Wenn es zu lange dauert, wird das Geschwür schließlich als ein grausig klaffender, eitriger Abszess durch die Haut brechen. Während der Krebs allmählich auf alle anderen Organe übergreift, wird ihr Körper an einigen Stellen dick anschwellen, an anderen dagegen werden ihre Knochen heraussstehen. Sie wäre nicht nur ein erschreckender Anblick, sondern müßte, falls der Tod ihrem Leiden nicht rechtzeitig ein Ende setzt, so unendliche Qualen ertragen, wie ich sie nicht einmal dem Teufel selbst an den Hals wünsche.«

»Jesus«, rief nun auch ich erschrocken. »Gibt es denn keine Medizin ... oder vielleicht eine Operation ...?«

Erneut wiegte er seinen Kopf hin und her und seufzte: »Es handelt sich hier nicht um eine Kampfverletzung, die ich mit einem einfachen Wundmittel heilen könnte. Da sie keine dumme Schlampe ist, die an Dämonen glaubt, hätte es auch keinen Sinn, ihr irgendwelche nutzlosen Zaubermittel oder Glücksbringer zu verschreiben, und schneiden würde das Geschwür lediglich dazu anregen, sich noch schneller auszubreiten. Ach, manchmal wünschte ich mir, wir lebten immer noch in der guten, alten Zeit. Damals setzte ein Lekeis einen Patienten mit einer rätselhaften und unheilbaren Krankheit einfach an die nächste große Weggabelung und hoffte, daß ein Vorbeireisender, vielleicht ein Fremder, die Krankheit erkennen und ihm sagen würde, wie man sie anderswo heilte.«

»Gibt es denn gar nichts, was man tun könnte?«

»Die Mittel, die jetzt noch bleiben, haben wenig Aussicht auf Erfolg. Einige der alten Griechen und Römer empfahlen, in solchen Fällen Eselsmilch zu trinken und in Wasser zu baden, in dem zuvor Weizenkleie gekocht wurde. Beides habe ich der Prinzessin bereits verordnet, obwohl es keinerlei Aufzeichnungen darüber gibt, daß diese Mittel jemals irgend jemandem auch nur die geringste Linderung gebracht haben. Da ich davon ausgehe, daß es sich bei dem Geschwür um Krebs handelt, gebe ich ihr außerdem verschiedene Pulver aus einer kalkigen, Krebsauge genannten Substanz; vielleicht haben diese ja tatsächlich irgendeine homöomerische Wirkung. Darüber hinaus verabreiche ich ihr nur noch ein aus der Zaunrübe gewonnenes Mittel, das das krankmachende Gewebe auflösen soll, sowie ein Öl aus den Beeren der Ochsenzunge zur Beruhigung ihrer Nerven. Wenn sie Schmerzen bekommen sollte, werde ich ihr kleine Mengen von der Wurzelrinde der Alraune geben. Auf dieses Mittel möchte ich jedoch erst dann zurückgreifen, wenn es sich nicht mehr vermeiden läßt, denn sie wird immer höhere Dosen davon benötigen.«

»Und dennoch würdet Ihr ihr erlauben, diese Reise anzutreten?« fragte ich ungläubig.

»Warum nicht? Zwischen Novae und Konstantinopel gibt es sehr viele Eselinnen, die man melken kann, und genügend Weizen, um Weizenkleie daraus zu gewinnen. Der Prinzessin könnte ich Medikamente für eine lange Zeit mitgeben, und Euch würde ich die Wurzelrinde der Alraune anvertrauen, damit Ihr ihr diese, falls nötig, verabreichen könnt. Eine Reise hilft Amalamena vielleicht mehr als viele Medikamente. Ich habe ihr bereits geraten, sich Unterhaltung und heitere Gesellschaft zu suchen. Seid Ihr ein unterhaltsamer Gesellschafter?«

»Sie scheint mich lustig zu finden«, murmelte ich und setzte zu einer Frage an: »Habt Ihr Amalamena gesagt, daß ...?«

»Ne. Aber sie ist nicht dumm und weiß sehr wohl, wogegen Medikamente wie die Zaunrübe oder Beruhigungsmittel verschrieben werden. Vielleicht ergreift sie auch deshalb so begeistert diese Gelegenheit zu einer Reise, weil sie sich über ihr Schicksal im klaren ist. Offensichtlich möchte sie noch etwas von der Welt sehen, bevor sie stirbt. Seit sie hier in Novae geboren wurde, ist sie, soviel ich weiß, noch nie sehr weit über die Grenzen dieser Stadt hinausgekommen, und wenn sie lieber anderswo sterben möchte, nun ... dann muß ich mir ihren Tod wenigstens nicht mitansehen.«

»Das Schicksal Eurer wohl vornehmsten Patientin scheint Euch ziemlich gleichgültig zu sein«, sagte ich bissig.

»Gleichgültig!?« Er wirbelte zu mir herüber und stach mir seinen knochigen Zeigefinger gegen die Nase. »Du unverschämtes Balg! Du sollst wissen, daß ich dabei war, als Amalamena geboren wurde. Sie war das süßeste, glücklichste und fröhlichste Kind, das ich je zur Welt gebracht habe. Jedes Neugeborene, das nach der Geburt hochgehalten wird und einen Klaps erhält, schreit, wenn es den ersten Atemzug seines Lebens macht; Amalamena hingegen lachte!«

Während er mich zurechtwies, hatte der alte Mann zu weinen begonnen.

»Deshalb sage ich ihr jetzt immer wieder: versuch zu lachen, Kind, such dir etwas, was dich zum Lachen bringt. Auch ihretwegen habe ich es lange verflucht, einen Beruf ergriffen zu haben, der mich dazu befähigt, den Tod in all seinen schrecklichen Einzelheiten vorauszusehen, ohne ihn wirklich verhindern zu können.« Er wischte sich mit einem Ärmel über die Augen und sagte zu sich selbst: »Jugend dauert nicht ... Schönheit vergeht ... Vollkommenheit bleibt unerreichbar ...« Dann fauchte er mich erneut an: »Und ich verfluche all diese selbstgefälligen Narren Eures Schlages, die über einen Arzt spotten, weil er kein Gott, sondern auch nur ein Mensch ist!«

»Beruhigt Euch, Lekeis Frithila«, sagte ich kleinlaut, beschämt, und ebenfalls den Tränen nahe. »Ich werde den Wunsch der Prinzessin erfüllen und sie auf diese Reise mitnehmen, und ich verspreche Euch, daß ich gut auf sie achtgeben werde. Ich werde mich auch Eurem Wunsch entsprechend nach Kräften bemühen, ihr ein fröhlicher Reisegefährte zu sein, ja, mich sogar weiterhin gern zum Narren machen, wenn ich auf diese Weise dazu beitragen kann, daß ihr die Reise gefällt. Und gebt mir auch die Alraunenmedizin; wenn Amalamena bei mir ist, wenn ihr Ende naht, dann werde ich mein Bestes tun, um ihr den Tod zu erleichtern.«

*

Es war noch hellichter Tag, als ich zusammen mit dem alten Costula das Haus des Lekeis verließ, daher bat ich ihn, mich noch bei ein paar Erledigungen zu begleiten. Zuerst gingen wir zu der Hütte am Hafen hinunter, in der ich mein Gepäck zurückgelassen hatte. Ich wühlte drei Dinge heraus, die ich gleich brauchen würde, und überließ die restlichen Sachen Costulas Trägern, die sie auf die Tragestangen der Sänfte hievten. Zuerst mußte er mich dem besten Goldschmied der Stadt vorstellen. Dem Kunsthandwerker gab ich dann eines der drei Dinge, die ich eingesteckt hatte, und fragte ihn, ob er es ein wenig mit Gold verzieren und so umarbeiten könne, daß es sich aufhängen ließ, denn es solle ein schönes Geschenk werden.

»Mir wurde zwar noch nie eine Arbeit dieser Art in Auftrag gegeben, Saio Thorn«, sagte er, »aber ich werde mich bemühen, Euer Geschenk kunstvoll zu gestalten und es bis zu Eurer Abreise aus der Stadt fertigstellen.«

Schließlich ließ ich mir von Costula die Straße zeigen, die mich zum Armeelager führen würde. Ich sagte, daß ich ihn jetzt nicht mehr brauchte, woraufhin die Träger ihn und mein Gepäck zum Palast zurückbrachten, während ich allein über den Hügel zum Lager wanderte. Die Wachen des Lagers hatten offensichtlich mit meinem Erscheinen gerechnet. Sie reagierten weder skeptisch, als ich mich vorstellte, noch zeigten sie sich überrascht, daß ein so junger Mensch, der ganz und gar nicht danach aussah, wirklich ein Marschall des Königs war. Als ich sie aufforderte, den Optio Daila durch einen Boten holen zu lassen, befolgten sie meinen Befehl sofort; und Daila, der kurz darauf eintraf, wußte bereits, worum ich ihn bitten würde.

»Ich habe den Schmied, der unsere Rüstungen herstellt, bereits gebeten, alle anderen Arbeiten zurückzustellen. Er wird sofort deine Maße nehmen, Saio Thorn. Und unser Schwertschmied hat auch schon damit begonnen, die Klinge deines neuen Schwertes zu schmieden; er braucht jedoch ebenfalls bald deine Maße.«

Er führte mich also zur Werkstatt des Rüstungsschmieds, dem ich den zweiten Gegenstand gab, den ich aus meinem Gepäck hervorgeholt hatte. Es war der Helm, der mir in Singidunum angepaßt worden war. Ich bat den Schmied, ihn so zu verzieren, wie es meinem Rang entsprach. Er versprach mir, meinen Helm und meinen Harnisch mit den gleichen Ornamenten zu schmücken, und nahm dann meine Maße.

Heiter gab ich ihm zum Schluß noch die folgende Anweisung: »Und bitte laß mich in meiner neuen Rüstung etwas besser aussehen als einen kleinen Käfer.« Der Waffenschmied schaute mich daraufhin verblüfft an, Daila jedoch scharrte mit den Füßen und kicherte, da mein Witz natürlich auf ihn gemünzt war.

Dann brachte er mich zum Schwertschmied, in dessen Werkstatt mir ein Privileg zuteil wurde, das nur wenigen ostgotischen Kriegern vergönnt war: Ich durfte zusehen, wie die Klinge des weitberühmten und hochgeschätzten gotischen Krummschwerts geschmiedet wurde. Der Schwertschmied hatte zwar schon vor einer Weile mit der Arbeit an meinem Schwert begonnen, erklärte mir jedoch freundlich jeden einzelnen Schritt des Herstellungsprozesses.

*

Den dritten Gegenstand, den ich noch bei mir trug, reichte ich Amalamena über den Tisch, als wir im Speisesaal des Palastes zusammen das Abendessen einnahmen. »Ich habe beschlossen«, sagte ich, »daß ich dich nur nach Konstantinopel mitnehme, wenn du mir versprichst, das die ganze Hin- und Rückreise über bei dir zu tragen.«

»Mit Vergnügen«, sagte sie und betrachtete dabei bewundernd den Gegenstand aus Glas und Bronze. »Es ist hübsch, aber was ist es?«

»Diese Phiole enthielt bis vor kurzem einen Tropfen der Milch der Jungfrau Maria.«

»Gudisks Himins! Ist das denn möglich? Es sind beinahe fünfhundert Jahre vergangen, seit die heilige Jungfrau das Jesuskind gestillt hat.« Als sie den Namen Jesus aussprach, fuhr sie mit ihrer Hand an die Stirn und bekreuzigte sich.

»Nun, diese Phiole gehörte einst einer Äbtissin, und diese erklärte sie für echt. Ich hoffe, daß das Fläschchen dich beschützen wird, solange du dich in meiner Obhut befindest. Auf jeden Fall kann es nicht schaden, es zu tragen.«

»Ne, und damit es seine Funktion besser erfüllt, werde ich ebenfalls an seine Echtheit glauben.« Sie nahm eine dünne Goldkette von ihrem Hals und zeigte mir die beiden kleinen Schmuckstücke, die bereits daran hingen. »Mein Bruder hat sie mir zu meinem letzten Geburtstag geschenkt.« Wieder blickte sie mich mit diesem schelmischen Lächeln an, das ich auch schon oft auf Theoderichs Gesicht gesehen hatte. »Jetzt dürfte ich also gegen jegliches Unheil geschützt sein, nicht wahr?«

Ich mußte ihr beipflichten. Eines der Schmuckstücke war, so wie es aufgehängt war, ein kleines, goldenes, am oberen Ende leicht abgeflachtes Kreuz. Und sie hatte deshalb so schelmisch gelächelt, weil das Kreuzchen sich auch andersherum aufhängen ließ und dann den roh behauenen Hammer Thors darstellte. Bei dem zweiten Schmuckstück handelte es sich um eine zierliche Filigranarbeit, die Theoderichs Monogramm in Gold nachbildete. Nun, da auch noch meine Phiole mit der Milch der Jungfrau Maria an dieser Kette hing, war die Prinzessin im Grunde genommen vierfach gegen Unheil geschützt. Ehrlich gesagt wünschte ich mir jedoch im stillen, die Phiole möge mehr von ihr fernhalten als nur irgendwelche Mißgeschicke. Der Lekeis Frithila hatte über »Glücksbringer« gespottet, und vielleicht war ich ja auch nur eine der »dummen Schlampen«, die er ebenfalls verachtete; dennoch hoffte ich, daß die Phiole sich als ein wirksames Amulett erweisen und die schreckliche Krankheit Amalamenas abwenden würde.

»Ich bin ja nun bestens gegen alles gewappnet«, sagte sie immer noch lächelnd, »aber sag mir, Thorn, warum läßt du dir eigentlich keinen guten gotischen Bart wachsen, damit ...?«

»Damit mein schmaler Hals geschützt ist? Diese Frage habe ich schon einmal gehört. Nun, erstens schickt mich Theoderich als seinen Gesandten in ein Land, in dem Griechisch gesprochen wird; und die Griechen tragen keine Bärte mehr, seit Alexander sie abschaffte. Wie schon der Heilige Ambrosius sagte: ›Si fueris Romae ...‹ oder in diesem Fall: ›Epeí en Konstantinopólei ...‹ «

Amalamena hörte auf zu lächeln und zerschnitt nachdenklich das gebratene Fischfilet, das uns serviert worden war. Nach einer Weile sagte sie dann: »Ich verstehe, daß du am Hof Kaiser Leos freundlich empfangen werden möchtest, bin mir jedoch nicht sicher, ob man das tun wird.«

»Warum sollte man mich nicht freundlich empfangen?«

»Es gibt da gewisse Dinge ... und Bestrebungen ... von denen du vielleicht noch nichts weißt. Ist dir in dem Armeelager, das du heute Nachmittag besucht hast, irgend etwas besonderes aufgefallen?«

»Ich hatte ein größeres Lager mit mehr Kriegern erwartet.« Sie nickte wortlos. »Sind die meisten von Theoderichs Truppen bereits unterwegs nach Singidunum, oder gibt es anderswo noch weitere Armeelager?«

»Ja, einige der Truppen sind schon auf dem Weg zu Theoderich, und ein paar weitere sind über ganz Moesien verteilt, aber du schätzt die Stärke der Theoderich zur Verfügung stehenden Streitmacht möglicherweise falsch ein.«

»Nun, ich weiß, daß er Singidunum mit nur sechstausend berittenen Kriegern belagert hat. Über wieviel Mann verfügt er denn insgesamt?«

»Es kommen ungefähr noch tausend Reiter sowie zehntausend unberittene Soldaten hinzu.«

»Was? Mir wurde einmal erzählt, daß euer Volk, ich meine unser Volk, ungefähr zweihunderttausend Menschen zählt. Wenn nur ein Fünftel aller Ostgoten Krieger sind, dann wäre das eine Streitmacht von vierzigtausend Mann.«

»Wenn alle Ostgoten meinen Bruder als ihren König anerkennen würden, dann wäre deine Rechnung richtig. Du hast also noch nichts von dem anderen Theoderich gehört?«

Ich versuchte mich daran zu erinnern, was mir der alte Wyrd vor langer Zeit einmal an einem Lagerfeuer über die Goten erzählt hatte. »Ich erinnere mich nur dunkel, daß es bei den Goten mehrere Theoderichs gegeben haben soll.«

»Zur Zeit gibt es nur noch zwei, die von Bedeutung sind: meinen Bruder sowie einen älteren Theoderich, einen entfernten Vetter unseres Vaters Thiudamer. Er ist beinahe so alt, wie dieser jetzt wäre. Dieser ältere Theoderich hat sich den prahlerischen römischen Titel Triarius zugelegt, was ›der Erfahrenste aller Krieger‹ bedeutet.«

Ich versuchte, mir den Bericht des alten Wyrd genauer in Erinnerung zu rufen. »Handelt es sich dabei um den Theoderich, der noch einen weiteren römischen Beinamen trägt? Und zwar einen ziemlich lächerlichen und verächtlichen?«

»Ja, Strabo, das ist er. Theoderich, der Schielende.«

»Und was ist mit ihm?«

»Viele Menschen unseres Volkes betrachten ihn als ihren König, denn wie mein Vater und mein Onkel stammt auch er von der amalischen Linie ab. Die ostgotische Nation war bereits vor dem Tod Walamers und Thiudamers in zwei Lager geteilt. Ein Teil des Volkes hielt meinem Vater und seinem Bruder die Treue, und der andere stand auf der Seite dieses Vetters. Strabo hat zudem noch ein paar getreue Verbündete: die Skiren von König Edika, denen mein Vater kurz vor seinem Tod eine Niederlage zufügte, sowie die Sarmaten König Babais, der jetzt von dir und meinem Bruder besiegt wurde. Nun, die Skiren und die Sarmaten mögen im Augenblick vielleicht keine allzu starken Verbündeten sein. Dennoch, als mein Onkel und mein Vater kurz nacheinander starben, erklärte sich Theoderich Strabo zum alleinigen König aller Goten, also nicht nur der Ostgoten der amalischen Linie, sondern auch der Westgoten der balthischen Linie, die sich schon vor langer Zeit sehr weit westlich von hier niedergelassen haben und möglicherweise gar nichts von ihm wissen.«

»Das Gehirn dieses Mannes muß ebenso verdreht sein wie seine Augäpfel. Jemand, der sich einfach willkürlich zum König irgendeiner Nation erklärt, wird dadurch schließlich noch lange nicht zu ihrem wirklichen König.«

»Nein; und die meisten der Ostgoten, die früher meinem Vater die Treue hielten, haben meinen Bruder auch als dessen rechtmäßigen Nachfolger anerkannt.«

»Nur die meisten? Warum nicht alle? Unser Theoderich kämpft um das Land, um die Lebensgrundlage und um die Rechte aller Ostgoten. Bemüht sich der schielende Theoderich etwa um irgendeines dieser Ziele?«

»Möglicherweise muß er das gar nicht, Thorn. Vielleicht werden ihm diese Dinge von Kaiser Leo oder von Kaiser Julius Nepos freiwillig zugestanden.«

»Das verstehe ich nicht.«

»Wie ich bereits sagte, sind hier sehr unterschiedliche Interessen im Spiel. Das römische Reich fürchtet und haßt schon seit undenklichen Zeiten alle germanischen Stämme und tut, was es nur kann, um Feindseligkeiten zwischen ihnen zu schüren, denn solange sie sich gegenseitig bekriegen, können sie nicht in das Reich einfallen. Seit der Katholizismus zur Einheitsreligion des römischen Reiches wurde und die germanischen Völker den arischen Glauben angenommen haben, bedient sich das Reich noch viel häufiger dieser Taktik.« Sie zuckte die schmalen Schultern und runzelte ihre zarten hellen Augenbrauen. »Ach, als die Hunnen auf dem ganzen Erdball wüteten, war man in Rom und Konstantinopel glücklich darüber, die germanischen Stämme zu seinen Verbündeten zählen zu können, aber nachdem Attila tot war und die wilden Hunnen sich in alle Winde zerstreut hatten, nahmen die

Kaiser des Ostens wie des Westens ihre alte Politik wieder auf und spielten die germanischen Stämme gegeneinander aus, um sie von den Grenzen des Reiches abzulenken.«

»Warum sollte dann einer der Kaiser dem einen Theoderich freiwillig Zugeständnisse machen und dem anderen nicht?«

»Keiner von ihnen wird jemals einen Theoderich wirklich begünstigen, jedenfalls nicht für lange. Da sich Theoderich Strabo jedoch zum König der Ost- und Westgoten erklärt hat, ist es für das Reich im Augenblick von Vorteil, ihn als den König aller Goten anzuerkennen. Das Reich verhandelt mit Strabo und kann so wenigstens so tun, als verhandle es mit allen Goten Europas sowie mit deren germanischen oder sonstigen Verbündeten.«

Es war für mich etwas äußerst Ungewöhnliches, eine Frau über Politik sprechen zu hören, die zudem noch genau zu wissen schien, wovon sie sprach. Ich versuchte also, meine nächste Frage weder skeptisch noch gönnerhaft klingen zu lassen: »Ist das deine ganz persönliche Einschätzung, Amalamena, oder gibst du die Ansicht vieler Goten wieder?«

Sie schaute mich mit funkelnden Augen scharf, aber belustigt, an und sagte: »Urteile selbst! Vor kurzem ging die Nachricht ein, daß Theoderich Strabo seinen einzigen Sohn und Erben Rekitach, der ungefähr in deinem Alter ist, an den Hof von Konstantinopel geschickt hat; und zwar aus dem gleichen Grund, aus dem einst mein Vater meinen Bruder im Kindesalter dorthin entsandte. Auch Strabos Sohn dient dem Kaiser des Ostreiches als Unterpfand, damit sein Vater das Bündnis mit dem Reich nicht brechen kann.«

»Es besteht also kein Zweifel daran, daß das Reich im Augenblick Theoderich Strabo den Vorzug gibt«, murmelte ich. »Ist dein Bruder bereits über diese Vorgänge unterrichtet?«

»Wenn nicht, dann wird er bald davon erfahren. Und du kannst sicher sein, daß er nicht tatenlos zusehen wird. Sobald er aus Singidunum weg kann, wird er sofort gegen Strabo vorgehen.« Sie seufzte. »Damit tut er natürlich genau das, was das Reich wünscht und erwartet. Ein Gote bekämpft den anderen.«

»Es sei denn«, sagte ich hoffnungsvoll, »unsere Mission in Konstantinopel ist erfolgreich, und wir kommen mit dem Vertrag zurück, den dein Bruder von Kaiser Leo wünscht.«

Amalamena lächelte. Es war ein etwas melancholisches Lächeln, das meine offensichtliche Arglosigkeit und meinen grundlosen Optimismus gleichzeitig zu bewundern und zu bemitleiden schien. »Ich habe dir geschildert, wie die Dinge liegen, Thorn. Unter den gegebenen Umständen ist mit einem Erfolg unserer Mission nicht zu rechnen.«

»Dann begeben wir uns möglicherweise sogar in Gefahr. Ich bin der Marschall des Königs und habe als solcher die Pflicht, meine Mission zu erfüllen. Dir dagegen möchte ich nochmals nahelegen, doch lieber hierzubleiben.«

Einen Augenblick lang schien sie sich meinen Rat ernsthaft zu überlegen, dann schüttelte sie jedoch ihren hübschen Kopf und sagte: »Ne. Ich habe einmal geglaubt, daß eine Ecke ein sicherer und geschützter Ort ist, aber selbst dort kann man seinem Schicksal nicht entrinnen.«

Ich war mir nicht sicher, ob sie bemerkte, daß ich den Sinn ihrer Worte verstand, daher schwieg ich lieber. Amalamena fuhr fort: »Ich bin eine Prinzessin der amalischen Goten und stelle mich einem Gegner oder einer Herausforderung lieber offen. Ich werde dich begleiten, Thorn, und ich hoffe, ich werde dir auf deiner Mission nicht hinderlich sein. Vergiß nicht, daß ich ja nun die Phiole mit der Milch der heiligen Jungfrau bei mir trage. Wir wollen beten, daß sie uns in dieser Sache beisteht.«

»In dieser sowie in allen anderen, Prinzessin Amalamena«, sagte ich sanft. »Sei mir also auf dieser Reise willkommen.«

## 7

Kurz darauf verließen wir Novae als eine große und prunkvolle Kolonne. Wir Männer bildeten eine ganze Schwadron aus dreißig berittenen Kriegern, von denen die meisten noch Pack- oder Reservepferde an einem Leitseil mit sich führten; auch zwei elegante weiße Maultiere waren darunter. Nur ich, der Optio Daila und unsere zwei Bogenschützen hatten kein zusätzliches Pferd dabei, da ich den Oberbefehl hatte, Daila die Schwadron anführte und die zwei Bogenschützen mir als Leibwache zugeteilt worden waren. Prinzessin Amalamena hatte darauf bestanden, als Gefolge nur eine Kammerdienerin namens Swanilda mitzunehmen, die beinahe so alt und auch fast so schön war wie sie selbst. Einen großen Teil der Reise verbrachten die beiden jungen Frauen in einer mit Vorhängen versehenen Pferdekutsche, in der sie nachts auch schlafen konnten. Immer wenn Amalamena sich kräftig genug fühlte, ritt sie auf einem der weißen Maultiere neben mir her, und Swanilda hielt sich auf dem anderen ein kleines Stück hinter uns. Die beiden Frauen saßen so sicher im Sattel wie die Männer und trugen beim Reiten eine Art geschlitzten Rock. Wir Krieger dagegen saßen in blankpolierter Rüstung und bewaffnet auf unseren mit Kampfschabracken umhängten Pferden, um auf mögliche Angriffe vorbereitet zu sein und Wegelagerer abzuschrecken.

Immer wenn wir Appetit auf frisches Fleisch hatten, gingen meine zwei Bogenschützen auf die Jagd. Ebenso wie Daila hatten auch sie ihre Pferde inzwischen mit einem Fußseil versehen. Meine Erfindung versetzte sie in die Lage, mühelos aus dem Galopp heraus Wild zu schießen, und sie kamen stets mit reicher Beute zurück. Um jedoch überhaupt auf Wild zu stoßen, mußten sie sich erst weit von unserer glänzenden und rasselnden Kolonne entfernen; unsere neuen Begleiter konnten also nicht beobachten, wie nützlich mein Fußseil war, und kamen daher gar nicht erst auf den Gedanken, sich ebenfalls ein Fußseil zu konstruieren; auch die Prinzessin und ihr Mädchen nicht.

Eigentlich hätte niemand von uns auf die Jagd gehen müssen. Das wohlschmeckende Fleisch der Wildschweine, Elche, Hirsche und der kleineren Beutetiere war lediglich eine willkommene Abwechslung, denn Costula und die Diener des Palastes hatten unsere Packpferde nicht nur mit allen Grundnahrungsmitteln, sondern auch mit vielen erlesenen Köstlichkeiten beladen. Im Reisegepäck befanden sich außerdem für jeden von uns frische Kleidungsstükke, Ersatzkoppeln für die Pferde und die Kutsche, ein Vorrat an Pfeilen und neuen Bogensehnen sowie eine Reihe von kostbaren Geschenken, die Amalamena für Kaiser Leo ausgesucht hatte: emaillierte Schmuckstücke, Schmuckstücke, in die goldene oder silberne Ornamente eingelassen waren, Kästchen mit parfümierter Seife, Fässer mit gutem, bitterem braunen Bier und noch ein paar andere Dinge, deren Herstellung nur die Goten wirklich beherrschen; allerdings brachten wir dem Kaiser natürlich keine gotischen Krummschwerter mit. Wir waren nicht nur hervorragend ausgerüstet, sondern unsere Reise führte uns zudem noch durch einen fruchtbaren, wasserreichen Landstrich mit vielen bestellten Feldern, so daß wir uns unterwegs stets mit frischen Eiern, frischgebackenem Brot, frischgeschlagener Butter und frischem Gemüse versorgen konnten. Wenn wir Rast machten, grasten unsere Tiere auf saftigen Weiden, während wir oft auf freiem Feld oder in einer geschützten Scheune im weichen Heu schlafen konnten. Meine Befürchtung, die Reise nach Konstantinopel könne für die Prinzessin vielleicht zu hart und zu beschwerlich werden, erwies sich als unbegründet. Die Wege waren gut befahrbar und wurden offensichtlich nicht von Räubern unsicher gemacht; auch weite Umwege um feindliche Gebiete waren nicht nötig.

Daila erzählte mir, daß die Ländereien derjenigen Ostgoten, die unserem Theoderich freundlich gesinnt waren, westlich des Weges lagen, während die Anhänger des schielenden Theoderich weiter östlich lebten. Wir reisten größtenteils durch ein Gebiet, das vor noch nicht allzu langer Zeit von einem fremden Stamm besiedelt worden war. Dieser hatte zuvor in einer rauheren Region nördlich der Karpaten gelebt und war dann hierhergewandert. Die Goten und die Römer nannten diese Menschen Wenden; sie selbst bezeichneten sich jedoch als Slowenen. Sie hatten dunkle Haare, eine rötliche Gesichtsfarbe, breite, flache Nasen und hohe Wangenknochen. Auf meinen früheren Reisen war ich bereits hier und dort einem vereinzelten Slowenen begegnet, aber noch nie hatte ich einen ausschließlich von Slowenen bewohnten Landstrich durchquert. Sie schienen nicht allzuviel dagegen zu haben, daß wir durch ihr Siedlungsgebiet reisten, und verkauften uns auch nicht allzu widerwillig frische Nahrungsmittel, aber dennoch mochten wir die Slowenen nicht besonders.

Der im slowenischen Teil des mittleren Dakien gelegene Gebirgspaß, den die Slowenen in ihrer kehligen Sprache den Schipka nennen, war die einzige schwierige Wegstrecke, die wir auf unserer ganzen Reise zu bewältigen hatten. Der Weg zu diesem Paß hinauf war so steil, daß Amalamenas Kutsche sich nur mit einem doppelten Pferdegespann den Berg hinauf und über den Paß ziehen ließ. Es war nicht allzu mühsam, dieses weitere Gespann anzukoppeln, und die Kutsche rollte wenig später auf der anderen Seite des Passes sanft den Berg wieder hinunter. Der Schipka-Paß führte uns über den großen Balkan. Ich begegnete diesem Gebirge auf meiner Reise deshalb nun schon zum zweiten Mal, weil es sich von der Donau aus zunächst ein Stück nach Süden erstreckt, dann jedoch einen sanften Bogen macht und danach von Westen nach Osten verläuft. Vom Schipka-Paß aus führte der Weg hinunter in ein weites, langgezogenes, baumloses und fruchtbares Tal, das zwischen dem großen Balkan und einer weiteren, parallel zu diesem verlaufenden Hügelkette lag, die niedriger als der Balkan ist und »Rehgebirge« genannt wird.

Es war das Tal der Rosen, das Amalamena bereits kurz erwähnt hatte. In keinem Garten der Welt wachsen so viele Rosenbüsche wie in diesem Tal. Das aus den hier gepflückten Rosenblättern gewonnene Öl ist bei allen Salbenhändlern des Westreiches wie des Ostreiches äußerst begehrt, denn aus ihm läßt sich das edelste Rosenparfüm herstellen. Man benötigt fast fünftausend römische Pfund von solchen Rosenblättern, um ein einziges Viertelliterfläschchen mit ihrer flüssigen Essenz zu füllen, daher ist dieses Öl teurer als das reinste Gold oder das seltenste Gewürz.

Wie ich es dem Lekeis Frithila versprochen hatte, bemühte ich mich auf unserer ganzen Reise stets, die Prinzessin zum Lachen zu bringen und sie bei guter Laune zu halten. Ich erheiterte sie mit albernen Scherzen, die ich in Vindobona gehört hatte, sowie mit kleinen, lustigen Anekdoten über die Bewohner der verschiedenen Orte, an denen ich auf meinen Reisen vorbeigekommen war. Mein Gefasel brachte sie oft zum Lächeln, gelegentlich zum Kichern und nicht selten auch zum Lachen; jedoch nicht ich, sondern das Tal der Rosen ließ sie so lauthals auflachen wie nie zuvor.

Es war bereits Spätsommer, als wir das Tal erreichten; die Rosenernte lag also schon einige Monate zurück. Dennoch war das Tal immer noch ein Meer aus allmählich verblühenden Rosen, deren sinnlicher Duft uns Tag und Nacht umgab. Er war so intensiv, daß er selbst die Luft rosig zu färben schien. In der Stadt Beroea unterbrachen wir für kurze Zeit unsere Reise. Amalamena und Swanilda verbrachten die Nacht in der einzigen Herberge der Stadt – also in einer ›Krchma‹, denn so lautet das zungenbrecherische, slowenische Wort für Herberge. Dort konnten sie ihre Kleider waschen und bügeln lassen sowie ihre Vorräte an diversen unverzichtbaren Kleinigkeiten ergänzen.

In der Krchma erstand die Prinzessin unter anderem zwei Schönheitsmittel, die nur in diesem Tal erhältlich waren: einen aus Rosenpollen hergestellten Gesichtspuder sowie eine aus Rosenblättern gewonnene Pomade. Ich hörte die Prinzessin freundlich zum Wirt sagen, daß sie ihn darum beneide, in einem so herrlich duftenden Tal leben zu dürfen. Völlig überrascht grunzte der Mann: »Ein herrlicher Duft, sagt Ihr? Sladak miris?« Dann zog er ein verdrießliches Gesicht und knurrte bösartig in seiner barbarischen Sprache: »Okh, taj prljav miris! Nosovi li neprestano blejo mnogo!« Was soviel hieß wie: »Ach, dieser widerliche Gestank! Er verursacht uns allen hier ständige Nasenschmerzen!«

Es war die Vorstellung, daß es Leute gab, die so abgestumpft waren, daß sie das Privileg, immer von blühender Schönheit und herrlichem Duft umgeben zu sein, gar nicht zu würdigen wußten, die Amalamena hell und laut auflachen ließ. Jemand, der wie sie wußte, daß er all die Wunder dieser Welt nicht mehr sehr lange sehen, einatmen, bewundern und genießen können würde, spürte die Unangemessenheit eines solchen Verhaltens sicher besonders deutlich. Aber Frithila hatte ja bereits gesagt, daß die Prinzessin dazu neigte, in Situationen zu lachen, in denen andere vielleicht geweint hätten. Seit diesem Vorfall in der Krchma glaube ich, daß die Slowenen aufgrund ihrer platten Nasen einen sehr schlecht ausgeprägten Geruchssinn haben und sich daher an Düften nicht erfreuen können; wahrscheinlich nahmen sie viele andere gute Dinge ebensowenig wahr und waren deshalb ein so unheilbar mürrisches und unglückliches Volk.

All die Anekdoten und Scherze, die ich Amalamena während dieser Reise erzählte, fand sie, wie gesagt, lange nicht so lustig wie diese Episode in Beroea. Sie schien jedoch sehr erfreut, als ich sie bat, mir doch auch ein paar Dinge zu erzählen, von denen ich noch nichts wußte. Immer, wenn wir nebeneinanderherritten, erzählte sie mir also von der königlichen Familie, von den Goten im allgemeinen oder von den Ländern, die wir durchquerten. Ihre Ausführungen waren nicht nur sehr unterhaltsam, sondern auch sehr lehrreich. Die Vorgeschichte der Goten interessierte mich jedoch weniger als die gegenwärtige und ganz persönliche Geschichte der Prinzessin und ihrer Familie. Sie erzählte mir von den vielen königlichen Tugenden und erfolgreichen Eroberungen ihres verstorbenen Vaters. Noch begeisterter berichtete sie jedoch über seine vielen guten Taten, die ihm unter seinem Volk den Namen Thiudamer, der Gütige, eintrugen. »Und mein Onkel war genauso«, sagte sie, »er wurde daher überall Walamer, der Aufrichtige, genannt.«

Sie erzählte mir auch von ihrer Mutter, der Königin Hereleuva, und ihre Stimme zitterte ein wenig, als sie mir schilderte, wie die Königin als noch junge Frau »an dieser schrecklichen Krankheit, die man Krebs nennt,« starb. Dann erzählte mir Amalamena, daß sie auch noch eine Schwester namens Amalafrida habe. Diese sei älter als sie und Theoderich und bereits mit einem noch viel älteren Herzog namens Wulterich, der Ehrenwerte, verheiratet.«

»Und du, Amalamena?« fragte ich, »wann und wen gedenkst du zu heiraten?«

Sie warf mir einen so traurigen Blick zu, daß ich mich schämte, diese scherzhafte Frage gestellt zu haben.

Nach einem kurzen Schweigen fand sie jedoch ihren Humor wieder. Sie deutete auf die uns umgebende Landschaft und sagte: »Dazu hätte ich hier in dieser Gegend geboren werden müssen, und zwar schon vor sehr langer Zeit.«

»Was haben denn die Zeit und der Ort mit dem Heiraten zu tun?«

»Ich habe gelesen, daß in dieser Gegend früher einmal ein König die Anordnung erlassen haben soll, jedes Jahr zu einem ganz bestimmten Tag alle jungen Mädchen, alle Witwen sowie alle anderen heiratsfähigen Frauen jeden Alters in einen großen, dunklen Saal ohne Fenster zu sperren. Dann wurden alle heiratsfähigen Männer des Königreichs ebenfalls hineingetrieben. Nur mit Hilfe seines Tastsinns mußte sich jeder Mann nun im Dunkeln eine Frau aussuchen und diese dann auch heiraten. So wollte es das Gesetz.«

»Lieber Gott! Willst du damit etwa andeuten, daß du eine häßliche Frau bist? Oder eine alte oder eine nicht begehrenswerte ...?«

»So kann nur ein Mann daherreden!« unterbrach sie mich lachend. »Warum gehst du ganz selbstverständlich davon aus, daß nur die *Frauen* in dem dunklen Saal häßlich waren?«

Ich murmelte: »Nun ... so gesehen ...« Ich glaube, ich wurde sogar rot, und zwar nicht, weil ich mich ertappt fühlte, sondern weil sie gesagt hatte: ich redete wie ein Mann, und weil es mir gefiel, daß ich sie zum Lachen gebracht hatte, denn mir lag sehr viel daran, daß Amalamena Thorn liebgewann: als einen Mann, als einen fröhlichen Gefährten, als einen genialen Spaßmacher, oder als was auch immer.

»Jedenfalls bin ich mir sicher, daß meine Schwester Amalafrida Wulterich nur geheiratet hat, weil sie glaubte, er sei wie mein Vater«, fuhr sie fort, »ich jedoch habe noch keinen Mann gefunden, der unserem Bruder ähnelt.«

»Wie?«

»Theoderich und ich waren noch Kinder, als er nach Konstantinopel ging. Ich hatte ihn nur ganz verschwommen als einen kleinen Jungen in Erinnerung. Dann kehrte er vor ein paar Monaten als erwachsener Mann und junger König zurück, der allen Frauen gefällt, der ihre Leidenschaften weckt und ihnen Schmeicheleien über ihre Lippen kommen läßt. Seine eigene dumme Schwester macht da keine Ausnahme.« Sie lachte wieder, diesmal allerdings nicht ganz so humorvoll. »Ach, dir brauche ich das ja nicht zu erzählen, Thorn. Du kennst ihn schließlich; obwohl Du ihn natürlich nicht mit den Augen einer Frau siehst.«

Oh vái, dachte ich wehmütig, tat ich das denn nicht? Hatte ich das denn nicht getan? Die Prinzessin nannte mich einen Mann, erinnerte mich jedoch schon beim nächsten Atemzug unwissentlich an meine wirkliche Natur. Ich überlegte mir, ob ich Amalamena nur deshalb so attraktiv und anbetungswürdig fand, weil sie die leibliche Schwester Theoderichs war. Auf jeden Fall hatten ihre Worte mir deutlich gemacht, daß Thorn für sie mit Theoderich überhaupt nicht zu vergleichen war.

Ohne es zu wollen versetzte sie mir noch einen weiteren Stich ins Herz, als sie sagte: »Selbst wenn ich, wie in früheren Zeiten die Königin Artemisia, meinen eigenen Bruder heiraten könnte, so würde er mich doch nicht zur Frau nehmen. Als er während seines kurzen Aufenthalts in Novae hier alle jungen Frauen bezauberte, bemerkte ich, daß er Frauen bevorzugt, die ... robuster sind als ich.« Ich dachte an das kräftige Bauernmädchen Aurora zurück und mußte ihr im stillen rechtgeben. Amalamena seufzte und fuhr fort: »Und da es sehr unwahrscheinlich ist, daß ich einem zweiten Mann begegne, der so ist wie er, ist es vielleicht gleichgültig, daß ich ... ich möchte damit sagen, daß ich langsam etwas müde werde, Thorn. Würdest du mir vom Pferd helfen und Swanilda zu mir bitten? Ich werde eine Zeitlang in der Kutsche weiterreisen.«

Von da an ritt die Prinzessin immer seltener auf ihrem Maultier neben mir her, sondern zog sich stattdessen auch tagsüber sehr häufig in ihre Kutsche zurück, als ob diese ein Krankenlager wäre. Ich hielt mich so oft wie nur möglich in ihrer Nähe auf und versuchte, alles für sie zu tun, was in meinen Kräften stand. Oft entfernte ich mich weit von der Straße, um Blumen für sie zu pflücken, und bald hatte ich so viele von Swanildas weniger vertraulichen Aufgaben übernommen, daß die Kammerzofe ihre Belustigung darüber kaum mehr zu verbergen vermochte. Dailas finstere Blicke hingegen brachten sein Befremden deutlich zum Ausdruck. Mir wurde bewußt, daß ich mich ganz und gar nicht wie ein Marschall verhielt, und schränkte daher meine Aufmerksamkeiten der Prinzessin gegenüber etwas ein. Wir näherten uns ohnehin allmählich unserem Reiseziel, und in Konstantinopel wollte ich Amalamena dann der Obhut des allerbesten Arztes anvertrauen.

*

Kurz vor der Südküste der Provinz Europa stießen wir auf die Via Egnatia, auf der Reisende und Waren vom Westen des Reiches in den Osten befördert wurden. Diese breite, gepflasterte und gut befestigte römische Straße begann in der Hafenstadt Dyrrachium am Adriatischen Meer, lief dann zuerst auf den Hafen Thessalonika am ägäischen Meer und danach auf die Hafenstadt Perinthus am Marmara-Meer zu und führte an verschiedenen kleineren Häfen vorbei schließlich zum großen Hafen der am Bosporus gelegenen Hauptstadt Konstantinopel. Unsere Kolonne reihte sich in den Verkehr ein und folgte der Hauptverkehrsstraße bis nach Perinthus, wo wir unsere Reise noch einmal für einen Tag und eine Nacht unterbrachen. So konnte sich Amalamena in einer der gutausgestatteten Herbergen, die auf griechisch pandokheia genannt werden, ausruhen und erholen.

Die Prinzessin erzählte mir, daß in der Hafenstadt Perinthus vor langer Zeit ebensoviele Schiffe angelegt hätten wie im Hafen von Byzantium, dem späteren Konstantinopel. Damals waren beide Städte gleich groß, und eine war so prunkvoll wie die andere. Obwohl Perinthus im Verlaufe der letzten Jahrhunderte seine einstige Bedeutung eingebüßt hatte, war der Besuch dieser Stadt für mich ein wirkliches Ereignis, denn ich hatte noch nie das Meer gesehen, und von Perinthus aus hatte man eine herrliche Aussicht auf das scheinbar endlose, blaugrüne Marmara-Meer. Die Stadt liegt auf einer kleinen Halbinsel, daher war sie von drei Seiten mit Piers und Anlegestellen umgeben, an denen Schiffe be- und entladen wurden, und draußen vor dem Hafen warteten noch weitere Schiffe darauf, an die Reihe zu kommen.

Während unseres kurzen Aufenthalts in Perinthus kostete ich auch zum ersten Mal so wohlschmeckende Meeresfrüchte wie Hummer, Austern, Langusten, Kammuscheln und in ihrem eigenen Saft gekochte Tintenfische. All diese Spezialitäten nahm ich in Amalamenas Herberge zu mir, denn dort konnte man von einer Terrasse aus den ganzen Hafen überblicken. Während ich speiste, konnte ich Kriegsgaleeren mit zwei oder drei Ruderbänken langsam und majestätisch vorbeiziehen sehen. Einige dieser sogenannten Liburnerschiffe waren vorn und hinten mit hohen Aufbauten versehen. Ich beobachtete auch zwei Arten von niedrigen, schmalen und schnellen Küstenwachbooten: die »Raben« und die »Delphine«.

Die Frachtschiffe, die ich hier zu sehen bekam, waren größer als alle, die ich bisher auf irgendeinem Fluß gesehen hatte. Sie hatten zwei Masten, viereckige Segel und einen stumpfen, runden Bug. Die kleineren und schnelleren Handelsschiffe, die nur an der Küste entlangfuhren, hatten dagegen keine Segel, sondern nur Ruder. Im Hafen herrschte ein ständiges Kommen und Gehen. Besonders die größeren Frachtschiffe hielten sich nicht länger als unbedingt nötig im Hafen auf, denn sie mußten alle in diesem Jahr noch anstehenden Fahrten hinter sich bringen, bevor der Winter den Schiffsverkehr auf dem offenen Meer lahmlegte.

Es gefiel mir sehr in Perinthus und ich hätte es sicherlich sehr bedauert, nicht länger bleiben zu können, hätte ich nicht gewußt, daß uns nur noch drei oder vier Tagesreisen von einem noch viel eindrucksvolleren und verkehrsreicheren Hafen und von der angeblich prächtigsten Stadt des ganzen römischen Reiches trennten: dem früheren Byzantium und späteren Augusta Antonina, das jetzt und für alle Zeiten die große Hauptstadt des Großen Konstantin war.

# Konstantinopel

# 1

Wir sahen Konstantinopel genaugenommen schon lange, bevor wir es tatsächlich erblickten. Wir waren noch ungefähr zwei Tagesmärsche von der Stadt entfernt und schickten uns an, unser Nachtlager auf einer Ziegenweide unweit der Straße aufzuschlagen, als einige von unseren Leuten mit lauten Rufen kundtaten, sie hätten am Nachthimmel in östlicher Richtung ein gelbes Licht erspäht.

Ich sagte: »Die riesigen Ziegenherden an diesen Ufern haben kaum Bäume oder Unterholz übriggelassen, es kann sich also nicht um einen Waldbrand handeln. Aber woher kommt das Licht dann? Vom Zwillingsfeuer eines Sturms? Von fliegenden Sumpfeidechsen?«

»Ne, Saio Thorn«, sagte einer unserer Soldaten. »Das ist der Leuchtturm von Konstantinopel. Ich war schon einmal hier und habe ihn gesehen. Der Lichtschein stammt von einem Holzfeuer auf der Spitze eines sehr hohen Turmes und soll vor allem Schiffe sicher in den Hafen geleiten. Nachts als Licht und tagsüber als Rauch.«

Zwei Tage später tauchten vor uns am Horizont die Stadtmauern von Konstantinopel auf. Ich wandte mich um und sagte zu einem meiner Bogenschützen: »Die Prinzessin ist auf den ersten Anblick der Stadt sehr gespannt. Reite zu ihrem Wagen zurück und teile ihr mit, daß es soweit ist. Frage sie, ob ihr Maultier gesattelt werden soll.«

Wenig später kam der Mann zurück und berichtete mit einem Lächeln: »Die Prinzessin dankt dem Marschall für die Nachricht, doch hat sie beschlossen, die Stadt von ihrem Wagen aus zu bewundern, dessen Vorhänge sie zurückgezogen hat. Sie erachtet es als ungebührlich für die Tochter und Schwester eines Königs, wie eine Barbarin zu Pferd in Konstantinopel einzureiten.«

Das klang überhaupt nicht nach der aufgeschlossenen Amalamena, die sich bis jetzt immer lachend über »weibliche« Einschränkungen und »geziemendes Benehmen« hinweggesetzt hatte. Offensichtlich hatte sie sich diese Ausrede einfallen lassen, um nicht zugeben zu müssen, daß sie zu schwach war, um im Sattel zu sitzen. Ich nahm mir vor, bei der ersten sich bietenden Gelegenheit nach einem Arzt für sie zu suchen.

Dann sah ich, wie die anderen Reisenden vor uns auf der Via Egnatia, Fußgänger, Reiter, Gespannführer, Fuhrleute, Viehtreiber mit ihren Herden und sogar die Sänften und eleganten Wagen von offensichtlich hochgestellten Persönlichkeiten, zum Straßenrand auswichen, um einer aus der Stadt kommenden Prozession Platz zu machen. Daila sah mich fragend an, doch ich schüttelte den Kopf. »Ne, Optio. Wir sind Ostgoten und königliche Gesandte, keine einheimischen Griechen und Bastarde. Wir reiten weiter, zumindest bis wir sehen, was auf uns zukommt.«

Ich tat recht daran, unbeirrt weiterzureiten. Es stellte sich heraus, daß das, was da herannahte, eine kaiserliche Abordnung zu unserer Begrüßung war, ein Trupp vornehm gekleideter Reiter. Ihr Anführer, ein älterer Mann, der die prächtigsten Kleider trug, hob die Hand zum Gruß. Seine ersten Worte waren zwar herzlich, aber sie erstaunten mich.

»Chaire, Presbeutes Akantha!« Das bedeutet auf Griechisch: »Seid gegrüßt, Gesandter Thorn!« Es war in der Tat merkwürdig, daß er meinen Namen wußte. Dann sagte er: »Basileus Zeno ethe par ammi phileseai!« was hieß: »Kaiser Zeno heißt Euch willkommen!«

Wieder einmal besaß ich genügend Geistesgegenwart, um nicht etwas Törichtes zu antworten wie: »Wer ist Zeno? Ich kam hierher in der Erwartung, Kaiser Leo anzutreffen.« Trotzdem muß ich ihn einigermaßen verständnislos angestarrt haben. Während ich stumm auf meinem Pferd saß, fuhr der Mann fort: »Kaiser Zeno schickt Euch diese Geschenke als Zeichen der Freundschaft.« Er winkte zwei schwer beladenen Dienern, die hinter ihm ritten, nach vorn zu kommen. Ich wies meine beiden Bogenschützen an, die Geschenke in Empfang zu nehmen, dann riß ich mich zusammen und sagte: »Theoderich, der König der Ostgoten, grüßt seinen Vetter Zeno. Auch wir überbringen Geschenke der Freundschaft.«

»Soviel ich weiß, habt Ihr auch des Königs Schwester bei Euch«, sagte der Mann und wies mit einer Kopfbewegung auf den Wagen hinter mir. »Ich bin Myros, des Kaisers Oikonomos, sein Verwalter. Darf ich Euch begleiten? Für Euch, Prinzessin Amalamena und Eure Dienerschaft ist ein Haus vorbereitet, für Eure Krieger angemessene Quartiere.« Ich gab dem Verwalter durch eine Handbewegung zu verstehen, er solle neben mir reiten, die übrigen Reiter mischten sich unter meine Männer, und so näherten wir uns langsam der Stadt.

Als wir so dahinritten, sagte ich zu meinem neuen Gefährten unter dem Vorwand müßiger Konversation, in Wirklichkeit aber auf der Suche nach Informationen: »Zwar lebe ich noch nicht sehr lange, Oikonomos Myros, doch wollte ich alle Kaiser im Osten und Westen aufzählen, die ich in dieser Zeit habe kommen und gehen sehen, ich müßte sie an den Fingern abzählen.«

»Nai«, stimmte er mir zu und setzte mich dann abermals in Erstaunen. »Und nun mußten zwei von ihnen sogar innerhalb von nur wenigen Monaten abdanken.«

»Gleich zwei?« platzte ich unwillkürlich heraus.

»Nai. Der jüngere Leo starb hier, Julius Nepos wurde in Rom entthront. Habt Ihr nicht davon gehört?«

Ich überlegte, daß nun weder ich den Kaiser, dessentwegen ich ausgesandt worden war, zu Gesicht bekommen würde noch Saio Soas den seinen. Ich murmelte: »Ich war fort, im Krieg. Abgeschnitten vom restlichen Geschehen.«

Myros warf mir einen Blick zu, mit dem romanisierte Griechen vermutlich häufig Barbaren bedachten. »So wart Ihr nicht in der Lage, Marschall, auf Eurem Weg hierher die Feuer- und Rauchzeichen des Leuchtturms zu deuten? Sie haben in den letzten Monaten von fast nichts anderem berichtet. Ausgenommen natürlich von Eurer bevorstehenden Ankunft.«

Mit einigem Verdruß gestand ich ein, daß ich die Himmelsschrift nicht lesen konnte, und ich fügte hinzu: »Ich hätte gehofft, ich würde zumindest die Buchstaben meines eigenen Namens erkennen. Wie erreichte Euch die Nachricht?«

Er lächelte überlegen, gleichsam als wolle er sagen: Wir Griechen sind allwissend. Dann erzählte er mir aber offen: »Unsere Kundschafter sind überall. Zweifellos hörte einer von ihnen Euren Namen Saio Thorn, als Ihr und die Prinzessin in Beroea oder an einem anderen Ort Halt machtet.«

»So wird es sein«, sagte ich kühl, keineswegs erfreut, daß man mir nachspioniert hatte, ohne daß ich es bemerkt hatte.

Inzwischen waren wir in Konstantinopel eingetroffen. Um Myros zu demonstrieren, daß ich nicht im geringsten beeindruckt war von der Pracht der kaiserlichen Stadt, setzte ich unser Geplauder fort: »Nun, Verwalter, berichtet mir von den abgesetzten und wechselnden Herrschern, von denen Ihr gesprochen habt. Wirklich, ich habe noch nie gehört, daß so viele Herrscher daran glauben mußten wie unlängst im Kaiserreich.«

»Leider habt Ihr nur zu recht«, pflichtete Myros niedergeschlagen bei. »Nun, was wäre über den verstorbenen Leo zu berichten? In den ganzen sechs Jahren seines Lebens war er immer ein kränklicher Junge. Sein Großvater, der denselben Namen trug, hätte ihn nicht zu seinem Nachfolger bestimmen sollen. Der arme kleine Leo hatte selbst mit Hilfe seines Vaters als Regent nicht genug Entschlossenheit oder Willenskraft für eine solche Verantwortung. Jedenfalls hat nun, da beide Leos tot sind, der Vater des kleinen Leo den kaiserlichen Purpur beansprucht.«

»Und dieser Regent und Vater ist Zeno?«

»Ja. Wußtet Ihr nicht, daß er der adoptierte Sohn des ersten Leo war? Er ist mit Ariadne, der Tochter jenes Kaisers, verheiratet. Der verstorbene kleine Leo war der Sohn Ariadnes und ihres Gemahls, des jetzigen Kaisers.«

Entschlossen, nicht zu auffällig die prächtigen Statuen anzustarren, die unseren Weg säumten, setzte ich die Unterhaltung fort: »Nun denn. Das östliche Kaiserreich wird also von Basileus Zeno und seiner Basilissa Ariadne regiert. Was hat sich aber mittlerweile im Westen zugetragen?«

»Wie ich schon sagte, Julius Nepos wurde von einem Mann namens Orest abgesetzt, den er selbst zum General seiner Armeen ernannt hatte. Nepos floh daraufhin nach Salona in Illyrien.«

»Augenblick! Ist Salona nicht der Ort, an den ...?«

»Nai«, sagte Myros kopfnickend und lächelte boshaft. »An den der frühere Kaiser Glycerius verbannt worden ist, nachdem Nepos ihn abgesetzt hatte. Fragt mich nicht, warum Nepos ausgerechnet Salona als Zufluchtsort wählte. Der rachsüchtige Glycerius ließ ihn dort ermorden.«

»Gütiger Himmel.«

»Das Beste kommt noch.« Mit einiger Verspätung erkannte ich jetzt an dem weibischen Vergnügen, mit dem der Verwalter Klatschgeschichten erzählte, daß es sich um einen Eunuchen handeln mußte. Er fuhr fort: »Offenbar als Belohnung für diese Tat wurde Glycerius nach dem unbedeutenden Bistum Salona das viel größere Erzbistum Mediolanum in Italien übertragen.«

»Lieber Gott! Ein Bischof begeht einen Kaisermord, und die Kirche befördert ihn noch?«

Myros verzog voller Abscheu das Gesicht. »Nun, da zeigt sich wieder die Korruption der Katholischen Kirche. Konstantinopels tüchtiger Patriarch Akakios würde so etwas niemals in unserer orthodoxen Kirche des Ostens dulden.«

»Das will ich hoffen. Wer ist also nun Kaiser von Rom?«

»Der Sohn dieses Generals Orest, Romulus, geringschätzig auch Augustulus genannt.«

»Geringschätzig?«

»Augustulus statt Augustus, der kleine Augustus. Klein und wenig respekteinflößend. Er ist erst vierzehn Jahre alt. Also ist sein Vater der eigentliche Regent, wie hier der Vater des kleinen Leo. Doch niemand erwartet, daß sich Orest und Romulus Augustulus noch lange halten können.«

Wir hielten an. »Hier ist Euer Haus, Presbeutes Akantha«, sagte der Verwalter. »Das schönste Gästehaus der Stadt. Ich glaube, Ihr und Euer Gefolge werdet seine Einrichtung zu schätzen wissen und den Aufenthalt als angenehm empfinden. Bitte steigt ab und tretet ein.«

Das marmorne Gebäude und die dazugehörigen Anlagen sahen in der Tat prächtig aus, doch sollte Myros nicht merken, wie beeindruckt ich war. Ich richtete mich im Sattel auf und sagte: »Ich bin nur des Königs Marschall, und ich trage die Verantwortung für seine königliche Schwester.« An meine Bogenschützen gewandt, sagte ich: »Geleitet die Prinzessin nach vorn, damit sie entscheiden möge, ob ihr dieses bescheidene Quartier als angemessen erscheint.«

Der Oikonomos sah ziemlich verärgert aus, stieg jedoch vom Pferd, um Amalamena willkommen zu heißen. Als sie gemessenen Schrittes auf uns zukam, sah ich, daß sie es irgendwie fertiggebracht hatte, sich im fahrenden Wagen prächtige Gewänder und Schmuck anzulegen und sich zu schminken. Als hätte sie meine Absicht mitbekommen, bedachte sie den sich tief verneigenden Myros nur mit einem kühlen Nicken, schwebte auf wahrhaft königliche Art an ihm vorbei und betrat an der Seite Swanildas und meiner Bogenschützen den Vorhof und dann das Haus.

Die das Gebäude umgebende Mauer war nicht sehr hoch, die Tore waren mehr dekorativ als wuchtig und vermittelten den Eindruck, daß wir nicht als Gefangene in dem Haus festgehalten werden sollten. Immerhin befanden wir uns im Herzen der Stadt und ihrer Festungsmauern. Als Myros daher von den Quartieren für unsere Männer anfing, schüttelte ich nachdrücklich den Kopf.

»Nein. Diese Männer sind Ostgoten, sie brauchen kein Dach über dem Kopf oder Kissen zum Schlafen. Sie können sich hier im Vorhof aufhalten. Was übrigens Bedienstete angeht, so möge uns zunächst der beste Arzt der Stadt zur Verfügung gestellt werden. Er soll mir bestätigen, daß die Prinzessin die lange Reise gut überstanden hat.«

»Des Kaisers Leibarzt, der ehrwürdige Alektor, wird Euch unverzüglich aufsuchen.« Mit der typischen Gehässigkeit des Eunuchen fügte er hinzu: »Leider muß ich feststellen, daß die Prinzessin einen viel älteren und gebrechlicheren Eindruck machte, als es ihrem angeblichen Alter entspräche.«

Ich ignorierte diese Bemerkung. Als die Frauen und ihre bewaffnete Eskorte sich uns wieder anschlossen, warf mir Amalamena einen verschwörerischen Blick zu, bevor sie Myros lediglich durch ein weiteres kühles Kopfnicken zu verstehen gab, daß das Haus ihren Ansprüchen genügte. Ich stieg von Velox ab und wies meine Bogenschützen an, die Geschenke, die wir mitgebracht hatten, von unseren Packtieren abzuladen und sie den Bediensteten des Verwalters zu übergeben. Inzwischen fuhr Myros fort: »Wie Ihr seht, Prinzessin und Marschall, zeichnet sich Euer Quartier durch mannigfache Vorzüge aus. Dort drüben liegt das Hippodrom, wo Ihr Spielen, Wettkämpfen und Theateraufführungen zu Eurem Zeitvertreib beiwohnen könnt. In dieser Richtung findet Ihr die Kirche

Hagia Sophia, wo Ihr, wenn es Euch beliebt, Gottesdienste besuchen könnt. Im Purpurpalast dort drüben wird der Kaiser Euch eine Audienz gewähren. Der ...«

»Ich hoffe«, unterbrach ich, »wir sind nicht so lange hier, um vieler Zerstreuungen zu bedürfen oder sogar Andachten beizuwohnen. Wann wird Zeno mich empfangen?«

»Hm ... bald. Natürlich werdet Ihr rechtzeitig davon in Kenntnis gesetzt, so daß Euch genügend Zeit bleibt, Euch auf das Treffen vorzubereiten.«

»Vorbereiten? Wozu? Ich bin vorbereitet.«

»Nein, keineswegs. Es gilt, Formalitäten zu beachten. Ihr werdet spätestens einen Tag vor der Audienz Bescheid bekommen, damit Ihr an diesem Tag fasten könnt.«

»Fasten? Ich kam nicht hierher, um die heilige Kommunion zu empfangen.«

»Und wenn es soweit ist, wird man Euch in den kaiserlichen Audienzsaal führen, wo Eure Geschenke für den Herrscher aufgebaut sind. Wenn Ihr auf den Thron zugeht, müßt Ihr dreimal anhalten und eine respektvolle Pause einlegen. Wenn Ihr vor dem Kaiser steht, braucht Ihr Euch nicht bäuchlings auf den Boden zu werfen, da Ihr den Rang eines Gesandten einnehmt. Ihr werdet lediglich vor ihm niederknien und ...«

»Das genügt, Eunuch!« sagte ich grob und in höchstem Maße erzürnt. »Ich bin kein demütiger Bittsteller, der gekommen ist, zu winseln und zu schmeicheln!«

»Wirklich nicht?« sagte er ungerührt. »In meiner langjährigen Erfahrung als kaiserlicher Verwalter sind Gesandte aus dem Ausland bisher nur gekommen, um entweder eine Kriegserklärung zu überbringen oder den Kaiser um irgend etwas zu bitten. Seid Ihr also hier, um den Krieg zu erklären?«

Es dauerte einige Zeit, bevor ich zu einer Antwort fähig war, weil ich fast erstickte vor Wut und weil mir Amalamena einen amüsierten Blick zugeworfen hatte, der mich daran erinnerte, daß ich in der Tat hier war, um etwas von Zeno zu erbitten. Myros nutzte mein Schweigen, um mit seiner Aufzählung fortzufahren: »Ihr braucht nur kurz in knieender Position zu verharren, bis der Kaiser Euch bedeutet, Euch zu erheben. Dann werdet Ihr ihm die Grüße Eures Königs Theoderich ausrichten. Achtet darauf, von diesem König nicht als des Kaisers ›Cousin‹ oder ›Bruder‹ zu sprechen. Alle weniger bedeutenden Herrscher sind ›Söhne‹. Der Kaiser wird Euch und Theoderich für die Geschenke danken, die Ihr mitgebracht habt. Dann wird er einen Tag nennen, an dem Ihr erneut zum kaiserlichen Palast kommen könnt, um die Angelegenheit zu besprechen, deretwegen Ihr hier seid.« Der Verwalter gähnte herzhaft. »Krieg oder was auch immer.«

Endlich brachte ich heraus: »Da wir anscheinend seit Beginn unserer Reise von Euch bespitzelt wurden, wißt Ihr sicher, warum ich hier bin.«

»Das stimmt nicht, und deshalb weiß ich es nicht«, sagte Myros mit gespielter Gleichgültigkeit. »Unsere Späher trafen erst im Tal der Rosen auf Euren Zug. Ich weiß nicht einmal, woher Ihr gekommen seid.«

»Dann werde ich Euren Kaiser Zeno über meinen Auftrag unterrichten, und zwar schon morgen. Meine Mission duldet keinen Aufschub. Ich werde niederknien, wenn das seiner Eitelkeit schmeichelt, aber warten werde ich nicht. Sorgt dafür, Eunuch, daß uns alle Formalitäten und Verzögerungen erspart bleiben.«

»Das hat es noch nie gegeben.«

»Dann ist jetzt das erste Mal. Und Ihr könnt Zeno darauf vorbereiten, welcher Art die Botschaft ist, die ich ihm zu überbringen habe. Theoderich hat die Stadt Singidunum von den Sarmaten erobert, die sie besetzt hielten. Er hat sie fest im Griff und könnte sie behalten. Er könnte sie zu einer Festung machen, von der aus er Überfälle sowohl in das westliche wie auch das östliche Imperium machen könnte.«

»Das ist nicht wahr!« sagte Myros entsetzt. »Singidunum in Theoderichs Besitz? Das hätten wir erfahren!«

»Eure Spione und Leuchtfeuer sind also doch nicht allwissend. Ich soll Eurem Kaiser jedoch ausrichten, daß Theoderich unter Umständen bereit ist, diese wichtige Stadt wieder an das Imperium herauszugeben. Dem erhabenen Zeno oder dem weniger erhabenen Romulus – auf jeden Fall dem, der den besseren Preis bietet und ihn zuerst bietet. Geht jetzt. Berichtet Zeno, was ich Euch gesagt habe. Und sagt ihm, daß ich damit rechne, ihm morgen meine Aufwartung zu machen. Entfernt Euch!« Ich stieß den Eunuchen mit der Schulter zur Seite und ging in den Vorhof. Velox führte ich mit mir, so daß Myros zur Seite ausweichen mußte, damit das Pferd ihm nicht auf die Zehen trat. Ich drehte mich nur noch einmal um, um hinzuzufügen: »Vergeßt nicht, mir diesen Arzt Alektor zu schicken, von dem Ihr gesprochen habt.«

*

Anschließend erholten wir uns in den luxuriös eingerichteten Bädern des Gästehauses, wo uns schwarzgelockte Mädchen einölten, badeten, trockneten und puderten. Als ich, in Handtücher gewikkelt, aus dem Bad kam, erwartete mich der Arzt Alektor, ein hakennasiger, graubärtiger Mann. Er durchbohrte mich mit seinen Blicken, als könne er durch die Handtücher hindurchsehen, so daß ich mich in seiner Gegenwart leicht unbehaglich fühlte. Daß er gekommen war, bedeutete jedoch, daß Myros zumindest einen meiner Befehle befolgt hatte. Und die Tatsache, daß Alektor das Privileg hatte, einen Bart zu tragen, war ein Hinweis darauf, daß er den Status eines Weisen innehatte, was ihn in meinen Augen zu einem in der Tat bedeutenden Arzt machte.

»Ihr seid Presbeutes Akantha?« wollte er wissen. »Der Patient?«

»Nein«, sagte ich, »es geht um meine königliche Begleiterin, Prinzessin Amalamena. Darf ich Euch etwas anvertrauen?«

Er richtete sich auf und funkelte mich böse an. »Ich bin ein Grieche von der Insel Kos, wie Hippokrates.«

»In diesem Fall vergebt mir«, sagte ich. »Aber ich darf eigentlich selbst nicht wissen, was ich Euch nun erzähle.«

Ich vertraute ihm nun also alles an, was der Lekeis Frithila mir über Amalamenas Leiden gesagt hatte, und der Arzt nickte feierlich dazu und zupfte an seinem Bart. Dann zeigte ich ihm den Weg zu den Frauengemächern. Er machte sich auf den Weg, und ich kehrte ins Ankleidezimmer des Bades zurück, um bequeme Hauskleider anzuziehen. Anschließend schlenderte ich durch das Haus und bewunderte die prachtvolle Ausstattung.

Wie verabredet, wartete der Arzt später im Vorhof auf mich. Er sah mich düster an und sagte: »Wenn die Prinzessin zu Hause zu sterben wünscht, wo immer das sein mag, solltet Ihr keine Zeit verlieren, sie dorthin zu bringen.«

Ich zuckte zusammen. »Wird es so bald mit ihr zu Ende gehen?«

»Die Krebsgeschwulst hat sich durch das Gekröse und durch

das Fleisch und die Haut gefressen und bildet jetzt eine offene, schwärende Wunde. Es besteht kein Zweifel, daß die Geschwulst tödlich ist.«

»Hat die Prinzessin Schmerzen?«

»Angeblich nicht, doch sie lügt. Vielleicht sind sie im Moment noch nicht unerträglich, aber bald werden sie es sein. Ihr sagtet, Ihr hättet Alraunwurzeln mitgebracht. Wenn Ihr es wünscht, weise ich die Köche hier an, sie der Prinzessin ohne ihr Wissen ins Essen zu mischen.«

Ich nickte trübe und befahl einem Soldaten in der Nähe, das Bündel mit der Wurzel zu holen. »Kann ich noch irgend etwas tun?«

Der alte Alektor starrte abwesend vor sich hin und kratzte sich eine Zeitlang den Bart, bevor er antwortete. Dann sagte er nachdenklich: »Es gab eine Zeit, als wir an die Existenz von Göttinnen glaubten, die den Göttern ebenbürtig waren. In jener Zeit waren auch die sterblichen Frauen den sterblichen Männern gleichgestellt. Dann kam das Christentum. Es verkündete, Frauen seien weniger wert als Männer, befahl ihnen, den Männern zu dienen, und machte aus den Frauen bloßes Vieh, von ähnlich geringem Status wie von Sklaven gehaltene Sklaven.«

»Mag sein«, sagte ich, verwirrt über die unerwartete Wendung des Gespräches. »Doch was wollt Ihr damit sagen?«

»Selbst eine schöne, intelligente Prinzessin ist heute lediglich ein Schmuckstück, läppischer Tand, bestenfalls dazu bestimmt, die unterwürfige und stets im Hintergrund bleibende Frau irgendeines Prinzen zu werden. Sie handelt nie selbst. Gesetzt den Fall, Eure Prinzessin Amalamena hätte ein langes Leben vor sich, was würde sie damit beginnen?«

Mir war immer noch nicht klar, worauf er hinauswollte, doch konnte ich genausogut philosophieren wie er. »Eine Flamme«, sagte ich, »tut nichts anderes, als so lange zu brennen, bis sie verlöscht. Vielleicht hat sie die ganze Zeit qualvolle Schmerzen, aber dennoch spendet sie herrliches Licht und Wärme.«

Alektor grunzte mürrisch. »Nicht gerade viel, woran diese Flamme zurückdenken kann, wenn sie erlischt.«

»Verzeiht, ehrenwerter Alektor«, sagte ich endlich. »Warum sprechen wir in Rätseln?«

»Ich weiß nicht, in welcher Mission Ihr hier seid, junger Akantha, doch scheint der Prinzessin sehr daran gelegen zu sein, daß Ihr Erfolg habt. Ich schlage vor – und das ist das einzige, was ich anbieten kann –, ihr fordert sie auf, Euch bei der erfolgreichen Durchführung Eurer Mission zu helfen. Anders als die meisten Frauen hat sie dann wenigstens etwas in ihrem kurzen Leben vollbracht, an das sie sich mit Stolz und Freude in ihrem späteren ewigen Leben erinnern kann. Mehr habe ich nicht zu sagen. Ich bringe die Alraunwurzeln jetzt in die Küche und gebe die entsprechenden Instruktionen. Möge Tyche Euch und Eurer Prinzessin wohlgesonnen sein.«

## 2

Es geschah nach meinem Willen: Der Eunuchenverwalter kam am nächsten Tag in aller Frühe zu unserem Haus, um mir mitzuteilen, Basileus Zeno werde mich noch am selben Morgen empfangen. Es war offensichtlich, daß der Oikonomos es gerne gesehen hätte, wenn ich mit überschwenglicher Freude und Dankbarkeit auf diese Ankündigung reagiert hätte. Statt dessen traf er mich bereits in Erwartung seiner Ankunft in meinem besten Staat an – dem frisch polierten Brustharnisch, dem grün bestickten Überwurf, dem Bärenfellmantel und dem polierten Helm, den ich unter dem Arm hielt –, ein Anblick, bei dem sich seine Miene verdüsterte. Ich tat, als sei ich mit meiner Geduld am Ende, und sagte schroff: »Also gut, Myros. Wir sind bereit. Gibt es noch irgendwelche Formalitäten, die wir auf dem Weg zum Palast beachten müssen?«

»Wir? Wer ist wir?«

»Ich und Prinzessin Amalamena natürlich.«

Myros stöhnte entsetzt auf und begann dann, mit sich überschlagender Stimme auf mich einzureden. Ich bereitete dem ein rasches Ende, indem ich in unmißverständlichem Ton erklärte, Amalamena werde mich auf jeden Fall begleiten. Er warf verzweifelt die Arme in die Luft und heulte: »Ich habe aber nur Pferde für Euch und mich selbst dabei!«

Ich sah mich im Vorhof um. Ein beträchtliches Aufgebot an Männern wartete darauf, uns zu eskortieren – prächtig gekleidete

Diener, bewaffnete Wachen und sogar eine Gruppe Musikanten. Einer der Männer hielt die Zügel zweier Pferde, deren Sättel reich verziert und mit hoher Lehne und Baldachin ausgestattet waren, so daß sie wie Throne aussahen.

»Jesus«, knurrte ich. »Die Tore des Palasts sind kaum dreihundert Schritte von hier entfernt. Die Vorstellung, mit solchem Gepränge dorthin zu ziehen, ist lächerlich. Doch wenn es sein muß, meinetwegen. Die Prinzessin und ich reiten. Ihr könnt mit den anderen Eskorten zu Fuß gehen, Oikonomos.«

Myros schnappte entsetzt nach Luft, doch genauso machten wir es dann – Amalamena und ich ritten, Myros stolperte in seinen langen, schweren Gewändern hinter uns her. Beinahe wäre er noch von den Wachen niedergetrampelt worden, die zur schwungvollen lydischen Marschmusik der Musiker zügig losmarschierten.

Ich hatte bemerkt, wie Amalamena vor Schmerz das Gesicht verzog, als einer unserer Bediensteten ihr auf den kunstvollen Sattel ihres Pferdes half, und wieder, als man ihr beim Absteigen behilflich war. Ihr Schritt war jedoch stolz und beschwingt, als wir durch ein mächtiges Bronzeportal den Palast betraten und mit Myros durch Hallen und endlose Korridore schritten. In einem Raum waren die Geschenke, die wir Zeno gebracht hatten, auf Tischen mit purpurnen Decken aufgebaut – oder jedenfalls fast alle unsere Geschenke, denn eines hatte ich dem Verwalter nicht ausgehändigt. Ich trug es in einem kunstvoll geschnitzten Kästchen aus Ebenholz bei mir. Da das Kästchen sehr schwer und unhandlich war, trug Amalamena das zusammengefaltete, mit Wachs versiegelte Pergament Theoderichs.

Dem Beispiel von Myros neben uns folgend, schritten die Prinzessin und ich langsam und mit mehreren Pausen durch den Thronsaal und knieten dann vor Basileus Zeno nieder, der auf einem mit purpurnen Kissen belegten Thron aus Porphyr saß.

Zeno war ein kahlköpfiger Mann in mittleren Jahren, doch sein untersetzter Körper war immer noch so kräftig und muskulös, daß er den Vergleich mit anderen Kriegern nicht zu scheuen brauchte. Farbe und Beschaffenheit seines Teints erinnerte an einen Ziegelstein. Er trug keine kaiserliche Toga, sondern Überwurf und Tunika und sogar die Stiefel eines Soldaten. Seine Erscheinung stand in auffälligem Gegensatz zu der der Bediensteten, die neben und hinter seinem Thron standen. Die meisten waren von griechischem Typus, dunkel und schlank, parfümiert und so makellos gekleidet, daß sie sich kaum zu rühren wagten, aus Furcht, die sorgsam arrangierten, fast plastischen Faltenwürfe ihrer Gewänder könnten durcheinandergeraten. Nur einer von ihnen, der Mann an Zenos rechter Seite war offensichtlich kein Grieche, obwohl er ebenso elegant wie die anderen gekleidet war. Er war ungefähr so alt wie ich und hatte auch dieselbe helle Haut, und sein Erscheinungsbild wäre angenehm gewesen, hätte nicht sein Gesicht an die stumpfsinnigen, verdrießlichen Züge eines Karpfens erinnert und wäre sein Hals nicht so kurz wie der Hals dieses Fisches gewesen.

»Das muß Rekitach sein«, flüsterte die Prinzessin mir zu, als wir mit gesenkten Köpfen in kniender Position verharrten. »Der Sohn Strabos.«

Als Zeno uns durch ein Knurren bedeutete, uns zu erheben, begrüßte ich ihn ehrerbietig als »Sebastos«, das griechische Äquivalent zu »Hoheit«, und stellte mich und die Prinzessin als Gesandte seines »Sohnes« Theoderich, des Königs der Ostgoten, vor. Daraufhin verzog der junge Rekitach – denn es handelte sich offenbar tatsächlich um ihn, und er schien auch etwas Griechisch zu verstehen – für einen Augenblick die Lippen zu einem Hohnlächeln, und er sah nun gar nicht mehr aus wie ein Karpfen. Ein anderer junger Mann, bei dem es sich um den Übersetzer Seuthes handelte, beugte sich aus den Reihen der Dienerschaft nach vorn, um dem Kaiser wörtlich zu wiederholen, was ich gesagt hatte. Zeno schnitt ihm mit einer ungeduldigen Handbewegung das Wort ab, nickte mir kurz zu und sprach mich dann lediglich als »Herr« an, auf Griechisch »Kurios«. Die Prinzessin beachtete er nicht.

»Kurios Akantha«, knurrte er. »Es steht einem Gesandten schlecht zu Gesicht und dient nicht dem Interesse seines Herrn, sich diesem Hof gegenüber so unhöflich zu präsentieren und rücksichtslos auf dessen heiligen Traditionen herumzutrampeln.«

»Ich wollte die Traditionen nicht verletzen, Sebastos. Ich war nur der Meinung, Basileus Zeno würde dem Brief meines Königs höchste Bedeutung zumessen und sollte ihn daher so schnell wie möglich zu Gesicht bekommen. Ich hoffe, Ihr verzeiht meine ungestüme Art.«

»Ich kann Eure unziemliche Hast verstehen«, sagte Zeno.

»Doch ein einzelner Gesandter sollte genügen, einen einzigen Brief zu überbringen. Warum habt Ihr einen Begleiter mitgebracht, und noch dazu eine Frau?«

Da ich nicht den geringsten Grund dafür anführen konnte, sagte ich lediglich: »Sie ist des Königs eigene Schwester, eine königliche Prinzessin.«

»Meine eigene Frau ist Kaiserin, eine Basilissa. Sie begleitet mich jedoch nicht einmal zu den Spielen im Hippodrom. Noch nie habe ich von solch kühner Anmaßung einer Frau gehört.«

Natürlich konnte ich zu ihm nicht sagen, was ich zum Verwalter gesagt hatte: »Dann hört ihr es jetzt zum ersten Mal.« Doch blieb es mir erspart, überhaupt etwas sagen zu müssen, da Amalamena den Sinn der Unterhaltung erfaßt hatte und Zeno nun ihrerseits ansprach.

»Ein anderer mächtiger Monarch namens Darius gewährte einst einer unbedeutenden Frau Audienz«, sagte sie. Zeno musterte sie überrascht. »Wie sie, Kaiser Zeno, trete ich vor Euch, in Begleitung des Saio Thorn, um Euch König Theoderichs Bitte zu überbringen, daß Ihr in Eurer Weisheit und Huld ein Bündnis mit ihm schließt.« Sie hielt den versiegelten Brief in die Höhe. »Und um Euch persönlich um Großmut zu bitten, im Namen des einzigen Bruders, den ich habe.«

Kaum hatte Seuthes diese Worte für Zeno in Griechisch wiederholt, als der junge Rekitach Amalamena auf Gotisch anfuhr: »Euer Bruder Theoderich ist nicht König! Dieser Titel gebührt nur meinem ...!« Er brach mitten im Satz ab, weil Zeno sich umwandte, ohne auf eine Übersetzung zu warten, und ihm einen zornigen Blick zuwarf.

Dann bedachte mich Zeno mit einem ähnlich unwirschen Blick und sagte mürrisch: »Diese junge Frau hat wenigstens keine barbarischen Manieren und versteht es, sich mit Würde bei Hofe zu präsentieren.« Er richtete seine Aufmerksamkeit erneut auf die Prinzessin und sprach sie jetzt höflich mit dem Titel einer Mitgesandten an: »Sympresbeutes Amalamena, gebt mir Theoderichs Brief.«

Sie überreichte ihm lächelnd den Brief, und er lächelte zurück. Myros und ich folgten seinem Beispiel, nur Rekitach funkelte Amalamena weiter böse an. Der Kaiser öffnete die wächsernen

Siegel, entfaltete das Pergament und las den Brief, zunächst schnell, dann langsamer, wobei er sich mit der freien Hand über den kahlen Kopf strich und die Stirn runzelte.

Schließlich sagte er: »Wie mir bereits berichtet wurde, behauptet Theoderich, die Sarmaten König Babais besiegt und die Stadt Singidunum besetzt zu haben.« Zeno betonte das Wort »behaupten« besonders, deshalb sagte ich: »Ich war in der Schlacht und bei der Einnahme der Stadt dabei, Sebastos. Ich kann bestätigen, daß alles, was in diesem Brief steht, der Wahrheit entspricht.«

»Tatsächlich, Kurios? Ich frage mich – würdet Ihr wohl wagen, dasselbe zu sagen, wenn der grausame Babai in eigener Person hier wäre?«

»Er ist hier, Sebastos.« Ich setzte das Ebenholzkästchen auf dem Boden ab und löste die Verschlüsse, die seine Seiten auseinanderfallen ließen. Der Kopf König Babais, getrocknet, von bräunlicher Farbe und vom Rauch geschrumpft, wäre kein besonders beeindruckender Anblick gewesen, wäre da nicht der breite, feingearbeitete goldene Pokal gewesen, in den ihn der Goldschmied auf meine Anweisung hin eingesetzt hatte. Ich wies mit der Hand auf ihn.

»Falls Euch der Sinn danach steht, einen passenden Trinkspruch auf Theoderichs Sieg in Singidunum anzubringen, Sebastos, laßt einen Handwerker einfach die obere Hälfte von Babais Schädel absägen und legt dann dieses Knochenstück umgekehrt in diesen exquisiten goldenen Kelch. Gießt dann Euren besten Wein hinein und ...«

»Besten Dank, Kurios Akantha«, bemerkte der Kaiser trocken. »Ich war selbst Soldat und oft siegreich. Deshalb besitze ich bereits derartige Schädelbecher, aus denen ich ab und zu bei Trinkgelagen auf das Andenken der alten Feinde, aus denen sie gemacht sind, anstoße. Doch wer sagt, daß dies der Kopf Babais ist?«

»Wenn Ihr König Babai nie begegnet seid, Sebastos, hat vielleicht Euer Diener Rekitach dort ihn schon einmal gesehen und kann seine Identität bestätigen. Soviel ich weiß, waren Babai und der Vater dieses jungen Mannes, Theoderich Strabo, lange Zeit ...«

Rekitach unterbrach mich barsch: »Nein! Der Name meines königlichen Vaters ist Theoderich *Triarius!*« Ich weiß nicht, ob er mehr erzürnt darüber war, daß ich seinen Vater mit dem verstorbenen König der Sarmaten in Verbindung gebracht hatte, oder darüber, daß ich seinen Vater »Theoderich Schielauge« genannt hatte, oder einfach darüber, daß ich wußte, wer er war. Als Zeno ihm jedoch einen weiteren wütenden Blick zuwarf, sagte Rekitach widerstrebend: »Ich bin König Babai begegnet. Das ist – das war er.«

»Na gut, also meinetwegen«, sagte der Kaiser kühl, während Seuthes weiter für Rekitach und die Prinzessin übersetzte. »Aber ob ich der Bitte um einen Vertrag entsprechen kann ... das ist eine Sache, die ich nicht so schnell entscheiden kann. Theoderich schreibt hier, er habe dem Kaiser von Rom dieselbe Bitte unterbreitet. Wir können ihr ja wohl nicht beide entsprechen. Sagt, wißt Ihr, wie der kleine Kaiser Augustulus in dieser Angelegenheit denkt?«

»Nein, Sebastos«, sagte ich. »Wir wissen nicht, ob der andere Marschall Ravenna schon erreicht hat. Doch kann ich wohl sagen ... der Kaiser, der dem Vertrag als erster zustimmt, bekommt die eingenommene Stadt.«

»Das könnt Ihr sagen, so? Dann sehen wir uns die Bedingungen Eures Theoderich näher an. Er fordert eine Wiederaufnahme der Zahlungen, die jährlich für die Friedenssicherung der nördlichen Grenzen des Kaiserreichs entrichtet werden sollen. Für genau denselben Dienst muß ich aber schon jetzt dreihundert Pfund in Gold an den anderen Theoderich zahlen. Soll ich jetzt dem einen die Zahlung verweigern, um den anderen ...?«

»Siopao!« fuhr er uns an, als Rekitach und ich beide den Mund öffneten. Wir schlossen ihn sofort wieder, und Zeno fuhr fort: »Etwas anderes. Er bittet um gesicherten und dauerhaften Besitz der Gebiete in Moesia Secunda, die momentan von seinem Stamm besetzt sind. Doch sollten er und Ihr, Kurios Akantha und Kuria Amalamena, Euch darüber im klaren sein, daß es zahlreiche andere gibt, die genau dieselben Ländereien für sich beanspruchen. Etwa den Stamm des anderen Theoderich.«

Rekitach schien gekränkt, daß sein Volk als Stamm bezeichnet wurde, und ich machte wahrscheinlich denselben Eindruck.

»Erlaubt mir eine Bemerkung«, unterbrach ich die Ausführungen Zenos bewußt unhöflich und abrupt. Myros, Seuthes und Rekitach sahen mich entsetzt an, doch ich fuhr fort: »Soviel ich weiß, hat niemand von denen, die diese Gebiete beanspruchen – weder Theoderich Schielauge noch die Sklavinnen, noch irgendeiner der raubgierigen Christen – irgend etwas Greifbares im Austausch dafür anzubieten. Die Prinzessin und ich sind hier, um die Schlüssel zu der gewaltigen Stadt Singidunum anzubieten.«

Jeder im Saal, Amalamena eingeschlossen, wandte den Kopf, um den Kaiser anzuschauen, als erwarteten sie, er werde wie Jupiter Blitze schleudern. Doch seine nächsten Worte waren selbst für mich eine Überraschung.

»Der Presbeutes Akantha spricht die Wahrheit. Für Soldaten wie ihn und mich sind Taten bedeutsamer als Worte und reale Verhältnisse wichtiger als Versprechen. Eine Stadt, die die ganze Donau beherrscht, ist für mich wichtiger als vage Hoffnungen auf ein himmlisches Glück im Jenseits. Dennoch, Kurios, muß ich auf einer Garantie bestehen, daß mir diese Stadt dann auch wirklich gehört.«

Ich sagte: »Ich kann euch diese Garantie jederzeit geben, Sebastos, wenn Ihr das wünscht. Aus dem, was ich von dem neuen und nicht so erhabenen Kaiser von Rom höre, schließe ich, daß weder er noch sein für ihn regierender Vater fest genug auf dem Thron sitzen, um irgendwelche bindenden Abkommen treffen zu können. Ich schlage jedoch vor, das Datum des Vertrages so festzulegen, daß es mit dem Tag, an dem Singidunum erobert wurde, übereinstimmt. Ich gebe Euch mein Wort und das Wort Theoderichs – und seine Schwester ist hier als Zeugin anwesend und kann feierlich versichern, daß ich die Wahrheit spreche –, daß Euer Anspruch vor allen anderen berücksichtigt und gebührend vertreten wird.«

»Das Ehrenwort zweier Soldaten und einer bezaubernden Prinzessin ist mir Sicherheit genug. Myros, rufe einen Schreiber herbei, damit ich unverzüglich mit der Abfassung des Vertrags beginnen kann.«

Rekitach gab einen gequälten Laut von sich, doch Zeno brachte ihn mit einem Blick zum Schweigen. Dann wandte er sich an mich und Amalamena: »Ich werde Theoderichs Volk den Besitz der Gebiete in Moesien für immer garantieren. Ich werde die jährlichen Zahlungen wieder aufnehmen. Weiterhin werde ich Theoderich den Titel verleihen, den sein Vater während der Regierungszeit des älteren Leo innehatte, und ihn zum Magister militum praesentalis, zum Oberbefehlshaber aller Grenzstreitkräfte des östlichen Reiches machen.«

Die Prinzessin strahlte, und ich murmelte: »Überaus gütig von Euch, Sebastos.«

»Ich werde einen weiteren Schreiber in Euer Gästehaus entsenden, damit Ihr die Abtretungsurkunde für Singidunum diktieren könnt. Sobald wir dann Unterschriften und Siegel hinzugefügt und die Dokumente ausgetauscht haben, wünsche ich, daß Ihr unverzüglich aufbrecht, um den Vertrag auf schnellstem Weg zu Theoderich nach Singidunum zu bringen. Es widerstrebt mir, Gäste so schnell wieder fortzuschicken, doch vertraue ich darauf, daß Ihr beide zurückkehren werdet – in Begleitung unseres Oberbefehlshabers Theoderich –, und dann werdet Ihr Muße haben, alle Annehmlichkeiten unserer Kaiserstadt zu genießen.«

*

Im Gästehaus eingetroffen, hob ich die Prinzessin sanft vom Pferd, und Swanilda und einige andere Bedienstete eilten herbei, um ihr zu ihren Gemächern zu helfen. Da Amalamena inzwischen nicht mehr abstreiten konnte, daß sie krank war und Schmerzen hatte, beauftragte ich eine Sklavin, eiligst den Arzt zu holen.

Alektor kam in Begleitung des Schreibers, den Zeno zu schicken versprochen hatte, eines schmächtigen alten Mannes, der sich als Eleon vorstellte. Ich führte ihn in ein leeres Zimmer und bedeutete ihm, zu warten, bis ich seine Dienste brauchte. Während der Arzt die Prinzessin versorgte, ging ich sorgenvoll in dem Zimmer auf und ab und sah zu, wie der alte Eleon seine Federkiele anspitzte und sie sich in das weiße Haar über seinen Ohren steckte, wie er Pergamentbögen entrollte und sie unnötigerweise noch einmal mit einem Maulwurfsfell glättete, wie er in seinem kleinen Tintenfaß herumrührte und wie er es irgendwie fertigbrachte, sich selbst und mehrere Möbelstücke in seiner Nähe mit Tinte zu bespritzen.

Als Alektor den Raum betrat, schüttelte er düster den Kopf, nahm mich beiseite und sagte: »Die Alraunwurzeln brauchen ihr nicht mehr heimlich verabreicht zu werden. Sie nimmt sie jetzt freiwillig. Aber jetzt, da der Aaswurm sich zu erkennen gegeben hat, ernährt er sich gierig und immer schneller von ihr. Sie wird immer größere Mengen des Medikaments benötigen. Eure Aufgabe wird es sein, sie ihr zu verabreichen. Den Bediensteten habe ich Anweisungen in bezug auf das Wechseln der Verbände und ähnliches gegeben. Ich empfehle jedoch, die Prinzessin Tag und Nacht zu betreuen. Es wird immer häufiger dazu kommen, daß sie ihre ... ihre körperlichen Funktionen nicht mehr beherrscht. Eine Dienerin wird deshalb nicht genügen. Es sollten mehrere und kräftige Leute sein – kräftig im Bezug auf Nerven und Muskeln.«

»Ich verbürge mich dafür, daß sie bestmöglich betreut wird«, sagte ich. »Und ich frage Euch nochmals: Kann man wirklich nichts mehr für sie tun?«

»Nein. Nichts, was ich als Arzt mit gutem Gewissen empfehlen könnte. Doch muß ich sagen – es scheint bereits etwas Bemerkenswertes geschehen zu sein. Für eine junge Frau in einer solchen Lage macht die Prinzessin einen bewundernswert ausgeglichenen Eindruck.«

»Nun ... Ich habe versucht, Eure Empfehlung von neulich zu beherzigen, Alektor. Sie hat mir inzwischen in einer sehr wichtigen Sache geholfen.«

»Gut. Versucht, ihr das immer wieder ins Gedächtnis zu rufen. Falls nötig, spielt die Bedeutung dieser Angelegenheit hoch. In der nächsten Zeit wird sie jede Hilfe und Ermutigung brauchen.«

Als Alektor gegangen war, bedeutete ich dem Schreiber, noch etwas zu warten. Ich suchte kurz meine eigenen Gemächer auf, dann ging ich weiter zu Amalamena. Swanilda verließ höflich den Raum, in dem ihre Herrin lag, und ich sagte: »Amalamena, der Arzt teilte mir soeben mit, daß du gesundheitlich nicht ganz auf der Höhe bist. Ich zweifle nicht daran, daß meine Frage müßig ist, doch als der für dich Verantwortliche muß ich sie stellen. Wirst du hier bleiben, wo du angemessen versorgt werden kannst, während ich mit dem Vertrag auf dem schnellsten Weg zu Theoderich zurückkehre?«

Sie lächelte, zaghaft zwar, aber immerhin. »Wie du sagtest, eine müßige Frage. Du meintest neulich, daß ich zumindest teilweise für das Zustandekommen des Vertrags verantwortlich gewesen sei. Sicher wirst du mir nicht verwehren, den Stolz und die Freude darüber mit meinem Bruder zu teilen.«

Ich seufzte und breitete die Hände aus. »Ich habe einst auch noch etwas anderes gesagt: daß ich dir nie etwas abschlagen könnte.«

»Als Gegenleistung verspreche ich dir, Thorn, daß ich das Tempo unserer Reise nicht verzögern werde. Diese neue Medizin, diese Substanz, die wie abgeblätterte Rinde aussieht, was immer das auch sein mag, es hilft mir gegen meine ... gegen diese vorübergehende Unpäßlichkeit ... viel besser als alles, was mir der Lekeis Frithila früher gegeben hat. Mit Hilfe dieser Medizin brauche ich nicht mehr wie eine gelangweilte feine Dame im Halbschlaf im Wagen vor mich hinzudämmern. Wir können den Wagen hierlassen, und ich werde die ganze Strecke auf meinem Maultier zurücklegen.«

»Nein, nein, sei keine Närrin. Ich werde einen schnellen Reiter mit dem Dokument vorausschicken. Wir übrigen können in gemächlicherem Tempo nachkommen. Mit Wagen und allem, was dazugehört. Ich habe dem Arzt Alektor geschworen, daß du nach Strich und Faden verwöhnt wirst, sogar noch mehr, als Swanilda das könnte.«

»Besser als Swanilda? Unsinn. Swanilda sorgt für mich, seit wir beide kleine Mädchen waren. Wir sind nicht Herrin und Dienerin, wir sind Freundinnen.«

»Dann kann sie dir jetzt einen wirklichen Freundschaftsdienst erweisen. Mit deiner Erlaubnis habe ich eine andere Aufgabe für Swanilda vorgesehen, und während ihrer Abwesenheit werde ich für dich sorgen. Ich habe von früher Erfahrung in der Versorgung von Kranken.«

Dachte man freilich an das Schicksal, das meine Patienten schließlich ereilt hatte – den Juika-bloth, den jungen Gudinand und den alten Wyrd –, sprach das nicht gerade für meine Fähigkeiten als Krankenpfleger. Amalamena jedenfalls mußte wieder lächeln, und es war ein Lächeln, das liebevolle Dankbarkeit ausdrückte.

Doch sagte sie fest: »Eine männliche Krankenschwester für einen weiblichen Patienten? Undenkbar.«

»Amalamena, deiner Schönheit und Tapferkeit ist es zu verdanken, daß der Vertrag zustande kam, und ich werde nicht zulassen, daß das, was du erreicht hast, umsonst war. Das Dokument muß sicher und schnell zu Theoderich gelangen. Geschieht das nicht, kann Zeno so tun, als habe er es nie geschrieben und als habe er nie zugestimmt. Und wie du weißt, habe ich Zweifel an Zenos gutem Willen. Ich will sichergehen, daß das Dokument auch wirklich in Theoderichs Hände gelangt, und deshalb bitte ich dich um deine weitere Hilfe bei dieser Mission. Tatsächlich kann das, was ich vorhabe, nicht ohne deine Hilfe durchgeführt werden. Und um sie zu bekommen, bin ich bereit, selbst eine recht ungewöhnliche Maßnahme zu ergreifen. Vielleicht bist du geschockt, betrübt oder angeekelt, ich weiß es nicht, doch vertraue ich darauf, daß du es als Geheimnis zwischen uns hüten wirst.«

»Was hast du nun schon wieder vor, Thorn?« fragte sie in gespielter Furcht, als ich die Tür schloß und verriegelte. »Verführung oder Vergewaltigung?«

Ich ging nicht auf den scherzenden Ton ein, in dem sie das sagte. Obwohl ich versprochen hatte, die Prinzessin so oft wie möglich zum Lachen zu bringen, war das, was ich jetzt vorhatte, für mich alles andere als komisch. »Ich bin im Begriff, dir die Frau vorzustellen, die dich während unserer Reise betreuen wird. Ihr Name ist Veleda.«

»Ihr Name? Ich dachte, du wolltest selbst ...« Sie stockte. Ich hatte angefangen, mich auszukleiden, und sie versuchte, nun wirklich erschrocken, über das Bett aus meiner Reichweite zu gelangen. Ich glaube, sie vergaß ihre eigenen Sorgen und alles um sich herum, zumindest in dem Augenblick, als ich alle meine Kleider bis auf das »Schamband« um meine Hüften abgelegt hatte. *»Liufs Guth!«* keuchte sie.

## 3

Wieder angekleidet kehrte ich in das Zimmer zurück, in dem Eleon, der Schreiber wartete, und ging dort wieder einige Male auf und ab, während ich den Abtretungsvertrag für Singidunum diktierte. Aus meinen eigenen Tagen als Schreiberling erinnerte ich mich an alle formellen Grußfloskeln und blumenreichen Phrasen, mit denen man einen solchen Schriftverkehr einleitete. Doch als es um den Kern der Angelegenheit ging, fiel mir nichts besseres ein als die einfache Formulierung: »Für erwiesene Gegenleistungen trete ich, Theoderich, König der Ostgoten, meinen Anspruch an der Stadt Singidunum in Moesia Prima an Sebastos Zeno, Kaiser des oströmischen Reiches, ab.

Zum Abschluß verstreute Eleon Sand über das Dokument, blies ihn weg und überreichte mir einen frisch angefertigten, unbenutzten Federkiel, mit dem ich meinen Namen und Titel unter das Dokument setzen sollte. Ich schrieb nicht annähernd so schön wie er, lobte jedoch über alle Maßen die Qualität des Pergaments, auf das ich meine Unterschrift setzte. »Oua, für einen kaiserlichen Hof kommen natürlich nur die kostspieligsten Materialien in Frage«, sagte er stolz.

»Könnte ich wohl ...« sagte ich in bescheidener Zurückhaltung. »Meint Ihr, ich könnte Euch um ein Blatt dieses Pergaments bitten, Schreiber, um zu Hause unseren Schriftgelehrten zeigen zu können, wie viel edlere Materialien Euch hier zur Verfügung stehen?«

»Aber sicher, sicher, Gesandter. Ich brachte zwei Blätter mit, für den Fall, daß ich die Schrift auf dem einen verwischen würde, was dann aber doch nicht geschah.«

Ich dankte ihm überschwenglich, rollte mit großer Sorgfalt das Pergament zusammen und steckte es dann in die Vorderseite meiner Tunika. Ich brachte Eleon gerade zur Tür, als er einen anderen schmächtigen alten Mann namentlich begrüßte, der gerade ankam: »Khaire, Arta. Seid Ihr bereits fertig mit des Kaisers Vertrag? Dann werde ich auf Euch warten, damit wir gemeinsam zum Palast zurückkehren können.«

Dieser zweite Grammateus kam in Begleitung des Übersetzers Seuthes, der fragte, ob er mir laut vorlesen solle, was Zeno geschrieben habe, und falls ja, in welcher Sprache? Ich sagte, Griechisch sei in Ordnung. Er entrollte das Dokument und deklamierte mit der entsprechenden Gestik:

»Der Sebastos Zeno Isaurios, Basileus des römischen Reiches im Osten – der fromme, begnadete, siegreiche, stets erhabene Zeno, berühmter Eroberer der Anten, Avaren und Kutriguren – entbietet aus seinem neuen Rom, Konstantinopel, ein *Heil!* dem Thiudareichs Amaling, Sohn des Thiudamer Amaling, und seinen Generälen, Senatoren, Konsulen, Praetoren, Tribunen und Marschällen. *Heil!* Wenn Ihr bei guter Gesundheit seid und auch die,

die Euch nahestehen, freuen wir uns. Ich und die mir Nahestehenden befinden sich ebenfalls bei guter Gesundheit.«

Dann befaßte sich das Schriftstück mit der anstehenden Angelegenheit. Zeno hatte tatsächlich alles eingehalten, was er versprochen hatte – die Ländereien in Moesia Secunda, die jährliche Zahlung in Gold, den Oberbefehl über die Grenzstreitkräfte. Ich nickte und sagte: »Ich akzeptiere das Dokument. Ich vertraue darauf, daß auch Zeno mit der von mir abgefaßten Übertragungsurkunde einverstanden sein wird.«

Seuthes gab den Vertrag dem Grammateus Arta zurück, der ihn nicht aufrollte, sondern äußerst kompliziert zusammenfaltete. Dann nahm Seuthes eine purpurne Kerze von einem Wandleuchter und ließ geschmolzenes Wachs auf drei verschiedene Stellen des gefalteten Pergaments tropfen. Arta holte aus seinen Gewändern das schwere goldene Siegel des Kaisers hervor und prägte diese drei Stellen mit dem verschnörkelten Buchstaben Zeta. Anschließend reichte er mir die kompakte Rolle.

»Ich danke Euch, Ihr guten Männer«, sagte ich. »Ich und meine Begleiter sind bereit, aufzubrechen, sobald Euer Kaiser uns mitteilen läßt, daß er mit meinem eigenen Dokument einverstanden ist. Falls er es befiehlt, schon morgen früh bei Tagesanbruch. Wir werden die Urkunde auf dem schnellsten Weg zu König Theoderich bringen. Seid so freundlich, ihm das zu bestellen.«

Als sie gegangen waren, setzte ich mich an einen kleinen Tisch und betrachtete sinnend den verpackten Vertrag. Ich nahm aus meiner Tunika das unbeschriebene Pergament, das mir Eleon gegeben hatte; es war in Bezug auf Größe, Farbton und Qualität mit dem anderen identisch. Ich hätte Zenos schwungvolle Unterschrift ganz einfach nachmachen können, doch hätte ich Wochen mit mühsamer Fälschung zubringen müssen, um all die Wörter, die Arta niedergeschrieben hatte, zu imitieren. Immerhin benötigte ich ja nur ein identisches Exemplar der Dokumenten*rolle*. Deshalb ging ich in die Küche und lieh mir vom Bäcker den hölzernen Klotz aus, mit dem er Zenos Zeta-Zeichen auf alle Brote stempelte, die er buk und servierte. Ich brachte ihn zurück zum Tisch, faltete mein unbeschriebenes Pergament auf genau die gleiche Weise wie Arta, ließ purpurnes Wachs auf dieselben drei Stellen tropfen und drückte den Holzklotz auf das Wachs. Bei dem auf diese Weise zustandegekommenen Zeta-Zeichen fehlten zwar die Schnörkel, die das echte Goldsiegel aufwies, doch fiel das nur auf, wenn man ganz genau hinsah. Deshalb brachte ich den Brotstempel in die Küche zurück und brachte dann meine beiden Pergamentbündel in Amalamenas Gemächer.

In der kurzen Zeit, die ich nur von ihr getrennt gewesen war, schien sich der für ihre Krankheit typische eigentümliche Geruch – für mein Empfinden jedenfalls – verstärkt zu haben und ich hoffte, daß er ihr noch nicht auffallen würde. Ich sagte nur: »Hast du dich entschlossen, Amalamena? Alles ist bereit außer Swanilda.«

Sie sah mich mit demselben Gesichtsausdruck an, der mir aufgefallen war, als ich sie vorhin verlassen hatte: ein wenig auf der Hut, ein wenig fragend, vielleicht sogar eine Spur traurig. Mit einem Seufzer sagte sie: »Ich habe immer noch große Schwierigkeiten, an dich als an eine – als an Veleda zu denken.«

Ich zuckte mit den Schultern und sagte leichthin: »Mir geht es auch manchmal so.«

Das war eine Lüge. Selbst in den Momenten, in denen ich mich am meisten als Thorn fühlte, war ich mir auch immer meines anderen Ichs, Veleda, bewußt. Ich hatte davon Abstand genommen, der Prinzessin alles über mich zu offenbaren. Ich hatte sie in dem Glauben gelassen, daß ich eine junge Frau sei, die sich nur als Mann verkleidet habe, um mehr Abenteuer zu erleben und bessere Aufstiegschancen im Leben zu haben.

Sie sagte sehnsüchtig: »Ich hatte mich so an Thorn gewöhnt. Sogar liebgewonnen hatte ich ihn.«

»Thorn ging es ebenso mit Dir, Amalamena.«

»Der Abschied von ihm wird mir schwerfallen.«

In Anbetracht ihrer Krankheit hätte sie natürlich in jedem Fall schließlich von mir Abschied nehmen müssen, und das war ihr zweifellos auch klar. Ich bemühte mich jedoch, die Tatsache, daß wir unsere Mann-Frau-Beziehung beenden mußten, in einem eher heroischen als unvermeidlichen Licht erscheinen zu lassen. Ich sagte:

»Bedenke, Amalamena. Du und Thorn habt eine wichtige Aufgabe, die Vorrang hat vor bloß individuellem Schicksal. Falls es einem von uns beiden an Willen und Mut bei der Erfüllung dieser

Mission mangeln würde, würdest du das nicht noch mehr bedauern?«

»Ja ... ja ...« Sie seufzte wieder und straffte ihre schmalen Schultern. »Veleda, du trägst den Namen einer Priesterin der Alten Religion, die vor langer Zeit lebte – einer Frau, die Geheimnisse lüftete. Bevor ich nun also die Erlaubnis erteile, Swanilda gehen zu lassen, könnt Ihr mir sagen, ob sie Gefahren ausgesetzt sein wird?«

»Wahrscheinlich weniger als wir beide. Das Mädchen ist eine ausgezeichnete Reiterin, und sie und ich haben fast die gleiche Größe. Angetan mit Männerkleidung von mir und auf einem unserer gewöhnlichen Packpferde statt auf dem Maultier einer Dame reitend, wird Swanilda wie ein gewöhnlicher Reisender auf der Straße wirken. Auf jeden Fall glaube ich, daß sie die einzige von uns ist, der es gelingen kann, unbemerkt aus Konstantinopel abzureisen. Dies sind nun also die Anweisungen, die sie von dir bekommen soll – sie soll in der tiefsten Dunkelheit der Nacht von hier losreiten und sich in größter Eile mit diesem Dokument hier nach Singidunum begeben.«

Ich händigte Amalamena die Pergamentrolle aus, bei der es sich um das echte Vertragsdokument handelte.

»Nun gut«, sagte sie. »Ruft mir Swanilda, damit ich ihr die entsprechenden Befehle geben kann. Ich werde ihr auch sagen, daß ich an ihrer Stelle eines dieser Chasar-Dienstmädchen aus dem Palast nehmen werde.« Die Prinzessin fügte im Befehlston hinzu, mit einem Anflug ihres alten neckischen Mutwillens: »Nun, *Veleda*, geh und veranlasse, daß ein Pferd und Reiseproviant für sie vorbereitet werden.«

Ich grinste, verließ unter unterwürfigen Verbeugungen den Raum und suchte Optio Daila auf, um ihm zu erklären, warum die persönliche Dienerin der Prinzessin um Mitternacht in Männerkleidung losreiten würde. Ich erzählte ihm auch dieselbe kleine Lüge, die Amalamena Swanilda mitteilte: daß wir eines der Chasar-Mädchen damit betraut hatten, auf unserer Rückreise für die Prinzessin zu sorgen.

Dann brachte ich einen Krug mit Wein in Amalamenas Gemach und stählte mich innerlich, um nicht zurückzuweichen vor dem Geruch der Krankheit im Raum. Ich traf die Prinzessin wiederum allein an, immer noch im Bett, doch sah sie wieder beinahe so blaß und elend aus wie bei unserer Rückkehr vom Palast.

»Hast du Schmerzen, Amalamena?« fragte ich besorgt. »Kann ich etwas für dich tun? Habe ich dich zu lange allein gelassen?«

Sie schüttelte matt den Kopf. »Swanilda wechselte ein letztes Mal meinen Verband, bevor sie ging. Ich muß gestehen, daß der Anblick meiner – meiner Wunde ohne Verband nicht angenehm ist.«

»Dann trink hier etwas von diesem guten Byblis-Wein«, sagte ich und schenkte ihr einen Becher voll ein. »Ich brachte ihn dir, weil ich dachte, er wirke möglicherweise wohltuend und heilsam auf deine Gesundheit, da er von blutroter Farbe ist. Aber auf jeden Fall ist er stark genug, um deine Melancholie zu vertreiben.«

Amalamena murmelte: »Der Wein ist köstlich, Veleda. Und er ist wahrhaftig blutrot.«

»Ja«, pflichtete ich bei und fügte, um überhaupt etwas sagen zu können, gedankenlos hinzu: »Wahrscheinlich hat er daher seinen Namen. Nach der Nymphe Byblis, die Selbstmord beging, als alle ihre Versuche, ihren Bruder zu verführen, fehlgeschlagen waren.«

Ich erkannte sofort, welch ein Fehler diese Bemerkung gewesen war, denn die Prinzessin sah mich mit wütend funkelnden Augen an.

»Und du, *Veleda?*« fragte sie, wobei sie diesmal den Namen nicht mit gutmütigem Spott betonte. »Wie erging es dir mit meinem Bruder, niu?« Ihre Augen maßen mit eisigen Blicken meinen spärlich bekleideten Körper. »Sicherlich bist du auch verliebt in ihn.«

Ich breitete die Hände aus. »Aus rein praktischen Überlegungen heraus habe ich mir stets verboten und werde es auch in Zukunft tun, Theoderich zu lieben oder mir auch nur die geringsten Hoffnungen in bezug auf seine Person zu erlauben. Wenn ich noch offener sein darf, Amalamena, dann laß mich folgendes noch hinzufügen. Wäre ich wirklich ein Mann oder das Mannweib, für das du Veleda vielleicht hältst, wärst du es, in die ich ...«

Sie sagte abrupt: »Das genügt. Ich bedaure, die Frage überhaupt gestellt zu haben. Es ist lächerlich. Ich streite hier wegen eines

Mannes, der mein eigener Bruder ist, und das mit einer Frau, die es vorzieht, sich als Mann auszugeben und die jetzt zugibt – vái!« Sie trank ihren Wein aus und sagte düster: »Meine Eltern gaben mir den Namen ›Mond‹ in weiser Voraussicht. Diese Situation ist an Wahnwitz kaum zu übertreffen.«

»Ne, meine liebe Amalamena«, sagte ich sanft. »Liebe ist kein Wahnwitz. Und wenn du einen Bruder lieben kannst, kannst du es doch sicher auch zulassen, daß eine Schwester dich liebt.« Ich wartete einen Moment und sagte dann: »Du mußt mir nur sagen, wie.«

Sie machte sich ganz klein in ihrem Bett, zog die Decken fast bis an die Augen, bebte sichtlich und sagte schließlich mit der Stimme eines ganz kleinen Kindes: »Halt mich fest. Halt mich einfach fest, Veleda. Mein Sterben macht mir solche Angst.«

Und ich hielt sie fest. Ich legte mein Gewand ab, schlüpfte unter die Decken, steckte meine Pergamentrolle unter die Matratze und preßte Amalamena an mich. Außer der Goldkette, die sie ständig trug, an der die Miniaturausgabe in Gold von Theoderichs Siegel, der goldene Hammer des Thor und mein Fläschchen mit Jungfrauenmilch hing, hatte die Prinzessin nur noch ein Hüftband um, das so aussah wie meines und das den Verband auf ihrem Unterleib fixierte. Wie ich schon bei unserem ersten Treffen bemerkt hatte, waren ihre Brüste mädchenhaft, nicht größer als meine eigenen. Ich konnte sie also ganz eng an mich gedrückt halten, sicher und warm. Und auf diese Weise hielt ich sie die ganze Nacht und in all den Nächten, die uns noch zusammen blieben. Es war und blieb die einzige Art, auf die wir uns unsere Liebe bewiesen, und wir hatten auch nie das Bedürfnis nach mehr.

*

Obwohl ich am nächsten Morgen früh aufgestanden war und mich angekleidet hatte, machte der Oikonomos Myros seine Aufwartung, bevor ich die Gelegenheit gehabt hatte, mit Daila zu sprechen. Naserümpfend sagte er, Zeno sei völlig einverstanden mit meinem Dokument, in dem Singidunum ihm zugesprochen wurde. Erneut die Nase rümpfend fügte Myros hinzu, daß der Sebastos mich sogar beglückwünschte zu der Art und Weise, wie ich den Vertrag mit so vollendeter juristischer Finesse diktiert habe. Der Majordomus gebärdete sich keineswegs nach Eunuchenart sarkastisch oder herablassend; fortwährend schnüffelte er und rümpfte die Nase, und mir war auch klar, warum. Amalamenas eigentümlicher Krankheitsgeruch hatte meine eigene Kleidung durchdrungen und vielleicht auch mein Haar und selbst meine Haut. Myros erkundigte sich jedoch nicht nach der Ursache des Geruchs, und ich bot auch keinerlei Erklärung an, deshalb beschloß er seine Nachricht mit den Worten:

»Aus diesem Grund, Presbeutes Akantha, mögt Ihr Euch mit Eurer Begleitung auf den Weg machen, sobald Ihr bereit seid, und der Kaiser rechnet damit, daß dies unverzüglich geschehen wird.«

»Wir sind bereit«, antwortete ich.

Ich suchte unverzüglich Daila auf, der mir, bevor ich überhaupt fragen konnte, mitteilte: »Die kleine Kammerzofe machte sich um Mitternacht auf den Weg, Saio Thorn. Ich glaube nicht, daß die Wachen oder irgendwelche geheimen Spione oder sonst jemand sie beobachtet hat. Ich ließ sie durch das Rhegium-Tor hinaus, das selbst tagsüber kaum benutzt wird. Von dort aus hat sie sicher mühelos den Weg um die Stadtmauern herum zur Via Egnatia gefunden. Außerdem ist sie ja ein schlaues kleines Ding; sie findet sicher auch ohne Schwierigkeiten die Straßen, die sie in westlicher und nördlicher Richtung nach Singidunum führen werden.«

»Gut«, sagte ich. »Und falls ihr doch auf dem Weg irgendein Mißgeschick zustoßen sollte, müßten wir eigentlich davon hören, da wir anderen ja auf denselben Straßen hinter ihr herreisen werden.«

»Nach Singidunum?« fragte Daila erstaunt. »Ich glaubte, du hättest andere Pläne für uns, da du den Vertrag der Kammerzofe anvertrautest.«

»Sie bringt das Dokument heimlich nach Singidunum. Ich möchte absolut alle davon überzeugen, daß wir es in Wirklichkeit bei uns haben.« Ich zeigte ihm die Imitation, die ich angefertigt hatte, und sagte ihm, warum ich vermutete, daß Zeno nicht beabsichtige, den Vertrag Theoderich jemals zukommen zu lassen. »Ich werde ihn den ganzen Weg über am Körper tragen, und ich rechne fest damit, daß man versuchen wird, ihn mir wegzunehmen. Ich weiß nicht, was sie planen – einen heimlichen Diebstahl, einen Meuchelmord, einen offenen Angriff durch vermeintliche Straßenbanditen ...«

»Oder etwas Unvorhersehbares«, grollte der Optio. »Ein anscheinend zufälliger Erdrutsch, ein Waldbrand, irgend etwas.«

»Ja. In der Zwischenzeit bringen wir Theoderich etwas, was sogar noch kostbarer ist als der Vertrag – seine königliche Schwester. Deshalb werde ich der Prinzessin immer so nahe sein wie ihre neue Kammerzofe. Tagsüber werde ich neben ihrer Karosse reiten. Nachts werde ich am Fuß ihres Bettes schlafen, ein Auge immer offen und mein Schwert griffbereit neben mir, unabhängig davon, ob wir ein Lager aufschlagen oder Unterkunft in irgendwelchen Gebäuden finden. Da ich mit diesen Dingen beschäftigt sein werde und wir uns wahrscheinlich nicht oft sehen, Daila, erlege ich dir eine große Verantwortung auf. Ich werde alles tun, Amalamena zu beschützen, aber dir trage ich auf, sie, mich und das gefälschte Dokument, das ich bei mir trage, zu beschützen.«

Er sagte ein wenig frostig: »Du hättest dich darauf in jedem Fall verlassen können, Saio Thorn. Wozu bedarf es dieses zweiten Pergamentes, der List und des geheimen Boten?«

»Nur eine Vorsichtsmaßnahme, alter Krieger. Es steckt kein Zweifel an deiner Kampfesstärke dahinter. Bedenke, daß ich dich im Kampf erlebt habe. Dennoch, falls wir tatsächlich überwältigt werden sollten, können wir in der Gewißheit sterben, daß unser Tod die niederträchtigen Pläne von Zeno und seinen Schergen Strabo und Rekitach nicht unterstützt, sondern sie im Gegenteil sogar durchkreuzt hat. Theoderich wird im Besitz seines Vertrages sein mit allem, was er ihm und unserem Volk zugesteht.«

Nicht ganz besänftigt sagte Daila: »Noch besser wäre es allerdings für uns, gar nicht zu sterben. Alle meine Bemühungen – und die jedes einzelnen Mannes – werden auf dieses Ziel gerichtet sein.«

»Du sagst es, das wäre natürlich noch besser. Nun sorge dafür, daß du und unsere Mannen frühstückt, und das nicht zu knapp. Ein letzter Festschmaus auf Zenos Kosten.«

Ich aß selbst auch eine gewaltige Menge. Amalamena brachte ich persönlich ein vollbeladenes Tablett und forderte sie auf, etwas zu essen, nachdem sie eine Dosis Alraunwurzeln zu sich genommen hatte. Allerdings konnte ich sie nicht dazu zwingen, sehr viel zu sich zu nehmen. Dann wechselte ich, nach Swanildas Anweisungen, zum ersten Mal den Verband über dem Krebsgeschwür der Prinzessin. Ich mußte mich zunächst über ihre Einwände hinwegsetzen, sie könne dies immer noch allein tun. Während ich dann den Verband wechselte, drehte sie den Kopf zur Seite, nagte an ihrer Faust, machte ganz fest die Augen zu und zitterte am ganzen Körper, überwältigt von Verlegenheit und Scham.

Als wir dann an diesem Morgen abreisten, schien die Prinzessin jedoch den festlichen Zug durch die Stadt zu genießen, vom Xenodokheion zum Goldenen Tor, während Bedienstete des Palastes vor und hinter unserer Truppe marschierten und in fröhlicher Lautstärke musizierten. Sie hatte an ihrer Seite der Karosse die Vorhänge zurückgezogen, um die Sehenswürdigkeiten sehen zu können und den Menschen zuzuwinken, die uns vorbeiziehen sahen, doch ließ sie die Vorhänge auf der anderen Seite zugezogen, wo angeblich ihre Zofe ritt. Daila führte den Zug an und sorgte, gemäß meinen Anweisungen, dafür, daß er viele Straßen und Avenuen entlang marschierte, viele Marktplätze überquerte und an etlichen Denkmälern vorbeikam.

Wir verließen dann Konstantinopel und erreichten nach mehreren Tagen auf der Via Egnatia die Hafenstadt Perinthus. Von dort aus entschieden wir uns nicht für die Straße, auf der wir ursprünglich aus südlicher Richtung in die Stadt gekommen waren. Wir orientierten uns nun mehr nach Westen und stiegen zu den Tälern des Rhodope-Gebirges hinauf, durchquerten ein Randgebiet der Provinz Macedonia Secunda und erreichten die Stadt Pautalia in der Provinz Dardania. Nach unseren Informationen war diese Stadt für ihre heilsamen Mineralquellen berühmt. Viele Kranke und Krüppel aus allen Teilen des Imperiums suchen sie auf. Aus diesem Grund unterbrach ich unsere Reise hier für drei Tage und Nächte, in der Hoffnung, Amalamena möge von diesen Quellen profitieren, und die Prinzessin und ich zogen wieder in eine gut ausgestattete Herberge. In der dritten Nacht, die wir dort verbrachten, ereignete sich etwas völlig Unerwartetes – etwas, das Amalamena in der Tat von jenem verheerenden, qualvollen und todbringenden Aaswurm erlösen sollte. Doch vorher löschte es um ein Haar auch Veledas und Thorns Existenz aus.

## 4

Bis jetzt war uns noch nichts Verdächtiges aufgefallen, gegen das wir uns hätten verteidigen müssen. Doch Daila stellte, wie überall wo wir Halt machten, Wachposten auf und wies berittene Patrouillen an, die Umgebung wahllos zu durchstreifen. Unsere Unterkunft in Pautalia war so einfach zu bewachen wie jedes Lager, das wir im Freien aufgeschlagen hatten, da es sich bei Pautalia weniger um eine Stadt als um eine willkürlich verstreute Ansammlung von kleinen Häusergruppen handelte. Die zahlreichen heißen Quellen liegen ziemlich weit voneinander entfernt, was zur Folge hatte, daß sich um jede einzelne eine separate Gruppe von Gebäuden formiert hatte.

Da wir alle mehr oder weniger immer in Sichtweite voneinander waren, wies ich die Prinzessin an, ab und zu tagsüber außerhalb ihrer Gemächer in Erscheinung zu treten, aber in Swanildas Kleidern und mit einem Tuch, das ihr helles Haar verbergen sollte, um den Vorwand aufrechtzuerhalten, daß eine Zofe das Häuschen mit ihr teilte. Bei Sonnenuntergang pflegte ich dann stets auffällig von meinem Quartier zu dem ihren zu schlendern, mein Schwert in der Hand und angetan mit Rüstung und Helm, um alle in dem Glauben zu lassen, daß ich auf ihrer Türschwelle oder am Fuße ihres Bettes schlief.

Wie ich schon sagte, schlief ich *in* ihrem Bett und hielt sie jede Nacht in meinen Armen, bis sie fest eingeschlafen war. Ich war ihr auch bei ihrem Bad behilflich, weil die warmen und adstringierenden Mineralwässer sie mehr schwächten als jede körperliche Anstrengung. Zunächst lehnte sie es ab, die Bäder zu nutzen, und bestand darauf, daß es genüge, sich nur mit einem Schwamm abzureiben.

»Ich bitte dich«, sagte ich. »Wie uns die Einheimischen hier berichteten, hat jeder Besucher von Pautalia, angefangen mit Kaiser Trajan höchstpersönlich, die Heilkraft dieser Quellen gepriesen. Das Baden in diesem Wasser kann deinen Zustand kaum *verschlimmern.*«

»Deswegen mache ich mir keine Gedanken, Veleda. Was in aller

Welt könnte ihn noch schlimmer machen? Ich weigere mich einfach, mein ... mein Gebrechen zu enthüllen und es so lange unseren Blicken auszusetzen.«

»Nun gut«, sagte ich, erfreut darüber, nun eine gute Entschuldigung zu haben, meinen eigenen verhüllenden Gürtel nicht ablegen zu müssen. »Wir werden beide sittsam nach Art der Römer unser Bad nehmen, und wenn wir dann fertig sind, werde ich sogleich deinen Verband gegen einen trockenen eintauschen.«

Als wir am dritten Abend die Thermen verließen, sagte die Prinzessin ehrfürchtig: »Ich kann es kaum glauben, Veleda, und vielleicht sollte ich es gar nicht erwähnen, damit ich das Schicksal nicht herausfordere, aber ich glaube wirklich, daß diese Wasser mir helfen. Ich bin zwar immer noch schwach, doch fühle ich mich einfach gesünder – sowohl körperlich als auch seelisch. Und auch der Schmerz hat stark nachgelassen ... Weißt du überhaupt, daß ich heute noch gar keine Alraunwurzeln nehmen mußte?«

Ich lächelte und gratulierte ihr. »Ich hatte gedacht, daß du vielleicht deshalb soviel rosiger und glücklicher aussiehst, weil die Bäder deinen Körper so aufheizen. Doch habe ich außerdem auch den Eindruck, daß das Geschwür an sich kleiner und weniger bösartig wirkt als zuvor.«

Ich war auch der Meinung, daß die offene Wunde eine Spur kleiner geworden sei und sich durch die adstringierende Wirkung des Wassers etwas zusammengezogen habe. Amalamenas eigentümlicher Krankheitsgeruch hatte sich jedoch nicht merklich verringert. Trotzdem entschloß ich mich, Daila am nächsten Morgen mitzuteilen, daß wir alle noch ein paar Tage länger in Pautalia bleiben würden, einfach um abzuwarten, ob sich der Zustand der Prinzessin weiterhin verbessern würde. Auf jeden Fall begab sie sich gemeinsam mit mir in so fröhlicher Stimmung zu Bett wie schon lange nicht mehr. Und mitten in dieser Nacht geschah dann das Unvorhergesehene.

»Saio Thorn!« ertönte eine laute Stimme außerhalb unseres Quartiers. Ich war sofort wach und registrierte, daß der Morgen schon graute. Fast im selben Moment war ich auch schon aus dem Bett gesprungen und beeilte mich, in Thorns Kleidung und Rüstung zu kommen.

»Ich komme, Daila!« schrie ich zurück, da ich seine Stimme

erkannt hatte. Während ich einen meiner Stiefel mit der einen Hand anzog, tastete ich mit der anderen unter der Matratze nach dem gefalteten Pergament, um es unter meine Tunika zu stecken. Es war nicht da. Höchst erstaunt und schlagartig hellwach schlug ich die Matratze an dieser Seite ganz zurück, um genau nachzusehen. Die Rolle war nirgends zu sehen.

»Amalamena!« keuchte ich. Sie saß aufrecht im Bett, ebenso aufgeregt wie ich, und preßte die Decke an ihre nackten Brüste. »Das Pergament! Hast du es genommen? Irgendwo anders hin getan?«

Sie sagte schwach: »Ne, ich nicht.«

»Dann zieh dich bitte auch an, mit Swanildas Kleidung. Wenn unsere Männer weit genug weg sind, so daß sie dich nicht erkennen können, trittst du einen kurzen Moment als Kammerzofe auf.«

Ich wartete die Antwort nicht ab, sondern stülpte den Helm über mein zerzaustes Haar und stürzte aus der Tür, immer noch an verschiedenen Verschlüssen meiner Kleidung nestelnd. Draußen erwartete mich der Optio bereits mit finsterem Blick, doch hielt er – gottlob – das purpurversiegelte Pergament in der Hand. Er war nicht allein. Einige unserer Krieger standen bei ihm und zwei weitere stützten einen, der so wirkte, als sei er ohnmächtig oder verletzt.

»Saio Thorn«, grüßte Daila mich mürrisch. »Falls du mit einem offenen Auge schläfst, empfehle ich dir, ihm etwas Ruhe zu gönnen und zur Abwechslung einmal das andere Auge zum Einsatz zu bringen.«

Es war kaum der Moment, ihn wegen mangelnder Ehrerbietung gegenüber einem Vorgesetzten zu tadeln. Ich konnte ihn nur ziemlich zerknirscht fragen: »Wie kam es, daß das Ding gestohlen wurde?«

»Ein Verräter mitten unter uns.« Daila zeigte auf den Mann, der schlaff zwischen den beiden anderen hing. Sein Gesicht war so entstellt, grün und blau geschlagen und blutig, daß es einen Moment dauerte, bis ich ihn als einen meiner beiden Bogenschützen erkannte. Der Optio führte mich ein Stück von der Gruppe weg, um sich vertraulich mit mir zu unterhalten.

»Unsere anderen Wachposten sind immer noch loyal. Sie nehmen ihre Aufgabe sehr ernst und halten beide Augen offen. Sie sahen ihn, wie er verstohlen in die Gemächer der Prinzessin schlich und wieder herauskam. Dann nahmen sie ihn in Gewahrsam, bevor er die Siegel aufbrechen und feststellen konnte, daß er eine wertlose Imitation entwendet hatte.«

Ich nahm das zwar mit Erleichterung zur Kenntnis, war aber doch erschrocken – und das in doppelter Hinsicht. Nicht nur, daß mein persönlicher Wächter versucht hatte, den Plan zu vereiteln, bei dessen Ausarbeitung ich mir so große Mühe gegeben hatte. Ihm mußte jetzt auch klar sein, daß ich, Saio Thorn, nicht derjenige war, der ich schon so lange zu sein vorgab. Er hatte die Rolle direkt unter meinem schlafenden Kopf hervorgezerrt. Selbst in der Dunkelheit mußte ihm aufgefallen sein, daß Saio Thorn und das Chasar-Dienstmädchen ein und dieselbe Person waren. Nun, mich traf genausoviel Schuld wie den Dieb. Das Verhältnis zwischen den Schwestern Amalamena und Veleda war so intim und vertraut geworden, daß ich mir gestattet hatte, auf unverantwortliche Weise bequem und selbstgefällig zu werden. Nun waren also sowohl Thorn als auch Veleda in Gefahr, demaskiert und öffentlich gebrandmarkt, schließlich noch bestraft oder vertrieben oder sogar vernichtet zu werden. Immerhin hatte Daila sich noch nicht zu diesem Thema geäußert, und er hatte mich auch noch nicht fragend oder befremdet gemustert – bis auf den verständlichen, mißbilligenden Blick, den er mir zugeworfen hatte –, deshalb zeigte ich mich auch nur über den Diebstahl äußerst betroffen.

»Was könnte einen Ostgoten dazu bewegen, sich so zu erniedrigen, daß er seinen eigenen König, sein eigenes Volk und seine eigenen Landsleute verrät?«

Der Optio bemerkte trocken: »Wir haben ihm diese Frage auch gestellt und, wie du sehen kannst, sehr nachdrücklich. Er gestand schließlich, daß er sich in dem Gästehaus in Konstantinopel in eines der Chasar-Mädchen verliebt hatte. Sie verleitete ihn zu diesem Verrat.«

Ein weiterer Punkt, dachte ich bei mir, für den ich mitverantwortlich war, weil ich es gewesen war, der die beiden Bogenschützen aufgefordert hatte, sich im Haus niederzulassen statt draußen auf dem Vorhof mit ihren Leuten.

Ich seufzte: »Ich war beklagenswert nachlässig.«

Daila konnte sich nicht enthalten, knurrend zuzustimmen: »Jawaila!«

»Ich nahm als selbstverständlich an, daß alle Bediensteten des Xenodokheion Spione seien. Es kam mir nie in den Sinn, daß sie einen meiner eigenen Leute auf ihre Seite ziehen könnten.«

»Und noch dazu für eine so gemeine Sache«, grollte der Optio. »Aus Liebe, der Gipfel der Geschmacklosigkeit! Aus Liebe zu einer Gästehauseinrichtung, die schon von unzähligen Gästen zuvor benutzt wurde. Der Tod eines Kriegers wird ihm ganz sicher nicht gewährt werden.« Daila ging hinüber zu dem zusammengesunkenen Mann und versetzte seinem baumelnden Kopf einige harte Schläge. »Wach auf, du erbärmliches Nichts! Wach auf, damit du gehängt werden kannst!«

»Er hat es natürlich verdient«, sagte ich. »Laß uns jedoch kein großes Schauspiel daraus machen, das die Einheimischen hier in Erstaunen versetzt und sie darauf aufmerksam macht, daß wohl in unseren Reihen Unstimmigkeit herrscht. Ne, Optio. Wir wollen ihn schnell töten, ihn zu den Gepäckstücken auf einen unserer Lasttiere packen und seinen Leichnam dann an einem unbewohnten Ort auf unserem Weg zurücklassen.«

Daila murrte ein wenig, sagte aber schließlich: »Ja, du hast recht.« Er legte die Hand an den Griff seines Schwerts. »Willst du es tun, Saio Thorn, oder ich?«

»Halt ein«, sagte ich, weil mir plötzlich ein besorgniserregender Gedanke durch den Kopf schoß, und nahm ihn nochmals zur Seite. »Könnte es sein, daß der Bogenschütze seiner Geliebten etwas von unserer vorab entsandten Botin gesagt hat?«

»Ausgeschlossen. Weder er noch irgendein anderer Mann außer dir und mir selbst wußte davon, Saio Thorn. Ich allein begleitete das Mädchen zum Stadttor. Und nun kann der erbärmliche Verräter auch keinem mehr erzählen, daß wir lediglich einen gefälschten Vertrag bei uns haben.«

Die Tatsache, daß Daila mich als »Mann« bezeichnet hatte, ermutigte mich zu fragen: »Hat er bei seinem Geständnis noch von … irgend etwas anderem gesprochen?«

Der Optio zuckte die Schultern. »Der Rest war sinnloses Gestammel. Ich fürchte, ich habe ihn zu oft und zu hart geschlagen.«

Als habe diese Bemerkung ihn geweckt, rührte sich der geschwächte Gefangene und hob den Kopf. Er sah mich und Daila mit seinem einen noch heilen Auge an, und dieses rote Auge richtete sich mit bösartigem Blick auf mich. Als er zu sprechen begann, versprühte der Bogenschütze einen Schwall Blut, und seine Sprache war infolge seiner ausgeschlagenen Zähne und aufgesprungenen Lippen undeutlich.

»Ihr. Ihr seid kein ... kein Marschall ... kein Krieger ... nicht Thorn.« Er würgte, schluckte und versuchte erneut zu sprechen. »Es gibt keinen Mann Thorn.«

»Seht Ihr?« sagte Daila. »Sinnloses Geschwätz.«

»Keinen Thorn ... und die Prinzessin hat keine weibliche ...« An diesem Punkt hörte er abrupt zu sprechen auf, weil ich, mit einer einzigen Bewegung, mein Schwert aus der Scheide gezogen hatte, vorgetreten war und seine Kehle durchtrennt hatte.

Als der Tote weggezogen wurde, sagte der Optio: »Ich bezweifle, daß er uns verlassen und das Pergament den ganzen Weg zurück nach Konstantinopel bringen wollte. Er hätte sich klargemacht, daß wir ihm hinterherjagen und ihn einholen würden. Wahrscheinlicher ist, daß er die Rolle jemand anderem aushändigen wollte. Und da er sich bis jetzt Zeit ließ, sie zu stehlen, hatte er wahrscheinlich vor, diesen Jemand hier in der Gegend zu treffen.«

»Das ist auch meine Meinung«, sagte ich. »Und wenn hier wirklich ein oder mehrere Feinde in der Gegend lauern, laßt uns schnell von hier aufbrechen. Dort drüben sehe ich Amalamenas Chasar-Zofe, die eben ein paar Herbstblumen für ihre Herrin pflückt.« (Und, wie ich zufrieden bemerkte, dafür sorgte, daß die Blüten ihr Gesicht beschatteten.) »Die Prinzessin ist also auch auf den Beinen. Ich werde sie aber nicht abreisen lassen, bevor sie nicht ausgiebig gefrühstückt hat. Sorgt dafür, daß die Männer und Tiere auch satt werden, und bereitet alle darauf vor, sofort danach aufzubrechen.«

Ich erklärte Amalamena alles, als wir gemeinsam von dem Tablett aßen, das ich in ihr Quartier gebracht hatte, und es erfreute mein Herz, sie nun mit gutem Appetit essen zu sehen.

»Ich wäre gern noch länger hier geblieben«, sagte sie. »Die Thermen scheinen mir auf höchst wundersame Weise geholfen zu haben. Ich hatte heute morgen einen Riesenappetit auf mein Frühstück. Doch wie du schon sagtest, haben wir eine Mission zu erfüllen. Ich bin bereit und ich fühle mich kräftig genug, weiterzumachen.«

»Dann leg rasch deine königlichen Insignien für unsere heutige Tagesreise an«, sagte ich. »Doch zieh' heute abend, sobald wir unser Lager aufschlagen, wieder Swanildas Gewand an.« Ich zog aus meiner Tunika das zurückgewonnene Pergament und sagte: »Heute nacht klemme ich mir das wahrscheinlich zwischen die Zähne.«

Als der Zug sich formiert hatte und bereit zur Abreise war und die Pferde in Erwartung des Aufbruchs begierig schnaubten, ritt der Optio von der Spitze des Trupps zurück zu der Stelle, wo ich neben Amalamenas Karosse auf Velox saß, und sagte:

»Es gibt zwei Straßen, die wir von hier aus nehmen könnten, Saio Thorn. Der tote Verräter rechnete sicher damit, daß wir auf der Straße bleiben würden, auf der wir hierher kamen, auf der, die von hier in nordwestlicher Richtung geradewegs nach Naissus und anschließend nach Singidunum führt.«

»Ich verstehe, was du meinst. Sein Komplize – oder die Bande oder Horde von Komplizen – wird vermutlich auch damit rechnen, daß wir auf dieser Straße weiterreisen werden. Ich danke dir für deinen Scharfsinn, Daila. Und die andere Straße?«

»Sie führt von hier aus nach Norden am Fluß Strymon entlang, und in die Stadt Serdica.«

»Nun, Serdica liegt weitab von unserem Weg«, sagte ich. »Doch werden wir diese Straße nehmen und so lange auf ihr bleiben, bis wir ein gutes Stück von hier weg sind. Dann hoffen wir darauf, auf eine andere Straße zu treffen, die in Richtung Westen abzweigt, und nehmen unseren früheren Kurs wieder auf. Sehr gut. Gib das Kommando zum Aufbruch, Daila.«

*

Wir schienen beinahe die einzigen Reisenden zu sein, die an diesem Tag die Straße entlang des Flusses benutzten; weder holten uns andere Reisegruppen ein, noch überholten wir welche, mit Ausnahme einiger Schweine- und Schafherden und ihrer Viehtreiber. Aus diesem Grund beschlich mich – ebenso wie den Optio Daila – ein ungutes Gefühl, was die Sicherheit dieser besonderen Wegstrekke betraf, da die Landschaft uns auf beiden Seiten immer mehr einschloß. Wir befanden uns auf gebirgigem Gelände, durch das der Fluß Strymon einen tiefen, schmalen Engpaß geschnitten hatte. Da neben uns der Fluß war und unsere Straße, die an ihm entlangführte, von steilen Felsen gesäumt war, fühlten wir uns auf unbehagliche Weise prädestiniert für einen Hinterhalt.

»Ich möchte nicht, daß irgendjemand Felsblöcke auf uns herunterrollt«, sagte Daila, deshalb wies er als erstes zwei Männer an, die über uns hängenden Felsen zu erklimmen. Sie sollten über Nacht abwechselnd dort Wache halten. Als nächstes entsandte er zwei Krieger zur Bewachung der Straße, in jede Richtung einen, die Straße hinauf und hinunter, in beträchtlichem Abstand von unserem Lager. Anschließend stellte er noch weitere Wachposten in bestimmten Abständen entlang des Flußufers neben uns auf.

Während unsere übrigen Männer sich um die Tiere kümmerten, Feuer zum Kochen entfachten und unsere Vorräte auspackten, sorgte ich dafür, daß Amalamena für jeden, der zufällig zu ihr hinsah, zu sehen war, und das sogar zweimal. Zuerst stieg sie in ihrem Prinzessinnenstaat aus ihrer vorhangverkleideten Karosse und schüttelte sehr eindrucksvoll ihre von der Reise steifen Glieder. Dann bestieg sie wieder die Karosse und erschien nach einer kleinen Weile, als das Zwielicht sich noch verstärkt hatte, in ihrer Chasar-Kammerzofen-Tracht, trug einen Wasserkrug hinunter zum Fluß, füllte ihn und brachte ihn ins Innere der Karosse.

Als ich die Prinzessin später aufsuchte, erkundigte ich mich bei ihr, wie sie sich während der Reise gefühlt hätte.

»Glänzend«, antwortete sie und wirkte so fröhlich und vergnügt, wie ich sie noch nie erlebt hatte. »Schon wieder brauchte ich die Droge den ganzen Tag nicht zu nehmen.«

»Deine Genesung grenzt in der Tat an ein Wunder. Und nichts liegt mir ferner, als den ungläubigen Thomas zu spielen. Ich darf nicht vergessen, die Wasser von Pautalia allen Invaliden zu empfehlen, die ich in Zukunft treffe.«

»Außerdem bin ich hungrig wie eine Wölfin«, fuhr sie lachend fort. »Den ganzen Weg über habe ich Obst gemampft. Doch jetzt hätte ich sehr gern etwas Herzhafteres.«

»Die Männer sind gerade beim Kochen. Laß mich nur rasch deinen Verband wechseln; wenn das erledigt ist, ist das Essen sicher fertig.«

Als sie die Gewänder Swanildas, die sie gerade trug, aufknöpfte und das Geschwür offenlag, verdüsterte sich nicht wie sonst ihre Stimmung, sondern sie sagte lebhaft: »Siehst du? Es ist schon kleiner als heute morgen!« Ich war mir da zwar nicht ganz sicher, sagte aber, daß ich auch dieser Meinung sei.

Als ich zu unseren Leuten zurückging, dachte ich bei mir, daß die fröhlichen Kochfeuer, die ihr warmes Licht nach oben auf die Felsen um uns herum warfen, unser Lager wie einen luftigen Raum ohne Decke, aber gemütlich und geruhsam, erscheinen ließen, eine Insel in der schwarzen Nacht. Die Männer, die nicht arbeiteten oder als Wachen abbeordert waren, hatten sich schon hintereinander an den Feuern angestellt, wo der Lager-Koch und seine Helfer die Portionen austeilten, aber mir machten sie natürlich Platz. Ein Austeiler reichte mir einen vollen Weinschlauch, und ich warf mir den Riemen über die Schulter. Ein anderer gab mir zwei hölzerne Schalen, und der Koch war gerade dabei, einen gehaltvoll aussehenden Eintopf hineinzuschöpfen, als wir alle aufgeschreckt wurden durch plötzliches lautes Gebrüll von der dunklen Straße her:

*»Hiri! Anaslauhts!«*

Der Ruf kam von dem weiter entfernt postierten Wächter, der uns in panischem Entsetzen warnte: »Hier! Ein Überfall!« Es gelang ihm, noch ein weiteres Wort herauszuschreien, bevor er offensichtlich niedergeschlagen wurde: *»Thusundi!«*

Nun, Tausende waren es zwar nicht. Doch war an dem näherkommenden donnernden Hufgetrappel klar erkennbar, daß sie uns zahlenmäßig weit überlegen waren. Im nächsten Moment hatten sie uns auch schon erreicht, waren überall, doch sah man sie immer nur kurz im Schein des Feuers – bewaffnete, berittene Männer, in gotischer Rüstung und Helmen wie wir –, bevor die Hufe ihrer Pferde die Feuer austrampelten, so daß nur noch glühende Asche und umherstiebende glimmende Funken davon übrigblieben. Doch die Angreifer zogen noch nicht ihre Waffen; dieser erste Angriff sollte nur dazu dienen, uns in Schrecken zu versetzen und unsere Feuer zu löschen, denn die Pferde wurden nochmals zur Seite gerissen. Wie sich herausstellte, durchtrennten die Angreifer die Stricke, an denen unsere Reittiere angepflockt waren, und jagten sie in die Flucht, um uns keine Gelegenheit zu geben, sie zu benutzen.

Alle unsere Leute, ich selbst eingeschlossen, hatten das Essen oder Eßgeschirr fallen lassen und das Schwert herausgerissen. Sie alle stürmten nun zu den Stellen, an denen sie ihre schwereren Waffen deponiert hatten, doch ich zögerte noch, unschlüssig, wo ich mich am besten postieren sollte. Dann stand plötzlich Optio Daila neben mir, nur schwach zu erkennen im übriggebliebenen Schein des Feuers, und schrie Befehle:

»Männer! Macht euch bereit, zu Fuß zu kämpfen! Durchbohrt mit euren Speeren ihre Pferde!« Dann wandte er sich an mich und schrie: »Geh'! Hol' die Prinzessin und ...«

»Sie wird bewacht, Daila.«

»Ne, das stimmt nicht. Einer der Wachposten hatte bestimmte Anweisungen für den Fall, daß wir angegriffen würden, den anderen Verräter zu erschlagen und dann wieder zu uns zu stoßen. Hier kommt er gerade angerannt. Geh' jetzt und ...«

»Erschlagen?« echote ich bestürzt. »Welcher andere Verräter?«

»Das ist doch offensichtlich. Sie wußte, daß wir uns für diesen Weg entschieden hatten. Irgendwie muß sie ihnen eine Nachricht zugespielt haben. Die Chasar-Kammerzofe.«

Ich sagte oder wahrscheinlich war es mehr ein Klagelaut, den ich von mir gab: »Ach, Daila, Daila ... Unglückseliger ...«

»Hörst du mich? Geh' jetzt! Falls die Prinzessin gefangen wird, dient sie ihnen als Geisel. Bring' sie zum Fluß. Versuche, flußabwärts zu entkommen, weg von ...«

Doch die Angreifer fielen schon wieder über uns her, diesmal wild mit ihren Schwertern, Streitäxten und Kampfkeulen auf uns einschlagend. Daila riß sein Schild in die Höhe, um den Axthieb eines Reiters abzuwehren, der mir ganz sicher den Schädel gespalten hätte, weil ich sprachlos und wie gelähmt da stand, bis jenes knirschende Geräusch von hartem Stahl, der sich in Leder bohrt, mich aus meiner Betäubung riß. Ich versuchte, den Feind mit meinem eigenen Schwert zu treffen, und machte mich dann davon, wie Daila angeordnet hatte.

In der Karosse fand ich Amalamena vor, wie ich es in böser Vorahnung erwartet hatte. Sie hatte nur den Docht einer einzelnen schwachen Lampe angezündet; ihr schwacher Schein hatte nicht ausgereicht, den Wachposten erkennen zu lassen, wer »die Chasar« in Wirklichkeit war. Doch hatte das Licht ausgereicht, um sie mit einem sicheren Stich seiner Klinge zu töten – einem Stich in ihre weiße, mädchenhafte Brust, genau unterhalb der Stelle, wo das Fläschchen mit der Jungfrauenmilch hing. Es war nicht viel Blut geflossen nach diesem einen Einstich; meine geliebte Schwester hatte nicht viel Blut zu vergießen gehabt.

Selbst aus dieser Entfernung konnte ich das Kampfgetümmel hören, doch ich wußte, daß es nicht lange anhalten würde. Unser Feind – und ich nahm an, daß es sich um Theoderich Strabo handelte – wollte sich das Pergament nun, nachdem es ihm nicht gelungen war, es durch List und Tücke an sich zu bringen, mit roher Gewalt holen, und er war mit genügend Mannen losgezogen, uns alle zu vernichten. Ich seufzte erneut, da ich erst heute morgen mein Schlangenschwert zum ersten Mal benutzt hatte; nun würde es das letzte Mal sein. Und Strabos Männer, mochten sie auch verabscheuungswürdige Überläufer sein, waren trotz allem Ostgoten. So würde also das einzige Blut, das mein Schwert je zu kosten bekommen sollte, das meiner Landsleute sein.

Doch dann hielt ich inne. Ich hatte keine Angst vor dem Sterben und schreckte nicht davor zurück; es bedeutete das zu erwartende und höchst ehrenwerte Ende eines Kriegers. Trotzdem wäre es sinnlos zu sterben, wenn ich möglicherweise für meinen König und mein Volk lebend von größerem Nutzen wäre. Daila hatte gewünscht, ich solle Amalamena in Sicherheit bringen, da sie, falls sie in dem Kampf nicht getötet würde, Strabo als Geisel dienen würde. Mit ihr als Pfand könnte er von ihrem Bruder jegliches Zugeständnis erpressen, selbst das, auf all das zu verzichten, was der mit Kaiser Zeno geschlossene Pakt ihm zuerkannte. Nun, Strabo konnte die Prinzessin jetzt nicht mehr für seine erpresserischen Ziele benutzen. Doch ... angenommen, man würde ihn dazu bringen zu glauben, er habe sie gefangen. Könnte nicht eine unechte Prinzessin – eine Gefangene zwar, doch eine Gefangene, die Kontakt zu den höchsten Würdenträgern des Feindes hätte und sich innerhalb seiner stärksten Festung aufhalten würde – könnte sich eine solche Prinzessin nicht als wertvollerer Trumpf erweisen als ganze Armeen von Kriegern draußen?

Hastig legte ich meine Rüstung, Stiefel und anderen Staat ab und schleuderte alles in der Dunkelheit in die Büsche neben der Karosse. Sogar mein kostbares Schlangenschwert wollte ich wegwerfen, besann mich dann aber eines besseren. Ich trennte mich von Gurt und Scheide, doch verschaffte ich dem Schwert noch ein weiteres Blutbad, wenn auch nur ein vorgetäuschtes und reichlich pathetisches. Sorgfältig steckte ich die Schwertspitze in die Wunde, die der Wachposten in Amalamenas Brust hinterlassen hatte und formte mit den Lippen schweigend einige Abschiedsworte an sie, rammte dann das Schwert so tief in die Wunde, wie die andere Waffe hineingefahren war und ließ es dort, wobei das Heft die Waffe wie ein aufrecht stehendes Kreuz aussehen ließ.

Ich entkleidete mich bis auf das Hüftband, das ich immer noch trug, nahm dann aus der Truhe die besten Gewänder der Prinzessin samt dem entsprechenden Zubehör und legte sie an. Dann kniete ich neben ihrem Leichnam nieder, nahm ihr mit einer gemurmelten Entschuldigung die goldene Kette mit den drei Anhängern ab und legte sie mir um den Hals. Zuguterletzt steckte ich den gefälschten Vertrag in das blusige Oberteil meines Gewandes – und ich war kaum damit fertig, als mein Eroberer auch schon kam, um mich zu holen.

Mit einem Geräusch, das sich anhörte, als teile ein Blitzschlag den Himmel, wurden die Vorhänge der Karosse unvermittelt heftig auseinandergerissen. Im selben Moment stieß der Eindringling ein Triumphgeheul über seine Entdeckung aus. Er stand draußen zwischen den Vorder- und Hinterrädern der Karosse, hielt mit seinen muskelbepackten Armen die Vorhänge weit auseinander und war so massig, daß sein Helm beinahe das Dach berührte. Er stieß weiterhin das bestialische Gebrüll aus, als ich instinktiv – und nicht vorgetäuscht – vor ihm zurückwich, wie es eine furchtsame Jungfrau auch in Wirklichkeit tun mochte. Da er einen gotischen Helm trug, sah ich von seinem Gesicht nur seinen Bart, seinen Mund und seine Augen. Der Bart war gelblich-grau, zerzaust, reichte bis zur Brust und war borstig wie die Stacheln eines Igels. Der brüllende Mund stand offen, Speichelfäden hingen ihm zwischen Ober- und Unterlippe und dahinter waren lange, fast pferdeartige gelbe Zähne. Die von roten Lidern bedeckten und von roten Äderchen durchzogenen Augen hätten einem grotesken Riesenfrosch gehören können, sie schienen das gesamte Innere der Karosse von einer Wand zur anderen abzutasten, ohne sich ein einziges Mal zu bewegen, weil jeder Augapfel unabänderlich nach außen gedreht war.

# Strabo

# 1

Theoderich Strabo – oder Theoderich Triarius, wie ihn seine Schmeichler gehorsam nannten – hörte auf, seiner Freude über meine Entdeckung brüllend Ausdruck zu geben und erkundigte sich mit einer Stimme, die knirschte, als würden Grabsteine aneinander gerieben: »Ist jus Amalamena, niu?«

Als sei ich sprachlos vor Entsetzen, nickte ich nur und hob die goldene Kette, um ihm die daran baumelnden Schmuckstücke vorzuweisen. Er beugte sich vor, um sie in dem schwachen Licht genauer in Augenschein zu nehmen, erst mit dem einen, dann mit dem anderen Auge, und grunzte verächtlich.

»Ja. Wie man sie mir beschrieben hat. Eine närrische Frau, die direkt neben einem heiligen Symbol das Monogramm ihres schwachsinnigen Bruders trägt. Ja, Ihr seid das wirklich.« Er wies mit seinem stachligen Bart auf den durchbohrten Körper der Prinzessin. »Und wer ist das da?«

Ich gab vor, nur mit Mühe zu einer Antwort fähig zu sein: »Sie ... war Swanilda. Meine Kammerzofe. Sie bat mich ... das zu tun. Sie hatte große Angst davor ... vergewaltigt zu werden ... oder noch Schlimmeres erleiden zu müssen.«

Er lachte gemein. »Und Ihr habt wohl keine Angst, niu?«

»Ich stehe unter gutem Schutz«, antwortete ich in dem Versuch, so zu wirken, als glaube ich daran, und zeigte ihm noch einmal die Anhänger an der Kette.

»Schutz? Wer sollte Euch wohl beschützen, niu? Der heidnische Thor? Der Christ? Euer nichtsnutziger Bruder?«

»Ne, das dritte Amulett hier.« Ich hielt es in die Höhe, etwas getrennt von den beiden anderen. »Mein Fläschchen mit Jungfrauenmilch.«

»Eine echte Reliquie.« Ich richtete den Blick himmelwärts, setzte eine einfältige, inbrünstig andächtige Miene auf und beschrieb mit der freien Hand das Zeichen des Kreuzes auf meiner Stirn.

Er riß mich so unsanft aus dem Wagen, daß ich wahrscheinlich mit dem Gesicht nach unten auf die Erde gefallen wäre. Doch die beiden Krieger in seiner Begleitung fingen mich auf, brachten mich in eine aufrechte Position und hielten mich hart an beiden Armen zwischen sich fest. Sie nutzten auch die Gelegenheit, mich an verschiedenen Stellen zu betätscheln, während Strabo sich erneut in die Karosse beugte und mein Schwert aus Amalamenas Körper zog.

Als wir dann nach einem Gang über den mit Leichen übersäten Boden ins Licht des Feuers traten, wurde ich von Strabo und allen seinen Soldaten, die in der Nähe standen, anerkennend gemustert. Dann fragte er mich mit seiner schnarrenden Stimme:

»Welcher dieser toten Männer war nun Saio Thorn, von dem man mir berichtet hat?«

»Keiner«, sagte ich wahrheitsgemäß und fügte mit einiger Zivilcourage hinzu: »Vielleicht schaffte er es, lebend davonzukommen. Ich hoffe es jedenfalls.«

»Tatsächlich. Hatte er Zenos Vertrag bei sich?«

Wieder konnte ich wahrheitsgemäß antworten: »Das letzte Mal, als ich ihn sah, hatte er ihn bei sich, ja.«

Der Optio Ocer meldete sich lautstark zu Wort. »Triarius, keiner ist lebend davongekommen. Wir wissen, daß keiner an uns vorbei die Straße hinauf entwischt ist. Außerdem wies ich einige meiner Leute an, dem Zug in Verkleidung zu folgen, seitdem er Pautalia verlassen hatte. Sie haben mir Meldung erstattet und berichtet, daß keiner an ihnen vorbei die Straße hinunter flüchtete. Einige der Feinde starben jedoch am Flußufer, und ihre Leichen wurden flußabwärts gespült.«

»Sehr gut«, sagte Strabo. »Sobald wir alle ein paar Bissen zu essen zusammengekratzt haben und die anderen mit dem Einfangen der vertriebenen Pferde fertig sind, geht mit ihnen los und findet jeden Mann, der getötet wurde. Geht bis zur Mündung des Strymon in die Ägäis, wenn nötig. Zieht alle aus und durchsucht sie. Bringt mir den Vertrag. Doch zuvor« – er wies mit seinem Bart auf mich – »fangt mit der hier an.«

Ich riß mich von den beiden grinsenden Wachen los und rief: »Ihr würdet es wagen, eine amalische Prinzessin so zu erniedrigen?«

»Vái! Meint Ihr, ich scherze nur? Ich will dieses Dokument haben. Wenn Ihr weiter Eure Sittsamkeit hätscheln wollt, braucht Ihr uns nur den Mann Thorn zeigen.«

In gewisser Hinsicht tat ich das auch. Ich stieß zwischen zusammengepreßten Zähnen hervor: »Ich habe den Vertrag«, holte ihn aus meiner Bluse hervor und versuchte, ihn mit beiden Händen zu zerreißen. Doch Pergament läßt sich nicht so einfach zerreißen.

Der Optio und der andere Mann ergriffen mich im gleichen Moment und hielten mich fest. Strabo ließ wieder sein krächzendes Lachen hören, trat zu mir und entriß mir die Rolle. Er warf nur einen flüchtigen Blick auf das gefaltete Dokument, nickte, als er die purpurnen Wachssiegel mit dem Monogramm Z sah ... und warf die Rolle zu meinem Erstaunen fast beiläufig ins nächste Feuer. Ich erfuhr erst später, daß Strabo des Lesens nicht mächtig war. Natürlich wären alle meine Pläne umsonst gewesen, hätte er einfach das Pergament aufgerollt und festgestellt, daß es unbeschrieben war. Doch er unterließ es, die Rolle zu öffnen, weil es ihn beschämt hätte, nur vorzugeben, er lese es, oder jemand anderen bitten zu müssen, es ihm vorzulesen und von mir als ignoranter Barbar verlacht zu werden.

Ich lachte dennoch spöttisch und sagte: »Ihr habt nur ein Stück Pergament zerstört, nicht seine Bedeutung. Mein Bruder hat immer noch die strategisch wichtige Stadt Singidunum in seinem Besitz. Das war der Grund, warum der Kaiser diesem Vertrag und all seinen Klauseln zugestimmt hat. Mein Bruder braucht nur anzufragen und Ihr könnt sicher sein, daß Zeno noch einmal ein solches Pergament aufsetzen läßt, unterschreibt und mit seinem Siegel versieht.«

Strabo grunzte gleichgültig. »Euer Bruder hat Singidunum. Ich habe seine Schwester. Warten wir ab, welches von beiden höher eingeschätzt wird.« Er wandte sich von mir ab und sagte an die Adresse des Optio gewandt:

»Nun gut, Ocer. Wir müssen uns jetzt hier nicht allzu lange mehr aufhalten. Laßt zwei Männer wieder Zugpferde vor die Karosse spannen und weist sie an, die tote Dirne hinauszuwerfen.

Zwei weitere sollen diese *Prinzessin* hier wieder dorthin zurückbringen, sie in die Karosse setzen und dafür sorgen, daß sie drin bleibt.« Zu mir sagte er: »Ich bedaure, Eure Nachtruhe gestört zu haben, *Prinzessin*. Doch ich möchte uns alle bei Tagesanbruch auf der Straße haben. Wir werden in zügigem Tempo reiten und erst morgen abend wieder ein Lager aufschlagen. Wenn Ihr also noch ein Schläfchen halten wollt, bevor wir aufbrechen, schlage ich Euch vor, es jetzt zu tun.«

Ich warf ihm nur einen verächtlichen Blick zu, deshalb wandte er sich nochmals an den Optio und sagte zu ihm: »In der Zwischenzeit, Ocer ...«

Ich hätte gerne gehört, welche weiteren Anweisungen Strabo noch erteilte, doch wurde ich fort in die Dunkelheit gezerrt, und nachdem die Pferde wieder vor die Karosse gespannt worden waren, stießen mich meine beiden Wächter ziemlich unsanft hinein. Amalamenas Leiche war bereits entfernt worden, es war nichts mehr von ihr übrig als ein kleiner getrockneter Blutfleck an der Stelle, wo sie gelegen hatte. Ich erkundigte mich bei meinen Bewachern, was mit ihren Überresten geschehen war. Ich fürchtete, daß ein so lieblicher junger Körper, immer noch weich, geschmeidig und zum Eindringen geeignet, rohe Soldaten verführt haben könnte, ihn zu allen möglichen degenerierten Vergnügungen zu benutzen.

»Wird sind Ostgoten wie Ihr selbst«, erinnerte mich einer der Männer hochmütig. »Wir schänden keine Toten. Eure Zofe wird genauso behandelt wie jeder Krieger, der in diesem Kampf gefallen ist.«

Ich spielte mit den Anhängern an der Kette um meinen Hals und betete schweigend – wenn auch zu keiner bestimmten Gottheit: »Bitte gib, daß Swanilda sicher bei Theoderich angekommen ist!« Seitdem ich Konstantinopel verlassen hatte, war nicht alles planmäßig verlaufen, doch war ich immerhin noch am Leben und darüber hinaus in einer äußerst günstigen Situation, besonders wenn Theoderich tatsächlich seinen Vertrag in Empfang genommen hatte und Strabo weiterhin glaubte, er habe ihn nicht.

Weit weg in Singidunum würde Theoderich nicht viel Zeit damit verlieren, sich Sorgen zu machen, was wohl mit seinem Marschall

Thorn, seiner Schwester Amalamena, seinem Optio Daila und all den anderen Kriegern geschehen war. Bald würde er Kundschafter aussenden, die im Galopp unsere Strecke zurückverfolgen würden. Doch was würden sie herausfinden? Keine Kampfszenen und auch keine Gerüchte, daß Kämpfe stattgefunden hätten. Sie würden in Pautalia erfahren, daß unser Trupp den Ort auf dieser bestimmten Straße verlassen habe. Und dann würden sie von Reisenden, Anwohnern oder Gasthausbesitzern an dieser Straße zu hören bekommen, daß in der Tat ein Zug ostgotischer Reiter an ihnen vorbeigekommen sei und ja, sie hätten eine stattliche Karosse begleitet, in der eine hübsche Frau gesessen habe ...

Für Theoderichs Kundschafter würde es so aussehen, als habe Saio Thorn unvermittelt und ganz unverständlicherweise – vielleicht sogar in verräterischer Absicht – den ganzen Trupp von seinem beabsichtigten Zielort ferngehalten und ihn in Strabos Ländereien geführt, oder auf die andere Seite der Erde, oder ins Nirwana. Ich hatte keine Vorstellung, wohin Strabo mich nun bringen würde, und da ich das ganze mit voller Absicht so geplant hatte, war es mir auch ziemlich gleichgültig. Dennoch hätte ich es vorgezogen, daß jemand, dem das alles nicht gleichgültig wäre, mir dorthin hätte folgen können.

Wir waren den ganzen Tag unterwegs und machten nur gelegentlich Halt, damit die Männer ihre Pferde wechseln und alle mit Wasser versorgen konnten. An zwei oder drei dieser Raststellen brachten mir meine Wächter aus dem Reiseproviant des Trupps etwas zu essen und zu trinken: kaltes Räucherfleisch oder gesalzenen Fisch, einen harten Kanten Brot, eine lederne Tasse mit Wein oder Bier. Bei diesen Gelegenheiten wurde mir auch gestattet, kurz aus der Karosse auszusteigen, mir ein wenig die Beine zu vertreten und meine Blase zu entleeren. Wir setzten unseren Weg in nordöstlicher Richtung fort, offenbar geradewegs nach Serdica. Ich wußte, daß es sich um eine verhältnismäßig große Stadt handelte, doch war mir nicht klar, ob sie zu Strabos Herrschaftsgebiet gehörte oder ob er sie lediglich als günstigen Ort einschätzte, mich gefangenzuhalten, während er mit Theoderich verhandelte. Nun, dachte ich bei mir, ich würde es rechtzeitig herausfinden. An diesem Tag erreichten wir Serdica trotz zügigen Reittempos nicht mehr, und als wir an diesem Abend unser Lager am Straßenrand aufschlugen, stellte ich fest, daß Strabo andere und gemeinere Pläne für Prinzessin Amalamena im Auge hatte, als sie lediglich als Geisel festzuhalten.

Obwohl sie immer noch von zwei Männern bewacht wurde, stand die Karosse ein gutes Stück vom Großteil der Soldaten entfernt, und ich hatte als Grund dafür angenommen, daß mir für Essen, Schlafen und andere Funktionen eine gewisse Privatsphäre zugestanden werden sollte. Zwar wurden mir Essen und Wein erneut gebracht – und diesmal sogar warmes Essen –, wodurch mir erspart blieb, mich unter die anderen an den Kochfeuern zu mischen. Doch nachdem ich mit dem Essen fertig war, einen dringend erforderlichen Gang ins Gebüsch erledigt, mich den Umständen entsprechend nur flüchtig gewaschen hatte und eben einschlafen wollte, tauchte Strabo höchstpersönlich plötzlich neben der Karosse auf. Ohne mir irgendeinen Gruß zu entbieten oder mich um Erlaubnis zu bitten – lediglich mit einem ausgiebigen Rülpser, einem Hinweis darauf, daß auch er gut gespeist hatte – kletterte er in die Karosse und legte sich neben mich.

»Was hat das zu bedeuten?« erkundigte ich mich frostig.

»Ach, Mädchen, Ihr habt gestern abend doch sicher ganz schlecht geschlafen.« Er rülpste erneut. »Ich werde großmütig dafür sorgen, daß Ihr diese Nacht gut schlaft. Ihr werdet mit mir zusammen sein und danach befriedigt schlafen können. Blast nun das Licht aus und schließt die Vorhänge. Oder wollt Ihr, daß die beiden Wächter uns zusehen?«

Auf meinen Protest hin bemerkte er: »Sucht es Euch aus. Theoderich Triarius oder das ganze Lager. Entweder ich oder alle werden Euch heute nacht besitzen, und ich werde nicht lange auf Eure Entscheidung warten. Ich könnte mir vorstellen, daß eine mutmaßliche Prinzessin lieber einem Cousin von ihrer eigenen amalischen Linie zu Willen ist als hundertfünfzehn Männern von zweifelhafter Abstammung und Geblüt.«

»Seid Euch da nicht zu sicher«, sagte ich kühn, obwohl ich mich mitnichten so fühlte. »Sie mögen ja Tölpel und Plebejer sein, doch habe ich noch keinen gesehen, der so abstoßend häßlich ist wie Ihr.«

Er ließ wieder sein schnarrendes Lachen hören. »Ich bin mein ganzes Leben lang häßlich gewesen und habe in dieser Zeit schon mehr Sticheleien, Spott und Beleidigungen gehört als Ihr Euch überhaupt einfallen lassen könntet, deshalb spart Euch Eure Puste auf, damit Ihr nachher ›Vergewaltigung‹ schreien könnt.«

»Eine Prinzessin schreit nicht«, sagte ich in dem Versuch, so hochmütig wie eine echte Prinzessin zu klingen. »Es ist unmöglich, Ekel, Verachtung und Geringschätzung in einem Schrei zum Ausdruck zu bringen. Doch werde ich folgende ruhige Worte an Euch richten, Strabo. Ihr erwartet von meinem Bruder gewisse Zugeständnisse, ein Lösegeld, was auch immer. Ihr müßt Euch darüber im klaren sein, daß er für beschädigte Ware nicht bezahlen wird.«

»Vái, er wird bereits gezahlt haben, bevor er weiß, daß die Ware beschädigt ist. Möglicherweise macht ihm der sogenannte Schaden auch gar nichts aus, wenn er davon erfährt.«

»Was?«

»Erinnert Euch, er ist lediglich ein geringer Anwärter auf den Königstitel. Mancher echte Monarch fand es vorteilhaft, eine Schwester oder Tochter mit einem mächtigeren Monarchen zu verkuppeln. Euer schwachsinniger Bruder erwägt das möglicherweise schon lange – Euch anzubieten, meine Frau oder Konkubine zu werden – im Austausch für eine Anerkennung seiner Ansprüche.«

Ich bezweifelte das zwar stark, doch gab es etwas, das ich sehr gerne wissen wollte. Deshalb fragte ich: »Warum in aller Welt, alter Mann, wollt Ihr überhaupt eine Gefährtin, die Euch abstoßend und verabscheuungswürdig findet?«

»Weil ich Euch anziehend finde«, sagte er ganz ruhig. Doch dann war es mit seiner Ruhe plötzlich vorbei. Seine riesige Hand schoß vor, packte mich am Ausschnitt meiner Bluse, zog heftig daran und riß mir Amalamenas duftiges weißes Gewand mit einem Ruck vom Körper. Darunter trug ich nur die Kette mit den Amuletten, das Leibchen über meinem Busen und das Schamband um die Hüften. Er wiegte den Kopf hin und her und betrachtete mich zuerst mit dem einen, dann mit dem anderen Auge anerkennend von Kopf bis Fuß. Nach einem Moment fuhr er, nun wieder ruhig, fort:

»Ne, ich finde Euch keineswegs abstoßend. Für meinen Geschmack etwas zu mickrig, doch kann ich Euch zweifellos zu gegebener Zeit etwas auspolstern. Doch nun genug dieser Spielchen. Laßt mich Euch ganz sehen. Oder muß ich alles selbst machen?«

Meine größte Sorge, die ich bei der nun folgenden Vergewaltigung hegte, war, daß Strabo in seiner Wollust das Band um meine Hüften wegreißen könnte. Doch tat er nichts dergleichen. Weder bei dieser Gelegenheit noch zu einem anderen Zeitpunkt – denn dies war nicht die einzige Nacht, in der ich seine widerlichen Zudringlichkeiten über mich ergehen lassen mußte. Ich glaube nicht, daß es auf ein Versäumnis seinerseits zurückzuführen war, daß er das Band nicht ein einziges Mal entfernte; ich glaube vielmehr, er ließ es mich ganz bewußt weiterhin tragen. Da ich kein einziges Mal kreischte, wimmerte oder um Gnade bat – wie schrecklich auch die Handlungen waren, die er an mir vornahm oder von mir an sich vornehmen ließ – vermute ich, daß er nur, weil er mein »Sittsamkeitsband« nicht anrührte, weiterhin innerlich davon überzeugt sein konnte, daß er mein Sittsamkeitsgefühl nie tatsächlich gröblich verletzte. Deshalb stellte er auch nie fest, was für eine Art Mensch er immer vergeblich versuchte zu entehren. In seinen Augen stillte er seine Lust an der jungen, schönen, begehrenswerten Prinzessin Amalamena. In meinen Augen dagegen war ich niemand anderes als Thorn, und meine einzige echte Antwort, auf diese Weise mißbraucht zu werden, bestand darin, mir zu schwören, daß ich dafür sorgen würde, daß Strabo sein Verhalten am Ende bitterlich bereuen sollte.

Nur einmal, ein einziges Mal, sagte ich ihm das auch und zwar noch in derselben Nacht. Als er schließlich völlig erschöpft und keuchend von mir herunterrollte, sagte er sinnend:

»Sehr seltsam. Dies ist das erste Mal, daß ich mit einer Frau zusammen war und nicht, früher oder später, den süßen Duft ihrer Körpersäfte gerochen habe. Vielleicht habt Ihr keine ausgeschieden, trockene Dirne, die Ihr seid, doch kann ich nicht einmal meinen eigenen vertrauten Geruch ausmachen. Was hat das zu bedeuten, niu? Der einzige Geruch, der mir in die Nase zu stechen scheint, ist ein schwacher, äußerst abstoßender ... eine Art ...«

Ich sagte: »Das ist der Geruch Eures nahenden Todes.«

## 2

Als Strabo mich irgendwann vor Beginn der Dämmerung verließ, um sich woanders schlafen zu legen, schlug er die Vorhänge der Karosse zurück und befahl mir, sie so zu lassen. Die beiden draußen postierten Wachen starrten grinsend über meine Nacktheit zu mir herein. Natürlich hatten sie alles, was sich ereignet hatte, gehört und mitbekommen. Ich war über das Stadium hinaus, mir über solche Dinge Gedanken zu machen, ignorierte sie, rollte mich einfach in die Decken und schlief ein. Am Morgen wählte ich jedoch ein anderes von Amalamenas Gewändern aus ihren Sachen aus und zog es an, damit nicht jeder Passant auf der Straße mich anstarren würde.

Am späten Nachmittag kamen wir in Serdica an, eine Stadt, auf die weder Strabo noch irgendein anderer Anwärter Anspruch hatte, sondern die allein dem Römischen Reich unterstellt war. Sogar eine Garnison der Legio V Alaudae war hier stationiert. Da diese Legion jedoch zum östlichen Reich gehörte und Strabo momentan auf gutem Fuß mit Kaiser Zeno stand, kamen die Legionäre bei der Ankunft dieser beträchtlichen Schar bewaffneter Ostgoten in voller Rüstung nicht aus ihren Quartieren gestürmt, um uns zu vertreiben. Strabo war ja schließlich auch nicht gekommen, um die Stadt zu belagern oder zu plündern, sondern wollte nur eine Pause einlegen auf dem Weg zu seinen eigenen Ländereien. So ließ er also die meisten seiner Männer zurück, wies sie an, ihr eigenes Lager außerhalb der Stadt aufzuschlagen, und quartierte sich dann mit mir und seinen engsten Vertrauten in einer Herberge ein.

Die Herberge war bei weitem nicht so luxuriös wie diejenige, die ich ausgewählt hatte, als *ich* eine amalische Prinzessin begleitet hatte. Ich bekam ein sehr dürftig möbliertes Zimmer zugeteilt; es hatte nicht einmal eine Tür oder einen Vorhang für etwas mehr Privatsphäre. Und wieder war ein Wächter davor postiert, um mich zu beobachten und mir zu folgen, wenn ich nach draußen zum Abtritt mußte. Strabos Raum war so spärlich ausgestattet wie meiner und lag meinem direkt gegenüber, so daß auch er ein Auge auf mich haben konnte. (Selbst meiner momentan nicht gerade beneidenswerten Lage konnte ich noch eine gewisse – wenn auch bittere – Komik abgewinnen: ich dachte darüber nach, daß Strabo ganz wörtlich jeweils nur *ein* Auge auf mich haben konnte.)

Ich hatte das Zimmer für mich allein in jener ersten Nacht. Strabo kam nicht, um mich zu belästigen, wahrscheinlich, weil er genau wie ich eine Nacht ungestörten Schlafs nötig hatte. Doch am nächsten Morgen brachte mich mein Wächter zum Vorhof des Gebäudes, wo Strabo, ein Militärschreiber, der Optio Ocer und ein paar andere Offiziere mich erwarteten.

»Ich wollte, daß Ihr das mitbekommt, *Prinzessin*«, sagte Strabo, wobei er wie gewöhnlich den Titel höhnisch betonte. »Ich bin gerade dabei, meine Bedingungen an Euren Bruder zu diktieren.«

Er fuhr damit fort, wenn auch langsam, da sein Schreiber nicht besonders tüchtig war und viel mühseliger schreiben mußte als ich es getan hätte. Kurz zusammengefaßt forderte Strabo, daß der Amaler Thiudareichs, Sohn des Amalers Thiudamer, die Stadt Singidunum räumen und sie an die kaiserlichen Streitkräfte abtreten solle, die bald von Kaiser Zeno dorthin geschickt würden. Des weiteren: Theoderich solle von seinen Belästigungen Abstand nehmen, den Kaiser darum anzugehen, ihm Ländereien, militärische Titel, die consueta dona in Gold und dergleichen andere vermessene Anwartschaften zu gewähren. Des weiteren: daß Theoderich sich nicht mehr König der Ostgoten nennen dürfe, auf alle Ansprüche auf die Staatsgewalt verzichten und dem wahren König, Thiudareichs Triarius, Treue und Ergebenheit schwören müsse. Als Gegenleistung für Theoderichs Anerkennung dieser Bedingungen würde Strabo erwägen, welche Verfügung hinsichtlich der Frau Amalamena, der Amalin, erlassen werden solle, die unlängst von Strabo in einem fairen Kampf gefangengenommen worden sei und momentan von ihm als Kriegsgefangene festgehalten werde. Strabo flocht einige Andeutungen dahingehend mit ein, daß diese »Verfügung« so aussehen könne, daß Amalamena eine Vernunftheirat zu unterzeichnen habe – wobei der zukünftige Gemahl nicht näher bezeichnet wurde –, um durch diese Maßnahme die seit langem bestehenden Unstimmigkeiten zwischen den verschiedenen amalischen Linien der Ostgoten positiv zu beeinflussen und eine Phase langanhaltenden Friedens und harmonischer Beziehungen einzuleiten.

Strabo streckte seine Hand vor, zog mich brutal zu sich her, verschränkte seine Finger in der goldenen Kette um meinen Hals, riß sie entzwei und hielt sie fest, während er die drei Anhänger abnahm.

Dann sagte er: »Hier«, und warf mir zwei Anhänger und die Kette wieder zu. »Behaltet Euer heiliges Spielzeug, es möge Euch viele schöne Sachen bescheren.« Das dritte Ornament, Theoderichs goldverziertes Monogramm, wickelte er in das Pergament, das der Schreiber ihm schließlich ausgehändigt hatte. »Das wird Euren Bruder überzeugen, falls er überzeugt werden muß, daß ich Euch wirklich als Geisel hier festhalte.«

Der Schreiber ließ einige Tropfen Kerzenwachs auf das gefaltete Dokument tropfen, und Strabo drückte auf diese Tropfen sein eigenes Siegel. Es bestand aus nur zwei Runen, dem Thorn und dem Teiws, was Thiudareichs Triarius bedeuten sollte. Er warf dem Optio die Rolle zu und sagte:

»Ocer, nehmt Euch so viele Männer, wie Ihr gegen Banditen oder sonstige Widrigkeiten als angemessen erachtet. Galoppiert mit diesem Dokument nach Singidunum. Übergebt es dem nichtsnutzigen Prahlhans Theoderich persönlich und sagt ihm, daß Ihr angewiesen wärt, auf eine schriftliche Antwort zu warten. Falls er zu wissen wünscht, wo seine Schwester gefangengehalten wird, könnt Ihr ihm wahrheitsgemäß antworten, daß Ihr es nicht wißt, daß sie und ich irgendwo unterwegs sind. Wir werden hier in Serdica eine weitere Nacht bleiben und dann« – hier machte er eine Pause und sah mich an – »werden wir uns zu dem Ort aufmachen, den Ihr kennt. Bringt mir die Antwort dorthin. Ihr werdet auf Eurem Pferd viel schneller vorankommen als wir mit unserem langen Zug, deshalb solltet Ihr dort etwa zur selben Zeit eintreffen wie wir. Und nun macht Euch auf den Weg!«

»Ich bin bereit, Triarius!« ließ sich der Optio lautstark vernehmen. Er setzte schwungvoll seinen Helm auf, gab den anderen Offizieren einen Wink und führte sie hinaus.

»Ihr«, sagte Strabo zu mir gewandt, »kehrt in Euer Quartier zurück.« Er blinzelte mir wieder mit einem Froschauge zu und grinste wollüstig. »Ruht ein wenig, denn bald kommt die Nacht. Und morgen früh geht es auf eine sehr lange Reise.«

Nun, dachte ich bei mir, als ich in meinem Zimmer saß und trübe aus dem Fenster starrte, Strabos Mitteilung an Theoderich entsprach mehr oder weniger meinen Erwartungen. Doch was würde Theoderich darauf antworten? Selbst wenn Swanilda ihn nicht erreicht und Zenos Vertrag nicht überbracht haben sollte, bezweifelte ich stark, daß Theoderich auf irgendeine von Strabos Forderungen eingehen würde. Nein, nicht einmal um der Sicherheit seiner geliebten Schwester willen. Schließlich war er König zu vieler Menschen, um ihre Hoffnungen wegen einer einzigen jungen Frau aufs Spiel zu setzen. Dennoch war er sicherlich sehr beunruhigt über die Nachricht, daß Amalamena gefangengehalten wurde und in Gefahr schwebte.

Nicht weniger betrübt wäre er natürlich, wenn er erführe, daß Amalamena bereits tot war, doch zumindest bliebe ihm dadurch erspart, sich Gedanken darüber zu machen, wie er sie retten könnte, wobei er wahrscheinlich sich oder andere in Gefahr bringen würde. Wie konnte ich es anstellen, ihm diese Nachricht zukommen zu lassen? Gib' nicht nach, Theoderich. Täusche nicht einmal vor, mit Strabos erpresserischen Bedingungen einverstanden zu sein. Deine Position ist unangreifbar, Theoderich, und irgendwo existiert immer noch Zenos echtes Dokument, das deine Position bestätigt.

Ich überlegte hin und her, wie ich ihm das alles mitteilen könnte, als plötzlich etwas völlig Unerwartetes geschah. Als habe er meine Gedanken erraten, gebot mir der Wächter draußen: »Prinzessin, macht keine unüberlegten Bewegungen oder Geräusche.«

Ein oder zwei Wächter waren immer da, doch lösten sie sich natürlich ständig gegenseitig bei der Wache ab. Ich schenkte ihnen jedoch keinerlei Aufmerksamkeit, wenn ich nicht gerade bewußt ihre Beleidigungen, glotzenden Blicke oder liederlichen Belästigungen ignorierte. Deshalb hätten es auch immer derselbe Mann oder dieselben Männer sein können, ich konnte sie nicht unterscheiden. Doch dieser hier kam, als er zu sprechen begann, nicht ins Zimmer geplatzt. Er sprach mit gedämpfter Stimme vom Flur aus, und seine Stimme klang respektvoll.

»Prinzessin, ich muß schnell sprechen, denn im Moment ist kein anderer zugegen.«

Unter leichtem Stottern antwortete ich: »Wer ... wer bist du?« und machte eine Bewegung auf die Tür zu, hielt jedoch inne, als er sagte:

»Ne, kommt nicht näher. Wir dürfen nicht riskieren, daß man sieht, wie wir uns unterhalten. Mein Name ist Odwulf, Prinzessin. Ich bin sicher, daß Ihr mich nicht vom Sehen kennt, und ich habe Euch bis jetzt auch nur aus einiger Entfernung gesehen. Doch war ich einer von Eurer Kolonne – ein Lanzenreiter von Optio Dailas Schar –, ich war den ganzen Weg von Novae nach Konstantinopel bis zu der Abschlachterei am Fluß Strymon dabei.«

»Aber ... aber ... warum bist du nicht tot wie alle anderen?«

»Mein Pech, Prinzessin«, sagte er, und sein Mißmut wirkte nicht gekünstelt. »Vielleicht erinnert Ihr Euch, daß der Optio hier und dort Wachposten entlang der Straße und des Flusses aufstellte. Zwei andere – mich selbst und einen Mann namens Augis – wies er an, ganz nach oben auf den Paß über dem Lager zu klettern, um von dort Wache zu halten.«

»Ja ... ja. Ich erinnere mich.«

»Augis und ich waren gerade oben angekommen, als Strabo und seine Männer ihren Angriff starteten. Als wir begriffen, was da im Gange war, kletterten wir sofort wieder den Felsen hinunter. Doch war alles zu schnell vorbei. Ich bedaure das, Prinzessin. Wir bedauern es beide.«

»Tu' das nicht, Odwulf. Es ist besser, daß du überlebt hast. Ich habe mir heute den Kopf zerbrochen, wie ich ein Wunder bewirken könnte. Du bist die Antwort darauf. Doch wie kommt es, daß du *hier* bist?«

»Nach dem Kampf herrschte völlige Verwirrung – Strabos Männer rannten herum, um die Pferde wieder einzufangen, die sie auseinandergetrieben hatten, andere zogen unsere toten Kameraden aus und plünderten ihre Leichen. Wir sahen, wie Ihr zum Feuer geführt wurdet. Wir hofften, daß Strabo auch den Marschall unseres Königs verschont hätte. Doch fanden wir von Saio Thorn nur seinen Helm und seine Rüstung. Es waren die einzigen wertvollen Stücke, die die Plünderer liegengelassen hatten – wie Ihr wißt, war der Marschall ein kleiner Mann, und seine Rüstung paßte keinem anderen. Auf jeden Fall muß ich mit Bedauern mitteilen, daß Saio Thorn offensichtlich mit den anderen zusammen starb.«

»Seid Euch da nicht zu sicher«, sagte ich und lächelte zum ersten Mal an diesem Tag. »Der Marschall war ebenfalls ein gewitzter Mann.«

»Doch niemals ein Feigling«, verteidigte Odwulf mich in unerschütterlicher Treue. »Ich habe gehört, wie er in Singidunum gekämpft hat. Jedenfalls nahmen Augis und ich seine Rüstung mit – für alle Fälle. Oder hoffnungsvoll.«

Ich unterdrückte eine freudige Anwandlung, in laute Dankesbekundungen auszubrechen. Meine maßgefertigte Rüstung war immer noch in Sicherheit; ich wußte auch, wo mein Pferd und mein Schlangenschwert waren; und nun hatte ich auch noch unerwarteterweise – ich konnte es kaum glauben– zwei tapfere Verbündete gefunden, die sich in meiner Nähe aufhielten.

»Doch Ihr habt überlebt, Prinzessin«, fuhr Odwulf fort. »Deshalb dachten Augis und ich, wenn wir in der Nähe blieben, könnte sich vielleicht irgendwann einmal eine Gelegenheit ergeben, Euch zu retten.«

»Und Ihr folgtet Strabos Kolonne den ganzen Weg bis hierher?«

»Ne, ne. Wir waren in der Kolonne. Wir haben uns einfach unter die anderen gemischt und sind geritten, wenn sie es auch taten. Ach, wir waren schon manchmal in Gefahr, entdeckt zu werden. Doch ist die Truppe stärker als hundert Mann. Bei so vielen Männern kennt nicht jeder jeden anderen. Vielleicht hätte uns der Optio, Ocer, am ehesten als Fremde entlarven können, doch bemühten wir uns, ihm nicht unter die Augen zu geraten. Erst jetzt, da Ocer abgereist ist, ließ ich mich von einem Vorgesetzten für diese Wache einteilen und – slavaith, Prinzessin. Da kommt jemand.«

Es war ein anderer Unteroffizier, der den Flur entlanggestapft kam und in Strabos Zimmer trat. Erst als Strabo und er sich laut miteinander unterhielten, fing Odwulf wieder leise zu sprechen an:

»Ihr sagtet, Prinzessin, daß Ihr ein Wunder vollbringen wolltet. Sagt mir, welches, und ich werde versuchen, es zu schaffen.«

»Zunächst muß ich dir mitteilen, ritterlicher Krieger, daß ich nicht deine Prinzessin Amalamena bin. Aber ...«

»*Was?*« platzte er heraus.

»Aber ich handle auf Anweisung der Prinzessin, ihren Platz einzunehmen, und Strabo glaubt auch, daß ich Prinzessin Amalamena bin.«

»Aber ... aber ... wer seid Ihr dann?«

»Auch mich hast du nur aus der Entfernung gesehen. Ich bin die Zofe der Prinzessin, Swanilda.«

Odwulfs gemurmelte Kommentare klangen nun fast erstickt. »Liufs Guth! Augis und ich haben unser Leben riskiert, um einer *Dienerin* auf den Fersen zu bleiben?«

»Ich habe auf Amalamenas Anweisungen hin gehandelt, wie ich schon sagte. Und das müßt ihr auch, aus Treue zu ihr.«

Wir wurden erneut unterbrochen, als Strabo und sein Besucher aus dem Zimmer gegenüber kamen und, unter rauhem Gelächter, den Flur hinuntergingen. Als sie fort waren, kam Odwulf endlich in mein Zimmer und starrte mich an.

»Siehst du?« sagte ich. »Ich habe graue Augen. Amalamena hatte blaue.«

Er runzelte die Stirn und fragte: »Was wollt Ihr damit sagen – sie *hatte?* Hat Strabo auch die Prinzessin getötet?«

»Ne. Strabo glaubt, er halte sie gefangen, aber alles, was er hat, bin ich.«

Odwulf schüttelte den Kopf, als könne er sich dadurch mehr Klarheit verschaffen, dann seufzte er und sagte: »Nun gut. Wenn Ihr alles seid, was übrig ist, werden Augis und ich eben Euch befreien. Wir müssen einen Plan fassen, wie wir am besten ...«

»Ne«, sagte ich. »Ich möchte nicht befreit werden.«

Nun starrte er mich völlig fassungslos an. »Seid Ihr von Sinnen, Frau?«

»Keine weiteren Fragen, Reiter Odwulf. Solange wir noch Zeit haben, mußt du zuhören und dann das tun, was ich dir sage.«

Er murmelte etwas verstockt: »Alle Götter mögen mich verdammen, wenn ich verstehe, was hier vor sich geht. Ich bin es jedenfalls nicht gewohnt, Anordnungen von einer weiblichen Bediensteten entgegenzunehmen.«

»Wenn du sie hörst, wirst du sie freudig befolgen. Nun slavaith, und hör zu. Du sahst Optio Ocer von hier aufbrechen. Er ist auf dem Weg nach Singidunum, um Theoderich Strabos Lösegeldforderungen zu überbringen und geltend zu machen, daß Strabo Amalamena als Geisel gefangenhält. Theoderich muß mitgeteilt bekommen, daß das nicht stimmt.«

Odwulf dachte kurz darüber nach und sagte dann: »Ja, das verstehe ich. Sobald ich bei dieser Wache abgelöst werde ...«

»Ne, ne. Nicht du sollst gehen. Nun, da ich dich kenne und auch wiedererkennen kann, Odwulf, bleib' bei diesem Trupp und tu dein bestes, nicht entdeckt zu werden. Sende deinen Kameraden Augis zu Theoderich. Sag ihm, er solle hinter Ocer hergaloppieren – oder, wenn möglich, vor Ocer Singidunum zu erreichen versuchen. Hier, gib ihm das mit.« Ich gab ihm den goldenen Hammer des Thor. »Dies wird der Beweis für die Wahrheit seiner Botschaft sein. Sag' Augis, er solle Theoderich diese Nachricht überbringen. Unglücklicherweise gibt es nichts, was er tun kann, um seine Schwester, die Prinzessin, zu retten. Die traurige Tatsache ist, daß Amalamena tot ist.«

»Iesus.« Odwulf machte das Kreuzzeichen auf seiner Stirn. »Ihr sagtet doch, sie sei nicht getötet worden.«

»Sie starb an einer auszehrenden Krankheit. Theoderich kann das bestätigt bekommen, wenn er einen Boten nach Novae entsendet und dort bei seinem Hofarzt Frithila nachfragen läßt. Doch vor ihrem Tod vereinbarten die Prinzessin und ich noch diesen Austausch. Ich sollte mich für sie ausgeben, um Strabo zu täuschen. Verstehst du, solange er denkt, daß er Amalamena gefangen hält und darauf wartet, daß Theoderich sich seinen Forderungen beugt, bedeutet Strabo weder eine Bedrohung noch ein Hindernis. Theoderich kann mit seinen eigenen Plänen fortfahren, seine Macht über Moesia verstärken, seine Beziehungen zu Zeno festigen und fast alles tun, was ihm gefällt. Verstehst du das?«

»Ich ... ich glaube ja. Und deshalb wollt Ihr nicht befreit werden?«

»Ja. Außerdem sehe, höre oder erfahre ich vielleicht etwas von seinen eigenen Plänen und Absichten, solange ich in Strabos Gesellschaft bin – Dinge, die ich später Theoderich mitteilen kann und durch die ihm Vorteile entstehen.«

Odwulf nickte und schwieg einen Moment. Dann sagte er: »Vergebt mir, Swanilda, daß ich vorhin so unhöflich zu Euch war. Ihr seid eine tapfere und kluge junge Frau. Ich werde Augis auch sagen, er solle Theoderich das mitteilen.«

*

Die Reise dauerte wirklich sehr lang. Die Entfernung zwischen Serdica und unserem Zielort stellte sich als viel größer heraus als die zwischen Novae und Konstantinopel, die meine eigene Kolonne zurückgelegt hatte. Ich sah das Schwarze Meer zum ersten Mal, als wir einen unbewohnten Streifen seiner haemimontischen Küste erreichten. Wir ritten dann an dieser Küste entlang nach Norden, über die unsichtbare Grenze hinweg in die Provinz Moesia Secunda, was bedeutete, daß wir uns auf einem Gebiet befanden, das rechtmäßig Theoderich zustand – deshalb führte uns Strabo so schnell wie möglich durch diesen Landstrich, wobei er den Kurs nach Norden beibehielt und wir schließlich das Schwarze Meer nicht mehr sehen konnten. Erst als wir eine weitere unsichtbare Grenze überquert hatten, die uns in die Provinz Skythien führte, wandten wir uns wieder nach Osten und erreichten schließlich die Küstenstadt Constantiana.

Die Stadt war auch von Konstantin dem Großen gegründet worden, und ihr Name geht auf die Schwester jenes Kaisers zurück, Constantia. Strabo hatte sie einfach besetzt, benutzte sie, ob zu Recht oder Unrecht, momentan als seine Hochburg und betrachtete sie offenbar als seine »Hauptstadt«. Nun, Constantiana verdiente damals wie heute einen klangvollen Titel, denn es ist eine schöne, angenehme, dicht besiedelte Stadt, in deren großem Hafen sich – wie in dem von Perinthus am Propontis – viele Küsten- und Hochseeschiffe tummeln. Strabos Wohnsitz und Praitoriaun waren unter demselben Dach vereint, doch handelte es sich dabei um ein äußerst umfangreiches Dach, das sich über zahlreiche Gebäude, Baracken, Lagerhäuser, Sklavenunterkünfte, Ställe und dergleichen erstreckte, ähnlich dem Purpurpalast in Konstantinopel, wenn auch von geringerer Größenordnung. Die Palast- , Verwaltungs- und Militärgebäude präsentierten der übrigen Stadt eine gleichmäßige, schmuck- und fensterlose Steinfassade, doch innen waren viele kleine Gärten, Innenhöfe und ein ausgedehnter Paradeplatz. Ich wurde zu einem der Innenhöfe geführt, und Strabo teilte mir mit, daß es sich dabei um meinen eigenen privaten Hof handele, in dem ich mich frei bewegen könne. Er war von Mauern eingeschlossen, die zu hoch waren, als daß ich sie hätte überwinden können, und in einer der Mauern befand sich eine Tür – vor der natürlich ständig ein Wächter postiert sein würde –, die in meine Privaträume führte.

Die Zimmer hatten Fenster, die auf einen der Gärten hinausgingen, doch war der Garten zu dieser Jahreszeit dürr und unfruchtbar, und die Fenster waren fest vergittert. Ein Dienstmädchen war schon angewiesen worden, als meine ständige Betreuerin zu fungieren. Sie hatte ein kleines Zimmer für sich. Camilla verdiente kaum die Bezeichnung Kammerzofe, da sie nur ein verdrießlicher griechischer Bauerntrampel war. Außerdem stellte ich bald fest, daß sie taubstumm war. Zweifellos war sie deshalb als meine Dienstmagd auserkoren worden, denn ich konnte eine Taubstumme natürlich nicht dazu überreden, Nachrichten für mich weiterzugeben, noch konnte ich Informationen über irgend jemanden oder irgend etwas aus ihr herausbekommen.

Die Unterkunft war kaum als fürstlich zu bezeichnen, doch hatte ich schon unter weit schlimmeren Bedingungen gehaust und sollte zumindest nicht in irgendeinem dunklen Verlies angekettet werden. Ich bemühte mich, Strabo keinerlei Zeichen von Genugtuung oder Resignation erkennen zu lassen, doch schien er sich keinen Pfifferling darum zu scheren, in welcher Gemütsverfassung ich mich gerade befand.

»Ich nehme an, Ihr werdet Euren Aufenthalt hier genießen, *Prinzessin*«, sagte er. »Ich glaube wirklich, daß das der Fall sein wird. Ich glaube, Ihr werdet diese Wohnung mit der Zeit so zu schätzen wissen, daß Ihr Euch – und häufig auch ich – und schließlich auch unser Sohn – sehr gern für lange, lange Zeit in diesen Räumen aufhalten werdet.«

## 3

Ob Strabo nun die Absicht hatte, mich für immer als sein Spielzeug zu halten, oder ob er wirklich erwartete, daß ich einen würdigeren Erben empfangen und gebären würde, oder ob er (da ich ja nie schwanger werden würde) schließlich meiner überdrüssig werden und mich kurzerhand umbringen lassen würde – eines war mir ganz klar: Als er sagte, ich würde »lange, lange Zeit« in seinem Palast in Constantiana festgehalten werden, meinte er, für den Rest meines Lebens.

Wäre ich wirklich Prinzessin Amalamena gewesen, wäre ich mit der Aussicht auf ein solches Schicksal höchstwahrscheinlich verzweifelt. Aber ich hatte ja meine ganz privaten Geheimnisse, die mich trösteten, und gute Aussichten, mit Odwulfs Hilfe meine Flucht in Szene zu setzen, wann immer ich den Zeitpunkt für geeignet hielte. Ich wußte, daß Odwulf noch immer bei uns war, denn ich hatte ihn auf unserer Reise hierher gelegentlich zu Gesicht bekommen. Bei der ersten Gelegenheit hatte er mir kaum merklich zugenickt, um mir zu verstehen zu geben, daß sein Gefährte, der Ulan Augis, auf dem Weg zu Theoderich war. Danach hatte Odwulf keinen Kontakt mehr zu mir aufgenommen, und wenn wir zufällig aneinander vorbeigingen, provozierte er mich wie alle anderen Soldaten mit liederlichem Geschwätz oder grinste mich lüstern an, doch keiner von uns zeigte auf irgendeine Weise, daß er den anderen kannte. Da sich hier in Constantiana noch wesentlich mehr von Strabos Truppen aufhielten – obwohl beileibe keine große Armee, soweit ich es beurteilen konnte –, fand es Odwulf wahrscheinlich einfacher (und dankte sicher dem Himmel dafür), sich unter sie zu mischen, ohne als Eindringling entlarvt zu werden. Jedenfalls gelang es ihm hin und wieder, als Wachposten an der Tür zu meinem Vorhof eingeteilt zu werden, einfach nur, um in Erfahrung zu bringen, ob ich irgend etwas von ihm brauchte. Das war zwar nicht der Fall – noch nicht –, doch konnten wir ungestört miteinander reden, da die Dienerin Camilla nicht in der Lage war, mitzuhören. Für mich war das sehr angenehm, da ich ansonsten nur Strabo als Gesprächspartner hatte.

Strabo redete oft und viel – und, wenn er nicht gerade während des Kopulationsaktes keuchte, grunzte oder sabberte, konnte er sich sogar ganz leidlich ausdrücken –, und er ließ sich über viele Dinge aus, die mich ungeheuer interessierten. Er war äußerst gesprächig, wenn er matt und erschöpft war, nachdem er seine Fleischeslust an mir gestillt hatte, doch der Grund, warum er mir vieles so offen anvertraute, war nicht, daß er aus Liebe zu mir wie von Sinnen war. Er redete, weil er gerne prahlte und weil er sich sicher war, daß ich niemals die Möglichkeit haben würde, irgendwelche Vorteile aus den Geheimnissen zu ziehen, die er ausplauderte.

Selbstverständlich enthüllte er bei seinen Ausführungen nicht nur finstere Geheimnisse. Bei unserer Ankunft in Constantiana äußerte er Erstaunen und Mißfallen – nicht nur mir, sondern jedem gegenüber, der sich in Hörweite befand –, weil sein Optio Ocer nicht schon da war und ihn mit einer Nachricht voll Reue, Zugeständnissen und Unterwerfung von Theoderich erwartete. Doch weil es für Ocers Verspätung viele harmlose Gründe geben konnte, machte Strabo damals kein allzu großes Aufhebens darum. Als die Zeit jedoch fortschritt und der Optio immer noch nicht erschien, wuchsen Strabos Besorgnis und Verstimmung, und er herrschte mich oft an:

»Falls Euer nichtsnutziger Bruder erwartet, mir durch absichtliche Verzögerung seiner Antwort irgendeinen Kompromiß abzuschmeicheln, hat er sich gewaltig getäuscht!«

Ich reagierte auf diese Bemerkungen nur mit einem Achselzukken, als wolle ich sagen, daß ich mit der Angelegenheit nichts zu tun habe, sie mich nicht interessiere und ich nichts daran ändern könne, selbst wenn ich wollte. Ein anderes Mal drohte Strabo:

»Vielleicht würde es die schwächliche Unentschlossenheit Eures Bruders beflügeln, wenn ich anfangen würde, ihm Eure Finger zukommen zu lassen, einen in der Woche.«

Ich gähnte und sagte: »Schickt ihm Camillas Finger. Theoderich würde kaum Verdacht schöpfen, und sie würde sie kaum vermissen. Sie gebraucht sie selten genug hier.«

»Iesus Xristus«, sagte Strabo voller Hochachtung. »Ihr mögt ja nur vortäuschen, eine Prinzessin zu sein, doch seid Ihr ganz sicher eine Ostgotin. Eine Raubritterin! So unbarmherzig wie eine Vertreterin der Unterwelt! Und wenn Ihr mir einen Sohn schenkt, welch ein starker, kräftiger und stahlharter Sohn wird das sein!«

Ein anderes Mal sprach er von etwas anderem, das offensichtlich kein Geheimnis war, für mich jedoch eine unglaubliche Neuigkeit darstellte. Er hatte sich damit gebrüstet, wie sehr Kaiser Zeno ihn schätzte, unterstützte und von ihm abhängig war, als ich einen kühnen Vorstoß wagte:

»Aber angenommen, mein Bruder hat sich an den Kaiser von *Rom* um Hilfe gewandt. Wärt dann nicht Ihr und Theoderich einander ebenbürtig und entstünde somit nicht eine Pattsituation?«

Strabo rülpste gewaltig und knurrte: »Vái! Es gibt keinen Kaiser in Rom.«

»Nun, ich meine natürlich Ravenna. Und ich weiß, daß er nur ein Junge ist und verächtlich ›Kleiner Augustus‹ genannt wird ...«

»Ne, ne. Audawakrs entthronte diesen Jungen Romulus Augustulus, schickte ihn ins Exil und ließ seinen Vater, den Regenten, enthaupten. Zum ersten Mal seit mehr als fünfhundert Jahren trägt kein Römer den hochtrabenden Titel eines Kaisers. Wahrhaftig, das ganze Römische Reich des Westens existiert nicht mehr. Sein Name wurde von den Landkarten der Welt entfernt.«

»*Was?*«

»Wo wart Ihr bloß, Mädchen, daß Ihr das nicht erfahren habt?« Strabo legte den Kopf schief, um mich mit einem seiner Augen ungläubig anzustarren. »Ach, ja, ich vergaß. Ihr wart lange Zeit auf der Straße unterwegs. Ihr müßt Konstantinopel verlassen haben, kurz bevor die Nachricht hier eintraf.«

»Welche Nachricht? Wer ist Audawakrs?«

»Ein Ausländer, wie ich und Ihr. Er ist der Sohn des verstorbenen Königs Edika der Skiren.«

»Von Edika habe ich gehört«, sagte ich, in Erinnerung an das kleine Dorf, das von Menschen ohne Hände bewohnt war. »Theoderich – mein Vater erschlug König Edika während einer Schlacht, kurz bevor er selbst starb. Doch was hat Edikas Sohn zu tun mit ...?«

»Audawakrs schloß sich als Jugendlicher der römischen Armee an und erreichte bald, Rang für Rang emporklimmend, eine Position von höchster Bedeutung. Er eiferte Riccimer, diesem anderen

Ausländer vor ihm, nach und ist seit kurzem der ›König-Macher‹ in Rom. Es war Audawakrs, der den jungen Augustulus auf den Thron setzte, und Audawakrs, der ihn wieder vom Thron stieß.«

»Warum? Der König-Macher Riccimer war damals der wirkliche Beherrscher des Westlichen Reiches und jeder wußte es, doch gab er sich stets damit zufrieden, im Schatten des Throns zu stehen.«

Strabo zuckte die Schultern und rollte mit den Augäpfeln. »Audawakrs ist nicht so. Er wartete nur auf einen Vorwand. Die Ausländer in der Armee reichten eine Petition ein, bei Beendigung ihres Dienstes Landsitze zugesprochen zu bekommen, die immer den in Italia Geborenen vorbehalten gewesen waren. Augustulus oder vielmehr sein Vater Orest lehnte dies mit Entschiedenheit ab. Deshalb vertrieb Audawakrs den Jungen, ließ Orest hinrichten und verkündete, daß *er* die Petition billige. Die ausländischen Truppen jubelten ihm begeistert zu und ließen ihn auf ihren Schilden hochleben. Deshalb regiert Audawakrs nun sowohl namentlich als auch tatsächlich.«

Strabo kicherte in sich hinein und genoß es sichtlich, von den verheerenden Zuständen in Rom zu erzählen. Er fügte noch hinzu: »Natürlich haben die Römer große Schwierigkeiten, seinen Namen in der alten Sprache auszusprechen. Sie haben daraus Odoaker gemacht, was im Lateinischen soviel bedeutet wie ›verhaßte Klinge‹.«

»Ein Ausländer!« flüsterte ich fassungslos. »Der Kaiser von Rom! Wahrhaftig, ein noch nie dagewesener Umsturz.«

»Ne, er erhebt keinen Anspruch auf den kaiserlichen Titel. Das wäre zu dreist, und dafür ist er zu schlau. Weder die Bürger von Rom, noch Kaiser Zeno hätten ihm das gestattet. Nichtsdestoweniger scheint Zeno völlig damit einverstanden zu sein, Odoaker weiterhin im Westen regieren zu lassen, so lange er fortfährt, dem Kaiser des Ostens seine Ehrerbietung zu zollen. Das heißt, dem einzigen Kaiser alles dessen, was vom Römischen Reich noch da ist.«

Strabo rülpste erneut, als sei es ihm vollkommen gleichgültig, daß er ja eigentlich vom Ende einer Ära gesprochen hatte, vielleicht dem Ende der modernen Zivilisation, möglicherweise sogar vom Ende der gesamten Weltordnung, wie wir sie kannten.

Immer noch verwirrt sagte ich: »Ich habe den Überblick darüber verloren, wieviele Kaiser in Rom oder Ravenna regiert haben, seit ich auf der Welt bin. Doch hätte ich mir nie träumen lassen, daß ein Ausländer – ne, ein wilder *Barbar*, wenn er von den Skiren abstammt – maßgeblich am Zerfall des größten Imperiums in sämtlichen Annalen der Geschichte beteiligt ist.«

»Auf jeden Fall«, sagte Strabo spitz, »hege ich große Zweifel, daß Odoaker sich jemals mit dem Sohn des Mannes verbünden wird, der seinen Vater erschlagen hat.«

»Ne«, mußte ich einräumen und seufzte. »Von dieser Seite kann Theoderich keine Freundschaft erwarten.«

»Andererseits«, sagte Strabo, »wenn es einem Ausländer gelungen ist, solchen Ruhm zu erlangen, könnte es auch einem anderen gelingen.«

Er kniff seine Froschaugen zusammen, wie ein Frosch, der eine schmackhafte Fliege entdeckt hat, lächelte verschlagen und sprach dann ganz langsam, als lauere er der Fliege schon einige Zeit auf, um plötzlich zuschnappen zu können.

»Odoaker könnte sehr wohl Erfolg damit haben, die verschiedenen Nationen und Parteien des Westens miteinander zu vereinen. Er könnte aus ihnen eine so mächtige Liga machen, daß Zeno ihn als einen höchst unbequemen Nachbarn unmittelbar neben dem Östlichen Imperium betrachten würde. Ich glaube, daß es dazu kommen wird. Bis es so weit ist, werde ich Zeno, der meinen unwürdigen Sohn Rekitach bei sich hat, weiterhin in dem Glauben lassen, er habe mich als seinen Sklaven unterjocht. Er soll ruhig denken, daß ich sein demütiger und unterwürfiger Handlanger bin. Und dann, wenn Zeno jemanden braucht für die Invasion, Eroberung und Übernahme von Odoakers Gebieten ... wer käme dafür mehr in Frage als Zenos seit langem treu ergebener und vertrauenswürdiger Günstling, Thiudareichs Triarius? Niu? Und dann ... wollen wir wetten, wie lange Zenos Imperium sich dann noch halten kann? Niu?«

*

Ausgezeichnet. Ich hatte mich nur aus dem einen Grund gefangennehmen lassen, um so viel wie möglich von Strabos ehrgeizigen Plänen und Absichten in Erfahrung zu bringen, und nun war mir das gelungen. Sie waren verblüffend einfach: Er strebte nach der Weltherrschaft. Es klang so wahrscheinlich, glaubhaft und durchführbar, daß ich versucht war, sogleich Vorkehrungen für meine Flucht zu treffen, um in gestrecktem Galopp Theoderich die Neuigkeiten überbringen zu können.

Es gab jedoch noch einige weitere Dinge, die ich in Erfahrung bringen wollte – eine Sache insbesondere, die mich seit unserer Ankunft in Constantiana interessierte. Deshalb schnitt ich eines Nachts das Thema an, als Strabo nach seinen schweißtreibenden Bemühungen, die er schwer atmend und keuchend hinter sich gebracht hatte, matt und schläfrig dalag.

»Ihr spracht von der Unbesiegbarkeit Eurer Armee und davon, wie sehr Zeno sie fürchtet«, sagte ich. »Doch habe ich hier noch keine Armee gesehen, nur eine Garnison, und die besteht aus weniger Männern als diejenige, welche Theoderich in unserer Stadt Novae eingesetzt hat.«

»Skeit!« grunzte Strabo unanständig. »Meine Armee *ist* eine Armee, kein Bienenstock voller Drohnen. Garnisonsaufgaben macht Männer zu Faulpelzen und Nichtsnutzen. Ich habe die meisten meiner Männer auf dem Schlachtfeld, wo Soldaten hingehören. Sie kämpfen, wie es sich für Soldaten gehört.«

»Gegen wen kämpfen sie?«

»Gegen jeden.« Er fuhr schläfrig fort, als wäre die Angelegenheit nicht besonders wichtig. »Vor kurzem hatten zwei meiner unterworfenen Stämme oben im Norden in den Sümpfen des Donaudeltas – zwei unbedeutende Seitenlinien der Herulianer – aus irgendwelchen Gründen Streit. Dann fingen sie, ohne meine Erlaubnis, einen kleinlichen Krieg untereinander an. Ich schickte meine Armee hin, um die Sache im Keim zu ersticken.«

»Woher wußte Eure Armee, auf wessen Seite sie sich schlagen sollte?«

»Was? Sie hatten selbstverständlich den Befehl, *alle* kämpfenden Männer auszulöschen, und ihre Frauen und Kinder als Sklaven gefangenzunehmen. Wie sollte ich sonst wohl Ungehorsam bestrafen?« Er streckte sich träge und furzte. »Zufälligerweise ergaben sich jedoch ziemlich viele der aufständischen Krieger feige, bevor sie erschlagen werden konnten. Deshalb ist ein Teil meiner Armee im Moment auf dem Rückweg hierher und bringt diese Kriegsgefangenen mit – etwa dreihundert von jeder Seite, wie man mir sagte. Ich werde sie auf eine Art und Weise hinrichten lassen, die jedem in Constantiana Vergnügen bereiten wird. Vielleicht die Tunica molesta. Oder wilde Tiere. Oder das Patibulum. Ich habe mich noch nicht entschieden.«

Ich ließ nicht locker: »Aber wenn Ihr Eure Armee dauernd auf dem Schlachtfeld habt und hier nur eine kleine Garnison, was sollte Theoderich – oder irgendeinen anderen Feind – daran hindern, Constantiana zu belagern? Ich könnte mir vorstellen, daß Ihr und Eure Garnisonstruppen und alle Bürger von Constantiana vom Hunger zur Kapitulation gezwungen werden würdet, lange bevor Eure Armee hier sein könnte, um Euch zu befreien.«

Er schnaubte angeekelt. »Vái! Die Worte von Frauen sind leeres Geschwätz! Diese Stadt könnte von allen Armeen Europas zusammen nicht erfolgreich belagert werden. Ihr saht doch den Hafen. Die Schiffe aus dem Schwarzen Meer könnten Constantiana, falls nötig, jahrzehntelang mit Nahrungsmitteln, Waffen und Vorräten versorgen, damit es weiter Widerstand leisten kann. Nur wenn alle *Kriegsflotten* Europas sich zusammenschließen würden, könnte eine Blockade Constantiana gefährlich werden. Aber keine Flotte könnte hierher gelangen, ohne sich durch die Meerenge des Bosporus zwängen zu müssen, um in das Schwarze Meer zu gelangen. Jede sich nahende Flotte würde mir schon so lange vorher gemeldet werden, daß ich Maßnahmen ergreifen könnte, sie zurückzudrängen.«

»Ja, darauf hätte ich selbst kommen müssen.«

»Hört zu, närrische Dirne. Die einzige Art, wie diese Stadt zerstört werden *könnte*, ist von innen. Ein Aufstand entweder der Einwohner oder der Truppen. Und das ist ein weiterer Grund, warum ich die meisten meiner Soldaten in sicherer Entfernung von hier einsetze. Es gab immer Armeen, die sich gegen ihre Führer aufgelehnt haben. Doch ist die Garnison, die ich hier habe, groß genug – und ich sorge dafür, daß meine Männer die Bevölkerung mit aller Brutalität einschüchtern –, um jeden potentiellen Revolutionär unter den Städtern zu entmutigen.«

Ich bemerkte dreist: »Ich glaube kaum, daß Eure Truppen oder Euer Volk Euch wegen dieser Maßnahmen sehr gewogen sind.«

»Ich gebe keinen Pfifferling für ihre Sympathie, ebensowenig wie für Eure.« Er hustete Schleim hoch und spuckte ihn auf den Boden vor meine Füße. »Obwohl ich beileibe kein sklavischer Imitator der saftlosen Römer bin, befolge ich doch zwei ihrer alten Maximen. ›Divide et impera.‹ Teile, um regieren zu können. Das ist ein weiser Ratschlag. Die zweite gefällt mir sogar noch besser. ›Oderint dum metuant.‹ Laßt sie nur hassen ... wenn sie sich nur fürchten.«

*

Odwulf kam auf dieselbe Angelegenheit zu sprechen, als er das nächste Mal als Wache eingeteilt war.

»Die paar Krieger, mit denen ich flüchtig bekannt bin, denken, ich sei nicht ganz richtig im Kopf«, sagte er. »Um zu erklären, daß ich erst seit kurzem bei ihnen bin, tischte ich ihnen die Geschichte auf, daß ich früher ein Ulan in Theoderichs Armee war, daß ich erwischt wurde, wie ich beim Würfelspiel mogelte, am Auspeitschpfahl schwer bestraft wurde und daß ich dann meine Kameraden verließ, um mich statt dessen Strabos Streitkräften anzuschließen.«

»Mir scheint das ein klug ausgedachter Vorwand zu sein«, sagte ich. »Was finden sie daran so unsinnig?«

»Sie sagen, daß nur ein Mann mit Skeit im Kopf Strabos Armee Theoderichs vorziehen würde.«

»Warum denn? Offensichtlich tun sie das doch auch.«

»Bei ihnen liegt es daran, daß ihre Familien schon lange Strabos Zweig der amalischen Linie die Treue halten. Sie fühlen sich verpflichtet, ihm zu dienen, doch sind sie sehr unzufrieden. Ach, sie sind gute Kämpfer, ja, und Strabo gibt ihnen oft Gelegenheit zum Kampf. Doch selbst wenn es niemanden zu bekämpfen gibt, läßt er sie in irgendeinem Hinterland reiten, marschieren und auf der Lauer liegen.«

»Ich habe davon gehört.«

»Bis auf die gelegentliche Abwechslung, hier in der Garnison von Constantiana zu dienen, dürfen sie selten die Zerstreuungen einer Stadt genießen: ein ausgelassenes Fest in einem Bordell, eine gute Mahlzeit, ein ordentliches Besäufnis und vielleicht noch eine handfeste Schlägerei in einer Taberna, nicht einmal ein schönes, erholsames Bad in einer Therme.«

»Wollt Ihr damit etwa sagen, Odwulf, daß Strabos Männer ihn verlassen und zu Theoderich überlaufen könnten?«

»Ach, ne. Nicht in so kurzer Zeit. Sie, ihre Väter und Großväter sind der amalischen Linie, von der Strabo abstammt, schon zu lange verpflichtet. Ich vermute, ihre Unzufriedenheit könnte vielleicht zu offener Rebellion aufgepeitscht werden, doch bräuchte man dazu Agitatoren, die so spitzfindig wären wie Priester, und es wären eine Menge davon erforderlich und das ganze würde möglicherweise viele Jahre dauern.«

»Wenn Strabo aber eliminiert würde«, sagte ich nachdenklich, »... wenn sie keinen Führer mehr hätten, dem sie folgen könnten ...«

Odwulf sah mich so ähnlich an wie Strabo, als ich ihm vorgeschlagen hatte, er solle die Finger der Dienstmagd amputieren. Er sagte: »Swanilda, ich habe schon von Amazonen gehört, doch habe ich nie damit gerechnet, einmal einer zu begegnen. Schlagt Ihr vor, den Mann zu ermorden? Ihr selbst? Eine schlanke junge Frau gegen einen zähen alten Krieger? Hier in seinem eigenen Palast, in seiner eigenen Stadt, mitten in seinem eigenen Territorium?«

»Falls ich das tun würde – oder falls irgend jemand das täte – wenn seine Truppen keinen Strabo als Oberhaupt hätten, glaubst du, daß sie statt dessen Theoderich als ihren König anerkennen würden?«

»Woher soll ich das wissen? Ich bin nur ein einfacher Soldat. Zweifellos wären sie ziemlich verwirrt und verunsichert. Doch bedenkt, Swanilda, Strabos Regierungsgewalt würde seinem Sohn Rekitach übertragen werden.«

Ich murmelte: »Ich glaube, nicht einmal Strabo würde seinen guten Männern einen Fisch als König wünschen. Doch sag, Odwulf, wie hast du es fertig gebracht, so lange unentdeckt zu bleiben? Kannst du das noch etwas länger durchhalten?«

»Ich glaube schon, ja. Es ist ein seltsames und für einen Soldaten ungewohntes Gefühl, nicht irgendeiner Schwadron anzugehören, beim Appell nicht zu antworten, keine Aufgaben irgendwelcher Art zu haben. Doch ich habe schon dazugelernt. Immer, wenn ich irgendwohin gehe, trage ich etwas mit mir herum. Etwas Großes und weithin Sichtbares. Einen unbehauenen Holzklotz, einen Pakken Speere, die poliert werden müssen, einen reparaturbedürftigen Sattel. Jeder Offizier, der mich sieht, glaubt, ich sei mit irgendeiner Aufgabe oder einem Auftrag für einen anderen Offizier unterwegs.«

»Mach weiter so. Sei unauffällig. Mir kommt da eine Idee, und falls ich versuchen sollte, sie in die Tat umzusetzen, werde ich dich brauchen. Eine Abordnung von Strabos Truppen wird bald von einer kleineren Schlacht irgendwo nördlich von hier zurückkehren. Sie bringen einige Hundert Kriegsgefangene, Herulianer. Wenn sie eintreffen, sorg' dafür, daß du wieder zur Wache vor meiner Tür eingeteilt wirst. Ich werde dir dann sagen, was ich vorhabe. Und ich versichere dir, Odwulf, dann wirst du dich wieder als echter Soldat fühlen.«

*

Als Strabo mir das nächste Mal einen Besuch in meinen Gemächern abstattete, war er fast einem Schlaganfall nahe, der ihn daran hinderte, mich zu belästigen, von Camilla ganz zu schweigen. Mit Schaum vor dem Mund und unstetem Blick brüllte er mich an:

»Meine Geduld ist kurz vor dem Ende! Der vertrauenswürdige Optio Ocer hätte nicht gewagt, mich in Ungewißheit warten zu lassen. Es muß falsches Spiel seitens Eures nichtsnutzigen Bruders dahinterstecken, das Ocers Rückkehr hierher verzögert. Bei allen Göttern, Eurem Kreuz, Eurem Hammer und den Ausscheidungen Eurer Jungfrau Maria werde ich nur noch zwei Tage länger warten! Heute abend treffen diese herulianischen Gefangenen ein. Ich bin in der Stimmung, sie morgen inständig wünschen zu lassen, daß sie auf dem Schlachtfeld umgekommen wären, wie es sich gehört. Doch wenn ich mit ihnen fertig bin, falls bis übermorgen immer noch keine Nachricht von Singidunum da ist, schwöre ich, daß ich ...«

»Ich habe eine Idee, was diese Gefangenen betrifft«, unterbrach ich ihn.

»Eh?«

»Oder habt Ihr schon beschlossen, was mit ihnen geschehen soll? Die wilden Tiere? Die Tunica? Das Patibulum?«

»Ne, ne«, sagte er ungeduldig. »Das ist alles viel zu harmlos, um meinen momentanen brüllenden Blutdurst zu stillen.«

»Dann laßt mich Euch etwas wirklich Blutrünstiges empfehlen«, sagte ich und täuschte Begeisterung vor. »Habe ich nicht ein Amphitheater hier in Constantiana gesehen, als wir ankamen?«

»Ja, ein sehr schönes, großes, von weißem parischem Marmor. Doch falls Ihr Gladiatorenkämpfe vorschlagen wollt, laßt es bleiben. Einzelkämpfe sind sogar noch harmloser, ermüdender und langweiliger als ...«

»Einen *phantastischen* Wettkampf«, sagte ich überschwenglich. »Diese Stammesbrüder erzürnten Euch, weil sie versuchten, einander abzuschlachten, niu? Dann laßt sie das doch tun. Alle zur gleichen Zeit. Zwingt sie dazu. Jagt sie alle in die Arena. Dreihundert von dem einen Stamm gegen die dreihundert des anderen. Um sie noch mehr anzuspornen, könntet Ihr Ihnen versprechen, den letzten Überlebenden jedes Stamms zu verschonen und ihm die Freiheit zu schenken. Wahrhaftig, ein Wettkampf dieser Größenordnung müßte an all das herankommen, was Caligula oder Nero jemals ersonnen haben. Die Arena wird wahrscheinlich knöcheltief voll Blut sein.«

Voller Bewunderung schüttelte Strabo so heftig den Kopf, daß seine Augäpfel fast aus den Höhlen fielen, und sagte mit gedämpfter Stimme:

»Ich hoffe inbrünstig, daß Ocer wirklich rechtzeitig hier eintrifft, damit ich Euch nicht verstümmeln muß, Amalamena. Ich habe noch nie eine Frau getroffen, die so viele meiner eigenen Leidenschaften teilt, und es wäre wirklich ein Jammer, wenn ich Euch umbringen müßte. Eine Raubritterin, eine Vertreterin der Unterwelt nannte ich Euch, und das seid Ihr auch. Caligula und Nero – in Walis-Halla oder Avalonnis oder wo immer sie jetzt auch residieren – sterben sicher noch einmal vor lauter Neid, daß ich Euch gefunden habe.«

»Dann zeigt Eure Dankbarkeit«, sagte ich. »Laßt mich neben Euch sitzen und dem Schauspiel beiwohnen.«

Er murmelte mit finsterem Blick: »Nun, das ...«

»Ich bin noch nie aus diesen Räumen herausgekommen, seitdem Ihr mich hierher brachtet. Und noch nie durfte mich jemand besuchen, nur einmal der Garnisonspfarrer. Er sagte mir, daß ich, beschmutzt und besudelt wie ich sei, keine Aussicht auf den Himmel der Christen habe. Laßt deshalb zu, daß ich mich unwiderruflich der Hölle verschreibe. Kommt, Triarius. Würdet Ihr wirklich einer Raubritterin die Gelegenheit verwehren, beim Töten dabei zu sein? Würdet Ihr eine Vertreterin der Unterwelt daran hindern, sich an dem zu weiden, was ihrem ureigensten Wesen entspricht?

Strabo lachte kurz auf. »Nur zu wahr. Doch werdet Ihr mit einer Handschelle an einen Wächter gefesselt sein. Und ich hoffe, Ihr genießt das Spektakel, Weib. Es ist mein voller Ernst, wenn ich schwöre, daß das nächste Blut, das vergossen wird, das Eure sein wird.«

Als an diesem Abend die Wachablösung stattfand, war der neue Wächter, der mir und Camilla die Tabletts mit unserem Abendessen brachte, erwartungsgemäß der Reiter Odwulf. Er erzählte mir, die herulianischen Gefangenen seien inzwischen in der Stadt angekommen und in die Verliese unter dem Amphitheater gesperrt worden. Die Frauen und Töchter seien den Soldaten der Garnison überlassen worden, die ein großes Gelage veranstalteten.

Ich meinerseits berichtete ihm von den umfangreichen Gladiatorenwettkämpfen, die am nächsten Morgen stattfinden sollten. Dann sagte ich zu ihm: »Ich möchte, daß du die Rüstung und das Pferd von Marschall Thorn herbeischaffst. Strabo und ich sitzen morgen in dem zentralen Podium in dem Rang des Amphitheaters, der auf gleicher Höhe mit der Arena liegt. Binde also das Pferd an und verstecke die Rüstung irgendwo in der Nähe des Privateingangs zu diesem Podium.«

»Aber ich dachte, wir würden die Rüstung nur als Andenken aufbewahren. *Ihr* wollt sie tragen?«

Ich sagte leichthin: »Saio Thorn war nicht viel größer als ich. Sie müßte mir eigentlich gut passen. Und er brachte mir auch bei, auf seinem Pferd zu reiten, mit diesem Fußseil darum herum. Bedenke, Odwulf, vor nicht allzu langer Zeit waren die ostgotischen Frauen selbst auch keine schlechten Kämpferinnen.«

»Trotzdem ... eine Dienerin, die zur Prinzessin ...«

»Ich hoffe, mein Dienstbotendasein hat mich nicht allzusehr verweichlicht. Tu einfach, was ich Dir sage. Und noch eins. Strabo wählt morgen bestimmt einen vertrauenswürdigen Wächter aus, an den er mich dann fesselt. Versuch' aber, so nah wie möglich bei mir zu sein.«

»Keine Sorge«, sagte er. »Jeder wird morgen einen schweren Kopf haben nach dem Gelage heute nacht. Ich werde keine Schwierigkeiten haben, mich in der Nähe aufzuhalten. Und Swanilda, wir wollen beide beten, daß unser Plan gelingt. Wenn wir nicht fliehen können, werden wir den morgigen Tag ganz sicher nicht überleben.«

## 4

Am nächsten Morgen zog ich Veledas edelste Gewänder an, benutzte teure Kosmetika und legte den wertvollen Schmuck an, den ich aus Novae mitgebracht hatte.

Strabo erschien dann auch bald, ebenfalls prächtig gekleidet. Er trug statt der schweren Rüstung einen Mantel und eine Tunika aus feinem, leichtem Stoff; Schwertgehenk und -scheide waren mit Juwelen verziert. Er sah erstaunlich gepflegt aus, und sogar sein normalerweise völlig zerzauster Bart war hübsch gestutzt und glatt gekämmt. Er legte den Kopf schief, um mich von Kopf bis Fuß mit jedem Auge einzeln zu mustern, rieb sich die Hände, grinste und sagte warm:

»Amalamena, ich bin wirklich froh, daß es Euch erst morgen an den Kragen geht. So schön und verführerisch habe ich Euch noch nie gesehen. Wenn der Wettstreit in der Arena unseren gemeinsamen Blutdurst gestillt hat, genießen wir bestimmt unser eigenes privates Fest heute abend. Ich werde es jedenfalls ganz sicher genießen. Wirklich zu schade, daß es das letzte Mal sein muß.«

»Falls nicht Freya oder Tyche oder eine andere Glücksgöttin sich dazu herabläßt, mir vorher zuzulächeln«, sagte ich.

»Ach ja, falls der überfällige Ocer plötzlich auftauchen sollte. Doch ich fürchte, daß Eure Gnadenfrist rapide abläuft. Kommt, sollen wir jetzt aufbrechen, um uns das Gemetzel anzusehen, nach dem es Euch so gelüstet?«

Er gab dem bewaffneten Soldaten, den er bei sich hatte, einen Wink, worauf der Mann die eiserne Handschelle eines Sklaven um mein rechtes Handgelenk schloß. Die Kette war bereits an einer identischen Handschelle befestigt, die der Mann an seinem linken Handgelenk trug.

Als wir unsere Plätze im Amphitheater eingenommen hatten, schwenkte Strabo träge ein weißes Tuch, worauf sich die Tore in dem Mauerrund der Arena öffneten. Von ihren zahlreichen bewaffneten Wächtern gestoßen, strömten die herulianischen Gefangenen auf den Sandplatz. Jeder Mann war splitternackt bis auf einen blauen oder grünen Farbklecks auf seiner Brust, um deutlich zu machen, welchem der beiden Stämme er angehörte. Aus den verschiedenen Stämmen wurden zwei Gruppen gebildet, die sich in der Arena gegenüberstanden. Jeder Mann trug ein römisches Gladiatoren-Kurzschwert aber kein Schild, was bedeutete, daß es zwangsläufig ein schrecklicher und blutiger Nahkampf werden würde.

Strabo gab ein weiteres Zeichen. Die Wächter gingen durch die Tore der Arena hinaus und verriegelten sie so, daß keiner der Wettkämpfer fliehen oder sich verstecken konnte. Die Herulianer liefen auf ihren jeweiligen Seiten der Arena durcheinander und besprachen offenbar untereinander die Lage, andere zeigten auf die Männer, die ihnen gegenüber standen und mit einer anderen Farbe beschmiert waren. Doch nach kurzer Zeit drehten sie sich alle um und schauten zum Podium. Das Stadtvolk auf seinen Sitzen tat es ihnen gleich und begann zu schreien: »*Let fairweitl gaggan!*« – und drängten Strabo, »das Vergnügen beginnen zu lassen«. Ich wandte mich ebenfalls um, doch nur, um einen Blick auf Odwulf zu erhaschen. Er gab mir durch sein Kopfnicken zu verstehen, daß er meine Anweisungen befolgt hatte, und schnitt dann eine Grimasse, die besagen sollte: »Wir können nur abwarten und hoffen.«

Strabo lächelte und ließ mutwillig noch einige Zeit verstreichen, um seine gierigen Untertanen etwas auf die Folter zu spannen. Dann erhob er sich träge von seinem Lager und trat an die Brüstung des Podiums, um das Wort an die Gladiatoren zu richten. Falls diese Männer Strabo vorher noch nie persönlich gesehen hatten, waren sie sicher äußerst erstaunt zu beobachten, daß es ihm möglich war, gleichzeitig beide Kompanien zu fixieren. Seine Rede bestand größtenteils aus dem, was ich zuvor zu ihm gesagt hatte: daß diese aufrührerischen Stammesleute, die die Autorität ihres Königs untergraben hatten, indem sie versucht hatten, einander abzuschlachten, nun die Gelegenheit erhalten würden, genau das zu tun, die Blauen gegen die Grünen. Für den Fall, daß ein letzter Mann auf beiden Seiten überleben sollte, würden diese beiden nicht nur mit dem Leben davonkommen, sondern darüber hinaus als ehrenvolle Krieger des Königs eigener Palastwache zugeteilt werden.

»Haifsts sleideis haifstjandau!« beschloß Strabo seine Rede: »Kämpft einen erbitterten Kampf!« Dann kehrte er gelassen zu seinem Lager zurück und machte es sich darauf bequem, so daß seine perlenverzierten Füße von allen gesehen werden konnten, bevor er das weiße Tuch schwenkte und fallen ließ zum Zeichen, daß der Kampf nun beginnen möge.

Das tat er auch, aber nicht so, wie Strabo und die anderen Schaulustigen sich das vorgestellt hatten. Als das Tuch fiel, stürmten die Blauen und Grünen nicht etwa aufeinander los. Vielmehr schlugen sie die andere Richtung ein und strebten auf die Seitenwände der Arena zu. Ein paar von den Männern nahmen ihre Schwerter zwischen die Zähne, sprangen hoch, klammerten sich an der über ihnen liegenden Brüstung fest, zogen sich an ihr hoch und sprangen über sie hinweg. Andere wiederum traten in die zu Schalen geformten Hände ihrer Kameraden und wurden über die Mauer gehievt. Dann beugten sich diejenigen, die schon oben waren nach unten, und zogen andere nach. Die Zuschauer, denen plötzlich nackte und bewaffnete Männer kopfüber in den Schoß plumpsten, behinderten sich gegenseitig in dem Bemühen, die Flucht zu ergreifen. Alle anderen in dem Amphitheater aber – auch Strabo – waren so vom Donner gerührt, daß sie sitzen blieben, auf den noch nie dagewesenen Tumult starrten und erstaunt vor sich hin murmelten.

Das Gemurmel schlug jedoch in Geschrei und Gebrüll um, als die nackten Herulianer begannen, ihre Schwerter zu schwingen. Sie schlugen wahllos zu, und die Männer, Frauen und Kinder, die eng aneinander gedrückt in den Sitzen saßen, waren ihnen hilflos ausgeliefert. Einige von den Zuschauern warfen die Arme hoch, um sie als Schilde einzusetzen. Ihre Arme wurden abgetrennt und flogen durch die Luft. Dasselbe geschah mit Fingern, Händen, Ohren, Nasen und einer beträchtlichen Anzahl vollständiger Köpfe – meistens die von Kindern, da diese einfacher abzutrennen waren – sowie mit undefinierbaren Fleischfetzen, und Fontänen hellroten Blutes spritzten umher.

Noch bevor Strabo selbst richtig begriffen hatte, was passierte, erholte sich mein eigener privater Wächter von seinem sprachlosen Erstaunen und langte mit der linken Hand nach seinem Schwert. Gleichzeitig riß ich jedoch meinen rechten Arm hoch, an dem die Handschelle befestigt war, und verhinderte es. Mit aller Kraft lehnte ich mich dann seitlich auf die Kette und zwang damit seinen Arm in eine Position zwischen uns. Odwulfs Schlangenschwert kam von hinten nach unten geschossen und durchtrennte den Unterarm des Wächters, ein kleines Stück oberhalb der Handschelle. Das hatte zur Folge, daß nicht nur die Kette und zwei Handschellen von meinem eigenen Handgelenk baumelten, sondern auch seine schwere, blutende, zuckende Hand. Doch die Tapferkeit des Wächters verdiente Anerkennung. Trotz seiner schweren Verwundung gelang es ihm irgendwie, sein Schwert mit der rechten Hand zu ziehen, und er kämpfte verzweifelt, um Odwulfs nachfolgende Schläge abzuwehren.

Inzwischen war auch Strabo auf den Beinen und brüllte mich an: »Falsche Schlange, die Ihr seid, das war Euer Werk!«

Auch er hatte ein Schwert und ging damit auf mich los, und eigentlich wäre es in diesem Moment um mich geschehen gewesen. Da ich jedoch nur eine unbewaffnete Frau war, machte er sich nicht die Mühe, die richtige Stellung einzunehmen und genau zu zielen, ja nicht einmal mit aller Macht das Schwert zu führen. Sein Schwert traf nur meinen spiralförmigen bronzenen Brustpanzer und prallte daran ab. Der Hieb selbst war entsetzlich schmerzhaft, nahm mir die Luft und brachte mich zum Straucheln. Doch ehe Strabo sich in Positur stellen und wieder losschlagen konnte, dieses Mal mit wahrscheinlich tödlichem Ausgang, hatte Odwulf den Wächter niedergestreckt, holte nun noch einmal aus und Strabo stürzte zu Boden. Seltsamerweise blutete er nicht, was mir trotz meines angeschlagenen Zustands auffiel.

»Ich traf ihn ... mit der flachen Seite ... meines Schwerts«, erklärte Odwulf keuchend. »Ihr hattet keine Anweisungen gegeben... ich wußte nicht ... ob Ihr ... ihn jetzt schon ... tot haben wolltet.«

»Ich ... glaube ... nicht ...«, krächzte ich, nach Luft ringend, während ich mich im Amphitheater umblickte. Bei dem allgemeinen Tumult schenkte uns kein Mensch auch nur die geringste Beachtung.

Ich sagte zu Odwulf: »Ich möchte, daß Strabo noch nicht stirbt. Er soll sich aber wünschen, er wäre schon tot. Hier, lös' die Schraube und befrei' mich von dieser Handschelle. Ich brauche keine drei Hände. Nun gib mir den Degen des toten Wächters. Und leih' mir dein eigenes Schwert und deine Kraft, um mir beizustehen.« Ich sagte ihm, was wir tun würden, und wo. »An den Knien und Ellbogen. Es ist einfacher, Gelenke zu durchtrennen als Knochen entzwei zu schlagen.«

Strabo war immer noch bewußtlos, als wir begannen, an ihm herumzuschneiden, doch war er auf der Stelle hellwach. Natürlich wehrte er sich wie ein Verrückter. Er war ja auch ein gewaltiger, bärenstarker Koloß. Jedoch war er bereits geschwächt, weil ihn Odwulf bewußtlos geschlagen hatte und seine Kräfte verließen ihn noch schneller, als das Blut aus ihm herauszuströmen begann. Darüber hinaus war er nur mit Stoff bekleidet, während Odwulf seine Rüstung trug und ich alles andere als eine schwächliche Frau war. Als daher sein Ende nahte, schrie Strabo nur noch und winselte um Gnade, genauso kläglich und nutzlos wie jeder beliebige seiner unseligen Untertanen aus Constantiana.

»Schwein-Mann«, rief ich ihm zu und keuchte, diesmal vor Anstrengung. »Bis Ihr verblutet ... könnt Ihr Euch ... auf allen Vieren fortbewegen. Auf Euren vier Stümpfen. Wahrhaftig, ein Schweine-Mann. Niu?«

»Kommt, Swanilda«, sagte Odwulf. »Die Menge hat sich einen Weg gebahnt durch den Torweg dort unten. Wir können uns auf den Stufen unter sie mischen und unbemerkt auf die Straße gelangen.«

»Ja«, sagte ich und schaute dorthin, wo er hinzeigte. »Unsere Pferde, Thorns Rüstung, wo ist das alles?«

»Gut versteckt und unter Dach und Fach«, sagte er lachend. »Genauer gesagt, in einem Haus, meine ich. Direkt gegenüber vom Privateingang dieses Podiums. Von der Familie war keiner da – sie waren hier drüben, um sich die Wettkämpfe anzusehen –, deshalb dachte ich: warum nicht?«

»Gut gemacht. Geh' schon los. Ich komme dir gleich nach.« Ich beugte mich noch einmal über Strabo und sagte: »Nur noch zwei Dinge.«

Seine verstümmelten Glieder zuckten nach oben, als wolle er

einen Schlag abwehren. Ich nahm jedoch nur mein Reliquienfläschchen von der Kette um meinen Hals, öffnete den Verschluß und preßte das kristallene Glas zwischen Strabos Lippen, die inzwischen eine hellblaue Färbung angenommen hatten.

»Hier«, sagte ich. »Das ist die einzige Absolution, die Ihr bekommen werdet. Ihr habt Euch oft genug lustig gemacht über die Milch der Heiligen Jungfrau. Nun mögt Ihr vielleicht an ihr herumnuckeln, während Ihr Eure letzten Gebete sprecht.«

Ich stand auf und sah mich um, um sicherzugehen, daß Odwulf außer Seh- und Hörweite war.

»Nun zu der anderen Sache«, sagte ich. »Ich gebe Euch einen kleinen Trost mit auf Euren Weg in den Tod. Schämt Euch nicht, daß es nur eine Frau war, die Euch erschlug. Ich bin nicht Prinzessin Amalamena.« Und nun belog ich ihn bewußt, obwohl ich hoffte, daß nur die Hälfte davon nicht stimmte. »Amalamena befindet sich in Sicherheit bei ihrem Bruder Theoderich – ebenso wie der echte Vertrag, verfaßt und unterschrieben von Kaiser Zeno. Daß ich in Gefangenschaft geriet und so lange hier festgehalten wurde, diente lediglich dazu, Euch dieses Wissen vorzuenthalten, bis es zu spät war.«

Er stöhnte verzweifelt und krächzte in Froschmanier: »Aber wer ... Ihr elendes Weibsstück ... wer seid Ihr?«

Ich erwiderte schnippisch: »Mitnichten ein Weibsstück, nicht einmal eine Amazone. Ich bin ein Raubvogel. Und Ihr hofftet, von mir einen Sohn zu empfangen, niu?« Ich lachte.

»Ihr wurdet getäuscht, verhöhnt, überlistet und offenbartet schließlich Euer wahres Ich, das eines Schweine-Mannes. Zur Strecke gebracht wurdet Ihr von einem Hermaphroditen, der sich Thorn Mannamawi nennt.«

*

Ich wünschte, ich könnte berichten, daß alles, was ich für diesen Tag geplant hatte, auch genauso passierte, doch sollte es leider anders kommen.

Ich verbarg das blutverschmierte Schwert, das ich an mich genommen hatte, in einer Falte meines blutbefleckten Gewands und rannte in die Richtung, in der Odwulf verschwunden war, durch den Ausgang und einige Stufen hinunter, wobei ich über mehrere zu Boden getrampelte Körper springen mußte. An einem Treppenabsatz war mir jedoch der Weg versperrt, und ich sah, daß auch Odwulf nicht weitergekommen war. Er war eingekeilt zwischen einer Menschenmenge, die sich hatte retten können. Halb wahnsinnig vor Wut packten die Leute ihn, stießen ihn hin und her und schrien ihm Verwünschungen zu.

»Einer von Strabos feigen Wachen! Auf der Flucht!«

»Warum ist er nicht dort drin und kämpft gegen diese Teufel?«

»Meine schöne Tochter wurde getötet! Und so einer lebt!«

»Aber nicht mehr lang!«

Odwulf versuchte, sie zurechtzuweisen, konnte sich aber bei dem Tumult kein Gehör verschaffen. Natürlich erhob ein Berufssoldat nicht sein Schwert gegen unschuldiges Stadtvolk. Ich hätte das tun können, einfach um sein Leben zu retten, doch der Mob stand zu dicht gedrängt und war zu sehr in Bewegung, als daß ich mich rechtzeitig hätte zu ihm durchkämpfen können. Der Mann, der geschrien hatte ›Nicht mehr lang!‹ hatte im selben Moment Odwulfs Schwert aus der Scheide gezogen. Odwulf versuchte noch einmal, etwas zu sagen, als der Mann ihm die Klinge so heftig in den offenen Mund stieß, daß die Spitze an der Rückseite von Odwulfs Hals wieder austrat.

Als der untadelige Odwulf fiel und sein Schwert senkrecht aus seinem Mund ragte, wie ein Kreuz, das bereits sein Grab markierte, schien die Menge plötzlich kollektiv zur Vernunft zu kommen. In der Einsicht, welchem abscheulichen Verbrechen sie eben beigewohnt hatten – und nicht ahnend, daß Strabo nicht mehr in der Lage war, sie dafür zu bestrafen – huschten sie schuldbewußt die Stufen hinunter und stoben auf der Straße unten in alle Richtungen auseinander. Ich folgte ihnen langsamer, weil ich noch einen Moment verweilte, um Odwulf den gotischen Gruß zu entbieten, bevor ich ihn verließ.

Die Straßen der Stadt waren voller Menschen. Die meisten waren offensichtlich auf der Flucht vor dem Aufruhr, da ihre schöne Festtagskleidung blutbefleckt oder zerfetzt war. Einige rannten nach Hause, andere standen einfach da, schweigend und verwirrt oder weinend und wehklagend. Auch viele bewaffnete Soldaten rannten vorbei, nicht weg vom Amphitheater, sondern darauf zu, um ihren Kameraden darin zu Hilfe zu kommen. In der ganzen

Verwirrung fiel eine weitere zerzauste und blutverschmierte Frau nicht auf. Ich brauchte Erschöpfung nicht bloß vorzutäuschen, als ich an den Außenmauern des Amphitheaters entlang stolperte und schwankte, bis ich zu dem Eingang kam, den Strabo, mein Bewacher und ich vorher benutzt hatten.

Gegenüber, auf der anderen Straßenseite, stand ein schönes herrschaftliches Haus; offenbar gehörte es einer Familie von hohem Rang. Ich stieß die unverschlossene Eingangstür auf und entdeckte in dem gut ausgestatteten Flur direkt dahinter meinen lieben Velox, den ich schon so lange nicht mehr gesehen hatte und der immer noch mein Fußseil trug und sogar – ich hatte keine Ahnung, wie es Odwulf gelungen war, das alles zu finden – meinen eigenen Sattel und mein Zaumzeug. Velox wieherte vor Freude und Überraschung, mich zu sehen. Es stand auch noch ein anderes Pferd da, doch da Odwulf es nicht mehr brauchen konnte, beschloß ich, es einfach da zu lassen, wo es war, als eine weitere Überraschung an diesem Tag für die Bewohner dieses Hauses, wenn sie, falls überhaupt, zurückkamen. Auf einem Ecktisch lagen ordentlich aufeinander gestapelt mein Helm, mein Brustharnisch und ein Bärenfellmantel.

Als ich mir gerade überlegte, wie ich sie am unauffälligsten mit meiner Frauenkleidung kombinieren konnte, lugte ein verwirrtes Gesicht um eine Ecke – ein alter Diener, der mir widerspruchslos gehorchte, als ich ihm befahl, mir seine Tunika, Beinkleider und Lederschuhe zu geben. Da die Stadt noch immer völlig in Aufruhr war, erregte ein eilig dahinpreschender Reiter in ostgotischer Soldatenuniform ebensowenig Aufsehen wie eine erschöpfte Frau. Jedesmal, wenn ich an einem anderen Soldaten oder einem Außenposten vorbeiritt, schrie ich einfach: »Gairns bokos! Dringende Meldung!« und keiner wagte es, mich anzuhalten. Als ich auf diese Weise schließlich sicher an dem letzten Wachposten in den Außenbezirken der Stadt vorbeigekommen war, ließ ich Velox eine gemächlichere Gangart einschlagen.

Ich war entkommen.

Nun war ich also wieder einmal unterwegs, genauso allein und mittellos, wie ich bei meinem Abschied von Balsan Hrinkhen als Kind gewesen war. Meine einzige Waffe war ein gestohlenes Schwert, das wegen meiner geringen Körpergröße nicht sehr geeignet für mich war. Wyrds prächtiger hunnischer Bogen samt Pfeilen war verloren, ebenso alle meine anderen Besitztümer und Habseligkeiten, außer dem, was ich in Novae zurückgelassen hatte. Immerhin hatte ich Amalamenas Goldkette, die ich statt Geld als Zahlungsmittel benutzen konnte. Ich könnte ihre einzelnen Glieder und ihr einziges noch verbliebenes Schmuckstück, den goldenen Anhänger mit Hammer und Kreuz, gegen alle unentbehrlichen Dinge eintauschen, die ich mir nicht selbst beschaffen konnte. Eine lange Winterreise lag vor mir, doch hatte ich solche Reisen schon früher erfolgreich hinter mich gebracht. Ich sah keine unüberwindlichen Schwierigkeiten vor mir, was die Rückreise zu Theoderich betraf.

»Und welch wundersame Geschichte ich ihm dann erzählen darf!«

Ich mußte das einfach laut herausschreien. Keiner außer Velox konnte mich hören, doch legte das Pferd die Ohren an und spitzte sie in meine Richtung, als ob es mir hingerissen lausche. Deshalb fuhr ich fort:

»Wahrhaftig, ich tötete einen König, ebenso wie Theoderich Babai, den König der Sarmaten, tötete. Oder wenigstens habe ich einen Rivalen und Bewerber um den königlichen Thron der Ostgoten getötet. Vielleicht sogar mehr als das. Möglicherweise habe ich nicht nur das gotische Volk davor bewahrt, von diesem Tyrannen überwältigt zu werden.«

Ich hatte jedoch einen guten und getreuen Kameraden verloren, als Odwulf fiel. Doch bedauerte ich das nicht allzusehr, denn ohne Odwulf brauchte ich wenigstens nicht mehr in Verkleidung – oder je nach Situation in verschiedenen Verkleidungen – aufzutreten. Und wenn ich bei Theoderich eintraf, würde die Tatsache, daß ich allein kam, sicherlich weniger komplizierte Erklärungen erfordern in bezug auf die Frage, wer ich war.

Oh vái, und wer bist du denn nun eigentlich?

Diese Bemerkung äußerte ich nicht laut, denn sie drängte sich mir aus meinem Unterbewußtsein auf. Es war eine innere Stimme in mir, die das zu wissen begehrte.

Oder *was* bist du, daß du so bedenkenlos ein Blutbad in Kauf nimmst, um deine eigenen Ziele zu erreichen? Bist du anderen Lebewesen gegenüber wirklich so gefühllos geworden wie der Juika-bloth? fuhr die Stimme fort. Bedenke, daß du Strabo prahlerisch erzähltest, du seist ein Raubvogel. Und das war auch nicht das erste Mal, daß du dich arrogant als Raubvogel bezeichnet hast.

Ungeduldig und ärgerlich schüttelte ich diese Gedanken ab. Ich würde es *nicht* zulassen, daß meine sentimentale und empfindliche weibliche Natur sich einmischte, um den Stolz auf meine männlichen Taten zu trüben oder zu schmälern. Denn im Moment war ich immer noch Thorn. Thorn! *Thorn!*

»Und bei allen Göttern,« schrie ich in die Welt hinaus, »wenn ich schon ein Raubvogel bin, bin ich wenigstens ein lebendiger und einer, der nicht eingesperrt ist!«

Weiter sagte ich nichts. Ich trieb mein Pferd voran, um an die Donau zu gelangen und ihr flußaufwärts zu folgen.

## 5

Den ganzen Weg westlich von Constantiana bis hin zur Donau durchquerte ich ödes, flaches, baumloses Grasland, in dem außer mir und Velox nur noch das dürre braune Gras in Bewegung war, über das ständig ein unangenehm kühler Wind strich. Als ich schließlich das Donauufer erreichte, beschrieb der Fluß an dieser Stelle einen Knick, der meinen Kurs nach Westen kreuzte. Ich mußte mich also nun, um flußaufwärts weiter zu reiten, in südwestlicher Richtung orientieren. Da ich Straßen vermied, begegnete ich keinen Boten und wurde auch von keinen überholt, obwohl ich sicher war, daß sie im Galopp in alle Himmelsrichtungen unterwegs waren, um die Nachrichten von dem Blutbad in Constantiana und von Strabos Tod zu verbreiten. Ich hätte gerne gehört, welche Botschaften sie ins Ausland überbringen sollten und welche Botschaften sie von dort wieder zurückbrachten – von Zeno, von Rekitach und von den anderen Beteiligten. Dennoch war ich zufrieden, nicht auf einer jener vielbenutzten Strecken unterwegs zu sein, da möglicherweise auch Patrouillen ausgesandt worden waren mit dem Auftrag, die verschwundene »Prinzessin Amalamena« zu suchen, um an ihr Rache zu üben.

Die Donau beschrieb eine Biegung, die mich immer mehr in direkter Linie nach Westen brachte, und so gelangte ich schließlich nach Durostorum, eine römische Festungsstadt, die einen Flußhafen für Handelsschiffe hat und wo eine Versorgungsbasis für die moesische Flotte ist. Ich war von der Provinz Skythien wieder in Theoderichs zumindest nominelles Herrschaftsgebiet Moesia Secunda gelangt. Die am Flußufer gelegene Festung war der Sitz der Legio I Italica, die, ungeachtet ihres Namens, eine Legion von Zenos Östlichem Imperium war. Sie bestand zudem größtenteils aus Ausländern – Ostgoten, Alemannen, Franken, Burgundern und Abkömmlingen anderer germanischer Stämme. Alle diese Männer betrachteten sich ausschließlich als »römische Legionäre«, und die Ostgoten unter ihnen waren weder Anhänger Strabos, noch Theoderichs.

Sie hielten mich für einen Boten aus Skythien – offenbar war aus dem Norden kein anderer vor mir da gewesen – und eskortierten mich unverzüglich zum Praetorium ihres äußerst kompetent wirkenden Vorgesetzten, Celerinus, bei dem es sich um einen echten Römer handelte, was bedeutete, daß er in Italien geboren war. Er nahm ebenfalls an, daß ich eine Art Kurier sei, und empfing mich äußerst herzlich. Ich übermittelte ihm die einzige Botschaft, zu der ich befugt war: daß Thiudareichs Triarius tot und seine Hafenstadt Constantiana am Schwarzen Meer ein Schlachtfeld war. Celerinus war als langjähriger Soldat entweder gewohnt, öfter erstaunliche Neuigkeiten überbracht zu bekommen, oder er war darin geübt, sich bei solchen Gelegenheiten ganz gelassen zu geben. Er zog lediglich die Augenbrauen in die Höhe und schüttelte den Kopf. Doch dann erzählte er mir großzügig die neuesten Nachrichten, die er aus dem Westen gehört hatte. Und in der Tat handelte es sich dabei um erfreuliche Neuigkeiten.

Thiudareichs, der Amaler, *mein* Theoderich, hatte erfolgreich einen Vertrag mit Kaiser Zeno ausgehandelt. (Ich dankte den Göttern schweigend, aber inbrünstig; Swanilda war tatsächlich mit dem Vertrag sicher zu Theoderich gelangt und Zeno hatte ihn nicht für nichtig erklären können.) Daraufhin hatte Celerinus einen großen Trupp seiner eigenen Italica-Legion flußaufwärts nach Singidunum entsandt. Theoderich hatte die Stadt formell an seine Leute abgetreten – und damit an Kaiser Zeno, der in Kürze viele weitere Truppen entsenden würde, um die Stadt gegen zukünftige Angriffe durch irgendwelche Barbaren schützen zu können.

Im Moment, sagte Celerinus, halte sich Theoderich in seiner Heimatstadt Novae auf und sei im Begriff, seine verschiedenen ostgotischen Streitkräfte neu zu gruppieren und einzuteilen, um zu verteidigen, was nun unwiderruflich *ihre* Ländereien in Moesia seien. Man erwarte, daß Theoderich als nächstes die Befehlsgewalt übernehmen würde, die Zeno ihm zugestanden hatte: Magister militum praesentalis aller militärischen Einheiten, einschließlich seiner Legio I Italica, die die Donau-Grenze des Imperiums sicherten. Celerinus sagte – und es klang aufrichtig –, er freue sich darauf, seinem neuen Oberbefehlshaber den Treueeid zu leisten.

*

»Thorn lebt! Das Gerücht war also doch wahr!«

Das waren Theoderichs frohlockende Worte, als ich das Thronzimmer betrat, wo ich Amalamena zum ersten Mal gesehen hatte. Offensichtlich war ich erkannt worden, als ich durch die Stadt ritt, und die Neuigkeit war zum Palast von Novae vorgedrungen. Außer dem König erwarteten mich noch vier weitere Leute, um mich willkommen zu heißen.

Als ich meinen Arm in dem steifen gotischen Gruß nach oben streckte, schlug ihn Theoderich lachend wieder nach unten. Wir umklammerten gegenseitig unsere rechten Handgelenke in der kameradschaftlicheren römischen Art, umarmten uns dann wie Brüder nach einer langen Trennung und riefen fast einstimmig: »Es tut gut, dich wieder zu sehen, alter Freund!« Zwei der Männer in dem Raum grüßten mich mit erhobenem Arm, ein anderer Mann nickte mir ernst zu und eine junge Frau lächelte mich verlegen an. Alle wiederholten Theoderichs warmen Willkommensgruß: »Waila-gamotjands!«

»Nun«, sagte ich zum König, »du scheinst fast alle, die mit dieser Mission zu tun hatten, hier versammelt zu haben.«

Der Mann mittleren Alters, der mich mit erhobenem Arm begrüßt hatte, war der andere Marschall Saio Soas. Der viel ältere Mann, der mir nur zugenickt hatte, war Lekeis Frithila. Die hübsche junge Frau war Swanilda. Der junge Mann, der auch den Arm zum Gruß erhoben hatte, war mir unbekannt, doch nahm ich an, daß es sich bei ihm um meinen Kurier Augis handelte, auch ein Reiter wie der verstorbene Odwulf. Er mußte es sein, denn er starrte mich an, als wäre ich der auferstandene Geist Thorns oder ein Gespenst, das die Gestalt Thorns angenommen hatte – und es war auch tatsächlich Augis gewesen, den ich mit der Nachricht von Thorns Tod hierher geschickt hatte.

»Du hast nur eine Person nicht hierher bestellt, Theoderich«, sagte ich. »Strabos Optio Ocer. Ich bin äußerst erpicht darauf, wieder mein eigenes Schwert in Empfang zu nehmen.«

»Du wirst in Kürze wieder vollständig mit allem ausgerüstet sein. Doch laß mich dich zunächst beglückwünschen – preisen – zu dem überwältigenden Erfolg deiner Mission. Du hast dich als wahrer Ostgote erwiesen, ein beispielhafter Marschall, ein würdiger Herizogo. Die Berichte über diese Mission, die zu uns gelangten, waren jedoch nur bruchstückhaft. Du mußt uns die ganze Geschichte berichten, die Lücken ausfüllen. Fang' doch damit an, uns – und vor allem dem konsternierten Augis dort drüben – zu erklären, wie es kommt, daß du noch lebst.«

Ich breitete in einer Geste kummervoller Resignation die Arme aus und sagte: »Ne, laßt mich zunächst meiner Trauer Ausdruck geben über jene, die nicht mehr leben. Optio Daila und meine ganze übrige Schwadron mit Ausnahme des trefflichen Augis dort. Ich hoffe, der Erfolg der Mission rechtfertigt ihren beklagenswerten Verlust. Von all denen, die wir verloren haben, beklage ich am meisten den Tod deiner werten Schwester, Theoderich. Ich hatte Amalamena noch mehr ins Herz geschlossen als selbst du es konntest.«

»Ich hätte dir diese Verantwortung nicht aufbürden sollen«, sagte er reuevoll. »Doch hatte ich keine Ahnung, daß sie in irgendeiner Weise krank war. Frithila erzählte mir natürlich alles darüber – und daß kein Sterblicher ihr mehr hätte helfen können.«

»So gut ich konnte«, sagte ich, »hielt ich mich an die Anweisungen des Lekeis. Ich versuchte, ihre Stimmung zu heben und dadurch ihre Lebensgeister zu wecken.«

»Und ... sie starb dann tapfer«, sagte Theoderich, eine Formulierung wählend, die weder eine Feststellung noch eine Frage war.

Nicht ganz bei der Wahrheit bleibend sagte ich: »Ja, sie sah ihrem Tod tapfer entgegen, da sie wußte, daß er unvermeidlich war. Doch am Ende brauchte sie gar nicht tapfer zu sein. Das allerletzte Mal, als ich Amalamena lebend sah, schien sie bei guter

Gesundheit und guter Laune zu sein; sie hatte sogar großen Appetit. Äußerst vergnügt bat sie mich, zu gehen und ihr das Abendessen zu bringen. Als ich damit zurückkam, war sie tot. So schnell, so einfach, so friedlich.«

Theoderich seufzte und sagte: »Ich bin froh darüber. Und ich bin froh, daß du überlebt hast, um mir davon zu berichten. Es trägt dazu bei, den Schmerz über ihren Verlust zu mindern. Doch wer war dann die in Gefangenschaft gehaltene Frau, die Strabo als meine Schwester ausgab? Die Frau, für deren Freilassung Optio Ocer diverse Gegenleistungen forderte.«

»Strabo glaubte wirklich, sie sei deine Schwester, die Prinzessin. In Wirklichkeit war sie eines der Chasar-Dienstmädchen, die uns im Purpurpalast versorgten. Amalamena übernahm die Frau als ihre Kammerzofe, nachdem wir Swanilda befohlen hatten, mit Zenos Vertrag hierher zu reiten. Ich nahm an, daß die *echte* Swanilda« – ich deutete auf sie – »bei Augis' späterer Ankunft mit der Nachricht, daß Strabo nicht Amalamena, sondern eine Stellvertreterin in seiner Gewalt habe, erraten würde, wer diese Frau sein mußte.«

»Und Swanilda stellte auch tatsächlich diese Vermutung an«, sagte Theoderich. »Doch fiel es mir schwer, daran zu glauben. Wie hätte Strabo eine dunkelhaarige, olivenhäutige Chasar-Bedienstete irrtümlicherweise für eine *amalische Prinzessin* halten können?«

»Nun, die Frau war außergewöhnlich geschickt für eine Kammerzofe«, erwiderte ich und verstrickte mich immer tiefer in meine Lügen. »Sie bleichte ihr Haar und ihre Haut äußerst professionell. Sogar alle unsere eigenen Männer wurden getäuscht – aus der Entfernung. Nicht wahr, Augis?« Der Reiter nickte, mit weit aufgerissenen Augen. »Später, als sie von Strabo gefangengehalten wurde, gelang es mir, in Verbindung mit ihr zu bleiben. Wie Augis und Odwulf, ein weiterer unserer treuen Anhänger, hatte ich mich unbemerkt unter Strabos eigene Krieger gemischt.«

Augis riß die Augen noch weiter auf, und er nickte nicht, um dieser Bemerkung beizupflichten. Er fragte sich offensichtlich, wie *ihm* mein Herumlungern entgangen sein konnte. Deshalb fuhr ich ziemlich verzweifelt fort: »Ich wollte diese verwandelte Chasar-Dienstmagd mit mir hierher bringen, Theoderich, um dich in Erstaunen zu versetzen. Und auch, damit du sie hättest loben können, denn sie spielte ihre Rolle bravourös. Leider war sie unter den Unschuldigen, die bei dem Blutbad in Constantiana ums Leben kamen, als ...«

»Haltet ein, haltet ein!« unterbrach Theoderich kopfschüttelnd und lachte. »Ich denke, es ist am besten, wenn du mit deinem Bericht am Anfang beginnst. Hier, Männer, wir wollen alle unsere Liegen enger zusammenrücken. Und Swanilda, würdest du in die Küche gehen und die Leute dort bitten, ein paar Erfrischungen zu bringen? Das wird sicher eine lange Geschichte werden, und Thorn bekommt bestimmt großen Durst.«

Ich erzählte also alles, oder beinahe alles, was sich ereignet hatte, von dem Tag an, als unser Trupp Novae verlassen hatte, bis zum heutigen Tag meiner Rückkehr. Kaum hatte ich begonnen, als Swanilda und eine andere Frau eine riesige, mit Ornamenten verzierte Schale aus vergoldetem Silber voll mit frischem goldenem Met hereinbrachten, aus deren Mitte ein Schöpflöffel in anmutiger Vogelform herausragte. Sie stellten die Schale in die Mitte unseres Kreises und gingen dann hinaus, da sie sich nicht anmaßten, bei einem Männergespräch zugegen zu sein. Ich unterbrach meinen Bericht zwar nicht, doch hatte ich die zweite Frau erkannt. Sie trug bedeutend kostbarere Kleidung als zu dem Zeitpunkt, als ich sie das letzte Mal gesehen hatte, war außerdem hochschwanger, und aus ihrem Verhalten schloß ich, daß sie die neue Herrin Swanildas, der Kammerzofe, war.

Ich wunderte mich, doch verschob ich irgendwelche Fragen bezüglich dieser Frau auf später. Als sie gegangen waren und ich in meiner Erzählung fortfuhr, schöpften der eine oder andere von uns Männern hin und wieder einen Trunk süßen Mets aus der Schale. Entsprechend der Sitte, nach der verfahren wurde, wenn mehrere Männer zusammen etwas besprachen, handelte es sich hierbei um eine »Brüderschaftsschale«, bei der alle von uns aufgerufen waren, abwechselnd freundschaftlich aus dem einzigen Schöpflöffel zu trinken.

Ich erzählte meine Geschichte auf ganz ähnliche Weise wie hier, nur faßte ich mich kürzer und verzichtete auf Details wie die häßlichen Manifestationen von Amalamenas Krankheit. Um die Tatsache zu erklären, daß ich in diesem Moment noch am Leben war, mußte ich mich gewissermaßen als heroischen Krieger, der vor dem Tod nicht zurückschreckt, darstellen. Ich berichtete, daß Amalamenas Tod sich in Pautalia ereignet hätte und daß Optio Daila und ich sie heimlich dort begraben hätten – ohne selbst unsere eigenen Männer davon zu unterrichten – und daß die Chasar-Swanilda anschließend allein in der Karosse weitergereist wäre. Ich erzählte, wie unsere Entdeckung des Verrats des einen Bogenschützen mich und Daila dazu bewogen hatte, von unserem Kurs abzuweichen und dem Fluß Strymon zu folgen, bis wir schließlich in den steilen Engpaß geraten waren, in dem uns in einer dunklen Nacht Strabos Soldaten überfallen hatten. Dort hätte ich dann an der Seite meiner Männer gekämpft, sagte ich (wohl wissend, daß Augis dies nicht als Lüge entlarven konnte, da er zu der Zeit hoch oben auf dem Gipfel des Felsens gewesen war).

Dann, erzählte ich weiter, hätte ich erkannt, daß wir auf verlorenem Posten standen und hätte im selben Moment gesehen, wie Strabos Männer die Chasar-Swanilda aus der Kutsche gezogen hätten – und daraufhin sei mir die Idee mit der Substitution gekommen. Ich entledigte mich meiner eigenen Rüstung, da sie meinen Rang und meine Identität preisgab, und legte die eines anderen kleinwüchsigen Mannes an, der bei der Schlacht gefallen war. Ich stahl mich an die Seite der Chasar-Swanilda und hatte dort die Gelegenheit, ihr dringend notwendige Anweisungen zuzuflüstern und ihr die Halskette der Prinzessin zu übergeben. Als Strabo selbst sie dann zur Rede stellte, verkündete sie hochmütig, selbst Prinzessin Amalamena zu sein – und Strabo glaubte ihr.

»Er zweifelte nie an ihr, von jenem Tag an bis zu ihrem letzten«, sagte ich. »Doch hielt ihn das nicht davon ab, sie auf übelste Weise zu mißbrauchen, unter Mißachtung aller Konventionen redlicher Kriegsführung. Sei froh, Theoderich, daß sie *nicht* unsere Amalamena war. Nur zwei Nächte nach ihrer Gefangennahme, lange bevor er Ocer entsandte, um Lösegeld von Euch zu fordern, entjungferte Strabo die Frau, die er für eine Prinzessin hielt – die Frau, die, nach dem Ehrenkodex aller Krieger, während ihrer Gefangenschaft unter seinem Schutz hätte stehen sollen.«

Theoderich knurrte und obwohl er kein Schwert trug, machte er eine unwillkürliche Handbewegung auf seinen Gürtel zu.

Ich berichtete kurz von den anschließenden Ereignissen und

schloß mit den Worten: »Du siehst also, wie der Bote Hiob konnte ich allein entkommen, um dir diese Dinge zu erzählen.«

Theoderich sagte, wieder etwas ruhiger: »Nichtsdestoweniger erfülltest du in bewundernswerter Weise die Mission, zu der ich dich entsandt hatte. Ich und mein ganzes Volk stehen tief in deiner Schuld. Selbstverständlich werde ich meiner geliebten Schwester ein prächtiges Ehrengrabmal errichten lassen. Und ein weiteres, nur geringfügig unauffälligeres, soll zu Ehren von Odwulf und Daila und all ihren Kameraden, die auch ihr Leben lassen mußten, erbaut werden. Was Augis hier betrifft, so habe ich ihn vor einiger Zeit zum Anführer der Reiter befördert. Als Zeichen meiner Dankbarkeit gegenüber jener Chasar-Frau, die uns so vortrefflich diente, werde ich unseren Palastpriester anweisen, eine Messe für ihre Seele abzuhalten. Habe ich irgend jemanden übersehen, Saio Thorn?«

»Ne«, sagte ich. »Und ich habe auch sonst nichts mehr zu berichten außer einigen zufällig aufgeschnappten Neuigkeiten und Klatschgeschichten, die Staatsangelegenheiten betreffend. Sie würden wahrscheinlich niemanden außer dir interessieren, Theoderich.«

Er verstand meinen subtilen Hinweis, stand auf, streckte sich gähnend und erklärte das Treffen für vertagt.

Der Lekeis und der Reiter verließen das Zimmer. Theoderich, ich und Soas, der andere Marschall, blieben zurück. Als wir zu unseren Liegen zurückschlenderten, flüsterte ich Theoderich zu:

»Diese gutaussehende und vornehm gekleidete junge Dame, die die Met-Schale mithereintrug – ist das nicht das Mädchen aus Singidunum, das du Aurora zu nennen pflegtest?«

»Ja«, erwiderte Theoderich, ohne im geringsten die Stimme zu senken. »Ich nenne sie immer noch Aurora. Ich vergesse ständig ihren richtigen Namen. Es sprach sich herum, daß sie ein Kind von mir erwartete, deshalb ...« Er grinste, halb stolz, halb albern und zuckte die Schultern.

»Meine Glückwünsche euch beiden«, sagte ich. »Doch ... du hast sie geheiratet und erinnerst dich nicht einmal an ihren Namen?«

»Sie geheiratet? Gudisks Himins, ne, das könnte ich nicht machen. Es kann ihr daher selbstverständlich auch kein offizieller Titel zugesprochen werden. Doch bewohnt sie jetzt Amalamenas frühere

Gemächer und erfüllt alle Pflichten einer königlichen Gemahlin. Das wird so lange der Fall sein, bis ich eines Tages eine Frau von genügend hohem Rang finde, die ich zur Frau nehmen kann.«

»Und wenn das nicht geschehen sollte?«

Er zuckte wieder mit den Schultern. »Mein Vater hatte auch nie eine rechtmäßige Königin. Unsere Mutter war auch nur seine Konkubine. Das brachte keinen Makel oder irgendwelche sonstigen Nachteile für uns mit sich. Alles, was in Bezug auf die Thronfolge zählt, ist, daß ich Auroras Kind – oder ihre Kinder – als meine eigenen anerkenne.«

Als wir wieder begannen, Met aus der Schale zu schöpfen, sagte ich: »Ich habe jetzt sehr lange geredet. Was ich noch an Gerüchten, Klatschgeschichten und aufgeschnappten Indiskretionen zu berichten habe, kann noch ein wenig warten. Ich würde gern erfahren, was sich hier im Westen ereignet hat, solange ich fort war.«

Theoderich gab Soas einen Wink, und der wortkarge Mann berichtete in wenigen knappen Worten von seiner eigenen Mission an einem kaiserlichen Hof. Wie ich bereits wußte, hatte Saio Soas in Ravenna nicht Julius Nepos als Kaiser angetroffen, sondern den ›Kleiner Augustus‹ genannten Knaben, der gerade zum Imperator gekrönt wurde. Da der Wechsel mannigfache Verzögerungen mit sich brachte – die Krönungsfeierlichkeiten, die Ernennung neuer Berater und vieles mehr –, blieb Soas nichts anderes übrig, als untätig zu warten, bis er Theoderichs Nachricht und den geräucherten Kopf des Legatus Camundus überbringen konnte. Selbst nachdem sich die Aufregung etwas gelegt hatte und der neu ernannte junge Kaiser anfing, Audienzen zu gewähren, waren viele andere Abgesandte noch vor Soas an der Reihe. Als der verabredete Termin dann endlich näherrückte, kam der zweite große Umsturz – der nicht nur die Regentschaft von Romulus Augustus beendete, sondern das gesamte weströmische Reich einschließlich der Vorstellung, daß ein Imperium von zwei gleichberechtigten Kaisern regiert werden könne, veränderte. Audawakrs, bekannt als Odoaker, übernahm als König und Untergebener von Zeno, Kaiser des Ostens, die Herrschaft.

Soas schloß mit den Worten: »Ich hütete mich, Odoaker eine Petition im Namen Theoderichs vorzutragen, der den Vater des Mannes erschlagen hatte. Deshalb ritt ich wieder fort in der großen

Hoffnung« – er wies mit dem Kopf in meine Richtung – »daß mein junger Kollege mehr Erfolg gehabt hätte.« Dann machte Soas noch einen kleinen Scherz, den einzigen, den ich je von ihm vernommen hatte. »Ich besitze immer noch einen prächtigen geräucherten Kopf, falls jemand ihn haben möchte.«

Ich sprach nun über einige der vertraulichen Mitteilungen, die Strabo »Amalamena« gegenüber preisgegeben hatte – daß die Tatsache, daß sein Sohn Rekitach als Geisel in Konstantinopel festgehalten wurde, Zeno keine wirkliche Macht über ihn gab und daß er damit rechnete, von Zeno dazu ermuntert zu werden, den Skiren Odoaker von seinem römischen Königsthron zu vertreiben. Ich zitierte Strabos eigene Worte in bezug auf Odoaker:

»Wenn es einem Ausländer gelungen ist, zu solcher Macht zu kommen, kann es auch einem anderen gelingen.«

Mit einem mutwilligen Funkeln im Blick fragte Theoderich: »Schlägst du vor, daß ich Strabos Plan in die Tat umsetzen soll? Daß *ich* Odoaker vertreibe und die Herrschaft über das westliche Imperium an mich reiße?«

»Du bist zumindest dazu berechtigt, alle Ostgoten unter deiner Herrschaft zu vereinen«, erwiderte ich. »Strabos Constantiana ist in Aufruhr, in ganz Skythien herrscht Verwirrung. Strabo ist tot, und seine Völker sind führerlos. Jetzt könntest du, zumal du noch Zenos Ernennung als Magister militum praesentalis als Rechtfertigung hast, der wahre König *aller* Ostgoten werden, ohne auch nur dein Schwert zu zücken.«

»Bis auf ein kleines Detail«, sagte Marschall Soas. »Strabo ist nicht tot.«

Ich fragte mich, ob ich zuviel Met getrunken hätte; ich konnte einfach nicht glauben, diese Worte gehört zu haben. Theoderich warf mir einen mitfühlenden Blick zu und erklärte:

»Während deiner langen Reise hierher, Thorn, galoppierten Boten aus Constantiana schneller und auf direkterem Weg nach Konstantinopel, Ravenna, Singidunum und in alle anderen größeren Städte, einschließlich dieser hier. Sie berichteten, daß Strabo zwar verletzt, aber noch am Leben sei.«

»Das ist unmöglich!« keuchte ich. »Odwulf und ich ließen den Mann mit vier verstümmelten Gliedern zurück, und aus jedem Stumpf spritzte Blut. Sogar seine Lippen waren blau und blutleer.«

»Ach, ich zweifle nicht an deinen Worten, Thorn. Die Boten sagten, er sei ans Bett gefesselt, und nur zwei oder drei seiner geschicktesten und vertrauenswürdigsten Ärzte dürften ihn sehen. Nun, das ist nicht verwunderlich, wenn er nun so aussieht, wie du ihn uns beschrieben hast. Doch offensichtlich wurden seine Überreste entdeckt, bevor er den letzten Tropfen Lebensblut verlor. Vielleicht war aber auch göttliche Vorsehung mit im Spiel. Das erzählt man sich jedenfalls.«

»Eh?«

»Es heißt, Strabo habe sein Leben erneut Gott dem Herrn verschrieben und schwöre, er werde von nun an ein besserer arianischer Christ sein als jemals zuvor.«

»Er wird keine allzu große Mühe damit haben. Aber warum?«

»Um seine Dankbarkeit zum Ausdruck zu bringen für seine wundersame Errettung vom Tod und für seine fortschreitende Besserung. Er schreibt alles einem Trunk von der Brustmilch der Heiligen Jungfrau Maria zu.«

## 6

Es war mir bestimmt, Strabo noch ein weiteres Mal in meinem Leben zu sehen, wenn auch nur aus der Ferne, und das war einige Jahre später, deshalb werde ich davon zu gegebener Zeit berichten.

Bei meiner Rückkehr nach Novae und nach meinem Wiedersehen mit Theoderich hatte ich erwartet, mich ausruhen und frische Kräfte sammeln zu können, bis mein König eine weitere Mission planen würde, auf die er seinen Marschall Thorn zu entsenden gedachte. Doch war Theoderich natürlich sehr beschäftigt mit mannigfachen eigenen Aufgaben. Die erste Pflicht eines Königs besteht darin, sich um die Bedürfnisse und Nöte seiner Untertanen zu kümmern. Und nun, als *wahrer* König aller Ostgoten, hatte Theoderich eine wahre Flut an administrativen Details zu bewältigen, die seine Aufmerksamkeit erforderten. Außerdem mußte er sich mit einer Vielzahl militärischer Angelegenheiten befassen, da er den Oberbefehl über die Donaugrenze übernommen hatte. Und als Aurora zur angemessenen Zeit ihr gemeinsames Kind zur Welt brachte, erwies sich Theoderich als bewundernswert guter Ehemann und Vater. Wenn er überhaupt jemals irgendwelche dringlichen Angelegenheiten ruhen ließ, dann nur, um die Zeit mit seiner Frau und seiner kleinen Tochter Arevagni zu verbringen.

Ich will damit nicht sagen, daß ich ignoriert oder vergessen worden wäre; ganz im Gegenteil. Ich bekam alles, was einem hochgeschätzten Herizogo gebührt und hatte dann die Muße, meinen Erfolg in ungestörter Ruhe zu genießen. Theoderich überschrieb mir das Anwesen eines anderen Herizogos, der kürzlich verstorben war, ohne eine Witwe, Nachkommen oder andere Erben zu hinterlassen: ein blühendes Landgut am Ufer der Donau, das von freien Pächtern geführt wurde und auf dem Sklaven die Arbeit verrichteten.

Auch weiterhin unternahm ich gerne Reisen, fand es aber auch angenehm, in ein eigenes Zuhause zurückkehren zu können. Das war etwas, was ich nie zuvor besessen hatte. Weil ich immer noch über den Verlust Amalamenas trauerte – oder, um es ehrlicher auszudrücken, weil meine Sehnsucht nach dieser lieblichen Nymphe ungestillt geblieben war und nun für immer bleiben würde –, hegte ich nicht den Wunsch, mich nach einer Gemahlin umzuschauen, die mir auf meinem abgelegenen Landsitz hätte Gesellschaft leisten können. In der Tat mußte ich wiederholt die in freundlicher Absicht unternommenen Versuche der Dame Aurora abwehren, mit verschiedenen ungebundenen weiblichen Wesen des Hofes zu Novae eine Verbindung einzugehen, von adeligen Witwen bis hin zu der hübschen Kammerzofe Swanilda. Deshalb nahm ich gelegentlich eine Sklavin zu mir, um mein Bett zu wärmen, einerseits, um mich vor der Versuchung zu bewahren, eine so langfristige Verbindung einzugehen, und andererseits, weil gebieterische Arroganz von einem Sklavenhalter erwartet wurde.

Indessen war da noch die andere Seite meiner Natur, die ebenfalls befriedigt werden wollte. Als Veleda wollte ich mich frei machen von der Erinnerung an den abscheulichen Strabo und die widerlichen Kränkungen, die er mir zugefügt hatte. Außerdem hatte ich jetzt das Bedürfnis, mich meiner weiblichen Sexualität zu versichern, da ich so standhaft jedesmal meine Weiblichkeit unterdrückt hatte, wenn er mich entehrt hatte. Ich hätte dies mühelos überprüfen können, indem ich mich eines oder mehrerer meiner Sklaven bedient hätte; ich besaß ziemlich viele muskulöse und leidlich attraktive Männer. Doch ich schreckte davor zurück, mich wieder mit den Verkleidungen und Vortäuschungen abplagen zu müssen, die dieser Ausweg mit sich gebracht hätte.

Deshalb zweigte ich etwas von dem Einkommen, das mir mein Anwesen brachte, ab und kaufte als Veleda ein kleines Haus in Novae. Das erforderte Diskretion, und ebenso diskret ging ich vor, wenn ich mit den Männern Bekanntschaft schloß, die ich für geeignet hielt, meinen Zufluchtsort mit mir zu teilen – für eine Stunde, eine Nacht oder länger. Novae war nämlich eine viel kleinere Stadt als Vindobona, wo ich mich früher als Veleda aufgehalten hatte, oder Constantia, wo ich als Juhiza gelebt hatte. Und folglich war die Gefahr viel größer, daß über eine unbekannte Frau geklatscht würde. Ich war also vorsichtig und mied auch alle Männer aus dem Umkreis Theoderichs oder solche, mit denen Thorn möglicherweise eines Tages zu tun haben würde.

Natürlich freute ich mich, feststellen zu können, daß ich für Männer immer noch attraktiv war und sie mühelos zu bezaubern und zu verführen verstand und daß außerdem meine weiblichen Organe, meine weiblichen Empfindungen, Körpersäfte und Emotionen noch intakt waren. Doch empfand ich für keinen Bettgenossen dort in Novae auch nur annähernd die Zuneigung und den sexuellen Appetit, die ich für meinen allerersten männlichen Liebhaber, Gudinand aus Constantia, empfunden hatte. Ich duldete keinen der Männer allzu lange in meiner Nähe – und wurde diejenigen sehr schnell wieder los, die sich unsterblich in mich verliebten und um eine dauerhafte Beziehung baten. Ich bedaure weder Thorns noch Veledas freizügiges Verhalten in jenen Tagen, noch bin ich der Meinung, mich dafür entschuldigen zu müssen. Es war eine der wenigen Zeiten in meinem Leben, da ich Muße und Gelegenheit hatte, mich selbst zu verwöhnen – beide Seiten von mir – und ich genoß dieses Wohlleben in vollen Zügen.

Von allen männlichen Liebhabern erinnere ich mich nur noch an den Namen eines einzigen – Widamer – und ich habe einen guten Grund, diesen Namen in lebhafter Erinnerung zu behalten. Obwohl ich nur zweimal mit ihm zusammen war, sollte mein Treffen mit Widamer dort in Novae schließlich zu einer anderen Begegnung führen – der erstaunlichsten meines Lebens, möglicherweise der phantastischsten, die je das Leben irgendeines Menschen geprägt hat. Ich begegnete Widamer auf einem Marktplatz in Novae, auf dieselbe Weise, wie ich andere Männer kennengelernt hatte, und wir erfanden irgendeinen Vorwand, um uns vorzustellen und einander näher kennenzulernen. Widamer war ungefähr vier oder fünf Jahre jünger als ich und wie jeder junge Gote von höherem Rang gekleidet, doch mutete der Schnitt seiner Gewänder etwas fremdländisch an, woraus ich schloß, daß er wahrscheinlich Westgote und nicht Ostgote war. Bei unserem ersten Wortgeplänkel bestätigte er meine Vermutung. Er sei den weiten Weg von Aquitania hierher gekommen, sagte er, nur um eine Botschaft zu überbringen, und werde sich nur so lange in Novae aufhalten, bis er eine schriftliche Antwort auf diese Botschaft bekäme, dann würde er wieder in sein Heimatland zurückkehren.

Das kam mir sehr gelegen. Ich zog einen Besucher auf der Durchreise einem ortsansässigen Einwohner vor. Bei ihm bestand weniger die Gefahr, daß er auf immer und ewig mein einziger Liebhaber bleiben wollte und somit zu einem lästigen Ärgernis werden würde. Ich hätte Widamer jedoch ausführlicher befragen sollen, um hinsichtlich seiner Identität und seines Empfehlungsschreibens besser unterrichtet zu sein. Ich hätte dies auch getan, wäre ich nicht von Anfang an so von ihm eingenommen gewesen. Das lag daran, daß Widamer fast das Ebenbild des jungen und anonymen Theoderich war, den ich damals in Pannonia kennengelernt hatte und mit dem zusammen ich unterwegs gewesen war. Widamer hatte ganz ähnliche Gesichtszüge, beinahe denselben Teint und dieselbe männliche Statur, sah *fast* genauso gut aus und strahlte zudem die gleiche verwegene Sorglosigkeit aus. Daher nahm ich ihn, entgegen meiner sonstigen Gewohnheit, noch am selben Tag mit zu mir nach Hause und gewährte ihm bedeutend umfangreichere Varianten der Wonne, als ich es für gewöhnlich beim ersten Zubettgehen mit einem neuen Liebhaber zu tun pflegte.

Nun, genaugenommen genoß ich das ganze auch viel mehr als das sonst bei einem ersten Beischlaf der Fall war. Ich beschloß, ihn für die bemerkenswerte Erfahrung zu belohnen, und nahm eine andere Position im Bett ein, um ihn mit noch intimeren Aufmerksamkeiten zu beglücken. Als ich mich jedoch zu seinem Penis hinunterbeugte und sah, daß dieser eine unnatürliche, auffallend braune Färbung aufwies, zuckte ich zurück und rief aus:

»Liufs Guth! Seid Ihr krank?«

»Ne, ne«, sagte er lachend. »Das ist nur ein Muttermal, nichts Schlimmeres. Befühlt es und seht selbst.« Ich folgte dieser Aufforderung und überzeugte mich davon, daß er die Wahrheit gesprochen hatte.

Am Abend bat ich Widamer zu gehen, weil ich mich für eine andere gesellschaftliche Verpflichtung später an diesem Abend umkleiden mußte. Wir verabschiedeten uns also mit glühenden Dankesbezeugungen und überschwenglichen Komplimenten auf beiden Seiten und gaben der Hoffnung Ausdruck, daß wir beide uns irgendwann einmal wieder sehen würden. Ich bezweifle, daß Widamer damit rechnete, daß es jemals dazu käme, und von mir kann ich sagen, daß ich keinerlei Erwartungen diesbezüglich hegte.

Doch kam es tatsächlich noch einmal zu einem Wiedersehen, und zwar noch am selben Abend. Ich war in Theoderichs Palast gebeten worden, wohin er seinen Marschall Thorn zu einem ausgelassenen Fest eingeladen hatte. Ich hatte nicht gewußt, daß das gesellige Beisammensein zu Ehren eines Gesandten namens Widamer einberufen worden war. Da dem jungen Mann eine beträchtliche Anzahl von Höflingen vorgestellt wurde, fiel ihm sicher nicht auf, daß er einen bestimmten unter ihnen bereits unter anderen Umständen getroffen hatte. Trotzdem fühlte ich mich verständlicherweise nicht ganz wohl, als wir uns gegenüberstanden und Theoderich leutselig bemerkte:

»Saio Thorn, sei so gut und heiße meinen Cousin Widamer, den Sohn des verstorbenen Bruders meiner verstorbenen Mutter, willkommen. Obwohl von Geburt edler Amaler, entschloß sich Widamer vor einigen Jahren, sich dem Hof des Balten Euric, König der Westgoten, in Tolosa in Aquitanien zu verpflichten.«

Ich entbot ihm mit hocherhobenem Arm den Willkommensgruß und sagte mit meiner tiefsten, männlichsten Stimme: »Waila-gamotjands«, und Widamer erwiderte den Gruß ohne ein Zeichen des Wiedererkennens.

Theoderich fuhr fort: »Widamer kommt als Gesandter mit der Neuigkeit, daß unser königlicher Freund Euric und der römische König Odoaker ein gemeinsames Abkommen getroffen haben, das besagt, daß die maritimen Alpen künftig die feste Grenze zwischen ihren Gebieten sein sollen. Das betrifft uns natürlich wenig, doch bin ich froh, es zu erfahren, einfach aus dem Grund, weil Widamer uns deshalb einen Besuch abstattet. Wir haben einander zum letzten Mal als kleine Kinder gesehen.«

Ich sagte höflich: »Ich wünsche Euch einen angenehmen Aufenthalt in Novae, junger Widamer.«

»Ach, er war bereits äußerst angenehm«, antwortete er ohne die geringste Andeutung eines Schmunzelns oder einer zweideutigen Anspielung.

Später, als die zahlreichen Gäste umherwandelten, tranken und sich unterhielten, gelang es mir, Widamer aus dem Weg zu gehen. Als wir uns dann alle in das Speisezimmer begaben und es uns an den Tischen gemütlich machten, um einen Mitternachtstrunk zu uns zu nehmen, wählte ich eine Liege, die in einiger Entfernung von Theoderichs und Widamers Liege stand. Törichterweise hatte ich aber offensichtlich den Tischweinen und dem Met allzusehr zugesprochen, weil ich, bevor die Nacht vorüber war, eine entsetzlich unkluge Bemerkung machte.

Theoderich schilderte seinem Cousin einige Begebenheiten von seinem Werdegang aus den Jahren, in denen sie sich nicht gesehen hatten, und in Anbetracht des festlichen Anlasses gab er vor allem fröhliche und unterhaltsame Ereignisse zum besten. Die anderen Gäste hörten aufmerksam zu, wenn sie nicht gerade brüllend lachten oder Theoderich mit Zwischenrufen unterbrachen, um eigene Erinnerungen zum besten zu geben, meist in Form einer unanständigen oder ausgesprochen unzüchtigen Bemerkung. Und aus irgendeinem Grund verspürte ich auch das Verlangen, einen witzigen Einfall anzubringen. Ich kann nur vermuten, daß ich, als ich Theoderich und Widamer, die kaum voneinander zu unterscheiden waren, dort Seite an Seite sah, in meiner Trunkenheit nicht mehr wußte, welche meiner beiden Identitäten ich zu dem Zeitpunkt verkörperte. Auf jeden Fall war mein Zustand der Verwirrung schon zu weit fortgeschritten, als daß ich noch daran gedacht hätte, daß ich allen Grund hatte, mich unauffällig zu verhalten.

»... Und dann, Widamer«, sagte Theoderich in bester Laune, »als wir Singidunum besetzt hatten, nahm ich mir zum Zeitvertreib ein Mädchen von dort. Sie ist jedoch immer noch bei mir. Nicht nur, daß ich sie nicht losgeworden bin – siehe da!« Er deutete auf die Stelle, wo seine Begleiterin zwischen einigen anderen Hofdamen lag. »Sie vermehrt sich!«

Es stimmte, daß Aurora offensichtlich erneut schwanger war, doch brachte die scherzhafte Anspielung sie nicht in Verlegenheit. Sie streckte Theoderich lediglich die Zunge heraus und stimmte in das Gelächter der Gäste mit ein, die sich darüber amüsierten. Dann übertönte meine eigene laute Stimme plötzlich das Gelächter:

»Und seht nur, Aurora errötet auch nicht mehr! Theoderich, erzähl' Widamer, wie sehr Aurora zu erröten pflegte! Wahrhaftig, sie wurde so dunkelrot wie das Muttermal auf Widamers Schwanz!«

Im Saal herrschte plötzlich Totenstille, bis auf das vereinzelte Gekicher einiger peinlich berührter Damen. Abgesehen davon, daß mein Herausposaunen einer solchen Intimität schon ungebührlich genug war, ist das Wort »Schwanz« nicht üblich in gemischter Gesellschaft. Einige Frauen wurden auch wirklich feuerrot – genau wie Widamer – und absolut jeder im Saal wandte sich um, um mich entsetzt anzustarren. Das Schweigen wäre zweifellos im nächsten Moment durch eine Salve von Fragen gebrochen worden, die darauf abgezielt hätten, ob ich im Scherz gesprochen habe und, falls das der Fall wäre, worin die Pointe dieses Scherzes bestanden habe. Doch kam ich nun, in der verspäteten Erkenntnis meiner eigenen Indiskretion, insoweit wieder zur Vernunft, daß ich eine plötzliche, auf den Alkohol zurückzuführende, Bewußtlosigkeit vortäuschte, von meiner Liege stürzte und der Länge nach auf den Marmorboden fiel. Das brachte erneut einige Damen zum Kichern und veranlaßte einige Männer, verächtlich »Dumbsmunths!« zu knurren. Ich blieb einfach mit geschlossenen Augen da liegen, wo ich hingefallen war, und hörte mit Erleichterung, wie Theoderich in seinen Erzählungen fortfuhr, ohne daß irgendwer noch einmal auf meinen tölpelhaften Ausbruch zu sprechen kam.

Doch konnte ich dort nicht ewig liegenbleiben. Glücklicherweise kamen mir Marschall Soas und der Arzt Frithila zu Hilfe, wenn auch unter mißbilligendem Naserümpfen. Sie schütteten mir kaltes Wasser über den Kopf und in die Kehle, und statt mich zu wehren, gab ich vor, wieder einigermaßen zu mir zu kommen. Ich dankte ihnen mit lallender Stimme und ließ zu, daß sie mich in eine weit entfernte Ecke des Saales führten, wo sie mich auf einer Bank an die Wand lehnten. Als sie mich dort allein ließen, kam die hübsche Kammerzofe Swanilda zu mir herüber, um meinen nassen Kopf zu streicheln und tröstende Worte zu murmeln, worauf ich ihr gegenüber undeutliche Entschuldigungen wegen meiner Torheit stammelte.

Endlich näherte sich das Fest seinem Ende, und Swanilda ging fort. Ich war gerade damit beschäftigt zu planen, wie ich überzeugend, aber unauffällig aus dem Palast torkeln könnte, als Widamer unvermittelt mit gespreizten Beinen vor mir stand, die Hände auf den Hüften, und mich mit einer Stimme, die leise genug war, um überhört, doch kalt genug, um nicht ignoriert zu werden, fragte:

»Woher wußtet Ihr von dem Muttermal?«

Ich grinste so albern wie möglich und sagte unter dem Vorwand, mich zu verhaspeln: »Offengar – ich meine offenbar – waren wir im selben warmen Bett zu Gast.«

»In der Tat«, sagte er, und formulierte die Aussage nicht als Frage. Er legte eine Hand unter mein Kinn und hob meinen gesenkten Kopf, so daß er mein Gesicht ganz aus der Nähe prüfend betrachten konnte. Seine Bemerkung wieder nicht als Frage formulierend sagte er: »Es wäre wirklich noch warm gewesen, nicht wahr, wenn Ihr in der kurzen Zeit zwischen meinem Weggang und Eurem Eintreffen hier zum Fest noch in dem Bett gewesen wärt.«

Darauf fiel mir keine Antwort ein, und deshalb grinste ich ihn noch einmal albern an. Er hielt weiterhin mein Kinn fest und studierte aufmerksam mein Gesicht, bevor er schließlich sagte: »Seid getrost. Ich bin kein Klatschmaul. Doch werde ich diese Angelegenheit im Auge ... und in Erinnerung behalten ...«

Damit verließ er den Saal und ich folgte ihm kurz darauf.

*

Ich hätte mich versucht fühlen können, nach diesem Abend eine Zeitlang dem Palast fernzubleiben, bis vielleicht meine haarsträubend tölpelhafte Vorstellung vergessen gewesen wäre. Doch war ich gespannt darauf, zu erfahren, ob ich nun dauerhaft bei Theoderich, Aurora und allen anderen am Hof in Ungnade gefallen war. Noch mehr interessierte es mich, ob Widamer sich lautstark über meine mangelnde Gastfreundschaft gegenüber einem ausländischen Gesandten beschwert hatte. Deshalb erschien ich trotz meiner Befürchtungen (und trotz furchtbarer Kopfschmerzen) früh am nächsten Morgen im Palast.

Meine bösen Ahnungen verflogen rasch, als Theoderich mich nicht ausschalt, sondern lediglich grinste und mich neckte, daß ich mich »aisanasa« getrunken hätte – kupfernasig, wie es in der alten Sprache heißt. Er erzählte mir auch, daß Widamer, sogar noch früher am Morgen, bereits nach Aquitanien abgereist sei und er meine alkoholbedingte Ungehörigkeit nur mit einem nachsichtigen Lachen kommentiert habe. Und Aurora bemutterte mich nach einem Blick auf mich wie eine Glucke und watschelte in die Küche, um einen Becher mit Wein aus Camerinum, vermischt mit Wermut und Balsamkraut, zuzubereiten. Sie brachte ihn mir und sagte lächelnd: »Tagl al wulfa« – wie es in der alten Sprache heißt: der Schwanz des Wolfes, der mich gebissen hatte –, und dankbar trank ich ihn in großen Zügen aus.

So war ich also nicht in unentschuldbare Ungnade gefallen, und man trug mir meinen kurzen Anfall von geistiger Umnachtung nicht nach. Auch bedrängten mich später weder Theoderich, noch Aurora, noch irgendwer sonst mit der Frage: »Welches Muttermal?« oder mit irgendeiner anderen Frage in bezug auf Widamers harmloses Geheimnis, das ich ausgeplaudert hatte. Dennoch, auch wenn mich keiner verachtete, verachtete ich mich selbst umso mehr, weil ich wußte, daß Widamer sich viel anständiger verhalten hatte als ich. Welche Vermutungen oder Intuitionen er auch gehabt haben mochte in bezug auf mein gut gehütetes, dunkles Geheimnis, er hatte es jedenfalls keinem anvertraut. Zumindest glaubte ich das damals. Erst zu einem späteren Zeitpunkt – und in einem anderen Land – sollte ich erfahren, welche Auswirkungen die Begegnungen zwischen Veleda, Widamer und Thorn an diesem einen schicksalhaften Tag zur Folge gehabt hatten.

# Die Suche

# 1

So fuhr ich fort, mir die Zeit mit allerlei Aktivitäten zu vertreiben, was ja nicht mit wirklicher Aktion gleichzusetzen ist, bis zu dem Zeitpunkt, an dem mir vor Augen geführt wurde, wie viel Zeit inzwischen tatsächlich schon vergangen war. Diese Erkenntnis gewann ich eines Tages, als ich von meinem Landgut nach Novae ritt und den Hofarzt Frithila auf der Straße traf.

»Habt Ihr schon das Neueste gehört, Saio Thorn?« fragte er. »Gestern abend gebar die Dame Aurora eine weitere Tochter.«

»Was Ihr nicht sagt! Ich muß zum Palast eilen und Glückwünsche und Geschenke überbringen. Aber ... Gudisks Himins ... «, sagte ich und rechnete rasch nach. »Das bedeutet, daß ich schon seit der Zeit, bevor des Königs erstes Kind geboren wurde, in müßiger Zurückgezogenheit und Stagnation mein Leben verbringe. Die kleine Arevagni ist gar nicht mehr so klein. Wie die Zeit vergeht!« Frithilas Kommentar bestand nur aus einem kurzen Knurrlaut, deshalb fragte ich: »Wie kommt es, Arzt, daß Ihr Euch nicht freut als Überbringer so angenehmer Neuigkeiten?«

»Sie sind nicht gänzlich angenehm. Die Dame starb bei der Geburt.«

»Gudisks Himins!« wiederholte ich, da mich diese Neuigkeit wirklich schockierte; Aurora war für mich wie eine Schwester gewesen. »Aber sie war doch eine so kräftige Frau, von guter, starker, bäuerlicher Abstammung. Traten irgendwelche widrigen Umstände auf?«

»Keine«, sagte er seufzend und breitete hilflos die Arme aus. »Die Entbindung verlief ohne Komplikationen, und der Säugling war in jeder Hinsicht völlig normal. Doch dann fiel die Dame Aurora in ein Koma, aus dem sie nicht mehr erwachte.« Er zuckte die Schultern und schloß mit den Worten: »Gutheis wilja theins« – was soviel heißt wie »Gottes Wille geschehe«.

Ich wiederholte Theoderich gegenüber diese fromme Floskel, als ich ihm kondolierte: »Gutheis wilja theins.«

»Gottes Wille, ja?« sagte er bitter. »Ein untadeliges Leben auszulöschen? Mich meiner geliebten Gefährtin zu berauben? Zwei Kindern die Mutter zu nehmen? War das wirklich Gottes Wille? Ich werde die liebe Aurora sehr vermissen. Sie war eine angenehme Frau. Und obendrein noch sehr ruhig. Es gibt nicht viele von ihrer Art. Ich bezweifle, daß es Soas gelingen wird, noch so eine Frau für mich zu finden, doch ist er bereits dabei, Listen von geeigneten Prinzessinnen aufzustellen. Er hofft, eine ausfindig zu machen, deren Vermählung mit mir eine für die Ostgoten vorteilhafte Verbindung mit einem anderen mächtigen Monarchen zur Folge hätte. Dazu wäre es jedoch von Vorteil, wenn ich als Herrscher mehr Einfluß hätte. Sicherlich sollten ich und mein Volk etwas mehr darstellen als lediglich Zenos gehorsame Wachhunde.«

Ich räusperte mich und sagte bedächtig: »Auf meinem Weg hierher habe ich nachgedacht, Theoderich. Es ist schon geraume Zeit her, seitdem dir – oder mir – eine bedeutende Eroberung gelungen ist. Du pflegtest zu sagen: ›Huarbodau mith blotha!‹, doch in letzter Zeit ...«

»Ja, ja«, murmelte er. »Ich habe mich noch nicht einmal aufgerafft, meine Männer bei Strabos drei oder vier dreisten Aufständen in den Kampf zu führen. Ich weiß, ich weiß.«

»Es begleitete auch keiner von uns die Männer«, erinnerte ich ihn, »als sie loszogen, um den aufrührerischen Stamm der Sueven zur Räson zu bringen, von deren wildem Treiben in den Niederungen der Isère ich berichtet habe. Wäre es denkbar, Theoderich, daß wir beide – wie du auch selbst zu sagen pflegtest – aufgrund der langen Friedenszeiten Rost angesetzt haben?«

»Oder aufgrund des häuslichen Lebens«, sagte er und stieß erneut einen tiefen Seufzer aus. »Doch jetzt, da Aurora nicht mehr da ist ... Nun, einige meiner anderen Kundschafter berichten, daß Strabo bald ein noch größeres Ärgernis zu werden droht. Sie sagen, er versuche, sich mit einer beträchtlichen Truppe abtrünniger Rugier aus dem Norden zu verbünden. Falls es soweit kommt, Thorn – vielmehr wenn es soweit ist –, wird es genügend Kämpfe geben, um uns beide zufriedenzustellen.«

»Bevor dies geschieht, hätte ich gern die Erlaubnis meines Königs, ins Ausland zu reisen, die Klinge meines Schwerts zu wetzen, meine Muskeln zu lockern und meine alten Kampfinstinkte aufzufrischen. Sie sind alle zu lange nicht im Einsatz gewesen. Bis auf gelegentliche Berichte, die ich dir von meinen müßigen Reisen mitbrachte, Theoderich, habe ich seit meiner Rückkehr von Skythien keine Mission mehr für dich erfüllt.«

»Doch diese Berichte waren stets ausführlich und überaus nützlich. Ich habe deinen Unternehmungsgeist sehr wohl bemerkt und zu schätzen gewußt, Saio Thorn. In der Tat hat mich deine zuverlässige Einsatzbereitschaft bereits dazu bewogen, eine andere Mission für dich ins Auge zu fassen. Eigentlich eine Art Suche. Ich kam darauf, als ich den Namen für meine neue Tochter wählte – Thiudagotha. Und als Saio Soas davon sprach, daß ich mir eine Braut suchen solle.«

»Wie?« sagte ich verblüfft. »Du willst mich losschicken, die in Frage kommenden Prinzessinnen in Augenschein zu nehmen?«

Zum ersten Mal an diesem Tag lachte er herzlich. »Nein, ich möchte, daß du dich auf eine Suche nach der Geschichte begibst. Ich bin der Meinung, daß meine jüngste Tochter, die aus dem gotischen Volk, alles über ihre Vorfahren wissen sollte. Und wenn es mir gelingen sollte, eine Braut von höchstem königlichen Geblüt zu bekommen, muß ich in der Lage sein, ihr zu beweisen, daß ich ebenfalls von untadeliger Abstammung bin. Und nicht zuletzt sollte auch mein Volk wissen, wo seine Wurzeln sind und wie es kam, daß sie Ostgoten wurden. Ich schlage deshalb vor, Thorn, daß du die gotische Völkerwanderung zurückverfolgst, und zwar in umgekehrter Reihenfolge. Fang am Schwarzen Meer an und folge ihrer Spur in Richtung Norden, sofern du überhaupt Anzeichen von irgendeiner Spur entdecken kannst. Du bist ein erfahrener und unerschrockener Reisender. Deine Fremdsprachenkenntnisse sind bewundernswert und versetzen dich in die Lage, die Menschen zu befragen, die heutzutage entlang der Völkerwanderungsstrecke leben. Du schreibst ausgezeichnet und kannst deshalb alles, was du erfährst, notieren und später zu einer fortlaufenden Geschichte zusammenfügen. Ich möchte, daß du jene Goten aus grauer Vorzeit den ganzen Weg bis an die Bernsteinküste, wo sie angeblich landeten, zurückverfolgst. Und noch darüber hinaus – die ganze Strecke bis zu jenem Heimatland Skandza, wenn die Goten wirklich von dort kamen und du es aufspüren kannst.«

»Diese Suche hört sich wirklich nach einer großen Herausforderung an«, sagte ich. »Trotzdem wäre ich lieber nicht im Ausland, wenn du gegen Strabo und seine Verbündeten ins Feld ziehst.«

Er sagte leichthin: »Wenn die Rugier nach Süden ziehen, um sich Strabo anzuschließen, erfährst du es wahrscheinlich früher als ich. Du kannst dann *mit* ihnen nach Süden kommen. Vielleicht wäre es aber auch vorteilhafter, ihnen zu folgen. Ich hätte keineswegs etwas dagegen, hinter den Linien meines Feindes einen Parmenio zu haben. Bevor du abreist, werde ich auf alle Fälle Kuriere in alle vier Himmelsrichtungen entsenden. Sie werden alle ausländischen Monarchen und römischen Legaten, die ich kenne, auffordern, dir Zutritt zu ihren Gebieten zu gewähren, dir Gastfreundschaft entgegenzubringen und alles in ihrer Macht Stehende zu tun, um dir deine Suche zu erleichtern. Darüber hinaus werden sie dich stets von allem in Kenntnis setzen, was es hier möglicherweise an Neuigkeiten gibt. Du kannst natürlich alle Vorräte, Eskorten und Pferde bekommen, nach denen dir der Sinn steht. Wünschst du ein eindrucksvolles Gefolge oder nur ein paar kräftige Krieger?«

»Niemanden, denke ich. Bei einer so außergewöhnlichen Suche bin ich lieber allein unterwegs – besonders, wenn ich mich heimlich durch Feindesland stehlen soll. Außerdem werde ich zwar bewaffnet aufbrechen, aber ohne Rüstung. An manchen Orten könnte es von Vorteil sein, nicht sogleich als Ostgote erkannt zu werden. Ich brauche nichts außer meinem eigenen treuen Pferd und den Vorräten, die ich hinter meinem Sattel mitnehmen kann. Ja, ich werde das sein, was ich schon einmal war, ein Jäger auf Wanderschaft.«

»Habai ita swe!« sagte Theoderich, und es war das erste Mal seit langer Zeit, daß er mir gegenüber jene gewichtige Bestätigungsformel gebrauchte: »So sei es!«

An einem herrlich sonnigen, milden Maimorgen brach ich auf, in der Hoffnung, mehr wie ein Vagabund ohne Ziel zu wirken als wie der Marschall eines Königs. Es war zwar unmöglich, die Reinrassigkeit meines Velox zu verbergen, doch hatte ich in den letzten beiden Tagen meine Stallknechte bewußt angehalten, ihn nicht zu striegeln oder zu kämmen. Auch war meine Kleidung ziemlich grob und einfach, und obwohl ich mein edles Schlangenschwert persönlich geschliffen und poliert hatte, trug ich es in einer abgenutzten alten Scheide.

Zunächst ritt ich nach Novae zum Palast, um Theoderich wissen zu lassen, daß ich nun aufzubrechen gedachte. Wir machten kein großes Aufhebens um unseren Abschied, doch wünschte er mir herzlich »raitos staigos uh bairtos dagos« – gerade Wege und heitere Tage –, und gab mir, wie auch früher schon, eine Vollmacht, die mich auswies und das Siegel mit seinem Monogramm trug. Als ich dann wieder in den Palasthof trat, sah ich, daß der Aufseher Costula, dem ich die Zügel meines Pferdes zum Halten überlassen hatte, nun die Zügel von zwei Pferden hielt. Auf dem zweiten saß in Reisekleidung die Kammerzofe Swanilda, ein Bündel hinter ihrem Sattel.

»Gods dags, Swanilda«, grüßte ich sie. »Verreist du heute ebenfalls?«

»Ja, wenn Ihr erlaubt, daß ich mich Euch anschließe«, sagte sie mit leicht bebender Stimme.

Als ich näherkam, sah ich, daß ihr Gesicht verquollen war und sie rot verweinte Augen hatte, und ich kam zu dem Schluß, daß sie seit dem Tod ihrer Herrin fast ständig geweint haben mußte.

Ich übernahm die Zügel der Pferde, beschied Costula durch einen Wink, sich zu entfernen, und sagte höflich: »Selbstverständlich könnt Ihr mich gern ein Stück begleiten, Swanilda, bis sich unsere Wege trennen. Wohin reitest du?«

»Ich möchte den ganzen Weg mit Euch zusammen reiten«, sagte sie mit festerer Stimme. »Ich habe von der langen Reise gehört, die Ihr unternehmt. Ich möchte Eure Schildträgerin, Dienerin, Gefährtin sein, Eure ... alles, was Ihr von mir erwartet.«

»Warte einen Moment –«, begann ich, doch lebhaft und drängend fuhr sie fort:

»Ich habe zwei geliebte Herrinnen beweint und habe nun niemanden mehr; deshalb bitte ich Euch, ab jetzt einem Herrn dienen zu dürfen. Ich möchte Euch als meinen Herrn und Meister haben, Saio Thorn. Bitte schlagt mir meinen Wunsch nicht ab. Ihr wißt, daß ich eine gute Reiterin bin und viel unterwegs war. Mit Euch bin ich ja auch von hier nach Konstantinopel geritten. Und später auf Euren Befehl hin eine noch größere Strecke – ganz allein – und in Eurer Kleidung. Erinnert Ihr Euch? Ihr lehrtet mich, als Mann aufzutreten. Ich solle nie vor den Augen anderer laufen oder etwas werfen ...«

In all den Jahren, in denen ich Swanilda kannte, hatte ich sie noch nie so viel reden gehört. Doch nun war ihr die Luft ausgegangen, bevor ihr Wortschwall versiegt war, was mir die Gelegenheit gab, selbst ein paar Worte einzuflechten.

»Völlig richtig, meine liebe Swanilda. Doch durchquerten wir bei diesen Reisen die mehr oder weniger zivilisierten Gebiete des Römischen Reiches. Diesmal wage ich mich in unbekannte Gefilde, unter feindliche, möglicherweise *unzivilisierte* Völker, und – «

»Was sehr dafür spricht, mich mitzunehmen. Ein Mann, der allein reist, wird mit Argwohn betrachtet, als eine Bedrohung angesehen. Doch ein Mann, der mit einer Frau an seiner Seite unterwegs ist, wirkt zahm und harmlos.«

»Zahm, ach wirklich?« sagte ich und lachte in mich hinein.

»Ich kann auch, wenn Ihr das vorzieht, wieder Kleidung von Euch tragen. Es könnte ebenso von Vorteil sein, wenn ich für Euren Zögling gehalten werde. Oder sogar« – sie schaute verlegen zur Seite –, »für Euren Liebhaber.«

Ich sagte ernst: »Swanilda, du mußt doch bemerkt haben, daß ich es in all diesen Jahren – teilweise wegen deiner teuren Herrin Amalamena – unterlassen habe, mich für eine Frau oder Gefährtin zu entscheiden, obwohl mir viele Möglichkeiten offenstanden. Wahrhaftig, die Dame Aurora bot mir sogar dich an.«

»Ich kann gut verstehen, daß Ihr mich nicht formell als Frau oder Begleiterin haben wolltet. Ich kann einer Amalamena in keiner Hinsicht das Wasser reichen und bin zudem nicht einmal mehr Jungfrau, doch bin ich trotzdem nicht erfahren genug, um bei den Dingen, die sich zwischen Mann und Frau abspielen, genau Bescheid zu wissen. Wenn Ihr jedoch ganz zwanglos mit mir vorlieb nehmen wollt, nur für die Dauer unserer gemeinsamen Reise, verspreche ich, in dieser Hinsicht mein Bestes zu geben und mich zu bemühen, alles, was Ihr mir beibringen wollt, zu lernen. Doch möchte ich kein Versprechen von Euch als Gegenleistung, Saio Thorn. Wenn die Reise vorüber ist, oder auch zu jedem anderen Zeitpunkt, braucht Ihr nur zu sagen: »Swanilda, genug.« Ich werde mich ohne zu murren damit abfinden, nicht mehr Eure Geliebte zu sein und von da an nur noch als Eure demütige Dienerin zur Verfügung stehen.« Sie streckte mir eine zitternde Hand entgegen und auch ihre Lippen bebten, als sie noch einmal sagte: »Weist mich bitte nicht ab, Saio Thorn. Ohne eine Herrin oder einen Herrn bin ich eine verlorene und ausgestoßene Waise.«

Das ging mir zu Herzen. Ich war selbst einmal eine ausgestoßene Waise gewesen. Daher sagte ich: »Wenn du vorgeben willst, meine Frau oder meine Gefährtin zu sein, mußt du von nun an versuchen, mich nicht mehr mit Saio oder Herr anzureden, sondern einfach mit Thorn.«

Ihre Miene hellte sich schlagartig auf, und trotz ihrer rotverweinten Augen und ihrem verquollenen Gesicht sah sie beinahe wieder strahlend schön aus. »Dann wollt Ihr mich also wirklich mitnehmen?«

Und das tat ich dann auch. Ich sollte es zu gegebener Zeit sehr bereuen.

## 2

Ich orientierte mich erneut am Verlauf der Donau, und Swanilda und ich folgten ihr flußabwärts. Wir ritten also die Strecke zurück, die ich von meiner Flucht aus Strabos Skythien her kannte. Obwohl ich eigentlich dagegen bin, zweimal dasselbe zu machen, bereitete es mir nun doch Vergnügen, Swanilda mit einem gewissen Besitzerstolz verschiedene Orientierungspunkte und Sehenswürdigkeiten zu zeigen, Dinge, an die ich mich von meiner früheren Reise her erinnerte, was zur Folge hatte, daß ich diese Exkursion in einem ganz anderen, neuen Licht sah.

Ich hatte Swanilda immer sehr geschätzt. Nun lernte ich, sie wirklich zu verehren, nicht nur aufgrund ihrer praktischen kameradschaftlichen Fähigkeiten, sondern auch wegen ihrer reizvollen

Weiblichkeit. Ich erinnere mich, wie sie sich in unserer ersten Nacht, nachdem wir Novae verlassen hatten, auf beinahe magische Weise von der tagsüber wenig ansprechend gekleideten Reisegefährtin in eine weiche, geschmeidige, bezaubernde junge Frau verwandelte.

Wie man sich unschwer vorstellen kann, fanden wir beide unsere Reise so erfreulich, daß uns wenig daran lag, schnell vorwärtszukommen, sondern wir im Gegenteil geneigt waren, das Ende der Reise so lange wie möglich hinauszuzögern. Dennoch gelangten wir nach etwa zwei Wochen gemächlicher Gangart zu der am Fluß gelegenen Festungsstadt Durostorum und quartierten uns dort in einem gut ausgestatteten Gasthaus ein. Ich ließ Swanilda dort zurück, wo sie alsbald im Luxus der Thermen schwelgte, während ich meine Aufwartung beim Prätor der Legion Italica machte. Der Kommandeur, den ich früher dort angetroffen hatte, war nach dieser langen Zeit nicht mehr im Amt. Sein Nachfolger war aber selbstverständlich auch ein Untergebener Theoderichs und daher überaus gastfreundlich zu einem Marschall des Königs. Wir saßen zusammen und tranken einen der unzähligen Weine Durostorums, während er mir die neuesten Nachrichten aus Novae erzählte. Es waren lediglich Routineberichte bei ihm eingegangen, Strabo schien, mit oder ohne seine mutmaßlichen rugischen Verbündeten, keine Anstalten zum Angriff zu machen. So gab es also keinen Grund und keine Entschuldigung für mich, meine Suche abzubrechen und an Theoderichs Seite zurückzukehren.

»Es gibt außerdem auch keinen Grund«, sagte der Kommandeur beflissen, »Euren Weg weiterhin mühselig über Land fortzusetzen, Saio Thorn. Warum nehmt Ihr Euch hier nicht eine Barke und gleitet bequem die Donau hinunter? Auf diese Weise kommt Ihr viel schneller ans Schwarze Meer und verausgabt Euch auch nicht so.«

Ich erkundigte mich am Flußufer nach der Möglichkeit, eine Barke zu mieten. Und bei dieser Gelegenheit stieß ich auf die erste Spur jener frühen Goten, deren Fährte ich suchte.

Der zweite oder dritte Barkenbesitzer, den ich ansprach, war so alt, daß er beinahe selbst einer jener Goten aus uralten Zeiten hätte sein können. Er fragte mich ungläubig, warum ich den beträchtlichen Preis einer Flußfahrt bis zum Schwarzen Meer zahlen wolle, ohne irgendwelche Handelsgüter als Fracht mitzuführen. Da ich meine Mission nicht geheimhalten mußte, sagte ich ihm frei heraus, daß ich den Wunsch habe, nach dem Mutterland zu suchen, das meine gotischen Vorfahren einst besetzt hatten.

»Dann ist natürlich eine Barke das richtige Mittel, es zu finden, das stimmt schon«, sagte er. »Ihr braucht auch nicht die ganze lange Küste um dieses Meer herum zu segeln auf der Suche nach jenem Land. Ich kann es Euch sagen – die Goten lebten vor langer Zeit in einem bestimmten Gebiet dort. In dem Delta nämlich, das man die Münder der Donau nennt, wo der große Fluß in das Meer dort mündet.«

Meinerseits nun auch etwas ungläubig, fragte ich: »Woher wißt Ihr das?«

»Erkennt Ihr denn nicht an meiner Sprechweise, daß ich ein Gote vom Volk der Gepiden bin? Im übrigen gehört es zu unseren Aufgaben als Barkenführer, zu wissen, wer wo auf unserem Fluß lebt. Daher wissen wir natürlich auch, wer früher an welchem Ort lebte. Nicht nur letztes Jahr, sondern auch vor vielen Jahrhunderten. Es ist uns allen wohlbekannt, daß die Goten in alten Zeiten zwischen jenen Mündern der Donau lebten. Nun gut, wenn Ihr es Euch leisten könnt, Geld zu vergeuden, werden ich und meine Besatzung Euch auf diesem Delta absetzen.«

Ich engagierte ihn auf der Stelle, wies ihn an, am nächsten Morgen bereit zur Abreise zu sein, und gab ihm einen Teil des Geldes im voraus, wobei ich ihm befahl, die Barke großzügig mit Vorräten auszustatten, an Futter für zwei Pferde zu denken und, wie mir nachträglich als glückliche Eingebung noch einfiel, eine Auswahl guter Weine aus Durostorum für zwei Fahrgäste zu besorgen. Dann ging ich zum Gasthaus zurück, um Swanilda bei einem genüßlichen, ausgiebigen Bad Gesellschaft zu leisten, das wir wahrscheinlich bis zu unserer Rückkehr in die Zivilisation zum letzten Mal in so eleganten Thermen genießen konnten.

Am nächsten Morgen stieß unsere Barke vom Ufer ab, sobald ein paar Männer von der Besatzung unsere Pferde an Bord geführt und sie mittschiffs sicher festgebunden hatten. Ich war Swanilda dabei behilflich, unsere Habseligkeiten zu verstauen und unsere

Schlaffelle auf dem mit einem Vordach überspannten Heck auszubreiten, als der alte Besitzer mir von seinem Platz am Steuerruder aus zurief: »Könnte es sein, daß der Reiter dort drüben nach Euch Ausschau hält?«

Ich richtete mich auf und sah am Hafen, den wir gerade hinter uns gelassen hatten, ein Pferd mit Reiter. Der Mann saß aufrecht im Sattel und beschattete seine Augen, um hinter uns herzuspähen, doch grüßte er nicht und gestikulierte auch nicht aufgeregt. Ich konnte nur erkennen, daß er von schmächtiger Statur war – von unserer Position inmitten des Flusses konnte ich über die Entfernung hinweg seine Gesichtszüge nicht sehen – doch kam er mir irgendwie bekannt vor.

»Vielleicht ein Diener des Gasthauses«, sagte ich zu Swanilda. »Haben wir etwas dort vergessen?«

Sie warf einen prüfenden Blick auf unser Gepäck und sagte: »Jedenfalls nichts von Bedeutung.«

Ich gab also dem alten Steuermann ein Zeichen, die Fahrt fortzusetzen und nicht umzukehren. Und sobald wir eine Biegung des Flusses umrundet hatten, war die Person am Hafen außer Sichtweite und in Vergessenheit geraten.

*

Unsere gesamte Reise flußabwärts wirkte auf mich wie die Fortsetzung des trägen Lebens, das ich so lange in Novae geführt hatte. Die Donau floß in viel rascherem Tempo dahin, als wir zu Pferd hätten bewältigen können, doch drohten hier keine Stromschnellen oder Wasserfälle. Ich mußte nicht arbeiten, brauchte mich nicht mit den widrigen Umständen, die das Reisen über Land mit sich brachte, herumplagen und mußte mir nicht einmal Gedanken über die Nahrungsbeschaffung machen. Gelegentlich angelte ich zwar, um unsere Mahlzeiten mit frischem Fisch zu bereichern und übernahm auch um der Erfahrung willen ein- oder zweimal das Steuerruder. Swanilda erledigte hilfsbereit einige Näh- und Ausbesserungsarbeiten an der Kleidung der Männer, schnitt ihnen, wenn nötig, die Haare und stutzte ihre Bärte. Doch lebten wir beide hauptsächlich ziellos in den Tag hinein, sonnten uns in dem warmen Sommerwetter und bewunderten die vorübergleitende Landschaft und die anderen Schiffe auf dem Wasser. Nachts genossen wir dann andere Freuden. Der einzige Versuch, den ich unternahm, um meine Suche fortzusetzen, bestand darin, den alten Bootsführer zu fragen, ob er wisse, wie seine Linie des gotischen Volkes zu dem Namen ›Gepiden‹ gekommen sei.

Er wußte es nicht; er konnte dazu nur sagen: »Was meint Ihr damit? Das ist nun einmal unser Name. Ebensogut könntet Ihr fragen, warum dieser Fluß Donau heißt. Es ist einfach so.«

Eines Tages schließlich machte der Barkenbesitzer eine weitausholende Armbewegung und verkündete: »Wir sind da. Die Münder der Donau!«

»Jesus!« rief ich aus. »Unsere gotischen Vorfahren hatten nichts dagegen, hier zu leben? In einem Sumpfgebiet?«

»Macht nicht den Fehler, es zu verachten. Dies ist ein reiches und weites Land. Wir sind immer noch mehr als vierzig römische Meilen von der Stelle entfernt, wo die vielen Mündungsarme des Flusses sich in das Schwarze Meer ergießen. Und diese Sumpfgebiete erstrecken sich zu beiden Seiten auf einer noch viel größeren Fläche. Alles in allem ist dieses Delta größer als manche römische Provinz in ihrer Gesamtheit. Und bietet zudem noch weitaus mehr natürlichen Reichtum als manche dieser Provinzen.«

»Nicht, was die Schönheit betrifft«, murmelte Swanilda.

Der alte Mann bemerkte trocken: »Ich glaube, werte Dame, unsere Vorfahren schätzten andere Dinge höher ein als Schönheit. Sie legten zunächst einmal Wert darauf, ihren Lebensunterhalt fristen zu können, und diese Donaumündungen gaben ihnen dazu reichliche Möglichkeiten. Seht Euch all die Fischerboote an, die in diesen Kanälen immer noch im Übermaß zu finden sind, weil die Gewässer hier von nahrhaften Fischen nur so wimmeln. Barsche, Karpfen, Katzenwelse und hundert andere Arten mehr. Sind Euch außerdem die riesigen Vogelschwärme aufgefallen? Fischreiher, weiße Reiher, Ibisse, Pelikane. Und die kleinen Inseln und Erhebungen dienen ebenfalls als Lebensraum für die Tiere, die Jagd machen auf die Fische und Vögel – Eber und Wildkatze, Vielfraß und Marder …«

Seine Begeisterung überzeugte uns. Ich schaute mich erneut um und sah das Gebiet nun mit den Augen jener Goten aus längst vergangener Zeit, die hier auf der Suche nach einem bewohnbaren Gebiet, in dem sie sich niederlassen konnten, angelangt waren, nachdem sie ganz Nordeuropa durchquert hatten. Höchstwahrscheinlich waren sie auch ziemlich hungrig gewesen.

»Ja, die Goten wurden in dieser Gegend fett und glücklich«, fuhr der Barkenbesitzer fort. »Sie räucherten und salzten das überschüssige Fleisch, sammelten die Felle, Federn und Daunen und handelten äußerst erfolgreich mit diesen Waren an allen Küsten des Schwarzen Meeres – und sogar in Konstantinopel und in Gebieten jenseits dieser Stadt. Die Goten hätten diesen Ort hier auch nie verlassen, wenn sie nicht durch die Invasion der Hunnen vertrieben und nach Westen gedrängt worden wären.«

»Wer sind dann all die Leute in den Fischerbooten um uns herum?« fragte ich.

»Die heutigen Bewohner sind hauptsächlich Taurier und Chasaren, die ebenfalls einen Ort zu schätzen wissen, an dem man gut leben kann. Doch einigen Goten aus der alten Zeit gelang es, sich hier vor den plündernden Hunnen zu verstecken – oder sie kehrten nach der Vernichtung der Hunnen zurück. Ja, hier und da wohnt noch eine gotische Familie – vielleicht eine Sippschaft oder ein Gau, nichts, was man von der Größenordnung her als Stamm bezeichnen könnte –, die immer noch oder wieder Fischfang und Pelztierjagd, Vogelfang und Handel betreibt und dadurch ein gutes Auskommen hat. Wenn Ihr Euch eine Zeitlang hier aufhaltet, findet Ihr sie bestimmt.«

»Doch wo sollen wir uns aufhalten?« fragte Swanilda, weil nichts Größeres als die Fischerboote in Sichtweite war.

»Noviodunum«, sagte der alte Mann. »Wir werden morgen dort ankommen. Die Stadt war einst von beträchtlicher Größe, bis die Hunnen sie verwüsteten und in Brand steckten. Doch sie ist mit dem, was von ihr übriggeblieben ist, auch jetzt noch eine blühende Stadt, weil der Fluß an dieser Stelle tief genug ist, um den Handelsschiffen auf ihrem Weg zum Schwarzen Meer Durchfahrt und Ankerplatz zu ermöglichen. Daher stehen dort auch einige Gasthäuser zu ganz annehmbaren Bedingungen zur Verfügung.« Er hielt inne und fuhr dann lachend fort: »Außerdem erwartet Euch ein bemerkenswerter Anblick, wenn Ihr zum ersten Mal eines von diesen Hochseeschiffen nach Noviodunum einfahren seht.«

Mit dieser Vermutung lag er richtig, denn schon am nächsten

Tag bekamen wir eines zu Gesicht, und zwar in eben dem Moment, als wir auch die Stadt zum ersten Mal erblickten – beide aus großer Entfernung. Die Gewässer, Flußufer und anderen verstreuten Fleckchen Land in der Gegend sind alle beinahe gleich flach, und Noviodunum besteht fast nur aus einstöckigen Gebäuden. Daher wirkte das massige Zweimaster-Hochseeschiff mit seinem stumpfen, runden Bug wie ein wandernder Berg, der die ebene Landschaft entlangkroch, um vorsichtig die Windungen des Kanals auszukundschaften. Die kleinen Fischerboote und anderen kleinen Seefahrzeuge, die auch auf dem Fluß unterwegs waren, wirkten im Vergleich dazu winzig klein, und es sah aus, als schwebe es praktisch hoch über der Stadt, der es sich näherte. Das alles zusammen ergab ein so widersinniges Bild, daß es wie ein Traum erschien.

Als unsere Barke schließlich die Stadt erreichte, hatte das große Handelsschiff bereits in einiger Entfernung von der Küste angelegt, und kleine Ruderboote fuhren geschäftig Waren zwischen Schiff und Ufer hin und her. Die Männer unserer Besatzung manövrierten uns geschickt ins Dock, und ich half ihnen, die beiden Pferde unter gutem Zureden von der Barke an Land zu führen. Dann trat ich auf die von Menschen wimmelnde Straße, die am Hafen entlangführte, um mich ein wenig umzuschauen. Die meisten Leute waren dunkelhaarig und dunkelhäutig: Chasaren und die Taurier, von denen ich glaube, daß sie die rassischen Vettern der Chasaren sind. Doch man sah auch einige hellhaarige und hellhäutige Personen von offensichtlich germanischer Abstammung. Wie nicht anders zu erwarten bei einer Hafenstadt, die so nah an einem Meer lag, waren auch noch andere Menschen von praktisch jeder Nationalität auf der Welt vertreten: Römer, Griechen, Syrer, Juden, Slowenen, Armenier, sogar hier und da ein schwarzer Nubier oder Äthiopier. Und ebenso viele verschiedene Sprachen wurden auch gesprochen. Am meisten (und am lautesten) gesprochen wurde jedoch eine Art Seefahrerjargon, die Sprache der am Hafen Handel treibenden Seeleute, ein buntes Gemisch von Wörtern *all* jener anderen Sprachen. Sie wurde offenbar von allen am besten beherrscht und verstanden.

Unter den Schiffen, die in der Nähe unserer Barke vor Anker lagen, befand sich ein Kriegsschiff der moesischen Flotte, daher sprach ich dessen Kapitän an – der natürlich des Lateinischen mächtig war –, und fragte ihn, ob er mir ein bestimmtes Quartier oder Gasthaus in der Stadt empfehlen könne. Während Swanilda und die Männer von der Barke die Pferde sattelten und beluden, entlohnte ich den Barkenbesitzer, dankte ihm für die angenehme Reise und verabschiedete mich von ihm, wonach er sich in den Hafenanlagen nach einer möglichen Fracht umsah, die er wieder flußaufwärts mit zurücknehmen könnte. Dann führte ich Swanilda und unsere Pferde zu dem empfohlenen Quartier. Es trug die Bezeichnung ›Pandokheion‹, da es von Griechen geführt wurde, doch war es durchaus nicht besonders luxuriös und auch nicht übermäßig sauber. Da mir der Kapitän jedoch gesagt hatte, es sei das beste in Noviodunum, mietete ich einen Raum für Swanilda und mich und Stallplätze für die Pferde.

Das Gasthaus besaß natürlich keine Thermen, deshalb wies Swanilda die Dienstboten an, warmes Wasser für die Becken in unserem Zimmer zu holen, und bereitete sich auf ein Bad vor. In der Zwischenzeit fragte ich den Besitzer, ob die Stadt einen Präfekten habe – oder einen Herrscher, Stadtältesten oder wie immer auch sein ehrenvoller Titel lauten möge –, dem ich als Marschall des Königs einen Höflichkeitsbesuch abstatten könnte. Der Grieche mußte lange über die Frage nachgrübeln, bevor er sagte: »Es gibt keinen offiziell anerkannten Herrn über die Stadt. Doch Ihr könntet Meiros, den Schlamm-Mann, aufsuchen.«

»Seltsamer Titel«, murmelte ich.

»Er ist wahrscheinlich der älteste Einwohner der Stadt, mit Sicherheit einer der ersten Händler, da er hier in Noviodunum als ranghöchste Persönlichkeit anerkannt ist. Ihr werdet ihn in seinem Lagerhaus in der Nähe des Docks, von dem Ihr gerade kamt, antreffen.«

Das Lagerhaus unterschied sich in keiner Weise von denen, die ich früher schon besichtigt hatte, abgesehen von dem widerlichen Gestank, in seinem dunklen, dumpfen Inneren. Ich stand in dem Eingang, der auf die Straße führte, spähte umher und versuchte, bei den schlechten Lichtverhältnissen die Quelle des Gestanks auszumachen. Dann tauchte ein Mann aus dem Halbdunkel auf und sagte »Willkommen, Fremder« in sechs oder acht verschiedenen Sprachen, von denen ich ein paar verstand. Er war alt, ungeheuer dick und ich hielt ihn für einen Chasaren, da er olivenfarbige Haut, eine gekrümmte Nase und einen buschigen, gelockten Bart hatte, der so schwarz war, daß er sein offensichtlich hohes Alter Lügen strafte.

Ich erwiderte seinen Gruß – in nur zwei Sprachen: »Salve« und »Hails« – und überreichte ihm mein Empfehlungsschreiben. Doch sobald er neben mir stand, schien er mich im Licht des Eingangs zu erkennen, denn er sagte liebenswürdig: »Natürlich, Saio Thorn. König Theoderich ließ uns vor kurzem eine Nachricht zukommen, daß Ihr bald eintreffen würdet, und vor knapp einer Stunde wurde mir Eure Ankunft mitgeteilt. Erlaubt mir, mich vorzustellen. Meirus Terranius auf lateinisch. Meiros Terastios auf griechisch. Oder, in meiner Muttersprache, Meir ben Teradion.«

Ich platzte in der alten Sprache heraus: »Ist jus Iudaius, niu?«

»Ik im, ja. Hegt Ihr eine Abneigung gegen Juden?«

Ich beeilte mich zu versichern: »Ni allis. Nequaquam. Doch ist es ... nun, recht ungewöhnlich, einen Juden als ranghöchste Persönlichkeit in einem Gemeinwesen des Römischen Reiches anzutreffen.«

»Eine Abnormität, ja. Oder vielleicht auch eine *Geschmacklosigkeit*, wie die Chittims sagen würden.«

»Die Chittims?«

»Die Römer, wie sie in meiner Muttersprache genannt werden. Und ich wette, Marschall, daß Euch auch schon zu Ohren gekommen ist, mit welchem anderen Namen *ich* noch bezeichnet werde.«

»Äh ... ja, das stimmt. Doch würde ich ungern jemanden als Schlamm-Mann ansprechen. Ich fand den Beinamen nicht gerade schmeichelhaft.«

Er kicherte. »Er beschreibt nur, was ich tue. Ich bin der Mann, der mit dieser Ware handelt.«

»Ihr handelt mit *Schlamm?*«

»Ihr riecht ihn doch sicher. Das ganze Gebäude ist voll davon.«

»Doch ... an wen verkauft Ihr den Schlamm? Und wohin verkauft Ihr ihn? Gibt es denn irgendwo auf der Welt einen Ort, der nicht bereits seinen eigenen Schlamm hat?«

»Wie Ihr bemerkt habt, verbreitet mein Schlamm einen besonders penetranten Geruch.«

»Meiner Meinung nach müßte dieser Umstand ihn besonders wertlos machen.«

»Nun, Ihr berücksichtigt nicht die menschliche Phantasie und den Wert, den sie allem geben kann.«

»Wahrscheinlich nicht. Ich habe keine Ahnung, wovon Ihr sprecht.«

»Einbildungskraft, junger Mann! Die meisten Händler befassen sich lediglich mit *Dingen*. Sie sind nur unbedeutende Hausierer. Ich handle mit *Phantasie*. Ich war nämlich nicht immer Händler, müßt Ihr wissen. In meinen Jugend- und Wanderjahren war ich abwechselnd Poet, Sänger, Geschichtenerzähler – in harten Zeiten sogar Chazzen, was Augur, Wahrsager bedeutet. Doch diese Berufe waren schlecht bezahlt, und als ich älter wurde, erwachte in mir der Wunsch, irgendwo seßhaft zu werden. So fand ich mich also eines Tages vor langer, langer Zeit hier an den Mündungsarmen der Donau wieder und versuchte, mich zu orientieren. Ich sah manchen Mann reich werden, der mit Pelzen, Fischen oder Federn handelte. Das Dumme war nur, daß alle einträglichen Produkte des Deltas bereits mit Beschlag belegt waren. Das einzige, was in diesem morastigen Gebiet noch nicht genutzt worden war, war der Morast selbst.«

Er hielt inne und warf mir einen schelmischen Blick zu, deshalb sagte ich: »Der Schlamm.«

»Ja! Der besonders übelriechende Schlamm dieses Deltas. Bloße Hausierer hätten nicht einmal ein zweites Naserümpfen daran verschwendet. Doch ich – ich hatte Phantasie. Zudem besaß ich noch die Unverfrorenheit des Wahrsagers; meine Zeit als Wahrsager hatte mich um die Erfahrung bereichert, wie leichtgläubig die Menschen sind. So kaufte ich also kleine Töpfe, füllte sie mit dem Schlamm und bot ihn als Breiumschlag gegen Rheuma oder faltige Haut an. Und die Leute kauften den Schlamm – eitle, alternde Frauen und schmerzgeplagte alte Männer – weil sie davon überzeugt waren, daß die wirksamste Medizin meist die abstoßendste ist. Ich besaß sogar die Dreistigkeit, dem gräßlichen Schlamm einen gräßlichen Namen zu geben – sapros pelethos, verfaulter Schlamm – und ihn zu einem exorbitanten Preis anzubieten. Der abstoßende Name und der ungeheuer hohe Preis machten ihn absolut unwiderstehlich. Seit vielen Jahren verkaufe ich das schauderhafte Zeug nun schon an reiche Römer bis nach Rom und Ravenna, an reiche Griechen bis nach Athen und Konstantinopel, und an reiche Männer und Frauen aller anderen Staaten, die dazwischen liegen. Der sapros pelethos hat mich ebenso reich wie sie alle gemacht. Oh, ich sage Euch, Phantasie ist die magische Ingredienz!«

»Ich gratuliere Euch. Und Eurer Phantasie.«

»Thags izvis. Natürlich bestand, nachdem ich einmal meine Phantasie angestrengt hatte, für mich kein Bedarf mehr, mich in irgendeiner Weise nochmals anzustrengen. Schlamm zu verkaufen erfordert keine große Aufmerksamkeit oder Anstrengung. Ich lebe nicht wie andere Händler in einem Zustand der Sorge oder gar Verzweiflung. So habe ich genügend Muße, mich mit öffentlichen Angelegenheiten der Stadt und der Provinz zu befassen, gelegentlich als Wahrsager für die zu fungieren, die diese Dienstleistung in Anspruch nehmen wollen, und häufig so angesehenen Persönlichkeiten wie unserem militärischen Oberbefehlshaber Theoderich Gefälligkeiten zu erweisen; und seinem Marschall, der als Gast zu uns gekommen ist. Gestattet mir, Saio Thorn, Euch einen Topf voll Zauberschlamm zu kredenzen. Ihr seid zu jung, um schon Rheuma zu haben, doch vielleicht habt Ihr eine Freundin, die unter ihren Falten leidet ...?«

»Sie ist noch jung, thags izvis. Außerdem rechne ich damit, bald selbst in den Sumpfgebieten unterwegs zu sein. Falls es nötig werden sollte, kann ich mir meinen eigenen Schlamm zusammensuchen.«

»Gewiß, gewiß. Nun, womit kann ich Euch dienen, Marschall? In seiner Botschaft beschrieb Theoderich Euch als reisenden Historiker und bat darum, Euch in jeder Hinsicht zu unterstützen. Seid Ihr in diesem Sumpfgebiet der Geschichte auf der Spur?«

»Dort und überall, wo ich auf Spuren stoßen könnte«, sagte ich. »Ich weiß, daß unsere gotischen Vorfahren sich hier aufhielten, bevor sie von den Hunnen nach Westen gedrängt wurden. Ich weiß außerdem, daß die Goten, während sie in diesem Gebiet hier lebten, neben ihren friedlichen Beschäftigungen wie Fischen, Pelztierjagd und Handel auch noch Kriege zur See führten und viele Städte, von Trapezus bis Athen, überfielen.«

»Nicht ganz«, sagte der Schlamm-Mann und hob einen Finger.

»Die Goten waren immer Soldaten, die zu Fuß oder zu Pferd unterwegs waren. Sie waren ein Landvolk. Die Seefahrer waren die Kimmerier – wie sie in den alten Erzählungen genannt wurden. In Wirklichkeit waren das die heutigen Alanen, die auch die Küsten des Schwarzen Meeres besiedelt haben. Die Goten überredeten die Alanen, bei solchen Überfällen den Transport der gotischen Krieger zu übernehmen – genau wie Ihr eine Barke gemietet habt, um hierherzukommen. Die Alanen stellten ihre Seefahrerkenntnisse zur Verfügung, die Goten übernahmen die Kämpfe und Plünderungen.«

»Ich werde mir diese Berichtigung merken«, sagte ich.

Meirus fuhr fort: »Jene Goten, die vom Meer aus ihre Überfälle ausführten, waren berühmt – oder berüchtigt – wegen der Kürze und Grausamkeit der Botschaft, die sie stets in die nächste Stadt vorauszuschicken pflegten, der sich ihre Schiffe näherten. Welche Sprache sie auch dafür benutzten, die Botschaft bestand immer aus nur drei Worten. Tributum aut bellum. Gilstr aiththau baga. Tribut ... oder Krieg.«

»Aber all das fand doch ein Ende, als die Goten schließlich mit Rom eine Allianz schlossen, in Frieden zu leben, und begannen, die römische Kultur und die römischen Sitten zu übernehmen ... ?«

»Ja, die Goten genossen damals ein goldenes Zeitalter des Friedens und des Überflusses, fünfzig Jahre lang. Bis die Hunnen kamen, geführt von ihrem Häuptling Balamber.« Meirus schüttelte kummervoll den Kopf. »Früher hatten die Römer von den Goten gesagt: ›Gott hat sie uns als Strafe für unsere Missetaten gesandt.‹ Später sagten dann die Goten von den Hunnen: ›Gott hat sie uns als Strafe für unsere Missetaten gesandt.‹«

»Ab diesem Zeitpunkt kennt jeder die Geschichte der Goten«, sagte ich. »Was ich nun herauszufinden hoffe ist, was die Goten machten und wo sie sich aufhielten, bevor sie sich hier am Ufer des Schwarzen Meeres niederließen.«

Der Schlamm-Mann stieß einen tiefen Seufzer aus. »Ich bin zwar, weiß Gott, schon sehr, sehr alt, doch so alt nun auch wieder nicht. Außerdem erstrecken sich meine hellseherischen Fähigkeiten nur auf die Zukunft, nicht auf die Vergangenheit. Ihr sagtet, Ihr hättet vor, die Sumpfgebiete zu durchstreifen. Dort werdet Ihr zumindest auf vereinzelte übriggebliebene Vertreter der Goten stoßen. Vielleicht findet Ihr unter ihnen andere alte Männer, und vielleicht erinnern die sich an Dinge, die ihre Väter und Großväter ihnen erzählten. Laßt mich Euch einen vertrauenswürdigen Führer zur Verfügung stellen, Saio Thorn.« Er wandte sich um und rief ins Halbdunkel des Lagerhauses hinein: »Made ... hierher!«

»Made?« wiederholte ich amüsiert.

»Eigentlich heißt er Maghib. Doch er ist der Mann, den ich hinaus in den Sumpf schicke, um mir das Rohmaterial zu bringen, und er war immer in der Lage, Schlamm von der schleimigsten Konsistenz und dem ekelhaftesten Gestank für mich zu finden. Er wühlt sich durch den Schlamm« – Meirus zuckte mit den Schultern – »daher: Made.«

Bei dem Mann handelte es sich um einen kleinwüchsigen Armenier mit fettiger Haut, dessen Hautfarbe an Schlamm erinnerte und der in seiner kriecherischen Art wirklich wie eine Made wirkte, als er mit starkem gotischen Akzent sagte: »Zu Euren Diensten, Fráuja.«

Er nahm eine unterwürfige, gekrümmte Haltung ein, während der Schlamm-Mann in unverständlichen Lauten etwas in seiner eigenen Sprache zu ihm sagte. Made antwortete darauf mit ebenfalls unverständlichem Geplapper, das sich ziemlich lange hinzog.

»Abgemacht«, sagte Meirus zu mir. »Wann immer Ihr bereit seid, einen Ausflug in die Umgebung zu unternehmen, kommt hierher und nehmt Made als Euren Begleiter mit. Er sagt, er kenne in der Tat alle möglichen älteren Goten – Westgoten, Ostgoten, Gepiden – die möglicherweise etwas von den alten Zeiten wissen.«

*

Am nächsten Morgen, nachdem ich den alten Juden mit Swanilda bekanntgemacht hatte und er ihr galant versichert hatte, daß sie niemals seinen Schlamm nötig haben würde, sagte er zu mir: »Ihr und ich, Saio Thorn, wir beide scheinen uns immer über Namen zu unterhalten. Dürfte ich Euch jetzt einmal fragen – seid Ihr vertraut mit dem Namen Thor?«

»Wer wäre das nicht?« sagte ich. »Er ist der Donnergott aus der Alten Religion.«

»Ist es oft der Fall, daß Euch ein Gott folgt? Ich muß sagen, er sah einem Gott nicht besonders ähnlich, konnte es aber an Arroganz und Unhöflichkeit mit jedem Gott aufnehmen.«

»Wen meint Ihr?«

»Einen Neuankömmling, einen jungen Mann – oder Gott, wenn Thor wirklich sein Name ist, wie er behauptet. Außerdem ist er über und über mit den Symbolen dieses Gottes geschmückt. Um den Hals trägt er eine Kette mit Thors Hammer als Anhänger. Die Spange, die seinen Umhang zusammenhält, und seine Gürtelschnalle sind mit dem häßlichen eckigen Kreuz verziert, das symbolisiert, wie Thors Hammer im Kreis geschwungen wird. Er kam mit seinem Pferd von einer anderen Barke an Land, kurz nachdem Ihr eingetroffen wart. Ein Mann von ungefähr Eurem Alter, Eurer Größe und Hautfarbe. Und bartlos, was ich von einem Gott nicht erwarten würde. Er nannte Euren Namen, fragte nach Euch und beschrieb Euch zutreffend. Ich habe mich gefragt, ob er vielleicht ein Gefährte, Helfer oder Lehrling von Euch ist.«

»Er ist nichts dergleichen. Ich kenne ihn nicht.«

»Seltsam. Er kennt Euch. Er sagte, er habe Euch in Durostorum ganz knapp verpaßt. Und er schien sehr verstimmt darüber zu sein, daß er gezwungen war, Euch so weit nachzureisen. Er murrte, nörgelte und meckerte in der Tat ganz ähnlich wie ein Gott.«

Unvermittelt fiel mir der Reiter wieder ein, der uns flußaufwärts vom Dock aus nachgeschaut hatte, als unsere Barke abgelegt hatte. Doch gab mir das keinen Anhaltspunkt in bezug auf seine Identität oder seinen Grund, mir zu folgen. Ich sagte lediglich ziemlich unwirsch: »Gleichgültig wer er ist, ich mag es nicht, wenn man mich verfolgt.«

»Dann freue ich mich, daß ich ihm gegenüber vorschützte, Euch nicht gesehen oder auch nur jemals von Euch gehört zu haben. Doch kam diese Person Thor zu mir, dem Schlamm-Mann, um mich über Euch auszufragen; er besitzt folglich Intelligenz und eine rasche Auffassungsgabe. Er hat sehr schnell herausgefunden, daß ich sozusagen Noviodunums Informationsquelle bin. Er *rechnete damit*, daß Ihr mich aufgesucht hättet. Er kommt ganz sicher noch einmal hier vorbei, um nach Euch zu suchen.«

Verärgert, ohne zu wissen warum, antwortete ich ungehalten: »Es ist mir gleichgültig, was er tut! Ich kenne ihn nicht. Ich habe noch nie von jemandem gehört, der den Namen eines Gottes angenommen hätte.«

Doch Swanilda bemerkte dazu leichthin: »Wenn du näher darüber nachdenkst, unterscheidet sich der Name Thor im römischen Alphabet nur durch einen Buchstaben von deinem Namen, Thorn.«

Ihre beiläufige Bemerkung ließ mich stutzen. Ich murmelte: »Du hast recht. Ich habe meinen Namen so selten geschrieben gesehen. Bis jetzt war mir das nicht bewußt.« Ich hätte mir diese Enthüllung gern ein wenig durch den Kopf gehen lassen, doch Meirus bedrängte mich hartnäckig weiter: »Dürfte ich Euch im Vertrauen fragen, Marschall, wäre es möglich, daß diese Person ein alter Feind von Euch ist?«

Erneut unerklärlich gereizt zischte ich: »Soweit ich mich erinnern kann, hatte ich nie einen Feind – weder Gott noch Mensch – namens Thor. Doch falls dieser Mann einer sein sollte und Euch erneut aufsucht, könnt Ihr ihm sagen, daß ich es vorziehe, wenn meine Feinde von vorn auf mich zukommen und nicht von hinten.«

## 3

Swanilda und ich verließen Noviodunum nicht im Galopp, da wir unsere Pferde in einer Gangart halten mußten, mit der Made Schritt halten konnte. Am Stadtrand warf Swanilda einen Blick zurück und sagte: »Niemand folgt uns, Thorn.«

Ich knurrte: »Götter sind vielleicht Langschläfer. Der Teufel soll den da im Schlaf holen.«

»Mein Herr, der Schlamm-Mann, hat mir Euer Anliegen erläutert, Fráuja Thorn«, sagte Made, der, während er neben uns hertrottete, offenbar mühelos sprechen konnte, ohne außer Atem zu geraten. »Ich werde Euch einem hochbetagten ostgotischen Paar aus meiner Bekanntschaft vorstellen, das sich, wie alle alten Leute, gern an die Vergangenheit erinnert.«

»Sehr gut, Made. Werden wir eigentlich in der Lage sein, unser ganzes Unternehmen in diesem Sumpfgebiet zu Pferd zu erledigen? Oder werden wir hin und wieder aufs Wasser ausweichen müssen?«

»Nein, nein. Ihr werdet den Boden zwar unangenehm sumpfig finden, doch ich kenne die Pfade genau, die um oder durch die morastigeren Stellen führen. Ihr könnt Euch darauf verlassen, Fráuja, daß ich Euch gefahrlos und bequem führen werde.«

Bei Anbruch der Dämmerung näherten wir uns einem kleinen Hügel, auf dem ein recht stabil gebautes Holzhaus stand. Auf unserem Weg nach oben stieß Made einen lauten Ruf aus, worauf in dem mit Leder verhängten Eingang zwei Gestalten erschienen. Er rief ihnen zu: »Hails, Fillein uh Bauhts!« Sie winkten und entboten ihm ihrerseits den Willkommensgruß: »Hails, Maghib!«

Wie bei so vielen älteren Paaren der Fall, waren Mann und Frau kaum voneinander zu unterscheiden – beide waren gekrümmt und zerbrechlich, trugen dieselbe Kleidung und hatten dieselben runzligen Gesichter –, abgesehen davon, daß der Mann einen weißen Vollbart trug, während die Frau nur einen kümmerlichen Schnurrbart und ein paar vereinzelt sprießende Haare an Kinn und Wangen aufwies. Swanilda und ich saßen ab, und Made machte uns alle miteinander bekannt.

»Das ist der gute Mann Fillein und seine gute Frau Bauhts, beide Ostgoten.« An sie gewandt sagte er: »Meine alten Freunde, ich bin stolz, Euch Herrn Thorn, den Marschall des Königs der Ostgoten und seine Begleiterin, Frau Swanilda, vorstellen zu können.«

Anstatt mich zu begrüßen oder willkommen zu heißen, überraschte mich der alte Fillein mit der nörgelnden Bemerkung: »Thorn? Thorn? Er ist nicht Marschall eines Königs. König Thiudamers Marschall heißt Soas. Ich mag ja alt und geistesschwach sein, aber daran erinnere ich mich.«

Ich lächelte und sagte: »Verzeiht, werter Fillein. Es stimmt, daß Soas immer noch Marschall ist, doch bin ich ein weiterer Marschall. Und König Thiudamer ist schon seit vielen Jahren tot. Sein Sohn Thiuda der Jüngere regiert jetzt an seiner Stelle; man nennt ihn Thiudareichs – oder gebräuchlicher Theoderich. Er war es, der mich neben Saio Soas zum Marschall ernannte.«

»Ihr macht Euch doch nicht über mich lustig?« sagte der alte Mann unsicher. »Stimmt das wirklich?«

»Es könnte stimmen«, warf seine Frau ein, deren Stimme ebenso dünn und zittrig klang. »Erinnerst du dich nicht an die Zeit, Mann, als dieser Sohn geboren wurde? Das Kind des Sieges, nannten wir es alle.« Zu mir sagte sie: »Ist dieser Thiuda schon zum Mann herangereift und inzwischen König geworden? Wahrhaftig, wie die Zeit vergeht.«

»Die Zeit vergeht allerdings«, echote Fillein melancholisch. »Also dann ... waila-gamotjands, Saio Thorn. Unser bescheidenes Haus steht Euch zur Verfügung. Ihr seid sicher hungrig. Tretet ein, tretet ein.«

Made führte die Pferde hinter das Haus, um sich nach Futter für sie umzusehen, während Swanilda und ich den alten Leuten ins Innere des Hauses folgten. Fillein stocherte im Kamin herum, um aus der glühenden Asche wieder ein Feuer zu entfachen, während Bauhts mit einem langen, gespaltenen Stock eine Wildbret-Schinkenschwarte von den Dachsparren herunter holte; beide sprachen dabei angeregt mit ihren dünnen alten Stimmen.

»Ja, ich erinnere mich jetzt an die Zeit, als Thiuda geboren wurde«, sagte Fillein und machte mit seinem zahnlosen Mund nachdenkliche Kaubewegungen. »Es war damals, als unsere beiden Könige, die Brüder Thiudamer und Walamer, im weit entfernten Pannonien weilten, um die hunnischen Tyrannen im Kampf zu besiegen und –«

Bauhts unterbrach ihn. »Wir nannten König Thiudamer immer den Gütigen und König Walamer den Treuen.«

Ich nickte und sagte rückblickend in zärtlichem Tonfall: «Thiudamers Tochter, Prinzessin Amalamena, hat mir das einmal erzählt.« Vielleicht war es der Klang meiner Stimme, der Swanilda, die gerade der alten Frau bei der Zubereitung eines Mahls für uns half, veranlaßte, mir einen nachdenklichen Blick zuzuwerfen.

Fillein fuhr fort: »Was ich sagen wollte, eines Tages erhielten wir damals hier die Nachricht, daß die Königsbrüder schließlich die Hunnen besiegt hatten und daß keine Ostgoten mehr in Gefangenschaft waren. Am selben Tag erfuhren wir auch, daß Thiudamers Gemahlin ihm einen Sohn geboren hatte.«

»Darum«, warf Bauhts ein, »nannten wir den jungen Thiuda auch immer Kind des Sieges.«

Ich sagte zu Fillein: »Dann kanntet Ihr vor der Regentschaft Thiudamers und seines Bruders keinen Monarchen oder Herrscher außer den hunnischen Häuptlingen?«

»Keineswegs! Vor langer Zeit war ich, wie alle Ostgoten, Untertan von König Vandalar, des Vaters dieser Brüder.«

»Bekannt als der Vandalen-Eroberer«, sagte Bauhts, während sie mit Swanildas Hilfe einen großen schmiedeeisernen Topf hochhob und auf dem Herd absetzte.

»Und Vandalars Vater regierte vor meiner Zeit«, sagte Fillein, »doch kannte ich seinen Namen. König Widereichs.«

»Bekannt als der Eroberer der Wenden«, bemerkte Bauhts, damit beschäftigt, flache Teigfladen zwischen die Asche im Herd gleiten zu lassen, um daraus Brote zu backen.

Mir war inzwischen klar geworden, daß in diesem Haushalt Fillein für die Namen der Könige zuständig war und seine Frau für deren Beinamen. Doch etwas kam mir merkwürdig vor, und deshalb wollte ich wissen: »Werter Fillein, warum bezeichnet Ihr diese Männer als Könige? Ihr sagtet doch selbst, daß die gesamte ostgotische Nation bis zur Zeit der Brüder Thiudamer und Walamer von den Hunnen unterdrückt wurde.«

»Ha!« rief er aus und seine schnarrende alte Stimme klang kräftiger vor Stolz, als er erklärte: »Unsere Könige hielt das zu keinem Zeitpunkt davon ab, auch weiterhin Könige zu sein, oder unsere Krieger, sich weiterhin als Krieger zu fühlen. Und obwohl die Hunnen in der Tat wilde Barbaren waren, handelten sie andererseits auch klug. Sie wußten, daß unsere Männer von ihnen niemals Befehle entgegennehmen würden. Deshalb ließen sie die königliche Thronfolge unangetastet, was zur Folge hatte, daß unsere Krieger ihre Befehle von unseren Königen entgegennahmen. Der einzige Unterschied bestand darin, daß wir nun keine unserer angestammten Feinde mehr bekämpften, sondern die Feinde der Hunnen. Einerlei. Für einen Krieger lohnt sich jeder Kampf. Als die Hunnen gen Westen zogen, um die elenden Wenden in den Tälern der Karpaten zu besiegen, war es unser König Widereichs, der unsere Krieger in den Kampf führte, um den Hunnen dabei hilfreich zur Seite zu stehen. Und später, als die Hunnen die Vandalen aus Germanien vertreiben wollten, war es unser König Vandalar, der unsere Krieger in diese ruhmreiche Schlacht führte.«

»Wie Ihr sagt, vertrieben die Hunnen alle anderen in Richtung Westen, einschließlich fast aller Goten. Wie ist es dann zu erklären, daß Ihr hier lebt?«

»Denkt nach, junger Marschall. Römer, Hunnen oder jede beliebige andere menschliche Rasse mögen auf dem Erdball herumwüten, soviel sie wollen. Die verschiedenen Gebiete mögen viele Male den Besitzer wechseln. Der Grund und Boden mag mit Blut getränkt, mit Knochen, Gräbern oder rostenden und verrottenden Rüstungen übersät sein. Diese Dinge geraten in Vergessenheit und verschwinden während eines einzigen Menschenlebens. Ich selbst bin Zeuge dieser Vorgänge. *Doch die Erde selbst ändert sich nicht.*«

»Meint Ihr damit ... daß ein Mann nur der unveränderlichen Erde Loyalität schuldig ist? Und keinen Vorfahren, keinem König, keiner Verwandtschaft?«

Er antwortete nicht sofort darauf, sondern fuhr fort: »Balamer führte seine plündernden Hunnen vor hundert Jahren hier durch diese Gegend. Doch unsere Väter hatten diese Gebiete zuvor schon mehr als hundert Jahre lang besessen und bearbeitet. Die Hunnen schwärmten zwar über unser Land und erklärten es zu ihrem Eigentum, doch ließen sie es nicht brachliegen – und das aus gutem Grund. Sie brauchten die Erzeugnisse *aller* Länder, die sie eroberten, um ihre Armeen mit Nahrung und Kleidung zu versorgen und es ihnen so zu ermöglichen, weiter plündernd durch Europa zu ziehen.«

»Ja«, murmelte ich. »Das verstehe ich.«

»Doch was wußten diese Hunnen schon davon, wie man es schafft, dem Boden eine Ernte abzuringen? Um den Boden weiterhin ertragreich zu halten, waren Menschen nötig, die es verstanden, auf den Feldern, in den Sumpfgebieten und Gewässern zu arbeiten. Obwohl die Hunnen unsere Könige, Krieger und jungen Männer zwangen, entweder mit ihnen nach Westen zu ziehen oder vor ihnen zu fliehen, gestatteten sie daher den Alten, Frauen und Kindern, ihre Gehöfte zu behalten – und ihre Ernteerträge mit den Versorgungskolonnen der Hunnen zu teilen.«

Es entstand eine Gesprächspause, als Swanilda und die alte Bauhts unser Essen vom Herd nahmen und auf den Tisch brachten – Wildschweinschinken, gekocht mit Gänsefußgemüse, gehäuft auf die Brotfladen. Da es inzwischen stockdunkel geworden war und das Feuer im Herd die einzige Lichtquelle darstellte, nahm der alte Fillein zwei brennende Holzstücke, steckte sie in mit Schlitzen versehene Holzklötze und stellte sie als Fackeln für uns auf den Tisch. Während seine alte Frau mit einem Brotfladen nach draußen ging, dorthin, wo Made wahrscheinlich sein Essen einnahm, zapfte der alte Fillein noch Krüge voll Bier von einem Faß in einer Ecke des Zimmers, stellte sie vor uns hin und sagte mit glucksendem Lachen: »Gebt acht, Saio Thorn. Wir halten auch heute noch an einigen alten gotischen Bräuchen fest. Da dieses Flußdelta kein anständiges Korn zum Bierbrauen bietet, müssen wir unser Bier bei den Händlern in Noviodunum kaufen. Ebenso preiswert könnten wir auch römischen oder griechischen Wein kaufen. Doch in den alten Zeiten pflegten die Starkbier trinkenden Goten die Weintrinker mit ihrem verwässerten Rebensaft als verweichlichte Schwächlinge zu verachten. Deswegen also ...« Er kicherte wieder, hob seinen Krug und wünschte uns »Hails!« Dann nahm er die Unterhaltung wieder auf: »Ihr fragtet vorhin, Marschall, ob ein Mann seinem Heimatland eher Loyalität schuldig ist als seinen angestammten Vorfahren. Ich denke, daß jeder Mann das für sich selbst entscheiden muß. Als die Hunnen den Nicht-Kriegern unter den Ostgoten freien Abzug einräumten, damit sie ihr Leben und ihre Arbeit hier wieder aufnehmen konnten, lehnten die meisten unter ihnen dieses Zugeständnis stolz ab. Sie weigerten sich, von ihren das Kriegshandwerk ausübenden Verwandten getrennt zu werden, gingen mit ihnen nach Westen und entschieden sich somit für Heimat- und Besitzlosigkeit und ein oftmals elendes Dasein für den Rest ihres Lebens.«

Ich sagte: »Für viele Tausende dieser Menschen war der Rest ihres Lebens nicht lang.«

Fillein zuckte die schmächtigen Schultern und sagte: »Nun, einige wenige entschieden sich für die Sicherung ihres Überlebens. Sie blieben hier. Unter ihnen waren meine Urgroßeltern und andere ältere Leute, auch die Urgroßeltern der lieben Bauhts hier. Selbstverständlich kann ich diese Menschen nicht dafür verurteilen, daß sie eine solche Entscheidung getroffen haben. Bauhts und ich hätten sonst wahrscheinlich nie existiert. Als jedoch die nachfolgenden Generationen geboren waren, gaben sich ein paar der jungen Leute nicht damit zufrieden, ständig nur Handlanger für die Hunnen zu sein. Ich war einer von ihnen. Und glaubt mir, Marschall, ich sah nicht immer so aus wie jetzt.«

Er stopfte sich das letzte durchweichte Stück Brot in den Mund und betrachtete, während er es mit dem Zahnfleisch zerdrückte, seine Hände, die er zum Essen benutzt hatte. Es waren alte Hände, mager, gekrümmt, von dicken Adern durchzogen und mit Altersflecken übersät.

»Diese Hände waren einmal jung und kräftig, und ich war der Meinung, daß sie bessere Arbeit verdient hätten als im Schlamm zu wühlen.«

»Oh ja«, warf seine Frau ein. »Er war ein so gutgebauter strammer Mann damals, daß man ihn Fillein den Stattlichen nannte. Unserer beider Eltern hatten unsere Heirat schon arrangiert, als wir fast noch Kinder waren. Sie wollten nämlich sichergehen, müßt Ihr wissen, daß wir hier in der Gegend bleiben würden. Doch als Fillein sich entschloß, Soldat zu werden, versuchte ich nicht, ihn umzustimmen. Ich war stolz auf ihn. Ich schwor unseren Eltern, daß ich bleiben und unserer beider Arbeit übernehmen würde, bis er zurückkehrte.«

Die alte Frau und der alte Mann lächelten sich zahnlos, aber innig und voller Wärme an. Dann wandte er sich erneut mir zu.

»Ich machte mich also davon und schloß mich den Truppen unseres Königs Vandalar an, der damals gegen die Vandalen ins Feld zog. Wie er und alle seine anderen Krieger kämpften wir natürlich für die Belange unserer Unterdrücker, der Hunnen. Doch schien es zumindest eine Beschäftigung zu sein, die einem Mann besser anstand.«

Ich sagte staunend: »Ihr kämpftet ... mit König Vandalar? Aber ... aber, das muß doch vor mindestens siebzig Jahren gewesen sein.«

Fillein sagte schlicht: »Ich sagte Euch doch, ich war jung damals.«

Ebenso erstaunt wie ich bemerkte Swanilda: »Da seid Ihr und Eure Frau Bauhts ja sogar noch länger verheiratet ...«

Er nickte lächelnd. »Und die meiste Zeit waren wir zusammen, hier an diesem Ort. Ich bin froh, daß ich auf meine Zeit als Krieger zurückschauen kann. Aber ich war auch froh, als ich in der Schlacht verwundet wurde, schwer genug, um vom Soldatenleben Abschied nehmen zu müssen – froh, zu meiner lieben Bauhts heimzukehren. Und seit dieser Zeit wohnen wir hier, hier unter diesem

Dach, auf diesem Stück Land, das von den Urgroßvätern unserer Väter besiedelt wurde.«

Die alte Frau sagte selbstzufrieden: »Wenn Thors Hammer einmal im Kreis über den Köpfen eines Jungen und eines Mädchens geschwungen wurde, bleiben sie ihr Leben lang zusammen.«

Wieder war ich leicht gereizt, den Namen Thor erwähnt zu hören, deshalb strebte ich danach, das Thema zu wechseln. »Wir wollen uns noch weiter zurückerinnern, sogar noch vor die Zeit der Könige Vandalar und Widereichs –« »Nein, das wollen wir nicht«, unterbrach mich Fillein. »Heute abend nicht mehr. Wir alten Leute sind es gewohnt, zu Bett zu gehen, sobald es dunkel ist. Dieser Zeitpunkt ist jetzt schon lange vorbei und das hier ist das Zimmer, in dem wir schlafen. Der junge Maghib liegt im Heuschober hinter dem Haus. Ihr beiden jungen Leute könnt Eure Schlaffelle auf den Speicher über dem Zimmer hier mitnehmen.«

*

Am nächsten Morgen wollte Fillein nachschauen, welche Beute er in einigen Vogelfangnetzen gemacht hatte, die er kürzlich zwischen dem Schilfrohr im Sumpf ausgelegt hatte, und lud mich ein, mit ihm zu kommen. Swanilda bot an, im Haus zu bleiben und Bauhts bei einigen Näharbeiten zur Hand zu gehen, da, wie die alte Frau einräumte, ihre Sehkraft »nicht mehr das sei, was sie einmal war«.

»Eure Kräfte, werter Fillein«, sagte ich, »sind sicher auch nicht das, was sie einmal waren. Wenn Eure Netze sehr weit weg liegen, weist uns nur den Weg, dann werden Made und ich uns darum kümmern.«

»Ich mag zwar alt sein, doch noch längst nicht so alt wie einige andere. König Ermanareichs starb ja auch erst, als er hundertzehn Jahre alt war. Er wäre sogar noch älter geworden, wenn er nicht Selbstmord begangen hätte.«

»König Ermanareichs?« sagte ich. »Wer war das?«

Wie ich mir hätte denken können, hatte die alte Bauhts prompt einen Beinamen für ihn parat. Sie sagte, in Erinnerungen schwelgend: »Ah, dieser Ermanareichs. Er war der König, den viele den ›Alexander den Großen‹ des ostgotischen Volkes nannten.«

Doch hatte sie dem nichts mehr hinzuzufügen, deshalb geduldete ich mich, in der Hoffnung, die Geschichte dieses Königs von

Fillein auf unserem Inspektionsgang zu den Netzen erzählt zu bekommen.

»Ihr fragtet nach Ermanareichs, Marschall. Als ich jung war, hörte ich von meinen Großeltern, was sie in ihrer Jugend von ihren Großeltern gehört hatten, und man sorgte dafür, daß ich es mir gut einprägte: Ermanareichs war der König, der als erster die Ostgoten aus dem fernen Norden hierher zu den Donaumündungen brachte. Damals nannte man dieses Land hier Skythien, wie es auch jetzt noch heißt, doch wird es heutzutage nicht mehr von den degenerierten Skythen bewohnt. Um für sein eigenes Volk Platz zu schaffen, jagte König Ermanareichs sie nach Sarmatien, wo einige wenige von ihnen immer noch auf ihre primitive, erbärmliche Art leben.«

Ich murmelte: »Ja, ich habe auch seltsame Geschichten über diese einst so großen Skythen gehört.«

Fillein nickte und fuhr fort: »Bevor die Ostgoten jedoch hierher gelangten, waren sie durch die Länder vieler anderer Völker gezogen. Auf seinem Weg hierher zwang Ermanareichs all diese verschiedenen Völker, die Ostgoten als ihre Befehlshaber und Beschützer anzuerkennen. Tatsächlich war Ermanareichs König viel zahlreicherer Völker als nur seiner Ostgoten. Das ist auch der Grund, warum man ihn in einem Atemzug mit jenem legendären Alexander dem Großen nannte. Unglücklicherweise wurden alle seine großen Eroberungen zunichte gemacht, als er seine erste und einzige Niederlage hinnehmen mußte. Die Hunnen aus dem fernen Osten fielen über ihn und sein Volk her, und Ermanareichs war inzwischen schon hundertzehn Jahre alt – zu alt, um eine wirkungsvolle Verteidigung aufzubauen. Nach dem Sieg der Hunnen nahm er sich das Leben als Buße für sein eigenes Versagen. Seid vorsichtig hier, Saio Thorn. Tretet nur in meine Fußspuren. Auf beiden Seiten gibt es hier Treibsand mit bodenlosen Untiefen.«

Auf seine Bitte hin ging ich nun hinter ihm. Doch war ich während seines Berichts zunehmend skeptischer geworden und sagte jetzt: »Gudisks Himins, Mann, dieser König hätte so ungefähr *zwei*hundertzehn Jahre leben müssen, um an all diesen Ereignissen teilnehmen zu können, angefangen von der Ankunft der Goten hier bis zu ihrer Unterwerfung durch die Hunnen.«

Fillein sagte schmollend: »Wenn Ihr schon alles wißt, was zu wissen ist, warum fragtet Ihr mich dann nach dem wenigen, das ich zu wissen glaubte?«

»Vergebt mir, werter Fillein. Offensichtlich sind viele verschiedene Geschichten im Umlauf. Ich möchte sie nur in Einklang miteinander bringen, aus ihnen die *wahre* Geschichte herausfiltern.«

Er murrte: »Nun, es gibt eine Sache, die König Ermanareichs betrifft, die unbestritten ist. Nach ihm waren *nur noch* Männer aus der amalischen Linie Könige der Ostgoten. Nicht notwendigerweise immer der Sohn jedes Königs, doch der am besten geeignete Vertreter amalischer Abstammung. Um ein Beispiel zu geben, Ermanareichs selbst hatte einen ältesten Sohn. Jener Prinz wurde Hunimund der Schöne genannt, doch Ermanareichs bestimmte einen weniger gutaussehenden, fähigeren Neffen zu seinem Nachfolger.«

»Diese Information ist sehr interessant, guter Fillein«, sagte ich aufrichtig, »und außerdem neu für mich.«

Später, auf dem Speicher, als Swanilda und ich nach einem guten Essen satt und schläfrig nebeneinander lagen, erheiterte ich sie mit meinem Bericht, wie der erhabene Marschall des Königs den ganzen Tag über von einem alten Bauern herumkommandiert worden war und wie derselbe Marschall des Königs zwischenzeitlich viele neue Dinge gelernt hatte.

## 4

Als wir am nächsten Morgen beim Frühstück saßen, sagte der alte Mann: »Ich habe beschlossen, Saio Thorn, daß sich heute ein anderer mit Euch und Eurer Wißbegierde herumplagen soll.«

»Kommt schon, werter Fillein«, sagte ich. »Ich habe noch ein paar Fragen zu den alten Zeiten, die ich Euch gerne stellen würde.«

»Nein, nein. Ich, meine alte Frau und Eure junge Frau bessern heute meine Netze aus. Ich möchte das tun können, ohne dauernd abgelenkt zu werden. Ihr könnt losziehen und Eure Fragen meinem Nachbarn Galindo stellen.«

»Eurem Nachbarn?« wiederholte ich fragend, denn ich hatte keine anderen Häuser in der näheren Umgebung gesehen.

»Nirgendwo in diesem Delta gibt es Nachbarn, die tatsächlich in der Nähe wohnen, doch könnt Ihr den Weg zu Galindos Wohnung und wieder zurück bis zum Einbruch der Nacht schaffen.«

»Galindo. Ist das nicht ein gepidischer Name?«

»Ja. Da er Gepide ist, kann er Euch vielleicht mit einer völlig anderen Version von der Geschichte dieser Gegend unterhalten. Er ist sogar noch weiter in der Welt herumgekommen als ich. In seiner Jugend diente Galindo in einer römischen Legion irgendwo in Gallien.«

»Ich bin sicher, werter Fillein, daß er kein so interessanter Gesprächspartner sein wird wie Ihr. Doch weiß ich Euren Rat zu schätzen. Wo finde ich denn diesen Galindo?«

Draußen war Made damit beschäftigt, die beiden Pferde zu satteln. Er summte und pfiff dabei in kindlichem Vergnügen vor sich hin. Ich erinnerte mich daran, wie Meiros, der Schlamm-Mann, gesagt hatte: »Verwöhnt mir die Kreatur nicht zu sehr«, daher nahm ich an, daß dies wahrscheinlich eine der wenigen Gelegenheiten in Mades Leben war, bei denen er nicht neben einem berittenen Herrn und Meister herlaufen mußte.

Einen Teil des Vormittags war Made ungewöhnlich schweigsam – wahrscheinlich konzentrierte er sich darauf, die Pfade zu finden, die Fillein ihm beschrieben hatte. Nach einiger Zeit begann er jedoch zögernd zu sprechen und kurz darauf entpuppte er sich als der typische redegewandte Armenier. Ich war ihm eigentlich ganz dankbar für sein Geplapper. In dem endlosen Weideland, das wir durchquerten, mit dem weiten blauen Himmel über uns, der mit kleinen weißen Wölkchen übersät war, gab es nichts Interessantes zu sehen oder zu hören – oder selbst zu überlegen, außer *wieviel* Weideland und Himmel uns umgab –, deshalb war Mades Geschwätzigkeit eine willkommene Ablenkung von der Langeweile.

Er redete hauptsächlich über die großartigen Erfolge seines Herrn und Meisters Meirus, die offenbar dessen Weitsicht und hellseherischen Fähigkeiten zu verdanken waren. Jeder dieser Erfolge hatte, laut Made, zu einem enorm erhöhten Umsatz des Schlamm-Unternehmens von Meirus geführt, doch keiner hatte, wollte man Made glauben, auch nur eine einzige zusätzliche Münze in Mades Taschen oder die der anderen Arbeiter von Meirus fließen lassen. Aus diesem Grund, sagte Made, sei er äußerst erpicht darauf, seine Talente für Dinge einzusetzen, die für ihn persönlich von größerem Vorteil wären. Wenn er schon, wie er sagte, erwiesenermaßen eine Nase habe, die es ihm ermöglichte, Schlammsorten allererster Güte zu erschnüffeln, glaube er, daß es ihm auch gelingen könnte, noch viel wertvollere Substanzen über oder unter der Erde mit dieser seiner Nase zu entdecken. Nach diesem Monolog warf er mir einen Seitenblick zu und fuhr fort: »Mein Fráuja, Meirus, sagte, Ihr wolltet die alte Fährte der Goten die ganze Strecke von hier bis zu den fernen Gestaden des wendischen Golfs zurückverfolgen.«

»Ja.«

»Trägt die Küste dieses Golfs nicht den Namen Bernsteinküste?«

»Richtig.«

»Und findet man dort nicht Bernstein in großen Mengen?«

»Das stimmt.«

»Werdet Ihr und Frau Swanilda während Eures Aufenthalts dort selbst nach Bernstein suchen?«

»Suchen werden wir nicht danach, nein. Ich habe anderes zu tun. Doch wenn ich zufällig darüber stolpern sollte, werde ich sicher nicht achtlos daran vorübergehen.«

An diesem Punkt ließ Made das Thema Bernstein fallen und begann über Belanglosigkeiten zu sprechen. Klugerweise ließ er mich jetzt allein darüber nachdenken, ob es nicht nützlich sein würde, eine Person in den Norden mitzunehmen, die sozusagen stets die Nase am Boden hatte. Nun, er hatte es auch nicht nötig, mehr zu sagen; da er Armenier war, war die betreffende Nase ständig und unübersehbar ins Blickfeld gerückt. Schließlich spielte er jedoch nochmals auf seine Talente an, und zwar, als wir uns einer Behausung näherten, die so schäbig war, daß sie die Bezeichnung Hütte nicht verdiente.

»Ihr seht, Fráuja, wie gut ich Dinge aufspüren kann? Das hier muß der Ort sein, zu dem mir der alte Fillein den Weg beschrieb, die Wohnstätte des alten Galindo.«

Wenn sie es wirklich war, dann saß der alte Galindo davor, denn man sah ihn schon lange bevor wir dort ankamen, weil er entweder fast so groß wie sein Haus oder das Haus nicht viel größer als Galindo war. In der Tat war die »Behausung« nur eine unschön geformte Kuppel aus in der Sonne getrocknetem Schlamm, die nicht bewohnbarer wirkte als eine der Schlammblasen, die zuweilen aus einem Sumpfgebiet aufsteigen. Doch sein Besitzer hatte ihn so eindrucksvoll vor Eindringlingen abgeschirmt, als handele es sich dabei um eine Festung. In Anbetracht des unwegsamen Pfades konnte er nicht allzuoft von Reitern belästigt werden – Made und ich hatten den ganzen Morgen keinen einzigen zu Gesicht bekommen –, und doch hatte er, fast zwölfhundert Fuß von seiner Tür entfernt, einen Graben quer über diesen Pfad ausgehoben, der breit und tief genug war, um einen Kavallerieangriff aufzuhalten.

Der Boden in der Umgebung des Grabens war ziemlich hart, so daß wir das Hindernis wahrscheinlich hätten umgehen können. Doch ich entschloß mich, es zu respektieren, zumindest insoweit, als ich absaß und Made die Zügel der Pferde überließ, während ich zu Fuß durch den Graben kletterte und dann zu dem Mann ging, der noch immer in stoischer Ruhe dasaß. Ich winkte ihm liebenswürdig zu. Er reagierte jedoch nicht darauf, und erst als ich unmittelbar vor ihm stand, gab er ein Lebenszeichen von sich. Ohne mich auch nur anzusehen knurrte er nur: »Verschwindet.«

Ich sagte: »Wenn Ihr Galindo seid, bin ich von weither gekommen, um mit Euch zu sprechen.«

»Dann kennt Ihr ja auch den Rückweg nach dahin, woher Ihr auch immer gekommen seid. Geht wieder dorthin zurück.«

»Ich komme vom Haus Filleins, eines Bekannten von Euch. Er erzählte mir, daß Ihr früher im Dienst einer römischen Legion in Gallien standet.«

»Fillein hat schon immer zu viel geredet.«

»Könnte das die Elfte Legion gewesen sein, die Claudia Pia Fidelis, in Gallia Lugdunensis?«

Er sah mich zum ersten Mal an. »Falls Ihr Steuern einziehen wollt, seid Ihr den ganzen weiten Weg gekommen, um das unbedeutendste Besitztum im ganzen Reich zu besteuern. Schaut Euch doch um.«

»Ich bin kein Steuereintreiber. Ich bin Historiker und nur an Informationen interessiert, nicht an Steuern.«

»Ich kann mit dem einen ebensowenig dienen wie mit dem anderen. Doch neugierig bin ich schon. Was wißt Ihr denn über die Claudia Pia?«

»Ich hatte einst einen sehr guten Freund, einen Veteranen, der früher einmal im Dienst dieser Legion stand. Ein Brythone von den Zinninseln, den man Wyrd, den Freund der Wölfe, nannte. Oder Uiridus, wie sein Name auf lateinisch lautete.«

»Gehörte er zur Kavallerie oder zur Infanterie?«

»Zur Kavallerie. In der Schlacht auf den Katalaunischen Feldern ritt er bei den Vorkämpfern mit.«

»Tatsächlich? Ich war nur Infanterist, ein Pediculus.«

Aha, dachte ich, Galindo hat offenbar den typischen trockenen Humor des Soldaten. Das lateinische Wort für einen Infanteristen lautet »pedes«, doch »pediculus« ist nicht das Diminutiv davon. Es bezeichnet wörtlich eine Laus.

»Ihr kanntet Wyrd also nicht?«

»Wenn Ihr Historiker seid, muß Euch auch klar sein, daß eine Legion aus mehr als viertausend Mann besteht. Erwartet Ihr im Ernst, daß wir uns alle näher kannten? *Ihr* seid mir im Moment so nah, daß ich in Eurem Schatten sitzen muß, und doch kenne ich *Euch* nicht.«

»Verzeiht«, sagte ich und trat zur Seite, so daß er wieder in der Sonne saß. »Mein Name ist Thorn. Ich bin Marschall des Königs Theoderich Amaling. Er sandte mich in diese Gegend, um eine genaue Geschichtschronik über die Goten zu verfassen. Fillein war der Meinung, Ihr könntet mir hilfreiche Dinge über den Anteil der Gepiden an dieser Geschichte erzählen.«

»Ich würde Euch raten, Euch zum Teufel zu scheren, hättet Ihr nicht jenen Legionär erwähnt, der einst bei den Vorkämpfern mitritt. Ich habe auch gegen die Hunnen gekämpft auf diesen Feldern bei Cabillonum. Wenn ein Mann den Mut hatte, vor den Fahnenträgern in die Schlacht zu ziehen, war er wirklich ein Mann. Und wenn er später Freundschaft mit Euch schloß, dann müßt *Ihr* auch einige gute Seiten haben. Nun gut.« Er machte eine huldvolle Geste, als böte er mir einen Thron an statt des blanken Bodens. »Nehmt Platz – aber nehmt mir nicht die Sonne. Also, welche hilfreichen Informationen hättet Ihr gern?«

»Nun ... Ich hoffe, Ihr nehmt mir diese Einleitung nicht übel, doch ... wie steht Ihr Gepiden zu Eurem Namen?«

Er starrte mich einen langen Augenblick mit versteinertem Gesichtsausdruck an und sagte dann: »Wie steht *Ihr* dazu, überhaupt keinen Namen zu haben? Thorn ist kein Name, es ist ein Buchstabe der Runen-Schrift.«

»Ich bin mir dessen bewußt. Nichtsdestoweniger ist es mein Name. Ich kann nur sagen, daß ich mich schon vor langer Zeit an ihn gewöhnt habe.«

»So wie ich mich an die Tatsache gewöhnt habe, Gepide zu sein. Nächste Frage.«

»Ich meine nur«, sagte ich, »bezüglich der abwertenden Nebenbedeutung der Bezeichnung Gepiden ...«

»Wahrhaftig!« stieß er hervor und spuckte auf den Boden. »Dieses alte Ammenmärchen? Daß Gepide sich von dem Wort ›Gepanta‹ ableitet? Faul, langsam, liederlich und all das? Ihr wollt Historiker sein? Und glaubt an diesen infantilen Unsinn?«

»Ich weiß es aber aus guter Quelle. Aus *mehreren* guten Quellen.«

Er zuckte die Schultern. »Wenn Ihr daran glaubt, steht es mir dann zu, mich mit einem Historiker herumzustreiten? Nächste Frage.«

»Nein, nein, nein. Bitte, guter Galindo. Wenn Ihr eine andere Ableitung des Namens kennt, würde ich sie sehr gerne hören.«

»Ich kenne die einzig korrekte Ableitung des Namens. Im alten Skandza, wo wir Goten alle herstammen, waren die Amaler und Balthen Flachlandbewohner. Wir Gepiden waren Männer der Bairgos, der Berge. Als die Amaler und Balthen sich später dann als Ost- und Westgoten bezeichneten, nannten wir uns weiterhin stolz die Berggoten. Gepide ist lediglich die moderne Kurzform von ›ga-bairgs‹, geboren in den Bergen. Ihr könnt das glauben oder nicht, ganz wie es Euch beliebt.«

»Ich glaube es Euch«, sagte ich, angenehm überrascht von dieser neuen Geschichte. »Was Ihr erzählt habt, klingt viel wahrscheinlicher als die allgemein anerkannte Version.«

»Ich gebe Euch den guten Rat, junger Historiker, meßt einem Namen nicht zuviel Bedeutung bei. Wie vielen Placidias, Irenes und Virginias seid Ihr schon begegnet, die alles andere als sanft, friedlich oder jungfräulich waren? Ein Name kann eine halbherzige, wankelmütige, ja sogar trügerische Angelegenheit sein.«

»Wie wahr«, stimmte ich zu, erwähnte aber nicht, daß ich selbst manchmal bewußt, ja sogar in betrügerischer Absicht meinen Namen änderte.

»Da wir gerade von Namen sprechen – ich erinnere mich an eine Sache aus meiner Zeit bei der Claudia Pia.« Galindo starrte über das endlose Gras; sein altes Gesicht nahm einen nachdenklichen Ausdruck an, als ob er statt des Grases die Katalaunischen Felder aus der Zeit vor fast vierzig Jahren vor sich sähe. »Wir pflegten viele Kriegslieder zu singen, und es waren beileibe nicht alles römische Lieder, denn wir Legionäre stammten von vielen verschiedenen Völkern ab – es waren darunter auch Männer von den Zinninseln, wie Ihr wißt –, doch was für ein Lied wir auch wählten, stets sangen wir es in der Umgangssprache der Legion, lateinisch. Nun hatten jene Brythonen zwar auch ihre eigenen Lieder, doch sangen sie auch gemeinsam mit uns Goten unsere Lieder aus der alten Zeit. Und ich erinnere mich, daß wir jenes alte Lied sangen über das Leben und die Taten des großen westgotischen Helden Alareichs. Auf römisch-lateinisch würde der Name korrekt Alaricus lauten, doch jene Zinn-Insulaner sangen ihn in ihrem verfälschten brythonischen Latein als Arthurus.« Der alte Galindo kehrte unvermittelt in die Gegenwart zurück und fuhr mich an: »Zum Teufel mit Euch, Marschall! Ich bekomme wegen Euch schon wieder keine Sonne mehr ab!«

»Das liegt nicht an mir. Es ist nur schon wieder einer jener verwünschten plötzlichen Stürme Eures Deltas.« In Windeseile hatten die kleinen Wölkchen an Umfang zugenommen und sich zu einer dichten Decke zusammengeballt, die nun langsam schwarz wurde.

»Ah, ja«, sagte Galindo, beinahe anerkennend. »Thor liebt es, seine Hammer hier in dieser Gegend zu schwingen.«

»Ihr glaubt also an Thor?« fragte ich mit einem inzwischen zur Gewohnheit gewordenen gereizten Unterton beim Klang dieses Namens. »Seid Ihr denn ein Anhänger der Alten Religion?«

»Wenn ich irgend etwas bin, dann ein Mithraist, da ich einst römischer Legionär war. Doch schadet es nicht, finde ich, auch die Existenz anderer Götter anzuerkennen. Und wenn Thor nicht der Gott des Donners ist, wer dann?«

Als habe Galindo ihn heraufbeschworen, zuckte ein Blitz über den östlichen Horizont. Die Luft vibrierte während des anschließenden Donnergrollens und die ersten Regentropfen begannen zu fallen. Ich stieß einen Fluch aus.

Der alte Mann warf mir einen Blick zu. »Fürchtet Ihr den Zorn Thors?«

»Weder seinen noch den irgendeines anderen«, fuhr ich ihn an. »Ich mag lediglich kein Unwetter, das mir ungelegen kommt.«

»Mir kommen Unwetter nie ungelegen.« Zu meinem Erstaunen zog er seinen Wolfspelz und danach die wenigen Fetzen Kleidung, die er darunter trug, aus. »Der Regen erspart mir den mühseligen langen Fußmarsch zu einem Fluß, um dort ein Bad zu nehmen. Wollt Ihr es mir nicht gleichtun, Marschall?«

»Ne, thags izvis.« Ich wandte den Blick von seinem mageren, behaarten alten Körper ab, der jetzt nackt dem herunterprasselnden Regen preisgegeben war. Made und die Pferde konnte ich an dem Graben, wo ich sie zurückgelassen hatte, nicht mehr sehen. Ich konnte nur hoffen, daß die Tiere sicher waren – und natürlich auch Made, da die Pferde sich vielleicht von ihm losgerissen hatten und durchgegangen waren. Unterdessen strömte der Regen auf uns beide herunter, die wir da saßen, ich höchst unbehaglich, der nackte Galindo mit sichtlichem Wohlbehagen, und ich lauschte der Fortsetzung seines Berichts über die Geschichte seines Volkes.

Anschließend bat mich Galindo, ein Feuer zu machen und während ich damit beschäftigt war, sagte ich: »Ich habe nun viel Interessantes über die verschiedenen Machenschaften der Goten gehört, nachdem sie sich hier inmitten dieser Donaumündungen niedergelassen hatten. Doch könnt Ihr mir auch etwas darüber erzählen, wie sie lebten – wie es ihnen auf ihrer langen Wanderung erging – bevor sie hierher gelangten?«

»Kein bißchen«, sagte er vergnügt. »Hier, stellt diesen Topf auf das Feuer und legt den Hanf hier hinein.« Aus den Tiefen seines Wolfspelzes, den er sich jetzt wieder überzog, kramte er eine Handvoll trockene, krümelige Substanz. Ich erkannte die getrockneten Blätter und Samen der Wildpflanze Cannabis, wie sie auf lateinisch genannt wird, und ließ sie in den ansonsten leeren Topf fallen.

»Doch will ich Euch folgendes sagen«, fuhr Galindo fort. »Das beste, was den Goten je passieren konnte – und zwar allen Goten –, war, daß sie von den Hunnen von hier vertrieben wurden.«

»Was meint Ihr damit?« fragte ich, während wir zuschauten, wie das erhitzte Kraut sich kräuselte, eine verkohlte, schwarze Färbung annahm und zu rauchen begann.

»Es war ein Glück für die Goten, daß die Hunnen sie von hier fortjagten. Bis in die jüngste Zeit hinein wurden die Goten von einem Ort zum anderen gejagt und von überall vertrieben. Sie hungerten, sie dursteten, sie litten große Qualen. Diejenigen, die nicht auf dem Schlachtfeld fielen, starben an Krankheiten oder erfroren. Doch das hatte auch sein Gutes.«

»Was meint Ihr damit?«

Tölpelhaft hatte ich genau dieselbe Frage ein zweites Mal gestellt, geradeso, als könnte ich nichts anderes sagen. Nun, es fiel mir auch so schon schwer genug, diese Wörter überhaupt auszusprechen – äußerst langsam, mit großen Pausen dazwischen –, da sie, wie auch das, was Galindo sagte, in meinem Kopf widerzuhallen schienen.

»Es war gut, weil diejenigen, die starben, die Schwachen und Mutlosen waren. Die Überlebenden sind die Starken und Mutigen. Nun, da das Römische Reich so kläglich zerfallen ist, wäre die Zeit reif für eine neue Blütezeit der Goten. Sie könnten größere Macht erlangen als jemals zuvor. Sie könnten die *neuen Römer* werden ...«

Der alte Einsiedler war sichtlich benebelt von seinem Hanfrauch und lallte dummes Zeug. Doch fühlte ich mich kaum dazu berufen, ihn darauf aufmerksam zu machen, da meine eigenen Denk- und Sprechorgane fast ebenso stark beeinträchtigt waren wie die seinen.

»Und wenn die Goten die Römer in ihrer Eigenschaft als Herren der westlichen Welt ablösen sollten ... nun ... die Welt wäre sicher dankbar, daß sich die Goten zum *arischen* und nicht zum athanasianischen Christentum bekennen, wie es die Römer tun.«

Zu meinem Entsetzen, denn ich befürchtete allmählich, nie wieder einen anderen Satz formulieren zu können, hörte ich mich zum dritten Mal die Frage stellen: »Was meint Ihr damit?«

»Während ihrer ganzen Geschichte haben Europäer verschiedener Glaubensrichtungen einander aus diesem oder jenem Grund bekämpft und getötet. Doch vor dem Auftauchen des Christentums passierte es nie, daß Männer unserer westlichen Welt sich *wegen* ihrer religiösen Anschauungen bekämpften und umbrachten – und jeder dabei versuchte, dem anderen seine Überzeugung aufzuzwingen.« Galindo legte eine Pause ein, um erneut seinen fürchterlichen Rauch zu inhalieren. »Die arischen Christen dulden jedoch jede andere Religion neben der ihren, das Heidentum ebenso wie auch jene Menschen, die sich zu überhaupt keiner Religion bekennen. Daher würden die Goten, *sollten* sie siegreich sein, niemanden auf der Welt auffordern und auch von niemandem erwarten, dasselbe zu glauben wie sie.«

Wir verabschiedeten uns ohne großes Aufhebens. Ich erhob mich ziemlich schwankend und wünschte Galindo Lebewohl. Er antwortete mir lediglich mit dem römischen Gruß, da er gerade aus voller Kehle sang. Dann taumelte ich benommen über die freie Fläche davon, quälte mich mühsam durch den Graben, um wieder zu Made zu kommen, der treu gewartet hatte und die Pferde am Zügel hielt. Ich kniff die Augen zusammen, um mich konzentrieren zu können, bevor ich es wagte, meine Stimme wieder zu gebrauchen, und war erleichtert, andere Worte von mir zu hören als »Was meint Ihr damit?«, obwohl ich sie nur krächzend von mir geben konnte: »Wir wollen zu Filleins Haus zurückkehren.«

Made musterte mich prüfend. »Seid Ihr in Ordnung, Fráuja?«

»Ich hoffe es«, war alles, was ich sagen konnte, denn ich hatte keine Ahnung, ob das einmalige Inhalieren von Hanfrauch bleibende Schäden nach sich ziehen würde.

## 5

Als wir Besucher uns am nächsten Morgen verabschiedet hatten, trottete Made neben uns her – zwischen Swanildas und meinem Pferd – und brachte durch sein munteres Geplauder wieder etwas Abwechslung in unseren stumpfsinnigen Ritt durch das Weideland. Eine Zeitlang gab er lediglich Klatschgeschichten über verschiedene schillernde Persönlichkeiten von Noviodunum zum besten. Erwartungsgemäß brachte der Armenier aber schließlich die Rede auf zukünftige Unternehmungen.

»Wohin werdet Ihr und Frau Swanilda als nächstes aufbrechen, Fráuja?«

»Nachdem ich Meirus noch ein paar Fragen gestellt habe, die der Klärung bedürfen, gehen wir wieder für ein bis zwei Nächte in die Herberge zurück, um uns zu erfrischen und ein wenig auszuruhen. Anschließend packen wir unsere Sachen, die wir dort zurückgelassen haben, zusammen und reiten einfach ein gutes Stück weit nach Norden, bis in die Wildnis von Sarmatien. Allen Berichten zufolge kamen die ersten Goten aus dieser Richtung.«

»Und zuletzt sucht Ihr dann die Bernsteinküste auf?«

Ich mußte lachen. »Ich habe deine Nase keineswegs vergessen, Made.«

»Seine Nase?« fragte Swanilda irritiert.

Sie hatte noch nichts von den ehrgeizigen Plänen des Armeniers gehört, deshalb schilderte ich ihr kurz den Sachverhalt.

»Natürlich macht es einen besseren Eindruck, beruflich nach Bernstein statt nach Schlamm zu suchen«, sagte sie zu ihm. »Doch wird Meirus, dein Fráuja, nicht untröstlich sein, wenn du ihm sagst, daß du nicht mehr für ihn arbeiten willst?«

»Eher erzürnt, meine Dame«, sagte Made. »Außerdem bezweifle ich, daß ich die Angelegenheit überhaupt erwähnen muß. Meirus ist, was wir in unserer Sprache einen Wardapet nennen; in seiner Sprache versteht man darunter einen Chazzen und in Eurer einen Wahrsager.«

Und wahrhaftig stand, als wir die Stadt kurz nach Einbruch der Dunkelheit erreichten und als erstes Meirus' Lagerhalle aufsuchten, der dicke alte Jude schon davor, als ob er uns erwartet hätte. Er entbot Swanilda und mir nur ein knappes »hails«, bevor er Made kameradschaftlich auf die Schulter schlug und mit honigsüßer Stimme sagte: »Wie schön, dich wieder hierzuhaben, mein Junge. Wir haben deine Nase schmerzlich vermißt. In den letzten Tagen haben die Erdarbeiter Schlamm von höchst minderwertiger Qualität abgeliefert. Ich konnte mich der Erkenntnis nicht verschließen, daß mein ausgezeichneter Schlamm-Experte Anspruch darauf hat, für seine Mühen besser entlohnt zu werden.« Der Armenier öffnete den Mund zu einer Antwort, bekam aber keine Gelegenheit dazu. »Geh nun und ruhe dich in meinem

Haus aus, Made – ich meine Maghib. Du bist lange genug gerannt. Wir unterhalten uns über dein neues, höheres Gehalt, sobald ich den Marschall und seine Begleiterin willkommen geheißen habe.«

Made trollte sich niedergeschlagen und schlurfte mit unseren Pferden am Zügel die Straße entlang. Der Schlamm-Mann wandte sich uns zu und breitete überschwenglich die Arme aus.

»Nun, herzlich willkommen, Saio Thorn.« Er bat uns mit einer einladenden Geste ins Innere der Lagerhalle, wo wir uns auf einigen Heuballen niederließen. »Ich bin sicher, Ihr seid ungeheuer gespannt und neugierig darauf zu erfahren –«

»Als erstes zu erfahren«, unterbrach ich ihn, »ob es irgendwelche Nachrichten von Theoderich gibt.«

»Nein, nur Routineangelegenheiten. Nichts über den erwarteten Aufstand Strabos und seiner rugischen Verbündeten, wenn Ihr das meint.«

»Tatsächlich. Keine einzige Meldung? Ich frage mich, was sie mit dieser Warterei bezwecken.«

»Ich wette, ich kann Euch den Grund hierfür nennen. Höchstwahrscheinlich setzen sich die Truppen dort erst in Bewegung, wenn ihre Versorgung gesichert ist. Nämlich, wenn die Ernte eingebracht ist. Ja, ich prophezeie, daß sie im September oder noch etwas später losschlagen werden, nach der Ernte. Und noch bevor der Winter hereinbricht.«

»Das klingt plausibel«, sagte ich und nickte. »Wenn es tatsächlich so ist, könnte ich meine Suche zu Ende bringen und Theoderich wieder zur Verfügung stehen …«

»Nun kommt schon«, spornte Meirus mich an. »Habt Ihr keine *anderen* brennenden Fragen auf dem Herzen? Wie beispielsweise: Welche Neuigkeiten gibt es über die Person, die sich Thor nennt?«

»Nun gut! Was gibt es also Neues zu berichten über diesen hinterhältigen Sohn einer verschlagenen Hure?«

»Er tauchte natürlich noch einmal hier auf. Ebenso arrogant, herrisch und schlecht gelaunt wie das erste Mal. Genau wie Ihr, wenn sein Name erwähnt wird. Ich sagte ihm, Ihr wärt zu einem Erkundungsritt über das Delta aufgebrochen, kehrtet aber nach einiger Zeit wieder hierher zurück. Darauf knurrte er, er werde nicht im Sumpf hinter Euch herirren. Er sagte, er würde hier auf Euch warten, und ich solle Euch ausrichten, daß er sich in demselben Gasthaus einquartiert hätte wie Ihr. Außerdem hoffe er – und er sagte das in sehr spöttischem Ton – daß Ihr Euch nicht weiterhin feige vor Thors Hammer verstecken würdet. Werdet Ihr ihn zur Rede stellen?« schloß der Schlamm-Mann sensationslüstern seinen Bericht.

»Jetzt gleich?« erkundigte sich Swanilda bestürzt.

»Selbstverständlich. Einen Gott darf man nicht warten lassen. Da er jedoch keine Vorliebe für Damengesellschaft zu haben scheint, werde ich ihn allein aufsuchen.« Ich stand auf und ging nach draußen, gefolgt von den beiden anderen. »Meirus, gibt es hier in der Nähe eine andere Unterkunft, wo Swanilda für kurze Zeit bleiben könnte?«

»Meine eigene Wohnung gleich dort drüben«, sagte er und deutete darauf. »Sie wird mein Gast sein, und ich werde meine Diener anweisen, Mahlzeiten für sie zuzubereiten, und Made auftragen, sich um die Pferde zu kümmern.«

»Aber ... Thorn ... «, sagte Swanilda in flehentlichem Ton. »Wir sind jetzt schon so lange zusammen und haben eine so weite Reise hinter uns. Müssen wir uns jetzt wirklich trennen?«

»Thor bat darum, nur mich alleine zu sprechen, also soll er seinen Willen haben. Ich werde mich allein und zu Fuß auf den Weg machen und nichts außer meinem Schwert bei mir tragen. Es wird sicher nicht allzu lange dauern, meine Liebe. Ich möchte das abscheuliche Katz-und-Maus-Spiel, das er mit uns treibt, beenden.«

»Kommt, Frau Swanilda«, sagte Meirus fröhlich und nahm ihren Arm. »Ich freue mich, eine Besucherin zu haben. Das ist so selten der Fall. Und ich würde Euren Rat hinsichtlich einiger meiner Geschäftsideen begrüßen.« Als sie miteinander die dunkle Straße hinuntergingen, setzte er ihr diese Ideen mit Feuereifer auseinander. »Ich habe beschlossen, mein Geschäft zu erweitern und zusätzlich noch Handel mit Bernstein zu betreiben. Aus diesem Grund würde ich Made gern mit Euch und dem Marschall in den Norden schicken, falls Ihr damit einverstanden seid – zur Bernsteinküste –, wo Made als mein Schürfer und Vertreter für mich arbeiten wird und ...«

Seine Stimme verlor sich in der Ferne und ich mußte unwillkürlich lächeln, als ich entschlossen die entgegengesetzte Richtung einschlug: Der alte Jude besaß ja tatsächlich einiges Geschick in der Kunst des Hellsehens.

*

Ich hielt mich länger in dem Gasthaus auf, als ich erwartet oder beabsichtigt hatte. Als ich schließlich wieder ging, wurde mir klar, daß Swanilda sich sicher schon große Sorgen um mich machte – und Meirus es wahrscheinlich kaum erwarten konnte, das Ergebnis meines Treffens zu erfahren –, daher versuchte ich, mich auf dem Rückweg zu beeilen, doch ich war wie betäubt und konnte mich nur steif und hölzern fortbewegen. Meine Gedanken waren so in Aufruhr, daß ich, als ich zu der Lagerhausgegend am Flußufer kam, noch eine ganze Weile herumsuchen mußte, bis ich das Haus wiedererkannte, das Meirus mir gezeigt hatte. Auf dem ganzen Weg zurück vom Gasthaus hatte ich versucht, mir eine plausible Geschichte zurechtzulegen. Doch hatte ich offenbar keinen Einfluß auf meine Gesichtsfarbe, denn als ich mit dem Stiefel an den Türrahmen klopfte und Meirus selbst mir öffnete, rief er nach einem einzigen Blick auf mich aus: »Oh, Saio Thorn, Ihr seid ja so blaß wie ein Gespenst! Kommt 'rein, kommt schnell herein. Hier, nehmt einen ausgiebigen Schluck aus diesem Weinschlauch.«

Ich folgte seiner Aufforderung und trank dankbar, während er, Swanilda und Made, die hinter ihm in die Eingangshalle drängten, mich mit einer Mischung aus Anteilnahme, Erwartung und Furcht beobachteten.

»Kam es zu einem Duell, Thorn?« fragte Swanilda atemlos, als ich schließlich den Weinschlauch absetzte.

»Ging es zu Euren Gunsten aus, Fráuja Thorn?« erkundigte sich Made schüchtern.

Meirus bemerkte: »Nun, er ist immerhin hier, auf den Beinen, und hat allem Anschein nach keine größeren Verletzungen davongetragen.«

»Besiegtet Ihr einen *Gott*, Fráuja Thorn?« beharrte Made. »In einem Kampf Mann gegen Mann?«

»Thor ist kein Gott«, sagte ich und versuchte, die Sache mit einem kurzen Lachen abzutun. »Und es fand auch kein Duell statt.

Er ist kein Feind. Er hatte sich nur verstellt und trieb seine Späße mit uns, als er uns scheinbar so erbittert verfolgte.«

»Oh, ich hatte so gehofft, daß etwas Ähnliches dahintersteckt!« rief Swanilda, stimmte in mein Gelächter ein und schlang die Arme um mich. »Ich bin ja so *froh!*«

Meirus enthielt sich eines Kommentars, doch betrachtete er mich nachdenklich mit zusammengekniffenen Augen.

»Ich bin überrascht, alter Hellseher, daß Ihr nicht etwas in der Art vorhergesehen habt«, neckte ich ihn, in dem Bestreben, einen möglichst sorglosen und ungerührten Eindruck zu machen.

»Ich auch«, murmelte er und betrachtete immer noch aufmerksam mein Gesicht.

Ich sah mich zu der Bemerkung veranlaßt: »Meine Blässe ist zweifellos darauf zurückzuführen, daß ich mich in der *Erwartung* eines Duells auf den Weg machte und diese düstere Stimmung noch nicht ganz abzuschütteln vermochte.« Ich lachte erneut. »Doch unser vermeintlicher furchterregender Verfolger ist in Wahrheit ... nun, so ziemlich genau das, für was Ihr ihn anfangs hieltet, Meirus. Ein Amtsgenosse von mir, sozusagen, der entsandt wurde, mir bei meiner historischen Suche zu helfen.«

Der Schlamm-Mann runzelte nun nachdenklich die Stirn. Anscheinend kamen ihm meine Bemühungen, die Befürchtungen, die alle gehegt hatten, zu zerstreuen und sie ins Lächerliche zu ziehen, reichlich übertrieben vor.

Doch Meirus sagte nur: »Dann kommt, Marschall. Kommt herein und bedient Euch. Das Essen steht noch auf dem Tisch.«

»Und erzähl' uns alles«, rief Swanilda vergnügt. »Wer Thor wirklich ist und warum er hier ist.«

»Ich weiß nicht, ob es ein Zufall war«, sagte ich, »oder ob vielleicht alle Könige einfach zur selben Zeit dieselben Ideen haben. Jedenfalls beschloß Theoderichs Cousin Eurich, der König der Westgoten, drüben in Aquitanien zu fast derselben Zeit wie Theoderich, die wahrheitsgetreue Geschichte der Goten erforschen zu lassen. Und wie Theoderich entsandte auch Eurich einen Mann, der die alte Spur jener ersten nomadischen Goten zurückverfolgen sollte. Natürlich trug Eurich seinem Gesandten Thor auf, in Novae eine Pause einzulegen, Theoderich seine Aufwartung zu machen und seine Mission zu erklären. Und natürlich sagte Theoderich ihm bei dieser Gelegenheit, daß ich mit demselben Auftrag bereits unterwegs sei. Deshalb beeilte sich Thor, mich einzuholen. Wie wir inzwischen alle wissen, verpaßte er uns in Durostorum nur knapp. Doch blieb er uns auf den Fersen und kam, wahrscheinlich um seine Reise etwas abwechslungsreicher zu gestalten, auf die Idee, einen Jux aus der ganzen Verfolgungsjagd zu machen und so zu tun, als stelle er uns aus irgendeinem düsteren, mysteriösen Grund nach.« Ich wedelte lebhaft mit dem Knochen, an dem ich genagt hatte. »Wie ich schon sagte, reine Albernheit. Und reiner Zufall.«

»Ein unglaublicher Zufall«, knurrte Meirus. »Einschließlich der Namen Thor und Thorn.«

»Ja«, sagte Swanilda vergnügt. »War der Name Thor nur ein Teil seines Streichs?«

»Nein«, sagte ich. »Zufall oder nicht, er heißt *wirklich* Thor.« Und das war das erste Mal während meines Berichts, daß ich die Wahrheit sprach – oder wenigstens einen Teil der Wahrheit. »Nun, unsere Begegnung verlief alles andere als harmonisch, zumindest am Anfang. Ich ließ mir von dem Griechen im Gasthaus Thors Zimmer zeigen und stürmte mit gezücktem Schwert auf ihn los. Hätte er sein eigenes Schwert in Reichweite gehabt, wäre es durchaus möglich gewesen, daß wir uns gegenseitig erschlagen hätten, bevor wir irgendwelche Erklärungen hätten abgeben können. Doch war er eben im Begriff, ins Bett zu gehen, unbekleidet und unbewaffnet, deshalb verzichtete ich darauf, den ersten Schlag auszuführen. Als er dann seine Geschichte erzählt hatte, mußten wir natürlich beide herzlich lachen.« Swanilda und Made lachten ebenfalls, als wären sie auch dabei gewesen, doch der alte Jude stimmte nicht in ihr Gelächter mit ein. »Das ist die ganze Geschichte. Thor wird mich jetzt bei dieser Mission begleiten und –«

»*Uns* begleiten«, sagte Swanilda und legte ihre Hand auf meine.

Ich fuhr fort: »Wir werden zusammen weitersuchen und von hier aus in Richtung Norden aufbrechen. Außerdem könnte es sein – ich hatte noch keine Gelegenheit, ihn danach zu fragen –, daß er bereits über mir noch unbekannte Informationen verfügt. Vielleicht hat er schon Überlegungen angestellt, wo wir am sinnvollsten nachforschen könnten ... um bessere Beweise zu finden als alte Lieder und verschwommene Erinnerungen ...«

»Ich könnte mir vorstellen«, sagte Swanilda, »daß Maghib ebenfalls den Wunsch hat, sich uns anzuschließen, wenn du nichts dagegen hast.«

»Nun, die Sache ist die ...«, sagte ich und trommelte mit den Fingern auf dem Tisch. »Betrachte es einmal aus folgendem Blickwinkel. Diese Mission, die ich eigentlich allein durchführen wollte, bekam immer mehr Mitläufer auf dem Weg hierher.« Swanilda sah mich bestürzt an, daher wandte ich mich direkt an sie. »Ich sagte dir schon zu Beginn, meine Liebe, daß unerforschtes Gebiet vor uns liegt, das möglicherweise nur so wimmelt von Wilden. Sicher ist, daß wir die größten Chancen haben, mit dem Leben davonzukommen und die Informationen, die wir suchen, zu finden, wenn wir möglichst wenige sind.« Ich richtete meinen Blick auf die beiden anderen. »Ich kann mich nicht weigern, meinen neuen Verbündeten mit mir zu nehmen, denn Thor ist der Gesandte eines anderen Königs und mit derselben Mission beauftragt wie ich. Doch muß ich leider feststellen, daß diese Suche allmählich zu einem *Chaos* ausartet.«

Swanilda sah nun furchtbar gekränkt aus, Made wirkte sehr niedergeschlagen, und Meirus sah mich unablässig, wenn auch mit völlig ausdruckslosem Blick an. Ich schloß meine Argumentation mit den Worten: »Ich hoffe, Ihr habt alle Verständnis für meine Lage. Ich muß die ganze Sache noch ausführlich mit Thor besprechen. Es steht mir nicht zu, willkürlich zu entscheiden, wie sich die Gruppe von nun an zusammensetzen wird.«

Swanilda, die äußerst betrübt wirkte, nickte und Made folgte ihrem Beispiel.

»Nun«, sagte ich, »werde ich ins Gasthaus zurückkehren und mich mit Thor in meine Gemächer zurückziehen, wo ich gewisse Unterlagen und Karten aufbewahre, die ich zu einem früheren Zeitpunkt während dieser Reise angefertigt habe. Ich will ihm Zugang zu allem verschaffen, was ich bis jetzt erfahren habe, und ihn ersuchen, umgekehrt mir alles, was er weiß, mitzuteilen. Dann werden wir besprechen, wie wir weiter vorgehen und welche Begleiter – falls überhaupt – wir mitnehmen wollen. Wahrscheinlich wird uns das die ganze Nacht beschäftigen. Wenn wir dann schließlich doch vom Schlaf übermannt werden, schlafen wir sicherlich lange aus. Da das Zimmer auch Swanilda gehört und

Thor und ich es momentan für uns beanspruchen, bitte ich Euch, Meirus, so gastfreundlich zu sein und sie noch bei Euch zu behalten, bis ich sie morgen abholen werde.«

»Das läßt sich einrichten«, sagte er in äußerst frostigem Ton zu mir und wandte sich dann mit großer Wärme in der Stimme an Swanilda: »Werdet Ihr einem alten Mann die Ehre erweisen, seine Einladung anzunehmen, die Nacht hier zu verbringen?«

Bedrückt nickte sie wortlos und wünschte mir nicht einmal mehr »Gute Nacht«, als ich ging.

*

Thor war bereits in meinen Gemächern, als ich zurückkam. Er fragte mich: »Was hast du ihnen gesagt?«

»Die Unwahrheit«, antwortete ich.

## 6

»Die Unwahrheit?« erwiderte Thor gleichgültig. »Wozu der Aufwand?«

»Weil der Schlamm-Mann bissige Bemerkungen über all die Zufälle machte, die bei unserer Begegnung eine Rolle spielten. Wenn er – oder überhaupt jemand – nur wüßte, wieviele Zufälle tatsächlich nötig waren, uns zusammenzubringen ...«

»Unglaublich, das stimmt. Doch *du* bist ebenfalls unglaublich. *Ich* bin unglaublich. Sollen die Ahnungslosen doch ungläubig sein. Warum sollten wir uns den Kopf darüber zerbrechen, was irgend jemand außer uns selbst möglicherweise von uns denkt? Außerdem hast du mir noch gar nicht gesagt ... was *du* von mir denkst? Bin ich nicht ansehnlich? Begehrenswert? Unwiderstehlich?«

Thor lag nackt auf meinem Bett, lächelte mich aufreizend an und räkelte sich wollüstig im warmen Schein der Lampe, um Gesicht und Körper gebührend zur Geltung zu bringen. Ich hätte deren Schönheit in der Tat gepriesen, wenn ein solches Verhalten nicht schamlos unbescheiden von mir gewesen wäre, da Thors Gesicht und Körper den meinen unglaublich ähnlich waren.

Inzwischen war ich auch nackt, und wir wiesen alle beide ähnliche, untrügliche Zeichen sexueller Erregung auf. Thor starrte jedoch nur hingerissen auf meine Kehle.

»Ich freue mich so darüber, daß du auch den Venuskragen trägst.«

»Wie bitte?«

»War dir gar nicht bewußt, daß du einen hast? Und ist dir auch nicht aufgefallen, daß ich einen habe?«

»Ich trage überhaupt nichts. Oder wenigstens nichts außer der Gänsehaut meiner Erregung. Ich weiß nicht, was ein Venuskragen ist.«

»Die kleine Falte rund um deinen Hals, genau da.« Thor zeichnete sie mit einer Fingerspitze nach, was meine Gänsehaut ungeheuer verstärkte. »Bei Männern tritt dieses Phänomen nicht auf, nur bei manchen Frauen. Und zumindest bei uns beiden glücklichen Hermaphroditen. Es handelt sich dabei um keine Runzel, da der Venuskragen schon bei ganz kleinen Mädchen beobachtet werden kann, lange bevor sie ihn zu Recht tragen.«

»Was willst du damit sagen?«

»Der Venuskragen ist ein untrüglicher Hinweis auf einen ungewöhnlich ausgeprägten sexuellen Appetit. Sind dir nicht schon Frauen aufgefallen, die genau an dieser Stelle ein Band um den Hals tragen? Sie versuchen keusch, dieses Indiz zu verbergen« – Thor lachte – »oder so zu tun, als besäßen sie es.«

Obwohl mir entgangen war, daß wir beide diesen Venuskragen hatten, war mir der eine auffallende Unterschied zwischen unseren Körpern sofort ins Auge gestochen. Mein eigener Körper wies nur belanglose Spuren vergangener Mißgeschicke auf – wie die winzige Narbe, die meine linke Augenbraue spaltete und von der Keule eines burgundischen Bauern herrührte, und die halbmondförmige Narbe auf meinem rechten Unterarm, wo Theoderich den Schlangenbiß herausgeschnitten hatte. Doch der obere Teil von Thors Rücken, zwischen seinen Schulterblättern, war durch eine wirklich fürchterliche Narbe entstellt. Sie war glänzend weiß und runzlig und sicher schon so alt, daß Thor sie seit seiner Kindheit haben mußte. Sie war so groß wie meine Handfläche und kein Andenken an einen Unfall, da sie die Form des »gebogenen Kreuzes« aufwies, jene vier rechtwinkligen Arme, die den kreisförmig geschwungenen Hammer des Gottes Thor symbolisieren. Allein der Anblick dieser Narbe tat mir schon weh, als könnte ich den höllischen Schmerz spüren, den Thor als Kind empfunden haben mußte, als das Zeichen in seine glatte Haut geschnitten oder eingebrannt worden war.

Ich fragte: »Wie kamst du zu dieser Narbe?«

»Mein allererster männlicher Liebhaber«, sagte Thor so beiläufig, als seien sowohl der Liebhaber als auch die Verletzung völlig belanglos. »Ich war sehr jung und nicht besonders treu. Er war sehr eifersüchtig und nicht besonders nachsichtig. Daher das Brandzeichen der Schande.«

»Warum brandmarkte er dich mit dem Hakenkreuz?«

Thor zuckte nachlässig mit den Schultern. »Es war wahrscheinlich ironisch gemeint. Weil Thors Hammer über den frisch Vermählten geschwungen wird, um Beständigkeit zu garantieren. Doch bin ich bestrebt, aus allem, was mir widerfährt, wenigstens einen gewissen Nutzen zu ziehen. Die Narbe brachte mich zumindest auf die Idee, Thor als meinen männlichen Namen anzunehmen.«

»Und du sagtest, Genoveva sei dein weiblicher Name. Wie lange benutzt du den schon?«

»Seit ich denken kann. Die Nonnen gaben mir diesen Namen, als ich ein Säugling war. Sie nannten mich nach der Königin und Gemahlin des großen Kriegers der Westgoten, Alareichs.«

»Interessant«, sagte ich. »Bei mir war es genau umgekehrt. Den männlichen Namen Thorn bekam ich als Säugling, später wählte ich dann Veleda als meinen weiblichen Namen.«

Thor lächelte mich einladend an und liebkoste mich aufreizend. »Bist du nervös, Thorn-Veleda? Redest du deshalb so viel? Wirklich, Thorn! Auf diese Nacht haben wir lange gewartet. Komm. Laß' uns beweisen, daß wir unsere Venuskrägen zu Recht tragen.«

An diesem Punkt muß ich gestehen, daß meine angenehmen Erinnerungen an die Wonnen, die mir frühere Liebhaber verschafft hatten, während des Geschlechtsverkehrs mit Thor verblaßten und in Vergessenheit gerieten. Die Genüsse, an denen ich mich erst vor kurzem mit Swanilda ergötzt hatte, schienen schal im Vergleich zu dem, was mir jetzt an Genuß geboten wurde. Rückblickend sah ich jetzt jeden Geschlechtsakt, jeden beliebigen Partner meines bisherigen Lebens in diesem Licht – Widamer, Renata, Naranj,

Dona, Deidamia, all die anderen, an deren Namen ich mich nicht mehr erinnerte – selbst Gudinand, dessen Andenken ich schon so lange in Ehren hielt.

Wenn es etwas gab, das mich daran hinderte, diese Nacht aus vollem Herzen zu genießen, dann war es eine kleine Ungereimtheit, die mir keine Ruhe ließ. Seit Swanildas Bemerkung über die Ähnlichkeit der Namen Thor und Thorn war ich – ja was eigentlich? – aufgewühlt? irritiert? erregt? beunruhigt? gewesen, wann immer der Name Thor erwähnt worden war. Warum nur? Ich mag eine gewisse Vorahnung gehabt haben, wer und was Thor wirklich war. Doch hätte mich die Aussicht auf die Entdeckung, daß ich keinen Einzelfall innerhalb der menschlichen Rasse darstellte, kaum geärgert oder in Schrecken versetzt. Schließlich hatte ich seit meiner Kindheit, als ich erfahren hatte, was ich war, inständig gehofft, einem Menschen wie mir selbst zu begegnen.

War es dann denkbar, daß ich etwas anderes vorausgeahnt hatte? Etwas *Schreckliches*, das die Begegnung von Thor und Thorn überschatten sollte? Auch das konnte ich kaum glauben. Wenn es je zwei menschliche Wesen gegeben hatte, die von der Natur dazu ausersehen waren, einander Freude zu bereiten, und vom Schicksal dazu bestimmt waren, einander die Treue zu halten, konnten das nur Thor und Thorn sein. Außerdem wurde Thor offensichtlich nicht von irgendwelchen bösen Ahnungen heimgesucht. Beim ersten Hinweis auf meine Existenz – auf die Möglichkeit, ein anderer Hermaphrodit könnte vielleicht tatsächlich zur selben Zeit in derselben Welt leben –, hatte Thor sich voller Verlangen auf die Suche nach mir begeben.

Hinter der ganzen Angelegenheit steckte Widamer, jener Gesandte des westgotischen Hofes in Tolosa, da der Besuch bei seinem Cousin Theoderich in Novae ihm zunächst ein paar glückliche Stunden mit einer Stadtbewohnerin namens Veleda und anschließend eine fragwürdige Begegnung mit einem Herzog namens Thorn beschert hatte.

Widamers Abschiedsworte mir gegenüber waren gewesen: »Ich werde diese Angelegenheit im Auge … und in Erinnerung behalten …« Diesem Vorsatz war er offensichtlich treu geblieben, obwohl er anscheinend nie den tatsächlichen Zusammenhang zwischen Veleda und Thorn durchschaut hatte. Jedenfalls machte Widamer einige Zeit später, bei einem Fest in Tolosa, in möglicherweise angetrunkenem Zustand, eine Bemerkung über die verblüffende Ähnlichkeit zweier Personen, die er in Novae getroffen hatte. Vielleicht hatte es sich dabei nur um eine frivole oder obszöne Spekulation über das Naturell dieser beiden Personen gehandelt. Einer der Gäste bei diesem Fest, der diese Bemerkung mitbekam, hatte jedoch sofort erkannt, was Widamer verborgen geblieben war. Bereits am darauffolgenden Morgen hatte Thor ein Pferd gesattelt und war in Richtung Osten nach Novae geritten. Als er dort erfuhr, daß ich mich mit Nachforschungen befaßte, war er mir gefolgt, so lange, bis er mich schließlich gefunden hatte. Und nun lagen wir also, in inniger Umarmung, hier in diesem Zimmer.

Ich sagte: »Hast du wirklich vor, niemals nach Tolosa zurückzukehren, wie du gestern angedeutet hast? Ich hatte nämlich angenommen, daß du ein junger Adliger von gehobenem Stand wärst, da du ja einem Fest bei Hofe dort beiwohntest.«

»Ich wünschte, es wäre so«, sagte Thor und brachte mich dann erneut aus der Fassung. »Ich bin – oder vielmehr ich war – Kammerzofe und Haarpflegerin von König Eurichs Gemahlin, Königin Ragna.«

»Was? Eine *männliche* Kammerzofe? Eine Kammerzofe namens *Thor?«*

»Namens Genoveva. Und nicht männlich. In meinem Heimatort Tolosa und überall im Gebiet der Westgoten, wo ich mich in Begleitung der Königin aufhielt, war ich bekannt und geachtet als ihre fingerfertige Kammerzofe Genoveva. Ich bemühte mich, diesen guten Ruf nicht zu schädigen. Genovevas kleine Indiskretionen wurden immer äußerst diskret abgewickelt. Nur wenn ich meine männlichen Bedürfnisse befriedigen wollte, wurde ich Thor, und bei diesen Gelegenheiten pflegte ich mich in ein Lupanar von üblem Ruf zu stehlen, wo die Frauen den Männern, die ihre Gelüste an ihnen stillen, wenig Fragen stellen.«

»Interessant«, sagte ich erneut. »Ich treffe auch viele Vorkehrungen, um meine Identität zu schützen, nur umgekehrt. Ich lebe als Mann in der Öffentlichkeit.«

»Ich sagte dir ja schon, ich bin von meiner Erziehung her nicht gerade abgehärtet. Ich war ein Findling, wurde von Nonnen erzogen und unterrichtet und in Tätigkeiten unterwiesen, die für eine Frau als passend empfunden wurden. Nähen, Putzen, Kochen, schließlich noch die Fertigkeiten des Schminkens, des Haarefärbens und Haarekräuselns. Und dann verließ ich das Kloster, um meinen eigenen Weg im Leben zu finden.«

»Ich will dir nun die Lügen wiederholen, die ich meinen Freunden hier über dich erzählt habe.«

»Warum?«

»Damit du dasselbe über unsere Begegnung erzählst wie ich, wenn du mit Meirus, Swanilda oder Made sprichst.«

»Warum sollte ich mit ihnen sprechen?«

»Weil sie alle auf irgendeine Weise in meine Mission verwickelt sind, eine Geschichtschronik über die Goten zu erstellen.«

Thor wich ein Stück zurück. »Ich hatte gehofft, daß du nach dem, was heute abend zwischen uns vorgefallen ist, diese alberne Mission aufgeben würdest.«

»Sie aufgeben? Ich bin im Auftrag des Königs hier!«

»Na und? Ich verließ ohne Erklärung oder Entschuldigung eine Königin, nur um dich zu finden. Es ist mehr als wahrscheinlich, daß Königin Ragna mir eine Abordnung nachgesandt hat, die den Auftrag hat, mich zu bestrafen.« Offenbar nicht beunruhigt von dieser Aussicht fügte Thor kichernd hinzu: »Ich weiß nur zu gut, daß sie inzwischen wie eine häßliche alte Hexe aussehen muß, nun, da sie meine Dienste nicht mehr in Anspruch nehmen kann.«

»Ich bin geschmeichelt, daß du mich so intensiv gesucht hast. Doch muß ich dich darauf hinweisen, daß du eine Kammerzofe warst. Ich bin Marschall eines Königs.«

Thor zog sich noch weiter von mir zurück und sagte gereizt: »Ach ja. *Nur* eine Kammerzofe. Die unwürdige Dienstmagd bittet Euch um Verzeihung, Erlauchtester. Ihr seid mir ja so überlegen. Selbstverständlich gehen Eure Wünsche immer vor.«

»Nun, nun. Ich wollte keinen herablassenden Eindruck machen oder –«

»Du bist von höherem Rang, Saio Thorn, doch nur, wenn du deinen Titel, deine Insignien *und deine Kleider* trägst. Im Moment sehe ich auf diesem Bett nur zwei nackte Hermaphroditen, beide

Mißgeburten, Ausgestoßene aus der Welt der Normalen. Keiner von beiden ein Jota besser oder anders oder von höherem Stand als der andere.«

»Völlig richtig«, sagte ich, wenn auch etwas steif. »Immerhin mußt du aber doch zugeben, daß du wesentlich weniger aufgeben mußtest als das Amt eines Marschalls.«

Unvermittelt hellte sich Thors Stimmung wieder auf. »Wir streiten uns tatsächlich – wie ein ganz gewöhnliches Ehepaar. So weit dürfen wir es niemals kommen lassen. Wir beide müssen gegen den Rest der Welt zusammenhalten. Warte ... laß mich dich wieder im Arm halten ...«

Im nächsten Moment taten wir etwas, das für andere Menschen, gleichgültig welchen Geschlechts, anatomisch unmöglich wäre. Und der Höhepunkt dieses Liebesspiels war so vollkommen und paradiesisch schön, daß man ihn keinem anderen Menschen außer einem Hermaphroditen begreiflich machen kann – und dann auch *nur* einem Hermaphroditen wie Thor oder mir, der das außerordentliche Glück gehabt hatte, einen anderen Hermaphroditen gefunden und mit ihm Geschlechtsverkehr gehabt zu haben.

An dieser Stelle muß ich noch etwas anderes gestehen, weil viele meiner folgenden Handlungen sonst unverständlich wären.

Um ganz ehrlich zu sein, noch bevor diese Nacht sich dem Ende zuneigte, war ich Thor mit Haut und Haaren verfallen. Ich hatte mich keineswegs in ihn verliebt; ja ich war nicht einmal schwärmerisch vernarrt in Thor *als Thor*; Ich war einfach nur völlig überwältigt und hingerissen von den unerschöpflichen sexuellen Wonnen, die Thor mir zu bieten vermochte. Ich muß wohl kaum erwähnen, daß ich niemals in meinem Leben unter dem lähmenden christlichen Laster der falschen Scham gelitten hatte und weder meinen sexuellen Appetit unterdrückt noch Mangel an Gelegenheiten gehabt hatte, diesen Appetit zu stillen. Und doch ähnelte ich jetzt einem völlig zügellosen Menschen, der sich, nachdem er sich lange mit einer frugalen Diät bescheiden mußte, endlich an eine unermeßlich reich gedeckte Tafel versetzt sieht – die nicht nur die üblichen Speisen bietet, sondern köstliche Delikatessen, mit denen er seinen unersättlichen Hunger immer wieder zu stillen sucht. Nun, da ich mich selbst in den Fesseln einer ins Maßlose gesteigerten sexuellen Gier erlebte, konnte ich plötzlich nachempfinden, wie ein Trinker Sklave seines Weines wird und warum der alte Einsiedler Galindo jeder menschlichen Gesellschaft und Annehmlichkeit entsagte außer der, die ihm der abscheuliche Rauch seines Krautes verschaffte.

Als wir nach unserem sinnlichen Akt der Wollust wieder nebeneinander lagen, die Körper vor Schweiß glänzend, sagte ich: »Da du mir bis hierher gefolgt bist, Thor, und von meiner Suche wußtest, hätte ich eigentlich erwartet, daß du vorhast, dich mir anzuschließen, statt davon zu sprechen, sie abzubrechen.«

Thor sagte erneut: »Ich verabscheue Reisen, Unannehmlichkeiten und das Leben im Freien. Ich bevorzuge bei weitem eine geordnete und behütete Existenz. Um das zu erreichen – *gemeinsam mit dir* wäre ich ganz und gar nicht abgeneigt, die zweifelhaften Vorteile meiner doppelten Identität aufzugeben. Ich hätte keinerlei Bedenken, mein wahres Ich auszuleben, und würde wohlgemut jede Niederträchtigkeit ertragen, die das mit sich bringen würde. Warum sträubst du dich dagegen, es mir gleich zu tun, Thorn? In Novae erfuhr ich, daß du nicht unvermögend bist, und man zeigte mir dein nobles Anwesen. Warum sollten wir beide nicht einfach dorthin zurückkehren, um dort angenehm und glücklich in müßiger Zurückgezogenheit zu leben und das gemeine Volk denken oder reden lassen, was es will?«

»Liufs Guth!« stieß ich hervor. »Ich habe gearbeitet, gekämpft und getötet, um den Rang und Reichtum eines Herzogs zu bekommen. Ich habe gearbeitet, gekämpft und getötet, um meinen Posten zu behalten. Wenn König Theoderich erfahren sollte, daß er einen Hermaphroditen in den Adelsstand erhoben hat, wie lange, glaubst du, würde ich dann noch Herzog sein? Oder wohlhabend? Oder Besitzer dieses Anwesens? Nein, ich habe nicht vor, auf alles zu verzichten, was ich besitze, nur um der Welt der Normalen ein trotziges Schauspiel zu bieten.«

Der Gedanke ging mir durch den Kopf, daß meine Worte wie die eines Christen wirken mußten: unerschütterlich darauf beharrend, gut zu sein und das Richtige zu tun, und das nur wegen der Belohnungen, die für ein solches Verhalten winken. Deshalb sagte ich noch: »Theoderich und ich waren schon lange Freunde, bevor er König wurde, ich meinen Treueeid ablegte und er mich zu seinem Marschall machte. Bei unserer allerersten Begegnung rettete er mir nach dem Biß einer Viper das Leben. Ich schulde ihm mehr als die Vasallentreue, die man einem König entgegenzubringen hat, ich schulde ihm als Mensch kameradschaftliche Loyalität. Außerdem übernahm ich mit den Privilegien der Herzogswürde gleichzeitig auch Verpflichtungen. Darüber hinaus muß ich an meine Selbstachtung denken. Ich habe diese Mission angenommen und ich werde sie auch zu Ende führen. Du kannst mit mir kommen, Thor, oder hier bleiben und auf mich warten, ganz wie es dir beliebt.«

Mochten diese Worte auch entschlossen und herrisch klingen, so zeugten sie doch in Wahrheit vom ausweichenden Verhalten eines Schwächlings. Ich versäumte es nämlich, eine dritte Alternative zu erwähnen: daß Thor nach Tolosa zurückkehren oder woanders hingehen und mich für immer verlassen könnte. Doch haltet mir zugute, daß ich ihm bereits verfallen war. Obwohl Thor bemerkt haben mußte, daß ich nur zwei der drei Möglichkeiten dargelegt hatte, reagierte er keineswegs hocherfreut, sondern hüllte sich in eisiges Schweigen. Deshalb bemerkte ich, während ich mit einer gewissen Unruhe darauf wartete, Thor sagen zu hören: »Ich werde dich begleiten« oder »Ich werde auf dich warten«: »Meine Begleiterin Swanilda war übrigens früher auch Kammerzofe. Zuerst bei Theoderichs Schwester, Prinzessin Amalamena, später dann bei seiner –«

Thor brach sein Schweigen und herrschte mich an: »Wahrhaftig! Du verlangst von mir Treue und Beständigkeit und hast die ganze Zeit seit Novae diese Dirne bei dir!«

Ich versuchte zu protestieren: »Ich habe nichts verlangt von –«

»Du sagtest, ich brauche nicht mehr weiter zu suchen. *Oder vom Pfad der Tugend abzuweichen.* Willst du mir jetzt allen Ernstes erzählen, daß ich dich von nun an mit dieser Schlampe teilen muß?«

»Nein, nein«, sagte ich unschlüssig. »Das wäre wohl keinem von euch beiden gegenüber fair. Und da ich damit rechnete, daß du tatsächlich mit mir weiterreisen würdest, habe ich auch schon mit Swanilda gesprochen ... und angedeutet, daß sich unsere Wege bald trennen würden ...«

»Das möchte ich auch hoffen! Und wer ist eigentlich dieser Made, von dem du sprachst? Ist das deine *männliche* Konkubine?«

Über diese absurde Vorstellung mußte ich einfach lachen, was der Standpauke, die Thor nun zu hören bekam, ein wenig die Schärfe nahm: »Nun hör' mir mal gut zu! Ich gebe zu, daß du mit deiner Bemerkung vorhin recht hattest – daß wir beide gleich sind, wenn wir uns unserer Kleider und anderer Oberflächlichkeiten entledigt haben. Wenn wir ab jetzt ein Paar sein wollen, verspreche ich, weder als dominanter Ehemann noch als dominante Ehefrau aufzutreten. Doch erwarte ich dasselbe Zugeständnis auch von dir. Merk' dir außerdem: Das ist *meine* Suche. Ich nehme mit, wen ich will, und ob wir nun viele oder wenige sind: Der Anführer unserer Truppe bin immer noch ich, wenn es darum geht, Entscheidungen zu treffen oder Befehle zu geben.«

»Vái, vái, vái!« sagte Thor, der urplötzlich wieder guter Laune war. »Schon wieder ein Streit? Warum suchst du ständig Streit, Thorn, und vergeudest so viel kostbare Zeit von unserer ersten gemeinsamen Nacht? Komm, wir wollen unseren Streit mit Küssen beenden und dann noch einmal ...«

»Wirklich, Thor. Der Morgen bricht schon fast an.«

»Na und? Schlafen können wir, wenn wir nicht mehr genug Energie oder Phantasie haben, um etwas Besseres mit unserer Zeit anzufangen. Danach werden wir deine großartige Suche fortsetzen – und ja, natürlich werde ich dich begleiten. Doch ist der Pfad der Goten schon jahrhundertealt; er kann noch ein wenig länger warten. Meine ... Bedürfnisse ... sind drängender. Deine nicht?«

Gewiß liebte ich Thor damals nicht, noch liebte er mich. Doch ist es ebenso gewiß, daß wir beide verwirrt und fast von Sinnen waren, so stark war unsere Besessenheit voneinander. Und das gleich vom Beginn unserer Beziehung an, als wären wir vom Spruch eines Zauberers oder durch eine Beschwörung von Dus, dem Geist der Wollust, in diesen Zustand versetzt worden. Ein Beweis für die ekstatische Verzückung, die von uns beiden Besitz ergriffen hatte, war, daß irgendwann während unserer nächsten Umarmung in dieser Nacht einer von uns keuchte: »Ach, wie innig wünschte ich mir, dir ein Kind schenken zu können ...«

Und der andere darauf erwiderte: »Ach, wie innig wünschte *ich* mir, dein Kind austragen zu können ...«

Doch erinnere ich mich nicht daran, wer von uns beiden welche Worte aussprach.

»Jesus Christus!«

Sie sprach nicht sehr laut, doch rissen mich diese Worte aus dem Schlaf, und mein erster Gedanke war, daß ich noch nie gehört hatte, daß Swanilda den Namen Jesu als Fluch benutzt hätte. Mein zweiter Gedanke war Erleichterung darüber, daß unsere Decken Thors und meine Blöße leidlich verhüllten, da helles Tageslicht durch das Fenster des Zimmers strömte und Swanilda uns offensichtlich in enger Umarmung hatte liegen sehen. Dann fiel die Tür mit einem lauten Knall ins Schloß, als sie aus dem Zimmer stürzte. Ich beeilte mich, aus dem Bett zu kommen, doch Thor lachte nur.

»Ihr Überwachungssystem funktioniert gut, nicht wahr?«

»Sei ruhig«, knurrte ich, während ich ungeschickt anfing, mich anzuziehen.

»Nun, wenn sie dein Geheimnis bis jetzt noch nicht geteilt hat, weiß sie jedenfalls nun Bescheid. Und wie ich die Frauen kenne – und das tue ich zur Genüge – wird sie es in kürzester Zeit der gesamten Schöpfung mitteilen.«

»Das glaube ich nicht«, murmelte ich. »Doch muß ich mir Gewißheit darüber verschaffen.«

»Es gibt nur einen sicheren Weg, die Lippen einer Frau zu versiegeln. Und zwar mit der Erde, in der sie begraben wird.«

»Wirst du wohl ruhig sein? Verdammt, wo ist mein anderer Stiefel geblieben?«

Thor stand auf, wühlte unter dem Bett herum und kam grinsend durch das Zimmer auf mich zu, um mir den Stiefel zu überreichen. Selbst in meinem gegenwärtigen Zustand, in dem ich zwischen Ärger, Schuldgefühlen und Besorgnis hin- und herschwankte, konnte ich nicht umhin, erneut die Schönheit von Thors nacktem Körper im Licht der Morgensonne zu bewundern. Und wenn meine Gedanken auch noch so unritterlich waren, ich mußte doch zugeben, daß Thor sich geschmeidiger und anmutiger bewegte als Swanilda. Gleich darauf zuckte ich zusammen, als der strahlend schöne Körper sich umwandte und ich die totenblasse Narbe in Form von Thors Hammer sah.

»Ich begleite Swanilda zu Meirus' Haus zurück«, sagte ich. »Du bleibst hier, Thor. Zieh' dich an, frühstücke, tu, was dir beliebt. Achte nur darauf, außer Sichtweite zu bleiben. Gib mir viel Zeit, Swanilda zu besänftigen und herauszufinden, was sie erraten hat. Ich werde dich später in Meirus Lagerhalle am Hafen treffen.«

Ich schickte mich an, zu gehen, doch hielt Thor mich lange genug auf, um die uralte weibliche Handlung zu zelebrieren, die Besitzansprüche symbolisiert: er zupfte ein paar Fäden aus meiner Tunika, bevor ich hinaus in die Öffentlichkeit trat. Dann verließ ich eiligst das Zimmer und das Gebäude. Ich dachte, Swanilda sei überstürzt geflohen und schon weit weg, doch schlich sie nur traurig über den Hof vor den Stallgebäuden des Gasthauses. Als ich sie eingeholt hatte, platzte ich mit dem ersten Satz heraus, der mir in den Sinn kam: »Hast du schon gefrühstückt, Swanilda?«

Sie entgegnete scharf: »Natürlich. Es ist fast Mittag. Meirus gab mir etwas zu essen.« Doch als sie mir ihr Gesicht zuwandte, war es nicht zornig, sondern tränenüberströmt.

Ich entschloß mich, keine Hinhaltetaktik zu betreiben, sondern sofort zur Sache zu kommen. »Meine Liebe, du sagtest mir selbst, bevor wir diese Reise antraten, daß ich jederzeit nur zu sagen bräuchte: ›Swanilda, genug‹.«

Sie fuhr sich über die Augen. »Ach, geliebter Thorn, ich war innerlich darauf vorbereitet, dich eines Tages zu verlieren. Vielleicht an eine andere schöne Prinzessin wie Amalamena. Doch hätte ich mir nie träumen lassen, daß ich dich *an einen Mann* verlieren könnte.«

Ich stieß einen Seufzer der Erleichterung aus. Thor und ich waren also durch unsere Decken wirklich ausreichend verhüllt gewesen. Swanilda dachte nur, sie wisse, was sie gesehen habe.

Ich erwiderte: »Ich sagte dir doch, daß Thor und ich gestern abend viel zu besprechen hatten. Als uns dann der Schlaf übermannte, kippten wir einfach um.«

»Und einander in die Arme. Sei kein Heuchler, Thorn. Ich mache dir keine Vorwürfe. Schließlich hätte ich dich auch nicht zu überraschen brauchen. Ich bin nur so traurig, weil ... weil ich dich so gut zu kennen glaubte.« Sie versuchte zu lachen, schluchzte aber statt dessen. »Da habe ich mich wohl geirrt, oder?«

Ich war nicht gerade erfreut darüber, daß sie Thor und mich für zwei verachtenswerte Homosexuelle hielt, doch war das immer noch besser, als wenn sie uns als das erkannt hätte, was wir wirklich waren, und es womöglich noch in alle Welt hinausposaunt hätte.

»Es tut mir leid, daß du das entdeckt hast, Swanilda. Oder zumindest auf diese peinliche Art und Weise entdecken mußtest. Doch gibt es da noch ein paar Dinge, die du unmöglich wissen kannst. Wenn du sie wüßtest, würdest du vielleicht besser von mir denken.«

»Ich denke nicht schlecht von dir«, sagte sie, und es klang aufrichtig. »Ich lasse dir deine – deine Vorlieben. Doch werde ich mich nicht von dir trennen. Wir wollen weitermachen mit der Mission.«

»Nein, das wollen wir nicht.«

Sie schaute mich ungläubig an. »Du würdest die Suche aufgeben?«

»Nein, ich will nur, daß sich unsere Wege trennen. Ich möchte, daß du nach Novae zurückkehrst.«

Sie sah untröstlich aus. »Ach, Thorn, als ich dir damals erklärte, du könntest jederzeit sagen: ›Swanilda, genug‹, fügte ich hinzu, daß ich von diesem Zeitpunkt an dann deine demütige Dienerin sein würde. Bitte – laß mich wenigstens das für dich sein.«

Ich schüttelte den Kopf. »Das wäre für dich, für mich, für jeden von uns unerträglich. Du mußt das einfach einsehen, und besser jetzt als später.«

Sie wirkte nun völlig verzweifelt. »*Bitte,* Thorn!«

»Swanilda, ich halte nicht viel von Hellsehern, doch vielleicht sollte man sie in ganz seltenen Fällen manchmal ernstnehmen. Gestern abend sagte Meirus voraus, daß du mir exakt am heutigen Tag die Freundschaft aufkündigen würdest. Ich schlage vor, daß du genau das tust.«

*»Das kann ich nicht!«*

»Doch. Es wird uns das Abschiednehmen erleichtern, und Abschied nehmen müssen wir. Nun komm, geh mit mir zu dem Haus des alten Juden. Ich bin ganz benommen vor lauter Schlafmangel. Ich werde ihn um einen Schluck Wein bitten, der meine Lebensgeister wieder wecken soll, und um eine Kleinigkeit zu essen.«

Meirus begrüßte mich lediglich mit einem kurzen Knurrlaut und trug einem Dienstboten nur widerwillig auf, die Mahlzeit zu servieren, um die ich ihn gebeten hatte. In der Zwischenzeit huschte sein mürrischer Blick zwischen mir und Swanilda hin und her. Sie hatte mich schweigend, wenn auch schleppenden Schrittes, begleitet und saß nun mit kummervoller Miene da. Aber sie erzählte dem Schlamm-Mann nicht, was sie in der Herberge vorgefunden hatte, sondern sagte nur, sie wolle ihr Pferd holen und es zum Gasthaus führen, um all ihre Sachen zu holen und zusammenzupacken, die sie noch in unseren Zimmern hatte. Es blieb mir überlassen, Meirus zu erzählen, daß ich Swanilda heim nach Novae schickte – um unsere Reisegruppe zu entlasten, wie ich sagte. Diese Bemerkung schien die schlechte Laune des alten Juden noch zu verstärken, deshalb versuchte ich ihn dadurch aufzuheitern, daß ich sagte: »Mein Amtsgenosse Thor und ich haben die Angelegenheit, ob wir Euren Schürfer mit uns nehmen sollen, besprochen. Wir sind übereingekommen, daß Made mit uns reiten kann, und werden uns bemühen, ihn gesund und munter an der Bernsteinküste abzusetzen.«

»Thags izei Euch beiden«, brummte Meirus mürrisch.

Ich aß und trank weiterhin mit großem Appetit, bis er schließlich etwas auftaute und sagte: »Thags *izvis,* Saio Thorn. Ich hoffe, einen großen Gewinn aus diesem Unternehmen zu ziehen und ich bin sicher, Maghib wird davon profitieren, seinen Erfahrungsbereich erweitern zu können. Ich hoffe nur, daß er und Euer neuer Freund Thor zusammen als Begleiter auch nur halb so viel wert sind, wie es das Mädchen Swanilda war.«

Ich verkniff mir einen Kommentar zu dieser Bemerkung und erhob mich von der Tafel.

»Gehen wir und tragen Made auf, alles für die Reise vorzubereiten. Ich würde mir auch gerne das Pferd ansehen, das Ihr ihm versprochen habt.«

»Maghib wartet in der Lagerhalle auf Euch. Ich werde meinen Stallknecht anweisen, ein paar Pferde dorthin zu bringen, aus denen Ihr und Maghib dann eines auswählen könnt.«

»Gut«, sagte ich. »Thor wird sich uns dort anschließen. Ihr beide werdet Euch also erneut begegnen.«

»Biy yom sameach.«

»Was?«

»Ich sagte: ›O freudiger Tag‹«, knurrte er und verließ das Haus durch eine Hintertür, während ich zur Vordertür hinausging.

Made stand in der Lagerhalle an der Tür, die auf die Straße führte, als erwarte er mich höchst ungeduldig, doch sah er ganz und gar nicht *erfreut* aus, mich zu sehen. Er hielt die Zügel von Swanildas Pferd, und da es schon gesattelt und mit einem Bündel bepackt war, nahm ich an, daß sie auch da sei und im Innern des Lagerhauses wartete, um sich zu verabschieden, wenn wir uns alle versammelt hatten.

»Hails, Made! Ich habe eine gute Neuigkeit für dich. Wenn du immer noch vorhast, dich ins Abenteuer zu stürzen, laden Thor und ich dich ein, mit uns zusammen zu reiten.«

Er dankte mir keineswegs überschwenglich oder vollführte gar Luftsprünge vor Freude, sondern sagte nur: »Frau Swanilda ...«

»Sie begleitet uns nicht.«

»Nein«, stieß er mit einem Krächzlaut hervor und deutete in den dunklen Innenraum des Gebäudes. »Frau Swanilda ...«

»Ich weiß«, sagte ich. »Wir wollen uns alle von ihr verabschieden.«

»Ihr *wißt* es also schon?« rief er mit schriller Stimme und verdrehte die Augen.

»Was ist denn los mit dir?« fragte ich.

»Mit *mir?!*« stieß er halb schluchzend hervor und deutete erneut ins Innere des Warenlagers.

Kopfschüttelnd ging ich hinein. Es dauerte einige Augenblicke, bis sich meine Augen an die Dunkelheit gewöhnt hatten. Dann sah ich, was Made gemeint hatte. In einer Ecke hing von einem hohen Balken ein Gewirr von Pferdegeschirrteilen, die straff gespannt waren, weil die unteren Riemen um den Hals des kleinen, baumelnden, toten Körpers geknotet waren.

## 7

Ich zog sofort mein Schwert, durchtrennte die Lederriemen und nahm ihren leblosen Körper in meine Arme, merkte jedoch gleich, daß es für sie keine Rettung mehr gab. Vorsichtig legte ich die noch warme Leiche auf einem Heuballen nieder und sagte halb zu mir selbst und halb zu dem neben mir stehenden Made: »Wie kann eine lebendige Person sich bei strahlendem Sonnenschein an so einen feuchten und übelriechenden Ort zurückziehen und sich so etwas Schreckliches antun?«

Inzwischen waren Meirus und Thor zu uns gestoßen, und eine Zeitlang starrten wir alle schweigend auf Swanildas mitleiderregenden, kleinen Körper. Wieder sagte ich halb zu mir selbst: »Ich habe sie nach Novae zurückgeschickt, und zwar allein. Ich hatte vergessen, daß sie mir einmal gesagt hatte, sie sei ohne eine Herrin oder einen Herrn eine verlorene Waise. Das hat sie wahrscheinlich dazu bewogen …« Dann blickte ich auf und bemerkte, daß Thor mich spöttisch und beinahe herausfordernd ansah. Ich bemühte mich sehr um männliche Härte und sagte so kühl wie ich nur konnte: »Nun, welche Gründe sie auch immer gehabt haben mag, ich wünschte, sie hätte es nicht getan …« Ich spürte, daß mir fast die Stimme brach und sagte daher zu Meirus: »Seht Ihr, als Christin hat sie eine unverzeihliche Sünde begangen. Sie hat gegen den Willen, die Gnade und das Urteil Gottes verstoßen. Kein Priester wird ihr daher mit einem offiziellen Begräbnis die Absolution erteilen, sondern man wird sie voller Abscheu irgendwo in ungeweihter Erde verscharren.«

Meirus spuckte wütend auf den Boden und gab ein Wort von sich, das wie eine sehr wüste Beschimpfung klang: »Tsephuwa! Ihr mögt wenig vom Judaismus halten, Marschall, aber diese Religion ist nicht so kalt und grausam wie die der Christen. Überlaßt das arme, tote Mädchen mir. Ich werde dafür sorgen, daß sie mit unchristlichem Mitgefühl und mit Anstand und Würde beerdigt wird.«

»Ich bin Euch wirklich sehr verbunden, guter Schlamm-Mann«, sagte ich mit aufrichtiger und tief empfundener Dankbarkeit. »Erlaubt mir, mich für diesen großen Dienst zumindest ein wenig erkenntlich zu zeigen, indem ich Made Swanildas Reittier überlasse.« Ich wandte mich an den Armenier: »Wenn du also mit uns weiterreiten willst, hier ist das Pferd; es ist schon gesattelt.«

Er schaute ratlos von einem zum andern, bis sein Herr schließlich eindringlich zu ihm sagte: »Nimm es, Maghib. In meinem ganzen Stall gibt es kein besseres Pferd.« Daraufhin willigte Made mit einer resignierten Geste in mein Angebot ein.

Ich fand es ziemlich unangebracht, daß Meirus dann nicht mich, sondern Thor fragte: »Würdet Ihr bitte diese von mir aufgesetzte

Urkunde durchlesen und mir sagen, ob sie in Ordnung ist, Fráuja Thor? Das Dokument soll Maghib dazu berechtigen, in meinem Namen mit Bernstein zu handeln.«

Diese Bitte ließ Thor verwirrt einen Schritt zurücktreten und leicht erröten; dann jedoch nahm er sofort wieder jene Haltung ein, die Meirus schon mehrfach als »überheblich« bezeichnet hatte, und sagte hochmütig: »Ich habe keine Ahnung vom Bernsteinhandel oder von den Arbeiten eines Sekretärs; ich will damit sagen, daß ich etwas so Stumpfsinniges und Mühseliges wie das Lesen lieber den Schreiberlingen überlasse.«

»Tatsächlich?« grunzte Meirus und gab nun mir das zusammengerollte Pergament. »Ich nahm an, daß ein von König Eurich gesandter Geschichtsschreiber zumindest lesen können müßte.«

Ich tat so, als ließe der Wortwechsel der beiden mich gleichgültig, und rollte das Dokument auseinander. Nachdem ich es kurz überflogen hatte, nickte ich und steckte es in meine Tunika. In Wirklichkeit war mir die Angelegenheit noch peinlicher als dem offensichtlich nur kurz in Verlegenheit geratenen Thor. Im Gegensatz zu Meirus war ich zwar kein Augur; dennoch hätte ich mich zumindest nach Thors Fähigkeiten erkundigen können, bevor ich ihn als meinen »mitreisenden Geschichtsschreiber« ausgab. Ich wäre gar nicht auf den Gedanken gekommen, daß ein so redegewandter Mensch wie Thor nicht einmal lesen konnte. Natürlich war es einer Zofe, die tagtäglich den Gesprächen ihrer Herrschaften lauschen konnte, nicht besonders schwergefallen, höfliche und kultivierte Umgangsformen vorzutäuschen. Ich behielt meine Gedanken für mich und sagte nur ganz beiläufig zu Made: »Möglicherweise kannst du ein paar von Swanildas Sachen gebrauchen. Ihre Schlaffelle vielleicht, oder ihren Reiseumhang für den Winter. Du bist ja nicht viel größer als sie ... war. In ihrem Gepäck befindet sich auch noch Kochgeschirr.«

»Es tut mir leid, Fráuja«, sagte Maghib schüchtern, »aber ich kann gar nicht kochen.«

»Wenigstens das kann Thor«, bemerkte ich spitz und wollte damit natürlich andeuten, daß er sonst wohl nicht viel könne. Es verschaffte mir eine gewisse Genugtuung, daß Thor nach dieser Anspielung sichtlich Mühe hatte, seinen Ärger zu unterdrücken. Dann gab ich als Anführer unserer kleinen Truppe meinen ersten

Befehl: »Von jetzt ab bis zum Ende unserer Reise wird Thor für uns kochen!«

Ich beugte mich über Swanilda, um ihr einen letzten Kuß zu geben. Erneut schaute Thor mich entrüstet an. Ich küßte jedoch nur die Hand des toten Mädchens, denn das Gesicht eines Menschen, der sich erhängt hat, sieht zu schrecklich aus, um es zu küssen. Im stillen sagte ich ihr Lebewohl und gab ihr ein geheimes Versprechen: Falls ich diese Reise überleben und wirklich die Geschichte der Goten für andere niederschreiben sollte, dann würde ich meine Aufzeichnungen Swanilda widmen.

*

Nachdem Made seine Habseligkeiten hinter dem Sattel befestigt hatte, ritten wir drei Seite an Seite aus Noviodunum hinaus. Obwohl Made so plump und unbeholfen im Sattel saß wie ein Sack voll Brennholz und auch sein Pferd nicht zu einer ruhigen und gleichmäßigen Gangart zu bringen vermochte, fiel mir doch auf, daß er es trotz seiner mangelnden Reitkünste immer irgendwie zuwege brachte, so neben mir her zu reiten, daß ich mich stets zwischem ihm und Thor befand. Er ging unserem dritten Reisegefährten so offensichtlich aus dem Weg, daß ich begann, Mutmaßungen über diesen Thor anzustellen, von dem ich so wenig wußte.

Niemand mochte Thor, auch ich nicht. Ich war von seiner Art wirklich nicht besonders angetan, mußte mir jedoch eingestehen, daß ich unsere Verbindung selbst dann nicht gelöst hätte, wenn ich seinen Charakter wirklich abstoßend gefunden hätte. Meine Beweggründe warfen auch auf meinen eigenen Charakter kein sehr vorteilhaftes Licht. Ich konnte Thor ebensowenig aufgeben wie ein Trinker seinen billigen Wein oder der Eremit Galindo sein fauliges Kraut. Auch sie waren von dem, was sie da tranken oder rauchten, nicht unbedingt begeistert, konnten jedoch wegen seiner Wirkung nicht darauf verzichten. Obwohl Thors Schönheit ebenso fragwürdig war wie seine Moral, machte mich meine Begierde zum Sklaven jener Genüsse, die auf der ganzen Welt einzig und allein Thor mir verschaffen konnte. In diesem Augenblick bereute ich es sogar schon, daß ich Thors Vorschlag, Made vor uns herreiten zu lassen, abgelehnt hatte. Ich war zwar nur sehr ungern bereit, auch nur auf eine einzige Nacht in Thors Armen zu verzichten, wollte jedoch nicht, daß Made uns sah oder hörte. Ich sollte bald erfahren, daß Thor derartige Erwägungen völlig fremd waren.

»Vái«, sagte Thor verächtlich, als ich meine Befürchtungen während einer Rast zur Sprache brachte. »Soll der Kerl doch schockiert sein. Selbst wenn er ein Bischof und nicht nur ein Armenier wäre, würde ich seinetwegen nicht auf mein Vergnügen verzichten.«

»Nein, du sicher nicht«, sagte ich, »aber ich möchte vermeiden, daß unser Geheimnis herauskommt. Und du weißt ja bestimmt, wie redselig Armenier sind.«

»Dann laß wenigstens mich meine Verkleidung ablegen; zumindest teilweise. Solange Made sich dort drüben um die Pferde kümmert, werde ich mich wieder in Genoveva verwandeln und ihre Kleider solange tragen, wie Made noch bei uns ist. Wir können ihm ja erzählen, daß ich mich aus streng vertraulichen, politischen Gründen bisher als Mann verkleiden mußte.« Sein Vorschlag erschien mir sehr klug und zudem noch äußerst großzügig, bis Thor plötzlich boshaft hinzufügte: »Du hast mich zum Koch unserer Reisegesellschaft ernannt, warum sollte ich mich also nicht auch so unterwürfig kleiden und verhalten, wie es dem bloßen Untergebenen eines großen Marschalls zukommt?«

Ich versuchte, seine letzten Worte ins Scherzhafte zu ziehen, und entgegnete: »Nun, in der Nacht können wir dann ja abwechselnd den Untergebenen und den Übergebenen spielen.« Keiner von uns lachte über dieses mißlungene Wortspiel, und ich schämte mich, daß ich so gewöhnlich geworden war.

Unser listiger Plan hatte Erfolg. Als Made mit einem Armvoll Brennholz auf uns zukam, um Feuer zu machen, war er nicht besonders überrascht, daß sich anstelle von Thor nun auf einmal eine junge Frau mit mir unterhielt. Er nickte höflich, als ich ihm diese als Genoveva vorstellte, und wenn er irgendwelche Zweifel an unserer Geschichte hatte, dann brachte er diese jedenfalls nicht zum Ausdruck. Er sagte nur: »Da niemand von uns heute ein Stück Wild gesehen, geschweige denn erlegt hat, werdet Ihr, Fráuja Thorn und Fráujin Genoveva, vielleicht froh sein, zu hören, daß ich vorsorglich etwas geräuchertes Fleisch und gepökelten Fisch aus der Küche des Fráuja Meirus mitgenommen habe.«

Wir dankten ihm freudig für seine Umsicht, und Genoveva machte sich ausnahmsweise einmal ganz bereitwillig an ihre Arbeit. Sie ging sofort mit einem Topf zum Fluß hinunter und holte Wasser, um das Essen darin zu kochen. Weder sie noch Made tadelten oder verspotteten mich, weil ich als ihr Anführer nicht daran gedacht hatte, für Reiseproviant zu sorgen. Mir wurde bewußt, daß dieses Versäumnis nur ein weiteres Anzeichen meines augenblicklich recht verwirrten Geisteszustandes war, und ich beschloß, mich von nun an etwas weniger mit unserem neuen Reisegefährten zu beschäftigen und mich stattdessen wieder mehr meinen eigentlichen Aufgaben zu widmen.

Als wir unsere deftige Mahlzeit verspeist hatten, reinigte Genoveva unsere Kochutensilien mit Sand, während ich die brennenden Holzscheite für die Nacht zusammenschob. Dann breiteten wir unsere Schlaffelle aus. Made entfernte sich diskret und legte sich in der Nähe des Flußufers nieder. Von dort aus konnte er uns zwar nicht mehr sehen, vielleicht aber doch hören, denn Genoveva-Thor und Thorn-Veleda gaben im Verlaufe dieser Nacht viele laute und vergnügte Schreie von sich.

Tagsüber kleidete sich Thor auch weiterhin als Genoveva. Ich nannte ihn bei seinem weiblichen Namen, und Made redete ihn mit Fráujin an. Zumindest während des Tages wurde er für mich allmählich immer mehr zur Frau; in meinen Gedanken und Worten tauchte im Zusammenhang mit Genoveva nur noch das Personalpronomen ›sie‹ auf.

*

Ich wußte ja bereits, daß die Donau in dieser Gegend öfter ihre Richtung wechselt, sich gelegentlich teilt und manchmal an großen oder kleinen Seen vorüberfließt. Daher hätte ich den Pyretus, diesen Nebenfluß, zu dem wir unterwegs waren, vielleicht gar nicht von den vielen anderen Armen oder Zuflüssen der Donau unterscheiden können; Made erkannte ihn jedoch sofort, als er in Sichtweite kam. Dieses Gebiet nördlich der Donau wurde Altdakien genannt, und die Römer südlich der Donau hielten es für eine unberührte Wildnis ohne Wege, in der nur wilde Barbaren lebten. Man hatte mir jedoch bereits vor vielen Jahren einmal gesagt: »Jeder ist ein Barbar, nur man selbst nicht«, daher fürchtete ich mich nicht allzusehr vor der Begegnung mit echten Wilden. Die meisten Bewohner dieses Landstrichs kannten die Annehmlichkeiten und Reize der Zivilisation tatsächlich nicht, hatten sich jedoch inmitten der Wildnis bewohnbare und fruchtbare Inseln geschaffen. Dort führten sie ein ruhiges, selbstgenügsames und alles in allem recht zufriedenes Leben. Ab und zu stießen wir allerdings auch auf richtige Barbaren. Diese Nomadenfamilien oder Nomadenstämme, die als Jäger und Sammler umherzogen, waren Nachkommen der Avaren oder der Kutriguri. Diese beiden Völker waren offensichtlich mit den Hunnen verwandt, denn sie hatten wie diese eine gelbliche Hautfarbe und Tränensäcke und waren auch ebenso schmutzig und verlaust. Diese Nomaden bereiteten uns keine ernsthaften Schwierigkeiten. Wenn sie uns über den Weg liefen, bettelten sie uns lediglich aufdringlich an, und zwar nicht um Geld, sondern um Salz, Kleider oder Stücke von unserer Jagdbeute.

In den meisten Dörfern, an denen wir vorüberkamen, lebte ein Volk, das von den alten Dakern, also den ursprünglichen Bewohnern dieser Region, abstammte, und das sich inzwischen mit römischen Siedlern oder Legionären vermischt hatte. Es hatten sich jedoch auch Slowenen, Goten einer der drei Linien sowie Germanen anderer Herkunft in dieser Region angesiedelt.

In den slowenischen Dörfern hielten wir uns nie sehr lange auf, denn falls es dort überhaupt irgendein Quartier für Vorbeireisende gab, dann handelte es sich um eine ungastliche Krchma. In den Siedlungen der Germanen fand sich dagegen immer ein schlichtes Gasthaus, ›Gasts-razn‹ genannt, und fast alle rumänischen Dörfer verfügten über eine annehmbare Herberge, ein sogenanntes ›ospitun‹, an die manchmal sogar ein ganz einfaches Badehaus angeschlossen war. Wenn es nach mir gegangen wäre, dann hätten wir weniger oft in Herbergen übernachtet, aber Genoveva bestand darauf, so oft wie möglich eine Ruhepause einzulegen, um sich von den »Strapazen des Lebens im Freien« zu erholen. Deshalb nahmen wir uns immer wieder ein Zimmer, während Made natürlich im Stall bei den Pferden übernachtete. Oft versuchte Genoveva, mich dazu zu überreden, an dem einen oder anderen Ort unnötig lange faul herumzulungern, aber ich ließ mich von ihren schmeichelnden und inständigen Bitten nicht erweichen und gab auch dann nicht nach, wenn sie wie eine Xantippe in Wutanfälle ausbrach.

Dennoch war die Zeit, die wir in den Gasthäusern und Herbergen verbrachten, nicht vergeudet, denn in einigen von ihnen erfuhr ich so manches, was ich in meine historischen Aufzeichnungen aufnehmen konnte. Ein Gasthaus liegt natürlich meist an einer viel befahrenen Straße. Oft ist es so alt wie die Straße selbst und wird seit seiner Erbauung von ein und derselben Familie geführt. Da sein Eigentümer selbst nie verreist und meist nur mit den üblichen Hausarbeiten beschäftigt ist, besteht seine einzige Unterhaltung darin, den Geschichten seiner Gäste zu lauschen. Diese Geschichten erzählt er dann weiter, auch an seine Söhne, die das Gasthaus einmal übernehmen; daher kennt jeder Gastwirt eine Unzahl von Geschichten, Gerüchten und Anekdoten. Manches, was er so berichtet, hat sich erst in jüngerer Zeit zugetragen; viele der Geschichten hat jedoch bereits sein Vater erzählt, der sie wiederum von seinem Vater oder Großvater gehört hat. Manche Geschichten sind also uralt und schon seit Generationen überliefert. So ein gelangweilter, allmählich Moos ansetzender Stubenhocker hört zwar gern seinen Gästen zu, aber noch viel lieber erzählt er selbst. Es fiel mir also leicht, jedem gotischen oder rumänischen Gastwirt einen wahren Schwall von Vorträgen, Berichten und Erinnerungen zu entlocken.

Ich nahm natürlich nicht alles, was ich so hörte, in meine historischen Aufzeichnungen auf. Manche Geschichten waren recht unglaubwürdig, andere kannte ich bereits. Trotzdem war ich manchmal von dem, was irgendein gesprächiger Gastwirt mir erzählte, so gefesselt, daß ich mit ihm bis in die Nacht hinein vor dem Herdfeuer der Herberge saß. Irgendwann wurde Genoveva dann immer unruhig und gereizt und unterbrach unseren Gastgeber mit den Worten: »Diese Geschichte hat nichts mit dem zu tun, was wir eigentlich wissen wollen, und es ist schon nach Mitternacht. Komm zu Bett, Thorn.«

Die gotischen Wirte erzählten mir interessantere Dinge als die rumänischen. In einem Punkt waren sich die Goten und die Rumänen jedoch einig. Es war ein rumänischer Gastwirt, der mir als erster die folgende Warnung gab: »Gebt acht, junger Mann, daß Ihr und Eure Mitreisenden nicht von dem direkt in Richtung Norden führenden Weg abkommt, dem ihr bis jetzt gefolgt seid. Oder haltet Euch westlich des Weges, falls Euch Eure Suche eher in diese Richtung führt, aber vermeidet es unter allen Umständen, nach Osten zu reiten. Etwas weiter nördlich von hier werdet Ihr auf den Fluß Tyras stoßen. Was immer Ihr auch vorhabt, bleibt auf der westlichen Uferseite, denn östlich des Flußes beginnen die Tafelländer der Sarmaten, und in diesen Pinienwäldern lauern die schrecklichen ›Viramne‹.«

»Ich weiß nicht, was Euer rumänisches Wort ›viramne‹ bedeutet«, sagte ich.

»Die lateinische Übersetzung lautet ›viragines‹.«

»Ach, ja«, sagte ich. »Diese Frauen, die die alten Griechen Amazonen nannten. Wollt Ihr mir etwa erzählen, daß es sie wirklich gibt?«

»Ich kann nicht sagen, ob es wirklich Amazonen sind; ich weiß jedoch genau, daß es sich um einen Stamm von kriegerischen und bösartigen Frauen handelt.«

Wie eine Frau, die sich ein Urteil über mögliche Rivalinnen bilden möchte, fragte Genoveva: »Sind diese Frauen wirklich so schön, wie man sagt?«

Der Rumäne breitete bedauernd die Hände aus: »Auch das kann ich nicht sagen. Ich selbst habe sie nie zu Gesicht bekommen, und ich kenne auch niemanden, der weiß, wie sie aussehen.«

»Warum fürchtet Ihr sie dann so sehr?« fragte ich. »Wie wollt Ihr dann überhaupt wissen, daß sie sich wirklich dort aufhalten?«

»Es kam vor, daß sich Reisende in ihr Gebiet verirrten, und die wenigen, die diesen Frauen wieder lebendig entkamen, erzählten haarsträubende Geschichten über die höllischen Qualen, die sie dort zu erleiden hatten. Ich selbst habe bis jetzt noch keinen solchen Überlebenden getroffen, aber es werden die schrecklichsten Geschichten erzählt. Es ist auch weithin bekannt, daß eine Gruppe rumänischer Siedler auf der Suche nach eigenem Ackerland tollkühn genug war, den Tyras zu überqueren, um in den Wäldern der Sarmaten Land zu roden. Nicht einmal ihre Verwandten, die sie auf der anderen Seite des Tyras zurückließen, haben jemals wieder irgend etwas von ihnen gehört.«

»Vái, das sind nur Gerüchte und keine Beweise«, höhnte Genoveva.

Der Gastwirt schaute sie eindringlich an. »Mir reichen solche Gerüchte. Ich bin gar nicht auf Beweise aus. Und wenn Ihr klug seid, dann setzt Ihr Euch lieber nicht der Gefahr aus, selbst zum Beweis zu werden.«

»Ich habe schon verschiedene Geschichten über diese Mannweiber gehört«, sagte ich, »aber in keiner davon wurde erklärt, wie sich ein solcher Frauenstamm fortpflanzt.«

»Es heißt, daß sie sowohl den Geschlechtsverkehr wie auch das Kindergebären verabscheuen. Beides ist für sie nur eine Pflicht, um das Aussterben ihres Stammes zu verhindern. Daher tun sie sich notgedrungen ab und zu mit den Männern anderer wilder Sarmatenstämme zusammen, vielleicht mit den widerlichen Kutriguri. Alle männlichen Neugeborenen werden von den Viramne ausgesetzt und dem Tod überlassen. Sie ziehen nur die Mädchen groß. Noch nie hat ein König eine Streitmacht losgeschickt, um diesen Stamm auszulöschen. Welcher Krieger wäre schon bereit, gegen sie zu kämpfen? Falls er nicht auf der Stelle getötet, sondern nur verwundet würde, dann könnte er kaum darauf hoffen, als ihr Gefangener am Leben zu bleiben oder vielleicht sogar irgendwann freigelassen zu werden. Wer würde schon von Frauen Gnade erwarten, die imstande sind, ihre eigenen kleinen Söhne zu töten?«

»Was für ein Unsinn!« sagte Genoveva ungeduldig, dann wandte sie sich an mich: »Warum hörst du dir Balgs-daddja an, das nichts mit unserem Vorhaben zu tun hat? Es ist schon lange Schlafenszeit, Thorn, laß uns auf unser Zimmer gehen.«

Der Rumäne schaute sie erneut an. »Ein Sprichwort unserer Gegend lautet: Wer sich seine Zunge verbrennt und seinen Tischgenossen nicht sagt, daß die Suppe brühendheiß ist, ist kein redlicher Mann. Und ich gebe mir Mühe, ein redlicher Mann zu sein.«

»Trotzdem würde ich gar zu gerne herausfinden, ob diese Frauen schön sind«, sagte ich halb im Scherz.

Genoveva warf mir einen zornigen Blick zu, und der Rumäne, der sie jetzt nachdenklich anschaute, sagte nur noch: »Selbst die appetitlichste Suppe kann brühendheiß sein.«

Auch viele gotische Wirte warnten uns vor diesem Stamm. Sie nannten die Amazonen Baga-qinons, was »Kriegsfrauen« bedeutet. Ich verbrachte sogar einen ganzen Tag in einem slowenischen Dorf, nur um die Leute dort ebenfalls zu fragen, ob sie etwas von diesem Stamm wüßten. Auch sie kannten und fürchteten diese Frauen. Das slowenische Wort für diesen Stamm klang so ähnlich wie Pozorzheni; das bedeutete ungefähr: »Frauen, vor denen man sich in Acht nehmen muß.« Alle, die uns von diesem Stamm erzählten, gaben übereinstimmend an, daß er die Weidegebiete östlich des Tyras bewohne, und alle warnten uns gleichermaßen eindringlich davor, diese Gegend zu betreten.

## 8

Als Genoveva, Made und ich ungefähr einhundertachtzig römische Meilen das Tal des Pyretus hinaufgeritten waren, machte der Fluß eine scharfe Biegung nach Westen. Wir ließen den Fluß hinter uns und ritten durch eine Hügellandschaft weiterhin direkt nach Norden. Nach ein paar Meilen erreichten wir das Tal des Tyras und folgten dem Fluß in nordwestliche Richtung. Wir ritten das westliche Ufer entlang; nicht so sehr wegen der vielen Warnungen, sondern weil wir schlicht keinen Grund und kein Bedürfnis hatten, den Fluß zu durchqueren.

In dieser Gegend gab es nur wenige Dörfer, dafür aber Wild und Fische im Überfluß. Genoveva wußte unsere Jagdbeute zwar immer äußerst delikat zuzubereiten, aber sie schmollte und murrte stets beim Kochen. Jedesmal, wenn wir an einem Gasthaus vorbeikamen, bestand sie darauf, dort zu essen und zu übernachten, selbst wenn es nur eine slowenische Krchma war. Ich willigte schon allein deswegen ein, weil ich Made und mir ihre ständigen Klagen über die Küchenarbeit ersparen wollte. Auch in diesen Herbergen lernten wir so manches hinzu. Die Slowenen dieser nördlichen Region schienen sich hauptsächlich von dicken Suppen zu ernähren, die die Wirte auch ihren Gästen servierten. Die Zutaten waren teilweise recht ungewöhnlich. So aßen wir unter anderem Sauerampfersuppe, Biersuppe, Suppe aus saurem Roggen, ja sogar eine Suppe aus Rinderblut und Kirschen, und all diese Suppen schmeckten zu unserer Überraschung vorzüglich.

In einer Krchma war außer uns noch ein weiterer Reisender zu Gast. Er war zwar ein Rugi und konnte als solcher leicht zum Feind meines Königs und damit auch zu meinem Feind werden, ich freute mich jedoch trotzdem, seine Bekanntschaft zu machen, weil er der erste Bernsteinhändler war, den ich je getroffen hatte. Seine kostbare Ware, die er auf ein Packpferd geladen hatte, bot er nur auf Märkten an, auf denen sie sich auch verkaufen ließen. Stolz zeigte der Mann mir durchscheinende Bernsteinstücke in verschiedenen Farbtönen. Die hellsten schimmerten blaßgelb, andere waren goldfarben bis rötlich, während die dunkelsten die Farbe von Bronze hatten. In einige der Brocken waren Blütenblätter, Stücke eines Farnblatts oder ganze Libellen eingeschlossen und auf diese Weise für immer erhalten. Meine Bewunderung war grenzenlos. Schließlich rief ich Made aus dem Stall herein und stellte ihn dem Händler vor. Den ganzen Abend saßen wir drei vor dem Kaminfeuer der Herberge und tranken mehrere Krüge Bier. Als ich mich schließlich mit Genoveva in unsere Kammer zurückzog, waren Made und der Händler immer noch ins Gespräch vertieft.

Es wurde eine lange Nacht. Zwischen unseren mehrfachen Umarmungen legte Thor sich entspannt nieder, um sich zu erholen, während mir so manches durch den Kopf ging. Ich war mir schon sehr früh über die verschiedenen männlichen und weiblichen Züge meines Wesens klargeworden und hatte mich seitdem bemüht, die besseren Seiten beider Geschlechter an mir zu fördern und die niedrigeren eher zu unterdrücken. Doch wie ein Spiegel, der ein seitenverkehrtes Abbild zurückwirft, so schien mein Partner, der ja in gewisser Weise mein Gegenstück war, genau andersherum verfahren zu sein. Thor war all das, was man einem Mann vorwerfen konnte: wenig einfühlsam, tyrannisch, selbstbezogen, fordernd und gierig, während Genoveva alle schlechten Eigenschaften des weiblichen Geschlechts verkörperte: sie war gereizt, mißtrauisch, gehässig, fordernd und gierig. In beiden Rollen bot dieser Mensch, der da neben mir lag, nicht nur einen reizvollen Anblick, er befriedigte als Thor und Genoveva auch meine körperlichen Bedürfnisse voll und ganz. Doch wer kann schon seinen Partner ununterbrochen bewundern oder in den Armen halten. Wäre ich eine Frau gewesen, dann hätte ich den ungehobelten Thor nicht lange als Ehemann ertragen; wäre ich ein Mann gewesen, dann wäre mir eine so zänkische Ehefrau wie Genoveva ebenfalls bald unerträglich geworden; aber als Mannamawi war ich nun an beide gebunden.

Ich begann zu begreifen, was damals mein Juika-bloth erkannt haben muß, als er sich an den ungekochten Eingeweiden eines Wildschweins gütlich getan hatte: ein Raubvogel kann von seiner eigenen Beute gefressen werden, und zwar von innen heraus. Ganz so, als würde mein Innerstes unsichtbar bluten, wurde auch ich ganz allmählich meiner Kraft, meines Willens und meines Wesens beraubt. Um meine Unabhängigkeit und meine Persönlichkeit wiederzuerlangen, ja vielleicht sogar um zu überleben, mußte ich diese Beute wieder ausspeien und mir diese verhängnisvolle Kost abgewöhnen. Aber wie sollte mir das gelingen, wo sie doch so köstlich war, daß man sich nur allzugern und leicht an sie gewöhnte?

Nun, ich würde gerne glauben, daß es mir schließlich doch aus eigener Kraft gelungen wäre; Genoveva kam mir jedoch zuvor und nahm mir diesen schweren Entschluß ab.

Auf der Suche nach Wild trieb ich Velox eines Nachmittags in einen der umliegenden Wälder, mußte jedoch sehr weit ausschwärmen bevor ich schließlich einen guten, fetten Auerhahn erspähte und erlegte. Die Sonne war schon lange untergegangen, als ich zu den anderen zurückkehrte, die bereits das Nachtlager vorbereitet hatten. Wortlos nahm Made wie gewöhnlich Velox beim Zügel; es schien also während meiner Abwesenheit nichts Besonderes vorgefallen zu sein. Auch Genoveva hatte mir nichts zu erzählen, als ich den Vogel zur Feuerstelle trug, wo sie inzwischen ein Feuer angezündet hatte; dennoch hatte ich plötzlich das sichere Gefühl, daß irgend etwas nicht stimmte.

Obwohl wir uns unter freiem Himmel aufhielten und das Holzfeuer zudem einen beißenden Geruch verbreitete, konnte ich buchstäblich riechen, daß Genoveva irgendeine Art von Geschlechtsverkehr gehabt haben mußte. Das allein war natürlich nichts Außergewöhnliches, denn es verging kaum eine Nacht, in der wir uns nicht vereinigten. Ich kannte jedoch inzwischen alle Duftnoten ihres Körpers ebensogut wie die meinigen, und ihr Eigengeruch wurde jetzt ganz deutlich von einem fremden Geruch überlagert, der nicht an Lattich, sondern an Haselnüsse erinnerte. Er stammte also von einem Mann und nicht von einer Frau; es war weder Thors, noch Thorns Geruch.

Ich beobachtete Genoveva, während sie den Auerhahn rupfte, und sagte zunächst einmal noch nichts. Ich versuchte, mich an alle Personen zu erinnern, denen wir heute auf dem Weg begegnet waren. Es waren insgesamt fünf gewesen: zwei Reiter mit Gepäck hinter dem Sattel, ein Mann und eine Frau auf Maultieren und ein alter Köhler, der unter seiner hochaufgetürmten Last mühsam die Straße entlanggestolpert war. Jeder der Männer hatte der so elegant neben mir herreitenden Genoveva zumindest einen kurzen Blick zugeworfen; der eine oder andere hatte sie sogar regelrecht angestarrt. Und vielleicht waren, während ich auf der Jagd war, noch mehr Reisende die Straße entlanggekommen.

Genoveva spießte gerade den Vogel auf einen zurechtgeschnittenen, geraden Ast, als ich schließlich doch grimmig fragte: »Wer war es?«

»Wer war was?« fragte sie ohne aufzuschauen zurück, während sie den Bratspieß über zwei am oberen Ende gegabelte Stöcke legte, die sie senkrecht in die Erde gebohrt hatte.

»Du hast vor kurzem mit einem anderen Mann geschlafen.«

Sie starrte mich an; ihr Blick war trotzig und müde zugleich. »Hast du hinter mir herspioniert? Hast du mich vielleicht dabei beobachtet?«

»Das war gar nicht nötig. Ich rieche das Sperma eines Mannes.«

»Vái, ich dachte, ich hätte scharfe Sinne, aber du scheinst die Nase eines Spürhundes zu haben.« Sie zuckte gleichmütig mit den Schultern. »Ja, ich habe mit einem Mann geschlafen.«

»Warum?«

»Warum nicht? Die Gelegenheit war günstig: da war ein Mann, und du warst nicht da. Ich gab vor, daß mein Pferd sich einen Stein in seinen Huf getreten hätte, und bat Made, schon einmal vorauszureiten.« Kühl fügte sie noch hinzu: »Mir blieb zwar nur wenig Zeit, aber sie genügte.«

Ich sagte gefühlvoll: »Aber warum? Warum hast du so etwas Schmutziges getan, Genoveva? Wo wir beide doch alles haben, was wir uns nur wünschen können ...«

»Verschone mich«, sagte sie und rollte gequält die Augen. »Willst ausgerechnet du mir Vorträge über Treue und Standhaftigkeit halten? Ich bin es leid, nur dein Anhängsel zu sein. Ich möchte um meiner selbst willen beachtet werden. Dieser Mann hat mich beachtet.«

»Wer? Welcher Mann?« stieß ich hervor. Ich packte sie an den

Schultern und schüttelte sie heftig. »Ich bin alle Männer durchgegangen, die heute an uns vorbeikamen. Welcher war es?«

Ich schüttelte sie so sehr, daß ihre Zähne klapperten und sie ihre Worte nur mühsam hervorstoßen konnte: »Es war ... es war der ... der Köhler ...«

»Was?!« brüllte ich und ließ sie vor Überraschung los. »Warum ausgerechnet dieser heruntergekommene slowenische Bauer? Wir haben doch unterwegs noch andere Männer getroffen?«

Sie grinste selbstgefällig. »Ach, ich habe schon einige Slowenen gehabt; aber ich habe es noch nie mit einem so alten Mann versucht; und auch nicht mit so einem schmutzigen. Es war zwar etwas völlig Neues, aber ich muß zugeben, daß ich es enttäuschend fand.«

»Du lügst. Du weißt, daß ich den Mann, der es war, suchen und töten werde, deshalb deckst du ihn.«

»Ni allis. Es ist mir gleichgültig, wen du umbringst, solange ich dadurch keine Unannehmlichkeiten habe.«

»Made!« rief ich. »Nimm Velox den Sattel noch nicht ab, sondern bring ihn her.«

Maghib, dem unser Streit zweifellos nicht entgangen war, schlich ängstlich hinter dem Pferd hervor. Ich sagte zu ihm: »Kümmere dich um das Essen und wende den Bratspieß um! Wir werden zurück sein, bevor das Essen fertig ist.«

Dann warf ich Genoveva geradezu in den Sattel, sprang hinter sie auf Velox und trieb ihn zum Galopp an. Um den alten Mann zu finden, brauchten wir nur ein kleines Stück den Weg zurückzureiten. Er saß zusammengesunken neben einem kleinen Feuer, das er mit seiner eigenen Holzkohle entfacht hatte, und röstete darin ein paar auf dünne Äste aufgespießte Pilze. Überrascht blickte er auf, als ich Genoveva vom Pferd zerrte und zu ihm hinüberschleifte. Dann zog ich mein Schwert, legte es ihm an den Hals und fauchte Genoveva an: »Sag ihm, er soll es zugeben. Ich möchte es von ihm selbst hören.«

Das alte Wrack stammelte: »Prosim! ... Prosim!«, was auf slowenisch »bitte« heißt, und seine Augen quollen vor Angst aus den Höhlen. Statt Worten sprudelte dann plötzlich Blut aus seinem Mund heraus, das über seinen Bart und meine Hand floß. Kurz darauf fiel er schräg nach hinten, und ich sah Genovevas Messer in seinem Rücken stecken.

»Hier«, sagte sie mit einem gewinnenden Lächeln. »Habe ich es damit wieder gutgemacht, Thorn?«

»Ich habe keinen Beweis, daß er es war.«

»Doch, das hast du. Schau ihn dir nur an. Siehst du diesen gelassenen Ausdruck auf seinem Gesicht? Dieser Mann ist glücklich gestorben.«

Sie bückte sich, zog ihr Messer heraus, wischte es an dem zerlumpten Mantel des alten Bauern ab und steckte es in seine Scheide an ihrem Gürtel zurück.

»Selbst wenn ich dir glaube«, sagte ich eisig, »dann hast du mich jetzt zweimal mit diesem Mann hintergangen, denn ich wollte ihn selbst umbringen.« Ich setzte ihr die Spitze meines Schwertes unters Kinn und zog sie mit der anderen Hand an ihrer Tunika so nahe an mich heran, daß ihr Gesicht sich dicht vor meinem befand. »Glaub mir, daß ich das gleiche auch mit dir tun werde, falls du mich noch einmal betrügst.«

In ihren Augen stand die blanke Angst, und es klang ehrlich, als sie sagte: »Ich glaube dir.«

In ihrem Atem spürte ich jedoch immer noch den haselnußartigen Geruch männlichen Spermas, daher stieß ich sie derb von mir weg und sagte: »Und glaub mir auch, daß das nicht nur für Genoveva, sondern ebenso für Thor gilt. Ich werde dich weder mit anderen Männern, noch mit anderen Frauen teilen.«

»Ich glaube dir ja, ich glaube dir ja! Siehst du? Ich bin immer noch dabei, mein Vergehen wieder gutzumachen.« Sie hatte einen leeren Sack gefunden, der dem alten Mann gehört hatte, und füllte diesen Sack nun mit Brocken seiner Holzkohle. »Ich ersetze sogar das Holz, das ich für unser Feuer vergeudet habe. Laß uns nun seine Leiche in den Fluß werfen und zu unserem Lager zurückreiten. Das Abendessen wartet auf uns, und diese ganze Aufregung hat mich wirklich sehr hungrig gemacht.«

Sie aß tatsächlich mit Heißhunger. Beim Essen plapperte sie, ganz wie ein Weibchen, ununterbrochen über belanglose Dinge und war dabei so unbekümmert, als hätten wir nur einen ganz gewöhnlichen Reisetag ohne besondere Vorkommnisse hinter uns. Made dagegen nagte so zaghaft an den Knochen des Auerhahns herum, als wolle er vermeiden, daß man ihn überhaupt wahrnahm. Ich aß nur ein oder zwei Bissen, denn mir war der Appetit vergangen.

Bevor wir uns schlafen legten, zog ich Made beiseite, damit Genoveva uns nicht hören konnte. Dann gab ich ihm ein paar Anweisungen für die Zukunft.

»Aber, Fráuja«, wimmerte er. »Warum soll ausgerechnet ich die Fráujin bespitzeln? Oder gar einen ihrer Befehle nicht befolgen? Ich bin auf dieser Reise doch nicht viel mehr als ein Gepäckstück.«

»Du wirst tun, was ich dir sage, weil ich der Anführer dieser kleinen Reisegesellschaft bin. Falls ich je noch einmal dazu gezwungen sein sollte, Genoveva allein zu lassen, dann wirst du meine Augen und Ohren ersetzen.« Halb zu mir selbst sagte ich dann noch mit gequältem Humor: »Ich wünschte nur, deine große Nase wäre imstande ...«

»Meine Nase?« schrie er entgeistert, als hätte ich gedroht, ihm diese abzuschneiden. »Was ist mit meiner Nase, Fráuja Thorn?«

»Nichts, nichts«, sagte ich. »Bewahr sie dir für das Bernsteinschnüffeln auf. Du sollst für mich lediglich Augen und Ohren offen halten. Laß Fráujin Genoveva nicht aus den Augen, und laß dir keines ihrer Worte entgehen.«

»Aber Ihr habt mir noch gar nicht gesagt, was ich nicht übersehen oder überhören darf.«

»Schon gut«, grunzte ich, da ich ungern zugeben wollte, daß ich ein von Eifersucht zerfressener Hahnrei war. »Berichte mir einfach nur jeden noch so alltäglichen Vorfall und überlaß mir das Urteil. Laß uns jetzt schlafen gehen.«

Zumindest in dieser Nacht hatte ich auch auf andere Dinge keinen Appetit. Es war eine der wenigen gemeinsam verbrachten Nächte, in denen Thorn, Thor, Veleda oder Genoveva nicht übermütig in Vergnügungen schwelgten.

*

Der Tyras floß inzwischen ganz von Westen her auf uns zu und wurde zusehends schmäler. Wir näherten uns also langsam seinem Quellgebiet. Ich fragte den Wirt der letzten Krchma auf dieser Strecke nach dem Weg. Er empfahl uns, den Tyras zu überqueren, der hier schon so schmal und flach war, daß man mühelos hindurchwaten konnte. Anschließend sollten wir in nördliche Richtung weiterreiten. Nach ungefähr vierzig römischen Meilen würden wir dann auf den Oberlauf eines weiteren Flußes stoßen, den die Slowenen den Buk nannten. Noch nie zuvor in meinen Leben hatte ich gesehen oder gehört, daß ein Fluß von Süden nach Norden floß. Der Wirt sagte uns jedoch, wir sollten diesem Buk stromabwärts bis zur Bernsteinküste folgen.

Nachdem wir ungefähr die Hälfte dieser vierzig römischen Meilen auf einer überraschend guten und von vielen Wagen befahrenen Straße zurückgelegt hatten, erreichten wir ein größeres Dorf, das von seinen Bewohnern Lviv genannt wurde. Da es zwischen dem Tyras und dem Buk lag, hatte es sich offensichtlich zu einem Umschlagplatz für die Händler dieser Region entwickelt und verfügte daher sogar über eine gut ausgestattete Herberge. Dieses Lviv schien mir für meine historischen Nachforschungen sehr geeignet, außerdem würde es sicherlich eine Weile dauern, bis wir wieder an einen so angenehmen Ort kommen würden; daher teilte ich meinen beiden Reisegefährten mit, daß wir nicht nur eine Nacht, sondern gleich ein paar Tage in Lviv verbringen würden.

Genoveva und ich quartierten uns also in der Herberge ein, und als wir alles Gepäck auf unser Zimmer getragen hatten, sagte sie zu mir: »Sieh mal, Thorn, du kannst und wirst deine erhabene Rolle als männlicher Marschall und Herzog natürlich nicht aufgeben; ich dagegen kann und werde meine Identität wechseln, wann immer es mir beliebt. Ich werde manchmal als Thor und manchmal als Genoveva durch die verschiedenen Läden und Schmieden des Ortes streifen und mir die Waren zeigen lassen, die hier für Männer und für Frauen angeboten werden; vielleicht werde ich bei dieser Gelegenheit das eine oder andere für Thor oder Genoveva kaufen. Wie du weißt, bin ich ein vornehm erzogenes, verwöhntes und zartes Wesen. Ich konnte jetzt eine so lange Zeit lang nur flüchtig und nur in Flußwasser baden, daß ich auch von den hiesigen Thermen ausgiebig Gebrauch machen möchte, und da es hier getrennte Badehäuser für Frauen und Männer gibt, werde ich beide besuchen. Auf den Straßen von Lviv und in dieser Herberge halten sich so viele Menschen auf, daß die Ähnlichkeit zwischen Thor und Genoveva niemandem auffallen wird. Und selbst wenn jemand Verdacht schöpfen sollte, das Gerede dieser unbedeutenden Bauern, die hier am Ende der Welt leben, könnte dich weder ernsthaft treffen noch dich in Verlegenheit bringen.«

Ich hätte über den ultimativen Charakter dieser Erklärung vielleicht zu Recht empört sein können, aber es belustigte mich eher, daß eine so unzüchtige Person, die imstande war, Pferde zu stehlen und sogar einen harmlosen, alten Bauern umzubringen, sich selbst als vornehm und zart bezeichnen konnte; daher sagte ich nur nachsichtig: »Wie du möchtest.«

Allerdings begab ich mich trotzdem zu Made in den Pferdestall und teilte ihm mit, daß Fráujin Genoveva »aus Staatsgründen« nun gelegentlich wieder den jungen Mann namens Thor spielen müsse. »In welcher Verkleidung sie auch immer erscheint, ich möchte, daß du dich stets unbemerkt in ihrer Nähe aufhältst. Und wenn ich dich danach frage, wirst du mir berichten, wo sie war und was sie dort getan hat.«

Ich verließ mich darauf, daß Made sie in meiner Abwesenheit beobachten würde, und da er nie irgend etwas Verdächtiges erzählte, ging ich davon aus, daß meine beiden Reisegefährten sich tugendhaft verhielten. Ich versuchte in der Zwischenzeit, mit jedem älteren Einheimischen ins Gespräch zu kommen, der sich in unserer Herberge oder in irgendeinem der Gasthäuser am Marktplatz herumtrieb. Bei einem Wein oder einem Bier fragte ich sie über die Geschichte ihrer Vorfahren aus dieser Region aus.

Aber nur wenige der ortsansässigen älteren Männer waren germanischer Herkunft. Die meisten, die ich traf, waren plattnasige Slowenen. Sie kannten nicht einmal den Ursprung und die Geschichte ihres eigenen Volkes und wußten nur in ihrer mürrischen und melancholischen Art zu berichten, daß die Slowenen ursprünglich einmal in Gebieten gelebt hatten, die viel weiter im Norden oder Osten lagen. Erst viel später seien sie immer weiter nach Süden und nach Westen vorgedrungen.

In einer Taverne am Marktplatz fragte ich einen älteren Mann: »Waren es die Hunnen, die Eure Vorfahren aus ihren Heimatgebieten vertrieben haben?«

»Wer weiß?« sagte er gleichmütig. «Vielleicht waren es auch die Pozorzheni.«

»Was?« fragte ich, denn es war schon eine ganze Weile her, daß ich dieses Wort zum letzten Mal gehört hatte.

Umständlich versuchte er, das Wort zu umschreiben, bis ich schließlich begriff, daß er diese Frauen meinte, »vor denen man sich in Acht nehmen muß«.

»Jesus«, murmelte ich. »Ich habe in kleinen, abgelegenen Siedlungen tief im Wald abergläubische Bauern von ihnen reden hören, hätte jedoch nicht erwartet, daß die zivilisierten Bewohner von Lviv sich ebenfalls vor einem Stamm wilder Frauen fürchten und an so eine lächerliche Legende glauben.«

»Wir glauben daran«, räumte er unumwunden ein. »Und wir hüten uns davor, sie zu verärgern, wenn sie hierherkommen.«

»Was? Sie kommen hierher?«

»Jeden Frühling«, antwortete er. »Nur ein paar von ihnen. Sie kommen nach Lviv geritten, um hier ein paar lebensnotwendige Dinge zu erstehen, die es in ihrer Wildnis im Osten nicht gibt. Sie sind sehr leicht von den anderen Frauen zu unterscheiden, die den Markt besuchen kommen, denn wie die Männer der barbarischen Stämme sind sie schwer bewaffnet und nur mit ein paar Lederhäuten bekleidet, die um ihre Hüften geschlungen sind. Schamlos und unverfroren stolzieren sie hier dann auf und ab und stellen ihre bloßen Brüste zur Schau.«

»Womit handeln sie?«

»Ihre Packpferde sind jedesmal mit ihrer winterlichen Beute an Otterpelzen beladen, außerdem bringen sie noch selbstgesammelte Süßwasserperlen mit. Natürlich sind die Otterfelle nicht so wertvoll wie andere Pelze, und auch ihre Flußperlen sind nicht sehr viel wert. Da wir aber, wie gesagt, diese schrecklichen Frauen nicht verärgern wollen, verhalten wir uns außerordentlich großzügig, wenn wir mit ihnen verhandeln; daher kam es noch nie vor, daß sie dieses Dorf angegriffen oder die Bauernhöfe in der Umgebung geplündert haben.«

»Ihr wißt also gar nicht, ob ihr prahlerisches Herumstolzieren nicht nur eine reine Drohgebärde ist«, sagte ich skeptisch. »Was immer sie früher auch gewesen sein mögen, vielleicht sind sie inzwischen so schwach und zahm wie kleine Kätzchen.«

»Das bezweifle ich«, wandte er ein. »Als ich jünger war, brachte ich einmal mit ein paar anderen Männern zusammen auf der Straße da drüben ein Pferd zum Stehen, das mit seinem Reiter durchgegangen war. Es kam direkt aus dem Osten ins Dorf galoppiert, und sein Reiter starb, kurz nachdem wir ihm vom Pferd geholfen hatten. Er erzählte uns nicht, was ihm bei den Pozorzheni widerfahren war und wie er ihnen schließlich entkam – er konnte es nicht mehr erzählen, denn ihm war die Zunge herausgerissen worden; er hielt sie in der Hand. Sein verzweifelter Ritt hierher muß furchtbar schmerzhaft gewesen sein, denn sein Körper bestand nur noch aus rohem Fleisch. Man hatte ihm die ganze Haut vom Körper gezogen. Daß es sich um einen Mann handelte, erkannten wir nur noch an seinen Geschlechtsteilen, die er in der anderen Hand hielt.«

Als ich schließlich wieder in unserer Herberge eintraf, um mir dort eine Mahlzeit zu bestellen, war das Haus gerade völlig überfüllt. Die Herberge verfügte über keinen geräumigen Speisesaal mit vielen einzelnen, weit genug auseinander stehenden Liegen. In dem nicht allzu großen Raum, in dem das Essen serviert wurde, standen nur mehrere lange Brettertische und Holzbänke, die man nun eng aneinandergeschoben hatte. Ich zwängte mich zwischen zwei andere Gäste auf eine Bank und stellte sogleich fest, daß Thor mir direkt gegenüber saß. Als sich unsere Blicke trafen, riß er seine Augen vor Überraschung weit auf. Er schreckte hoch, als wolle er sofort vom Tisch aufspringen, konnte sich jedoch in dem allgemeinen Gedränge nicht von der Stelle rühren.

Ich wußte sofort, warum mein unerwartetes Erscheinen ihn so erschreckt hatte. In dem Raum roch es zwar nach vielen Menschen, nach Linsensuppe, nach heißem Brot und nach starkem Bier, dennoch nahm ich ganz deutlich diesen unverkennbaren Geruch wahr, der von Thor ausging: es war der lattichähnliche Duft der intimsten Absonderung einer Frau. Es war erst vor kurzem abgesondert worden, denn die Säfte einer Frau beginnen an der Luft nach einer gewissen Zeit nach Fisch zu riechen. Und dieser Duft stammte weder von Veleda noch von Genoveva. Thor sah möglicherweise meine Nasenflügel beben, denn auf seinem Gesicht lag jetzt wieder dieser Ausdruck echter Angst, und seine Augen schweiften so hektisch durch den Raum, als suche er einen Fluchtweg. Die vielen Menschen im Raum schienen ihm jedoch seine Sicherheit zurückzugeben, denn er setzte sogleich wieder sein einschmeichelndes Lächeln auf. Die Worte, die er mir dann über den Tisch hinweg zuwarf, konnte ich trotz des allgemeinen Lärms gerade noch verstehen: »Diesmal hast du mich erwischt, bevor ich mich in den Thermen reinwaschen konnte. Aber würdest du mich hier töten, Thorn? Wo so viele Menschen sind? Der Aufruhr hier wäre so groß, daß er deinem König und all deinen sonstigen Freunden bestimmt zu Ohren käme.«

Er hatte recht. In diesem Augenblick konnte ich ihm wirklich nichts tun. Mir war inzwischen erneut der Appetit vergangen, also zwängte ich mich zwischen meinen beiden Tischnachbarn hervor, die mich wegen meiner Grobheit verfluchten, und bahnte mir mit meinen Ellbogen den Weg durch die Menge, von der ich noch weitere Flüche erntete. Als ich draußen war, stürmte ich zum Stall, denn ich konnte es kaum erwarten, Made in die Finger zu bekommen.

»Du erbärmlicher Wicht!« schrie ich, während ich ihn voller Wut packte und wie eine Satteldecke hin und her schüttelte. »Bist du nur faul? Oder völlig unfähig? Oder hast du mich auf verbrecherische Weise hintergangen?«

»Fr-Fráuja«, flehte er stammelnd. »W-Was habe ich denn getan?«

»Du hast etwas sehr Wichtiges nicht getan!« brüllte ich und schleuderte ihn gegen die Wand des Stalls. »Thor ... ich meine die als Thor verkleidete Genoveva hat mich heute hier in Lviv mit irgend jemandem betrogen. Wie konnte sie dir entwischen? Als Mann hättest du Thor an jeden Ort folgen können. Warst du zu faul?«

»Nein, Herr«, winselte er und sank zu Boden. »Ich bin ihr überallhin gefolgt.«

»Also wohin ging Thor ... wohin ging die verkleidete Genoveva? Warst du zu dumm zu bemerken, daß sie sich mit jemandem traf, daß sie irgendeine Verabredung hatte?«

»Nein, Herr«, wimmerte Made. Er kauerte sich zusammen und hielt sich schützend die Arme über den Kopf, »aber ich wußte, daß das Haus ein Bordell ist.«

»Was?« fragte ich bestürzt. »Ein gewöhnliches Hurenhaus? Du hast gesehen, wie Thor ... wie die verkleidete Genoveva ... du hast eine ehrbare Frau ohne zu zögern geradewegs in ein Bordell marschieren sehen? Und du bist nicht sofort zu mir gerannt, um mir von diesem mehr als ungewöhnlichen Vorfall zu berichten?«

»Nein, Herr«, stöhnte er. Dann jedoch bewies Made mehr Mut, als ich von ihm erwartet hatte. Er nahm die Arme vom Kopf, erhob sein tief bekümmertes Gesicht und sagte entschlossen: »Ihr habt mich zu Recht beschuldigt, Herr. Ich habe Euch tatsächlich auf verbrecherische Weise hintergangen.«

Ich zog die Faust zurück, die ich gerade auf ihn niedersausen lassen wollte, und sagte zähneknirschend: »Erklär mir alles!«

»Es gibt da sehr viel, was ich Euch nicht erzählt habe.«

»Dann hol' das auf der Stelle nach!«

Was er mir dann erzählte, klang wie eine Klage, die nur von gelegentlichen Schluchzern unterbrochen wurde: »Ich weiß nicht, was für eine Art von Frau Eure Fráujin Genoveva ist. Welche Frau würde schon in ein Bordell gehen? In Noviodunum hielt ich sie noch für einen Mann namens Thor. Als zum ersten Mal von dieser Reise die Rede war, befürchtete ich sogar, daß es zwischen Euch und Thor vielleicht unterwegs zu einem Streit um das schöne Fräulein Swanilda kommen könnte, und ich machte mir bereits Sorgen, was in diesem Fall wohl aus mir werden würde. Sobald Swanilda jedoch tot war, entpuppte sich Thor ebenfalls als Frau. Eifersüchteleien oder Rivalitäten von irgendeiner Seite konnte ich nicht feststellen; Ihr schient mir jedenfalls glücklich zu sein, daher ...«

»Das ist kein Bericht! Das ist dummes Geschwätz!«

Unbeirrt fuhr er fort: »Also beschloß ich, auf dieser Reise nichts zu sagen oder zu tun, was zu irgendwelchen Eifersüchteleien oder Schwierigkeiten führen könnte, und auch nicht mehr zu sehen, als ich sehen sollte.«

»Idiot! Hatte ich dich denn nicht gebeten, wachsam zu sein?! Ich hatte dir sogar ausdrücklich befohlen, Genoveva nicht aus den Augen zu lassen!«

»Aber genau an diesem Tag, an dem Ihr mir das befohlen habt, hatte sie Euch doch schon zum ersten Mal betrogen, Fráuja!«

Obwohl es mir sehr unangenehm war, über diesen Vorfall zu sprechen, sagte ich: »Ja, das weiß ich. Sie bat dich, schon einmal vorauszureiten, damit sie sich in der Zwischenzeit mit diesem Köhler einlassen konnte. Genau deswegen befahl ich dir ja, sie von da an nicht mehr aus den Augen zu lassen.«

Made starrte mich verständnislos an. »Welcher Köhler?«

»Dieser rußbeschmierte alte Mann, der uns an jenem Tag noch vor meinem Ausritt auf dem Weg begegnete. Du hast diesen alten slowenischen Bauern doch sicherlich gesehen. Ein Niemand.« Ich lachte bitter. »Er war der gemeine Liebhaber, dem sie sich hingab.«

»Ach, ne, es war ein noch gemeinerer Liebhaber als dieser Slowene, Fráuja Thorn!« schrie Made. Er senkte den Kopf und schlug ihn mit seinen eigenen Fäusten. »Ihr irrt Euch oder Ihr wurdet belogen. Es war nicht der Köhler. Der einzige Niemand, der Frau Genoveva an diesem Tag in den Armen hielt, war ein noch niedrigerer Armenier!«

»Du? ... Du also! ... Wie konntest du es wagen!« stammelte ich verwirrt.

»Sie wagte es! Sie hat es trotz meiner Proteste von mir verlangt, und danach machte sie sich dann über mein kleines Glied lustig. Kurz darauf seid Ihr von der Jagd zurückgekehrt, Fráuja Thorn, und zum zweiten Mal schwieg ich, obwohl ich hätte reden müssen. Es gab dann noch ein drittes, ein viertes und ein fünftes Mal, denn Frau Genoveva hat sich seit unserer Ankunft in Lviv mindestens zweimal täglich mit einem Mann nach dem andern, oder als Thor verkleidet mit einer Frau nach der andern, vergnügt. Unmittelbar danach rannte sie jedesmal in die Thermen, um sich zu reinigen, bevor sie dann das Bett mit Euch teilte. Ich machte mir die ganze Zeit über Sorgen, daß sie sich bei diesen schmutzigen Slowenen vielleicht irgendeine üble Krankheit holen und Euch damit anstekken könnte. Aber wie, Fráuja Thorn, hätte ich Euch das alles enthüllen können, ohne dabei mich selbst zu bezichtigen? Oh, vái, natürlich wußte ich, daß ich nicht ewig schweigen konnte, daß früher oder später alles herauskommen würde. Und ich bin bereit, meine Strafe auf mich zu nehmen. Bevor ich sterbe, möchte ich Euch jedoch noch sagen, daß es Thor war, der Fráujin Swanilda erhängt hat. Ich glaube, er merkte sogar, daß ich ihn dabei beobachtete, und da ihn das nicht zu kümmern schien, nahm ich an, daß Ihr und er ... ich meine, daß Ihr und Genoveva ...«

»Genug«, sagte ich heiser. »Sei still.«

Er klappte seinen Mund zu, und ich stand eine Zeitlang nur da und grübelte. Als ich schließlich wieder zu reden begann, war es mir gleichgültig, was Made von meinen Worten halten würde.

»Du hattest recht. Es stimmt, daß ich mich stillschweigend an jedem einzelnen Verbrechen beteiligte, das von diesem hinterhältigen Flittchen, von diesem Hurensohn begangen wurde. Thor und ich sind nichts weiter als die zwei Seiten ein und derselben Münze, und diese Münze besteht aus einem so unedlen Metall, daß sie zuerst eingeschmolzen, dann veredelt und schließlich ganz neu geprägt werden muß. Dazu muß ich zuerst Buße tun. Ich werde gleich damit beginnen und dich deshalb am Leben lassen, Made; außerdem werde ich dich von nun an mit dem angemessenen Respekt behandeln und sogar Maghib zu dir sagen. Mach dich reisefertig. Wir werden diesen Ort verlassen. Und zwar nur zu zweit. Sattle also unsere beiden Pferde und belade das dritte mit unserem Gepäck.«

Mit gezogenem Schwert schritt ich über den Hof auf die Herberge zu. Ich warf einen kurzen Blick in den Speiseraum und sah, daß Thor nicht mehr dort war, also stürmte ich die Treppen zu unserem Zimmer hinauf. Die Zimmertür stand weit offen. Thor war bereits da gewesen, und er hatte es offensichtlich sehr eilig gehabt, wieder zu verschwinden, denn unsere Habseligkeiten waren über das ganze Zimmer verstreut. Hastig stöberte ich die Sachen durch, die er zurückgelassen hatte, und stellte dabei fest, daß er sich wieder in Genoveva verwandelt hatte und auch nur Genovevas Kleider und Utensilien mitgenommen hatte. Lediglich Thors Schwert fehlte. Ich entdeckte auch, daß er mir den bronzenen Brustschutz entwendet hatte, der ihm schon immer sehr gefallen hatte.

Plötzlich stieß unten jemand einen lauten Schrei aus. Ich ging zum Fenster und sah den Wirt der Herberge sowie ein paar seiner Bediensteten und Stallburschen verstört auf dem Hof herumlaufen. Der Besitzer der Herberge rief, jemand solle einen »Lekar« holen; damit meinte er einen Arzt. Ich rannte aus der Herberge hinaus und zum Stall hinüber. Auf dem Stroh zwischen unseren beiden gesattelten Pferden sah ich Maghib auf dem Boden liegen. Aus seiner Brust ragte der Griff eines mir wohlbekannten Messers hervor. Diesmal hatte Genoveva in ihrer Eile jedoch nicht sorgfältig genug gezielt. Maghib lebte noch und war bei Bewußtsein. Obwohl die um ihn herumschwirrenden Bediensteten ihn besorgt am Sprechen zu hindern versuchten, ließ seine armenische Redseligkeit ihn zumindest noch ein paar Worte hervorwürgen, bei denen ihm das Blut aus dem Mund rann: »Wollte sie aufhalten ... Fráujin stach zu ... nahm Pferd ... ritt nach Osten ... nach Osten! ...«

Ich nickte, denn ich hatte sofort begriffen, warum er dieses letzte Wort so betont hatte.

»Ja«, sagte ich. »Sie hat all diese Geschichten über die bösartigen Amazonen gehört, und sie weiß, wieviel sie mit ihnen gemeinsam hat. Dahin will sie also.«

Ich konnte nicht glauben, daß eine so verwöhnte Kreatur wie Genoveva sich auf Dauer dem rauhen Leben eines in den Wäldern lebenden Nomadenstammes verschreiben würde. Wahrscheinlich wollte sie sich nur eine Zeitlang bei diesen Frauen verstecken, weil sie annahm, dort vor Verfolgung sicher zu sein.

»Deine Wunde scheint nicht tödlich zu sein, Maghib«, sagte ich. »Hier ist auch schon der Arzt. Laß ihn deine Wunde versorgen und dich gesundpflegen. Wenn du wieder kräftig genug bist, dann setze deine Reise zur Bernsteinküste fort. Du mußt nur zum Bug reiten und diesem Fluß dann stromabwärts folgen. Ich werde zu dir stoßen, sobald ich meine Rechnung mit der Person beglichen habe, die uns verraten hat.«

Ich überließ Maghib der Obhut des Arztes und hinterlegte beim Wirt der Herberge genügend Geld für seine Verpflegung und Betreuung. Dann belud ich Velox mit meinem Gepäck und ritt ebenfalls nach Osten – in das Land der Sarmaten und zu den Frauen, vor denen man sich in Acht nehmen mußte.

## 9

Sarmatien ist eine große Region ohne feste Grenzen, der westlichste Zipfel Asiens. In ihrem Osten erstreckt sich das riesige Asien, dessen Grenzen nicht einmal die Kartographen kennen. Ich mußte jedoch nicht dieses ganze Gebiet durchforsten, um Genoveva zu finden, falls sie tatsächlich bei den Amazonen Zuflucht suchen wollte, denn diese Amazonen oder Baga-qinons oder Viramne oder Pozorzheni oder wie immer sie sich auch nannten, konnten ja nicht allzuweit von Lviv entfernt leben, da sie jedes Jahr ein paar Abgesandte mit Otterpelzen und Süßwasserperlen dorthin schickten. Im Gegensatz zu Genoveva wußte ich also, womit sie handelten, und konnte mir daher ausrechnen, daß sie irgendwo in der Nähe eines klaren, schnell fließenden Stromes leben mußten.

Als ich nach zwei Tagen die letzten Häuser Lvivs und die außerhalb der Stadt liegenden Bauernhöfe hinter mir gelassen hatte und mich bereits mitten in einem tiefen Nadelwald befand, legte ich Thorns Rüstung ab und verwandelte mich wieder in Veleda, denn die Gefahr, von den Amazonen sofort abgelehnt zu werden, war sicher geringer, wenn ich ihnen als Frau gegenübertrat. Anders als Genoveva wußte ich ja auch, wie diese Amazonen sich kleideten. Meine neue Kluft war also auf geradezu schamlose Art weiblich: bis auf eine Busenbinde, die ich mir unter meine Brüste band, um sie höher und voller erscheinen zu lassen, war mein Oberkörper frei, und ich war sehr froh, daß das warme Klima des gerade einsetzenden Herbstes dies noch zuließ.

Nach ungefähr sechs Tagen erreichte ich einen ziemlich breiten, herrlich klaren und munter vor sich hin fließenden Strom, der Ottern geradezu ideale Lebensbedingungen bot, daher beschloß ich, dem Fluß ein oder zwei Tage lang stromabwärts zu folgen. Sollte ich auf dieser Strecke keinerlei Spuren von Menschen finden, dann wollte ich den Fluß überqueren und auf der anderen Seite wieder hinaufreiten. Velox lief beinahe so leise wie ein Wolf das mit Moos und weichem Gras bedeckte Ufer entlang, und ich schaute mich immer wieder wachsam um, während ich unter Pinien hindurchritt, deren lange Äste über das Wasser ragten. Schon bald stellte sich jedoch heraus, daß ich nicht wachsam genug gewesen war.

Lautlos huschte plötzlich etwas an meinem Gesicht vorbei und an meinem Oberkörper entlang; dann schnürte sich dieses Etwas direkt unterhalb meiner Brüste schmerzhaft um mich herum, so daß meine Arme eng an den Körper gepreßt wurden. Noch bevor ich begriff, was geschah, wurde ich bereits mit einem heftigen Ruck aus dem Sattel gerissen. Ich fiel nicht zu Boden, sondern hing frei in der Luft, während Velox zunächst gemächlich ohne mich weiterlief, bald darauf jedoch anhielt, weil er mein Gewicht nicht mehr spürte, und überrascht zu mir zurückkehrte. Ich hörte das Rascheln von Laub und sah jemanden einen Baum hinunterklettern, an dem er offensichtlich das andere Ende des Seils befestigt hatte, sobald mein Gewicht daran zog. Ich war kaum überrascht, als ich erkannte, daß es eine Frau war, die sich da von einem Ast herunter auf ihre Füße plumpsen ließ und mich sogleich mit finsteren Blicken durchbohrte.

Ich weiß, daß Homer, Herodotus und viele Erzähler nach ihnen die Amazonen in ihren Legenden als schöne Frauen beschrieben haben, und war daher neugierig, ob sie die Wahrheit erzählt hatten. Nun, leider muß ich die Verfechter solcher Legenden enttäuschen, denn diese Amazonen waren alles andere als schön. Frauen, die ihr ganzes Leben in der Wildnis verbringen, die sommers wie winters im Freien hausen und die, um zu überleben, all die harten Arbeiten selbst verrichten müssen, die sonst Männer tun, gleichen offensichtlich eher wilden Tieren als schönen, anmutig jagenden Dianas. Die erste, die ich jetzt zu Gesicht bekam, ähnelte wahrhaftig einer wilden Bestie, und ihre Schwestern, denen ich bald begegnen sollte, sahen nicht weniger tierähnlich aus.

Ihre zusammengekniffenen Augen, die ein ganzes Leben lang in die Sonne, in den Wind und in die Ferne geblickt hatten, waren stark gerötet. Durch das viele Herumklettern auf den Bäumen hatten sich die langen Zehen ihrer nackten Füße krallenartig gespreizt; ihre Hände hatten völlig verhornte Nägel und waren so breit und schwielig wie die eines Hufschmieds. Mit einer dieser Hände griff sie nun nach dem Gürtel, an dem mein Schwert und mein Messer hingen.

Ihre Kinnlade, die aussah, als könne sie Knochen zermalmen, klappte plötzlich herunter und legte einen Mundvoll gelber Zahnstümpfe frei. In unfreundlichem Ton stieß sie ein paar schwer verständliche Wörter hervor, und ich begriff, daß sie mich unfreundlich gefragt hatte, wer ich sei und was ich hier suche. Ich bemühte mich nach Kräften, ihr mit Grimassen und Handbewegungen klar zu machen, daß das Seil meinen Brustkorb so stark zusammenschnürte, daß ich kaum Luft holen, geschweige denn antworten konnte.

Außer den Waffen, die sie mir abgenommen hatte, besaß sie auch noch ein eigenes Messer, das in ihrem Gürtel steckte; außerdem hingen ein Bogen und ein Köcher über ihre Schultern. Sie musterte mich grübelnd, bis sie offensichtlich zu dem Schluß gelangte, daß sie nicht nur besser bewaffnet, sondern auch stärker war als ich. Während sie das Seil zusammenrollte und mich dabei nicht aus ihren kleinen, roten Augen ließ, erzählte ich ihr eine Geschichte, die ich mir schnell zurechtgelegt hatte.

In ernstem Ton berichtete ich ihr, daß ich die gequälte Ehefrau eines schlechten und gewalttätigen Mannes sei, die sich nach vielen Jahren nun entschlossen habe, seine Flüche und Mißhandlungen, besonders aber seine abscheuliche Lüsternheit, nicht länger zu ertragen. Daher sei ich seiner Knechtschaft entflohen und hierhergeritten, um bei meinen im Wald lebenden Schwestern Beistand und Schutz zu suchen.

Dann wartete ich gespannt darauf, ob sie jetzt vielleicht sagen würde, daß vor wenigen Tagen bereits ein anderer weiblicher Flüchtling hier eingetroffen sei. Sie warf jedoch nur einen kurzen Blick auf Velox und sagte mißtrauisch: »Dein grausamer Ehemann hat dich mit einem sehr feinen Pferd ausgestattet, Svistar.«

»Ach, ne! Er? Ni allis. Ich habe es ihm gestohlen. Mein Mann ist kein armer Bauer, sondern ein Kaufmann aus Lviv mit einem Stall voller Pferde. Ich nahm mir seinen besten Kehailaner.«

»Das Pferd gehört jetzt nicht mehr dir, sondern uns«, grunzte sie.

»Ihr könnt euch sogar noch so ein Pferd verschaffen«, sagte ich mit einem verschlagenen Lächeln und deutete dabei auf ihr Wurfseil, »wenn er mir nachgeritten kommt.«

»Das habe nicht ich zu entscheiden.«

»Dann laß mich mit eurer Königin sprechen, oder mit eurer Oberfrau oder mit eurer Haupt-Walis-kari, oder welchen Titel eure Anführerin auch immer trägt.«

»Unsar Modar. Unsere Mutter.« Erneut verfiel sie in ein tiefes Grübeln und sagte dann plötzlich: »Sehr gut, komm.«

Obwohl sie bereits meine Waffen und ihr aufgewickeltes Wurfseil trug, ergriff sie nun auch noch die Zügel von Velox und stapfte stromabwärts das Ufer entlang. Ich lief neben ihr her und freute mich ungemein, daß ich tatsächlich vor Genoveva hier eingetroffen war.

»Sicher ist eure Anführerin nicht die leibliche Mutter jeder einzelnen Walis-kari. Ging das Amt durch ein Erbfolgerecht auf sie über? Oder habt ihr sie zu eurer Stammesmutter ernannt oder gewählt? Und wie soll ich sie anreden?«

Meine Häscherin überlegte erneut und sagte dann: »Sie herrscht über uns, weil sie die Älteste ist. Sie ist deshalb die Älteste, weil sie am längsten überlebt hat; und sie hat deshalb alle überlebt, weil sie die wildeste, blutrünstigste und erbarmungsloseste von uns allen ist. Sie ist fähig, jede von uns oder sogar den ganzen Stamm zu töten. Du wirst sie wie wir alle voller Ehrfurcht und Bewunderung mit Modar Lubo anreden. Mutter Liebe.«

Beinahe hätte ich laut herausgelacht, weil zwischen diesem Namen und der Beschreibung seiner Trägerin ein so großer Widerspruch bestand; aber stattdessen sagte ich nur: »Und wie ist dein Name, Svistar?«

Selbst diesmal mußte sie überlegen bevor sie mir schließlich antwortete, sie heiße Ghashang. Als ich zu ihr sagte, daß ich diesen Namen noch nie gehört hätte, erklärte sie mir, er bedeute: die Hübsche. Erneut konnte ich mir das Lachen kaum verkneifen.

Nach einer Weile erreichten wir die Lichtung, auf der ihr Stamm unter freiem Himmel lebte. Ghashang band mein Pferd an, und einige ihrer Schwestern rannten neugierig neben uns her, als sie mich anschließend durch eine schützende Baumreihe hindurch zu einer angrenzenden, kleineren Lichtung führte, die Modar Lubo als ›Freiluftpalast‹ diente. Wie die andere Lichtung war auch diese mit Essensresten und anderem Abfall übersät; Modar Lubos Wohnstätte konnte jedoch immerhin zwei Einrichtungsgegenstände aufweisen: über ihren Schlafplatz hatte man zwischen zwei Bäumen ein Dach aus struppigem Hirschfell gespannt; außerdem stand mitten auf dem Platz ein ›Thron‹, der aus einem riesigen, verwitterten und von den Jahren ausgehöhlten Baumstumpf grob zurechtgehackt worden war. Auf ihm thronte nun imposant die mächtige Gestalt Modar Lubos, ja sie quoll geradezu über den Thron hinaus. Als ich diese älteste Amazone erblickte, zweifelte ich nicht mehr daran, daß sie tatsächlich auch die fürchterlichste von allen war.

War jede ihrer Töchter schon ungefähr so häßlich wie ein Auerochse, so erinnerte sie an jenes Fabelwesen, das sich abergläubische Heiden früher unter dem sagenhaften Drachen vorgestellt haben. Die ledrige Haut von Mutter Liebe war nicht nur, wie die vieler alter Frauen, zerknittert und fleckig, sondern hing zudem noch in beutelartigen Lappen herunter, die wie Saurierschuppen aussahen, und beulte sich an vielen Stellen zu Warzen und Geschwulsten aus. Ihre flachen, alten Brüste sahen so hart aus wie zwei Platten einer Rüstung; ihre Finger- und Fußnägel hatten die

Länge von Krallen, und die paar Zähne, die sie noch besaß, waren beinahe so lang und dick wie die Hauer eines Wildschweins. Vom Körperumfang her übertraf sie selbst die dickste ihrer Töchter noch bei weitem. Sie war auch viel stärker behaart als die anderen; außer der verkrusteten, grauen Matte, die auf ihrem Kopf wuchs, hingen ihr zu beiden Seiten des Mundes Haarbüschel herunter, die an die Bartfäden von Fischen erinnerten. Ihr Atem war zwar nicht sichtbar wie das Feuer eines Drachen, roch dafür jedoch ranzig genug, um jeden Gegner auf acht Schritt Abstand zu halten.

Die anderen Frauen hatten mich nur schief von der Seite angesehen; sie jedoch starrte mir haßerfüllt direkt ins Gesicht, als ich ihr meinen Namen nannte und die Geschichte wiederholte, die ich mir für Ghashang ausgedacht hatte. Ich hatte erst wenige Worte gesprochen, als sie mir schon etwas entgegenknurrte, was sich wie eine Frage anhörte: »Zaban ghadim, balad-id?« Als ich sie daraufhin nur verständnislos anblickte, fragte sie auf Gotisch: »Du sprichst nicht die alte Sprache?«

Da ich wieder nicht verstand, was sie damit meinte, sagte ich nur etwas verwirrt: »Doch, ich spreche die alte Sprache, die Ihr soeben benutzt habt, Modar Lubo.«

Sie schürzte geringschätzig die Lippen, entblößte ihre Stoßzähne und höhnte: »Eine Stadtfrau!« Dann deutete sie mir mit einem gebieterischen Wink ihrer Pranke an, daß ich weitererzählen solle.

Ich fuhr mit meiner Geschichte fort, malte jedoch ihr gegenüber die Niederträchtigkeiten meines erfundenen Ehemannes noch viel drastischer aus. Ich betonte insbesondere, wie sehr ich jedesmal, wenn er von seinen ehelichen Rechten Gebrauch machte, das Gefühl gehabt hätte, mir werde Gewalt angetan. Und da ich vorgab, die Abscheu der Amazonen vor dem Geschlechtsverkehr zu teilen, senkte ich vorsichtig meinen Kopf, damit Mutter Liebe die Venusfalte um meinen Hals nicht sehen konnte, denn es hätte ja sein können, daß sie wußte, was diese Falte über die wirklichen Neigungen einer Frau aussagte. Nachdem ich meinen angeblichen Ehemann als ein wahres Monstrum an Gewalttätigkeit und Lüsternheit geschildert hatte, schloß ich mit dem folgenden Satz: »Ich bitte Euch und Eure Töchter, mir Zuflucht zu gewähren, Modar Lubo, und ich bitte Euch zudem um Schutz, weil dieser hassenswerte Mann das Werkzeug, in das er so gerne seine lüsternen Säfte ergoß, nicht so ohne weiteres aufgeben wird. Er wird mir wahrscheinlich voller Gier folgen.«

Sie verlagerte ihre Körperfülle ein wenig von einer Thronseite auf die andere und murrte gereizt: »Kein Mann, der bei Verstand ist, würde jemals hierherkommen.«

»Ach, Ihr kennt meinen Mann nicht«, sagte ich. »Möglicherweise erscheint er verkleidet. Er hat sich zu einem geschickten Transvestiten entwickelt, falls Ihr wißt, was das bedeutet, Mutter; auf Lateinisch heißt so jemand: transvestitus muliebris. Er gewöhnte sich an, meine Kleider zu tragen, und nach einer Weile sah er darin aus wie eine richtige Frau. Er ließ sich von unserem Arzt in Lviv sogar zwei Taschen in die Haut seiner Brust schneiden, in die er dann Wachspolster einführen konnte; und zwar ... hier ... und hier ...«

Ich holte tief Luft, um meine Brüste stärker hervortreten zu lassen; und um zu beweisen, daß meine echt waren, stubste ich sie mit einem Finger an, bis sich ihre Haut leicht zu kräuseln begann. Der alte Drachen riß seine kleinen Saurieraugen so weit auf, daß sie beinahe menschlich wirkten, und die anderen Waliskarja, die sich inzwischen um uns versammelt hatten, schauten mich ebenfalls mit großen Augen an.

Seufzend fügte ich hinzu: »Manchmal ging er sogar in seiner Verkleidung auf die Straße und wurde von Fremden tatsächlich für eine Frau gehalten.«

»Uns könnte er nicht täuschen! Oder, meine Töchter?« Alle schüttelten energisch ihre bulligen Köpfe. »Auch wenn er das Aussehen und das Benehmen einer Frau hat, so können wir ihn mit einem Feuerchen ganz leicht enttarnen, Wachs schmilzt und brennt.«

Ihre Töchter nickten heftig und blökten: »Bach! Bach!« Das schien ein Ausdruck der Zustimmung zu sein, also rief auch ich: »Macte virtute! Was für eine hervorragende Idee, Mutter!«

»Und du?« fragte sie und starrte mich lange eindringlich und finster an. »Was hast du uns außer deinem feinen Pferd und deinen lateinischen Sprüchen sonst noch anzubieten?«

»Ich war nicht immer eine Stadtfrau«, sagte ich. »Ich kann sehr gut jagen, fischen und Fallen stellen ...«

»Aber dir fehlt das gute, kräftige Fett auf dem Körper, das du brauchst, um in sehr kaltem Wasser nach Flußperlen zu tauchen. Schau zu, daß du etwas Fleisch auf deine dürren Rippen bekommst. Und nun erzähl mir mal, was du überhaupt von uns Walis-karja weißt.«

»Nun ... ich habe viele Geschichten über euch gehört, weiß allerdings nicht, welche davon wahr sind.«

»Du sollst erfahren, wer wir sind.« Sie zeigte auf eine der Frauen. »Das ist Morgh, sie ist, was man in deiner Sprache eine Ketab-zadan nennt; sie trägt die alten Lieder vor. Heute abend wird sie für dich singen. Auf diese Weise lernst du auch schon unsere alte Sprache ein wenig kennen.«

»Heißt das, daß Ihr mich aufnehmt?«

»Vorerst einmal. Ob du bleiben wirst, wird sich noch zeigen. Hast du in Lviv irgendwelche Kinder zurückgelassen?«

Diese Frage überraschte mich, aber ich antwortete wahrheitsgemäß mit: »Nein.«

»Bist du unfruchtbar?«

Ich hielt es für das beste, erneut meinen bereits ausreichend belasteten Ehemann zu bezichtigen. »Nein, wahrscheinlich ist er es. Angesichts seiner Perversionen und all seiner anderen ...«

»Wir werden sehen.« Dann sagte sie zu der Frau, die mich gefangengenommen hatte: »Ghashang, du bist mir in Zukunft für sie verantwortlich. Laß den Kutriguri ausrichten, daß wir eine Befruchtung wünschen. Wenn der von ihnen auserwählte Mann hier eintrifft, dann steck ihn gleich mit der da zusammen.« Und zu mir sagte sie: »Wenn du empfängst, kannst du bleiben.«

Diese Aufnahmebedingung erschien mir doch recht hart. Einer soeben vor den Zudringlichkeiten ihres eigenen Ehemannes geflohenen Frau wurde nun zugemutet, sich einem völlig fremden Mann hinzugeben; und dazu noch einem vom Stamme der Kutriguri, die so gelbhäutig, verlaust und häßlich waren wie die Hunnen. Ich sagte jedoch nichts, sondern machte nur eine zustimmende Verbeugung.

»Gut. Dann bist du hiermit entlassen. Ihr andern könnt ebenfalls gehen. Eure Mutter möchte sich jetzt ein wenig ausruhen.«

Sie erhob sich mit einen heftigen Ruck von ihrem Thron und stampfte zu ihrer Schlafstelle hinüber. Nun konnte ich sehen, daß der große Thronstuhl mit Haut überzogen war, die man wohl zum

Schmuck mit vielen Farben beschmiert hatte. Die recht abgenutzte und an den Ecken schon durchgescheuerte und ausgefranste Haut war so dünn und geschmeidig, daß sie unmöglich von einem Tier stammen konnte. Es handelte sich um die Haut eines Menschen.

*

Nach einer Legende sollen die Goten, als sie sich hier niederließen, einige bösartige Frauen gewaltsam aus ihrer Mitte vertrieben haben, weil diese das Zusammenleben des Stammes gestört hatten. Die Ausgestoßenen sollen über ihre Vertreibung so empört gewesen sein, daß sie sich schworen, fortan ohne Männer zurechtzukommen. Falls diese Legende stimmte und es sich bei diesen Amazonen tatsächlich um die Nachfahren dieser Vertriebenen handelte, so erklärte das trotzdem nicht, warum diese Frauen, die den Männern und ihrer eigenen weiblichen Sexualität abgeschworen hatten, über keinerlei weibliche Instinkte und Attribute mehr verfügten.

Nicht genug, daß es ihnen offensichtlich gefiel, so fett und häßlich zu sein; sie schienen sich zudem auch bewußt einen äußerst unangenehmen Tonfall angewöhnt zu haben. Ich hatte schon viele Männer mit eisenharter Stimme sprechen hören; aber die Stimmen der meisten Frauen, die ich bisher kennengelernt hatte, hatten so lieblich geklungen wie Silber. Die Laute, die die alten wie auch die jungen Walis-karja von sich gaben, waren jedoch so rauh und schroff, daß sie eher an Bronze erinnerten. Auch die Faulheit und Schlampigkeit dieser Frauen war äußerst unweiblich. Jede normale Frau wäre über den Schmutz, in dem sie lebten, entsetzt gewesen. Obwohl der Stamm direkt neben einem klaren Fluß lebte, starrten ihre Kinder vor Dreck und weil sie nie die weiblichen Künste des Spinnens, Webens und Nähens erlernt hatten, waren alle nur mit Fellen bekleidet ...

Als sie mich jetzt zum gemeinsamen Abendessen riefen, stellte ich fest, daß sie nicht einmal kochen konnten. Man teilte mir eine Portion undefinierbarer tierischer Eingeweide zu, die nicht gargekocht, sondern lediglich leicht erwärmt worden waren. Dazu erhielt ich ein ebenso undefinierbares Gemisch aus grünen Blättern. Die Mahlzeit wurde auf ein Platanenblatt geschöpft, da die Frauen über keinerlei Eßgeschirr verfügten. Sie wußten auch nicht, wie man Brot buk. Ich murmelte vor mich hin, daß ja selbst ich da noch besser kochen könne. Ghashang schnappte meine Bemerkung auf und sagte, daß ich schon noch an die Reihe kommen würde, denn sie kochten abwechselnd, da keine von ihnen diese Arbeit besonders gern verrichte.

Nach dem Essen frönten die Frauen dem einzigen Luxus, über den sie verfügten. Das nun folgende Vergnügen war mir nicht neu. Sie streuten getrocknete Hanfblätter in die Glut der Kochfeuer und hängten dann Felle über die primitiven Feuerstellen. Anschließend steckten sowohl die Frauen wie auch die Kinder abwechselnd ihre Köpfe unter diese Felldächer, um den Rauch tief einzuatmen. Einige der Frauen hielten sogar ihre Kleinkinder in den Rauch, um auch sie an diesem Genuß teilhaben zu lassen. Im Hanfrausch legten die Frauen dann recht unterschiedliche Verhaltensweisen an den Tag, die jedoch alle jeglicher Würde entbehrten. Einige torkelten im Dunkeln herum, als sei ihnen schwindlig, andere tanzten schwerfällig umher, wieder andere gaben mit ihren eigentümlichen, rasselnden Stimmen in den höchsten Tönen völlig zusammenhangloses Geschwätz von sich. Ein paar der Frauen fielen einfach um und begannen sogleich zu schnarchen. Das Verhalten der berauschten Walis-karja bewog mich keineswegs dazu, meine schlechte Meinung über sie zu ändern. Nur wenige von uns verzichteten aus verschiedenen Gründen auf den Hanfgenuß: ich, weil mir nichts daran lag, mich zu betäuben; vier oder fünf weitere Frauen, weil sie in dieser Nacht auf den Wipfeln in der Nähe stehender Bäume Wache halten mußten, und Morgh, weil Mutter Liebe ihr befohlen hatte, später noch für mich zu singen.

Kurze Zeit später erfüllte Morgh diesen Auftrag. In ohrenbetäubend falschen und schrillen Tönen trug sie mir die lange Geschichte ihres Stammes vor, die trotz der völlig unmusikalischen Darbietung recht aufschlußreich war. Sie erzählte, wie ein paar keusche gotische Frauen vor den Zudringlichkeiten ihrer männlichen Stammesgenossen in die Wildnis geflohen seien, um dort ein freies, selbstgenügsames Leben ohne Männer zu führen. Unterwegs seien sie durch eine prächtige skythische Stadt gekommen. Die Frauen dort hätten sie schwesterlich aufgenommen, sie bewirtet, neu eingekleidet und verwöhnt. Von den Skythen hätten sie unter anderem den Genuß des Hanfkrauts sowie zwei weibliche Gottheiten übernommen. Ihre skythischen Schwestern hätten sie gar nicht wieder gehen lassen wollen, und einige von ihnen hätten sich dann der Gruppe angeschlossen, als diese schließlich reich beschenkt weiterzog. In der Wildnis hätten sie dann gemeinsam diesen Frauenstamm gegründet, der sich nur zum Zwecke der Fortpflanzung gelegentlich eines Mannes bediene. Während Morgh weiterkreischte, machte ich mir meine eigenen Gedanken. Mir war jetzt klargeworden, warum sich die gotische Muttersprache der Frauen mit dem Skythischen vermischt hatte. Und soviel ich wußte, war die skythische Sprache, die der Stamm jetzt als die alte Sprache bezeichnete, tatsächlich älter als die gotische. Die Frauen waren also gleichzeitig gotischer und skythischer Herkunft, und die Männer, derer sie sich zur Fortpflanzung ihres Stammes bedient hatten, hatten sicherlich den unterschiedlichsten Völkern angehört. Ich war sehr erleichtert, daß in den Adern dieser schrecklichen Frauen nicht ausschließlich gotisches Blut floß. Sie waren also keine ›reinrassigen Stammesschwestern‹ von mir.

Morghs Gesänge enthielten zwar keine direkten Aussagen darüber, warum diese Frauen nicht nur dem Geschlechtsakt völlig gleichgültig gegenüberstanden, sondern auch für Weiblichkeit und Schönheit völlig unempfänglich waren, ich wußte jedoch aus alten Geschichtsbüchern, daß die einst gutaussehenden, begabten und tatkräftigen Skythen sich mit der Zeit zu einem fetten, schwächlichen und apathischen Volk entwickelt hatten. Dieser allmähliche Verlust an Lebenskraft war mit einer zunehmenden Unfruchtbarkeit einhergegangen, die angeblich zum traurigen Niedergang der Skythen geführt haben soll.

Die Walis-karja hatten sich offensichtlich also nicht bewußt dafür entschieden, fett, häßlich, dumm und geschlechtslos zu sein, sondern sie hatten diese Eigenschaften von den Skythen geerbt, nachdem sie sich mit diesen vermischt hatten. Mir fiel wieder ein, daß ich vor langer Zeit einmal das skythische Wort Enarios gehört hatte. Es bedeutete ›Mann-Frau‹, und ich hatte es mir damals gemerkt, weil ich annahm, es sei der skythische Ausdruck für Mannamawi. Nun schien es mir eher wahrscheinlich, daß mit diesem Wort lediglich unweibliche Frauen bezeichnet wurden. Es war offensichtlich die skythische Übersetzung für Walis-kari.

Als ich Lviv verließ, um die verräterische Genoveva zu verfolgen, hatte ich geglaubt, dadurch meine historische Mission auf leichtfertige Weise zu vernachlässigen. Stattdessen hatte sich dieser Umweg als sehr lohnend erwiesen, denn ich hatte hier Dinge in Erfahrung gebracht, die mir sonst vielleicht völlig unbekannt geblieben wären. Ach, ich machte mir nicht vor, hier die einzige Quelle für all die jahrhundertealten Legenden über Amazonenstämme ausfindig gemacht zu haben, denn als die Griechen vor mehreren hundert Jahren über Amazonen schrieben, gab es die Walis-karja ja noch nicht. Aber ich war doch sehr zufrieden, nun zumindest beweisen zu können, daß auch die Goten ihren Beitrag zur Amazonenlegende geleistet haben.

## 10

Genoveva traf erst drei Tage später bei den Walis-karja ein. Ich tat inzwischen so, als bemühte ich mich nach Kräften, eine möglichst schreckliche Walis-kari zu werden, und lernte dabei die Gebräuche des Stammes noch besser kennen. Als ich gerade mit Modar Lubo und ein paar anderen Frauen auf Jagd war, kam plötzlich Ghashang von Osten her auf uns zugeritten. Sie besprach sich kurz mit unserer Mutter, die ein gutes Stück vor mir ritt. Die beiden warteten, bis ich sie eingeholt hatte, dann sagte Modar Lubo zu mir: »Die Kutriguri wissen jetzt, daß wir wieder einen Mann für eine Befruchtung benötigen. Manchmal brauchen sie etwas länger, um zu entscheiden, wen sie schicken werden, denn diese wilden Böcke reißen sich natürlich alle um eine solche Ehre. Der Auserwählte wird jedoch in ein oder zwei Tagen hier eintreffen.«

Alles andere als dankbar murmelte ich: »Mamnun.« Das war das skythische Wort für »thags izvis«.

»Und ich befehle dir, dein möglichstes zu tun, um von ihm schwanger zu werden, Dohhtar Veleda!« fuhr sie fort. »Du sollst uns für unsere Gastfreundschaft entlohnen, indem du dich als fruchtbar erweist.«

Noch bevor ich sie ironisch fragen konnte, ob es denn möglich sei, auf Befehl schwanger zu werden, war sie schon wieder nach vorne geritten. Ghashang blieb jedoch in meiner Nähe und sagte kurz darauf in ihrer nachdenklichen Art zu mir: »Merkwürdig.

Modar Lubo irrt sich. Die Männer streiten sich zwar während der Wahl, aber nur deswegen, weil keiner hierhergeschickt werden will. Ich habe nie erfahren, weshalb.«

Ich hätte ihr antworten können, daß die Kutriguri trotz ihrer Wildheit offensichtlich doch recht vernünftig waren, aber ich verkniff mir diese Bemerkung.

»Noch sonderbarer ist, daß sie diesmal ganz bereitwillig zustimmten, obwohl ich ihnen offen sagte, daß du eine Fremde bist, die erst vor kurzem bei uns eintraf, und daß du kein bißchen fett, sondern zart, mager und blaß bist, also gar nicht wie eine richtige Frau aussiehst.«

Vielleicht hätte ich sagen sollen, daß diese Wilden offensichtlich auch einen recht guten Geschmack hatten, aber ich schwieg, weil sich plötzlich vor uns ein lautes Geschrei erhob, das mich aufhorchen ließ. Die ersten von uns waren bereits mit unserer Jagdbeute auf der Lichtung eingetroffen und wurden von den zurückgebliebenen Frauen freudig begrüßt. Unter die Freudenschreie mischten sich jedoch auch laute, aufgeregte Rufe: Komm schnell, Madar Chobi! ... Chakar Veleda, komm und schau dir an, wen wir hier haben!«

Sie waren so aufgeregt, weil Genoveva inzwischen eingetroffen war.

*

»Ist das der Mann?« fragte Mutter Liebe grimmig. Ich nickte.

»Er ritt direkt unter dem Baum vorbei, auf dem ich Wache hielt«, sagte die Frau, die uns nun stolz ihren Gefangenen zeigte. »Ich brauchte nur die Fangschlinge meines Wurfseils auf ihn hinunterfallen zu lassen. Und er war tatsächlich verkleidet. Über seinen Frauenkleidern trug er sogar noch das da.«

»Das gehört mir«, murmelte ich, denn sie schwang meinen bronzenen Brustschutz. Sie ließ ihn sich bereitwillig aus der Hand nehmen und fuhr mit ihrem Bericht fort: »Und er behauptete natürlich, eine Frau zu sein. Pedar sukhte! Wie der auf mich eingeredet hat! Aber ich ließ mich von seinen Worten ebensowenig täuschen wie von seiner Verkleidung.«

Ich starrte auf Genoveva hinunter, die bewußtlos mitten auf der Lichtung lag. Sie war von oben bis unten in Seile verschnürt, und ihre Tunika hatte man vorne aufgerissen, um ihre Brust freizulegen. Genovevas Oberkörper war nur noch eine schauerliche, dunkelrote Masse aus zerfetztem, rohem Fleisch, die jedoch nicht blutete, sondern qualmte. Genoveva würde nie wieder Genoveva sein.

»Und wie inständig er mich anflehte als ich ihn der Prüfung unterzog; aber ich ließ mich nicht überreden. Seine falschen Brüste ließen sich zwar nicht so leicht wegbrennen, wie ich dachte, aber ich ließ mich nicht beirren, und wie ihr seht, brannten sie schließlich doch. Wir haben jetzt auch noch ein weiteres gutes Pferd, Modar Chobi, das ...«

Die Stammesmutter unterbrach sie ärgerlich: »Hast du das alles etwa ganz alleine gemacht?«

Die Frau, die eben noch so glücklich gestrahlt hatte, schwieg betroffen, und all ihre Schwestern begannen sofort beleidigt zu krähen: »Ja, das hat sie, Modar Lubo!« »Roshan, diese selbstsüchtige Sau, hat keine von uns mitmachen lassen!« »Sie hat uns erst gerufen, als der Mann schon schlapp und bewußtlos war!« »Sie ließ uns den Mann lediglich hierherschleppen!« »Sie hat das ganze Vergnügen alleine ausgekostet!« Mutter Liebe funkelte die Missetäterin wütend an und knurrte böse: »Solche seltenen Vergnügungen dürfen nur mit meiner Erlaubnis und nur in meiner Gegenwart stattfinden, und alle müssen daran beteiligt werden.«

Voller Angst stammelte die Frau: »Ihr wart weg ... und er war da. Ihr habt doch gesagt ... es soll geprüft werden, ob ...«

»Du bist gierig gewesen! Und treulos! Du hast nicht nur deine Schwestern betrogen, sondern sogar deine liebende Mutter.«

»Aber ... aber ... das Vergnügen ist doch noch nicht zu Ende. Er ist ja noch nicht tot«, wimmerte Roshan. Sie schlug mit ihrer zitternden Hand gegen den gefesselten Körper. »Seht doch! Er atmet noch. Er wird wieder aufwachen und von neuem zu jammern anfangen.«

Mutter Liebe blickte voller Haß auf den Gefangenen hinunter und murmelte in meine Richtung: »Er sieht nicht gerade nach einem ganzen Mann aus.«

Ich deutete auf Genovevas Unterleib und sagte: »Ihr könnt Euch leicht davon überzeugen.«

Es war nicht nur unter Mutter Liebes Würde, sich zu bücken, sie war auch viel zu fett dazu, daher gab sie der neben uns stehenden Shirin ein Handzeichen. Shirin kniete nieder und machte sich an Genovevas Reitrock zu schaffen. Die Seile schnürten ihn jedoch fest an den leblosen Körper, daher zog sie ihr kurzes, noch blutiges Jagdmesser heraus, zerschnitt den Stoff und klappte die Fetzen auseinander. Sie zuckte kurz zurück, als das Geschlechtsorgan zum Vorschein kam, das in diesem Augenblick zwar nicht vor aggressiver Potenz strotzte, aber trotzdem unverkennbar männlich war. Ich war froh, daß die Seile Genovevas Beine so eng zusammenschnürten, daß man nicht sah, daß sie keine Hoden hatte.

»Bring mir das Ding«, grunzte Mutter Liebe.

Shirin lächelte und leckte sich die Lippen, dann setzte sie das Messer an. Der fest verschnürte, völlig bewußtlose Körper krümmte sich vor Schmerz krampfartig zusammen. Thor würde nie wieder Thor sein.

»Mamnun, Modar Chobi. Nun bin ich Thor los«, sagte ich.

Sie runzelte die Stirn. »Thor?«

»So heißt er, und er war auf diesen Namen so stolz, daß er ihn sich vom Lekar in Lviv mit Nadeln auf seinen Rücken schreiben ließ.«

Auf ein weiteres Handzeichen der Stammesmutter hin half Ghashang Shirin, den leblosen Körper auf den Rücken zu rollen und die restlichen Fetzen der Tunika wegzuschneiden. Die Augen aller Frauen weiteten sich, als sie Thors hammerförmige Narbe sahen.

Mutter Liebe dröhnte begeistert: »Bach! Bach! Ich wollte immer schon eine neue Haut für meinen Thron haben. Diese hier wird ihn besonders elegant schmücken.«

»Warum laßt Ihr diese Kreatur nicht noch eine Weile für euch arbeiten, bevor ihr sie abhäutet?« fragte ich. »Nun, da er kein Mann mehr ist, könnt ihr ihn doch zum Sklaven eures Stammes machen. Wenn ihr ihn dann zu Tode geschunden habt, könnt ihr ihm ja immer noch die Haut abziehen.«

»Mit einem Kaufmann können wir hier nichts anfangen«, schnaubte sie verächtlich.

»Verzeiht, wenn ich Euch das sage, aber Ihr könntet durchaus einen guten Koch gebrauchen.«

»Wie?«

»Ich erzählte Euch doch bereits, daß er vielen weiblichen Beschäftigungen nachging. Er brachte sich sogar das Kochen bei. Ich kann Euch versichern, Mutter, daß Ihr so gut speisen werdet wie nie zuvor, wenn Ihr Thor für den Rest seines Lebens zu Eurem Koch macht; zu unserem Koch, meine ich natürlich.«

Sie schaute angewidert auf ihn herab. »Ein Kaufmann, ein Ehemann, ein angeblicher Transvestit und dazu noch ein Koch!«

Sie versetzte dem Körper einen Tritt und sagte zu Ghashang: »Brenne seine letzte Wunde so aus, daß sie sich fest verschließt, damit er nicht an ihr stirbt. Und dann entfernt diesen ... diesen Enarios ... aus meinen Augen. Bewache ihn und ruf mich, wenn er aufwacht.« Dann wandte sie sich wieder an mich und sagte gereizt: »Wenn du mit dem, was du hier zu essen bekommst, so unzufrieden bist, Veleda, dann kannst du dich ja heute abend um das Essen kümmern.«

»Mit Vergnügen«, sagte ich ohne zu heucheln, denn genau das hatte ich den Frauen sowieso vorschlagen wollen. »Wünscht Ihr, daß ich das Mahl aus dem Fleisch des heute erlegten Elchs zubereite, Mutter? Es wäre allerdings besser, es noch ungefähr eine Woche lang hängen zu lassen bevor – Mein Gott!«

Dieser Ausruf war mir vor Überraschung herausgerutscht, denn sie hatte sich plötzlich von mir abgewandt, ihr Messer aus dem Gürtel gezogen und es in den fetten, nackten Bauch von Roshan gestoßen. Die Frau riß ihre Augen noch ein letztes Mal weit auf und kippte dann nach hinten. Der Körper schlug mit einer solchen Wucht auf, daß der Boden unter unseren Füßen bebte.

»Treulosigkeit muß bestraft werden«, sagte Mutter Liebe ohne jegliche Gefühlsregung, und auch ihren anderen Töchtern kam kein Laut der Klage oder des Protestes über die Lippen. »Nun hör gut zu, Veleda!« Erneut durchbohrte sie mich mit ihrem finsteren Drachenblick. »Deine Ankunft, oder besser gesagt, deine Befreiung von diesem Thor, hat uns eine unserer Schwestern gekostet. Also schau zu, daß du geschwängert wirst und eine Tochter zur Welt bringst, die sie ersetzen kann.«

Ich nickte nur. Dies war nicht der Zeitpunkt, um die freche Frage zu stellen, ob es denn möglich sei, auf Befehl schwanger zu werden.

Mutter Liebe war mit ihren herrischen Befehlen noch nicht am Ende. Sie zeigte auf Roshans immer noch zuckende Überreste und sagte zu Shirin: »Schneide ihr den Kopf ab und leg ihn zusammen mit dem des Elchs ehrerbietig auf den Zypressenaltar.«

Shirin machte sich daraufhin entschlossen an die Arbeit, und die anderen Frauen schauten ihr schweigend und ungerührt zu. Mein Gesichtsausdruck hingegen mußte Mutter Liebe mißfallen haben, denn sie knurrte wütend: »Hast du vielleicht sonst noch irgendwelche Beschwerden vorzubringen?«

»Ne, ne. Es ist nur ... Ich hatte gedacht, daß wir den Göttinnen lediglich Speisen opfern, also einen Teil von dem, was wir selber essen ... der Kopf des Elchs war ja ein Teil unserer Jagdbeute.«

»Das ist richtig. Und heute abend wird Roshan unsere Mahlzeit sein. Aus ihr wirst du uns heute ein Abendessen zubereiten.«

Ich weiß nicht, was für ein Gesicht ich daraufhin machte; auf jeden Fall hielt es der alte Drachen nun wohl doch für angebracht, ein paar Erklärungen abzugeben.

»Ja, wir essen unsere verstorbenen Schwestern. Eines Tages werde auch ich verspeist werden, und du ebenso. Auf diese Weise verhelfen wir jeder Walis-kari dazu, nach ihrem Tod sehr bald in die Welt der Göttinnen Tabiti und Argimpasa zu gelangen um dort glücklich weiterzuleben. Wenn wir Roshan verdauen, lösen sich ihre körperlichen Überreste sehr schnell auf, und sie kann ihre Reise in die Unsterblichkeit viel früher antreten, als wenn wir sie begraben würden. Unter der Erde würde es nicht nur wesentlich länger dauern, bis ihr Körper zerfällt, sondern es würde zudem stets die Gefahr bestehen, daß irgendein Mann ihre Leiche ausgräbt und schändet.«

Ich dachte bei mir, daß es nun wohl keine Abartigkeit mehr gab, mit der mich die Walis-karja noch überraschen oder gar erschüttern konnten. Dann fiel mir ein, daß die Walis-karja ihre kannibalischen Bräuche nicht allein erfunden hatten, denn der alte Wyrd hatte mir einmal erzählt, daß einige der Skythen auch schon Kannibalen gewesen waren. Von diesen hatten die Vorfahren der Walis-karja diese kannibalischen Bräuche zweifellos übernommen. Und jeder kennt ja die Geschichte von Achilles und Penthesilea, in der der Held des trojanischen Krieges die Königin der Amazonen nicht nur besiegt und umbringt, sondern sie dann noch zusätzlich entehrt, indem er ihre Leiche schändet. Ich nahm allerdings stark an, daß Penthesilea selbst als Leiche immer noch wesentlich mehr Reize besaß, als diese Roshan zu ihren Lebzeiten je hatte aufweisen können.

»Ich schlage vor, daß du dich gleich an die Arbeit machst, Veleda«, sagte Mutter Liebe. »Ich weiß aus Erfahrung, daß die Zubereitung einer solchen Mahlzeit sehr lange dauern kann. Da schau, die Kinder blicken sie schon ganz hungrig an. Shirin, wenn du mit deiner Arbeit fertig bist, dann hilf Veleda beim Zerlegen und Ausnehmen.«

Ich habe nicht vor, die verschiedenen Prozeduren, die zur Zubereitung dieses Mahls erforderlich waren, bis ins einzelne zu beschreiben. Wenigstens mußte ich nicht auch noch den Kopf zerlegen. Als ich jedoch die großen Brocken der gelben Fettschicht, die wir vom Bauch und vom Gesäß des Körpers heruntergeschnitten hatten, wegwerfen wollte, war meine Kochgehilfin Shirin entsetzt: »Vái, Veleda, das sind die schmackhaftesten Stücke von allen. Du wirst schon noch merken, wie zäh und sehnig das rote Fleisch ist; außerdem liefert dieses Fett uns ein Polster für unsere eigenen Körper. Roshan würde sich freuen, daß ihr Fett auf diese Weise an ihren Schwestern weiterlebt.« Kurz darauf schalt mich Shirin: »Na, na! Willst du diese kleinen Stückchen etwa auch wegwerfen? Gekocht ergeben sie knusprige Leckerbissen.«

Ich möchte lieber darauf verzichten, zu erläutern, worum es sich bei diesen kleinen Stückchen handelte. Lediglich so eindeutig ungenießbare Teile wie die Fußnägel, die Haare unter den Achselhöhlen und die schmutzigeren Eingeweide durfte ich schließlich doch wegwerfen. Später zeigte mir Shirin dann die Grube, in der der Stamm ein wenig Gemüse und seine Vorräte an getrocknetem Hanf aufbewahrte. Um dem zerhackten und in Stücke geschnittenen Fleisch etwas Geschmack zu verleihen, gab ich noch wilde Zwiebeln, Kresse sowie ein paar Lorbeerblätter hinzu. Natürlich hatte ich nicht die Absicht, selbst von dieser schauerlichen Mahlzeit zu kosten; nicht nur, weil sie aus Menschenfleisch bestand, sondern auch, weil ich dem Essen, das nun in großen Kesseln über den Feuern garte, noch ein paar spezielle Zutaten hinzugefügt hatte. Als Shirin nämlich eine Weile weg war und ich, wie sie befohlen hatte, das Essen umrührte, krümelte und streute ich dabei Pflanzen, die ich lange zuvor am Flußufer gesammelt und dann getrocknet hatte, in das brodelnde Gebräu. Die betäubende Wirkung der

Borretschpflanzen war mir seit langem bekannt; außerdem hatte der alte Wyrd mir einmal erzählt, daß das Kreuzkraut ein Pferd völlig verrückt machen könne. Also machte ich von beiden Pflanzen recht großzügig Gebrauch. Vielleicht hätte ich gezögert, diese bitteren Kräuter einer Person mit einem empfindlicheren Gaumen zu verabreichen, aber bei diesen Allesfresserinnen hatte ich nicht die Befürchtung, daß der etwas bittere Geschmack der Mahlzeit ihnen sonderbar oder verdächtig vorkommen könnte. Es wurde langsam dunkel, und die Frauen saßen oder lagen schon alle untätig auf der Lichtung herum und leckten sich vor Vorfreude die Lippen. Den jungen Mädchen und den Kindern lief sogar schon der Speichel aus dem Mund. Alle schnupperten immer wieder in die Luft und sogen gierig den aus den Kesseln aufsteigenden Duft durch die Nase. Einige der Frauen warfen sich gegenseitig witzige Bemerkungen zu und lachten immer wieder schrill auf. Sie fanden es besonders spaßig, daß ihre Schwester Roshan, die eine von ihnen noch vor kurzem als »Sau« bezeichnet hatte, nun ganz ähnlich duftete wie ein guter, gekochter Keiler.

Als das Essen so gut wie fertig war, kam Ghashang zu Mutter Liebe gerannt, um ihr zu berichten, daß der neue Sklave aus seiner Ohnmacht erwacht sei, sich jedoch noch im Delirium befände und nur Unsinn von sich gebe.

»Er sagt die ganze Zeit nur ›zwischen meinen Beinen ... schaut zwischen meine Beine‹. Ich habe gar keine Lust, ihm zwischen seine Beine zu schauen.«

Mir war klar, was Thor ihr damit sagen wollte, aber Mutter Liebe verstand es natürlich nicht. Sie gab nur ihr schepperndes Lachen von sich und sagte: »Er vermißt seinen Schwanz, wie? Laß ihn am besten gefesselt, Ghashang, aber wir werden ihm helfen, wieder zu Kräften zu kommen, indem wir ihm etwas zu essen geben.« Also schöpfte ich eine Portion von Roshan auf ein Platanenblatt, damit jemand ihn füttern konnte.

Dann häufte ich ebenso großzügige Portionen auf die Blätter der Walis-karja, die inzwischen schon alle vor den Kesseln Schlange standen. Auch die Kinder, die an mir vorbeiwatschelten oder herbeigetragen wurden, erhielten ihren Teil. Da in dieser Nacht ein Fest gefeiert wurde, waren alle Frauen des Stammes anwesend. Niemand mußte Wache halten. Trotzdem hatte ich gedacht, daß

Roshans gewichtiger Kadaver ausreichen würde, um weniger als dreißig Frauen und ungefähr halb so viele junge Mädchen und Kleinkinder mindestens zwei Tage lang satt zu machen. Ich hatte mich geirrt. Sie schlangen ihre erste Portion schnell und gierig hinunter und schrieen nach mehr. Ich schöpfte alle Kessel leer, dann gab ich ihnen die blanken Knochen zum Zernagen, und schließlich kratzte ich sogar noch den allerletzten Rest an geronnenem Fett zusammen, um auch den noch zu verteilen. Die Frauen waren so sehr mit Essen beschäftigt, daß keine darauf achtete, ob ich aß oder nicht.

Als alles restlos verschlungen war, saßen die Schwestern eine Zeitlang herum und rülpsten; die eine oder andere lobte sogar meine Kochkünste. Dann befahl mir Mutter Liebe, die Hanfration für diese Nacht zu holen und sie auf die Feuer zu streuen. Und ich solle nicht vergessen, daß an diesem Abend mehr benötigt würde als sonst, da die Wachen ebenfalls noch unter uns weilten. Ich hatte noch etwas Kreuzkraut und Borretsch aufgehoben und mischte den Rest dieser Kräuter nun unter die Hanfblätter, denn ich wollte sichergehen, daß die Dosis für die Walis-karja nicht zu gering war. Dann setzte ich mich ins Dunkle und wartete ab. Die Wirkung der Kräuter ließ jedoch nicht allzu lange auf sich warten.

Kurz nachdem sie zum ersten Mal den Rauch tief eingeatmet hatten, fielen die Frauen, die auch sonst schneller auf den Hanf angesprochen hatten, bereits um und begannen zu schnarchen. Das galt auch für die Kinder. Diejenigen, die an den anderen Abenden rauhe Gesänge angestimmt hatten oder plump umhergetanzt waren, sangen und tanzten auch diesmal, jedoch immer lauter und besessener, bis sie schließlich beinahe so wild herumschrieen und umherhüpften wie die Bacchantinnen, die ich früher einmal beim Feiern beobachtet hatte. Die Frauen, die sonst nur herumgesessen und Unsinn geredet hatten, begannen zuerst laut zu jammern und dann zu bellen; aus ihrem Gekläffe entwickelte sich bald ein handfester Streit, bis sie schließlich mit Schaum vor dem Mund aufeinander losgingen. Sie schlugen und kratzten sich, rauften sich am Boden und rissen einander die Haare aus. Mutter Liebe versuchte zunächst, den Streit zu schlichten, indem sie nachsichtig mit ihren Töchtern schalt, bald darauf war sie jedoch selbst in ein Knäuel von fünf Frauen verwickelt, kreischte noch lauter, und trat und schlug noch heftiger und verbissener um sich als alle andern. Hier und dort wurden auch Frauen niedergeschlagen; keine von ihnen machte sich jedoch die Mühe, wieder aufzustehen; alle blieben einfach dort liegen, wo sie hingefallen waren, und begannen zu schnarchen ...

Ich war mir sicher, daß früher oder später alle anderen ebenfalls schnarchen würden, wartete jedoch nicht ab, bis es soweit war, denn die Frauen nahmen mich schon lange nicht mehr wahr und achteten gar nicht darauf, was ich tat. Wenn der Borretsch und das Kreuzkraut so wirkten, wie ich es erwartete, dann würden die Walis-karja am nächsten Tag noch genauso verrückt und verwirrt sein wie jetzt; möglicherweise würde dieser Zustand sogar ein paar Tage anhalten. In dieser Zeit würden keine Wachen mich aufhalten oder meine Flucht melden. In aller Ruhe verwandelte ich mich nun wieder von Veleda in Thorn. Ich war sehr froh, endlich die Kleider Thorns aus ihrem Versteck hervorholen zu können, denn nachts war es inzwischen zu kühl, um mit bloßem Oberkörper herumzulaufen. Ich packte alle meine Habseligkeiten zusammen, ging zu dem Platz, an dem die Pferde angebunden waren, sattelte Velox und belud das neue – Thors – Pferd mit meinem Gepäck. Dann stieg ich in den Sattel und ritt langsam von dannen.

Nein, ich war nicht mehr zu der Gestalt hinübergegangen, die früher einmal Thor und Genoveva gewesen war, um ihr ein paar Worte der Schadenfreude oder des Abschieds zuzuwerfen. Ich hatte zwar verhindert, daß man sie sofort tötete und abhäutete, aber nicht aus Gnade, Reue oder Vergebung, und auch nicht um der engen Bande willen, die einmal zwischen mir und dieser Person, oder besser diesen Personen, bestanden hatten, sondern weil mir bewußt war, daß es keine schrecklichere Strafe für einen Missetäter gab, als ein Leben lang der Sklave dieser abscheulichen Walis-karja zu sein.

Was mit ihm geschehen würde, ließ sich schwer sagen. Wenn die Frauen ihre Geistesverwirrung überwunden hatten, würden sie sicherlich sehr wütend auf mich sein und ihren Zorn möglicherweise an dem Gefangenen auslassen. Wenn sie ihn nicht auf der Stelle umbrachten, würden sie vielleicht schließlich doch entdekken, was sich zwischen seinen Beinen befand, und was sie dann tun würden, war wirklich nicht vorauszusehen. Und was würde wohl geschehen, wenn der Kutrigurer eintraf, um seine Aufgabe zu erfüllen?

Ich machte mir gar nicht erst die Mühe, irgendwelche Mutmaßungen anzustellen. Es interessierte mich nicht im geringsten, was aus den Frauen und ihrem Gefangenen werden würde. Ich war vielleicht nur eine halbe Frau, konnte mich jedoch ebenso herzlos und kalt verhalten wie eine richtige. Ich hatte also keinerlei Skrupel, als ich, ohne mich umzudrehen und ohne einen weiteren Gedanken an die Zurückgebliebenen zu verschwenden, einfach in die dunkle Nacht hineinritt.

## 11

Kurze Zeit später stieß ich auf den Bug und folgte ihm zuerst durch dichte Wälder und dann durch unwirtliche, feuchtkalte Sumpfgebiete nach Norden. Ich war wirklich froh, als ich nach langer Zeit endlich ein Dorf erreichte, obwohl es fast ausschließlich von Slowenen bewohnt war und nur über eine dementsprechend schäbige Krchma verfügte. Das hier gesprochene Slowenisch enthielt noch mehr widerliche Spucklaute als das anderer Stämme, daher kann ich den Namen des Dorfes nur schriftlich wiedergeben: es hieß Bsheshch. Dennoch schien es sich bei seinen Bewohnern, die sich selbst Polen nannten, um einen etwas höher entwickelten slowenischen Stamm zu handeln, denn sie hatten zwar auch die für dieses Volk charakteristischen breiten Gesichter, waren jedoch größer gewachsen, hatten eine hellere Haut und hellere Haare, und waren sogar ziemlich reinlich. Außer mir übernachteten in der Krchma nur Flußschiffer, die sich hier in Bsheshch aufhielten, um ihre Fracht zu löschen und ihre Schiffe anschließend neu zu beladen, denn der Ort war der wichtigste Hafen am Bug. Da ich es wirklich leid war, weiterhin durch diese morastige Landschaft zu reiten, wurde ich mit dem Besitzer eines Frachtkahns schnell handelseinig. Er nahm mein Packpferd in Zahlung und war dafür bereit, mich und Velox auf seinem Schiff direkt bis zum Wendischen Golf zu bringen.

Die Besatzung ließ den großen, flachen Kahn, der mit Flachs, Pelzen und Häuten beladen war, nicht einfach den Fluß hinuntertreiben, sondern beschleunigte seine Fahrt zusätzlich noch mit Stangen und Rudern. Zu Pferd wäre ich lange nicht so schnell vorangekommen. Erst als wir drei oder vier Tagesreisen von Bsheshch entfernt waren, kam mir der Gedanke, den Schiffer nach den Rugiern zu fragen, in deren Gebiet der Fluß uns ja trug. Ich war wie vom Blitz getroffen, als er sagte: »Die meisten Rugier halten sich im Augenblick gar nicht mehr in dieser Region auf. Alle kampfesfähigen Männer dieses Stammes befinden sich schon seit längerer Zeit auf einem Marsch nach Süden und sind inzwischen sicher schon ein gutes Stück von ihrem Heimatgebiet entfernt.«

»Was? Sie sind auf dem Marsch?«

»Tak«, sagte er, was im polnischen Dialekt »ja« bedeutet. »Als wir das letzte Mal vom Norden her nach Bsheshch fuhren, wurden wir unterwegs von König Fewa und seinen Truppen überholt, die ebenfalls auf dem Weg in den Süden waren. Die Reiter wie auch die Fußtruppen waren nicht nur deshalb schneller als wir, weil wir unseren Kahn stromaufwärts rudern mußten, sondern auch, weil die Truppen des Königs natürlich nur wenig Gepäck bei sich führten.«

»Waren sie auf dem Weg zu Strabo?«

»Wer ist Strabo?«

»Theoderich Triarius«, sagte ich ungeduldig, »der sich zum Krieg gegen Theoderich, den Amaler, rüstet.«

Der Schiffer hob bedauernd die Hände; er hatte weder von dem einen noch von dem anderen Theoderich je etwas gehört. Nun, das hätte ich mir denken können. Der Mann mochte in seinem Leben Tausende von Meilen zurückgelegt haben, war jedoch nie mehr als eine Meile über die Ufer seines Flußes hinausgekommen.«

»Alles, was ich Euch sagen kann, Pana Thorn, ist, daß sie nach Süden marschierten. Und sie sahen wirklich so aus, als ob sie in den Krieg zögen.«

»Du sagtest vorhin, daß sie natürlich nur wenig Gepäck bei sich führten. Was hast du damit gemeint?«

»Auf unseren letzten Fahrten stromaufwärts hatten wir keine Handelsgüter geladen, sondern lieferten stattdessen auf Befehl des rugischen Königs Fewa Proviant und andere Versorgungsgüter für seine Truppen an verschiedenen Orten entlang des Bugs und der

Weichsel ab. Auch viele andere Frachtschiffe taten das. Auf diese Weise sorgte der König dafür, daß seine Männer und die Pferde nicht alles, was unterwegs benötigt wurde, selbst mitschleppen mußten. Seine Truppen konnten sich so darauf verlassen, daß es ihnen auf ihrem Marsch nach Süden nie an Lebensmitteln und anderen lebensnotwendigen Dingen fehlen würde.«

Ein gut durchdachter Feldzug, der da schon seit geraumer Zeit im Gange war, ohne daß ich davon Kenntnis hatte, dachte ich bei mir. Während ich mich tief im Land der Amazonen befunden hatte, mußte die rugische Armee an mir vorbei nach Süden gezogen sein. Ich bedauerte es natürlich schon, daß dieser Marsch der Rugier mir entgangen war, dennoch sprang ich weder sofort über Bord noch ließ ich mich baldmöglichst ans Ufer setzen. Es bestand keine Veranlassung, der Armee zu folgen und vor ihr bei Theoderich einzutreffen, um ihn zu warnen, denn wenn selbst dieser gewöhnliche Bootsmann schon von dem Marsch wußte, dann war Theoderich sicherlich längst im Bilde.

Als der Flußschiffer mir erzählte, wieviel Proviant und Versorgungsgüter er entlang des Flußes abgeliefert hatte, war mir klar, daß die Rugier mit einer ziemlich großen Armee unterwegs sein mußten. Reiter und Fußtruppen zusammengenommen schätzte ich ihre Zahl auf ungefähr achttausend. Und als der Bootsmann dann noch erwähnte, daß König Fewas Gemahlin Giso eine Frau vom ostgotischen Stamm der Amaler war, lag eine weitere Vermutung nahe.

Ich hatte mich schon gefragt, warum Strabo sich nicht unter den in seiner Nähe lebenden Völkern Verbündete suchte, sondern ausgerechnet auf die so weit entfernten Rugier zurückgriff. Nun glaubte ich, die Antwort zu kennen. Königin Giso und Strabo stammten sicherlich von derselben amalischen Linie ab. Wahrscheinlich hatte er sie durch Gesandte bitten lassen, ihren Gemahl dazu zu überreden, den Aufstand ihres Verwandten Strabo zu unterstützen. Strabo hatte seine Verwandte sicherlich niederträchtig und schamlos belogen; sie und ihr Gemahl wohnten so weit von Moesien entfernt, daß sie wahrscheinlich gar nicht wußten, daß in Wirklichkeit nicht der verzweifelte, ausgestoßene und ohnmächtige Theoderich Strabo, sondern der Amaler Theoderich der rechtmäßige und allgemein anerkannte Herrscher dieser Provinz war.

Um die Königin für sich zu gewinnen und König Fewas Unterstützung zu erhalten, hatte Strabo die Situation in Moesien zweifellos völlig falsch dargestellt.

Ich mußte mir also überlegen, wie ich zur Klärung der Verhältnisse beitragen konnte.

*

Als unser Kahn in Pomore, der an der Mündung der Weichsel in den Wendischen Golf gelegenen Hauptstadt der Rugier, anlegte, wurde ich von zwei alten Hafenbeamten gefragt, wer ich sei. Ich stellte mich ihnen als König Theoderichs Marschall Saio Thorn vor und zeigte ihnen – in der Gewißheit, daß sie nicht lesen konnten – das Dokument, das ich bei mir führte. Ich verschwieg ihnen allerdings, welcher Theoderich mein König war, und als ich behauptete, ich sei gekommen um ihrer Königin Giso dafür zu danken, daß sie meinem König ihre Rugier zu Hilfe geschickt hatte, sorgten sie dafür, daß ich meinem Rang entsprechend in einem kleinen Haus auf dem Gelände des königlichen Palastes untergebracht wurde. Auf diese Weise hatte ich Gelegenheit, mir schon vor der Audienz bei Königin Giso ein Bild vom rugischen Königshaus zu machen. Die Ausstattung der Räume sollte prunkvoll wirken, war aber alles andere als erlesen; auch das Essen, das mir von ebenso schlecht ausgewählten Bediensteten serviert wurde, ließ einiges zu wünschen übrig. Meine königliche Gastgeberin machte diese Mängel allerdings nicht durch eine ausgewählte Höflichkeit wett; sie lehnte es hochmütig ab, mich noch am selben Tag zu empfangen.

Als ich am nächsten Tag in Gisos Palast geführt wurde, bestätigte sich meine Vermutung, daß diese Königin vornehmer erscheinen wollte als sie in Wirklichkeit war. Der Thronsaal strotzte fast schon vor falscher Pracht, und die Königin sprach zwar die alte Sprache, bediente sich jedoch eines betrüblich bäuerlichen Dialekts. Auch ihr Schmuck und ihre Kleider waren nicht besonders kostbar. Dennoch empfing sie mich, als wäre sie Kaiser Zeno in seinem Purpur-Palast. Da ihr ebenfalls anwesender Sohn erst ungefähr neun Jahre alt war, mußte sie noch ziemlich jung sein. Trotzdem benahm sie sich so geringschätzig wie eine ältliche Matrone, die sich durch die Anwesenheit eines bartlosen Jugendlichen belästigt fühlt. Vielleicht lag es daran, daß sie nicht besonders hübsch war – ihre großen Zähne standen so weit hervor, daß sie nur mit Mühe ihre Lippen richtig schließen konnte.

»Was genau wollt Ihr von uns, Marschall?«

Ich zog mein Pergament hervor, aber sie winkte ab, als wolle sie mir andeuten, daß der Inhalt des Dokuments sie wenig interessiere; ihre Geste bewies mir jedoch lediglich, daß sie nicht lesen konnte. Nichtsdestoweniger nahm sie weiterhin protzig den Pluralis majestatis für sich in Anspruch.

»Wir haben vernommen, daß unser Vetter Theoderich Triarius Euch geschickt hat. Hoffentlich habt Ihr nicht den Auftrag, uns um weitere Unterstützung zu bitten.«

Ich war einen Augenblick lang versucht, ihrem aufgeblasenen Gehabe den Wind aus den Segeln zu nehmen, indem ich ihr erzählte, welchem Theoderich ich in Wirklichkeit diente, und indem ich ihr vor allem enthüllte, daß die Rugier auf ihre Veranlassung hin im Begriff waren, ihre »Unterstützung« dem falschen Theoderich zukommen zu lassen. Bevor ich jedoch etwas sagen konnte, fuhr sie schon fort: »Wir haben bereits jeden Mann losgeschickt, der älter und kräftiger ist als unser Sohn Frido hier; mit Ausnahme der Slowenen natürlich, da diese Wracks als Krieger völlig unbrauchbar sind.« Der Junge machte ein niedergeschlagenes Gesicht; er war offensichtlich nicht allzu glücklich darüber, noch nicht zu den Kriegern gezählt zu werden. »Und wir haben einen großen Teil unseres Staatsschatzes verbraucht, um diese Armee für Euch auszurüsten. Wenn Ihr also gekommen seid, um uns um Männer, Gelder oder Waffen zu bitten, Marschall, dann ist diese Audienz hiermit beendet und Ihr habt unsere Erlaubnis zu gehen.«

Obwohl ich bisher noch gar nicht zu Wort gekommen war, hatte sie sich bereits von ihrem Thron erhoben. Sie stand jetzt auf dem Thronsockel, schaute hochnäsig auf mich herab und zog gleichzeitig ihren Sohn so eng an sich heran, als wolle sie verhindern, daß ich ihn von ihrer Seite riß und in den Krieg schickte. Ich widerstand der Versuchung, ihr die Wahrheit zu erzählen, denn mir war klar, daß diese Königin mit schlichten Tatsachen nicht zu überzeugen war. Ein Appell an ihre Vernunft hätte sie kaum dazu gebracht, sich statt mit dem falschen von nun an mit dem richtigen Theoderich zu verbünden. Eine so starrköpfige und eitle Frau wie sie würde nicht einmal dann einen Fehler zugeben oder sich gar um dessen Berichtigung bemühen, wenn das Leben ihres Gemahls und das aller von ihm angeführten Krieger auf dem Spiel stünde. Daher sagte ich nur salbungsvoll: »Erlauchte Königin, die Bitte, die ich später an Euch richten möchte, ist nicht materieller Natur. Zunächst einmal bin ich jedoch gekommen, um mich im Namen Theoderichs aufs herzlichste für die Unterstützung zu bedanken, die Ihr uns bereits habt zuteil werden lassen. Theoderich vertraut darauf, daß es ihm mit Hilfe Eurer rugischen Armee gelingen wird, seinen rechtmäßigen Herrschaftsanspruch über die Ostgoten und all ihre Gebiete durchzusetzen. Sobald er König ist, wird er Euch großzügig für Euren Beistand belohnen und Euch als seine Kusine ebenso an der Macht beteiligen wie jeden anderen Vetter aus der herrschenden amalischen Linie.«

Es war mir gelungen, die Königin freundlicher zu stimmen. Sie entblößte sogar ihre langen Zähne zu einem leichten Lächeln. Also fuhr ich fort: »Da Theoderich fest damit rechnet, daß dieser Krieg glücklich ausgehen wird, wünscht er, daß die Geschichte der erhabenen, amalischen Linie von ihren frühesten Anfängen bis zur Gegenwart niedergeschrieben wird. Die ganze Welt soll etwas über die Ursprünge und die bewunderungswürdigen Verdienste seiner und Eurer Familie erfahren; und ich soll in seinem Auftrag diese Geschichte verfassen.«

»Ein verdienstvolles Unterfangen«, sagte sie mit einem noch breiteren Lächeln, das nun auch noch das Zahnfleisch über ihren großen Zähnen freilegte. »Es hat unsere volle Zustimmung.«

»Daher, Eure Hoheit, soll ich Euch bei dieser Gelegenheit auch darum bitten, mich mit dieser Küste und ihrer Geschichte vertraut machen zu dürfen, denn es heißt, daß die ersten Goten, die ihre Heimatregion im hohen Norden verließen und mit ihren Schiffen über das Meer zum europäischen Kontinent fuhren, hier gelandet sind.«

»Ja, das wird erzählt; natürlich bin ich mit Euren Nachforschungen einverstanden, Saio Thorn. Können wir Euch bei Eurer Arbeit in irgendeiner Weise behilflich sein? Sollen wir Euch vielleicht einen kundigen Führer zur Verfügung stellen?«

»Das wäre sehr freundlich von Euch, Majestät. Und ich habe mir überlegt ... daß es mir sicher leichter fallen würde, Euer edles

Königshaus in dieser Geschichte der Amaler angemessen und ausführlich zu würdigen, wenn Ihr mir den jungen Prinz Frido als Führer und Berichterstatter zur Seite stellen könntet.«

Der eben noch so niedergeschlagene Junge strahlte. Sein Gesicht verfinsterte sich jedoch augenblicklich wieder, als seine Mutter geringschätzig bemerkte: »Vái, der Junge ist über die rugischen Vorfahren seines Vaters viel besser unterrichtet als über die Goten.«

»Dann nehme ich an, Majestät, daß er auch das rugische Germanisch beherrscht. Diesen Dialekt unserer alten Sprache spreche ich nur sehr schlecht.«

»Ja waila, er beherrscht sogar das rohe Slowenisch der Kaschuben, das diese selbst kaum aussprechen können«, wieherte Giso heiter durch ihre Pferdezähne.

»Hervorragend! Er wäre mir hier als Dolmetscher wirklich von unschätzbarem Wert!« Der Prinz fühlte sich sichtlich unbehaglich, weil wir die ganze Zeit lang in der dritten Person über ihn gesprochen hatten, daher wandte ich mich nun direkt an ihn: »Würdet Ihr mir diesen Gefallen und diese Ehre erweisen, Prinz Frido?«

Erst als seine immer noch sehr skeptische Mutter widerwillig genickt hatte, antwortete mir der erfreute Junge scheu: »Ja, gerne, Saio Thorn.«

Am nächsten Tag zeigte mir der junge Frido voller Besitzerstolz die rugische Hauptstadt, in der es allerdings nicht viel zu sehen gab, weil sie hauptsächlich als Umschlaghafen für die Erzeugnisse anderer Regionen diente. In der Gegend um Pomore gab es nur Bernstein, daher führte mich Frido in verschiedene Steinschneidewerkstätten, wo ich zusehen konnte, wie dieses Material zu Perlen, Spangen und Fibeln verarbeitet wurde.

Frido gab einen guten Fremdenführer ab, denn er war ein sehr umgänglicher Bursche, und die Hochnäsigkeit seiner Mutter war ihm völlig fremd. Außerhalb ihrer Reichweite war er ein ganz normaler, aufgeweckter und fröhlicher Junge, jedenfalls solange man ihn nicht an sie erinnerte. Als ich ihn fragte, ob sie der Grund gewesen sei, daß er seinen Vater, den König, nicht auf diesem Marsch begleitet habe, machte er wieder sein niedergeschlagenes Gesicht und murmelte: »Mutter sagt, ich sei noch zu jung, um in den Krieg zu ziehen.«

»Mutterliebe«, sagte ich leise, und die Erinnerungen, die mir dabei in den Sinn kamen, ließen mich darüber lachen, daß ausgerechnet ich dieses Wort in den Mund genommen hatte. »Ich habe schon einige Mütter kennengelernt, Frido«, fuhr ich fort, »aber ich selbst habe nie eine gehabt, daher kann ich mir vielleicht kein Urteil erlauben. Ich bin jedoch der Meinung, daß der Krieg eher die Sache der Väter und Söhne als die der Mütter ist.«

»Ihr findet also nicht, daß ich für den Krieg zu jung bin?«

»Vielleicht zu jung, um mitzukämpfen, aber alt genug, um zuzusehen. Du wirst irgendwann ein Mann sein, und jeder Mann sollte wissen, was Krieg bedeutet. Falls dieser Krieg der einzige in deinem ganzen Leben bleiben sollte, dann wäre es sehr schade, daß du ihn nicht miterlebt hast. Aber du bist ja erst neun Jahre alt. Irgendwann wird sich dir sicher noch einmal die Gelegenheit bieten, an einem Krieg teilzunehmen. Welche männlichen Abenteuer gestattet man dir denn sonst?«

»Nun ... ich darf mit den anderen Kindern des Palastes spielen, solange sie meine Stellung respektieren und ihre Befugnisse nicht überschreiten. Ich darf ganz allein, also ohne Gefolge, auf meinem Pferd ausreiten, solange ich es nicht galoppieren lasse. Ich darf auch ganz allein den Strand entlangwandern und Muscheln sammeln, solange ich nicht ins Wasser gehe.« Er sah meinen Blick und fügte nur noch mit matter Stimme hinzu: »Ich habe eine recht beachtliche Muschelsammlung.«

»Sicher«, sagte ich.

Als wir eine Zeitlang schweigend nebeneinander hergelaufen waren, fragte er: »Womit habt Ihr Euch denn in meinem Alter die Zeit vertrieben, Saio Thorn?«

»In deinem Alter ... laß mich einmal nachdenken. Ich hatte weder ein Pferd noch einen Strand und mußte die meiste Zeit über hart arbeiten. Aber dort, wo ich aufgewachsen bin, gab es nicht nur einen Wasserfall, sondern auch eine Höhle. In dieser Höhle entdeckte ich dann noch weitere Höhlen und Gänge, die tief ins Innere der Erde führten. Nach und nach erforschte ich sie alle. Ich bin auch auf Bäume geklettert, sogar auf recht hohe Bäume, die sehr schwer zu erklimmen waren, und im Wipfel einer dieser Bäume entdeckte ich eines Tages direkt vor mir einen Vielfraß, den ich dann erlegte.«

Frido schaute mir direkt ins Gesicht, und seine Augen glänzten bewundernd, neidisch und wehmütig. »Was für ein Glück Ihr hattet, daß Ihr ohne Mutter aufgewachsen seid.«

Da ich mir Königin Gisos Vertrauen bewahren wollte, kehrte ich mit Frido noch vor Einbruch der Dunkelheit zum Palast zurück. Von einigen Palastwachen umgeben wartete die Königin bereits trotz der Kälte vor dem Tor und war so unruhig wie eine Katzenmutter, deren Junges sich in fremden Händen befindet. Sie war sichtlich erleichtert, als ich ihren Sohn unversehrt in sein Nest zurückbrachte. Und als ich sie fragte, ob Frido mich am nächsten Tag wieder begleiten dürfe, stimmte sie zu meiner Freude sogar etwas bereitwilliger zu als beim ersten Mal. Mit der gleichen Genugtuung stellte ich fest, daß die Königin offensichtlich nicht gelogen hatte, als sie mir erzählte, daß alle kriegstauglichen rugischen Männer zusammen mit ihrem königlichen Gemahl die Stadt verlassen hätten, denn ihre Palastwachen waren ebenso alt, fett und ungefährlich wie die beiden Hafenbeamten, denen ich zuvor begegnet war.

Der Prinz und die Königin begaben sich zum Abendessen, und ich ging zu meinem Gästequartier zurück. Dort wurde mir dann eine Mahlzeit serviert, die zwar wie am Tag zuvor einigermaßen abwechslungsreich zubereitet worden war, jedoch erneut nur aus Fisch bestand. Diesmal war es allerdings nicht Hering, sondern Kabeljau.

In den darauffolgenden Tagen machte ich mit Frido zu Pferd Ausflüge in die weitere Umgebung. Meist ritten wir die Bernsteinküste entlang. Fridos Pferd war ein robuster, kastanienbrauner Wallach von etwas weniger edlem Geblüt als mein schwarzer Velox. Immer, wenn ich mir sicher war, daß uns niemand beobachtete, der seiner Mutter hätte Meldung machen können, erlaubte ich dem Jungen, sein Pferd zu einem langgestreckten Galopp anzutreiben. Und da der Junge auch in dieser Gangart recht sicher im Sattel saß, ermutigte ich ihn sogar regelrecht zum Galoppieren. Nachdem ich Frido geholfen hatte, ein Fußseil an seinem Pferd anzubringen, und ihm auch gezeigt hatte, wie man es benutzt, ritt der Junge sogar noch besser. Wir brachen stets am Morgen auf und ritten dann am Strand entlang nach Osten oder nach Westen, entfernten uns jedoch nie weiter als eine halbe Tagesreise von Pomore. Bereits um die Mittagszeit machten wir jedesmal kehrt und ritten in Richtung Stadt zurück, damit der Prinz rechtzeitig zum gemeinsamen Abendessen mit seiner Mutter im Palast war. Und ich hoffte, daß die beiden besser speisten als ich, denn mir servierte man nach wie vor nur Hering oder Kabeljau, was mir schon etwas merkwürdig vorkam. Als Gast konnte ich mich jedoch schlecht über das Essen beschweren.

Immer wenn ich einem Küstenbewohner oder einem Vorbeireisenden ein paar Fragen stellen wollte, erwies sich Frido als ein recht begabter Dolmetscher. Auch von ihm selbst erfuhr ich so manches, unter anderem auch, warum meine Kost im Palast so eintönig war.

»Kein Meer der Welt enthält so wenig Salz wie das Sarmatische«, sagte er. »Es hat auch keine Gezeiten, die das Wasser in Bewegung halten und reinigen, daher ist es trübe. Sein Wasser ist selbst im Sommer sehr kalt, und im Winter friert es so fest zu, daß eine Armee über das Eis von hier bis zum nördlichen Gotland marschieren könnte. Die Fischer sagen, daß es aus diesen Gründen im Sarmatischen Meer keine Austernbänke oder Tiefseefische gibt. Kabeljau und Hering sind praktisch die einzigen eßbaren Fische, die hier ins Netz gehen.«

Das hiesige Meer warf also ebensowenig ab wie der unfruchtbare, sandige Boden, der es umgab, dachte ich bei mir. Ich befand mich hier erneut in einer Gegend, in der die frühen Goten sich gar nicht erst niedergelassen hatten. Ich fragte mich, warum die später nach hier eingewanderten Rugier es so lange an der Bernsteinküste ausgehalten hatten und erst jetzt begannen, sich weiter im Süden nach einem fruchtbareren Lebensraum umzusehen. Frido hatte soeben jedoch etwas erwähnt, was mich noch mehr interessierte.

»Du hast soeben von einer Region gesprochen, die ihr Gotland nennt.«

»Ja, von dieser großen Insel tief im Norden stammen die gotischen Vorfahren meiner Mutter, die irgendwann vor sehr langer Zeit an dieser Küste landeten. Die rugischen Vorfahren meines Vaters segelten dagegen erst etwas später von einer im Westen gelegenen Insel namens Rugiland hierher.«

»Soweit ich mich erinnern kann, habe ich schon von diesem

Gotland gehört«, sagte ich, »falls wir dieselbe Insel meinen. Ich kenne sie unter dem Namen Skandza.«

Frido beschrieb mit seinem Arm einen weiten Bogen vom westlichen bis zum östlichen Ende des Horizonts. »Ach, das ganze Land da draußen heißt Skandza: die Gebiete der Dänen, der Schweden, der Finnen, der Letten und all der anderen Völker, die jenseits dieses Ozeans leben. Aber die verschiedenen Teile von Skandza haben unterschiedliche Namen. Rugiland ist die ursprüngliche Heimat der Rugier, Gotland ist die ursprüngliche Heimat der –«

Ich unterbrach ihn wißbegierig: »Ist Gotland immer noch bewohnt? Vielleicht sogar von den Nachfahren einiger Goten, die damals auf der Insel zurückblieben? Halten die Frachtschiffe, die Pomore verlassen, dort an, um Waren abzuliefern oder an Bord zu nehmen?«

»Unsere Schiffe legen zwar dort an, aber ich glaube nicht, daß es auf dieser Insel viel gibt, womit sich Handel treiben ließe«, sagte er unsicher.

»Laß uns bitte jemanden danach fragen, der mit seinem Frachtschiff schon dort war.«

Der Seemann, zu dem Frido mich kurz darauf führte, war glücklicherweise ein Rugier, denn kein Slowene hätte sich die Mühe gemacht, sich mit der Geschichte seiner Umgebung zu beschäftigen. Frido übersetzte mir, was er sagte: »Es gibt Beweise dafür, daß Gotland vor einigen Jahrhunderten ein bedeutendes Handels- und Schiffahrtszentrum war. Heute noch erhalten wir für unsere Waren oft sonderbare alte Münzen: römische, griechische und sogar kretische. Aber mit dem regen Handel und mit dem Wohlstand war es nach dem Aufbruch der Goten anscheinend zu Ende, denn während der letzten Jahrhunderte war Gotland eine völlig bedeutungslose Insel. Sie wird heute nur noch von ein paar vereinzelten, ärmlichen, schwedischen Bauernfamilien bewohnt. Der Anbau von Gerste und die Aufzucht von gelben Rindern ermöglichen ihnen eine sehr bescheidene Existenz. Ihre Gerste verwenden wir zum Bierbrauen und ihre Rinder liefern gute Felle, daher legen unsere Handelsschiffe gelegentlich dort an. Eine alte, ziemlich verrückte Frau ist, soviel ich weiß, die einzige Nachfahrin der Goten, die noch auf dieser Insel lebt.«

»Dennoch würde ich meinem König gerne berichten können, daß ich diesen Ort mit eigenen Augen gesehen habe«, sagte ich. »Würdest du mich zu der Insel bringen?«

»Zu dieser Jahreszeit? Wo doch das Sarmatische Meer gerade zufriert? Ni.«

»Mein König wird dafür sorgen, daß du und deine Schiffsbesatzung für die Gefahren, die mit dieser Reise verbunden sein mögen, angemessen entschädigt werdet. Und er bezahlt nicht mit wertlosen alten Münzen.«

»Gefährlich ist diese Reise nicht«, sagte der Seemann ungeduldig. »Sie ist nur äußerst beschwerlich und völlig sinnlos. Nur ein Narr würde mitten im bitteren Winter das vereiste Sarmatische Meer durchqueren. Ni, ni. Auch mit Geld könnt Ihr mich nicht dazu bringen, Euch zu der Insel zu fahren.«

»Wir können es dir aber befehlen«, sagte Frido in einem respekteinflößenden Ton, der sowohl mich wie auch den Seemann überraschte. »Ich, dein Kronprinz, habe ebenfalls den Wunsch, zu dieser Insel zu reisen. Und du wirst uns hinbringen.«

Der Seemann schalt, polterte und redete auf uns ein, um uns von unserem Vorhaben abzubringen, denn er konnte sich einem königlichen Befehl natürlich nicht einfach widersetzen. Unnachgiebig wies der Prinz ihn an, das Schiff bis zu unserer Rückkehr reisefertig zu machen. Dann gingen Frido und ich zum Palast zurück. Unterwegs sagte ich zu ihm: »Thags izvis, Frido, daß du dich als Prinz für mich eingesetzt hast; aber du weißt ja, daß deine Mutter dir eine solche Reise niemals erlauben würde.«

Er warf mir einen verschlagenen Blick zu und sagte: »Wir werden sehen.«

Königin Giso benutzte das Gotische, den germanischen Dialekt der Rugier sowie den slowenischen Dialekt der Kaschuben, also alle Sprachen, die sie beherrschte, um Fridos Ansinnen abzulehnen: »Ne! Ni! Nye! Du mußt verrückt sein, mich überhaupt zu fragen, ob du eine Seereise antreten darfst.«

»Der Besitzer des Schiffes hat uns versichert, daß diese Reise völlig ungefährlich ist, Majestät. Wir müssen uns lediglich gegen die Kälte schützen.«

»Die Kälte ist gefährlich genug. Der einzige Erbe des Königreichs darf sich nicht der Gefahr aussetzen, krank zu werden.«

»Wenn der Junge gut in Felle verpackt ist –«

»Schweigt, Marschall!« sagte sie barsch. »Als seine Mutter konnte ich es bereits kaum verantworten, daß Ihr ihn tagelang durch die Gegend geschleift habt. Ständig hielt er sich in der ungesunden frischen Luft auf. Damit ist jetzt ein für alle Mal Schluß.«

Ich bekniete sie eindringlich: »Schaut Euch den Burschen doch einmal an, Majestät! Er sieht inzwischen gesünder und kräftiger aus als bei meiner Ankunft.«

»Ich hatte Euch doch gebeten zu schweigen!«

Ich konnte ihr den Gehorsam nicht offen verweigern, Frido sagte jedoch: »Mutter, ich habe dem Seemann bereits gesagt, daß ich nach Gotland fahren würde. Ich habe ihm sogar befohlen, uns hinzubringen. Soll ich etwa mein königliches Wort brechen? Schließlich habe ich als Prinz eine Entscheidung getroffen und einen Befehl gegeben.«

Sie war ganz blaß geworden. Jetzt begriff ich, warum Frido so verschlagen dreingeschaut hatte: Er hatte bewußt die einzige Taktik angewendet, die bei einer Frau wie Königin Giso Erfolg versprach. Sie hatte so lange darauf bestanden, daß er auf seine »Stellung« pochte und von allen anderen den ihm gebührenden Respekt forderte, daß sie jetzt nicht zulassen konnte, daß er von seiner Position abrückte. Wenn sie als Mutter des rugischen Kronprinzen ihren Sohn gebeten hätte, sein Wort zurückzunehmen, dann hätte diese Bitte sie als rugische Königin zutiefst in ihrem übersteigerten Stolz verletzt. Frido setzte seinen Willen schließlich durch; es war jedoch kein leicht errungener Sieg, denn die Königin tobte, fuchtelte wie wild mit den Armen herum, und rang sich erst nach wahren Höllenqualen zu dieser Entscheidung durch; sie weinte sogar ein bißchen. Am Ende siegte jedoch ihr königlicher Eigendünkel über ihre mütterliche Besorgtheit.

»Daran seid nur Ihr allein schuld!« fauchte sie mich an, als sie schließlich nachgegeben hatte. »Bevor Ihr kamt, war Frido ein fügsames und belehrbares Kind. Du hast seine Achtung vor seiner Mutter untergraben. Aber ich verspreche Euch, daß dies der letzte Ausflug sein wird, den er mit Euch zusammen macht.«

Sie brüllte ihre Diener herbei und keifte ihnen Befehle entgegen. In Windeseile mußten sie alles zusammenpacken, was der Prinz unter Umständen auf seiner Reise benötigen könnte. Dann zeigte sie mir erneut ihre hervorstehenden Zähne. Ich hatte erwartet, daß sie mir nun befehlen würde, unterwegs gut auf den Jungen aufzupassen, stattdessen sagte sie: »Vier meiner vertrauenswürdigen Palastwachen werden Euch begleiten. Sie werden Frido nicht nur beschützen, sondern vor allem auch dafür sorgen, daß Ihr nie mit ihm alleine seid, damit Ihr den Widerspruchsgeist, den Ihr bewußt in ihm geweckt habt, nicht noch weiter anstacheln könnt. Nach dieser Reise, Marschall, werdet Ihr Pomore verlassen. Und wenn Frido nach seiner Rückkehr auch nur die geringste Spur von Aufsässigkeit an den Tag legt, dann werde ich Euch mit einem in Streifen gepeitschten Rücken aus der Stadt jagen lassen. Habt Ihr mich verstanden?«

Diese Drohung flößte mir keine allzu große Angst ein, denn ich hatte nicht die Absicht, mich auspeitschen zu lassen. Ich mußte jedoch ehrlich zugeben, daß ich für das, was ich vorhatte, tatsächlich die Peitsche verdiente, denn ich war nicht nur im Begriff, eine gotische Stammesschwester zu hintergehen, sondern sogar bereit, noch viel grundlegendere und unantastbarere Gesetze zu verletzen als die meines gotischen Volkes: Ich würde mich schon bald auf sträflichste Weise gegen alle Gesetze der Gastfreundschaft versündigen.

## 12

Der Besitzer des Frachtschiffes war immer noch gegen diese Reise. Er empfing uns mißmutig und machte sogleich weitere Einwände. Vielleicht hätte er sich noch in letzter Minute eine Ausrede ausgedacht oder sogar ein Loch in die Planken seines Schiffes geschlagen, wenn nicht Königin Giso, die mit uns zu den Docks gekommen war, sich in kürzester Zeit bei allen Anwesenden so unbeliebt gemacht hätte, daß jeder von ihnen das Sarmatische Meer einem weiteren Aufenthalt in der Hauptstadt dieser Königin vorgezogen hätte. Schließlich erhob unser Seemann resignierend die Hände, denn ihm blieb nichts anderes übrig als seinen Ruderern zu befehlen, ihre Plätze auf den Bänken unter Deck einzunehmen und sich in die Riemen zu legen.

Je weiter wir nach Norden fuhren, desto kälter wurde es. Es

wehte inzwischen ein äußerst scharfer, eisiger Wind, und der Himmel über uns war nun von bleischweren, dunklen Wolken verhangen. War das Meer direkt am Wendischen Golf schon eine trübe Brühe gewesen, so war es jetzt bereits ein dicker Brei aus Eisklumpen. Die Gesänge der Ruderer, die sich mit aller Kraft gegen diesen Matsch stemmen mußten, wurden immer langsamer und schwächer. Die Rudergänger im Heck, die während der ersten drei oder vier Tage unserer Reise lediglich unser Schiff auf Nordkurs hatten halten müssen, bekamen nun ebenfalls viel zu tun. Sie mußten beinahe ununterbrochen ihre Steuerruder betätigen, um das Schiff um große, im Wasser umhertreibende Eisbrocken herumzulotsen, die von den Seeleuten »Toross« genannt wurden. Die von den übereinandergeschobenen und hoch aufgetürmten Schollen gebildeten riesigen, grauen Eisberge waren so groß und oft auch so hoch wie unser ganzes Schiff.

Selbst Frido, der diese Reise mit soviel Begeisterung angetreten hatte, ging jetzt nur noch jeden Morgen einmal kurz an Deck, um nachzuschauen, ob das Meer inzwischen vielleicht einen lohnenderen Anblick bot. Da die Aussicht jedoch stets die gleiche blieb, verbrachte er die meiste Zeit mit mir und dem Besitzer des Schiffs unter Deck. Wir saßen meist bei einem Bier zusammen, und Frido übersetzte mir alles, was der Seemann sagte. Die vier Palastwachen Königin Gisos nahmen nie an unserer Runde teil und bemühten sich auch sonst nicht, dem Befehl ihrer Königin zu gehorchen, indem sie Frido und mich mit Gewalt auseinanderhielten. Die dicken, alten Männer wußten wahrscheinlich, daß sie von mir über Bord geworfen worden wären, wenn sie das versucht hätten. Der Seemann und ich redeten meist über belanglose Dinge, er erzählte mir jedoch auch etwas, was für meine historischen Aufzeichnungen von Interesse war, und erwähnte auch einen Namen, den ich auf meine Liste früher gotischer Könige setzen konnte.

»Ein gotischer König namens Berig befehligte die Schiffe, die die Goten von Gotland zum Kontinent brachten. In den alten Gesängen werden nur drei Schiffe erwähnt, ich glaube jedoch, daß sie mit wesentlich mehr Schiffen, vielleicht sogar mit einer ganzen Flotte, losgefahren sind. Wären es wirklich nur drei gewesen, dann müßten die so groß wie Noahs Arche gewesen sein. Ich habe mich manchmal gefragt, was nach der Überfahrt wohl aus all diesen Schiffen geworden ist. Hat Berig sie einfach am Wendischen Golf zurückgelassen? Oder haben die Kahnführer sie leer nach Gotland zurückgebracht? Aber ach, die Schiffe hatten inzwischen so viele Jahrhunderte Zeit zu verrotten, daß natürlich nichts mehr von ihnen übrig ist.«

Die Kälte, die Trübseligkeit, die Enge und die Monotonie auf dem Schiff wurden immer unerträglicher. Ich kann nicht mehr sagen, nach wie vielen langen Tagen der Seemann schließlich eines Nachmittags unser Gespräch unterbrach und zu Frido und mir sagte: »Die Insel dürfte gerade in Sicht kommen. Wollt Ihr mit hochkommen und es Euch ansehen?«

In Windeseile kletterte Frido zum Oberdeck hinauf, und ich folgte ihm beinahe ebenso gespannt. Zum ersten Mal seit unserem Aufbruch aus Pomore sollten wir wieder Land sehen, und es war tatsächlich Gotland, das da zu unserer Linken am nordwestlichen Horizont aus dem nebligen grauen Meer auftauchte. Ich wünschte, ich könnte berichten, daß es aus der Ferne so zauberhaft schön und einladend aussah wie die legendären, glücklichen Inseln von Avalon. Es erinnerte jedoch eher an eine andere Insel, die man aus den Sagen kennt: an Ultima Thule, die Insel am Ende der Welt. Gotland war lediglich ein weiterer trostloser Anblick auf diesem trostlosen Sarmatischen Ozean; wieder so ein Ort, den die Goten mit gutem Grund verlassen hatten.

Es entging unserem Seemann sicher nicht, daß wir sehr enttäuscht waren, am Ende dieser langen und beschwerlichen Reise so wenig vorzufinden; vielleicht verspürte er sogar eine gewisse Genugtuung, weil er uns genau das prophezeit hatte. Aber er verzichtete höflich auf den Satz: »Das habe ich Euch doch gleich gesagt«, und bemerkte stattdessen: »Sicher werdet Ihr die Heimatinsel Eurer Vorfahren auch betreten wollen. Ihr einziger ausgebauter Hafen liegt an der Westküste. Das Meer ist dort jedoch zu dieser Jahreszeit so fest zugefroren, daß man nicht in den Hafen fahren kann; ich werde Euch daher an der steilen Ostküste an Land setzen. Dort kenne ich eine kleine, halbmondförmige Bucht, in der das Wasser tief genug ist, um anzulegen. Außerdem wohnt auf dieser Seite der Insel auch jene verwirrte alte Gotenfrau, von der ich Euch bereits erzählt habe. Vielleicht wollt Ihr ein paar

Worte mit ihr wechseln. Wer weiß, ob sie sich nicht vielleicht sogar als Eure Ururgroßmutter entpuppt?«

Als das Schiff schließlich in dieser Bucht vertäut war, wurde es bereits dunkel, daher gingen wir an diesem Abend nicht mehr an Land. Am nächsten Morgen wurden Frido und ich von einem dünnen, aber durchdringenden Schrei geweckt. Da wir vermuteten, eine der Schiffswachen habe Alarm gegeben, eilten wir sofort auf Deck, stellten jedoch bald darauf fest, daß die Schreie von der Insel kamen. Auf deren Kiesstrand vollführte eine kleine, schwer zu beschreibende Gestalt eine Art Tanz; wild gestikulierend rief sie uns völlig unverständliche Sätze zu. Also gingen wir hinüber zu unserem Seemann, der gerade ein paar Männern befohlen hatte, ein kleines Lederboot ins Wasser zu lassen. Er war jedoch in keinster Weise beunruhigt und erklärte nur ganz beiläufig: »Niemand befindet sich hier in Gefahr oder in Seenot. Es ist nur die alte Hildr. Jedesmal, wenn ein Schiff hier anlegt, gerät sie in helle Aufregung, denn dann bekommt sie immer ein paar Vorräte geschenkt. Das sind, glaube ich, die einzigen Lebensmittel, die sie überhaupt erhält, und ich weiß wirklich nicht, wovon sie sich in der Zwischenzeit ernährt.«

Als wir das Ufer betraten, tanzte die Frau uns entgegen. Sie war in graue Lumpen und in weiche, dünne Lederfetzen gekleidet. Ihr glattes, weißes Haar flatterte, und ihre spitzen alten Knie und Ellbogen zuckten, als sie aufgeregt vor uns herumhüpfte, auf uns einplapperte und uns an den Ärmeln zog, während wir das Boot auf den Kiesstrand zogen. Sie redete so hastig, daß ich zwar gerade noch ausmachen konnte, daß sie einen Dialekt der alten Sprache sprach, jedoch kaum verstand, was sie uns sagen wollte. Sie benutzte viele Wörter, die ich aus alten gotischen Manuskripten kannte; allerdings hatte ich noch nie jemanden diese Wörter auch aussprechen hören. Die jungen Ohren von Prinz Frido waren offensichtlich besser in der Lage, ihrem verwirrend schnellen Redeschwall zu folgen, denn er übersetzte mir zusammenfassend ihre Worte: »Sie dankt uns für alles, was wir ihr gebracht haben.«

Als der Seemann ihr eine dicke Scheibe geräuchertes Schweinefleisch und einen Schlauch Bier überreichte, preßte sie ihre Geschenke freudestrahlend an sich und machte sich dann hastig auf den Weg zu ihrer kleinen Hütte. Während sie sich entfernte, gab sie uns jedoch mit energischen Handzeichen zu verstehen, daß wir ihr folgen sollten. »Die verrückte Alte möchte uns zum Dank etwas zeigen«, sagte der Seemann grinsend. »Ich habe es schon oft gesehen, aber kommt ruhig mit.«

Als wir in ihrer winzigen, an den Felsen gebauten Hütte eintrafen, biß sie heißhungrig in ihre Scheibe Schweinefleisch und sagte dann mit vollem Mund, aber mit ruhigerer Stimme: »Der Seemann hat Euch sicherlich erzählt, daß ich verrückt bin. Er glaubt das, weil ich mich an viele Dinge erinnern kann, die sich schon vor sehr, sehr langer Zeit zugetragen haben. Kein anderes Volk hat je von diesen Dingen gehört, daher glaubt mir niemand. Aber bin ich deswegen vielleicht verrückt?«

»Was sind das für Dinge, an die Ihr Euch erinnert, gute Hildr?« fragte ich freundlich.

Mit beiden Backen kauend winkte sie mit ihrer fettigen, alten Hand ab, als wolle sie mir damit sagen, daß man so viele Dinge unmöglich in so kurzer Zeit aufzählen könne. Dann schluckte sie und sagte: »Ach, da sind unter anderem ... die großen Seeungeheuer, die es früher einmal gab ... der Riesenkrake, die Kreatur, die wir Grindl nannten, der Drache Fafner ...«

»Mythische Seeungeheuer«, sagte der Seemann hinter vorgehaltener Hand zu mir. »Eine Erfindung abergläubischer Seeleute.«

»Mythen? Ni allis!« sagte die alte Hildr aufgebracht. »Sigurd hat früher einige von ihnen mit dem Speer erlegt oder im Netz gefangen und an Land gezogen.« Mit dem Stolz einer großen Dame zupfte sie die dünnen Lederfetzen zurecht, die sie am Leibe trug. »Sigurd hat all diese Ungeheuer getötet, damit ich mich in feine Häute kleiden kann.« Als ich mir die Lederfetzen genauer ansah, konnte ich erkennen, daß es sich um die Haut eines kleinen Hais handelte.

»Gute Hildr, Ihr seid doch eine Gotin«, sagte ich. »Könnt Ihr Euch noch an die anderen Goten erinnern, die früher einmal auf Gotland wohnten?«

»Schwächlinge! Feiglinge! Weichlinge! Sie waren ganz und gar nicht wie mein Sigurd!« schimpfte sie, und kleine Speisereste flogen ihr dabei aus dem Mund. »Unser Gotland war ihnen zu rauh, daher flohen sie. Einige fuhren mit Beowa nach Westen, die meisten brachen jedoch mit Berig nach Süden auf.«

Ich hatte bereits zurückgerechnet, daß König Berig um die Zeit Christi gelebt haben mußte, und wenn die alte, lederhäutige Hildr vorgab, sich an ihn zu erinnern, dann war sie entweder wirklich verrückt oder tatsächlich sehr alt. Ich ging auf ihre Grillen ein und fragte: »Warum seid Ihr nicht mit ihnen gegangen?«

»Vái!« Sie hatte nur noch ein einziges, ziemlich trübes Auge, und mit diesem schaute sie mich jetzt überrascht an. »Ich konnte doch meinen Sigurd nicht einfach hier zurücklassen!«

»Wollt Ihr damit sagen, daß Sigurd und König Berig zur selben Zeit lebten?«

Sie warf ihren Kopf so unwirsch zurück, als ob ich sie soeben beleidigt hätte, und sagte mit erhobener Stimme: »Aber Sigurd lebt doch noch!«

Der Seemann grinste erneut und schüttelte verneinend den Kopf, daher wechselte ich das Thema. »Gute Hildr, gibt es außer Sigurd und Berig noch andere Namen aus jener Zeit, an die Ihr Euch noch erinnern könnt?«

»Ach, ja.« Sie kaute weiter und musterte mich eine Zeitlang prüfend mit ihrem einen Auge. Ohne daß ich sie auf die Frühgeschichte der Goten angesprochen hätte, sagte sie dann plötzlich zu meiner völligen Überraschung: »Wenn Ihr etwas über den Anfang aller Dinge wissen wollt, dann müßt Ihr noch viel, viel weiter zurückgehen ... in eine Zeit, die vor der Geschichtsschreibung und vor Sigurd, Beowa und Berig liegt ... Ihr müßt Euch zum Anfang der Zeit begeben, als es weder Goten noch irgendwelche anderen Völker gab. Damals lebten auf der Welt noch keine Menschen. Es war das Zeitalter der Asen, der Familie der Alten Götter, zu der unter anderem Wodan, Thor und Tiwaz gehörten.«

Als sie eine Pause machte, um ein weiteres Stück von ihrer Fleischscheibe abzubeißen, sagte ich hoffnungsvoll: »Ja, diese Namen kenne ich.«

Sie nickte und schluckte. »Damals, in jener Finsternis aller Zeit, ernannten die Asen einen ihrer niedrigeren Verwandten zum Vater der ersten Menschen. Sein Name war Gaut. Er erfüllte seinen Auftrag und zeugte die Gautar, die Vielvölker. Im Verlaufe der Jahrhunderte nahmen diese Menschen verschiedene Namen an. Hier im Norden nannten sie sich Schweden, Rugier, Sachsen, Jüten und Dänen ...«

Als sie innehielt, um einen kräftigen Schluck aus ihrem Bierschlauch zu nehmen, sagte ich: »Ich verstehe. Es handelte sich um die germanischen Völker. Die der südlicheren Regionen nannten sich dann Alemannen, Franken, Burgunder, Vandalen –«

Sie fiel mir ins Wort und deutete mit der Öffnung ihres Bierschlauchs auf mich: »Beachtet, daß von all diesen Völkern nur wir Goten den Namen unserer Vorfahren beibehalten haben. Er hat sich im Laufe der Zeit kaum verändert. Zuerst hießen wir Gautar, später dann Gutans, und jetzt nennen wir uns Goten. Der Name blieb also bestehen.«

Nun, immerhin hatte ich jetzt doch noch etwas über die Frühgeschichte der Goten in Erfahrung gebracht. Man mag mich ebenfalls für leicht verrückt halten, weil ich die Aussagen einer verrückten alten Frau in meine historischen Aufzeichnungen aufnahm, aber was Hildr zu diesem Thema gesagt hatte, hatte mir durchaus glaubwürdig geklungen; außerdem sah sie wirklich so uralt aus, als ob sie die Zeit, die sie als den »Anfang aller Dinge« bezeichnete, noch miterlebt hätte.

## 13

Als wir wieder an Bord gingen, sagte unser Seemann freundlich: »Da wir nun schon einmal hier sind und dazu noch von so weit hergekommen sind, brauchen wir uns mit der Rückkehr jetzt wirklich nicht zu beeilen. Ihr könnt also so viele Ausflüge zur Insel machen, wie Ihr wollt.«

Und Frido sagte erwartungsvoll: »Saio Thorn, wir könnten die Klippen hinaufsteigen und das Innere der Insel erforschen.«

»Ne«, sagte ich. »Habt Dank für Euer Angebot, Seemann, aber Ihr könnt die Anker lichten, sobald das Schiff reisefertig ist. Bringt uns wieder nach Pomore zurück.« Daraufhin ging er zu seinen Bootsleuten hinüber und erteilte ihnen alle notwendigen Befehle. Frido erklärte ich: »Meine Mission ist jetzt beendet. Die Geschichte der Goten läßt sich sicherlich nicht weiter zurückverfolgen als bis zu der Zeit, über die uns die verrückte alte Hildr erzählt hat. Ich brauche Gotland, Skandza und den eisigen, hohen Norden also nicht weiter zu erforschen. Ich weiß deinen

Unternehmungsgeist durchaus zu würdigen, mein junger Frido, aber selbst in weniger unwirtlichen Gefilden ist es schon beschwerlich genug, sich während des Winters zu Fuß auf die Reise zu machen. Ich bin für deine Gesundheit verantwortlich und möchte vermeiden, daß mich deine Mutter nach unserer Rückkehr in Streifen peitschen läßt.«

Eine Zeitlang schwiegen wir beide, und in genau diesem Augenblick reifte in mir dieser Plan, der weder mit meinem Treueschwur gegenüber dem gotischen Volk noch mit den Gesetzen der Gastfreundschaft vereinbar war. Königin Giso war immerhin eine Gotin und dadurch zumindest entfernt mit mir verwandt. Ich hatte also vor, eine Angehörige meines eigenen Stammes zu hintergehen. Auch wenn sie mich nicht gerade mit offenen Armen empfangen hatte, so war ich doch eine ganze Zeitlang ihr Gast gewesen, und ich würde ihr diese Gastfreundschaft bald mit Verrat vergelten. Ich schwieg weiterhin und wartete zunächst einmal ab, ob Frido nicht vielleicht sogar von sich aus denselben Gedanken äußern würde. Dann würde es nämlich so aussehen, als wäre nicht ich, sondern er auf diese Idee gekommen.

Schließlich sagte er: »Was werdet Ihr nun tun, Saio Thorn?«

»Ich werde mich auf den Weg nach Süden machen«, sagte ich in bewußt ungezwungenem Ton. »Ich werde mich König Theoderich anschließen und mit ihm und deinem königlichen Vater kämpfen, wenn der Krieg beginnt.« Diesen letzten Satz hatte ich absichtlich zweideutig formuliert.

»Wie wollt Ihr denn jetzt in den Süden gelangen? Das Eis auf der Weichsel wird in den nächsten zwei Monaten noch nicht schmelzen.«

»Ach, ich werde über Land reiten. Wenn man wie ich ein gutes Pferd besitzt, dann ist eine solche Reise auch im Winter nicht allzu beschwerlich.«

Erneut ließ ich ihm Zeit zu überlegen und wartete gespannt darauf, was er nun wohl sagen würde.

»Auch ich habe ein gutes Pferd«, sagte er hoffnungsvoll.

Ich ließ ihn abermals eine Weile warten und sagte dann in nicht allzu strengem Ton: »Du würdest den Befehl deiner Mutter mißachten?«

»Ich glaube ... was Ihr gesagt habt ... daß der Krieg nicht Sache der Mütter ist. Ich werde ihr das ins Gesicht sagen und dann –«

»Langsam, Frido. Ich hielte es für besser, wenn du jeder Konfrontation aus dem Weg gingst.« Mein heimlicher Ratschlag entsprang rein praktischen Erwägungen, denn ich hatte ja schon miterlebt, wie der Junge in Gegenwart dieser herrischen Frau all seinen Mut verlor. »Wir haben alles bei uns, was wir für die Reise brauchen. Wenn wir in Pomore anlegen, brauchst du lediglich einer deiner Leibwachen zu sagen, daß sie unsere Pferde aus dem Stall holen und gesattelt zum Hafen bringen soll, damit wir in einem Triumphzug zum Palast reiten können. Dann werfen wir unser Gepäck auf die Pferde ... und galoppieren einfach aus der Stadt hinaus.«

»Ich darf Euch also begleiten?« rief er freudestrahlend.

»Ja, das darfst du. Ich freue mich schon darauf, dich deinem Vater, dem König, vorführen zu können – falls wir unterwegs nicht von den Wachen abgefangen werden, die deine Mutter uns sicherlich sofort hinterherschickt.«

»Ach«, lachte er verächtlich. »Es wird Euch und mir ein leichtes sein, diese schwerfälligen, mürrischen, würfelspielenden, bierbäuchigen, alten Männer abzuhängen. Oder etwa nicht, Freund Thorn?«

»Selbstverständlich, Freund Frido!« sagte ich und klopfte ihm auf die Schulter.

*

Unsere Heimreise war viel weniger ermüdend und beschwerlich als die Hinfahrt, denn diesmal hatten wir den Wind im Rücken und kamen daher doppelt so schnell voran. Als eines Vormittags dann Pomore in Sicht kam, zogen die Bootsleute die Segel ein. Die Geschwindigkeit des Schiffes verringerte sich daraufhin zusehends, bis es schließlich ganz langsam in den Hafen glitt. Als ich auf den Docks eine aufgeregt winkende Gestalt wahrnahm, befürchtete ich schon, Königin Giso hätte sich rechtzeitig von der Ankunft unseres Schiffes unterrichten lassen und würde nun bereits am Hafen auf uns lauern. Bald erkannte ich jedoch, daß es nicht die Königin, sondern mein einstiger Gefährte Maghib war, der uns da so freudig zuwinkte; daher sagte ich zu Prinz Frido: »Vielleicht können wir unseren Plan doch noch etwas ausfeilen, so daß wir ohne jedes Aufsehen aus der Stadt entwischen können.«

»Wie meint Ihr das?«

»Das weiß ich selbst noch nicht so genau; aber hör gut zu, was ich dir jetzt sage. Unser Seemann scheint deine Befehle stets zu befolgen. Sag ihm also, er soll das Schiff noch nicht fest am Dock vertäuen, sondern es nur notdürftig festmachen und seine Ruderer startbereit halten. Dann schick, wie besprochen, eine deiner Wachen los, um unsere gesattelten Pferde zu holen, aber schärf ihm ein, daß er sie heimlich zum Hafen bringen soll, da du deine Mutter überraschen wolltest. Bis die Wache mit den Pferden hier eintrifft, werde ich wissen, was zu tun ist. Warte du inzwischen hier an Bord.«

Frido stellte mir keine weiteren Fragen, sondern führte sofort meine Anweisungen aus. Als das Schiff das Dock berührte, sprang ich über Bord und rannte auf den freudig grinsenden Armenier zu, um ihn zur Begrüßung in die Arme zu schließen. Während wir uns gegenseitig auf den Rücken klopften, sagte ich zu ihm: »Ich freue mich, dich zu sehen, Maghib. Ich nehme an, Du bist inzwischen wieder völlig gesund.«

»Ja, Herr. Ich wünschte, ich wäre schneller genesen, denn dann hätte ich früher hier sein können, um Euch mitzuteilen, daß die rugische Armee kurz nach Eurem Aufbruch durch Lviv hindurch in Richtung Süden zog. Aber sicher wißt Ihr das inzwischen bereits.«

»Ja, ich bin über den Marsch der Rugier unterrichtet. Gibt es sonst noch irgendwelche Neuigkeiten? Vielleicht eine Nachricht von Meirus oder von Theoderich?«

»Nein, Herr. Aber Reisende haben mir unterwegs erzählt, daß sowohl Theoderich wie auch Strabo ihre Streitkräfte für einen Krieg im Frühjahr rüsten.«

»Auch das ist mir nicht neu.« Die ganze Zeit über hatte ich das Schiff nicht aus den Augen gelassen. Eine von Fridos Wachen war soeben von Bord gegangen und schlich nun in Richtung Palast. »Nun, ich habe dir schon ein paar Kleinigkeiten zu berichten, Maghib. Deine Verletzung ist gerächt. Der heimtückische Thor wird nie mehr versuchen, dich oder sonst jemanden umzubringen.« In seiner armenischen Redseligkeit bedachte er mich nun mit einem wahren Schwall von Dankesbezeugungen, ich unterbrach ihn jedoch mit der Frage: »Was hat dich dazu bewogen, an diesem Morgen ausgerechnet auf unser Schiff zu warten?«

»Meine Gastgeberin Königin Giso teilte mir mit, daß Ihr zusammen mit ihrem Sohn eine Seereise unternommen hättet, und daß Euer Schiff das einzige sei, das sich zur Zeit auf See befände. Also bin ich jeden Tag zu den Docks heruntergekommen.«

»Königin Giso ist deine Gastgeberin?«

»Wie Ihr wißt, hat mir Herr Meirus diesen Brief mitgegeben, der mich dazu befugt, in seinem Auftrag mit Bernstein zu handeln. Als ich in Pomore eintraf, empfahl man mir, dieses Dokument der Königin vorzulegen, da sie anscheinend den gesamten Handel hier überwacht; es hieß, daß auch kein noch so geringfügiges Geschäft Ihrer Aufmerksamkeit entginge. Als sie mir dann eine Audienz gewährte, erzählte ich ihr, daß ich Euch kenne, und daß ich ihren königlichen Gemahl an der Spitze seiner Truppen durch Lviv ziehen sah. Sie war sehr freundlich und quartierte mich sogleich in Eurem Gästehaus neben dem Palast ein. Dort wohne ich im Augenblick. Ich genieße diese vornehme Unterkunft auch sehr, nur die Mahlzeiten, die immer nur aus Fisch bestehen, finde ich allmählich –«

»Vái, Maghib!« unterbrach ich ihn. »Ich habe der Königin erzählt, daß Theoderich Strabo mich nach Pomore geschickt hätte. Ist dir etwa herausgerutscht, wer ich wirklich bin?«

»Ne, ne, Herr. Einige Bemerkungen meiner Königin haben mich zwar zunächst etwas verwirrt. Ich habe jedoch sehr bald begriffen, wie die Dinge liegen, und ließ sie daher in dem Glauben, daß ich ebenso wie Ihr fest auf der Seite Strabos bin, mit dem sich ihr Gemahl König Fewa ja verbündet hat. Ich habe ihr Eure wahre Identität also nicht enthüllt.«

»Thags izvis«, sagte ich erleichtert. Um mich für die guten Dienste erkenntlich zu zeigen, die Maghib mir erwiesen hatte, erzählte ich ihm nun alles, was ich über die Bernsteinfunde in der hiesigen »blauen Erde« und über die Verarbeitung des edlen Materials wußte. Ich erklärte ihm auch, wo sich die einheimischen Steinschneidewerkstätten befanden, damit er sich dort eine genauere Vorstellung von seiner neuen Aufgabe machen konnte. »Dein geradezu vorbildlicher Unternehmungsgeist wird dich sicher zu einem recht erfolgreichen Bernsteinhändler machen«, sagte ich zuversichtlich und fügte zum Schluß noch hinzu: »Ich habe den Eindruck, daß du und deine Königin Giso euch in dieser kurzen Zeit schon sehr nahe gekommen seid.«

Sein Gesicht strahlte vor verhaltenem Stolz, als er mir nun offenbarte: »Sie scheint mir sehr gewogen zu sein. Ich glaube, daß sie nie zuvor einem Armenier begegnet ist und mein Volk nicht einmal vom Hörensagen kennt; woher sollte sie also wissen, daß ein elender Armenier es nicht wert ist, von einer angesehenen Frau wie ihr beachtet zu werden.« Er wirkte richtig schüchtern, als er nun seine Augen niederschlug und verlegen mit den Füssen auf dem Boden herumscharrte. »Sie hat sich sogar bewundernd über die Länge meiner Nase geäußert.«

Ich blinzelte überrascht und murmelte nur: »Nicht schlecht, wirklich nicht schlecht.« Und während ich über die ganz neuen Aussichten nachdachte, die sich uns dadurch eröffneten, fügte ich noch geistesabwesend hinzu: »Ich hoffe, du hast es nicht versäumt, ihr über die Länge ihrer Zähne ebenfalls ein paar Komplimente zu machen.«

»Wie bitte?«

»Nichts, nichts. Die Königin ist dir also gewogen, sagst du?«

»Nun ... sie hat mich sogar gefragt, ob ich auf die Nase ihres Gemahls geachtet hätte, als ich ihn durch Lviv reiten sah, und ob mir aufgefallen sei, wie klein sie ist.«

»Gudisks Himins, Mann!« sagte ich heiter und klopfte ihm nochmals herzhaft auf die Schulter. »Was stehst du dann noch hier herum und vergeudest deine Zeit damit, dich mit mir zu unterhalten? Du solltest wirklich nicht länger zögern, diese glücklichen Umstände zu nutzen.«

»Aber sie ist eine Königin!« piepste er. »Und ich bin nur ein Armenier.«

»Viele edle Damen haben eine geheime Vorliebe für das Niedrige. Los, Maghib, sei nicht so feige. Ich wäre wirklich stolz auf dich.«

»Aber ... aber ... braucht Ihr meine Dienste denn nicht?«

»Du erweist mir damit durchaus einen großen Dienst. Für mich gibt es hier nichts mehr zu tun. Ich muß jetzt schleunigst zu Theoderich zurückreiten.« In diesem Augenblick sah ich die Wache mit

Velox und Fridos Wallach zum Schiff zurückkehren, daher sagte ich hastig: »Aus Gründen, die du nicht zu kennen brauchst, werde ich den Sohn der Königin mitnehmen. Sobald Giso das herausbekommt, wird sie sehr wütend sein. Da sie jedoch annimmt, daß ich den Jungen zum Armeelager von Strabo und Fewa bringe, wird sie sich bald wieder etwas beruhigen. Der Junge und ich brauchen aber möglichst viel Vorsprung. Dafür mußt du mit deiner langen Nase sorgen, indem du die Königin so lange wie möglich ablenkst.«

Als ich Maghib überzeugt hatte, daß niemand ihn verdächtigen würde, willigte er schließlich ein und versprach mir auch, etwas außerhalb von Pomore am Strand ein kleines Signalfeuer anzuzünden, sobald die Königin sich nicht mehr länger hinhalten ließ. Frido war inzwischen dabei, zusammen mit der Wache die letzten Gepäckstücke auf unsere Pferde zu laden. Als er mich kommen sah, schickte er die Wache aufs Schiff zurück. Ich bat ihn, ebenfalls noch einmal kurz an Bord zu gehen, um unserem Seemann, der inzwischen ebenfalls an die Geschichte mit der Überraschung glaubte, den Befehl zu geben, sogleich wieder auszulaufen, in sicherer Entfernung von Pomore vor Anker zu gehen und dort zu warten, bis er durch ein Signalfeuer am Strand das Zeichen zur Rückkehr erhielte. Als Frido wenig später zu mir zurückkehrte, hatte das Schiff bereits wieder abgelegt. Wir schwangen uns auf die Pferde, ritten in aller Ruhe aus der Stadt hinaus und galoppierten erst los, als wir das letzte Haus von Pomore weit hinter uns gelassen hatten.

*

Aus meiner Sicht gab es auf unserem langen Ritt nach Süden keine besonderen Vorkommnisse, für den jungen Prinzen war jedoch jede Meile und jeder Tag ein neues, aufregendes Abenteuer, da er Pomore vor unserer Schiffsreise noch nie verlassen hatte. Er hatte noch nie zuvor einen Fluß durchwatet oder einen Berg bestiegen, und wir überquerten unterwegs gleich mehrere Flüsse und ritten über eine ganze Reihe von Bergen. Er war auch noch nie gezwungen gewesen, selbst zu jagen, zu fischen oder Fallen zu stellen, um etwas zu essen zu haben. All das brachte ich ihm mit der Zeit bei. Er lernte sehr schnell und konnte bald sogar mit dem Wurfseil, das ich von den Amazonen übernommen hatte, kleinere Beutetiere fangen. Obwohl zwischen mir und Frido kein so großer Altersunterschied bestand wie seinerzeit zwischen mir und dem alten Wyrd, kam ich mir oft so vor wie mein alter Lehrer und weiser Ratgeber, als ich diesem unerfahrenen Jungen zeigte, wie man im Wald überleben konnte, denn vieles, was ich ihn lehrte, hatte ich in meiner Jugend auf ganz ähnliche Weise vom alten Wyrd gelernt: wie man selbst im Winter noch eßbare Pflanzen fand, wie man Wildbret in seiner eigenen Haut kochte, wie man sich an einem wolkigen Tag des Sonnensteins bediente, um die richtige Richtung zu finden ...

Der Sonnenstein war für uns auf dieser Reise wirklich von unschätzbarem Wert, denn er half uns, unseren Kurs zu halten. Nach meinen Berechnungen führte der kürzeste Weg in die römischen Provinzen direkt nach Süden. Natürlich ließen sich Umwege nicht immer vermeiden, denn manchmal ist es sinnvoller, einem Hindernis auszuweichen statt den direkten, aber viel mühsameren Weg zu wählen. Ich machte auch bewußt einen Bogen um die wenigen kleinen Siedlungen, die anfangs noch auf unserem Weg lagen, denn die rückständigen Bewohner solch abgelegener Dörfer stellen oft die seltsamsten Fragen. Als wir die Weichsel jedoch erst hinter uns gelassen hatten, kamen wir immer seltener an Siedlungen vorbei.

Nachdem wir lange Zeit durch kaum erschlossene Gebiete immer geradewegs nach Süden geritten waren, erreichten wir schließlich die große Biegung der Donau. Die verfallenen Ruinen der Grenzstadt Aquincum, an denen ich früher schon einmal vorbeigekommen war, kündigten uns an, daß wir uns allmählich wieder der Zivilisation näherten. Immerhin befanden wir uns jetzt bereits in der Provinz Valeria, und als Prinz Frido zum ersten Mal in seinem Leben römischen Boden betrat, fand er das genauso aufregend wie all die anderen neuen Abenteuer, die er auf dieser Reise schon erlebt hatte. Mir fiel auf, daß das Eis auf dem Fluß bereits aufbrach; wir mußten uns also beeilen, denn der Frühling schien kurz vor der Tür zu stehen. In wildem Ritt jagten wir die Donau hinunter nach Süden, bis wir schließlich den Kriegshafen Mursa erreichten. Dort legte ich dem Flottenführer die von seinem Oberbefehlshaber unterschriebene Urkunde vor, die mich als Marschall auswies. Als er mir mitteilte, daß der Krieg möglicherweise unmittelbar bevorstünde, setzte ich sofort ein kurzes Schreiben an

Theoderich auf und bat den freundlichen Flottenführer, es sogleich mit seinem schnellsten Schiff zu meinem König bringen zu lassen. Obwohl ich in diesem Brief auch ganz kurz auf meinen Aufenthalt im Land der Rugier einging, lautete meine Botschaft an Theoderich im Grunde nur: Vermeide bis zu meiner Ankunft jede kriegerische Auseinandersetzung mit Strabo und seinen Verbündeten. Ich bringe eine geheime Waffe mit.

## 14

Kurze Zeit später fuhren Frido, ich und die Pferde bereits auf einem flachen Flußboot in Richtung Novae. Das Eis auf der Donau war inzwischen geschmolzen, und die Bäume auf beiden Seiten des Flusses trieben schon die ersten Knospen hervor. Da die Donau auf ihrem Weg nach Novae an meinen Ländereien vorbeifloß, ließ ich uns schon vor der Stadt ans Ufer setzen, um den Prinzen auf meinem Landsitz unterzubringen. Ich übergab Frido der Obhut meiner hocherfreuten Dienerschaft und sagte zu ihm: »Du kannst ruhig hierbleiben und dich erst einmal von den Strapazen der Reise erholen. Ich werde inzwischen das Armeelager deines Vaters suchen.«

Ich wußte natürlich nicht, wo Theoderich sich gerade aufhielt, entschloß mich jedoch, zuerst einmal direkt zu seinem Palast zu reiten. Sein alter Diener Costula, der mich hocherfreut begrüßte, nickte, als ich ihn fragte, ob der König zu Hause sei, und führte mich sofort zu Theoderich. Mein Freund sah stattlicher und königlicher aus denn je. Er hatte etwas zugenommen; sein Körper war jedoch nicht dicker, sondern lediglich muskulöser geworden. Auch sein Bart sah voller und prächtiger aus als je zuvor. Er wirkte zwar besonnener als sonst, schloß mich jedoch sofort unter lauten und herzlichen Begrüßungsworten in seine Arme und freute sich sehr, daß ich mich wie er bei bester Gesundheit befand. Kurz darauf legte er mir jedoch nachdenklich die Hände auf die Schultern und sagte: »Ich habe Deine Warnung befolgt, Saio Thorn. Es hat bisher noch keine Schlacht stattgefunden. Ich muß jedoch zugeben, daß mich diese Zurückhaltung sehr viel Beherrschung gekostet hat. Ich hätte den Feind lieber sofort angegriffen und ihm dadurch gar nicht erst die Möglichkeit gelassen, den Ort und den Zeitpunkt der Schlacht selbst zu wählen.«

»Dann kannst du das jetzt tun«, sagte ich und erklärte ihm, was für eine Waffe ich mitgebracht hatte und wie man sie meiner Meinung nach am besten einsetzen konnte. »Der Bursche geht davon aus, daß ich ihn zu seinem Vater bringe; und in gewisser Weise tue ich das ja auch. Ich weiß natürlich, daß mein Plan verhindern könnte, daß es überhaupt zu einer Schlacht kommt, und das ist wahrscheinlich nicht in deinem Sinne.«

Ein wehmütiges Lächeln huschte über Theoderichs Gesicht, dann schüttelte er jedoch zu meiner Überraschung den Kopf und sagte: »Als ich noch ein Krieger war, konnte ich mir ein Leben ohne Kampf nicht vorstellen. Je länger ich jedoch König bin, desto weniger liegt mir daran, das Blut meiner Krieger sinnlos zu vergießen. Natürlich hat mir Kaiser Zeno mehr Legionen angeboten, als ich für diesen Krieg jemals von ihm angefordert hätte. Mir wäre jedoch wohler, wenn ich seine Hilfe gar nicht erst in Anspruch nehmen müßte. Mein Vetter weiß genau, daß dies sein letztes Aufbegehren ist; daher hat er auch noch nicht angegriffen. Seine Aufstände waren dem Reich schon immer ein Dorn im Auge. Nun, da er ein paar Verbündete hinzugewonnen hat, hofft er, daß er dem Reich allein durch seinen Aufmarsch mit einer größeren Armee ein paar Zugeständnisse abtrotzen kann: ein kleines Stück Land, auf dem sich seine Ostgoten niederlassen können, und ein paar kleinere Ländereien für sich selbst. Seine erwartungsvollen Verbündeten aber werden auf jeden Fall sämtlich leer ausgehen. Ihre Enttäuschung dürfte ihn jedoch kalt lassen, wenn sie ihren Zweck erst einmal erfüllt haben.«

Theoderich lachte und klopfte mir kameradschaftlich auf den Rücken. »Also gut, laß uns nun dafür sorgen, daß keiner von ihnen auf seine Kosten kommt!« Er schritt zur Tür des Thronsaals hinüber und gab einem draußen wartenden Höfling ein paar Anweisungen.

Einige seiner Oberbefehlshaber, die kurz darauf erschienen, kannte ich bereits. Energisch teilte er jedem von ihnen mit, was er zu tun habe.

»Pitzias, beginnt sogleich damit, unsere Stammtruppen über die Donau setzen zu lassen. Ibba, sagt Euren Zenturionen, sie sollen diese Truppen dann gleich in Schlachtordnung aufstellen, und zwar gerade nur so weit von Romula entfernt, daß sie von dort aus nicht mit Pfeilen beschossen werden können. Der Feind wird dann natürlich ebenfalls schnell seine Truppen in Position bringen. Herduic, Ihr begebt Euch inzwischen als Unterhändler zu Strabo und teilt ihm mit, daß ich ihn zu sprechen wünsche, bevor wir zu den Waffen greifen. Und empfehlt ihm, seinen Verbündeten König Fewa zu dieser Unterredung mitzubringen. Während Ihr all diese Vorkehrungen trefft, werde ich mich mit meinen Marschallen Soas und Thorn in der Nähe von Romula aufhalten. Begebt Euch nun zu Euren Truppen. Habai ita swe!«

Sie grüßten zackig und gingen hinaus. Dann wandte Theoderich sich an mich: »Ich werde dich jetzt nicht länger aufhalten, Thorn. Du sehnst dich sicher schon nach einem Bad in einer heißen Therme und nach frischen Kleidern. Ich brenne jedoch darauf, zu hören, was deine historischen Nachforschungen ergeben haben. Komm heute abend zum Essen herüber, dann können wir uns ausführlich und in aller Ruhe unterhalten. Wenn du möchtest, kannst du auch Prinz Frido mitbringen.«

»Ne, wir dürfen den Jungen nicht verwirren. Er glaubt doch, daß ich zu Theoderich Strabo gehe. Und du müßtest deine Augen schon gewaltig verdrehen, wenn er dich für den schielenden Theoderich halten soll. Frido fühlt sich auf meinem Landsitz sehr wohl. Er wird von meiner Dienerschaft bestens betreut und bewacht. Wenn du nichts dagegen hast, dann werde ich ihn dort wohnen lassen, bis wir nach Romula reiten.«

Ich kehrte also zu meinem Landsitz zurück und verbrachte den Rest des Tages genüßlich in einem dampfendheißen Bad; danach zog ich Thorns beste Kleider an und machte mich auf den Weg zum Palast. Unterwegs hielt ich kurz vor meinem Haus in Novae an, um nachzusehen, ob dort noch alles in Ordnung war, und um Veledas Sachen, die ich nun schon über den ganzen Kontinent geschleppt hatte, dort zu verstauen.

Im Speisesaal des Palastes schilderte ich Theoderich bei einem köstlichen Essen und vielen Bechern ausgezeichneten Weines, was ich alles erlebt hatte, seit ich von ihm auf Reisen geschickt worden war, um die Geschichte der Goten zu erforschen und niederzuschreiben. Ich erzählte ihm die volle Wahrheit, auch wenn meine

Darstellung möglicherweise in vieler Hinsicht den alten Liedern oder anderen in Ehren gehaltenen Mythen, Legenden und Fabeln widersprach. Um zu vermeiden, daß er mich nach unangenehmen Einzelheiten fragte, vertuschte ich allerdings die wahren Gründe für das unerwartete Auftauchen eines gewissen Thor, der mir aus dem Land der Westgoten nachgeschickt worden war, um mich auf meiner Mission zu begleiten. Ich beschönigte auch die Umstände, unter denen dieser Thor und die einstige Zofe Swanilda in meinem Beisein »auf tragische Weise ums Leben kamen«. Ich erzählte Theoderich von all den Menschen, die mir unterwegs begegnet waren, nannte ihm die Namen fremder Völker und schilderte ihm viele merkwürdige Sitten und Gebräuche. Ich erzählte ihm nicht nur fast alles, was ich mit eigenen Augen gesehen hatte, sondern auch vieles, was ich nur gehört hatte.

Es war schon sehr spät, als ich mich von Theoderich verabschiedete, um zu meinem Landsitz zurückzukehren. Wir hatten vereinbart, daß ich dort warten würde, bis er mich und Frido rufen ließ, um mit ihm zusammen zu Strabo zu reiten. Ich hätte auch im Palast bleiben können, zog es jedoch vor, unter meinem eigenen Dach zu übernachten, denn während ich mich bemüht hatte, möglichst viel über die Goten herauszufinden, waren ein paar ganz persönliche Fragen unbeantwortet geblieben. Seit jener Nacht, in der ich den Walis-karja davongeritten war und die Überreste meines Mannamawi-Liebhabers bei ihnen zurückgelassen hatte, war mir des öfteren die Frage durch den Kopf gegangen, ob ich in den Armen einer ganz gewöhnlichen Frau oder eines ganz gewöhnlichen Mannes wohl je die Erfüllung finden würde, die Thor-Genoveva mir gegeben hatte. In dieser ersten Nacht zu Hause wollte ich mit Hilfe einer meiner Sklavenfrauen zumindest versuchen, den ersten Teil dieser Frage zu beantworten.

Als ich kurze Zeit später erfuhr, daß das blonde Schwedenmädchen Renata während meiner langen Abwesenheit einen meiner jungen Sklaven geheiratet hatte, sah ich wohlwollend davon ab, von meinen Eigentumsrechten an ihr Gebrauch zu machen, und bediente mich stattdessen der dunkelhaarigen Alanenfrau Naranj. Ihr Mann beaufsichtigte meine Mühle und war schon immer stolz darauf gewesen, daß sein Herr sich gelegentlich seine Frau auslieh. Naranj war mit ganzem Herzen bei der Sache und verhalf mir dadurch zu der freudigen Erkenntnis, daß es gar nicht unbedingt notwendig ist, zur gleichen Zeit und im gleichen Bett alle nur erdenklichen Varianten der Umarmung, Paarung und gegenseitigen Erforschung durchzuspielen. Zu meiner großen Freude stellte ich auch fest, daß die Arten, auf die eine Frau Vergnügen bereiten und empfangen kann, zwar physisch begrenzt sind, daß jedoch all die Lustgefühle, die eine Frau zu empfinden und auszulösen vermag, wirklich äußerst vielfältig und beglückend sind. Als ich mich dann in der folgenden Nacht in Veleda verwandelte und einen gutaussehenden, jungen Handlungsreisenden, den ich auf dem Marktplatz getroffen hatte, nach Novae in mein Haus mitnahm, machte ich hocherfreut die Erfahrung, daß sich über die Vereinigung mit einem männlichen Liebhaber genau dasselbe sagen läßt.

*

Fünf oder sechs Tage später saß ich unweit des Dorfes Romula in voller Rüstung und mit allen Waffen auf meinem gesattelten Velox. Prinz Frido saß unbewaffnet und ohne Rüstung auf seinem kastanienbraunen Wallach neben mir, und ein Stück hinter uns wartete ein stattlicher Teil von Theoderichs Truppen. Vor uns lag ein schmaler, flacher Fluß, auf dessen anderem Ufer in einiger Entfernung Strabos Truppen ebenfalls warteten. Sie schauten wie wir gespannt zu einer kleinen, kahlen Insel in der Mitte des Flusses hinüber, denn Strabo hatte gefordert, daß die von Theoderich vorgeschlagene Unterredung dort stattfinden solle. Von den acht Mann, die sich nun auf der Insel befanden, waren nur sieben zu sehen.

Von unserer Seite waren König Theoderich und Saio Soas durch das flache Wasser hinübergeritten. Von der anderen Seite hatte sich nur König Fewa zu Pferd zur Insel begeben. Strabo war dagegen von vier Trägern in einer mit Vorhängen versehenen Sänfte zur Insel getragen worden. Es war klar, warum der Schweinemann darauf bestanden hatte, daß das Treffen auf dieser kleinen Insel stattfinden sollte. Er wollte sowohl von seinen wie auch von unseren Männern möglichst nicht gesehen werden, denn er konnte nicht mehr von sich zeigen als seinen durch die Vorhänge der Sänfte gestreckten Kopf, und vom Oberbefehlshaber einer Armee wurde im allgemeinen natürlich ein würdevolleres Auftreten erwartet.

Ich lehnte mich zu Frido hinüber und fragte ihn: »Erkennst du deinen Vater dort drüben?«

»Ja, ja!« rief er und hüpfte glücklich in seinem Sattel auf und ab.

Ich ermahnte ihn hastig: »Nein, wink ihm jetzt noch nicht zu und ruf auch nichts hinüber. Du wirst bald bei ihm sein. Im Augenblick müssen wir uns jedoch ebenso still verhalten wie alle andern.«

Der Junge sank gehorsam in seinen Sattel zurück, sah jedoch leicht verwirrt aus. Er wirkte seit unserer Ankunft in Novae schon die ganze Zeit etwas verstört, und das war ja auch nicht verwunderlich, denn weder ich noch meine Dienerschaft hatten Frido bisher mitgeteilt, daß ich der Marschall und er die Geisel Theoderich Amalings war. Ich war zusammen mit Frido weit hinter den in Kolonnen aufmarschierenden Hundertschaften Theoderichs nach Romula geritten; Frido wußte also nicht einmal, daß er mit der Armee hierhergekommen war, die seinem Vater feindlich gegenüberstand. Er hatte in diesem Augenblick nicht die geringste Ahnung, weshalb und worüber die Männer dort drüben auf der Insel verhandelten, und er wußte auch nicht, wer von ihnen auf welcher Seite war.

Die in Schlachtordnung aufgestellten Krieger beider Armeen verhielten sich ganz still und achteten sorgsam darauf, daß ihre Pferde möglichst nicht wieherten, ihre Waffen nicht klirrten und ihre Rüstungen nicht knarrten. Wie wir lauschten auch sie angestrengt dem Wortwechsel zwischen Theoderich und Strabo. Besonders Strabos laute, grobe und heisere Stimme, an die ich mich noch gut erinnern konnte, war recht deutlich zu hören. Er wollte offensichtlich seine Truppen anfeuern und unsere entmutigen, indem er Theoderich Anschuldigungen und Schmähungen entgegengrölte, die für die Ohren aller Anwesenden bestimmt waren.

»Abtrünniger Vetter! Verfluchter Amaling! Du hast aus den einst so stolzen Ostgoten Speichellecker gemacht! Unter deinem schlaffen Banner sind sie nur noch armselige Abbilder der Römer! Sie kriechen vor Kaiser Zeno und tauschen ihre Unabhängigkeit gegen ein paar Krümel vom kaiserlichen Tisch ein!«

Frido lehnte sich zu mir herüber und flüsterte mir eine Frage zu: »Der Mann in der Kiste, der da so schreit, ist das Triarius, der Verbündete meines Vaters?« Ich nickte, und der Junge sank wieder in den Sattel zurück; er sah nun zwar etwas weniger verwirrt aus, schien jedoch über den neuen Bundesgenossen, den König Fewa sich da ausgesucht hatte, nicht gerade begeistert zu sein.

»Stammesbrüder!« brüllte Strabo. »Hört alle her! Ich bitte euch, ich rate euch, ich fordere euch auf: Schließt Euch mir an und schüttelt das römische Joch ab! Setzt der falschen Königsherrschaft unseres verräterischen Vetters ein Ende!«

Theoderich saß weiterhin geduldig auf seinem Pferd und ignorierte die Haßtiraden, die der Kopf, der da zwischen den Vorhängen hervorschaute, von sich gab. Strabo merkte, daß seine flammende Hetzrede seine Stammesbrüder auf unserer Seite des Flusses wenig beeindruckte. Mit vom vielen Schreien überanstrengter und geschwächter Stimme fuhr der Schweinemann dennoch fort: »Ostgotische Brüder! Rugische Kampfgenossen! Freunde und Verbündete! Folgt mir in die Schlacht und –« Hier unterbrach ihn Theoderich und rief mit so lauter Stimme, daß alle ihn hören konnten: »Slavaith, nithjis! Schweig, Vetter! Nun habe ich das Wort!« Er wandte sich jedoch nicht an Strabo oder an die wartenden Armeen, sondern sagte zu dem Reiter, der neben der Sänfte hergeritten war: »Fewa, habt Ihr scharfe Augen?« Überrascht rutschte der rugische König ein wenig in seinem Sattel hin und her und nickte dann mit seinem behelmten Kopf. »Dann schaut dort hinüber!« befahl Theoderich und deutete mit erhobenem Arm in unsere Richtung.

»Setz dich aufrecht in den Sattel, Frido«, wies ich den Prinzen an, als sein Vater den Kopf herumdrehte und zu uns hinüberblickte. Der Junge tat sogar noch ein weiteres: mit Hilfe des Fußseils, das er sich unter meiner Anleitung konstruiert hatte, stützte er sich so weit hoch, daß er buchstäblich im Sattel stand. Aufrecht und für alle sichtbar winkte er nun fröhlich mit der Hand und rief mit seiner piepsigen Kinderstimme so laut er nur konnte: »Hails, Fadar!«

König Fewas Pferd wich einen Schritt zurück, als sei es ebenso verblüfft wie sein Reiter. Plötzlich herrschte auf der kleinen Insel helle Aufregung; die Worte, die nun in aller Eile ausgetauscht wurden, waren für uns Zuschauer nicht mehr zu verstehen. Die drei Reiter Theoderich, Soas und Fewa zeigten abwechselnd auf mich, auf Frido, auf Strabo und auf Strabos Truppen. Fewa ritt auf der kleinen Insel zwischen den beiden Parteien hin und her und versuchte, zuerst Theoderich und Soas und dann wieder Strabo mit vielsagenden Gesten zu überzeugen. Der Schweinemann hätte sicher ebenfalls aufgeregt gestikuliert, wenn er dazu in der Lage gewesen wäre, denn die ganze Sänfte wurde von den heftigen Bewegungen seines Körpers wie wild hin- und hergeschüttelt.

Der Tumult auf der Insel war erst zu Ende, als König Fewa resigniert die Hände hochwarf, seinen Gesprächspartnern den Rücken zukehrte, seinem Pferd die Zügel gab und durch das Wasser zurückstob. Er ritt das andere Ufer hinauf, bis er die linke Flanke der Armee erreichte, die dort immer noch unerschütterlich auf das Signal zum Kampf wartete. Erneut wild mit den Händen fuchtelnd gab er offensichtlich seinen rugischen Kriegern eine Reihe von Befehlen, die ich nicht verstand. Zum Zeichen des Waffenstillstands stiegen daraufhin viele Reiter in den vorderen Reihen vom Pferd, etliche Lanzenträger bohrten ihre Speerspitzen in den Boden, und zahlreiche Schwertkämpfer steckten ihre Klingen in die Scheide zurück. Die anderen Krieger in den vorderen, für uns erkennbaren Reihen waren sichtlich bestürzt, als sie ihre rugischen Kampfgenossen die Waffen niederlegen sahen, und irrten nun völlig kopflos umher; wir sahen die Banner ihrer Fahnenträger planlos hin- und herwedeln und vernahmen ein verschwommenes Gemurmel, das sich anhörte, als ob die verschiedenen Truppenteile laut und zornig miteinander stritten.

Strabo schien noch viel mehr aus der Fassung geraten zu sein als seine Truppen, denn er tobte und wütete dermaßen in seiner Sänfte herum, daß sie auf den Schultern ihrer Träger heftig hin- und hergerüttelt wurde. Die vier Männer mußten einen wahren Tanz vollführen, um das Gleichgewicht zu halten. Theoderich und Soas saßen dagegen ruhig im Sattel und beobachteten das ganze Geschehen in völliger Gelassenheit. Zum letzten Mal hörte ich Strabo mit heiserer Stimme grölen: »Tragt mich zurück!« Daraufhin machten die auf wackeligen Beinen umhertorkelnden Träger kehrt und schleppten die schaukelnde und hüpfende Sänfte durch das Wasser zum anderen Ufer hinüber.

Frido fragte mich plötzlich mit nachdenklicher Stimme: »Werde ich denn gar keinen Krieg zu sehen bekommen?«

»Heute nicht mehr«, antwortete ich ihm lächelnd. »Diesen Krieg hast du soeben gewonnen.«

Die erschöpften Sänftenträger versuchten inzwischen unter großen Mühen, ihre immer noch schwankende Last die Uferböschung hinaufzuhieven. Ein paar von Strabos Lanzenträgern eilten herbei, um mitanzupacken; da kipppte die Sänfte plötzlich mit einem so heftigen Ruck zur Seite, daß der verstümmelte Strabo hinausgeschleudert wurde und direkt in eine der senkrecht emporragenden Lanzen stürzte. Als seine Krieger sich von ihrem Schock erholt hatten, erkannten sie, daß für ihren so schlachterfahrenen König diesmal jede Hilfe zu spät kam. Strabos unrühmliches Ende sollte später in alle Geschichtsbücher eingehen.

*

Als Theoderich, Soas und ich noch in derselben Nacht im Armeezelt Theoderichs bei einigen Bechern Wein die Ereignisse des Tages besprachen, ließ ich die boshafte Bemerkung fallen: »Fewa hat es vielleicht gar nicht so eilig, zu seiner Königin Giso zurückzukehren. Ich kann es ihm nicht verdenken. Übrigens, ich habe ihn bisher ja nur aus der Ferne gesehen, aber hat er denn wirklich eine so ungewöhnlich kleine Nase?«

»Was?« Die beiden Männer blinzelten überrascht, und Theoderich sagte: »Nun, als Rugier hat er natürlich keine markante römische Nase. Aber warum um alles in der Welt stellst du uns diese Frage?«

Ich lachte und erzählte ihnen, wie sehr es Königin Giso auf meinen Gefährten Maghib abgesehen hatte, weil sie annahm, seine lange armenische Nase sei ein Zeichen dafür, daß seine männlichen Attribute und Talente ebenfalls besonders gut entwickelt seien.

Die beiden Männer stimmten in mein Gelächter ein, und Theoderich sagte: »Ich frage mich, warum dieser inzwischen schon so oft widerlegte, uralte Mythos so hartnäckig weiterlebt.«

Der alte Soas kratzte sich den Bart und sagte nachdenklich: »Was das weibliche Geschlecht betrifft, so habe ich allerdings immer wieder feststellen können, daß der Mund einer Frau tatsächlich zuverlässige Rückschlüsse auf die Beschaffenheit ihrer weiblichen Organe zuläßt. Ein großer Mund deutet stets auf eine geräumige Vagina hin; wenn der Mund einer Frau besonders weit, lose oder feucht ist, dann weist ihre untere Öffnung dieselben Eigenschaften auf. Und eine Frau, deren kleiner Schmollmund eher an eine zarte Rosenknospe erinnert, hat auch unten ein dementsprechend kleines Mündchen.«

Ich starrte den Marschall leicht verblüfft an, denn die Vorstellung, daß dieser alte Mann einmal jung genug gewesen war, um Erfahrungen mit den verschiedensten Arten weiblicher Münder zu sammeln, fiel mir doch etwas schwer; Theoderich dagegen stimmte Soas Behauptungen mit einem ernsthaften Nicken zu.

Dieses leichte Thema war für Theoderich und Soas, die sich sonst immer nur mit gewichtigen Fragen der Staatskunst und der Kriegsführung beschäftigten, natürlich eine willkommene Abwechslung. Mit meiner nächsten Bemerkung kam ich jedoch wieder auf die Ereignisse des vergangenen Tages zu sprechen: »Ich war freudig überrascht, zu hören, daß König Fewa sich inzwischen ganz bereitwillig mit uns verbündet hat. Ich hätte eher erwartet, daß er sehr zornig ist, weil wir seinen Sohn entführt und als Geisel genommen haben.«

»Ne«, sagte Theoderich. »Er schien sich eher zu freuen, seinen kleinen Prinzen so weit weg von zu Hause ganz unerwartet wiederzusehen und ihn zudem in guten Händen zu finden. Außerdem glaube ich, daß deine Vermutungen richtig waren, Thorn. Fewa hat tatsächlich erst hier begriffen, daß Strabo ihn belogen hatte, daß er den Thron unrechtmäßig an sich reißen wollte und, was noch schlimmer ist, daß dieses Unterfangen von vornherein nur sehr wenig Aussicht auf Erfolg hatte.«

»So weit, so gut«, brummte Soas, der nun wieder ganz der nüchterne, scharfsichtige alte Marschall war. »Strabo hat Fewa für den Einsatz der rugischen Armee sicherlich Euer halbes Königreich versprochen, Theoderich. Was könnt Ihr ihm denn anbieten, wenn er seine Krieger jetzt Euch zur Verfügung stellen will? Oder, besser gesagt, was verlangt Fewa dafür?«

»Gar nichts«, sagte Theoderich gelassen, »er wünscht lediglich, daß er und seine Männer nach jedem gemeinsamen Sieg, den wir unter meinem Oberbefehl erringen, ihren gerechten Anteil erhalten.«

»Aber wo wollt ihr denn jetzt noch siegen?« fragte ich. »Worum wollt ihr denn jetzt noch kämpfen? Und gegen wen? Strabo war dein einziger wirklicher Rivale, Theoderich. Er war das einzige Ärgernis, das Kaiser Zeno wirklich ein Dorn im Auge war. Ihr habt Strabo jetzt zwar ein für alle Mal ausgeschaltet, aber dieser Sieg hat keinem von euch neues Land beschert und euch auch sonst keine Beute eingebracht, die sich teilen ließe. Sicherlich wird es auch in Zukunft immer wieder kleine Emporkömmlinge geben, die es zu bekämpfen gilt, aber solche Siege bringen keinen Gewinn. Nur wenn Ihr einen reichen König oder eine wohlhabende Nation zum Feind hättet, bestünde Aussicht auf einen lohnenden Krieg; da es einen solchen Gegner jedoch nicht gibt, verstehe ich nicht –«

Theoderich fiel mir ins Wort: »Du vergißt diese eine große Sorge, die Zeno nun schon seit einigen Jahren hartnäckig bedrängt. Ich rechne damit, daß er mich schließlich bitten wird, ihm bei der Beseitigung dieses Übels behilflich zu sein.«

Soas und ich, seine beiden Marschalle, schauten einander fragend an, und Theoderich grinste, als wir schlagartig begriffen, wen er meinte.

Ich flüsterte den Namen: »Audawakrs!« und Soas sagte: »König Odoaker!«

Das klangvolle Wort, das uns dann beiden gleichzeitig voller Ehrfurcht über die Lippen kam, war: »Rom!«

# Die Eroberung

## 1

Wie das Sprichwort sagt, führen alle Wege nach Rom, doch es war ein weiter Weg für uns bis zur Erreichung dieses Ziels.

Theoderich mußte zuerst nach Konstantinopel, und Soas und ich, seine Generäle Pitzias und Herduich sowie ein beträchtliches Gefolge seiner besten Dienstmannen begleiteten ihn, denn ihm sollten in dieser Stadt Ehren zuteil werden, die noch nie ein Barbar von einem römischen Kaiser erfahren hatte. Kaiser Zeno, der von dem unblutigen Sieg über Strabo benachrichtigt worden war, bestand darauf, daß Theoderich in die Hauptstadt käme, um dreifach gefeiert zu werden: mit einem Triumphzug, mit dem Titel *Flavius* und mit dem Konsulat des Jahres.

Schon so manchem römischen General war die Ehre jener würdevollen öffentlichen Zeremonie verliehen worden, die man Triumph nennt, und zahlreiche römische Bürger – selbst einige Nicht-Bürger – hatten schon den Titel *gentilicus flavius* erhalten, und jedes Jahr war zumindest einem angesehenen Römer die Konsulwürde zuerkannt worden (wobei sich nicht wenige fast ruinierten, indem sie sich diese Ehre erkauften), doch Theoderich war der erste und einzige Gote, dem alle drei Ehrungen verliehen wurden, noch dazu alle auf einmal.

Später behaupteten böse Zungen, daß Zeno Theoderich damit bestochen habe, und nicht vergeblich, doch ich beurteilte das Ganze eher als Werbung. Seit der Kaiser Theoderich als König der Ostgoten anerkannt und ihn zum obersten Heerführer der donauländischen Truppen ernannt hatte, war Theoderich Zeno treu ergeben und achtete und respektierte ihn vollkommen. Allerdings hatte er sich stets seine Unabhängigkeit bewahrt, beispielsweise indem er das Angebot Zenos nicht annahm, Strabos Aufstand mit

Hilfe kaiserlicher Truppen niederzuschlagen. Nun, so schien es mir, wollte Zeno mehr als Eintracht zwischen Herrscher und Untergebenem. Jetzt suchte er die Freundschaft eines ihm Gleichgestellten.

Mir wurde die Ehre zuteil, an der Seite von Flavius Amalus Theodoricus und gefolgt von dessen prächtig ausgestatteten Reitern wieder über die Via Egnatia und durch das Goldene Tor von Konstantinopel zu reiten. Unter den dreifachen Torbögen erwartete uns eine Gesandtschaft von Senatoren, Magistraten und geistlichen Würdenträgern des Östlichen Imperiums. Theoderich stieg von seinem Pferd und nahm von Akakios, dem bischöflichen Patriarchen der Stadt, den Lorbeerkranz entgegen. Er wurde als »Christianorum Nobilissime et Nobilium Christianissime« begrüßt – als der vornehmste der Christen und christlichste der Vornehmen. Die Senatoren hüllten ihn in die gold- und purpurverbrämte Toga picta, reichten ihm ein Szepter, nannten ihn »Patricius« und hießen ihn in sein Amt als Consul Ordinarius dieses römischen Jahres 1237 ab urbe condita, beziehungsweise des Jahres 484 nach christlicher Zeitrechnung, willkommen. Dann bestieg Theoderich den runden Triumphwagen, der nur für diesen Zweck verwendet wird, und zügelte dessen Zweigespann, so daß die Würdenträger ihm als Ehrengarde vorausmarschieren konnten.

Wir Ostgoten trugen die altvertrauten Harnische und den Schmuck, doch es war das erste Mal, daß ich römische Legionäre aufmarschieren sah. Sie waren wahrhaft aufgeputzt in Prunkanzügen aus gefärbtem Leder und trugen wehende Helmbüsche. Ihre Helme waren von seltsamer Form. Während der gewöhnliche Helm Schädel, Stirn und Wangen schützt, bedeckt der Paradehelm das gesamte Gesicht und hat nur zwei Gucklöcher für die Augen.

Als wir im Forum des Konstantin ankamen, wartete Zeno bereits auf uns. Er begleitete Theoderich vom Triumphwagen hinauf auf eine Plattform, die mit Blumen geschmückt war. Die Marschierenden, die Reiter und Musikanten bewegten sich im Kreis um die große Säule des Forums herum, so daß die beiden Monarchen die Prozession sehen konnten. Jeder Trupp, der an der Plattform vorbeikam, rief einstimmig »Io triumphe!« und entbot entweder mit der geballten rechten Faust den römischen oder mit dem steif ausgestreckten rechten Arm den ostgotischen Gruß. Die Bürger der Stadt, die sich um das Forum drängten, wiederholten echogleich jeden Ruf »Io triumphe!«, bis sich Zeno und Theoderich zur Andacht in die Hagia Sophia zurückzogen.

Als Theoderich wieder aus der Kirche herauskam, gab er den Befehl: »Wegtreten!«, der von den Offizieren kolonnenweise wiederholt wurde, und die Triumphreiter, die Marschierenden und Musikanten traten aus den Gliedern ihrer Truppen hervor. Dann kamen aus allen Küchen der Stadt Bedienstete mit schwerbeladenen Platten, mit Schüsseln und Tellern, mit bis zum Rand gefüllten Krügen, Kannen und Amphoren. Die Soldaten und Zuschauer taten sich an der Fülle der Speisen gütlich, während wir Höherrangigen uns zu einem eher formellen, weniger lustvollen Mahl in den Purpur-Palast begaben.

Man führte uns in den eleganten »Speisesaal der neunzehn Liegen«. Da es dort tatsächlich nur neunzehn Liegen gab, konnten diejenigen, die unter meinem, Soas' oder des Bischofs Rang waren, nicht untergebracht werden, das heißt, daß all die Senatoren, Magistrate und niederen Geistlichen woanders speisen mußten. Als wir Privilegierten uns müßig zum Mahl ausstreckten, das aus Fasanenbrust in Himbeerwein und gerösteten Zicklein in Fischsauce bestand, hörte ich zufällig, wie Zenos ältere und beleibte, doch immer noch ansehnliche Gemahlin, die Basilissa Ariadne, Theoderich zu seinem neuen Titel gratulierte.

»Selbst das gemeine Volk scheint Eure Ernennung zum Konsul gutzuheißen«, sagte sie. »Die versammelte Bevölkerung jubelte Euch zu. Ihr müßt stolz sein, Konsul.«

»Ich strebe danach, meine Demut zu bewahren, Kaiserin«, antwortete Theoderich jovial. »Schließlich schlug Kaiser Caligula einst vor, sein Lieblingspferd zum Konsul zu ernennen.«

Die Kaiserin lachte, doch Zeno schien halb verärgert, halb traurig darüber, daß es Theoderich nicht im geringsten beeindruckte, so mit Ehren überhäuft zu werden. Aber Zeno gab nicht auf. Während der folgenden Tage und Wochen fuhr er fort, Theoderich mit Aufmerksamkeiten zu schmeicheln, und natürlich kamen auch wir Begleiter des Königs in den Genuß der Annehmlichkeiten, die dies mit sich brachte. Ich für mein Teil war vermutlich von all den Belustigungen und Zerstreuungen, die uns geboten wurden, stärker beeindruckt als Theoderich, der inmitten der Wunder von Konstantinopel aufgewachsen war.

Wenn Theoderich, ich und unsere Begleiter nicht gerade unterhalten oder gefeiert wurden oder die Attraktionen der Stadt zu sehen bekamen, befanden wir uns oft im Gespräch mit dem Kaiser. Stets waren Übersetzer dabei, um die Konversation für alle zu erleichtern, und Wein aus Chios wurde ausgeschenkt, um sie in Gang zu halten. Ich wartete darauf, daß Zeno erwähnen würde, wie er Odoaker vom Thron zu stürzen gedachte, oder daß er diesbezüglich vertraulich mit Theoderich beraten würde, doch offensichtlich hatte er es damit nicht sehr eilig. Er ließ sich nur zeitweise über kaiserliche Angelegenheiten aus und schien damit einverstanden zu sein, daß die Übersetzer seine Worte an uns alle weitergaben. Odoaker erwähnte er nicht.

*

Monate vergingen. Der Kaiser bewirtete uns Besucher weiterhin mit herzlicher Gastfreundschaft und Unterhaltung, doch nie erwähnte er Odoaker. Da Theoderich damit zufrieden schien, den Purpur zu tragen und das Leben eines Hedonisten zu führen, und da er mich dazu nicht brauchte, bat ich um seine Erlaubnis, eine Reise unternehmen zu dürfen.

»Solange ich hier im Östlichen Imperium bin, möchte ich außer Konstantinopel noch etwas anderes sehen«, sagte ich.

»Aber natürlich, Thorn«, meinte er nachsichtig. »Wenn ich dich brauche, werde ich einen Boten ausschicken und dich suchen lassen.«

Also ruderte ein Fährmann des Palastes mich und Velox vom Hafen Boukoleon über den Propontis nach Chrysopolis, das heißt, ich setzte vom europäischen Kontinent zum asiatischen Kontinent über. In aller Gemächlichkeit, müßig und ohne bestimmtes Ziel folgte ich dem Verlauf der Küste. Wenn man beständig durch Städte und Dörfer kommt, die durch gut ausgebaute Straßen verbunden und mit einer komfortablen griechischen Herberge ausgestattet sind, fällt das Reisen leicht. Außerdem war das Wetter lind, und auf meinem Weg gen Süden bemerkte ich kaum, wie der Herbst zum Winter und der Winter zum Frühling wurde.

Zuerst kam ich durch das Gebiet südlich des Propontis, wo die

Mysier leben. Dieser Volksstamm war früher sehr kriegerisch, doch über die Jahrhunderte hinweg wurden sie so oft überwältigt, unterworfen und unterdrückt, daß sie all ihre Kampfeslust verloren. Die Mysier sind tatsächlich so weit heruntergekommen, daß sie sich dazu hergeben, auf Beerdigungen gegen Bezahlung zu trauern. Ihre traurige Geschichte und ihr melancholisches Erbe versetzt sie in die Lage, um jeden Verstorbenen ausgiebig Tränen zu vergießen.

In einem Kahn begab ich mich vom Festland auf die Insel Kos, wo die feinsten Baumwolltücher der Welt gewoben werden und wo die seltene Purpurfarbe gewonnen wird. Die Frauen von Kos sind so stolz auf die Produkte ihrer Insel, daß sie sie täglich, auch zu den niedrigsten Arbeiten und auch auf der Straße tragen. Dazu muß eine Frau stolz auf ihren Körper sein, denn eine Stola oder Tunika aus dieser Baumwolle ist so skandalös durchsichtig, daß es fast anstößig wirkt. Ich kaufte etwas Purpur und einige Kleider aus Baumwolle für Veledas Garderobe, obwohl ich nicht vorhatte, sie jemals öffentlich zu tragen und wie die Frauen aus Kos meinen Körper zur Schau zu stellen.

Von einem Vorgebirge etwas weiter südlich auf dem Festland nahm ich ein Boot zur Insel Rhodos und sah mir an, was von dem berühmten Koloß übriggeblieben war. Bevor die gigantische Bronzestatue des Apollo vor fast sieben Jahrhunderten durch ein Erdbeben zerstört wurde, hieß sie die Schiffe im Hafen von Rhodos willkommen und war – wie man sagt – so hoch wie zwanzig Männer übereinander. Das ist sehr wohl möglich, denn allein der Daumen der Statue war so groß, daß ich ihn nicht mit beiden Armen umfangen konnte. Inmitten der Bruchstücke kann man die Wendeltreppe sehen, die einst die Besucher zur Aussichtsplattform hinaufführte, wo sie durch die Augen des Apollo hinaus auf die Ägäis blicken konnten. Der Koloß muß vom Erdboden oder vom Meer aus noch mächtiger ausgesehen haben, als er wirklich war. Vormals hatten die Bildhauer ihre Statuen lebensgroß gestaltet, das heißt die Gesamtgröße ist siebeneinhalbmal höher als der Kopf. Doch diese Statue wurde von Bildhauern geschaffen, die ihre Statuen acht, neun oder gar zehn Kopflängen hoch werden ließen und ihnen dadurch so viel Ausdruck verliehen, daß seither Standbilder von Göttern und auch Menschen immer in dieser Form nachgebildet wurden.

Es war nun schon lange her, daß ich den Purpur-Palast verlassen hatte, doch ich hinterließ eine deutliche Spur. In jeder Herberge, in der ich abstieg, gab ich meinen Titel und Namen an, und bis zu diesem Zeitpunkt war mir kein Bote Theoderichs gefolgt. Daher nahm ich an, daß er mich nicht brauchte, reiste weiterhin in aller Gemächlichkeit, auch als ich Velox wieder gen Konstantinopel lenkte, und hielt mich an jedem Ort auf, der mein Interesse erweckte.

*

Nach meiner Rückkehr in Konstantinopel, begab ich mich natürlich sofort zu Theoderich. Ich fand ihn in seinen Gemächern. Er hatte ein hübsches Chasar-Mädchen auf dem Schoß und hatte eine mutwillig-selbstzufriedene Miene aufgesetzt. Marschall Soas und die Generäle Pitzias und Herduich aber sahen recht betreten aus. Als ich den Raum betrat, nickten sie mir nur kurz zu, denn offensichtlich hatte ich sie in einer ernsten Unterhaltung unterbrochen.

»Das Opfer war nicht irgend jemand aus der Gosse«, sagte Herduich gerade mißbilligend.

»Ihr habt des Kaisers Gastfreundschaft und Euer Amt als Konsul des Jahres mißbraucht«, meinte Pitzias.

»Zeno wird entsetzt sein. Empört. Außer sich«, knurrte Soas.

Doch Theoderich grüßte mich unbeschwert: »Hails, Saio Thorn! Du kommst gerade rechtzeitig zu hören, wie sie mich verurteilen.«

»Wieso? Warum?«

»Ach, nichts. Ich habe mir nur erlaubt, heute morgen einen kleinen Mord zu begehen.«

## 2

»Mord? Unsinn!« schnaubte Zeno. »Die Tat war durchaus berechtigt. Der Kerl war überflüssig auf dieser Welt.«

Wir Marschälle und Generäle atmeten auf. Wir hatten uns alle schon zum Tode verurteilt und von den Mauern der Stadt baumeln sehen. Ohne auch nur das geringste Anzeichen der Reue sagte Theoderich zum Kaiser: »Ich rächte nur die Kränkung, die meiner königlichen Schwester zugefügt wurde.«

Er hatte mir bereits erzählt, wie er Rekitach auf der Straße getroffen, dessen »Fischgesicht« erkannt, sein Messer gezogen und den Sohn Strabos auf der Stelle am hellichten Tag erstochen habe.

»Dennoch«, sagte Zeno mit steinerner Miene, »was Ihr getan habt, ziemt sich nicht für einen römischen Konsul. Der Purpur verleiht keineswegs das Privileg der Immunität, Theoderich. Ich kann es nicht hinnehmen, daß mein Volk denkt, ich würde im Alter allzu nachsichtig. Und das würde es zweifellos denken, könntet Ihr weiterhin meine Gastfreundschaft in Anspruch nehmen.«

»Ihr wollt also, daß ich Konstantinopel verlasse, Hoheit?«

»Richtig. Und ich will, daß Ihr nach Ravenna geht.«

Theoderich hob die Augenbrauen.

»Ein Mann Eurer kriegerischen Natur verdient einen würdigeren Gegner als einen abgetakelten Königssohn.«

»Einen König etwa?« fragte Theoderich amüsiert. »Ihr wollt, daß ich ein Messer in den König von Rom hineinjage?«

»Nun, zumindest könnt Ihr seine aufgeblasenen Pläne durchkreuzen«, antwortete Zeno, und wir Begleiter Theoderichs tauschten einen Blick. Endlich kam der Kaiser zur Sache, nachdem er sich so lange unentschlossen gezeigt hatte. »Odoaker hat meine Geduld lange genug auf die Probe gestellt. Er hat sich ein volles Drittel der Ländereien in Italien angeeignet – private Ländereien, kirchliche hat er verschont, um sich die Hoffnung auf ein Leben im Jenseits nicht zunichte zu machen. Das ist schamloser Diebstahl, und nicht einmal Landlose profitieren davon. Kein Bauer wird jemals auch nur einen Morgen davon zu sehen bekommen. Odoaker wird die Ländereien ausschließlich unter seinen Hofbeamten, Präfekten und Statthaltern aufteilen. Es ist ungeheuerlich!«

Keiner von uns lächelte, obwohl wir sehr wohl wußten, daß Zeno nur vorgab, rechtschaffen schockiert zu sein. Es kümmerte ihn kein bißchen, ob Odoaker nun von reichen Römern stahl, Landlose überging oder zu seinen Höflingen allzu großzügig war. Ihn wurmte nur, daß diese Abtretungsmaßnahme Odoakers Stellung in seinem Volk festigen würde. Die Großgrundbesitzer, denen er Land wegnahm, waren zu wenige an der Zahl, als daß sie ihm hätten schaden können. Der reichste Landeigentümer, die Kirche, würde ihn segnen, wenn er ihren Besitz unangetastet ließ. Die

Legislatoren und Administratoren, denen er das Land übertrug, wären enger an ihn gebunden und würden seine Herrschaft sichern. Die wichtigste Folge von allem wäre, daß das gesamte gemeine Volk Italiens seinen Namen preisen würde, ganz einfach deshalb, weil die unteren Klassen überall auf der Welt sich stets freuen, wenn jemand die Reichen erleichtert und in Unruhe versetzt, sogar, wenn sie selbst nichts davon haben.

»Ich tadelte Odoaker heftig dafür, daß er seine Kompetenzen überschritten hat«, fuhr Zeno fort. »Natürlich antwortete er pflichtschuldigst mit den aufrichtigsten Beteuerungen seiner unverminderten Treue und Ergebenheit und sandte mir all die römischen Krönungsinsignien – das purpurne Diadem, die sternförmige Krone, das juwelenbesetzte Szepter und den Reichsapfel – die unschätzbaren Herrscherinsignien, die während der vergangenen fünfhundert Jahre jeden römischen Kaiser schmückten. Dies tat er vermutlich, um mir zu versichern, daß er zumindest nicht nach dieser Herrschaft strebt. Ich fühle mich geschmeichelt, im Besitz dieser Insignien zu sein, aber es stimmt mich nicht versöhnlich, weil Odoaker mir immer noch unverschämt die Zähne zeigt. Er weigert sich, jene Anordnung zur Abtretung von Ländereien rückgängig zu machen. Ich duldete sein anmaßendes Verhalten schon zu lange. Jetzt will ich den Mann aus dem Wege haben. Und ich will, daß Ihr das übernehmt, Theoderich.«

»Das wird nicht leicht sein, Hoheit. Odoaker besitzt die Loyalität aller weströmischen Legionen, und er hat sich auch bei anderen westlichen Volksstämmen um Verbündete bemüht, bei den Burgundern und den Franken ...«

»Wenn es einfach wäre«, erklärte Zeno maliziös, »würde ich meine Frau Ariadne senden, oder den Eunuchen Myros, oder die Palastkatze. Eben weil es nicht einfach ist, bitte ich einen starken Krieger.«

»Und ich glaube, daß die Mission erfolgreich verlaufen wird, Hoheit. Euch sollte nur bewußt sein, daß es nicht über Nacht geschehen kann. Mein eigenes ostgotisches Heer wird dazu nicht ausreichen, selbst wenn König Fewas Rugier mich unterstützen. Ich muß mehr Streitkräfte heranziehen, Odoaker wird davon erfahren und seinerseits ...«

»Ich werde es Euch noch schwerer machen«, unterbrach ihn

der Kaiser. »Da Ihr von zusätzlichen Streitkräften sprecht: Ihr werdet doch wohl nicht mit den donauländischen Legionen rechnen, die derzeit unter Eurer Befehlsgewalt stehen?«

»Natürlich nicht«, gab Theoderich steif zurück. »Wir können nicht römische Legionen gegeneinander marschieren lassen. Das würde spalten, was vom Reich noch vorhanden ist.«

»Genau aus diesem Grunde muß ich Euch noch eine Bedingung auferlegen: Wenn Eure Soldaten von Novae nach Italien marschieren, werden sie nicht von dem Land leben, solange sie sich auf oströmischem Boden befinden. Wenn Ihr die östlichen Provinzen durchquert, werdet Ihr von der Bevölkerung weder Abgaben noch Marschverpflegung verlangen. Erst wenn Ihr in Pannonien den Boden des einstigen Westlichen Imperiums betretet, ist es Euren Truppen erlaubt, das Land zu plündern und zu verheeren.«

Theoderich runzelte die Stirn. »Das würde heißen, daß wir für eine Strecke von dreihundert römischen Meilen Vorräte mitführen und deshalb die nächste Ernte abwarten müssen. Wegen unseres späten Aufbruchs wird es Winter sein, wenn wir in Pannonien ankommen, und wir werden gezwungen sein, dort zu überwintern. Dann sind es immer noch vierhundert Meilen bis zur italienischen Grenze. Es kann Sommer werden, bis wir auf Odoakers Truppen stoßen – oder bis diese uns aufspüren.«

»Ihr habt mir gesagt, ich solle keinen schnellen Erfolg erwarten«, antwortete Zeno achselzuckend.

»Also gut«, gab Theoderich zurück und warf sich in die Brust. »Ich kenne nun meine Mission und weiß, welches Ziel ich zu erreichen habe. Ich sehe ein, daß gewisse Einschränkungen notwendig sind. Nun, Hoheit, darf ich erfahren, was ich im Falle eines Sieges gewinne?«

»Alles. Die Halbinsel Italien. Ganz Latium, von wo aus sich das größte Reich, das die Welt je gekannt hat, entwickelte. Die Ewige Stadt Rom, welche einst die Welt bedeutete. Die kaiserliche Hauptstadt Ravenna. Andere reiche Städte Italiens und all die reichen Lande dazwischen. Schafft Odoaker rex beiseite und Ihr werdet Theodoricus rex.«

»Rex … rex …« wiederholte Theoderich nachdenklich. »Der Titel ist überflüssig. Mein Name Thiudareichs enthält ihn schon.«

Zenos Übersetzer hatte Schwierigkeiten mit diesem Wortspiel und wurde noch nervöser, als er Theoderichs nächste kühne Frage wiedergab: »Und ich selbst, Hoheit? Was werde ich dann sein? Euer Verbündeter, Euer Untergebener oder Euer Sklave?«

Der Kaiser sah Theoderich einen Augenblick lang streng an. Doch dann wurde sein steinerner Gesichtsausdruck weicher, und er sagte freundlich: »Wie Ihr bemerktet, sind Titel oft fragwürdig und ein wohlfeil Ding. Wir wissen beide sehr wohl, daß Ihr der einzige seid, der diese Mission für mich erfüllen kann. Also werde ich keine Ausflüchte gebrauchen. Wenn es Euch gelingt, Odoaker die italische Halbinsel zu entreißen, werdet Ihr sie auch regieren. Als mein Gesandter, mein Stellvertreter, als Verwalter an des Kaisers Statt. Ich werde mich nicht in Eure Regentschaft einmischen. Wenn Ihr wollt, macht daraus das neue Reich der Ostgoten. Es ist viel fruchtbarer, viel schöner, viel wertvoller als die Ländereien, die Euer Volk in Moesien beansprucht. Was immer Ihr auch aus dem eroberten Land macht – selbst wenn Ihr das Westliche Imperium in all seiner Größe und Macht wiederherstellen solltet –, es wird Euch gehören. Zwar werdet Ihr in meinem Namen regieren, aber Ihr werdet regieren.«

Theoderich nahm sich Zeit, um über das Gehörte nachzudenken. Dann nickte er, lächelte, neigte den Kopf vor dem Kaiser, machte uns anderen ein Zeichen, dasselbe zu tun, und sagte: »Habai ita swe. Eithe houto nai. So sei es.«

Auf unserem Rückweg nach Moesien trennten wir uns in Hadrianopolis. Theoderich, Soas, Pitzias und Herduich nahmen jeder einen Teil unserer Truppen mit und schwärmten von West nach Ost in verschiedene Richtungen aus, um in jedem Stamm, Gau und in jeder Sippschaft neue Rekruten für unser Heer auszuheben. Mit nur zwei Dienstmannen reiste ich selbst geradewegs nach Novae, weil Theoderich mich gebeten hatte, meine Arbeit an der gotischen Geschichte wieder aufzunehmen. Wenn er bald, wie er sich ausdrückte, Monarch über mehr würde, als er ohnehin schon sei, dann wünsche er, daß die Geschichte seines Volkes und der Stammbaum seiner Familie von allen zeitgenössischen Monarchen entsprechend gewürdigt werden könne.

Als unser Heergefolge schließlich bereit war, sich gen Italien in Bewegung zu setzen, zählte es mit den Neukriegern und den Veteranen etwa sechsundzwanzigtausend Mann. Zusammen mit König Fewas achttausend Rugiern besaß Theoderich somit eine Streitmacht von vierunddreißigtausend Fußsoldaten und Reitern – mehr als acht reguläre römische Legionen. Doch es erforderte noch mehr Zeit, eine solche Zahl von Kriegern zu rüsten, und Theoderich stürzte sich, sobald er wieder in Novae ankam, in die Vorbereitungen zum Aufbruch.

Das gesamte Heer mußte in leichter zu befehligende Einheiten wie Legionen, Kohorten, Zenturien, Zeltgemeinschaften und Schwadronen aufgeteilt werden und für jede Organisationsebene mußten Befehlshaber ernannt werden. Die frisch ausgehobenen Rekruten bedurften der Ausbildung, und diejenigen, die zwar erfahrener waren, jedoch schon eine Weile nicht mehr gekämpft hatten, mußten nochmals zur Übung in der Handhabung der Waffen unterwiesen werden. Für Soldaten, die kein Reittier besaßen, mußten Pferde aufgetrieben und abgerichtet werden, manche mußten erst noch zugeritten werden. Für den Marschproviant mußten Karren beschafft und neue gebaut werden. Seilwinden wurden geflochten und für die Wurfmaschinen eichene Balken geschnitten; zum Ziehen der schweren Karren wurden Ochsen gebraucht. Männer mußten mit Rüstungen ausgestattet werden, in manchen Fällen sogar mit Stiefeln und Kleidern. Schwerter, Speere und Messer wurden als Ausrüstung für die Krieger und als Ersatzwaffen angefertigt. Zahllose Pfeile wurden mit Spitzen versehen und befiedert, und zusätzliche Bogensehnen wurden gedreht und gespannt. Jedermann mußte mit genug Proviant versorgt werden – sowohl hier im Lager als auch auf dem Marsch. Die Männer, die nicht der Ausbildung oder der Übung mit Kriegswaffen bedurften, wurden zur Einbringung der Ernte oder zum Schlachten eingeteilt. Als dann das Korn gedroschen, geworfelt und in Säcke gefüllt war, als Wein, Öl und Bier in Fässer gefüllt und das Fleisch getrocknet, geräuchert oder gesalzen war, verteilte Theoderich diese Vorräte wie einst König Fewa. Kähne brachten Ladungen mit Lebensmitteln stromaufwärts und deponierten sie nach und nach entlang unserer Wegstrecke.

Die Geschäftigkeit und das Getriebe konnten natürlich nicht im geheimen vonstatten gehen, so daß Odoaker seinerseits Vorbereitungen traf, und auch diese blieben keinem verborgen. Reisende, die aus dem Westen kamen, berichteten uns, daß Truppen aus allen Teilen Italiens nach Norden rückten. Unsere militärischen Kundschafter, die diese Bewegung ausspionieren sollten, berichteten etwas ausführlicher, daß die Größe der Truppen ungefähr der unsrigen entspreche und daß sie sich in einer Verteidigungsposition sammelten. Die unsichtbare Trennungslinie zwischen dem Westlichen und dem Östlichen Imperium in der Provinz Pannonien war nicht genau festgelegt, und schon immer hatten beide Reiche versucht, diese Grenze zu ihrem jeweiligen Vorteil zu verschieben. Odoaker hätte jedes Recht gehabt, von den italischen Provinzen aus zumindest halbwegs nach Pannonien hinein vorzurücken und uns dort zu konfrontieren. Doch den Berichten nach zu urteilen befahl er seine Truppen viel weiter weg an die östliche Grenze der östlichsten Provinz Venetien, entlang des Isonzo, der von der Julischen Alp bis zum Adriatischen Meer fließt.

Nachdem er diese Berichte erhalten hatte, berief Theoderich eine Versammlung ein, um die Lage zu besprechen. Der Rat bestand aus ihm selbst, den Marschällen Soas und mir, den Generälen Ibba, Pitzias und Herduich, seinem Verbündeten Fewa und dessen Sohn Frido, der nun endlich einen Krieg zu sehen bekam, wie ich es ihm schon lange versprochen hatte.

Theoderich hub an: »Odoaker hätte beschließen können, uns im wilden Pannonien anzugreifen, weitab von Rom, was uns vielleicht davon hätte abhalten können, die geweihte Erde zu entheiligen. Stattdessen versperrt er nur entschieden die Tür. Es ist fast, als wolle er sagen: ›Theoderich, du kannst das umstrittene Land Pannonien behalten. Doch hier in Venetien, an der Grenze des Imperiums Italien, hier bestimme ich.‹«

Herduich meinte: »Das könnte ein großer Vorteil für ihn sein. Ein Heer ficht auf heimatlichem Boden immer am verbissensten.«

Pitzias meinte: »Das heißt, daß wir mehr als sechshundert römische Meilen marschieren müssen, nur, um mit ihm handgemein zu werden. Der Marsch wird unsere Mannen ermüden.«

»Zumindest«, meinte Ibba, »werden wir uns nicht durch die gesamte Strecke hindurchkämpfen müssen.«

»Wenn wir nicht die ganze Wegstrecke über kämpfen müssen,

dürfte der Marsch nicht allzu kräftezehrend sein«, meinte Soas. »Vor achtzig Jahren legte der Westgote Alarich dieselbe Strecke zurück, und seine Streitkräfte waren wesentlich schlechter ausgestattet als unsere. Er marschierte bis vor die Tore Roms und brach sie nieder.«

»Ja«, sagte Theoderich. »Meiner Meinung nach gibt es keine bessere Route als diejenige, die Alarich nahm. Wir folgen der Donau bis Singidunum und dann der Save bis Sirmium. Bis dahin haben wir ungefähr die Hälfte unserer Strecke zurückgelegt und überwintern dort. Wenn wir weiterhin der Save durch das restliche Pannonien folgen, kann uns auf dem Durchmarsch durch Savien und Noricum Mediterraneum nichts davon abhalten, von dem zu leben, was das Land hergibt. Am Oberlauf der Save kommen wir nach Aemona, wo wir viel Nützliches erbeuten können. Von dort aus müssen wir bis zum Isonzo nur noch ein Flachland überqueren. Wir werden im späten Frühjahr vor Odoakers Toren stehen.«

Wir anderen murmelten zustimmend. Dann ergriff König Fewa das Wort, und es war das erste Mal, daß ich ihn sprechen hörte: »Ich möchte etwas bekanntgeben«, sagte er mit seinem schweren rugischen Akzent.

Wir sahen ihn alle erwartungsvoll an.

»In der Aussicht und Überzeugung, daß ich bald einen Teil des einstigen römischen Reiches regieren werde, habe ich beschlossen, meinen Namen zu romanisieren.« Er rümpfte seine kurze Nase und sah uns hochmütig an. »Von nun an möchte ich Feletheus genannt werden.«

Prinz Frido zuckte vor Verlegenheit und Überraschung zusammen. Wir anderen starrten Löcher in die Luft und versuchten, ein Lächeln zu unterdrücken. Fewa-Feletheus war genauso aufgeblasen wie seine Gemahlin, Königin Giso, und ich fragte mich, wie diese beiden bloß einen so bescheidenen, liebenswerten Sohn hervorgebracht hatten.

»Euer Name sei Feletheus«, sagte Theoderich gutgelaunt. »Doch nun, Freunde, Verbündete, Männer: Laßt uns unserem Namen *Krieger* Ehre machen!«

So schwang sich Theoderich an einem herrlich frischen Herbsttag des Monats Scheiding, der von den Goten Gairu und heute September genannt wird, im ersten Monat des römischen

Jahres 1241, im Jahr 488 nach christlicher Zeitrechnung, in seinen Sattel, rief: »Atgadjats!«, und die Erde vibrierte unter abertausenden von Füßen und Pferdehufen und dem Rollen vieler hundert Wagenräder, als unser mächtiger Zug gen Westen, gen Rom aufbrach.

*

Die ersten zweihundertundvierzig Meilen unseres Marsches waren erwartungsgemäß nicht sehr hart, keine Hindernisse stellten sich uns in den Weg und wir waren nicht gezwungen zu kämpfen. Das Wetter im September und Oktober eignet sich vorzüglich zu einem solchen Unternehmen, es ist tagsüber nicht zu heiß zum Marschieren und nachts noch warm genug, um im Freien zu übernachten. Die Jahreszeit verdient ihren früheren Namen »Speermonat«, denn es gibt genug Wild zum Jagen. Wir sandten unseren Kolonnen Vorreiter voraus – oft waren auch Frido und ich darunter –, die sowohl Ausschau hielten als auch jagten. Die Vorreiter erlegten Tiere, die sich als Nahrung eigneten, und wilde Vögel, brachen Obst, Oliven und Trauben und brachten Geflügel von Bauernhöfen. Das war natürlich gegen die mit dem Kaiser getroffene Vereinbarung, seinen hier ansässigen Untertanen keinen Tribut abzuverlangen, doch selbst Zeno hätte zugestanden, daß man Soldaten kein allzu gutes Benehmen aufzwingen kann.

Unterwegs schlossen sich uns des öfteren zusätzliche Trupps von Kriegern an, die uns feierten und begierig darauf waren, mit uns zu marschieren und zu kämpfen. Es waren Angehörige zahlreicher kleiner germanischer Völkerschaften – Warnen, Langobarden, Heruler – manchmal nur eine Handvoll, manchmal alle waffenfähigen Männer eines ganzen Stammes, und viele waren weit gereist, uns zu treffen. Es war eine Plage, sie in ein bereits organisiertes Heer zu integrieren, und die Offiziere, deren Aufgabe das war, knirschten mit den Zähnen, doch Theoderich lehnte keinen der neugewonnenen Verbündeten ab. Im Gegenteil, er scheute keine Mühe, sie als unsere Kameraden zu begrüßen. Jedesmal, wenn eine ansehnliche Truppe beieinander war, hielt er ein Ritual ab, in dessen Verlauf sie ihm und er ihnen die Treue schwor. Auch die arianischen Geistlichen, die unser Heer begleiteten, knirschten mit den Zähnen: Wie ich wohl wußte, nahm unser König seinen Glauben nicht sehr ernst. Und da die meisten unserer Neukrieger der heidnischen Religion anhingen, schwor Theoderich entgegenkommend seinen Eid auf den heidnischen Kriegsgott Wotan.

Diese ersten zweihundertundvierzig Meilen brachten uns schließlich nach Singidunum, wo die Save in die Donau mündet. Am Flußufer entlang schlugen wir unser Lager auf und blieben einige Tage, teilweise, um unsere Vorräte von diesem oder jenem wieder aufzustocken, teilweise, um den Truppen die Gelegenheit zu geben, aus den Annehmlichkeiten der Stadt Nutzen zu ziehen. Singidunum war nun von der Legio IV Flavia belegt, und während wir in der Nähe der Stadt lagerten, gingen viele Soldaten dieser Legion zu Theoderich über.

In Singidunum hatte ich meinen ersten richtigen Kampf erlebt, und als ich durch die Straßen der Stadt ging, hatte ich das Gefühl, als gehörten sie mir. Mein Begleiter, Prinz Frido, war noch aufgeregter als ich, denn ich hatte ihm alles über die Belagerung von Singidunum und den Sieg über die Sarmaten und König Babai erzählt, als wir auf dem Weg nach Novae mit dem Kahn an der Stadt vorbeigefahren waren.

»Jetzt, Saio Thorn«, rief er eifrig, »jetzt müßt Ihr mir alles zeigen, was Ihr mir beschrieben habt.«

»Also gut«, sagte ich, als wir durch die Straßen gingen. »Dort vor uns sind die Tore, die von unseren Trompeten von Jericho gesprengt wurden. Sie wurden mittlerweile wieder aufgebaut.«

Etwas weiter erklärte ich: »Hier spießte ich einen schuppenbepanzerten sarmatischen Krieger auf, und dort drüben schlitzte Theoderich dem Verräter Camundus den Bauch auf. Von der Mauer dort wurden die Leichen hinuntergeworfen und verbrannt, und hier ist das Zentrum der Stadt, wo wir unseren Sieg mit einem Festmahl feierten.«

Doch schließlich sagte ich: »Ich danke dir, mein Freund, daß ich dich mit den Erinnerungen eines alten Haudegens unterhalten durfte. Jetzt laß mich allein und amüsiere dich auf eigene Faust. Ich will erforschen, wo ein alter Krieger hier Zerstreuung finden kann.«

Frido lachte verständnisvoll und ging allein weiter.

Von Singidunum aus führte unser Marsch am Nordufer der Save entlang, was hieß, daß wir nun in der Provinz Pannonien waren und plündern konnten, wie wir wollten, ohne irgendwelche Abmachungen zu verletzen. Doch wir fanden nur wenige Menschen, die wir ausplündern konnten, und selbst diese hatten nicht viel. Unser Ruf war uns vorausgeeilt, und es war schon lange sprichwörtlich, daß ein Volk auf der Wegstrecke eines anrückenden Heeres nur eine Alternative hat: fliehen oder fasten. Die Bauern, die ihre Ernte eingebracht hatten, hatten beschlossen zu fliehen und ihre Erzeugnisse und Herden mitgenommen. Doch wir besaßen noch genug Proviant. Kähne voller Lebensmittel warteten in regelmäßigen Abständen an der Save entlang auf uns, es gab immer noch genug Wild, und am Ufer entlang wuchs zwar trockenes, aber genügend Gras für unsere Pferde.

Achtzig Meilen stromaufwärts von Singidunum näherten wir uns der Stadt Sirmium, und Theoderich schickte einen Herold voraus mit der Warnung, die noch von unseren plündernden Vorfahren stammte: »Tributum aut bellum! Tribut oder Krieg!« Obwohl der größte Teil unseres Heeres die Stadt noch nicht einmal erblickt hatte, blies der Wind in unsere Richtung, und wir schnappten alle verzweifelt nach Luft und würgten und fluchten, denn die Stadt stank schrecklich. Bald fanden wir heraus, warum. Die Landschaft um Sirmium schien sich vorzüglich zur Schweinezucht zu eignen, deshalb war die Stadt das Schlachthaus ganz Pannoniens – vielleicht sogar Europas –. Sie exportierte Schweinefleisch, Schweinsleder, Schweineborsten und alle anderen Produkte, die mit Schweinen zu tun haben.

Vorsichtigerweise hatte die Stadt eingewilligt, Tribute abzugeben, doch wir wurden natürlich nicht gerade freudig begrüßt, als wir in deren stinkende Außenbezirke einmarschierten. Weil die Bürger einer Stadt nicht so ohne weiteres in der Lage sind, ihre Besitztümer zu nehmen und zu fliehen, waren die Vorratslager der Stadt gut gefüllt. Es gab nicht nur Schweinefleisch, sondern auch Korn, Wein, Öl, Käse und vieles andere mehr – genug, um unser Heer bequem über den Winter zu bringen, und wir beschlagnahmten alles. Allerdings hielt uns Sirmiums einzige Verteidigungswaffe, der faule Gestank, von der Stadt fern, und wir besetzten und verwüsteten nichts, brachten keine Truppen in den Häusern unter und belästigten auch die Bevölkerung nicht, sondern schlugen unser Winterlager absichtlich in einiger Entfernung von der Stadt und gegen den Wind auf.

Auch mußten wir uns ohne die trefflichen Zerstreuungen zufrieden geben, deren Komfort wir in Singidunum genossen hatten. Das heißt, daß Sirmium noch lange, nachdem wir jede Sau in den Viehhöfen der Stadt und jeden Rest konservierten Fleisches in den Speichern gegessen hatten, immer noch nach Schweineställen und Fleischabfällen stank. Selbst die Badestuben und Huren rochen so streng, daß man sich ihnen nicht nähern wollte. Keiner von uns – Prinz Frido und mich eingeschlossen – verspürte den Wunsch, in die Stadt zu gehen. Und so kam es, daß unsere Männer den ganzen Winter über gewissenhaft auf ihren Posten blieben und in der frischen Luft des Lagers ihren militärischen Pflichten nachgingen.

## 3

Mit dem linden Wetter des Vorfrühlings nahmen wir unseren Marsch gen Westen wieder auf. Doch es ging nicht so einfach voran, wie wir es uns vorgestellt hatten. Ungefähr sechzig Meilen stromaufwärts von Sirmium, an einem Ort namens Vadum, wurden wir von einer feindlichen Schar aus dem Hinterhalt überfallen. Vadum ist keine Stadt oder Ansiedlung. Der Name bezeichnet nur eine Furt, da an dieser Stelle die Straße vom hügeligen Nordufer der Save zum flacheren kreuzt. Es lag auf der Hand, daß unser großes Heergefolge, die Pferde und Karren, die schwerfällig über die Furt rumpelten – noch dazu in so kaltem Wasser, daß Pferde wie Reiter gleichermaßen davor zurückschreckten –, ein leichtes Angriffsziel bot.

Ich nahm an jenem Tag nicht am Kampf teil, denn ich befand mich gerade mitten im Fluß, als die Schlacht entbrannte, doch Theoderich und Ibba waren schon am gegenüberliegenden Ufer angekommen, und sie sammelten schnell ihre Männer um sich. Wir Ostgoten waren wegen unserer nassen Rüstungen und den von der Kälte erstarrten Gliedern benachteiligt, aber trotzdem waren wir den angreifenden Gepiden unter König Thraustila zahlenmäßig so überlegen, daß wir sie leicht abwehrten und zurückdrängten. Die Schlacht war schnell vorüber, und auf jeder Seite waren ungefähr einhundert Männer verletzt oder tot und eine größere Anzahl Pferde verendet. Als die überlebenden Gepiden zusammengetrieben, entwaffnet und gefangengenommen waren, erfuhren wir, warum wir von unseren gotischen Kameraden angegriffen worden waren.

Die Gefangenen berichteten, daß König Thraustila nach Höherem strebte. Er hätte sich zwar wie König Feletheus mit Theoderich verbünden können, doch hatte er angenommen, daß kein barbarisches Heer es schaffen würde, über die Ewige Stadt Rom und Odoakers Legionen die Oberhand zu gewinnen. So schlug er sich auf die Seite desjenigen, der seiner Meinung nach als Sieger hervorgehen würde. Ihm war zwar klar, daß er uns nicht schlagen konnte, aber vielleicht hoffte er, unser Heer zu dezimieren oder zumindest unseren Weitermarsch zu behindern, dadurch Odoakers Gunst zu gewinnen und einige der Früchte zu ernten, die Odoakers Sieg über unsere Armee mit sich bringen würde. Selbst wenn sich herausgestellt hätte, daß König Thraustila richtig kombinierte und entschied, hätte er nichts davon gehabt, denn er war einer von zwei Königen, die in der Schlacht zu Vadum den Tod fanden. Das andere Opfer war der zwar eingebildete, doch unbestreitbar tapfere rugische Feletheus.

Theoderich hätte die überlebenden Gepiden auffordern können, sich seinem Heer anzuschließen. Das war üblich – und außerordentlich praktisch – nach Schlachten, die sich Barbaren lieferten. In diesem Fall jedoch bot Theoderich diese Möglichkeit nicht an, weil die Gepiden versucht hatten, ihn von einem Ziel abzuhalten, von dem ihr eigenes Volk ebenso reichlich profitiert hätte wie alle anderen Goten. Theoderich ließ die Gefangenen einfach frei und forderte sie auf, ehrlos, entwaffnet und entlassen zu ihrem Stamm zurückzugehen. Verächtlich schlug er ihnen beim Abschied vor: »Nehmt euch eine Frau unter den Witwen eurer gefallenen Kameraden, laßt euch nieder und macht es euch in euren Familien bequem. Zu mehr taugt ihr nicht.«

Wir anderen blieben noch lange genug in Vadum, um die Gefallenen zu begraben. Die sterblichen Überreste der Rugier und anderer gefallener Heiden, wie die der arianischen Ostgoten und

Gepiden, wurden mit dem Kopf gen Westen begraben. Dies ist ein uralter Brauch aller germanischen Völker – viel älter als der arianische oder katholische oder irgendein anderer christlicher Glaube – der auf der Vorstellung beruht, daß die Toten so weiterhin »den Sonnenaufgang sehen können«. Die Kirche hätte solch eine heidnische Sonnenanbetung gerne abgeschafft, doch es gelang ihr nicht, und sie verfügte daraufhin heuchlerisch, daß Christen fürderhin mit den Füßen gen Osten begraben werden sollten, weil dies »die Richtung sei, in die Christen am Jüngsten Tag aufbrechen sollten«.

Während die Gefallenen begraben wurden und die uns begleitenden Wundärzte und Geistlichen die Verwundeten versorgten, wandte Theoderich sich an mich und seine anderen Marschälle und Offiziere: »Jetzt haben unsere rugischen Verbündeten einen Burschen zum König. Was meint Ihr? Soll ich einen älteren und erfahreneren Mann benennen, der ihm hilft, das Kommando zu führen? Der Junge ist schließlich erst fünfzehn oder sechzehn Jahre alt.«

Herduich sagte: »Ich beobachtete, wie Frido im dichtesten Kampfgetümmel die Waffe schwang. Der Junge ist zwar noch nicht stark genug für den Schwerthieb, aber er beherrscht den Stoß.«

»Ja«, stimmte Pitzias zu. »Er verteidigte sich standhaft gegen seine Gegner.«

Daraufhin sagte ich: »Ich habe Frido zwar noch nicht kämpfen sehen, doch ich kann bestätigen, daß er sich in anderer Hinsicht wie ein erwachsener Mann verhält.«

»Ihr solltet daran denken, Theoderich«, meinte Soas, »daß Alexander, den Ihr so sehr verehrt, schon im Alter von sechzehn Jahren in Makedonien befehligte.«

»Also abgemacht«, erwiderte Theoderich jovial. »Soll sich der Bursche beweisen! Habai ita swe.«

So fand also, bevor wir Vadum verließen, eine Zeremonie statt, in deren Verlauf der Treueeid geschworen wurde. Der junge König schwor im Namen des Göttervaters Wotan, daß er klug und gütig über sein Volk herrschen würde, die rugischen Soldaten schworen, daß sie ihrem König gehorsam und mutig folgen würden, wohin auch immer er sie führe. Er fügte hinzu: »Ich nehme die Herrschaft über die Rugier an, und zugleich nehme ich einen neuen Namen an – aber keinen weibischen römischen Namen. Fortan bin ich Friderich, König freier Menschen.« An dieser Stelle brachen die Rugier in Hochrufe aus, und Theoderich und ich und jeder weitere Ostgote und alle unsere Verbündeten stimmten mit ein.

*

Der junge Friderich führte sein erstes Kommando in Siscia, der nächsten Stadt auf unserer Marschroute, die an der Save in der Provinz Savien liegt. Die Bürger Siscias freuten sich genausowenig wie die Bürgerschaft von Sirmium als sie unser Heer anrücken sahen, und sie setzten alles daran, uns wissen zu lassen, daß wir nicht willkommen waren. Da die Stadt keine Garnison besaß, die uns hätte abwehren können, und die Stadtmauern zu schwach waren, als daß man uns hätte ausschließen können – nicht einmal ein fauler Gestank hing in der Luft, der uns vertrieben hätte –, machte sie sich die Verteidigungstaktik einer Schnecke oder Schildkröte zu eigen: Siscia zog sich in eine harte Schale zurück und forderte uns auf, sie zu knacken.

Seit die Stadt vor ungefähr einem halben Jahrhundert von den Hunnen geplündert und verwüstet worden war, hatte sie nie mehr ihre einstige Größe und Pracht wiedererlangt. Doch vor Attilas Zeit war Siscia eine der Städte des römischen Reiches gewesen, in der Münzen geprägt wurden und in der sich ein Schatzhaus befand. Dieses Gebäude war noch unverwüstet, obwohl es seinen Zweck nicht mehr erfüllte. Mit seinen dicken, fensterlosen Mauern aus Stein, seinen mit Eisen beschlagenen und mittels Schraubenbolzen gesicherten massiven Eichenholztoren und dem feuersicheren Bronzedach war dies Gebäude sogar für die Hunnen unbezwingbar gewesen. Nun hatte die Bürgerschaft in Erwartung unseres Eintreffens alles, was wir hätten beschlagnahmen können, dort eingeschlossen und eine Wache aufgestellt, welche die Tore versperrte.

Unversehens sahen wir uns vier alten Männern gegenüber, offensichtlich den Stadtvätern, von denen jeder huldvoll, blasiert und selbstgefällig lächelte wie nur je ein Priester.

Theoderich sagte zu ihnen: »Wir sind keine Hunnen. Wir kommen nicht, die Stadt bis auf die Grundmauern niederzureißen. Wir wollen nur unsere Vorräte aufstocken, bevor wir weiterziehen.

Öffnet das Schatzhaus, laßt uns nehmen, was wir brauchen, und ich versichere Euch, daß Euer Gold, Eure Frauen und andere wertvolle Schätze nicht angerührt werden.«

»Oh vái«, murmelte einer der vier Alten, hatte jedoch immer noch ein liebenswürdiges Lächeln aufgesetzt. »Hätten wir von Eurem Edelmut gewußt, wir hätten andere Vorkehrungen getroffen. Doch die Wachen haben ihre Befehle. Sie dürfen die Tore nicht eher öffnen, als bis sie von ihren Fensterschlitzen aus gesehen haben, daß auch der letzte Eindringling die Stadt verlassen hat.«

»Ich schlage vor, daß Ihr diesen Befehl zurücknehmt.«

»Das wird nicht gehen.«

»Ach, ich nehme an, daß es sehr schnell gehen wird«, sagte Theoderich leichthin, »wenn ich zu Euren Füßen ein kleines Feuer anzünde.«

»Das wird nichts nützen. Wir können befehlen, was wir wollen – die Wachen sind verschworen, keiner Bitte, keinem Befehl und keinem Überredungsversuch nachzugeben, selbst wenn Ihr ihre Mütter hier verbrennen würdet.«

Theoderich nickte, als würde er solchen Eigensinn bewundern, doch dann sagte er: »Ich werde Euch nicht mehr bitten. Wenn meine Männer die Mauern brechen müssen, werden sie eine Belohnung für die Schinderei erwarten. Ich werde sie nehmen lassen, was sie finden. Jeden Leckerbissen und jedes Mädchen.«

»Oh vái«, sagte der Alte wieder, sah jedoch kein bißchen beunruhigt aus. »Dann müssen wir einfach beten, daß Ihr es nicht schafft, die Mauern zu brechen.«

»Es geht alles zu Euren Lasten, wenn wir die Schale knacken und den Kern verschlingen«, erwiderte Theoderich. »Geht und betet woanders.«

Als die vier Alten sich selbstgefällig davonmachten, wandte er sich an Friderich: »Gib deinen Mannen etwas zu tun, Junge, und laß sie graben! Siehst du dort drüben? Der östliche Winkel des Gebäudes steht auf einem Abhang. Sag deinen Rugiern, sie sollen dort einen Tunnel graben.«

»Einen Tunnel graben?« wiederholte Friderich unsicher. »Ihr schickt meine Männer in den Tod! Wenn die Grundmauer nachgibt, werden sie von den Steinen zermalmt.«

»Deshalb sollen sie Holzbalken schneiden und die Grundmauern so gut wie möglich stützen. Man nimmt dazu keine grünen Baumstämme, sondern hartes, trockenes Holz.«

»Ich verstehe nicht«, sagte der Junge. »Warum das Gebäude untergraben, wenn Ihr es doch stehen laßt?«

Theoderich seufzte. »Geh' jetzt und befiehl, was ich dir gesagt habe. Sag deinen Leuten, daß sie als erste über die Jungfrauen drinnen herfallen können. Je schneller sie arbeiten, desto früher bekommen sie ihre Belohnung. Habai ita swe.«

Friderich sah immer noch unsicher drein, doch er wiederholte mechanisch »Habai ita swe«, und ging, die Befehle zu erteilen.

»Pitzias, Ibba, Herduich«, rief Theoderich. »Sagt Euren Unterbefehlshabern, sie sollen alle unsere Männer in den Bürgerhäusern einquartieren. Laßt uns diesen ungastlichen Siscianern beibringen, was sich gehört! Wir sollten nicht in Zelten und im Freien schlafen, wenn wir es bequemer haben können, während wir warten.«

Das Graben erwies sich als Schwerstarbeit, aber es war wenigstens nicht gefährlich. »Wie tief soll die Grube werden, Theoderich?« fragte Friderich am fünften oder sechsten Tag. »Sie ist nun ein Viertel eines Stadions tief und breit, und wir finden kaum mehr Holz für die Stützen.«

»Das ist groß genug«, erwiderte Theoderich. »Schicke nun Männer aus, alles einzusammeln, was sie in der Stadt an Olivenöl finden.«

»Olivenöl?«

»Damit sollen sie das Holz tränken und es anzünden. Und sie sollen sich in sicherer Entfernung zum Abhang aufhalten.«

»Ah«, schnaufte Friderich, und man konnte ihm ansehen, daß er den Plan jetzt verstand. Eilends stürzte er fort, um Theoderichs Befehl auszuführen.

Teilweise verstanden auch die Siscianer, als aus dem Graben Rauch aufstieg. Die vier Stadtväter kamen herbeigeeilt, und sie sahen nun nicht mehr blasiert, sondern eher unsicher aus.

»Habt Ihr vor, unsere Jugend in einem Steinofen zu braten?« winselte einer von ihnen. »Die Wachen und die anderen Soldaten – das würden die Kriegsregeln erlauben. Aber unsere Frauen, niu? Unsere Mädchen? Unsere Kinder?«

»Wir haben das Feuer nicht gelegt, um jemanden zu braten«, erwiderte Theoderich. »Sie werden nur ein wenig schwitzen, bevor die Stützen brennen. Dann stürzt die eine Seite des Gebäudes in sich zusammen und ...«

»Oh vái, das ist ja noch schlimmer!« Die Alten rangen die Hände. »Das einzig annehmbare Gebäude, das unserer einst so prächtigen Stadt Siscia erhalten blieb! Selbst Attila hat es ausgespart! Bitte, mächtiger Sieger, löscht das Feuer. Wir werden Euch die Tore öffnen. Laßt uns nur nahe genug herankommen, um den Wachen das verabredete Zeichen zu geben.«

»Das habe ich mir gedacht«, meinte Theoderich trocken. »Doch Ihr hattet Eure Chance. Ich nehme mein Wort nicht so schnell zurück. Unsere Männer mußten wegen Eures Trotzes hart arbeiten. Sie werden dafür belohnt. Eure Frauen, Mädchen und Kinder werden sich wünschen, sie wären gebraten worden.«

Die Alten stießen *ach!* und *vái!* und andere Schreckensrufe aus. Doch dann berieten sie sich, und einer von ihnen ergriff das Wort: »Laßt uns das Gebäude, und wir geben Euch alle, die sich darin aufhalten.«

Theoderich warf ihm einen bitteren Blick zu. »Ihr seid mir die wahren Stadtväter, gewiß aber nicht die Väter derjenigen, die da drin gefangensitzen. Euch ist die Stadt wichtiger als deren Bürger. Doch womit wollt Ihr verhandeln? Was könnt Ihr mir geben, das ich nicht schon habe?«

»Dann habt Erbarmen mit uns! Das Schatzhaus ist das einzige, was Siscia zur Stadt macht.«

»Das stimmt. Es liegt auch in meinem Interesse, auf die Stadt Rücksicht zu nehmen. Wenn das Westreich mir gehört, gehört mir auch Siscia. Ich werde meinen eigenen Besitz nicht plündern. Gut, ich nehme Euer Angebot an. Die Schale bleibt, der Kern ist unser. Geht jetzt und gebt das Zeichen.«

Als die Alten von der Wache abgeführt wurden, winkte Theoderich einen Boten heran und befahl: »König Friderich soll das Schatzhaus umzingeln. Wenn sich die Tore öffnen, soll er das Feuer löschen und die erwachsenen Männer unversehrt aus dem Gebäude kommen lassen. Wie versprochen können seine Soldaten dann mit den anderen verfahren, wie sie wollen.«

Saio Soas brummte: »Ich billige, daß Ihr das Gebäude verschont, Theoderich. Aber ich kann nicht verstehen, warum Ihr die vier kriecherischen Alten laufen laßt.«

»Ich habe nicht vor, sie laufen zu lassen. Erteilt Befehl, Soas, daß die ganze Bevölkerung von Siscia Zeuge dessen ist, was geschieht, wenn das Schatzhaus geöffnet wird. Danach gebt Ihr bekannt, daß die Orgie zu Lasten ihrer eigenen Stadtväter geht. Ich wage zu behaupten, daß die Väter, Ehemänner und Brüder der Bürgerschaft den Alten eine Strafe zuteil werden lassen, die sie verdienen und die vermutlich viel schlimmer sein wird als alles, was wir uns ausdenken könnten.«

*

Frisch versorgt mit Vorräten aus dem Schatzhaus Siscias, brachen wir wieder auf. Doch wir waren gerade fünfzig Meilen stromaufwärts marschiert, als sich uns ein weiteres Hindernis in den Weg stellte. Diesmal traten uns Sarmaten und Skiren in Lamellenpanzern und Kegelhelmen entgegen. Zwei Beweggründe veranlaßten sie dazu: Zum einen waren ihre Stämme so oft überwältigt und geteilt worden, daß sie zu einem elenden Nomadendasein gezwungen waren. Sie hofften nun, wie auch der unglückliche Gepide Thraustila gehofft hatte, unseren Marsch nach Venetien aufzuhalten und damit Odoakers Gunst, ein Stück Land und einen besseren Ruf als den eines Wandervolkes zu gewinnen. Außerdem nagte die Kränkung früherer Niederlagen immer noch an den Herzen der Krieger, und viele wollten sich einfach nur an uns Ostgoten rächen.

Doch ihre Aussichten, Rache zu üben, waren gering, geringer noch als die Thraustilas. König Thraustila war wenigstens der alleinige Befehlshaber über ein einheitliches gepidisches Soldatenheer gewesen. Die Führer dieser kleinen Stämme hingegen waren außerstande gewesen, einem einzigen von ihnen, die militärische Verantwortung zu übertragen. Ihr zusammengewürfeltes Heer war in Kampfstrategien ungeübt. Uns stellte sich eigentlich nur eine unorganisierte Bande entgegen, die zwar mutig war und Kampfgeist zeigte, nicht aber als Streitmacht vorgehen konnte.

Ich brauche die Schlacht nicht bis in alle Einzelheiten wiederzugeben. Sie verlief genauso, wie Theoderich sie geplant hatte, und war vorüber, bevor die Sonne unterging. Dann lagen mehr als zweitausend Männer – größtenteils Skiren und Sarmater – niedergestreckt auf dem Schlachtfeld, und die meisten davon rührten sich nicht mehr. Theoderich nahm keine Gefangenen und verschwendete auch nicht die kostbare Zeit und das Können seiner Heilkundigen für den verwundeten Feind, so daß unsere Fußsoldaten rasch alle verletzten Gegner, die noch ein Lebenszeichen von sich gaben, ins Jenseits beförderten. Doch unser Heer blieb noch lange genug, um nach altem Brauch unsere eigenen Gefallenen geziemend zu begraben. Friderich war in der Nähe auf ein Dorf namens Andautonia gestoßen, das ungefähr einhundert Einwohner zählte. Dort verpflichtete er jeden Mann und jede Frau und trieb sie auf das blutige Schlachtfeld mit dem Befehl, alle gefallenen Sarmaten und Skiren zu begraben oder sich ihrer sonstwie zu entledigen, und unser Heer brach ohne weitere Verzögerung wieder auf.

*

Mitte Juli kamen wir bei großer Hitze in Aemona an. Die Hauptstadt der Provinz Noricum Mediterraneum ist sehr alt – sie soll von dem Argonauten Jason gegründet worden sein –, und es muß dort im Frühjahr und Herbst sehr schön sein. Die Stadt liegt an beiden Ufern eines Nebenflusses der Save und besitzt einen einzigen kleinen Berg, von dessen Spitze aus die weiter entfernten Julischen Alpen und einige näher gelegene Berge zu bewundern sind. Leider liegt der restliche Teil der Stadt in einer von Sumpfland umgebenen Senke, so daß im Sommer die Luft verpestet und alles voller Insektenschwärme ist.

Auf Aemonas einzigem Berg befand sich eine Festung, die in ihrer gewaltigen Größe dem Schatzhaus in Siscia nahekam. Die Bürger der Stadt hätten sicher versucht, ihre Schätze und Besitztümer dort zu verbarrikadieren, wenn nicht die Kunde, daß es Siscia nicht gelungen sei, die Plünderung abzuwehren, unserem langsam sich vorwärtsbewegenden Heer vorausgeeilt wäre. So marschierten wir ungehindert in Aemona ein, und man ließ uns resigniert an dem teilhaben, was es an Vorräten, Waren und Zerstreuungen zu bieten hatte. Davon gab es genug – einschließlich der Thermen, Huren und Weinstuben –, doch wir stöberten keine größeren Schätze an Gold und Edelsteinen auf, weil die Stadt einst von unserem Vorfahren, dem Westgoten Alarich, und danach von Attilas Hunnen geplündert worden war und seither nie wieder zu ihrem einstigen Reichtum zurückgefunden hatte.

Schließlich ließen wir die Stadt und den Sumpf hinter uns, was ein Segen war, doch das Wetter blieb drückend schwül. Gott sei Dank kamen wir bald darauf an den Isonzo, der durch eine hübschere Landschaft floß, mit fruchtbaren Ackerflächen, Gras und Blumen. Wir waren erleichtert und froh, als wir dorthin kamen, obwohl nicht weit weg die italische Provinz Venetien beginnt, wo Odoakers Legionen uns in großer Stärke erwarteten.

## 4

Die unseren Heereskolonnen vorausreitenden Kundschafter waren die ersten, die einen Blick auf das Aufgebot an Streitmächten werfen konnten, das die Grenze zu Venetien verteidigte. Unauffällig spähten sie die Front von Süden nach Norden aus – das heißt, das Gebiet zwischen der Bucht von Triest, wo der Isonzo in das Adriatische Meer mündet, bis an den Fuß der Julischen Alpen, wo der Fluß entspringt – und erstatteten uns dann Meldung.

»König Theoderich«, sagte der Optio, und man merkte, daß er beeindruckt war, »die Zahl der Feinde ist so groß, daß man sie kaum einschätzen kann. Sie sind vier Meilen am Westufer des Flusses entlang postiert. Die meisten Truppen sind natürlich am anderen Ende der Isonzobrücke konzentriert, der einzigen Brücke über den Fluß, genau auf Eurer Marschroute.«

»Das habe ich erwartet«, entgegnete Theoderich gleichmütig. »Odoaker hatte schließlich genug Zeit, seine Männer um sich zu versammeln. Wie hat er die Zeit genutzt, Optio? Welche Verteidigungsmaßnahmen werden seine Legionen gegen uns ergreifen?«

»Sie scheinen sich ganz auf ihre Überzahl zu verlassen«, antwortete der Späher. »Sie haben nur am Fluß entlang ihre Lager aufgeschlagen, saubere, ordentliche Reihen großer Schmetterlingszelte für die Nacht, dazwischen Schuppen mit Vorräten, Pferdekoppeln, Rüstungs-, Schmiede- und Kochzelte, Schweineställe und Pferche für die Schafe, die sie als Verpflegung mit sich führen, alles, was zu einem gewöhnlichen militärischen Lager gehört. Aber sie haben keine Gebäude, Mauern oder Barrikaden errichtet.«

Theoderich nickte. »Sie gehen zu Recht davon aus, daß dies in einen Kampf von Mann zu Mann ausarten wird. Sie wollen sich Spielraum und Bewegungsfreiheit bewahren. Wie steht es mit dem Flußgebiet, Optio?«

»Von der Bucht bis zum Fuß der Alpen ist alles Flachland wie hier auch, nur haben sie an ihrem Flußufer den Wald etwa eine Viertelmeile weit ins Landesinnere hinein gerodet. Ob sie damit genügend Platz für das Lager schaffen wollten, oder ob sie sich Bewegungsfreiheit für die Schlacht sichern oder einfach nur Feuerholz schlagen wollten, weiß ich nicht.«

»Und auf unserer Seite blieb der Wald bis zum Ufer stehen?«

»Ja, König Theoderich. Wie Ihr schon sagtet, hätten sie genug Zeit gehabt, auch dieses Ufer zu roden, wenn sie gewollt hätten. Vielleicht spekulieren sie darauf, daß die Bäume Euch bei der Aufstellung Eurer Truppen hindern werden.«

Theoderich nickte wieder. »Noch etwas, Optio?«

»Ja, etwas ist uns noch aufgefallen.« Der Optio kniete nieder und zeichnete mit einem Stock zwei parallele Linien in den Sand, die den Verlauf des Flusses darstellen sollten, und ein Kreuz, das unseren augenblicklichen Standort markierte. »Auf der Anhöhe gen Norden errichteten sie zwei Terrassen, von denen aus sie Signale senden können. Die Feuer- oder Rauchzeichen werden den ganzen Fluß hinunter gut sichtbar sein.«

»Terrassen?« fragte Theoderich. »Keine Türme?«

»Nein, Terrassen.« Der Optio zeichnete zwei kleine Rechtecke am oberen Ende des Flusses ein. »Ungefähr hier. Sie sind nur leicht erhöht und nicht besonders befestigt, und sie sind nicht weit voneinander entfernt.«

»Gut, gut«, sagte Theoderich. »Es scheint das alte polybische System zu sein. Ich reite in einer der kommenden Nächte hin und schaue mir die Signale an. Thags izvis, Optio. Auch Euren Kameraden sei gedankt. Odoaker wird sicher seinerseits Spähtrupps ausgesandt haben, um unser Vorrücken zu beobachten. Sie werden herausgefunden haben, wie viele wir sind, doch es wäre von Vorteil, wenn die Aufstellung unserer Truppen geheim bliebe. Nehmt Euch so viele zusätzliche Männer, wie Ihr braucht, Optio, und reitet nochmals aus. Räumt die Späher aus dem Wege, bevor wir den Fluß erreichen. So sei es!«

In einer lauen Nacht bat mich Theoderich, mit ihm stromaufwärts zu reiten, um herauszufinden, ob der Fluß an irgendeiner Stelle zu durchwaten sei.

Unterwegs erzählte er mir: »Weil dies gewiß der bedeutendste Feldzug ist, den ich je führen werde, habe ich vor nach alter Sitte den Krieg offiziell zu erklären, bevor ich ihn beginne, und dabei werde ich sowohl römischen als auch barbarischen Traditionen genau folgen. Zum geeigneten Zeitpunkt werde ich auf die Brücke treten und meine Herausforderung verkünden. Ich werde verlangen, daß Odoaker sich kampflos ergibt, bevor er besiegt wird, daß er sich mir auf meinem Marsch nach Rom nicht in den Weg stellt und mich als seinen Nachfolger und Oberherrn anerkennt. Darauf wird er natürlich nicht eingehen. Er oder einer seiner Untergebenen wird ebenfalls auf die Brücke hinaustreten und selber eine Kriegserklärung abgeben. Dann werden wir gemeinsam erklären, daß nunmehr Kriegszustand herrsche. Die Kriegsregeln verlangen nur, daß uns beiden danach genug Zeit gelassen wird, auf unsere jeweiligen Posten zurückzukehren. Erst dann kann der Befehl zum Losschlagen erteilt werden.«

»Aber wann willst du das tun, Theoderich? Willst du unseren Männern vor der Entscheidung noch etwas Ruhe gönnen? Oder willst du Odoaker verspotten, indem du ihn noch länger warten läßt?«

»Weder das eine noch das andere«, antwortete Theoderich. »Übrigens haben sich nicht alle unsere Männer ausgeruht. Wie du weißt, haben wir ehemalige Legionäre darunter, und die tragen römische Harnische. In den vergangenen Nächten schickte ich sie über den Fluß und gab Befehl, sie sollen sich, sobald ihre Kleider trocken sind, unbemerkt unter den Feind mischen und die Ohren aufsperren. Außerdem habe ich genug Wachen aufgestellt, um sicherzugehen, daß vom anderen Flußufer her keine Spione infiltrieren.«

»Und was haben die unsrigen berichtet?«

»Nicht viel. Odoaker ist selbstverständlich ein erfahrener und fähiger Soldat, aber er ist alt. Mindestens sechzig. Mir wurde berichtet, daß er das Kommando über sein Heer einem Jüngeren übertragen hat, der in unserem Alter ist. Der Mann heißt Tufa und ist von Geburt Rugier.«

»Ach, dann wird dieser Tufa alle germanischen Kampfstrategien kennen.«

»Nun, Odoaker auch. Er hat in seinem Leben genug germanische Stämme bekämpft. Nein, daran dachte ich nicht. Ich überlegte nur – wenn dieser General Tufa von derselben Herkunft ist wie unser junger König Friderich, wäre es dann nicht möglich, daß er sich von einem rugischen Landsmann umstimmen ließe ...«

»Du meinst, er würde Odoaker verraten? Das römische Verteidigungssystem untergraben? Vielleicht sogar die Front wechseln?«

»Es ist reizvoll, darüber nachzudenken, aber verlassen kann ich mich darauf nicht.« Theoderich ließ an dieser Stelle das Thema fallen, weil wir bei den stromaufwärts postierten Truppen angelangt waren, die darauf warteten, bei Bedarf den Wald zu roden, und er sagte zum Befehlshaber: »Eure Männer können anfangen, Dekurio. Selbst wenn wir den Fluß hier durchwaten könnten, wären wir zu weit nördlich. Eure Männer sollen uns genug Baumstämme schneiden, für den Fall, daß wir sie brauchen.«

Der Dekurio bellte irgendwelche Befehle in die Nacht hinein, und wenige Augenblicke später hörten wir die ersten Axtschläge. Kurz darauf sagte Theoderich plötzlich: »Schau mal, Thorn!« und zeigte auf das gegenüberliegende Ufer. Dort war die Dunkelheit auf einmal von einem Licht durchbrochen, dann von zweien, dann von vielen.

»Fackeln«, sagte ich.

»Das sind die polybischen Signale«, erwiderte Theoderich. »Fackelschwinger auf jenen Terrassen, von denen man uns berichtet hat.« Er stieg von seinem Pferd. »Laß uns einen Platz auf der Lichtung suchen, von wo aus wir besser sehen und lesen können, was sie zu sagen haben.«

»Ich konnte nicht einmal die Leuchtturmfeuer von Konstantinopel lesen«, gestand ich, als wir uns am Ufer niederließen.

»Das polybische System ist recht einfach. Licht des Nachts und Rauch bei Tag. Die zwanzig Buchstaben des römischen Alphabets sind in fünf Vierergruppen aufgeteilt. A, B, C, D und dann E, F, G, H und so weiter. Die fünf Fackeln auf der linken Plattform dort drüben zeigen die Gruppe an. Siehst du? Eine der Fackeln wird für einen Augenblick über die anderen erhoben. Auf der rechten Plattform wird eine der vier Fackeln erhoben, um anzuzeigen, um welchen Buchstaben es sich handelt.«

»Ja, jetzt kann ich es erkennen«, sagte ich. »Auf der linken Seite wird die zweite Fackel erhoben. Auf der rechten Seite die erste. Und nun sind alle wieder auf gleicher Höhe. Jetzt auf der linken Seite die erste Fackel. Auf der rechten Seite die vierte.«

»Sprich weiter«, sagte Theoderich und beugte sich zur Erde. »Ich versuche, was du sagst, mit Hilfe von Zweigen festzuhalten.«

»Gut. Also, links die vierte Fackel, rechts die dritte. Links dann die dritte – und rechts auch die dritte. Jetzt links die vierte und rechts die zweite.«

Theoderich wartete einen Moment und meinte dann ungeduldig: »Und weiter?«

»Nichts mehr. Sie signalisieren jetzt dieselbe Reihenfolge nochmals. Vermutlich handelt es sich um ein einziges Wort mit fünf Buchstaben.«

»Dann müßte ich eigentlich meine Zweige hier enträtseln können. Hm ... zweite Gruppe, erster Buchstabe ... ist ein E. Erste Gruppe, vierter Buchstabe ... ein D.«

»Macte virtute«, murmelte ich bewundernd. »Es funktioniert.«

»Ein P ... ein L ... ein O. Edplo. Edplo? Hm ... scheint doch nicht zu funktionieren. Edplo gibt es nicht. Weder im Lateinischen noch im Gotischen, noch im Griechischen.«

Ich beobachtete die Fackeln wieder und sagte. »Sie signalisieren dieselbe Sequenz noch einmal. Nun zum vierten oder fünften Mal.«

Theoderich knurrte ärgerlich. »Wir haben es also. Aber, zum Teufel, welche Sprache ...?«

»Warte«, unterbrach ich ihn. »Ich hab's! Die Sprache ist Latein, das stimmt, aber es ist nicht das römische Alphabet. Raffiniert. Sie benutzen das *Futhark,* das alte runische Alphabet. Also nicht A, B, C, D, sondern faihu, urus, thorn, ansus ... Schau her: zweite Gruppe, erster Buchstabe ... das ist raida. Erste Gruppe, vierter Buchstabe ... ansus. Jetzt haben wir R und A ... dann teiws ... und eis ... und sauil. Das Wort lautet *ratis.* Siehst du? Latein!«

Theoderich freute sich wie ein kleiner Junge. »Ja! Ratis! Floß!«

»Sie hörten unsere Holzfäller! Sie signalisieren Odoaker oder Tufa, daß wir hier oben Floße bauen.«

»Gut so«, sagte Theoderich gutgelaunt, als wir zu unseren Pferden zurückkehrten. »Wenn Odoaker und Tufa dumm genug sind zu glauben, daß wir dumm genug sind, für zwanzigtausend Mann und halb so viele Pferde Floße zu bauen, dann sollten wir sie in diesem Glauben lassen.«

»Und was werden wir inzwischen tatsächlich tun?«

»Mit voller Kraft angreifen«, sagte Theoderich, als wir wieder aufsaßen und denselben Weg zurückritten, den wir gekommen waren. »Ich habe mich entschieden. Morgen früh kurz vor Tagesanbruch werde ich meine Herausforderung verkünden. Dann beginnt die Schlacht.«

*

Es war nicht Odoaker, sondern der romanisierte Rugier Tufa, der Theoderich auf der Isonzobrücke gegenübertrat. Nachdem beide Männer auf traditionelle Weise ihre Herausforderung verkündet und sich offiziell den Krieg erklärt hatten, zog sich Tufa wieder auf seinen Posten am Ende der Brücke zurück. Theoderich blieb, wo er war, zog sein Schwert und schwang es mit gestrecktem Arm, indem er gebieterisch »Impetus!« rief. Doch Ibba führte uns Reiter noch nicht zum Angriff. Statt des Donnerns von Pferdehufen hörten wir laute, donnerartige Knalle hinter uns, danach in Abständen erderschütternde, dumpfe Aufschläge und danach wiederum ein Geräusch, das an das Rauschen gewaltiger Flügel erinnerte. Das fahle Licht des Morgens war plötzlich hell erleuchtet von einer Kaskade feuriger Meteore, die von irgendwo hinter uns durch die Luft sausten und funkensprühend am anderen Ende der Brücke explodierten.

Diese glühenden Gegenstände in Rauch- und Funkenwolken waren natürlich keine Feuerkugeln, die vom Himmel fielen. Es waren Wurfgeschosse, die von den Ballisten und Onagern, welche in den Wäldern hinter uns in Stellung gebracht waren, abgeschossen wurden – genauer gesagt waren es Felsblöcke, die in trockenes Gezweig gehüllt, in Öl getränkt und kurz vor dem Abschuß angezündet wurden. Der Geschoßhagel über uns riß nicht ab, da Friderichs Mannen flink die Wurfarme ihrer Belagerungskatapulte spannten, aufluden und erneut abfeuerten. Eine Balliste, die beim Abschuß die Spannung ihrer eng zusammengedrehten Seilwinden entlädt, kann einen Felsbrocken mit dem Gewicht von zwei erwachsenen Männern zwei Stadien weit katapultieren. Ein massiver Onager kann beim Hochschnellen des Wurfarms dasselbe Gewicht über die doppelte Distanz schießen. Daher zielten die Ballisten auf das andere Ende der Brücke und auf die Legionen, die nördlich und südlich am Ufer entlang aufgestellt waren. Die Onager schossen ihre Geschosse weiter, in die Infanterie und Kavallerie, die auf der Lichtung zwischen dem Ufer und der westlichen Baumreihe zusammengezogen worden war.

Wenn ein Geschoß eines der Vorrats- und Waffenzelte aus Leinwand in Brand setzte, gab es noch mehr Funkensprühen und Rauch. Die Schmetterlingszelte aus Leder, in denen jeweils acht Mann untergebracht waren, brannten nicht, aber die losgerissenen Fetzen wehten im Wind und wickelten sich um Füße und Pferdehufe. Es entstand solch ein Chaos, daß die Römer nicht mehr wußten, wo ihnen der Kopf stand, als unsere Bogenschützen auch noch einen Regen von Pfeilen und Feuerpfeilen auf sie herniedergehen ließen, und sie konnten nicht mehr als gesammelte Streitmacht vorgehen.

Natürlich dauerte es nicht lange, bis sich Odoakers Truppen gefangen hatten. Und diesmal hatten wir es nicht mit einer unorganisierten Bande von Nomaden oder der eilig zusammengezogenen Abwehr einer wenig hilfsbereiten Stadt zu tun. Wir kämpften gegen die römische Armee. Obwohl die Römer anfänglich hohe Verluste erlitten hatten und vor unserem Angriff zurückwichen, waren sie doch keineswegs besiegt oder auch nur bedrängt. Über dem Kampfeslärm, dem Gebrüll der Soldaten und Tiere, dem Geräusch aufeinandertreffender Waffen, Schilde und Rüstungen, dem Aufprall von Wurfgeschossen und dem Dröhnen vieler Stiefel und Pferdehufe war das Schmettern römischer Trompeten zu hören, die das »Ordinem!« bliesen und damit ihre Schwadronen, Dekaden und Zenturien um ihre jeweiligen Standarten und Befehlshaber zusammenriefen. Auch in der Ferne waren Trompeten zu hören, die von den langen, am Ufer des Isonzo postierten Reihen Verstärkung herbeiriefen. Sobald die Römer sich jedoch von ihrer ersten Niederlage erholt hatten, kämpften sie beherzt und weitaus verbissener als sonst – vermutlich waren sie beschämt, daß man sie vor den Wurfgeschossen hatte fliehen sehen –, und es lag auf der Hand, daß wir in einen bedeutenden Kampf verwickelt waren.

Es ist durchaus möglich, daß ich im Kampfgetümmel mit so angesehenen Gegnern wie Odoaker oder Tufa die Klingen kreuzte, aber im Kampfgetümmel erkannte ich niemanden. Wie jeder andere auf dem Schlachtfeld, vom König bis hinunter zu den Lagerköchen und Waffenträgern, hatte ich nur ein einziges Ziel; ein Ziel, das jeder Krieger in ferner Zukunft wie auch in dunkler Vergangenheit kennt: den Feind zu töten, bevor man selbst getötet wird.

Nun, wir gewannen schließlich die Oberhand. Als die römischen Trompeten zum letzten Mal ihre Legionen zu den Standarten riefen, bliesen sie eilig und traurig zum Rückzug. Alle versammelten Streitkräfte bewegten sich nun zurück, und diejenigen, die noch in den Kampf mit uns verwickelt waren, kämpften sich den Weg frei, und das gesamte Heer trat den Rückzug nach Westen an, indem es hie und da noch Teile seiner Ausrüstung und Vorräte aufgriff, liegengebliebene Waffen und reiterlose Pferde und Verwundete, die sich noch bewegen konnten. Während der vielen Jahrhunderte, in denen die römische Armee Krieg führte, hatte sie sich wahrlich nicht oft zurückziehen müssen, doch die Soldaten wußten rasch und geordnet dabei vorzugehen. Natürlich setzten unsere Männer dem Feind hinterher und bedrängten dessen Nachhut, die Seiten und dessen Versprengte, doch Theoderich erteilte Befehl, daß sich die Truppen wieder sammeln sollten, und schickte dem fliehenden römischen Heer nur einen Spähtrupp nach, um herauszufinden, wohin sie ritten.

Die Römer ließen außer einigen Ärzten zur Versorgung ihrer Verwundeten keine gesunden Männer zurück. Es gab keine Abtrünnigen, keine Deserteure. Wie vielen der Verletzten unsere und die römischen Ärzte das Leben retteten und wie viele gepflegt wurden, weiß ich nicht, doch allein unser Heer verzeichnete einen Verlust von mindestens viertausend Soldaten und Odoaker hatte etwa die anderthalbfache Anzahl verloren.

Auch unsere Schmiedsoldaten machten sich sogleich an die Arbeit, reparierten beschädigte Harnische, beulten Helme aus, bogen gekrümmte Klingen wieder gerade und schärften solche, die stumpf geworden waren. Anderen wurde aufgetragen, alles aufzusammeln, was die in die Flucht geschlagenen Römer an Ausrüstung und Vorräten hatten zurücklassen müssen. Von einigen dieser Dinge machten wir sofortigen Gebrauch – zum Beispiel aß jeder von uns eine gewaltige Portion frischen Schweine- und Hammelfleisches in guter römischer Fischsauce –, und die anderen verwertbaren Güter wurden auf die von den Römern zurückgelassenen Karren und Wagen verladen und mitgenommen. Unsere Holzfäller, die stromaufwärts am Ostufer Bäume gefällt hatten, bekamen jetzt die Gelegenheit, die Stämme zu Flössen zusammenzubinden. Da die Isonzobrücke für den Transport unserer Belagerungskatapulte zu schmal war, wurden diese über den Fluß geschifft.

In der Zwischenzeit waren die Späher wieder zurückgekommen, die Theoderich Odoaker nachgeschickt hatte. Sie berichteten, daß sich nur einen Tagesmarsch entfernt im Westen eine große, schöne Stadt mit Namen Aquileia befinde. Da die Stadt an der flachen Küste Venetiens liege, auf das Meer hinausblicke und keine Stadtmauern besäße, hätte vermutlich ihre Verwundbarkeit Odoaker dazu veranlaßt weiterzumarschieren. Wie die Späher weiter berichteten, habe sich Odoakers Heer auf die gut ausgebaute römische Straße begeben, die in Aquileia beginnt, und sei im Eilmarsch gen Westen marschiert.

»Die Straße ist die Via Postumia«, erklärte Theoderich uns Offizieren. »Sie führt nach Verona, einer Stadt, die von dicken Mauern und zu zwei Dritteln von einem Fluß umgeben und daher leicht zu verteidigen ist. Es wundert mich nicht, daß Odoaker sich dorthin zurückzieht. Doch ich freue mich, daß er uns Aquileia überläßt. Aquileia ist die Hauptstadt dieser Provinz Venetiens und war überaus wohlhabend, bevor die Hunnen vor fünfzig Jahren hindurchtrampelten. Die Stadt bildet jedoch immer noch einen der Hauptstützpunkte der römischen Kriegsflotte, und ein Teil der Adriatischen Flotte ist in ihrem am Meer gelegenen Vorort Grado stationiert. Ich könnte mir vorstellen, daß wir uns dort nach diesem anstrengenden Jahr herrlich erholen und unseren großen Sieg geziemend feiern können. Den Berichten von Reisenden nach zu urteilen, gibt es in Aquileia viele elegante Bäder, schmackhafte adriatische Meeresfrüchte und Meisterköche, die sie zubereiten können, auch schöne Römerinnen und Venetianerinnen. Wir werden also hier verweilen, aber nicht zu lange. Sobald wir uns erholt haben, setzen wir hinter

Odoaker her. Sofern uns unsere Späher nicht davon unterrichten, daß er die Via Postumia verlassen hat, werden wir ihn in Verona finden. Wir sollten ihm keine Zeit lassen, die Stadt noch sicherer zu machen, als sie ohnehin schon ist. Er wird sich dort verbarrikadieren – wie ich hoffe, zum letzten Mal.«

## 5

Selbstverständlich war Aquileia es müde, in fast jeder Generation von Barbaren überwältigt zu werden – zuerst kam der Westgote Alarich, dann Attila, nun wir. Es beruhigte die Bürgerschaft nicht sonderlich, daß Theoderich von ihnen nur die Abgabe solcher Güter verlangte, die unser Heer brauchte. In dem Gedanken, daß ihm die Stadt bald gehören würde, verbot er den Truppen, die Stadt zu zerstören oder sie zu ihren persönlichen Gunsten zu plündern. Allerdings gebrauchten unsere Soldaten die Frauen, Mädchen und vielleicht auch einige Jungen der Stadt, wie es Kriegern vorbehalten ist. Die Anständigen unter ihnen und deren Familien verabscheuten dies, und die einheimischen Dirnen und Nachtschwärmer waren vermutlich noch mehr dagegen, weil sie es gewohnt waren, für solche Dienste bezahlt zu werden.

Während also jedes Weib in Aquileia uns Eindringlinge haßte, gab es zumindest zwei sehr schöne Frauen – diejenigen, die von Theoderich und Friderich in Besitz genommen wurden –, die absolut hingerissen davon waren, eine Zeitlang das Bett mit echten Königen, noch dazu Eroberern, zu teilen. In der kurzen Zeit, in der sie das Amt der »Königinnen« bekleideten, gaben sie bereitwillig Informationen über die Umgebung preis, wie zum Beispiel: »Wenn Ihr die Via Postumia weiter entlangmarschiert, kommt Ihr nach ungefähr zwanzig Meilen nach Concordia. Das war früher eine Garnison, und es wurden dort auch Waffen für die römische Armee hergestellt. Seit die Hunnen Concordia verwüsteten, liegt die Stadt in Schutt und Asche, aber sie stellt immer noch einen wichtigen Verkehrsknotenpunkt dar. Ihr werdet dort auf eine weitere gute römische Straße stoßen, die nach Südwesten abzweigt ...«

Als unser Heer schließlich weiterzog und zu den Ruinen von Concordia kam, ließ Theoderich einen Hundertführer der Kavallerie kommen und erklärte ihm: »Zenturio Brunjo, diese linke Abzweigung gehört zu der Via Aemilia. Während der Rest von uns nach Verona vorstößt, werdet Ihr und Eure hundert Reiter die Straße da drüben nehmen. Aus zuverlässiger Quelle weiß ich, daß Ihr auf dieser Strecke nicht vom Feind behelligt werdet. Die Straße führt Euch über die Flüsse Etsch und Po bis nach Bononia, wo sie wieder auf die Via Aemilia stößt. Ihr postiert sodann Eure Leute rings um die Stadt, in beiden Richtungen entlang der Straße, und überwacht jeden möglichen Umweg. Sollte Odoaker versuchen, mit Rom oder Ravenna Kontakt aufzunehmen – entweder, um Verstärkung anzufordern oder aus irgendeinem anderen Grund –, sind die Boten gezwungen, die Via Aemilia zu nehmen. Ich will, daß Ihr jeden Boten abfangt und daß seine Botschaft mir von einem schnellen Reiter aus unseren Reihen überbracht wird. So sei es!«

Einhundert römische Meilen westlich von Concordia erreichte unser Heer Verona. Die sehr alte und schöne Stadt hatte bis jetzt das Glück gehabt, von Kriegen und Kriegern weitgehend verschont zu bleiben. Obwohl der Westgote Alarich öfter als ein Mal hierher marschiert war, war er stets zu sehr in Schlachten in der Umgebung verwickelt gewesen, um Gelegenheit zu haben, die Stadt zu verwüsten. Und Attilas Hunnen, die wild durch Venetien stampften, waren so weit nicht vorgedrungen. So kam es, daß Verona seit Konstantin bis zu unserer Ankunft keine Belagerung mehr erlebt hatte, und das war zwei Jahrhunderte her. Deshalb war Verona nicht darauf vorbereitet, sich einer solchen zu widersetzen.

Innerhalb von zwei Tagen brachten wir mit unseren Wurfmaschinen die Flügel des Stadttores zum Bersten, dann griffen wir mit einem Rammbock an. Unsere kräftigsten Männer hoben und schwangen diesen unter einem Panzer erhobener Schilde, bis er durch das noch vorhandene Holz und Eisen stieß, und die ersten Glieder unserer Lanzenreiter und Schwertkämpfer folgten auf dem Fuß. Odoaker und sein General Tufa waren sich offensichtlich bewußt darüber gewesen, daß die Tore der Stadt eigentlich keinen Schutz boten, und hatten keine Mühe darauf verschwendet, sie zu befestigen.

Theoderich stand mit dem rugischen König Friderich und einigen seiner Oberbefehlshaber etwas abseits des Schlachtfeldes, von wo aus er alles am besten überblicken konnte. Auch ich befand mich unter ihnen, als einer unserer Reiter an der Stadtmauer entlanggeprescht kam, um uns davon zu unterrichten, daß zwei der drei Stadttore von innen geöffnet worden waren und einen Sturzbach fliehender Menschen freigaben.

»Es sind keine Soldaten darunter«, berichtete der Bote. »Nur Bürger der Stadt sind herausgelassen worden, um sich in Sicherheit zu bringen.« Theoderich grunzte und entließ den Mann wieder auf seinen Posten. Dann wandte er sich an uns: »Das bedeutet, daß Odoaker es darauf ankommen läßt, wer am längsten aushält. Wir müssen uns Straße um Straße und Haus um Haus vorkämpfen, und es wird auf beiden Seiten viele Tote und Verletzte geben. Welch unkönigliche Art der Kriegsführung!«

Ibba murmelte: »Wie eine Hure, die sich spreizt und doch gleichzeitig kratzt und beißt.«

»In vergangenen Kriegen stand Odoaker immer aufrecht. Er muß mit fortschreitendem Alter sein Rückgrat verloren haben«, sagte Herduich.

»Es erstaunt mich«, meinte Friderich, »daß sein General Tufa dieser Strategie zustimmt. Schließlich ist er Rugier.«

Pitza schlug vor: »Da die Bürger freigelassen wurden, könnten wir einfach die Tore mit Wachen besetzen, die römische Armee in Verona einsperren und als Sieger ohne Blutvergießen aus der Auseinandersetzung hervorgehen. Mit der Zeit würden die da drinnen verhungern und verfaulen.«

Theoderich schüttelte den Kopf. »Es genügt mir nicht, Odoaker einfach zu begraben. Ich muß es jedem Römer – und auch Zeno – beweisen, daß ich ihn ganz und gar besiegt habe.« Indem er wie ein einfacher Fußsoldat Schild und Schwert erhob, fügte er hinzu: »So, Kameraden. Wenn Odoaker und Tufa sich einen langwierigen Nahkampf wünschen, werden wir uns diesem Wunsch beugen.«

Noch etwas lernte ich in Verona. Während des Kampfes von Haus zu Haus sollte ich herausfinden, warum jede Wendeltreppe auf der Welt sich aufwärts nach rechts dreht: Ein Eindringling, der versucht, sich den Weg nach oben freizukämpfen, wird von der Mittelsäule der Treppe gehindert, mit der Rechten das Schwert zu schwingen, während der das Haus Verteidigende – von oben kommend – genug Freiraum für den Hieb besitzt. So kam es, daß ich mir in einem Haus irgendwo in der Mitte der Stadt eine Schwertwunde an meinem linken Arm zuzog. Die Wunde setzte mich nicht außer Gefecht, blutete jedoch so stark, daß ich mich kurzfristig aus dem Kampf zurückziehen mußte, um von einem griechischen Arzt verbunden zu werden. Ich tröstete mich damit, daß ich nun auf jeder Seite gleichermaßen mit Narben versehen war – die auf meinem linken Arm passte zu der auf meinem rechten Arm, die von damals stammte, als Theoderich mich wegen eines Schlangenbisses behandelt hatte.

Ich weiß nicht, wie weit sich unsere Männer in die Stadt vorgekämpft hatten, als mich der Arzt schließlich gehen ließ. Ich eilte zurück ins Kampfgetümmel, beugte unterwegs meinen verbundenen Arm und fragte mich, ob ich damit wohl kräftig genug mein Schild wieder würde packen können. Ich gelangte auf einen kleinen Platz, auf dem sich viele Soldaten wütend im Nahkampf bekämpften, während viele andere schon bewegungslos oder sich windend auf dem Pflaster lagen. Gerade, als ich mich unter die Kämpfenden begeben wollte, betraten zwei weitere Männer den Hof von der gegenüberliegenden Seite, hoben ihre leeren Hände über die Köpfe und schrien laut, so daß man sie über dem Kampfeslärm hörte: »Waffenruhe! Indutiae! Gawairthi!«

Die hellere Stimme gehörte dem jungen Friderich, die tiefere einem großen Mann in römischer Kampfmontur. Die römischen Kämpfer gehorchten dem älteren Mann und legten die Waffen nieder. Unsere Leute gehorchten Friderich und taten dasselbe, worauf er einigen von ihnen befahl, Theoderich zu suchen und ihn herzubringen. Als der junge König mich erblickte, rief er fröhlich: »Ach, Saio Thorn! Ihr seid verletzt? Hoffentlich nicht schlimm! Erlaubt mir, Euch meinem rugischen Vetter, dem Heerführer Tufa vorzustellen.«

Der General begrüßte mich nur mit einem Grunzen, also grunzte auch ich. Während die Stadt um uns ob der Nachricht der Waffenruhe ruhiger wurde, erzählte mir Friderich stolz, wie sein »Vetter« ihn aufgespürt hatte, um einen vorübergehenden Waffenstillstand zu erbitten. Tufa trug die elegante Rüstung, die seinen hohen Rang auswies, und sie stand ihm gut. Als Theoderich uns fand, sagte sich Tufa bitter von der gesamten römischen Armee los. »Im Kampfgetümmel erspähte ich den König der Rugier«, sagte er und nickte Friderich zu. »Ich erbat von ihm einen Waffenstillstand, um zu Euch vorgelassen zu werden, König Theoderich.« Tufa hatte Lateinisch gesprochen. Nun wechselte er in den rugischen Dialekt des Gotischen, als wolle er seine Verwandtschaft mit Friderich hervorheben. »Ich ergebe mich nicht nur, sondern ich will Euch auch den Treueeid leisten und Eure Sache zu der meinen machen.«

»Weniger geschwollen ausgedrückt«, stellte Theoderich trocken fest, »wollt Ihr Euer hohes Amt und Eure Männer verlassen.«

»Die Meinigen werden sich mir anschließen, doch es werden nicht mehr sein, als meine persönliche Leibwache – Rugier wie ich, die sich geehrt fühlen, unter unserem König Friderich zu dienen. Der Rest des Heers wird Rom treu bleiben, obwohl Roms König Odoaker von keinem mehr geschätzt wird.«

»Und warum werdet Ihr, Heerführer der römischen Armee, abtrünnig?«

»Vái! Seht Euch doch um!« rief Tufa voll Verachtung. »Ein Kampf um Häuserecken! Ich bin für Rom, ja, und ich würde Rom auch weiterhin verteidigen – doch ist dies eine Art zu kämpfen? Dies geht genauso zu Lasten Odoakers wie auch unser schändlicher Rückzug am Isonzo. Ihr kämpft wenigstens kühn und frei und kommt dabei voran. Ich sage nochmals, ich bin für Rom. Und genau aus diesem Grunde, weil ich davon ausgehe, daß Ihr es mannhaft verteidigen werdet, wenn es Euch gehört, bin ich auf Eurer Seite.«

»Soviel zu Euren Gründen. Nun zu meinen. Warum sollte ich Eure Eide entgegennehmen?«

»Weil ich Euch als erstes etwas Wichtiges berichten werde: Odoaker ist Euch bereits entschlüpft. Als er das Volk durch die Tore am Flußufer entließ, mischte er sich unter die Menge und entkam unbemerkt. Und just in diesem Augenblick, während Eure Soldaten in Straßenkämpfe mit einer entbehrlichen Nachhut verwickelt sind, strömt der größte Teil des römischen Heeres aus ebendiesen Toren hinaus.«

»Davon wurde ich soeben unterrichtet«, sagte Theoderich gleichmütig. »Ihr erzählt mir also nichts Neues. Und die Tore ließ ich absichtlich offen.«

»Selbstverständlich. Doch Ihr ließet sie offen für den Fall, daß Ihr Odoaker ein für allemal besiegt haben würdet. Und das wäre

Euch nie gelungen. Odoaker läßt grausam alle seine Toten und Verwundeten zurück, damit sein Heer so schnell wie möglich vorwärtskommt. Er und seine Männer werden sich nicht weit von hier einer weiteren vollständigen Armee anschließen. Verona war eine Falle, die Euch gestellt wurde, Theoderich. Was Ihr Odoaker nicht zugefügt habt, beabsichtigt er Euch zuzufügen. Ich hatte Befehl, Euch hier zu beschäftigen, bis er mit genug Leuten eintrifft, um Euch einzuschließen und mit Leichtigkeit den Garaus zu machen.«

Mein Mitmarschall Soas und unser General Herduich waren in der Zwischenzeit zu uns gestoßen – zweifellos etwas verwirrt, weil der Kampf so urplötzlich abgewürgt worden war – und hörten interessiert dem Gespräch zu.

»Und nun, Tufa?« fragte Theoderich, immer noch gleichmütig, »was hält mich nun, da Ihr den Plan verraten habt, davon ab, Euch mit einem Schwerthieb zu danken statt mit einer brüderlichen Umarmung?«

»Mein brüderlicher Rat könnte Euch von Nutzen sein«, fuhr Tufa fort. »Ich schlage vor, daß Ihr nicht länger um Verona kämpft. Die Stadt gehört Euch, laßt also keine weiteren Männer kommen. Laßt jene, die noch außerhalb der Mauern sind, dort, wo sie beweglich sind. Außerdem bezweifle ich, daß Ihr so grausam seid wie Odoaker. Während Ihr also Eure Verwundeten versorgt und Eure Toten begrabt, solltet Ihr Eure Truppen nicht in der Stadt unterbringen. Laßt sie rund um die Stadt lagern, so daß Odoakers Späher berichten, daß Ihr hier nicht so ohne weiteres zu umzingeln seid. Damit wird er seinen Plan aufgeben, und Ihr werdet nicht Gefahr laufen ...«

»Genug!« schnappte Theoderich. »Mir kommt es nicht darauf an, Gefahr zu vermeiden. Ich will den Feind in Gefahr bringen!«

»Ich schlage nichts anderes vor. Laßt mich gehen und dies für Euch tun.«

»Euch?« schnaubte Theoderich.

»Ich weiß, wo Odoaker am ehesten hingehen wird. Ich kann ihn einholen, bevor ...«

»Ach, es wird nicht schwierig sein, ihn zu verfolgen. Meine Kavallerie, die ihm bereits nachsetzt, greift die Flanke seines Heeres an. Wir können Odoakers Marschroute an der Zahl der Toten ablesen, die sie zurücklassen.«

»Was nicht heißt, daß sie ihr Tempo verlangsamen. So schnell könnt Ihr Euer Heer gar nicht bewegen, wie es die Umstände verlangen; Ihr müßtet Odoaker einholen, bevor er eines von zwei Zielen erreicht: Er flieht gen Westen, zum Adduafluß, wo dieses andere Heer darauf wartet, Euch zu konfrontieren. Wenn Odoaker jedoch erfährt, daß sein Plan scheitert, könnte er beschließen, sich stattdessen gen Süden, nach Ravenna, zu begeben. Und wenn er einmal dort ist, werdet Ihr ihn nie wieder herausbekommen. Die Stadt liegt in den Sümpfen und ist uneinnehmbar. Ich schlage vor, Theoderich, daß Ihr mich sofort ausschickt, Odoaker zu fangen, bevor er eines dieser beiden Ziele erreicht.«

»Euch?« fragte Theoderich wieder. »Euch und Eure Leibwachen?«

»Und so viele Eurer eigenen Leute, wie Ihr mir anvertrauen wollt. Diejenigen, die bereits die Verfolgung aufgenommen haben, und noch ein paar Mann dazu. Ich brauche eine bewegliche Streitmacht – klein genug, um schnell und wendig zu sein, groß genug, um zuschlagen zu können, wenn es zum Kampf kommt. Ich hege keine Hoffnung, das gesamte fliehende Heer zu besiegen. Ich will sie nur zwingen anzuhalten und sich zu verteidigen. Das wird Eurem Heer Zeit geben aufzuholen. Also, Theoderich, Ihr braucht mir nur einen Teil Eurer Kavallerie abzukommandieren. Oder Ihr schließt Euch selbst an, wenn Ihr ...«

»Nein, laßt mich mitkommen«, unterbrach ihn der junge Friderich. »Draußen vor den Mauern warten meine rugischen Reiter ungeduldig darauf, daß etwas geschieht. Theoderich, laßt mich, Tufa und alle unsere Rugier hinter Odoaker hersetzen.«

Als Theoderich nicht sofort antwortete, sondern erst über den Vorschlag nachdachte, meinte Herduich hilfsbereit: »Das wird Odoaker bestimmt bedrücken, zu sehen, wie sein einstiger Heerführer und alle Rugier sich plötzlich von ihm abwenden.«

»Er wird verzweifeln«, fügte Friderich enthusiastisch hinzu. »Er wird die Arme hochwerfen und sich auf der Stelle ergeben.«

»Das kann ich nicht versprechen«, erwiderte Tufa. »Doch was immer auch geschehen mag, Theoderich, was verliert Ihr, wenn Ihr uns schickt?«

»Eins jedenfalls ist sicher«, knurrte der alte Soas. »Je länger wir reden, desto mehr Vorsprung gewinnt Odoaker.«

»Ihr habt recht«, antwortete Theoderich. »Ihr habt alle recht. Nimm also zehn Schwadronen deiner Reitersoldaten, Friderich. Und Ihr, Tufa, begleitet ihn, und helft ihm. Vergeßt nicht, daß Ihr nur ein Verbündeter auf Probe seid. In dieser Mission befiehlt Euer rugischer König. Schickt Boten und haltet mich davon unterrichtet, was wo geschieht. So sei es!«

Tufa antwortete wie Friderich mit dem germanischen Salut, nicht mit dem römischen, und beide ritten in Richtung des Tores davon, durch welches wir die Stadt betreten hatten.

Ich wandte mich an Theoderich: »Vor nicht allzu langer Zeit hast du darauf spekuliert, daß Tufa abtrünnig wird. Weshalb zögerst du jetzt?«

»Ich will mehr als nur sein Wort. Er soll seine Überzeugung mit Taten beweisen. Und selbst dann – einem Verräter kann weder vertraut noch Respekt entgegengebracht werden, das weiß Tufa so gut wie ich. Kommt nun, Soldaten, wir wollen wieder Ordnung schaffen, damit die Bürger zurückkommen und Leben in die Stadt bringen. Verona ist zu schön, als daß es lange in Unordnung gelassen werden dürfte.«

*

Nun, wir hatten Verona durch diese ruinöse Abschlachterei tatsächlich gewonnen. Und wir konnten uns dazu gratulieren, nun ein gutes Drittel der gesamten Strecke über die italische Halbinsel zurückgelegt zu haben und damit tief in die römischen Lande vorgedrungen zu sein. Dennoch, diese Schlacht – und alle unsere bisherigen Schlachten – hatte keine Entscheidung herbeigeführt. Was Odoaker betraf, so war er noch immer unbesiegt und weit davon entfernt, um Frieden zu bitten, und das Volk akzeptierte uns Eindringlinge nicht als seine Befreier. Daß Verona nun uns gehörte, schien für niemanden etwas zu ändern.

Es ist vielleicht nicht verwunderlich, daß keiner unserer Generäle sich sorgte, als Friderich und Tufa uns nicht sofort durch einen Boten Bericht erstatteten, wohin sie geritten waren und was sie unternahmen. Theoderich jedoch nahm dies zur Kenntnis und knurrte: »Vier Tage ohne Nachricht. Ist es möglich, daß der junge Pfau mich hier in Unwissenheit hält, damit er ohne Aufsicht umherstolzieren kann?«

»Ich glaube nicht, daß der Bursche sich dir widersetzen würde«, entgegnete ich. »Doch es könnte sein, daß er dich großtuerisch vor vollendete Tatsachen stellen will.«

»Darauf werde ich nicht warten«, brummte Theoderich. »Schicke Boten aus, sie sollen gen Westen und gen Süden reiten, ihn aufstöbern und Meldung erstatten.«

Es war jedoch schon zu spät. Ein Bote kam von Süden her in vollem Galopp ins Lager gesprengt und zügelte sein schwitzendes Reittier abrupt vor dem Zelt mit Theoderichs Standarte. Er fiel vor Müdigkeit fast hin, als er aus dem Sattel stieg. Aber er gehörte nicht zu einer der zehn Schwadronen, die unter Friderichs Befehl standen. Er kam von der Hundertschaft, die Theoderich von Concordia aus entlang der Via Aemilia als Wachtposten aufgestellt hatte.

»Zenturio Brunjo läßt Euch grüßen, König Theoderich«, keuchte der Entsandte und rang nach Atem. »Ihr wolltet über jeden Boten unterrichtet sein, der von Odoaker nach Ravenna oder Rom geschickt wird. Ich erstatte Meldung, daß er keinen Boten schickte. Er reitet selber eilends nach Ravenna, er und sein General Tufa an der Spitze einer, wie es scheint, vollständigen Armee, die unsere Männer aneinandergekettet als Gefangene mit sich führt.«

»Odoaker und Tufa?« fragte Theoderich durch zusammengebissene Zähne hindurch. »Und welche unserer Leute?«

»Nun, König Friderich und zwei- bis dreihundert seiner Rugier, alle verwundet. Der Zenturio nahm an, daß Ihr hier eine schwere Niederlage erlitten haben müßt, wenn Ihr so viele Männer ...«

»Schweig!« fuhr Theoderich ihn an, und sein Gesicht war blaß vor Wut. »Eine schallende Ohrfeige habe ich bekommen. Abgesehen von Spekulationen – was habt Ihr gesehen, und welche Maßnahmen wurden ergriffen?«

»Ja waila!« Der Bote stand plötzlich sehr aufrecht und berichtete in gewandten Worten: »Odoakers Kolonne kam von Westen her nach Bononia, zog im Eilmarsch durch die Stadt hindurch und in südöstlicher Richtung weiter. Ihr hattet für diesen Fall keine Befehle erteilt, also beschloß der Zenturio, mit den Männern, die er zur Verfügung hatte, anzugreifen. Er hoffte, die Kolonne in ihrem Fortkommen zu hindern, obwohl er sich gleichzeitig bewußt war, daß der Angriff für ihn und seine Mannen Gefangenschaft oder Tod bedeutete. Ich kehrte nur deshalb um und ritt davon, weil ich Befehl hatte, Euch Meldung zu erstatten. Ich wäre lieber geblieben und ...«

»Sicher, sicher. Gibt es sonst noch etwas zu berichten?«

»Da Odoakers Heer in schnellem Tempo vorrückt und sich in Bononia nicht auf der kürzesten Strecke gen Süden wandte, hat Odoaker offenbar nicht vor, nach Rom zu marschieren. Wie unsere Kundschafter herausfanden, führt die Via Aemilia entweder nach Ravenna oder nach Ariminum, und Zenturio Brunjo vermutete, daß Odoaker sich nach Ravenna begibt. Mehr weiß ich nicht zu berichten, König Theoderich, außer daß mein Zenturio und meine Kameraden ganz sicher ...«

»Ja, ja, ich weiß. Wie ist Euer Name, junger Mann?«

»Witigis, Optio der zweiten Schwadron, Brunjos Hundertschaft der Kavallerie, Euch zu Diensten, König Theoderich ...«

»Gut, Optio Witigis. Geht jetzt und meldet General Ibba, er solle seine gesamte Kavallerie auf einen sofortigen Abmarsch und baldigen Kampf vorbereiten. Außerdem soll er Euch in der vordersten Linie einer seiner Schwadronen aufstellen; Eurem Wunsch wird also bald entsprochen werden.«

Der junge Mann grüßte und ritt davon, und Theoderich murmelte finster: »Vielleicht wird uns allen dieser Wunsch bald in Erfüllung gehen, ob wir wollen oder nicht, wenn ein Narr wie ich das Kommando hat. Wie konnte ich mich von diesem Verräter Tufa nur so täuschen lassen?«

»Er hörte sich aufrichtig an«, gab ich zur Antwort.

»Vái! Herduich auch, als er sagte, Odoaker habe keine Knochen mehr im Leibe. Wie soll ich mich dann nennen? Ich muß Mark und Willen verloren haben, mich derart täuschen zu lassen!«

»Theoderich«, sagte ich, »ich bitte, mich persönlich vom Schicksal der gefangenen Rugier überzeugen zu dürfen.«

»Kannst du überhaupt reiten, Thorn? Du bist verwundet.«

»Ach was, nur ein Kratzer. Heilt schon wieder. Er hindert mich nicht daran, gut mein Pferd zu zügeln und mein Schwert zu schwingen.«

»Dann geh'. Wenn du willst, kannst du weitere zehn Schwadronen mitnehmen. Der Rest der Rugier wird nach Rache dürsten.«

»Nein, danke. Ich komme allein besser voran. Und damit ich dich wiederfinde: Darf ich erfahren, was du als nächstes vorhast?«

»Ja«, antwortete Theoderich grimmig. »Ich werde mich aufmuntern, indem ich ein paar Römer umbringe.« Und sich selbst verspottend fügte er hinzu: »Außerdem werde ich mich darauf verlassen, was Tufa erzählt hat.«

»Was?«

»Er erwähnte eine weitere römische Streitmacht am Addua, und ich glaube, er hat die Wahrheit gesprochen. Odoaker wird annehmen, daß ich ihm blind vor Wut gen Süden, nach Ravenna, hinterhersetze. In diesem Fall wird er dem Heer am Addua befehlen – vielleicht mit seinem System polybischer Signale – uns von hinten anzugreifen.«

Ich nickte. »Damit hätte er dich in der Zange.«

»Stattdessen werde ich, sobald Ibbas Kavallerie bereit ist, einen Ausfall machen und das Heer am Addua attackieren. Ich werde sie überraschen, so hoffe ich inbrünstig, und zu Staub zermahlen. Ich lasse Pitza, Herduich und unsere Infanterie hier in Verona, für den Fall, daß sich noch mehr römische Heere in der Nähe befinden.«

Um ihn zu ermutigen, grinste ich und sagte: »Dann mache ich mich am besten auf den Weg, oder du hast den Krieg gewonnen, bevor ich zurückkehre.«

Als ich mich verabschiedete, legte Theoderich seine Kampfmontur an, doch ich ließ meine im Lager zurück, auch mein Krummschwert und mein Messer und alles, was mich als Ostgoten und Krieger zu erkennen gegeben hätte. Am Leib und in den Satteltaschen trug ich nur unauffällige Reisekleider, und am Sattelknauf machte ich ein erbeutetes, abgenutztes römisches Kurzschwert fest. Ich führte Velox vorsichtig über die Brücke des Etsch. Auf der anderen Seite angelangt, lenkte ich ihn auf den mit Gras bewachsenen Streifen der Via Postumia, gab ihm die Sporen, und wir flogen in gestrecktem Galopp gen Süden.

*

An einem strahlend blauen Oktobertag stand ich einige Meilen östlich von Bononia in den Stoppeln eines vor kurzem abgeernteten Kornfeldes am Rande der Via Aemilia und betrachtete dessen frische Saat: die Leichen von mehr als zweihundert Soldaten.

Die meisten waren rasch getötet worden, und ihre Kadaver wiesen nur eine Stich- oder Schnittwunde auf. Um das Leben eines Menschen auszulöschen, bedarf es oft nur eines einzigen gutplazierten Loches. Doch Odoakers Kolonnen waren im Eilmarsch begriffen. Sie konnten keinen Aufschub dulden. Sie mußten ihre Gefangenen in aller Eile abschlachten. So kam es, daß einige ihrer Opfer – auch Zenturio Brunjo und König Friderich – so nachlässig in Stücke gehackt worden waren, daß ihre Leichen ausgemeißelt, ausgehöhlt und mit Löchern versehen waren wie die häßliche Karstlandschaft, durch die wir einst zusammen geritten waren.

## 6

Ich hätte mütterliche Tränen um Friderich vergießen können, wie ich so auf das Schlachtfeld starrte, nicht zuletzt weil ich wußte, daß seine leibliche Mutter dies nie tun würde. Gleichzeitig erlitt meine Seele die Pein männlicher Trauer, und ich betrauerte den Verlust Friderichs, wie ein älterer Bruder es getan hätte.

Trotz dieser gemischten und wenig erhabenen Gefühle war ich von dem kalten Entschluß beseelt, das hier begangene Unrecht zu rächen.

Inzwischen war mir aufgefallen, daß sich in dem Stoppelfeld auch lebendige Menschen aufhielten; einheimische Arbeitstrupps hoben träge Massengräber aus und fluchten über diese Abfallhaufen, die man ihnen zum Wegräumen überlassen hatte. Unweit von Friderichs Leiche gruben vier alte Bauern. Derjenige, der mir am nächsten war und meinen Blick auffing, schulterte seine Hacke, kam zu mir herüber und meinte jovial: »Fragt Ihr Euch, Freund, warum wir alle murren, wo wir doch dankbar sein sollten? Außer den zahlreichen Bastarden, die unser vornehmer Herr unseren Töchtern gemacht hat, bleibt dies großzügige Geschenk an Bodendünger das einzige bisher.«

»Welcher Herr?« fragte ich. »König Odoaker?«

Er schüttelte den Kopf. »Der Clarissimus Tufa, *magister militum* der Armee Odoakers, Besatzungskommandant dieser Provinz Flaminia und Legat der Stadt Bononia.«

Ich wies mit der Hand auf das Feld. »Diese Abschlachterei geht zu Lasten eines römischen Besatzungskommandanten?«

»Ein Römer? Nullo modo. Kein Römer, sondern ein Barbarenschwein. Ein Barbarenschwein in einer gefärbten Toga bleibt doch ein Barbarenschwein. Ihr scheint hier fremd zu sein. Ich hoffe, Ihr reist nicht mit Frau und Tochter. Tufas größtes Vegnügen ist nämlich, abgesehen von seinen Wutanfällen, die Entjungferung von Mädchen und die Entehrung von Matronen.«

Wieder zeigte ich auf das Feld. »Warum hat Tufa diesen Wutanfall bekommen?«

Der Alte zuckte nur mit den Schultern. »Sus barbaricus«, wiederholte er. Da er mir redselig erschien, beschloß ich, so viel an Information wie nur möglich aus ihm herauszuholen. »Ich nehme an, daß Euer sus barbaricus Tufa sein Heer nach Rom führt«, sagte ich. »Führt diese Straße auch dahin?«

Er hob den Kopf und fragte bitter: »Wollt Ihr Euch die Bestie anschauen?«

»Vielleicht will ich ihm im Namen aller hier versammelten Schmeißfliegen für das überaus großzügige Geschenk danken.«

Mein Gesprächspartner kicherte und antwortete: »Die Via Aemilia endet im adriatischen Hafen von Ariminum. Allerdings«, er zeigte gen Osten, »gibt es wenige Meilen von hier entfernt eine kleine, schlecht ausgebaute Straße, die nach links abzweigt und sich durch die Sümpfe nach Ravenna schlängelt. Man hätte annehmen können, daß in all den Jahren, seit Ravenna zur Hauptstadt des Reiches wurde, von einem der Herrscher eine bessere Straße gebaut worden wäre, doch keiner wollte sein Besitztum leicht zugänglich machen.«

»Und es gibt keinen anderen Weg?«

»Doch. Wenn Ihr Euer schönes Pferd gegen ein Boot eintauscht, könnt Ihr Ravenna vom Meer aus erreichen. Die einzige Alternative ist die Via Popilia, die nördlich und südlich entlang der Küste verläuft. Doch auch das ist keine rechte Straße. Dort verkehren fast nur Maultierzüge, die Salz von den Alpen zum Hafen bringen.«

»Gut«, sagte ich. »Ich nehme die Sumpfstraße.«

»Ihr solltet aber vorsichtig sein. Wenn Odoaker sich in Ravenna aufhält, sind rings um die Stadt Wachen postiert. Man wird sich

Euch zumindest in den Weg stellen. Oft werden ungeladene Besucher auf der Stelle umgebracht.«

»Dies Risiko muß ich auf mich nehmen, schon allein wegen der Schmeißfliegen«, erklärte ich gleichgültig.

»Das braucht Ihr nicht, wenn Ihr nur dem Wohltäter der Schmeißfliegen Euren Dank überbringen wollt. Odoaker schließt sich oft monatelang ein, aber Tufa ist durch seine militärischen Pflichten zum Reisen gezwungen. Außerdem bekleidet er das Amt des Legaten von Bononia. Ihr könntet einfach dort warten, und er wird früher oder später in seinem Palast eintreffen. Gewiß, es wird nicht einfach sein hineinzukommen. Ihr werdet grob befragt, entkleidet und durchsucht werden. Es haben schon andere vor Euch versucht, dem Clarissimus Grüße zu überbringen.«

Unsere Unterhaltung wurde dadurch unterbrochen, daß die anderen Totengräber in unsere Richtung schrien, ihr Kamerad solle sich gefälligst nicht vor der Arbeit drücken und sich wieder zu ihnen gesellen. Der grunzte nur, grüßte mich, indem er seine Hacke schwang, und meinte fröhlich: »Wie dem auch sei, Fremder. Tut uns einen Gefallen und nehmt ein paar Schmeißfliegen mit. Vale, viator.«

Damit ging er fort und half den anderen, die sterblichen Überreste von Friderich und sechs oder sieben anderen Rugiern in ein gemeinsames Grab zu werfen.

*

Obwohl die Sumpfstraße schlecht gepflastert und ausgetreten war und viele Löcher hatte, war ich froh, sie unter mir zu haben. Ich ritt in tiefster Dunkelheit, und die Kurven nach rechts und links verliehen mir wenigstens die Sicherheit, außerhalb von Treibsand und anderen Gefahren des Moores zu bleiben, das mich und Velox umgab. Seit ich von der Via Aemilia abgebogen war, hatte ich ungefähr zwölf Meilen zurückgelegt. Ich wußte nicht, wie weit es noch war bis Ravenna, ich sah keinen Lichtschein und über mir keine Wolken, die einen Widerschein zurückgeworfen hätten. Ich ging zu Fuß und führte Velox am Zügel, um so wenig Geräusche wie möglich zu verursachen und in der sternklaren Nacht so unauffällig wie möglich voranzukommen.

Ich wußte, ich konnte in dieser Nacht nicht viel weiter vordringen, ohne von irgendwelchen Wachtposten wahrgenommen zu werden. Ich hielt inne und überlegte, was besser sei: Velox anzupflocken und alleine weiterzuschleichen oder ganz einfach hier auf den Morgen zu warten, um meine Situation besser einschätzen zu können. Doch während ich überlegte, wurde mir die Entscheidung abgenommen. In einiger Entfernung vor mir – ich konnte nicht schätzen, wie weit – wurde ein Licht entfacht, und so plötzlich, daß ich es für fliegende Sumpfeidechsen hielt, welche in diesen Mooren oft vorkommen. Doch dann teilte sich das eine Licht in neun verschiedene, und diese zerfielen wiederum in zwei Gruppen, fünf zur Linken, vier zur Rechten; ich erkannte die Fackeln des polybischen Signalsystems.

Zuerst war ich verwirrt, weil sie nicht sofort eine Nachricht signalisierten, sondern nur auf und ab tanzten, doch dann kam mir der Gedanke, mich umzudrehen, und ich erblickte ebenfalls in einiger nicht kalkulierbarer Entfernung eine identische Reihe von neun Lichtern. Es war klar, daß weit nordwestlich von diesen Sümpfen römische Legionäre, Kundschafter oder einfache römische Bürger eine Botschaft für die Truppen innerhalb Ravennas vorbereiteten. Die Fackelreihe im Westen begann eine Botschaft, und der Gedanke, daß diese Nachricht von überall in der Welt her kommen, durch Lichtzeichen weitergegeben und bald von Odoaker und Tufa in ihren Quartieren und von mir hier draußen in den Sümpfen gelesen werden konnte, war unfaßbar für mich.

Doch dann geschah etwas, was mich zunächst ziemlich verwirrte. Als die Lichter außerhalb der Mauern von Ravenna sich bewegten – wobei die erste Fackel zur Linken und die erste Fackel zur Rechten erhoben wurde –, war die einzige Botschaft der dritte Buchstabe des alten runischen Alphabets (wenn Odoaker sein System nicht kurzfristig geändert hatte).

Dann aber hörten die Lichter auf, den Buchstaben *thorn* zu wiederholen, hielten kurz inne und signalisierten dann ansus, dags, urus und wieder ansus – ADUA –, und ich verstand. Solch ein Buchstabiersystem mußte sich auf ein Minimum an Worten beschränken und diese komprimieren. Bei dem Wort ADUA war ein überflüssiges D weggelassen worden. Der Buchstabe *thorn* meldete nur den *th*-Laut, für den diese Rune steht, in diesem Fall das Zeichen für den Namen »Theoderich«. Soviel verstand ich, daß die Nachricht etwas über Theoderich und den Addua-Fluß mitteilte. Allerdings wurde nun noch ein weiteres Wort gesendet oder vielmehr ein Teil davon: die runischen Buchstaben winja, eis, nauths und kaun – VIN und C. Dann tanzten beide Lichterreihen wieder auf und ab und wurden abrupt gelöscht.

Ich stand wieder in der Dunkelheit, die nun schwärzer schien als zuvor, und dachte nach. Die übermittelte Nachricht TH ADUA VINC war bewundernswert knapp und zweifellos äußerst informativ für diejenigen, die sie erhielten, doch ich verstand nur die Hälfte. Mir war nur klar, daß Theoderich sich am Addua-Fluß befand, wo Odoakers andere römische Streitmacht postiert war, oder daß er sich vor nicht allzu langer Zeit dort befunden hatte. Und VINC stand in diesem Zusammenhang für »vincere«, besiegen. Es war vermutlich zuvor vereinbart worden, was durch das Verb ausgedrückt werden sollte – dessen Genus, Modus und Tempus –, doch ich war nicht eingeweiht, und deshalb konnte die Abkürzung VINC für mich eine Vielzahl von Dingen bedeuten: daß Theoderich siegreich war oder besiegt, daß er das ein oder andere sein würde oder gewesen war.

Wohl, dachte ich, was immer auch signalisiert wurde, die Botschaft müßte Tufa eiligst aus den Mauern Ravennas herauslocken. Nur Odoaker konnte sich dort verstecken, während sein Land von den Eindringlingen gesäubert würde, nicht aber sein militärischer Oberbefehlshaber. Ich beschloß also, auf Tufa zu warten, und dafür schien Bononia – wie der alte Totengräber vorgeschlagen hatte – der beste Ort zu sein. Ich wendete mein Pferd zur Via Aemilia zurück und war froh, daß ich nicht irgendwie versucht hatte, mich nach Ravenna einzuschmuggeln.

Ich wurde empfindlich in meinen Gedanken gestört, als ich gegen etwas Spitzes stieß, das sich schmerzhaft in meinen Bauch bohrte. Tief in Gedanken hatte ich Velox' warnendes Schnauben überhört und den Schatten übersehen, der vor mir in der Dunkelheit kauerte, bis ich direkt in dessen Speer lief. »Ich kenne Euch, Saio Thorn«, sagte eine heisere Stimme drohend.

Jesus, dachte ich, die Römer wußten, daß ich ihr Gebiet betreten hatte. Doch nein, der Mann hatte Gotisch gesprochen. Ich mußte mich irren. Zu meiner weiteren Verwirrung fuhr der Mann fort:

»Sagt die Wahrheit, Marschall, oder ich durchbohre Euch auf der Stelle. Gehört Ihr zu Odoaker, niu?«

»Ne«, antwortete ich, koste es, was es wolle. »Ich bin hier, um einen von Odoakers Leuten zu töten.«

Der Speer durchbohrte mich nicht, wurde aber auch nicht zurückgezogen. »Ich gehöre zu Theoderich und bin in dessen Auftrag unterwegs«, fügte ich hinzu. Nach einem weiteren, womöglich noch spannenderen Augenblick der Stille wagte ich zu sagen: »Speerträger, Ihr kennt mich in der Dunkelheit. Würde ich Euch bei Licht erkennen?«

Endlich nahm er die Lanze weg und stand aufrecht, doch in der Dunkelheit sah ich nur einen Schatten. Er seufzte und sagte: »Mein Name ist Tulum. Ihr hattet bislang noch keinen Grund, von mir Notiz zu nehmen. Ich war Signifer der dritten Schwadron der Hundertschaft der Reiter Brunjos. Theoderich kommandierte unsere Hundertschaft in Concordia ab und schickte uns als Kundschafter gen Süden. Als wir in Bononia ankamen, postierte Brunjo einige von uns, auch mich, als Späher in unterschiedlichen Entfernungen außerhalb der Stadt.«

»Ach«, rief ich erleichtert. »Ihr seid dem Tod entronnen!«

Fast bedauernd seufzte er wieder und fuhr fort: »Als auf meinem Posten nichts Interessantes geschah, ritt ich in die Stadt, um meinem Zenturio Bericht zu erstatten. Ich fand ihn nicht, und die Bürger der Stadt sprachen davon, daß Römer im Eilmarsch durchgezogen seien, mit einer Menge barbarischer Gefangener. Ihr wißt, was ich vorfand, als ich Brunjo folgte und schließlich an das Stoppelfeld östlich der Stadt kam ...«

»Und dort seid Ihr auch auf mich gestoßen.«

»Ja. Auf den einzigen der Barbaren, der noch am Leben war. Der die römischen Totengräber beobachtete und sich offensichtlich ruhig mit ihnen unterhielt. Saio Thorn, ich werde mich nicht dafür entschuldigen, daß ich Verdacht schöpfte.«

»Ihr braucht Euch nicht zu entschuldigen, Signifer Tulum. Es gab tatsächlich genug Verrat.«

»Als Ihr Euch wie die römischen Kolonnen nach Süden begeben habt, sah ich meinen Argwohn bestätigt, daß Ihr schon lange und heimlich mit dem Feind kollaboriert. Ich folgte Euch die ganze Nacht in einiger Entfernung und rückte immer näher, bis wir das

Sumpfland so weit überquert hatten, daß ich erwartete, jeden Augenblick von Wachen eingeschlossen zu werden. Ich nahm an, daß sie Euch willkommen heißen würden, nicht aber mich, und ich wollte es mir nicht entgehen lassen, einen Verräter umzubringen.« Er stieß ein verlegenes Lachen aus. »Jetzt kann ich es Euch ja sagen. Hättet Ihr, nachdem die Lichter ausgegangen waren, Euren Weg wieder aufgenommen und nur einen weiteren Schritt in Richtung Ravenna getan, ich hätte Euch aufgespießt. Doch Ihr habt gewendet und seid zurückgekommen. Das hat mich irritiert. Ich beschloß, Euch Gelegenheit zur Rechtfertigung zu geben. Jetzt bin ich froh, daß ich das tat.«

»Ich allerdings auch. Thags izvis, Tulum. Kommt, der Tag bricht bald an. Wir sollten zur Hauptstraße zurückeilen. Es ist viel geschehen, seit Ihr in den Süden gekommen seid. Zunächst einmal wird es Euch freuen, daß zumindest ein weiterer Soldat Eurer Hundertschaft überlebte. Brunjo schickte einen Boten mit Namen Witigis aus, um Theoderich Bericht zu erstatten. Deshalb bin ich hier. Ich sollte hinzufügen, daß es Witigis nicht gefallen hat, verschont geblieben zu sein.«

»Das glaube ich Euch. Ich kenne Witigis.«

»Nun sagt: Wie viele Wachen waren außer Euch unweit von Bononia postiert? Wie viele hat Brunjo nicht mehr auflesen können, bevor er die römischen Kolonnen angriff?«

»Ich weiß nur, daß vor mir drei weitere postiert wurden.«

»Hoffentlich sind sie noch auf ihrem Posten oder irgendwie auffindbar. Ich habe Arbeit für sie. Ich plane, nach Bononia zu reiten und dort zu verschwinden. Ihr werdet die Stadt in weitem Abstand umkreisen. Versucht, alle überlebenden Kundschafter zu finden, und sagt ihnen, sie sollen mich aufsuchen. Dann reitet Ihr in gestrecktem Galopp nach Norden. In Verona berichtet Ihr Herduich – oder irgendeinem anderen Offizier, den Ihr vorher trefft –, was hier passiert ist und was ich vorhabe. Vergewissert Euch, daß Theoderich diese Nachricht erhält, damit er weiß, warum ich nicht zurückkomme. Es kann lange dauern, bis sich die Gelegenheit ergibt, Tufa niederzustrecken. Sobald Ihr Bericht erstattet habt, nun ... Ihr habt viel von unserem Krieg verpaßt, Tulum. Geht und schließt Euch der Schlacht am Addua an, oder wo immer sie auch stattfindet.«

»Gern, Saio Thorn. Doch wie sollen Euch die Männer in Bononia finden, wenn Ihr vorhabt zu verschwinden?«

»Ich werde jemanden an meiner Stelle schicken. Wenn ich mich richtig erinnere, befindet sich auf dem Marktplatz der Stadt ein Brunnen. Im dortigen Gedränge werden Fremde nicht weiter auffallen. Die Soldaten sollen ihre Rüstungen und Waffen ablegen und verstecken. In Straßenkleidern sollen sie sich – wenn nötig tagelang – am Brunnen aufhalten, bis sie von einer Frau angesprochen werden.«

»Von einer Frau?«

»Sie sollen ihr den gebührenden Respekt entgegenbringen und ihr gehorchen, als trüge sie meine eigenen Insignien. Prägt Euch ihren Namen ein. Sie heißt Veleda.«

*

In Bononia mietete ich einen Stall für Velox und ließ dort auch die meisten meiner Habseligkeiten, die ich aus Verona mitgebracht hatte, sogar mein geborgtes Schwert. Ich nahm nur das wenigste mit, darunter zwei Gegenstände, die zu meiner Veleda-Ausstattung gehörten und die ich für den Fall eingepackt hatte, daß ich sie irgendwann brauchen würde. Das eine war das perlenbesetzte Schamband, das ich als Veleda immer trug, um mein männliches Organ zu verbergen und um so bescheiden wie eine Römerin zu wirken. Das andere war der spiralförmige Brustschutz aus Bronzedraht, den ich als Veleda manchmal trug, um meine Brüste hervorzuheben.

In den Läden rund um den Marktplatz kaufte ich »für meine Gemahlin« eine rudimentäre weibliche Ausstattung: ein Kleid, ein Kopftuch, Sandalen. Dann schlüpfte ich in eine stille, enge Gasse und zog mich schnell um. Meine Männerkleider und Stiefel ließ ich einfach dort, für jeden Bettler, der sie haben wollte. Dann ging ich in eine billige Herberge für reisende Händler und mietete eine Kammer. Ich warte auf meinen Gatten, sagte ich dem Wirt, damit er sich nicht sträubte, eine Frau, die allein unterwegs war, aufzunehmen. Während der nächsten drei oder vier Tage kaufte ich noch mehr an Kleidung und Schmuck, alles von bester Qualität, teure Kosmetika und Putz aus korinthischem Kupfer. Dann verließ ich mein Quartier fein gekleidet und geschmückt und stellte mich in Bononias elegantestem Gasthaus vor. Wie erwartet, war der Wirt nicht abgeneigt, seine teuren Gemächer an eine schöne, redegewandte und offenbar wohlhabende Dame zu vermieten.

Wieder begab ich mich zum Marktplatz. Im Geschäft eines Werkzeugmachers beobachtete ich die Menschenmenge draußen, während ich etliche Wetzsteine begutachtete und schließlich einen davon kaufte – um »meine Fingernägel zu feilen«, wie ich dem amüsierten Händler erklärte. In einer belebten römischen Stadt wie Bononia bewegen sich Menschen aus aller Herren Länder, und ich kannte selbstverständlich nicht jedes Gesicht in Theoderichs Heer. Doch auf dem Marktplatz war fast jeder mit irgend etwas beschäftigt. Es fiel mir nicht schwer, einen Mann auszumachen, der gelangweilt am Marktbrunnen herumhing. Ich wartete, bis ich sicher war, daß ich die einzige war, die ihn beobachtete. Dann schlenderte ich hinüber und fragte mit gesenkter Stimme: »Seid Ihr von Signifer Tulum hier postiert?«

Sein Arm schnellte hoch, und er bellte: »Ja, Frau Veleda!« Einige Passanten drehten sich nach uns um.

Ich unterdrückte ein Lächeln und beschwichtigte ihn: »Ruhig. Immer mit der Ruhe. Wir tun so, als seien wir Freunde, die sich zufällig treffen. Setzt Euch hier zu mir auf den Brunnenrand.« Das tat er auch, blieb aber sehr formell. »Wie viele von Euch hat Tulum ausfindig gemacht?« fragte ich.

»Drei, verehrte Dame. Der Signifer ist unterwegs nach Norden. Wie befohlen, warteten wir drei auf Euch und wechseln uns hier am Brunnen ab.«

»Holt die anderen. Sie sollen sich uns anschließen.«

Die drei Reitersoldaten hießen Ewig, Kniva und Hruth. Wenn sie es seltsam fanden, von einer Frau Befehle entgegenzunehmen, so zeigten sie es nicht. Tatsächlich legten sie ein solch soldatisches Verhalten an den Tag, daß ich ihnen wiederholt zuflüstern mußte, sie sollten ihre Förmlichkeit ablegen.

»Soweit wir feststellen konnten«, sagte Ewig, »sind wir und Tulum die einzigen Überlebenden von Brunjos Hundertschaft. Tulum sagte uns, daß Ihr und der Saio Thorn hier seid, um unsere gefallenen Kameraden durch die Ermordung des bestialischen Generals Tufa zu rächen, und wir sind bereit – nein, wir brennen darauf – Euch beizustehen, wie Ihr befehlt.«

»Laßt uns spazierengehen, während wir reden«, schlug ich vor. Wir erregten Aufmerksamkeit. Ich zog die neidischen Blicke mehrerer Frauen auf mich, auch die vornehmer Damen, weil ich von drei so strammen Kerlen begleitet wurde.

»Unser Opfer, der verachtenswerte General Tufa, befindet sich gerade in Ravenna, etwa vierzig Meilen östlich von hier«, erklärte ich, indem ich meine Begleiter in die Richtung dirigierte, in der mein Quartier lag. »Doch ich warte hier auf ihn, denn er wird hierher zurückkehren, um seinen Pflichten als Legat nachzukommen.« Meine Mitverschworenen sahen mich von der Seite her an, also fügte ich hinzu: »Saio Thorn und ich, sollte ich vielleicht besser sagen. Nur muß Thorn außer Sichtweite bleiben, bis die Zeit zum Losschlagen gekommen ist. In dem Gasthaus dort drüben wohne ich, merkt Euch das, und dort habt Ihr mir auch Bericht zu erstatten. In dieser Stadt spricht man viele Sprachen, auch die unsrige, doch Latein kommt am häufigsten vor. Beherrscht einer von Euch diese Sprache?«

Kniva bestätigte, daß er Latein recht gut verstehe und auch sprechen könne. Die beiden anderen verneinten.

»Kniva, dann werdet Ihr mir hier in Bononia helfen, und Ihr, Hruth und Ewig, werdet für mich außerhalb der Stadtmauern kundschaften. Ewig, ich will, daß Ihr Euch in den Sattel schwingt und auf der Via Aemilia bis zur Abzweigung der Straße nach Ravenna reitet. Dort legt Ihr Euch auf die Lauer, und sobald Tufa Ravenna verläßt, benachrichtigt ihr mich so schnell wie möglich. Ich hoffe, bald von Euch zu hören, daß er in unsere Richtung reitet. Doch auch wenn er einen anderen Weg nimmt, will ich davon unterrichtet sein. Geht jetzt. Los! Habai ita swe!«

Ewig war im Begriff, seinen Arm zum Salut hochzureißen, aber ich legte die Stirn in Falten, worauf er den Arm wieder sinken ließ. »Zu Befehl, meine Dame«, murmelte er und ging davon.

Dann wandte ich mich an Hruth: »Ich will, daß auch Ihr dorthin reitet und dasselbe Gebiet überwacht, doch hauptsächlich bei Nacht. Mit Hilfe von Fackelzeichen wird Ravenna über den Fortgang des Krieges informiert gehalten. Ihr werdet diese Botschaften für mich abfangen.«

Da ich mir ziemlich sicher war, daß ein einfacher Reitersoldat weder lesen noch schreiben, noch Zahlen notieren konnte, versuchte ich nicht lange, Hruth das komplizierte polybische System zu erklären. Ich gab nur Befehl, daß er jedesmal, wenn er die Lichter erblickte, auf einem Blatt oder auf einem Stück Rinde eine Linie mit fünf und eine mit vier Fackeln kritzeln und mit zusätzlichen Zeichen die Reihenfolge markieren solle, in der diese Lichter erhoben wurden, um einen Buchstaben zu signalisieren.

»Wenn Ihr das fertigbringt«, sagte ich, »ist es mir möglich, die Zeichen zu lesen.« In Hruths Blick lag etwas wie Ehrfurcht, als er schwor, er würde den Auftrag so gewissenhaft wie möglich ausführen. Dann fuhr ich fort: »Ich will, daß Ihr jede Botschaft genau so niederschreibt und auf dem schnellsten Wege zu mir bringt. Das heißt, daß Ihr fast jeden Tag hin- und herreiten müßt, nachdem Ihr die ganze Nacht Wache geschoben habt. Doch es muß sein. Habai ita swe!«

»Und wie lauten meine Befehle?« fragte Kniva, als Hruth gegangen war.

»Ich will, daß Ihr Euch besauft und besoffen bleibt.«

Kniva blinzelte. »Was?«

»Ich will, daß Ihr in ganz Bononia, in jeder Taverne, Weinstube und Gaststätte trinkt und auch die anderen Gäste auf ein Glas einladet. Hier ist ein Beutel voll Silbermünzen, damit Ihr Euch das leisten könnt. Auf Lateinisch und auf Gotisch verkündet Ihr überall, daß Ihr feiert, weil Ihr eine ganze Nacht lang die köstlichsten und phantastischsten fleischlichen Wonnen genossen habt.«

Kniva sah mich verblüfft an.

»Ihr werdet betrunken und laut in beiden Sprachen damit angeben, jene Nacht mit der schönsten, talentiertesten und freizügigsten Hure verbracht zu haben, mit der Ihr je geschlafen habt. Erzählt, daß sie neu sei in Bononia, daß sie fürchterlich viel Geld verlange und daß sie sehr wählerisch sei, was ihre Kunden anbetrifft, daß sie aber in den sexuellen Künsten unvergleichlich und ihr Geld wie auch das Werben wert sei.«

Kniva sah mir erschüttert ins Gesicht. *»Ihr?«*

»Ja, natürlich, die Dame Veleda. Und vergeßt nicht zu erwähnen, wo ich zu finden bin.«

# 7

Anfangs sah es so aus, als würde ich nicht lange auf Tufa warten müssen. Nur wenige Tage, nachdem ich Hruth und Ewig gen Osten entsandt hatte, kam Hruth wieder angaloppiert und überreichte mir im Gasthof ein Bündel Borkenrinde.

»Vergangene Nacht«, keuchte er. »Fackeln ... aus Nordwest ...«

Ich machte mich sofort daran, die Nachricht zu entschlüsseln, und es gelang mir: Nach allem, was ich über Theoderichs derzeitigen Aufenthaltsort wußte, schien die Botschaft TH MEDLAN POS zu lauten. »Medlan« sah zwar nicht wie ein lateinisches Wort aus, doch ich erriet, daß es sich um die komprimierte Form des Namens der größten Stadt im Umkreis des Addua-Flusses handelte – Mediolanum. Das dritte Wort mußte eine Flexion des Verbs »possidere« sein. Nun, das war eine gute Nachricht, und ich frohlockte. Es hieß, daß Theoderich am Addua nicht besiegt und nicht einmal aufgehalten worden war. Er und sein Heer waren vom Fluß aus nach Westen vorgerückt, um die nach Rom volkreichste Stadt Italiens zu besetzen. Und dies war entweder schon geschehen, geschah gerade oder würde bald geschehen.

Nur ungefähr zwei Stunden später kam Ewig in den Hof des Gasthauses geritten. Er taumelte in meine Gemächer und keuchte: »Tufa ... heute morgen ... hat Ravenna verlassen ...«

»Gut, gut!« gurrte ich. »Das habe ich erwartet. Wieviel Vorsprung habt Ihr?«

Ewig schüttelte den Kopf und rang nach Atem. »Er kommt nicht in diese Richtung ... Tufa reitet nach Süden ...«

»Scheiße!« fluchte ich ganz und gar undamenhaft.

Sobald er zu Atem gekommen war, berichtete Ewig: »Tufa kam nicht an meinem Posten vorbei. Da ich nur die Sumpfstraße überwachen konnte, unterhielt ich mich mit Händen und Füßen mit den Bauern, und sie waren sehr willig, mir zu erzählen was sie über Tufa wußten.«

»Das habe ich auch schon bemerkt«, sagte ich, »daß seine Untertanen ihn nicht sonderlich in Schutz nehmen.«

»Wenn man ihren Berichten glauben kann, verließ Tufa Ravenna mit nur einer einzigen Kavallerieschwadron – seiner persönlichen Leibwache, wie ich annehme. Sie ritten im Eiltempo gen Süden, nach Ariminum, und nahmen dort die Via Flaminia, die ebenfalls gen Süden führt.«

»Die Hauptstraße nach Rom«, sagte ich. Ich war enttäuscht, doch es lag auf der Hand, daß Tufa – nachdem Theoderich die zweitgrößte Stadt auf der Halbinsel erobert hatte – zur größten Stadt ritt, um deren Verteidigungsanlagen zu überprüfen. So sprach ich eher zu mir selbst, als ich fortfuhr: »Es wäre jetzt dumm von mir, ihm über die ganze Strecke nachzusetzen. Bononia ist keine unbedeutende Stadt; er wird sie kaum dem Feind überlassen. Irgendwann kommt er hierher zurück.« Dann sagte ich zu Ewig: »Holt Tufas Schwadron ein, wenn möglich, und verfolgt sie heimlich, ohne entdeckt zu werden. Fragt weiterhin die italischen Bauern aus. Schickt mir einen Boten, wenn Tufa in Rom eintrifft. Dann bezieht Ihr dort Posten, damit Ihr mich davon unterrichten könnt, wann er Rom wieder verläßt und wohin er reitet.«

*

Das wichtigste an einem Mordplan ist, daß der Täter Gelegenheit hat, an das Opfer heranzukommen. Und nur das verlangte ich, denn der Rest meines Plans war ungeheuer einfach. Doch Tufa entzog sich mir immer wieder, obwohl er von meiner Gegenwart und meinen Absichten unmöglich Wind bekommen haben konnte. Kurz gesagt: Ich saß den ganzen Winter über in Bononia fest, und das war frustrierend und ärgerlich.

Ich muß zugeben, daß ich mich keineswegs langweilte, obgleich ich mich oft genug über meine Trägheit ärgerte. Dank meiner klugen Vorkehrungen langweilte ich mich nie. Ich fand genügend Zerstreuung.

Während der ersten Tage und Wochen in Bononia führte Kniva seine Befehle auf das emsigste aus. Er ging von einer Trinkstube zur anderen und pries überall die Vorzüge und Tugenden (wenn dies das richtige Wort ist) der Dame Veleda, die neu war in der Stadt.

Ich wollte, daß mein Ruf Tufa zu Ohren kommen würde, sobald er Bononia betrat, und daß er sehr bald begierig darauf wäre, der

Gepriesenen selbst beizuwohnen. Daher zog ich scharfe Grenzen, wenn es darum ging, aus den Herden der Freier die Richtigen auszuwählen. Zum Beispiel bewarben sich viele junge gutaussehende Männer um meine Gunst, die ihre Geldbörsen großzügig öffneten und auch in Lumpen gehüllt begehrenswert gewesen wären, doch ich lehnte ab. Von den vielen reichen und prominenten Bewerbern zog ich nur jene in Erwägung, von denen ich annahm, daß sie zu Tufas unmittelbarem Gesellschaftskreis gehörten. Da selbst diese zahlreich genug waren, konnte ich es mir erlauben, nur diejenigen auszuwählen, die ich attraktiv fand.

Ich brauchte Kniva nun nicht mehr, um Veledas Talente in der Stadt zu verkünden – das besorgte ich jetzt selbst. Daher entließ ich den armen Kerl, der sich halb totgesoffen hatte und nur noch von einer Taverne zur anderen torkelte, und bat ihn, er solle sich ausruhen. Als er wieder nüchtern war und sich etwas gefangen hatte, schickte ich ihn gen Norden, zu Theoderich nach Mediolanum. Ich unterrichtete Theoderich davon, was ich von meinen Kunden bisher über Tufas Reisen gehört hatte und welche Schlußfolgerungen ich daraus zog. Zwar wußte ich nicht, ob diese Informationen für Theoderich von großem Wert sein würden, doch die Nachricht gab mir das Gefühl, meine Zeit wenigstens nicht vollständig in ausschweifendem, schwelgerischem Müßiggang zu vergeuden.

Erst Anfang April überbrachte mir Hruth eine weitere abgefangene polybische Botschaft, die etwas mehr aussagte, als daß TH immer noch in MEDLAN in Garnison stehe. Zumindest nahm ich an, daß diese Botschaft ungewöhnlich sei, weil sie als erste und einzige vor Beginn nicht den Buchstaben *thorn* dreimal wiederholte. Mehr konnte ich allerdings nicht sagen, denn die Nachricht war mir unverständlich. Im Ganzen lautete sie VISIGINTCOT. Diese Buchstabenreihe konnte auf vielerlei Weise aufgesplittet und gelesen werden, doch ich traute keiner meiner Interpretationen.

Ich überlegte laut: »Die ersten Buchstaben könnten sich auf die Westgoten beziehen. Das ergibt aber keinen Sinn. Die nächsten Westgoten befinden sich weit weg in Aquitanien. Hm, laß mich nachdenken. Vis ignota? Visio ignea? Skeit! Hruth, Ihr müßt einfach nach weiteren Signalen Ausschau halten und mir die Botschaft schnellstens herbringen.«

Doch die folgenden Meldungen waren genauso verwirrend: VISAUGPOS und VISNOVPOS. Könnte POS wieder »possidere« bedeuten? Und wenn ja, wer nahm was in Besitz? Dann brachte Hruth diese Nachricht: VISINTMEDLAN. Was immer auch vor sich ging, es betraf Mediolanum, wo Theoderich immer noch sein Lager aufgeschlagen hatte. Doch das war alles, was ich verstand.

Die nächste Nacht war eine der drei, die ich jeden Monat dem Richter Diorio reserviert hatte. Nachdem ich ihm freizügig Lust geschenkt hatte, legte ich mich hin und sagte neckisch: »Ich hoffe, daß Ihr mich an Eure Freunde weiterempfehlt.«

»Wie kann ich?« antwortete er träge und amüsiert zugleich. »Von meinen Freunden erfahre ich, daß du ihnen dasselbe nahelegst. Bist du unersättlich, Weib?«

Ich kicherte mädchenhaft. »Einen Eurer Freunde kenne ich noch nicht. Den General Tufa.«

»Dazu wirst du bald Gelegenheit haben. Wie ich höre, befindet sich der Dux auf dem Rückweg von seiner Reise in den Süden.«

In der Art eines dummen und eitlen Weibsbilds rief ich: »Euax! Von so weit her kommt er, nur um die unwiderstehliche Veleda kennenzulernen!«

»Bilde dir nichts ein. Der Dux hat in den vorstädtischen Provinzen ein neues Heer mobilisiert. Der Weg zu deinen Vettern, den Eindringlingen, und zu deren neuesten Verbündeten, führt ihn hier durch diese Stadt.«

Ich zog eine niedliche Schnute. »Ihr Männer seid so langweilig, ihr nehmt alles so wörtlich. Lieber Diorio, daß ich von germanischer Abstammung bin, bedeutet noch lange nicht, daß ich mit den Eindringlingen verwandt oder an ihnen interessiert bin. Ich beschränke mein Interesse jeweils auf nur einen Mann.«

»Eheu!« seufzte er und tat so, als ob er enttäuscht sei. »Jetzt, wo du mich erschöpft hast, interessierst du dich also. Treuloses Weib!«

»Nur eine gewöhnliche Dirne würde annehmen, daß Ihr erschöpft seid«, neckte ich ihn. »Ich möchte wetten, daß dies ungewöhnliche Weib ... gleich ungeahnte Reserven in Euch weckt ...«

Nachdem ich dies kunstgerecht getan, legte ich mich wieder zurück und wartete geduldig, bis Diorio aufhörte zu stöhnen und sich zum Schlafen ausstreckte. Dann murmelte ich, indem ich vorgab, selbst schläfrig zu sein und der Frage keine besondere Bedeutung beizumessen: »Was meintet Ihr mit ›ihre neuesten Verbündeten‹?«

»Westgoten«, antwortete er.

»Unsinn. Seit Alarich in Italien einfiel, war kein Westgote mehr in diesem Land.«

»Ein anderer Alarich«, entgegnete er. Dann stützte er sich auf und sagte mit gespieltem Ernst: »Meine Liebe, zu einem Richter sagt man nicht, er rede Unsinn – selbst wenn er das tut. In diesem Falle jedoch bin ich gut informiert. Ich spreche von Alarich II., dem derzeitigen König der Westgoten, der weit weg im Westen, in Aquitanien, regiert.«

»Er ist hier? In Italien?«

»Nicht persönlich, glaube ich. Aber wie ich höre, hat er ein Heer entsandt. Alarich geht offensichtlich davon aus, daß deine Vettern, die Ostgoten, dieses Gebiet erobern werden. Und offensichtlich will er sich mit ihnen solidarisieren. Also schickte er eine beträchtliche Streitmacht aus seinen Landen östlich über die Alpen.«

In Gedanken zerlegte ich jene letzte verwirrende Mitteilung VISIGINTCOT in ihre Bestandteile: Westgoten, das Verb »intrare« und der Bergpaß, der Alpis Cottia heißt.

»Wie ich höre«, fuhr Diorio fort, »marschierten sie zuerst auf unsere Festungsstadt Augusta Taurinorum an unserer nordwestlichen Grenze, nahmen dann die nächste östliche Stadt, Novaria, ein und schlossen sich dann – so lauten die Berichte – deinen Vettern in Mediolanum an. Deswegen, liebe Veleda, und nicht wegen deines stadtbekannten Talents, kommt Tufa so eilig aus dem Süden zurück. Darf ich nun bitte schlafen?«

Ich seufzte und zog nochmals eine Schnute. »Bei all seinen Sorgen wird Dux Tufa kaum Zeit für meine Wenigkeit haben.«

Diorio stieß ein verächtliches Lachen aus. »So wahr ich Tufa kenne ...«

»Und das tut Ihr, nicht wahr? Werdet Ihr mich empfehlen? Versprecht es mir! Schwört es!«

»Ja, ja. Gewiß werden dich alle deine Freunde an ihn weiterempfehlen. Jetzt will ich aber wirklich schlafen.«

Als Hruth das nächste Mal von seinem Posten zurückkam, war er sehr aufgeregt und trug ein dickes Bündel Rinde unter dem Arm. Noch bevor er den Mund aufmachen konnte, sagte ich: »Laß mich raten. Diesmal kamen die Signale aus dem Süden.«

Hruth blinzelte. »Woher wißt Ihr ...«

»Die Nachricht eilte Euch voraus. Es muß noch andere geben, die Kundschafter aussenden. Doch laßt mich die Rinden sehen, nur um sicherzugehen.«

»Es gab mehrere Mitteilungen, nicht nur eine«, berichtete Hruth, während er die Rinden der Reihe nach auslegte. »Nur die erste kam von Süden. Darauf folgte ein ungewöhnlich langes Signal aus Ravenna, das – soweit ich erkennen konnte – von den uns bekannten Fackeln im Nordwesten wiederholt wurde.«

»Ja, sie geben dieselbe Nachricht weiter«, sagte ich und begann, die Zeichen zu entziffern. Mir wurde bestätigt, was Diorio erzählt hatte. Die Botschaft aus dem Süden kündigte Tufas baldige Ankunft in dieser Gegend an. Die Nachricht aus Ravenna war für die nördlichen römischen Streitmächte bestimmt, die wie Theoderichs Heer dort überwintert hatten. Ravenna instruierte jene Truppen, sie sollten ausharren, Tufa werde bald mit Verstärkung anrücken.

»Nicht, wenn ich es verhindern kann«, murmelte ich zu mir selbst und wandte mich dann an Hruth: »Ihr braucht Euch jetzt nicht mehr im Moor herumzutreiben. Von heute an werdet Ihr in der Nähe des Gasthofes bleiben. Sobald Ihr seht, daß Tufas Palast- oder Leibwache mich hinauseskortiert, begebt Ihr Euch zu dem Stall, den ich Euch gezeigt habe. Von dort holt Ihr Thorns Pferd gesattelt und gepackt. Haltet auch Euer Pferd bereit und wartet auf mich. Unsere Mission wird bald erfüllt sein.«

Als Tufas Einladung endlich eintraf, kam sie nicht in Form eines höflichen Ersuchens um meine Gunst, sondern in Form eines zwingenden Befehls. Zwei seiner rugischen Leibwachen kamen zu mir, in voller Kampfmontur, und der größere von beiden sagte barsch: »Ihr werdet Dux Tufa Gesellschaft leisten, meine Dame. Und zwar sofort.«

Sie ließen mir noch etwas Zeit, damit ich mein schönstes Kleid anziehen, etwas Puder und Schminke auflegen, ein Parfum, eine hübsche Halskette und Fibeln auswählen konnte, und beim Hinausgehen ergriff ich noch meinen kleinen Kosmetikkoffer. Dann wurde ich zum Palast eskortiert. Dort angekommen, wurde ein schweres Tor nach dem andern vor uns geöffnet und hinter uns wieder versperrt. Die Wachen brachten mich in einen fensterlosen Raum tief im Innern des Gebäudes. Er enthielt nur ein breites Bett, auf welchem ich mich in einer aufreizenden Stellung ausstreckte. Kurz darauf flog die Tür auf, und Tufa kam herein. Wir hatten uns zwar schon damals in Verona getroffen, und ich erkannte ihn sogleich wieder, aber ich hegte nicht die leiseste Befürchtung, daß er in mir jemand anderes vermuten würde als die Dame Veleda. Er trug eine elegante römische Toga, welche er beim Eintreten fallenließ, und darunter war er nackt. Ich kannte ihn ja schon als stattlichen Mann im besten Alter, doch erst jetzt erkannte ich, daß er wirklich sehr gut ausgestattet war, denn als er sich mir näherte, trug er sein beachtliches Fascinum auffällig vor sich her. Ich lächelte, weil ich annahm, daß er nicht nur bereit, sondern geradezu begierig darauf war, die Freuden zu genießen, welche die talentierte Veleda ihm würde zuteil werden lassen. Doch kurz vor dem Bett hielt er inne und fragte grob: »Warum bist du nicht ausgezogen? Glaubst du, ich hätte Zeit für Getändel? Ich bin ein vielbeschäftigter Mann. Mach dich bereit.«

Ich wich zurück, wie es jede Frau getan hätte, und antwortete gelassen: »Entschuldigt, Clarissimus, doch hier muß ein Mißverständnis vorliegen. Ich bin nicht gekommen, damit *mir* ein Dienst erwiesen wird. Ich stehe zu *Euren* Diensten.«

»Ja, ja«, sagte er ungeduldig. »Aber meine Zeit ist knapp. »Zieh dich aus und mach die Beine breit.«

»Wartet, Clarissimus«, zischte ich mit zusammengebissenen Zähnen. »Ihr solltet daran denken, daß Euch dies eine ganze Stange Geld kostet. Ihr wollt doch, daß ich mein Geld wert bin?«

»Vái, Weib, ich bin bereit, kannst du das nicht sehen? Zieh dich gefälligst aus und laß mich hinein!«

»Mehr wollt Ihr nicht?« Mein weibliches Ressentiment war nicht gespielt. »Geht und sucht Euch ein Loch in der Wand!«

»Slavaith! Jeder in meinem Bekanntenkreis gibt damit an, dich gehabt zu haben. Was bleibt mir anderes übrig?«

»Mehr wollt Ihr nicht?« Ich kochte wirklich vor Wut. »Ich stelle Euch frei zu sagen, Ihr hättet mich gehabt, und Ihr werdet keine

Minute Eurer kostbaren Zeit verschwenden, und ich verspreche Euch, niemals zu verraten ...«

»Slavaith!« Er ballte seine riesige Faust und brüllte: »Ich sagte, du sollst den Mund halten, Dirne. Leg deine Kleider und dieses Metallding ab! Mach die Beine breit und halt's Maul!«

Ich gehorchte, weil ich nicht wollte, daß er mich umbrachte, bevor ich ihn tötete (und ich bin überzeugt davon, daß jede Frau an meiner Stelle den Wunsch verspürt hätte, ihn zu töten). Aber ich zog mich langsam aus, aufreizend langsam, indem ich ein Kleidungsstück nach dem andern ablegte, den spiralförmigen Brustschutz, den er »Metallding« genannt hatte, zuerst. Verführerisch sagte ich währenddessen: »Ob Ihr es wünscht oder nicht, Clarissimus – ich werde mein Geld wert sein.«

Bevor er Einwände erheben konnte, bewies ich es ihm. Die Behandlung, die ich ihm angedeihen ließ, mußte neu für ihn gewesen sein, denn er rief schockiert aus: »Das ist unanständig!« Er zog sich allerdings nur ein klein wenig zurück und riß sich nicht vollständig von mir los, also hob ich den Kopf, lachte und sagte: »Nein, das ist nur das Vorspiel, Clarissimus. Keine Angst, das Unanständige kommt später.« Dann beugte ich mich wieder über ihn, und einen Augenblick später stöhnte er vor Lust.

Um ehrlich zu sein – auch ich wurde immer erregter. Doch ich versuchte, bei klarem Verstand zu bleiben, während meine Hände sich an die Arbeit begaben. Ich glaube nicht, daß die Finger einer Frau kräftig genug gewesen wären, das Drahtende meines bronzenen Brustschutzes zurechtzubiegen, wie ich es in diesem Moment unbemerkt fertigbrachte. Ich konnte zwar nicht sehen, was ich tat, doch ich schaffte es irgendwie, ein ungefähr ellenlanges Stück Draht geradezubiegen – nicht kerzengerade, aber doch gerade genug für meine Zwecke – und es war so scharf wie ein Pfeil, weil ich schon einige Monate zuvor das stumpfe Ende des Metalls mit einem Wetzstein bearbeitet hatte.

Kaum war ich sicher, daß meine Waffe fertig war, schenkte ich Tufa eine letzte pikante Liebkosung. Sein Fascinum schien dadurch noch mehr an Länge, Umfang und Härte zu gewinnen, bis er unwillkürlich laut aufschrie: »Jetzt! Ja! Liufs Guth! Jetzt!« Beim letzten »Jetzt!« zog ich mich zurück, rollte mich auf den Rücken und zog ihn auf mich. Obwohl er sich fast im Delirium befand, fing er sich wieder und pfählte mich brutal bis zum Schaft. Dann hob und senkte er sich auf mir leidenschaftlich in schnellem Rhythmus und drang dabei immer tiefer in mich ein. Ich klammerte meine Arme um seinen breiten Rücken und meine Beine um seine auf- und abhüpfenden Hüften. Ich bewegte mein Becken und grub die Fingernägel meiner freien Hand tief in Tufas Rücken, als befände auch ich mich in Ekstase. Zugegebenermaßen erfaßte mich tatsächlich die Leidenschaft, doch ich benutzte meine Fingernägel nur, damit Tufa nicht merkte, wenn der scharfe Bronzedraht in meiner andern Hand seinen nackten Rücken berührte.

Ich wartete noch auf den richtigen Moment zum Zustoßen – jenen Augenblick, in dem ein Mann sich vergißt und völlig verwundbar und hilflos ist, jenen Augenblick letzten sexuellen Zuckens und des Sich-Ergießens, in dem einem Mann alles andere gleichgültig erscheint. Ich ließ mir Zeit, den Angriffspunkt sorgfältig auszuwählen – aus meiner Sicht rechts der Wirbelsäule, unterhalb des Schulterblatts, zwischen zwei Rippen. Dann stieß ich kraftvoll zu, ließ den Draht flink durch meine beiden Hände abwechselnd gleiten, als würde ich energisch und geschwind an ihm hochklettern, und trieb ihn durch Tufas Oberkörper, bis die Spitze durch seine Brust brach und meine Brüste berührte.

Tufas Augen blieb noch genug Zeit, mich mit einem gleichzeitig erstaunten und ärgerlichen Blick anzusehen, bevor sie brachen. Ich erinnere mich noch an den Gedanken, der mir in diesem Moment durch den Kopf huschte: »Tufa stirbt glücklicher als der arme Friderich«, dachte ich, und dann – ich konnte nichts dafür, ich konnte es nicht zurückhalten – erbebte ich in meinem eigenen Ausbruch. (Sicherlich sei dies nach all der unvermeidlichen Erregung zu rechtfertigen, sagte ich mir später. Sicher kam es daher, daß Tufa auf mir gebockt hatte; sicher nicht daher, daß ich an den guten Friderich gedacht hatte.) Als sich der süße innere Ausbruch entlud und meine Ausscheidungen sich mit jenen vermischten, die vorher schon dagewesen waren, stieß ich einen lauten Jubelschrei aus.

Als ich zu zittern aufgehört und Verstand, Atem und Kraft wiedererlangt hatte, blieb nicht mehr viel für mich zu tun. Tufas Wunde blutete nicht stark, ich hatte nur ein kleines Loch durch ihn gebohrt. Ich zog den Draht heraus, und sie war kaum mehr zu erkennen und blutete nicht mehr. Ich schlüpfte unter dem Gewicht seines toten Körpers hervor und reinigte meine Brüste von Blut und meinen Unterleib von den anderen weißlichen Säften. Dann zog ich mich wieder an, bog den Brustschutz in seine ursprüngliche Form zurück, ohne mir dazu besonders viel Zeit zu nehmen, und trug auch diesen wieder. Danach ging ich zur Tür, vorsichtig, weil meine Beine noch zitterten, und trat zwischen den beiden wartenden Wachen aus der Kammer. Diese bedachte ich mit einem schamlosen Lächeln und gab ihnen mit einer unbekümmerten Geste zu verstehen, daß Tufa sich noch im Bett befinde.

»Der Clarissimus Dux ist gesättigt«, sagte ich und kicherte. »Er schläft. Nun ...« Ich streckte meine hohle Hand aus.

Die Wachen lächelten zurück, allerdings leicht verächtlich, und einer ließ eine klirrende Geldbörse in meine erwartungsvoll ausgestreckte Hand fallen. Ich machte mich davon, nach außen hin ruhig und gefaßt, in meinem Innersten aber zitterte ich vor Angst, daß einer der Wachtposten oder Diener es wagen würde, nach Tufa zu sehen.

Doch ich kam unbehelligt bei Hruth an, der bei den Pferden auf mich wartete. Er betrachtete mein zerzaustes Haar und die verschmierte Schminke auf meinen Wangen, und sein Gesicht sprach Bände: Neugier, gemischt mit Betroffenheit und auch einer Spur moralischer Mißbilligung.

»Es ist vollbracht«, sagte ich.

»Und was ist mit dem Marschall?«

»Er kommt. Ich werde sein Pferd halten. Ihr reitet voraus, Thorn wird Euch einholen.«

Das tat Thorn, sobald ich mich in ihn zurückverwandelt hatte. Hruths Pferd trabte langsam vor sich hin, als Velox ihn auf der Via Aemilia einholte, und dann gab Hruth seinem Pferd die Sporen und paßte sich dem schnelleren Tempo an. Erst als wir das westliche Randgebiet von Bononia schon lange hinter uns gebracht hatten und ich das Tempo verlangsamte, konnte Hruth fragen: »Reist die Dame Veleda nicht mit uns nach Norden?«

»Nein, sie bleibt – gut versteckt – für den Fall, daß König Theoderich ihre Dienste im Kampf gegen den Feind nochmals benötigt.«

»Seltsame Dienste«, sinnierte Hruth. »Aber sie scheint ihre Selbstachtung nicht zu verlieren, wenn sie das, was sie tut, für den König tut. Ich denke, sie müßte gelobt werden für den Mut und die Treue, die sie beweist, wenn sie die einzige Waffe schwingt, die ein Weib besitzt. Dennoch, ein Mann kann froh sein, als Mann geboren zu sein und nicht als Weib – nicht wahr, Saio Thorn?«

## 8

»Tufa gehörte mir«, sagte Theoderich, und seine leise Stimme verriet viel mehr Zorn, als lautes Schreien es hätte tun können. »Das war mein Privileg und meine Pflicht, Saio Thorn. Du hast dich der Autorität deines Königs entgegengestellt und deine eigene weit überschritten. Nur ein König hat das Recht, Richter, Liktor und Vollstrecker in einem zu sein.«

Er, ich und einige Oberbefehlshaber waren in der Basilika des heiligen Ambrosius zusammengekommen, welche Theoderich sich als Palast auserkoren hatte. Die anderen sahen ernst aus und schwiegen, während unser Herrscher fortfuhr, mich zu schelten. Ich stand mit gesenktem Kopf und nahm die Vorwürfe ergeben hin, denn ich wußte nur zu gut, daß ich sie herausgefordert hatte. Mir fiel ein, wie kurzentschlossen Theoderich bei ähnlichen Gelegenheiten mit anderen Übeltätern verfahren war: Er hatte nicht lange überlegt und mit seinem Schwert Camundus, den Legaten von Singidunum, und Strabos Sohn Rekitach durchbohrt. Ich führte es auf unsere lange Freundschaft zurück, daß er mich »nur« verbal strafte.

So ließ ich denn die Strafpredigt gelassen über mich ergehen, während ich an angenehmere Dinge dachte. Ich erinnerte mich daran, wie ich vor langer Zeit den jungen Theoderich bewundert und mir gewünscht hatte, eine Frau zu sein. Nun, da ich den reiferen Theoderich noch glühender bewunderte, konnte ich es mir nicht erklären, wie sich die geflügelte Phantasie der Veleda auf einen anderen Mann konzentrieren konnte als ihn, nämlich auf Friderich. Erst vor wenigen Tagen hatte Veleda im Geiste einen illusorischen Friderich gegen den zwar reellen, doch ihr unwichtigen Tufa ausgetauscht, mit dem sie sich aus Notwendigkeit paarte. Das gab mir zu denken: Konnte es sein, daß ich in meiner schwärmerischen Einbildung Friderich und Theoderich beständig gegeneinander ausgetauscht hatte? Konnten Gedanken so komplex werden und sich derart verselbständigen?

Theoderich sah mich finster an und verlangte: »Sprich für dich selbst! Kannst du dich rechtfertigen, das Recht des Königs beansprucht und Tufa verurteilt zu haben? Hast du zur Milderung deines Verbrechens etwas vorzutragen?«

Ich hätte Theoderich nun mit berechtigter Entrüstung nahelegen können, daß er es mir als Marschall zutrauen müsse, daß ich meine eigenen Entscheidungen treffen konnte, wenn es um wichtige Angelegenheiten ging und ich mich nicht in unmittelbarer Nähe meines Königs befand. Genau dies sagte ich ihm auch, doch ich zeigte keine Entrüstung, sondern machte einen Scherz daraus: »An der Übeltat hast du allein schuld, mein König.«

»Eh?« Seine blauen Augen leuchteten, und vor lauter Überraschung blieb ihm der Mund offen stehen. Alle Anwesenden hielten den Atem an.

»Du hast diesen Niemand Thorn zum Herzog erhoben. Du hast diesen Emporkömmling Thorn zum Marschall ernannt. Kann man es mir übelnehmen, daß ich davon ausging, meine Sünden müßten meinem Status entsprechen?«

Alle starrten mich an. Dann brach Theoderich in schallendes Gelächter aus und nach ihm alle seine Offiziere, selbst der sauertöpfische alte Soas. Es kam schließlich nicht von ungefähr, daß ich – wie übrigens alle seine Untertanen – unseren König bewunderte und verehrte: Er war der lebende Beweis dafür, daß ein Regent herzlich und gewinnend und gleichzeitig majestätisch und stark sein konnte.

Während der darauffolgenden Diskussion erfuhr ich, daß Theoderich die Römer an der Adda so vernichtend geschlagen hatte wie am Isonzo. Nachdem das Heer der Römer zerstreut war, genügte es, einige Tage lang an die Tore von Mediolanum zu hämmern, und dieselben flogen auf. Nun war die erste bedeutende Schlacht in diesem Frühjahr von den Westgoten geführt worden, die von der anderen Seite der Alpen kamen. Unter General Respa hatten sie eine weitere römische Streitmacht besiegt, die die Stadt Ticinum besetzt hielt. Sie schlugen dort auch ihr

Lager auf, während sie auf weitere Anweisungen Theoderichs warteten.

Ich fragte vorsichtig: »Wird Alarich behaupten, euch mit zum Sieg verholfen zu haben und deshalb einen Teil der Beute – möglicherweise einen Teil Italiens – für sich beanspruchen?«

»Ne«, antwortete Theoderich. »Der Alarich unserer Zeit ist nicht so habgierig wie sein Großvater gleichen Namens. Er will seine Herrschaft nicht ausbauen. Wie viele andere unserer zeitgenössischen Könige möchte er, daß das römische Reich wieder so ist wie früher, als jedes einzelne Königreich die Sicherheit und die Wohlfahrt der Pax Romana genoß.«

»Ihr dürft nicht vergessen«, sagte Soas zu mir, »daß viele germanische Herrscher Odoaker unterstützten, als es so schien, als würde er die Glanzzeit Roms zurückbringen. Und nun setzen sie ihre Hoffnungen auf Theoderich. Alarich sandte seine Krieger. Aber sein General Respa überbrachte uns auch Botschaften von Chlodwig, dem König der Franken, von dem alten Vandalenkönig Geiserich und sogar von dem jungen Herminafrid, König der Thüringer hoch oben im Norden. Sie alle bekunden ihre Freundschaft und ihr Wohlwollen und bieten uns jegliche Unterstützung an, die wir verlangen.«

General Herduich grinste breit und fügte hinzu: »König Chlodwig bot sogar seine Schwester an. Sie trägt den alten gotischen Namen Audofleda.«

»Und wozu?« wollte ich wissen.

»Nun, Theoderich soll sie zur Frau nehmen.«

Ich muß zugeben, daß diese Worte mir einen Stich versetzten, was mich wiederum überraschte, denn ich war auf die verstorbene Dame Aurora nie eifersüchtig gewesen, ja, ich hatte sie sogar gemocht. Und es hatte mir nie etwas ausgemacht, wenn Theoderich von Zeit zu Zeit eine andere Frau mit ins Bett nahm. Nun, dachte ich traurig, irgendwann würde er eine formelle Ehe eingehen müssen, denn bislang hatte er nur Töchter gezeugt, und diese im Konkubinat. Natürlich wünschte er sich einen Sohn königlichen Geblüts. Aber ich konnte mich noch so sehr anstrengen – dieser Gedanke beruhigte mich nicht.

Dann ergriff General Ibba das Wort: »Chlodwigs Angebot beweist seine Überzeugung, daß wir bald ganz Italien besitzen werden und daß seine Schwester über kurz oder lang Theoderichs Herrschaft teilen wird – nicht nur über Italien, sondern über das geeinte Römische Reich. Sie wird nicht nur Königin sein, sondern Kaiserin. Und wenn Chlodwig so sicher von unserem Sieg ausgeht, dann tun dies auch all die anderen Könige.«

»Auch unser König?« fragte ich kühn.

Theoderich nickte nüchtern und meinte: »Wir beherrschen nun den gesamten Norden Italiens von den Alpen bis zum Isonzo. In einem Jahr werden wir auch den südlichen Teil der Halbinsel erobert haben. Tatsächlich ist bis auf den Triumph alles vollbracht.«

Ich tat so, als sei ich enttäuscht: »Wie ich befürchtete, habt ihr den Krieg ohne mich gewonnen.«

»Nicht ganz«, brummte Soas. »Ein Triumph kann nicht ohne die Verleihung des Lorbeers gefeiert werden. Bis Odoaker das zugibt ...«

»Komm, komm, Saio Kassandra«, spottete ich. »Gewiß verlangt Kaiser Zeno nicht, daß wir ihm Odoakers Kopf bringen, wie wir es mit Camundus und Babai taten.« Ich wandte mich wieder an Theoderich und drängte: »Überlasse Odoaker doch seine Sümpfe. Er soll sich dort verstecken, bis er verfault. Unterdessen gehört dir der Rest Italiens, und der Rest der Welt weiß, daß es so ist. Zeno wird keine andere Wahl haben, als dich ...«

Theoderich unterbrach mich, indem er die Hand hob. »Ne, Thorn. Das Schicksal will es anders. Wie ich höre, ist Zeno sehr krank. Er könnte sterben. Und bis dahin kann kein Nachfolger für ihn bestimmt werden. Wenn ich also während dieses Interregnums Lorbeeren pflücken will, muß die Welt mir dabei zusehen. Es ist nun mehr denn je vonnöten, daß ich Odoaker ein für allemal besiege.«

Ich seufzte. »Ich bin ungern derjenige, der dir das sagt, aber dies wird uns mit dem Heer allein nicht gelingen. Ich habe das Gebiet um Ravenna in Augenschein genommen. Ein Landangriff ist nicht möglich, und eine Belagerung auf der Landseite aussichtslos. Als Odoaker sich in den Schutz seiner Feste zurückzog, war die Ernte gerade eingebracht worden; wir können also davon ausgehen, daß er reichlich mit Lebensmitteln versorgt ist.«

»Womöglich«, murmelte Pitzia, »hat Tufa aus diesem Grund

unsere Männer abgeschlachtet: damit sie die Vorräte der Stadt nicht erschöpfen.«

»Das wäre unnötig«, sagte ich. »Die Einwohner Ravennas hätten selbst dann für lange Zeit genug zu essen, wenn die Ernte nicht schon eingebracht worden wäre. Als ich Strabos Gefangener in Constantiana am Schwarzen Meer war, gab er immer damit an, daß kein Heer Europas es verhindern könne, daß die Stadt von der See her versorgt würde. Auch Ravenna ist eine Hafenstadt, deshalb erzähle ich euch das. Der einzig durchführbare Weg ist, uns die römische Kriegsflotte nutzbar zu machen. Sie soll unsere Truppen transportieren und an Land setzen und ...«

»Das geht nicht«, sagte Theoderich matt.

»Ich weiß«, entgegnete ich. »Als stolzer Krieger willst du, daß wir Ravenna ohne Hilfe von außen einnehmen. Das kann ich verstehen. Doch glaube mir, wir haben keine andere Wahl. Jener Nauarch Lentinus der Adriatischen Flotte schien doch sehr ...«

»Lentinus ist der Grund, weshalb ich die römische Flotte nicht in Anspruch nehmen kann. Vái, Thorn, du warst doch dabei, als ich ihm mein Wort gab, daß ich sein rechtmäßiger Befehlshaber sein würde, bevor ich ihm den ersten Befehl erteile. Zeno hat mir diese Autorität nicht erteilt, kann dies jetzt auch nicht, und das weiß Lentinus. Selbst wenn ich mein Wort brechen würde, könnte ich den Nauarchen nicht zwingen, meinen Befehlen zu gehorchen. Er müßte nur seine Schiffe aus meiner Reichweite bringen.«

»Und solch eine Abfuhr«, bemerkte Ibba unnötigerweise, »würde Theoderich in den Augen seiner zukünftigen Untertanen mehr erniedrigen als die verheerendste Niederlage.«

Theoderich fuhr fort: »Ich habe schon erwogen, von der See her zu kommen und zu landen, oder mit Katapulten vom Meer aus Ravenna anzugreifen. Als letzten Ausweg zog ich eine Blokkade der Häfen in Betracht, um die Lebensmittelzufuhr abzuschneiden. Doch nein, es geht nicht. Lentinus hat mir freundlicherweise schon einen Gefallen getan, indem er mir seine schnellsten Schiffe geliehen hat, um Boten zwischen Aquileia und Konstantinopel hin- und herzutransportieren. So erfuhr ich von Zenos Krankheit. Doch mehr kann ich von Lentinus nicht erbitten oder gar verlangen.«

Ich zuckte mit den Schultern. »Ich kann dir keinen anderen Rat geben. Belagere Ravenna, wenn du willst, sobald unsere Heere nach Flaminia gelangen. Es wird nichts nützen, Odoaker wird sich weiterhin verbarrikadiert halten, und du willst ihn doch herauslocken. Vielleicht wird Odoaker, wenn wir Eroberer uns niederlassen und außer dem Sumpfgebiet jeden Morgen italienischen Bodens friedlich bebauen, schließlich erkennen, daß er geschlagen ist, und freiwillig herauskommen.«

»Habai ita swe«, sprach Theoderich, doch diesmal nicht im Befehlston, sondern so, als wolle er das Schicksal beschwören.

Die nun folgenden Schlachten waren eher flüchtige Angelegenheiten und rasch vorüber, ohne daß es auf beiden Seiten bedeutende Verluste gegeben hätte. Die römischen Legionen, ihres Heerführers beraubt und von ihrem König verlassen, waren verständlicherweise ungehalten und entmutigt. Als wir südwärts der Halbinsel entlang vorrückten, stellte sich uns niemand entgegen, und als wir an die römischen Verteidigungsanlagen kamen und unsere hochmütige Forderung »tributum aut bellum« vorausschickten, brachten sie eben nur so viel Widerstand auf, daß sie nachher nicht zugeben mußten, sie hätten sich kampflos ergeben. Doch ergeben haben sie sich.

Ende August beherrschten wir rechtens das ganze Land Italien – außer Odoakers Zufluchtsort Ravenna –, obwohl Theoderich beschloß, östwestlich die Via Aemilia hinab nicht weiter vorzurücken als die halbe Distanz zwischen der venetischen Grenze Italiens und dessen Herzstadt Rom.

Wie aus Konstantinopel berichtet wurde, lag Zeno immer noch krank darnieder, und es stand jeden Tag schlechter um ihn. Es war jedoch kein Nachfolger benannt. Da Theoderich im Reich noch nicht als König Roms ausgerufen werden konnte und da er es tugendhaft ablehnte, die Macht dieses Amtes für sich in Anspruch zu nehmen, fehlte ihm die Autorität, Gesetze zur Regierung der von ihm eroberten Gebiete zu erlassen und zu verwirklichen. Er rief jedoch das Kriegsrecht aus und legte bestimmte Regelungen fest, die die Ordnung im Staate sichern sollten. Diese Regelungen waren keineswegs streng, was Theoderichs neue Untertanen überraschte und ihnen gefiel. Sie waren bezeichnend für den gütigen Despotismus, mit dem Theoderich sein Reich später regieren würde.

Ich möchte behaupten, daß es in unserer Geschichte keinen Eroberer gibt, der seinen neu dazugewonnenen Untertanen so viel Sorge und Aufmerksamkeit entgegenbrachte wie Theoderich. Umgekehrt brachte das italienische Volk seinem Eroberer so viel Vertrauen, Respekt und Zuneigung entgegen wie noch keinem Eroberer zuvor. Damit meine ich nicht nur das lange unterdrückte gemeine Volk. Selbst der hochgestellte Lentinus, Nauarch der Adriatischen Flotte der römischen Kriegsmarine, verließ seinen Posten in Aquileia, um bei Theoderich vorzusprechen und ihm einen Vorschlag zu unterbreiten, der sich für uns als außerordentlich hilfreich erweisen sollte.

Während Theoderich mit der Aufstellung seiner Besatzungstruppen, der Ausrufung des Kriegsrechts und all den anderen Verwaltungsangelegenheiten der Kriegsführung beschäftigt war, hatte General Herduich den Auftrag erhalten, Odoakers Ravenna zu belagern – oder zumindest teilweise zu belagern, denn wie ich vorausgesehen hatte, boten die Sümpfe um die Stadt keinen festen Boden, auf dem man Katapulte oder ein Heer von Bogenschützen hätte aufstellen können. So konnte Herduich seine Infanterie nur in einer langen, dünnen Linie nördlich und südlich um die landeinwärts gelegenen Stadtgebiete herum aufstellen. Diese Männer konnten nichts weiter tun, als die Lebensmittelversorgung der Stadt zu verhindern, die von der Sumpfstraße, über das Moor, über den Nebenfluß des Po oder über die Via Popilia, die von Ravenna aus nördlich und südlich an der Küste entlangführte, erfolgte. Nur die wenigen Ausfälle der Bogenschützen, welche bei Gelegenheit und aus Langeweile die Mauern mit Pfeilen und Feuerpfeilen beschossen, erinnerten an eine Belagerung. Der Feind hinter den Mauern lachte sicher höhnisch über diese lustlosen Angriffe, die so sinnlos waren wie die Blockade selbst. Herduichs Küstenbeobachter berichteten, daß mindestens einmal wöchentlich ein Handelsschiff oder etliche von einer Galeere gezogene über die Adria im Hafen Classis, dem Kriegshafen von Ravenna, eintrafen und dort in aller Ruhe eine beträchtliche Fracht abluden. Dagegen konnten wir nicht das geringste tun, wir wußten nicht einmal, woher diese Schiffe kamen.

»Nicht von den adriatischen Stützpunkten, die unter meinem Befehl stehen«, beteuerte Lentinus uns Offizieren, die wir uns im Palast zu Mediolanum versammelt hatten. In seinem kuriosen venezianischen Akzent fuhr er fort: »Ich versichere Euch, Theoderich, daß diese Schiffe weder aus Aquileia noch aus Altinum, noch aus Ariminum kommen. Ich leihe Euch zwar keine Schiffe, um Euch zum Sieg zu verhelfen, aber ich unterstütze auch nicht Odoakers letzten Verteidigungsversuch.«

»Das ist mir bekannt«, antwortete Theoderich, »und ich respektiere Eure Neutralität.«

Ich sagte: »Wir müssen annehmen, daß selbst ein gescheiterter, ehrloser ehemaliger Regent noch eine Handvoll Anhänger hat, die ihm bis zuletzt treu bleiben. Wir vermuten, daß eine kleine Schar von Odoakers Leuten sich bereits sicher irgendwo im Exil befindet, vielleicht in Dalmatien oder sogar noch weiter weg in Sizilien.«

Der brummige Saio Soas ließ sich vernehmen: »Odoakers Anhänger könnten auch Auswanderer sein, die aus irgendeinem Grund den Status quo ante bewahren wollen. Es ist erstaunlich, wie viele Leute, die lange außerhalb ihres Vaterlands gelebt haben, sich aus sicherer Entfernung begeistert in dessen Angelegenheiten einmischen.«

»Meine Moral verbietet es mir, mich einzumischen«, sagte Lentinus, »und meine Neutralität hält mich davon ab, Euch römische Schiffe anzubieten. Aber ich schlage Euch vor, daß Ihr Euch Eure eigenen Schiffe baut.«

»Danke für den Vorschlag«, sagte Theoderich mit einem Lächeln. »Aber ich glaube nicht, daß sich in meinen Reihen auch nur ein einziger Mann befindet, der sich im Schiffsbau auskennt.«

»Vermutlich nicht«, entgegnete Lentinus. »Aber ich kenne mich darin aus.«

Theoderichs Lächeln wurde breiter. »Ihr würdet uns helfen, Kriegsschiffe zu bauen?«

»Keine Kriegsschiffe. Das würde meine Neutralität verletzen. Außerdem würde es Jahre dauern, eine Flotte von Kriegsschiffen zu bauen. Nein, was Ihr wirklich braucht, das sind große Kästen, die im Kriegshafen von Ravenna herumgerudert werden können. Diese besetzt Ihr mit genug bewaffneten Kriegern, die sich den eintreffenden Versorgungsschiffen entgegenstellen. Ihr habt doch sicher fähige Schmiedsoldaten und Wagenbauer in Euren Reihen. Ruft sie zusammen, und ich werde sie die Via Aemilia hinab zu den Schiffswerften in Ariminum führen, wo man ihnen beibringen wird, was sie zu tun haben.«

»So sei es!« rief Theoderich recht fröhlich und schickte seine Generäle Pitza und Ibba los, um die Handwerker zusammenzurufen.

*

Das Frühjahr kam, und die Vorbereitungen für eine völlige Blokkade Ravennas waren noch nicht abgeschlossen. Aus Konstantinopel traf eines der schnellen Boote des Lentinus mit einem griechischen Boten ein, der die neuesten Nachrichten aus dem Östlichen Imperium überbrachte. Zeno war gestorben, und sein Nachfolger im Purpur-Palast hieß Anastasius. Er war fast so alt wie Zeno und hatte bislang nur ein unbedeutendes Amt im kaiserlichen Schatzamt innegehabt. Doch er war persönlich von Zenos Witwe, der Basilissa Ariadne, zum Kaiser erwählt worden. Zum Ausgleich heiratete er sie unmittelbar nach seiner Thronbesteigung.

»Überbringe dem Kaiser meine Glückwünsche und mein Beileid«, trug Theoderich dem Boten auf. »Ich werde auf Mitteilung von ihm warten. Hat er keine Nachricht mitgeschickt, was meine eigene Thronbesteigung anbetrifft?«

»Oukh, nein. Tut mir leid.« Der Bote zuckte mit den Schultern. »Ihr werdet mir die Dreistheit meiner Worte verzeihen, Theoderich, aber Ihr solltet nicht erwarten, daß Anastasius Euch etwas von sich aus anbietet. Wie alle Männer, die viel Geld zu verwalten haben, ist er ein knausriger Geizhals. Wenn Ihr etwas von ihm wollt, müßt Ihr darum betteln.«

Und so kam es, daß Theoderich ohne den kaiserlichen Befehl und nur kraft des Kriegsrechts und seiner wachsenden Beliebtheit ganz Italien regierte.

## 9

Bei Corfinium, einer Stadt in den Bergen und Knotenpunkt mehrerer Römerstraßen, schlugen wir für einige Tage unser Lager auf, während Theoderich die Kapitulation der Stadt entgegennahm, den Stadtgouverneur mit den Regeln des Kriegsrechts vertraut machte, den üblichen Gerichtshof ernannte und nur fünf Zeltgemeinschaften der Infanterie als Besatzungsmacht abkommandierte. Wir verließen die Stadt auf der Via Salaria, und ich befand mich gerade mit Theoderich an der Spitze unserer Kolonnen im Gespräch, als wir südlich von Corfinium einer weiteren, viel kleineren Kolonne begegneten: einer Anzahl von Reitern, die eine vornehme Karosse eskortierten, die von einem Esel gezogen wurde. Wir hielten alle an, und ein weißhaariger, glattrasierter und würdevoll aussehender Mann stieg aus der Karosse und grüßte uns. Seine roten Sandalen und seine gesäumte Tunika waren unverkennbare Abzeichen seines Ranges, und er sprach Theoderichs Namen römisch aus: »Salve, Theodericus. Ich bin Senator Festus und bitte Euch um ein Gespräch.«

»Salve, Patricius«, entgegnete Theoderich höflich, aber nicht demütig. Es mag sein, daß ich ein wenig beeindruckt war von dem ersten römischen Senator, den ich zu Gesicht bekam, Theoderich jedenfalls war es nicht. Immerhin war er Konsul des Östlichen Imperiums gewesen.

»Ich kam von Rom, Euch aufzusuchen«, fuhr Festus fort. »Doch ich hatte Euch im Umkreis der Stadt erwartet, und nun erfahre ich, daß Ihr überhaupt nicht nach Rom marschiert.«

»Ich bewahre mir Rom für zuletzt auf«, sagte Theoderich leichthin, »es sei denn, Ihr bringt unerwartet die Kapitulation.«

»Darüber wollte ich mit Euch sprechen. Können wir es uns am Wegrand bequem machen?«

»Dies ist ein Heer. Wir führen keine Sitzgelegenheiten oder sonstige senatorische Bequemlichkeiten mit uns.«

»Aber ich selbstverständlich.«

Während Theoderich seine anderen Offiziere zu sich rief und der Reihe nach vorstellte, errichteten die Bediensteten des Senators auf dessen Wink rasch einen herrlichen Pavillon, verteilten Kissen darin und schafften Schläuche mit Falerner und Kelchgläser aus Kristall herbei, in welchen sie den Wein servierten. Festus wollte mit oberflächlicher Konversation beginnen, doch Theoderich bemerkte steif, er hoffe, die nächste Stadt, Aufidena, noch vor Einbruch der Dunkelheit zu erreichen, also kam der Senator gleich zur Sache.

»Der römische Senat ist derzeit – wie alle römischen Bürger –

verwirrt und unsicher. Unser ehemaliger König hat sich verbarrikadiert, auf dem östlichen Thron sitzt ein neuer Kaiser, Ihr selbst seid unbestritten, doch inoffiziell unser neuer Herr. Wenn es nach mir ginge, würde der Machtwechsel so früh und so reibungslos wie möglich vor sich gehen und die Frage der Anerkennung Theoderichs als König zu einem Abschluß gebracht. Nur, ich kann nicht behaupten, das Denken des gesamten Senats wiederzugeben ...«

»Der römische Senat«, unterbrach ihn Theoderich höflich, »war seit den Tagen Diokletians nicht mehr gezwungen zu denken.«

»Das ist wahr. Nur allzu wahr. Und während des vergangenen Jahrhunderts tat er nicht viel mehr als die Handlungen desjenigen zu ratifizieren, der sich gerade hervortat.«

»Ihr meint, desjenigen Barbaren, der sich gerade hervortat. Ihr braucht Euch nicht zu schämen, das Wort zu gebrauchen, Senator. Seit den Tagen Stilichos, des ersten barbarischen Staatsmanns, hatte der Senat Roms keine andere Funktion, als nur zu allem seine Zustimmung zu geben.«

»Kommt, kommt«, erwiderte Festus und schien überhaupt nicht beleidigt zu sein. »Diese Funktion ist nicht überflüssig. Allein das Wort ›Senat‹, abgeleitet von ›senex‹, bedeutet ›Rat der Alten‹. Schon in frühester Zeit bestand die Aufgabe der Alten eines Stammes darin, ihre Zustimmung zu den Plänen der Jungen zu geben. Ebenso wünscht Ihr, Theoderich, daß Eure Taten anerkannt werden und daß Euer Anspruch auf den Königstitel legitimiert wird.«

»Das kann nur der Kaiser, nicht der Senat.«

»Aus diesem Grunde bin ich hier. Wie gesagt, repräsentiere ich nicht die Mehrheit des Senats. Ich brauche Euch nicht zu sagen, daß die Mehrheit sich freuen würde, wenn Ihr – und jeder andere Barbar – Euch wieder tief in die Wälder Germaniens zurückziehen würdet und sie allein bestimmen könnten, wer regiert. Allerdings repräsentiere ich diejenigen, die es gern sehen würden, wenn Italien seinen Frieden und seine Sicherheit zurückgewänne. Wir Senatoren wissen aus unserer Erfahrung mit Anastasius – als er noch ein unbedeutender Schatzkämmerer war –, daß er dazu neigt, zu zögern und abzuwarten. Deshalb schlage ich Euch folgendes vor: Wenn Ihr mir eine Eskorte bereitstellt und mir freies Geleit gebt, gehe ich nach Konstantinopel. Ich werde Anastasius dazu drängen, sofort zu verkünden, daß Odoaker entthront ist und daß Ihr fürderhin Theodericus Rex Romani Imperii Occidentalis seid.«

»Rex Italiae genügt«, entgegnete Theoderich mit einem Schmunzeln. »Ich kann solch ein Angebot schwerlich abschlagen, Senator, und ich weiß Eure guten Absichten zu schätzen. Geht, auf daß Ihr erfolgreich sein möget. Wenn Ihr Euch von hier nach Norden wendet, kommt Ihr auf die flaminische Straße, welche nach Ariminum führt, wo Lentinus, der Nauarch der Adriatischen Flotte, gegenwärtig an einem gewissen Projekt arbeitet. Mein Marschall Thorn kennt die Straße und den Nauarchen. Er wird Euch und Eure Leute begleiten und dafür sorgen, daß Lentinus Euch an Bord des ersten Schiffes setzt, das nach Konstantinopel segelt.«

*

So zogen Theoderich und sein Heer ohne mich weiter, und ich führte Festus' kleinen Zug den Weg zurück, den wir gekommen waren.

In Ariminum lieh Lentinus Festus bereitwillig ein schnelles Küstenboot mit Besatzung und schickte ihn geradewegs nach Konstantinopel. Dieses Schiff war das kleinste der *dromones,* schneller Boote zum Transport von Gütern, und der Senator konnte nur zwei Leute aus seinem Gefolge mitnehmen; der Rest wurde bis zu seiner Rückkehr gegen Bezahlung in Ariminum einquartiert. Das kostete allerhand, da der Senator mindestens vier Wochen lang unterwegs sein würde.

Lentinus ließ mir keine Zeit, die Stadt zu besichtigen. Er drängte mich, mir doch anzuschauen, was sich in der Zwischenzeit hinsichtlich einer Blockade Ravennas getan hatte. Am späten Nachmittag erreichten wir die Stelle, an der unsere Belagerungslinie landeinwärts am südlichen Seeufer der Stadt endete. Unsere Wachen waren vorsichtigerweise außerhalb der Schußweite der die Stadt verteidigenden Bogenschützen postiert, aber doch nahe genug, daß wir die Reede sehen konnten.

»Ravenna selbst ist von hier aus nicht zu sehen«, sagte Lentinus, als wir zwischen den Besatzungstruppen absaßen. »Was Ihr dort drüben seht, das Hafenbecken, die Landungsbrücken, die Baracken und so weiter, das ist das Arbeiter- und Handelsviertel der Stadt, der Hafen Classis. Der patrizische Teil, Ravenna selbst, liegt noch zwei bis drei Meilen landeinwärts. Es ist mit Classis durch einen Damm verbunden, der durch die Sümpfe führt und an dem entlang die Hütten der Arbeiter liegen. Dieser Vorort heißt Caesarea.«

Gewöhnlich hätten wir sogar aus dieser Entfernung die vielen Träger, Karren und Wagen sehen können, die normalerweise am Kai herumfuhrwerkten, doch heute war kein Zeichen menschlichen Treibens zu beobachten. Die Häuser am Hafen waren verriegelt, kein Schmiedefeuer brannte, und die Kräne standen still.

Im ganzen Hafen bewegten sich nur sechs Gegenstände: plumpe Schiffe, die schwerfällig hintereinander von einem Ende des Hafens zum anderen paddelten. Sie schwankten und schaukelten im Wasser, doch irgendwie gelang es ihnen, in einem gewissen Abstand zwei parallele Reihen zu bilden. Drei Schiffe segelten in die eine, drei in die entgegengesetzte Richtung. Wären die Schilde der Krieger nicht gewesen, die über die Bordwände hinausragten, und die vielen Lanzen, die in den Himmel stachen, die Schiffe hätten wie große, harmlose Kisten ausgesehen. Jedes wies zwei Ruderbänke auf, aber keinen Mast, jedes war an den Seiten verkleidet und quadratisch, so daß jedes Ende entweder Bug oder Heck sein konnte.

»So müssen die Ruderer beim Hin- und Herfahren nicht immer manövrieren«, erklärte Lentinus. »Es ist viel einfacher für sie, sich auf ihrer Bank umzudrehen, als die ganze schwerfällige Kiste zu wenden. Und so wie sie über den Hafen verteilt sind, können trotz ihrer Langsamkeit immer zwei davon – eines vorwärts- und eines rückwärtsgerichtet – jedes Schiff in die Zange nehmen, das versucht, zwischen ihnen durchzukommen. Jede Kiste ist mit vier Zeltgemeinschaften von Speerwerfern besetzt, die auch mit Schwertern bewaffnet sind: genug, um ein Handelsschiff zu entern und dessen Besatzung zu überwältigen.«

»Hatten die Männer schon das Vergnügen, ein feindliches Schiff anzugreifen?« fragte ich.

»Nein, noch nicht, und ich glaube nicht, daß es so weit kommen wird. Seit unsere Schiffe die Küste kontrollieren, kam nur eines jener riesigen Getreideschiffe und danach noch eine Reihe kleiner Boote, die von einer Galeere gezogen werden, in die Nähe des Hafenbeckens. Als sie den glitzernden Stahl sahen, der da auf sie wartete, segelten sie wieder aufs Meer hinaus. Ich möchte behaupten, daß Ravenna die längste Zeit von der See her versorgt wurde.« Jetzt grinste Lentinus übermütig. »Außerdem bereiten wir gerade noch etwas vor, das Odoakers bequemes Leben etwas ungemütlicher gestalten dürfte. Wir werden die Nacht hier bei den Truppen verbringen, Saio Thorn. Morgen früh reitet Ihr mit mir an der Besatzungslinie entlang, bis zu der Stelle, an der sie auf den Fluß stößt. Dort zeige ich Euch etwas viel Unterhaltsameres als schwimmende Kisten.«

Ich war davon ausgegangen, daß wir wieder auf die Via Popilia zurück müßten, um Ravenna zu umreiten, aber es stellte sich heraus, daß unsere Soldaten – weil sie gerade nichts anderes zu tun gehabt hatten – durch das Moor und den Treibsand einen festen Pfad abgesteckt hatten. Daher konnten wir am nächsten Tag fast so schnell und bequem über Land reiten, als wären wir auf der schadhaften Hauptstraße. Der Pfad führte uns landeinwärts und schließlich über die Sumpfstraße, auf der ich die polybischen Signale beobachtet hatte. Wir überquerten sie allerdings weitaus näher an den Stadtmauern Ravennas, die wir in der Ferne erkennen konnten. Dann kamen wir zum Fluß, der unsere Belagerungslinie unterbrach, aber die Reihe der Soldaten wurde am anderen Ufer fortgesetzt. Auf dieser Seite war eine größere Anzahl unserer Männer mit nackten Oberkörpern in der Hitze schwitzend dabei, das Projekt auszuführen, das Lentinus mir vorführen wollte.

»Dies ist der südlichste Mündungsarm des Po«, sagte er. »Er gabelt sich östlich von hier in zwei Abzweigungen und fließt um Ravenna herum ins Meer. Der Kanal wurde von Menschenhand geschaffen, damit die Stadt mit Wasser versorgt wird. Wie Ihr sehen und riechen könnt, ist das Wasser des Flusses nicht sehr sauber, weil es durch die Sümpfe fließt. Doch es ist Ravennas einzige Wasserversorgung, weil das Aquädukt der Stadt schon vor langer Zeit zerfiel. Das Wasser fließt also an den Stadtmauern entlang und wird hie und da durch niedrige Brückenbögen in das Netz der Kanäle geleitet, das sich durch die ganze Stadt zieht. Ich will über diese Kanäle eine kleine Überraschung in das Innere der Stadt schmuggeln.«

Bewundernd sagte ich: »Für einen neutralen Beobachter, Nauarch, scheint Ihr doch ziemlich dem Eroberungsgeist verfallen.

Bauen die Männer dort drüben Boote? Sie sehen zu zerbrechlich aus, um Soldaten zu tragen.«

»Ja, es sind Boote, aber unbemannte, deshalb brauchen sie nicht sehr stabil zu sein. Und sie sind absichtlich so klein gebaut, damit sie unter den niedrigen Mauerbögen der Stadt hindurchpassen.«

»Weshalb weisen sie dann Mast und Segel auf? Sind das keine Hindernisse?«

Mit einem fröhlichen Grinsen antwortete Lentinus: »Sie werden verkehrt herum hineinsegeln. Wie jedes Boot schwimmt auch dieses auf der Wasseroberfläche, allerdings mit dem Segel unterhalb der Wasserlinie. So wird es von der Strömung schnell vorangetrieben und läuft nicht Gefahr, sich am Ufer im Schilfrohr zu verfangen oder sich unter einem Bogen oder in einem engen Kanal querzustellen. Währenddessen trägt die flache Aushöhlung über der Wasserlinie die Fracht.«

»Sehr geistreich«, murmelte ich und meinte es auch so.

»Die Erfindung stammt nicht von mir. Die alten Griechen, als sie noch kriegerisch waren, nannten es *khele,* die Krebsschere. Wenn eine feindliche Flotte in einem ihrer Häfen ankerte, schickten sie die Khele-Boote heimlich flußabwärts, damit sie die Flotte infiltrierten und sich von unten wie Krebse an den feindlichen Schiffen festklammerten.«

»Festklammern – womit?« fragte ich. »Woraus besteht die Fracht?«

Er zeigte es mir, denn eine der fertigen Krebsscheren wurde gerade beladen. »Wir Seeleute nennen es ›Nasses Feuer‹ – auch eine Erfindung der Griechen, bevor sie sich in eine Nation von Schwächlingen verwandelten. Die Fracht ist ein Gemisch aus Schwefel, Leuchtpetroleum, Pech und Ätzkalk. Wie Ihr vielleicht wißt, Saio Thorn, erhitzt sich Ätzkalk, wenn er mit Wasser in Berührung kommt – und zwar genug, um die anderen Bestandteile zu entzünden, und diese brennen sogar unter Wasser. Wie Ihr bereits bemerkt habt, sind die *khelai* nicht besonders stabil. Ich habe folgendermaßen kalkuliert: Wenn ich sie nur wasserdicht genug mache, daß sie sicher nach Ravenna hineingelangen, werden sie – wenn sie am Ziel sind – mit Wasser vollaufen, der Ätzkalk wird sich erhitzen und ...« Für einen Mann mittleren

Alters lachte er wie ein kleiner Junge, »... und *euax!* Nasses Feuer!«

»Phantastisch!« rief ich und meine Begeisterung war echt. Dennoch fühlte ich mich verpflichtet, eine Warnung zu äußern. »Ich könnte mir vorstellen, daß Theoderich Ravenna mehr oder weniger intakt einnehmen will. Es wird ihm nicht gefallen, daß Ihr die Hauptstadt des Landes in Schutt und Asche legt.«

Lentinus lachte. »Eheu, darum braucht Ihr Euch keine Sorgen zu machen. Ich will Odoaker nur ein bißchen ärgern und verhindern, daß seine Krieger des Nachts gut schlafen.«

Nach Einbruch der Dunkelheit schwammen einige Soldaten auf Lentinus' Befehl mit einem *khele* zur Mitte des Flusses und ließen es flußabwärts treiben. Dann glitten noch zwei weitere hinaus in die Dunkelheit. Als alle drei zu Wasser gebracht waren, ließen wir uns am Flußufer nieder und beobachteten den fernen Abendhimmel, der vom Widerschein der Lampen und Herdfeuer Ravennas rot überhaucht war. Wenn die Wachen auf den Stadtmauern die sich nähernden *khelai* überhaupt erblickten, hielten sie sie vermutlich für im Wasser treibende Baumstämme, weil der Fluß mit Treibholz angefüllt war. Jedenfalls schaffte es zumindest eine der Krebsscheren, durch die Stadtmauer und in die Kanäle der Stadt zu kommen. Wir beobachteten, wie der Himmel plötzlich aufglühte, und wir sprangen alle auf, schrien »Sai!« und »Euax!« und schlugen uns gegenseitig auf den Rücken. Das griechische Feuer brannte lange, und wir stellten uns frohlockend vor, wie die Leute dort drüben entsetzt durcheinanderwurlten und vergeblich versuchten, eines Feuers Herr zu werden, das sich unerklärlicherweise nicht mit Wasser löschen ließ.

Als der Abendhimmel wieder seine übliche Farbe zurückerlangt hatte, sagte ich zu Lentinus: »Ich danke Euch für die Unterhaltung. Morgen werde ich Euch und Eure Männer Euren Streichen überlassen. Ich reite südwärts und berichte Theoderich, was hier vor sich geht. Und ich werde Eure Erfindungsgabe in den höchsten Tönen loben.«

»Bitte«, sagte er und hob die Hand. »Bitte respektiert meine Neutralität.«

»Also gut. Dann lobe ich eben Eure Neutralität. Neutral oder nicht, Ihr werdet derjenige sein, der uns sofort einen Boten gen

Süden schickt, wenn Ravenna des griechischen Feuers überdrüssig wird, seine Speisekammern leergegessen oder es einfach satt hat, belagert zu werden, und endlich aufgibt.«

*

Doch Ravenna gab nicht auf.

Gleichgültig blieb es in der Isolation, von seiner Umwelt abgeschlossen. Nicht ein einziger Bote tauchte auf, um über die Bedingungen zu verhandeln, nach denen die Übergabe der Stadt erfolgen sollte. Da für uns nichts mehr zu tun blieb als darauf zu warten, daß die lange Belagerung Odoaker und seine Leute zermürbte, beschloß Theoderich, die Lage zu ignorieren. Er widmete die folgenden Monate der Regierung seiner neu dazugewonnenen Gebiete, als würde deren verschlossene Hauptstadt und deren verbarrikadierter ehemaliger König nicht existieren.

So begann er beispielsweise, unter seinen Kriegern das gute Land zu verteilen, das sie für ihn gewonnen hatten. Da offenkundig keine weiteren bedeutenden Schlachten anstanden, verteilte Theoderich seine Truppen in kleinen Streitkräften über das Land. Dann bewilligte er jedem Soldaten dieser Streitkräfte – mehr oder weniger in Nachahmung des traditionellen römischen Systems des Kolonats – in der jeweiligen Umgebung eine Parzelle (wenn der Soldat Land wollte), die ihm zur freien Verfügung stand: Er konnte das Land bewirtschaften, Vieh darauf weiden oder es bebauen. Natürlich wählten viele auch eine dem Wert der Parzelle entsprechende Summe Geldes, mit dem sie einen Laden, eine Schmiede, einen Stall oder irgendein anderes Geschäft in einer Stadt oder einem Dorf aufmachten. Tavernen waren sehr beliebt.

*

Odoaker war durch die Signale seiner Kundschafter zweifellos über alles informiert, was bei uns geschah. Sicher war er sich auch bewußt, daß sein ehemaliges Herrschaftsgebiet ihm nicht mehr gehörte und ihm nie mehr gehören würde. Außerdem mußte das Leben hinter Ravennas Mauern langsam unerträglich sein. Jeder vernunftbegabte Mensch hätte mittlerweile über einen Waffenstillstand verhandelt. Noch ein Winter ging vorbei, und kein Laut, kein Bote kam aus den Mauern der Stadt. Ravenna gab nicht auf.

Da die Siegesveteranen sich nun größtenteils als Grundbesitzer niederließen und nur zu den Waffen griffen, wenn es unbedingt notwendig war, brachten viele – mit Theoderichs Erlaubnis und Unterstützung, sogar auf dessen Rat hin – ihre Familien von Moesien nach Italien. Die Kähne, die zuvor unseren Militärbedarf die Donau und die Save hinauftransportiert hatten, waren nun mit Greisen, Frauen und Kindern und Haushaltswaren beladen. Vom Quellfluß der Save in Noricum Mediterraneum an reisten die Familien über Land, in Wagenkolonnen, die von den Quartiermeistern des Heeres bereitgestellt worden waren, durch Venetien und weiter zu ihrem jeweiligen Reiseziel.

*

Doch es gibt noch andere Dinge, die ich bezüglich dieser Ansiedlungen erwähnen sollte. Als Theoderich damit begann, das Land unter seinen Kriegern zu verteilen, zitterten die Geistlichen in der Annahme, daß ein »verdammenswerter Arianer« sich selbstverständlich, nach Rache dürstend und frohlockend, des Grunds und Bodens der Kirche und ihrer persönlichen Besitztümer bemächtigen würde. Tatsächlich ging das Gerücht um, daß der Patriarch Roms, Felix III., als Folge dieser Ängste einem Schlaganfall zum Opfer fiel. Doch ganz nach Odoakers Beispiel unterließ es Theoderich, den Besitz der Kirche auch nur anzutasten, was die Kleriker allerdings nicht hinderte, ihn trotzdem zu verdammen. Dieselben Priester und Bischöfe, die auf den Katholiken Odoaker Loblieder angestimmt hatten, weil er die »Heiligkeit« ihres Besitzes respektierte, behaupteten nun, Theoderich wage es nicht, ihren Besitz zu beschlagnahmen. Er sei nicht nur ein verachtenswerter Feind, sondern auch ein Feigling. Wie dem auch sei – Patriarch Felix starb jedenfalls. Sein Nachfolger war ein mürrischer, alter Mann namens Gelasius, der Theoderich neue Sorgen bereitete.

»Bischof Gelasius, oder der Pontifex, wenn Ihr so wollt«, sagte Senator Festus, »steht in Konstantinopel in schlechtem Rufe.« Der Senator war gerade von seiner Mission in Konstantinopel zurückgekehrt und zu Theoderich geführt worden. Dies waren seine ersten Worte. Wir starrten ihn alle erstaunt an.

»Was im Namen Plutos schert mich das?« entgegnete Theoderich. »Ihr wolltet die Frage meiner Anerkennung zum Abschluß bringen. Ist Euch das gelungen?«

»Nein«, antwortete Festus. »Ich wollte Euch schonend erklären, weshalb Anastasius Euch die Anerkennung verweigert.«

»Verweigert?«

»Nun, vorenthält. Er behauptet, daß Ihr Eure neuen Untertanen nicht regieren könnt, solange Ihr nicht mit einem streitsüchtigen Bischof fertig werdet und ...«

»Senator«, unterbrach Theoderich ihn mit eisiger Stimme. »Verschont mich mit langen Reden und Vornehmtuerei. Ich bin am Ende meiner Geduld.«

Jetzt begann Festus schnell zu sprechen. »Es scheint, daß Gelasius' erste Handlung als Patriarch von Rom darin bestand, daß er seinen Amtsbruder Akakios, den Patriarchen von Konstantinopel, öffentlich anklagte. Papst Gelasius hat den Eindruck, daß Bischof Akakios sich schändlichen Elementen in der Ostkirche gegenüber allzu tolerant verhielt. Der Pontifex verlangt nun die Streichung aus den Diptychen, jenen Listen der Christenväter, denen die Gebete der Gläubigen gelten sollen. Wie ich erfuhr, verbreiten seine Kardinäle diese Nachricht im gesamten westlichen Christentum. Wie Ihr Euch vorstellen könnt, hat dies eine Welle der Entrüstung in Konstantinopel ausgelöst. Anastasius behauptet, er zögere, Euch zum Theodericus Rex Romani zu ernennen, während seine eigenen aufgebrachten Untertanen danach trachten, daß Rom in Schutt und Asche gelegt und alle Römer in die Hölle verbannt würden. Das behauptet er jedenfalls. Natürlich ist es nur ein willkommener Grund für ihn, Eure Anerkennung ...«

»Skeit!« bellte Theoderich und ließ seine Faust auf die Armlehne seines Stuhls herniederfahren, so daß sie fast zerbrach. »Erwartet der alte Narr von mir, daß ich zwischen zwei sich zankenden Bischöfen vermittle? Ein ganzes Land wartet darauf, von mir regiert zu werden, und man gibt mir nicht einmal die rechtmäßige Befugnis dazu. Ich weigere mich zu glauben, daß ein Streit unter Geistlichen Priorität hat.«

»Soweit ich weiß«, sagte Festus sanft, »geht es um die Monophysiten in der Ostkirche. Gelasius betrachtet sie als subversive Elemente und beschuldigt Akakios, ihnen gegenüber allzu tolerant zu sein. Die Monophysiten glauben nämlich, daß die göttliche und menschliche Natur des Erlösers ...«

»Jesus Christus! Schon wieder diese pedantischen Wortklaubereien! Die Bauern würden sagen, sie streiten um den Schatten eines Esels. Skeit! Das Christentum besteht nun seit fast fünfhundert Jahren, und immer noch nehmen die Väter der Christen keine Notiz von der Welt um sie herum. Stattdessen ergehen sie sich in theologischen Haarspaltereien. Sie geben vor, weise zu sein und gewichtige Fragen zu diskutieren, doch wissen sie nicht einmal, wie sie sich nennen sollen. Pontifex! Weiß Gelasius nicht, daß ein Pontifex ein heidnischer Oberpriester war? Und Kardinäle! Wissen die nicht, daß Cardea die heidnische Göttin der Türschwellen war? Beim Styx, wenn Anastasius die christliche Kirche verbessern will, soll er mit der höllischen Unwissenheit der Christen anfangen!«

»Laßt uns auf unsere heutigen Angelegenheiten zurückkommen«, sagte der Senator. »Theoderich, wenn Anastasius Euch Rom nicht gibt, überlaßt doch Rom diese Aufgabe. Jeder weiß, daß Ihr der neue König seid – kaiserlicher Befehl hin oder her. Obwohl Rom nicht die Hauptstadt ist, kann ich den Senat sicher davon überzeugen, Euch dort einen Triumph zu gewähren und ...«

»Nein«, sagte Theoderich barsch.

»Warum nicht?« fragte Festus leicht gereizt. »Rom, die Ewige Stadt, gehört Euch, doch wie ich höre, habt Ihr sie Euch bislang noch nicht einmal aus der Ferne angesehen.«

»Und das werde ich auch jetzt nicht tun«, gab Theoderich zurück. »Ich habe mir geschworen, daß ich keinen Fuß in die Stadt setze, bevor ich nicht König von Rom bin. Und König kann ich nicht sein, bevor ich nicht in Ravenna einmarschiere und dort den Triumph feiere. Hätte Anastasius mir gewährt, was mir zusteht, ich hätte gewartet, bis Odoaker sich ergibt. Doch nun werde ich nicht länger warten.« Er wandte sich an mich. »Saio Thorn, du kennst diese Gegend am besten. Reite zurück nach Ravenna. Finde heraus, wie dieser Feigling Odoaker so lange hat durchhalten können. Dann denk darüber nach, wie ich ihn am besten da herausbekomme. So sei es!«

# 10

»Was soll ich sagen?« Lentinus zuckte die Achseln. »Vielleicht essen die da drin einander auf. Ich kann nur berichten, daß die Blockade nicht ein einziges Mal durchbrochen wurde, weder zu Land noch zu See.«

Ich ließ ihn weiter so verdrießlich auf Ariminums Hafen starren und hing meinen eigenen Gedanken nach. Von einer Marmorbank aus betrachtete ich leeren Blickes das stolzeste Monument der Stadt, den Triumphbogen des Augustus, ohne ihn wirklich wahrzunehmen. Wie konnte eine Stadt von der Größe Ravennas es so lange ohne die Zufuhr von Lebensmitteln aushalten? Nur drei Dinge gelangten ungehindert in die Stadt: Das eine war der Po, doch unsere *khelai*-Schreiner hätten es sicher gemerkt, wenn jemand versucht hätte, diesen Weg zu nehmen. Das zweite waren die See- und Sumpfvögel, doch ich bezweifelte, daß Odoaker wie Elia von den Vögeln gefüttert wurde. Schließlich gab es noch die Fackelzeichen. Diese wurden von der Bevölkerung Ravennas in ihrer Isolierung vom Rest der Welt vermutlich begierig erwartet, doch sie konnten niemanden ernähren ...

Inzwischen marschierte Theoderich entschlossen mit einer beträchtlichen Streitmacht auf die Stadt zu und erwartete von mir einen Rat, wie er seine Soldaten am besten einsetzen sollte. Ich wußte nicht, welchen Rat ich ihm geben sollte ...

Nun, sagte ich mir, etwas hatte ich noch nicht getan: Ich hatte den nördlichen Endpunkt unserer Belagerungslinie noch nicht persönlich inspiziert.

Der für diesen Abschnitt der Belagerungslinie zuständige Mann hieß Gudahals, sprach Latein und trug den Titel eines Zenturio regionarius. Er sah aus wie ein Ochse, war träge wie ein Ochse und – wie sich bald herausstellen sollte – er besaß auch die Intelligenz eines Ochsen. Andererseits – wer sonst sollte diese öde Arbeit übernehmen und eine langweilige Belagerung überwachen, bei der sich nichts tat und die nicht enden wollte? Das jedenfalls dachte ich, bis Gudahals, nachdem er, ich und Lentinus es uns bei Wein und Käse auf den Kissen seines Zeltes bequem gemacht und uns zwanglos unterhalten hatten, ungefähr zum achten Mal selbstgefällig versicherte: »Absolut nichts geht nach Ravenna hinein, Saio Thorn«, und ebenso selbstgefällig hinzufügte: »Bis auf das Salz.«

Diese Worte hingen einen Augenblick in der Luft, bis Lentinus und ich fassungslos ihre Bedeutung verstanden. Dann fragten wir beide atemlos und wie aus einem Munde: »Was?«

Immer noch selbstgefällig wiederholte Gudahals fröhlich und ohne unsere starren Blicke zu bemerken: »Die Maultierzüge mit dem Salz.«

Der Nauarch und ich saßen inzwischen kerzengerade. Ich gab Lentinus mit einem Wink zu verstehen, er solle mir das Gespräch überlassen, und sagte so beiläufig wie möglich: »Erzählt uns von den Maultierzügen, Zenturio.«

»Nun, sie kommen aus der Regio Salinarum der hohen Alpen über die Via Popilia. Deshalb wurde die Straße gebaut, habe ich mir von den Treibern sagen lassen. Sie bringen Salz von den Salzminen dort oben, und zwar schon seit Jahrhunderten, und es wird von den Kaufleuten in Ravenna ins Ausland verschifft.«

Sanft, als würde ich zu einem Kind sprechen, sagte ich: »Zenturio Gudahals, die Kaufleute in Ravenna treiben keine Geschäfte mehr.«

»Eben!« rief er aus und lachte vergnügt in sich hinein, »dafür sorgen wir, nicht wahr? Weil das Salz in Ravenna nicht mehr verschifft werden kann, gehen die Maultierzüge durch Ravenna hindurch und stattdessen nach Ariminum.«

Lentinus war mittlerweile so rot angelaufen, daß ich befürchtete, er würde wie Papst Felix gleich einen Schlaganfall erleiden, also ließ ich ihn sprechen. Es ist ihm hoch anzurechnen, daß auch er seine Stimme unter Kontrolle behielt: »Das bedeutet natürlich, daß die Züge erst hier durch Eure Belagerungslinie kommen, bevor sie weiterziehen.«

Gudahals sah ihn verdutzt an. »Aber natürlich, Nauarch. Wie anders würden sie nach Ariminum kommen?«

»Wie groß sind diese Züge?« fragte ich. »Wieviele Maultiere sind es? Was tragen sie? Kommen sie regelmäßig?«

»Ja, Marschall. Ungefähr zweimal die Woche, seit ich hier bin. Die Knechte sagen, das sei normal.« Er machte eine Pause, hielt den Weinschlauch hoch und schräg über seinen geöffneten Mund

und trank einen großen Schluck. »In jedem Zug sind ungefähr zwanzig bis dreißig Maultiere, aber ich kann ihre Traglasten nicht in Pfund oder Amphoren schätzen. Es ist gewiß furchtbar viel.«

Lentinus wiederholte, als hätte er das erste Mal nicht richtig gehört: »Und Ihr und Eure Männer habt jeden dieser Züge durch Eure Linie hier ziehen lassen, ohne daß Ihr jemanden befragt oder gehindert hättet?«

»Aber natürlich«, sagte Gudahals nochmals. »Ich würde nie daran denken, mich den Befehlen meiner Vorgesetzten entgegenzustellen.«

»Den Befehlen?« krächzte Lentinus und seine Augen traten hervor.

Besänftigend, als würde er zu einem Kind sprechen, erklärte Gudahals: »Als General Herduich uns hier postierte, verbot er mir als befehlshabendem Zenturio und meinen Männern ausdrücklich, zu plündern, zu vergewaltigen, zu stehlen – alles, was gutem Betragen entgegensteht. Wir sind hier Ausländer, sagte der General; wir müssen den Respekt der Leute gewinnen, damit sie Theoderich als ihren neuen König anerkennen. Vor allem dürften wir nichts unternehmen, sagte der General, was das jeweilige Gewerbe schädigen würde, mit dem sich die Bevölkerung ihren Lebensunterhalt verdient – die Bürgerschaft Ravennas natürlich ausgenommen. Und die Maultiertreiber erzählten mir, daß Salz schon immer eines der einträglichsten Güter römischen Handels war.«

»Liufs Guth ...« stieß ich entsetzt hervor.

»Es stimmt, Marschall! Seit die Römer jene reichen Salzminen in den Alpen entdeckten, hat Rom das Monopol für den Salzhandel. Natürlich tue ich, was ich kann, um meinem König Theoderich in seinem Bemühen zur Seite zu stehen, die Zuneigung seiner neuen Untertanen zu gewinnen. Ebenso achte ich sehr darauf, nichts zu tun, was sein Ansehen schmälern könnte, wie zum Beispiel das römische Volk dadurch zu verärgern, daß ich seinen Salzhandel behindere.«

Lentinus hatte inzwischen das Gesicht in den Händen vergraben.

»Sagt mir, Gudahals«, seufzte ich. »Tragen diese Maultierzüge, wenn sie von Ariminum zurückkommen, irgendwelche Güter mit sich, die sie im Tausch gegen all das wertvolle Salz erhalten haben?«

»Eheu, Saio Thorn!« rief er heiter. »Ihr versucht, mir eine Falle zu stellen; ich soll zugeben, daß ich geschlafen habe!« Immer noch heiter, nahm er einen großen Schluck aus seinem Weinschlauch. »Nein, nein. Jedes Maultier kam unbeladen hierher zurück. Was die Treiber für ihr Salz bekommen, weiß ich nicht – vielleicht einen Wechsel gegen spätere Bezahlung. Jedenfalls keine anderen Güter. Wie könnten sie? Wenn sie beladen aus Ariminum zurückkämen, würde der befehlshabende Zenturio am südlichen Endpunkt der Belagerungslinie sie anhalten und ihnen alles abnehmen. Er würde sie nicht nach Ravenna hineinlassen, weil sie sonst ihre Güter nicht an Odoaker und seine Verbündeten weitergeben könnten. Dem Feind Proviant zuzuführen, würde die Belagerung brechen. Da jeder Zug unbeladen hier ankommt, gehe ich davon aus, daß unser Befehlshaber am anderen Ende seine Arbeit tut. Es läuft alles ganz nach Befehl des Generals Herduich.«

Lentinus und ich tauschten verzweifelte Blicke und starrten dann entgeistert diesen naiven Stümper an, der in seiner Einfalt alle unsere Bemühungen und Pläne zunichte gemacht hatte.

»Eines noch«, sagte ich, und seine Antwort war mir fast gleich gültig, »kam es Euch je in den Sinn, Zenturio, die Satteltaschen der Maultiere zu untersuchen, bevor Ihr sie durchgelassen habt?«

Gudahals spreizte die Finger und lächelte. »Nur den ersten Zug, Marschall, die ersten zwei, drei Ballen ... nun, Salz ist Salz. Und schwer ist das Zeug, sage ich Euch. Man hat direkt Mitleid mit den armen Maultieren, die solche Lasten so weit tragen müssen. Nach den ersten paar Tieren sieht man gnädig davon ab, sie abzuladen, die Satteltaschen zu inspizieren und dann wieder aufzuladen. Das quält die armen Tiere mehr als ...«

»Benigne, Zenturio. Thags izvis, Gudahals, für Wein, Käse und die lehrreichen Geschichten über den Salzhandel.« Ich stand auf und ergriff das Abzeichen seines Ranges, sein Schwert, das am Gürtel über einem Zeltpfosten hing. »Ihr seid Eures Kommandos enthoben und unter Arrest.« Gudahals, der gerade dabei war, noch einen Schluck aus seinem Weinschlauch zu nehmen, verschluckte sich, und der Wein troff ihm von den Lippen. Ich ging zur Zelttür und rief nach dem stellvertretenden Kommandeur. Optio Landerit bewegte sich gewandt, als ich ihm befahl, Gudahals in Gewahrsam zu nehmen und genügend bewaffnete Soldaten antreten zu lassen, auf daß jeglicher Maultierzug, der aus jeglicher Richtung an der Via Popilia entlangkam, bei Tag oder bei Nacht angehalten und inspiziert werde.

»Auch mich sollte man absetzen und einsperren«, knurrte Lentinus, über sich selbst wütend.

»Dann hätte auch ich es verdient«, entgegnete ich. »Aber wie hätten wir denn wissen können, daß es ein schwaches Glied in der Kette gibt?« Und mit einem Anflug von Galgenhumor fügte ich hinzu: »Außerdem seid Ihr doch ein neutraler Beobachter, nicht wahr? Ihr und ich – wir haben keine Befugnis, uns gegenseitig zu verhaften.«

»Soll sich dann jeder von uns in sein Schwert stürzen?« entfuhr es ihm.

»Wir wollen unserem Schicksal die beste Seite abgewinnen. Ich schlage folgendes vor ...«

*

»Wer schickt das?« fragte ich schon zwei Tage später den Anführer eines Maultierzuges, indem ich mit dem Fuß an den Stapel von Waren stieß – hauptsächlich Pökelfleisch und Ölschläuche –, den Optio Landerit und seine Wachen in den Salzballen versteckt gefunden hatten.

Der Treiber war blaß und zitterte, aber er antwortete beherzt: »Der Vorsteher der Salzwerke in Hanstaths.« Soviel hatte ich schon fast erraten, doch ich hätte den Mann, der vor mir stand, nicht erkannt, hätte er nicht mit einem Anflug von Stolz hinzugefügt: »Mein Vater.«

»Mir deucht, daß Georgius Honoratus mittlerweile zu alt für solch gefährliche Spiele sein dürfte«, sagte ich.

Mein Gegenüber sah mich verblüfft an, als ich den Namen nannte, doch er murmelte: »Er ist immer noch ein treuer Römer und nicht zu alt, unserem Vaterland mutig zu dienen.«

Mir kam eine Bemerkung meines Mitmarschalls Soas in den Sinn, daß gewisse Auswanderer sich aus sicherer Entfernung in die Angelegenheiten ihres Vaterlandes einmischen. Aber ich machte mir nicht die Mühe herauszufinden, welche Gründe der alte Georgius XIII. oder XIV. gehabt haben mag, dem abgesetzten Odoaker dienen zu wollen. Ich sagte nur: »Es ist einfach, andere ihren Mut beweisen zu lassen. Georgius schickt Euch, für ihn Verrat zu begehen. Vermutlich auch Euren Bruder. Wo ist der?«

»Wer seid Ihr?« fragte der Mann mit krächzender Stimme und kniff die Augen zusammen. »Müßten wir Euch kennen?« Als ich nicht antwortete, murmelte er: »Mein Bruder und ich wechseln uns ab. Das bräuchten wir nicht, denn es gibt viele andere Treiber. Doch wir sind stolz darauf ... tun es für unser Vaterland ... um mit dabei zu sein ...«

»Und von Eurem mutigen Vater wegzukommen«, bemerkte ich kühl. »Dann freue ich mich darauf, bald auch Euren Bruder kennenzulernen. Und Eure Schwester? Beteiligt sie sich auch an diesem mutigen Unternehmen Eures Vaters?«

»Wer seid Ihr, Mann?« Wieder antwortete ich nur mit einem grimmigen Blick, so daß er schleppend fortfuhr: »Sie hat vor Jahren geheiratet ... einen reichen Händler ... sie ist von zu Hause weggegangen.«

»Schade«, sagte ich. »Sie ist zu schade für einen Händler. Wenigstens hat sie es geschafft, von ihrer langweiligen Familie loszukommen. Ich möchte wetten, daß Ihr oder Euer Bruder nicht geheiratet habt. Georgius wird seine zwei niedrigsten Sklaven wohl kaum freigegeben haben.«

Jetzt war er derjenige, der schwieg, doch er blinzelte verwirrt, als ich ihm befahl: »Zieht Euch aus!« Dann wandte ich mich an Optio Landerit: »Sobald alle Treiber nackt sind, stopft Ihr sie statt der konfiszierten Waren in die Säcke und füllt diese mit Salz auf. Währenddessen soll Zenturio Gudahals in mein Zelt kommen.«

Zweifellos hatte Gudahals angenommen, ich würde ihn ebenfalls einpökeln lassen, denn sein Ochsengesicht leuchtete auf, als ich sagte: »Zenturio, ich gebe Euch Gelegenheit, den angerichteten Schaden zu bereinigen.« Er fing an, dankbar zu blöken, doch ich gebot ihm mit einer Handbewegung Schweigen. »Ihr nehmt vier Reitersoldaten und reitet in gestrecktem Galopp nordwärts – die Via Popilia, die Via Claudia Augusta, das Drautal entlang durch die Alpen – bis nach Hanstaths in der Regio Salinarum, denn von dort kommen die Schmuggler.« Ich erklärte ihm genauestens den Weg bis zur Salzmine und gab ihm eine detaillierte Beschreibung des Georgius Honoratus, wie ich ihn in Erinnerung hatte. »Ihr bringt diesen Mann hierher und übergebt ihn entweder Theoderich oder mir selbst – keinem geringeren Offizier. Georgius ist schon sehr alt, also geht sanft mit ihm um. Theoderich will den Mann bei bester Gesundheit haben, wenn er ihn am Marterholz kreuzigen läßt. Daher warne ich Euch: sollte es Euch nicht gelingen, Georgius zu finden oder zu stehlen, oder sollte er auf dem Weg hierher Schaden erleiden …« Ich wartete, bis Gudahals anfing zu schwitzen, und fuhr dann fort, »dann kommt besser nicht zurück.«

Gudahals galoppierte gerade mit seinen vier Männern aus dem Lager hinaus und auf die Via Popilia, als Landerit mein Zelt betrat, salutierte und sprach: »Als es in den Salzsäcken aufhörte zu rumoren, Saio Thorn, waren sie ziemlich klumpig und merkwürdig verformt. Deshalb füllten wir sie mit noch mehr Salz auf, damit sie genauso rund und fest waren wie zuvor. Dann schnallten wir sie über die Packsättel von zehn ausgeruhten Maultieren. Zehn weitere Tiere wurden mit Säcken beladen, die nur Salz enthalten. Damit haben wir wieder einen Zug von zwanzig beladenen Maultieren.«

»Sehr gut, Optio. Die anderen Maultiere könnt Ihr zu Eurer eigenen Herde von Zugtieren stellen; wir werden sie nicht brauchen. Jetzt gilt es, unsere – wie soll ich sagen ›trojanischen Maultiere‹ – auf den Weg zu schicken. Ravenna muß trotz dieser heimlichen Verpflegung durch die Hintertür sehr lange mit jämmerlichen Rationen auskommen. Die armen, ausgehungerten Leute werden jede Ankunft eines Maultierzuges sehnlichst erwarten. Ob sie wohl das Pökelfleisch mögen, das sie diesmal bekommen?«

Landerit murmelte: »Es wäre interessant zu sehen, ob sie hungrig genug sind, darüber herzufallen.«

»Wie dem auch sei«, sagte ich, »die Wachen, die Odoaker rings um die Stadt aufgestellt hat, sind disziplinierte römische Legionäre. Hungrig oder nicht, ihnen wird alles Verdächtige sofort auffallen. Deshalb muß dieser Maultierzug aussehen wie alle anderen, was heißt, daß nicht mehr als fünf Treiber dabeisein dürfen. Geht und macht vier unserer besten Männer ausfindig, die bereit sind, sich unbewaffnet in die feindliche Feste zu begeben. Sie sollen zuerst die von den Treibern abgelegten Kleidungsstücke durchsuchen, ob sie etwas finden, was ihnen paßt.«

»Vier Männer nur?« Der Optio grinste erwartungsvoll. »Und ich bin der fünfte?«

»Nein, ich. So jedenfalls sprach ich mich mit dem Nauarchen

Lentinus ab, bevor er südwärts segelte. Er erwartet mich am anderen Ende von Ravenna – falls wir Trojaner es schaffen, durchzukommen. Aber ich habe einen anderen Auftrag für Euch. Wie ich annehme, sind noch weitere Maultierzüge aus dem Norden hierher unterwegs; konfisziert die Waren und pökelt die Treiber ein. Dann schickt Ihr die Züge zurück, aber mit Euren Männern als Treibern. Ich habe Gudahals aufgetragen, mir den Anführer der Verschwörer zu bringen; die andere Brut will ich nicht. Und hier, Optio. Ich vertraue Euch meine Waffen und meine Rüstung an, während ich weg bin.«

Landerit sagte: »Ich weiß, es geht mich nichts an, Marschall, aber ich bin neugierig. Wie kommt es, daß Ihr so viel über diesen Ort Hanstaths wißt, wo die Züge herkommen?«

»In meiner Jugend verbrachte ich einmal einen Teil eines Sommers an jenem schönen Ort. Die Stätte des Echos.« Ich hielt inne und sinnierte: »Ich hätte nicht erwartet, jemals in meinem Leben nochmals ein Echo davon zu hören.«

*

»Selig sind die Friedfertigen!« Mit gesenkter Stimme zitierte Theoderich den Apostel Matthäus, als er erstaunt mich und die anderen vier Treiber, den Nauarchen Lentinus und unsere Gefangenen betrachtete, die in Ariminum auf ihn warteten. »Erzähl mir, wie du es geschafft hast, sie gefangenzunehmen.«

»Es war keine Heldentat«, antwortete ich bescheiden. »Die Wachen um Ravenna ließen unseren trojanischen Maultierzug unter prüfenden Blicken in die Stadt hinein. In der Mitte der Stadt wartete schon ein Trupp Soldaten auf uns. Meine Leute hielten den Mund, wie es ihnen befohlen worden war, und ich plauderte zwanglos mit dem Optio, dem ich den Zug übergab, über Hanstaths.«

»Was hättest du getan«, fragte Theoderich belustigt, »wenn die Soldaten den einen oder anderen trojanischen Ballen aufgeschlitzt hätten?«

»Glücklicherweise taten sie das nicht. Wie man sich denken kann, brachten sie die Maultiere in verschiedene Stadtteile, so daß die Lebensmittel gleichmäßig verteilt werden konnten. Übrigens fand ich während unseres kurzen Besuches dort heraus, daß Ravenna immer noch einen beträchtlichen Vorrat an Korn und anderem Getreide hat, die Züge jedoch waren die einzige Quelle wirklich eßbarer Kost und geschmackverleihenden Öls. Die Soldaten jedenfalls kümmerten sich nicht mehr um uns, als sie die Maultiere hatten, und wir machten uns davon, ohne aufgehalten zu werden.«

Theoderich lachte. »Habt ihr das Geheul gehört, das ausgebrochen sein muß, als die Ballen geöffnet wurden?«

»Ich war jeden Augenblick darauf gefaßt. Ich wußte, daß wir uns beeilen mußten, bevor die wütenden Soldaten sich auf die Suche nach uns machten. Nun, wir waren zu wenige, als daß wir der Verteidigung der Stadt bedeutsamen Schaden hätten zufügen können, selbst wenn wir untertauchen und wochenlang im Geheimen hätten arbeiten können. Uns blieb nur übrig, etwas zu stehlen. Etwas zu stehlen, das wir sozusagen als Brecheisen benutzen konnten, wenn wir erst einmal außerhalb der Stadtmauern waren. Natürlich hätte ich Odoaker gerne entführt, doch uns blieb nicht genug Zeit, ihn zu suchen. Außerdem ging ich davon aus, daß er schwer bewacht sein würde, und wir waren alle unbewaffnet. Dann erspähte ich die Basilika des Heiligen Johannes, die katholische Kathedrale der Stadt. Selbst die gewissenhaftesten Legionäre machen sich nicht die Mühe, Kirchen zu bewachen. Als wir in die Basilika eindrangen, fanden wir im Presbyterium diese beiden – unsere Beute.«

»Und nun seid ihr wieder hier«, sagte Theoderich und schüttelte in unverhohlener Bewunderung den Kopf.

»Nun sind wir wieder hier«, erwiderte ich. »Erlaube mir, dir unsere priesterlichen Gefangenen vorzustellen. Der jüngere und dickere von beiden – wir haben schließlich zugelassen, daß er gut gefüttert wurde –, derjenige, der so sehr versucht, heilig auszusehen, geduldig und seinen Entführern gegenüber nachsichtig, das ist Erzbischof Johannes von Ravenna. Der andere, der schmächtige, gebrechliche, zitternde Alte, das ist wirklich ein Heiliger. Er ist zu seinen Lebzeiten schon zum Heiligen erklärt worden – vermutlich der einzige Heilige, den ich und du, Theoderich, jemals zu Gesicht bekommen werden. Du hast von ihm gehört. Es ist Odoakers lebenslanger Mentor, Lehrer, Beichtvater und persönlicher Kaplan, der Heilige Severinus.«

»Es liegt nun an Odoaker«, sagte Theoderich, »entweder gibt er die Stadt auf oder den Heiligen …«

Er, wir Offiziere und die beiden neu dazugekommenen Gäste hatten uns zu einem Mahl im Speisezimmer des von Theoderich in Besitz genommenen Palastes in Ariminum niedergelassen. Wir wurden mit kräftigen Speisen verwöhnt, doch während Bischof Johannes mit beiden Händen zulangte, stocherte der Heilige Severinus nur gleichgültig mit zittrigen Fingern in seinem Essen herum.

»Theodericus, mein Sohn, mein Sohn«, sagte der Bischof, wobei er den Namen nach römischer Art aussprach. Er schluckte einen großen Bissen Fleisch und wies dann auf mich. »Dieser Mensch ist bereits für den Rest seines Lebens der Verdammnis anheimgefallen und wird im Jenseits in alle Ewigkeit die Qualen der Hölle erleiden, weil er Hand an den Heiligen Severinus gelegt hat. Sicher werdet Ihr, Theoderich, Eure Hoffnung auf das Himmelreich nicht dadurch zunichte machen, daß Ihr einem christlichen Heiligen Schaden zufügt.«

»Einem katholischen Heiligen«, sagte Theoderich unerschütterlich. »Ich bin nicht katholisch.«

»Mein Sohn, mein Sohn, Severinus wurde vom höchsten Pontifex des gesamten Christentums für heilig erklärt.« Johannes schlug gottesfürchtig das Kreuz. »Deshalb muß jeder Christ einen Heiligen verehren und respektieren ...«

»Nun, wenn Ihr ihn so sehr schätzt und bewundert«, fiel Theoderich ihm ins Wort, »werdet Ihr doch sicher nicht wollen, daß ihm etwas zustößt.«

»Mein Sohn«, sagte Johannes nochmals und rang die Hände. »Wollt Ihr wirklich, daß ich zu Odoaker zurückgehe und ihm sage, Ihr droht, dem Heiligen Severinus etwas anzutun, wenn ...«

»Es ist mir gleichgültig, was Ihr ihm erzählt, Bischof. Wie ich Odoaker kenne, wird er seinen Kopf nicht einmal für seinen liebsten Heiligen riskieren. Um unbemerkt aus Verona zu entkommen, versteckte er sich feige in der Menge seiner Untertanen. Er ließ Hunderte unbewaffneter und hilfloser Gefangener abschlachten, um zu verhindern, daß sie seiner Flucht nach Ravenna im Wege stehen. Seither hat er die gesamte Bevölkerung dieser Stadt den größten Entbehrungen ausgesetzt, nur, damit er sich weiterhin dort verstecken kann. Deshalb bezweifle ich, daß die Bedrohung eines anderen Menschen ihn dazu bewegen wird, Ravenna aufzugeben. Doch genau dies muß er tun.«

»Aber ... aber ... wenn er dies nicht tut?«

»Wenn er dies nicht tut, werdet Ihr sehen, Bischof, daß ich genauso skrupellos und brutal sein kann wie Odoaker. Wenn Ihr Euch also um den Heiligen Severinus sorgt, denkt Ihr Euch besser ein überzeugendes Argument aus – ein unwiderstehliches Argument –, mit dem Ihr Odoaker überzeugen könnt. Und beeilt Euch. Ihr werdet morgen nach Ravenna zurückeskortiert.« Theoderich hielt inne und zählte nach. »Zwei Tage um hinzukommen, zwei für den Rückweg. Ich gebe Euch bis morgen in einer Woche, um mit Odoakers bedingungsloser Kapitulation hierher zurückzukommen. So sei es!«

*

Es war meine Pflicht, den Bischof aus Ariminum hinaus auf der Via Popilia sicher durch unsere Belagerungslinie hindurch zu geleiten. Dann kehrte ich zu unserer Linie zurück und wartete, weil ich nicht wußte, was als nächstes auf mich zukommen würde. Wenn die Soldaten dort eine Wette auf das Ergebnis dieser Verhandlungen abgeschlossen hätten, ich wäre mir nicht sicher gewesen, ob ich mein Geld auf Erfolg oder Mißerfolg gesetzt hätte. Selbst als ein Legionär mit einer weißen Fahne angeritten kam, und Bischof Johannes neben ihm, wußte ich noch nicht, was ich denken sollte. Immerhin kam der Erzbischof unversehrt aus dem feindlichen Lager zurück, und sein Kopf baumelte nicht am Sattelknauf. War dies ein gutes Zeichen? Sein Gesicht war ausdruckslos.

Als wir schließlich allein nebeneinander die Via Popilia entlangritten, konnte ich meine Neugier nicht länger zurückhalten. »Nun?« fragte ich.

»Wie Theoderich es verlangt«, antwortete er, allerdings nicht sehr fröhlich, »Odoaker kapituliert.«

»Euax!« rief ich aus. »Ich gratuliere Euch, Erzbischof! Ihr habt sowohl Eurer Vaterstadt als auch Eurem Vaterland einen großen Dienst erwiesen. Doch erlaubt mir eine heimliche Vermutung: Odoaker war mehr als bereit, sich zu ergeben, nicht wahr? Er gibt vor, es für den armen, alten Severinus zu tun und bewahrt dadurch seine Glaubwürdigkeit. Dies verleiht ihm sogar den Schein nobler Selbstaufopferung. Ist es nicht so?«

»Nein«, antwortete er recht mürrisch. »Theoderich hatte recht.

Odoaker hätte es nicht um Severinus' willen getan. Ich mußte ihm mehr bieten als einen Heiligen.«

»Dann habt Ihr ein zusätzliches Argument eingebracht? Nun, wenn es dazu dient, Odoaker zu überzeugen, billige ich Eure Erfindungsgabe.«

Da der Erzbischof dahinritt, ohne etwas zu sagen, fuhr ich fort: »Ihr scheint über Euren Erfolg nicht sehr glücklich zu sein.«

Noch immer sagte er nichts, also fragte ich stirnrunzelnd: »Bischof, was habt Ihr Odoaker geboten? Sein Leben? Sicheres Exil? Eine Befugnis? Was?«

Er stieß einen Seufzer aus, daß seine Backen zitterten. »Mitregentschaft. Herrschaftsteilung mit Theoderich. Beide regieren Seite an Seite wie die königlichen Brüder Burgunds.«

Ich zügelte Velox und brachte durch einen Griff in seine Zügel auch das Pferd des Erzbischofs zum Stehen. »Seid Ihr verrückt?« zischte ich.

»Theoderich sagte – Ihr wart dabei, Ihr habt es gehört – daß es ihm gleichgültig sei, was ich vorschlage.«

Ich starrte den Bischof entgeistert an. »Theoderich nahm fälschlicherweise an, daß Ihr gesunden Menschenverstand habt. Wenn er herausfindet, daß er sich geirrt hat, wird er es außerordentlich bereuen – und Ihr auch, eheu, das sehe ich schon jetzt.«

Johannes' dicke Unterlippe zitterte, als er eigensinnig beharrte: »Ich habe mein Wort gegeben. Odoaker hat es akzeptiert, und das wird auch Theoderich tun müssen. Schließlich bin ich Erzbischof.

»Ein Dummkopf seid Ihr! Theoderich wäre besser gefahren, hätte er den sabbernden Greis Severinus geschickt. Das ist mir neu, daß der Besiegte dem Sieger die Bedingungen stellt. Schaut her! Hier steht Theoderich, triumphierend über das ganze Land. Und hier liegt Odoaker, niedergestreckt, zermalmt, doch er schüttelt die Faust und prahlt: »Ich bin Euch ebenbürtig, auf Befehl des Erzbischofs Johannes!« Angewidert warf ich die Zügel zurück. »Kommt weiter. Ich kann kaum erwarten, dies zu sehen.«

Wieder betonte er, diesmal allerdings mit einem Zittern in der Stimme: »Ich habe mein Wort gegeben. Das Wort eines Erz ...«

»Haltet ein«, unterbrach ich ihn und brachte Velox nochmals zum Stehen. »Ihr habt doch sicher Vereinbarungen getroffen, nach denen die Begegnung dieser beiden brüderlichen Könige vonstatten gehen soll, nach denen ihre groteske Herrschaftsteilung besiegelt wird. Welche Vereinbarungen habt Ihr getroffen?«

»Nun, natürlich wird eine prunkvolle Zeremonie stattfinden. Theoderich zieht an der Spitze seiner Truppen in Ravenna ein. Er erhält einen Triumph nach den festgelegten Regeln des Zeremoniells. Ich selbst verleihe ihm den Lorbeer und die Toga picta. Das Heer leistet den Treueeid. Das Volk auf den Straßen wirft sich demütig vor ihm in den Staub. Nach den Siegesgebeten in der Kathedrale begibt sich Theoderich zu Odoakers Residenz, dem Kaiserpalast ad Lauretum. Dort wartet ein Festessen auf ihn. Die beiden Männer umarmen sich in aller Freundschaft und ...«

»Das reicht«, unterbrach ich ihn und er schwieg, während ich mir alles nochmals vergegenwärtigte. »Ja, das ist großartig«, meinte ich dann, »Theoderich hält Einzug, das Verteidigungsheer und die Bevölkerung unterwerfen sich. Er wird nicht mehr erwarten, weil Ihr ihm nicht mehr sagen werdet, Erzbischof. Laßt ihn glauben, daß er Odoaker nur begegnen wird, um als Zeichen der Unterwerfung sein Schwert entgegenzunehmen.«

Der Erzbischof wich entsetzt zurück. »Ihr befehlt einem Erzbischof, er solle sündigen! Ich würde Theoderich anlügen! Ich würde Odoaker gegenüber mein verbürgtes Wort brechen!«

»Ein weiser Abt sagte mir einst, daß die Mutter Kirche es ihren Priestern gelegentlich erlaubt, zu einer frommen Lüge Zuflucht zu nehmen.«

Zum letzten Mal begehrte Johannes auf: »Ihr wollt, daß ich Theoderich unterstütze. Einen Arianer. Einen Ketzer. Wie könnte ich auch nur mein eigenes Gewissen davon überzeugen, daß ich damit der Mutter Kirche diene?«

Spitz entgegnete ich: »Ihr erspart es ihr, einen neuen Erzbischof für ihr Episkopat in Ravenna suchen zu müssen. Jetzt kommt und erzählt Theoderich, daß er die bedingungslose Kapitulation hat, die er wollte.«

Und so kam es, daß Theoderich – weil ich sicherstellte, daß mein König nichts von dem Pakt der Mitregentschaft erfuhr, dem Odoaker zugestimmt hatte – seine Herrschaft mit einer bedauerlich unklugen Tat begann. Ich hätte es vorhersehen müssen, weil ich wußte, wie er auch bei anderen Gelegenheiten gehandelt hatte, ohne zu zögern oder nachzudenken. Und später, wenn ich daran zurückdachte, wünschte ich mir oft, ich hätte ihn vor einer solch impulsiven Tat gewarnt. Doch damals dachte ich nur, daß Theoderich allen Grund für seine Tat hatte.

An einem Tag im Monat März des Jahres 493 nach christlicher Zeitrechnung hielt Flavius Theodericus rex seinen triumphalen Einzug in Ravenna – doch was er an jenem Frühlingstage tat, warf ein dunkles Bild auf all die kommenden Jahre seiner Regentschaft. Als die Zeremonie vorüber war, begab er sich mit uns Begleitern in den Kaiserpalast und begegnete Odoaker dort zum ersten Mal von Angesicht zu Angesicht. Odoaker war alt, gebeugt und kahl und offenbar über alle Heuchelei erhaben, denn er hieß uns mit einem freundlichen Lächeln willkommen, die Arme hielt er zur brüderlichen Umarmung ausgestreckt. Doch Theoderich ignorierte die Geste und griff stattdessen zum Schwert.

An jenem Märztag des Jahres 1246 nach der Gründung Roms erlebte das weströmische Reich seine Wiedergeburt und seine Erneuerung. Es würde unter Theoderichs Herrschaft herrlich gedeihen, jedoch nie ganz verzeihen, was er an jenem Tage tat. Theoderich zog seine Schlangenklinge. Odoaker trat überrascht und entsetzt zurück. »Wo ist Bischof Johannes?« stieß er hervor, und seine Augen suchten den mitverschworenen Erzbischof, der vorsichtigerweise nicht mit zum Palast gekommen war.

An jenem Märztag begann die rühmenswerteste Herrschaft, die Europa in vielen Jahrhunderten gesehen hat, aber Theoderich hatte Feinde, Rivalen und Verleumder, und diese erinnerten sich an das, was er an jenem Tag getan hatte und sie sorgten dafür, daß auch andere sich daran erinnerten. Theoderich schwang sein Schwert beidhändig wie eine Axt und spaltete Odoaker mit einem Hieb vom Schlüsselbein bis zur Hüfte. Dann, als Odoaker vor ihm zusammenbrach, wandte Theoderich sich an uns und sagte: »Herduich, Ihr hattet recht. Er muß im Alter wirklich sein Rückgrat und alle Knochen verloren haben.«

Von jenem längstvergangenen Tag bis heute hing stets eine dunkle Wolke selbst am strahlendsten Himmel der Herrschaft Theoderichs des Großen.

# Das Königreich der Goten

# 1

Obwohl Johannes sich geweigert hatte, mir zum Gefallen die Wahrheit ein wenig zurechtzubiegen, fabrizierte er selbst später eine viel schlimmere Lüge. Eine Sünde, die seine Seele, so sagte es wenigstens der christliche Glaube, dem er anhing, in eine große Gefahr brachte. Was war geschehen?

Theoderich hatte in Ravenna kaum Gelegenheit gehabt, seine Satteltaschen zu leeren, als auch schon eine Gesandtschaft kirchlicher Würdenträger aus Rom eintraf. Bischof Gelasius, der Erzbischof, war nicht unter ihnen, denn er empfand es als unter seiner Würde, einem König seine Aufwartung zu machen. Die entsandten »Kardinaldiakone« bestanden darauf, er habe ihnen Vollmacht gegeben, für »die gesamte Heilige Kirche« zu sprechen. Die Kirchenleute ergingen sich in immer wiederkehrenden Umschreibungen, und Theoderich brauchte eine Zeitlang, bis er dahinter kam, was sie eigentlich wollten. Zuletzt begriff er, daß der katholische Klerus besorgt, ja geradezu verzweifelt war. Und weswegen? Nun, Theoderich hatte einen König gestürzt, einen katholischen König wohlgemerkt. Und er, der neue König, war ein Arianer. Die Diakone waren begierig zu erfahren, ob er (wie es bei katholischen Monarchen die Regel war) seine Religion zur Staatsreligion erheben würde.

»Warum«, lachte Theoderich, »sollte ich das tun wollen? Es ist mir gleich, welchem Glauben oder Aberglauben mein Volk anhängt, solange es zu keinem ungebührlichen Betragen führt. Und selbst wenn es mir wichtig wäre, wie könnte ich darüber entscheiden, was in den Köpfen meiner Untertanen vor sich gehen soll?«

Kurz nach dieser Unterhaltung gab Theoderich ein Dekret heraus, an dessen Inhalt er sich während seiner gesamten Regierungszeit hielt. Damals wie heute haben viele Staatsführer, Geistliche und Philosophen Theoderichs Aufgeklärtheit bewundert – und genausoviele über seine Torheit mitleidig den Kopf geschüttelt. »Religionem imperare non possumus, quis nemo cogitur ut credat invitus. Galáubeins ni mag wei anabudáima; ni ains hun galáubjáith withra is wilja. Wir können keine Religion befehlen; niemand kann gegen seinen Willen zu einem Glauben gezwungen werden.«

Genau das aber hatte die römische Kirche im Sinn: die ganze Menschheit ihrem Glauben zu unterwerfen. Wenn die Kleriker Theoderich, dem ungläubigen Eindringling, bisher nur Mißtrauen entgegengebracht hatten, dann schlug dieses Mißtrauen nach seinem »non possumus« um in Haß. Sie verdammten ihn als eine tödliche Gefahr für ihre Mission in dieser Welt, für ihre heilige Berufung, für ihre bloße Existenz, und zitierten zur Rechtfertigung Jesus: »Wer nicht für mich ist, ist gegen mich.« Von diesem Zeitpunkt an arbeitete die katholische Kirche unablässig und unbarmherzig am Sturz Theoderichs und setzte allen seinen Anordnungen erbitterten Widerstand entgegen.

*

Um der Gerechtigkeit Genüge zu tun, muß ich hinzufügen, daß nicht alle Kirchenleute Theoderich Steine in den Weg warfen. Der Bischof von Ticinum, ein Mann namens Epiphanius, kam eines Tages mit einem interessanten Vorschlag zu Theoderich. Ich glaube zwar, daß Epiphanius nur seine Position, sei es in der Kirche oder unter den Gläubigen, festigen wollte. Nichtsdestoweniger konnte auch Theoderich von seinem Vorschlag profitieren. Epiphanius erinnerte an die mehr als tausend italienischen Bauern, die von den brandschatzenden Burgundern unter König Gundobad verschleppt worden waren. Deren Auslösung aus der Gefangenschaft und Heimführung würde, so Epiphanius, Theoderich viele Freunde gewinnen. Er selbst, Epiphanius, würde sich als Unterhändler zur Verfügung stellen. Theoderich akzeptierte diesen Vorschlag nicht nur, sondern gab Epiphanius zudem noch eine berittene Zenturie und genügend Gold als Lösegeld mit auf den Weg. Außerdem vertraute er dem Bischof seine Tochter Arevagni an, die er König Gundobads Sohn, dem Kronprinzen Sigismund, zur Frau anbieten sollte.

»Was soll das, Theoderich?« protestierte ich. »Gundobad hat dich hinterrücks überfallen und ausgeraubt, während du in einen Krieg verwickelt warst. Du selbst hast ihn als den feigen Sohn einer räudigen Hündin beschimpft. Der Mann hat eine Lektion verdient, eine gewaltsame Lektion. Aber nein, nicht genug, daß du ihm ein Lösegeld für die Heimkehr der Gefangenen anbietest. Du willst ihn auch noch zum Schwiegervater deiner königlichen Tochter machen?«

»Arevagni ziert sich nicht«, entgegnete er mir geduldig. »Warum also du? Irgendwann muß das Mädchen irgend jemanden heiraten. Sigismund wird dereinst König eines stolzen Volkes werden – eines Volkes, das an Italiens nordwestlicher Grenze lebt. Denk nach, Saio Thorn. Je besser es diesem Land geht, und das ist schließlich mein Ziel, desto mehr wird es habgierige Fremdlinge anziehen. Indem ich die anderen Könige, besonders die Söhne von räudigen Hündinnen, zu meinen Verwandten mache, verringere ich die Gefahr, daß sie meine Feinde werden. Vái, ich wünschte nur, ich hätte mehr Nachkommen, für die ich vorteilhafte Heiraten arrangieren könnte.«

Nun, es war Theoderichs Reich, und Arevagni war seine Tochter, die er verheiraten konnte, wie es ihm beliebte. Mir blieb nichts als einzusehen, daß in der Kunst der Staatsführung der Zweck die Mittel heiligt, und Theoderich, wie jeder andere Herrscher auch, diese Kunst beherrschen mußte.

Fortuna, die Schicksalsgöttin, war Theoderich in jener Zeit wohlgesonnen. Dafür geizte sie mir gegenüber mit ihrer Gunst um so mehr. Man hätte fast glauben können, Bischof Johannes' Drohung, ich würde für die Mißhandlung des geheiligten Severin bestraft werden, bewahrheitete sich. Hatte er mich mit einer christlichen Version der Insandijs der Alten Religion, mit einem Fluch, belegt?

Folgendes hatte sich zugetragen: Obwohl wir nie herausfanden, wer die Verräter waren, die Odoaker und Ravenna vom Meer her mit Vorräten versorgt hatten, war ich doch zufrieden mit mir selbst, weil ich den Exilanten erwischt hatte, der für die falschen Salzzüge verantwortlich war. Zenturio Gudahals war es, der den alten Georgius Honoratus aus Haustaths anschleppte. Georgius, nicht zu unrecht um sein Wohl fürchtend, war bei guter Gesundheit. Wenn seine Haare, seine Haut, ja, sein Geist schon seit jeher grau waren, dann waren sie es jetzt um so mehr. Ich bezweifle, daß ich ihn ohne weiteres wiedererkannt hätte. Er jedenfalls erkannte mich nicht, und ich wechselte kein Wort mit ihm, sondern befahl, daß er im Kerker von Ravenna zur Vernehmung durch mich bereitgehalten würde. Ich gratulierte Gudahals zu seiner guten Arbeit und meinte, damit habe er seine früheren Fehler wettgemacht.

»Das hoffte ich, Saio Thorn«, erwiderte er. »Übrigens, wir haben auch die Helfershelfer des Verräters, nach denen Ausschau zu halten Ihr mir ebenfalls aufgetragen habt, gefunden. Ein Händler und seine Frau. Wir haben sie praktisch auf frischer Tat ertappt und an Ort und Stelle hingerichtet. Genauso, wie Ihr es befohlen hattet, Saio Thorn.«

»Genauso, wie ich es befohlen hatte«, wiederholte ich mit plötzlich verzagtem Herzen. Ich erinnerte mich daran, was Georgius' Sohn mir erzählt hatte. Seine Schwester hatte einen Händler geheiratet und mit ihm die Hallstatt verlassen.

»Das Ehepaar«, fragte ich, »wie hießen die?«

»Der Händler nannte sich Alypius. Er hatte einiges Vermögen, Läden, Ställe, eine Schmiede. Er versorgte die Handelszüge, die über die Alpen zogen. Georgius erwähnte später, daß Alypius' Frau Livia geheißen hätte. Ich bin sicher, er hat noch mehr zu erzählen, Saio Thorn. Aber wir haben ihn nicht weiter vernommen, denn Ihr hattet befohlen, ihn nicht zu mißhandeln.«

Diese Nachricht erschütterte mich so sehr, daß ich nicht einmal Georgius im Kerker aufsuchte, weder um mich an seinem Anblick zu weiden noch um ihn zu fragen, warum er seine Familie für den Dienst an Odoaker eingespannt hatte.

Erst als es zu spät war, fielen mir ein paar Fragen ein, die ich ihm hätte stellen können. Vielleicht weil es meine Schuld war, daß das Leben seiner Tochter so vorzeitig zu einem Ende gekommen war, interessierte ich mich dafür, was für einen Mann sie geheiratet und wie ihr Leben ausgesehen hatte. Aber als ich Georgius in der Mühle, in der er zum Sklavendienst eingeteilt war, aufsuchen wollte, war er schon gestorben und seine unwürdigen Überreste unter der Erde – an demselben unheiligen Ort, an dem auch Odoakers Gebeine ruhten, auf jenem Friedhof, der an die jüdische Synagoge angrenzte.

Auch die Tatsache, daß die fränkische Prinzessin Audefleda jetzt in Ravenna lebte, konnte meine Stimmung nicht heben. Sie war mit ihrer schönen Figur und dem von einer Kaskade blonden Haars umrahmten Gesicht, in dem ihre blauen Augen glänzten, auffällig hübsch. Ihre Haut hatte die Farbe von Elfenbein, und ihr Busen war wohlgeformt. Auch ihre Sprache und ihr Benehmen machten ihrem königlichen Stand alle Ehre. Dabei protzte sie mit ihrer Schönheit keineswegs. So zuvorkommend und großzügig wie mich behandelte sie alle Angehörigen des Hofes – bis hinunter zu den Dienern und Sklaven. Audefleda würde, kurz gesagt, die ideale Königin an Theoderichs Seite sein.

Das letzte Mal, als wir uns vor seiner Hochzeit unterhielten, sagte Theoderich: »Thorn, ich kenne deine vagabundierende Natur. In der Zwischenzeit habe ich so viele Marschälle ernannt, um auf Dauer in jeder Stadt von Bedeutung einen zu stationieren. Soas etwa wird als mein Statthalter in Mediolanum dienen. Aber dich, Thorn, bitte ich, mein reisender Statthalter zu sein, so, wie du es auch bisher gewohnt warst. Reise durch Italien, in ferne Länder, wohin immer es dich zieht, und erstatte mir Bericht über alle Vorgänge, die für mich von Wichtigkeit sein könnten. Wäre das nicht eine Aufgabe nach deinem Gefallen?«

Natürlich war es das, aber etwas steif erwiderte ich: »Ich erwarte, Befehle von meinem König zu erhalten, keine Gefallen.«

»Nun gut. Zuerst solltest du dich nach Rom begeben, denn ich habe noch nicht entschieden, wer dort mein Vertreter sein soll. Und es wird noch eine ganze Zeit dauern, bis ich selbst gehen kann. Komm zurück und berichte mir ... nun ... alles, was ich über Rom wissen muß.«

Ich grüßte und sagte: »Ich mache mich sofort auf den Weg.«

*

Ich hatte »sofort« gesagt, um eine annehmbare Entschuldigung für meine Abwesenheit am Hochzeitstag zur Verfügung zu haben. Denn von Herizogo Thorn, dem verläßlichen Marschall und guten Freund des Königs, hätte sonst jeder erwartet, daß er einen prominenten Platz unter den Gratulanten und Gästen an diesem glücklichen Tag einnehme.

## 2

Kurz nach Sonnenuntergang ritten ich und die wenigen Soldaten, die mich begleiteten, auf der Via Nomentana in die nördlichen Bezirke Roms ein. An einer Taverne mit einem großen Hof und einem Stall für die Tiere ließ ich für die Nacht Halt machen. Als wir die Taverne betraten, begrüßte mich der Wirt zu meiner großen Überraschung aufs herzlichste: »Hails, Saio Thorn!«

Verwirrt blieb ich stehen, als er mit ausgestreckter Hand auf mich zukam. »Ich habe mich schon gefragt«, sagte er, »wann endlich meine Leute hier ankommen werden.« Jetzt erkannte ich ihn. Er war Ewig, ein berittener Soldat, den ich in Bononia, wo ich ihn zum letzten Mal gesehen hatte, dem südwärts fliehenden Tufa auf die Fährte gesetzt hatte. Zuerst war ich etwas verblüfft, denn Ewig hatte mich damals als Veleda kennengelernt. Aber dann sagte ich mir, daß er den Marschall Thorn vom Sehen her noch viel länger kennen mußte.

Wir reichten uns auf die römische Art die Hände, während er ohne Unterlaß weiterfaselte. »Ich brach in Freudenschreie aus, als ich hörte, daß der verruchte Tufa tot war. Ich wußte, es war Euer Werk, Saio Thorn. So hatte es die Dame Veleda versprochen. Ach ja, wie geht es der edlen Dame?«

Ihr ging es gut, versicherte ich ihm. Aber auch er, bemerkte ich ihm gegenüber, schien nicht schlecht dazustehen, zumindest für einen gemeinen Soldaten auf Spähdienst.

»Ja. Die Dame Veleda trug mir auf, hier in der Gegend zu bleiben und die Augen offenzuhalten. Was ich seitdem von hier aus auch getan habe. Doch mir schien, es könne nicht schaden, sich auch anderweitig umzusehen. Als der Wirt dieser Herberge starb, verlor ich keine Zeit, seine Witwe zu umwerben. Wie Ihr seht, sind die Taverne, sie und ich selbst« – dabei tätschelte er sein Bäuchlein – »damit ganz gut gefahren.«

Wir, meine Eskorte und ich, quartierten uns bei Ewig ein. Ewig, der inzwischen fließend Lateinisch sprach und sich in der Stadt gut auskannte – zumindest in jenen Teilen, die einem Gemeinen zugänglich waren – übernahm hocherfreut die Rolle meines ortskundigen, wohlbewanderten Führers durch Rom. Er zeigte mir all jene Monumente und Wahrzeichen, die jeder Besucher der Stadt einmal gesehen haben muß – und ebenso viele Plätze, von deren Existenz die meisten Besucher keine Ahnung haben. Etwa das Subura-Viertel, wo einem Gesetz zufolge alle Prostituierten leben müssen. Ich will mich nicht damit aufhalten, die zahllosen Bauwerke und Aussichten zu beschreiben, die sowieso jeder, auch wenn er noch nie in Rom war, kennt. Wer etwa weiß nicht, wie das Amphitheater Flavians aussieht, im Volksmund auch Kolosseum genannt, nach dem Koloss Neros, der unmittelbar davor in die Höhe ragt. Hier finden Spiele, Vorführungen, Spektakel und Wettkämpfe von Ringern, Faustkämpfern und bewaffneten Männern mit wilden Bestien statt.

Mehr als einmal nahm Ewig mich mit, wenn er mit seinem kleinen Eselskarren dies und das für seine Taverne besorgen ging. So gut wie nie erledigte er seine Besorgungen auf den großen Marktplätzen der Stadt, und die Personen, die er mir vorstellte, kamen mir nicht gerade besonders ehrbar vor. Oft führten ihn seine Wege in die Straße des Janus, in der es vor Wucherern, Geldwechslern und Pfandleihern nur so wimmelt; oder in das Viertel, wo die Warenhäuser Pfefferlager genannt werden, obgleich dort weit mehr als nur Pfeffer feilgeboten wird. Ab und zu sah man uns auch auf der Via Nova, wo Roms eleganteste Geschäfte die allerfeinsten Güter anbieten. Allerdings wickelte Ewig seine Geschäfte hier an den Hintertüren ab. Meistens jedoch tätigte er seine Einkäufe an den Ständen bei den Bootsanlegestellen unten im Hafen.

Nach einiger Zeit hatte Ewig mir alle Teile der Stadt gezeigt, die er kannte, und mir das einfache Volk Roms vorgestellt, von räuberischen Seemännern über verschlagene Pfandleiher bis hin zu den käuflichen Frauen. Jetzt war es, so entschied ich, an der Zeit, Roms Oberschicht zu erkunden. Ich erfragte den Wohnort von Senator Festus, der in einer der imposanten Villen entlang der Via Flamina residierte. Das Wort »Villa« bezeichnet eigentlich einen Landsitz, und vielleicht hatte einst sogar offenes Land Festus' Haus umgeben. Aber das Wachstum Roms hatte schon vor langer Zeit die Stadtmauern weit über diesen Ort hinausgeschoben. Nur noch der Name »Marsfelder« gemahnte an diese vergangene Zeit, längst schon war der freie Platz zwischen der Via Flamina und dem Tiber eng mit vornehmen Häusern bebaut.

Der Senator begrüßte mich herzlich – natürlich als »Torn« –, sandte Sklaven nach Süßspeisen und Wein. Eigenhändig schenkte er mir Wein vom Berg Massicus ein, den er mit mosylonischem Zimt, dem besten, nur von den Spitzen gepflückten Zimt, würzte. Die Villa, eher schon ein kleiner Palast, war aufs reichste ausgestattet mit Standbildern und Seidenvorhängen. Die Fenster waren aus marmornen Gittern gearbeitet, in deren Zwischenräume blaue, grüne und violette Glassteine eingesetzt waren. An den Wänden des Raumes, in dem wir uns unterhielten, befanden sich vier Mosaike, auf denen die vier Jahreszeiten dargestellt waren: die Blumen des Frühlings, die sommerliche Kornernte, die Weinlese im Herbst und das Beschneiden der Olivenbäume im Winter. In einem aber unterschied sich die Villa nicht einmal von den schäbigsten Hütten unten am Hafen: hier wie dort hingen feuchte, die heißen Sommerwinde kühlende Matten an den Eingängen.

Festus erbot sich, dem Marschall und Botschafter des Königs eine angemessene Unterkunft zu besorgen. Innerhalb weniger Tage konnte ich ein Stadthaus in der Vicus Jugarius beziehen, der Straße, wo vor ihrem Umzug nach Ravenna die Abgesandten der fremden Mächte residiert hatten. Das Haus war weder ein Palast noch eine Villa, aber für meine Ansprüche luxuriös genug, und hatte gesonderte Unterkünfte für die Haussklaven, bei deren Kauf mir Festus ebenfalls behilflich war. (Etwas später erwarb ich ohne den Beistand von Ewig oder Festus in einem Wohnviertel jenseits des Tiber, auf der anderen Seite der aurelianischen Brücke, ein etwas bescheideneres Haus, das Veledas Refugium in Rom sein sollte.)

Festus stellte mich anderen Römern aus seinen Kreisen vor. Einmal begleitete er mich zu einer Sitzung des Senats in die Kurie, ein Ereignis, das ich, so versicherte er mir, beeindruckend finden würde. Wie jeder Provinzler stellte ich mir unter einer Senatssitzung eine Angelegenheit größter Feierlichkeit und Bedeutung vor. Ich wurde aber enttäuscht und fand das Ganze äußerst langweilig. In den Reden ging es um unwichtige Nebensächlichkeiten, und selbst die törichtsten, langatmigsten Vorträge wurden mit Ausrufen wie »Gut gesagt!«, »Vere diserte!« und »Nove diserte!« von allen Rängen begrüßt.

Was diese Sitzung für mich rettete, war, daß Senator Festus selbst sich erhob und einen Antrag stellte: »Ich bitte diese Zusammenkunft der Senatoren und Götter ...«

Die Vorrede zog sich in die Länge und unterschied sich darin von keiner der anderen Reden, die ich an diesem Tag vernommen hatte. Aber dann beantragte Festus, die Oberherrschaft des Flavius »Teodericus« Rex über Rom anzuerkennen. Der Vortrag wurde von allen Anwesenden pflichtbewußt mit »Vere diserte!« und »Nove diserte!« gelobt, selbst von den Senatoren, die, als Festus ein Zeichen des »Willens von euch Senatoren und von den Göttern« erbat, dagegen stimmten. Der Antrag wurde mit einer bequemen Mehrheit (der Senatoren, die Götter hatten offensichtlich vorgezogen, sich der Stimme zu enthalten) angenommen. Der Segen des Senats mochte zwar wenig wert sein, aber mir gefiel, daß er dem Erzbischof von Rom ganz erheblich mißfiel. Das nämlich fand ich an einem der nächsten Tage während einer Audienz beim Erzbischof heraus, die Festus arrangiert hatte.

Vor Gelasius' Kirche, der Lateranbasilika, wurde ich von einem der Kardinaldiakone erwartet, dessen Bekanntschaft ich bereits in Ravenna gemacht hatte. Er geleitete mich zum Audienzraum des Bischofs und wies mich ernsthaft an: »Es wird erwartet, daß Ihr den souveränen Pontifex mit ›glorissimus patricius‹ ansprecht.«

»Das werde ich nicht tun«, antwortete ich kalt.

Der Diakon schnappte nach Luft, aber ich ignorierte ihn einfach. In meiner Kindheit hatte ich als Schreiber von Dom Clement viele seiner Briefe an andere Erzbischöfe geschrieben und kannte daher die traditionelle Anrede – Auctoritas. Zu mehr wollte ich mich nicht herablassen.

»Auctoritas«, begrüßte ich ihn, »ich bringe Euch Grüße von meinem Souverän, König Flavius Theodericus. Ich habe die Ehre, sein Stellvertreter in dieser Stadt zu sein, und ich biete Euch meine Dienste an, die Botschaften, die Ihr ihm übermitteln möchtet –«

»Übermittelt ihm meine Grüße«, unterbrach er mich frostig. Dann raffte er seine Robe, gerade so, als ob er die Unterhaltung für beendet hielte.

Gelasius war ein großgewachsener, hagerer Greis, blaß wie Pergament und von sehr asketischem Äußeren. Seine Gewänder aber waren alles andere als asketisch, sondern üppig, aus weicher Seide, reich bestickt und gänzlich anders als die einfachen braunen Roben aus Bauernleinen, die der Klerus normalerweise, vom einfachsten Mönch bis hinauf zum Erzbischof von Konstantinopel, trug.

Beim Gedanken an den Erzbischof von Konstantinopel fiel mir der Streit ein, der zwischen ihm und Gelasius schwelte. »Mein König«, griff ich den Gedanken auf, »würde sich sehr glücklich schätzen, wenn er von Euch, Auctoritas, hören würde, daß Ihr und Erzbischof Akakiós Eure Auseinandersetzung beigelegt habt.«

»Ohne Zweifel würde ihn das beglücken«, fauchte Gelasius, »und seiner Anerkennung durch den Kaiser förderlich sein. Doch wozu braucht Theoderich das überhaupt noch? Hat ihn nicht erst gestern dieser kleingeistige, kriecherische, stiefelleckende Senat anerkannt? Ich sollte über jeden Christen im Senat den Kirchenbann verhängen. Sollte jedoch Theoderich mir einen Gefallen tun wollen, dann braucht er nichts weiter zu tun als meine Kritik an Akakiós wegen dessen Laxheit hinsichtlich der verderblichen Monophysiten zu unterstützen.«

»Auctoritas, Ihr wißt, daß Theoderich sich in religiöse Angelegenheiten nicht einmischt.«

»Und ich weigere mich, in Angelegenheiten der Doktrin einem rangniedrigeren Bischof nachzugeben.«

»Rangniedriger?« So taktvoll wie nur möglich wies ich darauf hin, daß Akakiós schon über zehn Jahre Erzbischof gewesen war, als Gelasius erst in diesen Stand erhoben wurde.

»Was fällt Euch ein, uns zu vergleichen? Konstantinopel und Rom? Das hier« – mit einer Handbewegung umfaßte er das Gebäude, in dem wir uns befanden – »ist die Mutterkirche des gesamten Christentums.«

»Ist das«, fragte ich sanft, »auch der Grund dafür, warum Ihr Euch ein auffälligeres Gewand für die Liturgie zugelegt habt?«

»Warum nicht«, schnappte er, als habe ich ihn scharf kritisiert. »Jene, die in ihrer Tugendhaftigkeit einmalig sind, sollten das auch im Reichtum ihrer Gewänder sein.«

Ich schwieg, und er fuhr fort: »Auch meine Kardinaldiakone und Priester sollen, wenn sie ihrem Papst Ergebenheit beweisen, nach und nach mit schöneren liturgischen Gewändern belohnt werden.«

Ich schwieg noch immer, also setzte er seinen Monolog fort: »Schon lange bin ich der Überzeugung, das Christentum – Gewänder, Rituale, Devotionalien – sei im Vergleich zu den heidnischen Religionen zu unscheinbar, zu farblos. Kein Wunder, daß die Heiden das Bauernvolk, das jede Belustigung und allen Prunk, der ein bißchen Abwechslung in sein armseliges Leben bringt, so leicht verführen können. Und die vornehmen Bürger, wie kann man von ihnen erwarten, Unterweisungen oder Ermahnungen von Priestern entgegenzunehmen, die aussehen wie gemeiner Bauernpöbel? Wenn das Christentum die heidnischen und häretischen Kulte übertrumpfen möchte, dann müssen unsere Kirchen, Priester und Zeremonien die ihren an Großartigkeit überbieten. So hat schon der Schutzheilige dieser Kirche, der Heilige Johannes, gesagt: ›Du hast den guten Wein bisher behalten.‹«

Da es nichts gab, was ich hätte sagen können, um Gelasius' Opposition gegen seinen bischöflichen Bruder oder den Häretiker Theoderich zu besänftigen, verließ ich ihn, ohne ihn jemals wieder zu sehen.

Als er ein Jahr später starb, weinte ich ihm keine Träne nach. Sein Nachfolger war ein weniger verbitterter Mann. Falls er und Akakiós sich in Fragen der Kirchendoktrin unterschieden, dann gelang es ihnen, diese Differenzen zu überwinden. Die Tatsache, daß der neue Erzbischof von Rom den Namen Anastasius II. annahm, war meiner Meinung nach bloßer Zufall. Selbst wenn es Absicht gewesen sein sollte, glaube ich kaum, daß es dem Kaiser gleichen Namens in Konstantinopel sonderlich geschmeichelt hätte. Nichtsdestoweniger proklamierte der oströmische Kaiser Anastasius kurz darauf die Anerkennung von König Theoderich und übersandte ihm die kaiserlichen Insignien – das Diadem, die Krone, das Zepter, Reichsapfel und Wagen – jene kaiserlichen Insignien, die Odoaker Zenon vor dreizehn Jahren hatte aushändigen müssen.

Theoderich blieb trotz der weltweiten Anerkennung seiner Regentschaft bescheiden. Er begnügte sich immer noch mit dem Titel des Flavius Theodericus Rex. Er nahm aber nie für sich in Anspruch, der König von irgend etwas zu sein, weder eines Landes noch eines Volkes. Weder auf den Münzen, die zu seiner Zeit geprägt wurden, noch auf den Widmungstafeln, die an vielen unter seiner Herrschaft errichteten Bauwerken angebracht wurden, ließ er sich als König darstellen, weder als König Roms noch Italiens, noch des westlichen Imperiums, ja, noch nicht einmal als der der Ostgoten. Theoderich zog es vor, seiner Herrschaft durch Taten und Werke Ausdruck zu verleihen.

Als ich nach Rom kam, hatte ich natürlich angenommen, die Stadt sei durch und durch christlich. Bald aber schon hatte ich feststellen müssen, daß Rom nur zum Teil christlich war, denn nur die Handwerker und Händler (mit Ausnahme der jüdischen) glaubten an den Gott der Christen. Ewig und die meisten anderen Fremden in der Stadt waren arianischen Glaubens, mithin Häretiker. Und fast alle einfachen Bürger, die Ewig mir vorstellte, glaubten, falls sie überhaupt irgendeiner Religion folgten, an die heidnischen Götter, Göttinnen und Geister des römischen Pantheons. Am meisten überraschte mich, daß auch die Mehrheit der Patrizier und viele Senatoren, die Festus mir vorstellte, unbekehrbare Heiden waren. Vor dem Erstarken von Konstantinopel hatte Rom neben seiner eigenen formlosen Religion die sogenannten »religiones licitae« anerkannt, das heißt die aus Ägypten importierte Anbetung der Isis, die aus Syrien gekommene Verehrung der Astarte, den aus Persien stammenden Mithraismus und den jüdischen Glauben an Jehova. Diese Religionen, obwohl vom Staat mit Mißfallen betrachtet und von den christlichen Priestern mit aller Macht bekämpft, waren alles andere als ausgerottet oder todgeweiht.

Nicht daß irgend jemand wirklich an irgend etwas geglaubt hätte. Wie auch die römische Nobilität in Vindobona sahen die Römer hier in den Religionen wenig mehr als nur einen Zeitvertreib, mit dem sie sich in ihren Mußestunden vergnügten. An einem Tag beteten sie diesen, am nächsten Tag jenen Gott an, und zwar nur, um so viele Feste und Convivas wie möglich feiern zu können. Dabei schienen die römischen Edlen, egal welcher Religion auch immer sie angehörten, die müßiggängerischen und indezenten Aspekte am höchsten zu schätzen. In vielen Eingängen konnte man die Statue der Göttin Murtia sehen. Um hervorzuheben, daß Murtia die Göttin der Faulheit und des Müßiggangs war, ließen die Gärtner der Familien die Statuen mit Moos überwuchern. Der Senator Symmachus, gleichzeitig »urbis praefectus«, Gouverneur Roms, ein äußerst respektierter Patrizier und Illustris, hatte im

Vorhof seiner Villa eine Statue von Bacchus aufgestellt. Dieser Bacchus protzte mit einem überlebensgroßen, hoch aufgerichteten Glied. Darunter stand geschrieben »Rumpere, invida!«

Mir waren solche Dinge ja keineswegs fremd oder unangenehm, und so gefiel mir die Gesellschaft dieser freien und lebenslustigen Menschen. Vier der Männer, die ich hier traf, sollten hohe Beamte in Theoderichs Regierung und enge Berater von ihm werden – hauptsächlich wegen ihrer Talente, aber zum Teil auch, weil ich sie mochte und sie ihm empfohlen hatte.

Einer davon, Anicius Manilus Severinus Boethius, war, wie sein Name schon andeutet, Abkömmling einer der ersten Familien Roms, der Anicii. Er war gutaussehend, vermögend, witzig und mit einer schönen und temperamentvollen Frau namens Rusticana verheiratet. Obwohl Boethius nur halb so alt war wie ich, als ich ihn kennenlernte, erkannte ich sofort seine überaus große Intelligenz und Begabung. Er enttäuschte die in ihn gesetzten Erwartungen nicht und stieg auf zu Theoderichs Magister officiorum, dem höchsten Beamten in der Verwaltung. Auch ansonsten war Boethius nicht müßig. Er übersetzte über dreißig wissenschaftliche und philosophische Werke aus dem Griechischen ins Lateinische, darunter Bücher von Ptolemäus über Astronomie, von Euklid über Geometrie, Phytagoras' Abhandlungen über die Theorie der Musik und Aristoteles' Betrachtungen über die gesamte Schöpfung. Boethius' Privatbibliothek (deren Wände aus Glas und Elfenbein gefertigt waren, ein angemessenes Behältnis für den darin enthaltenen Schatz) war umfassender als jede andere, die ich jemals zu Gesicht bekommen hatte. Doch war er kein staubbedeckter Gelehrter, er war auch ein überaus geschickter Konstrukteur und Handwerker. Aus Anlaß irgendeiner Festlichkeit beispielsweise entwarf und baute er für Theoderich eine fein gearbeitete, ornamentierte Standuhr, ein geniales, kompliziertes Himmelsgewölbe mit einer Sonnenuhr, auf der eine Statue des Königs von einer einfallsreichen Mechanik so bewegt wurde, daß er sich immer der Sonne zuwandte. Wahrscheinlich verdankte Boethius seine literarische Neigung dem Präfekten und Senator Symmachus. Symmachus, Autor einer siebenbändigen Geschichte Roms, hatte Boethius, der schon als Kind seine Eltern verloren hatte, aufgenommen und erzogen. Später adoptierte er ihn und blieb sein lebenslanger

Freund und Mentor. Der gute Symmachus hatte schon Odoaker als Roms Urbis praefectus gedient, war ihm aber als Abkömmling einer edlen, reichen und unabhängigen Familie auf keine Weise verpflichtet gewesen. Theoderich beließ Symmachus im Amt, bis er einige Jahre später vom Senat zum Princeps Senatus, dem höchsten Senatsmitglied, erhoben wurde und der Senator sich entschied, sich von nun an ausschließlich diesem Ort zu widmen.

Auch Cassiodor Pater war, wie Symmachus, schon von Odoaker eingesetzt worden. Theoderich behielt ihn ebenfalls im Amt, aus dem einfachen Grund, daß es dafür keinen besseren gab. Eigentlich nahm Cassiodor die Aufgabe von zwei Beamten gleichzeitig wahr, einmal als Comes rei privatae und als Comes sacrarum largitionum. Das bedeutete nicht mehr und nicht weniger, als daß er allein für die gesamten Finanzen, Steuereinnahmen und Ausgaben der Regierung verantwortlich war.

Cassiodor Filius, sein Sohn, war im gleichen Alter wie Boethius und wurde von Theoderich zu seinem Schreiber und Schatzmeister bestellt. Er verfaßte die gesamte offizielle Korrespondenz und die zu veröffentlichenden Dekrete. Cassiodors Stil war sehr blumig und wortreich – und das war auch der Grund, warum Theoderich ihn verpflichtet hatte. Jene »non possumus«-Erklärung bezüglich der Religionen, die Theoderich in der ihm eigenen, direkten Art abgefaßt hatte, war so ablehnend aufgenommen worden, daß er es aus politischen Überlegungen heraus für angebracht hielt, sich in seinen Erklärungen fürderhin einer hochtrabenden Sprache zu befleißigen.

Diese (und noch etliche andere) gelehrten und fähigen Römer, bildeten eine Regierung von so viel Intelligenz, Belesenheit und Tatkraft, wie man es seit den goldenen Tagen des Marcus Aurelius nicht mehr erlebt hatte.

## 3

Mit fähigen römischen Männern in der Verwaltung und verläßlichen gotischen Waffenbrüdern, die sich um die inneren Belange des Reiches kümmerten, konnte Theoderich schon früh seine Aufmerksamkeit auf die Absicherung der äußeren Grenzen konzentrieren und potentiell gefährliche Könige verwandtschaftlich an sich binden. Glücklicherweise war Theoderich mit heiratsfähigen weiblichen Verwandten reich versehen. Durch die Vermählung seiner Tochter Arevagni mit dem Prinzen Sigismund hatte er die herrschende Familie Burgunds an sich gebunden, und seine eigene Hochzeit mit Audefleda hatte ihn zum Schwager des fränkischen Königs Clovis gemacht. Jetzt verheiratete er kurz nacheinander seine verwitwete Schwester Amalafrida mit dem Vandalen-König Thrasamund, seine jüngere Tochter Thiudagotha mit dem Westgoten Alarich II. und seine Nichte Amalaberga mit König Hermanafrid vom Volk der Thüringer.

Als Amalaberga sich auf den Weg in die nördlichen Lande von Thüringen machte, begleitete ich ihren Zug ein gutes Stück, denn ich wollte meinem Hof in Novae, den ich so lange vernachlässigt hatte, einen Besuch abstatten. Diese Reise, und weitere Reisen, die mich über die Jahre nach Novae führten, unternahm ich aus einem ganz bestimmten Grund. Überflüssig zu sagen, daß ich, da dieses Anwesen mein erstes richtiges Zuhause gewesen war, so etwas wie Heimweh verspürte und die Zeit dort stets genoß. Doch abgesehen von solch sentimentalen Gefühlen führte ich ganz pragmatische Absichten im Schilde.

Ich war mir sicher gewesen, meinen Besitz gut geführt, ertragreich und blühend vorzufinden, und wurde auch nicht enttäuscht. Meine freien Pächter und die Sklaven hatten sich in Abwesenheit ihres Herren nicht zum Müßiggang oder Schlendrian hinreißen lassen. Der Hof war in glänzendem Zustand, und erfreut fand ich in den Aufzeichnungen meiner Verwalter viele Gewinne und nur wenige Verluste verzeichnet. Und das war der Grund, aus dem ich zurückgekommen war. Mit meinen fähigen Verwaltern und Arbeitern wollte ich aus der Ausbildung und dem Verkauf von Sklaven ein Geschäft machen. Sklaven, die so geschickt und fähig wie meine eigenen waren.

*

»Meine Sklaven werden zu gut für Rom sein«, sagte ich zu Meirus. »Man wird mich noch anklagen, die Moral Roms zu untergraben.«

»Welche Moral?« lachte Meirus laut los.

Er war immer noch derselbe alte Schlamm-Mann. Inzwischen mußte er wirklich alt sein, dachte ich, aber sein wallender Bart war tiefschwarz wie eh und je, und auch sein essigsaures Temperament war durch das Alter nicht milder geworden. Wenn sich überhaupt etwas an ihm verändert hatte, dann nur, daß er noch korpulenter geworden war und feinere Kleider und viele Ringe an seinen Fingern trug. Das, so sagte er, verdankte er seinem zunehmenden Reichtum, den er seinem Erfolg im Bernsteinhandel zu verdanken hatte. Der wiederum wäre ohne seinen Geschäftspartner Maghib (sein Partner jetzt!) an der Bernsteinküste nicht möglich geworden.

Auf dem Sklavenmarkt von Novae hatte ich nur sehr wenige junge Sklaven gefunden, die meinen Ansprüchen genügten. Auch in Prista und Durostorum war es nicht anders gewesen. Die Hafenstädte an der unteren Donau boten einfach eine zu geringe Auswahl. Deshalb hatte ich den ganzen Weg hinunter nach Novidunum auf mich genommen, denn hier, an der Küste des Schwarzen Meeres, fand ein schwunghafter Sklavenhandel statt. Und natürlich hatte ich es mir nicht nehmen lassen, bei dem alten Meirus vorbeizuschauen.

»Was du tun mußt«, fuhr er fort und goß uns beiden Wein ein, »ist folgendes: Lehre deine Sklaven ihr Handwerk so gut, daß ihr Herr, wenn er sie mit seiner Frau im Bett erwischt, nicht sie, sondern seine Frau davonjagt.«

»Ich hoffe, sie so weit zu bringen. Die Jungen und Mädchen, die ich bereits gekauft habe, habe ich schon meinen eigenen Bediensteten in die Lehre gegeben, dem Kellermeister, dem Hausverwalter, dem Notar und so weiter. Jedes Kind dorthin, wo es die Anlagen, die ich an ihm feststellen konnte, am besten wird entfalten können. Doch wünschte ich, jeder Tutor würde mit mehreren Kindern gleichzeitig arbeiten. Aber in den Städten am Fluß war das Angebot zu dürftig.«

»Hier bist du am richtigen Ort. In Noviodunum finden sich Sklaven jeder Größe, jeden Alters und jeder Hautfarbe. Männer, Frauen und Eunuchen. Perser, Chasaren, Myser und Tscherkessen. Alles, wovon du jemals gehört hast und wahrscheinlich noch mehr. Hast du irgendwelche Vorlieben? Die Tscherkessen sind die hübschesten, sagt man.«

»Ich will nur, daß sie jung sind – höchstens im Jugendalter – verständig, robust und noch nicht ausgebildet, billig also. Ich handle nicht mit Konkubinen, Lustknaben oder sonstigem Spielzeug. Was ich brauche, ist guter Rohstoff, den meine Akademie behauen, formen und polieren kann.«

»Schon verstanden. Laß uns morgen die Sklavenmärkte besuchen. Ich bin sicher, du wirst eine ganze Schiffsladung voll flußaufwärts mitnehmen können. Ich könnte dein Spürhund hier in Noviodunum sein und dich mit dem besten Material versorgen. Wenn wir schon davon sprechen, erst kürzlich trafen auf dem Sklavenmarkt zwei oder drei junge Frauen von einem Volk aus dem fernen Osten, den Chinesen, hier ein. Klein, zartgliedrig und von gelber Haut – überall! Ich frage mich, wie so zerbrechliche Wunderwerke solch eine lange Reise überstehen konnten. Doch billig waren sie nicht. Nur eine ist noch in der Stadt. Apostolides, Besitzer des besten Bordells in Noviodunum, hat sie erstanden. Nach dem Abendessen werde ich dich dort einführen. Du mußt sie erlebt haben! Das wird zwar nicht billig sein, aber ich versichere dir, es lohnt sich.«

Während wir uns an Austern, Spargel und mit eingelegten Pflaumen gefülltem Hasen, begleitet von cephalischem Wein, gütlich taten, fragte ich Meirus, wie man hier im Osten Theoderichs Regentschaft über das ehemalige westliche Reich beurteilte.

»Vaí, nicht anders als die Könige und Edelmänner, die Gemeinen und die Sklaven von hier bis nach Britannien sie beurteilen. Überall wird gesagt, daß unter ihm Rom endlich wieder an die friedlichen und prosperierenden Zeiten unter den fünf guten Kaisern, also von Nerva dem Freundlichen bis zu Marcus dem Goldenen erinnert. Und das ist vierhundert Jahre her.«

»Es freut mich zu hören, daß er von so vielen geschätzt wird.«

»Sie schätzen seine Regierungskunst, nicht notwendigerweise ihn selbst. Niemand hat vergessen, wie er Odoaker hinterrücks erschlagen hat. Man ist im allgemeinen der Ansicht, daß seine Berater nur auf Zehenspitzen gehen können, immer auf der Hut vor einem plötzlichen Schwerthieb.«

»Balgs-daddja«, grollte ich. »Ich bin einer seiner engsten Berater und ich schleiche gewiß nicht auf Zehenspitzen herum.«

»Und dann gibt es noch jene, die ihn ganz offen um seine Erfolge beneiden. Unser Kaiser Anastasius zum Beispiel hat etwas gegen Theoderich. Der nörglerische Anastasius hat zwar gegen alles und jeden etwas, aber es ärgert ihn ungemein, sich von einem Regenten in Rom überflügelt zu sehen.«

»Glaubst du, Anastasius wird ihm Schwierigkeiten bereiten?«

»Nicht in nächster Zeit. Dringendere Angelegenheiten beschäftigen ihn, zum Beispiel das Wiederaufleben des ewigen Streits mit den Persern an den östlichen Grenzen. Ne, Theoderichs Schwierigkeiten werden nicht von außen hereingetragen werden, sondern direkt unter seiner Nase ausgebrütet. Nicht ohne Absicht habe ich gesagt, er würde von hier bis Britannien bewundert, denn hier wie dort verfügt die katholische Kirche über wenig Einfluß. In Italien und den restlichen Provinzen jedoch, wo sie Einfluß hat, setzt sie alles daran, Theoderich in Verruf zu bringen und ihm das Leben schwer zu machen.«

»Ich weiß, ich weiß. Es ist schändlich. Warum können die Kirchenmänner ihn nicht einfach in Ruhe lassen, so wie er sie ihn Ruhe läßt?«

»Du hast es gerade gesagt. Eben weil er sie nicht beachtet. Sie wären glücklicher, wenn er sie verfolgen, sie unterdrücken und verbieten würde. Nichtbeachtung ist für den Klerus ein viel bösartigerer Angriff als offene Verfolgung. Er nimmt ihnen die Freuden und Ehren des Martyriums. Sie leiden, weil er sie nicht für das Heil ihrer Mutter Kirche leiden läßt.«

»Wahrscheinlich hast du recht.«

»Was noch schlimmer ist, er hat dem Klerus auf einem Gebiet einen Rückschlag versetzt, wo er sich auf dem Vormarsch wähnte.«

»Aber er hat doch gar nichts gegen die Kirche unternommen.«

»Doch, sie erneut übergangen! Anastasius empfing die Kaiserkrone, die purpurne Robe und die anderen Insignien des Östlichen Reiches aus den Händen des Erzbischofs von Konstantinopel. Anastasius lag hingestreckt zu seinen Füßen, in der unterwürfigen Position demütigster Verehrung. Und was hat Theoderich getan? Er hat sich den Thron erobert, mit der Zustimmung der Massen, gewählt vom römischen Senat. Im Gegensatz zu Anastasius hat er nicht einen Moment innegehalten, um den Segen Gottes oder wenigstens den der Kirche zu erbitten. Kein Bischof der arianischen Kirche, von diesem sogenannten Papst ganz zu schweigen, hat ihn gekrönt. Das bedeutet für alle Bischöfe des Christentums einen Rückschlag, und ganz besonders vergällt es die Seele dessen in Rom.«

Später führte mich Meirus in das Bordell. Das Mädchen von China erwies sich als solch eine erlesene Köstlichkeit, daß ich halb versucht war, die Sklavenhändler der Stadt für mich nach einer Chinesin Ausschau halten zu lassen. Ihre Hautfarbe und ihr Körper waren so anders, sehr sanft, weich und glatt wie die Seide, die aus ihrem Heimatland zu uns kommt. Sie sprach keine menschliche Sprache, zwitscherte nur wie ein Vogel, ein Makel, den sie mit ihren sexuellen Talenten mehr als wettmachte. Sie war biegsam wie ein Schlangenmensch – und so eng, wie ich es erwartet hatte, als ich ihren blütengleichen kleinen Mund erstmals erblickte. Der Herr des Hauses, Apostodiles, versicherte auf meine Rückfrage, daß sie trotz ihrer engen Öffnung nicht, wie westliche Frauen gleicher Physiognomie, widerspenstig sei.

»Nicht im mindesten, Saio Thorn. Man hat mir gesagt, alle Frauen der Chinesen hätten kleine Münder, sowohl oben wie auch unten. Diese, so hat man mir bedeutet, hat einen größeren Mund als die meisten. Also ist sie von besonders süßem und liebenswürdigem Wesen. Wer weiß, vielleicht sind ihre schmalmündigeren Schwestern ebenso mißmutig wie die Frauen hier? Aber, ah! Denkt nur daran, wie eng ihre unteren Öffnungen sein müssen.« Trotzdem entschloß ich mich schließlich, doch keine Chinesin für meinen Privatgebrauch zu erstehen. Mein Geld war in weniger frivolen Vergnügungen besser angelegt. So war mein Kahn, als ich Noviodunum verließ, schwer beladen mit Jungen und Mädchen von weniger exotischem Aussehen, größtenteils Chasare sowie ein paar wenige Griechen und Tscherkessen. Auf der langen Fahrt flußaufwärts blieb mir viel Zeit, mit ihrer Ausbildung zu beginnen. So beherrschten sie schon die Grundlagen der lateinischen Sprache, als ich sie der Obhut und Sorge meiner Lehrmeister in Novae übergab.

*

Auf der inzwischen begradigten und ausgebesserten Via Popilia kehrte ich nach Ravenna zurück, das viel ansehnlicher war als früher. Caesarea, die Vorstadt der Arbeiter, zuvor ein schäbiges und verdrecktes Loch, war gesäubert worden. Das Aquädukt versorgte noch die vor kurzem ausgetrockneten Brunnen und Fontänen mit Trinkwasser. Und als ob der Fluß des Wassers auch die Steine, Ziegel und Kacheln zum Wachsen verleitet hatte, wuchsen an vielen Ecken neue und imposante Bauwerke in die Höhe. Besonders ins Auge stachen Theoderichs Palast und die arianische Kirche, die Theoderich Bischof Neon versprochen hatte, obwohl dieser verdiente Mann schon vor längerer Zeit gestorben war.

Das umfassendste, großartigste Projekt aber, das in Angriff genommen worden war, war jenes, das die Stadt wirklich bewohnbar machen würde: die Trockenlegung des stinkenden Krankheitsherdes der Sümpfe. Tausende von Männern und Hunderte von Ochsen häuften Raine auf und gruben Furchen in das flache Feuchtgebiet, in denen das Wasser aufgefangen und über tiefer liegende Gräben in dauerhafte Kanäle aus Stein und Eisenstein geleitet werden sollte, die sich schließlich ins Meer ergießen würden. Das war keine Arbeit, die in ein paar Jahren erledigt sein würde. Noch immer wird daran gearbeitet, und daran wird sich wohl auch noch einige Jahrzehnte nichts ändern. Aber kaum hatten sich die ersten Ausgräber an die Arbeit gemacht, floß in den zahllosen Kanälen von Ravenna Wasser, das fast so klar und geruchlos war wie jenes, das sich aus den Brunnen und Fontänen ergoß.

Boethius, der junge Magister officiorum, führte mich durch die Stadt und zeigte mir alle Neuerungen. Eine seiner Pflichten bestand darin, spezialisierte Arbeiter wie Architekten, Feuerwerker oder Bildhauer oft von weit her anzuwerben.

»Und das«, stolz deutete er auf ein großartiges Bauwerk, an dem noch gearbeitet wurde, »wird Theoderichs Mausoleum sein. Möge das Schicksal geben, daß es noch viele Jahre dauern wird, bevor es gebraucht wird.«

Das massive, unerschütterlich wirkende Gebäude bestand aus Marmorblöcken. Das zweistöckige Äußere war zehneckig, aber der geräumige Innenraum war rund und sollte noch eine Kuppel aufgesetzt bekommen.

»Keine normale Kuppel«, sagte Boethius. »Ein einziges, massives Stück Marmor, von Bildhauern abgerundet. Dort drüben liegt es. Dieser enorme Fels kam aus den Steinbrüchen von Istrien. Wenn man ihn wiegen könnte, würde man herausfinden, daß er mehr als sechshundert Libramenta wiegt. Welch ein phantastisches Unternehmen, diesen Stein hierher zu schaffen!«

»Darunter wird Theoderich sicher ruhen«, sagte ich, »und genügend Platz finden, um sich im Schlaf zu recken und zu strecken.«

»Er hat nicht vor, dort alleine zu ruhen«, entgegnete Boethius. »Seinem Willen nach soll das die letzte Ruhestätte aller seiner Nachfahren sein. Doch gerade eben erst hat Audefleda einem Kind das Leben geschenkt. Habt Ihr es schon gehört? Ja, eine Tochter. Wenn die Königin ihm nicht bald ein paar Söhne gebiert, werden nur Abkömmlinge der mütterlichen Linie oder von einer Seitenlinie neben ihm aufgebahrt liegen.«

Doch das schien Theoderich wenig zu kümmern. Er war bestens gelaunt, als ich mit ihm speiste und von meinen letzten Reisen und Erlebnissen berichtete.

»Und, Thorn, bist du wieder auf dem Weg zurück nach Rom? Du könntest ein Mandat von mir überbringen. Wußtest du schon, während deiner Abwesenheit war ich selbst einmal dort.«

Boethius hatte mir bereits davon berichtet. Theoderich war ein triumphaler Empfang bereitet worden, ein rauschender Umzug. Er war mit ausgefallenen Spielen unterhalten worden – Wagenrennen im Circus, Kämpfe von Menschen gegen wilde Bestien im Kolosseum, Vorführungen im Marcellianischen Theater, Festlichkeiten und Convivas in den vornehmsten Häusern. Der Senat hatte ihn eingeladen, vor dem versammelten Haus zu sprechen. Am Ende seiner Rede waren alle Senatoren aufgesprungen und hatten ihn laut gepriesen.

»Vor allem aber«, sagte er, »sah ich mit eigenen Augen die langsam voranschleichende Zerstörung der Stadt, die bereits dir so unangenehm aufgefallen war. Nun, ich habe angeordnet, daß jede nur mögliche Maßnahme ergriffen wird, um die Entweihung dieser künstlerischen und architektonischen Schätze zu verhindern. Dafür stelle ich Rom jährlich zweihundert Librae Gold zur Verfügung, die nur für die Erhaltung und Instandsetzung von Gebäuden, Monumenten, Mauern und dergleichen verwendet werden dürfen.«

»Ich beglückwünsche dich zu deiner Entscheidung«, sagte ich, »aber kann die Schatzkammer eine solche Ausgabe verkraften?«

»Nun, unser geiziger Comes Cassiodor zog ein Gesicht. Aber er hat eine Steuer auf importierten Wein erlassen. Das sollte genügen.«

»Dann beglückwünsche ich ihn ebenfalls. Du hast ein Mandat erwähnt. Hat es mit dieser Sache zu tun?«

»Ja, ich muß eine Unterlassung meinerseits korrigieren. Als ich zum Senat sprach und diese Unterstützung ankündigte, sprach ich nur von Bauwerken und Monumenten und dergleichen, vergaß darüber aber die Statuen der Stadt. Wie du weißt, leiden sie an derselben Schwindsucht. Ich wünsche klarzustellen, daß auch sie mit diesem Geld restauriert und erhalten werden. Mein Quaestor und Schreiber Cassiodor Filius ist schon dabei, das Mandat auszuformulieren. Du kannst es bei ihm abholen, Thorn. Und bitte sorge dafür, daß es im Senat verlesen wird. Außerdem soll es im *Diurnal* ausgehängt und in den Straßen ausgerufen werden.«

Ich begab mich zu dem jüngeren Cassiodor, der mich lachend aufforderte: »Ihr wollt es vielleicht lesen, bevor ich es versiegle.« Mit diesen Worten schob er mir einen Haufen Papyrus-Rollen herüber.

»Welches davon ist das Mandat?« fragte ich und durchstöberte den Haufen.

»Bitte?« Er blickte mich überrascht an. »Nun, das alles ist das Mandat.«

»Das ganze Bündel? Theoderichs Befehl, der Zerstörung von irgendwelchen Dingen in Rom Einhalt zu gebieten?«

»Natürlich.« Er sah etwas perplex aus. »Seid Ihr nicht deswegen gekommen?»

»Cassiodor, guter Cassiodor«, sagte ich. »Ein Mandat dient nur dazu, einen Befehl offiziell zu machen. Es reicht, daß ich nach Rom gehe und drei Worte äußere: ›Hört auf damit!‹ Drei Worte!«

»Ja und?« sagte er gekränkt. »Mehr steht hier auch nicht drin. Lest!«

»Lesen? Ich kann es kaum in der Hand halten«, übertrieb ich, nahm dann aber doch ein Blatt auf.

Auf dem obersten Papyrus, gerichtet »An den Senat und das Volk von Rom«, stand: »Die edle und preisenswerte Kunst der Bildhauerei wurde, so sagt man, in Italien schon von den Etruskern ausgeübt und verlieh der Stadt eine künstliche Einwohnerschaft, die ihrer natürlichen fast gleichkommt. Ich beziehe mich hier auf den Überfluß an Statuen von Göttern, Helden, ausgezeichneten Römern der Vergangenheit und auf die mächtigen Herden steinerner und metallener Pferde, die unsere Straßen, Plätze und Foren schmücken. Wenn die Menschen Ehrfurcht verspürten, würde diese Ehrfurcht allein, und nicht die Wachen der Stadt, als Beschützer dieses Schatzes von Rom ausreichen. Aber was sollen wir von dem kostbaren Marmor, der teuren Bronze sagen, kostbar sowohl vom Rohstoff wie auch vom Kunsthandwerk her? So viele Hände gieren danach, wenn sich die Stunde günstig erweist, davon zu pflücken. Wie Roms Wald aus Wällen, so sollte auch seine Bevölkerung aus Statuen so weit wie nötig wieder instandgesetzt werden. Unterdessen müssen alle aufrechten Bürger darüber wachen, daß diese künstliche Einwohnerschaft nicht weiter beschädigt, in Stücke gebrochen und weggekarrt wird. Oh ehrbare Bürger, wir fragen euch, wer, wenn ihm solch eine Aufgabe übertragen wird, kann davor seine Augen verschließen? Wer sich bestechen lassen? Ihr müßt nach solchen diebischen Schurken, wie wir sie beschrieben haben, Ausschau halten. Wenn der Verbrecher gefangen ist, wird die geschädigte Gemeinschaft, der die Schönheit der Vergangenheit durch das Abschlagen von Gliedern beeinträchtigt hat, ihn genauso leiden lassen, wie er die Statuen leiden ließ ...«

Hier brach ich ab, sammelte die Papyri zusammen, räusperte mich und sagte: »Ihr hattet recht, Cassiodor. Ihr sagt ›Hört auf damit‹. Nur sehr viel ... sehr viel ...«

»Unmißverständlicher«, schlug er vor. »Vollkommener.«

»Vollkommener. Genau! Das war das Wort, nachdem ich gesucht habe.«

»Wenn Ihr weiterlesen werdet, Saio Thorn, wird es Euch noch sehr viel besser gefallen. An einer Stelle läßt sich König Theoderich aus über die Notwendigkeit –«

»Nein, nein, Cassiodor«, wehrte ich ab und schob ihm die Rollen zu. »Nehmt mir nicht die Vorfreude darauf, zu sehen, wie diese Botschaft im Senat empfangen wird, die Wirkung, wenn diese erhabenen Worte durch die Kurie hallen.«

»Im Senat!« Glückselig rollte er die Papyri zusammen, tropfte geschmolzenes Blei über die Rolle und drückte Theoderichs Siegel ein. »Im Senat!«

»Ja«, sagte ich. »Und Eure Rede wird, darauf würde ich jede Wette eingehen, laut ›Vere Diserte! Nove Diserte!‹ gepriesen werden.«

## 4

Den überwiegenden Teil der Jahre, die Theoderich auf dem Thron saß, tat ich, was ich immer getan hatte: Reisen, Beobachten, Erfahrungen sammeln, Lernen. Die anderen Marschälle des Königs waren froh, auf einen geruhsamen, sicheren Posten gesetzt worden zu sein. Ich hingegen zog es vor, der reisende Emissionär meines Königs zu sein, sein langer Arm, sein weitblickendes Auge. Es kam zwar vor, daß Theoderich mich einige Zeit an seinen Hof holte oder ich meine Residenz in Rom oder mein Anwesen in Novae besuchte, aber meistens hielt ich mich irgendwo im Reiche Theoderichs oder auch im Ausland auf.

Man konnte mich überall zwischen Baiae, dem luxuriösen, am Meer gelegenen Badeort der römischen Nobilität, und den abgelegensten Siedlungsgebieten wilder Stämme antreffen. Manchmal war ich auf ausdrücklichen Befehl Theoderichs dort, manchmal aus eigenem Antrieb. Manchmal trug ich die mit dem Bildnis eines Ebers verzierte Rüstung und die anderen Insignien meines Marschallamtes, manchmal die auffälligen Gewänder, die ein Herizogo und Dux zu tragen berechtigt ist. Meistens aber zog ich die unauffällige Kleidung eines einfachen Wanderers vor. Auch wenn ich gelegentlich einen Trupp Soldaten mit mir führte oder von einigen Männern begleitet wurde, die mir als Botschafter dienten, so machte ich mich doch oft allein auf den Weg und trug dem König meine Berichte persönlich vor.

Oft ging es in diesen Berichten um den Fortschritt eines der vielen Projekte, mit denen Theoderich das Leben seiner Untertanen verbessern wollte. Nach seiner Anweisung etwa wurden die alten römischen Straßen, Aquädukte, Brücken und Kloaken wieder hergerichtet und, wo nötig, neue konstruiert. Wie schon die Sümpfe von Ravenna wurden jetzt auch die pomptinischen Sümpfe von Rom, die sumpfigen Gebiete bei Spoletium und die Gegend um Anxur trockengelegt.

Aber es wäre überflüssig, jede einzelne der unzähligen Verbesserungen und Leistungen unter Theoderichs Regierung aufzuzählen. Das kann in den offiziellen Büchern über jene Zeit nachgelesen

machten. In bestimmten Abständen entlang unserer Route ließ ich ein paar Soldaten mit der Anweisung zurück, Wachposten aufzubauen und einheimische Krieger zu ihrer Hilfe zu verpflichten. Auf einer zweiten, sehr viel langsameren Reise entlang derselben Route brachte ich nicht nur weitere Truppen mit, sondern auch eine beträchtliche Anzahl von Bauern mit ihren Familien, die der Wunsch trieb, ihr Glück in fernen und nur wenig besiedelten Gegenden zu suchen. Jeweils ein bis drei Familien ließen sich an einer günstigen Stelle an der Straße nieder und gründeten dort Herbergen und Ställe, erste Ansiedlungen, um die sich später häufig größere Gemeinschaften bildeten.

Noch bevor ich auf der ersten dieser beiden Reisen die Stadt Pomore an der Wendischen Bucht erreichte, hatten mir andere Reisende bereits die Nachricht zugetragen, die Rugier würden schon lange nicht mehr von Königin Giso regiert. Giso hatte ihren königlichen Ehemann nicht lange überlebt. Der junge Erarich, ein Neffe des toten Fewa-Feletheus, war ihr auf den Thron gefolgt. Erarich, dem meine Ankunft angekündigt worden war, empfing mich mit offenen Armen. Er war wie Theoderich sehr erpicht darauf, endlich einen ganzjährig benutzbaren Handelsweg zwischen beiden Ländern zu haben. Wie ich wußte, war die Weichsel, die Hauptverbindung der Rugier ins Innere Europas, während des langen nordischen Winters unpassierbar, und selbst im Sommer machte die starke Strömung des Flusses die Reise nach Süden zu einem langsamen, mühseligen Unternehmen.

Erarich stellte uns eine ganze Anzahl an rugischen Soldaten sowie kaschubische und wilzische Bauern zur Verfügung. Die Soldaten bauten Wachposten auf, während slowenische Bauern die Straße freiräumten und einebneten und Unterkünfte für die Reisenden errichteten. Die Slowenen, nur für harte Arbeit tauglich, kehrten später wieder nach Pomore zurück und wurden durch rugische Bauersfamilien ersetzt, denen die Bewirtschaftung der Einrichtungen aufgetragen wurde.

Bald schon blühte der Handel auf den neuen Handelsstraßen von Norden nach Süden und von Osten nach Westen wie zu den glorreichsten Tagen des römischen Imperiums. Viele kleinere Straßen und Seefahrtswege führten diesen Hauptschlagadern des Handels die Produkte und Erzeugnisse von fremden Völkern, die an den entferntesten Küsten des Germanischen, des Sarmatischen und des Schwarzen Meeres siedelten –, Waren aus Britannien, Schottland, Skandinavien, dem Kaukasus, von der Krim, selbst Seide und andere rare Schätze aus dem Land der Chinesen zu. Inzwischen brachten die Schiffe, die auf Veranlassung Theoderichs gebaut worden waren, frischen Schwung in den Handel mit den Völkern des Mittelmeerraums, den Vandalen in Afrika, den Sueben in Hispanien und den römischen Kolonien in Ägypten, Palästinien, Syrien und Arabia Petrae.

Wie immer in der Geschichte unterbrachen auch in dieser Zeit Kriege und Aufstände den blühenden Handel mit fremden Völkern. Die meisten ereigneten sich in Ländern, die außerhalb des Machtbereichs von Theoderich, Anastasius oder ihrer Verbündeten lagen. Doch auch in Theoderichs Reich kam es zu einigen bewaffneten Auseinandersetzungen, die er mit der Entsendung von Truppen niederzuwerfen suchte. Weder er noch ich ritten mit den Soldaten, selbst die Befehlshaber waren nicht mehr die Männer, die noch Seite an Seite mit uns gekämpft hatten. Der alte Saio Soas, die Generäle Ibba, Pitzias und Herduich, sie alle waren gestorben oder hatten sich aus dem aktiven Dienst zurückgezogen. Generäle waren jetzt Thulwin und Odoin, die ich noch nie getroffen hatte, und Witigis und Tulum, denen ich bei der Belagerung von Verona kurz begegnet war und die damals noch die Ränge eines Optio beziehungsweise Kundschafters bekleidet hatten.

Einer der Aufstände, zu deren Bekämpfung sie ausgeschickt wurden, war von den Gepiden angezettelt worden, jenem Volk, das vor vielen Jahren vergeblich versucht hatte, unseren Vormarsch auf Rom zu verhindern. Damals hatte ihr Angriff bei Vadum an der Save sie viele ihrer Männer und ihren König Thrausila gekostet, auf unserer Seite war der rugische König Feletheus gefallen. Jetzt schien es, als ob die Gepiden unseren Kampfesmut erneut herausfordern wollten. Nicht weit von dem Ort der ersten Auseinandersetzung hatten sie jetzt, unter ihrem neuen König Thrasarich, Thrausilas Sohn, nach längerer Belagerung Sirmium erobert, jene für ihre Schweinezucht berühmte Stadt, in der wir auf unserem Weg westwärts von Novae überwintert hatten.

Bei dem Gedanken daran, wie es in Sirmium gestunken hatte, war ich beinahe versucht, dafür zu plädieren, Thrasarich die Stadt einfach zu überlassen. Aber angesichts der strategisch entscheidenden Lage Sirmiums an der Donau, einem der wichtigsten Handelswege, mußte natürlich gehandelt werden. Zudem markierte Sirmium den östlichsten Punkt von Theoderichs Reich. Auch wenn er mit Anastasius einen Freundschaftsvertrag geschlossen hatte – in der Provinz Pannonien waren immer noch Grenzstreitigkeiten zwischen dem westlichen und östlichen Reich im Gange, und keine Seite war willens, eine Grenzverletzung von irgend jemandem hinzunehmen.

Kein Wunder, daß Anastasius, als unsere Armee durch Pannonien fegte, uns aufgebracht anklagte, oströmisches Gebiet betreten zu haben. Das mag sogar stimmen, denn unsere Truppen vertrieben die Gepiden ohne Schwierigkeiten aus Sirmium und jagten sie wie die Hasen noch ein gutes Stück ostwärts, ehe sie umkehrten und sich auf den Heimweg nach Italien machten. Anastasius nahm den Vorfall zum Anlaß, Theoderich den Krieg zu erklären und ihn für seine »Anmaßung und Ungehörigkeit« zu bestrafen. Aber das blieb eine Geste des Imperators, der damit vor allem seine eigentliche Überlegenheit kundtun wollte. Da er seine Landstreitkräfte für den Kampf gegen das persische Reich benötigte, reduzierte sich der Krieg auf ein paar Nadelstiche. Anastasius schickte ein paar Kriegsgaleeren nach Italien, die einige unserer Hafenstädte ansteuerten und mit der Absicht, unseren Handel mit anderen Mittelmeerländern zu unterbinden, vor den Hafeneinfahrten vor Anker gingen.

Lentinus, Kommandeur der römischen Flotte, freute sich wie ein kleiner Junge über diese Gelegenheit, ein paar der *khele*-Schiffe in Auftrag geben zu können, die er nachts bei Ebbe hinausschickte. Nachdem drei oder vier der feindlichen Galeeren in verschiedenen Häfen ohne erkennbaren Grund bis auf die Wasserlinie abgebrannt waren, lichtete der Rest der Flotte die Anker und kehrte heim in ihren Stützpunkt im Propontis. Dieser Krieg wurde niemals offiziell für beendet oder von der einen oder anderen Seite für gewonnen oder verloren erklärt. Aber in den Jahren danach haben Theoderich und der Kaiser des östlichen Reiches – zuerst Anastasius, dann Justinus – gute Beziehungen zueinander unterhalten und den Wohlstand ihrer Völker zum gegenseitigen Vorteil gefördert.

Der nächste Krieg brach im Westen aus und hatte weiterreichende Konsequenzen als der Gepidenaufstand. Theoderich, der sich durch eine geschickte Heiratspolitik mit vielen benachbarten Königshäusern verbunden hatte, war es gelungen, anhaltenden Frieden zwischen seinem und ihren Reichen zu schaffen. Doch damit waren die Streitereien zwischen diesen Völkern untereinander noch lange nicht beigelegt. Und jetzt bahnte sich zwischen einem Schwager und einem Schwiegersohn von Theoderich eine Auseinandersetzung an.

Clovis, König der Franken, und der westgotische König Alarich beanspruchten beide einen bestimmten Streifen Land an der Loire, die die Grenze ihrer jeweiligen Herrschaftsbereiche von Gallien und Aquitanien markierte. Einige Jahre lang war es immer wieder zu kleineren Grenzstreitigkeiten gekommen – harmloses, von kurzlebigen Waffenstillständen und Friedensverträgen unterbrochenes Geplänkel. Nun aber rüsteten beide Königreiche für einen bevorstehenden Krieg. Theoderich tat sein Bestes, um als neutraler Unterhändler zwischen den beiden mit ihm verwandten Königen zu vermitteln, und sandte zahllose Emissionäre zu Alarich in Tolosa und Clovis in seiner neuen Hauptstadt Lutetia. Aber die beiden blieben unversöhnlich. Als sich herausstellte, daß ein Krieg unausweichlich war, schlug sich Theoderich auf Alarichs Seite. Es muß ihn sehr geschmerzt haben, gegen das Volk und den Bruder seiner Frau Audefleda zu ziehen. Aber mit dem Balten Alarich und den Westgoten verbinden uns Ostgoten mehr als nur verwandtschaftliche Bande.

Doch unsere Soldaten mußten kaum kämpfen. Noch bevor sie zu den westgotischen Einheiten stoßen konnten, war Alarich in der Schlacht nahe dem Städtchen Pictavus gefallen, und die Westgoten schienen den Krieg verloren zu haben. Aber kaum trug unsere Armee ihren ersten Angriff auf die fränkischen Linien vor, als Clovis die Waffen niederlegte und um Frieden bat. Im Tausch gegen das, was er bisher erobert hatte – eben jene umstrittenen Gebiete –, bot er dem neuen König der Westgoten, Amalrich, ein dauerhaftes Bündnis an. Kurz nachdem unsere Generale Tulum und Odoin Clovis' Bedingungen und seinen Schwur angenommen hatten, zogen sich sowohl die Franken als auch die Westgoten zurück. Unsere eigene Armee kehrte heim nach Italien, ohne auch nur einen Tropfen Blut vergossen zu haben.

Das wichtigste aber war, daß der neue König der Westgoten, Alarichs Sohn Amalrich, zu jener Zeit noch ein Säugling war. Da er zu jung war, ging die Regierungsgewalt auf seine Mutter, Königin Thiudagotha, über. Da Thiudagotha Theoderichs Tochter und Amalrich sein Enkel war, bedeutete dies nicht mehr und nicht weniger, als daß Theoderich jetzt auch Herrscher über die Westgoten war. Westgoten und Ostgoten waren zum ersten Mal seit vielen Jahrhunderten vereint unter einem König. Theoderichs Macht erstreckte sich damit über alle an das Mittelmeer grenzenden Lande, von Pannonien und Dalmatien über Italien und Aquitanien bis nach Hispanien. Jetzt brauchte man endgültig nicht mehr vom ehemaligen weströmischen Reich zu reden, sondern man nannte es zutreffender – und mit Stolz – das Königreich der Goten.

## 5

Mein Handel mit Sklaven erwies sich als sehr einträglich und verlangte mir nur wenig Zeit ab. Zeit, die ich angesichts meiner sonstigen Pflichten auch kaum hätte erübrigen können. Meine Arbeiter in Novae zogen zwei oder drei Jahrgänge gut ausgebildeter und wohlerzogener Sklaven heran, die den durchschnittlichen Sklaven in römischen Haushalten weit überlegen waren und ansehnliche Preise erzielten. Doch dann sandte Meirus mit einer seiner Lieferungen von Noviodunum einen jungen Griechen, keinen Jugendlichen mehr, sondern einen erwachsenen Eunuchen. In einem Begleitbrief empfahl er mir, diesem Sklaven besondere Beachtung zu schenken.

»Er heißt Artemidorus«, stand in dem Brief, »ein ehemaliger Sklavenmeister an dem zweitrangigen Hof eines gewissen Prinzen Balash von Persien. Du wirst sehen, Artemidorus ist wirklich kundig, was die Ausbildung erstklassiger Sklaven angeht.«

Nachdem ich Artemidorus eine Reihe von Fragen über seine Lehrmethoden gestellt hatte, wollte ich abschließend wissen: »Wie stellst du fest, ob und wann ein Sklave ausreichende Kenntnisse und Fertigkeiten erlangt hat und verkauft werden kann?«

Die klassische Nase des Griechen kräuselte sich hochmütig, als er mir antwortete: »Kein Sklave verläßt meine Schule jemals wirklich. Alle mir Anvertrauten lernen natürlich in der einen oder anderen Sprache lesen und schreiben. Und egal wohin sie verkauft werden, sie bleiben in stetem Kontakt zu mir und profitieren von meinen Instruktionen. Sie wenden sich mit ihren kleinen und großen Problemen an mich – neue Moden für die Frisuren ihrer Herrinnen oder Angelegenheiten von größter Vertraulichkeit. Sie hören nie auf zu lernen, und ich höre nie auf, sie zu vervollkommnen.«

Artemidorus' Antwort gefiel mir sehr, und ich übertrug ihm die volle Verantwortung für die Ausbildung der Sklaven. Damit stieg mein Gut in Novae zu einer wahren Akademie auf.

Bald schon konnte ich mir meine Kunden, größtenteils Römer, aussuchen. Sie, die schon gar nicht mehr wußten, was gute Diener waren, rissen sich um meine Sklaven. Wenn ich angesichts der in Rom verbreiteten Ansichten über Sklaven erwartet hatte, meine Ware mühselig anpreisen zu müssen, sah ich mich angenehm überrascht. Die Angst der Römer, gebildete Sklaven würden ihnen ihre Frauen rauben oder Umsturzversuche unternehmen, verflüchtigte sich im Nu. Es reichte schon, einige hervorragende Römer in mein Haus an der Vicus Jugarius einzuladen und sie von meinen Sklaven umsorgen zu lassen.

Wann immer ich mich dort aufhielt, sorgte ich mit Festlichkeiten und Convivas für ein volles Haus. Wenn meine Gäste sahen, wie meine Sklaven ihren Diensten nachgingen – Köche bereiteten erlesene Speisen, die von den zuvorkommendsten Dienern aufgetragen wurden; da waren penible Zimmermädchen, begabte Kosmetikerinnen und Dekorateurinnen, Gärtner, die in meinem kleinen Garten Wunderwerke schufen, Kämmerer, die ausländische Gäste in ihrer Heimatsprache begrüßen konnten, und Schreiber, die ihnen ihre Korrespondenz verfassten; selbst Küchenhilfen, Laufburschen und andere niedrige Sklaven erledigten ihre einfachen Arbeiten mit dem größten Eifer, da sie auf eine bessere Position hoffen konnten – dann beknieten sie mich, ihnen ebensolche Sklaven zu besorgen.

Artemidorus' Zöglinge waren samt und sonders so gut ausgebildet und aufmerksam, daß es mir schwer fiel, für den Dienst in Veledas Haus ein paar einfältigere unter ihnen auszuwählen. Ich wollte weniger scharfe Augen und weniger wache Geister, denen nicht gleich auffallen würde, wenn ich mich in ihrer Gegenwart einmal nachlässigerweise unweiblich verhalten sollte. Aus diesem Grund kamen nur männliche Sklaven in Frage, denn selbst begriffsstutzigen oder sehr jungen Frauen würde ein Lapsus in meinem weiblichen Verhalten auffallen. Ich achtete sorgsam darauf, in Veledas Haushalt nur Sklaven zu beschäftigen, die Thorn noch nie zu Gesicht bekommen hatten. Außerdem sorgte ich dafür, sie niemals mit den Bediensteten von Thorns Haus jenseits des Tibers zusammenkommen zu lassen. So getrennt wie die beiden Haushalte hielt ich auch Thorns und Veledas Leben, unsere jeweiligen Freundeskreise, die Märkte und Läden, in denen wir einkaufen gingen, die Arenen und Theater, die wir aufsuchten, selbst die Foren und Gärten, in denen wir abends spazieren gingen.

Doch war ich all diese Jahre über nicht nur mit meinen eigenen kleinen Angelegenheiten und Gefühlen beschäftigt. Viele Dinge von allgemeinerem Interesse, ja von historischer Tragweite geschahen. In wenigstens eine solche Angelegenheit war ich zumindest indirekt verwickelt. Denn auf der Suche nach einem geeigneten gotischen Mann für Kronprinzessin Amalaswintha griffen Theoderich und seine Berater auf das von mir verfaßte Werk über die amalische Familienlinie zurück. Sie wählten Eutharich aus, einen jungen Mann im heiratsfähigen Alter, der als Sohn des Herzogs Veterich, welcher sich in den westgotischen Landen von Hispanien niedergelassen hatte, auch von ausreichend vornehmem Blut war. Eutharich stammte von demselben Zweig der Amaler ab, dem auch Königin Giso und Theoderich Strabo angehört hatten. Mit der Verbindung zwischen Eutharich und Amalaswintha würden diese beiden so lange schon getrennten und sich häufig befehdenden Zweige der amalischen Linie endlich zusammenfinden. Glücklicherweise ähnelte der junge Eutharich in nichts Giso oder Strabo. Eutharich war von ansehnlichem Äußeren und hatte neben guten Manieren einen wachen Verstand.

Doch Eutharich und seine Braut hatten kaum ihren neuerbauten Palast in Ravenna bezogen, als er erkrankte und nur wenig später starb. Ich war nicht der einzige, der sich gefragt hatte, wie lange es ein Mann an der Seite von Amalaswintha aushalten würde. Manche waren überzeugt, er sei nur gestorben, um sie loszuwerden. Zumindest aber hatte die Ehe lange genug gedauert, ein Kind zu zeugen. Und dieses Kind war von männlichem Geschlecht, ein Umstand, der Theoderich – und mit ihm den ganzen Hof und alle seine Berater – überglücklich machte. Doch trübte Eutharichs unzeitiger Tod diese Freude beträchtlich. Auch Theoderichs Freude über den lange ersehnten männlichen Nachwuchs muß darunter gelitten haben, obgleich er das niemals offen zugab. Theoderich war, wie ich selbst auch, schon jenseits der sechzig, als Prinz Alarich geboren wurde. Sollte Theoderich – was sehr wahrscheinlich war – sterben, bevor Alarich seine Mündigkeit erreichte, dann würde Amalaswintha als Regentin die Herrschaft übernehmen, eine Aussicht, die niemandem behagte.

Nicht nur das weströmische Reich hatte Grund dazu, sorgenvoll in die Zukunft zu schauen. Zur selben Zeit nämlich starb in Ostrom Kaiser Anastasius. Anastasius, der sich Zeit seines Lebens vor Gewittern gefürchtet hatte, war im Purpurpalast aus Furcht vor einem heraufziehenden Unwetter in einen Schrank geflüchtet, wo ihn seine Diener am nächsten Morgen tot auffanden.

Anastasius konnte zwar kaum zu den herausragenden Herrschern seiner Zeit gezählt werden, aber sein Nachfolger in Konstantinopel war eine wahrhaftige Null, ein Nichts. Justinus war ein einfacher Soldat gewesen, der sich auf dem Schlachtfeld bewährt und bis zum Kommandeur der Palastwache von Anastasius hinaufgedient hatte. Nach Anastasius' Ableben war er von seinen Offizierskollegen auf das Schild gehoben worden. Wagemut und Beliebtheit sind zwar schöne Tugenden, doch konnten sie seine zahllosen Schwächen, vornehmlich seine Unfähigkeit lesen oder schreiben zu können, kaum aufwiegen. Wenn er einen kaiserlichen Erlaß unterzeichnen wollte, pinselte er mit einer Feder über eine metallene Schablone, in die sein Monogramm eingeritzt war. Auf diese Art und Weise signierte Justinus Befehle, Edikte und Statuten, die nach allem, was er davon lesen konnte, ebensogut irgendwelche anzüglichen Tavernenlieder hätten sein können

Was Justinus' Untertanen (und die Könige in den umliegenden Reichen) viel mehr beunruhigte, war allerdings nicht seine offensichtliche Unfähigkeit für das Kaiseramt – viele Völker gelangten gerade unter farblosen Herrschern zu ihrer Blütezeit. Sorgen machte ihnen vielmehr der Einfluß von Justinus' fähigem, zielstrebigem und machtbesessenem Neffen Justinian, den er zu sich an den Hof nach Konstantinopel geholt hatte. Offiziell war Justinian der Quaestor und Schreiber seines Onkels, also Cassiodors Gegenpart. Und Justinus hatte einen sprachkundigen, gebildeten Berater bitter nötig. Während jedoch Cassiodor Theoderichs Worte nur tausendfach verstärkt erklingen ließ, verlegte sich Justinian schon bald darauf, die Worte des Kaisers nicht nur zu verkünden, sondern selbst zu verfassen. Worte, die bei weitem nicht allen gefielen. Mit seinen fünfunddreißig Jahren hatte sich Justinian zum wahren Herrscher in Konstantinopel aufgeschwungen. Da er seinem Onkel Justinus, der inzwischen sechsundsechzig Jahre zählte, nach dessen Tod auf den Thron nachfolgen würde, mußten die benachbarten Völker sehr zu ihrem Mißfallen damit rechnen, auf längere Zeit mit einem Kaiser Justinian – heute de facto, morgen de jure – auskommen zu müssen.

Schlimm genug, murrte das Volk, daß der alte Justinus Unterstützung bei seinem ehrgeizigen Neffen suchte. Weit schlimmer jedoch war nach einmütiger Auffassung, daß Justinian seinerseits auf die Einflüsterungen einer absolut indiskutablen Person hörte. Diese Person, eine junge Frau namens Theodora, wäre unter normalen Umständen selbst von den einfachen Leuten auf der Straße gemieden worden. Ihr Vater hatte als Bärenwärter im Hippodrom gearbeitet, sie selbst seit ihrer frühesten Kindheit als Schauspielerin. Allein ihre Herkunft und Tätigkeit hätten für einen schlechten Ruf mehr als ausgereicht, aber Theodora hatte es sehr viel weiter gebracht. Sie war berühmt-berüchtigt dafür, bei ihren Vorstellungen, die sie von Konstantinopel über Zypern bis nach Alexandria führten, männliche Bewunderer sowohl auf als auch hinter der Bühne zu befriedigen. Diese privaten Vorstellungen gefielen ihr so sehr, daß sie, wie die Gerüchte gingen, einmal sogar beklagt haben soll, daß »eine Frau nicht genügend Öffnungen hat, um sich mehr als drei Liebhabern gleichzeitig hingeben zu können«.

Irgendwo auf ihren Reisen mußte Justinian ihr begegnet und Hals über Kopf verfallen sein. Jedenfalls hatte sie sich im zarten Alter von neunzehn Jahren »zur Ruhe gesetzt« und war »ehrbar« geworden, was nichts anderes hieß, als daß sie und ihr Körper hinfort ausschließlich Justinian zur Verfügung standen. Selbst jene, die sie am unerbittlichsten verabscheuten, mußten ihr Intelligenz, Gerissenheit und ein klug berechnendes Wesen attestieren – zahllose Dekrete und Edikte, die Justinian dem Reich als Willen des Kaisers Justinus verkündete, trugen Theodoras Stempel.

Justinian und Theodora wollten heiraten, sie aus Geltungssucht, er, als aufrechter orthodoxer Christ, um seine Verbindung mit ihr zu legalisieren. Doch eines der ältesten Gesetze des römischen Reiches verbat Edelmännern »mulieres scenicae, libertinae, tabernariae« – also Schauspielerinnen, Huren und Wirtsfrauen – zu ehelichen. Deshalb wollte Justinian dieses Gesetz mit einem Zusatz versehen, der es einer dergestalt befleckten Frau ermöglichen würde, mittels einer »wundertätigen Buße« von ihren Makeln reingewaschen, mithin wieder in den Stand einer unberührten, heiratsfähigen Jungfrau zurückgeführt zu werden. Damit aber dieser Zusatz nicht sofort als Farce entlarvt werden würde, mußte die Buße zumindest einigermaßen glaubhaft wirken. Und wer eignete sich besser als die Kirche dazu, die »Wundertätigkeit« einer Buße zu bestätigen? Kein Wunder, daß Justinian und Theodora alles unternahmen, um sich den christlichen Klerus gewogen zu stimmen.

Ihre Mühen trugen schon bald Früchte. Eine der am lautesten gepriesenen Errungenschaften unter Justinus Herrschaft war die »diplomatische Großtat«, mit der das Schisma, das die Kirchen Roms und Konstantinopels seit so vielen Jahren getrennt hatte, beendet wurde. Den dogmatischen Anhängern beider Kirchen mußte das zwar als verdammenswert erscheinen, doch andererseits hatte Justinus, indem er sich so offen mit diesen beiden Sekten der christlichen Kirche verbündet hatte, stillschweigend gegen alle anderen Religionen in seinem Reich Partei ergriffen, auch gegen die »häretischen« Anhänger des Arianismus. Was nicht weniger bedeutete, als daß der Kaiser Ostroms ein erklärter Gegner der Religion des gotischen Königs in Ravenna war. Eine Tatsache, die den Angriffen der römischen Kirche auf Theoderich natürlich zusätzliches Gewicht und zusätzliche Bedeutung verlieh.

Theoderich hatten die kleinmütigen Attacken der katholischen Kirche nur selten gestört, meistens hatte er sie sogar eher belustigend gefunden. Doch der unversöhnliche Widerstand der Kirche gegen seine Herrschaft blieb nicht ganz ohne Auswirkung. So kam es zwischen Römern und den gotischen Einwanderern nie zu der ihrem König vorschwebenden freundschaftlichen Verschmelzung. Einerseits blieben die Römer mißtrauisch und widersetzten sich Theoderichs wohlmeinendsten Anstrengungen in dieser Hinsicht. Andererseits warfen ihm seine gotischen Landsleute vor, den undankbaren Einheimischen zuviel Nachsicht entgegenzubringen. Obwohl Theoderich kein Mann war, der sich übermäßig Sorgen machte, mußte er doch vor Feinden, sowohl innerhalb als auch außerhalb seines Machtbereichs, auf der Hut sein. Denn hätte einer der ausländischen christlichen Könige danach getrachtet, über das gotische Königreich herzufallen, oder sich ein mißgünstiger christlicher Untertan Theoderichs zum Aufstand berufen gefühlt, beide hätten sicherlich Mut aus dem Wissen geschöpft, daß die Kirche Roms ihre Anhänger jederzeit zur Unterstützung eines »christlichen Befreiers« und zum bewaffneten Widerstand gegen den »häretischen« Throninhaber aufrufen würde. Teilweise aus diesem Grund hatte Theoderich schon früh alle Römer von höherem Rang aus der Armee entlassen und später verfügt, daß keine Person, die nicht im Militärdienst stand, Waffen besitzen durfte.

Seit dem schnellen Sieg über die Gepiden in Sirmium und der Vertreibung von Anastasius' Kriegsschiffen vor den Hafenstädten im Süden war Theoderichs Reich von keiner ausländischen Macht mehr angegriffen worden. Doch da kündigte sich Unheil von einer gänzlich unerwarteten Seite an. Die ersten Gerüchte kamen mir zu Ohren, als eine Lieferung neuer Sklaven aus Novae in Begleitung von Artemidorus in Rom eintraf. Artemidorus' Anwesenheit überraschte mich sehr, denn er verließ Novae nur selten. Er war nicht mehr jung, und sein klassisches griechisches Profil hatte gelitten. Er war, wie alle Eunuchen, im Alter korpulent geworden, und das Reisen fiel ihm schwer. Kaum angekommen, zog er mich zur Seite und entdeckte mir den Grund für seine Anwesenheit.

»Saio Thorn, ich wollte Euch diese Nachricht persönlich überbringen. Sie einem Botschafter zu geben, wäre zu gefährlich gewesen. In den Reihen von Theoderichs verläßlichsten Getreuen gibt es Verräter.«

## 6

Nachdem Artemidorus seine Ausführungen beendet hatte, entgegnete ich ihm kalt: »Ich bin Sklavenhändler geworden, um Menschen, die es sich leisten können, einen wertvollen Dienst zu erfüllen, nicht, um ihnen Spitzel unter die Nase zu setzen.«

»Ganz Eurer Meinung, Saio Thorn«, antwortete Artemidorus ebenso kühl. »Ich warne meine Studenten dringlichst davor, zu lauschen oder zu tratschen. Selbst meine weiblichen Sklaven lernen, verschwiegen und zurückhaltend zu sein. Aber in diesem Fall geht es um mehr als nur um hohles Geschwätz.«

»In der Tat. Es geht um den Ruf des Ostgoten Odoin, der, wie ich, Herzog ist und dessen Generalsrang dem meinen als Marschall gleichkommt. Gegen einen solchen Mann wagt Ihr das Wort eines Sklaven zu stellen?«

»Eines *meiner* Sklaven«, sagte Artemidorus mit eisiger Stimme. »Ein Zögling meiner Schule. Und Hakat ist Tscherkesse, sein Volk ist berühmt für seine angeborene Ehrlichkeit.«

»Ich erinnere mich an den Burschen. Ich selbst habe ihn Odoin als Schreiber verkauft. Trotz aller seiner Titel und Auszeichnungen hat der General nie lesen oder schreiben gelernt. Doch Odoins Residenz ist hier in Rom. Warum kam der Sklave mit einer solch gewichtigen Sache nicht gleich zu mir? Warum erst eine Botschaft nach Novae senden?«

»Weil den Tscherkessen eine weitere Besonderheit zu eigen ist. Sie verehren den jeweils Nächstältesten bedingungslos. Ein junger Bursche wird, wenn sein älterer Bruder das Zimmer betritt, aufspringen und nicht sprechen, bevor sein Bruder gesprochen hat. Meine tscherkessischen Studenten scheinen in mir so etwas wie ihren älteren Bruder zu sehen. Mit ihren Sorgen kommen sie immer zu mir.«

»So sei es denn. Ich werde dem jungen Hakat eine ältere Schwester zur Seite geben, um Licht in diese Sache zu bringen. Sag ihm Bescheid, daß er sobald wie möglich das Haus einer gewissen Dame Veleda aufsuchen soll ...«

General Odoin zählte nicht zu meinen engeren Bekannten, aber wir waren uns des öfteren am Hofe Theoderichs begegnet. Da ich mich selbst als Agent in seinem Haushalt betätigen wollte, mußte ich mich dergestalt verkleiden, daß er mich auf keinen Fall erkennen würde.

Als Hakat sich in Veledas Haus jenseits des Tibers einfand, erklärte ich ihm mein Vorhaben. »Dein Herr kann unmöglich wissen oder sich darum scheren, wie viele Sklaven er besitzt. Du sorgst dafür, daß ich für eine Weile dazugehöre. Die anderen Sklaven werden die Autorität des Schreibers ihres Herren nicht in Frage stellen. Sag ihnen, ich sei deine verwitwete und der Armut anheimgefallene ältere Schwester, die dringend Arbeit braucht.«

»Entschuldigt mich, Caia Veleda.« Der junge Mann hustete diskret. Er war hübsch wie alle Tscherkessen und versuchte die guten Manieren, die Artemidorus seinen Schülern beibrachte, zur Geltung zu bringen. »Das Problem ist ... es gibt nicht viele Sklaven – nirgendwo! – von Eurer offensichtlichen höheren Abstammung und Eurem, äh, würdigen Alter.«

»Hakat«, fuhr ich ihn, in meiner Eitelkeit verletzt, an. »Noch muß ich mich nicht hinter dem Kamin verstecken. Und sklavische Unterwürfigkeit kann ich gut genug imitieren, um selbst deine scharfen und wissenden Augen zu täuschen.«

»Ich wollte nicht ungehörig sein«, beeilte er sich zu sagen. »Selbstverständlich seid Ihr, Herrin, schön genug, um als meine tscherkessische Schwester zu gelten. Sagt mir nur, Caia Veleda, in welcher Stellung Ihr dienen wollt.«

»Vái, in der Küche, der Anrichte oder der Spülküche, das ist mir gleich. Schau nur darauf, daß ich sehen kann, wer deinen Herrn besucht, und Gelegenheit habe, seine Unterhaltungen zu verfolgen.«

Und so, fünfzig Jahre nach meinen ersten jugendlichen Pflichten als Küchenhilfe, arbeitete ich – mit großem Vergnügen übrigens – wieder als einfache Spülfrau. Nur tat ich es diesmal für einen edlen Zweck und es dauerte auch nicht lange, bis meine Schauspielerei belohnt wurde. Ich muß zugeben, es fiel mir bedeutend schwerer, die diensteifrige Sklavin als den gewieften Spion zu spielen. Was ich von meinen Pflichten in St. Damian noch wußte, half mir hier kaum weiter, denn der Haushalt eines vornehmen Römers wird viel effizienter und hierarchischer geführt als eine christliche Abtei.

Laufend wurde ich, bald schon von allen nur noch verächtlich »Alte« gerufen, von meinen Mitsklaven gescholten und bei Hakat angeschwärzt.

Odoin, unser Herr, wußte wahrscheinlich den peniblen Dienst seiner Sklaven gar nicht zu schätzen und hätte kleinere Nachlässigkeiten wohl auch gar nicht bemerkt. Er war ein grobschlächtiger Soldat mit wallendem Bart, dem das Leben auf den Schlachtfeldern viel mehr lag als das in einer vornehmen römischen Villa. Sein Geist war, wie ich bald herausfand, auch mit Wichtigerem befaßt als mit Haushaltsangelegenheiten. Trotzdem ließ er sich einmal dazu herab, mich zu korrigieren. Er war jünger als ich selbst und nannte mich bei meinem neuen Namen. »Alte! Vái, kannst du meine Tische nicht abräumen, ohne mit dem Geschirr zu klappern? Man versteht ja sein eigenes Wort nicht mehr!«

Es stimmt, in jener Nacht hatte ich meine Pflichten vernachlässigt. Doch nur, weil meine ganze Aufmerksamkeit seinen Gästen im Triclinum und ihrer Unterhaltung gegolten hatte. Im Verlaufe eines halben Monats war es mir gelungen, mehrere solcher Treffen zu belauschen. Stets hielt ich hinterher schriftlich fest, was ich gesehen und gehört hatte. Natürlich durften die anderen Sklaven nicht sehen, daß ich schreiben konnte. So traf ich mich spät in jeder Nacht mit Hakat, und er schrieb auf, was ich ihm diktierte, während ich mein dürftiges Nachtmahl aus Brotkrumen und anderen Speiseresten verzehrte.

Eines Nachts sagte ich zu ihm: »Wir haben genügend Beweise gesammelt, um Odoin zu überführen. Du hast gut getan, junger Bruder, deinen Verdacht an Artemidorus weiterzugeben.«

Am nächsten Tag verließen wir Odoins Haus. Bei mir, das heißt bei Veleda, angekommen, ließ ich Hakat als erstes eine saubere Abschrift unserer Aufzeichnungen anfertigen. Ich selbst nahm ein ausgiebiges Bad, um mich von Küchendreck und Fettgestank zu befreien. Als er mit der Abschrift fertig war, übergab ich die Rollen einem Boten. Hakat bat ich: »Bleib hier bis ich zurückkomme, junger Bruder. Draußen wird es heute für dich zu gefährlich sein.«

Ich ging in Thorns Villa zurück, zog mein ebergeschmücktes Marschallsgewand über und machte mich auf den Weg zu Odoins Residenz. An seiner Tür empfing mich ein Diener, der mich gestern noch »altes Weib« gescholten hatte, mich aber heute natürlich nicht wiedererkannte. Ich bat um eine private Unterredung mit dem General. Als Odoin und ich es uns bei einer Amphore Falerner bequem gemacht hatten, zog ich die Papyrus-Rollen hervor und begann ohne Vorrede: »Diese Dokumente klagen Euch des Verrats und der Verschwörung gegen König Theoderich an.«

Odoin war überrascht, versuchte aber unberührt zu erscheinen: »Was Ihr nicht sagt! Ich werde Hakat, meinen Schreiber, herbeirufen. Er soll sie mir vorlesen.«

»Hakat ist nicht hier. Er selbst nämlich war es, der diese Seiten beschrieb. Zur Zeit ist Hakat in meiner Verwahrung, damit er, sollte das nötig sein, Zeugnis ablegen kann, daß diese Worte hier von Euch und Euren Mitverschwörern stammen.«

Das Gesicht des Generals lief dunkel an, und seine Barthaare sträubten sich: »Bei Wotan, *Ihr* habt mir diesen verschlagenen ausländischen Schönling verkauft. Wenn wir schon von Verschwörung und Verrat reden ...«

Ich ignorierte seinen Wutausbruch und sagte: »Da Euer Schreiber abwesend ist, erlaubt mir, Euch die Dokumente vorzulesen.«

Je länger ich las, desto aschfahler wurde Odoins Gesichtsfarbe. Einiges vom dem, worüber er und seine Gäste sich unterhalten hatten, war mir bereits zuvor zu Ohren gekommen. So war es allgemein bekannt, daß Odoin sich bei einem Landkauf hintergangen gefühlt hatte und mit der Sache vor Gericht gezogen war. Die Entscheidung war gegen ihn gefällt worden, woraufhin er Berufung bei einem höheren Gericht einlegte, das ebenfalls gegen ihn entschied. Schließlich landete die Angelegenheit vor Theoderich, der Odoins Klage endgültig abwies. Das gleiche war auch schon Theoderichs eigenem Neffen Theodahad passiert. Während der mürrische Theodahad sich jedoch eingeschnappt zurückgezogen hatte, hatte Odoin danach getrachtet, sich für das ihm angeblich zugefügte Unrecht zu rächen.

»Ihr habt um Euch alle Unzufriedenen versammelt, die Ihr auftreiben konntet«, warf ich ihm vor. »Hier, unter diesem Dach, habt Ihr Euch mit ihnen getroffen. Das beweisen diese Dokumente mit Namen von aufrührerischen Goten, abtrünnigen Römern und katholischen Christen, darunter auch zwei Kardinaldiakone aus dem Gefolge des Erzbischofs.«

Odoin machte eine Handbewegung, als ob er mir den Inhalt

seines Weinbechers ins Gesicht schütten oder die Papyrus-Rollen aus der Hand reißen wollte.

»Gebt Euch keine Mühe. Eine Abschrift dieser Seiten ist bereits unterwegs nach Ravenna. Und in diesem Moment werden auch Eure Mitverschwörer verhaftet.«

»Und ich?« fragte er mit belegter Stimme.

»Laßt mich mit Euren eigenen Worten schließen: ›Im Alter ist Theoderich so schwach und rückgratlos wie Odoaker geworden. Es ist Zeit, daß wir Theoderich durch einen fähigeren Mann ersetzen.‹ Sagt mir, Odoin, wärt Ihr dieser fähigere Mann gewesen? Was, meint Ihr, wird Theoderich denken, wenn er diese Worte liest?«

Darauf antwortete Odoin nicht, sondern sagte nur: »Thorn, Ihr kamt nicht hierher, unbewaffnet wie Ihr seid, um mich festzunehmen.«

Gleichgültig blickte ich ihn an. »Ihr wart ein tapferer Krieger, ein guter General und, bis jetzt, ein treuer Gefolgsmann des Königs. Angesichts Eurer Verdienste wollte ich Euch Gelegenheit geben, dem, was Euch bevorsteht, zuvorzukommen.«

Cassiodors *Historica Gothorum* berichtet, der Herzog Odoin sei, zusammen mit seinen Mitverschwörern, drei Tage später auf dem Forum Romanum enthauptet worden. Das stimmt. Nur Artemidorus, Hakat, ich selbst und zwei meiner vertrauenswürdigsten Wachen, die den Verräter vor den Scharfrichter führten, wußten, daß Odoin zu diesem Zeitpunkt schon seit drei Tagen tot war. Auf die Art eines vornehmen Römers hatte er, in meinem Beisein, sein Schwert gezogen, die Spitze auf seine Brust gerichtet, den Griff auf den Mosaikfußboden gestützt und sich mit seinem vollen Gewicht hineingestürzt.

## 7

Eines Tages brachte Ewig mir neue Nachrichten. Eine gewisse Caia Melania, eine gerade erst in Rom angekommene Witfrau, habe ein vornehmes Haus auf dem Equilin gekauft, und eine stattliche Anzahl Handwerker sei dabei, es zu renovieren. Schön und gut, dachte ich, eine neue Bewohnerin, die den Leuten hier

Arbeit und Brot geben konnte, aber ansonsten kaum der Rede wert.

Auch als in den nächsten Wochen mehrere meiner Freunde den Namen Caia Melania erwähnten – meistens mit zustimmenden oder gar ehrfürchtigen Kommentaren über die Summen, die sie ausgab – nahm ich davon kaum Notiz. In Vindobona hatte ich einst eine Frau dieses Namens gekannt. Ohne sonderliches Interesse fragte ich mich, ob es sich wohl um ein und dieselbe Person handelte. Allerdings war Melania kein sehr ausgefallener Name.

Ich horchte erst auf, als mir bei einem Empfang in der Villa von Symmachus, Roms Erstem Senator, Gerüchte über sie zu Ohren kamen. Es war eine erlesene Gesellschaft, die sich an jenem Abend bei Symmachus eingefunden hatte, darunter einige Senatoren und ihre Frauen; Theoderichs Ratgeber Boethius und seine Gattin; Liberius, zu der Zeit Gouverneur der Stadt, sowie eine ganze Anzahl weiterer hervorragender Bürger. Alle schienen sie weit besser über die Witwe Melania informiert zu sein als ich selbst. Viel wurde über die extravaganten Ausgaben dieser Frau gesprochen und darüber, was hinter den Mauern ihres Hauses wohl vorging.

Dann, als die Frauen sich aus dem Speisesaal zurückzogen, damit wir Männer ungehemmter reden konnten, verriet uns Symmachus, was er über diese mysteriöse Frau wußte: »Sie ist eine reiche Witwe aus der Provinz. Und aus ihrem Haus will sie das vornehmste und teuerste Liebesnest seit den legendären Tagen Babylons machen.«

»Ach, eine Kupplerin nur?« Präfekt Liberius zeigte sich enttäuscht. »Hat sie denn schon eine Lizenz beantragt?«

»Ich sagte nicht, sie betreibe ein Bordell«, lachte Symmachus. »Der Ausdruck wäre unpassend, genausowenig wie das Wort Kupplerin eine zutreffende Beschreibung der Witfrau Melania vermittelt. Ich habe sie getroffen. Sie ist eine sehr vornehme und gebildete Frau, die mir die Ehre erwies, mir ihr Haus vorzuführen. Einen Stadtschreiber anzuweisen, für einen solchen Ort eine Lizenz zu erteilen, wäre etwa so, als bestünde man darauf, Theoderichs Paläste zu lizensieren.«

»Trotzdem, ein gewerbliches Unternehmen ...«, grummelte Liberius, der stets auf zusätzliche Steuern und Gebühren hoffte.

Symmachus ignorierte diese Bemerkung und fuhr fort zu erzählen: »Dabei ist das Haus, so reichhaltig es auch ausgestattet ist, eher klein, sozusagen ein Schmuckkästchen. Nur ein ... Klient pro Nacht wird empfangen. Und niemand darf das Allerheiligste betreten, der nicht zuvor in einem Vorraum von Caia Melania empfangen und ausgefragt wurde. Nicht nur Namen, Herkunft, Rang und die Fähigkeit, ihre horrenden Preise bezahlen zu können, interessieren sie, sondern auch Geschmack, Vorlieben, geheime Neigungen und frühere Erfahrungen mit ehrbaren oder auch weniger ehrbaren Frauen.«

»Schamlose Lüsternheit, so nenne ich das«, wandte Boethius empört ein. »Welcher anständige Mann würde mit einer Kupplerin über seine Frau oder seine Geliebte reden? Wozu sollte das gut sein?«

Symmachus blinzelte und legte einen Finger an die Nase: »Erst wenn sie den Freier eingeschätzt und genau Maß genommen hat, gibt sie einem versteckten Bediensteten ein geheimes Zeichen. Das bewußte Vorzimmer ist mit zahllosen Türen ausgestattet. Auf ihr Zeichen hin öffnet sich eine davon und gibt den Blick auf die eine Frau frei, von der der Mann sein ganzes Leben lang geträumt hat, nach der er sich gesehnt hat wie nach keiner anderen. Das ist es, was Caia Melania verspricht. Und ich bin geneigt, ihren Worten Glauben zu schenken. Ach, Freunde! Was gäbe ich, wenn ich nochmal ein Knabe von sechzig Jahren sein dürfte! Oder wenigstens ein Jüngling von siebzig! Ich wäre der erste in diesem Vorzimmer.«

»Geh ruhig, du unersättlicher Satyr«, lachte ein anderer Senator. »Und nimm deinen verruchten kleinen Bacchus mit. Soll er für dich einspringen.«

Es wurden noch mehr anzügliche Witze gemacht, gelacht und über Melania spekuliert, etwa, woher sie wohl ihre »Traumfrauen« bezog. Aber mich berührte das wenig. Ich hatte zu meiner Zeit genügend Bordelle gesehen. Schmuckkästchen oder nicht, was mehr würde es sein als ein Haus voller Huren, und was anderes als eine gewinnsüchtige alte Kupplerin diese Caia Vidua Melania? Dann lenkte Symmachus die Unterhaltung auf ernstere Themen. »Gestern geschah etwas«, sagte er ernsthaft, »das mir Sorgen bereitet, und ich möchte wissen, ob ich mit dieser Sorge alleine stehe. Ein Bote des Königs überbrachte mir eine Botschaft, in der er mir seine Hochachtung bekundete und mich bat, ein Gesetz vor dem Senat zu unterstützen, das die Höhe der Zinsen, die Geldleiher erheben dürfen, beschränkt.«

»Und das bekümmert dich?« fragte Liberius. »Nach allem, was ich hörte, ist das ein dringend gebotenes Gesetz.«

»Natürlich, natürlich«, pflichtete Symmachus bei. »Was mir Kopfschmerzen bereitet, ist, daß Theoderich mir genau diesselbe Botschaft schon vor mehr als einem Monat überbringen ließ und ich die Eingabe mit einer langen Rede vor dem Senat unterstützt habe. Der Vorschlag wird, und davon habe ich Theoderich bereits in Kenntnis gesetzt, im Senat ohne Schwierigkeiten angenommen werden. Warum also wiederholt sich Theoderich?«

Für einen kurzen Moment schwieg alles. Dann sagte jemand großzügig: »Nun, Alter bringt Vergeßlichkeit mit sich ...«

Symmachus rümpfte die Nase: »Ich bin älter als Theoderich. Vergesse ich etwa, meine Toga zurechtzuziehen, wenn ich aus der Latrine komme? Und ganz bestimmt vergesse ich nichts, was mit wichtigen Gesetzen zu tun hat.«

»Allerdings«, wandte ein Dritter ein, »hat ein König an mehr zu denken als ein Senator.«

»In der Tat«, ließ sich Boethius, ein treuer Anhänger seines Herrn, vernehmen. »Und dieser Tage lastet die sich hinziehende Krankheit der Königin schwer auf Theoderich. Sie lenkt ihn von allem anderen ab. Cassiodor und ich tun, was in unserer Macht steht, um seine Nachlässigkeiten auszugleichen, aber manchmal schickt er Botschaften ab, ohne uns zu konsultieren. Doch sind wir fest davon überzeugt, daß er wieder er selbst wird, sobald Audefleda wieder gesund ist.«

»Wenn Theoderich, selbst in seinem Alter, auf den Verkehr mit einer Frau verzichten muß«, gab ein anwesender Medicus zu bedenken, »dann ist es durchaus möglich, daß er an einer Stauung seiner animalischen Säfte leidet. Die Kanäle des Körpers, das ist wohlbekannt, verstopfen bei längerer sexueller Abstinenz. Das kann alle Arten von Unwohlsein verursachen.«

»Dann laßt uns doch«, warf ein junger und vorlauter Patriziersohn ein, »den König hierher nach Rom einladen. Soll er doch, solange seine Audefleda nicht bereit ist, das Bordell der Dame Melania zur Reinigung seiner Kanäle benutzen.«

Einige der jüngeren Männer lachten lauthals, aber die älteren Gäste fühlten sich von dieser unziemlichen Äußerung abgestoßen und für den Rest des Abends wurde der Name Melania nicht mehr erwähnt.

Doch auch während der folgenden Monate hörte ich ihren Namen von dem einen oder anderen meiner Freunde und Bekannten, Männer von Format, meistens in meinem Alter und vom Rang her mindestens so hochgestellt wie ich. Männer, die über solche Dinge normalerweise vornehm schwiegen, jetzt aber, ohne dazu aufgefordert worden zu sein, mit verklärter Stimme von den phantastischen Frauen schwärmten, die sie in dem Haus auf dem esquilinischen Hügel besessen hatten.

»Für das wertvollste Juwel in Melanias Sammlung, so habe ich gehört, hat sie noch keinen passenden Mann gefunden. Oder vielleicht keinen, der reich und spendierfreudig genug ist. Ein weibliches Wesen von erlesenster Seltenheit soll es sein. Jeder Mann in Rom brennt vor Neugierde und hofft, er möge der Glückliche sein, den sie erwählt.«

»Eine wunderschöne Jungfrau, Saio Thorn«, sagte Ewig, mein Spion, der über alle Geheimnisse Roms im Bilde war. »Ein Mädchen vom Volk der Chinesen. In Schleier gehüllt wurde sie hierhergebracht und seither vor aller Augen verborgen. Ihre Haut soll von einem blassen Gelb sein – überall! – wenn Ihr euch das vorstellen könnt.«

»Ich kann, ich kann«, murmelte ich. »Pfirsichfarben wäre jedoch zutreffender.«

Ewig betrachtete mich eingehend. »Wenn Ihr Euch in solchen Dingen auskennt, Saio Thorn, vielleicht seid Ihr es dann, für den diese Jungfrau reserviert ist?«

Schon die Mönche in St. Damian hatten es bemerkt: Unstillbare Neugier war – und ist – meine größte Schwäche.

»Ewig«, sagte ich, »du kennst die Handwerker, die an diesem Haus gearbeitet haben. Mache dich kundig über den Grundriß des Hauses, groß ist es ja nicht, und die Aufteilung der Zimmer und erstatte mir Bericht.«

So kam es, daß ich mich eines Sommerabends an der Tür des Hauses auf dem Esquilin vorstellte und von einer nur durchschnittlich hübschen Dienerin in das Empfangszimmer geleitet wurde.

Das Zimmer, das ich als erfahrener Krieger mit einem Blick erfaßte, war rund und geräumig. In der Mitte stand ein rosafarbener Marmortisch, auf zwei Seiten flankiert von rosa Marmorliegen. Das war die gesamte Einrichtung. Caia Melania ruhte halb liegend auf der mir und der Tür, durch die ich eingetreten war, zugewandten Liege. In dem Halbrund der Wand hinter ihr waren fünf geschlossene Türen sichtbar. An einem Ende des Marmortisches stand eine flache Kristallschale voll frischgepflückter Pfirsiche, jeder einzelne vollkommen, unberührt und von Tautropfen gekrönt. Auf den Früchten lag ein kleines, rotgoldenes Messerchen. In einer großen Kristallkugel auf der anderen Seite schwammen gemächlich einige kleine, pfirsichfarbene Fische herum, die ihre durchscheinenden Flossen wie zarte Schleier sanft bewegten.

Offensichtlich war rosa, oder pfirsich, Melanias bevorzugte Farbe. Auch die schwere, golddurchwirkte Seidenstola, die sie trug, war in diesem Farbton gehalten. Wie gesagt, sie war keine junge Frau mehr, sondern eine Matrone, höchstens acht bis zehn Jahre jünger als ich selbst. Für ihr Alter war sie außerordentlich schön. Wohlgeformt, aber immer noch schlank. Ich konnte sehen, wie anziehend ihre Schönheit einst gewesen sein mußte. Jetzt aber hatten die zitternden Finger des Alters Silberlocken in das Gold ihres Haares gewoben und ihre elfenbeinschimmernden Wangen mit einer Falte hier und da gezeichnet. Doch ihre großen blauen Augen waren strahlend hell, und ihre Lippen waren voll und rot. Sie konnte gut auf Salben und Schminke verzichten.

Mit einer kurzen Geste hieß sie mich auf der Liege ihr gegenüber Platz nehmen. Ich setzte mich aufrecht hin. Sie fing, ohne ein Lächeln, ohne jegliche einleitende Zeremonie, an, mich auszufragen. In der Tat stellte sie viele Fragen, wobei es mir – obwohl ihre Stimme durchaus liebenswert klang – vorkam, als tue sie das nur der Form halber. Sie mußte also, so vermutete ich, jeden Bewerber schon, bevor er ihr Haus betrat, einer genauen Untersuchung unterzogen haben. Als sie anfing, sich nach meinen Vorlieben und Neigungen zu erkundigen und dabei ebenso uninteressiert erschien, unterbrach ich das Verhör und warf leichthin ein: »Ich glaube, Caia Melania, Ihr habt mich des berühmten, unschätzbaren Juwels in Eurem Schmuckkästchen für unwürdig befunden.«

Sie zog eine Augenbraue nach oben, lehnte sich ein wenig zurück und fragte kühl: »Wie kommt Ihr darauf?«

»Nun, ich habe jede Eurer Fragen mit größtmöglicher Aufrichtigkeit beantwortet. Es kann euch nicht entgangen sein, daß ich weder ein Patrizier noch einer von Roms führenden Lüstlingen bin.«

»Ihr glaubt also, des Besten in diesem Haus nicht würdig zu sein?«

»Es ist Euer Haus. Ihr entscheidet.«

»Dann schaut und seht!«

Sie mußte ihr geheimes Zeichen gegeben haben, denn eine der Türen schwang lautlos auf und gab den Blick auf das chinesische Mädchen frei. Wie ich schon vor einigen Jahren entdeckt hatte, wächst den Frauen der Seres kein verhüllendes Schamhaar. Ihr Gewand aus dem durchscheinenden Sommergefieder von Gänsen verbarg nichts, jede kleine Einzelheit präsentierte sich meinen Blikken unverschämt deutlich, und sie hatte offensichtlich gelernt, ihr Pfirsichfleisch so einladend wie nur möglich darzubieten.

»Das ist Eure Rarität?« sagte ich. »Das Juwel in Eurer Sammlung? Für mich? Ich hätte nie zu hoffen gewagt ... ich bin überwältigt.« Und strafte meine Worte mit einem langgezogenen Gähnen Lügen.

Das Mädchen sah verletzt aus. Melania sagte pikiert: »So überwältigt klingt Ihr aber nicht.«

Ich neigte den Kopf und sagte abwägend: »Ich denke ... als Ihr, Caia Melania, in Ihrem Alter wart, müßt Ihr sehr viel schöner gewesen sein.«

»Ich bin nicht käuflich«, schnappte sie. »Das Mädchen schon. Wollt Ihr etwa andeuten, Ihr könntet diesen Reizen widerstehen?«

»Ja. Ich versuche, nach einem Spruch des Dichters Martial zu leben.« Ich zitierte ihn pedantisch: »›So gelebt zu haben, daß man mit Freuden auf sein Leben zurückblickt, heißt zweimal gelebt zu haben.‹ Ich habe, müßt Ihr wissen, schon früh in meinem Leben ein Mädchen der Chinesen besessen. Nun besitze ich meine Erinnerungen, mein zweites Leben sozusagen. Ich empfehle euch, dieses Mädchen einem unerfahrenen und weniger abgestumpften ...«

»Sie ist einem Mann allein vorbehalten«, zischte Melania.

»Und dieser Mann bin ich? Warum gerade ich?«

»Ich meine ...«. Offensichtlich war sie aus dem Konzept geraten. »... Jungfräulichkeit ist einmalig. Solltet Ihr dieses Angebot abweisen und ein anderer Mann würde sich ihrer würdig erweisen ...«

Ich nickte. »... dann würde er in den Genuß dieser einmaligen Erfahrung kommen. Ihr habt recht. Aber die Welt ist voller Wagnisse.«

Melania warf einen Blick auf das Mädchen, das mit hängenden Schultern dastand, dann sah sie mich lange an. Schließlich gelangte sie wohl zu dem Schluß, meine Abgeklärtheit sei nichts weiter als der Versuch, kindische Nervosität zu überspielen. Mit sichtbarer Anstrengung unterdrückte sie ihre Ungeduld und sagte, bemüht, mich zu entspannen: »Vielleicht habe ich Euch etwas zu sehr gedrängt, Saio Thorn.« Sie machte eine Handbewegung, und die Tür schloß sich wieder. »Laßt uns einfach beieinander sitzen und ein wenig plaudern. Hier, teilt mit mir einen dieser saftigen Pfirsiche.«

Melania nahm das Obstmesserchen zur Hand und wartete höflich, bis ich einen Pfirsich ausgewählt und ihr gereicht hatte. Mit größter Sorgfalt halbierte sie die Frucht, entfernte den Kern und schob eine Hälfte über den Tisch. Ich rührte meine Hälfte nicht an, bevor nicht sie mit Genuß in die ihre gebissen hatte. Lächelnd und mit vollem Mund sagte sie: »Delikat. Einer dieser Pfirsiche, die man eher trinkt als ißt.«

Ich nahm meine Hälfte in die Hand. Aber ich biß nicht hinein, sondern preßte die Frucht über dem Fischglas aus. Kaum waren Saft und Fruchtfleisch in das Wasser getropft, da fingen die Fische an, wie betrunken im Kreis zu schwimmen, einer drehte sich auf den Rücken und trieb mit dem Bauch nach oben an der Wasseroberfläche. Ich blickte zu Melania hinüber, die sehr weiß im Gesicht geworden war. Sie machte einen schwachen Versuch, aufzustehen, aber ich schüttelte nur den Kopf und klopfte auf den Tisch. Auf dieses Zeichen hin öffneten sich alle fünf Türen. In jeder stand ein Soldat mit gezogenem Schwert, bereit, Melania auf mein Zeichen hin zu erschlagen. Ich blieb reglos sitzen und wartete, bis sie von selbst anfing zu sprechen.

»Ich dachte, ich hätte den perfekten Plan«, sagte sie mit leisem Zittern in der Stimme. »Hatte ich nicht an alles gedacht? Unmöglich, daß du meine wahre Identität erkannt hast. Ich habe peinlichst genau darauf geachtet, mich hier in Rom niemals in der Öffentlichkeit sehen zu lassen. Aber du hast es gewußt, noch bevor du mein Haus betreten hast. Wie nur?«

»Ich wußte wohl, was, aber nicht wer mich erwarten würde«, gestand ich ihr. »Ich selbst habe einem Mann einstmals eine sehr ähnliche Falle gestellt. Ich hatte zwar keinen solch exotischen Köder wie du und, was das betrifft, auch weniger Geduld als du sie bewiesen hast, aber im großen und ganzen war meine Idee dieselbe. Zudem verfüge auch ich über einige Erfahrung mit der Verabreichung von Giften. Das Mädchen ist eine Venefica, nicht wahr?«

Sie nickte ergeben.

»Und für den Fall, daß ich sie verschmähen würde« – ich hielt das Obstmesserchen in die Höhe – »war eine Seite der Klinge mit Gift präpariert, nur eine Seite. Oder?« Sie nickte erneut. »Wie wäre ich gestorben? Unter Zuckungen und Krämpfen? Damit du hättest zusehen und lachen können? Oder langsam, sprachlos und gelähmt, damit du mir hättest sagen können, warum ich sterben mußte? Oder ...«

»Nein«, unterbrach sie mich. »Schnell und schmerzlos, gnädig. Wie die hier.« Sie deutete auf die Kugel, in der inzwischen alle Fische leblos an der Wasseroberfläche trieben.

»Und wenn ich mich zu der Venefica gelegt hätte?«

»Genauso. Das schnellste, sicherste und gnädigste aller bekannten Gifte. Es wird aus den Stacheln des Seeigels gewonnen. Ich wollte dich nicht leiden lassen. Ich wollte nur Rache, Rache für jene, die du erschlagen hast. Aber sinnlose Qualen ...? Nein.«

Ich seufzte. »Es ist so viele Jahre her, seit ich zuletzt jemanden tötete. Warum hast du so lange gewartet?«

»Ich habe nicht gewartet. Ich war sehr beschäftigt während all dieser Jahre. Es fiel mir leicht, diejenigen zu finden, die die Drecksarbeit gemacht haben. Aber die bloßen Instrumente interessierten mich nicht. Ich wollte jene, die die Befehle gegeben hatten. Das herauszufinden dauerte länger. Dann, als ich herausfand, daß du es warst, mußte ich einen Plan entwickeln. Und ich mußte an dich herankommen.«

Ich lachte kurz. »Vor demselben Problem stand ich damals auch, als ich meine Falle aufgestellt hatte.«

»Viele Jahre lang bist du hierhin und dorthin gereist. Ich mußte darauf achten, dich nicht aus den Augen zu verlieren. Als du dich endlich in Rom niederließest, beschloß ich, hier meine Falle aufzubauen. Mehr Zeit verging, denn ich wollte einen Köder, der dich unfehlbar anlocken würde, dem du nicht würdest widerstehen können.« Sie lächelte wehmütig. »Ich vergaß, deine große Erfahrung in Betracht zu ziehen. Übrigens: Womit hast du damals deine Männerfalle bestückt?«

»Mit mir selbst. Es gab sonst niemanden.«

Sie sah mich etwas verwirrt an, fuhr aber fort: »So richtete ich vor vierzehn Jahren meine ganze Energie darauf, einen weiblichen Säugling der seltensten Rasse zu erstehen. Ich sandte Emissionäre in die entferntesten Länder – du kannst dir vorstellen, was für ein langes, aufreibendes und oft frustrierendes Unterfangen das gewesen sein muß. Dann, als ich endlich Erfolg hatte, mußte ich sie mit diesem Gift aufziehen, sie an es gewöhnen, sie damit durchtränken. Die Stacheln des Seeigels geben das Gift nur in winzigen Mengen ab. Das zwang mich, außer allem anderen, auch noch eigene Fischerboote auf See zu schicken.« Sie zuckte die Schultern. »Alles umsonst.«

»Du hast die Mörder, die Handlanger, mit deiner Rache verschont«, sagte ich. »Du mußt gewußt haben, daß ich auf Theoderichs Weisung gehandelt habe. Warum hast du mich nicht verschont und dich an ihm schadlos gehalten?«

»Das hätte ich getan, hätte ich nur die geringste Chance gesehen, zu ihm vordringen zu können. Außerdem wäre das immer noch möglich gewesen, wenn ich mit dir fertig gewesen wäre.« Vorsichtig fügte sie hinzu: »Es wäre immer noch möglich ...«

»Hast du gehört?« wandte ich mich an den Optio der Soldaten. »Eine Drohung gegen den König.«

»Ich habe es gehört, Saio Thorn.« Der Optio trat vor. »Sollen wir sie töten?«

Ich bedeutete ihm, seinen Arm zurückzuhalten. In diesem Moment sagte sie: »Thorn, lieber den Tod als das Tullianum.«

Ich ging nicht darauf ein, sondern fragte sie: »Und der Name? Melania?«

»Ein Vorwand. Ich nahm ihn von der Frau, die deine Soldaten statt meiner erschlugen. Melania war die Schwester meines Mannes.«

Ich erinnerte mich an die Umstände, wie sie mir damals berichtet worden waren und nickte. »Und der Name, unter dem ich dich kannte? Bist du jemals zurückgegangen zu dem Eisfluß und hast nachgeschaut, ob unsere Namen sich bergabwärts bewegt haben?«

»Nein. Ich habe lange gewartet und gehofft, du würdest eines Tages zurückkehren. Als ich dann Alypius geheiratet habe, bin ich mit ihm nach Süden gezogen und seitdem nie mehr nach Haustaths zurückgekehrt. Alypius und ich haben uns in Tridentum ein angesehenes Geschäft aufgebaut.«

»Das habe ich gehört. Aber ich weiß auch noch, wie du einmal gesagt hast, du wolltest deinen eigenen Weg gehen.«

»Das habe ich getan. Ich war nicht nur Caia Alypia, eine Muschel am Rumpf der prosperierenden Galeere meines Mannes. Ich habe ebenso hart und ebenso erfolgreich gearbeitet wie er. Eben weil ich auf Reisen war, in einer in den Bergen gelegenen Plantage, und über den Kauf der Olivenernte verhandelte, war ich an dem Tag, als die Soldaten kamen, nicht zu Hause. Als ich heimkam, waren Alypius und Melania tot und meinen verschleppten Vater, da war ich mir sicher, erwartete dasselbe Schicksal. Das war schon schlimm genug, aber dann, als sie mir meinen Bruder in dem Salzsack zeigten ... zusammengeschrumpft, ausgedörrt, grau, wie ein Stück geräucherter Speck. Das war der schlimmste Tag meines Lebens nach jenem Tag, als ...« Ihre Stimme schwankte.

»Alypius hat seine Schwester für dich geopfert. Du und er, hattet ihr Kinder?«

»Damit sie auch getötet worden wären?« brauste Livia in ihrem alten Kinderzorn auf. Da ich nichts darauf erwiderte, sprach sie weiter. »Nein, wir hatten keine Kinder. Hätten wir welche gehabt, wer weiß, vielleicht hätte ich von meinen Rachegedanken abgelassen. Aber so stärkte die Erkenntnis, daß auch mein Vater und mein Bruder tot waren, nur noch meine Entschlossenheit. Ich weiß, du hast sie in Hausthats schon verachtet. Ich glaube, ich empfand dasselbe. Doch sie waren alles, was ich hatte. Und nun werde ich ihnen folgen. Bitte, Thorn, laß uns das hier zu Ende bringen.«

»Du sagtest, der Tag, als du nach Tridentum zurückgekehrt bist, sei der schrecklichste Tag deines Lebens gewesen, außer ... Was war noch schrecklicher, Livia?«

Sie zögerte, dann flüsterte sie: »Der Tag, als ich herausfand, daß du der Mörder warst, dem ich nachjagte. Daß du es warst.« Sie stand auf und blickte mir ohne Angst ins Gesicht: »Kann ich jetzt sterben?«

»Ich glaube nicht. Du warst nachsichtig genug, mir einen leichten Tod zu wünschen. Zum Dank kann ich es wenigstens Alypius gleichtun und dir dein Leben schenken. Du wirst aber sicherlich verstehen, daß ich eine solch entschlossene und unerbittliche Gegnerin nicht einfach in die Freiheit entlassen kann. Wenn du für mich eine Gefahr darstellst, kann ich das verantworten. Aber für den König, nein.«

Ich wandte mich dem Optio zu. »Nehmt alle, egal ob Diener oder Hure, mit. Alle, bis auf das Mädchen aus China. Sie laßt hier. Überbringt die anderen dem Präfekten Liberius. Er soll sie auf die lizensierten Bordelle verteilen. Eine Aufgabe, die ihm zusagen wird. Dieses Haus bleibt geschlossen. Und sorgt dafür, daß es von jetzt ab Tag und Nacht bewacht wird.«

Der Optio salutierte. Er und die anderen Soldaten verschwanden. Zu Livia sagte ich: »Du stehst unter Hausarrest für den Rest deines Lebens. Als einzige Dienerin lasse ich dir die Chinesin. Auch Wachen werden dir zu Diensten sein – Einkäufe tätigen, Botschaften übermitteln, was auch immer. Aber niemals mehr wirst du diese Tür durchschreiten, und niemand wird zu dir hereinkommen dürfen.«

»Thorn, ich sagte dir bereits, lieber den Tod als das Gefängnis.«

»Das hier ist kaum das Tullianum. Ich nehme an, du hast es nie von innen gesehen. Ich schon.«

»Bitte, Thorn. Gib mir das Obstmesserchen, nur für einen Augenblick. Um dessentwillen, was wir einst ...«

»Livia, wir sind weit von dem entfernt, was wir einst waren. Schau uns an. Wir sind alt geworden. Selbst ich, reiselustig wie ich bin, würde diese Strafe nicht unerträglich finden. Zumindest für die Zeit, die mir noch geblieben ist.«

Sie sank in sich zusammen und sagte: »Vielleicht hast du ja recht.«

»Und falls du es doch unerträglich finden solltest – das Alter oder die Gefangenschaft – dann reicht es, wenn du deine Dienerin küßt.«

Sie lachte freudlos. »Ich habe noch nie eine Frau geküßt.«

Ich dachte kurz darüber nach und sagte dann: »Und mich auch nicht.«

Damit nahm ich sie in die Arme und legte meine Lippen auf die ihren. Eine unendliche Minute lang blieb sie passiv, dann reagierten ihre Lippen auf meinen Kuß. Ich fühlte, wie sie erschauerte und sich dann von mir zurückzog. Ihre Augen suchten mein Gesicht. In ihrem Gesicht konnte ich weder Wut noch Abscheu oder Haß lesen. Nur ein Ausdruck von Verwirrung, der langsam umschlug in Verwunderung. So verließ ich sie.

## 8

Theoderich hatte den Herbst seines Lebens so kraftvoll und wach durchschritten wie sein ganzes bisheriges Leben. Aber als Königin Audefleda krank wurde und starb, sah ich den Winter Einzug halten. Dieser Schlag traf ihn sehr viel härter als der Verlust Auroras – wahrscheinlich, weil er und Audefleda die Erfahrung des Alterns miteinander geteilt hatten. Ich habe beobachtet, daß das sehr oft ein noch engeres Band zwischen Mann und Frau knüpft als Liebe, obwohl die beiden sich unzweifelhaft auch in Liebe verbunden gewesen waren. In den fünf Jahren nach Audefledas Tod alterte Theoderich sehr schnell. Symmachus, der sich über die Vergeßlichkeit des Königs, der ihm zwei identische Botschaften geschickt hatte, beklagt hatte, drückte nur aus, was wir alle sahen, aber nicht sehen wollten.

Einige Zeit später war ich auf einen Empfang geladen, den der König zu Ehren einiger in Ravenna weilender fränkischer Edelmänner gab. Während des Nachtmahls unterhielt Theoderich die versammelte Gesellschaft mit Geschichten über vergangene Schlachten und Taten, zum Beispiel über die Eroberung des angeblich unbezwingbaren Schatzturms in Siscia.

»Und das mit Hafer! Könnt Ihr es glauben?« rief Theoderich ausgelassen. »Mit Hafer gefüllte Keile aus Zinn! Wir nannten sie unsere Trompeten von Jericho. Dieser geniale Einfall stammte von diesem jungen Marschall an meiner Seite hier …« Er wies auf mich, dann kam er ins Stottern, »… dem jungen Marschall … äh …«

»Thorn«, raunte ich ihm verlegen zu.

»Ach ja, dem jungen Saio Thorn hier.« Während er erzählte, wie erfolgreich diese zinnernen Trompeten gewesen waren, betrachteten die Gäste mich verwundert und fragten sich sicherlich, warum er mich »jung« genannt hatte.

Schallendes Lachen brandete auf, als Theoderich mit der Geschichte fertig war. Da bemerkte einer der Franken: »Seltsam, ich war zwischenzeitlich in Siscia. Allein, der Schatzturm schien mir unbeschädigt und keiner der Bürger der Stadt erwähnte eine solche Begebenheit. Ich würde doch denken, daß sie ein solch erinnerungswürdiges Ereignis ...«

»Wahrscheinlich ziehen die Siscianer es vor, sich nicht zu erinnern«, fiel Boethius ihm lachend ins Wort und lenkte das Gespräch schnell auf ein anderes Thema.

Natürlich wäre es niemandem an Theoderichs Hof auch nur im Traum eingefallen, ihn öffentlich zu korrigieren. Aber ich stand ihm nahe genug, um ihn später unter vier Augen auf seinen Lapsus anzusprechen.

»Die Trompeten von Jericho haben wir in Singidunum eingesetzt. In Siscia haben wir den Schatzturm unterhöhlt und gedroht, ihn zum Einsturz zu bringen, wenn sie uns nicht einlassen.«

»Wirklich?« Einen Moment lang war Theoderich verwirrt. Doch dann blickte er mich ungehalten an und sagte: »Ja und? Was paßt dir nicht? Habe ich dich etwa nicht gelobt?« Dann klopfte er mir kameradschaftlich auf die Schulter und tat den Vorfall als belanglos ab. »Ach was! Eine gute Geschichte soll man nicht mit belanglosen Einzelheiten überladen. Und gut, Soas, war sie doch, meine Geschichte?«

*

»Marschall Soas ist seit einem Jahrzehnt tot«, sagte ich niedergeschlagen. »Theoderich und ich sind seit über fünfzig Jahren befreundet, aber in letzter Zeit spricht er meinen Namen oft falsch aus oder vergißt ihn sogar.«

»Welchen deiner Namen?« lachte Livia.

»Thorn. Er weiß nichts von Veleda. Du gehörst zu den wenigen, mit denen ich mein Geheimnis geteilt habe.«

»Warum weihst du ihn nicht ein?« Dabei grinste sie so schalkhaft wie damals, als sie noch ein Kind war. »Gerade weil er so vergeßlich ist, wäre es gut, wenn du zwei Namen hättest. Vielleicht könnte er sich dann wenigstens an einen davon erinnern.«

Ich mußte lachen, fügte aber mit einem bitteren Unterton hinzu: »Nein! Ich habe es ihm all diese Jahre nicht gesagt. Dieses Geheimnis werden wir mit uns ins Grab nehmen. Zudem lebt Veleda außerhalb deiner Gesellschaft schon lange nicht mehr.«

Livia die Wahrheit über mein doppeltes Wesen zu gestehen war mir nicht schwergefallen. Bereits als ich sie dieses eine erste Mal küßte, wußte ich, daß sie die Wahrheit ahnte – falls sie es nicht schon damals als kleines Mädchen in Hausthats erraten hatte. Mein Geständnis hatte sie weder belustigt noch schockiert oder gar abgestoßen. So ruhig hätte sie früher, als wir beide noch jünger waren, wohl kaum reagiert. Doch zu unser beider Glück waren wir inzwischen jenseits des Alters, in dem sich Frauen und Männer stets als potentielle Geliebte betrachten – sonst hätte eine Frau wie Livia mein Geständnis mindestens mit Erstaunen, vielleicht mit Enttäuschung, wahrscheinlich aber eher mit einem perversen Interesse an meiner sexuellen Doppelnatur aufgenommen, keinesfalls aber gleichmütig.

Als ich ihr sagte »Ich bin ein Mannamawi, ein androgyner Mensch, ein Wesen mit zwei Geschlechtern!« zeigte Livia kein Erstaunen, noch stellte sie irgendwelche Fragen, sondern sie wartete gelassen, ob ich ihr sonst noch etwas zu sagen hatte. Nie hat sie darauf gedrängt, den physischen Beweis meiner Abnormität zu sehen. Und genausowenig hat sie herauszufinden versucht, wie es war, als Mannamawi gelebt und geliebt zu haben. Mit der Zeit jedoch – ich bin jetzt immer öfter bei ihr, wenn ich nach Rom komme – habe ich ihr von mir aus viel über mich, über *uns*, erzählt.

Wir kommen sehr gut miteinander aus. Wir drei, sollte ich wohl sagen. Natürlich komme ich immer als Thorn, aber sobald ich eingetreten bin, kann ich mit ihr genauso unkompliziert von Mann zu Frau wie von Frau zu Frau reden. Und wir sprechen über viele Dinge, über die ich mit anderen nicht reden kann oder will. Immerhin habe ich Livia viel früher kennengelernt als alle anderen Menschen, die mich heute umgeben. Ich kenne sie sogar länger schon als Theoderich, um den in letzter Zeit die meisten unserer Unterhaltungen kreisen.

»Das war nicht nur so im Spaß gesagt«, sagte sie jetzt. »Warum nicht Theoderich die Wahrheit über dich sagen?«

»Luifs Guth!« rief ich aus. »Ihm sagen, daß ich ihn seit mehr als einem halben Jahrhundert getäuscht habe? Wenn er nicht sofort einem Herzschlag erliegen würde, dann würde er dafür sorgen, daß ich auf eine sehr viel garstigere Art zu Tode komme.«

»Das bezweifle ich«, wandte Livia ein. Feinfühlig verzichtete sie darauf, auf das Offensichtliche hinzuweisen: daß sich sowieso niemand darum schert, welchen Geschlechts ein alter Greis wie ich wirklich war. »Versuch es. Sag's ihm.«

»Wozu? Am Hof sorgen sich alle auch so schon über die zusehends nachlassende Geisteskraft des Königs. Es könnte ihn allzusehr aufregen, wenn ich ihm jetzt ...«

»Du hast doch gesagt, sein Leiden sei erstmals mit der Erkrankung der Königin aufgetreten und habe sich verschlimmert, als sie starb. Und hast du nicht gesagt, die einzige Frau in seiner Nähe sei heutzutage seine Tochter, die wie ein Fluch auf ihm zu lasten scheint? Vielleicht würde die Gesellschaft einer Frau Theoderich wieder auf die Beine helfen. Einer Frau in seinem Alter, einer Frau, die ihn gut kennt. Und die, wie sich ganz überraschend herausstellt, ihm Zeit seines Lebens ein enger Freund war. Veleda könnte für ihn die Rettung sein.«

»Wie du für mich?« fragte ich lächelnd – und kopfschüttelnd. »Ich danke dir für deinen Vorschlag, Livia, aber ... nein! Theoderich müßte schon in äußerster Not sein, damit ich mein Schweigen brechen würde.«

»Dann«, sagte sie, »ist es vielleicht schon zu spät.«

*

»Theoderich war schon immer ein Hitzkopf.« Wieder saß ich bei Livia, wieder sprachen wir über den König. »Man braucht nur daran zu denken, wie er Camundus, Rekitach und Odoaker erschlug – und wie daraus manches Übel erwachsen war. Jetzt aber hat sich sein ganzer Charakter verändert. Man hört ihn nur noch selten lachen. Er ist argwöhnisch und nachtragend geworden. Es macht mir schon genug Sorgen, wenn er hoffnungslos den Kopf hängen läßt, aber wer kann schon vorhersagen, welche Dummheit er in einem seiner Tobsuchtsanfälle zu begehen in der Lage ist?«

Livia dachte darüber nach, während ihre Dienerin uns Süßspeisen servierte. Dann sagte sie: »Du und Theoderichs Freunde und Berater müßt es den alten Makedoniern gleichtun.«

»Ja? Und das wäre?« sagte ich und biß in einen kleinen Kuchen.

»Der makedonische König Philip war ein berüchtigter Säufer, der entweder vom Wein völlig benebelt war oder unter den Nachwirkungen seiner Ausschweifungen litt. Seinen armen Höflingen und Untertanen blieb, so wird gesagt, nur ein Ausweg: Wenn Philip einmal nüchtern war, legten sie gegen seine im Alkoholwahn getroffenen Entscheidungen Berufung ein.«

Ich lächelte ihr anerkennend zu. Schon als Kind war Livia aufgeweckt und schlau gewesen. Offensichtlich hatten die Jahre nicht nur Grau in ihr Haar und Falten in ihr Gesicht gewoben, sondern ihr noch mehr gegeben. Bildung ...

»... und Weisheit«, murmelte ich halblaut. Das Gebäck, das ich aß, schmeckte sehr seltsam. »Livia, ich dachte, du hättest deine Rachegelüste aufgegeben. Für einen Honigkuchen schmeckt das hier ungewöhnlich bitter.«

Sie lachte. »Nein, ich versuche nicht, dich zu vergiften. Ganz im Gegenteil. Diese Kuchen werden mit korsischem Honig gebakken. Und der ist bitter, denn dort wachsen nur Eiben und Schierling. Die Korsen, das ist allgemein bekannt, leben sehr lange, und deswegen wird der Honig von vielen Ärzten als lebensverlängerndes Mittel empfohlen.« Mit gespielter Verzweiflung fügte sie hinzu: »Da hast du's. Da ich deine Gefangene bin und nur du mich besuchen kommst, versuche ich jetzt, dich bis in alle Ewigkeit am Leben zu erhalten.«

»Bis in alle Ewigkeit?« Ich ließ den angebissenen Kuchen liegen und wiederholte, mehr zu mir selbst als zu ihr: »Bis in alle Ewigkeit? Ich habe vieles gesehen und vieles getan – und nicht nur Schönes. Ewig leben? Immer so viel vor sich wie hinter sich zu haben? Nein ... diese Vorstellung erschreckt mich. Lieber nicht.«

Da Livia mich mit der warmen Fürsorge ansah, wie sie einer Schwester oder Ehefrau zu eigen sind, sprach ich weiter. »Genau das ist es, was so traurig ist an Theoderich. Er hat einfach zu lange gelebt. Seine guten Taten, seine Größe, das alles läuft Gefahr, von irgendeiner törichten Handlung, zu der ihn sein Alter, nicht sein Wille, veranlaßt, zunichte gemacht zu werden.«

Livias Ausdruck war immer noch von dieser Wärme erfüllt, als sie antwortete: »Ich sagte es dir bereits. Was er braucht, ist die Aufmerksamkeit einer guten Frau.«

»Nicht die dieser Frau.« Ich schüttelte den Kopf.

»Warum nicht? Welche wäre besser geeignet?«

»Als Thorn habe ich Theoderich meinen Eid geschworen. Sollte ich als Thorn jemals gezwungen werden, gegen diesen Eid zu verstossen, dann wäre ich in den Augen aller Menschen, selbst in meinen eigenen, entehrt und nicht würdig, weiterzuleben. Veleda jedoch hat niemals einen solchen Schwur abgelegt ...«

Alarmiert sagte Livia: »Fast fürchte ich zu mich fragen. Woran denkst du?«

»Du bist eine gebildete Frau. Kennst du die wahre Bedeutung des Wortes ›devotio‹?«

»Ich glaube schon. Steht es heute nicht für ein Gefühl, eine äußerste Hingabe? Früher aber bezog es sich auf eine Handlung, ein Opfer?«

»Genau. Das Wort leitet sich ab von ›Votum‹, der Schwur, das Gelübde. Vor dem Kampf beteten die römischen Kommandeure zu Mars oder Mithras und gelobten auf dem Schlachtfeld den Tod zu suchen, sollte der Gott des Krieges ihnen den Sieg und ihrer Armee, ihrem Volk und ihrem Kaiser das Überleben schenken.«

»Sein Leben aufgeben, damit die anderen leben und fortbestehen können«, sagte Livia mit bedrückter Stimme. »Mein Lieber, ... was hast du nur vor?«

## 9

Im Jahr 523 stand länger als zwei Wochen ein Stern am Himmel, sichtbar sogar im hellen Tageslicht. Es war einer jener Sterne, den manche einen rauchenden Stern nennen, andere einen Stern mit langen Haaren und den wieder andere als einen fackeltragenden Stern bezeichnen. In der Folge schrieen alle Priester, ob Christen oder Juden, und jeder heidnische Augur und Wahrsager »Wehe uns!« und verkündeten, dieser oder jener Gott habe das Ende der Welt beschlossen.

In der Tat ereigneten sich zahlreiche unerwartete Dinge in diesem Jahr, aber ich konnte weder Gottes Hand noch die irgendwelcher anderer Götter darin erkennen; es waren samt und sonders Werke sterblicher Männer und Frauen. So setzten Justinian und seine Kurtisane Theodora in diesem Jahr und mit tatkräftiger Unterstützung der Kirche das Gesetz der »wundertätigen Buße« durch, um endlich heiraten zu können. Nachdem nun Justinian seine persönlichen Verhältnisse in Ordnung gebracht hatte, wandte er sich der seiner Auffassung nach vordringlichsten Aufgabe zu: den Rest der Welt in Ordnung zu bringen, sprich der Oberaufsicht der katholischen Kirche zu unterstellen. Die in Konstantinopel verkündeten Erlasse wurden natürlich immer noch von Kaiser Justinus unterzeichnet, aber die Worte waren die Justinians. Als bekanntgegeben wurde, daß hinfort kein Heide oder Ungläubiger oder Häretiker mehr einen offiziellen Posten, weder im Militär noch in der Zivilverwaltung, bekleiden dürfte, fügte Justinian hinzu: »Jedermann kann nun erkennen, daß denen, die nicht den wahren Gott verehren, nicht nur die Freuden des Paradieses, sondern auch die weltlichen Güter vorenthalten werden.«

Diese Anweisung galt – noch – nicht westlich der Provinz Pannonien, aber Theoderich fühlte sich nicht ohne Grund bedroht. Gemäß dem vor langem mit Zenon getroffenen Abkommen war er noch immer, zumindest dem Buchstaben nach, »Abgesandter und Statthalter« des Kaisers in Konstantinopel. Falls Justinus einen ähnlichen Erlaß für die Bewohner von Theoderichs Reich verfügen würde, dann würde Theoderich sich entscheiden müssen: nachgeben oder offen gegen den Lehnsherren in Konstantinopel rebellieren. Theoderich und seine arianischen Untertanen waren jedoch nicht die einzigen, die Unheil heraufziehen sahen. Auch die Einsichtigeren unter den katholischen Christen im gotischen Königreich und die Senatoren in Rom waren beunruhigt. Die Senatoren sahen sich immerhin als Hüter dessen, was vom weströmischen Reich übriggeblieben war. Und sie hatten keineswegs vergessen, daß der Westen seit über zweihundert Jahren mit dem Osten im Wettstreit um Macht und Einfluß lag.

Von einem gleichartigen Konflikt war das Verhältnis der Kirche Roms zu der Konstantinopels überschattet. Man sollte annehmen, daß alle aufrechten katholischen Christen ein kaiserliches Dekret willkommen heißen würden, welches Juden, Heiden und Häretikern überall in der Welt zum Schaden reichte. Aber die Erzbischöfe innerhalb der christlichen Kirche strebten seit langem danach, als *der* Patriarch, der primus inter pares, der souveräne Pontifex, der Papst anerkannt zu werden. Fast gleichzeitig mit Justinus' Veröffentlichung des Dekrets starb der Erzbischof von Rom, Hormisdas, und wurde durch einen gewissen Johannes ersetzt. Der war, wie unschwer einleuchtet, wenig entzückt, ein Bischofsamt anzutreten, welches von Konstantinopel gerade erst so deutlich auf die Ränge verwiesen worden war. Während der willfährige Kaiser Justinus dem oströmischen Erzbischof Ibas mit dem Dekret zu vermehrter Macht und höherem Ansehen verholfen hatte, konnte Johannes von Theoderich keine gleichwertige Hilfe erhoffen. Und das brachte Johannes und seine Gefolgsleute nur noch mehr gegen Theoderich auf. Aber sie waren nur die unversöhnlichsten seiner Feinde. Wenn es eine Sache gab, die alle anastasischen Christen – Orthodoxe in Ostrom, Katholiken in Afrika, Gallien und im gotischen Königreich – in Brüderschaft vereinte, dann war es ihr fester Entschluß, der unerträglichen Toleranz ein Ende zu bereiten, die Theoderich und seine arianischen Getreuen Heiden, Häretikern, Juden und allen anderen Unchristen entgegenbrachten.

Doch die dunklen Wolken, die sich in diesem Jahr des taghellen Sterns, im Jahre des Herren 523, jenseits der Grenzen des gotischen Königreiches zusammenbrauten, waren nicht so bedrohlich wie jene, die direkt über uns hingen. Wir, Theoderichs engste Freunde und Berater, verzweifelten an der Frage, wer in der Lage sein könnte, unserem geliebten König auf den Thron nachzufolgen, das Land zu führen, für das er und wir gekämpft und das wir dann in harter Arbeit zu neuer Größe geführt hatten. Einen idealen Nachfolger, einen würdigen Ostgoten aus der amalischen Linie, gab es nicht. Die Soldaten unter uns schlugen General Tulum vor. Er war ein guter Kandidat. Zwar konnte er kein Geburtsrecht geltend machen, aber er war ein Ostgote und besaß alles, was einen König ausmacht. Zu unserer Enttäuschung jedoch wies er das Angebot glattweg zurück. Er und seine Vorfahren hätten, wandte Tulum ein, den amalischen Königen stets treu gedient, und er würde sich hüten, mit dieser Tradition zu brechen.

Währenddessen verlieh Ostrom, das Dreigestirn Justinus, Justinian und Theodora, seinem Machtanspruch gegenüber dem gotischen Königreich Nachdruck. Zwar wollten sie Theoderich nicht zu kriegerischen Handlungen verleiten, doch seinen Untertanen vor Augen führen, daß das gotische Königreich, wenn erst Theoderich tot wäre, Konstantinopel wie eine reife Frucht in die Hände fallen würde. Zweifellos hegten die Herrscher der anderen angrenzenden Nationen ähnliche Hoffnungen. Vermutlich fürchteten sie noch nicht einmal, um den gotischen Kadaver streiten zu müssen. Da die meisten unserer Nachbarn inzwischen durch die Zugehörigkeit zur katholischen oder orthodoxen Kirche verbunden waren, war es durchaus vorstellbar, daß sie längst schon einvernehmlich geregelt hatten, wem welche Ländereien zufallen würden. Solange Theoderich noch lebte und nicht ganz der Senilität verfiel, würden sie keinen Angriff wagen. Stattdessen warteten sie darauf, wie die Aasgeier über das Land herfallen zu können.

Dreißig Jahre lang hatte die römische Kirche unablässig und erfolglos versucht, Theoderich ernsthafte Schwierigkeiten zu bereiten, aber die Opposition gegen ihn hatte nicht ein Jota nachgelassen. Fast jeder katholische Bewohner des Königreiches, von Roms Erzbischof Johannes bis zum letzten höhlenbewohnenden Eremiten, hätte laut gejubelt, wenn irgendein Nichtarianer den Thron an sich gerissen hätte. Ich sage »fast«, denn sowohl unter den Gemeinen wie den Adligen gab es Männer und Frauen, die zwar durch ihr Glaubensbekenntnis dazu verpflichtet waren, der Sichtweise der Kirche zu folgen und nicht für sich selbst zu denken, die aber dennoch verständig genug waren zu sehen, welche Katastrophe das Ende des gotischen Königreiches für das Land bedeuten würde.

Auch die Senatoren in Rom waren gegenüber dieser Gefahr nicht blind. Obgleich sie fast ausnahmslos dem katholischen Glauben anhingen und somit zur Opposition gegen die häretischen Goten verpflichtet waren, und obwohl sie fast ausnahmslos hochgeborene Römer waren, die es naturgemäß vorziehen mußten, wieder von einem der ihren regiert zu werden, waren sie doch auch pragmatische Männer. Rom und Italien, das gesamte einstige weströmische Reich, war von Theoderich vor dem Absturz ins Nichts gerettet worden und hatte in der Folgezeit eine seit vier Jahrhunderten nicht mehr dagewesene Periode innerer und äußerer Stabilität erlebt und stetig wachsenden Wohlstand genossen. Die Senatoren übersahen keineswegs die Gefahr, die von den an den Grenzen lauernden Franken und Vandalen – und selbst von kleineren, einst unterdrückten, alliierten oder zu vernachlässigenden Völkern wie den Gepiden, Rugiern oder Langobarden – ausgehen würde, wenn das gotische Königreich von einem weniger fähigen Mann als Theoderich geführt werden würde. Die Senatoren schienen der Devise »Lieber die Barbaren, die wir kennen, als die Barbaren, die wir nicht kennen« anzuhängen. Wie wir an Theoderichs Hof diskutierte und stritt der Senat über die Befähigung dieses oder jenes Kandidaten für die Thronnachfolge, ohne es als Hinderungsgrund zu betrachten, wenn der Kandidat gotischer Abstammung oder arianischen Glaubens war. Wie wir fanden auch die Senatoren niemanden.

Zwar betrachteten die Senatoren zu Recht jede ausländische Nation mit mißtrauischen Augen, vor allem aber fürchteten sie ein nicht im mindesten barbarisches Reich: ihren alten Rivalen im Kampf um die Vorherrschaft, das oströmische Reich. Diese Furchtsamkeit des Senats war es, die zu dem beklagenswertesten Geschehnis führte, das sich in dem Jahr des Tagsternes ereignete.

Der Senator Cyprianus klagte Albinus, der ebenfalls ein Senator war, an, mit Konstantinopel in verräterischem Briefwechsel zu stehen. Der Vorwurf konnte ernst sein oder auch nur billige Verleumdung. Es war nicht ungewöhnlich, daß ein Senator einem anderen die widerwärtigsten Untaten vorwarf. Verleumdung war und ist ein weithin angewandtes Mittel im Kampf um politische Vorteile. Soweit ich weiß, hatte Albinus in der Tat mit Staatsfeinden konspiriert. Aber das ist jetzt ja auch gleichgültig.

Als fatal erwies sich, daß der angeklagte Albinus ein enger Freund des Magister Officiorum Boethius war. Hätte Boethius sich aus der ganzen Sache herausgehalten, dann wäre vielleicht gar nichts weiter passiert. Doch er war ein guter Mann, der nicht tatenlos dabeistand, wenn ein Freund verleumdet und des Verrats bezichtigt wurde. Ein Vorwurf, auf den der Tod stand. Als der Senat für die Verhandlung von Albinus zum Gericht zusammentrat, trat Boethius vor die Richter und hielt eine Verteidigungsrede, die er mit den Worten »Wenn Albinus schuldig ist, dann bin ich es auch!« schloß.

»In meiner Kindheit mußte ich die Kunst der Rede studieren«, sagte ich betrübt zu Livia. »Diese Äußerung von Boethius stammt aus den Lehrbüchern, jeder Schüler hätte sie als das erkannt, was sie war: ein elentisches Argument über die Natur der Wahrscheinlichkeit. Aber der Gerichtshof des Senats ...«

»Sicherlich einsichtige Männer.« Livias Bemerkung klang eher wie eine Frage denn wie ein Feststellung.

»Man kann«, seufzte ich, »von den vorgelegten Fakten oder den Aussagen ausgehen. Die Fakten kenne ich nicht, ich habe dem Prozeß nicht beigewohnt. Als Beweis wurden Briefe vorgelegt, Briefe, die echt oder auch gefälscht gewesen sein mögen. Das kann ich nicht sagen. Jedenfalls befanden die Richter Albinus aufgrund der vorgelegten Beweise für schuldig. Und Boethius, der gesagt hatte ›Dann bin ich es auch‹, nahmen sie beim Wort.«

»Das ist doch lächerlich! Der Magister Officiorum des Königs – ein Verräter?«

»Er selbst hat es bezeugt. Rhetorisch zwar nur, aber ja, er hat es gesagt.« Ich seufzte erneut. »Ich will nicht ungerecht sein, man kann die Richter verstehen. Sie waren Theoderichs veränderter Einstellung gewahr, seiner Neigung, allem und jedem Mißtrauen entgegenzubringen. Wie sollten sie selbst dagegen gefeit sein? Und wenn die Beweise Albinus der Schuld überführten ...«

»Aber Boethius! Rom hat ihn mit dreißig Jahren zum Consul Ordinarius ernannt. Einer der jüngsten jemals ...«

»Und jetzt, mit vierzig, nach eigenem Geständnis des Verrats an Rom schuldig.«

»Unvorstellbar. Absurd.«

»Der Gerichtshof bestätigte lediglich seine Aussage. Und das war gleichzeitig der Schuldspruch.«

»Und die Strafe?«

»Auf Hochverrat, Livia, steht nur eine Strafe.«

»Der Tod ...«, keuchte sie.

»Das Urteil muß zuerst noch vom gesamten Senat angenommen und vom König bestätigt werden. Ich hoffe inständig, daß es widerrufen wird. Der alte Symmachus, der Schwiegervater von Boethius, ist immerhin noch Erster Senator. Das wird nicht ohne Einfluß auf die Entscheidung des Senats bleiben. Unterdessen hat Theoderich Cassiodor Filius auf Boethius' vakanten Posten gesetzt. Die beiden waren enge Freunde. Cassiodor wird Boethius' Sache vor Theoderich vertreten. Und wenn es jemanden gibt, der mit Worten überzeugen kann, dann Cassiodor.«

»Du solltest auch gehen und für ihn streiten.«

»Ich muß nach Ravenna, ob ich will oder nicht«, entgegnete ich düster. »Als Marschall des Königs wurde mir aufgetragen, den schwerbewachten Boethius in das calvenatische Gefängnis nach Ticinum zu eskortieren. Zumindest braucht er jetzt nicht in dem berüchtigten Kerker von Tullianum hier in Rom seiner Freilassung entgegenzuharren. Soviel wenigstens konnte ich erreichen.« Livia lächelte hintersinnig und murmelte: »Deine Gefangenen hast du schon immer zuvorkommend behandelt.«

*

In diesen zwölf Monaten im calvenatischen Gefängnis verfaßte Boethius seine berühmten *Tröstungen der Philosophie,* während alle verständigen Männer außerhalb der Gefängnismauern sich für seine Freilassung einsetzten. Ich glaube, es war dieses Buch, das letztendlich über den Erfolg der Gnadengesuche entschied.

An eine Passage erinnere ich mich sehr deutlich: »Sterblicher, du selbst warst es, der dein Los nicht der Sicherheit, sondern Fortuna anvertraut hat. Jubele nicht zu laut, wenn sie dich zu großen Siegen führt; und hadere nicht, wenn sie dich ins Unglück leitet.«

Die Mühlen des Gesetzes in Rom mahlten quälend langsam. Unterdessen sprachen in Ravenna Cassiodor, Symmachus, Boethius' tapfere Frau Rusticana, ich selbst und viele andere, die sich für den Gefangenen einsetzten, mit Theoderich. Aber niemandem gab er zu verstehen, wie er über die Angelegenheit dachte. Unmöglich, daß er nicht erkannte, welches Possenspiel der Justiz da vor ihm aufgeführt wurde. Konnte er all die Jahre, die Boethius ihm treu und verläßlich gedient hatte, vergessen haben? Boethius – soviel muß Theoderich gewußt haben – schmachtete unschuldig und zu Unrecht angeklagt im Gefängnis, verzehrt von dem Wissen über das Damoklesschwert der drohenden Todesstrafe, das über ihm hing, und dem vielleicht noch quälenderen Wissen um seine Unfähigkeit, die Verzweiflung seiner Frau und seiner Kinder lindern zu können. Doch Theoderich war König, und als solcher mußte er zumindest dem Schein nach den geltenden Gesetzen folgen. Alles, was er mir und den anderen Bittstellern antwortete, war: »Soll ich die Entscheidung des Senats in Rom vorwegnehmen? Ich muß abwarten, ob er das Urteil annimmt oder nicht. Erst dann kann ich über ein Gnadengesuch bestimmen.«

Bei meinen gelegentlichen Besuchen in Ticinum sah ich, wie Boethius' Haar in diesem einen Jahr ergraute. Doch er hielt sich aufrecht, unterstützt von seinem regen, niemals ruhenden Geist. Wie schon gesagt hat er in seinem Leben viele Bücher über viele Themen geschrieben, die aber größtenteils nur von Fachleuten geschätzt und gelesen wurden – von Mathematikern, Astronomen, Musikern und so weiter. Doch seine *De Consolatione Philosophiae* fand einen viel weiteren Anklang, ging es darin doch um Verzweiflung und wie sie zu besiegen sei. Da es nur wenige Menschen gibt, die niemals verzweifelt waren, gibt es auch nur wenige, die nicht mit Boethius sagen könnten: »Denke daran, Sterblicher, sollte Fortuna jemals an einem Ort verharren, dann wäre sie nicht länger Fortuna.«

Als das Buch fertig war, zögerte der Gefängnisverwalter mit der Freigabe. Deshalb befahl ich ihm, dafür zu sorgen, daß das Manuskript vollständig und intakt an Boethius' Frau weitergeleitet wurde, die allen die interessiert und des Lesens kundig waren, eine Abschrift zugänglich machte. Die Abschriften wiederum wurden kopiert und weitergegeben. Das Buch wurde so viel diskutiert, zitiert und hochgelobt, daß es schließlich auch die Aufmerksamkeit der Kirche erregte.

Boethius hätte das Buch zu einer persönlichen Gnadenbittschrift machen können. Doch er hatte darauf verzichtet. Nur kurz beklagte das Buch die Umstände, unter denen sein Autor litt. Nicht einmal suchte es bei irgend jemanden die Schuld dafür. In dem Text erscheint die Philosophie als eine Art Göttin, die den Autor in seiner Gefängniszelle besucht, wann immer ihn sein Mut zu verlassen droht, und die ihm die eine oder andere Tröstung anempfiehlt. Darunter Gedankengut heidnischer Religionen, platonische und stoische Ideen, einfache Meditationen und, immer und immer wieder, die rettende Gnade Gottes.

Aber nirgendwo verwies die Philosophie, verwies das Buch, verwies Boethius auf den christlichen Glauben als erlösendes Mittel. Kein Wunder, daß die katholische Kirche das Buch heftig kritisierte, es »verderblich« nannte und in den Statuten des Decretum Gelasium den Gläubigen seine Lektüre verbot. Es war wohl kein Zufall, als der Senat schließlich mit einer Mehrheit, die fast genau dem Anteil der katholischen Mehrheit seiner Mitglieder entsprach, das Urteil gegen Boethius bestätigte und dem König zur abschließenden Bewertung übermittelte.

Ich wage zu behaupten, Boethius' Buch wird den Bann der Kirche überdauern. Boethius selbst tat es nicht.

*

»Und der Erzbischof hat in Konstantinopel tatsächlich gefordert, die arianischen Kirchen im gotischen Königreich nicht der katholischen Kirche zu übereignen?« Livia blickte mich neugierig an, während ihre Dienerin mir ein Glas Wein einschenkte. Ich war gerade erst aus Ravenna zurückgekommen und fühlte mich müde und durstig. »Warum sollte er eine solch fette Beute aufgeben? Noch dazu wenn sie ihm ganz ohne sein Zutun in den Schoß gefallen wäre?«

»Weil Theoderich ihn als seinen Gesandten mit diesem Auftrag zu Justinus befohlen hat. Johannes brachte, wenn auch widerwilig, aus Konstantinopel ein Dokument mit, unterzeichnet von Justinus und Erzbischof Ibas. In diesem Zusatz zu dem ursprünglichen Erlaß wird bestimmt, daß die arianischen Kirchen nur in den Grenzen des östlichen Reiches konfisziert werden. Der Kaiser in seiner unendlichen Güte hat verfügt, die arianischen Besitztümer im gotischen Königreich von der Beschlagnahme auszunehmen.«

»Kaum zu glauben, daß Johannes sich auf diese Mission einließ. Und noch viel weniger, daß er Erfolg hatte. Aber du scheinst nicht sehr erfreut darüber zu sein.«

»Da geht es mir wie Johannes. Kaum zurück in Ravenna, ließ Theoderich ihn festnehmen und ins Gefängnis werfen.«

»Was? Warum denn das? Er hat den Befehl des Königs doch getreu ...«

»Livia, du selbst konntest es gerade kaum glauben. Unseren König treiben die übelsten Verdächtigungen um. Das Dokument ist echt, die arianischen Kirchen sind also sicher. Doch Theoderich mißtraut dem Frieden und argwöhnt, Papst Johannes habe, um dieses Pergament zu bekommen, irgendwelche Zugeständnisse gemacht. Vielleicht versprach er, die Kirche Roms und alle guten Katholiken würden dem östlichen Reich beistehen, wenn Krieg zwischen Rom und Konstantinopel ausbrechen sollte? Natürlich schwor Johannes auf die Bibel, nichts dergleichen getan zu haben. Theoderich denkt, es würde seinem Gedächtnis auf die Sprünge helfen, eine Weile in Boethius' alte Zelle im Ticinum zu schmoren.«

»Und was denkst du?«

»Jesus!« Ich zuckte hilflos mit den Achseln. »Ich dachte, der König hätte seinen Verstand verloren, als er Johannes zu dieser Mission zwang. Dasselbe denke ich auch jetzt. Aber vielleicht irre ich mich ja. Schließlich bin ich der Letzte, der dem Schwur eines Kirchenmannes Glauben schenken würde. Oder dem Justinus', Theodoras oder Justinians. Was für eine Versammlung. Ein des Lesens unkundiger Abklatsch von einem Kaiser, eine bekehrte Hure und ein zukünftiger Kaiser, der weder Fleisch ißt noch Wein trinkt. Würdest du ihren Beteuerungen glauben?«

»Nein, aber deswegen gleich den Erzbischof von Rom einzusperren? Johannes mag vielleicht nicht so großartig und mächtig sein, wie er gerne annimmt. Aber unzählige Christen in Theoderichs Reich verehren ihn als ihren Papst. Und sie werden toben, wenn sie erfahren, was passiert ist.«

»Ich weiß, ich weiß«, seufzte ich. »Deshalb kam ich ja zurück nach Rom. Ich möchte den Rat eines erfahrenen Mannes einholen. Ich wollte bei dir nur kurz ausruhen nach dieser langen Reise, ein wenig Halt an deiner sanften Schulter finden.« Ich stand auf und klopfte meine staubige Tunika ab. »Ich werde jetzt den alten Senator Symmachus aufsuchen. Wenn irgend jemand, dann ist er es, der einen Ausweg aus dieser ...«

Livia schüttelte den Kopf. »Du wirst Symmachus nicht mehr antreffen.«

»Oh vái. Weilt er nicht in Rom?«

»Nicht auf Erden. Vor ein paar Tagen entdeckte sein Verwalter seinen Leichnam. In seinem Vorgarten, gleich neben dieser häßlichen Bacchusstatue. Die Wache hier am Tor hat mir davon berichtet.«

Ich war bestürzt.

»Die Wachen haben niemanden, mit dem sie sprechen können. Manchmal erzählen sie mir, was draußen passiert.«

»Wahrscheinlich starb er an Altersschwäche«, sagte ich, doch schenkte ich meinen eigenen Worten keinen Glauben.

»Nein. An zahllosen Messerstichen.« Sie hielt inne und fügte hinzu: »Auf Theoderichs Anordnung hin, munkelt man.«

Genau das hatte ich befürchtet. Ich versuchte, Livia – als ob sie etwas ändern könnte – vom Gegenteil zu überzeugen. »Theoderich und Symmachus schätzten einander ungemein.«

»Ja, bis Theoderich Boethius' Tod zuließ.« Sie brauchte mich nicht daran zu erinnern. Symmachus hatte Boethius wie seinen eigenen Sohn erzogen, belehrt und geliebt. »In den letzten Monaten klagte er bitterlich. Symmachus hätte durchaus genügend Macht besessen, einen Aufstand gegen Theoderich anzuzetteln.«

»Und deswegen hat Theoderich ihn aus dem Weg geräumt«, sagte ich leise. »Wahr oder nicht wahr, das wird erhebliche Unruhe stiften. Ich machte mir schon Sorgen, als Theoderich sich mit den katholischen Christen hier und in den anderen Nationen überwarf. Jetzt hat er auch noch den Senat, die ersten Familien Roms und das Volk gegen sich stehen. Selbst die ihm am treuesten ergebenen Goten werden jetzt um den Kopf auf ihrem Hals fürchten.« Geknickt verabschiedete ich mich von Livia. »Ich muß hinaus und hören, was das Volk sagt. Aber ich werde bald zurücksein und deiner sanften Schulter bedürfen.«

*

»Geredet?!« rief Ewig. »Natürlich wird geredet, Saio Thorn, und zwar über nichts anderes. Allgemein ist man der Ansicht, Theoderich sei nun vollends dem Wahnsinn verfallen. Jeder noch so unbedeutende Vorfall, der als Beweis dafür herhalten kann, verbreitet sich, wie Ihr sicherlich schon bemerkt habt, wie ein Lauffeuer über das ganze Land. Vor allem die Bauern haben Verständigungsmittel, die Neuigkeiten rascher noch als berittene Boten oder Schnellsegler weiterleiten. Ich kann Euch zum Beispiel in dieser Minute sagen, was gestern im Palast zu Ravenna vorfiel.«

»Ist denn etwas passiert?« fragte ich erschreckt.

»Dem König wurde ein zart zubereiteter Padus-Fisch zum Nachtmahl serviert und ...«

»Liufs Guth! Werden jetzt schon Gerüchte über seine Auswahl an Speisen in die Welt gesetzt? Wen um alles in der Welt interessiert ...«

»Wartet, es geht noch weiter. Der König soll entsetzt von dem Teller zurückgewichen sein. Angeblich sah er keinen gekochten Fisch vor sich, sondern das Gesicht eines toten Mannes. Das Gesicht seines alten Freundes und Vertrauten Symmachus, der ihn anklagend anstarrte. Theoderich, sagt man, rannte schreiend aus dem Saal.«

»Sagt man. Wird dem Glauben geschenkt?

»Bedauerlicherweise ja.« Niedergeschlagen berichtete Ewig weiter. »Saio Thorn, schon wird unser geliebter König und Kamerad nicht mehr ›der Große‹, Theoderich Magnus, sondern Theoderich Madidus, ›der Rasende‹, genannt.«

»Aber doch nicht wegen dieser Fischgeschichte?«

»Nein, nicht nur. Heute mittag traf ein berittener Bote aus Ravenna ein, der ein königliches Dekret mit sich führte. Wart Ihr heute schon am Forum, Saio Thorn?«

»Noch nicht. Ich wußte, du würdest mir verläßlichere Informationen als jeder Senator oder ...«

»Ihr erinnert Euch doch daran, wie wir gemeinsam zum Tempel der Concordia gingen, um das *Diurnal* zu studieren. Nun, ich kann immer noch nicht lesen, aber dieses neue Dekret hängt dort aus. Die Leute strömen aus allen Teilen der Stadt herbei, um es zu studieren. Ich denke, ich werde bald erfahren, welch üble Neuigkeiten ...«

»Zum Warten ist jetzt keine Zeit.« Ich packte Ewig am Ärmel. »Komm!«

Ewig, jünger und sehr viel beleibter als ich, bahnte mir einen Weg durch die Menschentraube, die sich um den Tempel versammelt hatte. Die Leute zeterten und murrten, aber nicht, weil wir so rüde drängelten, sondern wegen dem, was im *Diurnal* verkündet wurde. Das Dekret umfaßte viele Papyrus-Blätter, was kein Wunder war, schließlich hatte es Cassiodor in seiner blumigen Sprache abgefaßt. Meine Erfahrung in der Lektüre von Cassiodors Schriften erlaubte mir, die Blätter nur zu überfliegen und nur die wichtigen Stellen zu lesen. Als ich fertig war, nickte ich Ewig zu, und wir schoben uns durch das Gedränge hinaus.

Als wir einigermaßen zerzaust ein ruhigeres Eckchen auf dem Forum erreichten, sagte ich bestimmt: »So kann das nicht weitergehen, Ewig. Wir müssen unseren König und Kameraden retten, und zwar vor sich selbst. Theoderich muß jetzt und für immer als ›der Große‹ bekannt bleiben.«

»Ihr braucht mir nur zu befehlen, Saio Thorn.«

»Hier können wir nichts ausrichten. Ich muß nach Ravenna gehen, zu Theoderich. Ich werde nicht mehr nach Rom zurückkehren, aber da gibt es einige Dinge, die du später für mich tun könntest ...«

»Ihr braucht mir nur zu befehlen, Saio Thorn. Schickt mir eine Nachricht und ich werde gehorchen. Alle, die den König jemals geliebt haben, werden Euch dankbar sein, wenn es Euch gelingt, seinen großen Namen zu retten.«

*

»Livia, willst du frei sein?«

Sie blinzelte überrascht und blickte mich dann lange und ruhig an. Wie leuchtend blau ihre Augen noch immer waren, auch wenn die Schönheit ihres Gesichtes verblaßt war. »Frei wozu?« fragte sie halb belustigt, halb erschreckt.

»Mit mir wegzugehen. Morgen schon. Ein treuer ostgotischer Freund wird den Verkauf meines Hauses sowie meiner Sklaven und sonstigen Besitztümer in die Hand nehmen und mir nachsenden, worauf ich nicht verzichten möchte. Er könnte dir denselben Dienst erweisen. Komm mit!«

»Wohin? Nach Ravenna?«

»Zuerst Ravenna. Dann, falls ich meine Audienz bei Theoderich überlebe, könnten wir, dachte ich, nach Hausthats weiterziehen. Dorthin, wo wir uns kennengelernt haben. Jetzt im Hochsommer muß es dort wunderschön sein. Und ich bin sehr neugierig zu sehen, ob die Namen, die ich ins Eis geritzt habe, noch an derselben Stelle stehen.«

Livia lachte freundlich. »Wir sind zu alt und gebrechlich, mein Lieber, um noch auf einem Eisfluß in den Höhen des Dachsteins herumzutollen.«

»Vielleicht sind die Namen uns mit dem Eisfluß ein Stück bergabwärts entgegengekommen? Livia, ich sehne mich seit langem danach, die Hallstatt wiederzusehen. Je mehr ich zurückdenke, desto verklärter erscheinen die Erinnerungen, und desto lieber möchte ich den Rest meiner Tage in jenem Tal verbringen – mit deiner sanften Schulter an meiner Seite. Und? Was sagst du dazu?«

»Wer fragt? Thorn oder Veleda?«

»Saio Thorn, mit der einem Marschall zustehenden Eskorte, wird dich und deine Dienerin bis Ravenna begleiten. Dann, nachdem ich vollbracht habe, was ich dort zu tun hoffe, wird Thorn verschwinden. Veleda wird es sein, die als deine einzige Begleitung den restlichen Weg bis zur Hallstatt neben dir reiten wird. Danach ... du und ich ... nun ...« Ich umarmte sie. »Wir sind alt und wir sind Freunde. Laß uns alte Freunde sein.«

## 10

»Erinnere dich, Thorn. Wann immer wir loszogen, etwas zu zerstören, waren wir über die Maßen erfolgreich. Wann immer aber wir etwas aufbauen und erhalten und verewigen wollten, scheiterten wir kläglich.« Diese melancholischen Worte waren fast die letzten, die ich Theoderich sagen hörte.

»Nicht kläglich, Theoderich, noch nicht«, wandte ich ein. »Und selbst wenn wir versagen sollten, so ist doch der Versuch, Großes zu schaffen, jede Anstrengung wert.«

Ich hätte weinen können, so mitleiderregend mager und ausgezehrt und verzagt, ja unglücklich, sah er aus. Aber zumindest hatte er mich erkannt und befand sich im Vollbesitz seiner Sinne.

»Laß uns von fröhlicheren Dingen reden«, fuhr ich fort. »Vor einiger Zeit äußerte eine gute Freundin mir gegenüber die Ansicht, deine letzten Jahre wären angenehmer, wahrscheinlich auch erfolgreicher verlaufen, wenn du nicht der liebenden Gesellschaft Audefledas beraubt worden wärst – oder wenn wenigstens eine andere gute Frau ihren Platz eingenommen hätte. Und gibt nicht schon die Bibel gleich auf ihren ersten Seiten dem Mann eine Frau zur Hilfe an die Seite? Würde die sanfte, liebende Hand einer Frau die deine halten, wer weiß, vielleicht würdest du aufrechter und stärker dastehen. Zumindest aber würdest du bei ihr Liebe und Schutz finden vor den Stürmen und Gefahren der Welt.«

Theoderich hatte mich, während ich sprach, zuerst überrascht, dann zweifelnd und schließlich nachdenklich betrachtet. Mir wurde schwer ums Herz. »Diese gute Freundin, von der ich sprach, ist eine alte Frau namens Veleda. Eine Ostgotin, wie man am Namen erkennt, und daher vertrauenswürdig. Ich selbst kann dir versichern, daß sie, wie ihre uralte Namensschwester – die sagenumwobene Wahrsagerin, die Enthüllerin der Geheimnisse – in der Tat eine sehr weise alte Frau ist.«

Alarmiert blickte Theoderich mich an.

»Ne, ne«, beeilte ich mich zu sagen, »Veleda bietet nicht sich selbst dir als Hilfe und Gefährtin an. Wo denkst du hin? Sie ist ebenso alt und runzelig wie ich. Als sie mir diesen Vorschlag unterbreitete, zitierte sie aus der Bibel. Jene Stelle, wo über den greisen König David geschrieben steht: ›Da sprachen seine Großen zu ihm: Man suche unserm Herrn, dem König, eine Jungfrau, die vor dem König stehe und ihn umsorge und in seinen Armen schlafe und unsern Herrn, den König, wärme. Und sie suchten ein schönes Mädchen und fanden sie und brachten sie dem König und sie war sehr schön.‹«

Theoderich sah so erheitert aus, wie ich ihn nur selten in den letzten Jahren erlebt hatte.

»Wie es sich fügt«, fuhr ich eilig, die Gunst der Stunde nutzend, fort, »besitzt meine Freundin eine junge Sklavin. Eine wahrhaftige Rarität, ein Mädchen vom Volk der Chinesen. Eine Jungfrau, unfaßbar schön und einzigartig in vieler Hinsicht. Im Namen unserer Freundschaft, die nun schon ein Leben lang währt: Erlaube mir, Veleda mit diesem vollkommenen Geschöpf zu dir zu schicken. Noch in dieser Nacht kann sie das Mädchen herbeibringen. Du mußt nur Magister Cassiodor – ich weiß, wie streng er über deine Gemächer wacht – anweisen, die beiden ungehindert eintreten zu lassen. Ich flehe dich an, mein Freund, erlaube mir diesen Freundschaftsdienst, denn er kommt von Herzen. Ich bin sicher, du wirst mir und Veleda dafür dankbar sein.«

Theoderich nickte zustimmend, er lächelte sogar ein wenig und – mit ungespielter Liebe, mit Dankbarkeit für die Liebe, die ich ihm entgegenbrachte – sprach er den letzten Satz, den ich jemals von ihm hören sollte: »So sei es, mein alter Thorn. Schick mir Veleda, die Enthüllerin.«

Ich könnte das nicht als Thorn tun. Nicht, weil ich als Thorn von dem Eid gebunden werde, die Ehre meines Königs hochzuhalten und zu verteidigen. Nein, mit dem, was ich tun werde, verteidige ich seine Ehre. Ich gehe als Veleda. Sie wird ihm das Mädchen stellvertretend für das geben, was ich, was Veleda so sehr gewünscht hätte, ihm in all diesen Jahren geben zu können.

Heute nacht werde ich die Venefica in den Palast führen und sie vor Theoderich enthüllen. Ich weiß, er wird sie nehmen. Und sei es nur seinem alten Freund Thorn zuliebe. Dann werde ich diese zahllosen Seiten Papyrus, Pergament und Segeltuch nehmen und sie der Obhut Cassiodors anvertrauen. Er soll sie in den Archiven des Königs für jene verwahren, die über die Zeit Theoderichs des Großen lesen möchten. Livia und ich haben noch einige Seiten im großen Buch des Lebens vor uns, doch diese Geschichte, die vor so langer Zeit ihren Anfang nahm, findet hier ihr Ende.

## 11

### ANMERKUNG DES ÜBERSETZERS

Die folgenden Zeilen wurden
von einer anderen Hand geschrieben.

Der Kaiser Justinian, erster Christ unter den Edlen Konstantinopels, sagte, als er die Schließung der platonischen Philosophieschulen in Athen verfügte, über diese heidnischen Pädagogen dieses: »So sie die Unwahrheit sprechen, sind sie verderblich. So sie die Wahrheit sprechen, sind sie überflüssig. Bringt sie zum Schweigen.«

Das von Saio Thorn zusammengetragene Manuskript enthält viele Wahrheiten. Aber alle diese, seien es Daten, Einzelheiten, Berichte von Schlachten oder andere überprüfbare Ereignisse, habe ich bereits in meine eigene *Historia Gothorum* aufgenommen, wo sie interessierten Gelehrten sehr viel leichter zugänglich sind als in den weitschweifigen und ungenauen Ausführungen des Marschalls.

Als eine Nacherzählung der Wahrheit ist Saio Thorns Buch mithin überflüssig.

Sollte der Rest, also der Großteil des Buches, nicht schlichtweg frei erfunden sein, dann ist es über alle Maßen pietätlos, blasphemisch, unzüchtig und obszön, und wird den Leser abstoßen und anekeln, der nicht wie ich von Berufs wegen ein Geschichtsschreiber und geübt ist in der Kunst der leidenschaftslosen Objektivität. Als Historiker weigere ich mich kategorisch, den Wert eines geschriebenen Werkes nach moralischen Maßstäben zu bemessen. Als Christ jedoch muß ich dieses Buch mit Schrecken und Abscheu betrachten. Selbst als einfacher Mensch kann ich darin nur eine Anhäufung übelster Perversitäten erkennen. Da alles Lesenswerte in diesen Seiten an anderen Stellen leicht zugänglich ist, muß ich dieses Werk als überflüssig und verderblich verdammen.

Nichtsdestoweniger wurde mir die Verwahrung dieses Werks übertragen. Ich habe keine Möglichkeit, es an seinen Verfasser zurückzugeben, denn von Marschall Thorn wurde schon einige Zeit, bevor man den König tot entdeckte, nichts mehr gesehen noch gehört. Allgemein wird angenommen, er habe sich aus Kummer über das Hinscheiden des Königs in den Padus oder das Meer gestürzt. Nolens volens finde ich mich mit diesem Manuskript belastet und kann es nicht ruhigen Gewissens zerstören.

Ich weigere mich jedoch, dieses Werk in den königlichen Archiven oder irgendeinem der Öffentlichkeit zugänglichen Skriptorium niederzulegen. Doch ich kann es an einem Ort verwahren, an dem es niemals das Auge eines Unvorsichtigen beleidigen wird. Morgen wird König Theoderich feierlich in seinem Mausoleum zur letzten Ruhe aufgebahrt, zusammen mit verschiedenen Insignien seiner Königswürde, bevorzugten Gegenständen, Kunstwerken und Andenken an seine Regierungszeit. Dazu wird auch dieses Manuskript gehören. So wird es auf ewig unsichtbar und zum Schweigen verdammt begraben liegen.

*Flavius Magnus Aurelius Cassiodorus Senator Filius*

Theoderich starb am vorletzten Tag des Jahres 1279 nach der Gründung Roms, also am 30. August 526 n. Chr. – und mit ihm der letzte Glanz dessen, was einstmals das weströmische Reich umfaßte. Seiner Führung beraubt, zerfiel das gotische Königreich innerhalb der nächsten dreißig Jahre in eine Reihe kleiner, sich gegenseitig bekämpfender Staaten. Und Europa, des zivilisierenden Einflusses des Königreichs ledig, stürzte in ein jahrhundertewährendes Zeitalter des Elends, der Verzweiflung, des Aberglaubens, der barbarischen Unwissenheit und lähmenden Lethargie – in das finstere Mittelalter.

Theoderichs marmornes Mausoleum steht noch immer in Ravenna. Doch wurde die Stadt im Mittelalter mehr als nur einmal von Invasionen, Belagerungen, Plünderungen, Aufständen, Hungersnöten, Seuchen und Verwüstungen heimgesucht. Irgendwann, niemand weiß den genauen Zeitpunkt, entweihten Grabräuber Theoderichs Ruhestätte. Sein einbalsamierter Körper, umhüllt von einer massiven goldenen Rüstung, wurde gestohlen und tauchte nie wieder auf. Die Räuber nahmen auch sein Schlangenschwert, sein Schild, die Insignien seines Amtes und alle anderen Gegenstände, die mit ihm beerdigt worden waren. Außer dem Manuskript des Marschall Thorn, welches erst vor kurzem entdeckt wurde, blieben bisher alle anderen dieser verlorenen Schätze verschwunden.

Die Bücher, die Thorn als Quellen gotischer Geschichte, Tradition, Taten und Errungenschaften zitierte – die *Biuhtjos jah Anabusteis af Gutam*, die *Saggwasteis af Gut-Thiudam*, Ablabius' *De Origine Actibusque Getarum*, selbst Cassiodors *Historia Gothorum* – sind später von weltlichen wie geistlichen Herrschern verdammt, in den Bann getan und vernichtet worden. Diese Bücher sind, wie auch die arianische Religion, das gotische Königreich und die Goten selbst, schon lange vom Angesicht dieser Erde verschwunden.

DANKSAGUNG

Vorliegendes Buch hätte nicht geschrieben werden können ohne die Hilfe folgender Freunde und Berater:

Herman Begega, Pompton Lakes, New Jersey
Chavdar Borislavov, Sofia, Bulgarien
der verstorbene L. R. Boyd jr., Teague, Texas
Robert Claytor, Staunton, Virginia
David L. Copeland, M. D., Lexington, Virginia
John J. Delany jr., Lexington, Virginia
Donald Dryfoos, Donan Books, New York, N. Y.
Glenn und Janet Garvey, East Pepperell, Mass.
den verstorbenen Joseph Garvey, M. D., Montréal, Québec
Hugo und Lorraine Gerstl, Carmel, Kalifornien
John Haverkamp, Waynesboro, Virginia
Jesse Glen Jennings, The Woodlands, Texas
den verstorbenen Michael Glen Jennings, West Milford, New Jersey
George und Grethe Johnson, Lexington, Virginia
Gloria Martin, Buena Vista, Virginia
Norma McMillen, Branson, Missouri
Karla Mehedintzi, Constanta, Rumänien
Aylâ Meryem Midhat, Tunçeli, Türkei
Sam Moran, Glasgow, Virginia
Isidora Nenadovic, Belgrad, Jugoslawien
David Parker, Washington und Lee University
Diana Perkinson, Boones Mill, Virginia
Cathryn B. Perotti, Novato, Kalifornien
Robert M. Pickral, M. D., Lexington, Virginia
Taylor Sanders, Washington und Lee University
Joyce Osborne Servis, Caldwell, New Jersey
Nedelia Shapkareva, Varna, Bulgarien
Sanger und Patricia Stabler, Avilla, Indiana
Lawrence Sutker, M. D., Staunton, Virginia
Sven Swedborg, Göteborg, Schweden
Ali Kemal Vefik, Istanbul, Türkei

Hunter Wilson, San Miguel de Allende, Gto., Mexico
Eugene und Ina Winick, Hastings-on-Hudson, New York
Mary Winston, R. N., N. P., Natural Bridge, Virginia

... und Ivan Stoianov Ivanov aus Sofia, Bulgarien, der vom Eisernen Tor über das Tal der Rosen bis zum Schwarzen Meer mein Führer, Dolmetscher und oft mein Retter war.

G. J.

GERMANIA
Albis (Elbe)
Mosella (Mosel)
Moenus (Main)
Rhenus (Rhein)
Castra Regina (Regensburg)
Danuvius (Donau)
Castra Batava (Passau)
Lentia (Linz)
Vindobona (Wien)
BAJOVARIA
Juvavum (Salzburg)
Haustaths (Hallstatt)
Constantia (Konstanz)
Lacus Brigantinus (Bodensee)
Brigantium (Bregenz)
Veldidena (Innsbruck)
Basilea (Basel)
Vesontio (Besançon)
Dubis
BURGUND
Franz. Jura
Ayar
Balsan Hrinkhen (Ring des Balsam)
Lacus Lemanus (Genfer See)
Genava (Genf)
Lugdunum (Lyon)
Alpes Monte
(Alpen)
Murus (Mur)
Athesis
Tridentum (Trento) (Trient)
Sontius (Isonzo)
Aquileia
Aemona (Ljubljana) (Laibach)
(Zagreb) (Agram)
(Sisak)
Mediolanum (Mailand)
Addua (Adda)
Verona
(Etsch)
Patavium (Padua)
Ticinum (Pavia)
Padus (Po)
Taurinorum (Turin)
Rhodanus (Rhône)
Mutina (Modena)
Bononia (Bologna)
Ravenna
Genua
Nicaea (Nizza)
Massilia (Marseilles)
Pisae
Arnus (Arno)
Ariminum (Rimini)
ITALIA
Mare Adriatic
(Adriatisches Meer)
Spoletium (Spoleto)
Tiberis
Corfinium (Corfinio)
Roma
Ostia
Anxur (Terracina)
Neapolis (Neapel)
Corsica
Sardinia
Mare Tyrrhenum
(Tyrrhenisches Meer)
Messana (Messina)
Panormus (Palermo)
Sicilia
MARE IN
Besançon
Heutige Situation
0 2 km
Jura
Baume-les-Messieurs
(Ring des Balsam)
Cirque de Baume
(Balsan Hrinkhen)
Lons-le-Saunier
Französ.

werden. Cassiodor Filius arbeitet, neben seinen anderen Pflichten, auch daran. Als Quaestor und Schreiber hat er persönlichen Einblick in alles, was sich ereignete, seit Theoderich den Thron bestieg. Für die Zeit davor kann er sich weitgehend auf meine Berichte über die Geschichte der Goten verlassen. (Um der besseren Lesbarkeit willen wünschte ich nur, Boethius wäre mit der Abfassung der offiziellen Geschichte betraut worden. Wenn nichts anderes, so wird Cassiodors *Historica Gothorum* jedenfalls doch eines sein: voluminös.)

Unter der Regierung und Sorge Theoderichs stieg das römische Reich im Westen wieder zu jener Blüte empor, die es in der längst vergangenen Aera der »fünf guten Herrscher« erreicht hatte. Schon lange bevor der goldene Bart Theoderichs silbrig wurde, wurde er Theoderich der Große genannt. Und zwar nicht nur von Speichelleckern und Schmeichlern, sondern auch von anderen Königen. Selbst jene, die nicht mit ihm verbündet waren oder gut mit ihm standen, haben des öfteren seinen Rat gesucht. Was seine Untertanen anging ..., die engstirnigen unter den Römern verziehen ihm nie, ein Ausländer zu sein; die kurzsichtigen katholischen Christen hörten nie auf, ihn um seines arianischen Glaubens willen zu verachten, und andere vergaßen ihm den Mord an Odoaker nicht. Aber niemand kann heute ableugnen, daß er dank Theoderich besser und in einem glücklicheren Land lebt.

Wie gesagt, Theoderich hatte, im Gegensatz zu früheren Eroberern, darauf verzichtet, seinen neuen Untertanen seine eigenen Vorstellungen, oder die seines Volkes, von Moral, Sitten, Kultur oder Religion aufzuzwingen. Stattdessen mühte er sich, den Bürgern Roms ihr eigenes Erbe bewußt zu machen und ihnen Respekt dafür beizubringen, etwa indem er der Zerstörung der antiken Monumente einen Riegel vorschob und ihre Restaurierung förderte.

Es dauerte nicht lange, bis in ganz Italien und den umliegenden Provinzen unzählige neu errichtete oder sorgsam renovierte alte Bauwerke mit Widmungstafeln versehen waren, auf denen die dankbaren Bewohner Theoderich ihren Dank aussprachen: REG DN THEOD FELIX ROMAE.

Auch bei einigen von Theoderichs Unternehmungen, die darauf abzielten, Handel und Produktion in seinem Reich wieder anzukurbeln, fungierte ich als sein Vertreter. So führte ich einen Trupp Legionäre und Werkleute nach Kampanien, um dort eine langaufgegebene Goldmine wiederzueröffnen und einheimische Arbeiter anzuwerben. Einen weiteren Trupp führte ich um das Adriatische Meer herum nach Dalmatien, wo wir drei aufgelassene Eisenminen wieder in Gang brachten. An jedem Ort ernannte ich einen Handwerker zum Aufseher der Arbeiten und ließ eine Schwadron Soldaten zurück, die für Ordnung sorgen sollten. Ich blieb immer lange genug, um mich davon zu überzeugen, daß die Minen auch nach meiner Abreise zufriedenstellende Erträge abwerfen würden.

Rom war in seiner großen Zeit Knotenpunkt eines Netzes von Handelsstraßen gewesen, die ganz Europa überzogen. Als Theoderich die Macht übernahm, war nur noch eine dieser Straßen in ständigem Gebrauch, und zwar der Salzweg zwischen Ravenna und dem Salzkammergut. Theoderich, dem viel daran lag, den einst lebhaften Handelsverkehr wieder zu beleben, befahl mir, den Ausbau der Straßen in die Hand zu nehmen, ein Unterfangen, das mich mehrere Jahre beschäftigte.

Die Wiedereröffnung der west-östlichen Handelsstraße, die von Aquitanien bis zum Schwarzen Meer weitgehend durch zivilisierte Provinzen und Nationen verlief, erwies sich als relativ einfach. Viel schwieriger war der Bau einer Handelsstraße, die die Länder nördlich der Donau bis hinauf zum Sarmatischen Meer, erschloß. Auf meiner ersten Reise nach Norden begleitete mich ein größerer Trupp Reiter, allerdings keine Legionäre, sondern ostgotische und andere germanische Krieger. Hätten wir wie eine römische Invasionstruppe ausgesehen, wären wir sicherlich auf viel Widerstand gestoßen. So aber war es uns möglich, die kleinen Könige und Stammeshäuptlinge entlang der Route davon zu überzeugen, daß wir ihresgleichen waren, Abgesandte des großen Stammesfürsten Theoderich (oder Dietrich von Bern, wie viele ihn jetzt nannten), dessen einzige Absicht darin bestand, eine Straße durch ihr Land zu führen, sowohl zu ihrem als auch zu seinem Vorteil. Nur drei oder vier dieser hinterwäldlerischen Regenten brachten Einwände vor, und nur einer oder zwei drohten mit Waffengewalt. Wir lösten das Problem, indem wir einen Umweg um ihre kleinen Reiche